Hermann Harlos

Non nobis, Domine !

Hermann Harlos

Non nobis, Domine !

Die Biographie des Tempelritters

Arminius von Welterod

Roman

"*Non nobis, Donime !*", 2. Auflage März 2005

Ancient Mail Verlag Werner Betz
Europaring 57, D-64521 Groß-Gerau
Tel.: 0 61 52/5 43 75, Fax: 0 61 52/94 91 82
Email: wernerbetz@t-online.de

Umschlaggestaltung: Heinz Leddin
Druck: Sächsisches Digitaldruck Zentrum GmbH, Dresden

ISBN 3-935910-09-6

Mein Freund antwortet und spricht zu mir:
Steh auf, meine Freundin, meine Schöne, und komm mit mir!
Denn siehe, der Winter ist vergangen,
Der Regen ist weg und dahin;
Die Blumen sind hervorgekommen im Lande;
Der Lenz ist herbeigekommen,
Und die Turteltaube lässt sich hören in unserem Lande.

Das Hohelied der Liebe

Inhalt:

Dieses Buch ist ein historischer Roman. Er spielt sich innerhalb eines geschichtlich und geografisch wahren Rahmens ab, die Handlung aber ist größtenteils Dichtung.

Alle Leute zu nennen, deren Worte, Taten, Gedanken und Visionen zu diesem Buch beitrugen, ist unmöglich, es sind ihrer zu viele, einige Namen sind mir entfallen, anderer bin ich mir nicht voll bewusst, und einige, die mir bewusst sind, sind längst tot. Aber ihre Ideen verblieben und spiegeln sich in meinem Buch wider. Ich danke allen; mein Buch ehrt ihre Arbeit! Dieses Buch ist ein Tribut an alle, deren Bemühungen dazu beitrugen, das menschliche Bewusstsein zu heben.

Ich danke meinem Bruder Siegfried für seinen geduldigen Beistand, meinen Freunden Lutz, Gisela, Erika und Eva-Maria für ihre großzügige Hilfe, und dem Bruder Petrus, Historiker der Benediktinerabtei Plankstetten, für seine freundlichen Auskünfte.

Ganz besonders danke ich meiner Frau Wally für ihre großherzige Unterstützung währende der langen Entstehungszeit dieses Buches. Auch danke ich meiner Mitarbeiterin Celia für ihren wesentlichen Beitrag zu Kapitel IV.

Vorwort

Thannbrunn, im Mittelalter auch „Thunnbrunn“ geschrieben, war bereits in heidnischer Vorzeit der Sitz der dortigen Stammeshäuptlinge. Im frühen Mittelalter wurde es zum Lehen der Herren von Thannbrunn, im hohen Mittelalter zu einer Komturei des Templerordens und einer Probstei des Benediktinerordens. Am Ende des Dreißigjährigen Krieges lag Thannbrunn in Trümmern, zerstört von dem unseligen Religionskrieg, der einen großen Teil jener Gegend verwüstete.

Nachdem der Friede von Westfalen unterzeichnet war und das kriegsmüde Deutschland mit dem Wiederaufbau begonnen hatte, durchsuchte der Forstmeister Christoph Aurbach die Trümmer des ehemaligen Herrenhauses von Thannbrunn nach geeigneten Bausteinen für sein neues Forsthaus. Das Haus, welches er baute, ein stattlicher, zweistöckiger Walmdachbau, der heute noch steht und den Hausnamen „Förster“ trägt, thront über dem Weiler Thannbrunn, hoch über dem Tal der Weißen Laber, und beherrscht noch immer das Landschaftsbild, als Erinnerung an die geschichtliche Größe Thannbrunns.

Während Christoph Aurbach und seine Arbeiter die Trümmer des Herrenhauses Thannbrunn durchsuchten, stießen sie auf ein gemauertes Grab. Darin lag ein Ritter mit vollen Ordensinsignien. Christoph Aurbach berichtete den Fund an die zuständigen Behörden, die den begrabenen Ritter als Tempelritter identifizierten.

Als ich in den Fünzigern in der bayrischen Oberpfalz aufwuchs, in dem Dorfe Staufersbuch, 50 km von Nürnberg, im heutigen Großlandkreis Neumarkt, hörte ich eine Sage über das „Trempelloch“. Das Trempelloch sollte eine große, ausgehauene Höhle nahe des Dorfes Simbach und durch einen unterirdischen Gang mit dem ehemaligen Herrenhaus von Thannbrunn verbunden sein.

Ich nahm an, dass „Trempel“ eine Verdrehung von „Templer“, dass das „Trempelloch“ ein „Templerloch“ sei, und die Verbindung mit dem Herrenhaus Thannbrunn kein unterirdischer Gang, denn es lag ein Bachtal dazwischen, sondern die einfachere und offensichtliche Tatsache, dass die Templer von Thannbrunn diese Höhle ausgehauen hatten.

Anfang der Sechziger gingen mein Bruder Siegfried und ich der Sage nach. Wir fanden die Templerhöhle, aber sie war beinahe ganz mit Sand verschüttet. An Wochenenden und Feiertagen gruben wir, manchmal mit Hilfe meiner damaligen Freundin und heutigen Frau Wally, einer Nachfahrin des oben genannten Christoph Aurbach, die Templerhöhle zu etwa zwei Dritteln aus.

Die Templerhöhle existiert, wo und wie sie in diesem Roman beschrieben ist, noch immer zu nur zwei Dritteln ausgegraben. Ich hoffe, dass die Veröffentlichung dieses Buches zu einer vollständigen und fachmännischen Ausgrabung der Höhle führen wird.

Kapitel I

Im Heiligen Land

Arminius folgte dem vertrauten Weg nach Mainz und kam zur Mittagsstunde dort an. Er ritt über die Brücke durch das offene Tor in den ummauerten Vorhof des Templerhauses. Ein dienender Bruder eilte herzu, grüßte ihn ehrerbietig, hielt sein Pferd am Halfter während er abstieg, nahm ihm die Zügel ab, wickelte sie um den Anbindebalken und fragte, womit er ihm behilflich sein könne. Arminius begehrte den Schatzmeister zu sprechen. Der dienende Bruder führte ihn durch das Portal in den Konventsaal, ging mit ihm zur Schreibstube, bat ihn zu warten und kam etwas später mit dem Schatzmeister zurück. Arminius zog seinen Kreditbrief aus der Tasche und gab ihn dem Schatzmeister. Der besah sich den Brief und fragte: „Wieviel wünscht Ihr abzuheben, Herr Arminius? Ihr habt noch 128 Mainzer Goldmark auf Eurem Konto.“

„Ich will nichts abheben. Ich will es dem Orden schenken und ihm beitreten!“

„Ich freue mich das zu hören, Herr Arminius!“ erwiderte der Schatzmeister, angenehm überrascht. „Bald werde ich Euch ‚Bruder Arminius‘ nennen“, setzte er vertraulich lächelnd hinzu und gebot einem seiner Schreiber die Schenkungsurkunde auszustellen. Arminius unterschrieb die Urkunde. Danach befahl der Schatzmeister einem dienenden Bruder Arminius’ Pferd in den Reitstall zu führen. Einem anderen wies er an, Arminius zu seinem Quartier zu bringen und den Bruder Präzeptor zu benachrichtigen. Der dienende Bruder führte Arminius zu den Schlafquartieren über dem hinteren Speisesaal, wies ihm eine Alkove zu und versicherte ihm: „Ich werde dem Bruder Präzeptor sofort Bescheid sagen!“

Das Templerhaus in Mainz war die Präzeptorei des Templerordens für Oberdeutschland. Nach der Schenkung an den Orden war es von den Templern neu erbaut worden. Das Haus war deshalb entsprechend groß und stattlich. Es bestand aus dem dreistöckigen Hauptgebäude, welches im Untergeschoss einen großen Konventsaal für die jährliche Hauptversammlung hatte. Neben dem Konventsaal lag die Schatzkammer, das Archiv der Präzeptorei Oberdeutschland, eine Schreibstube und die inneren Kammern des Präzeptors. Im Obergeschoss des Hauptgebäudes waren Speisesaal und Küche für Versammlungsteilnehmer, Delegierte und Gäste, im Stock darüber befanden sich deren Alkoven. Der quadratische Innenhof hinter dem Hauptgebäude war von Ställen, Speichern, Warenhäusern, einer Kirche, einer Kapelle und einem Speisesaal mit Küche umringt. Im Obergeschoss des hinteren Speisesaals befanden sich die Alkoven der in Mainz stationierten Brüder. Alle Gebäude waren aus solidem aber unverziertem Sandstein gebaut, in dem prunklosen, streng geometrischen Stil der die vom Orden gebauten Gebäude kennzeichnete.

Mainz war das Hauptquartier des Templerordens für Oberdeutschland und zog deshalb Rekruten aus dem gesamten süddeutschen Raum an. Zwei Ritter waren dem Orden vor einigen Wochen beigetreten, zwei weitere erst vor kurzem, und alle vier warteten sehnlichst auf einen fünften, um zu fünft in das Heilige Land abzurücken. Arminius war der ersehnte Fünfte. Am Nachmittag wurde er vor den Präzeptor geführt. „Grüß Gott, Herr Arminius!“ sagte jener freundlich. „Es freut mich, dass Ihr unserem Orden beitreten wollt! Bitte, setzt Euch und gestattet mir einige

Fragen." Arminius nickte zustimmend und setzte sich. „Sagt mir bitte etwas über Eure Eltern und Euch selbst – einen kurzen Lebenslauf?"

„Mein Vater ist der Ritter Michael von Welterod. Das Lehen der Welterods befindet sich einen Tagesritt nördlich von hier und gehört den Benediktinern von Schönau. Der gnädige Herr Abt ist unser Lehnsherr. Da die Abtei Schönau mehrere Lehen unter sich hat, und der Ritter von Rüdelin traditionsgemäß das Amt des Vogtes ausübte, stellte der Herr Abt den Rittern von Welterod frei einem höheren Herrn zu dienen. Mein Großvater diente Seiner Kaiserlichen Majestät, Friedrich von Hohenstaufen. Mein Vater diente dessen Enkel, Friedrich dem Zweiten, sowie dessen Nachfahren, bis zum Ende der Hohenstaufendynastie. – Und ich habe mich entschieden dem höchsten Herrn zu dienen!" setzte Arminius lächelnd hinzu, und der Präzeptor lächelte mit.

„Mein Vater war ein Mitglied der Deutschen Ehrengarde Friedrichs des Zweiten. Er folgte dem reise- und kriegslustigen Kaiser und kam nur selten auf Urlaub nach Hause. Als er nach dem erfolgreichen Kreuzzug des Kaisers auf Urlaub heimkam, ritt er, zusammen mit anderen Veteranen des 5. Kreuzzuges, in einem Triumphzug das Rhône/Saônetal hinauf. Der Comte de Beaujeu lud die Helden zu einem Festmahl auf sein Schloss Arginy ein. Der Comte verlängerte die Einladung, mein Vater blieb einige Tage dort und lernte eine Nichte des Grafen kennen, das Fräulein Estelle de Beaujeu. Mein Vater bat um ihre Hand, ehelichte sie in der Stadtkirche des Städtchens Beaujeu und nahm sie mit sich, als Ehefrau und Herrin des Hauses Welterod.

Meine Mutter hatte es nicht leicht, denn sie sprach weder Hochdeutsch noch den rheinischen Dialekt, und mein Vater war die meiste Zeit abwesend. Zwar lernte sie mit der Zeit passables Deutsch, aber den rheinischen Dialekt sprach sie nie sehr gut. Außer ihrem burgundischen Dialekt sprach sie noch Latein und formelles Provencial, und lehrte mir alle drei.

Ich wurde im Jahre 1250 in Welterod geboren, unter dem Tierkreiszeichen des Taurus. Wie gesagt, meine Mutter lehrte mir Burgundisch, Latein und Provencial. Da wir die Lehnsleute des Abtes waren, schickte sie mich schon früh zur Abtei Schönau, wo mir die Mönche gründlich Latein und auch etwas Griechisch beibrachten. An Pfingsten 1271 wurde ich vom Erzbischof im Martinsdom von Mainz zum Ritter geschlagen. Mein Vater wollte, dass ich das Königreich Sizilien kennenlernen solle, wo er den größten Teil seines Lebens verbracht hatte. Auch war ich ziemlich sprachbegabt, deshalb entschieden sich meine Eltern, mich nach dem Ritterschlag zum Studium zur Universität Neapel zu senden. In Neapel studierte ich Arabisch, Griechisch, Latein, Mathematik und Theologie. Im vergangenen Sommer schloss ich mein Studium ab und trat meine Heimreise an. Ich reiste auf einem Segelschiff von Neapel nach Marseille und ritt die Rhône-Saône-Doubs-Straße hinauf und das Rheintal hinunter nach Mainz. Vor einer Woche kam ich zu Hause an und entschloss mich dem Templerorden beizutreten. Jetzt bin ich hier und bitte um Aufnahme in den Orden!"

Der Präzeptor hatte aufmerksam zugehört und war sichtlich beindruckt. Er befragte ihn noch etwas eingehender und teilte ihm mit, dass er morgen früh, gleich nach dem Frühgebet und vor der Frühmesse, in den Orden aufgenommen werde.

Nach dem Abendläuten setzte Arminius sich zu den Brüdern in den hinteren Speisesaal. Schweigend aßen sie ihr karges Abendmahl. Bald nach dem Abendgebet legten sie sich in ihre Alkoven zum Schlaf nieder. In der Morgendunkelheit, noch vor dem Morgengrauen, erschallte der Weckruf. Die Brüder wuschen und bekleideten sich und sprachen ihr Frühgebet. Nach dem Frühgebet nahm einer der Brüder Arminius beiseite, stellte sich als der „Fragende Bruder" vor, führte ihn in die Kapelle und prüfte ihn auf seine Tauglichkeit für den Templerorden: „Wünscht Ihr von ganzem Herzen und mit ganzer Seele unserem Orden beizutreten und zu unserem geistlichen und weltlichen Werk beizutragen?"

„Ja, ich wünsche dies – von ganzem Herzen und mit ganzer Seele!" bekräftigte Arminius.

„Ihr begehrt das Großartige an unserem Orden: unsere schönen Gewänder, unsere prächtigen Pferde, unsere schlagkräftigen Waffen; aber Ihr kennt nicht die harte Regel des Ordens: ‚Wenn Ihr auf der einen Seite des Meeres sein wollt, dann senden wir Euch zur anderen; wenn Ihr schlafen wollt, dann befehlen wir Euch zu wachen; und wenn Ihr hungrig seid, dann befehlen wir Euch zu fasten!' Seid Ihr bereit dies zu tun, zur Ehre Gottes und für die Errettung Eurer Seele?"

„Ja, ich bin bereit dies zu tun!" bestätigte Arminius.

Der Bruder setzte die Befragung fort. „Seid Ihr römisch-katholischen Glaubens?"

„Ja, ich bin römisch-katholisch."

„Seid Ihr verheiratet?"

„Nein, ich bin ledig."

„Gehört ihr irgendeiner anderen, religiösen Organisation an?"

„Nein. Ich gehöre außer der Römisch-Katholischen Kirche keiner religiösen Organisation an."

„Seid Ihr ein Ritter?"

„Ja, ich wurde vor sechs Jahren vom Erzbischof von Mainz zum Ritter geschlagen."

„Seid Ihr der eheliche Sohn eines Ritters und einer Edelfrau?"

„Ja. Ich bin der legitime Sohn des Ritters Michael von Welterod und seiner ehelichen Frau, der Edeldame Estelle de Beaujeu."

„Seid Ihr, oder wart Ihr jemals, exkommuniziert?"

„Nein, ich wurde niemals exkommuniziert!"

„Habt Ihr irgend Jemandem eine Schenkung gemacht, um in den Templerorden aufgenommen zu werden?"

„Nein. Ich habe meinen gesamten Besitz bedingungslos dem Templerorden geschenkt."

„Habt Ihr irgendein Gebrechen, das Euch beim Kämpfen hinderlich sein könnte?"

„Nein, ich habe kein solches Gebrechen!"

„Habt Ihr irgendwelche Schulden?"
„Nein, ich habe keinerlei Schulden!"
Das war das Ende der Befragung durch den Bruder. Arminius blieb alleine in der Kapelle zurück, um über seine Entscheidung nachzudenken und Gott um Beistand zu bitten. Der Bruder ging zum Präzeptor, berichtete ihm das Resultat der Befragung, und kam in die Kapelle zurück um Arminius zu fragen, ob er seine Wahl bedacht hätte und noch immer von ganzem Herzen und mit ganzer Seele dem Templerorden beizutreten wünsche, was Arminius mit Bestimmtheit bejahte. Nachdem der Bruder wiederum dem Präzeptor Bericht erstattet hatte und Arminius zum drittenmal fragte ob sein Entschluss feststehe und Arminius es zum drittenmal bejahte, führte ihn der Bruder in den Konventsaal, vor den Präzeptor und die versammelten Brüder, und unterwies ihn, mit gefalteten Händen vor dem Präzeptor niederzuknien und ihn zu bitten: „Bruder Präzeptor, ich knie vor Euch und den versammelten Brüdern und bitte Euch, in den Templerorden aufgenommen zu werden!"
Dann ließ der Präzeptor die Antworten die Arminius dem fragenden Bruder in der Kapelle gegeben hatte bestätigen. Arminius musste eine Hand auf die Bibel legen, die andere zum Eid erheben und auf die Wahrhaftigkeit seiner Antworten schwören. Danach sagte der Präzeptor: „Ihr müsst bei Gott und der Heiligen Jungfrau schwören, dass Ihr die Befehle des Großmeisters und Eurer anderen Vorgesetzten innerhalb des Ordens stets befolgen werdet; dass Ihr die Regel der Keuschheit und alle anderen Regeln des Templerordens befolgen werdet; dass Ihr kein persönliches Eigentum besitzen werdet außer was Euch ein Vorgesetzter gibt; dass Ihr alles was in Eurer Kraft steht tun werdet um das Eigentum des Ordens zu schützen; dass Ihr niemals behilflich sein werdet wo Christen bekämpft, misshandelt oder ihres Eigentums oder Erbes beraubt werden; dass Ihr alles was Euch von Euren Vorgesetzten anvertraut wird beschützt und verteidigt; und dass Ihr den Orden nie ohne den Befehl eines Vorgesetzten verlassen werdet!"
Mit einer Hand auf der Bibel und die andere zum Eid erhoben, schwor Arminius auf jeden dieser Sätze, bei Gott und der Heiligen Jungfrau. Danach nahm ihn der Präzeptor in den Orden auf, indem er langsam und feierlich sagte: „Wir nehmen Euch auf, zusammen mit Euren Eltern und drei Eurer Diener, falls sie gewillt sind sich an unserem heiligen Werk zu beteiligen, bis zum Ende Eurer Tage!" Während der Präzeptor diese Worte sprach, hängte er den weißen Umhang mit dem roten Templerkreuz um Arminius' Schultern. Der Kaplan sang den 115. Psalm. Der Präzeptor nahm Arminius' Hände, hob ihn von den Knien, hieß ihn in dem Templerorden willkommen und küsste ihn. Die versammelten Brüder hießen in auf ähnliche Weise willkommen. Danach gingen alle zu einer besonders feierlichen Frühmesse in welcher der Bruder Kaplan den neuen Bruder Arminius willkommen hieß und ihn dem Schutze Gottes empfahl.
Nach der Frühmesse gingen alle in den Saal zurück. Dort erklärte der Präzeptor die Ordensregel genau und schärfte Arminius ein, dass die Missachtung der Regel zu einem vorübergehenden Verlust des Ordenskleides und zu einer, von einem Vorgesetzten auferlegten, Buße führen würde. Schwerwiegende Verstöße würden

mit unehrenhafter Entlassung bestraft. Dann erklärte der Präzeptor die alltäglichen Sitten des Ordens: die fünf täglichen Gebete, die Tischsitten, persönliche Sauberkeit, Waffenpflege, Pferdepflege, und andere. Er sagte, dass Arminius sich von diesem Tag an nie mehr rasieren dürfe, und dass er später, wenn sein Bart länger sei, ihn zweigeteilt kämmen solle, denn dies sei ein Kennzeichen der Templer. Aber er riet ihm fließendes Haupthaar zu vermeiden, da dies im Gefecht hinderlich sei, und es entweder zu schneiden oder hochzubinden. Er schärfte Arminius besonders ein, auf keinen Fall mit Frauen zu verkehren und eine dünne Schnur um die Hüften zu tragen, als stete Erinnerung an sein Gelübde der Keuschheit. Der Präzeptor beendete seine Unterweisungen mit dem ersten Satz des 115. Psalms, dem Gruß, Motto und Geleitwort des Templerordens: „Non nobis, Domine! Non nobis, sed Nomini Tuo da gloriam!"

„Non nobis, Domine!" bestätigten Arminius und die versammelten Brüder einstimmig.

Jetzt war Arminius ein Tempelritter! Aber, ungleich seines ersten Ritterschlages, gab es weder ein Festessen noch irgendwelche andere Festlichkeiten. Arminius hatte nicht einmal Zeit seinen Eintritt in den Templerorden beschaulich zu betrachten, denn in zwei Tagen würde er nach Akko, Palästina abrücken. Die Templerflotte würde Anfang Oktober von Marseille absegeln, und die fünf Tempelritter und ihr Transportzug mussten Marseille vorher erreichen.

Nach der Unterweisung begaben sich alle in den hinteren Speisesaal und aßen schweigend ihr Morgenmahl. Kurz nach dem Morgenmahl kam ein dienender Bruder und führte Arminius zur Kammer des Präzeptors. Der Präzeptor sprach: „Bruder Arminius, es ist ungewöhnlich einen neu aufgenommenen Ritter sofort zum Kommandanten zu ernennen, aber du bist ein hochgebildeter Mann, eine Seltenheit unter Rekruten, und du kamst gerade von Marseille und kennst den Weg, was auch ziemlich selten ist. Deshalb gebe ich dir das Kommando über deinen Zug – aber nur von hier bis Akko! In Akko wirst du dein Kommando dem Bruder Großmeister oder dem Bruder Marschall niederlegen!

Es werden, mit dir, fünf Ritter in deinem Zug sein, und fünf dienende Brüder. Ihr fünf Ritter meldet euch nach eurer Ankunft in Akko beim Gonfanonier und gesellt Euch zur Ausbildungsschwadron der Ritter. Die fünf dienenden Brüder gesellen sich zur Ausbildungskompanie der Sergeanten. Aber das kommt am Ende deiner Reise. Wir fangen besser am Anfang an!

Ihr reitet so leicht wie möglich, die Lasten werden von Lastpferden getragen. Ich gebe dir zwanzig Lastpferde mit, mit Nachschub für unsere Truppen in Akko beladen. Teile deine Fracht auf zwanzig gleich große und gleich schwere Packen auf. Jedes Lastpferd soll eine Last tragen die nicht viel mehr als ein Reiter wiegt. Unser Lagermeister weiß genau, was du mitzunehmen hast. Geh zu ihm wenn unsere Unterredung vorbei ist!

Die Formation deines Zuges ist folgende: Als Zugführer und Bannerträger reitest du voran. Zwei Ritter, Seite bei Seite, reiten Vorhut. Hinter der Vorhut reiten zwei dienende Brüder, Seite bei Seite, jeder mit fünf Lastpferden an der Leitleine. Hinter jenen reiten wieder zwei dienende Brüder, Seite bei Seite, jeder mit fünf

Lastpferden an der Leine. Die restlichen zwei Ritter reiten Nachhut, Seite bei Seite. Der fünfte dienende Bruder ist dein Pferdepfleger und Hufschmied, er reitet abwechselnd auf der rechten und linken Seite des Zuges und beobachtet Pferde und Lasten.

Unser Schatzmeister wird dir dein Reisegeld geben. Gehe sparsam damit um und gib dem Schatzmeister in Akko was übrig bleibt. Vermeide nach Möglichkeit das Kaufen von Pferdefutter und Nahrung. Ich gebe dir eine Liste unserer Komtureien und Probsteien auf deiner Route mit, bleib dort über Nacht und lass deine Männer und Pferde dort verpflegen. Aber es gibt noch weitere, kleinere Besitzungen des Templerordens die nicht auf der Liste sind. Falls du Hilfe brauchst, frage nach dem nächsten Templerbesitz und suche dort Hilfe. Deine nächste Wahl sind Häuser der Johanniter oder der Deutschherren. Auch die Zisterzinser kannst du um Hilfe bitten, im Notfall auch die Benediktiner. Vermeide die öffentlichen Gasthöfe, nimm sie nur dann in Anspruch wenn dir keine andere Wahl bleibt!

Vergiss die fünf täglichen Gebete nicht! Geh täglich zur Frühmesse und sonntags zum Hochamt, wenn möglich, aber nur in einer Kirche oder Kapelle unseres Ordens! Weil du unter Zeitdruck stehst, ist Sonntag kein Ruhetag! Du wirst auch am Sonntag reiten! Vermeide die öffentlichen Plätze, Kirchen und Kathedralen, vermeide den Umgang mit der Bevölkerung! Unmäßiges Trinken, ungezügeltes Lachen, unflätiges Reden, Fluchen, Würfel- und Kartenspiel sind strengstens verboten! Weil es Herbst ist, nimm wollene Untergewänder, zusätzliche Decken und Ölzeug mit. Wenn das Wetter gut ist, und Männer und Pferde ausreichend versorgt sind, dann kannst du auch im Freien übernachten, vor allem wenn es deinen Fortschritt fördert.

Es ist äußerst wichtig, dass du Marseille vor Anfang Oktober erreichst! Unsere Flotte segelt Anfang Oktober von Marseille ab, macht in Brindisi Zwischenlandung um Nahrungsmittel für Akko zu laden, löscht Ladung in Akko und segelt gleich wieder nach Brindisi zurück um dort zu überwintern. Brindisi ist unser Winterhafen, wir haben dort Trockendocks um unsere Schiffe im Winter zu reparieren. Im Frühjahr, wenn die Winterstürme vorbei sind, segelt unsere Flotte wieder nach Marseille zur ersten Überquerung der nächsten Saison. Falls du nicht rechtzeitig in Marseille ankommst, oder die Flotte aus irgendeinem Grunde nicht segelt, musst du mit deinem Zug in Marseille überwintern und mit dem ersten Transport der nächsten Saison nach Akko fahren!

Ich gebe dir einen Brief an den Bruder Großmeister in Akko, und einen an den Bruder Präzeptor in Marseille. Pass gut auf die Briefe auf und gib sie den Empfängern persönlich, oder deren Zweiten. Hast du irgendwelche Fragen?“

Arminius hatte viele Fragen, aber eine der Templertugenden, die ihm erst vor einigen Stunden vom Präzeptor eingeschärft wurde, ist Diskretion: „Vermeide eitles Geschwätz, sei vorsichtig mit Vertrauensbezeigungen! Vertraue dich jemandem nur dann an, wenn du sicher bist, dass er deinen Vertrauensbezeigungen offen ist und sie nicht missbraucht! Wenn dies nicht der Fall ist, oder Ort und Zeit für eine freie Aussprache nicht geeignet sind, dann ist es besser zu schweigen. Wenn es notwendig ist zu sprechen, dann ist es besser kurz und klar zu sein und beim Wesentlichen zu bleiben!“ So sprach Arminius kurz und klar, und blieb beim Wesentlichen: „Keine Fragen, Bruder Präzeptor! Ich habe alles sehr gut verstanden!“

„Wenn du alles so gut verstanden hast, dann kannst du es mir ja wiederholen!“ sagte der Präzeptor lächelnd. Dann fügte er ernsthaft hinzu: „Es ist äußerst wichtig, dass du meine Anweisungen gut verstanden hast und im Gedächtnis behältst, Bruder Arminius, so wiederhole was ich dir sagte!“

Nachdem Arminius alle Anweisungen richtig wiederholt hatte, nickte der Präzeptor zustimmend, nahm die zwei Briefe und die Liste mit den Namen der Templerniederlassungen von seinem Tisch und übergab sie Arminius, mit den Worten: „Hier sind die Briefe und die Liste. Geh mit Gott, Bruder Arminius! – Non nobis, Domine! Non nobis, sed Nomini Tuo da gloriam!“

„Non nobis, Domine!" erwiderte Arminius, drehte sich um und verließ die Kammer des Präzeptors.

Den Rest des Tages und den gesamten nächsten Tag verbrachte Arminius im Lagerhaus. Unter den Anweisungen des Lagermeisters trugen Arminius’ vier Ritter und die fünf Sergeanten, mit Hilfe anderer dienender Brüder, die Waren zusammen, teilten sie auf zwanzig gleich schwere und gleich große Haufen auf und packten die Haufen in handliche Packen. Arminius ließ die Packen wiegen um sicher zu sein, dass keiner davon sehr viel mehr als ein durchschnittlicher Reiter wog.

Am nächsten Morgen nach der Frühmesse sattelten die Brüder Stallknechte die Reitpferde und die Lastpferde. Arminius’ Sergeanten hoben die Lasten auf die Packsättel und zurrten sie fest. Während die Pferde gesattelt und bepackt wurden, ging Arminius zum Schatzmeister um sein Reisegeld abzuholen. Der Schatzmeister gab ihm ein Säckchen voll Gold- und Silbermünzen, ließ ihn nachzählen und quittieren, und wünschte ihm Gottes Segen und gute Reise.

Arminius ging zu seiner Truppe zurück. Nachdem die Sergeanten mit dem Bepacken der Lastpferde fertig waren, banden sie jeweils fünf Lastpferde in einer Reihe an eine Leitleine und machten den Anfang der Leitleine am Sattel ihres Reitpferdes fest. Arminius stieg in den Sattel und übernahm die Führung. Hinter ihm ritten zwei Ritter, Seite bei Seite, als Vorhut. Nach denen ritten zwei Sergeanten, Seite bei Seite, jeder mit fünf Lastpferden an der Leitleine. Danach ritten die zwei anderen Sergeanten, Seite bei Seite, jeder mit fünf Lastpferden an der Leitleine. Die zwei restlichen Ritter, Seite bei Seite reitend, bildeten die Nachhut. Der Bruder Hufschmied würde abwechselnd auf der rechten und linken Seite des Zuges reiten und Pferde und Lasten beobachten. Arminius, als Zugführer und Kommandant, war der Bannerträger des Zuges. Er hatte das schwarzweiße Templerbanner vorne am Sattel in der Reitpeitschenscheide stecken.

Der Präzeptor und alle Brüder waren in den Hinterhof gekommen um den Zug zu verabschieden. „Non nobis, Domine! Non nobis, sed Nomini Tuo da gloriam!“ sagte der Bruder Präzeptor zum Abschied.

„Non nobis, Domine!“ erwiderten die abziehenden Brüder einstimmig. Arminius gab das Kommando zum Abzug und sie ritten zum Tor hinaus.

Sie ritten durch die Stadt Mainz und aus dem Wormser Tor hinaus auf die ausgezeichnete Straße nach Worms. Es war ein warmer, goldener Septembertag. Die

Obsternte hatte begonnen. Überall, wo die Templer an erntenden Bauern vorbei ritten, verbeugten sich die Leute, zogen ihre Hüte oder machten das Zeichen des Kreuzes. Manche Bauern boten den Templern etwas von ihrem frisch gepflückten Obst an. Arminius akzeptierte es dankend und seine Männer steckten es in ihre Satteltaschen.

Die Ritter trugen die knielange, weiße Tunika der Tempelritter mit dem achteckigen, roten Templerkreuz auf Brust und Rücken. Die Tunika war hinten und vorne geschlitzt um beim Reiten, Gehen und Fechten nicht hinderlich zu sein. Am Gürtel über der Tunika trugen die Ritter Schwert, Säbel, Keule und Dolch. Darüber trugen sie, am Halse geschlossen aber vorne offen, den langen, weißen Umhang der Templer mit dem roten Templerkreuz über dem linken Arm. Die Sergeanten trugen die schwarze Templerkutte der dienenden Brüder. An Waffen trugen sie Säbel, Keule und Dolch. Über Arminius' Kopf flatterte die rechteckige, schwarzweiß zweigeteilte Templerstandarte. Gestickt in die Standarte, in schwarzen Buchstaben auf das weiße Feld, und in weißen Buchstaben auf das schwarze, war der Leitspruch des Templerordens, der erste Satz des 115. Psalms: „Non nobis, Domine! Non nobis, sed Nomini Tuo da gloriam!" Arminius ritt stolz, mit hocherhobenem Kopf. Er war unsagbar glücklich!

Die Templerkomturei in der Nähe von Worms, wo sie die erste Nacht verbrachten, war wesentlich kleiner als die Präzeptorei Mainz. Aber die Wormser Brüder bewirteten ihre Mainzer Brüder aufs Allerbeste, füllten ihre Becher mit goldenem Rheinwein und stellten ihnen viele Fragen. Als sie Arminius den hiesigen Dialekt sprechen hörten, fragten sie ihn wo er herkomme.

„Arminius von Welterod!" rief einer der Wormser Brüder begeistert aus, „der Stern des Erzbischofs hat sich dem Tempel angeschlossen! Bravo, Bruder Arminius!" Die anderen Brüder wollten wissen was es damit auf sich habe, aber eine andere Templertugend, die ihm der Präzeptor erst vor kurzem eingeschärft hatte, war Bescheidenheit, und eine weitere war Demut, deshalb wollte Arminius nichts darüber sagen, aber die anderen bedrängten ihn, so kam er schließlich doch damit heraus.

„Mein Lehnsherr war der Abt von Schönau, und dessen Herr ist der Erzbischof von Mainz. Da ich schon als kleiner Junge Latein und später Griechisch lernte, und weil ich sechs Jahre lang in Neapel, nebst anderen Fächern, Theologie studierte, kann es schon sein, dass mein Gnädiger Herr Abt und der Eminente Herr Erzbischof bestimmte Pläne für mich hegten, die natürlich mit meinem Eintritt in den Templerorden zunichte wurden!" Aber Arminius war diskret genug den Brüdern nicht zu sagen, dass der Bevormundung seiner Lehnsherren zu entgehen einer seiner Gründe für den Eintritt in den Templerorden war.

Die Wormser Brüder sagten, dass Züge solcher Art häufig von Mainz nach Akko gingen. Als Arminius erwiderte, dass sein Zug der letzte dieser Saison sei, sagten die Wormser im Scherz: „Was tun wir zur Unterhaltung wenn wir keine neuen Rekruten hänseln können?"

„Bis zum Frühjahr warten!" erwiderte Arminius schlagfertig. „Und wir werden in Marseille bis zum Frühjahr warten wenn wir morgen früh nicht rechtzeitig aufbrechen. So lasst uns früh zu Bett gehen und früh aufstehen! Ich möchte morgen Lauterbach erreichen, Straßburg übermorgen, Colmar den Tag danach und Mühlhausen am Abend unseres fünften Tages. Die Strecke von Mühlhausen nach Besancon wird die schwierigste sein. Die Straße dort ist schlecht, teilweise existiert sie gar nicht, es gibt wenig Gasthöfe und noch weniger Templerhäuser. Außerdem werden wir etwas höher und dem Jura nahe sein, und das Wetter dort kann schlecht sein im September. So lasst uns unsere Becher leeren und schlafen gehen!"

Am nächsten Morgen standen sie vor Tagesanbruch auf, wuschen und bekleideten sich, beteten ihr Frühgebet, sattelten und packten bei Lampenlicht, steckten Brot und den Käse in die Satteltaschen und waren unterwegs sobald es hell genug war. Obwohl die Komturei Worms eine Kapelle und einen Kaplan hatte, entschied sich Arminius, nicht zur Frühmesse zu gehen. Es war ihm wichtiger so weit wie möglich zu reiten. Hinter Besancon, nachdem der schlimmste Teil der Reise vorbei war und er etwas klarer in die Zukunft sehen konnte, und wusste, dass sie genug Zeit hatten und rechtzeitig in Marseille ankommen würden, dann konnten sie zur Frühmesse gehen! Nicht am Anfang der Reise!

Wie am Tag zuvor winkten ihnen die Leute zu, verbeugten oder bekreuzigten sich und manche boten den Templern etwas Obst an, was Arminius dankend annahm, als willkommene Zutat zum Brot und Käse den er von den Wormser Brüdern erhalten hatte. Gegen Mitte des Morgens rasteten sie an einem Brunnen, sprachen ihr Morgengebet, tranken einen Becher Wasser und aßen ihren Proviant. Als sie aus einer Dorfkirche das Zwölfuhrläuten hörten hielten sie für das Mittagsgebet an. In der Mitte des Nachmittags war es Zeit zum Nachmittagsgebet.

Am späten Nachmittag ritten sie durch Lauterbach und hielten an einem Templerhaus südlich von Lauterbach an. Das Haus war eine Probstei, es hatte keine Ritter, nur dienende Brüder, die Arminius und seine Männer freundlich begrüßten und ihnen bei der Pflege ihrer Pferde halfen. Es war noch genug Tageslicht um die Pferde gründlich zu waschen, abzureiben und zu striegeln, was für die Lastpferde besonders wichtig war, weil die Lasten stellenweise gegen die Pferdehaut rieben und die Haut leicht wundreiben konnten.

Diesen Abend gab es keinen Wein, und die dienenden Brüder von Lauterbach waren nicht sehr gesprächig, so gingen Arminius und seine Männer früh zu Bett, standen früh auf, beteten ihr Frühgebet, sattelten und packten bei Lampenlicht und waren im Morgengrauen unterwegs. Sie erreichten die Komturei Straßburg vor Einbruch der Dunkelheit und nutzten das letzte Tageslicht um ihre Pferde zu pflegen. Der Bruder Hufschmied prüfte die Hufe auf lockere Eisen und fehlende Nägel. Die Komturei Straßburg war etwa so groß wie die in Worms, die Straßburger Brüder waren zuvorkommend und halfen ihren Mainzer Brüdern im Morgendunkel bei Lampenlicht zu satteln und zu laden, damit ihr Zug beim ersten Morgenlicht weiterziehen konnte.

Die Strecke von Straßburg nach Colmar war die bisher längste, aber das Wetter war immer noch sonnig und mild, die Straße gut, und es war bereits dunkel als sie in der Komturei Colmar ankamen. Sie versorgten ihre Pferde so gut es bei Lampenlicht ging und aßen nachher ihr Abendmahl alleine, denn die dortigen Brüder hatten schon vor der Ankunft von Arminius' Zug gegessen.

Am nächsten Tag zwischen Colmar und Mühlhausen wurde ein Lastpferd von einer Hornisse gestochen, brach von der Leitleine los, scheute einige andere Lastpferde, so dass auch sie losbrachen und wegliefen, und alle durchgegangenen Pferde verloren ihre Lasten oder sie verrutschten und hingen auf einer Seite oder unterm Bauch. Es dauerte Stunden die versprengten Lastpferde einzufangen, die verstreuten Lasten aufzusammeln, die gerissenen Halfter und Leinen zu reparieren, die Lastpferde zu beruhigen und neu zu beladen. Obwohl die Strecke zwischen Colmar und Mühlhausen nur ein kurzer Tagesritt war, kamen sie erst lange nach Anbruch der Dunkelheit in der Komturei Mühlhausen an. Wäre es nicht eine sternenklare Nacht mit einem hellen Mond gewesen, und hätte Arminius nicht den Weg gewusst, dann hätten sie es an diesem Tag nicht bis Mühlhausen geschafft.

Sie kamen hungrig und erschöpft in Mühlhausen an. Die Mühlhausener Brüder sahen dies und übernahmen großzügig das Abladen und die Pflege der Pferde, während Arminius und seine Männer ihr verspätetes Abendmahl einnahmen.

Am nächsten Tag konnten sie nicht beim Morgengrauen wegreiten, die Pferde brauchten etwas mehr Ruhe und mehr Futter, deshalb gingen sie mit den Mühlhausener Brüdern zur Frühmesse in deren Kapelle. Nach der Frühmesse sattelten sie, bepackten ihre Lastpferde und ritten weiter.

Die Straße von Mühlhausen nach Besancon war schlecht, es fing an zu regnen, aber ihre Ölumhänge hielten sie trocken und die Öltücher, die Arminius vorsorglich mitgebracht hatte, schützten die Lasten. Am späten Nachmittag waren sie nicht in der Nähe einer Templerniederlassung, und es war bei Regenwetter besonders wichtig, dass die Lastpferde gut gepflegt wurden, deshalb entschloss sich Arminius in einem Gasthof zu übernachten.

Sie stapelten ihre Lasten in eine Ecke des Stalles. Arminius teilte seine Männer in vierstündige Wachen ein; jeweils zwei Ritter und zwei Sergeanten würden für vier Stunden Pferde und Lasten bewachen und während ihrer Wache die Pferde pflegen. Der Gasthof war eine Reiseherberge, nicht eine Schänke wie die meisten Gasthöfe im Rheintal, und es gab um diese Jahreszeit wenig Reisende, so dass die Templer die Herberge beinahe ganz für sich hatten. Da es zwischen Mühlhausen und Besancon wenig Templerniederlassungen gab, entschied sich Arminius am nächsten Abend wieder in einer Herberge zu übernachten.

Am nächsten Morgen regnete es noch stärker. Die Straße, die bei trockenem Wetter schlecht genug war, wurde noch schlechter, schlammig und schlüpfrig, was nicht nur ihren Ritt verlangsamte sondern den Hufen und Beinen der Pferde sehr zusetzte. Arminius befahl eine Mittagsrast in einem Gasthof, kaufte etwas Hafer für die Pferde und einen Becher heißen, gesüßten und gewürzten Wein für jeden der Männer. Am späten Nachmittag hielten sie wieder an einem Gasthof und rieben die Pferde trocken. Einige der Lastpferde waren von der ständigen Nässe und dem Reiben der Lasten wundgerieben. Der Bruder Hufschmied behandelte sie mit einer Heilsalbe, die er vorsorglich mitgebracht hatte. Auch überprüften er und die Sergeanten sorgfältig die Hufe aller Pferde und festigten lockere Eisen.

Der nächste Tag war ähnlich. Es regnete immer noch sehr, der Straßenschlamm wurde dicker und tiefer, sie kamen noch langsamer vorwärts und die Lastpferde schienen erschöpft und überfordert. Schon mitte des Nachmittags ordnete Arminius das Ende des Tagesrittes an. Sie übernachteten wieder in einem Gasthof und pflegten die wundgeriebenen Lastpferde besonders sorgfältig. Am darauffolgenden Tag ritten sie in Besancon ein.

Die Komturei Besancon hatte große Ställe und großzügige Brüder. Arminius befahl eine Tagesruhe. Die Pferde und Männer brauchten dringend Rast, die Reibwunden der Lastpferde mussten behandelt und einige Pferde neu beschlagen werden. Arminius hoffte sehr, dass der Regen nachlassen würde.

Ihr Ruhetag war nur ein Tag ohne Reiten, es war kein eigentlicher Ruhetag; sie waren um ihre Pferde und Lasten bemüht. Sie breiteten die Lasten, die trotz der Öltücher nass geworden waren, zum Trocknen aus. Die Sergeanten halfen dem Bruder Hufschmied beim Beschlagen und Pflegen der Pferde. Arminius und seine Ritter halfen dem erfahrenen Pferdepfleger der Komturei Besancon Heilpflaster aus verschieden Heilkräutern zu bereiten und sie den wunden Lastpferden aufzulegen.

Am nächsten Morgen nach der Frühmesse verließen sie Besancon. Es regnete immer noch, aber nicht mehr so sehr. Die Besancon Brüder sagten, dass Herbstregen im Tal der Doubs häufig seien, aber dass die Talebene der Saône weitaus trockener sei. Weil Männer und Pferde gut ausgeruht waren, entschloss sich Arminius bis nach Dole durchzureiten. Sie kamen nach Einbruch der Dunkelheit in Dole an und Arminius war erleichtert: sie waren jetzt am Rande der Talebene der Saône, das Wetter würde bald besser werden! Die Brüder der Komturei Dole waren freundlich und hilfsbereit, sie halfen Arminius und seinen Männern beim Absatteln und Abladen, bewirteten sie aufs Beste und versicherten ihnen, dass es bald zu regnen aufhören würde.

Die Brüder von Dole hatten recht. Als sie am nächsten Morgen von Dole weggeritten hatte es aufgehört zu regnen. Während sie die Talebene der Saône überquerten, verflogen die Wolken und die Sonne brach durch. Als sie am späten Nachmittag die Stadt Chalon-sur-Saône erreichten, waren die Wolken weg und der Himmel klar. Sie übernachteten in einer Komturei südlich von Chalon. Als sie am nächsten Morgen aufbrachen war es klar und kühl, aber die Sonne ging bald über dem jetzt fernen Jura auf und wärmte sie. Arminius war guten Mutes. Der schwierigste Teil der Reise war vorbei, von hier nach Marseille würde es leichter sein!

An diesem Tag legten sie eine lange Strecke zurück und kamen am Abend in der Stadt Mâcon an. Sie übernachteten in der stattlichen Präzeptorei Mâcon und erreichten Lyon am späten Nachmittag des nächsten Tages. Die Präzeptorei Lyon war eines der bedeutendsten Häuser des Tempels, sie hatte große Ställe und einen erfahrenen Pferdearzt, der Arminius' Pferde untersuchte und entschied, dass zwei der Lastpferde zu wund und eines zu lahm zum Weiterreisen sei. Der Bruder Präzeptor von Lyon war großzügig genug die drei Pferde in seinem Stall zu behalten und sie durch andere zu ersetzen. Sie wuschen und pflegten alle Pferde gründlich. Nach der Frühmesse in der Templerkirche von Lyon ritten sie weiter nach Süden.

Südlich von Lyon fing der Mistral an zu wehen. Der Mistral ist ein kalter Nordwind, der das Tal der Rhône hinunterbläst. Die provencalischen Brüder sagten, der Mistral könne tage- und wochenlang wehen, sie betrachteten ihn als eine Plage, aber Arminius und seine deutschen Templer waren an kalte Winde gewöhnt. Sie hießen den Mistral sogar willkommen, weil er sie vorwärts trieb! Außerdem ließ es sich flott reiten ohne die Pferde zu überhitzen. Aber Arminius war vorsichtig, er schärfte seinen Männern ein, die Pferde bei diesem kalten Wind ja nicht ins Schwitzen zu bringen, denn sie könnten leicht erkranken. Die Männer trotzten dem Mistral indem sie sich in ihre Schlafdecken hüllten und darüber noch ihre Ölumhänge trugen.

Der Mistral blies sie südwärts, sie kamen sehr gut voran, das Wetter blieb trocken, klar und kühl, und die Templerniederlassungen waren so zahlreich im Rhônetal, dass sie jeden Tag bis Anbruch der Dunkelheit reiten konnten und sicher sein, in einer Präzeptorei, Komturei oder Probstei des Templerordens zu übernachten. Da sie jetzt gute Fortschritte machten und Arminius ziemlich sicher war, dass sie Marseille rechtzeitig erreichen würden, gingen sie auch jeden Tag zur Frühmesse, sofern sie in einem Haus mit einer Templerkirche oder Kapelle und einem Templerkaplan übernachteten.

Von Arles ritten sie ostwärts, über die Crau, Richtung Marseille. Der Mistral wurde ihnen jetzt zur Plage, weil er seitlich auf sie über die baumlose Ebene blies und körnigen Staub mit sich führte. Aber Arminius und seine Männer banden ihre Schnupftücher um Nase und Mund, blickten durch ihre Augenwimpern in den Staubsturm und ritten durch bis Miramas. Sie erreichte die Komturei Miramas nach Einbruch der Dunkelheit und versorgten ihre Pferde bei Lampenlicht.

Nach der Frühmesse in der Templerkapelle der Komturei Miramas ritten sie weiter, am Etang de Berre vorbei, dem großen Salzsee in dem Arminius vor mehr als sechs Jahren riesige Schwärme von Flamingos gesehen hatte. Diesmal sahen sie keine Flamingos, vielleicht waren sie über den Winter nach Süden geflogen, oder der Mistral hatte sie verweht. Aber der Wind blies nicht mehr so stark, als sie am Etang de Berre vorbeiritten, und als sie um die Mittagstunde durch Rognac ritten hörte der Mistral ganz auf. Sie erreichten Marseille vor Einbruch der Dunkelheit.

Als sie in den großen Innenhof der Präzeptorei Marseille einritten, wurden sie mit der höchst willkommenen Nachricht begrüßt, dass die Templerflotte im Hafen von Marseille liege und gerade Fracht und Passagiere aufnehme. Die ungewohnte Verantwortung des Kommandos und der Zeitdruck, Marseille rechtzeitig zu erreichen, waren schwer auf Arminius gelegen. Mit einem tiefen Seufzer der Erleichterung stieg er ab um sich sofort beim Bruder Präzeptor zu melden und ihm den Brief zu übergeben. Der Präzeptor las den Brief und sagte: „Dieser Brief ist jetzt überflüssig, er war für den Fall, dass du hier mit deinem Zug überwintern wirst. Jetzt, nachdem du rechtzeitig hier bist, und unsere Flotte hier und am Laden ist, wirst du sofort nach Akko weiterreisen. Morgen früh wirst du deine Lasten zur Rose du Temple bringen, sie ist die einzige, die noch Platz für dreißig Pferde hat. Die Pferde wirst du später laden, am offenen Strand außerhalb Marseille!“

Am nächsten Morgen nach der Frühmesse bepackten sie zum letzten Mal ihre Lastpferde und ritten in ihrer üblichen Formation zum Althafen von Marseille. Am Nordkai des Althafens lagen vier Galeeren und drei Frachtschiffe der Templerflotte: die La Bonne Aventure, die La Benite und die La Rose du Temple. Jedes Frachtschiff hatte eine Mannschaft von dreißig und Platz für sechzig Pferde. Die Pferde reisten im Kielraum, das Mittel- und Oberdeck war für Fracht und Passagiere. Die Schiffe würden zur Kapazität mit Fracht und Pferden beladen werden, aber außer Templern gab es wenig Passagiere. Das war teilweise wegen der späten Saison, aber hauptsächlich wegen des Kriegszustandes im Heiligen Land, der die Pilger von Pilgerfahrten zu den heiligen Stätten abhielt. Arminius ging über die Laufplanke an Bord der La Rose du Temple, meldete sich beim Kapitän, der ihn anwies die Lasten in das Zwischendeck zu tragen, wo die Mannschaft sie verstauen würde. Arminius' Sergeanten trugen die Lasten ins Zwischendeck und die Schiffsmannschaft verstaute sie dort fachgerecht. Die Pferde würden einige Tage später in den Kielraum geladen werden, am Strand außerhalb Marseille.

Sie ritten mit den leeren Lastpferden an der Leine in den Stall der Präzeptorei Marseille zurück, wuschen und pflegten alle ihre Pferde gründlich und bereiteten sie für die lange Seereise vor. Der Bruder Stallmeister sagte, dass sie ihnen keinen Hafer mehr geben dürften, nur Heu, und davon möglichst wenig, so dass die Pferde stets zahm und hungrig seien und mit Futter beruhigt werden konnten wenn die See unruhig wurde. Auch Arminius und seine Männer wuschen sich und ihre Kleider sorfältig und bereiteten sich auf die lange Seereise vor.

Eines Morgens, Anfang Oktober schleppten drei der Templergaleeren die drei Frachtschiffe aus dem Hafen von Marseille. Arminius' Zug ritt und führte die Lastpferde, in der üblichen Formation, aus der Stadt hinaus zum offenen Strand außerhalb Marseille, wo die Pferde geladen werden sollten. Die drei Schiffe ankerten so nahe wie möglich am Ufer, mit dem Heck auf das Ufer zu, und ließen ihre Falltore herunter.

Alle Frachtschiffe des Templerordens waren sogenannte „Torschiffe", mit abgeflachtem Heck und wenig Tiefgang. Im abgeflachten Heck befand sich ein großes Zugtor, das zum Kielraum offen war und wie eine Zugbrücke wirkte. Wenn das Zugtor unten war, fungierte es als Laderampe, über die man direkt in den Kielraum reiten konnte. Das Zugtor war breit genug, so dass zwei Reiter, Seite bei Seite, bequem in den Kielraum reiten konnten.

Sobald das Falltor der La Rose du Temple heruntergelassen war und am Seeboden auflag, empfing Arminius das Signal zum Einreiten. Er ritt in die See hinein und seine Truppe folgte ihm in der gewohnten Formation. Die Pferde schritten zuerst auf dem Seegrund, dann schwammen sie ein wenig, und wenn sie den festen Boden des Falltores unter sich fühlten klommen sie schnell in den Kielraum. Im Kielraum befanden sich zwei Reihen von Ställen, im rechten Winkel zum Kiel, 30 Ställe auf jeder Seite, mit einem Durchgang, so breit wie das Falltor. Die Ställe waren breit genug um die Pferde zu pflegen, aber nicht breit genug dass sie sich umdrehen konnten. Jeder Stall hatte Geschirre und Gurte mit denen man die Pferde bei schwerem Seegang festschirren konnte.

Die Pferde waren an Furten und Schwimmen gewöhnt, so langten sie schnell und sicher im Kielraum an. Die Männer führten ihre Pferde rückwärts in die Ställe und machten die Türen zu. Nachdem alle Pferde geladen waren, wurde das Falltor der La Rose du Temple hochgezogen und mit Hanf und Teer abgedichtet. Als die Falltore aller drei Schiffe abgedichtet waren, lichtete die Templerflotte Anker und setzte Segel.

Die drei Frachtschiffe wurden von vier Templergaleeren begleitet, schnelle und wendige Kriegschiffe, mit Segeln und einer großen Anzahl von Rudern, für den Seekrieg gebaut und gerüstet, mit einer Mannschaft die für den Seekrieg ausgebildet war. Die großen Frachtschiffe hatten nur wenige Ruder, deshalb fungierten die Galeeren auch als Schleppboote für die Frachtschiffe, in und aus den Häfen, und wenn es windstill war, draußen auf dem Meer. Aber der Hauptzweck der Galeeren war, die Frachtschiffe vor Piraten und feindlichen Überfällen zu schützen.

Arminius und seine Männer waren für die Pflege ihrer Pferde verantwortlich und schliefen im Kielraum. Er teilte seine Mannschaft in vierstündige Wachen ein, so dass immer jeweils zwei Ritter und zwei Sergeanten die Pferde bewachten und pflegten, während die anderen aßen, schliefen, oder sich auf dem Zwischen- oder Oberdeck aufhielten. Sollte das Wetter schlecht werden, würde Arminius mehr Männer zur Pferdewache abkommandieren und Essens- und Schlafenszeiten entsprechend einteilen.

Der größte Teil ihrer Mitpassagiere waren Mitglieder des Templerordens, junge Rekruten die dem Orden erst vor kurzem beigetreten waren und, wie Arminius, sofort nach Akko abkommandiert wurden. Die meisten waren in Frankreich in den Orden eingetreten, einige kamen aus England, Schottland und Irland. Arminius und seine Männer waren auf diesem Transport die einzigen Templer aus Deutschland. Einige der Passagiere waren ältere Miglieder des Ordens, die nach Beendigung ihrer Aufgaben im Abendland nach Akko zurückkehrten. Es waren auch einige Kaufleute und Handwerker an Bord, die entweder nach Akko zurückkehrten oder dort ihr Glück versuchen wollten. Und einige der Passagiere waren mutige Pilger die die Reise ins heilige Land wagten, trotz der späten Jahreszeit und des Kriegszustandes in Palästina.

Der Nordwestwind war etwas steif aber nicht stark, und Arminius stolzierte breitbeinig herum, um seinen Männern zu zeigen, wie man sich auf den unsteten Planken eines Schiffes auf hoher See bewegt. Er wies seine Männer an, gut zu essen und zu trinken und ihre Augen auf den unbeweglichen Horizont zu richten, um Seekrankheit zu vermeiden.

Jedes der sieben Schiffe hatte das Templerkreuz auf den Segeln, aber nur die La Rose du Temple flog das Templerbanner oben am Hauptmast. Sie war das Flaggschiff der Flotte, und ihr Kapitän der Admiral. Er bat Arminius um eine Unterredung und die beiden setzten sich nach dem Morgenmahl bei einem Becher Wein zusammen.

Der Kapitän fragte Arminius, ob er schon einmal zur See gefahren sei und Arminius antwortete, dass er erst vor einigen Monaten von Neapel nach Marseille gefahren war. Dann fragte Arminius den Kapitän über ihren Kurs. Der Kapitän antwortete, dass sie bald durch die Straße von Bonifazio segeln würden, von dort zur Straße von Messina und weiter nach Brindisi.

„In Brindisi legen wir kurz an, um Vorräte zu laden“, sagte der Kapitän. „Unsere großen, landwirtschaftlichen Güter in der Ebene von Foggia erzeugen viele der Lebensmittel für Akko. Die Erzeugnisse gehen in kleinen Küstenschiffen oder in Maultierzügen von Foggia nach Brindisi und werden dort in unseren Lagerhäusern für den Weitertransport nach Akko gelagert.

Von Brindisi segeln wir die Länge des Mittelmeeres, in einem weiten Bogen südlich an Kreta vorbei, direkt nach Akko. Morgen segeln wir durch die Straße von Bonifazio, da werden wir Korsika und Sardinien sehen. Sizilien und Kalabrien werden wir sehen, wenn wir durch die Straße von Messina segeln. Du wirst natürlich den Hafen von Brindisi sehen, und einen Teil der Küste Apuliens. Auch die Berge von Kreta, wenn das Wetter gut ist. Die Strecke von Kreta bis Akko ist die längste ohne Landsicht, sie kann auch die schlimmste werden. Zwischen hier und Brindisi erwarte ich keinen Sturm. Wenn wir in einen Sturm geraten, dann wird es zwischen Brindisi und Akko sein. Nachdem wir in Akko abgeladen haben, kehre ich sofort nach Brindisi zurück um dort zu überwintern. Wir haben Anlegerechte, Lagerhäuser und ein Trockendock im Hafen von Brindisi; im Winter überholen wir dort unsere Schiffe. Sobald die Winterstürme vorbei sind, segeln wir wieder nach Marseille, zur ersten Überfahrt der nächsten Saison.

Ich habe das Mittelmeer von Marseille nach Akko viele Male überquert. Wenn ich Glück hatte und die Winde günstig waren, schaffte ich es in drei oder vier Wochen. Wenn die Winde ungünstig waren oder irgendetwas anderes dazwischenkam, dauerte es bis zu sechs und manchmal sogar acht Wochen. Gewöhnlich machen wir die Überfahrt zweimal im Jahr. Aber wenn wir früh im Jahr anfangen, und für die ersten zwei Überquerungen günstige Winde haben, dann wagen wir eine dritte. Aber das Ende der dritten Überquerung bringt uns meistens in den Anfang der Winterstürme!

Ich habe im Tyrrhenischen Meer nur einen einzigen Sturm erlebt, aber einige zwischen Brindisi und Akko. Sollten wir in einen schweren Sturm geraten, der den Kielraum überflutet, dann mache sicher, dass deine Pferde von den Gurten befreit werden bevor sie ertrinken! Im Kielraum schwimmend können sie vielleicht überleben, aber festgeschirrt in den Gurten ertrinken sie bestimmt! Ich will dir keine Angst machen, es ist nicht sehr wahrscheinlich, dass wir einen so schweren Sturm erleben, aber du musst wissen, was du zu tun hast, falls es dazu kommt. Die Seekrankheit ist schlimm, für Pferde und Männer! Pferde werden zwar nicht seekrank, aber die Männer, die die Pferde bewachen, sind oft so seekrank, dass sie nicht für ihre Pferde sorgen können. Ich brauche, besonders während der Stürme, jeden meiner Mannschaft! Ich kann keinen meiner Männer zur Pferdepflege abkommandieren!“

Arminius entschied sich, seine Männer nicht unnötigerweise zu beunruhigen; er würde die entsprechenden Befehle geben, wenn es zu einem Sturm kam. Zur Zeit war das Wetter ideal. Der Himmel war klar, und der etwas steife aber stetige Wind blies mehr oder weniger in ihre Fahrtrichtung. Sie segelten durch die Straße von

Bonifazio, zwischen den Inseln Sardinien und Korsika hindurch, und Arminius wechselte die Wache auf dem halben Weg, so dass alle seine Männer die beiden Inseln sehen konnten. Als sie einige Tage später durch die Straße von Messina fuhren, tat er das Gleiche, damit alle seiner Männer Kalabrien und Sizilien sehen konnten.

Kalabrien war die gleiche, vertraute, süditalienische Landschaft die Arminius während seiner sechs Jahre in Neapel liebgewonnen hatte. Er hatte Neapel erst vor vier Monaten verlassen. Vier Monate? Es schien ihm als wären es vier Jahre, so viel hatte sich geändert, und so schnell! Vor vier Monaten war er noch ein sorgenfreier Student auf seinem Heimweg, jetzt war er ein Tempelritter auf dem Weg nach Akko. Jetzt führte er neun berittene Männer und zwanzig Lastpferde in den Krieg. In den Krieg? Plötzlich wurde Arminius sich dessen gewahr, dass sie mit Bestimmtheit in einen Sturm fuhren, einen Sturm, der so tödlich oder noch tödlicher sein konnte als der auf See: Krieg!

Drei Tage danach sichteten sie den Leuchtturm am Eingang zu dem verästelten Hafen von Brindisi, dessen geweihförmige Arme der Stadt ihren Namen gegeben hatten. Sie segelten in den Hafeneingang, rafften ihre Segel und wurden von den Templergaleeren zum Templerdock im Nordarm des Hafens gezogen. Das Laden von Nahrungsmitteln, Wasser und anderen Versorgungsmitteln dauerte den Rest des Tages und die ganze Nacht. Im Morgengrauen des nächsten Tages wurden sie von ihren Galeeren wieder aus dem Hafen gezogen und setzten Segel, Richtung Akko.

Auf dem offenen Meer wurde der Himmel bewölkt und der Wind kam vom Norden.

Einige Tage später gerieten sie in einen Sturm. Die Pferde waren verängstigt und mussten mit allen verfügbaren Gurten festgeschirrt werden, aber es kam nur wenig Wasser in den Kielraum. Männer und Pferde waren in keiner Gefahr, aber einige der Männer dachten, dass sie in Todesgefahr seien; alle außer zweien wurden schwer seekrank. Arminius war bereits seefest und zwei seiner Männer waren so eisern, dass ihnen der Sturm nichts ausmachte. Diese drei Männer erschöpften sich, indem sie zwei Tage und Nächte für ihre Pferde und ihre kranken Kameraden sorgten. Nach dem Sturm schliefen die drei Männer durch drei Wachen!

Die Winde blieben steif und nördlich, der Himmel blieb bewölkt und sie sahen nicht viel von Kreta als sie südlich daran vorbeifuhren. Südlich von Zypern erlebten sie noch einen kleinen Sturm, aber Arminius' Männer wurden nicht mehr seekrank und der Sturm war deshalb leichter zu ertragen. Danach segelten sie ohne weitere Vorfälle nach Akko.

Die Bucht von Akko ist sichelförmig, wie die Bucht von Neapel. Und die Stadt Akko lag am Nordende der Sichel, wie die Stadt Neapel. Und, wie der Hafen von Neapel, befand sich der Hafen von Akko unter dem nördlichen Horn der Sichel, im Schutze eines Riffes, mit einer hohen und sicheren Hafenmauer auf dem Riff und einem Wachturm am Hafeneingang.

Die Hafenstadt Akko, die etwa 40.000 Einwohner zählte als Arminius dort ankam, ist eine der ältesten und bedeutendsten Städte des Mittelmeerraumes. Sie wurde von den Phöniziern gegründet und war nicht nur einer ihrer wichtigsten Häfen sondern auch eine wichtige Station und Umschlagplatz auf der alten Karawanenroute zwischen Ägypten und Damaskus. Akko wurde von den Christen während des ersten Kreuzzuges im Jahre 1099 erobert. König Balduin von Jerusalem erkannte die wirtschaftliche und strategische Bedeutung Akkos und machte die Stadt zum Haupthafen des christlichen Königreiches Jerusalem.

Danach wurde Akko das „Tor zum Orient", der Eingangs-, Ausgangs- und Umschlagshafen für unzählige Pilger, Kreuzfahrer, Kaufleute, Handwerker und Abenteurer.

Im Jahre 1187, als Sultan Saladin den größten Teil Palästinas im Sturm zurückeroberte, fiel auch Akko. Aber Akko wurde 1191 von einer christlichen Streitmacht unter König Richard Löwenherz wiedererobert. Die Christen, mit Hilfe König Richards und seiner Streitmacht, umgaben dann die Stadt Akko mit einer Doppelmauer und machten sie zur schwerstbefestigten Stadt Palästinas. Weil Jerusalem (von der friedlich vereinbarten Oberhoheit Friedrichs des Zweiten zwischen 1229 und 1244 abgesehen) von den Christen nicht zurückerobert wurde, blieb Akko die wichtigste Stadt des christlichen Palästinas und die de facto Hauptstadt des auf einen schmalen Küstenstreifen zusammengeschrumpften Königreiches Jerusalem. Auch wurde Akko im Jahre 1191, und blieb bis zu seinem endgültigen Fall hundert Jahre später, das Hauptquartier des Templerordens.

Die Stadt Akko bestand aus einem Dreieck am Nordende der Bucht von Akko. Die Spitze des Dreieckes, die in das Meer hineinragte und es nach Westen, Norden und Süden überblickte, war der Tempelbezirk. Der Tempelbezirk war ein befestigter Gebäudekomplex, eine starke Festung innerhalb einer schwerbefestigten Stadt.

Die Templerschiffe fuhren nicht sofort in den Hafen von Akko, sie ankerten außerhalb des Tempels, so nahe wie möglich, ohne aufzulaufen, mit dem Heck auf das Land zu, und ließen ihre Falltore herunter. Arminius und seine Männer warteten im Kielraum, zu Pferd und in Formation. Als das Falltor der La Rose du Temple heruntergelassen war und das Signal zum Hinausreiten gegeben wurde, ritten Arminius und sein Zug über das Falltor in die See und zum Strand. Die Pferde brauchten nicht angespornt zu werden, sie waren so begierig ihrem dunklen und nassen Gefängnis zu entkommen, dass sie die Männer kaum zügeln konnten. Die Ställe des Tempelbezirkes waren hinten, auf die See zu, und die Tempelbezirksmauer hatte einen See-Eingang zu den Ställen. Arminius brachte seine Pferde nicht sofort in die Ställe, er ließ sie am Strand auf- und ablaufen, damit sie sich die Steifheit aus den Gliedern liefen. Danach brachten er und seine Männer ihre Pferde zu den Ställen und übergaben sie dem Bruder Stallmeister.

Nachdem die Pferde entladen waren, zogen die Templergaleeren die Frachtschiffe in den Hafen und das Entladen der Fracht begann. Arminius führte seine Männer zum Gonfanonier. Dieser wies Arminius und seinen Rittern Quartiere in der Ausbildungsschwadron der Ritter zu, die Sergeanten schickte er zur Ausbildungskompanie der Sergeanten. Danach ging Arminius zum Schatzmeister und übergab ihm das übriggebliebene Reisegeld, dann ging er zum Großmeister um sich dort zu melden und sein Kommando niederzulegen. Der Großmeister war sehr beschäftigt, sein Sekretär wies Arminius an, es am nächsten Morgen, nach der Frühmesse, wieder zu versuchen.

Am nächsten Morgen nach der Frühmesse nahm Arminius den Brief vom Präzeptor und ging wieder zum Palast des Großmeisters. Der Palast des Großmeisters war das stattlichste Gebäude im Tempelbezirk von Akko, und er enthielt weit mehr als die Kammern des Großmeisters; er enthielt den großen Konventsaal, die Schatzkammer mit Vorkammer, das Archiv mit Schreibkammer und die inneren Kammern des Großmeisters mit Vorkammer. Arminius wartete lange in der Vorkammer, die auch als Schreibstube diente. Neun Stehpulte befanden sich dort, fünf davon waren von Schreibern besetzt die eifrig schrieben ohne aufzublicken.

Schließlich wurde er vor den Großmeister geführt. Arminius stand stramm und sagte, in militärisch knappen, präzisem Latein: „Bruder Großmeister! Bruder Arminius meldet sich aus Mainz, mit neun berittenen Brüdern und zwanzig Lastpferden samt Lasten! Der Bruder Präzeptor gab mir das Kommando über meinen Zug von Mainz bis hierher und befahl mir, Euch mein Kommando niederzulegen und Euch diesen Brief zu übergeben. Hiermit lege ich Euch mein Kommando nieder!"

Und, als ob der Brief das Kommando wäre, legte Arminius den Brief eindrücklich vor dem Großmeister auf den Tisch.

Der Großmeister hörte sich Arminius' militärisch knappes Latein belustigt an und erwiderte lächelnd, auf Französisch: „Du sprichst ein sehr präzises Latein, Bruder Arminius! Lasst uns sehen, was dein Präzeptor zu sagen hat." Der Großmeister brach das Siegel und las den Brief. „Dein Präzeptor schreibt, dass du ein hochgebildeter Mann bist, aber er sagte nichts weiter. Sag, Bruder Arminius, was hast du gelernt, was kannst du?"

„Ich habe von klein auf Latein gelernt", antwortete Arminius auf Französisch, „später lernte ich Griechisch dazu, und etwas später Arabisch. Außerdem studierte ich sechs Jahre auf der Universität Neapel. Meine Studienfächer waren Latein, Griechisch, Arabisch, Mathematik und Theologie. Ich spreche, lese und schreibe Latein, Griechisch und Arabisch."

Der Großmeister hob seine Augenbrauen und sagte: „Es ist äußerst selten, dass ein Mann deines Bildungsstandes in den Templerorden eintritt. Sag, Bruder Arminius, warum bist du in unseren Orden eingetreten?"

Arminius wusste nicht recht was er darauf antworten sollte. Der Großmeister bemerkte es und ermutigte ihn, indem er sagte: „Sprich frei heraus, Bruder Arminius! Was du sagen wirst ist nur für meine Ohren, und für die Ohren Gottes, der bereits weiß was du zu sagen hast. Wir beide sind Männer Gottes, wir sind hier an Gottes Statt, und vor Gott gibt es keine Geheimnisse! Ich werde das, was du mir anvertraust, niemals gegen dich anwenden!"

Arminius fasste Mut und antwortete: „Bruder Großmeister, ich habe drei Gründe für meinen Eintritt in den Templerorden. Mein Hauptgrund ist, den Gral zu suchen und zu finden. Ein weiterer Grund ist, Brücken zwischen Islam und Christenheit zu bauen. Und mein dritter und weniger wichtiger Grund war, der Bevormundung meiner Lehnsherren, dem Abt von Schönau und dem Erzbischof von Mainz, zu entgehen."

Als Arminius dies sagte, hob der Großmeister seine Augenbrauen noch höher und erwiderte: „Deine Gründe sind so ungewöhnlich wie dein Latein, Bruder Arminius! Lasst uns sehen wie gut du Arabisch schreibst. Geh in die Vorkammer, hol dir einen Griffel und eine Schiefertafel! Ich werde dir einen Brief an Sultan Baybars diktieren."

Der Großmeister diktierte den Brief an Baybars, in Latein, und Arminius schrieb ihn auf die Schiefertafel. Nach dem Diktat sagte Arminius: „Bruder Großmeister, darf ich den Brief etwas lyrischer gestalten, so wie es in formellem Arabisch üblich ist?"

„Natürlich!" erwiderte der Großmeister. „Verbessere diesen Brief so gut du kannst, ohne die wesentliche Botschaft zu ändern. Du hast das Recht, und sogar die Pflicht, die Briefe, die ich dir diktiere, so gut wie möglich zu formulieren. Du bist nicht mein Kopierschreiber, Bruder Arminius, du bist mein Verfasser! Aber ich behalte mir das Recht zur Zustimmung vor, und ich werde deiner Fassung nicht unbedingt zustimmen! Zum Schreiben dieses Briefes kannst du meine Vorkammer benützen, dort findest du Feder, Tinte und Papier und alles was du brauchst. Als mein Privatsekretär hast du in meiner Schreibkammer das Vorrecht! Mein Siegel ist hier, nach meiner endgültigen Zustimmung werde ich deine Briefe hier unterschreiben und siegeln. Nimm dir Zeit mit dem Brief an Baybars, er hat seit langem nicht mehr mit uns verhandelt, und in früheren Verhandlungen erwies er sich als unzuverlässig und verräterisch. Ich denke nicht, dass dein Brief, selbst wenn du ihn sehr blumenreich verfasst, einen besseren Menschen aus ihm machen wird.

Wie du siehst, habe ich dich eben zu meinem persönlichen Sekretär ernannt! Sag das dem Bruder Gonfanonier, und sag ihm, dass ich dich jederzeit, vorübergehend und kurzfristig, für Diktate abrufen werde. Aber du gehörst bis zum Ende deiner militärischen Spezialausbildung der Ausbildungsschwadron an! Selbst als mein Sekretär musst du kämpfen, du musst mit mir und neben mir kämpfen und mich beschützen! Bilde dich gut aus, Bruder Arminius! – Non nobis, Domine! Non nobis, sed Nomini Tuo da gloriam!"

„Non nobis, Domine!" bestätigte Arminius, verließ die innere Kammer des Großmeisters, ging zum Gonfanonier und berichtete ihm, was der Großmeister eben gesagt hatte. Dann gesellte er sich zur Ausbildungsschwadron die bereits auf dem Paradeplatz des Tempelbezirkes übte.

Sie übten das Schwertfechten, einhändig und zweihändig, mit und ohne Schild. Sie übten es genau so wie Arminius' Vater und Siegfried der Schwertschmied es ihm gelehrt hatten: Die rechte Hand immer am Vordergriff des Schwertes, und die linke Hand wahlweise am Hintergriff des Schwertes, oder am Schild, oder an einer zweiten Handwaffe. Die rechte Hand am Vordergriff des Schwertes war gewöhnlich genug um den Gegner in Schach zu halten und seine Schwerthiebe zu parieren, besonders wenn die linke Hand gebraucht wurde um das Schild oder eine Zweitwaffe zu führen. Sie stellten die Armschlingen ihrer Schilder so ein, dass die Schilder sicher am linken Unterarm hingen wenn sie die Handschlinge losließen. Die oberste Schlinge des Schildes, die Handschlinge, musste stets locker genug sein, um mit der linken Hand blitzschnell vom Schild auf den Hintergriff des Schwertes überzuwechseln und den tödlichen Hieb zweihändig durchzuführen, ohne das Schild fallenzulassen.

Wenn sie ohne Schild übten, dann führten sie entweder das Schwert zweihändig, oder das Schwert mit der Rechten, und Lanze, Säbel, Keule oder Dolch mit der Linken, in ständiger Bereitschaft die linke Waffe fallen zu lassen und blitzschnell mit der linken Hand den Hintergriff des Schwertes zu ergreifen, um den tödlichen Hieb zweihändig durchzuführen. Sie trainierten auch mit dem Schwert in der Rechten und Schild plus Lanze in der Linken, oder Schild plus Säbel, oder Keule oder Dolch. Aber ihre rechte Hand führte immer das Schwert, ihre Hauptwaffe. Nur wenn sie ihre langen Reiterlanzen zweihändig führten blieb das Schwert in der Scheide.

Arminius, wie alle Ritter die mit ihren eigenen Schwerten in den Orden eintraten, behielt sein vertrautes Schwert. Erst jetzt wurde ihm gewahr wie gut sein Schwert wirklich war. Die meisten Schwerter seiner Mitbrüder waren vorne zu schwer, sie hatten das meiste Gewicht vorne in der Klinge. Aber sein Schwert hatte beinahe des halbe Gewicht hinten, auf Parierstange, Griff und Knauf. Der Waagepunkt seines Schwertes war nur zwei Handbreit vom Heft; bei den meisten anderen Schwertern war der Waagepunkt einen oder zwei Fuß vom Heft! Diese vorderschweren Schwerter hatten zwar ein wenig mehr Hiebkraft als Arminius' Schwert, aber sie waren ermüdender wenn man sie für lange Zeit einhändig führte, besonders beim Parieren.

Ihre Hauptausbildung war die Ausbildung zu Pferd. Jeder Reiter hatte seine bestimmte Position in der Schwadron inne und durfte seine Stelle auf keinen Fall wechseln oder verlassen! Wenn die Schwadron Seite bei Seite ritt, dann mussten sie schnurgerade reiten; einen Pferdekopf voraus oder einen Pferdekopf hintennach war schon zuviel! „Wenn ich seitlich auf Euch blicke, dann will ich nur ein Pferd sehen!" schärfte ihnen der Gonfanonier wiederholt ein. Und wenn sie hintereinander ritten, dann wollte der Gonfanonier auch nur ein Pferd sehen wenn er direkt von hinten oder von vorne auf die Schwadron blickte. Sie lernten ihre Pferde blitzschnell auf den Hinterbeinen zu wenden, so dass sie in Windeseile von einer Linie auf einen Frontalangriff übergehen konnten, und genau so schnell wieder in eine Linie zurück. Die Schwadron lernte im Kreis oder Teilkreis zu schwenken, was besonders schwierig war, denn das innerste Pferd musste auf der Stelle trippeln, das äußerste in vollem Galopp laufen und jedes der dazwischenliegenden eine verschiedene Geschwindigkeit und Gangart einhalten. Wenn sie dann auf Kommando in die entgegengesetze Kreisrichtung schwenkten, musste das äußerste Pferd plötzlich auf der Stelle trippeln und das innerste in vollem Galopp laufen. Bei diesen Kreisschwenkungen in einer Linie zu bleiben war das schwierigste!

Sie lernten die lange Reiterlanze zu führen, waagerecht in der Attacke, oder im Boden verankert, um dem Angriff des Gegners stehend standzuhalten. Es war außerdem sehr wichtig, den Feind auf Lanzenlänge oder zumindest auf Schwertlänge zu halten. Das zweihändige und zweischneidige Langschwert der Tempelritter war bestens geeignet, den Feind auf Schwertlänge zu halten, aber für den Nahkampf war es nicht sehr gut geeignet. Das Krummschwert der Muselmanen war ein besseres Nahkampfschwert. Das Nahkampfschwert der Templer war der Säbel, den sie auf der rechten Seite trugen und mit der linken Hand führten, aber auch mit der rechten Hand führen konnten wenn ihr Schwert in der Scheide blieb. Aber auch der Säbel war dem arabischen Krummschwert im Nahkampf unterlegen. Das Krummschwert der Muselmanen war eine ausgezeichnete Hieb- und Schneidwaffe. Es war zwar kürzer als das Langschwert der Christen und nur einschneidig, aber dafür schwer und kurvig, mit einer rasiermesserscharfen Schneide an der Außenseite der Kurve – eine weitaus bessere Hiebwaffe als Langschwert oder Säbel, und eine bessere Nahkampfwaffe. Es war deshalb außerordentlich wichtig, den Feind nicht auf Krummschwertlänge kommen zu lassen! Aber das Krummschwert hatte auch seine Nachteile, es war keine Stichwaffe und schlecht zum Parieren geeignet.

Sie trainierten auch im Bogenschießen, mit dem Kurzbogen der Reiterei, dem Langbogen des Fußvolkes und mit der Armbrust. Aber das Bogenschießen war für die Tempelritter nicht so wichtig, denn die Langbogenschützen der Templer waren die Sergeanten, und die kurzen Reiterbogen wurden von den Turkopolen geführt.

Die Turkopolen waren angeworbene Syrier, syrische und palästinische Christen und übergelaufene Muselmanen, die auf Feindesart kämpften: Auf unbeschlagenen, arabischen Pferden, in leichter Hartlederrüstung, bewaffnet mit kurzen Doppelbogen und mehreren Köchern voller Pfeile. Sie schossen Pfeile, seitlich, vorwärts und rückwärts, in vollem Galopp, in Blitzesschnelle und mit erstaunlicher Genauigkeit. Sie waren sogar fähig in ihren Steigbügeln stehend Pfeile rückwärts zu schießen, während ihre Pferde in vollem Galopp vorwärts liefen!

Das Pferd der Turkopolen war nicht das mittelschwere Pferd der Tempelritter sondern das leichte und schnelle Araberpferd. Ihre Stärke war der blitzschnelle Angriff und der blitzschnelle Rückzug, mit Hageln von Pfeilen in alle Richtungen. Das arabische Krummschwert war ihr Schwert, das sie ohne Scheide am Gürtel trugen. Sie trugen auch Keulen und Dolche.

Einige hundert Turkopolen waren die sogenannten Assassinen, eine schi'itisch-ismaelitische Sekte die von den Muslimen unter Sultan Baybars nahezu ausgerottet wurde. Diejenigen Assassinen, die die tödlichen Angriffe Baybars überlebt hatten, waren nach dem Fall ihrer letzten Festung zu den Templern übergelaufen.

Die Tempelritter trugen ihre weiße Tunika mit dem roten Templerkreuz auf Brust und Rücken über ihrem Kettenpanzer, wenn sie übten und kämpften. Der Kettenpanzer war ein ganzer Anzug aus unzähligen, kleinen, ineinander verflochtenen Eisenringen. Ihr Helm war ein Kesselhelm, der den ganzen Kopf schützte und einen T-förmigen Schlitz zum Sehen und Atmen hatte. Ihre Fechthandschuhe waren oben gepanzert, unten aber dünn und weich für einen festen, sicheren Griff. Ihr Schild war das länglich-dreieckige Schild der christlichen Ritter, mit dem roten Templerkreuz vorne auf dem Schild. Ihr Schwert war das zweihändige, zweischneidige Langschwert, ihre Lanze war die lange Reiterlanze mit Handschutz und eiserner Blattspitze. Ihre Säbel, die sie auf der rechten Seite trugen und gewöhnlich mit der linken Hand führten, waren etwa halb so lang wie ihre Schwerter. Für den Nahkampf trugen sie Keule und Dolch, aber sie lernten auch mit Händen und Fäusten zu kämpfen. Sie lernten auch das arabische Krummschwert zu handhaben, trugen es aber nie. Sie trainierten mit dem Krummschwert um die Schwertkampftaktik des Feindes aus persönlicher Erfahrung kennenzulernen, und für den Fall, dass ihnen ihre Waffe entfiel und die Waffe des Feindes in die Hände fiel. Und sie trainierten im Bogenschießen und mit Armbrüsten, trugen aber gewöhnlich keine Bogen und Pfeile und keine Armbrüste.

Nach Ende der ersten Trainingswoche kam die ersehnte Sonntagsruhe und Arminius hatte Zeit, den Brief an Sultan Baybars auf einer Schiefertafel zu verfassen. Danach korrigierte und verbesserte er ihn und ging schließlich zur Schreibstube im Palast des Großmeisters, um ihn ins Reine zu schreiben. Er schrieb ihn sorfältig, in der kurvigen, arabischen Schrift, die ihm nicht so schnell von der Hand ging wie die gewohnte, altvertraute Minuskelschrift. Aber er liebte die arabische Schrift wegen ihrer fließenden, arabeskenhaften Schönheit. Dies war sein Brief an Baybars:

An Al-Malik al-Sahir Rukn-al-Din al-Salihi
Eure königliche Hohheit!

Eure mutigen Streitkräfte haben unsere Streitkräfte seit Jahren bekämpft. Viel Blut wurde auf beiden Seiten vergossen. Wir bereuen das Blut unserer tapferen, muslimischen Brüder vergossen zu haben, aber wir waren gezwungen es zu tun, zur Verteidigung unserer Leben und unserer Positionen.

Die Gründer unserer beiden Religionen, der Prophet Mohammed – er sei gepriesen – und der Prophet Jesus – Friede sei mit ihm – liegen nicht im Streit; sie sind sich einig als Apostel Gottes! Wenn sich die größten Männer unserer beiden Religionen einig sind, warum sollen wir streiten? Ich würde es sehr bevorzugen, mit meinen muslimischen Brüdern zu verhandeln anstatt sie zu bekämpfen!

Falls Eure Königliche Hohheit ähnlich denken, bin ich gewillt, mich mit Euch zu treffen, an einem Platz welcher von Euch bestimmt wird, um mit Euch die Möglichkeit eines Waffenstillstandes oder eines dauernden Friedens zu erörtern. Wenn Allah, der Gott der uns alle schuf, es will, und wir willig sind Seinen Willen zu erfüllen, dann wird es möglich sein im gegenseitigen Vertrauen zu verhandeln, zum Guten aller Muslime und aller Christen.

Mit vorzüglicher Hochachtung
Guillaume de Beaujeu
Großmeister des Ordens zum Heiligen Tempel von Jerusalem
(Siegel)

Am Montagmorgen, wie an jedem Morgen ihrer Spezialausbildung, wurden die Ritter der Ausbildungsschwadron lange vor dem Morgengrauen geweckt. Sie wuschen sich schnell den Schlaf aus den Augen, tranken einen Becher Wasser, bekleideten sich und verrichteten ihr Frühgebet. Danach liefen sie zum Paradeplatz des Tempels und übten, ohne Pferde, bis die Glocke zur Frühmesse läutete. Nach der Frühmesse holten sie ihre Pferde aus den Ställen und übten mit den Pferden bis zum Morgengebet, und nach dem Morgengebet bis zum Elfuhrläuten. Um elf Uhr gab es das Morgenmahl und danach war bis zum Zwölfuhrläuten Ruhepause. Nach der Ruhepause entschuldigte sich Arminius beim Gonfanonier vom Nachmittagstraining und trug den Brief zum Großmeister. Dieser hieß Arminius sich setzen, legte den Brief beiseite und sagte, dass er nicht Arabisch lese und den Brief von seinem arabischen Berater begutachten lassen würde. Dann fixierte er Arminius mit Interesse und sprach: „Bruder Arminius, du gibst mir ein Rätsel auf! Du sprichst Burgundisch, sogar den Dialekt der Saône gleich nördlich von Lyon, aber du sagst du kommst aus Mainz. Deine Gesichtszüge erinnern mich an jemanden, den ich kenne, ich weiß nur nicht genau an wen. Bist du vielleicht mit dem Hause de Beaujeu verwandt?“

„Ja, Bruder Großmeister!“ antwortete Arminius. „Mein Großvater mütterlicherseits ist, oder vielmehr war, Jean de Beaujeu, ein Bruder des Comte de Beaujeu. Meine Mutter ist Jeans Tochter Estelle, eine Nichte des Grafen.“

„Ja, Estelle!“ rief der Großmeister in plötzlicher Erkenntnis, „jetzt erinnere ich mich wem du ähnlich siehst: Estelle, und Onkel Jean, Gott sei seiner Seele gnädig! Deine Mutter ist meine Kusine, und du bist mein Neffe, zweiten Grades! Als Page und Knappe ging ich im Schloss Arginy ein und aus. Deine Mutter war damals ein Mädchen, ich kann mich gut an sie erinnern! Wie lebhaft sie war! Was für eine angenehme Überraschung, meinen Neffen als Mitglied des Tempels und als meinen Privatsekretär zu haben! Das müssen wir feiern!“

Er rief einen dienenden Bruder und beauftragte ihn, zwei Becher Wein zu bringen. Der dienende Bruder brachte die vollen Becher und stellte sie auf den Tisch. Dann sagte der Großmeister: „Lasst uns auf eine fruchtbare Zusammenarbeit trinken – salut!“

Arminius antwortete „salut!“ und die beiden leerten ihre Becher. Danach sagte der Großmeister, zu Arminius' Überraschung und Freude: „Lasst uns ab und zu einen Becher Wein leeren und unserer Familienbande gedenken, die unsere Bande als Brüder des Tempels stärken sollen. Wenn wir privat miteinander sprechen, nenne mich bitte Bruder Guillaume. Es wird mir gut tun meine Großmeisterwürde manchmal abzulegen!

Aber jetzt musst du zu deiner Ausbildungsschwadron zurückkehren! Du bist ein guter Scholar und Schreiber, mon cher, wir werden auch noch einen guten Soldaten aus dir machen! – Non nobis, Domine! Non nobis, sed Nomini Tuo da gloriam!“

„Non nobis, Domine!“ bestätigte Arminius und verließ die innere Kammer des Großmeisters. Er war beglückt über das was er eben gehört hatte, aber verwirrt über die letzte Bemerkung des Großmeisters: „Wir werden auch noch einen guten Soldaten aus dir machen!“ Hieß das, dass er kein guter Soldat war? Aber auf dem Paradeplatz beim Training wurde ihm schnell klar, dass die Ritter der Ausbildungsschwadron tatsächlich noch keine sehr guten Soldaten waren.

Ihre Ausbildung ging weiter, Tag um Tag, Woche für Woche. Der Gonfanonier hatte das Oberkommando über die Ausbildungsschwadron, aber meistens befehligte sie der Schwadronskommandant. Der Marschall kam einige Male, um die Ausbildung zu beobachten, manchmal der Seneschall und ab und zu sogar der Großmeister selbst. Obgleich die Ritter der Ausbildungsschwadron so viel aßen wie sie konnten, und wie die Toten schliefen, waren sie von der ständigen Übung dauernd hungrig und müde. Die fünf Tagesgebete, die Frühmesse und die zwei täglichen

Mahlzeiten waren hochwillkommene Pausen, und die ganze Woche lang sahen sie dem Sonntag als Ruhetag erwartungsvoll entgegen. Das gelegentliche Diktat in der inneren Kammer des Großmeisters war eine willkommene Abwechslung für Arminius. Alle Briefe schrieb er auf Latein, er hörte nichts mehr von seinem arabischen Brief an Sultan Baybars. Aber er erwartete kein Lob. Er wusste, dass man im Templerorden kein besonderes Lob gab oder erhielt. Jeder hatte die Pflicht, sein Bestes zu tun. Man hörte über seine Taten nur, wenn man einen Fehler gemacht hatte. Abwesenheit von Tadel war Lob!

Später in ihrem Training hatten die Rekruten Meditationsübungen, die sich gewöhnlich über sechs Tage, von Montag bis Samstag, erstreckten. Aber diese Übungen waren nicht nur Meditation sondern Meditation und Gefechtsübung abwechselnd. Eine Stunde Meditation, eine Stunde Gefechtsübung, mit einem Minimum von Schlaf. Es war schwierig, während der Meditationsstunden nicht einzuschlafen, und die meisten Ritter fielen in einen halbwachen Trancezustand. Während dieser Trancezustände musste sich jeder Ritter ein unsichtbares Schild einbilden, einen Schutzkreis mit dem Radius einer Lanzenlänge, welcher sie ganz umschloss und vor Eindringlingen schützte. Die Ritter wurden trainiert, jedes Eindringen in diesen Schutzkreis sofort wahrzunehmen und hellwach zu werden, selbst wenn der Eindringling von hinten kam, oder wenn sie ihre Augen geschlossen hielten und den Eindringling weder hörten noch sahen noch durch einen anderen ihrer fünf Sinne wahrnehmen konnten. Es war wie ein Wunder! Der Gonfanonier sagte, dies sei ein gottgegebener, sechster Sinn, den jeder Mensch hätte, aber nur wenige Menschen wussten ihn zu nützen. Er wurde den Templern durch die Gnade Gottes offenbar. Aber Raschid, der Kommandant der assassinischen Turkopolen, sagte Arminius später, dass auch die Assassinen und andere, sufistische Sekten diesen Sinn kultivierten. Sie aber nannten ihn den „siebten Sinn".

Nachdem die Rekruten ihren sechsten Sinn voll entwickelt hatten, lernten sie den Schutzkreis durch ihre Vorstellung beliebig zu vergrößern oder zu verkleinern. Je weiter sie ihn zogen, desto unzuverlässiger wurde er; je näher, desto zuverlässiger. Wenn sie ihn im Radius einer Schwertlänge zogen, dann nahmen sie selbst die leichteste Eindringung sofort wahr, selbst im tiefsten Schlaf, und sprangen vom Tiefschlaf augenblicklich in hellwache Kampfbereitschaft. Nachdem sie dies gemeistert hatten lernten sie selbst in der kürzesten Gefechtspause voll zu entspannen und in einem Augenblick von voller Entspannung auf volle Gefechtsbereitschaft überzugehen. Weiterhin lernten sie, hochkonzentriert aber entspannt zu kämpfen, ohne seelische Anspannung.

Nach all dem lernten sie das, was Siegfried der Schwertschmied Arminius schon vor Jahren gelehrt hatte: Die volle Kraft ihres Hiebes, Stiches oder Stoßes nicht auf den Eingangspunkt sondern auf den Ausgangspunkt zu konzentrieren, als ob der Feind aus Äther bestünde, als ob sie nicht an oder auf den Feind, sondern durch ihn hindurch stoßen würden, nicht auf den Berührungspunkt sondern auf den Ausgangs- oder Endpunkt zu. Und sie mussten ihre ganze Vorstellungskraft dazu hernehmen sich einzubilden, dass der Hieb oder Stich erfolgreich vollendet war wenn er begann. Das wichtigste dabei war, sich den Gegner als besiegt vorzustellen sobald der Zweikampf oder das Gefecht begann.

Auch lernten sie, sich nicht von ihren Gefühlen behindern zu lassen. Sie lernten den Gegner nicht zu hassen und nicht zu fürchten, und weder Tod noch Verwundung zu fürchten. Sie lernten Liebe für den Feind zu hegen, aber keine Barmherzigkeit. Sie lernten den Feind mit unbarmherziger Liebe zu lieben, wie man ein Opfer liebt. Ihre unbarmherzige Liebe sollte ihnen ermöglichen mit kühler Konzentration zu kämpfen, und ihre Feinde schnell und möglichst schmerzlos zu töten. „Wir hassen unsere Feinde nicht!" sagte der Gonfanonier wiederholt, „Hass ist eine Schwäche die wir vermeiden! Wir lieben unsere Feinde! Wir töten sie nicht, wir opfern sie auf!

Wir töten unsere Feinde nicht weil wir sie hassen, wir töten sie weil wir keine andere Wahl haben! Die Muselmanen sind unsere Brüder, wir würden viel lieber mit ihnen verhandeln als sie bekämpfen, aber wenn entweder die Muselmanen oder unsere Verbündeten das Verhandeln unmöglich machen, dann kämpfen wir! Und wir kämpfen furchtlos und liebevoll, ohne Selbstmitleid und ohne Barmherzigkeit, ohne Hass, Bosheit oder Grausamkeit. Wir lieben unsere Feinde! Und wenn wir sie töten müssen, dann bringen wir sie Gott als Opfer dar. – So kämpfen die Soldaten Christi!"

Im Mai 1278 war ihre Spezialausbildung zu Ende. Zur Feier des Tages wurde am letzten Tag der Ausbildung eine besondere Messe zelebriert, mit Kommunion für die neuausgebildeten Ritter. Nachher stellten sie sich in Formation auf dem Paradeplatz auf. Die Ritter waren festlich gekleidet, in frischgewaschenen Tuniken und Überwürfen. Der Großmeister hielt eine Ansprache, und alle Templer von Akko sahen und hörten zu:

„Ritter des Tempels, Eure Gefechtsausbildung ist jetzt zu Ende! Ihr seid jetzt kampfbereite Tempelritter! Jeder Tempelritter muss im Kampf gegen drei siegreich hervorgehen! Viele Tempelritter gingen siegreich hervor wenn sie eins zu fünf unterlegen waren, oder eins zu fünfzehn, und mehr! Verliert deshalb nicht den Mut wenn euch der Feind zahlenmäßig überlegen ist, das ist zu erwarten: der Feind sind viele, wir sind wenige! Aber der Tempelritter ist als der beste Krieger der Welt bekannt, dieser Ruf alleine gewinnt schon das Gefecht, besonders wenn der Feind mangelhaft ausgerüstet und schlecht ausgebildet ist. In so einem Fall ist ein Sieg möglich, selbst wenn der Feind eins zu hundert zahlenmäßig überlegen ist!

Sollte aber der Feind zahlenmäßig weit überlegen und gut ausgebildet und bewaffnet sein, dann ist es keine Schande sich zu ergeben. Aber ihr dürft euch nur dann ergeben, wenn es ein Vorgesetzter befiehlt! Kriegsgefangene werden oft ausgetauscht, oder wir kaufen sie los. Aber auf keinen Fall dürft ihr als Kriegsgefangene um Gnade bitten oder versuchen selbst für eure Befreiung zu verhandeln! Wenn es möglich ist euch freizukaufen oder auszutauschen, dann wird das vom Orden, von außen her, getan!

Wir sind Soldaten Christi! Als solche lieben wir unsere muslimischen Brüder! Wir würden viel lieber unsere Meinungsverschiedenheiten durch friedliche Verhandlungen lösen! Prinzipiell verhandeln wir anstatt zu kämpfen, aber wenn unsere

Gegner oder unsere Verbündeten das Verhandeln unmöglich machen, dann kämpfen wir! Und wenn wir kämpfen, dann kämpfen wir wie es sich für Soldaten Christi gehört: ritterlich, tapfer, wirksam, liebevoll, ohne Grausamkeit, Bosheit oder Hass, ohne Barmherzigkeit und ohne Selbstmitleid. Wenn wir töten müssen, dann töten wir liebevoll, schnell und schmerzlos, wie man ein Opfer tötet. Wir töten unsere Feinde nicht, wir opfern sie auf!

Geht mit Gott, Ritter des Tempels! Kämpft mit Gott, habt Mitleid, aber kein Selbstmitleid! Kämpft furchtlos, kämpft edel, kämpft ritterlich und, vor allem, kämpft um zu gewinnen! – Non nobis, Domine! Non nobis, sed Nomini Tuo da gloriam!"

„Non nobis, Domine!" donnerten die versammelten Templer mit einheitlicher Stimme.

Die Spezialausbildung war vorbei. Der Gonfanonier bereitete sich auf die nächste Schwadron von Rittern vor, die bald mit dem ersten Transport aus Marseille in den Hafen von Akko einlaufen würden. Die meisten Ritter aus Arminius Schwadron wurden auf verschiedene Küstenfestungen verteilt, alle Inlandfestungen des Templerordens waren zur damaligen Zeit bereits gefallen. Einige Ritter blieben in Akko. Arminius wurde dem Großmeister als persönlicher Sekretär zugewiesen.

Er war jetzt der ständige Privatsekretär des Großmeisters. Als solcher war er auch der Vorsteher aller Kopierschreiber die für den Großmeister schrieben. Diese schreibenden Brüder arbeiteten sonstwo im Tempelbezirk von Akko, konnten aber jederzeit von Arminius in die Schreibkammer des Großmeisters abkommandiert werden. Der Großmeister hatte neun Leibwächter die sich in vierstündigen Wachen abwechselten, so dass zu jeder Zeit mindestens drei Leibwächter den Großmeister bewachten, und an besonderen Anlässen alle neun. Die Leibwächter schliefen im Gemach des Großmeisters. Arminius bekam eine Alkove neben ihnen.

Arminius war auch der arabische Übersetzer und Dolmetscher des Großmeisters, und einer seiner Berater. An besonderen Anlässen war er auch sein Vertrauter und Freund, aber das Vertrauensverhältnis zwischen Arminius und Großmeister Guillaume war stets einseitig. Guillaume vertraute sich Arminius niemals so rückhaltlos an wie Arminius sich ihm anvertraute, aber er war immer sehr an dem interessiert was Arminius zu sagen hatte. Er ermutigte ihn, frei und rückhaltlos zu sprechen, und hielt seine Ansichten niemals gegen ihn, ganz egal wie unorthodox sie waren.

Arminius' Hauptaufgabe war Diktate zu nehmen, Briefe zu verfassen und zu schreiben. Er schrieb Briefe an den Heiligen Vater in Rom, an verschiedene Kardinäle, Erzbischöfe und Bischöfe, an Fürsten und Könige, im Levant und im Abendland, besonders an den König von Frankreich. Auch an Charles de Anjou, Fürst von Provence, Regent der Republik Marseille und König von Sizilien und, neuerdings, König von Jerusalem. Er schrieb Briefe an verschiedene Präzeptoren, Großpriore und Komturen des Templerordens, des Johanniterordens und des Deutschherrenordens. Ab und zu schrieb er auch an die Zisterzinser. Wenn er mehr zu schreiben hatte als er bewältigen konnte, verfasste er nur und ließ die Kopierschreiber schreiben. Wenn eine große Anzahl von Kopierschreibern nötig war, konnte er alle neun

Stehpulte der Schreibkammer in Anspruch nehmen und im Notfall noch mehr Schreibpulte aus der Vorkammer des Archivs oder aus der Vorkammer der Schatzkammer abkommandieren. Arminius schrieb auch Briefe in Arabisch, an den Nachfolger des Sultan Baybars, denn Baybars war in der Zwischenzeit verstorben. Baybars hatte sich in seinen Verhandlungen mit den Templern als unzuverlässig und verräterisch erwiesen. Großmeister Guillaume hoffte, dass sein Nachfolger zuverlässiger sein werde.

Als Privatsekretär des Großmeisters war Arminius sein ständiger Begleiter. Mit einer Schiefertafel unter dem Arm und einem gespitzten Griffel hinter dem Ohr begleitete er den Großmeister, buchte seine Termine, erinnerte ihn rechtzeitig an seine Verabredungen und Termine und war jederzeit bereit, Notizen oder ein Diktat aufzunehmen. Die Brüder nannten ihn scherzhaft den „Schatten des Großmeisters“. Bald lernte Arminius alle Würdenträger des Ordens in Akko kennen.

Der nach dem Großmeister am höchsten stehende Tempelritter war der Seneschall, er war sozusagen der Vizegroßmeister. Der nächste war der Marschall, er hatte das Oberkommando über die Streitkräfte des Ordens. Der Präzeptor des Königreiches Jerusalem war der Schatzmeister des Ordens. Der „Komtur der Stadt Jerusalem“, zu Arminius' Zeit ein reiner Ehrentitel, war für die Gesundheit der Pilger und Brüder verantwortlich und war Vorsteher des Templerkrankenhauses in Akko. Der Drapier war für die materielle Versorgung verantwortlich, aber nicht für Waffen und Pferde, für welche der Marschall verantwortlich war. Der Turkopolier, der dem Großmeister und dem Marschall unterstand, hatte das Oberkommando über die Sergeanten und Turkopolen.

Die Sergeanten und Turkopolen stellten den größten Teil der Templerstreitmacht dar. Es waren etwa fünfmal so viel Sergeanten wie Ritter, und dreimal so viel Turkopolen wie Ritter. Die Sergeanten waren das Fußvolk der Templerstreitmacht, die Turkopolen die leichte Reiterei. Die Ritter waren die schwere Reiterei. Sie waren Adelige aus dem Abendland. Die Sergeanten waren freie Bürger, hauptsächlich aus den freien Städten des Abendlandes. Die Turkopolen waren hiesig angeworbene, syrische und palästinische Christen und islamische Überläufer.

Einige hundert Turkopolen kamen aus der Jebel Ansariya und gehörten früher der Assassinensekte an. Die Assassinen wurden, obwohl sie eine islamische Sekte waren, von den Muselmanen verfolgt und nahezu ausgerottet. Sultan Baybars hatte, von 1260 an, ihre Festungen in der Jebel Ansariya systematisch bekämpft und eine nach der anderen besiegt. Die letzte, die Assassinenfestung Kahf, fiel im Jahre 1275. Sich Baybars zu ergeben war Selbstmord, so liefen diejenigen Assassinen, die den Fall von Kahf überlebt hatten, zur christlichen Seite über und verpflichteten sich den Templern als Turkopolen.

Die assassinischen Turkopolen hatten den Sohn ihres ehemaligen Scheiches, einen Mann namens Raschid, als ihren Kommandanten. Raschid war somit der Unterkommandant der assassinischen Turkopolen und unterstand dem Oberkommando des Turkopoliers. Raschid war ein gebildeter Mann. Er sprach Syrisch und Arabisch, konnte Arabisch schreiben und lesen und sprach sogar etwas Französisch und Latein. Aber er bevorzugte Arabisch. Deshalb sprach er zu seinem unmittelbaren

Vorgesetzten, dem Turkopolier, und zu den anderen Würdenträgern des Ordens hauptsächlich durch Arminius. Arminius wurde Raschids Vertrauter und Freund. Von ihm hörte er über die Assassinensekte und ihr einflussreiches Verhältnis zum Templerorden.

„Wir nennen uns nicht Assassinen, das ist ein Name, den ihr Christen uns gabt. Wir sind Shi'iten und Ismaeliten, und nennen uns nach unserer jeweiligen Sippe oder Scheich, oder nach unserem Iman. Auch wir sind Sufisten", sagte Raschid, nachdem Arminius ihm anvertraut hatte, dass er ein Anhänger des Sufismus sei, „aber wir sind militante Sufisten! Die meisten Sufisten sind nur Pazifisten. Wir sind beides, Pazifisten und Militanten! Wir richten unsere mystischen Kräfte nicht nur nach innen, auf die Vereinigung mit der Gottheit hin, wie alle Sufisten es tun. Wir richten unsere mystischen Kräfte auch nach außen, um unsere Feinde und die Feinde der göttlichen Einheit zu beseitigen. Wir sind militante Pazifisten, oder pazifistische Militanten! Wir sind mystische Krieger: wir kämpfen für die Gottheit, und für den Gottesstaat!

Als Sufisten streben wir danach, das persönliche Ich zu überwinden und die Einheit mit dem allumfassenden, göttlichen Selbst zu erlangen. Als mystische Krieger wissen wir, dass unsere Feinde in die allumfassende Gottheit einbegriffen sind. Unsere Feinde sind unsere Brüder in Gott! Wir lieben unsere Feinde wie uns selbst, weil unsere Feinde in unser göttliches Selbst einbegriffen sind. Unsere Feinde sind unser göttliches Selbst! Deshalb ziehen wir grundsätzlich das Verhandeln dem Kämpfen vor. Wir bekämpfen unsere Feinde nur dann, wenn uns nichts anderes übrig bleibt. Und wenn wir sie töten, dann töten wir sie liebevoll. Das Liebesverhältnis zum Feind ist uns heilig!

Wir fürchten unsere Feinde nicht, wir hassen sie nicht! Wir sind jenseits unseres persönlichen Ichs angelangt, in der Einheit mit Gott. Deshalb fürchten wir auch den Tod nicht! Wir lieben den Tod wie das Leben, wir lieben unsere Feinde wie uns selbst. Wir befinden uns jenseits des persönlichen Ichs, besonders wenn wir kämpfen. Da wird unser persönliches Ich zur Waffe Gottes, und die Waffe die es führt wird eine Verlängerung dieser Waffe, und der Wille der beide führt ist der Wille Gottes. Deshalb sind wir unüberwindliche Krieger! Deshalb haben wir, trotz unserer geringen Zahl, Kreuzfahrern, Mongolen und Muslimen so lange standgehalten! Aber Baybars hat uns schließlich doch, durch rein zahlenmäßige Übermacht, in selbstmörderischen Angriffen aufgerieben.

Wir Assassinen standen von Anfang an in heimlicher Verbindung mit dem Templerorden. Einmal baten wir sogar offiziell, in die christliche Kirche aufgenommen zu werden. Aber Rom wollte unsere Bedingungen nicht akzeptieren, und wir konnten die Bedingungen Roms nicht annehmen."

„Was waren eure Bedingungen, und die von Rom?" wollte Arminius wissen.

„Unsere Bedingungen waren einfach, wir wollten bleiben was wir waren: eine Miliz Gottes. Aber Rom forderte, dass wir den Heiligen Vater als Stellvertreter Gottes anerkennen, und die Heilige Dreieinigkeit, und Jesus als Gott, als den alleinigen Sohn Gottes. Den Papst anzuerkennen wäre uns nicht schwergefallen, wir hätten ihn einfach zu unserem Iman ernannt. Die Heilige Dreinigkeit anzuerkennen, so wie sie im Hermeneutischen Prinzip dargelegt ist, wäre uns auch nicht schwergefallen, denn wir sind Anhänger des Hermes Trismegistos. Die hermeneutische Dreieinigkeit ist ein sufistischer Begriff, an den wir glauben! Und wir waren sogar bereit den Propheten Jesus – Friede sei mit ihm – als unseren obersten Propheten anzuerkennen, aber nicht als ein Drittel eines dreigeteilten Gottes! Deshalb erkannte uns der Papst nicht als christliche Sekte an!"

„Aber jetzt, da ihr den Templern angehört, habt ihr euch zum Christentum bekehrt?" fragte Arminius, mehr als Feststellung denn Frage.

„Offiziell, ja!" antwortete Raschid. „Aber inoffiziell gestattete uns der Großmeister, unseren alten Glauben beizubehalten, solange wir ihn nicht öffentlich bekennen. Und da wir eine schi'itische Sekte sind, stehen wir damit nicht im Widerspruch zu unserem Glauben, denn es ist einem Schi'iten gestattet seinen wahren Glauben unter feindlichen Umständen zu verheimlichen. Manche Templer sind ja auch Sufisten, so wie du, und ihr geheimer Glaube muss deshalb zumindest etwas von den offiziellen Dogmen der katholischen Kirche abweichen!"

„Ja", antwortete Arminius „aber wir sind nicht gegen die Dogmen unserer Kirche! Manche von uns sind zwar innerlich etwas unorthodox, aber äußerlich und namentlich sind wir orthodox. Die meisten unserer Mitmenschen brauchen Lehrsätze und Dogmen. Je näher ein Mensch Gott kommt, desto weniger braucht er Dogmen. Und wer das höchste Ziel erreicht hat und mit Gott vereint ist, der braucht gar keine mehr! Je näher ein Mensch Gott zu steht, desto weniger braucht er Dogmen, aber desto mehr sieht er ein, dass die meisten Menschen Dogmen brauchen. Einige von uns sind zwar unorthodoxe Denker, aber wir sind keine abtrünnige Sekte oder Bewegung, und wir unterstützen keine abtrünnige Sekte oder Bewegung! Wir sind nicht für Krieg, Revolution, Reformation oder Sezession, wir sind für Transformation – gewaltose, innere Transformation! Wir revolutionieren nicht die Umwelt, wir transformieren die Menschenseele! Wenn die Seele des Menschen erstmal gewandelt ist, dann wandelt sich seine Umwelt wie von selbst! Das Beste, das wir tun können, ist das was unsere großen Propheten vor uns getan haben: die Seelen der Menschen von innen her zu wandeln! Und, wenn nötig, für dieses Ziel zu kämpfen und zu sterben!"

„In der Tat, Bruder Arminius, in der Tat!" bekräftigte Raschid eindrücklich. „Ich werde liebend gerne neben dir kämpfen und sterben!" Seine schwarzen syrischen Augen glühten in brüderlicher Liebe, ihre Augen berührten sich, ihre Seelen trafen sich und sie umarmten sich im Bewusstsein des göttlichen Einsseins.

Die letzte Assassinenfestung fiel im Jahre 1275 an Baybars, die letzte christliche Inlandfestung fiel im gleichen Jahr. Baybars, der nicht nur die Christen und die Assassinen sondern auch die Mongolen erfolgreich bekämpft hatte, war erschöpft! Seine Kriegskasse war leer! Aber am meisten erschöpft waren seine Streitkräfte! Baybars hatte, in tollkühnen und selbstmörderischen Angriffen, alle seine Elitetruppen, das heißt nahezu alle Mamelukenkrieger zwischen 16 und 60, aufgerieben. Dafür erntete er zwar Ruhm und Ehre in der islamischen Welt, aber seine Mamelukenknaben mussten erst zu Kriegern heranwachsen und seine Kriegskasse musste sich erholen, bevor er seine Offensive fortsetzen konnte.

Der Feind musste sich erholen, deshalb waren die Jahre zwischen 1276 und 1289 einigermaßen friedlich. Aber das Jahr 1277 war durch zwei bedeutende Ereignisse gekennzeichnet: Der Tod des Mamelukensultans Baybars und die Krönung von Charles de Anjou als König von Jerusalem.

Die Mameluken waren Tscherkessen aus den nördlichen Ausläufern des Kaukasus und aus den Steppen nördlich des Kaukasus. Sie waren ein wildes und kriegerisches Reitervolk, das am Anfang der Kreuzzüge von den Kalifen Bagdads versklavt wurde um gegen die Kreuzfahrer zu kämpfen. Die kriegerischen Mameluken wurden allmählich zur Kriegerkaste der islamischen Gesellschaft, und das Bahri-Geschlecht der Mameluken wurde zu deren Führern. Der fünfte Bahri, genannt Baybars, errang im Jahre 1260 in der Schlacht von 'Ayn Jalut einen entscheidenden Sieg über die Mongolen. Danach setzte er sich in einem kühnen Machtstreich die Sultanskrone auf – die Sklaven waren zu Herren geworden! Nach dem Tod Baybars schrieb Arminius einen Brief an dessen Nachfolger, und war froh sein Arabisch zu üben, aber es kam keine Antwort.

Die Verschwörung, Hugo von Zypern als König von Jerusalem zu entthronen, und ihn durch Charles de Anjou zu ersetzen, begann bereits im Jahre 1269. Konradin von Hohenstaufen, letzter Hohenstaufenkönig von Sizilien und Jerusalem, wurde 1268 von Charles de Anjou besiegt und hingerichtet. Charles de Anjou wurde danach der unumstrittene König von Sizilien und nahm als selbstverständlich an, dass er damit auch König von Jerusalem geworden sei. Aber im Jahre 1269 wählten die Fürsten des Levant, unter der Führung Bohemunds von Tripolis, Hugo von Zypern als König von Jerusalem. Seither bestand eine Bewegung, Hugo von Zypern als König von Jerusalem zu entthronen und ihn durch Charles de Anjou zu ersetzten.

Nachdem Guillaume de Beaujeu im Jahre 1273 Großmeister des Templerordens wurde unterstützte er, aktiv und aggressiv, den Anspruch Charles de Anjous auf den Königsthron Jerusalems. 1277 schickte er die Kriegsflotte des Templerordens nach Tripolis um Bohemund von Tripolis zu zwingen, Charles de Anjou als König von Jerusalem anzuerkennen. Bohemund von Tripolis musste notgedrungen nachgeben. Er und die anderen Fürsten des Levant zwangen Hugo von Zypern als König Jerusalems abzudanken und erkannten Charles de Anjou als den neuen König Jerusalems an. Aber die erzwungene Abdankung Hugos hatte seinen Preis: Er stürmte die zypriotische Templerburg La Castrie und brannte sie nieder!

Einige Wochen nach diesen Ereignissen saßen Arminius und der Großmeister im Privatgespräch bei einem Becher Wein zusammen. „Na, mon cher, was hältst du von der Krönung unseres neuen Königs?“ fragte Guillaume lächelnd.

„Ich halte nicht viel davon, Bruder Guillaume! Viel Getue um nichts! Die Stadt Jerusalem befindet sich in Feindeshänden, das Königreich Jerusalem besteht nur noch aus einigen Küstenstädten und Festungen. Die Krone Jerusalems ist eine Ehrenkrone, eine Krone ohne Thron und Reich! Aber Charles de Anjou hat uns für diese Ehrenkrone fürstlich belohnt!“

„Oui, mon cher, da hast du recht!“ bejahte Guillaume. „Charles de Anjou ist unser großzügigster Gönner! Was er uns gab ist weit mehr wert als die Burg La

Castrie. Er gab uns unsere Trockendocks und Lagerhäuser im Hafen von Brindisi, er baute für uns den Leuchturm von Brindisi und schloss uns in die Hafenverwaltung ein. Er garantierte uns eine ausreichende Versorgung mit Nahrungsmitteln aus Sizilien, er gab uns freie Anlegerechte in allen Häfen von Sizilien und Provence. Und, weil er der Regent von Marseille ist, veranlasste er die Republik Marseille, uns freie Anlegerechte im Althafen von Marseille zu gewähren. Er hat gute Beziehungen zum Papst und ist der Bruder des Königs von Frankreich. Er ist unser bester Verbündeter! Und vergiss nicht, dass wir beide mit ihm verwandt sind. Seine Frau war eine de Beaujeu; wir beide sind mit ihm verschwägert!"

„Als ich in Neapel studierte", sagte Arminius, „hörte ich, dass Charles de Anjou das Königreich Sizilien schwer besteuerte um seine Eroberungskriege im Balkan zu finanzieren. Es herrschte große Unzufriedenheit über untragbare Steuerbelastung in Sizilien!"

„Ja, ich weiß!" bestätigte Guillaume. „Ich war Präzeptor von Apulien als du in Neapel studiert hast. Ich hoffe, dass er seine Kriege im Balkan bald zu einem erfolgreichen Ende bringen wird. Der Verfall des byzantinischen Reiches ist eine bedauernswerte Konsequenz der Kreuzzüge und der Spaltung innerhalb der Kirche. Byzanz ist reif für Eroberung! Wenn wir römischen Christen es nicht erobern, dann werden die Muslime es tun, oder die Mongolen!"

„Ich habe gehört, dass die Mongolen einmal unsere Verbündeten waren, oder es werden wollten", sagte Arminius darauf. „Auf der Universität Neapel war ein aramäisches Johannesevangelium, das Evangelium der nestorianischen Christen. Es wurde vom Mongolenkhan Güyück, dessen Mutter eine nestorianische Christin war, als Geschenk an Friedrich den Zweiten geschickt. Nach der Machtübernahme kam es in den Besitz des Charles de Anjou, der es an die Unversität Neapel weitergab."

„Ja, die Mongolen wollten einmal unsere Verbündeten werden, aber wir wollten dies nicht!" anwortete Gauillaume. „Der Mongolengeneral Kitbugha, der auch ein nestorianischer Christ war, nahm mit uns Verbindung auf und schlug uns ein christlich-mongolisches Bündnis vor. Auch er schenkte uns eine Kopie des aramäischen Johannesevangeliums, denn es ist das Evangelium der nestorianischen Christen. Es befindet sich in unserem Archiv, hier in Akko. Aber der Heilige Vater und die christlichen Fürsten trauten den Mongolen nicht recht, denn sie hatten auf ihren Raubzügen nicht nur muslimische sondern auch christliche Städte verwüstet. Die Muslime schienen damals das geringere Übel, so verbündeten wir uns mit dem geringeren Übel und gestatteten Baybars und seiner Armee ungehinderten Durchzug durch Palästina, gegen die Mongolen, was sich als ein großer Fehler erwies, denn die Mongolen dachten nicht, dass Baybars sie vom christlichen Palästina her angreifen würde. Deshalb waren sie auf diesen Angriff nicht vorbereitet. Der freie Durchzug durch Palästina ermöglichte Baybars den Mongolen in den Rücken zu fallen und sie zu besiegen. In der Schlacht von 'Ayn Jalut im Jahre 1260, in welcher der Mongolengeneral Kithbuga zusammen mit tausenden seiner Krieger fiel, errang Baybars einen entscheidenden Sieg über die Mongolen. Die Schlacht von 'Ayn Jalut wurde zu einem historischen Wendepunkt für Christen, Muslime und Mongolen zugleich!

Der Sieg von 'Ayn Jalut war ein Riesenerfolg für Baybars: Er hatte die schier unüberwindlichen Mongolen besiegt! Nach dem Sieg von 'Ayn Jalut krönte sich Baybars, der bislang nur Oberbefehlshaber der muslimischen Truppen gewesen war, zum Sultan von Ägypten und Herrscher der islamischen Welt. Nach der Niederlage von 'Ayn Jalut bevorzugten die Mongolen den Islam, und nicht mehr das Christentum! Und, nach dem Sieg von 'Ayn Jalut errang Baybars Sieg um Sieg über uns, nicht nur weil er jetzt Sultan und absoluter Herrscher der islamischen Welt war, sondern hauptsächlich weil wir ihm Durchzug durch Palästina gewährt und es versäumt hatten, uns rechtzeitig mit den Mongolen gegen ihn zu verbünden!

Nachdem Bagdad und Damaskus im Jahre 1258 von den Mongolen unter dem Oberkommando des nestorianischen Generals Kitbugha erobert waren, bestand die einmalige Gelegenheit, uns mit den Mongolen zu verbünden und das gesamte Mongolenreich zum Christentum zu bekehren! Wir Templer beschworen den Heiligen Vater und die Fürsten des Abendlandes, General Kitbugha mit einer christlichen Armee zu unterstützen, um den Mongolen zu zeigen, dass wir sie als Freunde und Verbündete schätzen. Aber die Mongolen hatten, mit unbeschreiblicher Grausamkeit, nicht nur Muslime sondern auch Christen niedergemetzelt und mehrere christliche Städte niedergebrannt und geschleift. Die christlichen Fürsten trauten den Mongolen nicht recht, sie zögerten bis es zu spät war, und gewährten obendrein den Muslimen freien Durchzug durch Palästina. Dadurch verspielten sie die einmalige Gelegenheit, das Christentum bis zum Chinesischen Meer auszudehnen!

Schon seit den Tagen des großen Dschingis Khan suchten die Mongolenkaiser nach einer Staatsreligion, um ihr riesiges Reich zu festigen. Sie erwogen Christentum, Islam und Buddhismus. Als ihr christlich-nestorianischer General Kitbugha Sieg um Sieg über die Muslime erlang, liebäugelten sie mit dem Christentum. Kitbugha erwartete voll und ganz, dass ihn eine christliche Armee unterstützen würde! Aber wir Christen taten das Gegenteil, wir gewährten den Muslimen freien Durchzug durch Palästina, was zu Kitbughas Vernichtung führte! Hätten wir Kitbugha unterstützt, dann hätten wir nicht nur das gesamte Heilige Land zurückgewonnen – wir hätten auch das Mongolenreich für das Christentum gewonnen! Der große Kublai Khan eroberte vor kurzem das Chinesische Reich; das Mongolenreich erstreckt sich jetzt von Byzanz bis zum Chinesischen Meer! Durch Unentschiedenheit und Fehlentscheidungen und einen Mangel an Größe verspielten wir die einmalige Gelegenheit, den Großteil der Welt für das Christentum zu gewinnen!"

„Und wir verpassten auch die Gelegenheit, einen interreligiösen, weltweiten Gottesstaat Jerusalem zu gründen!" setzte Arminius hinzu.

Guillaume hob seine Augenbrauen. „Wo hast du das gehört?"

„Einer meiner Lehrer in Neapel war in seinen jüngeren Jahren Übersetzungsschreiber am Hofe Friedrichs des Zweiten. Er erzählte mir von einem hartnäckigen Palastgerücht über eine heimliche Verschwörung zwischen Friedrich dem Zweiten, dem Sultan von Ägypten, einigen sufistischen Orden und dem Templerorden. Das Ziel dieser Verschwörung war, ein interreligiöses Weltreich zu gründen, einen judäisch-christlich-islamischen Gottesstaat Jerusalem, eine interreligiöse oder überreligiöse Theokratie, ein weltweites, theokratisches Königreich, mit dem König Jerusalems als theokratischen Weltkaiser und dem Templerorden als seine Miliz."

„Es war ein Traum, mon cher", seufzte Guillaume „nur ein Traum! Ein Traum den wir einst träumten, die Offenbarung des Johannes zu erfüllen und das himmlische Jerusalem hier auf Erden zu gründen. Einen weltweiten Gottesstaat, eine globale Theokratie, mit einer einheitlichen, weltweiten Logosreligion, mit einem direkten Nachkommen Jesu als Weltkaiser, der die Welt vom Thron Salomons aus regieren sollte. Wir wollten ein goldenes Zeitalter heraufbeschwören, wie das Kalifat, das goldene Zeitalter der islamischen Welt. Die Kalifen von Bagdad waren ja bekanntlich die Nachkommen Mohammeds. Unter ihrer Herrschaft erblühte die islamische Welt zur Hochblüte!

Die Gründer unseres Ordens hofften ein christliches Weltreich, unter der Herrschaft eines Nachkommens Jesu, zur Blüte zu bringen. Der heilige Bernhard von Clairvaux verlieh diesem Traum Flügel. Wir wussten, dass einige sufistische Orden schon von jeher den Traum eines weltweiten Gottesstaates geträumt hatten, entweder unter einem Nachkommen Mohammeds oder Jesus, und dass die Assassinen der militärische Arm dieses Traumes waren. Deshalb stellten wir schon von Anfang an Verbindung mit den Assassinen her und gestalteten unsere militärische Regel und Ausbildung nach ihrer.

Aber der Traum ist vorbei!" setzte Guillaume nach einer besinnlichen Pause fort und seufzte wieder tief auf. „Die Prophezeihung wird Wirklichkeit werden, aber nicht in unserer Zeit. Das Beste, worauf wir in unserer Zeit hoffen können, ist Akko und unsere anderen Küstenstädte und Festungen zu halten!

Aber ich bin fest davon überzeugt", setzte Guillaume prophetisch fort, „dass es einmal in der Zukunft, in sieben mal hundert Jahren, wenn die Fürsten und die Menschen der Welt näher zu Gott stehen, eine weltweite Logosreligion und einen weltweiten Gottesstaat Jerusalem geben wird! Dann werden wir, die Ritter des Heiligen Tempels von Jerusalem, gerechtfertigt sein, und unsere Opfer werden nicht umsonst gewesen sein!"

„Der Felsendom von Jerusalem ist unser Templum Domini" bemerkte Arminius. „Die Muslime glauben, dass der Prophet Mohammed von dem Felsen, um den später der Felsendom gebaut wurde, in den Himmel fuhr. Sie nennen den Felsen den ‚Nabel der Welt'. Ich habe gehört, dass derselbe Felsen der Hochaltar im Tempel Salomons war, und dass er der Stein war, auf dem Abraham seinen Sohn opferte, oder zu opfern bereit war. Auch dass er bereits der heilige Felsen und Hochaltar der alten Kanaaniter war, in der kanaanitischen Stadt Urusalim. Ist das der Grund, dass unser Orden den Felsendom als sein Allerheiligstes erwählt hat?"

„Du fragst eine Frage, die nur die Eingeweihten der höheren Grade richtig beantworten können, und nur an solche, die zur Weihe in die höheren Grade bestimmt sind. Wir, die wir dem Ordenskern angehören, weihen diejenigen unserer Mitbrüder ein, die wir der Weihe würdig befinden. Aber wir weihen sie stufenweise ein, das heißt, dass wir ihnen nur das sagen, was sie zu hören bereit sind. Ich finde dich der Weihe würdig, Bruder Arminius, und ich weihe dich hiermit in den Fünften Grad unseres Ordens ein:

Die Weihepriester der Welt stellten schon seit Urzeiten fest, dass es besonders wirksame Weihestätten gibt, Stätten die für Gebet, Meditation und mystische Erleuchtung besonders wirksam sind. Die Erbauer der alten Tempel und Heiligtümer ermittelten diese Stätten und bauten dort ihre Tempel und Heiligtümer. Unser Orden lernte die heilige Kunst der Ermittlung und die mystische Baukunst aus Dokumenten und anderen Funden, die wir bei unseren Ausgrabungen des Tempels des Salomon und des phönizischen Königspalastes in Tyrus fanden. Die christlichen Kathedralen, die während der vergangenen 150 Jahre errichtet wurden, wurden von Baumeistern gebaut, die die heilige Kunst der Ermittlung und die mystische Baukunst von uns erlernt hatten!

Manche der heiligen Stätten sind heiliger als andere. Der heilige Felsen, der Stein um den der Felsendom gebaut wurde, ist die heiligste Stätte auf Erden! Für die Muselmanen ist er nicht nur die Stätte von der Mohammed in den Himmel fuhr, er ist auch, wie du sagtest, der ‚Nabel der Welt', die Verbindung zwischen Himmelsmutter und Himmelskind, zwischen Himmel und Erde, zwischen Schöpfer und Geschöpf. Der Felsendom steht auf dem allerheiligsten Platz auf Erden! Deshalb machten wir ihn zu unserem Templum Domini!

Der Felsendom enthält nicht nur den Hochaltar Salomons, ist nicht nur die Stätte von der Mohammed in den Himmel fuhr, und ist nicht nur ein kanaanitisches, judäisches und muslimisches Heiligtum, sondern auch ein christiches! Im Inneren des Felsendoms, in großen, arabischen Goldbuchstaben, stehen Sätze, die Jesus als den ‚Apostel Gottes' preisen! Diese Sätze sind Zitate aus dem Koran! Jesus ist im Koran nicht weniger als 35mal – sieben mal fünf! – erwähnt! Er wird als ein heiliger Lehrer gepriesen, als einer der größten Lehrer aller Zeiten, als einer der Propheten und Apostel Gottes!

Aber der Koran sagt nicht, dass Jesus der exklusive Sohn Gottes war, und die Bibel sagt es auch nicht! Die Divinität Jesu wurde von einem Konzil von Bischöfen, 300 Jahre nach Christus, festgelegt. Der Koran sagt sogar, dass Jesus nicht hingerichtet wurde, sondern eines natürlichen Todes starb. Der Kirchenlehrer Basiledes lehrte, und viele Scholaren und Kirchenväter stimmen mit ihm überein, dass Simon von Kyrene an Jesus Statt gekreuzigt wurde, und Jesus in Alexandria weiterlehrte. Die christliche Schule, die Jesus in Alexandria gründete, lehrte, dass Jesus zwar ein göttlich inspirierter aber ansonsten gewöhnlicher Mensch war. 300 Jahre nach Christus führte der alexandrische Kirchenlehrer Arius diese Lehre weiter!

Im Matthäusevangelium und in anderen Evangelien steht wiederholt geschrieben, dass alle Geschehnisse, die zur Kreuzigung Jesu führten, geschahen, ‚auf dass erfüllet würde, was gesagt ist durch den Propheten Jesaja.' Wir nehmen an, dass die Kreuzigung, und alle Ereignisse die dazu führten, sorgfältig inszeniert wurden um die Prophezeihungen des Propheten Jesaja über das Kommen des Messias auf das Genaueste zu erfüllen!

Mein lieber Bruder Arminius, du musst dir stets vor Augen halten, dass all dies streng geheim ist! Offiziell glauben wir an die paulinischen, römisch katholischen

Dogmen! Du stehst unter strikter Anweisung, das was ich dir eben sagte an niemanden verlauten zu lassen, es sei denn du erachtest ihn als geeignet, in die Mysterien eingeweiht zu werden! Und selbst dann darfst du ihm nur das sagen, was er zu hören bereit ist!"

„Ja, Bruder Guillaume, ich werde es nie an Uneingeweihte verlauten lassen!" gelobte Arminius feierlich und aufs Tiefste geehrt.

Das Jahr 1278 hatte keine besonderen Ereignisse zu verzeichnen, aber im Jahre 1279 wurde ein neuer und mächtiger Mameluke zum Sultan gekrönt: Sultan Qalawun. Die Assassinen hatten einen umfassenden Geheimdienst, der sich bis in den Sultanspalast von Kairo hinein erstreckte. Nachdem die letzte Assassinenfestung von Baybars besiegt war und sich die überlebenden Assassinen den Templern angeschlossen hatten, berichtete der Geheimdienst an die Templer weiter. Die assassinischen Geheimagenten in Kairo berichteten, dass Qalawun stark und kriegerisch sei, dass sich aber seine Streitkräfte noch nicht von der selbstmörderischen Offensive Baybars erholt hatten. Außerdem war die Kriegskasse des Sultans immer noch ziemlich leer. Die Geheimagenten sagten, dass es etwa zehn Jahre dauern würde, bis die Muslime zu einer neuen Offensive bereit wären.

Ein neuer Sultan bedeutete neue Hoffnung auf Frieden, und Arminius schrieb einen wohlformulierten Brief an Sultan Qalawun. Es kam keine Antwort, und die Geheimagenten berichteten, dass Qalawun nicht verhandlungsbereit sei. Deshalb kam es als angenehme Überraschung als plötzlich ein Bote Qalawuns in Akko auftauchte und den Wunsch des Sultans auf Friedensverhandlungen überbrachte. Als Verhandlungsort bevorzugte Qalawun den Tempel von Akko.

Der Großmeister berief eine Versammlung der Würdenträger des Ordens ein. Die Templer waren voll Optimismus. Großmeister Guillaume sagte, er würde versuchen, einen Friedensvertrag zu vereinbaren, ähnlich dem Vertrag der zwischen Friedrich dem Zweiten und dem damaligen Sultan von Ägypten vereinbart wurde: Eine gemeinsame, islamisch-christliche Herrschaft über Jerusalem, einen Korridor zwischen Akko und den heiligen Stätten, und das Recht für den Templerorden, diesen Korridor und die heiligen Stätten zu bewachen und die christlichen Pilger zu schützen. Der Großmeister war bereit, als Gegengabe einige Küstenfestungen aufzugeben, solange Akko christlich blieb.

Raschid war pessimistisch. „Qalawun ist nicht an Frieden interessiert! Er will nur Akko von innen sehen, damit er einen Plan für die Eroberung der Stadt aushecken kann!" warnte Raschid, als er während der Versammlung um seine Meinung gefragt wurde. Großmeister Guillaume wies Raschids Einwände zurück indem er sagte, dass Qalawun genug Spitzel in Akko hätte, die die Stadt weit besser kannten als der Sultan sie beim bloßen Vorbeireiten sehen würde. Aber Raschid war nicht überzeugt. „Warum fährst du nicht nach Kairo und verhandelst dort mit dem Sultan?" fragte Raschid den Großmeister.

„Wir haben ihm angeboten, den Verhandlungsort zu wählen, und er entschied sich für Akko, was ich nicht erwartete. Ich dachte er würde vielleicht Askalon wählen, oder Jerusalem, oder Damaskus, oder irgendeinen neutralen Ort. Aber jetzt, nachdem er Akko gewählt hat, haben wir keine Wahl. Wir müssen ihn in Akko willkommen heißen!"

Dabei blieb es auch. Arminius schrieb wieder einen wohlformulierten Brief an Sultan Qalawun, dankte ihm für seine Absicht den Tempel in Akko mit seiner Anwesenheit zu ehren, und hieß ihn auf das Höchste willkommen. Er schrieb auch, dass es möglich sein werde unter vier Augen zu verhandeln, falls der Sultan dies wünsche.

Templerritter wurden von allen umliegenden Städten und Festungen nach Akko gerufen um Qalawun einen übertriebenen Eindruck der militärischen Stärke der Templer zu geben. Die Johanniter und die Deutschherren wurden gebeten, möglichst viele ihrer Ritter für Qalawuns Besuch zur Verfügung zu stellen. Der Patriarch und der Bischof von Akko erließen Aufrufe an die Bevölkerung die Stadt zu säubern und auf Hochglanz zu bringen.

Der Tag der Verhandlung war da. Sultan Qalawun, mit Leibwächtern, Dolmetschern und Beratern, begleitet von 200 seiner Elitetruppen, ritt durch das geschmückte Antonstor in Akko ein. Seine Route, die vom Antonstor zum Patriarchat und durch das Genuesische und Pisanische Viertel zum Tempel führte, war von Templerittern, Deutschrittern und Johanniterrittern flankiert. Auf dem Paradeplatz des Tempels stand eine Ehrengarde von Tempelrittern.

Sultan Qalawun und sein Geleitzug ritten in den Tempelbezirk ein und hielten in der Mitte des Paradeplatzes an, wo ihn der Großmeister und die höchsten Würdenträger des Templerordens begrüßten, genauso wie sie einen christlichen König begrüßt hätten: kniend, mit gebeugten Köpfen. Hinter Guillaume knieten seine neun Leibwächter, drei direkt hinter ihm, die anderen sechs seitlich und etwas weiter hinten. Die drei höchsten Würdenträger des Tempels, der Seneschall, der Marschall und der Turkopolier, knieten neben Guillaume. Auf der anderen Seite Guillaumes kniete Arminius und übersetzte die Grußworte des Großmeisters.

„Seid gegrüsset, Eure königliche Majestät, Sultan Qalawun, Herrscher der islamischen Welt und Verteidiger des islamischen Glaubens! Seid willkommen in Akko, und willkommen zum Tempel!"

Der Sultan verneigte sich und sagte, durch seinen Dolmetscher: „Sei gegrüsset, Guillaume de Beaujeu, Großmeister des Templerordens! Ich fühle mich geehrt hier mit dir zu verhandeln. Ich danke dir für deine Einladung. Steh auf, lasset uns verhandeln!"

Der Großmeister stand zuerst auf, dann die drei Meister, danach Arminius und zum Schluss die neun Leibwächter. Der Sultan, seine Leibwächter, sein Dolmetscher und seine Berater stiegen von ihren Pferden ab. Danach gingen alle zum Palast des Großmeisters, in den großen Konventsaal, wo der Verhandlungstisch bereitstand. Guillaume und Qalawun setzten sich gegenüber. Arminius saß zur Rechten des Großmeisters. Zur Linken des Großmeisters saßen der Seneschall, der Marschall und der Turkopolier. Guillaumes Leibwächter standen hinter ihm.

Qalawuns Dolmetscher saß gegenüber Arminius. Gegenüber den Meistern des Tempels saßen die Berater des Sultans. Die Leibwächter Qalawuns standen hinter ihm. Guillaume verbeugte sich und sagte, durch Arminius, „Eure Majestät hat das erste Wort!" Sultan Qalawun, durch seinen Dolmetscher sprechend, eröffnete die Verhandlungen.

„Wir sind uns dessen gewahr, wie wichtig die heiligen Stätten für die Christen sind. Aber diese Stätten befinden sich in Unserem Land! Obwohl sich diese Stätten in Unserem Land befinden, sind Wir bereit, den Christen Zugang zu gewähren, unter gewissen Bedingungen.

Unsere erste und wichtigste Bedingung ist der Abzug aller christlichen Truppen aus Unserem Land! Wir dulden keine christlichen Soldaten auf Unserem Boden! Als Gegengabe garantieren Wir allen christlichen Pilgern ungehinderten Zugang zu ihren heiligen Stätten, und Sicherheit für alle Pilger. Wir werden die christlichen Pilger führen, sie bewachen, ihnen Zugang zu ihren heiligen Stätten gewähren und dafür eine Gebühr erheben. Aber Wir diskriminieren nicht gegen die Armen; die Gebühr richtet sich nach der Zahlungsfähigkeit des jeweiligen Pilgers!

Außerdem gestatten Wir christlichen Kaufleuten und Handwerkern in Unserem Land zu leben, vorausgesetzt dass sie Steuern und Abgaben zahlen. Wir gestatten ihnen sogar ihren christlichen Glauben auszuüben und ihre christlichen Kirchen zu behalten!"

Guillaume, durch Arminius sprechend, antwortete: „Ich danke Euch für die Anerkennung unseres Bedürfnisses, zu unseren heiligen Stätten zu pilgern, und ich danke Euch für Euer Angebot, unsere Pilger zu führen und zu schützen. Aber ich bin verpflichtet, Eure Majestät darauf aufmerksam zu machen, dass der Orden des heiligen Tempels von Jerusalem ins Leben gerufen wurde, um die christlichen Pilgerwege offen zu halten und die Pilger zu schützen! Wir sind gewillt von unseren Pilgern Gebühren zu erheben und sie an Euch zu übergeben. Auch sind wir bereit, Euch einige Zugeständnisse zu machen, das heißt, Euch eine unserer Küstenfestungen zu überlassen. Aber ich bin verpflichtet darauf zu bestehen, dass wir Tempelritter diejenigen sind, welche die christlichen Pilger und die christlichen Stätten bewachen! Dazu brauchen wir eine minimale Präsenz in Eurem Land! Ich bitte Euch, mit gebührlicher Achtung, Jerusalem als offene Stadt zu erklären, und uns ein Mitbestimmungsrecht in der Verwaltung Jerusalems zu gewähren. Außerdem benötigen wir einen freien Korridor zwischen Akko und unseren heiligen Stätten, und Akko als christliche Stadt und als unser Hauptquartier!"

Der Sultan antwortete: „Wir wissen, dass der Templerorden zum Schutz christlicher Pilger gegründet wurde. Wir ehren den Templerorden und seine Ziele, und Wir bewundern die Tapferkeit seiner Ritter. Aber du scheinst zu vergessen, dass dieses Land muslimisches Land ist! Es ist Unser Land, und wir setzen die Bedingungen für alle, die durch Unser Land reisen! Wir haben die Bedingungen für christliche Pilger, die durch Unser Land reisen wollen, bereits gesetzt, und wir wiederholen sie: Wir gewähren christlichen Pilgern ungehinderten Zugang zu ihren heiligen Stätten, Wir führen und bewachen sie und erheben dafür Gebühren, und Wir gestatten christlichen Kaufleuten und Handwerkern, sich in Unserem Land niederzulassen und ihren Glauben ungehindert auszuüben. Wir gestatten sogar christliche Kirchen, aber Wir gestatten kein christliches Militär! Von dieser Bedingung werden Wir auf keinen Fall abweichen!"

„Würden Eure Majestät uns ein Sonderrecht gewähren, als christliche Pilgermiliz in Eurem Land?“ fragte Guillaume hoffnungsvoll. „Wir würden Euer Hoheitsrecht voll und ganz anerkennen und würden uns verpflichten, an keinem christlichen Eroberungskrieg teilzunehmen. Dazu brauchen wir natürlich Akko als christliche Stadt, unseren Tempel hier als unser Hauptquartier, und einen christlichen Pilgerkorridor zwischen Akko und unseren heiligen Stätten.

Indem ich Euch dies anbiete, setze ich mich bereits über die Anweisungen unseres Heiligen Vaters hinweg, aber ich tue es in der Hoffnung, die Wiederaufnahme dieses zerstörerischen Krieges zwischen Christenheit und Islam zu vermeiden!“ fügte Gauillaume hinzu.

„Wir hofften sehr, dass du Unsere Bedingungen annimmst um die Wiederaufnahme dieses zerstörerischen Krieges zu vermeiden!“ gab der Sultan zurück, und setzte fort, „Du schriebst in deinem Brief, dass es möglich sei, unter vier Augen zu verhandeln. Mit wem würden Wir da verhandeln?“

„Mein Dolmetscher hat mein volles Vertrauen“, antwortete Guillaume, „Ihr möget mit ihm unter vier Augen verhandeln, falls Ihr dies wünscht. Ich habe eine Kammer für diesen Fall vorbereitet.“

Der Sultan schickte drei seiner Leibwächter die Kammer zu inspizieren. Nachdem sie zurückkamen und ihm versicherten, dass die Kammer keine Falle sei, ging er mit Arminius hinein. Der Sultan setzte sich, wies Arminius an sich gleichfalls zu setzen, und sagte: „Sprich frei heraus! Welchen Vorschlag hast du zur Lösung unseres Konflikts?“

Arminius verbeugte sich dankend und begann: „Ich schlage eine Vereinigung von Judaismus, Christentum und Islam vor ...“

Der Sultan unterbrach ihn lachend. „Du amüsierst Uns, wir sollten dich als Unseren Hofnarren anstellen! Aber hier ist weder Zeit noch Ort für Späße! Ist das alles, was du zu sagen hast?“

„Ich bitte Eure Majestät um Vergebung, es war nicht meine Absicht, Späße zu machen. Mein Vorschlag galt nur für unseren Orden. Ich möchte vorschlagen, dass unser Orden zum Islam und Judaismus übertritt, und zur gleichen Zeit christlich bleibt. Ich wollte vorschlagen, dass unser Orden allen drei Religionen angehören und die heiligen Stätten und Pilger aller drei Religionen schützen soll! Eine Miliz Gottes für alle drei Religionen! Als solche würden wir weder unseren Schwur brechen, noch Eure Hoheitsrechte verletzen. Wir sind bereits eine Miliz Allahs, und wir haben uns bereits dem Schutz der Pilger Allahs verschworen. Wir würden nur einige unserer Ordensregeln ändern, einige hinzufügen und einige weglassen. Das wäre weiter nicht schwierig, denn wir sind bereits eine Miliz Gottes, die Miliz des einzigen Gottes, des Gottes aller drei Religionen!“

„Ah, ein christlicher Sufist!“ rief der Sultan anerkenned aus. „Wir hörten, dass es unter euch Templern Sufisten gäbe. Diese Miliz Gottes, die du vorschlägst, wessen Kommando würde sie unterstehen?“

„Nur dem Kommando Gottes, und unserem Ordenskommando, welches das Kommando Gottes ausführt – des einen Gottes aller drei Religionen!“

„Würde dein Großmeister und der Rest deiner Brüder damit übereinstimmen, und euer Heiliger Vater in Rom?“ fragte der Sultan zweifelnd. „Wie realistisch ist dein Vorschlag? Ist sowas überhaupt möglich? Und wenn es möglich ist, wieviel Zeit würdet ihr dazu brauchen?“

„Ich weiß nicht ob es möglich ist, aber ich werde es gerne versuchen. ‚Bei Gott ist kein Ding unmöglich!‘ sagen wir Christen. Allah ist groß, und seine Macht ist unfassbar! Wenn Allah es will, und wir gewillt sind, seinen Willen zu erfüllen, dann wird es möglich sein! Aber wenn wir es nie versuchen, dann wissen wir nie ob Allah es will! Ich will es versuchen! Ich weiß, dass mein Großmeister mit mir übereinstimmt, auch einige meiner Brüder. Zusammen können wir vielleicht den Rest unserer Brüder und den Heiligen Vater in Rom überzeugen. Sind Eure Majestät bereit, uns dafür einige Jahre zu gewähren?“

„Wir geben dir zehn Jahre!“ antwortete der Sultan. „Schreibe einen bedingungslosen, zehnjährigen Waffenstillstand aus, Wir werden ihn unterschreiben! Und berichte Uns über den Verlauf deiner Bemühungen vor Ablauf der zehn Jahre!“

„Ich danke Eurer Majestät für Eure Großzügigkeit, und Eure Großgeistigkeit. Ich werde mein Bestes tun und Euch vor Ablauf der zehn Jahre Bericht erstatten. – So Gott will!“

„So Gott will!“ bestätigte der Sultan, erhob sich, und die beiden gingen zum Verhandlungstisch zurück. Arminius schrieb einen zehnjährigen Friedensvertrag aus, eine Kopie in Arabisch und eine in Latein. Sultan Qalawans Dolmetscher kopierte beide Verträge. Großmeister Guillaume und Sultan Qalawun unterschrieben und siegelten alle vier Kopien. Der Sultan nahm seine zwei Kopien, steckte sie ein, erhob sich und ging mit seinen Begleitern hinaus zu ihren Pferden. Qalawun und sein Geleitzug ritten den gleichen Weg zurück den sie gekommen waren.

Am nächsten Tag sprach Gauillaume darüber zu Arminius. „Dein Vorschlag ist genau das, was sich unser größter Förderer, Bernard de Clairvaux, für unseren Orden vorstellte. Der heilige Bernhard sah uns an der Spitze einer Vereinigungsbewegung die alle drei Religionen vereinen sollte. Deshalb haben wir kein Kruzifix in unserem Orden! Die acht Punkte des Templerkreuzes sind die acht Ecken eines Achtecks. Das Templerkreuz symbolisiert nicht das Kruzifix sondern das heilige Achteck der Sufisten! Und wir Templer haben von jeher das Alte Testament betont, und das Neue Testament als weniger wichtig gehalten. Wie du weißt, sind die Bücher des Alten Testaments nahezu identisch mit den entsprechenden Büchern des Judaismus und des Islam!

Nachdem wir im Jahre 1191 Akko wiedererobert hatten, schlugen unser Großmeister Robert de Sable und König Richard Löwenherz dem Sultan Saladin vor, seinen Bruder al-Adil mit Johanna, Schwester des König Richard, zu verheiraten. Diese Heirat sollte die Vermählung zwischen Islam und Christentum symbolisieren und zu einer Vereinigung der beiden Religionen führen. Leider war Saladin damit nicht einverstanden. Die christlichen Fürsten waren auch nicht davon erbaut. Nur die Troubadoure im Gefolge Richards, hauptsächlich dein Landsmann Wolfram von Eschenbach, feierten diese großgeistige Geste in ihren Liedern. So scheiterte menschliche Größe, wie immer, an menschlicher Kleinlichkeit!

Die Assassinen sind ein interreligiöser Orden. Sie vereinen in sich Elemente des Judaismus, Zoroastrianismus, Christentums und Islam. Es ist bedeutungsvoll, dass unsere militärische Regel von der der Assassinen abgeleitet wurde, und dass sich die Überreste der Assassinen ohne Gewissensbisse zum Christentum bekehrten, aber dabei ihren alten Glauben beibehielten."

„Aber der Papst wollte die Assassinen nicht als eine christliche Sekte anerkennen!" wendete Arminius ein. „Raschid sagte mir, dass die Auslegung der Dreieinigkeit das einzige Hindernis war. Muslime und Juden glauben an einen Gott. Wir auch, aber bei uns ist der eine Gott in Vater, Sohn und Geist unterteilt, und Gott der Sohn nahm in Jesus dem Nazarener leibliche Gestalt an.

Das können die Juden und Muslime nicht akzeptieren: Unsere Unterteilung des einen Gottes in drei, und Jesus den Nazarener als ein Drittel des dreigeteilten Gottes! Sie können die Divinität Jesu nicht akzeptieren! Sie sind bereit, Jesus als Propheten anzuerkennen, sogar als einen der größten, oder vielleicht sogar als den größten, aber nicht als ein Drittel Gottes!

Die Sufisten unter den Muslimen, und die Hermeneutiker oder Kabbalisten unter den Juden, haben nichts gegen die Dreieinigkeit. Sie, und einige von uns Templern, glauben an die Dreieinigkeit, so wie sie in den Schriften des Hermes Trismegistos dargelegt ist. Den Hermeneutischen Schriften nach, ist von allem was wahr ist, der Gegensatz genauso wahr, und das ist zwangsläufig so, weil sich These und Antithese in einem Grundzustand von Synthese befinden. Alle drei, These, Antithese und Synthese, sind somit gleich wahr, aber die Synthese ist stets die höhere Wahrheit, weil sie die beiden anderen enthält!"

„Aber wir Templer glauben auch an die konventionelle Auslegung der Dreieinigkeit!" fügte Guillaume mit Bestimmtheit hinzu. „Wenn die Leute, zu denen wir sprechen, der These/Antithese/Synthese Triade nicht offen sind, dann ist die Dreieinigkeit für uns, was sie für die meisten Christen ist: Gott der Vater, Gott der Sohn und Gott der Heilige Geist, in einer Gottheit vereint: die dreifältige Manifestation des einen Gottes!"

„Ja!" bekräftigte Arminius. „Aber selbst die konventionelle Auslegung der Dreieinigkeit ist nur ein Gleichnis für die These/Antithese/Synthese Triade: Ein Paar von Gegensätzen, und das was beide trennt und/oder vereint! Ich bin sicher, dass Jesus dies genau erklärt hat. Leider wurden seine Lehren nicht genau überliefert!

Jesus' Worte wurden erst lange nach seinem Tode niedergeschrieben. Die Evangelien des Neuen Testaments sind biographische Legenden, nicht genaue Biographien! Das was wir über die Lehren Jesu genau wissen sind eigentlich die Lehren des Apostels Paulus. Die römisch-katholische Religion ist mehr paulinisch als jesuinisch; Paulus, nicht Jesus, war der eigentliche Gründer unserer Religion! Jesus war zwar ein großer Lehrer, aber er machte einen großen Fehler, indem er seine Lehren nicht genau niederschrieb oder niederschreiben ließ. Mohammed hat diesen Fehler nicht begangen! Mohammeds Biographie und seine Lehren und Offenbarungen wurden uns genauer überliefert! Selbst wenn Jesus dem Mohammed als Lehrer überlegen war, in dieser Hinsicht ist Mohammed dem Jesus überlegen!"

„Sei vorsichtig mit solchen Äußerungen, Bruder Arminius!“ warnte Guillaume. „Solche Ansichten musst du für dich behalten und nur gleichgesinnten und gleichgeweihten Brüdern gegenüber äußern. Und selbst dann musst du vorsichtig sein, das grenzt an Häresie!“

„Jesus wurde wegen Häresie hingerichtet!“ erwiderte Arminius hitzig. „Für die Schriftgelehrten seiner Zeit war Jesus ein Häretiker! Die heutigen Schriftgelehrten verehren Jesus als Gott und richten die heutigen Häretiker hin! Ist Jesus umsonst gestorben? Haben wir von seinem Opfertod nichts gelernt? Wir sollten doch von unseren Fehlern lernen, und sie nicht wiederholen!“

„Wir lernen, wir lernen“, sagte Guillaume begütigend, „aber wir lernen langsam. Und wir Templer, gerade weil wir unseren Mitmenschen an Weisheit etwas voraus sind, müssen mit unseren langsameren Brüdern Geduld haben. Zuviel Licht erleuchtet nicht, es macht blind! Diejenigen, die die himmlische Fackel tragen, dürfen sie nicht dazu hernehmen andere zu blenden, sondern ihnen den Weg zu leuchten! Wenn wir unsere Brüder blenden, dann töten sie uns vielleicht in ihrem blinden Zorn. Wenn sie das tun, dann ist es unser Fehler, nicht ihrer! Wir sind dafür verantwortlich, unser Wissen Stück für Stück zu verteilen, je nach der Auffassungsgabe des Einzelnen. Wir können unseren weniger erleuchteten Brüdern erst dann mehr Licht geben, wenn ihre Augen an mehr Licht gewöhnt sind!

Aber unsere Aufgabe ist gefährlich. Der himmlische Fackelträger riskiert sein Leben, und verliert es oft. Deshalb sind wir gutausgebildete Krieger! Wir schützen uns so gut es geht während wir die himmlische Fackel tragen. Wir gehen nicht wie die Schafe zur Schlachtbank, die Legende der Hinrichtung Jesu ist für uns kein Beispiel!

Jesus war nicht so passiv wie ihn die Evangelien darstellen! Obwohl er ein Nazarener und Essene und als solcher friedliebend war, war er nicht gegen Gewalt, wenn Gewalt angebracht war um seine geistigen und politischen Ziele zu verwirklichen! Wie sein großer Vorfahre und Vorgänger König Salomon, gebrauchte er Gewalt weise. Prinzipiell verhandelte er statt zu kämpfen. Aber wenn verhandeln fruchtlos und kämpfen angebracht war, dann kämpfte er, und kämpfte gut! Jesus war ein militanter Pazifist! Er ist unser Vorbild! Indem wir seinem Beispiel folgen, dürfen wir nicht vergessen zu lernen, und zu dienen. Wenn wir Gottes Militanten sein wollen, dann müssen wir in erster Linie Gottes Pazifisten sein! Wenn wir gute Lehrer sein wollen, dann müssen wir in erster Linie gute Schüler sein! Und wenn wir gute Meister sein wollen, dann müssen wir in erster Linie gute Lehrlinge und Diener sein!

Die mystische Sekte der Essenen hatte neun Grade der Einweihung, auf drei Dienstebenen. Der untere Dienst und die ersten drei Grade waren Lehrling, Geselle und Meister, sie waren hauptsächlich den Handwerkern vorbehalten. Der vierte Grad war der militante, der Grad des göttlichen Kriegers. Die Angehörigen des vierten Grades und des mittleren Dienstes hatten mehr Bildung, konnten lesen und schreiben und wurden Nazarener genannt. Jesus war ein Nazarener. Natürlich stieg er zum höchsten Dienst auf, zur Ebene der Vollendung, aber die Grade der Vollendung waren streng geheim, deshalb war er offiziell nur als Nazarener bekannt.

Wir Templer haben die gleichen Grade der Einweihung. Unsere Handwerker gehören den ersten drei Graden an. Ritter steigen am Anfang des vierten Dienstgrades in den Orden ein, das Ende der Spezialausbildung ist die Vollendung des vierten Grades. Eigentlich ist der vierte Grad eine Lehrzeit, wie die Lehrlingstufe der Handwerker, nur sind die Ritter adelig und gebildet, sind Angehörige des mittleren Dienstes und tragen somit eine höhere Verantwortung. Der fünfte und sechste Grad sind Grade von ansteigendem Wissen und Verantwortung. Derjenige Grad des mittleren Dienstes, der dem Meisterrang der Handwerker gleichkommt, ist der sechste, der Grad des höchsten Wissens. Der siebte, achte und neunte Dienstgrad sind Grade der Vollendung. Die Ebene der Vollendung ist der höchste Dienst, unsere Kaplane gehören ihm an. Um Kaplan zu werden, muss man zwar ein Vollendeter sein, aber wir haben auch Vollendete die keine Kaplane sind.

Wir haben also drei mal drei Dienstgrade, jedes Drittel fängt mit einer Lehrzeit an und gipfelt in der Meisterschaft. Die unteren Ränge wissen nichts von diesen Unterteilungen, man muss den Meisterrang des mittleren Dienstes erreicht haben, um in die Unterteilungen voll eingeweiht zu werden. Indem ich dir dies alles sage, habe ich dich also zum sechsten Dienstgrad befördert. Von jetzt an bist du ein Eingeweihter des Sechsten Grades und Meister des mittleren Dienstes!

Im Mitteldienst zählen Wissen und Intellekt. Du bist im mittleren Dienst schnell aufgestiegen, mon cher, denn du hattest die Vorausetzungen, in diesem Dienst schnell aufzusteigen! Aber zum höchsten Dienst aufzusteigen wird dir schwerer fallen, denn da zählt Wissen nicht so sehr, sondern Weisheit! Und die kommt direkt von Gott, vielmehr von der Göttin genannt Weisheit! Um ein ganzer Meister des mittleren Dienstes zu werden, und dich auf den höchsten Dienst vorzubereiten, musst du jetzt unser Geheimarchiv lesen!

Die Einweihung zum Meister des mittleren Dienstes ist deine letzte Einweihung durch mich, denn nur im unteren und mittleren Dienst werden tieferstehende Brüder von höherstehenden eingeweiht. Die Vollendeten werden direkt von Gott geweiht! Deren Weihe ist eine Angelegenheit zwischen ihnen und Gott, da ist Gott alleine der Weihende!

Mein lieber Bruder Arminius, du musst dir stets vor Augen halten, dass dies alles streng geheim ist, dass wir kein heterodoxer oder unorthodoxer Orden sind! Wir sind keine Abtrünnigen, keine Andersgläubigen, keine Irrlehrer! Wir sind Katholiken! Offiziell und nominell sind wir römisch katholisch! Wir sind aber auch Träger des himmlischen Lichtes! Aber wir missbrauchen das himmlische Licht nicht, um andere Lehren zu verbreiten; wir nützen das himmlische Licht, um die Seelen der Menschen von innen her zu erleuchten und zu wandeln! Wir sind keine Abtrünnigen, keine Revolutionäre oder Reformer, wir sind Transformer! Das Licht Gottes bedarf keiner Werbung, man muss es nur leuchten lassen, und es wandelt alles worauf es scheint. Wir brauchen die himmlische Fackel nur hoch zu halten und das Licht Gottes scheinen zu lassen, alles andere kommt von selbst. Unsere Devise lautet ‚Non nobis, Domine!'. Das heißt, dass wir das kurzfristig flackernde Flämmchen unseres persönlichen Ichs dem ewig strahlenden Feuer der Gottheit preisgegeben haben!

In diesem Sinne beauftrage ich dich mit der Transformation unseres Ordens! Du wirst versuchen, unseren Orden zu einer interreligiösen Miliz Gottes umzuwandeln! Du wirst versuchen, deine Mitbrüder davon zu überzeugen, aber du darfst nur zu denen sprechen, die deinen Worten offen sind, und selbst diesen gegenüber musst du diskret sein. Ich werde dir eine Liste mit den Namen derjenigen Brüder geben, zu denen du sprechen darfst! Ich überlasse es dir, unseren Heiligen Vater zu überzeugen, aber dein Brief an ihn muss durch mich gehen und von mir genehmigt sein! Aber, bevor du zu irgend Jemandem sprichst oder schreibst, lese unser Geheimarchiv! Ich werde den Bruder Archivar anweisen, dir freien Zugang zu unserem Geheimarchiv zu geben.

Deine Bemühungen werden Frucht tragen, wenn nicht heute dann in Zukunft, wenn nicht in sieben Jahren dann in sieben mal hundert Jahren! Du säst den Samen des Lichtes, der irgendwo Wurzeln schlagen und irgendwann mehr Lichtsamen abwerfen wird!

Um auf unsere heutige, politische Wirklichkeit zurückzukommen: Schreibe dem Heiligen Vater und allen Parteien, die davon wissen sollen, dass unsere Verhandlungen mit Sultan Qalawun erfolgreich waren, und dass wir einen zehnjährigen Frieden mit ihm geschlossen haben! Geh mit Gott, Bruder Armnius! – Non nobis, Domine! Non nobis, sed Nomini Tuo da gloriam!"

„Non nobis, Domine!" bestätigte Arminius, verließ die innere Kammer des Großmeisters und ging zur Schreibstube, um die Briefe zu verfassen. Das Schreiben überließ er seinen Kopierschreibern. Danach suchte er den Bruder Archivar auf um im Geheimarchiv des Templerordens zu lesen. Was er las und sah, beindruckte ihn gewaltig und bewirkte eine grundlegende Umwälzung in seinem Wissen und Denken.

Zuerst las er die Evangelien, die er dort vorfand. Es waren derer einundzwanzig, alle mehr oder weniger unterschiedlich voneinander und von den vier biblischen Evangelien. Das aramäische Johannesevangelium kannte er bereits, von den anderen schien ihm nur das Thomasevangelium besonders bemerkenswert. Dass die Evangelien so unterschiedlich waren wunderte ihn nicht weiter. Er wusste, dass sie nicht genaue Biographien sondern biographische Legenden waren.

Danach las er die Schriften des Hermes Trismegistos. Er hatte Auszüge aus diesen Schriften in der Bücherei der Universität Neapel gelesen, und sie kopiert und mit sich nach Welterod genommen, aber im Geheimarchiv des Templerordens fand und las er die gesamte Hermetika: alle 72 Bände der Hermeneutischen Schriften! Aber, da er das Wesentliche der Hermeneutischen Philosophie bereits kannte, sagten ihm diese Bücher nicht viel neues.

Als nächstes las er die lateinischen Übersetzungen der phönizischen Schriften, die die Templer beim Ausgraben des phönizischen Königspalastes in Tyros ans Licht gebracht hatten. Zu seiner Überraschung fand er heraus, dass die Phönizier die Erde als Kugel betrachteten und ihren Durchmesser und Umfang berechneten, lange vor den Ptolemäern! Mittels der Geometrie, der Trigonometrie und der Kreisteilung in Grade, überzogen sie die kugelförmige Erde mit einem theoretischen Netz von Längen- und Breitengraden, als Hilfe zur Navigation und zur Kartographie. Sie gebrauchten das Astrolabium um den Winkel zwischen Sonne und Horizont zu messen. Mit dem Astrolabium maßen sie auch den Winkel zwischen der Nordrichtung und gewissen Gestirnen, besonders dem Großen Himmelswagen. Sie entwickelten ein System wodurch sie, unter Berücksichtigung des Kalendertages und der genauen Tages- oder Nachtzeit, Breitengrad durch den Winkel zwischen Sonne und Horizont, und Längengrad durch den Winkel zwischen dem Großen Himmelswagen und dem Nordstern ermitteln konnten.

Auf See musste jeder phönizische Kapitän jeden Mittag und jede Mitternacht diese Winkel ablesen und seine Position bestimmen, indem er zur Mitte des Tages den Winkel zwischen Sonne und Horizont dreimal ablas und den Durchschnitt niederschrieb, und zur Mitte der Nacht das gleiche mit dem Winkel zwischen der Nordrichtung und den zwei hinteren Sternen des Himmelswagens. Die genaue Mittagszeit wurde durch Halbierung der Zeit zwischen Sonnenaufgang und Sonnenuntergang, und Mitternacht durch die Halbierung der Zeit zwischen Sonnenuntergang und Sonnenaufgang ermittelt, mit genau kalibrierten und geeichten Sanduhren. Wo immer sie sich auf den sieben Meeren der kugelförmigen Erde befanden, konnten sie jeden Mittag und jede Mitternacht, mit ziemlicher Genauigkeit, Längen- und Breitengrad und somit ihre Position bestimmen, und zeichneten genaue Karten oder zeichneten ihre Positionen in vorhandene Karten ein. Jeder Kapitän, der von einer Seereise zurückkehrte, musste seine Karten und Aufzeichnungen bei der königlichen Sternwarte in Tyros abgeben, wo ständig große, zusammenhängende Karten angefertigt und verbessert wurden. Die phönizischen Karten, die Arminius im Geheimarchiv des Tempels sah, waren ausführlicher und schienen genauer zu sein als die ptolemäischen Karten die er in Neapel gesehen hatte. Er hatte auch nie zuvor eine Karte des gesamten Erdteils Afrika gesehen, oder eines neuen Erdteils westlich von Afrika!

Die phönizischen Kartographen der königlichen Sternwarte Tyros bestimmten Tyros willkürlich als Längengrad Null. Jede Nacht des Jahres, genau um Mitternacht, zogen sie eine imaginäre Linie von den zwei hinteren Sternen des Großen Himmelswagens zum Nordstern, und nützten das Astrolabium um den Winkel zwischen dieser Linie und der nördlichen Himmelsrichtung zu ermitteln. Der Winkel zwischen Himmelswagen und Norden, für Längengrad Null über Tyros, wurde für jede Mitternacht des Jahres auf eine nautische Tabelle notiert. Jeder phönizische Kapitän war im Besitz dieser Tabelle. Auf See wurde jede Mitternacht der Winkel zwischen Himmelswagen und Nordrichtung vom Schiff aus gemessen. Die Abweichung dieses Winkels von dem Winkel auf der Tabelle, in Graden, war seine Distanz in Längengraden von Längengrad Null in Tyros!

Die Phönizier nutzten die Gestirne, mit Hilfe des Astrolabiums und ihres Wissens der Mathematik, als genaue und zuverlässige Navigationshilfe und Beihilfe zu einer genauen Kartographie! Von diesem Tag an sah Arminius den Sternenhimmel mit neuen Augen. Er trainierte sich systematisch, die genaue Nachtzeit, unter Berücksichtigung des Kalenderdatums, durch den Winkel zwischen Himmelswagen und Nordrichtung zu ermitteln.

Die Phönizier maßen Breitengrade auf ähnliche Weise. Jeden Tag, genau zur Tagesmitte, nahm jeder phönizische Kapitän sein Astrolabium und maß den Winkel zwischen Sonne und Horizont. Anhand seiner nautischen Tabelle wusste er dann genau auf welchem Breitengrad er war. Auf diese Weise bestimmten die phönizischen Kapitäne, mit ziemlicher Genauigkeit, Längengrad und Breitengrad und somit ihre Position, wo immer sie waren auf den weglosen Sieben Meeren. Arminius las Berichte über wiederholte Umseglungen Afrikas und sah die entsprechenden Karten. Und er sah Karten und las Berichte über einen neuen Erdteil westlich von Afrika. Dieser neue Erdteil war nicht viel weiter von Afrika entfernt als die Strecke zwischen Gibraltar und Akko, und an einer Stelle sogar etwas näher! Arminius war hocherstaunt!

Was ihn noch mehr erstaunte, war das enge Verhältnis zwischen König Hiram von Tyros und König Salomon von Jerusalem. Der phönizische König Hiram war der eigentliche Erbauer des Tempel Salomons! Und der Tempel Salomons war der phönizischen Göttin Astarte und dem hebräischen Gott Jehova geweiht! Und, um den Pakt zwischen Hiram und Salomon, und zwischen Phöniziern und Hebräern, und zwischen Astarte und Jehova zu siegeln, gab Hiram seinem Freund Salomon das „Siegel des Salomon". Das Siegel des Salomon, das aus zwei gleichseitigen, ineinander verschlungenen Dreiecken bestand, eines mit der Spitze nach oben und das andere mit der Spitze nach unten, wurde auch „Davidstern" genannt.

Was Arminius im Geheimarchiv am meisten erstaunte, waren geheime Dokumente, die Bernard de Clairvaux von einem katharischen Bischof bekommen und an den Templerorden weitergeleitet hatte. Diese Dokumente bestätigten, was Arminius im Thomasevangelium gelesen hatte: dass Maria die Magdalenin Jesus wichtigste Apostolin war! Aber die Dokumente sagten mehr als das Thomasevengelium: dass Maria sogar seine Ehefrau war! Nach der Kreuzigung reiste Maria die Magdalenin, mit Jesus' Kindern und vielen Begleitern, unter dem Schutze des Josef von Arimathia, nach Languedoc. Sie landeten im Rhônedelta, in der Nähe des Städtchens Sts.-Maries-de-la-Mer, und siedelten sich inmitten der jüdischen Bevölkerung im Languedoc an. Jesus' Geschlecht setzte sich dort fort, in das Herrschergeschlecht der Merowinger und andere Adelshäuser, unter ihnen das Haus de Beaujeu!

Arminius konnte es kaum erwarten, mit Guillaume darüber zu sprechen. Als ihn Guillaume endlich zu einem Privatgespräch einlud, platzte er damit heraus: „Ist es wirklich wahr, war Jesus verheiratet und hatte Kinder? Und haben sich die Nachkommen Jesu in einige der Adelsfamilien Europas fortgepflanzt? Ist es wahr, dass das Haus de Beaujeu von Jesus abstammt? Heißt das, dass wir beide Nachkommen Jesu sind?"

Guillaume lächelte über Arminius Erregung. „Ja, das Haus de Beaujeu stammt von Jesus ab, aber wir Beaujeus sind nur ein kleines Ästchen an jenem erlauchten Baume. Das Haus de Anjou kann sich direkter auf Jesus zurückführen! Deshalb waren wir so bestrebt, Charles de Anjou die Königskrone Jerusalems aufzusetzen. Aber Fulko de Anjou, wohl der größte der christlichen Könige Jerusalems, konnte sich noch direkter auf Jesus zurückführen! Er trat in unseren Orden ein, verbrachte mehrere Jahre im damaligen Hauptquartier unseres Ordens in Jerusalem, bis er zum König Jerusalems ernannt wurde. Wir brachten ihn absichtlich als direkten Nachkommen Jesu nach Jerusalem und hielten ihn als ‚Tempelritter auf Zeit' in unserem Orden, bis er gekrönt wurde!

Jesus stammte ja bekanntlich vom Hause Davids ab, er war ein direkter Nachkomme Davids und Salomons und legitimer Erbe des Königsthrons von Jerusalem. Jesus war ein direkter Nachkomme und rechtmäßiger Thronerbe Davids, Fulko de Anjou war ein direkter Nachkomme Jesu! Daraus folgt, dass Fulko de Anjou ein direkter Nachkomme Davids und rechtmäßiger Anwärter auf den Königsthron Jerusalems war! Fulko de Anjou kehrte also auf seinen rechtmäßigen Königsthron zurück! Jetzt weißt du auch, warum dein Landsmann Wolfram von Eschenbach einen Angeviner zum Gralskönig machte!

Einen direkten Nachkommen Jesu auf den Königsthron Jerusalems zu setzen und dadurch ein goldenes Zeitalter herbeizuführen ist nichts Neues, die islamische Welt hatte etwas Ähnliches bereits vor uns erreicht. Die Kalifen von Bagdad waren bekanntlich Nachkommen des Propheten Mohammed, und unter ihnen erblühte die islamische Welt zu einem goldenen Zeitalter. Wir versuchten das Kalifat nachzuahmen! Doch wir hofften, auch die islamische Welt in das Königreich Jerusalem einzuschließen, und dadurch ein neues, weltweites, goldenes Zeitalter herbeizuführen! Das wäre möglich gewesen, und die Muselmanen wären einem Nachkommen Jesu als Sultan durchaus zugetan, aber nur wenn wir die exklusive Divinität Jesu widerrufen und den Propheten Jesus dem Propheten Mohammed gleichstellt hätten!

Ich sagte dir schon einmal, dass wir, die Eingeweihten des inneren Kreises, nicht glauben, dass Jesus am Kreuze starb. Die Kreuzigung Jesu wurde inszeniert um die alttestamentlichen Prophezeihungen des Propheten Jesaja über das Kommen des Messias zu erfüllen. Islamische Scholaren sagen, dass Simon von Kyrene an Jesus' Statt gekreuzigt wurde. Aber es ist möglich, dass auch Simon nicht am Kreuze starb! Als er um einen Trunk Wasser bat, gab man ihm einen mit Drogen vollgesaugten Schwamm, was ihn bewusstlos machte. Die Römer überließen dann den bewusstlosen Simon den Leuten des Josef von Arimathia, die ihn vom Kreuz banden und in eine Gruft trugen. Simon erholte sich, Jesus zog nach Alexandria und lehrte dort weiter. Maria die Magdalenin, samt Jesus' Kindern und Begleitschaft, geführt und beschützt von Josef von Armimathia, verschifften sich nach dem Languedoc und lebten dort weiter.

In vielen Dokumenten, auch im Koran, steht, dass Jesus ein göttlich inspirierter Lehrer und Prophet aber sonst ein gewöhnlicher Mensch war. Die vorchristlichen Sekten der Nazarener und Essenen, die christlichen Sekten der Nestorianer, Gnostiker, Arianer und Katharer, sowie die keltischen Christen waren der gleichen Meinung. Jesus war ein Nazarener und ein Essene, die Katharer waren Nachfolger der Essenen und Nachfolger der Gemeinde Marias der Magdalenin. Die Katharer waren Jesus' leibliche und geistige Nachkommen! Unsere weißen Gewänder, und die der Zisterzinser, sind nach dem Muster der Essenen und Katharer geschneidert!

Auch hatten die Essenen und Katharer Grade der Einweihung, die den unseren ähnlich sind.

Wir haben unwiderlegbare Beweise, dass Jesus ein Nazarener und ein Essene war, dass er direkter Nachkomme und Thronerbe König Davids war, dass er mit seiner wichtigsten Apostolin, Maria der Magdalenin, verheiratet war und mehrere Kinder mit ihr hatte. Auch können wir beweisen, dass Maria die Magdalenin nach der Kreuzigung nach Languedoc zog und sich dort ansiedelte, und dass die Nachkommen Jesu in die Adelsgeschlechter von Languedoc und Provence eingingen! Das ist ein Geheimnis, mon cher: Das Geheimnis! Wir Templer sind die militärischen Wächter des Geheimnisses und die Zisterzinser die geistlichen!

Ja, wir Beaujeus sind Nachkommen Jesu! Aber das hat nicht viel zu sagen; so mancher Mensch kam aus einer heiligen Blutlinie! Außerdem gibt es tausende oder zehntausende Nachkommen von Jesus, ob sie es wissen oder nicht. Die leibliche Nachkommenschaft Jesu bedeutet nicht viel. Wir, die esoterischen Brüder des Tempels, sind zwar Ritter Christi, aber wir verwechseln nicht den Mann Jesus mit dem Geiste Christi. Wir wissen, dass der Mann Jesus vom Geiste Christi inspiriert war, und wir wissen auch, dass diese Inspiration jedem möglich und eine Sache der persönlichen Wahl ist! Wir haben uns, bewusst und mit voller Absicht, als Ritter Christi erwählt! Für uns ist der Geist Christi der Logos, der Geist der menschlichen Erleuchtung! Diesen Geist haben wir gewählt, ihm haben wir uns verschworen, und ihm dienen wir! – Das zählt für uns, mon cher! – Non nobis, Domine! Non nobis, sed Nomini Tuo da gloriam!“

„Non nobis, Domine!“ bestätigte Arminius kleinlaut.

Guillaume hatte Arminius' Erregung gedämpft. Jetzt konzentrierte er sich auf die Aufgabe, seine Mitbrüder davon zu überzeugen, den Templerorden zu einer interreligiösen oder überreligiösen Miliz Gottes zu machen.

In seinem Versuch dies zu bewerkstelligen, drang Arminius tief in den geheimen Kreis der Vollendeten ein. Er wusste, dass die Liste, die Guillaume ihm gegeben hatte, eine Liste der Mitglieder jenes esoterischen Kreises war. Es gab aber keinen genau definierbaren, inneren Kreis! Der einzige, offizielle Kreis war der äußere, der alle Mitglieder des Ordens einschloss; innerhalb dieses Kreises gab es keinen Kreis. Der Orden war römisch-katholisch, Geheimlehren waren deshalb offziell nicht üblich. Nur diejenigen Brüder die außergewöhnlich fromm und mystisch gesinnt waren, und die esoterischen Lehren des Mittleren Ostens studierten und praktizierten, bildeten einen losen Bund im Zentrum des Ordens. Obwohl diese Brüder den geistigen Ordenskern darstellten und somit die geistigen Ordensmeister waren, traten sie nicht als solche hervor. Sie waren meisterhafte Diener Gottes; ihre Meisterschaft war die der Dienerschaft!

Im Nachhinein kam Arminius zur Überzeugung, dass Guillaume ihn nur deshalb mit der Ordenswandlung beauftragt hatte, um ihn mit dem Kreis der Vollendeten bekanntzumachen und von den Brüdern dieses erlauchten Kreises zu lernen. Arminius war zwar hochgebildet, ein guter Scholar und schöpferischer Denker, aber er war noch nicht weise. Er war zwar ein Anhänger der Mystik, aber nur theoretisch.

Die Brüder auf der Liste waren scholastisch nicht so wissend wie Arminius, aber auf anderen Gebieten waren sie ihm voraus. Sie waren Mystiker! Manche von ihnen hatten nur ein oder zwei mystische Erlebnisse zu verzeichnen. Arminius, mit seiner Vision des Jesuskindes als er sieben Jahre alt war, konnte sich vielleicht zu jenen Mystikern zählen. Andere aber waren Mystiker von einer Tiefe die Arminius nicht fassen konnte, einer Tiefe die Bewunderung und Sehnsucht in ihm hervorrief, die alte Sehnsucht den Gral zu suchen, und zu finden.

Einer der Vollendeten in Akko, und zugleich einer der ältesten Mitbrüder, war Bruder Nikolaus. Er war früher der Komtur der Stadt Jerusalem, hatte aber nach dem zweiten Fall Jerusalems diesen Titel beibehalten und war jetzt Meister des Templerhospizes in Akko und Meister der Heilkunde. Er war für die Gesundheit aller Brüder und Pilger verantwortlich und leitete die Ausbildung der heilenden Brüder.

Bruder Nikolaus war Anfang des Jahrhunderts geboren und trat im Jahre 1226 in den Templerorden ein, drei Jahre bevor Friedrich der Zweite Jerusalem gewaltlos zurückeroberte und König von Jerusalem wurde. Von Anfang an zeichnete sich Bruder Nikolaus durch seine Heilkünste aus. Nach der gewaltlosen Zurückeroberung Jerusalems durch Kaiser Friedrich wurde er Komtur der Stadt Jerusalem und Meister des Templerhospizes in Jerusalem. Er war der Komtur Jerusalems während jener glorreichen Zeit zwischen 1229 und 1244, als Friedrich der Zweite König von Jerusalem war und das Unmögliche möglich machte. Er machte Jerusalem zu einer freien und freigeistigen Stadt, die Gläubigen, Predigern und Pilgern aller Religionen zugänglich war, die neuen Ideen offen war, eine Stadt wo Juden, Christen und Muslime frei diskutieren konnten, ohne Angst vor Verfolgung.

Arminius ging zum Templerhospiz von Akko, um mit Bruder Nikolaus zu sprechen. Dieser war sehr beschäftigt, Arminius konnte nicht sofort mit ihm sprechen und musste einen Termin vereinbaren. Als er schließlich zu Bruder Nikolaus sprach, hörte sich jener seine enthusiastische Werberede über die Wandlung des Templerordens geduldig an und antwortete: „Das ist nichts Neues, Bruder Arminius, diese Idee ist so alt wie unser Orden! Die Gründer unseres Ordens träumten diesen Traum, und der heilige Bernhard verbreitete ihn über das christliche Abendland. Bernhard war der erste, der den Templerorden an der Spitze einer Vereinigungsbewegung zwischen Judaismus, Christentum und Islam propagierte! Als aber die Stadt Jerusalem und ein Großteil Palästinas, einschließlich Akko, im Jahre 1187 an Sultan Saladin fiel, wurde dieses Ideal beiseite gelegt und wir konzentrierten uns auf die Rückeroberung.

Nachdem wir Akko mit Hilfe König Richards im Jahre 1191 zurückerobert hatten, wurde das alte Ideal mit neuen Kräften wiederaufgenommen. Der großherzige König Richard und unser Großmeister Robert de Sable waren dem Vereinigungsideal sehr zugetan! Als führendes Beispiel, und um die Vermählung zwischen Christentum und Islam zu symbolisieren, schlugen sie Sultan Saladin eine Heirat zwischen Richards Schwester Johanna und Saladins Bruder al-Adil vor. Sultan Saladin, der von dem Vereinigungsideal und der beispielhaften Vermählung nicht viel hielt, wies diesen Vorschlag höflich aber bestimmt zurück.

Dies war nur ein vorübergehendes Ende des Traumes. Der Traum wurde wiederbelebt als Seine Höchst Erlauchte Majestät, Friedrich der Zweite von Hohenstaufen, Jerusalem gewaltlos zurückeroberte und König von Jerusalem wurde. Ich war Komtur der Stadt Jerusalem während seiner Regierungszeit. Das waren goldene Jahre voll Optimismus! Alles schien möglich! Gelehrte, Heilige und Prediger aller Religionen trafen sich in Jerusalem und erörterten einen möglichen Zusammenschluss der zwei oder drei, oder aller, Religionen!

Aber auch dieser Traum ging zunichte, als wir Jerusalem im Jahre 1244 wieder verloren. Und als Friedrich der Zweite im Jahre 1250 starb, starb der Traum mit ihm. Zehn Jahre nach seinem Tode kamen die Mameluken an die Macht und regierten von da an die islamische Welt.

Nach der Machtübernahme durch die Mameluken verfiel die hochkultivierte, islamische Welt. Im Gegensatz zu den Kalifen, den Nachkommen Mohammeds, die die islamische Welt in ihrem goldenen Zeitalter regierten, erwiesen sich die Mameluken nicht als Pfleger der feinen Künste. Sie pflegten weder die schönen noch die hermeneutischen Künste; in ihrer kriegerischen Welt galt die Kriegskunst als einzige Kunst! Unter der Herrschaft der Mameluken degenerierte die hochgeistige Welt des Islam zu einer Kriegerwelt.

Bruder Arminius, ich muss zu unserer Schande gestehen, dass wir zum Verfall der goldenen, islamischen Welt beigetragen haben! Wir Christen waren die Agressoren gegen das hochkultivierte Kalifat! Das verfeinerte Kalifat, welches sich zwar auf die hohen Künste aber nicht die Kriegskunst verstand, war gezwungen die kriegskundigen Mameluken zur Verteidigung ins Land zu rufen. Diese wurden dann zur Kriegerkaste der islamischen Gesellschaft. Während der 150 Jahre von fast ununterbrochenem Krieg wurden die Mameluken immer mächtiger und übernahmen schließlich die Herrschaft. Wir Christen sind dafür mitverantwortlich, dass die hochkultvierte, islamische Gesellschaft in eine Kriegergesellschaft verfiel! Aber ich sage dir dies nur am Rande, und nur im Vertrauen.

Dein Vorschlag, aus unserem Orden eine interreligiöse Miliz Gottes zu machen, wäre vor achtzig Jahren realistisch gewesen, oder vor vierzig oder fünfzig Jahren, aber nicht heute. Die heutigen, politischen Verhältnisse machen dies unmöglich! Die religiöse Vereinigung aller Menschen wird ein Traum bleiben, bis ein Messias den Thron Jerusalems besteigt und die Welt von dort regiert. Dies wird geschehen, denn es wurde prophezeit, aber nicht in naher Zukunft! Wie gesagt, wir haben die goldene Gelegenheit verpasst. Jetzt wird es sieben mal hundert Jahre dauern bis sich die Gelegenheit wieder bietet!" schloss Bruder Nikolaus prophetisch.

„Wie habt ihr vor vierzig oder fünzig Jahren die Stellung Jesu Christi entschieden?" fragte Arminius. „War das nicht von jeher der größte Streitpunkt zwischen den drei Religionen?"

„Ja", bestätigte Bruder Nikolaus, „der Rang unseres Herrn Jesus und die Dreieinigkeit wurden am heftigsten umstritten. Die Dreieinigkeit war das geringere Problem, denn die hermeneutische Erklärung der Dreieinigkeit läßt sich leicht auf den christlichen Begriff der Dreieinigkeit übertragen, und viele Juden und Muslime sind mit der hermeneutischen Dreieinigkeit einverstanden. Die Divinität Jesu war eigentlich auch kein unüberwindliches Problem: Der Schöpfer divinierte alle seine Geschöpfe durch den Akt der Schöpfung! Alle Geschöpfe sind deshalb göttlich, nur wussten wir dies nicht, bis uns unser Herr Jesus die Botschaft brachte. Jesus war Gottes Bote; die Botschaft die er uns brachte, war die Botschaft unserer Einheit mit Gott! Jesus war Gott und Mensch, Bote und Botschaft – zugleich!

Wie du siehst, Bruder Arminius, haben wir diese Probleme bereits vor fünzig Jahren gelöst. Auch andere lösten sie vor uns, vor hundertfünzig, fünfhundert, tausend und zweitausend Jahren. Aber die Worte der Weisen sind wirkungslos wenn die Regenten nicht weise sind, und weise Regenten sind machtlos, wenn ihre Untertanen nicht weise sind. Deshalb müssen wir ganz von unten anfangen: Das Volk muss weise werden!"

„Ja, Bruder Nikolaus, ich stimme voll überein!" sagte Arminius eifrig. „Aber das wirft die Frage aller Fragen auf: Wie können wir unseren Mitmenschen zur Weisheit verhelfen?"

„Indem wir selbst weise werden!" antwortete Bruder Nikolaus lächelnd. „Ein Lehrer der Weisheit muss weise sein bevor er sie lehren kann! Wenn wir unsere Mitmenschen mit dem göttlichen Licht erleuchten wollen, dann müssen wir es erst finden! Viele Lehrer wollen Weisheit lehren ohne selbst weise zu sein! Du bist ein gebildeter Mann, Bruder Arminius, und ein Deutscher; du solltest die Gralsdichtung deines berühmten Landsmannes Wolfram von Eschenbach kennen. Er hat die Essenz der Weisheit erfasst: Die Liebe der göttlichen Einheit! Aber man muss die göttliche Einheit erst am eigenen Leib und an der eigenen Seele erfahren um diese Art von Liebe zu fühlen und zu lehren!

Die Liebe der göttlichen Einheit ist leicht zu erklären, aber man muss sein Einssein mit Gott persönlich erleben, um diese Liebe zu fühlen und sie zu praktizieren! Göttliche Liebe lässt sich nicht kommandieren, sie ist das natürliche Ergebnis eines mystischen Einswerdens mit Gott! – Aber das freiwillige Praktizieren universeller Liebe kann zu einem mystischen Einswerden mit Gott führen!

Göttliche Liebe ist die unvermeidliche Auswirkung eines mystischen Einswerdens mit Gott! Aber für diejenigen, die dies noch nicht erlebt haben, kann das freiwillige Praktizieren dieser Liebe zu einem mystischen Einswerden mit Gott führen! Göttliche Liebe ist also beides, die Ursache und die Wirkung eines Einswerdens mit Gott!

Ein Einswerden mit Gott ist auch ein Einswerden mit Gottes Schöpfung. Denn der Grund, dass wir mit Gott einswerden ist, dass Gott mit seiner Schöpfung von vornherein eins ist! Das Einssein ist bereits vorhanden, nur wissen es die meisten Menschen leider nicht! Das Einswerden mit Gott ist also nichts weiter als ein Gewahrwerden unseres eigentlichen oder wesentlichen Daseinszustandes. Deshalb ist es jedem Menschen möglich!

Wir Christen nennen den Geist, der uns zum Gewahrwerden unseres wesentlichen Daseinszustandes verhilft, den ‚Christus'. Er ist der Morgenstern, der die Nacht der geistigen Umnachtung beendet! Jesus der Christus brachte uns die Möglichkeit der Erlösung von der Verzweiflung des Menschseins durch das Gewahrwerden unseres wesentlichen und göttlichen Daseinszustandes. Und er lehrte uns, dass das Praktizieren universeller Liebe zu einem Bewusstwerden unseres göttlichen Daseinszustandes führen kann. Jesus drückte sein Einssein mit Gott sehr einfach aus: ‚Ich und der Vater sind eins!' Sobald wir eine mystische Kommunion erlebt haben, und uns des Einsseins mit Gott voll bewusst sind, können wir dasselbe sagen. Das ist das ‚Zweite Erscheinen'!

Manche von uns Esoterikern haben den Hermes Trismegistos studiert, andere die Kabbala, wieder andere die Weisheiten der Sufisten, und manche sogar alle zwei oder drei. Es gibt noch andere esoterische Pfade, aber alle haben eines gemeinsam: Das Prinzip der Einheit! Das Prinzip, dass Schöpfer, Schöpfung und der schöpferische Geist eine untrennbare Einheit bilden! Für uns Christen ist dieses Prinzip im Prinzip der Heiligen Dreieinigkeit enthalten. Die Sufisten lehren, dass Gott die einzige Wirklichkeit ist: Ein Monad: Allah, das All: Ein ewiges, unteilbares, allgegenwärtiges, allwissendes, synkretisches Ganzes, in einem Zustand von Synthese. Alle Unterteilungen innerhalb dieses Ganzen sind willkürlich und illusorisch. Nur das untrennbare göttliche Ganze existiert – sonst nichts!

Dies aber ist nur die Theorie der göttlichen Einheit. Verglichen mit dem Erleben der göttlichen Einheit ist die Theorie nichts! Erst das Erleben der göttlichen Einheit macht sie für uns wirklich. Das Wertvollste, das wir für unsere Mitmenschen tun können, ist sie die göttliche Einheit erleben zu lassen, sie in ein Erlebnis der göttlichen Einheit zu führen!

Sobald wir mit Gott eins sind, sind wir auch eins mit Gottes Schöpfung! Dann sind wir auch eins mit unseren Mitmenschen und mit unserer Umwelt! Dann können wir das Gebot ‚Liebe Deinen Nächsten wie Dich selbst!' leicht befolgen, denn unser Nächster oder Nächstes ist unser göttliches Selbst! – Das ist die Nächstenliebe im Sinne und Geiste der göttlichen Einheit!

Das mystische Einswerden mit Gott lässt sich selten mit einem Schritt erreichen, meistens bedarf es vieler, kleinerer oder größerer Schritte. Jeder kleinste Schritt auf dieses heilige Ziel zu, ist ein Fortschritt! Aber Rückschritte geschehen allzu häufig, denn das Ziel ist ein Gipfel, und man kann auf dem steilen Weg zum Gipfel leicht zurückrutschen.

Geduld, mein junger Bruder, wir müssen Geduld haben! Zuerst mit uns selbst, und dann mit unseren Mitmenschen. Wir müssen lernen, bevor wir lehren, wir müssen die göttliche Einheit aus eigener Erfahrung kennen, bevor wir darüber sprechen! Ein Bergführer muss den Berg selbst erklettert haben bevor er andere zum Gipfel führen kann! Und niemand kann den Gipfel für andere besteigen, ein jeder muss es für sich selbst tun, mit seiner eigenen Kraft und seinen eigenen Fähigkeiten. Aber diejenigen, die den Berg bereits bestiegen haben und erfahrene Bergführer sind, können einem Novizen behilflich sein!

Die Suche nach dem Gral ist eine persönliche Suche! Jeder muss den Gral auf eigene Faust suchen, und finden! Wir können nicht jemand anderem unseren persönlichen Gral hinhalten und sagen ‚Das ist er!', denn jeder einzelne Gral ist anders. Jeder Mensch ist eine einmalige Ausgabe Gottes und hat seinen persönlichen, einmaligen Gral! Nur die Gnade Gottes, die jedem Menschen zusteht und jedem zugänglich ist, kann uns unseren persönlichen Gral zeigen. Ein erfahrener Führer aber, der seinen eigenen Gral bereits gefunden hat und in der Esoterik bewandert ist, kann anderen bei der Suche etwas behilflich sein! Jeder Führer muss sich aber davor hüten, seinen persönlichen Gral seinen Schützlingen aufzubinden!

Ich glaube, dass jeder Mensch seinen Gral findet, wenn nicht im Leben dann am Ende des Lebens. Ich stand vielen Brüdern und Pilgern in ihrer Todesstunde bei und erlebte ihr Einswerden mit Gott als sie starben. Ich fühlte ihr Einswerden mit Gott im Augenblick ihres Todes, und manchmal sah ich die Ekstase der göttlichen Vereinigung in ihren Gesichtern. Todkranke und Sterbende sind der Lehre der göttlichen Einheit weit offen! Ich habe das Glück, für Kranke und Sterbende zu sorgen. Du, mein junger Bruder, hast dir die schwerere Pflicht auferlegt, den Gesunden und Lebenden zu lehren. Aber du musst die göttliche Einheit für dich selbst erleben, bevor du sie predigst! Auch musst du vorsichtig sein, dass du dein Erlebnis der göttlichen Einheit nicht anderen aufdrängst! – Möge Gott dich führen, Bruder Arminius! – Non nobis, Domine! Non nobis, sed Nomini Tuo da gloriam!"

„Non nobis, Domine!" bestätigte Arminius ehrfürchtig und verließ Bruder Nikolaus und das Templerhospiz von Akko.

In seinem nächsten Privatgespräch mit Guillaume erwähnte Arminius, wie tief Bruder Nikolaus' Worte ihn berührt hatten. „Ja, Bruder Nikolaus ist ein Hochvollendeter!" bestätigte Guillaume. „Aber er betreut Kranke und Sterbende; es ist leicht, auf diesem Gebiet heilig zu sein! Du hast dir die schwerere Aufgabe auferlegt, Lebenden und Gesunden zu helfen. Ich gehe mit Reichen und Mächtigen um, mit Politikern und Institutionen, was noch schwieriger ist! Die Seelen der Mächtigen und Politiker sind von Machtspielen korrumpiert, die Seelen der Reichen sind durch zuviel Besitz verdorben. Und Institutionen haben gar keine Seelen, es sei denn, dass so etwas wie eine Seele in sie inkorporiert wurde, wie es bei unserem Orden der Fall ist. Aber selbst die Seele des Templerordens flackert manchmal und wird trübe, und ich versuche verzweifelt sie am Brennen zu erhalten. Dann ist es erfrischend, dich um mich zu haben, mon cher, deine Anwesenheit und dein Beistand erleichtern meine schwere Arbeit!

Du bewunderst Mystiker, aber ich bin ihrer oft müde. Die meisten von ihnen sind nicht wache Philosophen und schöpferische Denker wie du. Obwohl sie allem offen sind, ist ihre Offenheit nicht wie deine. Sie sind keine erbaulichen Gesprächspartner! Sie lächeln nur recht weise und haben nichts zu sagen! Im Gegensatz zu dem was du über Mystiker denkst, sind sie auch nicht immer rein und gut! Was immer man glaubt wird durch ein mystisches Erlebnis konfirmiert! So manche Sinnlosigkeit oder Albernheit bestätigte sich durch ein mystisches Erlebnis! Wer an Absurditäten glaubt, und ein mystisches Erlebnis hat, glaubt fest daran, dass diese Absurditäten von Gott konfirmiert wurden! Dies macht viele Mystiker unerträglich und manche sogar gefährlich!

Es gibt keinen Ersatz für klares Denken! Mystische Erlebnisse machen einen Menschen nicht unbedingt zu einem klaren Denker! Ein mystisches Erlebnis kann zwar einen klaren Denker weiter verklären, aber es kann auch einen beschränkten Denker in seiner Beschränktheit befangen halten. Es kann zwar einen schöpferischen Menschen in seinem Schöpfertum bestärken, aber es kann auch einen Nachahmer in seinem Nachahmungsdrang bestärken. Wie jedes Geschenk Gottes, kann die Gnade Gottes auf göttliche Art gebraucht oder auf das Schlimmste missbraucht werden!

Mystik alleine ist heilig aber nicht intelligent, Logik alleine ist intelligent aber nicht heilig; die beiden zu vereinen macht Mystik intelligent und Logik heilig! Merke dir das gut, Bruder Arminius!

Mystizismus ohne Rationalismus ist keine Erleuchtung; Rationalismus ohne Mystizismus ist auch keine – nur die Vereinigung dieser beiden ist eine! Göttliche Eingebung und Rationalismus, Mystik und Logik, danach sollten wir streben! Das ist vollkommene Erleuchtung, der Logos, die Gnosis, der Gral!

Vollkommene Erleuchtung stellt eine Vereinigung von Rationalismus und Mystizismus dar, sie bezeugt sich durch eine Erweiterung des Gesichtspunktes. Der enge, egozentrische Gesichtspunkt wird überwunden und weitet sich zum allumfassenden und alleinschließenden Gesichtspunkt der Gottheit aus. Nach der Erleuchtung sieht sich der Einzelne nicht mehr als ein separates, persönliches Einzelwesen, und denkt und handelt nicht mehr an Stelle seines egozentrischen Selbst. An die Stelle des persönlichen Selbst tritt die Gottheit! Der Einzelne denkt und handelt dann für die Gottheit, an Stelle der Gottheit, für das große, göttliche Ganze! Dies ist was wir, die esoterischen Templer, meinen wenn wir sagen: ‚Non nobis, Domine! Non nobis, sed Nomini Tuo da gloriam!'"

„Non nobis, Domine!" bekräftigte Arminius.

Arminius sprach auch zu Raschid über den Missbrauch des Mystizismus. Raschid, ein Ismaelite und praktizierender Sufist, war eine Autorität auf diesem Gebiet und informierte Arminius ausführlich.

„Es gibt einige sufistische Orden, wir Assassinen einbegriffen, bei denen der Scheich weltlicher Herrscher und geistiger Führer seiner Untertanen ist. Der Scheich weiht seine Untertanen in mystische Erlebnisse ein und beruft seine Fertigkeit auf sein persönliches Verhältnis zu Gott und seine gottgegebene Führerkraft. Er gibt sich als Vermittler zwischen seinen Untertanen und Gott aus und läßt sie glauben, dass ihnen die göttliche Gnade nur durch ihn zuteil werden kann. Der Scheich maßt sich an, das Bindeglied zwischen seinen Leuten und Gott zu sein! In manchen Fällen ist es noch schlimmer: Der Scheich bezeichnet sich als Gottes Stellvertreter auf Erden und fordert Tribut in Form von Anbetung seiner Person, materiellen Abgaben, Gefolgschaft und bedingungslosem Gehorsam. Seine Leute werden seine Sklaven, in einer freiwilligen Art von Geistessklaverei und Selbstaufopferung. Was diese Art von Geistesmissbrauch noch schlimmer macht ist, dass beide, der Scheich und seine Untertanen, fest daran glauben, dass dies gottgewollt und gottgefällig sei!

Ich, Ben Raschid Ibn Raschid, bin Sohn und Enkel eines Assassinenscheiches! Unserer Tradition gemäß habe ich das Recht, meine Leute geistig zu versklaven. Ich habe mit dieser Tradition gebrochen! Ich sagte meinen Leuten klipp und klar, dass die göttliche Gnade, die ihnen durch meine Führung zuteil wurde, nicht von mir, sondern direkt von Gott kommt, dass ihr Verhältnis zu Gott genauso persönlich ist wie meines, dass ich nicht Gottes Vermittler bin und dass sie meiner Führung nicht bedürfen! Dieses Bekenntnis verminderte ihre Treue nicht, es verstärkte sie! Meine Männer lieben mich mit glühender Hingabe, jeder ist bereit, mir ohne zögern in den Tod zu folgen!

Nicht alle Assassinenscheiche und andere Sufischeiche haben ihre Macht missbraucht, nur die Unverantwortlichen und weniger Erleuchteten. Die Verantwortlichen und Hocherleuchteten unter ihnen gebrauchten ihre Macht weise, im Geiste der Gottheit und an Stelle der Gottheit. Geistige Versklavung kann die schlimmste Art von Sklaverei sein, wenn sie von Menschen missbraucht wird, aber es ist die höchste Art von Sklaverei, wenn sie bedingungslose Hingabe an Gott ist. Wie du weißt, ‚Islam' bedeutet ‚Ergebenheit an Gott'. Wer ein Untergebener Gottes ist, ist ein ‚Muslim'. Die freiwillige Hingabe eines Muslimen an Gott ist im Koran folgendermaßen ausgedrückt: ‚Mein Sklave kommt mir immer näher, in freiwilliger Hingabe.' Diese gleiche, freiwillige und bedingungslose Hingabe an Gott ist im Motto des Templerordens enthalten: ‚Non nobis, Domine! Non nobis, sed Nomini Tuo da gloriam!'"

Arminius erwiderte mit dem üblichen „Non nobis, Domine!" und bat Raschid um ein Beispiel eines Missbrauches der Geistesmacht eines Sufischeiches.

„Ich bin sicher, dass du von den berüchtigten Meuchelmorden gehört hast, die von uns Assassinen begangen wurden. Manche von euch haben unseren ehrbaren Namen verunehrt, indem sie jeden Meuchelmörder einen Assassinen nennen. Einige dieser Meuchelmorde, durch echte Assassinen, waren im Dienste der Gottheit notwendig. Andere waren nichts weiter als Racheakte, wobei Assassinenscheiche ihre Geistesmacht missbrauchten um persönliche Feinde zu beseitigen.

Wenn wir Assassinen töten müssen, dann töten wir wie ihr Templer: zart, liebevoll, mitleidsvoll, schmerzlos und schnell, ohne Hass, Grausamkeit oder Bosheit, ohne Erbarmen und ohne Selbstmitleid. Wir töten uns selbst auf die gleiche Art, wenn es uns befohlen wird, oder wenn wir es selbst wählen. Der Befehl andere oder sich selbst zu töten wird einem Assassinen oft telepathisch übermittelt. Männer die für telepathische Übermittlung empfänglich sind werden für solche Missionen gewählt.

Das Liebesverhältnis zu unserem Feind ist uns heilig, es wurzelt in unserem Bewusstsein der göttlichen Einheit, in dem mystischen Erleben und der Einsicht, dass wir mit dem Feind in Leib und Seele vereint sind. Dieses Bewusstsein veranlasst uns, grundsätzlich zu verhandeln statt zu kämpfen. Wenn aber Verhandeln unmöglich und Kämpfen unerlässlich ist, dann kämpfen wir! Und wenn wir töten müssen, dann töten wir so schmerzlos wie möglich. Wir tun unser Bestes, unseren Feind nicht wissen zu lassen, dass er sterben muss. Zu diesem Zweck befreunden wir ihn und überschütten ihn mit Liebesbezeigungen. Wir töten ihn ohne dass er sich dessen gewahr wird, und er stirbt in Liebe und Freude. Für uns ist jedes Töten eine heilige Tat, ein Liebesakt. Wir töten nicht, wir opfern auf!"

„Kannst du mich mehr über die telepathischen Fähigkeiten der Assassinen wissen lassen, und kannst du mich diese Fähigkeiten lehren?" fragte Arminius begierig.

„Ja, gerne!" antwortete Raschid. „Mit der Grundlage der Telepathie bist du ja bereits vertraut, jeder Assassine und jeder Tempelritter muss diese meistern. Du hast doch in deiner Spezialausbildung gelernt, den unsichtbaren Schutzkreis um dich zu ziehen und jegliches Eindringen in diesen Kreis sofort wahrzunehmen. Dieser Sinn der Wahrnehmung, den Euer Gonfanonier den ‚sechsten Sinn' nannte, und wir den ‚siebten Sinn' nennen, ist der telepathische Sinn. Wie dieser Sinn in deiner Gefechtsausbildung gelehrt wurde, ist der Empfänger dem telepathischen Sinn offen und nimmt die Anwesenheit eines Eindringlings wahr, ohne den Eindringling durch die fünf Sinne wahrzunehmen. Der Eindringling aber ist dem telepathischen Sinn nicht offen und übermittelt seine Anwesenheit ohne Absicht.

In beabsichtigter Telepathie sind der Sender und der Empfänger sich gegenseitig und dem telepathischen Sinn offen. Wenn dies der Fall ist, können sie sich gegenseitig Bilder, Gefühle und Gedanken übermitteln, nicht nur über kurze, sondern auch über beträchtliche Entfernungen. Schwierig ist es, wörtliche Botschaften genau zu übermitteln; nur hochempfängliche Telepathen können wörtliche Botschaften wortgetreu senden oder empfangen! Gefühle und einfache Bildnisse sind am leichtesten zu übertragen. Novizen fangen am besten mit dem Empfangen an. Wenn du willst, können wir dein telepathisches Training sofort beginnen. Sitz still, entspanne und sammle dich, sei dem offen was in dir vorgeht und versuche nicht, es durch Denken zu beinflussen!"

Arminius saß still und sammelte sich, er hatte die Meditation oft genug geübt, es fiel ihm nicht schwer. Er versuchte, nichts zu denken und ließ Bildnisse und Gefühle in sich aufkommen ohne sie durch seine Gedanken zu stören. Plötzlich überkam ihn ein Gefühl großer Freude. Die Freude verstärkte sich zur Ekstase. Freudentränen liefen ihm über die Wangen. „Es funktioniert!" rief Raschid aus, „ich habe dir Gefühle von Freude und Ekstase übermittelt. Sammle dich wieder, ich versuche jetzt etwas anderes." Arminius sammelte sich wieder. Ein plötzlicher Ärger überkam ihn und verstärkte sich zu einer unerklärlichen Wut, die an Raserei grenzte. „Siehst du, das entgegengesetzte Gefühl!" sagte Raschid. „Gefühle sind am leichtesten zu übermitteln, das nächste Mal versuchen wir es mit Bildnissen."

Als Arminius das nächste Mal mit Raschid zusammensaß, versuchten sie Bildnisse zu übertragen. Raschid zeichnete ein Bildnis, das er zu übertragen gedachte, auf eine Schiefertafel und legte die Tafel mit dem Bildnis nach unten vor Arminius. Dieser entspannte und sammelte sich. Nach einigen erfolglosen Versuchen sah er schließlich ein gleichseitiges Dreieck vor seinem inneren Auge schweben. Er drehte die Tafel um und sah das gleichseitige Dreieck. Danach setzten sie die Übertragung von Bildnissen fort.

Die geometrischen Bildnisse, die Raschid an Arminius sandte, waren Dreieck, Quadrat, Rechteck, Fünfeck, Sechseck, Achteck, Davidstern, Tetraeder, Pyramide, Kreis und Kugel. Raschid übermittelte auch ein spitzbogiges Oval. „Die vesica piscis!" rief Arminius aus. „Die Fischblase, das Symbol der frühesten und letzteren Christen! Aber haben die frühen Christen sie nicht waagrecht dargestellt, wie ein Fisch, oder eine richtige Fischblase?"

„Senkrecht dargestellt ist sie die ‚Baraka', die göttliche Gnade, der Geist der Erleuchtung. Ihr Christen nennt dies den ‚Christus'. Die Baraka ist unser heiligstes Symbol und unsere häufigste, mystische Vision. Die Baraka ist das sufistische Symbol der Gnade Gottes, für die frühen Christen bedeutete sie wahrscheinlich das gleiche. Jesus war kein gewöhnlicher Fischer, er fischte nach Menschenseelen! Er war auch ein Sufist!“

„Wir haben unwiderlegbare Beweise, dass Jesus ein Nazarener und ein Essener war!“ wendete Arminius ein.

„Ja, natürlich war er ein Nazarener, und ein Essener!“ bestätigte Raschid. „Die Nazarener waren eine griechisch-gnostisch orientierte, mystische Sekte, und eine Untersekte der Essener. Die Nazarener sowie die Essener waren Mystiker, und somit Sufisten. Der Sufismus ist keine Sekte oder Religion, er ist eine mystische Bewegung! Jeder Mystiker ist ein Sufist, oder kann einer sein, wenn er sich so nennen will. Die Essener waren eine judäische, mystische Sekte; wir Assassinen sind eine islamische, mystische Sekte. Fällt dir die Ähnlichkeit zwischen ‚Essenern‘ und ‚Assassinen‘ auf? Vielleicht war Jesus ein Assassine? Vielleicht sind wir Assassinen die Nachkommen der Essenen?“

Danach versuchten sie die telepathische Übermittlung von Worten und Begriffen. Aber es war vergebens, Arminius konnte nichts empfangen! Gefühle und einfache geometrische Formen und einfache Bildnisse empfing er ziemlich gut, auch generelle Absichten, wie Zurückhaltung oder Entschlossenheit, aber keine Worte! Raschids Versuche, wörtliche Begriffe oder Botschaften an Arminius zu übermitteln blieben erfolglos.

„Ich denke, du hast das Ende deines telepathischen Talents erreicht!“ stellte Raschid fest. „Es ist gewöhnlich folgendermaßen: Scharfe Logiker beherrschen den siebten Sinn nicht sehr gut, und die sich im siebten Sinn auszeichnen sind keine scharfen Logiker. Der sechste und siebte Sinn sind diametrale Gegensätze; hervorragende Fähigkeit in einem scheint hervorragende Fähigkeit im anderen auszuschließen! Menschen, die wörtliche Botschaften telepathisch gut empfangen, sind gewöhnlich keine guten Logiker, und Menschen, die gute Logiker sind können keine wörtlichen Botschaften empfangen. Alle hervorragenden Telepathen, die ich bis jetzt kennengelernt habe, waren keine besonders intelligenten Menschen. Sie waren zwar faszinierende Menschen, aber keine anregenden Gesprächspartner.“

„Ich kenne die herkömmlichen fünf Sinne“, sagte Arminius. „Jede Sinneswahrnehmung jenseits der fünf Sinne wird gewöhnlich als ‚sechster Sinn‘ bezeichnet, auch unser Gonfanonier nannte ihn so. Aber du unterscheidest zwischen einem ‚sechsten‘ und ‚siebten Sinn‘, und siehst die beiden als Gegensätze. Würdest du dies bitte etwas gründlicher erklären?“

„Die fünf Sinne sind die rein tierischen Sinne: Sehen, Hören, Fühlen, Geschmack und Geruch. Der sechste Sinn ist der Menschensinn: Logik: Der Sinn der Analyse. Der siebte Sinn ist der Engelssinn: Intuition: Der Sinn der Synthese!

Wir Sufisten glauben, dass die Wirklichkeit ein unteilbares, synkretisches Ganzes ist, welches sich in einem Zustand von Synthese befindet. Obwohl die Analyse der Wirklichkeit, wenn sie nach logischen Prinzipien durchgeführt wird, analytisch richtig ist, stellt sie nicht den eigentlichen Wirklichkeitszustand dar. Die Analyse kann unmöglicherweise den eigentlichen Wirklichkeitszustand darstellen, weil dieser ein Zustand von Synthese ist! Wenn wir die Wirklichkeit durch den siebten Sinn wahrnehmen, dann erleben wir sie so wie sie ist: als ein synkretisches Ganzes, als Synthese!

Im siebten Sinn erleben wir die Wirklichkeit wie sie ist, im sechsten Sinn erleben wir sie wie wir denken, dass sie ist! Sobald wir analysieren was wir erleben, sind wir aus dem siebten Sinn heraus, im sechsten! Jegliche Analyse reißt uns sofort aus dem siebten Sinn heraus und in den sechsten zurück! Obwohl es möglich ist, ein gewisses Gleichgewicht zu erreichen und ein wenig in beiden zugleich zu sein, ist es unmöglich, tief in beiden zugleich zu sein. Die synkretische Tiefe schließt die analytische aus, und die analytische Tiefe schließt die synkretische aus. Man kann entweder tief im einen oder anderen Sinn sein, aber nicht in beiden zugleich! Ich versenkte mich in den sechsten Sinn, und in den siebten, und habe über beide und ihr Verhältnis zueinander nachgedacht, und über sie meditiert, und so erkläre ich es mir. Aber ich bin mir auch sicher, dass es nicht ganz so ist, und dass andere Denker und Mystiker dafür bessere Erklärungen haben. Außerdem bin ich davon überzeugt, dass wir Menschen die Endstation unserer Entwicklung noch lange nicht erreicht haben! In Zukunft wird es vielleicht hochvollendete Menschen geben, die dazu fähig sind, gleichtief und gleichzeitig im Sinn der Analyse und der Synthese zu sein!

Wir Sufisten glauben und fühlen, dass sich alles, einschließlich der Sinne, in sieben Stufen entwickelt. Wir Menschen haben die sechste Sinnesstufe, die Stufe der Analyse, erreicht. Die siebte Sinnesstufe, die Stufe der Synthese, steht uns noch bevor. Manche Menschen sind anderen etwas voraus und haben den Anfang der siebten Stufe bereits erreicht. Vor langer Zeit, als wir Menschen noch Tiere und in den fünf Sinnen befangen waren, brachen einige von uns zum sechsten Sinn durch und zogen die anderen nach. So wird es auch mit dem siebten Sinn geschehen! Wenn einmal eine gewisse Anzahl von Menschen zum siebten Sinn durchgebrochen ist, dann werden sie den Rest der Menschheit nach sich ziehen!

Die Entwicklung der Lebensformen geht nicht gleichmäßig vor sich. Manche Arten entwickeln sich schneller als andere, und manche Einzelwesen innerhalb der gleichen Art entwickeln sich schneller als ihre Mitwesen. Diese sind dann die Lehrer der anderen! Wir, die wir den siebten Sinn erreichten, sind zwar den meisten unserer Mitmenschen etwas voraus, aber wir sind Gottes Formen, wie alle anderen Lebensformen! Nur sind sich die meisten Menschen dessen noch nicht bewusst! Es ist unsere Pflicht, es sie wissen zu lassen!

Wir Sufisten sind Gottes Formen, die sich ihrer Göttlichkeit bewusst sind. Wir erfreuen uns der höchsten Entwicklungsstufe, der siebten Stufe, der Engelsstufe. Wir sind uns unserer Göttlichkeit voll bewusst, wir sind der Göttlichkeit aller Schöpfung voll bewusst! Dieses Bewusstsein drängt uns, unseren Mitmenschen zum gleichen Bewusstsein zu verhelfen! Die meisten Sufisten lehren dies auf ausschließlich friedliche Weise. Wir Assassinen sind zwar genauso friedliebend wie andere Sufisten, aber wir sind gleichzeitig Krieger. Wir stellen die Miliz der sufistischen Bewegung dar!

Wie du wahrscheinlich weißt, steht im Buch der Offenbarungen geschrieben: ‚Und es sind sieben Könige: fünf sind nicht mehr, der sechste ist gegenwärtig, und der siebte wird noch kommen'.

Die ‚sieben Könige' der Offenbarungen des Johannes sind ein Gleichnis für die sieben Entwicklungsstufen der Menscheit: Die ersten fünf sind hinter uns, die sechste ist jetzt mit uns, und die siebte wird noch kommen. Manche Menschen sind bereits auf der siebten Stufe angelangt, unter ihnen der heilige Johannes selbst. Seinen Schriften nach muss er ein tiefer Mystiker gewesen sein. Und, um so gut zu schreiben wie er schrieb, muss er ein scharfer Analytiker gewesen sein. Als guter Prophet war er mehr als nur ein guter Scholar; er war ein Meister der Synthese und der Analyse, der Mystik und der Logik, der Rhetorik, Dialektik und Dichtkunst!

Bis zur fünften Stufe unserer Entwicklung waren wir im Paradies, ohne es zu wissen. Nachdem wir die Frucht vom Baume des analytischen Wissens aßen, verloren wir das Paradies! Das Erreichen der siebten Stufe gibt uns in die paradiesische Synthese zurück, die natürlich immer allgegenwärtig war! Aber wir waren durch die Analyse geblendet, voreingenommen von unserem analytischen Wissen, und konnten das Paradies nicht sehen, obwohl es ständig in uns und um uns war! Die siebte Stufe entfernt den Schleier unserer analytischen Voreingenommenheit und gibt uns das Paradies zurück! In der siebten Stufe senkt sich das himmlische Jerusalem zur Erde, wie es der heilige Johannes prophezeite. Das heilige Ziel der Tempelritter und der Assassinen ist, das himmlische Jerusalem herbeizuführen und seine göttliche Miliz zu sein!"

Arminius sprach sehr oft mit Raschid über diese Themen, dachte über seine Worte nach, schloss sie in seine kontemplativen Meditationen ein und fügte seine eigenen Einsichten hinzu. Eine Unterredung mit Bruder Armand, einem der ältesten und angesehensten Brüder des Tempels und Mitglied des esoterischen Kreises der Vollendeten, vertiefte Arminus' Verständnis dieser Themen.

Bruder Armand war als der weiseste Templer in Akko bekannt. Wie Bruder Nikolaus, war er kurz vor der gewaltlosen Eroberung Jerusalems durch Friedrich den Zweiten in den Orden eingetreten. Auch er hatte jene goldenen Jahre erlebt, als Jerusalem eine offene Stadt für Prediger und Pilger aller Religionen war, offen für neue und erregende Ideen. Und, wie Bruder Nikolaus, lächelte Bruder Armand wohlwollend und geduldig als Arminius ihm in seiner Werberede die Umwandlung des Templerordens in eine überreligiöse Miliz Gottes vorschlug.

„Du drischst leeres Stroh, Bruder Arminius! All dies wurde zur Genüge diskutiert, lange bevor du in unseren Orden eingetreten bist! Warum denkst du dir nicht etwas Neues aus: einen Ausweg aus unserem heutigen Dilemma?"

„Dies war mein Ausweg aus unserem heutigen Dilemma!" protestierte Arminius. Er war enttäuscht, dass die zwei ältesten und weisesten Brüder seinen Plan wie einen unrealistischen Knabentraum behandelten. Aber er sah ein, dass die beiden ältesten Brüder doch recht hatten: Das gegenwärtige, politische Klima war für so eine Ordenswandlung nicht günstig! Dann fragte er Bruder Armand, was er über die sieben Entwicklungsstufen der Menschheit wisse. Da leuchteten Bruder Armands Augen auf und er überflutete Arminius mit seiner Weisheit:

„Alles in der Welt entwickelt sich in sieben Stufen! Moses sieben Schöpfungstage sind ein Gleichnis; die Schöpfung der Welt geschah nicht in sieben Wochentagen sondern in sieben Stufen! Und die Schöpfung ist noch lange nicht zu Ende, sie ist ein immer währender Vorgang! Die Schöpfung der Welt fing am Anfang der Zeit an und wird am Ende aller Zeit zu Ende sein! Die Menschen sind in diesem Schöpfungsvorgang am weitesten voraus. Wir sind die höchstentwickelte Form, die Krone der Schöpfung!

Die Schöpfungsstufen bauen sich aufeinander auf. Die zweite baut sich auf die erste auf, die dritte auf die ersten zwei, die vierte auf die vorhergehenden drei, die fünfte auf die vorhergehenden vier, die sechste auf die vorhergehenden fünf, und die siebte auf vorhergehenden sechs. Jede Stufe enthält sich selbst und alle vorhergehenden Stufen. Und der Grund- oder Urzustand, der vor der ersten Stufe da war, ist natürlich auch in allen Stufen vorhanden!

Wir Menschen sind zwar die höchstentwickelte Form der Schöpfung, aber wir sind noch nicht am Ende unserer Entwicklung. Wir sind noch nicht voll entwickelt, wir haben die siebte Stufe noch nicht erreicht! Die siebte Entwicklungsstufe ist die Stufe der Engel. Wir Menschen befinden uns jetzt in der sechsten Entwicklungsstufe. Die fünfte Entwicklungsstufe ist die der Tiere, die vierte die der Pflanzen, die dritte die der Erde. Und die ersten zwei Entwicklungsstufen sind die Stufen von reinem Äther zu Erde.

So entwickelte sich auch die Intelligenz. Die fünfte Entwicklungsstufe der Intelligenz ist die der Tiere, die Welt der fünf tierischen Sinne. Die sechste Entwicklungsstufe der Intelligenz ist die analytische Intelligenz des Menschen, der Sinn der Logik. Analytische Intelligenz ist auch schöpferische Intelligenz. Der Mensch steht über dem Rest der Schöpfung, weil er analytisch und schöpferisch zu denken und handeln vermag! Deshalb ist die sechste Schöpfungsstufe die gefährlichste: Wir Menschen erlangten die Fähigkeit, auf göttliche Art schöpferisch zu sein, ohne uns unserer Göttlichkeit bewusst zu sein!

Dies ist unser Dilemma: Schöpferkraft ohne Göttlichkeit! Schöpferkraft ohne Göttlichkeit ist äußerst gefährlich, weil wir dazu neigen, unsere Schöpferkraft auf egozentrische Art, zur Förderung unserer Selbstsucht und unserer tierischen Triebe, zu missbrauchen. Die tierische Natur ist in uns! Wie ich bereits sagte, die Entwicklungsstufen sammeln sich an und speichern sich in uns auf! Die fünf vorhergehenden Entwicklungsstufen sind in uns! Wir sind Tiere mit schöpferischer Intelligenz! Wir sind Tiere mit schöpferischer Intelligenz, die sich ihrer Göttlichkeit noch nicht bewusst sind und deshalb ihre Schöpferkraft zur Befriedigung ihrer tierischen Triebe missbrauchen!

Dies ist was die Zahl 666, die Zahl des Bösen im Buch der Offenbarungen, bedeutet. Die 6 in 666 symbolisiert die sechste Entwicklungsstufe. Die Dreistelligkeit dieser Zahl symbolisiert die dreifältige Schöpferkraft: Ein Paar von Gegensätzen, und das was sie unterscheidet! Schöpfertum begründet sich auf die Fähigkeit zur Analyse. Um schöpferisch zu sein, muss man den Unterschied zwischen Gegensätzen kennen, und das was sie trennt und/oder vereint. Schöpfertum ist dreifältig und dreieinig!

Der Gebrauch der Schöpferkraft ohne das Bewusstsein der Göttlichkeit führt leicht zum Missbrauch unserer schöpferischen Kräfte. Wenn wir uns unserer Göttlichkeit nicht bewusst sind, dann neigen wir dazu sie in den Dienst unserer tierischen Triebe zu stellen. Dann kann es sein, dass wir unsere Schöpferkraft zerstörerisch und selbstzerstörerisch missbrauchen. Unsere Schöpferkraft wird somit zu Zerstörerkraft! 666 symbolisiert die zerstörerische Seite der schöpferischen Kraft des Menschen!

Wir esoterischen Templer, nebst anderen Mystikern und Esoterikern, versuchen die Menschen jenseits dieser zerstörerischen und selbstzerstörerischen, sechsten Entwicklungsstufe in die siebte zu führen. Die siebte Entwicklungsstufe ist die der Engel. Menschen, die die siebte Stufe erreicht haben, sind sich ihrer Heiligkeit und Göttlichkeit voll bewusst. In vollem Bewusstsein ihrer Göttlichkeit sind sie als Mitschöpfer Gottes tätig, und fühlen sich für ihre Taten und die gesamte Schöpfung voll verantwortlich. Sie sind tätig um Gottes gesamte Schöpfung zu fördern und ihr zu dienen! Die Menschen der siebten Stufe sind nicht selbstsüchtig sondern selbstlos! Sie leben nicht mehr als ein persönliches Selbst, sie leben an Stelle Gottes, denn ihr persönliches Selbst hat sich in dem allumfassenden, göttlichen Selbst aufgelöst. Wir Templer drücken dies in unserem Motto aus: ‚Non nobis, Domine! Non nobis, sed Nomini Tuo da gloriam!'"

„Non nobis, Domine!" bestätigte Arminius eindrücklich.

Bruder Armand sprach weiter. „Wir esoterischen Templer haben auch ein Geheimmotto in Form einer dreistelligen Zahl. 681 ist unsere Zahl! Für uns esoterische Templer ist 681 das Gegenmittel zur tödlichen 666!

Die Dreistelligkeit der 681 symbolisiert die dreieinige Schöpferkraft. Die 6 an erster Stelle symbolisiert die sechste Stufe, die Entwicklungsstufe des Menschen. 8 ist die Zahl Gottes, sie symbolisiert auch das Endstadium der Schöpfung. Das Endstadium der Schöpfung ist bekanntlich das gleiche wie das Anfangsstadium. Wie du als Mathematiker weißt, heben sich Gegensätze auf: Die Summe von einem Paar von Gegensätzen wird mathematisch als Null ausgedrückt! Und, das was Anfang und Ende einschließt, schließt auch das Dazwischenliegende ein: die sieben Schöpfungsstufen! Die mystische Zahl 8 symbolisiert Anfang und Ende der Schöpfung, einschließlich der gesamten Schöpfung, als eine untrennbare Einheit! Die 8 symbolisiert die alleinschließende Gottheit!

Die Geheimnummer 681 sagt uns, dass die sieben Schöpfungsstufen, einschließlich des Anfangs- und Endstadiums, einen achteckigen Kreislauf bilden. Ein Eckpunkt dieses Achteckes ist der Nullpunkt, das Anfangsstadium. Nach denen kommen die sieben Schöpfungsstufen. Zuletzt das Endstadium, die 8, sie ist das Gleiche wie das Anfangsstadium, die Null. Das heilige Achteck hat also eine Ecke die gleichzeitig Nullpunkt und Endpunkt ist, und sieben Eckpunkte die dazwischenliegen. Eckpunkt Null und 8 symbolisieren Anfang und Ende der Schöpfung, die sieben anderen Eckpunkte symbolisieren die sieben Schöpfungsstufen.

Die dritte Stelle unserer Zahl 681, die 1, bedeutet, dass drei eins sind: Die dreieinige Schöpferkraft oder die Heilige Dreieinigkeit. Sie bedeutet auch, dass die acht eins sind: Die göttliche Einheit. Die acht sind eins! Das heilige Achteck ist ein

Monad, ein unteilbares, synkretisches Ganzes, das sich in einem unerklärbaren Zustand von Synthese befindet. Die Analyse des Achtecks dient nur als Erklärung, als vorübergehende Beihilfe. Der eigentliche und wesentliche Zustand des Achtecks ist ein Zustand von Synthese, der jenseits aller analytischen Erklärungen ist!

Die Zahl 681 bedeutet für uns, was das Achteck für die Sufisten bedeutet: die göttliche Einheit! Die acht Ecken des Templerkreuzes symbolisieren unsere 681 sowie das heilige Achteck der Sufisten! 681 symbolisiert das Bewusstsein und das Wissen des heiligen Achtecks! 681 ist das Gegenmittel zu 666! 681 ist das Ziel eines jeden, esoterischen Tempelritters! Und, sobald er es erreicht hat, macht er es sich zum Menschheitsziel! In unserem wesentlichen und geheimen Kern sind wir ein esoterischer Orden, der die Erleuchtung der Menschheit zum Ziel hat. Unsere offizielle Funktion ist, Pilgern auf ihrer Pilgerreise zu den heiligen Stätten beizustehen. Aber unsere offizielle Aufgabe ist auch eine treffende Analogie für unsere geheime und weit wichtigere Aufgabe: Pilgern auf der inneren Pilgerreise zu ihren inneren, heiligen Stätten beizustehen! Wir helfen den Suchenden der inneren Pilgerreise auf ihrer Suche nach göttlicher Vereinigung!

Das Wissen und das Bewusstsein von 681 führt uns zur siebten Entwicklungsstufe, der Engelsstufe. Die Weisheit der 681 zu allen Menschen zu bringen ist unser heimliches und höchstes Ziel, unser wesentlicher Zweck, unsere heilige Mission! Der ehrwürdige Thomas von Aquin sagte: ‚Gottes Ziel ist die Vergeistigung des Menschen!' – 681 symbolisiert dieses Ziel! 681 symbolisiert auch die Heiligkeit des Menschen und die seiner Mitwesen und seiner Umwelt. 681 symbolisiert also die Vergeistigung und Verheiligung der gesamten Schöpfung!

Ich habe genug gesprochen! Geh mit Gott, Bruder Arminius! – Non nobis, Domine! Non nobis, sed Nomini Tuo da gloriam!"

„Non nobis, Domine!" bestätigte Arminus glühend, verließ den Bruder Armand und bedachte seine Worte in kontemplativer Stille.

Während seines nächsten Privatgespräches mit Guillaume drückte Arminius wiederum seine Bewunderung für die vollendeten Brüder aus. Guillaume zuckte wieder seine Schultern und sagte: „Jeder, der auf der Ebene der Vollendung angelangt ist, vermag weise Worte zu sprechen! Viel schwieriger ist es, am Ruder des Ordens zu stehen und das Schiff Ordo Templi durch die rauhen, politischen Gewässer zu steuern, wo Niederträchtigkeit vorherrscht, wo weise Worte nicht zählen, wo man ein raffinierter Politiker sein muss, ein gewiegter Gaukler und ein schlauer Fuchs, kalkulierend und lügnerisch, um sich über Wasser zu halten und am Leben zu bleiben. Was hast du außer 681 noch gelernt?"

„Ich habe mit Raschid die Telepathie praktiziert. Während wir die Telepathie übten, lernte ich die Baraka kennen, die vesica piscis, senkrecht dargestellt. Sie ist das sufistische Symbol für die Gnade Gottes, für Erleuchtung und Geisteskraft und, so sagte Raschid, unter den Sufisten eine häufige, mystische Vision.

Als ich darüber sann und meditierte, wurde mir plötzlich gewahr, dass alle Fenster, Türen, Tore und Gewölbe der vielen Kathedralen, die ich auf meinen Reisen sah, Spitzbögen hatten! Auch ist die heilige Jungfrau oft innerhalb einer Baraka dargestellt. Du sagtest mir, dass all die großen Kathedralen von Templerbaumeistern auf den heiligen Stätten der Erde erbaut wurden, um die Erleuchtung der Menschheit zu fördern. Symbolisieren die Spitzbögen an unseren Kathedralen die Baraka und die Gnade Gottes? Wurden die Spitzbögen absichtlich geplant und gebaut, um in den Andächtigen die schlummernde Baraka zu erwecken?"

„Oui, mon cher!" antwortete Guillaume lächelnd. „Der Spitzbogen symbolisiert die Baraka, oder die vesica piscis, und die Spitzbögen wurden geplant und gebaut um in den Andächtigen die schlummernde Baraka zu erwecken. Aber die Baraka bedeutet weit mehr, und einiges davon bezieht sich auf das Haus de Beaujeu.

Du kennst die häretische Sekte der Katharer. Die Baraka war ihr heiligstes Symbol und ihre häufigste, mystische Vision. Sie symboliserte den Gral, Erleuchtung, Gnosis – die höchste Art von Wissen und Weisheit. Die Katharer stellten oft innerhalb der Baraka eine Turteltaube dar, die mit ausgestreckten Flügeln und einer Hostie im Schnabel senkrecht vom Himmel zur Erde fliegt. Die Taube symbolisiert den göttlichen Geist, den Geist der göttlichen Einheit und der Erleuchtung. Die Turteltaube war das Wahrzeichen der Katharer. Und, wie du weißt, war die Turteltaube auch das Wahrzeichen des Gralsvolkes in Wolfram von Eschenbachs Parzival. Die Gegend zwischen den Pyrenäen und den Alpen, also Languedoc und Provence, war das Kerngebiet der Katharer. Ihr Einfluss aber ging weit über diese Gegend hinaus! Die Talebene der Saône stand unter katharischem Einfluss. Einige Mitglieder des Hauses de Beaujeu waren Katharer, andere sympathisierten mit den Katharern. Und, wie du bereits weißt, waren viele Katharer Nachkommen Jesu.

Leider wurden die Katharer als Häretiker verbannt und verbrannt. Zu unserer Schande muss ich gestehen, dass ein nahmhaftes Mitglied unseres Hauses, Humbert de Beaujeu, an der Verfolgung der Katharer teilnahm. Er tat es, um sich von dem Verdacht, ein Katharerfreund zu sein, zu reinigen. Aber ein weiteres nahmhaftes Mitglied unseres Hauses, der Troubadour Renard de Beaujeu, bewahrte das Geistesgut der Katharer in seinen Liedern.

Der ehrwürdige Bernard de Clairvaux bewahrte, wie kein anderer, das Geistesgut der Katharer! Hundert Jahre vor deren Verfolgung übernahm er das Geistesgut der Parfaits und führte das Wesentliche in seinen Ziesterzinserorden und in den Templerorden ein – die katharischen Parfaits gleichen unseren Vollendeten! Ein Teil des katharischen Geistesgutes wurde auch von der Troubadourbewegung übernommen und beeinflusste den Ehrenkodex der Ritterlichkeit. Ein Teil davon rieselte sogar bis in das katholische Geistesgut durch! Während der Verfolgungen fanden viele Katharer Zuflucht bei den Zisterzinsern und im Templerorden. Solange sie sich als Katholiken bekannten, wurden sie in den Orden aufgenommen; innerhalb unseres Ordens waren sie dann vor weiterer Verfolgung sicher. Unter ihnen befanden sich einige Ritter des Hauses de Beaujeu. Aber wir Beaujeus sind jetzt ‚gute' Katholiken, eh, mon cher?" fragte Guillaume augenzwinkernd, mit einer Betonung auf „gute".

„Ja, natürlich sind wir gute Katholiken!" gab Arminius lächelnd zurück.

Guillaume setzte das Gespräch fort. „Wie ich dir schon einmal sagte, fand die Vorgründung unseres Ordens heimlich statt, im Jahre 1114 im Schloss Arginy, dem Stammschloss des Hauses de Beaujeu. Die offizielle Gründung war ein Jahr später, im Palast des Salomon in Jerusalem. Bei der heimlichen Gründung im Schloss Arginy schworen die neun Gründer, einen echten Nachkommen Jesu auf den Königsthron Jerusalems zu setzen, was ihnen später auch gelang. Graf Fulko de Anjou, ein direkter Nachkomme und Thronfolger Jesu, wurde als ‚Tempelritter auf Zeit' in unseren Orden aufgenommen. Im Jahre 1131 wurde er zum König von Jerusalem gekrönt und regierte 12 Jahre lang! Wie du siehst, spielte das Haus de Beaujeu schon von jeher, im Templerorden und im Königreich Jerusalem, eine wesentliche Rolle!

Und wir Beaujeus sind immer noch tüchtig dabei, nicht war, mon cher?" fügte Guillaume lächelnd hinzu und sprach ernsthaft weiter. „Die Baraka symbolisiert nicht nur das Geistige sondern auch das Weibliche; sie vereinigt das Geistige mit dem Weiblichen! Zusammen mit der Einführung der Baraka, führte der heilige Bernhard auch die Marienverehrung in den katholischen Glauben ein. Deshalb ist die Heilige Jungfrau häufig innerhalb einer Baraka abgebildet! Als er die Heilige Jungfrau und die Baraka in den katholischen Glauben einführte, führte er gleichzeitig den Geist der Göttin in das katholische Bewusstsein ein. Der Geist der Göttin ist der Geist der Astarte, der Geist der Maria der Magdalenin, die Jesus' Gefährtin, Gattin, führende Apostolin und Mutter seiner Kinder war. Dies ist der Geist der weiblichen Gottheit, der Himmelskönigin, die bisher im Christentum unbekannt war. Die Troubadourbewegung mit ihrer Anbetung der Weiblichkeit, und der Ehrenkodex der Ritterlichkeit mit seinem Frauendienst und seiner Frauenverehrung, dienten dem gleichen Zweck und wurden zur selben Zeit in das christliche Bewusstsein eingeführt.

Wie du weißt, sind die Gesänge der Troubadoure heilig und weltlich zugleich. Perceval, der Held aller Gralsepen, sehnt sich nach der Liebe einer Frau und nach göttlicher Liebe. Die wörtliche Bedeutung von ‚Perceval' ist ‚Dring-durchs-Tal'. Perceval dringt durchs Tal, in der leiblichen und in der heiligen Weise. Er dringt in das Geheimnis des irdischen Weibes ein, das bringt ihm leibliche Ekstase. Aber er dringt auch zur himmlischen Weiblichkeit durch, das gibt ihm himmlische Ekstase. Indem er beide vereint, lernt er in beiden ehrenhaft zu handeln! Er gibt sich seinem Geschlechtstrieb mit göttlicher Verantwortung hin! Er missbraucht seine göttliche Schöpferkraft nicht im Dienst seiner Triebe, er lässt seine Triebe nicht ein Hindernis im Dienste Gottes sein! Er findet himmlische Ekstase in der leiblichen, und leibliche in der himmlischen! Aber wir haben einen Schwur der Keuschheit geschworen, wir sollten über solche Dinge nicht sprechen, nicht wahr, mon cher?" sagte Guillaume lächelnd.

„Warum nicht?" erwiderte Arminius. „Ist das Einswerden von Gegensätzen nicht ein heiliger Akt? Schuf Gott nicht Mann und Frau damit sie sich in sexueller Ekstase vereinen und sich fortpflanzen? Wenn alle Materie göttlich ist, so wie wir Esoteriker es glauben, und sich die göttliche Materie höher und höher entwickelt, bis sie den Gipfel ihrer Entwicklung, das Bewusstsein ihrer eigenen Göttlichkeit, erreicht hat, dann ist die Fortpflanzung ein notwendiger und heiliger Akt, denn nur die Fortpflanzung ermöglicht es der Materie sich höher und höher zu entwickeln! Wenn wir Menschen die bis jetzt am höchsten entwickelte Form von göttlicher

Materie darstellen, und uns weiter entwickeln, auf die vollendete Stufe zu, dann ist die Fortpflanzung notwendig, um zu diesem heiligen Ziel zu kommen! Die Fortpflanzung der Menschheit ist genauso wichtig, notwendig und heilig, wie die Erleuchtung der Menschheit!

Und ist die sexuelle Ekstase nicht ein Echo der mystischen? Ist nicht die leibliche Vereinigung eine Analogie für die göttliche? Ruft nicht die Ekstase der leiblichen Vereinigung eine unstillbare Sehnsucht nach der tieferen Ekstase der göttlichen Vereingung hervor? Und ist die göttliche Vereingung nicht genau so fruchtbar, oder noch fruchtbarer, als die leibliche?"

„Ja, mon cher, du sprichst wie ein echter Troubadour! In deinen Adern fließt das Blut der Troubadoure; unser Oheim Renard de Beaujeu würde stolz auf dich sein! Und weil die göttliche Ekstase ‚tiefer' ist als die leibliche, brauchen wir Templer die leibliche nicht, wenn wir die göttliche haben. Das ist ein weiterer Grund, nach göttlicher Ekstase zu streben, nicht wahr, mon cher?"

Arminius wurde rot und sagte nichts, er wusste nicht recht ob Guillaume einen zweideutigen Spaß machte oder nicht. Guillaume lachte oft über Arminius, aber er lachte genau so oft über sich selbst. Obwohl Guillaume bei offiziellen Anlässen sehr ernst war, scherzte und lachte er viel wenn sie alleine waren. Guillaume lachte oft und gerne, darin war er Arminius' Mutter gleich, und Großvater Jean, und anderen Angehörigen des Hauses de Beaujeu. Lautes, ungezügeltes Lachen galt im Templerorden als unsittlich, so lachten die beiden leise aber viel wenn sie privat bei einem Becher Wein zusammensaßen.

Um das Gespräch von der leiblichen Liebe wegzusteuern, sprach Arminius über etwas anderes, behielt aber das Thema bei: „In Wolframs Gralsepos, wenn Parzival im Gralsschloss zu Gast ist, trägt Repanse de Schoye den Gral in den großen Saal des Gralsschlosses. Der Gral den sie trägt ist Wurzel und Reis in einem Ding, der paradiesische Wunsch und der Inbegriff aller irdischen Wünsche. Ich habe mir den Vers gut gemerkt:

> uf einem grüenen achmardi
> truoc sie den wunsch von paradis,
> bede wurzeln unde ris.
> Daz war ein dinc, daz hiez der Gral,
> erden wunsches überwal.

„Was denkst du, was er damit meinte?" fragte Arminius.

„Ich verstehe deine barbarische, allemannische Zunge nicht, mon cher", sagte Guillaume lächelnd. „Sag du mir doch, was du darüber denkst!"

Zuerst übersetzte Arminius den Vers ins Französische, dann erklärte er: „Der ‚paradiesische Wunsch' ist offensichtlich, er ist der menschliche Durst nach Wissen, der Wunsch nach der Frucht vom Baume der Erkenntnis. Und das eine Ding welches beides, Wurzeln und Reiser, in einem ist? Das ist der Gral, der Stein der Weisen, der ‚lapis exillis' wie ihn Wolfram anderswo nennt, das wesentliche Wissen vom

Baum der Erkenntnis: Das Wissen, dass seine Wurzeln und Reiser eins sind, dass Gegensätze eins sind: Das Wissen der göttlichen Einheit!"

„Ja, ich bin sicher, dass Wolfram dies meinte", antwortete Guillaume. „Aber es gibt noch weitere Erklärungen für Wolframs Gleichnis. Der heilige Johannes, in seinem Buch der Offenbarungen, beschreibt Jesus als ‚Wurzel und Reis des Hauses Davids'. Das bezieht sich offensichtlich auf Jesus Blutlinie und Erbfolge, ist aber auch ein geistiges Gleichnis, welches die Einheit zwischen Ursache und Wirkung, zwischen Alpha und Omega – die universelle Einheit – bezeugt. Wolfram meinte wahrscheinlich das Gleiche!

Aber ich habe von deutschsprechenden Scholaren gehört, dass ‚de Schoye' auf deutsch so etwas wie ‚die Scheue', ‚die Reine' oder ‚die Unschuldige' bedeutet. Im Vulgarlatein bedeutet ‚Panse' ein dicker oder schwangerer Leib. Repanse de Schoye, ‚die reine Schwangere', kann eines von Jesus' Kindern getragen haben und Maria die Magdalenin gewesen sein. Maria die Magdalenin ist ja die eigentliche Jungfrau Maria. Maria die reine Magd: Repanse de Schoye!

Niemand weiß, wer Jesus' leibliche Mutter war! Wahrscheinlich war Maria die Magdalenin Jesus' geistige Mutter, wahrscheinlich war sie eine Eingeweihte der Nazarenersekte und weihte Jesus in die Mysterien ihrer Sekte ein. Jesus und die meisten seiner Jünger sprachen Aramäisch und Griechisch, und die Evangelien wurden in Griechisch geschrieben. Du bist ja ein griechischer Scholar und weißt, was ‚Jungfrau' im Altgriechischen bedeutet: nicht unbedingt eine keusche Frau, sondern eine Frau die von Männern unabhängig ist! Die Jungfrau Maria wird ja auch in einem der biblischen Evangelien als ‚Maria, eine unabhängige Frau' beschrieben. Wir Esoteriker glauben, dass Jesus und Maria die Magdalenin Ehegatten und gleichberechtigte Gottesboten waren, und dass Jesus die männlichen Aspekte der Gottheit und Maria die Magdalenin die weiblichen vertrat. Und Marias vielzitierte und vielgepriesene ‚Reinheit' war nicht sexuelle Enthaltsamkeit oder Kinderlosigkeit, sondern diejenige Reinheit des Herzens und der Seele die von einem Bewusstein der Göttlichkeit kommt. Leider wurde all dies von einer patriarchalischen, paulinischen Kirche verschwiegen und verdreht!

Jesus' leiblicher Vater ist auch nicht bekannt. Der ‚Vater Josef' der Evangelien war wahrscheinlich Josef von Arimathia, Jesus Mäzene, Beschützer und Mentor. Er war nicht nur ein prominentes Mitglied der Nazarenersekte, sondern auch ein reicher und einflussreicher Bürger der damaligen, römischen Provinz Palästina. Er war Jesus' geistiger Vater und, nach der Kreuzigung, der Beschützer von Jesus' Frau und Kindern. Maria und Josef als Jesus' Eltern, stellt ein Gleichnis dar, welches auf geistige Elternschaft beruht! Und Jesus' Geburt in der alten Stadt Davids ist auch ein Gleichnis, das auf Jesus' Geburtsrecht als direkter Nachkomme Davids und legitimer Anwärter auf den Königsthron Jerusalems hinweist! Es gab keine Volkszählung zu Jesus' Zeiten, das ist auch ein Gleichnis! Jesus ging in seine Stadt, zur alten Stadt Davids, um als legitimer Thronfolger Davids gezählt zu werden!

Ich schweifte etwas vom Thema ab, aber ich bin noch nicht am Ende. Es gibt noch weitere Erklärungen für den Gral deines verehrten Wolframs. Hermes Trismegistos schrieb: ‚Es ist wahr, unverfälschlich und höchst war: Das Oberste ist zu unterst, und das Unterste zu oberst, um das Wunder des einen Dinges zu erfüllen.' Wolfram schrieb: ‚Es war ein Ding, genannt der Gral'. Beide meinten das gleiche ‚eine Ding': das Wunder der Einheit! Wir beide sind Hermeneutiker, Wolfram war auch einer. Trismegistos bedeutet so viel wie der ‚dreimal Größte', denn das hermeneutische Prinzip ist dreifach: Zwei Gegensätze, und das was die beiden vereint! Die Gegensätzlichkeit der Gegensätze ist wohlbekannt, sie ist die berühmte und berüchtigte Frucht vom Baum der Erkenntnis. Die Einheit der Gegensätze aber ist weithin unbekannt! Dass die Wurzeln und die Reiser des paradiesischen Baumes gegensätzlich und ein Ding sind, dass das Zuoberste und das Zuunterste eine Einheit bilden, dass Gegensätze nicht nur gegensätzlich sondern auch eins sind, – das ist die wesentliche Erkenntnis vom Baume der Erkenntnis – das ist der Gral! Deshalb beschreibt Wolfram den Gral als ‚ein Ding', und den ‚paradiesischen Wunsch', und den ‚Inbegriff aller irdischen Wünsche'!

In Wolframs Gralsepos sind Tempelritter die Beschützer des Grals, und der Gral ist das Wissen und das Erleben der göttlichen Einheit. Wir esoterischen Tempelritter sind tatsächlich die Bewahrer und Verkünder des Grals! Und es ist unsere höchste und heiligste Pflicht den Gral für die Menschheit zu bewahren und der Menschheit zu verkünden!

Aber dein verehrter Wolfram sagte noch mehr. Er beschreibt die Geschichte der Magdalenin, und der Nachkommen Jesu, und der Katharer, in dünn verschleierten Gleichnissen. Die Gralsritter und Gralsdamen in Wolframs Epos sind nicht nur Tempelritter sondern auch Katharer, denn im sekulären und religiösen Leben der Katharer waren Männer und Frauen gleichrangig und gleichberechtigt. Und Wolframs Gralsschloss war wahrscheinlich das Schloss Montsegur, die Hauptfestung der Katharer, die im Jahre 1244 von katholischen Truppen gestürmt wurde. Die 200 überlebenden Katharer, Frauen, Kinder und Nachkommen Jesu unter ihnen, wurden bei lebendigem Leibe verbrannt! Das war 20 Jahre nach Wolframs Tod, aber die Verfolgung der Katharer begann bereits während Wolfram seinen Parzival schrieb. Alle Bücher von und über Katharer und den Katharismus wurden mit den Katharern verbrannt! Dies wurde so gründlich durchgeführt, dass nicht ein einziges Buch übrig blieb! Aber Wolfram versteckte seine Bewunderung und Heiligung der Katharer hinter derart ausgeklügelten Gleichnissen, dass sein Buch den Zensoren entging!

Jetzt, nachdem wir deinen ehrwürdigen Wolfram gründlich ergründet haben, ist es Zeit, das Thema zu wechseln. Was geschah mit deinem grandiosen Plan, den Templerorden zu einer überreligiösen Miliz Gottes zu wandeln? Wie weit bist du gekommen? Und hast du deinen Werbebrief an den Heiligen Vater schon geschrieben?"

„Nein, ich habe es aufgegeben!" antwortete Arminius kleinlaut. „Die weisesten Brüder auf deiner Liste sagten, dass sowas in der heutigen, politischen Wirklichkeit unrealistsich sei, und dass es vor 40 oder 80 Jahren mehr realistisch gewesen wäre. Und einige sagten sogar, dass dieses Ziel so alt ist wie unser Orden, aber zur Zeit leider nicht durchführbar ist. Ich habe den Brief an den Heiligen Vater noch nicht geschrieben, und werde ihn auch nicht schreiben. Soll ich Sultan Qalawun schreiben, dass aus meinem Vorschlag nichts wurde?“

„Nein, das ist nicht notwendig“, antwortete Guillaume mit einem wohlwollenden Lächeln. „Der Sultan weiß genau, dass dein Vorschlag unrealistisch war. Indem er auf ihn einging, drückte er seine persönliche Bewunderung für dich aus. Es war eine Ehrenbezeigung, mon cher, eine Ehrenbezeigung vom Sultan der Muselmanen an einen Tempelritter! Eine Ehrenbezeigung vom Feind ist mehr wert als eine vom Freund! Im Grunde genommen willigte Qalawun auf einen zehnjährigen Waffenstillstand ein, weil er zehn Jahre braucht um seine Streitkräfte und seine Kriegskasse zu stärken. Ich denke, wir können bis 1289 auf Frieden rechnen!“

Guillaume hatte Recht. Von einigen Reibereien abgesehen, dauerte der zehnjährige Friede, wie im Friedensvertrag mit Sultan Qalawun vereinbart, tatsächlich zehn Jahre, bis 1289. Während dieser ausgedehnten Ruhe vor dem Sturm nützte Arminius nur seine Feder als Waffe, aber es gab regelmäßige Gefechtsübungen, damit die Ritter und ihre Waffen nicht einrosteten.

Besucher im Tempel von Akko boten eine willkommene Abwechslung vom ständigen Briefeschreiben, aber Arminius war nicht immer dabei wenn Guillaume französisch- oder lateinischsprechende Besucher empfing, besonders wenn sie ihn privat sprechen wollten. Wenn die Besucher nur Arabisch, Griechisch oder Deutsch sprachen war er natürlich als Dolmetscher des Großmeisters notwendig und dabei. Einmal bewirtete Arminius einen arabischsprechenden Scholaren der von Indien nach Akko kam um die Weisheit des ‚Fernen Westens' zu erlernen.

„Ein Scholar aus Indien ist hier, um die Weisheit des Westens zu studieren“, sagte Guillaume eines Tages zu Arminius. „Er ist in unserem Gästehaus einquartiert. Er spricht kein Latein, nur Arabisch, deshalb wirst du ihn unterhalten und informieren! Übe Diskretion und sag ihm nur das, was er wissen will und darf! Und hole soviel du kannst aus ihm heraus, und erstatte mir Bericht nachdem er abgereist ist!“

Der Besucher war etwa vierzig Jahre alt und hieß Mahammata. Er sprach Hindi, seine Muttersprache, und Sanskrit, die Gelehrtensprache der Brahmanen. Außerdem hatte er Mandarinchinesisch und Arabisch studiert. Er sprach fließend arabisch und war ein guter Gesprächspartner. Er war Hindu und gehörte der Hindureligion an, auch war er ein Angehöriger der Brahmanenkaste, dem Adel Indiens. Mahammata sagte, es gäbe vier Stufen im Leben eines Brahmanen: „Wenn ein Brahmane zum Mann wird, im Alter von etwa 14 Jahren, beginnt seine Studienzeit. Dies ist die erste Phase. Nach der Studienzeit, nachdem er erlernt hat was er sich vornahm, heiratet er, hat Kinder und wird das Oberhaupt einer Familie. Dies ist die zweite Phase. Nachdem die Kinder seiner Kinder geboren sind, zieht er sich in ein Leben von Kontemplation zurück. Das ist die dritte Phase. Sobald das Ende seines Lebens naht, zieht er sich in die Wildnis zurück, wo er mit Gott und der Natur eins wird und stirbt. Das ist die vierte Phase.

Die Phasen sind nicht genau begrenzt. Da ich sprachbegabt und ein guter Scholar war, verlängerten die Brahmanenältesten meiner Stadt meine Studienphase. Sie wünschten, dass ich die Weisheit des Ostens und des Mittleren und Fernen Westens studiere und zurückbringe. Zu diesem Zweck erlernte ich die Sprache der Mandarinen, die Gelehrtensprache Chinas, und durchreiste das Chinesische Reich bis zum Chinesischen Meer, und über das Chinesische Meer zum Kaiserreich Japan. Um die Weisheit des Westens zu studieren, lernte ich Arabisch und durchreiste die islamische Welt. Jetzt bin ich hier, um die Weisheit der christlichen Welt zu studieren. Leider gab es in meiner Stadt niemanden, der mir Latein beibringen konnte. Glücklicherweise gibt es christliche Scholaren, wie Euch, die Arabisch sprechen und gewillt sind, mir die Weisheit des Fernen Westens in Arabisch zu lehren. Ich bin euch äußerst dankbar!" Mahammata verbeugte sich tief.

Arminius lehrte ihm die christlichen Dogmen, die christlichen Lehrsätze und die Grundlagen der christlichen Theologie. Er erklärte Mahammata, dass die Esoteriker unter den Templern, und andere christliche Esoteriker, mehr mystisch und weniger dogmatisch waren als die Mehrheit der Christen, worauf Mahammata bemerkte, dass dies auch bei anderen Religionen der Fall sei. Mahammata verstand die christlichen Begriffe nicht sehr gut, und Arminius konnte sie ihm schlecht erklären, weil so viele der christlichen Dogmen vernunftwidrig sind und auf blindem Glauben basieren.

Nachdem Arminius Mahammatas Fragen beantwortet hatte, fing er an, Fragen zu stellen. Vieles was Mahammata sagte war schwer zu verstehen, denn es war vernunftwidrig und eine Sache des blinden Glaubens. Arminius stellte viele Fragen, bis er den Hinduismus oberflächlich verstand.

„Wir glauben an eine Seelenwanderung", sagte Mahammata, „und an ein Schicksalsgesetz namens Karma. Wir glauben, dass unsere Seele nach dem Tode des Leibes in ein anderes Lebewesen wandert und dort wohnt. Der Zweck der Seelenwanderung ist die Vervollkommnung der Seele; sie braucht viele Lebenszeiten um sich zu vervollkommnen! Jede Reinkarnation der Seele ist ein Streben nach Vervollkommnung, sie sucht in ihrer nächsten Inkarnation das zu erleben und zu erlernen was sie in der vorhergehenden Inkarnationen nicht, oder nicht gründlich genug, gelernt hat.

Jedes Lebewesen schafft nicht nur sein eigenes Schicksal sondern auch das seiner Seele. Jede Seele erntet was sie säte, und jede Seele strebt dem Nirwana zu. Das Lebewesen, in das die Seele nach dem Tode wandert, ist eine Weiterentwicklung der Seele auf dem Weg zu Nirwana. Meine Seele suchte, was ich ihr zu geben vermag, und wohnt deshalb jetzt in mir. Sollte ich mich wider Erwarten in meinem späteren Leben sehr sündhaft verhalten, dann kann es sein, dass meine Seele nach meinem Tode in einem Menschen einer niedrigeren Entwicklungsstufe wiedergeboren wird, um die Fehler wiedergutzumachen, die ich begangen habe.

Das Ziel einer jeden Seele ist, die höchste Tugend zu erreichen, die Samadhi oder Satori genannt wird. Dann steigt sie vom Kreislauf der Wiedergeburten ab und geht in den Zustand der ewigen Ruhe über, den wir Nirwana nennen. Dort wird die Seele eins mit der Weltseele, die wir Brahma nennen. Aber unser Nirwana ist nicht wie das christliche Paradies, das man erst nach seinem Tode erreicht; Nirwana ist die höchste Art von Erleuchtung, man kann es zu seinen Lebzeiten erreichen! Jede Seele kommt früher oder später nach Nirwana, jede Seele wird eins mit der Weltseele, es ist nur eine Frage der Zeit. Wir haben zwar eine Art von vorübergehender Hölle, aber nicht diese höchst erschreckliche, ewige Verdammnis an die ihr Christen glaubt. Unser einziger, ewiger Zustand ist Nirwana, und jede Seele kommt, früher oder später, dorthin!

Wir haben viele Götter, aber nur einen Schöpfergott. Dieser schuf alle anderen Götter, alle Materie, alle Dinge und alle Lebewesen. Der erste Mensch hieß Manu. Manu ist der Vorfahre aller Menschen!"

Arminius zuckte zusammen als er „Manu" hörte und unterbrach Mahammata. „Wisst Ihr, dass die vorchristlichen Eingeborenen meines Heimatlandes, die Leute beiderseits des Rheins, auch an Manu glaubten? Von ihnen hörte ich, dass Manu vom Schöpfergott als erster Mensch erschaffen wurde, und dass alle Menschen von Manu abstammen! Die heidnischen Preußen der fernen Ostsee glauben das Gleiche, auch andere, germanische und keltische Völker!"

„Das verwundert mich nicht sehr", sagte Mahammata ruhig, „es bestätigt nur die Tatsache, dass Manu tatsächlich der erste Mensch war! Aber ich weiß noch mehr über die Erschaffung Manus. Darf ich es Euch sagen?"

Arminius nickte zustimmend und Mahammata setzte fort: „Das Sanskrit Hauptwort ‚Manu' bedeutet so viel wie ‚Mensch', und auch ‚Denker'. Außerdem ist ‚manu' noch ein Tätigkeitswort das ‚denken' bedeutet. Der Schöpfergott schuf Manu als einen Menschen und Denker. Manu der Denker war unser erster Prophet! Das steht in den Veden, unseren ältesten, heiligen Schriften."

„In unserer ältesten, heiligen Schrift steht etwas Ähnliches!" sagte Arminius darauf. ‚Gott schuf den Menschen nach seinem Bilde', schrieb der Prophet Moses. Das bedeutet offensichtlich, dass Gott den ersten Menschen als Schöpfer schuf. Und unser erster Mensch hieß Adam: Adam der Schöpfer! Auch war Adam unser erster Prophet!"

„Ja, Schöpfertum ist die göttliche Kraft des Menschen!" stimmte Mahammata überein. „Schöpferisch denken ist göttlich denken! – Eigentlich ist schöpferisches Denken die einzige Art von Denken", fügte er hinzu, „es gibt kein anderes Denken als schöpferisches Denken! Nachahmen ist nachahmen, es ist nicht Denken! Glauben ist nicht Denken! Denken ist schöpferisch denken, und schöpferisches Denken ist unsere höchste und göttlichste, schöpferische Tätigkeit! Manu der Denker war ein schöpferischer Denker, Adam der Schöpfer war ein schöpferischer Denker. Die ersten Menschen unserer beider Religionen gleichen sich; beide waren schöpferische Denker, und die ersten Propheten!

Denken ist unsere höchste und göttlichste, schöpferische Tätigkeit. Und das Allergöttlichste und Allerhöchste an dieser Schöpferkraft ist, uns selbst und andere nach Nirwana zu führen!"

„Wie führt man sich selbst und andere nach Nirwana?" fragte Arminius.

„Ah! – Das ist die Existentialfrage!" rief Mahammata aus. „Millionen stellen diese Frage, aber nur wenige können sie gut beantworten, und nicht einmal die sind sich ihrer Antwort sicher. Die Antwort ist, dass der Weg zur Erleuchtung für jeden Menschen anders ist. Jedes Lebewesen ist einmalig, jeder Mensch ist eine einmalige Ausgabe Gottes, und sein Weg zur Erleuchtung ist so einmalig wie er selbst. Da es

Einmaligkeit nur einmal gibt, kann niemand einem anderen Menschen sagen woraus dessen Einmaligkeit besteht! Und, weil es Einmaligkeit nur einmal gibt, wissen wir auch selbst nicht woraus unsere eigene Einmaligkeit besteht! Deshalb ist der Weg zur Erleuchtung ein Weg der Schöpfung! Wir erschaffen uns den Weg während wir ihn gehen! Ein Jeder muss sich seinen eigenen Weg in sein eigenes Nirwana schaffen!

Aber wir haben Führer. Ein Vollendeter, einer der ein Satori erlebt und Nirwana erreicht hat, kann anderen auf ihrem Weg dorthin etwas behilflich sein. Einen göttlich inspirierten Führer nennen wir ‚Avatar', die irdische Erscheinung einer Gottheit. Unsere Religion hat mehrere Avatare: Gautama, Prinz Siddartha, Prinz Krischna, alle drei Buddhas. Für manche Buddhisten sind Gautama und Siddartha dieselbe Person. Manche Buddhisten haben bis zu fünf Buddhas, andere nur einen. Gautama der Buddha gründete die Religion, genannt Buddhismus. Euer Avatar und Religionsgründer war Jesus der Christus – Friede sei mit ihm! Und der Avater und Religionsgründer des Islam war der Prophet Mohammed – er sei gepriesen!

Diese berühmten Avatare, die Religionen gründeten, sind bei weitem nicht die einzigen! Jeder, der ein Satori erlebt und Nirwana erreicht hat, und sich dazu berufen fühlt andere dorthin zu führen, kann ein Avatar sein!"

„Wie steht es mit den Ländern des Fernen Ostens", fragte Arminius, „haben sie ähnliche Religionen?"

„Ja", antwortete Mahammata. „Der Buddhismus, der aus dem Hinduismus entsprang, dehnte sich von Indien über China nach Japan aus. Etwas davon blieb in China hängen. China hat zwei Hauptreligionen: Taoismus und Konfuzianismus. Taoismus ist reiner Mystizismus und hochentwickelte Esoterik, der die wesentlichen und heiligen Wahrheiten ergründet und gründet. Konfuzianismus ist der Moralkodex für die Allgemeinheit. Taoisten müssen sich natürlich an die Regeln des Konfuzianismus halten, aber Konfuzianisten brauchen sich nicht mit den esoterischen Tiefen oder Höhen des Taoismus zu befassen. Und der Konfuzianismus erhält seine notwendigen Erneuerungsimpulse aus dem Taoismus.

Die Chinesen haben eine faszinierende Methode, die Zukunft vorherzusagen, sie nennen diese Methode die I-King. Das Grundprinzip der I-King ist, dass jedes Zukunftsereignis 64 verschiedene Möglichkeiten hat wahr zu werden. Indem man sechs kurze und drei lange Stäbchen wirft, die auf 64 verschiedene Arten niederfallen können, weiß man welche der 64 Zukunftsmöglichkeiten wahr wird."

„Glaubt Ihr denn, dass die Zukunft vorherbestimmt ist und sich vorhersagen lässt?" fragte Arminius verwundert, denn er dachte nicht, dass ein hochgebildeter Scholar und schöpferischer Denker wie Mahammata an Vorbestimmung glaubte.

„Nein!" antwortete Mahammata, zu Arminius' Erleichterung. „Wenn die Zukunft vorherbestimmt wäre, dann hätten wir nicht die Möglichkeit, sie zu schaffen! Ich sehe die Kunst der Divination in einem anderen Licht. Für mich ist die I-King, und jede andere Art von Prophezeihung oder Divination, eine Beihilfe zur Erschaffung der Zukunft! Die Würfe der I-King sind Zufälle! Aber wenn so ein Zufall das Heilige in uns berührt, dann fühlen wir uns dazu inspiriert es zu verwirklichen. Dann führen wir etwas Heiliges aus, woran wir ohne den Wurf der I-King nicht gedacht hätten! So wird die Vorhersage wahr, aber nur weil wir sie durch unsere eigene Schöpferkraft verwirklicht haben! Divination, wie jede Orakelkunst, kann, wenn sie verantwortlich gehandhabt wird, uns helfen eine heiligere Zukunft zu schaffen! Divination, und jede andere Art von Prophezeihung wird selbsterfüllend, wenn sie das Heilige in uns erweckt und uns zu heiligen Taten führt!"

„Ist der Glaube der Japaner dem der Chinesen ähnlich?" fragte Arminius weiter.

„Ja, die Religionen Chinas und Japans sind sich ähnlich. Aber die Religion Japans ist, meiner Ansicht nach, höher entwickelt und verfeinert. Von allen Völkern, die ich auf meinen Reisen traf, ist das Volk der Japaner, meiner Ansicht nach, am höchsten entwickelt!"

„Wieso?" fragte Arminius begierig. „Wie kam dies zustande? Warum ist das Volk der Japaner am höchsten entwickelt?"

„Die japanische Gesellschaft hat vier Klassen, so ähnlich wie unsere, und eure. Aber die herrschende Klasse Japans, die Samurai, sind, ohne Ausnahme, Zen Buddhisten!

Buddhismus kann als eine Weiterentwicklung des Hinduismus betrachtet werden, und der Zen Buddhismus als der höchstentwickelte Buddhismus. Zen Buddhismus ist normaler Buddhismus der durch den chinesischen Taoismus erneuert und angereichert wurde. Wie der chinesische Taoismus, ist Zen Buddhismus reiner Mystizismus, rein mystisches Erleben, von hochentwickelten, esoterischen Lehren begleitet. Zen Buddhismus ist der Gipfel der östlichen Religionen, er ist mit dem Sufismus des Westens vergleichbar. Alle Adeligen Japans sind Zen Buddhisten. Sie könnten auch als japanische Sufisten bezeichnet werden.

Wie China, hat auch Japan zwei Staatsreligionen. Die alte Naturreligion der Eingeborenen Japans ist der Schintoismus. Er existiert noch immer, aber in einer milderen Form, erneuert vom Zen Buddhismus. Die drei niedrigeren Klassen Japans sind hauptsächlich Schintoisten, die Oberklasse ausschließlich Zen Buddhisten. Aber die Religionen des Ostens sind nicht ausschließlich – sie schließen sich gegenseitig ein! Man kann gleichzeitig Schintoist und Buddhist sein, oder Konfuzianist, Taoist und Buddhist, oder Hinduist und Buddhist, oder jede andere, beliebige Kombination!"

Arminius nickte begeistert. „Ihr sagtet, dass sich die Religionen des Ostens erneuern: der Hinduismus durch den Buddhismus, der Kunfuzianismus durch den Taoismus, der Buddhismus durch den Taoismus und der Schintoismus durch den Zen Buddhismus. Die Muslime glauben an das Erscheinen eines Glaubenserneuerers, sie nennen ihn den ‚Mahdi'. Wir Christen glauben an ein ‚Zweites Erscheinen' Jesu Christi als unseren Glaubenserneuerer. Und die Juden glauben an das Erscheinen ihres Messias als Glaubenserneuerer. Haben die Religionen des Ostens einen ähnlichen Glaubenserneuerer?"

„Ja!" antwortete Mahammata. „Manche Buddhisten glauben an ein ‚Zweites Erscheinen' des Buddha, sie nennen den Glaubenserneuerer ‚Maitreya'. Aber der oder das Maitreya wird auf vielerlei Arten ausgelegt. Die einfachen Buddhisten glauben, dass der Maitreya ein leibliches Wiedererscheinen des Heiligen Buddha auf Erden sein wird. Die hochentwickelten Buddhisten glauben, dass ein Satori, also die höchste Art von Erleuchtung, das Erscheinen des Maitreya darstellt. Ich stimme mit ihnen überein! Ich denke, dass das Erreichen von Nirwana die höchste Art von Glaubenserneuerung darstellt! Ich denke, dass der Maitreya der Buddhisten, der Mahdi der Muslime, der Messias der Juden und das Zweite Erscheinen des christlichen Messias Gleichnisse für das Erreichen von Nirwana sind! Es ist natürlich sehr gut möglich, und sogar sehr wahrscheinlich, dass hier oder dort ein Avatar auftaucht der sich als Führer berufen fühlt und die Gläubigen nach Nirwana führt und dadurch ihren Glauben erneuert. Aber selbst dann findet die eigentliche Glaubenserneuerung innerhalb eines jeden einzelnen Gläubigen statt! Und diese innere Glaubenserneuerung kann mit oder ohne Führer geschehen! Mit einem Führer besteht immer die Gefahr, dass man ihm blindlings folgt, und dabei vergisst, seinen eigenen Weg zu Nirwana zu schaffen und zu gehen. Blinde Nachahmung ist Blindheit, nicht Erleuchtung!"

„Gibt es bei euch Hindus auch eine Glaubenspitze, eine höchstentwickelte Sekte oder Glaubensrichtung, wie die chinesischen Taoisten oder die japanischen Zen Buddhisten?" fragte Arminius.

„Wie ich bereits sagte, ist Buddhismus weiterentwickelter Hinduismus, und Zen Buddhismus die höchstentwickelte Form von Buddhismus. Der Zen Buddhismus ist also eine hinduistische Sekte. Auch haben wir unsere Sadhus, unsere Asketen und heiligen Männer, die ihr Leben dazu weihen Nirwana zu erreichen. Und wir haben die Jainisten, die reine Mystiker sind und an keine Götter glauben, nur an die alleinschließende Gottheit. Dann gibt es auch noch die Yoga Sekte, deren höchstentwickelte Mitglieder, die Yogis, den Zen Buddhisten, Taoisten, Jainisten und Sadhus ähnlich sind. Wir haben auch noch andere, kleinere oder größere Sekten und Orden die den eben genannten gleichen. In der islamischen Welt sind dies die Sufisten. Wie steht es mit euch Christen? Habt ihr ähnliche Sekten oder Orden?"

„Das ist unser wunder Punkt!" gab Arminius schamhaft zu. „Wir dürfen zwar Mystiker sein, können aber keine mystischen Lehren pflegen, geschweige denn verbreiten, denn jede Abweichung von der offiziellen Lehre wird mit dem Tode bestraft. Einige von uns Templern sind Sufisten, aber wir halten dies streng geheim."

„Ja, ihr Templerritter erinnert mich an die japanischen Samurais!" rief Mahammata aus. „Der Samuraigeist strahlt aus euch! Leider sind die Tempelritter nur eine kleine Minderheit innerhalb der regierenden Oberschicht der christlichen Gesellschaft. Könnt Ihr Euch vorstellen, die gesamte Oberschicht Eurer Gesellschaft wären Templerritter? Die christliche Gesellschaft würde der japanischen gleichen, vielleicht sogar überlegen sein! Die japanische Gesellschaft ist zwar eine höchstkultivierte Gesellschaft, und das ist hauptsächlich dem Einfluss der Samurais zu verdanken. Aber ihr Tempelritter seid den Samurais in einer Hinsicht voraus: ihr kontrolliert das Kapital eurer Gesellschaft!

Die Samurais verachten Geld und gehen nicht damit um. Die Kaufleute und Bankiere, die in Japan mit Geld umgehen, gehören der dritten Kaste an. Sie stehen unter den Handwerkern und Bauern und nur eine Stufe über den Unberührbaren! Sie verwalten das Kapital der japanischen Gesellschaft nicht mit göttlicher Verantwortung! Sie nützen das Geld nicht zum Allgemeinnutz, sondern zum Eigennutz, um ihre Selbstsucht zu befriedigen! Oft sind die Samurais den Kaufleuten derart verschuldet, dass sie zu Marionetten der Kaufleute werden. – Das ist der wunde Punkt des japanischen Volkes!"

„Aber unser Kapital hilft uns nicht viel", sagte Arminius mit einem tiefen Seufzer, „es wird bald durch ständig ansteigende Kriegskosten aufgebraucht sein, und wenig neues kommt hinzu! Unser Orden nimmt an Bedeutung und Einfluss ständig ab, und die nächste Offensive des Sultan Qalawun wird uns weiter herunterdrücken. Die Oberklasse der christlichen Gesellschaft unterstützt uns immer weniger!" schloss Arminius seufzend.

„Lasst Euch davon nicht entmutigen", sagte Mahammata tröstend, „Eure Seele wird triumphieren, wenn nicht in dieser Inkarnation, dann in der nächsten! Der Mensch soll zwar auf Nirwana zustreben, aber er soll sich nicht zu sehr um sein Schicksal sorgen! Kein Teil des Universums wird jemals verlorengehen! Alles ist stets sicher in Gottes Händen!"

Mahammata reiste wieder ab. Arminius tat seine Pflicht und teilte Guillaume mit, was er von ihm gehört und gelernt hatte: „Mahammata ist ein Hindu, wie sich die Einwohner Indiens nennen, und er gehört der Brahmanenkaste an, dem indischen Adel. Er spricht, liest und schreibt Hindi, Sanskrit, Mandarinchinesisch und Arabisch. Seine Religion ist Hinduismus, die alte Naturreligion Indiens. Die Hinduisten nennen einen göttlich inspirierten Glaubensgründer und Erneuerer einen Avatar. Ein hinduistischer Avatar namens Gautama der Buddha gründete den Buddhismus, der sich weit über Indien hinaus verbreitete, bis nach China und Japan, und jetzt die Hauptreligion Asiens ist. Alle Religionen des Ostens sind sich ähnlich und schließen sich gegenseitig ein; man kann ohne inneren oder äußeren Konflikt ein Mitglied mehrerer Religionen sein! Die Hinduisten haben mehrere Götter, aber nur einen Schöpfergott, wie alle anderen Urreligionen der Welt. Eine Hindusekte, die Jainisten, haben gar keinen Gott, sie verehren nur die alleinschließende Gottheit. Taoisten, Zen Buddhisten und andere, fernöstliche Sekten und Orden verehren auch nur die Gottheit. Die Religionen des Fernen Ostens haben entweder viele Götter oder gar keinen. Christentum und Islam, und der Judaismus aus welchem beide entsprangen, scheinen die einzigen Religionen der Welt zu sein die nur einen Gott haben!"

„Das ist nichts weiter als eine Sache der Auslegung!" erwiderte Guillaume. „Wenn wir die vielen Götter der Hinduisten oder der anderen Urreligionen als Erzengel betrachten, und ihren Schöpfergott als den einzigen Gott, dann haben auch sie nur einen Gott. Andererseits, wenn wir unsere Erzengel als Mitgötter sehen, und Gott als den Schöpfergott, dann haben auch wir viele Götter. Und wenn wir uns der kosmischen Einheit bewusst sind, dann haben wir nur die alleinschließende Gottheit. Wenn alles göttlich ist, dann kann man x-beliebig viele Götter haben, oder nur einen, oder gar keinen! Wenn alles göttlich ist, dann ist alles gleich!"

„Sagst du damit, dass alle Religionskämpfe nichts weiter als Kämpfe um Auslegungen sind?" fragte Arminius.

„Ja, leider, das war bis jetzt der Fall! Alle Religionskämpfe waren Kämpfe um die Auslegung des Unauslegbaren!“ erwiderte Guillaume bitter. „Aber wir Tempelritter kämpfen nicht um Auslegungen, wir kämpfen als Miliz der Gottheit, um das Bewusstsein der allumfassenden Gottheit zu den Menschen zu bringen! Für uns esoterische Templer ist die Gottheit unauslegbar, aber erlebbar, und alle Auslegungen sind künstlerische Gleichnisse und als solche gleichberechtigt und gleich wahr. Wir sind keine Toren die um die absolute Richtigkeit der einen oder anderen Auslegung streiten! Wir sind die Hüter der Einheit! Wir kämpfen für das Bewusstwerden der Einheit! Wir kämpfen, damit sich die Menschen der alleinschließenden, göttlichen Einheit gewahr werden! Dieses Bewusstsein nennen wir Christus! Und unser Avatar, der uns das Bewusstsein der Einheit brachte, und uns die Möglichkeit der Erlösung durch das Bewusstsein der Einheit gab, war Jesus Christus! Wir sind Gnostiker; unsere Religion ist Logos, unser Gott heißt Kosmos! Dass wir vorübergehend mit und gegen diejenigen kämpfen, die sich um die Auslegungen von Gleichnissen streiten, ist ein bedauernswerter Umstand, der sich zur Zeit leider nicht ändern lässt. Sobald wir Tempelritter den weltweiten Gottesstaat gegründet haben, und alle Menschen Angehörige des Tempels sind, dann sind wir am Ziel!“

„Mahammata beschrieb die Zen Samurais und ihr Kaiserreich Japan als die Blüte der menschlichen Gesellschaft, ein leuchtendes Beispiel für die gesamte Menschheit“, berichtete Arminius weiter. „Er sagte, die japanischen Samurais seien die Sufisten des Fernen Ostens, und uns Tempelrittern ähnlich, mit dem wesentlichen Unterschied, dass sie den gesamten Adel Japans darstellen und Japan regieren. Ist Japan das, worauf wir hinstreben: ein Gottesstaat, eine feudale Theokratie im Namen der Gottheit? Der gesamte Adel Japans gehört dem japanischen Gegenüber des Templerordens an! Ist das unser Ziel für den christlichen Adel: den gesamten, christlichen Adel in den Tempel zu bringen?“

„Ja, das war und ist unser Ziel!“ sagte Guillaume eindringlich. „Zuerst den christlichen Adel, dann die ganze Christenheit und schließlich die gesamte Menschheit! Als sich die neun Gründer unseres Ordens im Jahre 1114 zur Geheimgründung unseres Ordens im Schloss Arginy trafen, verschworen sie sich diesem heiligen Ziel. Als König des theokratischen Weltreiches wollten sie einen direkten Nachkommen Jesu auf den Königsthron Salomons setzen, was ihnen auch gelang. Aber leider führte dies nicht zu dem ersehnten Ziel! Bevor wir unser Ziel erreichen, müssen wir unsere jetzigen Feinde besiegen! Ich nehme an, dass auch die japanischen Samurais so manche Feinde besiegen mussten, bis sie ihr theokratisches Kaiserreich Japan als eine Miliz Buddhas regieren konnten!“

„Ja, sehr wahrscheinlich“, antwortete Arminius, „aber ihr Sieg rechtfertigte die Samurais! Was wird mit uns wenn wir nicht siegen? Wird uns die Zeitgeschichte rechtfertigen?“

„Wir werden siegen!“ sagte Guillaume, mit absoluter Überzeugung. „Früher oder später werden wir siegen, wenn nicht in sieben Jahren, dann in sieben mal hundert Jahren! Und wenn wir in sieben Jahren nicht gerechtfertigt sind, dann in sieben mal hundert Jahren! Einmal werden wir siegen, und einmal werden wir gerechtfertigt sein, denn wir kämpfen nicht um leere Auslegungen. Wir sind auf der Seite der

Gottheit, als Miliz der Gottheit! – Non nobis, Domine! Non nobis, sed Nomini Tuo da gloriam!“

„Non nobis, Domine!“ erwiderte Ariminius und verließ die innere Kammer des Großmeisters.

Im Jahr 1289 brach der Sturm los. Aber die Templer hatten genügend Vorwarnung von ihren assassinischen Geheimagenten in Kairo. Von ihnen hörte Guillaume, dass Sultan Qalawun im Frühjahr 1989, nach dem Ramadan, die Stadt Tripolis angreifen werde.

Arminius schrieb sofort einen Warnungsbrief an den Grafen von Tripolis. Guillaume sandte einen Eilboten nach Tripolis, um den Brief so schnell wie möglich zu überbringen. Aber Bohemund von Tripolis, der immer noch beleidigt war, weil Großmeister Guillaume ihn vor zehn Jahren unter Androhung von Waffengewalt gezwungen hatte, die Abdankung des Hugo von Zypern als König von Jerusalem zu veranlassen, und Karl von Anjou als neuen König anzuerkennen, misstraute dem Großmeister und schlug seine Warnung in den Wind.

Dafür zahlte Tripolis einen bitteren Preis. Im Mai 1289 griff Sultan Qalawun die Stadt an. Tripolis war weder auf Verteidigung noch auf Evakuierung vorbereitet. Die Muslime eroberten die Stadt im Sturm und metzelten die Bevölkerung nieder.

Im Laufe des Jahres 1290 sammelte Sultan Qalawun eine große Streitmacht und entsprechende Materialien in den Galiläischen Hügeln unweit von Akko an. Er tat dies nicht im Geheimen, er bereitete sich für seine Großoffensive gegen Akko unter den Augen der Templer vor. Der Tod Qalawuns Anfang 1291 änderte daran nichts; Qalawuns Sohn und Nachfolger, el-Aschraf Khalil, trat die Nachfolge ohne Machtkämpfe an und unterbrach die Kriegsvorbereitungen nur kurz um seinen Vater zu begraben. Guillaume hörte von den Assassinenagenten in Kairo, dass der Angriff gegen Akko im Frühjahr 1291, nach dem Ramadan, erfolgen werde.

Und so war es auch. Kurz nach Ende des Ramadan 1291 begann der Angriff. Die Verteidiger Akkos waren bereit. Bevor die muslimischen Streitkräfte die Stadt erreichen und umzingeln konnten, warfen sich die Templer auf der Ebene zwischen Akko und den Galiläischen Hügeln in einem offenen Gegenangriff gegen den Feind. Das war Arminius erste, wirkliche und blutige Schlacht!

Die schwergepanzerten Tempelritter auf ihren schweren, gepanzerten und scharfbeschlagenen Pferden griffen den Feind in Wellen an, jeweils zwei Schwadrone pro Welle. Eine Welle griff an, während sich die zweite auf den Angriff vorbereitete. Die erste Welle ritt in vollem Galopp mit gestreckten Lanzen auf den Feind zu und ritten ihn nieder. Auf Kommando schwenkte die linke Schwadron der ersten Welle nach links ab, die rechte nach rechts, und bevor der Feind die Möglichkeit hatte sich aufzurappeln, ritt schon die zweite Welle auf die immer breiter werdende Öffnung zu. Während die zweite Welle angriff, bereitete sich die dritte auf den Angriff vor, und die erste sammelte und formierte sich um die vierte zu bilden. Sobald ein Ritter ausfiel, wurde er sofort von der wartenden Reserve ersetzt, damit die Schwadrone stets in genauer Anzahl und Formation blieben.

Während der Angriffe ritten die Tempelritter dicht Seite an Seite, nicht einen Pferdekopf voraus und nicht einen dahinter. Sie hatten dies oft genug geübt und konnten es beinahe wie im Schlaf. Der Feind hatte keine schweren, scharfbeschlagenen und gepanzerten Kriegspferde und keine schwergepanzerten Ritter. Die Muslime waren in dieser Art von Kriegsführung nicht bewandert, sie hatten den Tempelrittern nichts dergleichen entgegenzusetzen. Die Wellen der Tempelritter waren unaufhaltsame Todeswellen, sie rollten auf und über den Feind. Sobald sich eine Welle öffnete, rollte schon die nächste in die Öffnung. Die einzige Verteidigung, die der Feind gegen die Wellenattacken der schweren Reiterei hatte, war Rückzug. Aber Sultan El-Ashraf Khalil war nicht bereit seine Truppen zurückzuziehen, sie waren gezwungen sich den Tempelrittern zu stellen, und viele Muslime wurden entweder niedergeritten oder von den Lanzen und Schwertern der Ritter niedergemacht. Die Sergeanten, das Fußvolk der Templer, blieben hinter den Rittern zurück und schossen Hagel von Pfeilen über die Köpfe der angreifenden Ritter auf den Feind. Die Turkopolen, die leichte Reiterei der Templer, kämpften auf Feindesart: leicht gepanzert und bewaffnet, auf schnellen, unbeschlagenen und ungepanzerten Araberpferden, in blitzschnellen, nicht formierten Angriffs- und Rückläufen. Die Turkopolen sorgten dafür, dass der Feind den Rittern und dem Fußvolk nicht in die Flanken oder in den Rücken fiel.

Arminius ritt mit seinen Kameraden, Welle um tödliche Welle. Er verwundete und tötete viele Feinde und sah, wie so mancher seiner Kameraden verwundet oder getötet wurde. Sein Schwert bewährte sich, Siegfried der Schwertschmied wäre stolz darauf gewesen! Aber das Schwert „Springer“ sprang nicht auf den Feind, wie Siegfried es vorausgesagt hatte. Es kämpfte zurückhaltend und widerwillig, unter Spannung und Zwang. Und genau so kämpfte Arminius: zurückhaltend und widerwillig, unter Spannung und Zwang.

Das war das erstemal, dass Arminius Menschen tötete und verwundete, das erstemal, dass er im Ernst kämpfte und Krieg aus erster Hand verspürte, und es war nicht glorreich! Das Gemetzel machte ihn krank; seelenkrank, krank am Herzen und krank im Magen. Er konnte fast nichts essen. Aber seine gesunde Natur setzte sich schließlich durch, und er gewöhnte sich an das Gemetzel, so gut es ging. Aber er frohlockte nie im Kampf, wie manche seiner Kameraden. Er hasste die Schlächterei von ganzem Herzen! Aber unter den Umständen blieb ihm nichts anderes übrig als neben und mit seinen Kameraden zu reiten und zu kämpfen. Es war seine Pflicht, und er erfüllte sie so gut er konnte. Während der Schlacht von Akko wurde er sich dessen bewusst, dass er nicht ein Mann des Schwertes war. Er bevorzugte die Feder!

Der Feind war den Templern zahlenmäßig weit überlegen. El-Ashraf Khalil warf mehr und mehr Truppen in die Schlacht. Die zahlenmäßige Überlegenheit des Feindes auf der Ebene von Akko wurde derart erdrückend, dass die Wellenattacken der schweren Reiterei nicht mehr durchführbar waren. Somit hatten die Templer ihren taktischen Vorteil verloren. Guillaume befahl seinen Streitkräften, sich hinter die Mauern der Stadt zurückzuziehen. Nachdem alle seine Streitkräfte innerhalb der Stadtmauer waren, verriegelten und verrammelten die Verteidiger Akkos die Tore. Die Belagerung Akkos begann.

Die Stadt Akko war von einer hohen Doppelmauer umgeben, mit einem breiten Wehrgang zwischen den Mauern. Von diesem Wehrgang schossen die Tempelritter mit Armbrüsten. Die umständlichen Armbrüste mussten mit einer Drehkurbel aufgezogen werden, so dass man nicht in schneller Folge schießen konnte, wie mit einem Kurz- oder Langbogen. Die Armbrustpfeile trafen aber genauer und waren durchschlagskräftiger als Bogenpfeile, besonders auf weite Entfernung. Die Hartlederrüstung der Muslime konnte zwar Bogenpfeile abhalten, besonders wenn sie aus größerer Entfernung kamen, aber die nadelspitzen Armbrustpfeile der Templer durchdrangen die Lederrüstung der Feinde, wogegen deren Pfeile wirkungslos von den Kettenhemden, Brustpanzern und Kesselhauben der Templer abprallten. Die schwergepanzerten Ritter mit ihren Armbrüsten standen offen über den Zinnen und konzentrierten sich auf die weiter entfernten Ziele. Die Sergeanten, die weniger gut gepanzert und mit den Langbogen des Fußvolkes bewaffnet waren, versteckten sich hinter den Zinnen und schossen Pfeile auf die näheren Ziele.

Vom Wehrgang und vom Inneren der Stadt schossen die Templer auch mit Schleudermaschinen. Die großen, unhandlichen Schleudermaschinen standen innerhalb der Stadt, unweit der Mauer, und schleuderten ihre Geschosse ungezielt über die Mauer. Die kleineren und handlicheren Wurfmaschinen standen auf dem Wehrgang und schleuderten mehr zielgerecht. Mit diesen schleuderten sie Felsbrocken und griechische Feuerbälle. Diese bestanden aus Pech, Öl und Schwefel, wurden brennend geschleudert und platzten wenn sie aufprallten. Griechisches Feuer war sehr wirksam, man konnte es nicht gut löschen, es brannte weiter, wenn es mit Wasser bespritzt wurde und war nur durch Ersticken zu löschen. Die Sergeanten warfen auch Felsbrocken und gossen brennendes Öl vom Wehrgang direkt auf die Feinde.

Nach mehreren gescheiterten Versuchen, die Stadtmauer zu erklimmen, konzentrierte der Feind seinen Angriff auf eine bestimmte Stelle in der Stadtmauer, die zwischen dem Englischen Turm und dem Turm der Gräfin de Blois lag. Die Feinde rammten diese Stelle wiederholt mit schweren Rammböcken, Tag und Nacht. Auch konzentrierten sie alle ihre großen Schleudermaschinen auf diese Stelle und schleuderten schwere Felsbrocken gegen die Mauer. Weiterhin unterhöhlten sie die Mauer indem sie Tunnel neben Tunnel unter der Mauer durchgruben. Guillaume wusste, dass sie an dieser Stelle durchbrechen würden, wenn sie lange und hartnäckig genug auf diese Durchbruchstaktik beharrten. Und alle Anzeichen wiesen daraufhin, dass Sultan El-Ashraf Khalil keine Opfer scheute und gewillt war, die Stadt unter allen Umständen zu erobern! Deshalb ordnete der Großmeister die Evakuierung der Zivilbevölkerung Akkos an.

In der Bucht von Akko, außerhalb des Wurfbereiches der muslimischen Schleudermaschinen, ankerte die Templerflotte, geführt von ihrem größten Frachtschiff, dem Faucon du Temple, mit dem fähigen Roger de Flor als Kapitän und Admiral. Wenn er keine Fracht zu tragen hatte, konnte der Faucon du Temple bis zu tausend Passagiere befördern! Während der sechswöchigen Belagerung Akkos transportierte die Templerflotte 30.000 Menschen, nahezu die gesamte Zivilbevölkerung Akkos, in einer geordneten Evakuierung vom Hafen Akkos in den Hafen von Famagusta auf der Insel Zypern und in andere, sichere Häfen. Nur diejenigen Bürger Akkos, die sich freiwillig bereit erklärten, den Verteidigern Hand- und Spanndienste zu leisten, blieben zurück. Gauillaume hielt sogar die verwundeten Templer zurück, bis die letzten Zivilisten evakuiert waren. Erst danach begann die Evakuierung der verwundeten Templer!

Am 17. Mai brachen die Muslime durch die Stadtmauer und strömten unter ungeheueren Verlusten in die Stadt ein. Aber el-Ashraf Khalil wollte Akko unter allen Umständen erobern! Nach einigen, blutigen Straßenkämpfen zogen sich die Templer und die anderen Verteidiger Akkos in den schwerbefestigten Tempelbezirk zurück.

Der Palast des Großmeisters war das größte und stattlichste Gebäude im Tempelbezirk. Die starke Vorderwand dieses Gebäudes war ein Teil der Befestigungsmauer des Tempelbezirkes. Die Muslime konzentrierten ihren Angriff auf diese Wand. Sie gruben Tunnel neben Tunnel, um die Wand zu unterhöhlen, sie nützten ihre Rammböcke und Schleudermaschinen, um die Wand zu rammen und mit Felsbrocken zu bombardieren, und sie schleuderten Bälle von Griechischem Feuer in den Tempelbezirk.

Die Mauer des Tempelbezirkes war nicht so breit und stark wie die Doppelmauer der Stadt, der Feind würde bald durchbrechen. Um dies zu verhindern, dachte sich Großmeister Guillaume einen kühnen Plan aus. Er würde im Schutz der Dunkelheit mit 200 Rittern den Tempelbezirk auf der Seeseite verlassen, am Meer entlang nach Norden und dann in einem Bogen ins Landesinnere reiten, um dem Feind überraschend in den Rücken zu fallen und seine Nachschublinie abzuschneiden. Guillaume hoffte, mit dieser List die Elitetruppen des Sultans aus der Stadt zu locken, damit sie die Tempelritter bekämpften und den notwendigen Nachschub wiederherstellten. Sobald die Elitetruppen des Feindes die Stadt verließen, würden sich die zurückgebliebenen Templer zur Stadtmauer durchkämpfen und die Bresche in der Mauer schließen. Danach würden sie die wiederhergestellte Stadtmauer verteidigen und die eingeschlossenen Muslime bekämpfen. In seiner Eile, den Tempelbezirk zu stürmen, hatte der Sultan die Stadtmauer nicht geschleift! Er hatte es sogar übersehen, die Stadttore zu vernichten! Wenn alles nach Plan ging, dann blieben die Schleudermaschinen und Rammböcke des Feindes innerhalb der Stadt und die ursprüngliche Durchbruchstaktik konnte nicht wiederholt werden! Es war ein riskanter Gegenzug, ein tollkühnes Unternehmen, aber die einzig mögliche Alternative zur sicheren Niederlage.

Der Tempelbezirk Akkos war dreieckig und lag an der Zunge der Halbinsel Akko. Eine Seite des Dreiecks grenzte an das Meer. Die seewärtige Seite des Tempelbezirkes bestand hauptsächlich aus Speichern und Ställen, war leicht bewacht und wurde nicht umkämpft. Ein Angriff vom Meer her war höchst unwahrscheinlich, denn der Feind hatte keine Boote. Selbst dann wäre ein Seeangriff höchst riskant gewesen, denn die Kriegsgaleeren der Templerflotte ankerten in der Bucht, außerhalb des Wurfbereiches der muslimischen Schleudermaschinen. Außerdem waren die Streitkräfte des Sultans nicht für Seekrieg oder Seeinvasion gerüstet und trainiert. All dies bedeutete, dass die Seeseite des Tempelbezirkes einigermaßen ruhig und ziemlich sicher war.

Guillaume nützte dies aus. Kurz nach Mitternacht ritt er mit 200 Rittern aus dem Hintertor des Tempelbezirkes in die See. Die Hufe ihrer Pferde waren mit Leder umwickelt, sie ritten dunkle Pferde und trugen die schwarzen Kutten der Sergeanten. Schilder, Waffen, Rüstung, Gesichter und alles Helle schwärzten sie mit Ruß. Derart getarnt ritten sie am Meeresufer entlang nach Norden, und in einem weiten Bogen um die Stadt ins Landesinnere, auf die Galiläischen Hügel zu.

Akko brannte. Die Nacht war hell erleuchtet, so dass sich die Ritter gut orientieren konnten. An der Grenze des Leuchtkreises konnten sie einigermaßen gut sehen. Aber der Feind, der vom Hellen ins Dunkle blickte, konnte sie nicht sehen. Ungesehen und unangefochten gelangten sie zu den Ausläufern der Galiläischen Hügel. Dort ritten sie südwärts weiter, bis zur Nachschubroute, der Straße nach Damaskus. In Sichtweite der Straße rasteten sie kurz und bereiteten sich auf den Angriff vor.

Im Morgengrauen griffen sie an. Eine Wachmannschaft war schnell vernichtet und eine Nachschubkarawane zerstört und versprengt. Aber die Verteidiger der Nachschublinie kamen nicht, wie gehofft, aus der Stadt. Zahlreiche muslimische Truppen, die in den Galiläischen Hügeln lagerten, kamen den Wachmannschaften zu Hilfe. Ein verbitterter Kampf brach aus! Im Laufe des Tages strömten immer mehr Verstärkungen aus den Galiläischen Hügeln; die 200 Tempelritter waren hoffnungslos unterlegen und kämpften verzweifelt um ihr Leben. Die meisten Ritter wurden getötet, der Rest versprengt.

Arminius, der Großmeister und zwei seiner Leibwächter bildeten eine Gruppe und verteidigten sich gegen Angriffe von allen Seiten. In einer Ecke seines Blickfeldes sah Arminius, wie ein Muslime mit gezogenem Krummschwert in Blitzesschnelle an der linken Seite des Großmeisters vorbeiritt und ihm einen gewaltigen Hieb in die Seite versetze. Das von unzähligen Lanzenstößen und Schwerthieben zerschlissene Kettenhemd des Großmeisters hielt diesem Hieb nicht stand. Das Schwert des Feindes drang tief in Guillaumes Seite ein, er fiel nach vorne im Sattel. „Der Großmeister ist schwer verletzt, lasst uns das Schlachtfeld verlassen!“ rief Arminius. Ein Leibwächter ritt herbei, ergriff die Zügel und führte Guillaumes Pferd so schnell er konnte vom Schlachtfeld. Guillaume saß vornübergefallen im Sattel und hielt sich krampfhaft am Hals des Pferdes fest. Arminius und der zweite Leibwächter deckten den Rückzug. Nachdem sie die Feinde abgeschüttelt hatten und weit genug vom Schlachtfeld enfernt waren, hielten sie an.

„Ich kann nicht mehr reiten, ich bin schwer verletzt! Helft mir vom Pferd!“ stöhnte der Großmeister. Sie befreiten ihn von den Steigbügeln, hoben ihn vom Pferd und sahen sich die tiefe und stark blutende Wunde an. Mit dieser Wunde konnte der Großmeister unmöglich gehen oder reiten, so legten sie ihn kurzentschlossen auf sein Schild und trugen ihn eilends nach Akko.

Auf versteckten Pfaden gelangten sie nach Akko. Es war unmöglich, durch die Bresche in die Stadt zu gelangen, denn die schwerbewachte Nachschubstraße der Muslime führte durch die Bresche. Deshalb versuchten sie die Tore. Das Antonstor war unbewacht aber geschlossen, das Maupastor war unbewacht und offen! Schnell liefen sie durch das Maupastor in die brennende Stadt, auf ein Haus zu, das nicht beschädigt war. Sie trugen den Großmeister hinein, entledigten ihn seiner Rüstung, verbanden seine Wunde mit einem Leintuch, legten ihn auf eine Leinwand und trugen ihn zum Strand. Arminius befahl den Leibwächtern, ein Boot zu suchen um den verwundeten Großmeister zur wartenden Templerflotte zu rudern. Die Leibwächter fanden tatsächlich ein Boot, aber ein starker Wind war in der Zwischenzeit aufgekommen, so dass man mit einem kleinen Boot auf See nicht sicher war. Daraufhin entschied sich Arminius, den Großmeister zum Hintereingang des Tempels zu tragen.

Unangefochten langten sie bei Anbruch der Dunkelheit am Hintertor des Tempelbezirkes an und legten den Großmeister auf einen Misthaufen. Der Pferdemist war mit Stroh durchsetzt, war weich und warm, ein ideales Bett für einen Verwundeten. Arminius begehrte Einlass, aber die Sergeanten, die den Hintereingang bewachten, standen unter strengem Befehl niemanden einzulassen. Sie konnten Arminius und den Großmeister durch die engen Schießscharten in der einbrechenden Dunkelheit nicht gut sehen, auch kannten sie Arminius nicht persönlich und erkannten ihn nicht an seiner Stimme. Sie hielten es für eine Feindeslist. Dass die abgerissene schwarze Gestalt, die auf dem Misthaufen lag und mitleiderregend stöhnte, der Großmeister sei, und die gleichfalls abgerissene schwarze Gestalt, die um Einlass bat, sein Privatsekretär, klang den Sergeanten zu fabelhaft um wahr zu sein.

Arminius ging zum Großmeister zurück und sprach zu ihm. Guillaume hörte auf zu stöhnen, antwortete aber nicht, sondern sah Arminius stumm an. Seine Wunde blutete sehr; das Blut hatte Verband und Leinwand durchsogen und sickerte in den Pferdemist. „Was für ein Ende!“ lamentierte Arminius innerlich. „Was für ein Ende für einen großen Mann: sein Blut in den Mist zu vergießen!“

„Ist es soweit gekommen?“ lamentierte Arminius schweigend weiter. „Unser Großmeister vergießt sein Blut in den Mist, und niemand kommt ihm zu Hilfe? Könnte das ein Omen für unseren Orden sein? Sind wir dazu verurteilt, ohnmächtig in dem Mist der Welt zu verbluten? Nein, das ist kein Omen, nur blinder Zufall!“

Wieder sprach Arminius zu Guillaume, aber Guillaume blickte ihn nur stumm und eindringlich an. Plötzlich bewegte der Großmeister seine Lippen und fing an zu flüstern. Arminius senkte sein Ohr zum Mund des Großmeisters und hörte aufmerksam zu.

„Sorge dich nicht um mich, mon cher, es ist zu Ende mit mir! Aber nicht mit dir, und nicht mit unserem Orden! Unser heiliges Ziel wird immer da sein, strahlend, denn es ist der Morgenstern der Menschheit, von Gott bestimmt der Menschheit zu leuchten! Ich bin müde, mon cher, müde für den großen Schlaf. Aber du darfst nicht ermüden! Kämpfe den großen Kampf weiter! Nicht den Kampf des Schwertes, für den bist du nicht bestimmt. Kämpfe den Kampf der Feder! Adieu, mon cher, ich gehe jetzt schlafen. Ich liebe dich, mon cher, ich liebte dich seit du in meine Kammer hereingewirbelt kamst, mit deinem präzisen Latein! – Non nobis, Domine! Non nobis, sed Nomini tuo da gloriam!“

„Non nobis, Domine!“ bestätigte Arminius mit lauter Stimme und tränenden Augen. Kurz danach verlor der Großmeister das Bewusstsein.

Auf sein eindringliches Bitten riefen die Sergeanten schließlich ihren Hauptmann zum Hintertor. Dieser erkannte Arminius Stimme und befahl den Sergeanten das Tor zu öffnen. Sie trugen den ohnmächtigen Großmeister in den Großmeisterpalast, wo der Arzt seine Wunde untersuchte. Der sagte, dass Niere und Därme durchschnittten seien und der Großmeister bald sterben werde. Der Kaplan gab ihm die letzte Ölung. Guillaume starb um Mitternacht, ohne das Bewusstsein wiedererlangt zu haben. Sie begruben ihn vor dem Altar der Kapelle des Großmeisterpalastes.

Die Muslime waren sich jetzt der verminderten Stärke der Templer bewusst, deshalb setzten sie im Morgengrauen den Sturm gegen den Tempel mit erneuter Raserei fort. Es regnete Feuerbälle, die Verteidiger konnten die Feuer nicht mehr löschen und Teile des Tempelbezirkes brannten lichterloh. Die schweren Rammböcke des Feindes rammten immer wieder gegen die Vorderwand des Großmeisterpalastes, die Schleudermaschinen bombardierten sie mit schweren Felsbrocken, und die Tunnels unter der Mauer waren beinahe bis ins Innere durchgegraben; man hörte und fühlte bereits das Klopfen unter dem Boden des Palastes! Der Seneschall hatte jetzt das Oberkommando. Er befahl, alles zur Evakuierung vorzubereiten. Er sandte einen Boten zur Templerflotte, die eine Flotille von Ruderbooten zum Strand des Tempelbezirkes sandte. Die Kriegsgaleeren der Templerflotte lichteten Anker und ruderten so nahe wie möglich ans Ufer um die Ruderboote und die Evakuierung zu decken.

Das ständige Bombardieren der Vorderwand des Großmeisterpalastes, zusammen mit dem Rammen und Untergraben der Wand, erwirkte ein plötzliches und schreckliches Resultat: Der gesamte Vorderteil des Palastes stürzte ein und begrub Freund und Feind!

Arminius ahnte was kommen würde bevor er es sah oder hörte; mit gewaltigen Sprüngen lief er auf den Hinterteil des Palastes zu, während der Vorderteil einstürzte. Er und andere, die sich gleichfalls in den Hinterteil gerettet hatten, oder schon vor dem Einsturz dort gewesen waren, gruben fieberhaft ihre Kameraden aus, die nur teilweise verschüttet und noch am Leben waren. Dann hörten sie den Befehl: „Evakuiert den Tempel! Alles in die Boote!“

Sie hoben die Verwundeten auf und liefen über den Hinterhof durch das Hintertor auf die Boote zu. Einige Ritter und Sergeanten deckten den Rückzug. Aber die Muslime hatten ihr Ziel erreicht und machten keinerlei Anstalten die fliehenden Christen zu verfolgen. Begleitet von „Allah akbar“-Siegesrufen liefen die überlebenden Templer, Deutschherren, Johanniter und andere Verteidiger aus dem Tempelbezirk und gelangten sicher in die Boote.

Sie ruderten zu den wartenden Schiffen. Bevor sie die Schiffe erreichten, fiel das Templerkreuz vom höchsten Turm des Tempelbezirkes. Von einem donnernden und höhnenden „Allah akbar!“ begleitet, erhob sich die Mondsichelfahne des Islam und flatterte siegreich über dem Tempel. Schwer erschöpft und halbblind vor

Schmerz taumelte Arminius an Bord des Faucon du Temple, wo er sich auf das Deck fallen ließ und in einen totenähnlichen Schlaf fiel.

Kapitel II

Zusammenbruch und Durchbruch

Das Knarren von Rudern weckte Arminius. Zypern war in voller Sicht, die sichelförmige Bucht von Famagusta lag im Halbkreis um ihn, die Stadt Famagusta direkt vor ihm, und der Faucon du Temple, mit gerafften Segeln, wurde von einer Templergaleere in den Hafen von Famagusta gezogen. Momentan wusste er nicht recht wo er war, der Tod Gauillaumes und der Fall Akkos schienen ihm wie ein Alptraum, aber die niedergeschlagenen Mienen der Brüder um ihn und das Stöhnen der Verwundeten brachten ihm die Katastrophe schnell ins Bewusstsein zurück: Gauillaume war tot; Akko war gefallen! Er wäre am liebsten in den Schlaf zurückgesunken, aber es war nicht möglich.

Nachdem der Faucon du Temple am Kai festgemacht und die Laufplanke ausgeschoben war, trugen sie die Verwundeten zum Spital der Johanniter in Famagusta. Das Spital war überfüllt, Zelte mussten errichtet werden, um die zusätzlichen Verwundeten aufzunehmen. Die Ärzte und Sanitäter der Templer blieben, um den Johannitern bei der Krankenpflege beizustehen.

Die Tempelritter bekamen Pferde und ritten die fruchtbare Talebene des Pedieos hinauf, durch die Kornkammer Zyperns zur Stadt Nikosia, die einen Tagesritt flussaufwärts von Famagusta lag. Ein Teil der Ritter wurde in verschiedenen Templerkomtureien und Probsteien im Pedieostal einquartiert, der Rest ritt nach Nikosia zur zypriotischen Präzeptorei des Ordens. Die Präzeptorei Nikosia wurde vom Seneschall zum vorübergehenden Hauptquartier des Ordens erklärt, und blieb es für die nächsten 15 Jahre.

Der König von Zypern schien vergessen zu haben, dass die Templer seine Abdankung als König von Jerusalem erzwungen und verlangt hatten, dass er Karl von Anjou als König Jerusalems anerkenne, und dass er aus Rache die zypriotische Templerburg La Castrie gestürmt und verbrannt hatte. Allerdings konnte er seine Abneigung gegen die Templer nie ganz verhehlen. Aber, angesichts der schweren Katastrophe, die nicht nur die Templer, sondern die gesamte Christenheit befallen hatte, drängte er seine Abneigung in den Hintergrund und hieß die Templer von Akko und die vielen Flüchtlinge willkommen. Die meisten Flüchtlinge kehrten später nach Akko zurück, nachdem der neue Herrscher der Stadt, der Großmufti von Akko, eine Amnestie für die jüdischen und christlichen Bürger Akkos ausrief und ihnen die Rückgabe ihres Besitzes und freie Religionsausübung garantierte.

Die Amnestie galt aber nur für die Zivilbevölkerung Akkos. Für die Ritterorden – die Templer, die Johanniter und die Deutschherren – gab es keine Amnestie und kein Zurück! Die Templer richteten ihre Präzeptorei in Nikosia als ihr neues Hauptquartier ein, der Seneschall berief ein Ordenskapitel ein, um einen Großmeister zu wählen. Bruder Thibaud Gaudin wurde der neue Großmeister des Templerordens.

Großmeister Thibaud behielt Arminius weiterhin als seinen Privatsekretär, Hauptschreiber und griechischen und arabischen Übersetzer. Da aber der neue Großmeister keine Beziehungen zum Feind pflegte, war Arminius nur der Arabischdolmetscher zwischen Raschid und den Meistern in Nikosia.

Obwohl die assassinischen Turkpolen dem Turkopolier unterstanden, folgten sie nur Raschid, dem Sohn ihres letzten Scheiches. Für sie war Raschid ihr Scheich und Kommandant! Deshalb hatte Raschid das alleinige Kommando über seine Assassinen, unterstand aber dem Oberkommando des Turkopoliers. Dies wurde zwischen Großmeister Guillaume und Raschid vereinbart, als sich die überlebenden Assassinen nach dem Fall ihrer letzten Festung dem Templerorden verpflichteten. Dem neuen Großmeister gefiel diese Abmachung nicht, aber er konnte sich nicht leisten sie zu ändern und die Assassinen zu erzürnen, denn sie waren das Bindeglied zwischen dem Templerorden und dem assassinischen Geheimdienst, der immer noch existierte und funktionierte und weiterhin an den Templerorden berichtete. Außerdem waren die Assassinen ausgezeichnete Reiter und Krieger. Sie waren bessere Reiter und Kämpfer als die anderen Turkpolen, die hauptsächlich palästinische und syrische Christen waren, und bessere Kämpfer als die Sergeanten, die größtenteils aus der französischen Bourgeoise kamen.

Raschid und die Mehrheit seiner Assassinen hatten den Fall von Akko heil überlebt. Er und seine Assassinen, zusammen mit den anderen Turkopolen und Sergeanten, lebten in einer ausgedehnten Zeltstadt neben dem Pedieos, am halben Weg zwischen Nikosia und Famagusta. Als Dolmetscher und Übermittler zwischen den Meistern und Raschid ritt Arminius häufig zwischen dem Turkopolenlager und Nikosia hin und her.

Raschid vertraute Arminius an, dass er eigentlich keinen Dolmetscher brauche. Der Turkopolier sprach Syrisch, Raschid sprach Syrisch; er hätte sich dem Turkopolier leicht verständlich machen können! Aber Raschid bestand darauf, dass er die syrische Sprache nicht gut genug beherrsche um sich voll verständlich zu machen, dass er sich auf Arabisch verständlich machen müsse, um richtig verstanden zu werden. Und er bestand auf Arminius als seinen Dolmetscher.

„Du bist mein einziger Freund in dieser chaotischen Welt", sagte Raschid zu Arminius. „Wenn ich dich nicht als meinen Dolmetscher hätte, dann würde ich dich kaum sehen. Jetzt können wir uns als Freunde unterhalten unter dem Vorwand wichtige Ordensangelegenheiten zu besprechen. Niemand hier versteht formelles Arabisch, selbst meine Männer kennen es nur aus dem Koran und wären nicht fähig unserer Konversation zu folgen. Aber mein Hauptgrund, auf dich als meinen Dolmetscher zu bestehen, ist, dass ich zwischen christlichen Ohren nicht zuhause bin. Worte, die einen Muslimen entzücken, können einen Christen beleidigen! Ich fühle mich nie wohl wenn ich zu Christen spreche, weil ich nie weiß wie sie meine Worte auffassen. Ich meine es gut, aber ich weiß einfach nicht, was sie als beleidigend empfinden! Deshalb bevorzuge ich durch dich zu sprechen. Du überträgst meine möglicherweise missklingenden Worte in Worte von Wohlklang. Du, mein teurer Freund, bist nicht nur zweisprachig sondern auch zweireligiös und zweikulturell. Du gehörst beiden Welten an! Du hast die seltene Gabe, die Worte zu kennen die beide Seiten entzücken. Und du betrachtest es nicht als Verrat deiner christlichen Brüder, wenn du das muslimische Ohr enzückst, und du betrachtest es nicht als Verrat an deine muslimischen Brüder, wenn du das christliche Ohr entzückst. Du sprichst freundlich zu beiden Seiten ohne deine Aufrichtigkeit zu verlieren. Dennoch könnte dich jede Seite als Verräter bezeichnen und dich hinrichten! Du bist eine Brücke, Arminius, eine Brücke zwischen entgegengesetzten Welten! Und Brücken werden verbrannt, besonders wenn die Welten beiderseits der Brücke gegeneinander Krieg führen. Eine Brücke zu sein ist eine riskante und undankbare Aufgabe! Aber nicht im Lager der Assassinen! Du bist unsere beste Brücke, du bist mein Bruder und meine Brücke! Ich danke dir dafür!"

„Solange du nicht zu sehr auf mir herumstampfst!" gab Arminius lächelnd zurück und genoss die kurze Freude.

Arminius lachte viel und gerne, er hatte dies von seiner freudvollen, französischen Mutter geerbt. Aber nach dem Tode Guillaumes und dem Fall von Akko gab es nichts zu lachen. Und Arminius war darin nicht der einzige; Freude und Lachen waren bei den Templern nach dem Fall von Akko offensichtlich abwesend. Akko war ihre Stadt gewesen. Sie hatten Akko zum Tor zwischen Abendland und Morgenland gemacht, und es sorgsam gehütet und offengehalten, für zehntausende von christlichen Pilgern, Kreuzfahrern, Abenteurern, Kaufleuten, Handwerkern und Scholaren. Sie hatten die Aufgabe als Torwächter zum Orient vor 200 Jahren auf sich genommen, während der ersten hundert Jahre war Jerusalem ihr Hauptquartier, während der zweiten hundert Akko. Jetzt waren beide verloren! Die Tempelritter hatten das Vertrauen der christlichen Welt gebrochen. Sie hatten versagt!

Die Tatsache, dass sie auf Zypern nur notgedrungen geduldet waren, verschlimmerte ihre Lage. Jetzt zahlten sie einen bitteren Preis für ihren törichten Schachzug gegen den König von Zypern! Hätten sie damals Hugo von Zypern als König Jerusalems unterstützt, dann stünde es jetzt etwas besser um sie. Jetzt waren sie nicht nur Verlierer und Flüchtlinge, sondern auch unwillkommene Verlierer und Flüchtlinge!

Noch mehr bereuten sie, Zypern nicht behalten zu haben. Im Jahre 1190, auf seinem Weg zur Wiedereroberung Akkos, eroberte Richard Löwenherz die Insel Zypern und verkaufte sie an den Templerorden. Anstatt Zypern zu behalten und es zu ihrem Ordensstaat zu machen, verkauften es die Templer dummerweise an Guido de Lusignan, den ehemaligen König Jerusalems.

Nach dem Fall Akkos fiel eine christliche Stadt nach der anderen. Tyrus, Beirut, Haifa, Tortosa und Sidon wurden evakuiert und aufgegeben. Die Templerflotte spielte auch darin eine führende Rolle, aber Zypern konnte die vielen Evakuierten nicht aufnehmen, sie wurden in andere, christliche Häfen verschifft. Wie Akko, verkündeten die meisten der gefallenen Städte später eine Amnestie. Viele der einheimischen Juden, und die einheimischen, palästinensischen und syrischen Christen dieser Städte, kehrten später in ihre Heimat zurück.

Die Festungen der Ordensritter fielen mit den christlichen Städten. Die letzte christliche Festung des Heiligen Landes, das Schloss Pelerin, wurde am 14. August 1291 von seinen letzten Verteidigern, den Tempelrittern, aufgegeben. Das gesamte Heilige Land war gefallen! Und alle besiegten Templer kamen nach Zypern! Die besiegten Templer waren nicht nur geschlagen, sie waren auch niedergeschlagen, todtraurig und verzweifelt. Ihre fünf täglichen Gebete waren mehr Klage als Gebet, ihre zwei täglichen Mahlzeiten waren Zwangsernährung. Ihre Gesichter bei der

Frühmesse waren lang und lustlos, nicht einmal das Hochamt am Sonntag konnte sie aufhellen.

Der Orden hatte kollektiv versagt. Darüber hinaus fühlte sich auch jeder Tempelritter für das Versagen der Ordensmission persönlich verantwortlich. Sie schämten sich ihres Versagens, sie waren erschöpft und ausgebrannt. Und alle waren mehr oder weniger deprimiert.

Viele glaubten, dass ihre Niederlage eine Strafe Gottes sei. Sie dachten, dass sie schwerwiegende Sünden begangen hätten, dass sie zu sündvoll gelebt und nicht keusch oder enthaltsam genug gewesen waren, dass Gott ihnen nicht mehr gnädig war. War ihre Niederlage ein Zeichen Gottes? War es sündvoll Soldat und Mönch zugleich zu sein, wie es viele der rein mönchischen Orden schon von jeher behauptet hatten?

Andere hatten schlimmere Zweifel. Warum gab Gott den Muselmanen den Endsieg? War Gott auf der Seite der Ungläubigen? Bevorzugte Gott den Islam über das Christentum? Oder war Gott gleichgültig, und stand den Muselmanen ebenso gleichgültig gegenüber wie den Christen? Vielleicht gab es gar keinen Gott, und alles war umsonst gewesen?

Arminius' Depressionen waren anders und mehr persönlich. Er glaubte nicht an Gott als den allmächtigen Weltkaiser, er glaubte an die alleinschließende Gottheit, und er glaubte auch an Ursache und Wirkung. Dass ein verbitterter Religionskrieg zwangsläufig zu der Niederlage der einen oder anderen Seite führen würde, war ihm klar, und die Christen waren in diesem Falle eben die Besiegten. Vielleicht hatten sie ihre Niederlage sogar verdient, denn sie waren in diesem 200jährigen Religionskrieg die ursprünglichen Agressoren! Arminius wollte Religionsvereinigung, nicht Religionskrieg! Er wusste sehr gut, dass dieser Krieg der Religionsvereinigung nicht dienlich war! Wie die meisten seiner Mitbrüder fühlte sich Arminius als Versager, aber er hatte eine andere Mission, und hatte anders versagt. Sein Versagen war auf dem Gebiet der Religionsvereinigung!

Arminius glaubte an Ursache und Wirkung. Er glaubte, dass die Christen jetzt die Früchte dessen ernteten, was sie im Laufe der letzten 200 Jahre gesät hatten. Und er glaubte auch, dass sein persönliches Versagen durch seine schlecht gewählten Taten verursacht worden war.

Dem Templerorden beizutreten war ein Fehler! Er hatte den Gral nicht gefunden, er hatte keinerlei Religionsvereinigung erwirkt, er hatte nichts Gutes oder Großes geleistet! Ganz im Gegenteil, er hatte Menschenblut vergossen und seine Mitmenschen getötet, verwundet und verstümmelt. Warum? Zu welchem Zweck? Was hatten ihm seine muslimischen Brüder getan, dass er sie derart misshandelte? Arminius war von Reue verzehrt. Die Todesschreie der Sterbenden, das Röcheln, Stöhnen und Fluchen der Verwundeten klang ihm in den Ohren und ihre verzerrten, hasserfüllten Gesichter verfolgten ihn im Traum. In dieser Hinsicht ging es ihm schlechter als seinen Brüdern; er sprach Arabisch, er hatte die Flüche der Feinde verstanden, und wusste nur zu gut, wie berechtigt sie waren! Arminius war nie zuvor gewalttätig gewesen, niemals hatte er jemanden angegriffen, verletzt oder getötet – nicht einmal ein Tier! Er hatte nie gejagt, weil er die rohe Gewalttätigkeit, die mit dem Jagen verbunden ist, verabscheute. Er aß nur ungern Fleisch, weil es das Töten von Tieren notwendig machte. Gewalttaten hatten ihn schon von jeher krank gemacht. Die Muslime hatten die Christen in blindem Gehorsam an blinde Gesetze bekämpft. Und er hatte mit den Blinden der anderen Seite gekämpft, im Gehorsam an deren blinde Gesetze! Hatte er sich nicht vorgenommen dieser Blindheit ein Ende zu machen? Hatte er sich nicht vorgenommen das Licht der Gottheit zu verbreiten?

Es war ihm nicht gelungen, er hatte versagt! „Ich bin ein Versager!" sagte Arminius zu sich selbst. „Ich habe keine Brücken gebaut; ich habe sie abgerissen! Raschid machte mir ein leeres Kompliment wenn er mich eine Brücke nannte - ich habe versagt!"

Das Bild des Großmeisters Guillaume, der sein Lebensblut in einen Misthaufen vergossen hatte, verfolgte Arminius. Es war ein Gleichnis und ein Omen: Der Templerorden verblutete auf dem Mist der Welt!

Raschid versuchte Arminius aus seinen Depressionszuständen zu heben, er versuchte ihm Gefühle von Freude telepathisch zu übermitteln. Aber Arminius war nicht empfänglich, die Übertragung funktionierte nicht. Er konnte sich nicht genügend entspannen um empfänglich zu sein.

Danach versuchte Raschid gutes Zureden. „Schau mich an", sagte er, „ich habe nicht nur einen Krieg verloren, ich habe alles verloren: meine Familie, meine Sippe, meine Heimat, meine Tradition! Die große Tradition der Assassinen gehört der Geschichte an, ich hege darüber keinerlei Illusionen. Ich habe alles verloren, aber ich habe auch alles gewonnen, denn ich bin das ewige All! Ich sterbe lachend, weil ich niemals sterben werde!"

„Raschid", erwiderte Arminius mit melancholischem Ernst, „man muss erstmal zu diesen Einsichten kommen, bevor man so sprechen kann wie du! Du sagst, du gibst dich keinen Illusionen hin, aber was oder wer garantiert dir, dass deine Einsichten keine Selbsttäuschungen sind?" Raschid blickte Arminius besorgt an und schwieg.

1294 starb Großmeister Thibaud Gaudin. Der Seneschall berief ein Ordenskapitel ein. Ein neuer Großmeister, Jacques de Molay, wurde gewählt. Arminius verglich ihn mit seinem geliebten Guillaume, und der neue Großmeister schnitt dabei schlecht ab. Jacques de Molay war das Gegenteil von Guillaume de Beaujeu in nahezu jeder Hinsicht: Er hatte nicht Guillaumes hellwachen Intellekt, er hatte weder Guillaumes scholastisches Wissen noch seine gnostische Weisheit. Er besaß nicht Guillaumes Humor, er hatte nicht dessen politischen Spürsinn. Und, was für Arminius das Schlimmste war, Jacques de Molay war kein Vollendeter, er gehörte nicht dem esoterischen Ordenskern an! Aber, von Arminius' Vorurteilen abgesehen, war Großmeister Jacques nicht schlechter und nicht besser als die meisten Tempelritter. Er war eigentlich ein typischer Tempelritter: kindlich fromm, tapfer, gehorsam, sprach mangelhaft Latein und war ein ziemlich orthodoxer Katholik.

Die meisten Tempelritter waren Guillaume und seinen politischen Machenschaften misstrauisch gegenüber gestanden. Manche sagten sogar, dass er dem Feind zu freundlich gesinnt war, und dass dies den Fall des Heiligen Landes herbeigeführt hätte. Die Wahl Jacques de Molays schien ein Ausdruck dieser Gefühle zu sein, eine Reaktion gegen Guillaumes Politik und gegen die arabischen und gnostischen Einflüsse innerhalb des Ordens. Arminius, als Guillaumes Privatsekretär, Vertrauter und Freund, stand gleichfalls unter dem Verdacht ein Araberfreund gewesen zu sein. Seine Beherrschung der arabischen Sprache und Schrift, sein Wissen über die islamische Welt und deren Sitten und Gebräuche war den meisten seiner Kameraden nicht geheuer und nicht recht. Die andere Seite gut zu kennen schien ihnen irgendwie falsch, beinahe wie Verrat! Keiner sagte dies laut, aber Arminius fühlte es in ihrer kühlen Distanz. Und die Brüder des inneren Kreises waren entweder tot oder schweigsam.

Kurz nach der Wahl rief der neue Großmeister Arminius in seine Kammer und sagte, dass er jemand anderen zu seinem Privatsekretär ernannt hätte. Aber Arminius blieb weiterhin sein arabischer Dolmetscher und Sekretär, weil kein anderer Tempelritter auf Zypern Arabisch lesen und schreiben konnte. Arminius war zum Rang eines Kopierschreibers auf Abruf degradiert, er musste dem neuen Privatsekretär des Großmeisters auf Abruf bereitstehen.

Befreit von seinen Pflichten als Privatsekretär brauchte Arminius dem Großmeister nicht mehr ständig zur Verfügung stehen und musste auch nicht mehr neben den Leibwächtern des Großmeisters schlafen. Plötzlich hatte er viel Zeit. Das war ihm gerade recht, denn er war schwermütig und wollte alleine sein.

Unter dem Vorwand wichtige Ordensangelegenheiten mit Raschid zu besprechen, ritt Arminius oft zum Turkopolenlager und brachte viele Stunden alleine neben dem Pedieos zu. Wegen der Überzahl von Tempelrittern auf Zypern, und dem Mangel an Ordensaufgaben und neuen Ordenszielen, gab es für die Ritter nicht viel zu tun. Weder der Großmeister noch die anderen Meister in Nikosia stellten seine langen Abwesenheiten in Frage. Aber das viele Alleinsein machte Arminius' Schwermut nicht besser sondern schlimmer!

In den folgenden Wochen und Monaten wurde Arminius immer depremierter. Er konnte nicht mehr schlafen, er dachte zuviel, und schlecht. Manchmal bezweifelte er seinen gesunden Sinn und dachte er würde wahnsinnig werden. Gedanken an Selbstmord wurden vorherrschend. „Du sollst nicht töten!" schien ihm jetzt ein sehr ernstzunehmendes Gebot, aber er sah Selbsttötung nicht als Tötung. Er sah nur die Tötungen, die er begangen hatte, und er war darüber von Reue verzehrt.

„Blut um Blut!" Er wollte sein eigenes Blut vergießen, um das Blut wettzumachen, das er vergossen hatte. Mit seinem eigenen Blut wollte er sich von seiner Schuld reinwaschen. Er wollte sein Blut mit der Erde mischen, wie sein geliebter Großmeister, Oheim und Freund es getan hatte. Er wollte Gauillaume in den Tod folgen!

Eines Nachmittags am Pedieos entschied sich Arminius sein Schwert Springer endlich zu einem guten Zweck herzunehmen, indem er es gegen sich selbst richtete und in sein eigenes Herz springen lassen wollte. Er verankerte den Griff des Schwertes fest im Boden und sammelte seine ganze Konzentration, um seine linke Brust in die Schwertspitze zu stürzen, als er plötzlich eine Stimme vernahm. Die

Stimme kam nicht von außen, es war eine innere Stimme, die deutlich und eindringlich sagte: „Es ist nicht so wie du denkst!“

In das Innerste seiner Seele getroffen, unterbrach Arminius den Selbstmordversuch. Wenn es nicht so war wie er dachte, wie war es dann? Und was war es? Wessen Stimme? Arminius verspürte einen unwiderstehlichen Drang, dies herauszufinden - er musste leben, um es herauszufinden!

Er ritt ins Turkopolenlager, betrat Raschids Zelt und schüttete ihm sein Herz aus. Er beichtete ihm alles, einschließlich des Selbstmordversuches und der Stimme.

„Es war die Stimme Gottes!“ antwortete Raschid tiefernst. „Es war eine Botschaft, und eine Herausforderung. Jetzt musst du es herausfinden! Ich kenne jemanden, der dir dabei vielleicht helfen kann.“

Die Assassinen waren keine geweihten Ordensbrüder, sie waren freiwillige Diener. Als solche mussten sie nicht alle Ordensregeln befolgen. Sie hatten Frauen im Lager die kochten, wuschen, nähten und andere Dienste verrichteten. Einige von ihnen waren Tänzerinnen. Raschid sandte Arminius zu einer der Tänzerinnen. Ihr Name war Fatima.

„Fatima kommt aus Persien, aber sie spricht einigermaßen gutes Arabisch“, sagte Raschid. „Sie wurde von den Mongolen gefangen genommen und versklavt, als sie ihre Heimat eroberten. Als die Mongolen uns bekämpften, lief sie zu uns über. Seither zog sie freiwillig mit uns. Sie ist nicht nur eine Tänzerin, sie ist auch eine Eingeweihte des Joga, einer mystischen Sekte aus Indien. Vielleicht weiß sie eine Jogaübung die dir weiterhelfen kann. Wenn du willst, vereinbare ich für dich eine Zusammenkunft mit ihr.“ Arminius stimmte zu.

Raschid wusste, dass Templer nicht mit Frauen verkehren durften, besonders nicht mit Frauen von zweifelhaftem Ruf, so vereinbarte er Arminius’ Zusammenkunft mit Fatima für Mitternacht, in Fatimas Zelt.

Um Mitternacht führte Raschid Arminius zu Fatimas Zelt und kündigte ihn an. Fatima lud ihn ein einzutreten. Am Boden ihres Zeltes lag ein dicker, dunkelroter Teppich mit schwarzen, geometrischen Mustern. Auf dem Teppich lagen zwei feste und hohe Rundkissen. Zwischen den Kissen brannten zwei Kerzen, und zwischen den Kerzen lag ein Weihrauchstäbchen in einer Bronzeschüssel. Von dem glimmenden Ende des Stäbchens stieg eine dünne, graublaue Weihrauchspirale auf, die ungewohnt, aber nicht unangenehm roch. Fatima saß auf einem der Rundkissen und wies auf das andere. „Guten Abend, Herr Arminius! Bitte, setzt Euch! Es ist eine große Ehre, einen Tempelritter in meinem Zelt zu empfangen!“ sagte sie ein wenig spöttisch und verneigte sich.

Arminius legte die rechte Faust auf seine linke Brust, verbeugte sich und sagte: „Guten Abend, Fatima! Ich danke dir, mich zu empfangen!“ Er setzte sich. Fatima fixierte ihn mit ihren schwarzflüssigen Augen und begann die Konversation. „Was quält Euch, Herr Ritter?“

Raschid hatte Arminius geraten, offen mit ihr zu sein, sie würde ihn unter keinen Umständen verraten. „Sie ist verlässlich wie das Grab!“ sagte Raschid vieldeutig. Ohne Bedenken umriss Arminius sein Leben und beendete seinen Bericht mit dem Selbstmordversuch und der Stimme.

„Nein, nein“, sagte sie und schüttelte tadelnd ihren Kopf, „so ein vielversprechendes Leben an einen nutzlosen Tod zu verschwenden! Dafür seid Ihr nicht bestimmt, Herr Arminius!“

„Wofür bin ich denn bestimmt?“ fragte Arminius.

„Das müsst Ihr selbst herausfinden!“ sagte sie. „Ich kann Euch vielleicht ein wenig weiterhelfen, aber ich weiß nicht, wofür Ihr bestimmt seid. Ich denke, dass Ihr das Talent zu einem Jogin habt!“

„Ich weiß nicht“, erwiderte Arminius. „Was ist ein Jogin?“

„Das Wort ‚Joga' ist Sanskrit, es heißt ‚Joch': Das, was den Ochsen mit dem Karren verbindet, den Zieher mit dem Gezogenen - das was Gegensätze verbindet! Ein Jogin ist jemand, der das Joch freiwillig geschultert und gemeistert hat.“

„‚Mein Joch ist leicht!' sagte Jesus in der Bergpredigt. War Jesus ein Jogin?“

„Ihr kapiert schnell, Herr Arminius!“ komplimentierte sie ihm. „Ja, Jesus war ein Jogin, sogar ein sehr fortgeschrittener: Jesus war ein Avatar!“

„Ja, er war ein Avatar!“ bekräftigte Arminius. „Aber bitte, lass mich hören, was du mich lehren willst!“

„Ich werde nicht Eure kostbare Zeit verschwenden, indem ich Euch die Anfangsübungen der Jogaschule lehre. Außerdem sind wir nicht in einer Situation, die lange Anweisungen ermöglicht. Seid Ihr bereit, direkt zum Gipfel zu gehen? Darf ich Euch die fortgeschrittenste Jogaübung lehren?“

„Ja, ich bin bereit!“ antwortete Arminius ernsthaft. „Lehre mich!“

„Sagt das nicht zu leichtfertig! Denn was ich Euch lehren werde, ist die Durchbruchsübung, die fortgeschrittenste Übung der Jogaschule. Die Durchbruchsübung kann zu einem Vorerleben des Todes führen. Und, weil dieses Vorerleben echt ist, kann es unter Umständen zu einem wirklichen Tod führen! Aber, nachdem Ihr verzweifelt genug wart, Euer Leben an einen nichtigen Tod wegzuwerfen, seid Ihr vielleicht gewillt, Euer Leben zu riskieren, um ein wenig erleuchtet zu werden. Ich bin bereit Euch die Durchbruchsübung zu lehren, aber Ihr könnt sie nicht hier in meinem Zelt praktizieren. Ich will keinen toten Tempelritter in meinem Zelt haben! Eure Meister würden mir nie glauben, dass Ihr um der himmlischen Ekstase willen gestorben seid, sie würden mich beschuldigen, Euch durch eine weniger heilige Ekstase getötet zu haben. Und das wollen wir nicht, oder?“ Fatimas schwarze Augen funkelten Arminius schalkhaft zu.

„Es ist gut, in Ekstase zu sterben! Ich bin verzweifelt, ich sehne mich nach der himmlischen Ekstase! Lasst uns beginnen!“

„Verzweiflung ist eine ausgezeichnete Vorbedingung, aber Ihr müsst entspannt sein, bevor Ihr mit der Übung beginnt. Eine kurze Meditation vor der Übung ist angebracht. Ich gebe Euch jetzt die genaue Beschreibung der Durchbruchsübung:

Atmet tief ein, dehnt Eure Lungen so weit wie möglich aus und senkt Euer Zwerchfell so tief wie möglich nach unten. Dann das Gegenteil: Atmet alle Luft aus, zieht Eure Lungen so weit wie möglich zusammen und hebt Euer Zwerchfell so hoch wie möglich nach oben. Dann, mit einem scharfen Stoß der Bauchmuskeln, stoßt das Zwerchfell ruckartig höher, so dass selbst das letzte bisschen Luft aus den Lungen entweicht. Dann entspannt Lungen, Zwerchfell und Bauchmuskeln ohne einzuatmen!

Wenn Ihr den Drang zum Einatmen verspürt, atmet tief ein und wiederholt die Übung. Aber wiederholt sie nicht mehr als viermal! Wenn es beim fünften Versuch nicht klappt, probiert es ein andermal. Wenn es klappt, dann spürt Ihr keinen Drang zum Einatmen mehr. Stattdessen werdet Ihr auf der Schwelle des Todes stehen, und das Licht und das Leben jenseits des Todes erleben!

Es besteht aber die Möglichkeit, dass Ihr dortbleibt! Die meisten Leute, die die Übung erfolgreich durchführten, kamen wieder ins Leben zurück. Aber manche nicht! Diejenigen, die die Übung erfolgreich durchführten und ins Leben zurückkamen, sprachen glühend darüber, oder sie schwiegen für den Rest ihres Lebens. Aber die, die nicht zurückkamen, konnten nichts sagen! Wir wissen nicht warum sie dortblieben! Wir denken nur, dass diese Leute, als sie auf der Schwelle des Todes standen, wo es so leicht ist, in den Tod zu schreiten wie ins Leben zurückzukehren, den Tod bevorzugten.

Diese Übung ist nicht für Neugierige oder Oberflächliche! Für die erfolgreiche Durchführung der Übung ist es notwendig, sterben zu wollen! Ihr müsst die feste Absicht haben, zu sterben! Ihr müsst bereit sein, Euren Leib zu riskieren, um geistig wiedergeboren zu werden! Ihr müsst bereit sein, Euren Leib zu opfern, um Eure Seele zu retten! Und, wenn Ihr wirklich sterben werdet, dann bedeutet das nicht, dass die Übung nicht erfolgreich war! Im Gegenteil – dann seid Ihr gewiss geistig wiedergeboren!

Die erfolgreiche Durchführung dieser Übung bedeutet nicht, dass Ihr erleuchtet seid! Das ist nicht Nirwana, es ist nur der erste Schritt auf dem Weg nach Nirwana! Aber Ihr seid auf dem Weg, und niemand, außer Euch selbst, kann Euch von dem Weg abbringen! Wenn Ihr die ernsthafte Absicht habt, das leuchtende Ziel am Ende des Weges zu erreichen, dann werdet Ihr es auch schaffen! Es ist nur eine Frage der Zeit, der Wahl, und der entsprechenden Taten! Diejenigen, die den Weg ernsthaft begehen, sind bereits am Ziel, denn der Weg und das Ziel sind eins!

Wiederholt mir jetzt bitte die Stufen der Durchbruchsübung, damit ich sicher bin, dass Ihr sie recht verstanden habt!“

Arminius wiederholte ihre Anweisungen.

„Gut!“ sagte sie. „Ihr habt die Theorie, es bleibt nur noch die Praxis. Sucht Euch dazu einen ruhigen und ungestörten Platz aus, aber macht sicher, dass ein vertrauenswürdiger Freund weiß, was Ihr tut. Manche, die diese Übung durchführten, blieben für längere Zeit scheintot! Es besteht die Gefahr, dass man Euch für tot hält und scheintot begräbt! Jemand muss wissen, was Ihr tut, um ein vorzeitiges Begräbnis zu vermeiden!“

„Ich werde deinen Rat befolgen!“ versicherte Arminius. „Ich bin dir äußerst dankbar, aber ich weiß nicht, wie ich dir danken soll. Kann ich irgend etwas für dich tun?“

„Ihr braucht mir nicht zu danken, Herr Arminius, was ich Euch gab, ist nicht meine persönliche Weisheit. Sie wurde mir von einem Lehrer gelehrt, der sie von einem anderen Lehrer übernahm. Ungezählte Menschen und Generationen haben die Lehren und Praktiken der Jogaschule weiterentwickelt. Die Weisheit der Joga ist die gleiche heilige Wahrheit, die überall vorhanden ist und auch von anderen Schulen gelehrt wird. Ihr könnt mir danken, indem Ihr den Pfad weiterschreitet und die heilige Wahrheit weitergebt, nachdem Ihr sie gefunden habt."

Arminius erhob sich, Fatima erhob sich auch. Arminius legte seine rechte Faust auf die linke Brust und verbeugte sich tief ohne ein Wort zu sagen. Fatima nickte nur kurz und lächelte wortlos, ihre schwarzflüssigen Augen glänzten wie zwei tiefe Brunnen. Arminius drehte sich um und verließ ihr Zelt.

Am nächsten Tag wurde Arminius vor den Großmeister gerufen. Der blickte ihn anklagend an und sagte streng: „Bruder Arminius! Jemand berichtete mir, dass du in den frühen Morgenstunden im Assassinenlager das Zelt einer Frau von zweifelhaftem Ruf verlassen hast! Das ist ein Verstoß gegen unsere Ordensregel und gegen dein Gelübde der Keuschheit! Ich könnte dir dein Ordenskleid sofort abnehmen und dir eine schwere Buße auferlegen! Was hast du zu deiner Verteidigung zu sagen?"

„Bruder Großmeister, ich habe mein Keuschheitsgelübde nicht gebrochen. Ich suchte Rat!"

„Was? Rat suchen? Bei einer syrischen Hure? Um Mitternacht? Du erwartest, dass ich das glaube?"

„Ich war sehr deprimiert, Bruder Großmeister, und diese Frau wurde mir als Ratgeberin empfohlen. Sie besitzt eine gewisse Weisheit, die einem Menschen helfen kann, sich von der Melancholie zu befreien."

„Warum fragtest du nicht mich um Rat oder einen deiner Brüder? Unser Bruder Kaplan ist für Seelennöte zuständig!"

„Die Frau, die mich beriet, kennt Weisheiten, die unser Bruder Kaplan nicht kennt."

„Das ist unerhört! Willst du damit sagen, dass diese syrische Hure weiser ist als unser Bruder Kaplan?"

„Sie ist keine Hure, Bruder Großmeister, sie ist eine Tänzerin! Und sie ist keine Syrierin, sie ist eine Perserin, und eine Anhängerin des Joga, einer alten, mystischen Sekte aus Indien."

„Du und deine Vernarrtheit in Heidenreligionen! Ist dir unsere christliche Weisheit nicht gut genug? Ich verbiete dir jeden weiteren Umgang mit dieser Frau!"

„Bruder Großmeister, stellst du meine Redlichkeit in Frage?" fragte Arminius und sah ihn eindringlich an.

Der Großmeister konnte Arminius' Blick nicht standhalten und senkte seine Augen. „Nein, Bruder Arminius, ich bezweifle deine Redlichkeit nicht! Du bist ein Mann Gottes, so geh mit Gott. Non nobis, Domine! Non nobis, sed Nomini Tuo da gloriam!"

„Non nobis, Domine!" bestätigte Arminius und verließ die Kammer des Großmeisters.

Raschid bot Arminius sein Zelt für die Ausübung der Durchbruchsübung an.

„Ich schlafe bei meinen Männern", sagte Raschid lächelnd. „Ich werde ab und zu hereinschauen und sehen, wie es dir geht. Sei getrost, ich werde dich nicht begraben, bis du von Würmern wimmelst, dann taugst du sowieso nicht mehr viel, selbst wenn deine Seele in deinen Leib zurückkehren sollte!"

Arminius lachte nicht, er dachte nicht, dass Raschids Witz sehr witzig war. Raschid hatte eine makabre Art zu scherzen, einen Galgenhumor, der Arminius kalt erschaudern ließ. Aber Raschid war durchaus verlässlich, und Arminius traute ihm ohne Vorbehalte sein Leben an.

Am späten Abend, nachdem es im Assassinenlager still geworden war, legte sich Arminius in Raschids Zelt und meditierte, bis er sich entspannt fühlte. Dann holte er tief Luft, dehnte seine Lungenflügel so weit wie möglich aus und senkte sein Zwerchfell so tief wie möglich nach unten. Danach atmete er gründlich aus, zog seine Lungenflügel eng zusammen und hob sein Zwerchfell so hoch wie möglich. Dann, mit einem scharfen Stoß seiner Bauchmuskeln, stieß er sein Zwerchfell ruckartig nach oben, um selbst das letzte Quentchen Luft herauszudrücken. Danach entspannte er Lungen, Zwerchfell und Bauchmuskeln.

Nach einer Weile verspürte er den Drang, einzuatmen, atmete tief ein und wiederholte die Übung. Er wiederholte sie viermal. Beim fünften Versuch spürte er den Drang zum Einatmen nicht mehr. Er fühlte sich sterben!

Todesangst überkam ihn. Kalter Todesschrecken, die schlimmste Furcht, die er jemals erlebt hatte, übermannte ihn. Dann, im schlimmsten Moment des Todesschreckens, schlug der Schrecken in Ekstase um, als Arminius feststellte, dass er bereits tot war und immer noch an Tod dachte! Sein Leib war tot, das Erinnerungsgut des Leibes aber nicht! Die Seele hatte den Tod des Leibes überlebt!

Er sah ein weißes Licht. Anfänglich entfernt, aber immer näher auf ihn zukommend. Arminius wusste irgendwie, dass er in das Licht eingehen und in ihm aufgehen würde, so zog er sich zurück.

Er kam zu sich, in Raschids Zelt, die Durchbruchsübung hatte gewirkt! Er war zu einer helleren Welt durchgebrochen, einer Welt von reinem Licht, dem Leben jenseits von Tod und Leben, jenseits der Schranken der Alltagswelt. Arminius hatte in seinem Durchbruch zwei Todesschwellen wahrgenommen. Die erste Schwelle war der Tod des Leibes und die Trennung der Seele vom Leib, die zweite das Einswerden der Seele mit dem Licht der Weltseele. Arminius dachte, dass sein Erinnerungsgut mit dem Licht eins geworden wäre, hätte er die zweite Schwelle überschritten. Hätte seine Seele sich mit dem Licht vereint, dann wäre sein Leib wirklich gestorben! Aber Arminius war sich dessen nicht ganz sicher, denn seine Seele hatte die zweite Schwelle nicht überschritten.

Die Trennung der Seele vom Leib war etwas schmerzhaft gewesen, aber es war ein köstlicher Schmerz, der Trennungsschmerz der Geburt, der Schmerz des Loslösens, wie das Entwurzeln einer Pflanze vom Mutterboden. Und so sah er es mit seinem inneren Auge: Sein Erinnerungsgut war in seinem Gehirn gewachsen, hatte sich dort mit zahllosen Wurzeln und Wurzelchen fest verwurzelt, und die Durchbruchsübung hatte es aus dem Mutterboden gezogen. Jetzt war sein Erinnerungsgut immer noch vorhanden, aber nicht mehr fest mit dem Leib verankert. Seine Seele war jetzt mit seinem Leib verbunden und nicht verbunden, abhängig und unabhängig - zugleich!

Als Arminius später die Durchbruchsübung wieder übte, war der Trennungsschmerz nicht mehr spürbar. Es schien, als ob seine Seele, einmal vom Leib gelöst, losgelöst blieb. Und Loslösung bedeutet für ihn auch Erlösung!

Nach dem ersten, bahnbrechenden Erfolg übte er die Durchbruchsübung noch mehrere Male. Es gelang ihm nicht immer, aber wenn er durchbrach, kehrte er stets auf der zweiten Schwelle um und vereinigte seine Seele nicht mit dem Licht. Als er aber nach der fünften, gelungenen Übung ins Bewusstsein zurückkam, war er total gelähmt! Er war bei vollem Bewusstsein, hatte aber keinen Atem und keinen Herzschlag und konnte keine Muskeln und kein Glied bewegen! Nur mit äußerster Willensanstrengung fing sein Herz leicht und langsam zu schlagen an und sein Atem kehrte allmählich zurück. Nachdem Atem und Herzschlag normal funktionierten, konnte er auch Muskeln und Glieder wieder bewegen.

Arminius sah dies als eine Warnung. Die Durchbruchsübung war nicht zur Selbstbefriedigung da, sie war nur ein Anfang. Sie war nicht Erleuchtung, sondern der Anfang des Weges zur Erleuchtung. Er durfte nicht am Anfang verweilen, er musste den Weg weitergehen! Er erinnerte sich an Fatimas Worte: „Das ist nicht Nirwana, es ist nur der erste Schritt auf dem Weg nach Nirwana! Aber für die, die den Weg ernsthaft gehen, sind der Weg und das Ziel eins!"

Obwohl Arminius einige Jahre brauchte, um voll zu verstehen, was sie gemeint hatte, wusste er jetzt, dass seine Depression für immer vorbei war. Sein jetziger Weg war ein Weg der Hoffnung, ohne die Seelenqual der Hoffnungslosigkeit! Seine Depression war vorbei! Er fühlte sich erfrischt und verjüngt und widmete sich seinen Aufgaben mit neuer Energie und Lebensfreude. Alle seine Mitbrüder, auch der Großmeister, sahen den Aufschwung.

Arminius sagte dem Großmeister, dass sein Aufschwung das Ergebnis des Rates sei, den er von jener persischen Tänzerin erhalten hatte. Er schlug dem Großmeister vor, die an Depressionen leidenden Brüder mit dieser Methode zu heilen. Aber Jacques de Molay verbat Arminius ausdrücklich, irgendwelche heidnischen Heilkünste auszuüben.

Zwischen 1294 und 1299 war Großmeister Jacques de Molay viel unterwegs: Nach Apulien, um den Nachschub von Nahrungsmitteln zu sichern; nach Rom, um mit dem Heiligen Vater und den Kardinälen zu sprechen; nach Frankreich, um sich mit den europäischen Präzeptoren des Templerordens zu treffen und unter den Fürsten Europas die Werbetrommel für den Tempel zu rühren. Der christliche Adel stand dem Templerorden nach dem Fall des Heiligen Landes nicht mehr so wohlwollend gegenüber, und Spenden sowie Rekrutierung neuer Ordensmitglieder waren nicht mehr so hoch wie einst. Aber es gelang ihm, den Adel für den Tempel neu zu begeistern, die Spenden wieder ins Rollen zu bringen und neue Ordensmitglieder anzuwerben. Allmählich erholte sich der Orden und machte Pläne das Heilige Land zurückzuerobern.

Die Ansichten, wie dies am besten zu bewerkstelligen sei, waren sehr verschieden. Das Verhältnis zwischen dem Templerorden und dem Königshaus von Zypern war immer noch gespannt. Jacques de Molay war gezwungen, den König von Zypern zu allen wichtigen Entscheidungen heranzuziehen, und dieser versäumte keine Gelegenheit, die Templer wissen zu lassen, dass sie seinem Hause Unrecht getan hatten. Da der König den beiden anderen Ritterorden mehr gewogen war, war es nötig, auch die Deutschherren und die Johanniter in das Pläneschmieden einzuschließen.

Der König von Zypern bestand darauf, das armenische Königreich Zälizien für die Christenheit zu sichern; er hielt dies für die wichtigste Aufgabe der Ritterorden. Zälizien war der einzige Kreuzfahrerstaat, der sich noch in christlichen Händen befand. Der König befürchtete mit Recht, dass nach dem Fall Zäliziens die Eroberung seines Reiches das nächste Ziel des Feindes sein werde. Die Templer aber wollten zuerst das Heilige Land und vor allem Akko zurückerobern. Die Johanniter und die Deutschherren wollten zu allererst die muslimische Kriegsflotte zerstören, die in den Häfen von Damietta und Alexandria stationiert war. Dies schien ein angebrachtes erstes Ziel für alle, und sie einigten sich darauf.

Im Jahre 1300 segelten die Kriegsschiffe des Königs von Zypern, begleitet von den Kriegsschiffen der Templer, der Johanniter und der Deutschherren, zum Nildelta, um die muslimische Flotte zu zerstören. Arminius nahm an dieser Operation nicht teil. Die christliche Flotte kam unverrichteter Dinge zurück; die Feindesflotte befand sich nicht im Nildelta, es kam nur zu einigen unbedeutenden Scharmützeln. Etwas später hörten sie, dass die Feindesflotte vor der Stadt Tortosa ankerte. Die christliche Flotte eilte sofort nach Tortosa, aber als sie dort ankamen, hatte die feindliche Flotte bereits Anker gelichtet und war spurlos verschwunden.

Von 1300 an sandte Jacques de Molay kleinere Abteilungen dienender Brüder nach Aruad, um die Insel zu befestigen. Aruad war eine kleine, felsige, wasserlose und unbewohnte Insel, sie gehörte zur ehemaligen Grafschaft Tripolis und lag am Nordende der Bucht von Tripolis, unweit der Stadt Tortosa. Der Großmeister wollte die Insel befestigen und garnisonieren, als Sprungbrett für eine Invasion Tortosas und Tripolis und zur Zurückeroberung des Heiligen Landes.

Die Festung Aruad wurde aus den rohen Natursteinen der Insel grob zusammengefügt und war im Jahre 1303 fertig. Anfang 1303 sandte der Großmeister eine 1000 Mann starke Garnison nach Aruad: 120 Ritter, 500 Turkopolen und 400 Sergeanten. Arminius war unter den 120 Rittern, Raschid und seine Assassinen unter den 500 Turkopolen. Bruder Bartholomäus, der Marschall des Ordens, führte die Garnison.

Die Templerflotte brachte die Garnison von Famagusta nach Aruad, setzte sie dort ab und kehrte gleich wieder nach Famagusta zurück, um Nachschub zu holen. Sobald die Flotte mit dem Nachschub da war, würde sie in der Nähe der Insel verbleiben, um die Garnison vor Seeangriffen zu schützen und notfalls zu evakuieren.

Die Garnison unter Marschall Bartholomäus zog in die Festung ein und wartete auf die Flotte und den Nachschub. Sie warteten Tage und Wochen, der Nachschub kam nicht! Aruad war nur einen guten Segeltag von Famagusta entfernt, die Winde waren nördlich und günstig. Dennoch kam die Templerflotte nicht! Marschall Bartholomäus bemannte den Wachturm und ließ Tag und Nacht ausschauen.

Eines Tages rief der Wächter: „Schiffe im Süden!“

Das war eine Überraschung, denn die Templerflotte würde aus dem Westen kommen. Als die Schiffe näherkamen, sahen die Templer die Mondsichel des Islam von den Masten flattern und erkannten die Schiffe als Kriegsgaleeren der Muslime. Die schlimmsten Befürchtungen der Templer wurden wahr: Die Kriegsflotte des Feindes war da, und die eigene nicht!

Die Templer sahen 16 Feindesschiffe. Jedes dieser Schiffe würde außer der Besatzung einige hundert Truppen an Bord haben. Die Templer auf Aruad zählten etwas mehr als tausend. Sie hatten keine Schleudermaschinen und kein Pech, Schwefel und Öl, die Zutaten für Griechische Feuerbälle. Griechisches Feuer war mit Wasser sehr schwer zu löschen, es musste mit Erde erstickt werden. Es brannte selbst im Wasser weiter und war die wirksamste Waffe gegen Schiffe auf See. Die Templer hatten nur ihre Handwaffen, sie waren nicht ausgerüstet, einer Belagerung zu widerstehen. Vor allem hatten sie nur wenig Wasser.

Wasser, Nahrungsmittel, Schleudermaschinen, die Zutaten für Griechisches Feuer und andere Verteidigungsgeräte und Materialien erwarteten sie mit dem Nachschub, der längst überfällig war! Ihre einzige Hoffnung war die Ankunft der Templerflotte, bevor der Feind auf der Insel landete.

Die Templerflotte erschien nicht, die Templer auf Aruad waren hoffnungslos unterlegen! Aber der Feind wusste das nicht, und sandte vorsichtshalber nur zwei Schiffe in den Schleuderbereich der Insel, um die Verteidigungen der Templer zu prüfen, vor allem, ob sie Schleudermaschinen und das gefürchtete Griechische Feuer auf ihrer Inselfestung hatten. Die zwei Galeeren ruderten nahe an die Insel heran und entließen eine Flotille von Ruderbooten. Aber ein Pfeilhagel der Turkopolen und Sergeanten hinderte sie am Landen. Die Boote kehrten zu ihren Schiffen zurück, und die Schiffe zu ihrer Flotte.

Etwas später ruderten alle 16 Galeeren so nahe wie möglich an die Insel heran. Die Templerflotte war nirgendwo in Sicht, die Templer auf Aruad waren so gut wie besiegt! Der Feind rief über das Wasser, dass er zu verhandeln bereit sei. Arminius übersetzte dies dem Marschall. Der befahl Arminius dem Feind zuzurufen, dass auch er zu verhandeln bereit sei, und sandte Arminius als Unterhändler.

Die Templer hatten einige Ruderboote. Arminius nahm sich vier Sergeanten und befahl ihnen, ihn zum Flaggschiff der Feindesflotte zu rudern.

Am Flaggschiff angekommen, kletterte Arminius die Strickleiter hoch und gebot seiner Mannschaft, im Boot zu bleiben. An Deck der Galeere wurde er in die Kabine des Kommandanten geführt. Arminius verbeugte sich tief.

„Seid gegrüßet, Kommandant der muslimischen Flotte und Verteidiger des islamischen Glaubens! Ich bin Bruder Arminius! Marschall Bartholomäus, der Kommandant der Templerstreitkräfte auf Aruad, hat mich beauftragt, mit Euch zu verhandeln.“

„Sei gegrüßet, Bruder Arminius!" erwiderte der Kommandant. „Du sagst, du kämest zu verhandeln, aber es bleibt euch nichts anderes übrig, als euch zu ergeben! Eure Kapitulation wird beiden Seiten etwas Blut ersparen!"

„Verhandeln oder ergeben, nennt es wie Ihr wollt, es bedeutet das Gleiche!" sagte Arminius darauf. „Was sind Eure Bedingungen?"

„Meine Bedingungen sind bedingungslos", sagte der Kommandant mit einem dünnen Lächeln. „Ich fordere bedingungslose Kapitulation!"

„Wir ergeben uns nicht bedingungslos!" erwiderte Arminius höflich aber bestimmt. „Wenn Ihr bedingungslose Kapitulation fordert, dann bevorzugen wir, bis zum letzten Mann und bis zum letzten Blutstropfen zu kämpfen! Ihr kennt unsere Tapferkeit im Kampf!"

„Ja, ich kenne und bewundere die Tapferkeit der Tempelritter!" gab der Kommandant zu. „Deshalb bin ich bereit, euch Tempelritter als Gefangene nach Alexandria abzuführen und euch dort auf ein christliches Schiff zu entlassen, ohne Lösegeld und ohne irgendwelche andere Bedingungen. Aber das gilt nur für die Ritter! Die Mannschaften müssen sich bedingungslos ergeben!"

„Was wird mit unseren Sergeanten und Turkopolen geschehen?" fragte Arminius.

„Ich werde dies entscheiden, nachdem sie sich ergeben haben!" antwortete der Kommandant.

„Werdet Ihr sie töten?"

„Ich sagte dir bereits: Das ist meine Entscheidung! Geh zu deinem Marschall zurück und überbringe ihm meine Bedingungen! Wenn er damit einverstanden ist, wehe eine weiße Fahne und lass es mich wissen. Wenn er nicht damit einverstanden ist, dann greifen wir in zwei Stunden an. Ich setze jetzt das Stundenglas!" Mit diesen Worten nahm der Kommandant eine abgelaufene Sanduhr vom Tisch, drehte sie um und setzte sie eindringlich auf den Tisch.

Arminius verbeugte sich hastig, sagte „So Gott will!", verließ schnell die Kabine des Kommandanten und das Schiff und befahl seinen Sergeanten in aller Eile zurück zu rudern. Arminius erstattete dem Marschall Bericht. Dieser berief sofort eine Versammlung der Ritter und rangältesten Turkopolen und Sergeanten ein. Sie besprachen die Bedingungen. Alle entschieden sich, die schimpflichen Bedingungen anzunehmen. Arminius informierte Raschid in Arabisch und fragte ihn, was er davon halte.

Raschid antwortete gelassen, beinahe heiter: „Entweder sterben wir alle, oder nur wir Turkopolen und Sergeanten. Ich bin dafür, dass die Ritter am Leben bleiben! Wir Assassinen wurden bereits im Jahre 1275 besiegt. Unsere Assassinentradition starb damals schon, und wir starben mit ihr. Die vergangenen 25 Jahre waren nur eine Gnadenfrist. Ich bin froh, dass sie vorbei ist!"

Alle hatten eingewilligt! Der Marshall befahl Arminius, die weiße Fahne zu wehen und dem Feind mitzuteilen, dass die Bedingungen akzeptiert seien. Während Arminius dies dem Feind zurief, befahl der Marschall seinen Truppen, sich zu ergeben.

In einer riesigen Flottille von Booten kam der Feind ans Ufer. Arminius ging dem Kommandanten entgegen und übersetzte seine Befehle. „Tempelritter! Ihr werdet euch mir ergeben, indem ihr eure Waffen vor mir niederlegt! Ich versichere euch, dass diese euch bei eurer Entlassung in Alexandria unversehrt zurückgegeben werden! Tretet einzeln hervor, legt eure Waffen ab und kniet vor mir nieder als Zeichen der Ergebung! Alle anderen Templer legen ihre Waffen ab wo sie stehen und stellen sich in Hundertschaften am Strand auf!"

Arminius übersetzte die Befehle des muslimischen Kommandanten. Der Marschall befahl seinen Truppen die Befehle auszuführen.

Der Marschall trat als erster hervor, öffnete die Schnalle seines Waffengurtes und legte ihn zusammen mit Schwert, Säbel, Keule und Dolch, neben den Kommandanten. Dann kniete er vor dem Kommandanten nieder, beugte sich, bis seine Stirn den Boden berührte, stand auf und ging zur Seite. Der Turkopolier legte als zweiter seine Waffen nieder, Arminius als dritter. Danach kam ein Tempelritter nach dem anderen, legte seine Waffen auf den immer höher werdenden Haufen, kniete vor dem Kommandanten nieder und beugte sich, bis seine Stirn den Boden berührte. Nachdem alle Ritter ihre Waffen abgelegt und sich ergeben hatten, befahl ihnen der Kommandant, sich in einer Reihe aufzustellen, um das Köpfen der Mannschaften zu beobachten.

In Reihen von Hundert standen die Turkopolen und Sergeanten am Strand und warteten darauf, geköpft zu werden. Manche beteten laut, andere leise. Manche waren bleich und zitterten, andere waren gefasst. Vorne an jeder Reihe stand ein Muselmane mit gezogenem Krummschwert.

Der Kommandant befahl, mit dem Köpfen zu beginnen. Der erste Mann in jeder Reihe musste niederknien und wurde enthauptet, dann der zweite, und so weiter, die Reihen entlang. Die muslimischen Scharfrichter waren geübt, sie trennten jeden Kopf mit einem einzigen Hieb sauber vom Rumpf. Arminius beobachtete Raschid. Er schien gesammelt, beinahe heiter. Als aber der Scharfrichter näher auf ihn zukam, wurde er bleich und fing an, leicht zu zittern. Arminius wollte ihm helfen!

Während ihrer telepathischen Lektionen war Raschid immer der Sender und Arminius der Empfänger. Arminius versuchte zu senden, aber es klappte nie. „Du denkst zuviel!" sagte Raschid lachend. „Wenn du denkst dass es klappen soll, dann klappt es nicht! Denken ist eine Akivität des sechsten Sinnes. Wenn du telepathisch senden willst, dann musst du tief im siebten Sinne sein. Du kannst nicht senden während du denkst!"

„Aber wie kann ich denken was ich senden soll, wenn ich dabei nicht denken darf?" fragte Arminius verzweifelt.

„Indem du nicht denkst während du sendest!" erwiderte Raschid lachend. „Du darfst nicht einmal daran denken, nicht zu denken!"

„Bitte erkläre mir, wie man das tut?" bat Arminius.

„Ich würde es dir gerne erklären, aber ich kann nicht. Es geht nicht! Erklärungen sind Begriffe; die Begriffswelt ist die Welt des sechsten Sinnes. Der siebte Sinn ist jenseits der Begriffe. Der siebte Sinn ist unbegreiflich, aber sehr einfach: Er ist eine Abwesenheit von Begriffen, ein Abwenden von der Begriffswelt!“

Arminius hatte es damals nicht kapiert. Er war ein Mann der Begriffe, und als solcher in der begriffslosen und unbegreiflichen Welt des siebten Sinnes nicht heimisch. Aber jetzt, in Raschids tiefster Not, war Arminius derart von Mitgefühl übermannt, dass er vergaß, zu denken. Er dachte nicht einmal daran, nicht zu denken. Er ließ seine Gefühle ganz einfach auf Raschid zuströmen. Zuerst übermittelte er Raschid ein Gefühl von Gelassenheit. Raschid hörte auf zu zittern und seine Blässe verschwand. Dann übermittelte er Liebe und Freude. Als Raschids Gesicht freudvoll aufzuleuchten begann, übermittelte er Gefühle von Verzückung und verstärkte die Verzückung zu Ekstase. Arminius fühlte die ekstatischen Pulse in kraftvollen Schlägen von seinem Kopf ausgehen, sie waren so stark, dass er davon schwankte, und Raschid schwankte im Einklang mit Arminius ekstatischen Pulsierungen. Und so starb Raschid: schwankend in Ekstase! Arminius spürte das Köpfen von Raschids Kopf in seinem eigenen. Es war wie ein leichtes Abknicken, wie das Abbrechen eines Stengels.

Als Raschids abgetrennter Kopf über den Boden rollte, stand die Ekstase noch in sein Gesicht geschrieben. Die muslimischen Krieger spießten die Köpfe der Templer mit ihren Lanzen auf und trugen sie im Triumph weg. Diejenigen, die tapfer starben, waren ihre bevorzugten Trophäen. Viele hatten Raschids ekstatischen Tod mit großer Bewunderung beobachtet, sie stritten um seinen Kopf. Der Kommandant schritt ein und sagte Raschids Kopf einem seiner bevorzugten Krieger zu. Dieser spießte ihn mit seiner Lanze auf und trug ihn triumphierend davon. Raschid, der schon immer einen ausgeprägten Galgenhumor hatte, hätte sich beim Anblick seines grinsenden Kopfes an der Spitze einer muselmanischen Lanze totgelacht! Arminius stellte sich vor, wie Raschid bei diesem Anblick vor Lachen weinen würde. Ohne sich dessen gewahr zu sein, lachte Arminius plötzlich laut auf. Die anderen Ritter sahen ihn entsetzt an und dachten, er sei vor Schmerz vorübergehend wahnsinnig geworden. Nur der muslimische Kommandant, der die Tempelritter während der Hinrichtung ihrer Mannschaften beobachtete und sich an ihrem Schrecken erbaute, sah Arminius bewundernd an.

Nachdem alle 900 Sergeanten und Turkopolen geköpft waren, gab der Kommandant die Insel zur Plünderung frei. Die Muslime entkleideten die toten Templer, sammelten ihre weggeworfenen Waffen auf, durchwühlten die Festung und schleppten alles, was sie als mitnehmenswert erachteten, auf ihre Schiffe. Die Tempelritter wurden in Gruppen von sieben oder acht auf die verschiedenen Schiffe verteilt, ihre Waffen wurden zum Flagschiff gebracht. Der Marschall, der Turkopolier, Arminius und vier andere Ritter wurden ebenfalls an Bord des Flaggschiffes gebracht und im Kielraum eingeschlossen. Dort blieben sie bei knappem Brot und Wasser, bis die Schiffe zwei Wochen später im Hafen von Alexandria einliefen.

Im Hafen von Alexandria wurden sie vom Kielraum ans Tageslicht gebracht. Sie hatten zwei Wochen im Halbdunkel verbracht und waren an das grelle Sonnenlicht nicht gewöhnt. Sie mussten blinzeln, bis sich ihre Augen an das Licht gewöhnt hatten. Nachdem die gefangenen Tempelritter aus allen 16 Schiffen zusammengebracht waren, mussten sie sich in Zweierformation aufstellen und wurden unter schwerer Bewachung durch die Straßen Alexandrias geführt, bis zum östlichen Vorsprung der Insel Pharos, wo einst der berühmte Leuchtturm von Pharos, eines der Sieben Weltwunder der Antike, stand. Der Leuchtturm war längst verfallen, an seiner Stelle wurde eine Moschee erbaut und eine Festung namens Qa'itbay.

Ihr Marsch durch Alexandria war von Ausrufern angekündet worden und die Bevölkerung Alexandrias stand beiderseits der Marschroute. Die Templer mussten spießrutenlaufen! Sie waren zwar schwer bewacht, aber die Soldaten hielten den Pöbel nur davon ab, die Templer persönlich anzugreifen. Der rasende Pöbel warf Steine, Kot, faules Obst und Gemüse und anderen Unrat auf die Templer und überschüttete sie mit unflätigen Flüchen. Arminius war der einzige, der die Flüche verstand, aber nie übersetzte. Die Wachsoldaten duckten sich, um den Wurfgeschossen zu entgehen und verwünschten den Pöbel, wenn sie aus Versehen getroffen wurden. Wären sie nicht so schwer bewacht gewesen, dann hätte der rasende Pöbel die Templer in Stücke gerissen! Alle Ritter wurden verletzt und manche bluteten aus vielen Wunden. Endlich langten sie in der Festung Qa'itbay an. Vom Innenhof der Festung wurden sie in das Verlies geführt.

Das Verlies der Festung Qa'itbay war nicht so dunkel wie der Kielraum, dicht unter der Decke waren mehrere, kleine Öffnungen die etwas Licht und Luft hereinließen. Sie schabten und wischten sich den Unrat ab und verbanden ihre Wunden, so gut sie es vermochten. Es gab kein Waschwasser im Verlies, und was sie an Trinkwasser bekamen, reichte kaum zum Trinken. Weil sie kein Waschwasser hatten, fingen viele ihrer Steinwurfwunden an zu schwären und heilten nicht.

Im Verlies gab man ihnen die gleiche Nahrung wie auf dem Schiff: wenig Wasser und Brot. Nach einigen Wochen fingen sie an sichtlich abzumagern und einige ihrer Wunden schwärten sehr. Wenn sich ihre Umstände nicht bald änderten, dann würden sie im Verlies sterben!

So mancher Gefangener war vor ihnen im Verlies gestorben, denn ein übler Geruch von Moder und Fäule hing in der Luft. Am Boden lagen Menschenknochen, und die Ratten waren agressiv. Sie waren derart angriffslustig, dass der Marschall die Ritter in „Rattenwachen" einteilte, um die Ratten von den Schlafenden abzuhalten.

Um sich die Zeit zu vertreiben, spielten sie Schach. Das Schachbrett kratzten sie in den Boden, als Schachfiguren benützten sie menschliche Fingerknochen und Knöchel. Am Anfang eines Spieles, und als todesverachtende Geste, hoben sie ihre makabren Schachfiguren hoch und riefen „Knochen zu Knochen!" Das wurde ihr Sammel- und Schlachtruf, er half ihnen, im tödlichen Verlies von Qa'itbay auszuharren und zu überleben.

Arminius spielte wenig Schach, er unterhielt sich meistens mit der Wachmannschaft die, von Langeweile geplagt, ihm gerne zuhörte. Zielbewusst kultivierte Arminius ein gutes Verhältnis zu den Wachsoldaten und errang ihre Achtung, indem er zu ihnen in gewähltem, formellem Arbabisch sprach, blumenreiche Gleichnisse, geschickte Analogien und passende Zitate aus dem Koran gebrauchte, die Tapferkeit und Opferbereitschaft der muslimischen Krieger bewunderte und offen zugab, dass der Sieg des Islam über die Christenheit gottgewollt war. Arminius erfuhr, dass Weizenschiffe aus Palermo mindestens einmal die Woche in den Hafen von Alexandria ein- oder ausliefen. Er wunderte sich, warum sie nicht freigelassen wurden.

Arminius bat den Wachhauptmann um eine Unterredung mit dem Kommandanten von Qa'itbay. Einige Tage später wurde er zum Festungskommandanten geführt. Arminius fragte ihn, ob er die Bedingungen kenne, unter denen sie sich gefangengegeben hatten. Der Kommandant antwortete, dass ihm die Einzelheiten des Abkommens zwischen den Tempelrittern und dem Flottenkommandanten durchaus bekannt seien, dass er aber nicht befugt sei, sie auf ein christliches Schiff zu entlassen. „Hier in Alexandria seid ihr unter der Jurisdiktion des Großmuftis von Alexandria. Ihr seid Gefangene des Großmuftis! Ich kann euch erst dann entlassen, wenn es der Großmufti befielt!"

„Weiß der Großmufti von der Abmachung zwischen dem Flottenkommandanten und uns?" fragte Arminius.

„Ich nehme es an, aber ich weiß es nicht genau. Ich bin der Untergebene des Großmuftis, nicht sein Ratgeber! Er befiehlt und ich gehorche! Du musst dich gedulden, bis der Großmufti eure Entlassung anordnet!"

„Würde mir der Großmufti eine Audienz gewähren?" fragte Arminius hoffnungsvoll.

„Ich bezweifle es, aber ich werde deinen Wunsch an den Palast des Großmuftis weiterleiten. Vielleicht hast du Glück. Allah ist groß!"

Das war das Ende der Unterredung. „Allah ist groß!" bestätigte Arminius, verbeugte sich dankend und verließ die Stube des Festungskommandanten.

Eines Morgens kam der Wachhauptmann atemlos ins Verlies gelaufen. „Arminius, komm schnell! Der Großmufti hat dir eine Audienz gewährt, heute, nach dem Mittagsgebet. Komm, wir müssen dich zur Aufwartung vorbereiten!"

Er brachte Arminius zum Quartier des Kommandanten. Dort musste er sich ausziehen, gründlich waschen und kämmen und seine Nägel schneiden und reinigen. Der Kommandant gab ihm einen schwarzen Talar. „Das ist der Talar eines arabischen Scholaren. Zieh ihn an! Wenn dich auf den Straßen Alexandrias oder im Palast des Großmuftis jemand anspricht, dann bist du ein visitierender Scholar aus Syrien. Ist das klar!?"

„Ja, Kommandant, ich werde mich als einen syrischen Scholaren ausgeben!" bestätigte Arminius. „Aber das ist mehr als nur Tarnung, ich bin wirklich ein visitierender Scholar! Ich war schon immer ein Scholar, und Alexandria ist die Wiege der menschlichen Scholastik. Ich fühle mich außerordentlich geehrt in eurer scholastischen Stadt zu verweilen!"

Der Kommandant begleitete Arminius zum Palast des Großmufti und unterwies ihn in der angemessenen Etikette: „Sobald du das Gemach des Großmufti betrittst, musst du auf die Knie fallen und deinen Kopf beugen. Bleib in dieser Stellung, bis er dich anspricht! Hebe deinen Kopf nicht, bevor er dich anspricht, und spreche nicht zu ihm, bevor er dich anspricht! Sobald er dich anspricht, hebe deinen Kopf und höre ihm aufmerksam zu! Er bestimmt das Thema und du hältst dich daran! Er fragt und du antwortest! Du darfst ihn nur dann fragen, wenn er dich dazu auffordert! Wenn er dir nicht gebietet, aufzustehen, dann bleibe auf deinen Knien, während er zu dir spricht! Wenn er dir gebietet aufzustehen, stehe auf! Wenn er dir gebietet, dich zu setzen, setz dich! Du musst ihn als ‚Eure Eminenz' oder ‚eminenter Großmufti' ansprechen. Es wird dir nicht schwerfallen, ihn höflich anzusprechen, denn du sprichst ein besseres Arabisch als ich. Was du ihm sagst, bleibt dir überlassen. Erzürne ihn auf keinen Fall, es kann dich deinen Kopf kosten! Wenn du sein Gemach verlässt, gehe rückwärts aus dem Gemach, mit gesenktem Kopf."

Sie gingen unbehelligt durch die Straßen von Alexandria und kamen vor Mittag im Palast des Großmuftis an. Arminius betete das Mittagsgebet mit dem Kommandanten und den Dienern. Nach dem Gebet kam der Leibdiener und führte Arminius in das Gemach des Großmuftis.

Arminius erinnerte sich der Anweisungen des Kommandanten, fiel auf seine Knie, beugte seinen Kopf und wartete bis der Emir ihn ansprach. „So, du bist der Templer, der mich sprechen will! Wie heißt du?"

Arminius hob seinen Kopf, blieb aber auf seinen Knien und antwortete: „Seid gegrüßet, eminenter Großmufti! Ich bin aufs Höchste geehrt, dass Eure Eminenz mir eine Audienz gewähren. Mein Name ist Arminius."

„Ah, Arminius!" erwiderte der Großmufti lächelnd. „Derjenige, der den Römern in der Schlacht vom Teutoburger Wald eine entscheidende Niederlage beibrachte? Willkommen in meinem Palast, Arminius! Steh auf und setz dich auf dieses Kissen!"

Arminius folgte seiner Anweisung. „Ich sehe, dass Eure Eminenz den Tacitus studiert haben! Ja, mein Vater nannte mich nach jenem Arminius, aber sein Spieß hat sich gedreht! Der Arminius, der vor Euch sitzt, gehört den Römern an, denen durch die Streitkräfte des Islam eine entscheidende Niederlage beigebracht wurde!"

„Und mit Recht!" setzte der Großmufti hinzu, beeindruckt von Arminius' gepflegtem Arabisch und seiner feinen Einleitung. „Aber sicherlich kamst du nicht zu mir, um darüber zu sprechen. Was ist dein Begehr?"

„Ich möchte Eure Eminenz untertänigst auf die Abmachung hinweisen, die zwischen uns und dem Kommandanten Eurer Flotte getroffen wurde, als wir uns ihm auf der Insel Aruad ergaben. Es wurde vereinbart, dass wir Tempelritter in Alexandria auf ein christliches Schiff entlassen würden. Seit unserer Einkerkerung in Qa'itbay sind viele, christliche Schiffe in den Hafen von Alexandria ein- und ausgelaufen, aber wir sind immer noch gefangen!"

„Dies ist Alexandria, und hier habe ich das Kommando!" erwiderte der Großmufti heftig. „Was der Admiral auf der Insel Aruad sagte, hat hier keine Bedeutung! Ihr seid meine Gefangenen! Du wagst es, unbotmäßig zu sein, das könnte dich den Kopf kosten!"

„Mein Kopf saß schon von jeher lose auf meinen Schultern, eminenter Großmufti, die Aussicht ihn zu verlieren schreckt mich nicht! Außerdem hat sich meine Seele längst von meinem Leib getrennt. Ob mein Kopf auf meinen Schultern sitzt oder am Boden rollt, ist meiner Seele gleich!"

„Aber es ist mir nicht gleich!" antwortete der Großmufti, von Arminius und seinem Mut offensichtlich beeindruckt. „Ich würde gerne etwas von dem wissen, was in deinem Kopf vorgeht, deshalb habe ich ihn lieber auf deinen Schultern als im Staub. Willst du mir etwas von dem erzählen, was in deinem losen Kopf steckt?"

„Mein Kopf ist voller Tagträume, eminenter Großmufti. Wenn Ihr einen von denen hören wollt, dann werde ich ihn gerne erzählen."

„Ja, bitte", sagte der Großmufti erwartungsvoll, „aber mit trockener Kehle lässt sich schlecht erzählen. Lasst uns zuerst Tee trinken!" Der Großmufti klatschte zweimal und Tee wurde hereingebracht. Es war ein starkduftender, grüner Pfefferminztee, mit Honig gesüßt und mit Mandeln angereichert. Dazu gab es frische Datteln und kleine Honigkuchen. Arminius war heißhungrig, aber er zwang sich, langsam zu essen und zu trinken. Er genoss alles bis zum letzten Bissen und Tropfen.

„Willst du mir jetzt einen deiner Tagträume erzählen?" sagte der Großmufti, nachdem der Diener das Teegeschirr abgeräumt hatte.

„Wollen Eure Eminenz die Geschichte vom Baum der Erkenntis hören?" fragte Arminius.

„Das ist eine alte Geschichte, ich habe sie hundertmal gehört", sagte der Emir enttäuscht. „Hast du denn nichts Neues?"

„Es mag eine alte Geschichte sein, eminenter Großmufti, aber es ist eine großartige alte Geschichte. Und ich füge etwas Neues hinzu und mache sie neu: Eine neue alte Geschichte!"

„Eine neue alte Geschichte?" wunderte sich der Großmufti, „hört sich vielversprechend an. Fang an!"

„Der Baum der Erkenntnis.

Gott sprach zu Adam und Eva: ‚Ihr dürft alle Früchte in meinem Garten essen, nur nicht die Frucht vom Baum der Erkenntnis!' Aber Gott verbot Adam und Eva nicht, den Baum zu beschauen.

Wenn Adam und Eva den Baum der Erkenntis beschaulich betrachtet hätten, statt seine Frucht zu essen und Gottes Gebot zu brechen, dann hätten sie mehr über den Baum erfahren.

Dann hätten sie herausgefunden, dass die Wurzeln des Baumes im Dunkeln sind und die Zweige im Licht. Die Wurzeln wachsen in der Erde, die Zweige in der Luft. Die Wurzeln trinken das Wasser der Erde, die Zweige das Feuer der Sonne. Das Netz der Wurzeln ist das gleiche wie das Netz der Zweige, dennoch sind sie entgegengesetzt. Die Wurzeln wachsen nach unten, die Zweige nach oben. Die Wurzeln streben dem Dunkel zu, die Zweige dem Licht. Die Wurzeln sind tief und fest im Boden verankert, die Zweige wehen hoch und leicht im Wind.

Der Stamm hält die Wurzeln und Zweige zusammen, und auseinander. Wurzeln und Zweige sind Gegensätze, und der Stamm verbindet sie. Der Stamm trennt sie aber auch. Die Wurzeln nehmen Nährstoffe aus dem Boden und senden sie den Stamm hinauf, zu den Zweigen. Die Zweige nehmen Nährstoffe aus der Luft und senden sie den Stamm hinunter, zu den Wurzeln. Der Stamm übermittelt Botschaften nach unten, von den Zweigen zu den Wurzeln, und nach oben, von den Wurzeln zu den Zweigen. Botschaften gehen den Stamm hinauf und hinunter, zur gleichen Zeit.

Der Lebenssaft des Baumes fällt im Herbst von den Zweigen in die Wurzeln, und steigt im Frühling von den Wurzeln in die Zweige. Gegen Ende des Ramadan brechen die Zweige in weiße Blüten aus! Diese Blüten werden zur Frucht, die Frucht fällt im Herbst zur Erde, schlägt Wurzeln, und wird zu einem neuen Baum der Erkennntis. Die Frucht ist die Erfüllung des Baumes!

Die Frucht ist die Erfüllung des Baumes, aber nur wenn sie zur Erde fällt und Wurzeln schlägt. Wenn sie gegessen wird, dann kann sich der Baum nicht vermehren. Wenn die Frucht gegessen wird, und der Baum abstirbt, dann kann kein neuer wachsen. Dann stirbt der Baum aus!

Wenn die Frucht aber nicht gegessen, sondern in einen fruchtbaren Mutterboden gesteckt wird, und dort gehegt, gepflegt und bewässert wird, dann trägt der Baum viele Früchte! Und jede dieser Früchte kann wieder in einen fruchtbaren Mutterboden gepflanzt werden, und gehegt und gepflegt und bewässert werden, und so weiter, so dass sich der Baum der Erkenntnis tausendfach vermehren und von allen Menschen beschaut werden kann!

Das war die alte neue Geschichte vom Baum der Erkenntnis!“ schloss Arminius.

Der Großmufti schwieg lange. Schließlich sah er Arminius bewundernd an. „Ja, diese Geschichte ist eine große alte Geschichte, und wurde durch einen christlichen Sufisten erneuert. Denn das bist du, Arminius: Ein christlicher Sufist!“ sagte der Großmufti anerkennend.

„Vielleicht, Eure Eminenz“, antworte Arminius leichthin. „Vielleicht bin ich ein Sufist. Aber was ist ein Sufist? Ein Sufist ist kein Sufist!“

„Gut“, lächelte der Großmufti, „dann bist du eben keiner. Aber dafür bist du ein guter Erzähler. Überlassen wir also die Sufisten den Sufisten und setzen das Erzählen fort. Hast du noch mehr gute Geschichten in deinem losen Kopf?“

„Weil wir gerade von Bäumen sprechen, fällt mir ein anderer Baum ein, der Baum des Glaubens. Wollen Eure Eminenz die Geschichte vom Baum des Glaubens hören?“

„Sprich!“ forderte der Großmufti, „erzähle mir vom Baum des Glaubens!“

„Der Baum des Glaubens.

Der Baum des Glaubens ist kein wilder Baum, sondern ein hochkultivierter. Er wächst nicht im Paradies, er wächst auf Erden. Wie alle Bäume, entsprang er aus einer Frucht. Im Laufe der Jahrhunderte wuchs er zu einem großen, stattlichen Baum heran, der heute nahezu die halbe Welt überschattet.

Dieser Baum hat einen kurzen, dicken, uralten Stamm. Der uralte Stamm hat zwei jüngere Hauptäste, der eine etwas jünger, der andere etwas älter. Jeder dieser zwei Hauptäste hat einige Seitenäste, und jeder Seitenast hat mehrere Zweige.

Einer der beiden Hauptäste wuchs in die westliche Himmelsrichtung, der andere in die östliche. Obwohl sie Äste vom gleichen Baume sind, wuchsen sie in entgegengesetzte Himmelsrichtungen. Und jeder Seitenast wuchs in seine eigene Himmelsrichtung, sowie jeder Zweig.

Jeder Hauptast, Seitenast und Zweig hat eine einmalige Position inne, und eine einmalige Belichtung. Die einen haben mehr Licht, die anderen weniger. Und das Licht, das auf sie fällt, ändert sich mit der Zeit des Tages und Jahres. Jeder Hauptast, Seitenast und Zweig hat eine einmalige Position inne und könnte deshalb als ein Einzelwesen betrachtet werden, aber was sie vereint, ist weit größer als das, was sie unterscheidet: Alle sind vom gleichen Baum: Alle sind ein Baum: Alle kamen aus einer Frucht!

Dieser Glaubensbaum ist nicht der einzige hochkultivierte Glaubensbaum auf Erden. Es steht noch ein anderer, älterer und größerer, weiter im Osten. Dieser hat nur einen Hauptast, aber dafür mehr Seitenäste und Zweige.

Und es gibt eine Vielzahl von wilden, kleinen Glaubensbäumen, eigentlich sind es nur Büsche. Das sind die wilden Vorfahren der beiden hochkultivierten Glaubensbäume.

Jeder Glaubensbaum, die wilden sowie die hochkultivierten, hat eine einmalige Position inne und wächst unabhängig von den anderen. Aber sie sind auch vereint! Und das, was sie vereint, ist weit größer als das, was sie trennt: Alle wachsen in der gleichen Erde, werden von der gleichen Sonne erwärmt und vom gleichen Regen benetzt. Und alle wurden von dem gleichen Gott erschaffen!

Das ist die Geschichte vom Baum des Glaubens!" schloss Arminius.

Der Großmufti saß eine Zeitlang in sich versunken und sagte dann: „Für euch Christen kommen gute Dinge zu dreien. Weißt du noch eine Geschichte, so großartig wie die ersten zwei?"

„Zu Euren Diensten, eminenter Großmufti", sagte Arminius und verbeugte sich leicht. „Die christliche Dreieinigkeit besteht aus drei Variationen des gleichen Themas. Und, weil wir von Gärten sprechen, würde ich gerne eine dritte Gartengeschichte hinzufügen. Sie ist die Geschichte des Gartens der Zehn Ansichten Jerusalems, wenn es Eurer Eminenz genehm ist."

„Ja, natürlich. Fang an!"

„Der Garten der Zehn Ansichten Jerusalems.

Einer meiner Freunde hat einen Olivenhain südlich von Jerusalem, in der Nähe der alten Stadt Davids. Dieser Garten ist achteckig, in die acht Himmelsrichtungen ausgelegt. In jeder Ecke befindet sich ein achteckiger Rastplatz. In der Mitte des Gartens ist ein neunter, achteckiger Rastplatz. Der Garten liegt am Nordhang, ist wellig und steil, so dass man von jedem der neun Rastplätze einen anderen Ausblick auf Jerusalem hat. In jedem der neun Rastplätze steht eine Bank, und eingebettet im Boden vor jeder Bank ist eine Marmorplatte mit einer Inschrift.

Mein Freund nannte seinen Garten den ‚Garten der Zehn Ansichten Jerusalems'. Er lädt Menschen aus aller Herren Länder ein, in seinem Garten lustzuwandeln und sich an jedem der neun Rastplätze auszuruhen. Die Inschriften auf den neun Marmorplatten vor den neun Bänken lauten:

Inschrift 1: ‚Dies ist die westliche Ansicht. Von hier siehst Du Jerusalem anders, aber Du siehst das gleiche Jerusalem. Dieser Punkt ist den Römischen Christen gewidmet, und ihrem Propheten Jesus – Friede sei mit ihm. Die Römischen Christen betrachten Jerusalem als ihre heilige Stadt, in der ihr Messias, Heiland und Erlöser, Jesus der Nazarener – Friede sei mit ihm – predigte, hingerichtet wurde und am dritten Tage wieder auferstand.'

Inschrift 2: ‚Dies ist die nordwestliche Ansicht. Von hier siehst Du Jerusalem anders, aber Du siehst das gleiche Jerusalem. Dieser Punkt ist den Griechischen Christen gewidmet, die Jerusalem genauso sehen wie die Römischen Christen, nur von einem anderen Gesichtspunkt.'

Inschrift 3: ‚Dies ist die nördliche Ansicht. Von hier siehst Du Jerusalem anders, aber Du siehst das gleiche Jerusalem. Dieser Punkt ist den Mavlavi Sufisten gewidmet, und ihrem Gründer, dem unvergleichlichen Jalal-ud-Din Rumi.'

Inschrift 4: ‚Dies ist die nordöstliche Ansicht. Von hier siehst Du Jerusalem anders, aber Du siehst das gleiche Jerusalem. Dieser Punkt ist den feurigen Assassinen gewidmet.'

Inschrift 5: ‚Dies ist die östliche Ansicht. Von hier siehst Du Jerusalem anders, aber Du siehst das gleiche Jerusalem. Dieser Punkt ist den tapferen Schi'iten gewidmet.'

Inschrift 6: ‚Dies ist die südöstliche Ansicht. Von hier siehst Du Jerusalem anders, aber Du siehst das gleiche Jerusalem. Dieser Punkt ist den frommen Ismaeliten gewidmet.'

Inschrift 7: ‚Dies ist die südliche Ansicht. Von hier siehst Du Jerusalem anders, aber Du siehst das gleiche Jerusalem. Dieser Punkt ist dem Propheten Mohammed – er sei gepriesen – gewidmet, und allen Muslimen, die seinen Lehren folgen. Für sie ist Jerusalem die heilige Stadt, von der ihr Prophet Mohammed – er sei gepriesen – in den Himmel fuhr.'

Inschrift 8: ‚Dies ist die südwestliche Ansicht. Von hier siehst Du Jerusalem anders, aber Du siehst das gleiche Jerusalem. Dieser Punkt ist den gerechten Sunniten gewidmet.'

Inschrift 9: ‚Dies ist die Ansicht der Mitte. Von hier siehst Du Jerusalem anders, aber Du siehst das gleiche Jerusalem. Dieser Punkt ist den Juden, den Gründern Jerusalems gewidmet. Für sie ist Jerusalem ihre heilige Stadt, die Stätte ihrer Heiligtümer, die Stätte ihres Heiligen Tempels und ihres Allerheiligsten.'

Das sind die neun Ansichten des Gartens, aber der Garten ist nach zehn Ansichten benannt. Wenn ein aufmerksamer Gast dies bemerkt und meinen Freund fragt, lächelt jener nur und schweigt. Denn die zehnte Ansicht ist die gleiche wie die neunte, und anders als die neunte: Sie schließt alle neun ein und keine aus! Die zehnte Ansicht ist eine Einsicht, sie befindet sich im Herzen eines jeden einzelnen Menschen, und die zehnte Inschrift ist in seine Seele graviert. Dort muss er sie suchen, denn nur dort kann er sie finden!

Das war die Geschichte des Gartens der Zehn Ansichten Jerusalems!" schloss Arminius.

Nach einer gedankenvollen Pause sagte der Großmufti: „Für Euch Christen kommen gute Dinge zu Dreien, aber für uns Muslime kommen sie zu Fünfen. Hast du noch zwei gute Geschichten für mich?"

„Selbstverständlich, eminenter Großmufti!“ sagte Arminius verbindlich, verbeugte sich und setzte hinzu: „Für uns Christen kommen gute Dinge zu Dreien, aber für uns Templer kommen sie auch zu Fünfen. Ich weiß noch zwei Geschichten. Eine ist die Geschichte des Kosmischen Spieles, die andere die Geschichte der Selbstbefriedigung.“

„Gut! Erzähle mir diese Geschichten!“ gebot der Großmufti erwartungsvoll.

„Das Kosmische Spiel.

Vor dem Anfang war alles gleich. Nichts änderte sich. Alles war ewig, und ewig langweilig. Um die Langweile zu vertreiben, ersann Gott ein Spiel.

Er nahm etwas von seiner ewigen Substanz und schuf ein Spielfeld in der Form eines Schachbrettmusters. Danach nahm er etwas mehr von seiner ewigen Substanz und schuf drei Spieler: einen weißen, einen schwarzen und einen gescheckten, wie das Spielfeld. Er nannte die Spieler, ihren Farben entsprechend, Schwarz, Schecke, und Weiß.

‚Begebt euch auf die entgegengesetzten Seiten des Spielfeldes und spielt gegeneinander!’ gebot Gott.

Schwarz lief zu einer Seite des Spielfeldes und stellte sich auf ein schwarzes Quadrat, Weiß lief zur gegenüberliegenden Seite und stellte sich auf ein weißes. Schecke wusste nicht recht wohin, blickte hierhin und dorthin, und rannte schließlich auf Schwarz zu.

Schwarz, in seiner Freude, einen Mitspieler in seinem Spiel gegen Weiß zu haben, hieß Schecke mit offenen Armen willkommen. Von weitem sah Schecke ziemlich schwarz aus, so dass Schwarz in ihm einen Mitspieler vermutete. Als Schecke aber näher auf ihn zukam, sah er weiß, und sah rot. ‚Du bist ein Weißer, mein Gegenspieler! Geh, wo du hingehörst!’ schrie Schwarz und gab Schecke einen kräftigen Kick zur anderen Seite zu. Schecke lief zu Weiß.

Weiß, in seiner Freude einen Mitspieler in seinem Spiel gegen Schwarz zu haben, hieß Schecke mit offenen Armen willkommen. Und von weitem sah Schecke ziemlich weiß aus, so dass Weiß in ihm einen Mitspieler vermutete. Als Schecke aber näher auf ihn zukam, sah er schwarz, und sah rot. ‚Du bist ein Schwarzer, mein Gegenspieler! Geh, wo du hingehörst!’ schrie Weiß und gab Schecke einen kräftigen Kick zur anderen Seite zu. Schecke lief zu Schwarz zurück.

In seinem Versuch, Gottes Gebot zu befolgen und sich auf einer Seite aufzustellen, wurde Schecke erst von jeder Seite willkommen geheißen und, als er näher kam, als Gegenspieler erkannt und heftig auf die andere Seite gestoßen. Er wurde ständig hin- und hergekickt und wusste nicht mehr wohin. Verzweifelt rief er: ‚Gott, wo gehöre ich hin?’

Gott beantwortet jede Frage, die in echter Verzweiflung gestellt wird, so antwortete er Schecke: ‚Du gehörst zu Schwarz, und du gehörst zu Weiß! Du bist der Spielball, der die beiden auseinanderhält, und sie auch vereint. Aber im Wesentlichen gehörst du mir! Du warst mit mir vereint, bevor ich dich schuf, und du wirst nach deinem Ende wieder eins mit mir sein! Die Zwischenzeit ist nur ein Spiel, das ich schuf, um die ewige Langweile zu vertreiben. Und in der Zwischenzeit bist du natürlich auch eins mit mir! Geh zurück und spiele!'

Schwarz und Weiß, sicher in ihren gegensätzlichen Positionen, waren nicht verzweifelt und stellten keine Fragen. Deshalb fanden sie nie heraus, wer oder was sie wirklich waren. Aber Schecke hatte es herausgefunden, und von da an akzeptierte er frohgemut sein Los. Und Schwarz und Weiß erfüllten ihre Pflicht und stießen ihn hin und her, hin und her, hin und her, bis zum Ende aller Zeiten."

„Eine gute Geschichte!" sagte der Großmufti anerkennend. „Sagtest du, dass deine letzte Geschichte die Geschichte der Selbstbefriedigung sei?"

„Ja, Eure Eminenz, meine fünfte und letzte ist die Geschichte der Selbstbefriedigung. Sie ist die kürzeste, aber die letzte ist immer die kürzeste."

„Die Geschichte der Selbstbefriedigung.

Es war einmal ein Mann, der sehr unzufrieden war. Er sehnte sich nach Zufriedenheit, konnte sie aber nicht finden. Und je mehr er sie suchte, desto weiter entfernte er sich von ihr.

Er hörte von einem Eremiten, der in der Wüste lebte und alle Weisheiten der Welt wusste. Er pilgerte zu ihm und schüttete ihm sein Herz aus. ‚Ich bin so unglücklich!' klagte er, ‚wie kann ich Zufriedenheit finden?'

‚Opfere dich auf!' sagte der Eremit. ‚Du wirst zufrieden sein, nachdem du dich aufgeopfert hast.'

‚Was, mich aufopfern?!' rief der Mann empört, ‚Das ist der Gipfel der Unzufriedenheit! Das will ich am wenigsten!'

‚Was du am wenigsten willst, das musst du am meisten wollen!' sagte der Eremit leise aber bestimmt.

‚Das ist ein Paradox!' rief der Mann aus. ‚Das tun, was man am wenigsten will, um das zu haben, was man am meisten will, ist widersinnig – so etwas gibt es nicht!'

‚Ja, es ist widersinnig', gab der Eremit ruhig zu, ‚das Leben ist ein Paradox. Um glücklich zu sein, muss man nicht glücklich sein wollen, und das, was man am wenigsten tun will, muss man am meisten tun!'"

„Wo hast du gelernt, so gut Arabisch zu sprechen?" fragte der Großmufti, nachdem Arminius seine fünfte und letzte Geschichte beendet hatte. „Und schreibst du so gut wie du es sprichst?"

„Ja, ich schreibe Arabisch so wie ich es spreche, nur langsamer", antwortete Arminius lächelnd. „Vom 12. Lebensjahr an lernte ich Arabisch von meinem Hauslehrer. Nach meinem Ritterschlag studierte ich Arabisch auf der Universität Neapel, und nach meinem Studium trat ich in den Templerorden ein und wurde Sekretär und arabischer Übersetzer des Großmeisters.

Und jetzt spreche ich Arabisch zu Euch, Eminenter Großmufti, und bitte Euch untertänigst um Milde für die gefangenen Templer in Qa'itbay!" fügte Arminius schnell hinzu und verbeugte sich tief, um den Großmufti an den eigentlichen Zweck der Audienz zu erinneren.

„Ich werde nach den gefangenen Templern sehen!" versprach der Großmufti. „Aber ich habe einen Wunsch: Würdest du mir deine fünf Geschichten aufschreiben, so dass ich sie in ein Büchlein binden und meiner Bücherei hinzufügen kann? Vergiss nicht, es zu unterschreiben! Der Leser soll wissen, dass es von einem christlichen Sufisten verfasst wurde!

Es ist schade, dass sich unsere zwei Seiten bekriegen! Ich würde gerne einen christlichen Sufisten wie dich als Erzähler und Schreiber auf meinem Hof und als Meister auf meiner Universität haben. Solltest du bereit sein, dich zum Islam zu bekehren, würde ich dir hier in Alexandria einen Ehrenplatz einräumen! Solltest du irgendwo gefangengenommen werden, werde ich dich loskaufen. Darauf kannst du rechnen!"

„Ich bin auf das Höchste geehrt, Eure Eminenz!" sagte Arminius und verbeugte sich tief. „Und ich danke Euch auf das Allerherzlichste! Meine Seele ist ungebunden und würde einen Übertritt nicht scheuen, aber mein Leib hat sich dem Templerorden verschworen und wird ihm treu bleiben. Sollte ich irgendwo gefangen und auf Lösegeld loszukaufen sein, werde ich gerne von Eurem großzügigen Angebot Gebrauch machen! Und sollte ich aus meiner Kirche oder meinem Orden ausgestoßen werden, dann werde ich Eurer großherzigen Einladung bestimmt nachkommen!

Und ich werde gerne diese fünf Geschichten für Eure Eminenz niederschreiben", fügte Arminius geistesgegenwärtig hinzu, „aber ich brauche dazu Schreibzeug, Papier und einen Tisch. Und ein helleres Quartier! Unser derzeitiges Quartier im Verlies von Qa'itbay ist zu dunkel zum Schreiben!"

„Du wirst alles erhalten was du benötigst, so Gott will!" sagte der Großmufti und stand auf.

Die Audienz war zu Ende. Arminius stand schnell auf, bestätigte „So Gott will!", verbeugte sich tief und ging mit geneigtem Kopf rückwärts aus dem Gemach.

Der Kommandant, der im Eingangssaal auf ihn wartete, sah ihn mit großen Augen an. „Deine Audienz mit dem Großmufti muss gut gegangen sein, du warst lange bei ihm!"

„Ja, es ging sehr gut, Kommandant, sehr gut!" sagte Arminius und lächelte zufrieden.

Gleich nach der Audienz mit dem Großmufti änderte sich das Los der gefangenen Templer schlagartig. Sie wurden aus dem Verlies in ein leeres Truppenquartier gebracht und bekamen Seife und freien Zugang zu Wasser, so dass sie endlich ihre Wunden waschen konnten. Schüsseln von dampfendem Hammelfleisch wurden ihnen einmal am Tag ins Quartier gebracht, zusammen mit Gemüse, ausreichenden Mengen von frischgebackenem Fladenbrot und frisches Obst. Zwei muslimische Wundärzte behandelten ihre Wunden. Sie bekamen Scheren, um ihre Nägel und Haare zu schneiden, und schwarze Burnusse als Bekleidung.

„Ihr könnt eure weißen Tuniken hier nicht tragen", sagte der Kommandant, „denn der Anblick des Templerkreuzes ist für uns beleidigend! Stattdessen müsst ihr diese schwarzen Burnusse tragen, bis ihr auf eurem Schiff und außerhalb muslimischem Hoheitsgebiet seid!" Von da an trugen die Templer die schwarzen Burnusse. Arminius aber trug weiterhin seinen schwarzen Scholarentalar.

Der Kommandant ließ einen Schreibtisch ins Templerquartier bringen. Ein Bote brachte Papier, Federn und Tinte als Geschenke vom Großmufti. Er gab Arminius vier Tintenfässer aus klarem Glas mit vier verschiedenen Farben von Tinte: schwarz, blau, grün und rot. Die Federn waren ein Satz von zehn, in einem kunstvoll gearbeiteten Täschchen aus rotem Leder, mit einer Scheide für jede Feder. Es waren Metallfedern, nicht Gänsekiele: Arabische Bronzefedern, aus feinstem Bronzeblech geschmiedet. Die Federn waren hohl, nach oben spitz zulaufend, mit einer Hohlkugel am oberen Ende. Das untere Ende hatte die Form eines Gänsekiels, mit abgeflachter Schreibspitze und einem Spalt in der Spitze. Dieser Spalt war etwa eine Fingerbreite lang und endete mit einem Löchlein. Der Hohlraum der Federn war mit Filz gefüllt. „Der Filz ist dazu da, um Tinte aufzusaugen und zu speichern, um das häufige Eintauchen zu vermeiden!" erklärte der Bote. „Du schreibst mit einer Feder, während die andere im Tintenfass steckt und Tinte aufsaugt. Wenn die eine trocken geworden ist, dann steckst du sie ins Fass und schreibst mit der nassen weiter. Du hast zehn Federn: je zwei für jede der vier Farben von Tinte, und zwei als Ersatz."

Das Papier, das der Großmufti sandte, war Papyrus, wie es schon seit der Zeit der Pharaos in Ägypten gebräuchlich war. Obwohl die Kalifen von Bagdad die moderne Papierherstellung, die sie bereits im neunten Jahrhundert pioniert hatten, in der gesamten, arabischen Welt einführten, bevorzugte der Großmufti von Alexandria, sein Papier weiterhin auf die traditionelle, ägyptische Weise herzustellen. Dies war ein zeitraubender Vorgang. Zuerst wurden die frischen, grünen Papyrusstengel geerntet, die grüne Rinde abgeschält und der weiße Kern in gleichmäßige Streifen gespalten. Die Streifen wurden dann in Nilwasser gelegt, bis die schädliche Stärke herausgelaugt war. Dann wurden sie in zwei Lagen kreuzweise übereinander gelegt: eine Lage seitlich ausgelegt, und die zweite obendrauf, im rechten Winkel zur ersten, ergab ein Blatt. Die nassen Blätter wurden dann aufeinandergelegt und gepresst, mit nichtklebendem Tuch zwischen den Blättern, bis sie trocken waren. Das Kreuzmuster der Papyrusstengel war auf den fertigen Blättern noch deutlich sichtbar, es diente als Zeilenhilfe und als idealer Hintergrund für die kurvige, arabeskenhafte arabische Schrift.

Arminius lies sich einige Schiefertafeln und Griffel bringen, schrieb die fünf Geschichten auf die Schiefertafeln, korrigierte sie, bis er nichts mehr zu verbessern sah und kopierte die endgültige Fassung sorgfältig auf die Papyrusblätter. Den Text schrieb er mit schwarzer Tinte, die Ränder verzierte er mit geometrischen Mustern in rot, blau und grün. Arminius hatte stets ein Notizbuch bei sich, mit einem Bleistift im Rücken. Diesen Bleistift benutzte er, um die geometrischen Verzierungen leicht vorzuzeichnen. Das Kreuzmuster der Papyrusblätter half ihm gradlinig zu schreiben, einen regelmäßigen Rand einzuhalten und die geometrischen Muster gleichmäßig zu zeichnen. Der Kommandant brachte die Blätter zu Alexandrias bestem Buchbinder und ließ sie zu einem handlichen Büchlein binden. Auf den Buchdeckel und auf die erste, unbeschriebene Innenseite schrieb Arminius den Titel: „Tagträume eines christlichen Sufisten". Er folgte der christlichen Mönchstradition und schrieb seinen Namen nicht in das Buch. Der Kommandant überbrachte es dem Großmufti.

Einige Tage darauf wurden sie entlassen. In ihren schwarzen Burnussen und unter schwerer Bewachung marschierten sie im Morgendunkel auf Nebenstraßen zum Hafen von Alexandria. Die meisten Ritter trugen ihre Templertuniken unter den schwarzen Burnussen. Arminius wickelte den Rest der Papyrusblätter, die vier Tintenfässer und das Täschchen mit den zehn Bronzefedern in seine Tunika und trug das Bündel unterm Arm. Ihre Waffen wurden auf Eselskarren transportiert.

Sie gingen an Bord eines Weizenschiffes aus Palermo, ihre Waffen wurden geladen. Bei Tagesanbruch stieß das Schiff ab, ruderte aus dem Hafen und setzte Segel. Als sie die östliche Spitze der Insel Pharos umrundeten, blickte Arminius sinnend auf die Festung Qa'itbay zurück. Der berühmte Leuchtturm von Alexandria, eines der Sieben Weltwunder der Antike, stand früher einmal dort. Die größte Bücherei der Welt befand sich auch in Alexandria; sie war für Arminius ein weit größeres Weltwunder als der Leuchtturm! Alexandrias größtes Wunder, der legendäre Hermes Trismegistos hatte dort das Fundament des Wissens gelegt, das Wissen um das Wesen des Wissens: Das dreifache Paradox und das Prinzip der Einheit! Jesus lehrte auch in Alexandria, nach seinem Scheintod am Kreuz, und erneuerte das Hermeneutische Prinzip. 300 Jahre nach Christus nahm der Lehrer Arius die Lehren von Hermes und Jesus auf, erneuerte sie und schrieb sie in einem Buch namens „Thalia" nieder.

Wo blieb Thalia, wo blieb all dies alexandrische Wissen? Ging es in Rauch auf, mit all den Büchern der berühmten, alexandrischen Bücherei? Arminius hatte während seines kurzen Aufenthaltes in Alexandria wenig hermeneutisches Wissen wahrgenommen. In seinem Buch „Tagträume eines christlichen Sufisten" hatte er versucht, das hermeneutische Wissen aufzufrischen. Aber würde das Büchlein gelesen und verstanden werden? Würde seine Erneuerung des Hermeneutischen Prinzips einen Eindruck auf die jetzigen und zukünftigen Scholaren Alexandrias machen? Würden sie die Weisheit von Hermes, Jesus und Arius wiederentdecken, die Weisheit ihrer uralten Priester- und Schreiberkaste des Thoth?

Nach einer ereignislosen dreiwöchigen Seereise, die Arminius hauptsächlich auf dem offenen Deck des leeren Weizenschiffes verbrachte, liefen sie im Mai 1303 in den Hafen von Palermo ein. Sie marschierten zur Templerkomturei, die aber viel zu klein war, um 120 Ritter aufzunehmen. Marschall Bartolomäus entschied sich daraufhin, den König von Sizilien um Hilfe zu bitten.

Der blutige Aufstand von 1282, der während der Vesper in der Kirche Sankt Spirito begonnen hatte und deshalb die „Sizilianische Vesper" genannt wurde, hatte einen 20-jährigen Krieg, den „Krieg der Vesper", ausgelöst. Dieser Krieg endete 1302 und bewirkte eine Zweiteilung des ehemaligen Königreiches Sizilien in die Insel Sizilien, die von dem spanischen Fürstengeschlecht von Aragon regiert wurde, und das Königreich Neapel, das die gesamte, süditalienische Halbinsel südlich der Papststaaten einschloss und weiterhin vom Haus de Anjou regiert wurde.

Die französischen Kaufleute, die Palermo vor der Sizilianischen Vesper beherrschten, wurden entweder während des Aufstandes getötet oder nachher vertrieben. Dies und der darauffolgende Krieg der Vesper hatten Palermo derart verarmt, dass die Stadt Palermo, die die 120 Tempelritter im Juni 1303 betraten, nur noch ein Schatten des früheren glorreichen Palermo war. Die Insel Sizilien war jetzt ein Königreich für sich, das von König Friedrich dem Zweiten von Sizilien regiert wurde, auch Friedrich der Dritte genannt, um ihn von dem großen Hohenstaufenkaiser Friedrich dem Zweiten zu unterscheiden.

Die Angeviner, die früheren Herrscher Siziliens, hatten die Einwohner der Insel mit untragbaren Steuern belastet, was zur Sizilianischen Vesper und zum Krieg der Vesper führte. Der Templerorden war mit den Angevineren eng verbunden. Friedrich der Dritte, der neue König Siziliens, war den Templern deshalb nicht sehr zugeneigt. Marschall Bartholomäus war sich dessen voll bewusst, als er als Bittsteller für die entlassenen Tempelritter zum König ging. Deshalb war er sehr bescheiden. Er bat nur um ein leeres Gebäude, zwei oder drei Säcke Weizen, etwas frisches Obst und einen Krug Olivenöl.

Viele Gebäude Palermos standen leer, die Gebäude der französischen Kaufleute, die während oder nach der Sizilianischen Vesper getötet oder vertrieben wurden. Der König gestattete den entlassenen Templern, sich in einem dieser leeren Kaufmannshäuser niederzulassen. Sie erhielten drei Säcke Weizen, einige Körbe Zitronen und Orangen, einen Krug Olivenöl und Zugang zu Trinkwasser. Die Templer richteten sich so gut wie möglich in dem verwüsteten Haus ein. Glücklicherweise hatte Arminius Papier, Federn und Tinte von Alexandria mitgebracht. Marschall Bartholomäus gebot ihm, dem Großmeister einen ausführlichen Bericht zu erstatten, vom Fiasko auf Aruad bis zur Ankunft in Palermo.

„Ich denke, dass wir auf Zypern keine Zukunft haben!“ sagte der Marschall zu den versammelten Rittern. „Vielleicht will uns der Bruder Großmeister woanders hin versetzen? Bruder Arminius, schreib ihm einen Bericht! Wir bleiben hier und erwarten seine Antwort und seine Befehle!“

Sie hatten genug Weizen, aber keine Mühle. Da erinnerte sich Arminius an etwas, das er im Aramäischen Johannesevangelium gelesen hatte. In diesem Evangelium stand geschrieben, dass Jesus und seine Jünger Brote von ungemahlenem, gekeimtem Weizen gegessen hatten. Die Nachfolger Jesu weichten die Weizenkörner über Nacht in Wasser auf, gossen am Morgen das Wasser ab und ließen die vollgesogenen Körner zwei Tage lang keimen. Danach zerdrückten sie den gekeimten Weizen, formten ihn in dünne Fladen und buken diese Fladen einen Tag lang in der heißen Sonne, auf einem sonnenerhitzten Stein. Arminius informierte seine Brüder darüber, und sie entschieden sich, es zu versuchen.

Sie besorgten sich neun Schüsseln, jeweils drei für jeden der drei Tage des Keimvorganges, mit Tellern, groß genug, um die Schüsseln zu bedecken. Dann nahmen sie die ersten drei, schöpften drei Becher Weizen in jede der drei Schüsseln, füllten sie mit Wasser und ließen sie über Nacht abgedeckt stehen. Am nächsten Morgen gossen sie das Wasser ab und ließen den aufgeweichten Weizen zwei Tage lang in den bedeckten Schüsseln keimen. Um die Bildung von Schimmel zu verhüten, spülten sie den keimenden Weizen jeden Morgen, Mittag und Abend mit Wasser. Am Morgen des dritten Tages zeigten die Weizenkörner kurze, weiße Keime. Sie schmeckten gut, etwas süßlich, man hätte sie so essen können wie sie waren, aber sie waren etwas zäh und erforderten viel Kauen, deshalb entschieden sie sich, die Keime zu zerdrücken und zu backen.

Die Keime wurden nur leicht zwischen zwei flachen Steinen zerdrückt und der Teig in kleine, runde Fladen geformt. Sie hatten Olivenöl und etwas Brennholz, besorgten sich einige gusseiserne Pfannen und buken die Fladen in Olivenöl auf kleinem Feuer leicht auf beiden Seiten. Sie schmeckten köstlich! Die Templer aßen diese Fladenbrötchen frischgebacken zum Morgenmahl und kalt zum Abendmahl. Dazu gab es Orangen und mit Zitronensaft angereichertes Wasser. Davon lebten sie während ihres zweimonatigen Aufenthaltes in Palermo.

Seine Mitbrüder wollten mehr über das Aramäische Johannesevangelium wissen, und Arminius informierte sie darüber:

„Es ist das Evangelium der nestorianischen Christen, einer persisch-christlichen Sekte, die tausend Jahre lang vom römischen Christentum getrennt existierte und ihr eigenes Evangelium hat. Es war ihr Evangelium seit Jesus' Tagen! Nachdem es in Aramäisch geschrieben ist, und Aramäisch die Muttersprache Jesus' und seiner Jünger war, ist es sehr gut möglich, dass es eine echte Biographie Jesus' ist, wie sie von dem Jünger Johannes erzählt oder vielleicht sogar persönlich niedergeschrieben wurde!

Eine Kopie dieses Evangeliums wurde dem Kaiser Friedrich dem Zweiten gegeben, als ein Geschenk vom Mongolenkhan Güyück, dessen Mutter eine nestorianische Christin war. Das Buch befand sich hier in Palermo, in der Palastbücherei Friedrichs des Zweiten, bis Karl von Anjou die Hauptstadt des Königreiches Sizilien von Palermo nach Neapel verlegte und die Palastbücherei mitnahm. Das Evangelium wurde dann an die Universität Neapel weitergegeben, wo ein Aramäisch sprechender, jüdischer Schreiber es ins Lateinische übersetzte. Dort sah ich das Evangelium zum ersten Mal!

Unser Archiv in Akko hatte auch eine Kopie des aramäischen Johannesevangeliums", setzte Arminius hinzu, „diese war ein Geschenk des Mongolengenerals Kitbugha, der auch ein nestorianischer Christ war. Leider wurde unser Archiv in Akko beim Einsturz des Großmeisterpalastes begraben! Viele wertvolle und unersetzliche Dokumente gingen uns verloren!"

Der Gedanke, dass Jesus und seine Jünger ähnliche Weizenkeimbrote gegessen, und dass sie solche Brote beim Letzten Abendmahl gebrochen hatten, erfüllte die Brüder mit Ehrfurcht. Die Worte „Dies ist mein Leib!" hingen ungesprochen in der Luft, wenn immer sie ihre kleinen Fladenbrote aßen.

Viele der Brüder standen Arminius und seinen arabischen Sprachfertigkeiten mit Misstrauen gegenüber und verdächtigten ihn als „Feindesfreund". Ihre Missachtung aber wurde zu Hochachtung, als Arminius' arabische Sprachfertigkeit sie aus dem tödlichen Kerker von Qa'itbay befreite. Sie waren davon überzeugt, dass sie in dem Verlies umgekommen wären, wenn nicht Arminius sich durch seine Kenntnisse der arabischen Sprache und Kultur die Achtung der Wachmannschaft erworben und sich bis in den Palast des Emirs durchgeredet und den Großmufti mit seinen Worten beindruckt hätte. Sie beobachteten Arminius während er das Buch für den

Großmufti schrieb, sahen das fertige Buch und Arminius erzählte ihnen die fünf Geschichten in Französisch. Seither betrachteten sie Arminius mit einer Bewunderung, die an Anbetung grenzte.

Arminius nutzte die Verehrung seiner Mitbrüder, um einige Samen zu säen. Er sagte ihnen, dass Sufisten und Muslime glauben, dass Gott die einzige Wirklichkeit sei. „Und wenn Gott die einzige Wirklichkeit ist, dann ist alle Wirklichkeit Gott!" setzte Arminius hinzu. Er sprach über das Hermeneutische Prinzip, dass alle Gegensätze getrennt und vereint sind, und dass die Einheit stets die höhere Wahrheit darstellt. „Das betrifft alle Gegensätze, einschließlich Schöpfer und Schöpfung!" betonte Arminius. „Die Sufisten glauben, dass sich die Wirklichkeit in einem Zustand von Synthese befindet!" erklärte Arminius weiter. „Dies bedeutet, dass der gesamte Kosmos ein synkretisches Ganzes, das heißt ein unteilbares Ganzes ist. Der materielle Kosmos ist also der Leib Gottes! Wenn man das glaubt und fühlt, dann befindet man sich in ständiger Kommunion. Dann ist jeder Bissen, jeder Schluck, jeder Atem, jeder Blick, jede Berührung, jeder Gedanke, jeder Laut und jedes Gefühl eine Kommunion mit Gott!"

Arminius sagte seinen Brüdern, dass Jesus und seine Jünger Nazarener und Essener waren, und dass die Nazarener und Essener mystische Sekten sind. „Weil der Sufismus keine Sekte sondern eine mystische Bewegung ist, können alle Mystiker, einschließlich Jesus und seine Jünger, als Sufisten bezeichnet werden. Jesus' Aussage ‚Ich und der Vater sind eins!' ist eine typisch sufistische und hermeneutische Aussage, die das Prinzip der Einheit ausdrückt. Die Aussage ‚Ich bin das Licht, die Wahrheit und das Leben!' bedeutet das Gleiche. Alle diese und ähnliche Aussagen sind sufistische und hermeneutische Aussagen, die das Prinzip der Einheit verkünden.

„Wenn das so ist", setzte Arminius feierlich fort, nahm einen der Brotfladen mit beiden Händen, hob ihn hoch und brach ihn in zwei Teile, „und Jesus war wirklich ein Nazarener und Sufist, dann ist seine Aussage beim Letzten Abendmahl wörtlich zu nehmen. Einige Stunden vor seiner Hinrichtung tröstete er seine Jünger, indem er so ein Brötchen brach und sagte ‚Dies ist mein Leib!'

Wenn man an die göttliche Einheit glaubt, sie fühlt und erlebt, dann werden alle Streitereien um die Transsubstantiation hinfällig! Dann ist die Hostie der Leib Christi, so wie sie ist! Und dieses Stück Brot!"

In gebannter Ehrfurcht starrten die Brüder auf den gebrochenen Fladen in Arminius Händen. Danach wurden ihre Brotfladen zu Hostien, ihr Zitronenwasser zu Kommunionwein, ihre zwei täglichen Mahlzeiten zur Kommunion und das halb zerstörte Kaufhaus eines ermordeten französischen Kaufmannes zum Tempel Gottes, in dem 120 Tempelritter ihre Einheit mit Gott und der Welt feierten.

Obwohl Arminius den Großmeister für das Fiasko von Aruad nicht persönlich verantwortlich machte, dachten er und die anderen Ritter, die die schmähliche Niederlage auf Aruad miterlebt hatten, dass Jacques de Molay dafür die volle Verantwortung trage. Arminius hatte zwar in seinem Brief keine direkten Fragen gestellt, aber der Brief war voll ungefragter Fragen gewesen. Keine von denen war beantwortet, als die Antwort des Großmeisters endlich ankam. Der Brief des

Großmeisters enthielt nur ihre Marschbefehle und einige versiegelte Briefe an ihre zukünftigen Vorgesetzten. Arminius fand nie heraus, warum die Templerflotte nicht wie vereinbart nach Aruad gekommen war.

Zwei Templergaleeren hatten die Marschbefehle überbracht. Eine Galeere würde die Hälfte der Ritter nach Brindisi bringen. Einige von denen wurden zur Präzeptorei Apulien versetzt, der Rest, einschließlich des Marschalls und Turkopoliers, musste nach Zypern zurückkehren. Die andere Hälfte der Ritter, einschließlich Arminius, musste auf der zweiten Galeere nach Neapel reisen. Zehn von ihnen würden in Neapel bleiben. Fünzig, einschließlich Arminius, würden nach Marseille weiterreisen. Arminius wurde zur Präzeptorei Mainz versetzt, die anderen nach Paris.

Die Templer hatten nichts zu packen. Sie gaben die geliehenen Utensilien zurück, brachten die übriggebliebenen Lebensmittel zur Komturei Palermo und gingen zum Hafen. Dort verabschiedeten sich die beiden Gruppen voneinander. Ihr gemeinsames Leid während der Gefangenschaft in Qa'itbay und ihre Kommunion in Palermo hatten sie zu echten Geistesbrüdern gemacht. Die Templerbenediktion, die der Marschall zum Abschied sprach, berührte sie auf das Tiefste.

„Non nobis, Domine! Non nobis, sed Nomini Tuo da gloriam!"

„Non nobis, Domine!" erwiderten die Ritter andächtig und gingen an Bord ihrer Galeeren.

Arminius' Galeere ruderte aus dem Hafen von Palermo auf das offene Meer und setzte Segel. Ein günstiger Westwind blies sie schnell nordostwärts und zwei Tage später sahen sie das italienische Festland. Sie segelten an der Bucht von Salerno vorbei und fuhren zwischen der Insel Capri und der Westspitze der Halbinsel Sorrento in die Bucht von Neapel ein. Er sah die altvertraute Bucht wieder, aber von einem anderen Gesichtspunkt. Auf seinen früheren Reisen von und nach Neapel war er vom Nordende, zwischen den Inseln Ischia und Procida, in die Bucht ein- und ausgefahren. Jetzt sah er die Bucht von Süden.

Der Vesuv qualmte immer noch seine immerwährenden Rauchwölkchen und das Panorama der Bucht von Neapel war unverändert. Nur die Stadt Neapel hatte sich während seiner Abwesenheit geändert. Einige dieser Änderungen waren bereits im Gange gewesen, als er die Stadt im Juli 1277 verlassen hatte, sie fingen im Jahre 1268 an, als Karl von Anjou die Hauptstadt seines neueroberten Königreiches Sizilien von Palermo nach Neapel verlegte. Die Kirchen, Häuser, Warenhäuser und Villen, die noch im Bau waren, als Arminius Neapel in 1277 verlassen hatte, wurden bald danach fertiggestellt. Und neue wurden hinzugebaut, nach der Sizilianischen Vesper von 1282 und der gewaltsamen Vertreibung der französischen Bevölkerung Palermos, die hauptsächlich nach Neapel flüchtete und sich dort niederliess. Neapel hatte auf Kosten Palermos gewonnen, das war deutlich sichtbar, besonders wenn man, wie Arminius, direkt von dem verarmten Palermo in das wohlhabende Neapel kam.

Nicht nur die Stadt Neapel hatte sich während seiner Abwesenheit geändert und vergrößert, sondern auch die Universität, wie Arminius auf seinem kurzen Besuch dort feststellte. Die Universität hatte eine zusätzliche Fakultät erworben, einen Lehrkörper für die italienische Landessprache. Die früheren Dichter Siziliens, einschließlich Kaiser Friedrichs des Zweiten und seiner dichtenden Höflinge, dichteten bereits in ihrer Landessprache. Dies wurde im Laufe der Jahre immer beliebter, bis sich die Meister der Universität Neapel genötigt sahen, einen Lehrkörper für die italienische Sprache einzurichten. Latein war aber immer noch die Sprache der Unterweisung an allen anderen Fakultäten.

Die Helden des Studentenkörpers hatten sich auch geändert. Zu Arminius' Studienzeiten waren Thomas von Aquin und Raimundus Lullus die hochverehrtesten Vorbilder der Studenten gewesen. Jetzt waren diese früheren Sterne etwas verblasst und ein neuer, hochglänzender Stern ging am Himmel der Universität Neapel auf, ein begnadeter Dichter namens Dante Aleghieri. Dante und seine Gedichtesammlung „La Vita Nuova" wurden 1303 auf der Universität Neapel sehr verehrt und viel diskutiert.

Arminius besuchte auch sein ehemaliges Haus im jüdischen Viertel von Neapel. Der neue Eigentümer sagte ihm, dass Markus längst gestorben und im jüdischen Friedhof begraben sei. Arminius ging zum Friedhof und liess sich vom Friedhofswächter das Grab zeigen. Dort verweilte er eine Zeitlang in stiller Erinnerung an seinen Lehrer, Mentor und Freund.

Während seiner Andacht am Grabe Markus' erinnerte sich Arminius an das leere, 700 seitige Buch, das Markus ihm beim Abschied geschenkt hatte. Das Buch lag in seinem Elternhaus in Welterod. Er hoffte, dass seine Versetzung nach Mainz ihm ermöglichen würde es zu füllen. Und dort, am Grabe Markus, fasste Arminius einen festen Entschluss: Er würde sich dem Bruder Präzeptor in Mainz als Geschichtsschreiber des Templerordens anbieten!

Die Reise nach Marseille dauerte drei Wochen, denn sie fuhren im Ligurischen Meer gegen die vorherrschenden Nordwestwinde und mussten stellenweise mit gerafften Segeln gegen den Wind rudern. Mitte August kamen sie in Marseille an und legten am Nordkai des Althafens fest. In der Präzeptorei Marseille legten sie dem Bruder Präzeptor ihre Marschbefehle vor. Dieser stellte ihnen Pferde zur Verfügung und rüstete sie für den langen Ritt nach Norden aus. In Marseille legten sie auch ihre schwarzen Burnusse ab und bekamen neue Templermäntel. Auf Aruad wurden sie in ihren Tuniken gefangengenommen und waren bis jetzt ohne Templermäntel gereist. Der Präzeptor von Marseille liess alle alten Templermäntel, die er auf Lager hatte, flicken und einige neue schneidern. Der Mantel, den Arminius bekam, war zerschlissen und fadenscheinig und in aller Eile geflickt worden. Aber er gab seinen ägyptischen Scholarentalar nicht weg, er wickelte ihn um seine Bronzefedern und Tintenfässer und steckte ihn in seine Satteltasche.

In den Städten und Dörfern der Rhône und Saône bemerkte Arminius eine deutlich sichtbare Armut und einen wesentlichen Rückgang in Handel und Verkehr. Während der vergangenen 200 Jahre war der Rhône-Saône Korridor der Hauptweg zum Heiligen Land und zu den Kreuzfahrerstaaten; die Wirtschaft der Rhône-Saône war von dem damit verbundenen Handel und Verkehr abhängig geworden. Jetzt, nachdem das Tor zum Heiligen Land zugefallen, und die Kreuzfahrerstaaten gefallen und der Weg zum Orient abgeschnitten war, verarmte die Gegend der Rhône-Saône.

Die Bevölkerung hielt die Templer für den Fall des Heiligen Landes und der Kreuzfahrerstaaten verantwortlich, und auch für den darauffolgenden Rückgang in Wirtschaft, Handel und Verkehr. Die Templer waren die Torwächter zum Orient, es war ihre Pflicht dieses Tor offenzuhalten! Als Arminius das letztemal die Rhône-Saône Strasse entlangritt, als neugeweihter Tempelritter im Herbst 1277, jubelten ihnen die Leute zu. Jetzt, 26 Jahre später, beschimpften die Leute die Tempelritter.

Der äusserst kalte Winter 1302/03 machte die Lage noch schlimmer. Im Rhône-Saône Tal drang der Frost bis zu drei Fuss tief in den Boden. Der Mistral wehte wochenlang und fegte die schützende Schneedecke weg, sodass die Weinstöcke und Obstbäume erfroren, besonders die Südfrüchte und das empfindlichere Weichobst. Überall im Rhône-Saône Tal sah man abgestorbene Weinstöcke und Obstbäume, hauptsächlich in den Lagen die dem Mistral ungeschützt ausgesetzt waren. Nur die widerstandsfähigeren Wein- und Obstsorten hatten überlebt, und besonders die, die im Windschatten des Mistral und in den kleinen, windgeschützten Seitentälern wuchsen.

Das Rhône-Saône Tal war während der 200-jährigen Kreuzzüge und durch den damit verbunden Handel und Verkehr wohlhabend geworden. Diese Wohlhabenheit führte zu einer ständig ansteigenden Bevölkerung. Mildes Klima und gute Ernten hatten die ansteigende Bevölkerung ausreichend ernährt.

Jetzt war beides zu Ende! Die zurückgegangene Wirtschaft konnte die vielen Menschen nicht mehr voll beschäftigen, die verminderte landwirtschaftliche Produktion konnte sie nicht mehr ausreichend ernähren. Mehr und mehr Leute wurden arbeitslos. Die Reichen befürchteten harte Zeiten und horteten ihr Geld anstatt es auszugeben, was die wirtschaftliche Lage noch schlimmer machte. Und die Skrupellosen unter den Reichen horteten auch Nahrungsmittel, was die Hungersnot verschlimmerte.

Viele Leute glaubten, dass die schweren Zeiten eine Gottesstrafe darstellten. Die einen sahen die Kreuzzüge als eine grosse Sünde, wofür Gott sie jetzt bestrafe. Andere sagten, dass Gott die Christenheit strafe, weil sie es versäumt hatte, Gottes Heiliges Land in ihren Händen zu halten. Die Templer wurden für beides beschuldigt, denn sie waren die Kreuzritter schlechthin! Obwohl dies historisch nicht richtig war, beschuldigte man sie die Kreuzzüge verursacht zu haben. Und sie hatten die Kreuzzüge verloren! Sie waren an allem schuld! Sie hatten Gottes Zorn erregt, und Gottes Strafe auf die gesamte Christenheit gezogen!

Wieder andere sagten, dass das Wesen des Kriegermönches mit dem christlichen Ideal der Nächstenliebe unvereinbar sei, dass die Ritterorden Gottes Zorn erregt hatten weil sie versuchten Krieger und Mönche zugleich zu sein. Man hörte auch, dass Habgier, Korruption und Simonie innerhalb des Klerus derart überhand nahmen, dass Gott die Christenheit dafür bestrafe. Anstatt Gott zu dienen, diente der Klerus seiner Selbstsucht. Der Adel wurde gleichermassen beschuldigt. Der Ehrenkodex der Ritterlichkeit, wobei die Reichen und Mächtigen im Dienste der Armen und Schwachen stehen sollten, und Männer im Dienste von Frauen und

Kindern, war ein leeres Bekenntnis geworden, das vom Grossteil der Adeligen nicht mehr praktiziert wurde. Der Glaube an die Feudalsherrschaft als gottgewollte Institution war ins Wanken geraten. Das Volk misstraute dem Ritterstand und dem Klerus. Das Volk misstraute seinen regierenden Institutionen!

In der Komturei von Chalon-sur-Saône verbrachte Arminius seine letzte Nacht mit den fünzig Brüdern, die von Marseille bis hierher mit ihm geritten waren und ohne ihn nach Paris weiterreiten würden. Er sass mit ihnen lange im Saal und sprach über die Unbillen des Landes, und wie man sie heilen könnte.

„Ihr geht nach Paris, unserem reichsten Ordenshaus, und habt dort vielleicht ein Mitbestimmungsrecht über unser Kapital. Wozu sollen wir jetzt unser Gold verwenden, nachdem das Heilige Land verloren und an zukünftige Kreuzzüge nicht mehr zu denken ist? Ich denke, dass ein guter Teil unseres Reichtums dazu verwendet werden soll, den Armen Arbeit und Brot zu geben! Und wir sollten etwas von unserem Kapital dazu hernehmen, um landwirtschaftliche Produktion zu verbessern und Leute aus Gebieten geringer Nahrungsmittelproduktion auf Gebiete höherer Produktion umzusiedeln. Leute sollten dazu angeregt werden kleinere Familien zu haben! Laienorganizationen die Kinderlosigkeit praktizieren, gemeinschaftlich leben, die Geistigkeit pflegen und auf dem Gebiet der öffentlichen Fürsorge tätig sind, wie die Beguinen und die Begharden, sollten gefördert werden!

Einige unserer grossen Herrscher, wie Friedrich Barbarossa, Richard Löwenherz, Friedrich der Zweite, Ludwig der Heilige und Fulko von Anjou waren Ehrenmitglieder des Tempels. Fulko von Anjou war ausserdem noch ein Tempelritter auf Zeit, bevor er König von Jerusalem und Ehrenmitglied des Tempels wurde. Diese Herrscher nützten ihre Macht und ihr Geld im Geiste des Tempels! Wie ihr wisst, waren die Gralsritter in Wolfram von Eschenbachs Gralsepos Tempelritter. ‚Vom Gralsschloss sandte der Gralskönig seine fähigsten Gralsritter und Gralsdamen aus, um die regiernden Häuser der Welt auf den Pfad Gottes zurückzuführen!'.

Als ich arabischer Übersetzer unter Grossmeister Guillaume war, bewirtete ich einen arabischsprechenden, indischen Scholaren, der von Indien nach Akko gekommen war um die Weisheit des christlichen Westens zu lernen. Dieser indische Scholar hatte die Weisheit des Fernen Ostens studiert bevor er westwärts kam. Er war bis zum östlichen Ende der Welt gereist, zum fernen Kaiserreich Japan. Er sagte, dass Japan das höchstkultivierte Land auf Erden sei. Wisst ihr warum? Ihr gesamter Adel gehört ihrem Äquivalent des Templerordens an!

Mit dem endgültigen Fall des Heiligen Landes verloren wir unser Hauptziel. Ich denke, wir sollten uns ein neues Hauptziel setzen! Ich denke, dass das Templerideal, das Wolfram von Eschenbach idealisierte, und welches in Japan Wirklichkeit ist, sollte unser neues Hauptziel werden: Wir sollten unsere leiblichen und geistigen Energien, unsere Schöpferkraft, unser Kapital, unsere Macht und unseren politischen Einfluss dazu hernehmen, den gesamten, christlichen Adel in den Tempel zu bringen! Wir sollten einen Gottesstaat gründen, eine Theokratie im Namen der alleinschliessenden Gottheit! Das ist die beste und wirkungsvollste Heilung unserer derzeitigen Übel!"

Die Brüder willigten ein, aber Arminius stellte fest, dass sie das volle Ausmaß des Problems und die Dringlichkeit der Lösung nicht so sahen wie er. Er hatte über dieses Problem, welches er als das Menschheitsproblem sclechthin erachtete, tief und oft nachgedacht und gab seinen Brüdern das Ergebnis von Jahren von Kontemplation. Sie konnten zwar nicht umhin, mit ihm übereinzustimmen, aber sie sahen es nicht mit der gleichen, brennenden Dringlichkeit wie er.

Am nächsten Morgen ritt Arminius mit ihnen bis zur Saônebrücke von Chalon. Dort trennten sich ihre Wege. Die Brüder ritten nordwärts weiter, über Dijon nach Paris. Arminius ritt ostwärts, auf der Doubsstrasse nach Dole und Besancon und weiter nach Mühlhausen. An der Brücke verabschiedete sich Arminius von seinen Mitbrüdern mit den Worten: „Non nobis, Domine! Non nobis, sed Nomini Tuo da gloriam!"

„Non nobis, Domine!" erwiderten die scheidenden Brüder und ritten nach Norden. Arminius ritt über die Brücke nach Osten.

Bisher war Arminius in einer Kavalkade von fünfzig Tempelrittern gereist, jetzt ritt er alleine. Obgleich ihnen einige Leute im Tal der Rhône und Saône Schimpfworte zuriefen, blieb es beim Werfen von Worten; niemand hatte es gewagt, Steine oder Unrat zu werfen. Aber jetzt, als einzelner Reiter, sah er sich als mögliches Ziel einer erzürnten Volksmenge. Durch ihre Steinigung in Alexandria wusste er, wessen ein rasender Pöbel fähig sein kann. Er hatte keine Angst, aber er wollte sich nicht unnötigerweise in eine Lage versetzen, in der er gezwungen war, sein Schwert gegen seine Mitmenschen zu ziehen. Deshalb zog er kurzentschlossen Templertunika und Templermantel aus, steckte sie in die Satteltasche, zog seinen schwarzen Scholarentalar an und gab sich als fahrender Scholar aus. Sein Talar war der Talar eines ägyptischen Scholaren, er war fein und fremdartig geschneidert und sah scholastisch genug aus. Und sein Benehmen war schon immer das eines Scholastikers, nicht das eines Ritters oder Mönches, deshalb fiel es ihm leicht als fahrender Scholar aufzutreten. Er brauchte nicht zu lügen, er war wirklich ein fahrender Scholar! Land und Leute beschaulich zu betrachten und ihre Weisen zu studieren war schon von jeher seine Lieblingsbeschäftigung.

Incognito zu reisen ermöglichte ihm auch den Puls des Volkes zu fühlen. Er nahm sich fest vor, sein Bestes zu tun um Land und Leute zu heilen. Dazu musste er herausfinden, was ihnen fehlte! Nachdem er in Mühlhausen im Rheintal ankam, besann er sich auf seinen rheinischen Dialekt und begann sich mit den Leuten zu unterhalten, um herauszufinden was sie kränkte und wie man sie heilen könne.

Der Hass gegen die Templar war im Rheintal nicht so spürbar wie im Tal der Rhône-Saône, aber der kalte Winter von 1302/03 hatte es genauso heimgesucht. Arminius höhrte, dass im Januar 1303 die gesamte Ostsee zugefroren war und bis April zugefroren blieb, was seit Menschengedenken nicht vorgekommen war. Viele Weinstöcke und Obstbäume waren auch im Rheintal erfroren, besonders in den Lagen, die den Nordostwinden schutzlos ausgesetzt waren. Weil es so viel geschneit hatte, und die Schneeschmelze so spät und plötzlich und überall zur gleichen Zeit stattgefunden hatte, traten der Rhein und seine Nebenflüsse und Bäche über die Ufer, was die Aussaat sehr verspätete. Außerdem war der Boden derart tief gefroren und die Schneeschmelze kam so spät, dass selbst in den höheren Lagen, die nicht überschwemmt wurden, der Boden erst im Frühsommer bearbeitet und besät werden konnte. Das Brotgetreide war derart spät gesät worden, dass es Ende August, als Arminius das Rheintal hinabritt, noch lange nicht reif war. Frühe Herbstfröste oder schwere Herbstregen konnten die Getreideernte ruinieren und eine wahrhaft tödliche Hungersnot auslösen!

Der Wirtschaftsrückgang war nicht so schlimm wie im Tal der Rhône-Saône, aber auch das Rheintal litt unter Armut, Arbeitslosigkeit und Hungersnot, teils wegen des vergangenen, schweren Winters, und teils wegen dem Rückgang des Handels- und Reiseverkehrs durch den Fall der Kreuzfahrerstaaten. Und die meisten Leute glaubten auch hier, dass die schlechten Zeiten eine Strafe Gottes seien.

Ein Sinn von schicksalshafter, apokalyptischer Verhängnis hing in der Luft. Hoffnungslosigkeit und Verzweiflung herrschten im Lande. Wandernde Prediger sagten das Ende der Welt voraus. Flagellanten zogen von Stadt zu Stadt und peitschten sich als Zeichen der Reue. Apokalyptische Gesänge und Spiele, von fahrenden Sängern vorgeführt, die nichts mit den Minnesängern der vorhergehenden zwei Jahrhunderte gemeinsam hatten, schürten die Flammen der Verzweiflung.

Das Volk wusste, dass seine Führer und Institutionen versagt hatten. Überall misstrauten die Leute dem Adel und dem Klerus. Die Mönchsorden verbargen sich hinter ihren Klostermauern und standen dem Schicksal des Volkes scheinbar gleichgültig gegenüber. Nur die Wandermönche der Franziskaner- und Dominikanerorden bemühten sich, dem leidenden Volk zu helfen. Unter den eingeklösterten Orden waren es hauptsächlich die Zisterzinser, die dem darbenden Volk halfen. Die drei Ritterorden, die Templer, die Deutschherren und die Johanniter, widerlegten ihren schlechten Ruf und halfen nach Kräften. Und von den Laienorganisationen waren es hauptsächlich die Beguinen und Begharden, die dem Volk beistanden.

Im Rheintal hörte Arminius viel über die Beguinen. Er hörte, dass sie tugendhafte Frauen sind, die den Schwachen und Bedürftigen beistehen. Straßburg hatte besonders viele Beguinenhäuser, die Beguinen waren dort beim Volk außserordentlich beliebt, so entschloss sich Arminius, sie kennenzulernen. Er ritt zu einem ihrer Häuser, stellte sich der Hausmutter als ein fahrender Scholar vor, der an der Beguinenbewegung interessiert sei, und bat um Auskunft. Er sagte ihr, dass er viel über die Beguinen gehört habe und gerne etwas mehr über sie wissen würde. Die Hausmutter bat ihn sich zu setzen und informierte ihn:

„Die Beguinenbewegung wurde vor etwa 150 Jahren in den Niederlanden gegründet. Von dort breitete sie sich rheinaufwärts aus. Anfänglich waren wir eine Organisation von Kriegerwitwen, die sich zur gegenseitigen Unterstützung zusammenschlossen. Weil so viele Männer in den Kreuzzügen gefallen waren, gab es viele Jungfrauen ohne Heiratsaussichten und eine Menge von Kriegerwitwen, die keine Aussicht auf Wiederverheiratung und keinerlei Unterstützung hatten. Diese Frauen schlossen sich in Gemeinschaften zusammen und wurden die ersten Beguinen. Viele von ihnen gingen auf ihre eigenen Kreuzzüge, auf weibliche Kreuzzüge, auf innere Kreuzzüge, um die inneren, heiligen Stätten zu gewinnen. Im Laufe der

Jahre wurden wir zu einer Laienorganisation die dem ‚Inneren Kreuzzug' hingegeben ist.

Wir sind keine Nonnen, wir sind Laienschwestern! Wir legen keine formellen Gelübde ab wenn wir unserer Organisation beitreten! Wir sind unabhänging von der Kirche und von kirchlichen Orden. Obgleich wir nicht durch Schwüre gebunden sind, sind wir dennoch tief hingegeben. Aber unsere Hingabe ist stets freiwillig! Jede Frau oder Jungfrau kann jederzeit in unsere Organisation eintreten, und jede Beguine kann jederzeit austreten! Wir nehmen Frauen aller Stände auf, sofern Platz ist. Wenn eine Beguinage überfüllt ist, dann gründen wir eine andere! Einige von uns sind sogenannte ‚Wandernde Beguinen', das heißt, dass sie nicht fest an ein bestimmtes Haus gebunden sind, sondern von Haus zu Haus reisen und in jedem eine unbestimmte Zeit bleiben. Außerdem gibt es noch viele Frauen, die mit unserer Bewegung sympathisieren, uns unterstützen und unseren Diskussions- und Meditationsabenden beiwohnen, aber unserer Organisation nicht offziell angehören.

Einige von uns waren Edeldamen, aber die meisten nicht. Wenn wir als Edeldamen eintreten dann verlieren wir, innerhalb unserer Organisation, Stand und Titel. Innerhalb der Gottheit und innerhalb unserer Organisation sind alle gleichberechtigt! Besitzende schenken gewöhnlich einen Teil oder all ihren Besitz der Beguinage, in die sie eintreten. Aber die meisten Beguinen treten besitzlos ein. Wir schätzen Wissen und Bildung sehr! Diejenigen Beguinen, die des Lesens und Schreibens und anderer Künste kundig sind, unterrichten die, welche weniger wissen und können.

Obgleich wir Spenden und Schenkungen bekommen, sind wir nicht auf sie angewiesen. Wir sind nicht auf die Grosszügigkeit der Kirche, des Adels oder der Orden angewiesen. Wir sind wirtschaftlich unabhängig! Wir spinnen, weben und nähen, wir führen allerlei Handwerk aus und so manche Kunst. Die meisten Beguinagen haben zumindest kleine Gemüse- und Blumengärten, manche haben große Gemüsegärten, Felder, Obst- und Weingärten. Wir verdienen unseren Lebensunterhalt mit der Kraft unserer Körper und Geister! Wir sind nur von unseren Beguinenschwestern abhängig, sonst von niemandem!

Unser höchstes Ziel ist die Geistesentwicklung! Unsere eigene, und die unserer Beguinenschwestern. Und, im weiteren Sinne, die aller Menschen. Unsere Geistesmutter ist die ehrwürdige Mechtild von Magdeburg. Eine Kopie ihres Buches 'Das Fließende Licht der Gottheit' befindet sich in jeder Beguinage. Wir sind eine mystische Schwesternschaft, wir fördern die Geisteserleuchtung durch ein direktes, mystisches Einswerden mit der Gottheit. Jede Beguine wird zu dem mystischen Einswerden angehalten, und jede wird dazu ermutigt, ihr persönliches Einswerden mit der Gottheit in Poesie, Prosa, Musik, Gesang oder irgendeiner anderen Kunstform ihrer Wahl auszudrücken. Natürlich drücken wir unser Einssein mit der Gottheit auch in unserer alltäglichen Arbeit aus!

Wir verrichten auch öffentliche Fürsorgearbeit außerhalb unserer Beguinagen. Wir sorgen für arme Frauen, besonders für arme Frauen mit kleinen Kindern. Unverheiratete oder verwitwete Mütter genießen unseren besonderen Schutz. Außerdem sorgen wir für leibeigene Bauern, die in die freien Reichsstädte fliehen, um der Leibeigenschaft zu entgehen. Bis sie ein Jahr und einen Tag in der Stadt sind, und ihren Bürgerbrief beantragen können, sind sie rechtlos. Während dieser Zeit sind sie Freiwild, sind skrupellosen Arbeitgebern und den Kopfjägern ihrer früheren Herren schutzlos ausgesetzt. Außerdem brauchen sie einen Bürgen, wenn sie ihren Freibrief beantragen. Wir sind die einzige Organisation, die für diese armen Menschen sorgt! Wir sorgen natürlich für unsere Kranken, und manchmal für Kranke außerhalb unserer Beguinagen, aber wir besitzen keine Krankenhäuser außerhalb unserer Beguinagen. Es gibt bereits einige Orden, die dies bewundernswert und ausreichend tun, wir wollen ihnen ihre Aufgabe und Bestimmung nicht abnehmen!

Wir haben eine Bruderorganisation, genannt die 'Begharden', aber die befinden sich hauptsächlich in den Niederlanden, dem Land unserer Herkunft. Sie wurden nicht so populär wie wir und haben sich nicht so schnell und so weit verbreitet. Wie Ihr seht, haben wir nichts gegen Männer. Wir lieben sie – auf unsere Weise! Obwohl wir unter dem Schutz einiger Männerorden stehen, namentlich der Templer und Zisterzinser, sind wir ganz und gar von Männern unabhängig!"

„Ihr seid Jungfrauen!" rief Arminius aus.

„Nein," antwortete sie, „die meisten von uns sind Frauen. Aber wir leben zelibat, wenn wir fest an eine Beguninage gebunden sind. Nur die wandernden Beguinen verkehren manchmal mit Männern, oft tun sie es sogar, um die Männer, mit denen sie verkehren, zu einem Einswerden mit der Gottheit zu verführen. Dann dient das leibliche Ziel dem geistigen Zweck!"

„Ich habe es nicht so gemeint", sagte Arminius. „Ich meinte Jungfräulickeit im klassischen Sinne des Wortes. Im klassischen Griechenland wurden Frauen, die von Männern unabhängig waren, ‚Jungfrauen' genannt. ‚Maria, eine unabhängige Frau!', so wurde die Jungfrau Maria im griechischen Original der Evangelien beschrieben. Und diese Jungfrau Maria, deren Name möglicherweise Maria die Magdalenin war, wies Jesus in die mystischen Geheimnisse der Nazarenersekte ein und bewirkte sein Einswerden mit der Gottheit. Und, wie die wandernden Beguinen, wurde sie dabei auch eins mit ihm. Sie wurde seine Begleiterin, Gefährtin, Apostolin und Mutter seiner Kinder. Sie war seine geistige Mutter und wurde die leibliche Mutter seiner Kinder!"

Die Hausmutter blickte Arminius hocherstaunt an. „Wer seid Ihr, und wo habt Ihr Euer Wissen her?"

„Ich bin ein fahrender Scholar und ein christlicher Sufist, wenn Euch dieser Begriff etwas bedeutet."

„Ihr meint wie die Zisterzinser, oder die Templer?" fragte die Hausmutter.

„Ja, wie die!" antwortete Arminius lächelnd. „Ich danke Euch für Eure freundliche und ausführliche Information, liebe Schwester. Ihr gabt mir mehr als Information, ihr gabt mir Hoffnung: Noch ist die Menschheit nicht verloren!"

„Nein, die Menscheit ist gewonnen!" erwiderte die Hausmutter mit einem vielsagenden Lächeln.

„Zu Euren Diensten, verehrliche Schwester!“ sagte Arminius zum Abschied, legte seine rechte Faust auf die linke Brust und verbeugte sich tief. „Non nobis, Domine! Non nobis, sed Nomini Tuo da gloriam!“

„Non nobis, Domine!“ erwiderte die Hausmutter in angenehmer Überraschung.

Arminius’ Herz schlug höher, als er sich am 2. September der Stadt Mainz näherte. Die drei Spitzen des Martinsdoms grüßten ihn von weitem und die Stadt und Umgebung sahen einladend und vertraulich aus. Aber auch in der Gegend um Mainz waren Rebstöcke und Obstbäume abgestorben und das Getreide war noch nicht reif. Aber es stand gut, und das Wetter Anfang September war sonnig und warm. Wenn das Wetter so blieb, dann würde die späte aber gute Ernte sicher eingebracht und die drohende Hungersnot vermieden werden.

Mainz hatte vom Fall der Kreuzfahrerstaaten und dem Rückgang des Rhône-Saône-Handels nicht gelitten. Im Gegenteil, die Bedeutung von Mainz als Handelszentrum hatte zugenommen! Orientalische Waren kamen nicht mehr von den christlichen Häfen der Kreuzfahrerstaaten nach Marseille, und von dort über den Rhône-Saône-Doubs-Wasserweg zum Rhein. Aber der orientalische Handel war deshalb nicht zum Stillstand gekommen, er änderte nur seine Route. Orientalische Waren kamen jetzt in Flussschiffen die Donau und Altmühl hoch, wurden am Ende der Altmühlschifffahrt in schweren Frachtwagen auf einer kurzen Landstraße nach Nürnberg transportiert, und gingen von dort in Frachtbooten die Regnitz und den Main hinunter nach Mainz. Von Mainz wurden sie dann rheinaufwärts und rheinabwärts verschifft. Mainz war jetzt ein wichtiger Umschlaghafen!

Die Präzeptorei Mainz sah noch genau so aus, wie Arminius sie 1277 verlassen hatte, aber sie hatte einen neuen Präzeptor. Friedrich von Savoyen war jetzt der Präzeptor des Templerordens für Oberdeutschland. Arminius meldete sich beim Präzeptor und gab ihm den versiegelten Brief vom Großmeister, der mit den Marschbefehlen nach Palermo gekommen war. Der Präzeptor brach das Siegel und las den Brief.

„Der Bruder Großmeister schreibt, dass du dich in 26 Jahren Dienst ausgezeichnet und erschöpft hast und einen Ruheposten in deinem Heimatland verdienst. Ich habe einige Komtureien die du übernehmen könntest, du kannst dir eine davon auswählen. Aber das tun wir morgen! Für heute ruhst du dich aus, und heute Abend feiern wir deine Heimkehr! Es ist nicht jeden Tag, dass ein hiesiger Ritter von einem 26-jährigen Dienst, der ihn um die halbe Welt führte, in seine Heimat zurückkehrt! Heute Abend feiern wir, und du berichtest uns über deinen Dienst im Heiligen Land und auf Zypern, deine Gefechte, deine Gefangenschaft in Alexandria und deine Reisen und Abenteuer.“

Nach dem Abendmahl versammelten sich alle Brüder im Konventsaal von Mainz. Der Präzeptor, die Ritter, die dienenden Brüder und selbst die Diener und Knechte, die keine geweihten Brüder des Templerordens waren, saßen um den grossen Konferenztisch im Konventsaal. Der Präzeptor ließ einige Krüge Rheinwein aus dem Keller bringen, jeder Mann bekam einen Becher, die Becher wurden vollgeschenkt, der Präzeptor stellte Arminius vor und alle tranken auf sein Wohl. Danach begann Arminius seinen Bericht.

Er begann mit seinem Eintritt in den Orden im September 1277 und beendete ihn mit seiner Rückkehr im September 1303: 26 Jahre Dienst, in einigen Stunden vorgetragen. Hätte er nicht alle wichtigen Ereignisse dieser Jahre sorgfältig in sein Notizbuch notiert, dann wäre ihm ein vollständiger Vortrag nicht so gut gelungen. Aber er las sein Notizbüchlein vor dem Vortrag und frischte seine Erinnerungen auf. Und während des Vortrages benützte er das Büchlein als Leitfaden. Es waren 26 Jahre, beinahe genau auf den Tag, dass er in demselben Saal, in dem er jetzt sprach, in den Orden aufgenommen wurde!

Am nächsten Morgen nach der Frühmesse rief ihn der Präzeptor in seine innere Kammer und sagte: „Ich habe vier oberdeutsche Komtureien, die auf einen neuen Komtur warten. Zwei sind Stadtkomtureien im Großpriorat Rheinland, eine ist eine Landkomturei im Großpriorat Hessen und die vierte ist eine Landkomturei im Grosspriorat Franken. Die letztere ist die kleinste, sie ist eigentlich zu klein und zu nahe an einer benachbarten Komturei, um eine Komturei für sich zu sein, aber sie hat ein Hospiz für Reisende. Außerdem wurde ihr in ihrer Schenkungsurkunde der Schutz einer nahegelegenen Beguinage auferlegt. Deshalb ist sie eine Komturei für sich."

„Wenn ich die Wahl habe, dann würde ich am liebsten die Komturei mit der Beguinage nehmen!" sagte Arminius.

„Wenn du dich für diese entscheidest, dann musst du gut mit Beguinen auskommen. Die Beguinen sind willensstarke und unabhängige Frauen!" warnte der Präzeptor. „Diese Komturei ist schon seit zwei Jahren ohne Komtur! Keiner der Ritter, denen ich sie bisher anbot, wollte sie! Der Grund dafür war, dass ihnen der Umgang mit Beguinen unangenehm war!"

„Ich bewundere willensstarke und unabhängige Frauen, und ich fühle mich in ihrer Gegenwart wohl!" sagte Arminius mit Bestimmtheit. „Ich würde gerne mit Beguinen zusammenarbeiten! Auf meinem Weg hierher hörte ich viel Gutes über sie. Deshalb hielt ich bei einer Beguinage in Straßburg an und sprach mit der Hausmutter. Ich war von ihr und ihrem Bericht tief beindruckt! Ich denke, die Beguinen erfüllen eine außerordentlich wichtige Aufgabe in unserer Gesellschaft! Ich würde gerne mit ihnen zusammenarbeiten und ihnen beistehen, so gut ich kann!"

„Gut, abgemacht!" sagte der Präzeptor lächelnd und schüttelte Arminius' Hand. „Du bist also jetzt der Komtur von Thannbrunn! Wie ich sagte, es liegt in unserem Großpriorat Franken, einen Tagesritt südlich von Nürnberg in der Diözese Eichstätt. Ich weiss nicht viel über diese Komturei, ich bin noch nie dort gewesen. Unser Haus in Nürnberg ist der Sitz des Großpriors für Franken. Der Bruder Großprior ist dein unmittelbarer Vorgesetzter, er weiß über die Komturei Thannbrunn genau Bescheid und wird dich entsprechend einweisen!

Wir bereiten gerade einen Warentransport nach Nürnberg vor. Ich werde dich mit diesem Transport als Transportwächter nach Nürnberg schicken. Der Transport besteht aus drei Frachtbooten und wird in einer Woche gepackt und abfahrbereit sein. Ich denke, du hast dir eine Woche Urlaub verdient! Würdest du gerne für eine Woche deine Mutter besuchen? Ich weiß, dass sie noch lebt, sie schickt ab und zu einen Boten hierher, um sich nach deinem Wohlergehen zu erkundigen. Ihr letzter Bote war erst vor kurzem hier, aber ich konnte ihm nicht viel sagen."

„Ja, sehr gerne, Bruder Präzeptor! Ich danke dir!" rief Arminius erfreut aus. Und ich habe eine Bitte. Zuhause habe ich einige Bücher, die seit meinen Studientagen dort liegen. Darf ich sie mit nach Thannbrunn nehmen? Ich werde sie nicht als mein Eigentum erachten, ich werde sie dem Tempel schenken und als Ordenseigentum betrachten! Und ich habe zehn Bronzefedern und vier Tintenfässer, die mir der Grossmufti von Alexandria schenkte, und einen schwarzen Talar, den ich für meine Audienz mit dem Großmufti bekam. Darf ich diese behalten und nach Thannbrunn mitnehmen? Ich werde auch sie als Eigentum des Tempels betrachten!"

„Ja, nimm deine Bücher ruhig mit, und den Talar, und die Tintenfässer und Bronzefedern. Du wirst sie brauchen, ich habe Schreibpläne für dich! Ich weiß, dass viele der Beguinen literarische Frauen sind. Vielleicht kannst du einen Schriftverkehr mit ihnen anknüpfen? Wir reden mehr darüber, wenn du zurückkommst. Jetzt reite du nach Hause und umarme deine Mutter! Und grüße sie von mir!"

Arminius ließ sein Pferd satteln und ritt von Mainz zum Dorf Budenheim am südlichen Rheinufer. Dort nahm er die Fähre und setzte auf das Nordufer über, zum Dorf Walluf. Von dort ritt er den altvertrauten Weg zwischen den Dörfern Martinsthal und Rauenthal hindurch, an der Grünen Bank vorbei, über den Hohen Taunus und durch das Dorf Hausen, von dort das Gladbach- und Wispertal hinunter und hinauf nach Welterod.

Das Herrenhaus von Welterod war etwas vernachlässigt aber sonst unverändert. Armnius stellte sich dem Torwächter vor, der ließ ihn sofort ein. Niemand erkannte ihn. Er wickelte die Zügel seines Pferdes um den Anbindebalken vor dem Haus und trat uneingeladen in den Empfangssaal. Dort sang er, mit lauter Stimme, das Lieblingslied seiner Mutter, das Troubadourlied „Chanson de l'amour". Seine Mutter lief so schnell wie ihr 85-jähriger Körper es gestattete aus ihrer Kammer. „Ich wusste es!" rief sie jubelnd aus, „ich wusste, dass du es bist, sobald ich den ersten Ton hörte!"

Arminius' Mutter war außer sich vor Freude. Sie sprachen bis spät in die Nacht, und jeden Tag danach. Arminius erzählte ihr alles, was ihm an seinen Erlebnissen der letzten 26 Jahre erzählenswert schien. Aber, ungleich seines Vortrages am Abend zuvor, hatte er dazu fünf Tage Zeit. Und sein Erzählen musste nicht in chronologischer Folge geschehen, er brauchte sein Notizbuch nicht als Leitfaden. Er war derart beschäftigt, seiner Mutter alles zu erzählen, dass er zu nichts anderem gekommen wäre, wenn sie nicht ihr tägliches Mittagsschläfchen gehalten hätte.

Am frühen Nachmittag, während seine Mutter schlief, machte er seine Rundgänge. Sein Vater war vor vielen Jahren gestorben und das Lehen der Welterod gehörte jetzt gänzlich ihrem Lehnsherrn, dem Abt von Schönau. Seine Mutter hatte nur noch ihre persönlichen Diener und Gemächer, alle anderen ihrer früheren Diener, Knechte und Handwerker arbeiteten jetzt direkt für den Abt. Siegfried der Schwertschmied war gebückt und grau geworden, er arbeitete nicht mehr, er kam nur noch in seine Werkstatt um seinen Söhnen und deren Gesellen zuzusehen und ihnen ab und zu einen Rat zu erteilen.

Siegfrieds Messerschmiede hatte sich in die benachbarte Kesselschmiede und Böttcherei ausgedehnt; Kessel und Bottiche wurden jetzt woanders hergestellt. Siegfrieds Söhne, und deren Gesellen und Lehrlinge, schmiedeten jetzt Messer- und Scherenklingen die weit über die Grenzen Welterods hinaus, bis nach Lorch und Mainz, verkauft wurden. Jede Klinge hatte am oberen Ende den Umriss eines springenden Wolfes eingeschlagen. „Weiß der Abt, dass dieser Wolf der Geisteswolf Odins ist?“ fragte Arminius den alten Siegfried.

„Nein,“ antwortete Siegfried, „ich belästige den Abt nicht mit Dingen, von denen er nichts versteht, von denen er nichts hören will und die er nicht zu wissen braucht. Für den Abt und die meisten meiner Kunden ist der Wolf auf meinen Wolfsklingen nichts weiter als ein Wolf! Wie hat Euch Eure Wolfsklinge im Kampf gegen die Sarazenen gedient?“

„Sie hat mir ausgezeichnet gedient!“ antwortete Arminius. „Mein Schwert bewährte sich besser als die Schwerter der meisten meiner Mitbrüder. Das lag hauptsächlich daran, dass es nicht so vordergewichtig ist wie die meisten anderen Schwerter! Es hat einen schweren Bronzeknauf, und eine ziemlich dünne und leichte Klinge. Deshalb balanziert es näher am Heft als die meisten anderen Schwerte, und darum ist es leichter einhändig zu führen!“

„Darf ich es sehen?“ fragte Siegfried. Arminius zog sein Schwert aus der Scheide und gab es ihm. Dieser besah es kritisch und stellte fest, dass es etwas schartig geworden und von Rost verfärbt war. „Darf ich es schärfen und polieren?“ fragte Siegfried, „als letzten Dienst eines alten Schwertschmiedes an seinen Ritter?“

Arminius überließ Siegfried sein Schwert. Dieser polierte es blank, wetzte es messerscharf, ölte es sorgfältig und gab es Arminius am nächsten Tag wieder zurück. „Hier, es wird Euch für weitere 25 Jahre dienen!“

„Wenn ich so lange lebe!“ erwiderte Arminius lachend.

„Ah, warum nicht?“ sagte Siegfried darauf, „Unkraut verdirbt nicht! Seht mich an: Dreiviertel Jahrhundert auf dem krummen Rücken!“

„Vielleicht bin ich kein so zähes Unkraut wie du?“ scherzte Arminius. „Vergiss nicht, du bist ein Heide und ich ein Christ!“

„Ich bin ein Christ,“ gab Siegfried schlagfertig zurück, „aber vielleicht kein so guter wie Ihr?“

„Überlassen wir das dem Urteil Gottes!“ schloss Arminius ernsthaft.

„Ja!“ stimmte Siegfried überein, „das Urteil der Götter war mir schon immer lieber als das der Menschen!“

Gegen Ende seines Aufenthaltes in Welterod besah sich Arminius seine geliebten Bücher. Seine Mutter hatte sie gut bewahrt, sie waren noch wie neu. Arminius nahm das volle Notizbuch aus seiner Tasche, legte es zu den Büchern und steckte das leere ein. Er hatte zwei leere Notizbücher aus Neapel mitgebracht und eines davon in den Templerorden mitgenommen. Dieses war jetzt voll, es war schon seit einem Jahr voll! Viel Bedeutendes hatte sich in den letzten neun Monaten ereignet - er musste seine Eintragungen dringend nachholen! Während der kommenden

Schiffsreise nach Nürnberg würde er genug Zeit haben, die Ereignisse der letzten neun Monate wachzurufen und in sein zweites Notizbüchlein einzutragen.

Er sah seine Bücher liebend an. Das leere, 700seitige Buch, das Markus ihm als Abschiedsgeschenk gegeben hatte, war immer noch leer. Vielleicht würde er in Thannbrunn Zeit haben, es zu füllen? Der Präzeptor hatte gesagt, dass Thannbrunn ein ruhiger Posten sei, zu klein um eine Komturei für sich zu sein. Er hatte sogar etwas von Schreiben erwähnt!

Arminius durchblätterte sein volles Notizbuch, vollgekritzelt mit Stichworten und Schlüsselphrasen die nur für ihn Sinn hatten. „Sie werden dir später im Leben als ausgezeichnete Basis für eine Lebensgeschichte oder eine Zeitgeschichte dienen!“ hatte Markus gesagt, als er ihm nahelegte, sich die beiden Notizbüchlein anfertigen zu lassen und sie gewissenhaft zu führen. Vielleicht würde ihm der Präzeptor genehmigen, eine Lebensgeschichte oder ein Stück Zeitgeschichte zu schreiben? Oder besser, eine Kombination von beiden: Eine Zeitgeschichte des Templerordens, von innen her, von der persönlichen Perspektive eines Tempelritters her, vom Gesichtspunk eines Ritters, der nahe an der Ordensführung gestanden war?

Hier waren seine vier kostbaren Bücher die er ein Vierteljahrhundert nicht mehr gesehen hatte. Seine Erinnerung an deren Inhalt war zwar noch lebendig, aber er wusste, dass sie ihm jetzt anders erscheinen würden: geklärt durch die Einsichten der vergangenen 26 Jahre! Er sah seinem Posten in Thannbrunn und dem Wiederlesen seiner Bücher erwartungsvoll entgegen.

Er durchblätterte die Bücher: Die Schriften des unvergleichlichen Jalal-ud-Din Rumi, die Rubaiyat des Omar Khayyam, die Auszüge aus den Schriften des Hermes Trismegistos und die lateinische Übersetzung des Aramäischen Johannesevangeliums. Arminius nahm die vier Bücher, und das leere 700seitige Buch sowie das vollgeschriebene Notizbuch, wickelte jedes Buch für sich in ein Wachstuch, band alle in ein Bündel und umwickelte auch das Bündel mit Wachstuch. Danach nahm er den Seesack, in dem er die Bücher von Neapel nach Welterod gebracht hatte, wachste ihn gründlich ein um ihn möglichst wasserdicht zu machen, steckte das Bündel in den Sack und umstopfte es mit Stroh bis der Sack prall gefüllt war. Dann band er ihn fest zu.

Mit dem Seesack hinter dem Sattel und dem neuen Notizbuch in der Manteltasche ritt er nach einem fünftägigen Besuch im Elternhaus zur Präzeptorei Mainz zurück. Seine Mutter weinte nicht beim Abschied. Ihr sehnlichster Wunsch, ihren Sohn vor ihrem Tode noch einmal zu sehen, war erfüllt worden! Sie war gefasst, als Arminius sie zum letztenmal umarmte.

Das Wetter war immer noch sonnig und warm, als Arminius in Mainz ankam. Seine Boote waren beladen, der Präzeptor entschied, dass sie am nächsten Morgen abfahren sollten. Arminius öffnete seinen Seesack, steckte das Ledertäschchen mit den zehn Bronzefedern, die vier gläsernen Tintenfässer und den ägyptischen Talar in den Sack, brachte den Sack zum Hafen und übergab ihn seinen Bootsleuten, damit sie ihn sicher verstauten. Am Abend vor der Abreise rief ihn der Präzeptor in seine innere Kammer und sprach: „Dein Großprior wird dir alles sagen, was deinen

Posten im besonderen betrifft. Ich werde dich auf deine allgemeinen Pflichten als Komtur aufmerksam machen:

Weil Oberdeutschland sehr groß ist, wurde es in acht Großpriorate unterteilt: Bayern, Franken, Schweiz, Rheinland, Schwaben, Baden, Elsass und Hessen. Deine Komturei liegt im Großpriorat Franken, die Großspriorei für Franken ist unser Haus in Nürnberg. Dein Großprior ist dein unmittelbarer Vorgesetzter, ich bin der unmittelbare Vorgesetzte deines Großpriors.

Du bist der unmittelbare Vorgesetzte der Brüder deiner Komturei. Du bist für deine Brüder und für allen Besitz deiner Komturei voll verantwortlich. Du führst die Brüder unter deinem Kommando in all ihren geistlichen und weltlichen Tätigkeiten. Aber du bist kein Diktator; zu allen wichtigen Entscheidungen musst du deine Brüder hinzuziehen! Zu diesem Zweck musst du dich mindestens einmal die Woche mit ihnen treffen! Mache sicher, dass du in allen wesentlichen Entscheidungen die Zustimmung deiner Brüder hast!

Es ist deine Pflicht, den Zehnten von den Leibeigenen deiner Komturei zu erheben, in Erzeugnissen oder in Geld. Die überflüssigen Erzeugnisse verkaufst du. Von dem Geld verwendest du was du brauchst, den Überschuss lieferst du dem Schatzmeister des Großpriors bei der Jahrshauptversammlung ab. Wenn du Geld benötigst, wird es dir der Schatzmeister bei der Jahreshauptversammlung geben. Du führst über alle Einnahmen und Ausgaben genauestens Buch. Das Hauptbuch nimmst du zur Jahreshauptversammlung mit, zur Inspektion durch den Schatzmeister.

Einmal im Jahr versammelst du dich mit allen anderen Komturen des Großpriorats Franken in Nürnberg. Auf dieser Jahreshauptversammlung besprichst du mit deinen Mitkomturen, dem Großprior und dessen Schatzmeister alle Angelegenheiten, die gewöhnlich bei so einem Anlass besprochen werden. Diese Jahreshauptversammlung findet in der Woche nach Pfingsten statt. Alle anderen Großpriorate haben ihre Jahreshauptversammlungen zur gleichen Zeit. Nach diesen Versammlungen treffen sich die Großpriore Oberdeutschlands mit mir, hier in Mainz.

Alle Präzeptoreien unseres Ordens versammeln sich zur gleichen Zeit. Nach diesen Versammlungen reiten wir Präzeptore zur Hauptversammlung des Ordens nach Paris. Aber diese findet nicht jedes Jahr statt, sondern nur, wenn sie der Großmeister einberuft. Laut Ordenssatzung muss sie mindestens alle fünf Jahre einmal stattfinden. Der Großmeister hält sie gewöhnlich, wenn er sich zur rechten Zeit, gegen Mitte Juni, in Paris einfinden kann.

Manchmal bestelle ich einen oder mehrere meiner Komture hierher, es kommt auf ihre Aufgaben an. Wenn du einer unser Ordensschreiber oder Historiker wirst, dann ist es sehr gut möglich, dass ich dich öfters hierher rufen werde. Es ist sogar möglich, dass dich der Grossmeister nach Paris rufen wird!

Du bist ein Meister des mittleren Dienstes. Das heißt, dass du befugt bist, neue Mitglieder in unseren Orden aufzunehmen. Aber, wenn sich ein Ritter um die Aufnahme in unseren Orden bewirbt, bevorzuge ich, dass du ihn zur Aufnahme hierher schickst! Dienende Brüder kannst du jederzeit und in jeder beliebigen Anzahl aufnehmen! Wenn du nicht genug Arbeit für sie hast, schicke sie nach Nürnberg oder zu mir. Du hast das Recht und sogar die Pflicht, dir einen oder zwei Knappen zu halten. Wenn du einen jungen Knappen findest, der gewillt ist als Knappe in unseren Orden einzutreten und dir zu dienen, nehme ihn auf und weihe und weise ihn ein! Wenn du dir zwei Knappen halten willst, dann mache sicher, dass der eine etwas älter ist als der andere, so dass der ältere den jüngeren anweisen kann!

Das ist alles, was ich dir offiziell zu sagen habe. Von jetzt an spreche ich inoffiziell zu dir, als ein Mitbruder des inneren Kreises. Ich habe gehört, dass du ein Mitbruder unseres inneren Kreises und in der Esoterik sehr gut bewandert bist. Als dein Präzeptor und Mitbruder des inneren Kreises beauftrage ich dich, unsere esoterischen Weisheiten in die Beguinenbewegung einzuflößen und, zur gleichen Zeit, so viel als möglich von ihnen zu lernen und das Gelernte an die Mitbrüder unseres esoterischen Kreises weiterzuleiten! Du bist nicht nur ein guter Esoteriker, sondern auch ein guter Schreiber, deshalb bist du bestens geeignet, unsere esoterischen Weisheiten in Briefen an die Beguinenbewegung weiterzugeben. Die Beguinen werden sie dann dem Volk weitergeben!

Die Beguinen sind kein formeller Orden, sie sind eine Laienorganisation. Sie können sich leisten, offen unorthodox zu sein, solange sie nicht gegen die Häresiegesetze verstoßen. Wie du wahrscheinlich weißt, definieren beide unserer Gesetze, die Kanonen der Römisch Katholischen Kirche und die Konstitutionen von Melfi, die Häresie ziemlich genau. Häresie ist nicht unorthodoxes Denken! Die rechtsgültige Definition von Häresie ist die aktive Unterstützung einer abtrünnigen Sekte oder Bewegung! Solange die Beguinen die Sakramente, Dogmen und Glaubenslehren der Kirche anerkennen, verstoßen sie nicht gegen das Häresiegesetz!

Wir, der Templerorden, sind ein formeller, orthodoxer Orden, zumindest nach außen. Namentlich und äußserlich sind wir strikt römisch katholisch, innerlich sind die meisten von uns Rittern mehr oder weniger unorthodox. Aber äußerlich müssen wir stets den Eindruck strikter Orthdoxie wahren! Deshalb darf weder dein Name noch der Name unseres Ordens auf deinen Briefen an die Beguinen erscheinen; nichts was die Briefe auf unseren Orden zurückführen könnte! Ich überlasse es deinem Geschick und deiner Diskretion, die rechten Worte und Wege zu finden. Und ich möchte, dass du soviel wie möglich von dem esoterischen Wissen der Beguinen einholst und es zur rechten Zeit und Gelegenheit an deine Mitbrüder des inneren Kreises weitergibst. Wie und wann sei dir überlassen!“

„Ich bin hocherfreut, Bruder Präzeptor, auf so eine Gelegenheit habe ich mein Leben lang gewartet!“ rief Arminius freudig aus. „Das ist ein wahres Gottesgeschenk!“

„Du bist ein Gottesgeschenk, Bruder Arminius!“ erwiderte der Präzeptor lächelnd. „Hast du irgendwelche Fragen?“

„Wie du weißt, Bruder Präzeptor, nehme ich mehrere Bücher nach Thannbrunn mit. Eines hat 700 leere Seiten, mein Lehrer und Mentor schenkte es mir, damit ich es fülle. Ich würde es gerne voll schreiben, und denke dabei an eine persönliche Autobiographie, zusammen mit der Geschichte des Templerordens. Eine subjektive Ordensdarstellung, von innen her, vom Gesichtspunkt eines Tempelritters, der nahe an der Ordensspitze stand, und gleichzeitig eine objektive Zeitgeschichte des Ordens, beides in einem Werk. Also einen objektiven und subjektiven Bericht über unseren Orden, in einem Buch!"

„Schreibe was du willst, und wie dich der göttliche und schöpferische Geist führt! Das sei deinem Geist überlassen, und deinem Talent und deiner Diskretion. Was du geheim schreibst sei ganz und gar dir überlassen! Aber was du offiziell schreibst, über unseren Orden, sei es nur für den Orden oder für die Allgemeinheit, bedarf meiner Zustimmung, und der des Grossmeisters! Aber Geheimbriefe kannst du schreiben wie du willst, dazu brauchst du nur die Zustimmung Gottes, und ob du diese hast, und wie du sie ausdrückst, sei deinem Gewissen und deiner Diskretion überlassen, solange es deine Pflichten als Komtur nicht behindert. Offen gesagt, sind derer nicht viele! Thannbrunn ist eine kleine und ruhige Komturei die während der vergangen zwei Jahre von vier dienenden Brüdern als eine Probstei der benachbarten Komturei Weihersdorf betrieben wurde. Wie ich sagte, ist Thannbrunn zu klein und zu nahe an einer benachbarten Komturei um eine Komturei für sich zu sein. Thannbrunn ist nur deshalb eine Komturei, weil es ein Hospiz hat und die Beguinage Waldkirchen beschützt. Und die Beguinen brauchen nicht viel Schutz, wir schützen sie hauptsächlich vor dem Klerus. Beim Volk und beim Adel sind die Beguinen hochbeliebt!

Wie du siehst, gibt es auf Thannbrunn für einen Komtur nicht viel zu tun. Das ist ein Posten für einen schöpferischen Schreiber und Denker wie du! Deshalb bin ich froh, dass du ihn genommen hast! Ich bin sicher, dass du deine Zeit und deine Position nützen wirst, um die Weisheit des Tempels zu verbreiten!

Unsere Nürnberger Großpriorei ist ein Warenhaus im südlichen Teil der Stadt. Deine Bootsleute wissen Bescheid! Hier ist ein Brief an deinen Großprior, grüße ihn von mir und geh mit Gott! – Non nobis, Domine! Non nobis, sed Nomini Tuo da gloriam!"

„Non nobis, Domine!" erwiderte Arminius und verließ die innere Kammer des Präzeptors.

Am nächsten Morgen nach der Frühmesse ging Arminius zum Hafen von Mainz, wo die drei Frachtboote mit fünf Mann in jedem Boot abfahrbereit am Kai lagen. Die Boote waren die üblichen Frachtboote mit flachem Kiel, hohen Bordwänden und wenig Tiefgang, wie sie den Rhein und seine Nebenflüsse auf- und abruderten. Jedes Boot war etwa dreißig Fuß lang und acht Fuß breit, wurde mit einem langen Steuerruder im Heck gesteuert und von vier Seitenrudern betrieben, zwei vorne und zwei hinten. Jedes Ruder wurde von einem Mann gerudert, der entweder stehend oder sitzend rudern konnte. Wenn er sitzend ruderte, saß er rückwärts blickend auf der Ruderbank und zog das Ruder. Es war genug Platz auf den Ruderbänken, so dass auch zwei Mann an einem Ruder ziehen konnten. Wenn der Ruderknecht stehend ruderte, stand er vorwärts blickend im Boden des Bootes und stemmte sein gesamtes Körpergewicht und alle seine Muskeln gegen das Ruder. Die Fracht war dicht zwischen den Bordwänden und zwischen den Vorder- und Hinterbänken gestapelt und festgezurrt. Wenn man vom Bug zum Heck wollte, musste man über die Ladung steigen. Arminius saß auf der Ladung. Die Ruderer wechselten jede Stunde von der rechten auf die linke Seite über. Eine Sanduhr war im Bug montiert um die Stunden anzuzeigen. Obwohl die Arbeit des Steuermannes leichter schien als die der Ruderer, hatte er es nicht leichter. Die flachkieligen Flussboote waren sehr wendig und kamen leicht von der Richtung ab, der Steuermann musste scharf aufpassen und den Fluss und seine Launen gut kennen.

Arminius' Bootsleute banden ihre Boote vom Mainzer Kai los, stießen ab und ruderten mit schnellen, kraftvollen Schlägen über den Rhein in die Mainmündung. Sie ruderten stehend, stemmten ihre Körper gegen die Ruder, überwanden die Strudel, Wellen, Quer- und Gegenströmungen, wo die zwei mächtigen Flüsse zusammenfließen, und ruderten dann den Main hinauf.

Am ersten Tag kamen sie bis Frankfurt. Wie Mainz, war Frankfurt eine Freie Kaiserliche Reichsstadt. Das hieß, dass sie ihr Freirecht direkt vom Kaiser erhalten hatte und nur dem Kaiser oder König des Deutschen Reiches unterstand. Die Kaiserburg und die Kathedrale St. Bartholomäus thronten auf dem Domhügel über der Stadt. Friedrich Barbarossa war in Frankfurt zum König des deutschen Reiches gewählt und gekrönt worden, dies gab der bis dahin unbedeutenden Stadt Frankfurt einen Ehrenplatz unter den Städten Deutschlands.

Am zweiten Tag ruderten sie bis Aschaffenburg. Der Main ist breit zwischen Aschaffenburg und Mainz, beinahe so breit wie sein großer Bruder Rhein, und er fließt in der gleichen, weiten Talebene. Aber flussaufwärts von Aschaffenburg zwingen die Hügel des Spessart auf der einen Seite und die des Odenwaldes auf der anderen den Main in ein engeres Tal und einen engeren Lauf. Nach Aschaffenburg ruderten sie einen Tag nach Süden, einen Tag nach Osten und einen Tag nach Norden. Damit umruderten sie die drei Seiten eines ungefähren Quadrats, das „Mainviereck“ genannt. Nach dem Mainviereck beschreibt der Main ein großes Dreieck, das als „Maindreieck“ bekannt ist. Wegen dieser geometrischen Spielereien des Mains ist die Flusslinie zwischen Bamberg und Aschaffenburg mehr als doppelt so lang wie die Luftlinie.

Die Bootsleute ruderten sechs Stunden am Morgen, hielten eine einstündige Mittagspause und ruderten sechs Stunden am Nachmittag. Für die geraden Strecken des Mains, besonders wo die Strömung stark war und die Boote nur langsam vorwärts kamen, mietete Arminius Leinpferde, die die Boote an langen Leinen flussaufwärts zogen. Dabei konnten sich die Bootsleute etwas ausruhen, mussten aber in ihren Booten bleiben, um sie vom Ufer weg zu halten. Arminius ging dann oft auf dem Leinpfad einher, um sich die Füße zu vertreten. Sonst saß er auf der Ladung, alle sechs Stunden auf einem anderen Boot. Von seinem hohen Sitz aus beobachtete er Land und Leute, Dörfer und Städte. Und er hatte die Muße, die Ereignisse der letzten neun Monate zu überdenken und die Eintragungen in sein Notizbuch nachzuholen.

Arminius’ Bootsmänner kannten den Main, sie wussten wo seine Strömungen waren und wie sie sich mit den Jahreszeiten und dem Wasserstand änderten. Ein trockener September wie dieser war die Zeit des niedrigsten Wasserstandes. Die Bootsleute wussten genau, wie sie den Main bei Niedrigwasser navigieren mussten, sie ruderten immer auf der langsameren Seite des Flusses und nutzten jede Gegenströmung aus, um so mühelos wie möglich vorwärts zu kommen. Und, durch Glück,

Geschick oder Schlauheit, kamen sie immer genau zur Mittags- oder Abendstunde an ihrer Lieblingsherberge oder ihrem bevorzugten Gasthof an. Arminius blieb nachts als Wächter bei den Booten und schlief auf der Ladung. Die Bootsleute, denen es dadurch erspart blieb, ihre Boote selbst zu bewachen, brachten ihm gerne sein Essen auf einem Teller und ein Krüglein guten, herben, klargrünen Frankenwein.

Arminius erfuhr bald, dass die Tempelritter im Maintal mehr geachtet waren und die Stimmung des Volkes zuversichtlicher war als im Rheintal. Die Wirtschaft der Maingegend war mehr auf hiesigen Bedarf gerichtet und nicht so sehr auf fremden Handel angewiesen. Und der Donau-Main-Rhein Handelsverkehr war nach dem Fall der Kreuzfahrerstaaten nicht abgefallen sondern angestiegen, und die gesamte Maingegend profitierte vom Anstieg des Schiffsverkehrs. Der Donau-Main-Rhein Handel hatte auf Kosten des Rhône-Saône-Rhein Handels zugenommen, die Mainfranken hatten gewonnen was die Provencalen und Burgunden verloren.

Das Maintal hatte auch nicht so sehr unter dem kalten Winter gelitten wie das Rheintal und das Tal der Rhône-Saône. Der Schnee in dem mehr windgeschützten Maintal wurde nicht von den kalten Nordostwinden verweht, deshalb hatten die Obstbäume und Weinstöcke der Maingegend den kalten Winter besser überlebt. Auch waren die Wein- und Obstsorten des Maintales widerstandsfähiger als die des Rheines oder der Rhône-Saône. Und, obwohl das Getreide auch in Franken sehr spät gesät wurde, stand es gut und konnte gegen Ende September, in dem noch immer goldenen Herbstwetter, gut eingebracht werden. Außerdem sind die Mainfranken so klargrün und herb wie ihr Wein. Sie sind ein widerstandsfähiges, stabiles und pragmatisches Volk, verglichen mit den labilen und merkurischen Rheinländern, die, wie ihr süßer, goldener Wein, zwischen Ekstase und Melancholie hin- und herschwanken, und einen Tag jauchzen und am nächsten todtraurig sind.

Arminius besah sinnend die Hügel des Odenwaldes, während seine Bootsmänner das Mainviereck umruderten. Odenwald: Odins Wald! Der Bergzug war nach dem heidnischen Gott Odin, dem Gott der Dichtkunst, benannt! Arminius besah sein Schwert mit dem Geisteswolf Odins, der unter dem Heft in die Klinge geritzt war. Und er erinnerte sich dessen, was ihm Siegfried der Schwertschmied über Odin erzählt hatte: Odin gab sein rechtes Auge, um von der Quelle der Weisheit und Dichkunst zu trinken, und er besaß ein achtbeiniges Geistespferd, und zwei Geistesraben, genannt „Gedanke" und „Erinnerung", die täglich die Welt umkreisten und Odin alle Gedanken und Erinnerungen der Welt brachten. „Alle Gedanken und Erinnerungen der Welt?" dachte Arminius. „Was für ein großartiger Schatz, welch unerschöpfliche Quelle der Weisheit und Dichtkunst! – Das ist die Quelle, für welche Odin sein rechtes Auge hergab!"

Dann kam ihm Siegfrieds Lied in den Sinn, ein langes, feierliches Gedicht zu Ehren Odins. Siegfried hatte ihm einmal das ganze Lied zitiert, aber Arminius hatte nur die erste Strophe im Gedächtnis behalten:

ODE AN ODIN

Sing uns, oh Siegfried,
Du Heidenheld der du hörst
Die Walküren von Walhalla,
Eine Ode an Odin.

Siegfried der Schwertschmied war ein halber Heide, sein Großvater war ganz Heide gewesen, ein Mitglied des Stammes der heidnischen Pruzzen, die von den Rittern des Deutschherrenordens besiegt und bekehrt wurden. Siegfried sagte, dass unter seinen heidnischen Vorvätern das Dichten allgemein üblich war, dass das ganze Volk dichtete, besonders die Schmiede, die die Alchimisten der heidnischen Preußen waren. „Bei den germanischen Heiden war jeder Mensch Dichter und Denker, und die Schmiede waren die Alchimisten!“ sagte Siegfried.

Arminius fragte sich: „Sind die heutigen Bauern, Köhler und Schmiede des Odenwaldes auch Dichter und Denker? Bestimmt nicht! Was haben wir getan, als wir sie christianisierten und zivilisierten? Haben wir ihren Schöpfergeist und ihre Schöpferkraft getötet?“

Plötzlich wurde Arminius sich dessen gewahr, dass der höhere Stand den niedrigeren notwendig machte. Durch die Gründung des Lehnswesens und der Feudalherrschaft hatte sich aus der gleichgestellten Stammesgesellschaft seiner heidnischen Vorfahren ein Stand hervorgehoben. Dies erforderte zwangsläufig, dass der Rest des Volkes erniedrigt wurde! Der Adel hatte sich auf Kosten des Volkes erhoben, die Hochstehenden hatten sich auf Kosten der Tieferstehenden erhöht! Der Adel hatte sich hervorgehoben und verfeinert und hatte dadurch das Volk verroht und verdummt! „Wir, der Adel, haben den Schöpfer im Volke getötet!“ gestand Arminius sich ein. „Adel heißt zwar edel, aber einen Adelsstand zu gründen, und dadurch den Rest der Gesellschaft zu einer unedlen Existenz zu verdammen, ist ausgesprochen unedel!“

Auch die Kirche hatte den Schöpfer im Menschen getötet, und nicht nur im gemeinen Volk sondern auch im Adel. Die Kirche verbot oder erschwerte freies, schöpferisches Denken! Zum ersten Mal im Leben schämte sich Arminius seines Standes und seiner Religion!

Dann erinnerte er sich an Mahammata, den indischen Scholaren, den er in Akko bewirtetete. Auch erinnerte er sich der Ähnlichkeit zwischen den indischen Veden und den ungeschriebenen Mythologien seiner heidnischen Vorfahren: Manu, der erste Mensch! Manu, der erste Prophet! Manu der Denker! Manu, Mensch und Denker, Mensch und Schöpfer! Die Veden, die ältesten, heiligen Schriften der Hindus und Buddhisten, feiern den Menschen als schöpferischen Denker. Die Bücher des Moses, die ältesten, heiligen Schriften der Juden, Christen und Muslime, bezeichnen den Menschen als Schöpfer! „Wo ist der Schöpfer im heutigen Menschen?“ fragte sich Arminius, „Tot?!“ Dann traf es ihn wie ein Blitz: „Der

Schöpfer im Menschen ist nicht tot, denn er ist unsterblich! Der Schöpfer im Menschen schlummert nur!"

„Warum?" fragte sich Arminius in seinem inneren Selbstgespräch, „Was hat ihn eingeschläfert? Darüber zu grübeln ist zwecklos, das Wichtige ist, den Schöpfer im Menschen zu wecken! Der Schöpfer im Menschen muss wiedererweckt werden!"

„Die Menscheit ist nicht verloren, sie ist gewonnen!" hatte die weise Hausmutter der Beguinage in Strassburg gesagt. „Sie hat recht!" sagte sich Arminius und schämte sich seines Standes und seiner Religion nicht mehr, er verzieh dem Adel und dem Klerus, sie waren in Umstände verstrickt, die sie nicht übersehen konnten, sie kannten den Weg der Weisheit nicht. Und es gab unzählige Menschen, Adelige und Gemeine, Kleriker und Sekuläre, die sich aufopferten, um den Schöpfergeist im Menschen zu erwecken und zu wach zu halten. Es gab nur eins: sich ihnen anzuschließen!

Und Arminius erinnerte sich dessen, was ihm Mahammata über das Kaiserreich Japan berichtet hatte, wie er Japan als das höchstzivilisierte Land der Erde gepriesen hatte: „Obgleich die Adeligen Japans der höchstentwickelten Sekte des Buddhismus angehören, zwangen sie ihre Religion dem Volk nicht auf. Das japanische Volk behielt seine alte Naturreligion genannt ‚Schintoismus' bei; der buddhistische Adel Japans erneuerte den Schintoismus!"

Aber selbst der Adel Japans war nicht fehlerlos. Mahammata sagte, dass der buddhistische Adel Japans, die Samurais, Geld verachteten und ihre Finanzen den Kaufleuten überließen. Viele Samurais waren den Kaufleuten derart verschuldet, dass sie von ihnen abhängig waren. Vielerorts stand der Kaufmannsgeist über dem göttlichen Geist! „Dies ist ein Fehler, den wir Tempelritter nicht begangen haben!" dachte Arminius. „Wir verachten das Kapital nicht, wir verfügen über es, und nützen es im Namen und im Geiste der Gottheit!"

„Hätten wir, die Tempelritter des inneren Kreises, die Heiden des Odenwaldes bekehrt," sinnierte Arminius weiter, „dann hätten wir ihnen ihre grossartige Heidenreligion und ihren Gott Odin gelassen! Wir hätten nur die groben Aspekte ihrer Religion entfernt und das Prinzip der göttlichen Einheit hinzugefügt, ohne ihnen ihren Gott der Dichtkunst und Weisheit zu nehmen. Dann wären sie Dichter und Denker geblieben!"

Als sie zur Übernachtung am Dorfe Iphofen unweit der Stadt Kitzingen anlegten, erinnerte sich Arminius an die Sage der Schwanfrau von Iphofen. Er kannte die Sage seit seiner Kindheit, sie hatte ihn sehr beindruckt und war ihm sein Leben lang im Gedächtnis geblieben. Jetzt, wo sie an dieser sagenhaften Stätte anlegten, wollte er sich das legendäre Iphofen gerne etwas näher ansehen. Er bat einen der Bootsmänner die Boote für den Abend zu bewachen und ging ins Dorf.

Im Gasthof zum Weißen Schwan verzehrte er sein Abendmahl und trank einen Becher klargrünen Frankenwein. Während er aß, beobachte er eine Gruppe von Rittern, Knappen und Damen an einem der Nebentische. Nach dem Mahl nahm er seinen Becher, ging auf diese Gruppe zu, verbeugte sich, stellte sich vor und fragte, ob er sich zu ihnen gesellen dürfe.

„Natürlich, Herr Arminius, setzt Euch nieder und redet mit uns!" sagte eine kecke, blonde Dame mit großen, graublauen Augen, die die Wortführerin zu sein schien und trotz ihres mittleren Alters von den anderen als ‚Fräulein Sieglinde' angeredet wurde. „Es ist nicht jeden Tag, dass wir einen Tempelritter in unserer Mitte haben. Was bringt Euch nach Iphofen, Herr Arminius?"

„Die Sage der Weißen Schwanfrau hat mich seit meiner Kindheit fasziniert", antwortete Arminius. „Jetzt, da mich der Zufall oder die göttliche Fügung zu Eurer legendären Stätte führte, beschloss ich, sie mir etwas näher anzusehen!"

„Und Ihr habt keine Angst, dass die Weiße Schwanfrau aus dem Schwanberg kommt und Euch verführt?" scherzte die kecke Sieglinde.

„Wie Ihr wisst, schwören wir Templer einen Keuschheitsschwur. Keine Frau kann mich verführen!"

„Auch nicht wenn die Verführung eine geistliche ist?" fragte sie.

„Verwechselt ihr nicht das Profane mit dem Heiligen?" gab Arminius zurück.

„Ist das nicht, was der Templerdichter Wolfram schrieb?" erwiderte sie. „Heiligte er nicht das Profane und profanierte das Heilige?"

„Ihr seid höchst empfänglich, Fräulein Sieglinde, Ihr seid eine rechte Weiße Schwanenfrau!" komplimentierte Arminius der blonden Frau und blickte bewundernd in ihre graublauen Augen. „Wie kamt Ihr zu so einem tiefen Verständnis des ehrwürdigen Wolframs?"

„Ich bin Sieglinde von Dürne," antwortete die Frau, „aus Wildenberg im Odenwald. Die Herren von Dürne waren Gönner und Mäzene des ehrwürdigen Wolfram. Er war ein häufiger Gast auf unserer Burg Wildenberg und schrieb einen Teil seiner Werke dort. Ich hab viel Zeit in seiner Kammer verbracht. Sein Geist ist dort, ich habe ihn verspürt!" sagte sie tiefernst. „Wenn Ihr ein Gralsritter seid, dann solltet Ihr wissen, wovon ich spreche!" fügte sie hinzu

„Ja, ich suche den Gral, und ich denke, dass ich weiß, wovon ihr sprecht", antwortete Arminius. Danach legte er seine rechte Faust auf die linke Brust und verbeugte sich tief. „Ich fühle mich geehrt Eure Bekanntschaft zu machen, Fräulein Sieglinde!"

„Dann brachte Odins Wald also doch zumindest einen Denker und Dichter hervor, der vom Geiste Odins inspiriert wurde!" setzte Arminius das Gespräch fort, „Ich befürchtete schon, es gäbe keinen!"

Sieglinde wusste nicht viel von Odin. Arminius sagte ihr, dass Odin der germanische Gott der Weisheit und Dichtkunst war. Er erzählte ihr alles, was er über Odin wusste. Sieglinde hörte aufmerksam zu, mit weitoffenen, blauen Augen und offenem Geist. Nach einigen Stunden anregender Unterhaltung und einigen Bechern klargrünen Frankenweins ging Arminius, etwas angeheitert vom Wein und mehr angeregt vom Gespräch mit Sieglinde, zu seinen Booten zurück.

Während sie das Maindreieck umruderten, fuhren sie durch die Stadt Würzburg, mit ihrer mächtigen Festung Marienberg hoch über der Stadt auf der einen Seite des Flusses, und dem Hauptteil der Stadt mit Hafenanlagen, Warenhäusern, behäbigen Bürgerhäusern, dem Dom des St. Kilian und einer großen Anzahl von Kirchen auf der anderen. Der obere und untere Teil Würzburgs waren durch eine steinerne Brücke mit zwölf Heiligenfiguren verbunden, unter der die Bootsleute vorsichtig durchfuhren um nicht gegen die großen, steinernen Brückenpfeiler zu stoßen. Zwei Tage später ruderten sie an der Stadt Schweinfurt vorbei, zwei Tage danach in die Mündung der Regnitz.

Etwas südlich des Zusammenflusses von Regnitz und Main kamen sie durch Bamberg, eine bildschöne Stadt zwischen einigen, niedrigen Hügeln im breiten Tal der Regnitz. Die Hügel Bambergs waren von Kirchen und Klöstern gekrönt und der vierspitzige Dom thronte hoch über Domplatz und Stadt.

Die Regnitz hatte einige seichte Stellen, die zum Rudern zu seicht waren. Für solche Fälle hatten die Bootsmänner lange Staken an Bord und staken die Boote vorwärts. Einige Stellen waren noch seichter, zu flach zum Staken, die Boote liefen auf Sand- oder Kiesbänke auf, und alle mussten aussteigen um die Boote möglichst leicht zu machen und sie über die Bänke zu ziehen und zu schieben. Wie am Main, gab es an den geraden Strecken der Pegnitz Leinpfade und Arminius mietete Leinpferde um die Boote zu ziehen.

Während sie die Regnitz hinauf fuhren, kamen sie an der Stadt Forchheim und später an der Stadt Erlangen vorbei, wo die Schwabach vom Osten in die Regnitz fließt. Zwei Wochen nach ihrer Abfahrt von Mainz erreichten sie die Stadt Fürth bei Nürnberg. In Fürth ruderten sie in die Pegnitz ein. Nach zwei Stunden auf der Pegnitz befanden sie sich in der Mitte einer der schönsten Städte Deutschlands, der Freien Kaiserlichen Reichsstadt Nürnberg.

Die Pegnitz teilte Nürnberg in zwei. Die südliche Hälfte wurde „Lorenzseite“, genannt, nach der Kirche Sankt Lorenz; die nördliche Hälfte war die „Sebaldseite“, nach der Sebalduskirche. Die herrliche Königsstraße verband die beiden Seiten miteinander und hörte an der Sebalduskirche auf. Die Sebaldseite ging leicht bergauf und endete in einem roten Sandsteinrücken, auf welchem die mächtige, steingraue Kaiserburg thronte und das Stadtbild beherrschte.

Die Blütezeit Nürnbergs begann, als die Stadt von Kaiser Friedrich dem Zweiten zur Freien Reichsstadt erklärt wurde. Danach wurde Nürnberg zu einem Zentrum des Handels, der Handwerke und der Künste. Nürnbergs Pflege der Baukunst zeigte sich in seinen vielen Kirchen, seinen stattlichen Bürgerhäusern und Warenhäusern, seinen Straßen, Plätzen, Hallen, Mauern und Türmen. Die Stadtmauer Nürnbergs hatte nicht weniger als 128 Türme, jeder ein Meisterwerk der Baukunst! Deshalb wurde Nürnberg liebevoll „des Reiches Schatzkästlein“ genannt.

Die Großpriorei des Templerordens war ein stattliches aber unverziertes Warenhaus auf der Lorenzseite, unweit des Hafens. Die Bootsmänner, mit Hilfe eines Fuhrwerkes und einiger dienenden Brüder, luden die Waren ab und brachten sie zum Haus. Arminius meldete sich beim Großprior und übergab ihm den Brief des Präzeptors.

„Ah, ein literarischer Tempelritter! Sowas brauchen wir im Lande des großen Templerdichters Wolfram von Eschenbach!“ rief der Großprior erfreut aus. „Wie du wahrscheinlich weißt, lebte und wirkte der ehrwürdige Wolfram zwei Reitstunden südwestlich von hier, in Eschenbach bei Ansbach. Er liegt in der Liebfrauenkirche von Eschenbach begraben. Wir, die Tempelritter, die ihn verehren, machen jedes Jahr zu Pfingsten eine Wallfahrt zu seinem Grab. Unsere Jahreshauptversammlung findet in der Woche nach Pfingsten statt; unsere jährliche Wallfahrt nach Eschenbach ist sozusagen ein würdiger Auftakt zu unserer Jahreshauptversammlung! Willst du auch hingehen? Eschenbach ist nur einen Tagesritt westlich von deiner Komturei, beinahe auf deinem Weg nach Nürnberg. Du musst sowieso nach dem Pfingstfest zur Jahreshauptversammlung hierherkommen!"

„Ja, ich werde gerne hingehen!" antwortete Arminius freudig. „Auch ich bin ein Bewunderer des ehrwürdigen Wolfram. Aber ich wusste nicht, dass Wolframs Eschenbach nur zwei Reitstunden südwestlich von Nürnberg liegt. In seinen Schriften bezeichnet sich Wolfram als ein Bayer. Zwei Reitstunden südwestlich von Nürnberg würde ihn zu einem Franken machen, oder?"

„Ja, natürlich, und er war einer! Wahrscheinlich war sein Lehnsherr und Mäzen ein Bayer, deshalb gab er sich als Bayer aus. Aber er hatte mehrere Mäzene, bayrische und fränkische. Die Diözese Eichstätt, in der sich Wolframs Eschenbach befindet, ist eine bayrisch-fränkisch gemischte Diözese, wird aber hauptsächlich von dem bayrischen Fürstengeschlecht der Wittelsbacher beherrscht.

Deine Komturei Thannbrunn befindet sich in der Diözese Eichstätt, in der Grafschaft des Grafen von Hirschberg, der dem Hause Wittelsbach untersteht. Die Leute deiner Komturei und der näheren Umgebung sprechen eine Abart von Bayrisch, mit fränkischem Einschlag. Wenn du von Thannbrunn nach Westen reitest, wird der fränkische Einschlag immer stärker. In Spalt, einen halben Tagesritt westlich von dir, sprechen sie schon ganz Fränkisch. Du wirst alles beizeiten herausfinden!

Heute und morgen ruhst du dich aus und machst dich mit der Stadt Nürnberg und unserem Haus bekannt. Unser Bruder Quartiermeister wird dir eine Alkove anweisen und du wirst mit uns beten und essen. Morgen früh nach der Frühmesse kommst du zu mir und ich werde dich in deinen neuen Posten einweisen. Danach gehst du zu unserem Bruder Stallmeister und suchst dir unter den verfügbaren Pferden unseres Reitstalles ein Pferd aus. Übermorgen früh, nach dem Morgengebet, reitest du dann nach Thannbrunn und übernimmst dein Kommando!"

Am nächsten Morgen, nach der Frühmesse in der Templerkapelle des Hauses, begab sich Arminius zur Kammer des Großpriors. Dieser hatte bereits ein Stück Papier mit einer Kartenskizze auf seinem Tisch liegen. Er bat Arminius, sich zu setzen. Mit einem Bleistift deutete er auf die entsprechenden Stellen der Karte und erklärte:

„Du reitest aus dem Südtor Nürnbergs hinaus und nimmst die südöstliche Straße, die Landstraße nach Regensburg. Sie ist gut befahren und markiert, du kannst sie nicht verfehlen. Auf dieser Straße reitest du bis in das Städtchen Neumarkt. In Neumarkt reitest du nach Süden, die Straße ins Sulztal und nach Berching. Südlich von Neumarkt kommst du durch eine wilde Heide, genannt die Hasenheide. Wo die Hasenheide in das bebaute Tal der Sulz übergeht, und du auf der rechten Anhöhe das Schloss Sulzbürg und auf der linken das Schloss Schweppermann siehst, befindet das Dorf Mühlhausen.

Mühlhausen ist zwei oder drei Reitstunden südlich von Neumarkt. Östlich von Mühlhausen ist ein großes Stück Templerland, das sich bis nach Thannbrunn erstreckt. Der größte Teil davon gehört zur Komturei Weihersdorf, der Rest zur Komturei Thannbrunn. Die Straße nach Weihersdorf zweigt in der Mitte von Mühlhausen, direkt vom Dorfplatz, in östlicher Richtung ab. Der Komtur von Weihersdorf hat außer seiner Komturei noch die Templerprobsteien von Berching und Sallmannsdorf unter sich. Und er war in den letzten zwei Jahren, seit dem Tode des alten Komturs von Thannbrunn, auch für deine Komturei zuständig. Weihersdorf ist einen halbstündigen Ritt von Thannbrunn entfernt. Bruder Dietrich von Buchenthal, der Komtur von Weihersdorf, wird dich beraten und dir beistehen!

Thannbrunn ist etwa einen Stundenritt südöstlich von Mühlhausen. Gleich südlich des Dorfes Mühlhausen nimmst du die südöstliche Straße, die Weiße Laberstraße. Sie ist eine gut befestigte und befahrene Fuhrstraße, du wirst sie kaum mit einem Feldweg verwechseln! Sie geht allmählich bergauf, erst durch eine Heide, die höher auf dem Hügelrücken in Wald übergeht. Der Hügelkamm trennt das Tal der Sulz vom Tal der Weißen Laber. An einem Kreuzweg am höchsten Punkt der Straße steht ein großes, rotes Wegkreuz, genannt das ‚Rote Kreuz'. Wenn du irgendwelche Zweifel hast, frage nach dem Weg zum Roten Kreuz, es ist ein weitbekanntes Wegzeichen.

Das Rote Kreuz ist natürlich ein Templerkreuz: Neun Fuß hoch, aus solidem Sandstein gehauen und zinnoberrot gefärbt. Es markiert die Ostgrenze der Komturei Weihersdorf, die Westgrenze der Komturei Thannbrunn und die Mitte des größten, zusammenhängenden Landbesitzes des Templerordens in Oberdeutschland! Das Land vom Roten Kreuz westwärts, bis nach Weiherdorf und zur Sulz, gehört zur Komturei Weihersdorf. Das Land vom Roten Kreuz westwärts, das Tal der Weißen Laber hinunter und auf der anderen Seite hinauf, bis nach Thannbrunn und Neuhaus, gehört zur Komturei Thannbrunn. Die Templerprobstei Sallmannsdorf ist auch nicht weit vom Roten Kreuz entfernt, eine halbe Reitstunde nördlich. Und die Templerprobstei Berching liegt bei der Stadt Berching, eine Reitstunde südlich von Mühlhausen im Tal der Sulz. Berching ist deine Marktstadt!

Wenn du vom Roten Kreuz zur Weißen Laber hinunterreitest, kommst du an einer großen Sandgrube vorbei. Diese Sandgrube gehört zu deiner Komturei. Jeder, der nicht zu deiner Komturei gehört und dort Sand entnimmt, zahlt dem Sandmüller. Die Sandmühle ist deine Getreidemühle, sie ist etwas unterhalb der Sandgrube, direkt an der Weißen Laber. Gleich unterhalb der Sandmühle überbrückt eine hölzerne Brücke die Weiße Laber, wir nennen sie die Sandmühlbrücke. Die Weiße Laberstrasse führt über die Sandmühlbrücke und folgt dem Lauf des Baches nach Holnstein und weiter nach Dietfurt, wo die Weiße Laber in die Altmühl mündet.

Du bist für die Instandhaltung der Sandmühlbrücke verantwortlich. Und für den Teil der Weißen Laberstraße, der durch deine Komturei führt, vom Roten Kreuz bis zur Ritzermühle. Die Weiße Laberstraße ist eine bedeutende Handelsstraße, eine der wichtigen Landbrücken zwischen Altmühl und Regnitz. Du bist dafür verantwortlich, deinen Teil dieser Straße in gutem Zustand zu halten, gut genug, um die schweren Fuhrwagen der Nürnberger Kaufleute zu tragen. Außerdem hast du die Verantwortung für die Sicherheit der gesamten Weißen Laberstraße, zusammen mit deinem Nachbarkomtur Bruder Dietrich und den Rittern von Holnstein, Breitenegg, Ödenberg und Wildenstein. Im Falle von Wegelagerei, oder irgendeiner anderen Angelegenheit die diese Straße betrifft, musst du mit ihnen zusammenarbeiten!

Kurz vor der Sandmühlbrücke zweigt ein Karrenweg nach Süden ab. Dieser Weg führt zum Dorf Simbach und dem Weiler Matzenhof. Beide gehören zu deiner Komturei. Simbach hat zwanzig Bauern, Matzenhof drei.

Das alte Herrenhaus Thannbrunn liegt direkt über der Sandmühle, aber der Hang ist dort sehr steil, viel zu steil für einen Fahrweg und auch zu steil für einen Reitpfad. Nur ein Fußpfad verbindet die Sandmühle direkt mit dem Herrenhaus. Der Karrenweg nach Thannbrunn zweigt eine halbe Meile südlich der Sandmühlbrücke von der Weißen Laberstraße ab und geht ein kleines, leicht ansteigendes Seitental hinauf. In diesem Seitenal, etwas abseits vom Weg, liegt ein Einödhof, der auch zu deiner Komturei gehört.

Am oberen Ende dieses kleinen Seitentales, etwa eine Viertelmeile von der Weißen Laberstraße entfernt, befindet sich das Neue Haus von Thannbrunn. Wir nennen es ‚Neuhaus', um es von dem alten Herrenhaus, der alten Burg Thannbrunn, zu unterscheiden. Neuhaus ist ein Hospiz und ein landwirtschaftlicher Betrieb, außerdem besitzen wir um Neuhaus herum noch drei Bauernhöfe, einen Stellmacher und einen Schmied. Um das alte Herrenhaus herum haben wir noch weitere fünf Bauern. Im Ganzen hat die Komturei Thannbrunn 32 Bauern, jeder von ihnen bearbeitet etwa 30 Tagwerk Feld und Wiesen. Unser Neuhaus Hof bearbeitet 50 Tagwerk Feld und Wiesen. Dazu hat unsere Thannbrunner Komturei ziemlich viel Wald, etwa 600 Tagwerk, beiderseits des Tales der Weißen Laber. Der meiste Wald ist auf dem leicht ansteigenden Osthang, der Rest auf dem steilen Westhang.

Neuhaus wurde von uns gebaut, als Hospiz für Notleidende und Reisende. Die vier dienenden Brüder unter deinem Kommando residieren dort. Zwei von ihnen, Bruder Petrus und Bruder Jakobus, sind Mediziner. Bruder Hermann ist der Wirt und Bruder Johannes der de facto Probst. Er hat Thannbrunn während der letzten zwei Jahre als eine de facto Probstei der Komturei Weihersdorf geführt. Dein Vorgänger lebte bis zu seinem Tode im alten Herrenhaus von Thannbrunn.

Das alte Herrenhaus ist eine halbe Meile von Neuhaus entfernt und liegt etwas höher. Es war der Sitz der Herren von Thannbrunn seit grauer Vorzeit. Einmal war es eine befestigte Burg, von einem Erdwall und Palisaden umgeben, aber der Wall ist längst verfallen und die Palisaden sind verrottet. Auch die Nebengebäude sind mehr oder weniger verfallen, nur das Haupthaus steht noch. Es ist eine wuchtige, alte Steinhalle mit einem Turm, kühl im Sommer, aber kalt und zugig im Winter. Du kannst in dem alten Haus residieren, oder in Neuhaus, aber ich würde es bevorzugen, dass du im alten Haus wohnst, damit wir unser Recht zu dieser historischen Burg nicht verlieren!

Unsere Situation in Thannbrunn ist etwas ungewöhnlich. Berthold von Thannbrunn stiftete uns nur die Hälfte seines Lehens, die andere Hälfte gab er dem

Benediktinerkloster Auhausen. Die Benediktiner bekamen die obere Hälfte des Lehens Thannbrunn, genannt ‚Oberthannbrunn', und unterhalten es als eine Probstei von Auhausen. Wir bekamen die untere Hälfte, das sogenannte ‚Unterthannbrunn'. Oberthannbrunn umfasst den Großteil des oberen Landes des früheren Lehens Thannbrunn und das verhältnismäßig große Dorf Thann, das Hauptdorf des früheren Lehens Thannbrunn, mit dem benachbarten Weiler Dietersberg.

Wir bekamen die Burg und das Talgebiet mit dem Großteil des Waldes des früheren Lehens Thannbrunn, das Dorf Simbach mit dem Weiler Matzenhof, die Sandgrube, die Sandmühle, den Weiler Neuhaus und den Weiler Thannbrunn. Die Benediktiner bekamen mehr Ackerland als wir, etwa 60 Bauernhöfe. Wir bekamen nur 32 Bauernhöfe, aber dafür das Tal mit 600 Tagwerk Wald, und die Burg.

Die Nordgrenze deiner Komturei ist unterhalb der Kreismühle, die Südgrenze oberhalb der Ritzermühle. Die Westgrenze ist der Rotkreuzrücken und die Ostgrenze die östlichen Gemarkungen der Weiler Thannbrunn und Neuhaus.

Die Benediktinerprobstei befindet sich direkt südlich der Burg Thannbrunn. Sie sind deine Nachbarn! Deine Komturei hat keine Kapelle und keinen Kaplan, deshalb gehst du mit deinen Brüdern zur Frühmesse in die Martinskapelle der Benediktinerprobstei. Das ist eine alte Abmachung zwischen uns und dem Abt von Auhausen. Ich möchte, dass du mit den Benediktinern in einem gutnachbarlichen Verhältnis stehst!

Zum Hochamt am Sonntag gehst du nach Waldkirchen, aber zum Hochamt an den Hauptfesttagen, und zur Beichte und Kommunion, nach Weihersdorf. Unsere Komturei Weihersdorf hat eine Kapelle und einen Kaplan. Du könntest auch zur Sonntagsmesse dorthingehen, aber ich möchte, dass du mit dem Pfarrer von Waldkirchen ein gutes Verhältnis aufrechterhältst! Deine Komturei gehört zur Pfarrei Waldkirchen, deine Bauern und Knechte gehen dorthin zur Kirche. Und die Beguinage Waldkirchen, die unter deinem Schutz steht, gehört natürlich auch zur Pfarrei Waldirchen. Thannbrunn und Waldkirchen stehen unter der Jurisdiktion des Grafen von Hirschberg und des Bischofs von Eichstätt. Es ist also wichtig, dass du auch zu diesen Herren gute Beziehungen pflegst!

Unsere fünf täglichen Gebete betest du mit deinen Brüdern in Neuhaus, wenn möglich. Du wirst auch mit ihnen in Neuhaus essen. Neuhaus ist neu erbaut, hat eine Küche, einen Gästesaal, einen gemauerten Kamin, eine große Anzahl von Schlafalkoven über dem Gästesaal und genug Keller, Speicher, Scheunen und Ställe, um alles zu speichern, was du für deine Brüder, Knechte und Gäste brauchst, und was du in deinem Neuhaus Betrieb produzierst und von deinen Bauern als Zehnten einnimmst.

Berching ist deine Marktstadt! Dort kaufst du ein, was du brauchst und verkaufst, was du nicht brauchst. Wir haben Konten mit einigen Berchinger Kaufleuten. Mit denen handelst du! Dein Nachbarkomtur, Bruder Dietrich, wird dich in unsere Beziehungen zu den Berchinger Kaufleuten einweisen!

Das Bier, das du in Neuhaus ausschenkst, kommt aus Holnstein. Der Ritter von Holnstein besitzt eine Brauerei, wir haben bei ihm ein Konto, er liefert das Bier nach Neuhaus. Du und deine Brüder und Knechte sind zu einem Krug Bier pro Tag berechtigt. Du hast das Recht zu einem Fässchen Frankenwein pro Jahr, aber der Wein ist nur für deinen persönlichen Bedarf bestimmt, und für Ehrengäste. Den Wein kaufst du in Berching!“

„Wo in Berching kaufe ich den Wein?“ fragte Arminius.

„In der Blauen Traube. Das ist der Gasthof in Berching, mit dem wir handeln und in dem wir einkehren, wenn wir in Berching sind. Bruder Dietrich wird dich über unsere Geschäftsverbindungen in Berching unterweisen. Seine Marktstadt ist ebenfalls Berching, außerdem hat er dort eine Probstei. Er weiß dort bestens Bescheid! Hast du sonst noch irgendwelche Fragen?“

„Ich habe eine wichtige Frage, Bruder Großprior. Was sind meine Pflichten gegenüber den Beguinen?“

„Sorge für ihr Interesse, aber sorge nicht für sie!“ erwiderte der Großprior lächelnd. „Sie sind willensstarke, fähige und unabhängige Frauen, sie können sehr gut für sich selbst sorgen! Wir brauchen sie nicht direkt zu beschützen, es ist genug, wenn wir als ihre Beschützer gelten. Die Beguinen sind beim Volke sehr beliebt, aber nicht beim Klerus. Sie sind ein Laienorden, als solcher können sie von der Kirche nicht kontrolliert werden. Das wurmt manchen Klerikern! Dass sie in geistlicher Hinsicht etwas unorthodox sind und ihre eigenen Wege gehen stört sie noch mehr! Unser Schutz der Beguinen ist hauptsächlich dazu da, um sie vor Übergriffen rechthaberischer Kleriker zu schützen. Die Beguinage Waldkirchen steht außerdem unter dem Schutz der dortigen Adeligen. Sie wurde von der damaligen Edelfrau von Waldkirchen gestiftet, mit dem Segen der umliegenden Grafen von Hirschberg, Sulzbürg und Rosenburg.

Hier in der Stadt Nürnberg, in Regensburg und in den anderen Freien Reichsstädten Deutschlands stehen die Beguinen unter dem Schutz der Stadtherren, in Regensburg auch unter dem Schutz der Dominikaner. Draußen auf dem Lande stehen sie hauptsächlich unter dem Schutz der Templer und der Zisterzienser. In deinem Falle wurde der Schutz der Beguinage Waldkirchen in der Schenkungsurkunde festgelegt, als der Edle von Thannbrunn die Hälfte seines Lehens dem Templerorden vermachte.

Ich brauche dich nicht daran zu erinnern, dass sich deine Komturei im Lande des ehrwürdigen Wolfram befindet. Das war sein Wirkungsbereich! Nicht nur ist Wolfram hierzulande bekannt und verehrt, die Großväter vieler der hiesigen Adeligen waren Freunde, Gönner und Mäzene, oder zumindest Anhänger und Verehrer des ehrwürdigen Wolfram. Seine Erinnerung ist hier höchst lebendig! Wolfram beschrieb die Tempelritter als Gralsritter, aber er beschrieb auch Gralsfrauen. ‚Vom Gralsschloss gehen die Männer und Frauen des Grals in die Welt, um den Gral zu verbreiten!‘ schrieb Wolfram. ‚Die Männer tun es heimlich, die Frauen öffentlich.‘

Wir, die Tempelritter des inneren Kreises, sind Wolframs Gralsritter. Und wir glauben, und so glauben die meisten der hiesigen Adeligen, dass die Beguinen Wolframs Gralsfrauen sind. Die Beguinen verbreiten den Gral öffentlich, wie Wolfram schrieb, und wir Tempelritter des inneren Kreises tun es heimlich. Du erinnerst dich sicherlich an den eindrucksvollsten Teil des Gralsepos ‚Parzival‘, als Parzival bei dem Einsiedler Trevrizent zu Gast war, über Ostern, in der Höhle des Einsiedlers. Dazu muss ich dir etwas sagen, was dich auf das Höchste überraschen wird:

In deiner Komturei, in dem Sandsteinrücken über Simbach, befindet sich eine von Menschenhand ausgehauene Höhle, die im Volksmund das ‚Templerloch' genannt wird. Diese Höhle besteht aus einem unteridischen Gang und zwei unterirdischen Kammern. Eine Kammer ist eine unterirdische Kapelle, die andere eine Wohn- und Schlafkammer mit einem Holzkohlebecken. Diese Höhle ist genau so, wie Wolfram die Höhle des Einsiedlers Trevrizent im Parzival beschreibt! Einer deiner Vorgänger, in Zusammenarbeit mit dem damaligen Komtur von Weihersdorf, ließ die Höhle als Zufluchts- und Meditationsstätte in den Sandstein hauen. Das Rote Kreuz, welches auf dem gleichen Sandsteinrücken steht, wurde zur gleichen Zeit erbaut. Viele Tempelritter haben sich zur Meditation und Kontemplation in diese Höhle zurückgezogen. Ich selbst war dort, auf eine mehrtätige Meditation, in absoluter Dunkelheit und Stille, tief im Schoße der Erde. Es war eine Rückkehr zum Ursprung! Wir nennen die Höhle natürlich nicht ‚Templerloch', wir nennen sie ‚Trevrizents Höhle', und mit gutem Grund.

Adalbert von Eschenbach, der heutige Herr von Eschenbach, sagte mir, dass sein Großonkel, der ehrwürdige Wolfram, mit den Templern von Berching befreundet war und viel Zeit mit ihnen verbrachte. Diese Templer hätten ihn inspiriert, von ihnen hätte er die Impulse für die eindrucksvollsten Teile des Parzival empfangen! Wir nehmen an, dass unsere Höhle das Modell für Trevrizents Höhle in Wolframs ‚Parzival' war. Deshalb nennen wir sie ‚Tervrizents Höhle', zur Ehre Wolframs und zu Ehren seines Meisterwerkes ‚Parzival'."

„Was? Trevrizents Höhle? In meiner Komturei?" rief Arminius freudig aus. „Das ist zuviel! Ich war schon angenehm überrascht, im Wirkungsbereich Wolframs zu wohnen, und jetzt bin ich in seinem Inspirationsbereich! Ich kann es kaum fassen! Ich dachte schon immer, dass Wolfram seine Inspiration von irgendwelchen Templern empfangen hätte, aber ich dachte, dies sei im Heiligen Land geschehen, oder auf Zypern, oder Provence oder Languedoc, oder irgendwo in Burgund, nicht in Franken oder Bayern. Ich dachte zwar, dass die Tempelritter des inneren Kreises Wolframs Gralsritter wären, aber ich dachte nie, dass die Beguinen seine Gralsfrauen sind! Aber so ist es tatsächlich: Wir Tempelritter des inneren Kreises verbreiten den Gral heimlich, und die Beguinen tun es öffentlich!

Jetzt habe ich noch mehr Grund, dem ehrwürdigen Wolfram meine Aufwartung zu machen. Wann, sagtest du, findet unsere Pilgerfahrt zu seinem Grab statt? An Pfingsten? Sehr treffend, muss ich sagen!"

„Ja, sehr treffend!" stimmte der Grossprior lächelnd überein. „Am Pfingstsonntag, in der Liebfrauenkirche von Eschenbach, und anschließend im Stammschloss des Hauses von Eschenbach. Wir reiten gewöhnlich am Pfingstsamstagnachmittag hin und übernachten bei den Deutschherren. Sie haben eine stattliche Komturei in Eschenbach. Am Pfingstsonntag gehen wir dann mit den Deutschherren zum Hochamt in die Liebfrauenkirche, wo der ehrwürdige Wolfram begraben liegt. Nach dem Hochamt versammeln wir uns um sein Grabmal und halten eine kurze Andacht. Danach lädt uns Adalbert von Eschenbach zu einem Festmahl in sein

Schloss ein. Jemand hält eine Rede, wir leeren unsere Becher zur Ehre Wolframs, dann speisen wir. Am Nachmittag und Abend ist gewöhnlich ein großes Fest im Hof und Garten des Schlosses. Musiker und Oratoren sind zugegen, und eine Vielzahl von geladenen Gästen. Die eindrucksvollsten Stellen aus dem Parzival und anderen Dichtungen Wolframs werden vorgetragen, es wird gespielt, gesungen, getanzt, gegessen und getrunken bis spät in die Nacht. Die Nacht vom Sonntag zum Montag schlafen wir wieder bei den Deutschherren. Am Montag Morgen reiten wir nach Nürnberg zurück. Wie du weißt, findet unsere Jahreshauptversammlung in der Woche nach Pfingsten statt!"

„Wie reite ich von Thannbrunn nach Eschenbach?" fragte Arminius.

„Du reitest von Mühlhausen nach Westen, durch Sulzkirchen, Hilpoltstein und Spalt nach Eschenbach. In Eschenbach kannst du die Komturei der Deutschherren nicht verfehlen, es ist eines der stattlichsten Gebäude Eschenbachs. Dein Nachbarkomtur, Bruder Dietrich, reitet jedes Jahr hin und kennt den Weg. Du wirst wahrscheinlich mit ihm reiten!"

„Und die Deutschherren heißen uns so ohne weiteres willkommen?" fragte Arminius erstaunt, denn das Verhältnis zwischen Deutschherren und Tempelrittern war stets gespannt gewesen, in Akko und auf Zypern.

„Natürlich heißen sie uns willkommen!" antwortete der Großprior. „Sie feiern Wolfram mit uns! Wolfram ist ihr Dichter genau wie unserer, vielleicht sogar noch mehr, denn Wolfram schrieb nur in deutscher Sprache, und sie sind ein ausschließlich deutscher Orden!"

Später ging Arminius in den Reitstall, um sich sein Pferd auszusuchen. Ein langer, schlanker, schwarzbrauner Rappe, mit pechschwarzer Mähne und Schwanz, mit den feinen Gliedern, dem länglichen Kopf, den hervostehenden Nüstern, feurigen Augen und aufmerksamen Ohren eines Araberpferdes erregte seine Aufmerksamkeit. „Ist das ein Araber?" fragte Arminius den Bruder Stallmeister. „Ist er frei, kann ich ihn haben?"

„Ja, Bruder Arminius, du kannst ihn haben!" antwortete der Stallmeister. „Jemand hat ihn von Mainz hierhergeritten und ließ ihn hier stehen, er gehört niemandem. Die hiesigen Ritter mögen keine Araberpferde, sie sind ihnen zu leicht und zu temperamentvoll. Ich führe ihn herum, damit er nicht lahm wird, und manchmal reite ich ihn hier im Hof. Offen gestanden, ich hätte Angst, ihn durch die Straßen Nürnbergs zu reiten. Er ist so nervös, ich hätte Angst, dass er mir durchgeht!"

Arminius ging von vorne auf den Araberrappen zu und sprach einige arabische Beruhigungsworte zu ihm. Der Rappe blickte Arminius aufmerksam an, spitzte seine wachen Ohren und hörte gut zu. „Ah, ihr versteht euch – du sprichst seine Sprache!" sagte der Bruder Stallmeister anerkennend. „Ich denke, ihr seid füreinander bestimmt! Soll ich ihn satteln?"

Arminius ließ den Rappen satteln, ritt ihn etwas im Hof herum und schließlich durch das offene Hoftor in die Straßen Nürnbergs. Der Rappe war zwar etwas nervös, aber Arminius sprach begütigend auf Arabisch auf ihn ein. Arminius wusste nicht, ob der Rappe jemals Arabisch gehört hatte, aber Pferd und Reiter gewöhnten sich bald aneinander und auch an den Stadtverkehr. „Ich werde dich Springer nennen," sagte er zu seinem Rappen, „der Name passt besser zu dir als zu meinem Schwert"

Am nächsten Morgen nach dem Morgengebet sattelte der Stallmeister den Rappen und schnallte zwei Satteltaschen hinter den Sattel. Arminius legte seinen Seesack über die Satteltaschen und zurrte ihn fest. Der Großprior kam in den Hof, um ihn zu verabschieden. „Wir sehen uns wieder, am Pfingstsamstag, in Eschenbach!" sagte Arminius zum Großprior.

„Ja, wir sehen uns an Pfingsten, in Eschenbach, so Gott will!" bestätigte der Großprior. „Behüt dich Gott, Bruder Arminius! Non nobis, Domine! Non nobis, sed Nomini Tuo da gloriam!"

„Non nobis, Domine!" erwiderte Arminius und ritt aus dem Hoftor.

Er ritt aus dem Südtor Nürnbergs hinaus auf die Landstraße nach Regensburg. Südöstlich von Nürnberg ritt er drei Stunden lang durch eine ausgedehnte Heide, die allmählich in Felder und Wiesen überging. Um die Mittagsstunde traf er in Neumarkt ein, ritt zum Schwarzen Adler in der Klostergasse, ließ dort sein Pferd versorgen, aß sein Mittagsmahl und trank einen Krug Bier.

In Neumarkt verließ er die Regensburger Landstraße und nahm die Sulztalstraße nach Süden. Südlich von Neumarkt ritt er durch die Hasenheide, die im Sulztal in Felder und Wiesen überging. Drei Stunden südlich von Neumarkt sah er das Schloss Sulzbürg auf einem Hügel zu seiner Rechten, das Schloss Schweppermann zur Linken, und das Dorf Mühlhausen direkt vor sich. Er ritt in das Dorf. „Die Straße, die vom Dorfplatz nach Osten abzweigt, muss die Straße nach Weihersdorf sein", sagte sich Arminius und gedachte der Anweisungen des Großpriors. „Die Straße, die gleich südlich von Mühlhausen in südöstlicher Richtung abzweigt, ist die Straße nach Thannbrunn. Und das Land, das sich von der Sulz zum östlichen Hügelrücken erstreckt, ist Templerland!"

Südlich von Mühlhausen zweigte eine feste, wohlbefahrene Landstraße nach Südosten ab. „Das muss die Weiße Laberstraße sein!" dachte Arminius in freudiger Erregung. Er fragte einen Bauern, der in einem nahen Feld arbeitete, ob dies die Straße zum Roten Kreuz sei. Der Bauer nickte zustimmend.

Die Straße ging leicht bergauf, anfänglich durch eine Heide, die weiter oben allmählich in Nadelwald überging. Vor der Anhöhe war ein kurzer, steiler Anstieg. Oben auf der Anhöhe, auf der höchsten Stelle der Straße, wo ein Süd-Nordweg die Weiße Laberstraße kreuzte, stand das Rote Kreuz: Ein großes Templerkreuz, neun Fuß hoch, aus Sandstein gehauen und zinnoberrot gefärbt. Das war die Ostgrenze der Komturei Weihersdorf, die Westgrenze der Komturei Thannbrunn, und die Mitte des größten, zusammenhängenden Landbesitzes des Templerordens in Oberdeutschland! Und es war ein Markstein für Trevrizents Höhle! Die Höhle war unter dem Roten Kreuz, etwas weiter südlich, in dem gleichen Sandsteinrücken! „Das Herz des Tempels, und der Schoß des Tempels, und das Herz im Schoße!" stellte Arminius mit steigender Erregung fest. Und er verspürte ihn, er spürte den Herzschlag des Tempels! Sein Herz schlug hoch in freudiger Erwartung, als er vom Roten Kreuz in das Tal der Weißen Laber hinabritt und in seiner Komturei Einzug hielt.

Die Straße vom Roten Kreuz hinunter war ein kurzer, steiler Abstieg von der Anhöhe, dann ein langer, allmählich abfallender Hang durch Nadelwald zum Talboden. Kurz vor dem Talboden, auf der linken Seite der Straße, war eine Grube von reinem, gelbem Sand. Zwei Bauern schaufelten Sand auf einen Ochsenkarren. „Wenn sie nicht meine Bauern sind, dann müssen sie dem Sandmüller zahlen!" dachte Arminius, sich der Anweisungen des Großpriors erinnernd.

Unterhalb der Sandgrube lichtete sich der Wald, das Wiesental der Weißen Laber lag vor ihm. Die Weiße Laber, von Weiden und Erlen gesäumt, schlängelte sich durch die Talmitte. Die Laberstraße ging unterhalb der Sandmühle vorbei, über eine hölzerne Brücke zur anderen Talseite. Kurz vor der Brücke zweigte ein Weg nach Süden ab. „Das muss der Weg nach Simbach und Matzenhof sein, und zu Trevrizents Höhle!" dachte Arminius erregt. Am liebsten wäre er gleich hingeritten, aber am ersten Abend auf seinem neuen Posten gab es wichtigere Dinge zu tun. Trevrizents Höhle musste warten!

Vor Arminius lag die Sandmühle. Und hoch über der Sandmühle, dicht an der Kante der steilen, östlichen Talseite, stand die Burg Thannbrunn. Nur ihr viereckiger Turm war über den Bäumen deutlich sichtbar, das Herrenhaus war teilweise von hohen Buchen verdeckt, die anfingen, sich in ihre Herbstfarben zu färben. Arminius' Herz schlug höher: das war seine Burg, sein Haus, seine zukünftige Wirkungsstätte! Der Hang an der Ostseite war tatsächlich sehr steil, wie der Großprior gesagt hatte: zu steil für einen Reitpfad und viel zu steil für einen Karrenweg! Und die Bäume an der Ostseite waren anders als die auf der Westseite: Buchen und Eichen anstatt Fichten und Kiefern.

Etwas oberhalb der Brücke, auf der linken Seite der Straße, stand die Sandmühle. Und oberhalb der Mühle glänzte der Mühlenteich. Das Haus und die Nebengebäude der Mühle waren, wie alle Bauernhäuser, aus gestampftem Lehm und Holz gebaut und mit Stroh gedeckt. Die Mühle selbst war aus solidem Sandstein gebaut und mit Schiefer gedeckt. Das Rauschen, Klappern und Mahlen des Mühlwerkes war weit zu hören. Die Sandmühle war seine Getreidemühle, so beschloss er, sich dem Müller vorzustellen. Er ritt in den Mühlenhof, stieg ab, band sein Pferd an den Anbindebalken und ging auf die Mühle zu. Aber ein wütender Kettenhund bellte und zerrte an der Kette und hinderte Arminius am Hineingehen. Das hartnäckige Bellen seines Hundes rief den Müller aus der Mühle. Der gebot seinem Hund zu schweigen und schritt auf Arminius zu. „Was darf ich für Euch tun, Herr Ritter?" fragte der Müller im Dialekt.

Arminius stellte sich vor: „Ich bin Arminius, der neue Komtur von Thannbrunn!" Der Sandmüller wollte vor ihm auf die Knie fallen und den Saum seines Mantels küssen, aber Arminius fasste ihn schnell bei beiden Händen, hielt ihn hoch und sagte: „Du brauchst vor mir nicht niederzuknien, Sandmüller! Wir beide sind Diener Gottes, und vor Gott sind wir gleich! Nur die Konventionen der Menschen machten mich zu deinem Herren!"

„Willkommen in Thannbrunn, Herr Arminius!" sagte der Müller ehrerbietig, in dem gutturalen Dialekt der bayrischen Oberpfalz, „Es ist gut, wieder unseren eigenen Herrn zu haben! Ich will damit nicht sagen, dass der Herr Dietrich kein guter

Herr war," setzte der Müller entschuldigend hinzu, „aber er war nie da. Er sah nicht mit seinen eigenen Augen, was hier zu tun war!"

„Ja, des Herren Auge macht das Pferd feist!" bestätigte Arminius. Der Sandmüller lächelte verständnisvoll und nickte zustimmend. „Wer sind die Leute, die dort Sand aufladen?" fragte Arminius und deutete mit dem Kopf in die Richtung der Sandgrube. „Das sind Eure Leute, Herr Arminius!" antwortete der Sandmüller. „Von allen anderen kassiere ich einen Pfennig pro Karren, zwei für eine Wagenladung. Die Bauern hier haben alle Karren, nur die Herren besitzen Wagen, und die Nürnberger Fuhrleute. Für die Bauern sind Karren einfacher und billiger, auch bleiben sie nicht so leicht stecken. Ich darf ein Zehntel von dem behalten, was ich für den Sand einkassiere. Den Rest bring ich am Lichtmesstag nach Neuhaus."

„Gut, Sandmüller!" schloss Arminius, „ich werde dich bald wieder sehen. Behüt dich Gott!"

„Behüt Euch Gott, Herr Arminius!" erwiderte der Sandmüller und ging in seine Mühle zurück. Arminius bestieg sein Pferd und ritt über die Brücke. Die Huftritte des Pferdes klangen hohl auf dem hölzernen Brückenbelag, und der Rappe schritt ängstlich und vorsichtig über die Brücke. Arminius blickte nach unten; durch große Öffnungen zwischen den verschlissenen Brückenbohlen sah er die Weiße Laber. Er stellte fest, dass die Bohlen dringend erneuert werden mussten, und plötzlich wusste er auch, was der Sandmüller meinte, als er sagte: „Der Herr Dietrich war nie da, er sah nicht mit seinen eigenen Augen, was hier zu tun war!"

Eine halbe Meile unterhalb der Sandmühlbrücke zweigte ein Weg nach links ab, ein leicht ansteigendes Seitental hinauf. An der Abzweigung stand ein Wegweiser mit einem holzgeschnitzten, zinnoberrot gefärbten Templerkreuz und einem pfeilförmigen Weiser der das Seitental hinaufwies. Für Reisende, die lesen konnten, stand das Wort „Hospiz" auf dem Weiser und die Worte „Ordo Templi" darunter. Für die, die nicht lesen konnten, war das Bild einer Herberge in den Weiser geschnitzt. „Das ist der Weg nach Thannbrunn!" stellte Arminius freudig fest.

Zweihundert Schritte das Seitental hinauf und etwas unterhalb des Weges war ein Einödhof. „Das ist der Einödhof, den der Großprior erwähnte!" dachte Arminius. Dreihundert Schritte weiter oben, am oberen Ende des Seitentals, lag Neuhaus.

Das Neuhaus Hospiz war ein langgezogenes, weißgetünchtes Gebäude mit einem großen, zinnoberroten Templerkreuz auf der Vorderseite. Es war ganz von einem Vorratskeller unterkellert, hatte eine Küche und einen Gästesaal im Erdgeschoss und eine Vielzahl von Schlafalkoven im Obergeschoss. Der Gästesaal hatte genug Tische und Bänke, um 50 Leute bequem zu sitzen. Neben dem Haus waren Speicher, Scheunen und Ställe, alle weiß getüncht wie das Haus. Vor dem Haus befand sich großer Vorhof. Auf der anderen Seite der Straße, gegenüber dem Vorhof, war ein großer, eingezäunter Obst- und Gemüsegarten und ein kleinerer Kräutergarten für Arzneipflanzen.

Arminius ging in den Gästesaal und stellte sich den Brüdern vor. Bruder Johannes fungierte als Sprecher und stellte sich selbst und seine Mitbrüder vor: „Ich bin Bruder Johannes! Das ist Bruder Hermann, unser Koch und Wirt! Dies sind Bruder

Petrus und Bruder Jakobus, unsere Sanitäter und Mediziner!" Arminius schüttelte die Hände seiner Mitbrüder und begrüßte sie herzlich.

„Es ist höchste Zeit, dass wir wieder unseren eigenen Komtur haben!" sagte Johannes und brach die verlegene Stille nach der Begrüßung. Johannes war nicht nur der Senior unter den Brüdern und der de facto Probst sondern auch, wie Arminius später herausfand, der einzige, der etwas gebildet war, einige Brocken Latein sprach und einigermaßen lesen und schreiben konnte. „Bruder Dietrich, der Komtur von Weihersdorf, ist ein guter Komtur – für Weihersdorf. Leider war er nie hier! Und ich bin nicht befugt, größere Verbesserungen durchzuführen, nur normale Instandhaltung. Deshalb sind einige Dinge, wie die Sandmühlbrücke und die Burg, etwas in Verfall geraten. Und die Burg war bereits verfallen, als dein Vorgänger noch darin wohnte. Aber er erachtete die notwendigen Verbesserungen als zu teuer, so blieb die Burg wie sie war. Aber in ihrem jetzigen Zustand ist sie kaum bewohnbar!"

„Das Abendessen ist fertig!" rief Bruder Hermann. Zu Arminius sagte er: „Wir haben heute Abend nur Bohnensuppe und Brot, und unseren täglichen Krug Bier. Wenn ich gewusst hätte, dass du kommst, dann hätte ich etwas Besonderes gemacht!"

„Bohnensuppe und Brot sind gut," erwiderte Arminius, „ich habe kargere Nahrung gegessen! Und ein Krug Bier dazu macht es besonders gut. Lasst uns setzen!" Arminius, die Brüder, die Knechte und einige Gäste setzten sich an einen der großen Tische im Gastzimmer. Bruder Hermann brachte zwei große Holzschüsseln voll Brotscheiben, gab jedem eine Suppenschüssel und einen Löffel, zwei Knechte trugen den grossen Suppentopf aus der Küche und Hermann füllte die Schüsseln. Als alle Schüsseln gefüllt waren und alle Leute am Tisch saßen, sprach Arminius ein kurzes Tischgebet, alle gelobten „Amen", nahmen sich ein Stück Brot und löffelten schweigend ihre Suppe. Als die Schüsseln leer waren, gab Hermann jedem einen Nachschlag. Nach der Suppe brachten Hermann und die Knechte für jeden einen Krug Bier aus dem Keller.

Einer der Knechte, Sepp der Fuhrmann, ein dunkelhäutiger, untersetzter, muskulöser Mann mit pechschwarzen Haaren und schalkhaften, braunen Augen, goss sein Bier in seine leere Suppenschüssel, brockte eine Scheibe Brot hinein und rührte das Ganze mit seinem Löffel um. „Was machst du?" fragte Arminius entsetzt, „du ruinierst dein Brot und dein Bier!"

„Biersuppe!" antwortete Sepp der Fuhrmann, schlürfte die unappetitliche Mischung in sich hinein, schmatzte seine Lippen und rülpste laut. „Ihr solltet sie mal versuchen, sie schmeckt sehr gut!"

„Nein, danke!" wehrte Arminius lachend ab. „Ich bevorzuge mein Bier und Brot getrennt zu genießen!"

Bruder Johannes schämte sich der groben Tischsitten des Fuhrmannes. Um seine Aufmerksamkeit von dem Fuhrmann abzulenken, fragte er Arminius, ob er, wie sein Vorgänger, in der Burg residieren würde.

„Ja, ich würde am liebsten in der Burg wohnen," antwortete Arminius, „wenn es nicht gerade hindurchregnet!"

„Nein, so schlimm ist es nicht!“ sagte Johannes. „Aber ein Teil des Schieferdaches muss ersetzt werden, und der Boden der Halle ist sehr uneben. Die Burg ist fest gebaut, aber sie hat keinen Kamin, nur eine offene Feuerstelle. Der Rauch zieht durch die offenen Fensteröffnungen ab. Die Mansardenfenster im Obergeschoss haben Läden, die bei schlechtem Wetter von innen geschlossen werden können. Nur die zwei Giebelfenster im Ostgiebel sind aus Glas. Die Kammer im Ostgiebel war die Schlafkammer deines Vorgängers. Sein Strohsack ist noch dort, er wird dir für heute Nacht dienen. Morgen früh werde ich ihn mit frischem Stroh füllen lassen!

Die Läden im Obergeschoss können geschlossen werden, das macht das Obergeschoss einigermaßen dicht, vor allem die Schlafkammer. Aber die hohen Fensteröffnungen im Untergeschoss sind ständig offen, deshalb ist das Untergeschoss zugig und kalt. Wir könnten die Hallenfenster für den Winter mit Pergament verkleiden, aber die Fensteröffnung über der Feuerstelle muss offen bleiben, damit der Rauch entweichen kann. Wenn du den Winter dort verbringen willst, dann müssen wir möglichst bald das nötige Brennholz einlegen. Ich werde es morgen gleich veranlassen! Es sind einige Stapel von trockenem Brennholz im Rotkreuzholz aufgestapelt, ich werde sie morgen einfahren lassen!

Obgleich das Feuer in der Burghalle warm ist, wenn du nahe daran sitzt, ist die Halle viel zu groß und zugig, um sich aufzuwärmen. Wenn du im Winter warm sein willst, dann musst du in unsere Küche kommen, die Bruder Hermann selbst im kältesten Winter schön warm hält. An kalten Tagen zünden wir auch das Kaminfeuer hier in der Gaststube an. Aber im Winter essen wir gewöhnlich in der Küche. Nur an Sonn- und Feiertagen sitzen wir im Winter in der Stube, oder wenn wir viele Gäste haben. In extremer Kälte, wie im letzten Winter, lassen wir das Feuer in der Stube und im Küchenherd nicht ausgehen. Und der Kamin geht mitten durchs Obergeschoss und hält auch dieses warm, und die Wärme steigt von der Stube und Küche durch die Decke ins Obergeschoss, so dass wir in unseren Alkoven nicht frieren.

Wenn du die Burg vor Einbruch der Dunkelheit sehen willst, dann sollten wir bald gehen!“ drängte Johannes. „Dein Pferd lässt du besser hier, der Burgstall ist wahrhaftig verkommen, und es ist kein Futter dort, und keine Einstreu. Zur Burg ist es nur eine Viertelstunde zu Fuß!“

„Wenn ich jetzt zur Burg gehe, dann komme ich wahrscheinlich heute Abend nicht mehr hierher zurück“, sagte Arminius. „So lasst uns unser Abendgebet beten bevor wir gehen.“ Arminius und seine vier Mitbrüder knieten nieder und beteten das Abendgebet der Templer.

Nach dem Abendgebet gingen Arminius und Johannes in den Hof. Johannes gebot einem Stallknecht, den Rappen in den Stall zu führen. „Ist das ein Araber, Herr Arminius?“ fragte der Stallknecht verwundert. „Ich habe nie zuvor einen gesehen! Soll ich ihn besonders behandeln?“

„Nein, du brauchst ihn nicht besonders zu behandeln. Gib ihm aber wenig Hafer! Und sei vorsichtig mit ihm, er ist etwas nervös. Überrasche ihn nicht! Gehe immer von vorne auf ihn zu und sprich zu ihm, damit er dich sieht und hört, wenn du kommst. Wenn du ihn wäschst und striegelst, aufzäumst, aufsattelst oder absattelst, dann sprich immer beruhigend auf ihn ein. Aber das tust du wahrscheinlich mit allen Pferden!“

Der Pferdeknecht nickte zustimmend. Bevor der Kecht den Rappen wegführte, nahm Arminius seinen Seesack vom Pferderücken und schulterte ihn. „Das sind meine Bücher, ich nehme sie mit auf die Burg!“ sagte Arminius. Johannes, der bereits zwei Decken und einen Kerzenhalter mit Kerze trug, wollte auch noch Arminius’ Seesack tragen, aber Arminius bestand darauf, ihn zu tragen: „Ich trage meine kostbaren Bücher selbst!“

Vier Bauernhöfe lagen um Neuhaus und auf dem Weg nach Thannbrunn. In der Nähe von Neuhaus waren auch noch eine Schmiede und eine Stellmacherei. „Unsere Knechte sind freie Männer, die für ihren Dienst bezahlt werden“, erklärte Johannes. „Der Müller, der Schmied, der Wagner und unsere 32 Bauern sind Leibeigene, die wir von dem Edelmann von Thannbrunn übernommen haben. Der Schmied, der Wagner und der Müller arbeiten nur für uns und für unsere Bauern. Der Müller behält ein Zehntel des Getreides, das er für die Bauern mahlt, und ein Zehntel des Sandgeldes, das er für uns kassiert. Der Schmied und der Wagner berechnen den Bauern für ihre Arbeit. Die Bauern schulden uns den üblichen Zehnten, in Erzeugnissen oder Geld. Außerdem schulden uns alle Leibeigenen Hand- und Spanndienste, eine Woche pro Haushalt pro Monat. Für den Dienst stellen sie Mann oder Frau zur Verfügung, wie ich es wünsche, und einen Ochsenkarren, wenn nötig. Der Müller, der Schmied und der Stellmacher zahlen uns ihren Handdienst mit ihrer Arbeit. Die Hand- und Spanndienste der Bauern nützen wir hauptsächlich zur Straßenausbesserung, zur Instandhaltung und zum Bauen von Gebäuden, zur Instandhaltung des Waldes und zum Abholzen und Behauen von Bauholz und Brennholz. Wir haben viel Wald, weit mehr als wir für unseren Eigenbedarf brauchen, deshalb verkaufen wir Bauholz und Brennholz. Äste, Baumspitzen, Stümpfe und anderes Abfallholz gehört den Bauern.

Bis jetzt habe ich all dies angeordnet und beaufsichtigt, und würde gerne damit weitermachen, wenn es dir recht ist. Die Bohlen der Sandmühlbrücke sollten noch vor dem Winter erneuert werden und das Burgdach sollte etwas repariert werden. Eigentlich sollten Teile des Burgdaches erneuert werden, aber es ist zu spät, um vor Einbruch des Winters einen Schieferdecker zu finden und den Schiefer aufzutreiben und hierher liefern zu lassen. Wir sollten im nächsten Frühjahr gleich damit anfangen!“

„Ja, Bruder Johannes, ich stimme voll überein! Meinetwegen sollst du ruhig weiterhin deine Aufsichtspflichten versehen. Ich sah bereits, dass der Brückenbelag dringend ersetzt werden muss, du sollst morgen früh sofort damit anfangen! Mein Brennholz kann warten! Es ist noch lange nicht Winter; das Wetter ist sehr mild für Ende September.

Ich werde viel lesen und schreiben. Unser Bruder Präzeptor hat mich mit Schreiben beauftragt, und mit Studium und Kontemplation. Ich will, dass du deine Pflichten so fortführst wie bisher. Und ich danke dir, dass du so gut für die Komturei Thannbrunn sorgtest!“

Arminius merkte, dass Johannes sehr erleichtert war, als er dies hörte. Er hatte befürchtet, durch Arminius' Kommen degradiert zu werden, aber seine Furcht erwies sich jetzt als unbegründet. „Du bist also ein Scholar?“ fragte er ehrfürchtig, „und unser Bruder Präzeptor schickte dich hierher, um zu studieren und zu schreiben?“

„Genau!“ bestätigte Arminius lächelnd. „Ich kam nicht, um dich deines Postens als Aufseher zu entheben. Aber es ist meine Pflicht, die Oberaufsicht zu führen, größere Ausgaben und Projekte zu genehmigen und über alles genauestens Buch zu führen. Das ist alles! Die Hauptarbeit der Verwaltung unserer Komturei verbleibt dir!“

Während sie sprachen, gingen sie die halbe Meile vom Weiler Neuhaus zum Weiler Thannbrunn, leicht aber stetig bergauf, entgegen der Richtung, die Arminius unten im Tal gekommen war, so dass sie, als sie die Burg erreichten, wieder über der Sandmühle waren. Obgleich die Sandmühle direkt unter der Burg Thannbrunn lag und auf dem Fußspfad in einigen Minuten zu erreichen war, war der Fahr- und Reitweg zwischen Burg und Mühle eineinhalb Meilen.

Der Weiler Thannbrunn hatte fünf Bauernhöfe beiderseits des leicht ansteigenden Weges zur Burg. Am oberen Ende des Weges, auf dem höchsten Hügel der unmittelbaren Umgebung und direkt am Steilhang zur Weißen Laber, stand die imposante Burg Thannbrunn und beherrschte das Landschaftsbild. Östlich der Burg und etwas tiefer gelegen standen die Gebäude der Benediktinerprobstei.

Die Burg Thannbrunn war ein rechteckiger, ost-westlich angelegter Bau, aus schweren Kalksteinquadern gebaut und mit grauem Schiefer gedeckt. Sie hatte in der Mitte der Südseite eine schwere, zeiflügelige, eisenbeschlagene, rundbogige Eingangstür und zwei enge, hohe, Rundbogenfenster auf jeder Seite der Tür. Zwei weitere Rundbogenfenster befanden sich in der Ostseite und fünf in der Nordseite. Im Dach waren auf jeder Seite vier Mansardenfenster, im Ostgiebel waren zwei Fenster. Diese beiden Fenster waren verglast, alle anderen waren glaslos, aber die Mansardenfenster hatten Läden, die des Nachts oder bei schlechtem Wetter von innen geschlossen werden konnten.

Direkt am Steilhang, gegen den Westgiebel des Hauses gebaut, war der Turm. Es war ein quadratischer Turm, von einem Zinnenkranz gekrönt und mit einem pyramidenförmigen Schieferdach überdeckt. Der Turm war etwa zweimal so hoch wie das Haus. Im Burghof südlich des Hauses standen einige Nebengebäude in verschiedenen Stadien von Verfall. Die Burg Thannbrunn war einst eine altertümliche Festung gewesen, von einem Erdwall und einem Graben umgeben, mit doppelten Palisaden auf dem Erdwall und einem Wehrgang zwischen den Palisaden. Aber die Palisaden waren längst verrottet, der Erdwall verwittert und der Graben verschüttet, so dass Wall und Graben nur noch als grasbewachsene Bodenwelle sichtbar waren. Die Nebengebäude waren aus Feldsteinen gebaut und waren alle mehr oder weniger verfallen. Nur das Herrenhaus und der Turm bestanden aus großen, zugehauenen Steinquadern und hatten dem Zahn der Zeit standgehalten.

Sie betraten das Haus vom südlichen Vorhof her durch einen der Flügel der zweiflügeligen Eingangstür. Der Türflügel war seit zwei Jahren nicht mehr geöffnet worden und ächzte in seinen Angeln. Das Untergeschoss war nicht in Räume unterteilt, es war eine einzige Halle, mit einem großen, schweren, rechteckigen Eichentisch und acht gleichartig schweren Lehnstühlen möbliert. Über dem Tisch, an einer Eisenkette von der Decke hängend, war ein achtarmiger, schmiedeeiserner Leuchter mit acht heruntergebrannten Kerzen. Die Decke der Halle war 16 Fuß hoch, mit massiven Deckenbalken. Der Boden der Halle bestand aus großen Steinfliesen, die sich durch den Frost ungezählter Winter unregelmäßig gehoben und geworfen hatten, so dass man die Füße hoch heben musste, um nicht über die hervorstehenden Kanten zu stolpern. An der Nordwand, direkt gegenüber der Eingangstür, war eine große Feuerstelle – ohne Kamin; der Rauch entwich durch die Fensteröffnungen über der Feuerstelle. Deshalb war die Wand über der Feuerstelle mit Ruß verkrustet und das gesamte Innere der Halle rauchgeschwärzt. Fünf enge, hohe, rundbogige Fensteröffnungen befanden sich in der Nordwand, zwei in der Ostwand und vier in der Südwand. Aber man konnte durch diese Fensteröffnungen kaum hinaussehen, denn sie waren sehr hoch. Die Unterkanten der Fensteröffnungen waren sechs Fuß über dem Boden, die Rundbogen nahe der Decke. Gegen die Westwand gebaut war eine lange Steintreppe, die in das Obergeschoss und in den Turm führte.

Die Halle hing voll Spinnweben, eine dicke Staubschicht bedeckte alles, Mäuse und Eichhörnchen liefen weg, als sie eintraten. Aber das störte Arminius nicht, er hatte sich in seine Burg verliebt, als er sie zum ersten Mal vom Tal aus sah, und er liebte sie noch immer, trotz ihrer offensichtlichen Mängel.

Neben der Feuerstelle lag ein Stapel Brennholz. Johannes legte die zwei Decken und den Kerzenhalter auf den Tisch und ging ins nächste Bauernhaus, um glühende Kohlen zu holen. Als das Feuer hell brannte, bot er Arminius eine gute Nacht und ging nach Neuhaus zurück.

Arminius zog einen der schweren Lehnstühle vor das Feuer. Dort saß er lange und starrte sinnend in die Flammen. Endlich hatte er gefunden, wonach er sich sein Leben lang gesehnt hatte: seine schöpferische Wirkungsstätte! „Meines Vaters Palast hat viele Häuser!“ sagte Jesus. Arminius hatte sein Haus gefunden, bildlich und wörtlich gesehen, spärlich, verfallen und verrußt wie es war. Arminius war angelangt!

Kapitel III

Das Erwachen

An seinem ersten Abend in Thannbrunn war Arminius zu aufgeregt, um früh schlafen zu gehen. Er saß in dem schweren Lehnstuhl vor dem flackernden Feuer und tagträumte bis tief in die Nacht hinein. Schließlich machte sich der lange Ritt von Nürnberg doch bemerkbar, und er fing an zu gähnen. Er nahm den Kerzenhalter, den Johannes mitgebracht hatte, entzündete die Kerze, klemmte die zwei Decken unter den Arm und ging die lange Steintreppe hinauf ins Obergeschoss. Vom oberen Treppenabsatz führte ein enger Gang nach rechts in den Turm, links war ein breiter Mittelgang. Beiderseits des Mittelganges lagen die Schlafalkoven, am Ende des Ganges befand sich eine abgeteilte Schlafkammer. In der Kammer stand ein Doppelbett mit vier hohen Eckpfosten, die einst, als der Edelmann und die Edelfrau von Thannbrunn dort schliefen, einen Himmel trugen. Der Himmel war längst verschlissen und entfernt worden, das einzige Zeichen, dass hier einmal eine Edelfrau schlief, war ein Waschtisch mit einem Marmorbecken und einem Spiegel, an der Wand zwischen den zwei Giebelfenstern. Auf dem Bett lag ein staubiger und zerlegener, aber noch brauchbarer Strohsack. Arminius schüttelte den Sack, breitete die Decken darüber, zog sich aus, hing seine Kleider an die Holzstifte, blies die Kerze aus und schlüpfte im Untergewand zwischen die Decken.

Er wachte auf, als der Dämmerschein durch die Giebelfenster in seine Kammer drang. Der erste Tag auf seinem neuen Posten - er durfte keine Zeit verlieren! Er sprang aus dem Bett, schlüpfte in seine Beinkleider, band seine Schuhe und ging eilends in den Hof hinunter. Dort zog er einen Eimer Wasser aus der Zisterne, trank etwas davon, gurgelte, wusch sich den Schlaf aus den Augen, säuberte seine Zähne mit einem Holzsplitter und benetzte Bart - und Haupthaare. Zurück in der Kammer schlüpfte er in seine Tunika, zog seinen Taschenkamm heraus, kämmte Kopf - und Barthaare und genoss den seltenen Luxus eines Spiegels. Arminius war tagesbereit.

Er entschied sich, die aufgehende Sonne von der Zinne seines Turmes zu begrüßen. Seinen Mantel ließ er vorläufig in der Kammer hängen, der würde beim Besteigen des Turmes nur hinderlich sein. Er schritt den Mittelgang entlang und durch den engen Turmgang in das Halbdunkel des Turmes. Eine lange, enge und steile Treppe, an den vier Ecken von Treppenabsätzen unterbrochen, führte nach rechts an der Innenwand des Turmes zur Plattform. Diese war mit einem pyramidenförmigen Schieferdach bedeckt und von einem Zinnenkranz umringt. Die Aussicht war atemberaubend!

Zuerst blickte Arminius nach Westen, auf das Rote Kreuz zu. Das Rote Kreuz selbst war nicht zu sehen, aber er sah deutlich die Lücke zwischen den Bäumen, wo die Weiße Laberstraße über den Rotkreuzrücken führte. Nördlich des Roten Kreuzes sah er die Dörfer Hennenberg und Wattenberg, südlich die Dörfer Eismannsberg, Wolfersthal und Grubach. Ausgestreckt unter ihm lag das Tal der Weißen Laber.

Die Weiße Laber sandte in der Morgenkühle einen Dunstschleier aus, der über dem Bach hing und so aussah, als ob eine riesige, weiße Schlange am Talboden entlangkriechen würde. „Hat ein früherer Herr von Thannbrunn die Laber in der

Morgenkühle so weiß gesehen, und den Bach danach benannt?“ sann Arminius. „Oder ist ‚Weiß‘ eine mystische Anspielung? Wahrscheinlich hat der Tempelherr von Thannbrunn, der das Rote Kreuz errichtete, die Laber und das Tal ‚Weiß‘ genannt, als den notwendigen Hintergrund zum ‚Rot‘ des Roten Kreuzes!“

Er sah die Kreismühle im Norden, die Ritzermühle im Süden und die Sandmühle zwischen den beiden, direkt unter ihm. Südlich der Sandmühle und etwas über dem Talboden gelegen sah er sein Dorf Simbach und den nahe gelegenen Weiler Matzenhof. Über dem Weg zwischen der Sandmühle und Simbach sah er, undeutlich zwischen den Bäumen, einen langgezogenen Sandsteinfelsen. „Das muss der Sandsteinrücken sein, der Trevrizents Höhle enthält!“ dachte Arminius. Weiter südlich, auf dem westlichen Rand des Tales, lag das Dorf Altmannsberg.

Gegenüber Altmannsberg, auf dem östlichen Rand des Tales, lag das Dorf Hermannsberg und weiter südlich das Dorf Staufersbuch. Im Südosten, hoch auf dem Petersberg, dem höchsten Hügel der Gegend, höher noch als Thannbrunn, thronte die Kirche St. Peter mit dem Weiler Waldkirchen. In der gleichen Richtung, am Fuße des Petersberges, lag der Weiler Riedhof.

Gleich hinter dem Ostgiebel seiner Burg sah Arminius die Benediktinerprobstei. Weiter östlich sah er Neuhaus und etwas weiter das Dorf Freihausen. Das Dorf Thann und der Weiler Dietersberg lagen im Nordosten.

Im Norden, am westlichen Talrand, war das Dorf Waltersberg. Und gegenüber Waltersberg, am östlichen Talrand, das Dorf Sternberg. In einem Seitental hinter Sternberg, aber vom Turm der Burg Thannbrunn nicht sichtbar, lag die Templerprobstei Sallmannsdorf.

Die westliche Sicht, auf das Rote Kreuz und Trevrizents Höhle zu, und auf die ausgedehnten Nadelwälder zwischen dem Rotkreuzrücken und der Weißen Laber, war Arminius liebste Aussicht. Die westliche Richtung, die Richtung der sinkenden Sonne, war schon von jeher seine Lieblingsrichtung. Aber der Okzident benötigt den Orient, die Sonne, die im Westen sinkt, muss zwangsläufig im Osten aufgehen, so riss sich Arminius von der Westsicht los und blickte nach Osten, wo die Sonne bald aufgehen würde. Er begrüßte sie mit dem Frühgebet der Templer. Von diesem Tag an ging er jeden Morgen und jeden Abend auf seinen Turm und betete sein Frühgebet zur aufgehenden und sein Abendgebet zur untergehenden Sonne.

Er fühlte sich wie Odin auf dem Eingangsturm zu Walhall, in beide Welten blickend. Er stand auf der Plattform von Odins Wachturm und bewachte Eingang und Ausgang von Walhall. Er hatte den Geisteswolf Odins in sein Schwert graviert, und er besaß Odins achtbeiniges Geistespferd, das Wissen der acht Schöpfungsstufen. Er besaß aber noch nicht Odins Geistesraben „Gedanke“ und „Erinnerung“, die täglich die Welt umkreisen und Odin alle Gedanken und alle Erinnerungen der Welt bringen. Auch hatte er noch nicht von der Quelle der Weisheit getrunken und die Macht über die Runen erlangt. Aber Arminius war zuversichtlich, dass Odins Geistesraben bald zu ihm kommen würden und dass er bald aus der Quelle der Weisheit und Dichtkunst schöpfen und die Macht über die Runen erlangen werde.

„Der germanischen Legende nach gab Odin sein rechtes Auge um Weisheit zu erlangen. Das heißt, dass das rechte Auge der Preis der Weisheit ist! Jesus, in der

Bergpredigt, gebrauchte ein ähnliches Gleichnis: ‚Ärgert dich aber dein rechtes Auge, so reiß es aus und wirf's von dir!' Bedeutet dies, dass man, um Weisheit zu erlangen, die Sicht des rechten Auges aufgeben muss?“ sinnierte Arminius.

Er wusste, dass die Weisen der Welt von alters her das rechte Auge als das Auge der Logik betrachtet hatten, und das linke als das Auge der Mystik, des Gefühls, der Eingebung und der Intuition. Das hieß also, dass man, um weise zu sein, die Welt nicht mit dem rechten Auge besehen durfte. Man musste das Auge der Analyse schließen und die Welt durch das Auge der Synthese besehen, das linke und göttliche Auge, das Auge des inspirierten Dichters, das Auge welches sich selbst sehen kann.

Gleich nach Sonnenaufgang hörte Arminius die Glocken von St. Peter in Waldkirchen zur Frühmesse läuten. Das Glöckchen der Martinskapelle bimmelte mit und rief die Templer und Benediktiner zur Frühmesse. Er sah seine Mitbrüder von Neuhaus nach Thannbrunn gehen. Schnell ging er in seine Kammer, zog seinen weißen Templerumhang an, ging zur Benediktinerprobstei hinüber und feierte die Frühmesse mit seinen Mitbrüdern und den Benediktinern.

Die Benediktinerprobstei Thannbrunn erinnerte ihn an das Benediktinerkloster Schönau, wo er einen wesentlichen Teil seiner Kindheit verbrachte. Die schwarze Benediktinerkutte war ihm lieb und vertraut, er fühlte sich bei den Benediktinern wie zuhause. Arminius sagte dies dem Probst, als ihn jener nach der Frühmesse zu einem Willkommenstrunk einlud. Er vertraute ihm an, dass er seine frühe Bildung in dem Benediktinerkloster Schönau empfangen hatte, und dass das Fundament für seine Liebe des geschriebenen Wortes und des ‚via contemplativa' dort gelegt wurde. Der Probst war darüber sehr erfreut. „Es ist gut, wieder einen Tempelritter als unseren Nachbarn zu haben, besonders einen, der in einem Benediktinerkloster erzogen wurde!“ sagte der Probst und prostete Arminius zu. „Willkommen in Thannbrunn, Bruder Arminius!“

Er informierte Arminius, dass die Gebäude der Benediktinerprobstei zwischen 150 und 200 Jahre alt seien und dass die Steine dafür aus dem Kalksteinbruch unterhalb Staufersbuch gebrochen wurden. „Die Steine für Eure Burg kamen wahrscheinlich aus dem gleichen Steinbruch. Aber Eure Burg ist viel älter, wie alt wissen wir nicht genau. Aber wir wissen, dass Thannbrunn bereits in vorchristlicher Zeit der Sitz des hiesigen Stammeshäuptlings war.“ Er bestärkte die Freundschaft zwischen den Benediktinern und den Templern von Thannbrunn, bot seine Hilfe in allen Notlagen an und wiederholte die Dauereinladung zur Frühmesse: „Unser Glöckchen läutet jeden Tag zur Frühmesse, Ihr und Eure Brüder seid herzlichst dazu eingeladen!"

Als Arminius zur Burg zurückkam, war Johannes bereits dort und wies zwei Bauersfrauen an, die Spinnweben und den Staub der letzten zwei Jahre abzuwischen, die Halle und das Obergeschoss auszukehren und den Strohsack mit frischem Stroh zu füllen. „Ich habe bereits zwei Bauern mit Ochsen in das Rotkreuzholz geschickt um zwei Dutzend Fichten zu fällen, die Stämme in den Mühlhof zu schleifen und sie dort auszulegen. Heute Nachmittag gehen zwei weitere in den Mühlhof um die Stämme zu schälen. Morgen früh schicke ich einige mit Breitbeilen und Farbschnur hinunter um die Brückenbohlen zu hauen. Der Schmied schmiedet bereits die Nägel. Wenn die Bohlen fertig sind, sammle ich alle geschickten Männer, um den alten Brückenbelag in einem Tag abzureißen und den neuen aufzunageln. Für diesen Tag müssen wir einen Posten in Holnstein aufstellen und einen in Mühlhausen, um die Fuhrleute zu warnen. Reiter und Fußgänger können die Laber durchwaten, aber nicht Ochsen. Ochsen sind stark aber dumm, sehr schwer und nicht sehr beweglich, sie können leicht in dem weichen Wiesengrund oder im Bachbett steckenbleiben. Ich habe gesehen wie Ochsen im Sumpf steckenblieben, nicht mehr herauskamen und an Ort und Stelle notgeschlachtet werden mussten. Ich bevorzuge Pferde, ich bin heilfroh, dass wir mit Pferden wirtschaften!“

Johannes mochte Ochsen nicht, er liebte Pferde. Er war stolz darauf sechs Pferde in seinem Stall in Neuhaus zu haben. Alle sechs waren mittelschwere Pferde und als Reit- und Zugpferde trainiert. Der letzte Zuwachs zum Pferdestall von Neuhaus, Arminius' Rappe, war ein Außenseiter: Er war nur ein Reitpferd!

Auch Arminius bevorzugte Pferde, aber er sah genau, warum Ochsen für die Bauern weit bessere Zugtiere abgaben als Pferde. Jeder Bauer besaß vier oder fünf braungescheckte Milchkühe. Um laufend Milch zu geben, musste jede Kuh jedes Jahr ein Kalb gebären. Die Hälfte der Kälber war männlich, so dass jeder Bauer jedes Jahr zwei neue Stierkälber hatte. Die kräftigsten Stierkälber wurden als Zugochsen bestimmt und von klein auf gezähmt und an das Joch gewöhnt. Wenn sie im Alter von zwei Jahren voll ausgewachsen waren, wurden sie kastriert und zur Arbeit verwendet. Während sie für die nächsten zwei oder drei Jahre als Zugochsen arbeiteten, nahmen sie noch etwas an Gewicht zu. Als vier- oder fünfjährige Jungochsen ergaben sie das beste Fleisch und erzielten den höchsten Preis. Die meisten Bauern verkauften ihre Zugochsen vier- oder fünfjährig als Schlachtvieh und ersetzten sie mit neuen Zweijährigen aus eigener Zucht.

Für Pferdeliebhaber waren Ochsen qualvoll langsam; Pferde waren schneller, schöner, klüger und beweglicher. Aber Pferdestuten waren keine Milchkühe, und Pferdefleisch war viel weniger wert als das Rindfleisch eines muskulösen, vier- oder fünfjährigen Zugochsen. Von der pragmatischen Sicht eines Bauern gesehen, wo Wirtschaftlichkeit weitaus wichtiger ist als Schönheit, Klugheit oder Geschwindigkeit, waren Ochsen den Pferden weit überlegen. Die Wirtschaft der Bauern war ochsenbetrieben, in jeder Hinsicht.

Zur Morgenmitte erschienen Bruder Petrus und Jakobus um mit der Ausbesserung des Daches zu helfen. „Weil wir gerade beisammen sind, können wir gleich unser Morgengebet zusammen beten!“ sagte Arminius. Johannes, Petrus und Jakobus folgten Arminius in die ausgefegte und mehr bewohnbare Burghalle. Sie knieten nieder und beteten ihr Morgengebet.

Etwas später kam Sepp der Fuhrmann mit einer kleinen Ladung Sand. Außer dem Sand hatte er noch zwei Eimer Kalk auf dem Wagen, auch einen Mischtrog für Mörtel, zwei Schaufeln, zwei lange Leitern und einige Seile. Im Mischtrog lagen eine Kelle, ein Mörser und zwei Klumpen hart gebrannter, grauer Lehm. Der Kalk in den Eimern war dickflüssig und hellweiß. Arminius fragte Johannes, ob der Kalk selbstgemacht sei.

„Ja, wir brennen und löschen unseren eigenen Kalk", antwortete Johannes. „Der niedrige Ofen im Hof von Neuhaus ist unser Backofen, der hohe der Kalkofen. Zuerst brennen wir die Kalksteine im Kalkofen, dann löschen wir sie im Löschtrog und lassen den gelöschten Kalk in die Kalkgrube laufen. Was du in diesen Eimern siehst ist gelöschter Kalk aus der Grube. Für Mörtel mischen wir Kalk mit Sand und Wasser und geben etwas von diesem blauen Lehm hinzu", sagte Johannes und deutete auf die hart gebrannten, grauen Lehmklumpen im Löschtrog. „Wenn wir Kalk brennen, dann brennen wir etwas von diesem blauen Lehm mit. Der gebrannte Blaulehm wird mit diesem Mörser zu Pulver zerstoßen und das Pulver dem Mörtel beigefügt. Das gibt einen sehr haltbaren Mörtel!

Zum Weißen unserer Gebäude verdünnen wir den gelöschten Kalk mit Wasser bis er flüssig genug zum Streichen ist. Wir weißen unsere Gebäude in Neuhaus jedes Jahr im Frühjahr, innen und außen, auch die Ställe. Es sieht nicht nur gut aus sondern verhindert und vernichtet auch Schädlinge wie Fliegen, Mücken, Flöhe, Wanzen und Zecken. Unsere Obstbäume weißen wir zum gleichen Zweck!

Wie du gestern sahst, ergibt die kalkweiße Außenseite unseres Neuhaus-Hospizes einen idealen Hintergrund für das rote Templerkreuz. Ich erneuere den Anstrich des Kreuzes jedes Jahr, nach dem Weißen. Die Farbe des Kreuzes ist Zinnober, welches ich beim Färber in Berching kaufe. Wenn immer ich das Kreuz auf dem Hospiz streiche, gehe ich nachher ins Tal und streiche das Templerkreuz auf unserem Wegweiser. Anschließend streiche ich auch das Rote Kreuz. Sollen wir deine Burg weißen? Es könnte gleich heute getan werden, wir haben genug Kalk in der Grube!"

„Nein, danke!" wehrte Arminius lächelnd ab. „Ich bevorzuge meine Burg so altersgrau und bemoost wie sie ist. Und die Innenseite würde beim ersten Feuer gleich wieder verrußt werden!"

„Ja, du hast recht", gab Johannes zu. „Wir sollten dir einen Kamin bauen, um den Rauch zu fangen. Dann könnten wir die Hallenfenster einrahmen und verglasen oder mit Pergament verkleiden. Die Halle wäre dann zugdicht und winterfest!"

„Ich weiß nicht, ob die alte Burg das alles wert ist?" erwiderte Arminius zweifelnd. „Du verfügst über viel praktisches Wissen, Bruder Johannes. Wo hast du es gelernt?"

„Ich bin ein Berchinger Kaufmannsohn, und Kaufleute sind praktische Leute", antwortete Johannes. „Aber mein Vater wollte einen Kleriker aus mir machen. Er schickte mich nach Plankstetten zur Klosterschule der Benediktiner, und anschließend zur Domschule nach Eichstätt. Aber ich bin kein Scholar wie du, meine Fähigkeiten sind mehr praktisch. Deshalb versagte ich auf der Domschule und wurde nach dem ersten Jahr entlassen. Um meinen Vater nicht zu sehr zu enttäuschen, trat ich als dienender Bruder in den Templerorden ein. Bruder Dietrich nahm mich auf und machte mich zum Probst unserer Probstei Berching. Als der alte Komtur von Thannbrunn krank und schwach wurde, schickte mich Bruder Dietrich hierher. Seitdem bin ich der Aufseher der Komturei Thannbrunn."

In der Zwischenzeit luden die anderen den Wagen ab. Sepp der Fuhrmann zerstieß die grauen Lehmklumpen mit dem Mörser, mischte den grauen Staub mit den zwei Eimern Kalk im Mischtrog, gab einige Eimer Sand hinzu und mischte sie ein. Ein Knecht zog einige Eimer Wasser aus der Zisterne und goss sie in den Trog. Sepp und der Knecht rührten den Mörtel bis er gut gemischt war, dann gaben sie noch etwas Sand hinzu um ihn dickflüssiger zu machen. Der fertige Mörtel wurde in die zwei Eimer geschaufelt.

Während Sepp und der Knecht den Mörtel anrührten, banden Bruder Jakobus und Petrus die zwei langen Leitern zu einer sehr langen Leiter zusammen und stellten sie auf. Bruder Petrus band dem Bruder Jakobus das Ende eines Seils kreuzweise über Brust und Rücken. Bruder Jakobus nahm die Kelle und stieg auf das Dach, Bruder Petrus folgte ihm, setzte sich hinter den First und hielt das Sicherheitsseil straff. Jakobus stand am Ende des Seils, mit der Kelle in der Hand, und wartete auf den Mörtel.

Der Knecht stand am oberen Ende der Leiter, zog die vollen Mörteleimer hoch und ließ die leeren hinunter. Sepp stand unten, füllte die Eimer und hängte sie an den Haken am Ende des Seils. Jakobus ging mannhaft mit Eimer und Kelle auf dem steilen Schieferdach auf und ab und vermörtelte die Leckstellen so gut er konnte. Und Petrus sorgte dafür, dass das Seil straff und sein Bruder sicher blieb. Während die Brüder oben arbeiteten, sagte der schalkhafte Fuhrmann, dass die Brüder für die Arbeit oben auf dem Dach besser geeignet seien als er, weil sie als Mönche dem Himmel näher waren. „Wenn wir danach gehen, dann müsste ich oben auf dem Dach sein!" sagte Arminius lachend.

„Nein, Herr Arminius", erwiderte der schalkhafte Fuhrmann schnell, um von Arminius nicht übertrumpft zu werden. „Ihr seid ein Herr; Herren gehen nicht nach oben!"

„Hüte deine Zunge, Sepp! Solche Rede geziemt sich nicht wenn du zu deinem Herrn sprichst!" sagte Johannes ärgerlich. „Wenn du nicht lernst, deine lose Zunge zu hüten, dann kann er dich wegen Unbotmäßigkeit fristlos entlassen! Es ist eine Ehre, ein Templerknecht zu sein, und eine Unehre wenn du deiner frechen Zunge wegen fristlos entlassen würdest!"

„Sepp hat recht, auf gleichnishafte Art", lenkte Arminius begütigend ein. „In unserem Orden sind die Herren Diener. Im Templerorden ist Meisterschaft die Meisterschaft der Dienstschaft. Ein Tempelherr ist ein meisterlicher Diener!"

Sepp und Johannes sahen Arminius unbegreiflich und ehrfürchtig an, und sagten nichts mehr. Von diesem Tag an hielt der kecke Fuhrmann seine freche Zunge etwas mehr im Zaum und Johannes erboste sich nicht mehr über seine Reden.

Bald danach hörten sie das Elfuhrläuten von Waldkirchen. „Mittag!" rief Johannes. „Lasst uns schnell nach Neuhaus gehen, Bruder Hermann wird sich ärgern wenn wir nicht gleich kommen. Es lohnt sich nicht, den Koch zu verärgern!"

In Neuhaus wuschen sie sich die Hände, setzten sich in die Gaststube und Bruder Hermann und der Küchenknecht tischten auf: Schweinebraten, verschiedenes Obst und Gemüse welches mit dem Braten in der Pfanne geschmort war, Sauerkraut, Brot und Bier. Es war ein Festmahl zu Ehren Arminius', ihr gewöhnliches Mittagessen an Werktagen war lange nicht so reichlich. Und an Werktagen tranken sie nur am Abend Bier. Arminius sprach ein kurzes Tischgebet, alle sagten Amen und hieben ein.

Bis zum Zwölfuhrläuten war Mittagsruhe. Während der Ruhepause fragte Arminius nach Trevrizents Höhle. Zuerst wusste Johannes nicht, wovon Arminius sprach, dann ging ihm ein Licht auf. „Du meinst das Templerloch? Es befindet sich zwischen der Sandmühle und Simbach, in dem Sandsteinfelsen über dem Weg. Ich weiß nicht genau wo es ist, ich selbst war noch nie dort, ich habe nur davon gehört. Der Sandmüller sollte es wissen! Wenn du heute Nachmittag dorthin gehen willst, dann werde ich dir Kerzen und ein Feuerzeug geben. Ich wollte dir sowieso ein Bündel Kerzen bringen. Wenn du in die Höhle kriechen willst, dann gebe ich dir einen Bauernkittel mit, damit du deine weiße Tunika nicht beschmutzt." Johannes ging in den Speicher und brachte ein Feuerzeug, ein Bündel Kerzen und einen braunen Kittel aus grobem Tuch. „Die Kerzen musst du in einer Kiste lagern, damit sie nicht von den Mäusen gefressen werden. Ich werde heute Nachmittag eine Kiste zur Burg bringen lassen! Deine Bücher solltest du auch in der Kiste lagern, und alles andere, was von Mäusen angenagt werden kann. Du brauchst eine Katze! Soll ich dir eine besorgen?"

„Ja, bitte, besorge mir eine Katze. Schwarz, wenn möglich!"

Johannes sah Arminius seltsam an. „Ja, ich werde versuchen, dir eine schwarze Katze zu finden."

Beim Zwölfuhrläuten sprachen Arminius und seine Mitbrüder ihr Mittagsgebet. Danach gingen Arminius, Johannes, die Brüder Petrus und Jakobus, Sepp der Fuhrmann und der Knecht wieder nach Thannbrunn zurück um ihre Arbeit am Burgdach fortzusetzen. Johannes legte das Kerzenbündel, den Kittel und das Feuerzeug auf den Hallentisch. Arminius zog eine Kerze aus dem Bündel, wickelte sie zusammen mit dem Feuerzeug in den Kittel, und ließ sich von Johannes den Fußpfad zur Sandmühle zeigen.

Der Steilhang unter dem Turm war stellenweise weniger steil. Dort hatten sich hartnäckige Buchen festgewurzelt und waren im Laufe der Jahrzehnte und Jahrhunderte so hoch gewachsen, dass ihre Kronen den Hang und den unteren Teil des Turmes berührten. Der Fußpfad zur Sandmühle wand sich den Hang hinunter, unter den riesigen Buchen und über ihre knorrigen Wurzeln. Der Pfad war schnell, zumindest bergab. In kurzer Zeit war Arminius am Mühlenteich und schritt über die Brücke in den Mühlhof. Einige Fichtenstämme waren bereits im Hof ausgelegt, zwei Bauern mit Schälspaten waren dabei sie zu schälen. Der Kettenhund des Sandmüllers hatte sich an die ständige Anwesenheit von Fremden in seinem Hof gewöhnt und bellte nicht, als Arminius in den Mühlhof kam. So trat er unangefochten in die Mühle.

Das Innere der Mühle war halbdunkel, alles war mit Mehlstaub bedeckt. Mehlstaub und der Geruch von Mehl hing in der Luft. Das Klappern und Rumpeln des Mühlwerkes war so laut, dass man sich drinnen nicht gut verständigen konnte, so traten Arminius und der Müller aus der Mühle. Arminius fragte ihn, ob er wüsste, wo das Templerloch sei.

„Ah, das Trempelloch!“ erwiderte der Sandmüller, in der volkstümlich falschen Aussprache; anscheinend rollte ‚Trempel‘ leichter von der schwerfälligen, oberpfälzischen Zunge als ‚Templer‘. „Ich war nie selber drinnen, aber mein Urgroßvater war drin. Er hat geholfen es zu hauen! Es liegt in der Nähe von Simbach, zwischen hier und Simbach, in dem Sandsteinfelsen über dem Weg. Ihr könnt es erreichen, indem Ihr kurz vor Simbach nach rechts abbiegt und gerade durch den Wald zum Sandsteinfelsen geht. Oder Ihr könnt durch Simbach gehen, der Dorfstraße entlang, welche einen Bogen macht und Euch gegen die Richtung bringt, die Ihr gekommen seid. Am Ende des Bogens und kurz vor dem Ende des Dorfes geht ein Feldweg den Berg hinauf und endet in einer Wiese. Am oberen Ende dieser Wiese ist der Eingang zum Trempelloch. Ich kann mitgehen und es Euch zeigen!“

„Nein, das ist nicht nötig, ich werde es schon finden. Ich danke dir, Sandmüller, behüt dich Gott!“

„Behüt Euch Gott, Herr Arminius!“ erwiderte der Sandmüller und ging in seine Mühle zurück.

Arminius ging nach Simbach und durch das Dorf. Die Bauern grüßten ihn ehrerbietig und er erwiderte ihre Grüße. Sie waren nicht weiter verwundert, einen Tempelritter durch ihr Dorf schreiten zu sehen; ein Templer auf dem Weg zum Templerloch war keine Seltenheit! Sie wussten noch nicht, dass Arminius ihr neuer Herr war, und Arminius entschied sich, es ihnen nicht zu sagen. Sie würden es früh genug herausfinden.

Er folgte dem Bogen durch Simbach. Am Ende des Bogens und am Ende des Dorfes ging ein steiler Feldweg den Berg hinauf, der Weg verlor sich in einer buchenumgrenzten Wiese. Am oberen Ende der Wiese lag der Eingang zu Trevrizents Höhle.

Der Eingang war mit einer Steinplatte abgedeckt. Ein dicker Buchenast lag neben der Deckplatte, anscheinend um sie zur Seite zu rücken. Arminius steckte den Ast unter die Platte und rückte sie, Stück für Stück, beiseite. Das Einstiegsloch war rund, etwa drei Fuß im Durchmesser und mannstief. Arminius zog seine weiße Tunika aus und schlüpfte in den Kittel, nahm Kerze und Feuerzeug, ließ sich in das Loch, streute Zunder auf die Lunte, schob die Lunte in das Feuerzeug und versuchte einen Feuerfunken zu schlagen. Nach einigen Schlägen gelang es ihm auch, und die Lunte brannte. Er entzündete die Kerze und leuchtete in den Gang. Der Gang war tunnelförmig, drei Fuß hoch und zwei Fuß breit, und ging vom Boden des Eingangsloches leicht bergab in den Sandstein. Auf seinen Knien und auf der linken Hand kriechend, mit der brennenden Kerze in der Rechten, kroch Arminius in den Gang.

Der Gang war gerade hoch genug, dass man auf Knien und Händen bequem kriechen konnte ohne sich den Kopf anzustoßen. Halbrunde Vertiefungen für Kerzen oder Lampen waren in regelmäßigen Abständen in die Wände gehauen. Manche enthielten Überreste von Kerzen, Arminius zündete einige von ihnen an. Die Lichtvertiefungen sahen wie kleine Altare aus. „Lichtaltare – sie leuchten dem Pilger den Weg zum Schoße der Welt!“ sinnierte Arminius. Der Gang ging weiterhin leicht bergab, tiefer in den Schoß der Erde. Nach etwa zwanzig Fuß bog der Gang in einem rechten Winkel nach links ab, zwanzig Fuß nach der Biegung war ein Fallloch, ein rundes Loch wie das Eingangsloch. Arminius wäre beinahe hineingefallen, sah es aber gerade noch rechtzeitig und kletterte vorsichtig hinüber. Zwanzig Fuß nach dem Loch bog der Gang wieder scharf nach links ab, ging zwei Stufen hinunter und endete in einem unterirdischen Raum.

Der Raum war quadratisch, etwa zehn mal zehn Fuß, und hoch genug um aufrecht darin zu stehen. Ein quadratischer Pfeiler war von den Steinhauern in der Mitte des Raumes stehengelassen worden und ging kurvig in das Deckengewölbe über. Die Buchstaben Z•A•E, von einem Quadrat umrahmt, waren in die Mitte des Pfeilers gehauen. Der Pfeiler sah dem Roten Kreuz ähnlich, welches auf dem gleichen Sandsteinrücken im Tageslicht stand. Die hermeneutische Maxime „Wie oben, so unten!“ kam Arminius in den Sinn. Wie am Tag zuvor dachte er, dass das Rote Kreuz eine Markierung und ein Gegenüber von Trevrizents Höhle sei, und ein esoterisches Symbol. Auch die Buchstaben Z•A•E waren ein esoterisches Symbol! In der Buchstabenmystik der Templer bedeuteten Z und A die universellen Gegensätze: Ende und Anfang. Und E bedeutete die Einheit zwischen den beiden. A und Z waren natürlich die Lateinisierung des Alpha und des Omega aus dem Buch der Offenbarungen des Johannes. Z•A•E symbolisierte auch das Hermeneutische Prinzip, die Einheit von These und Antithese. Aber für einen Templer des inneren Kreises symbolsierte Z•A•E hauptsächlich den Gral, das Einswerden von Wirkung und Ursache, von Resultat und Ursprung, von Omega und Alpha!

Wolfram von Eschenbach hatte Trevrizents Höhle als eine Höhle mit zwei Kammern beschrieben. Die eine Kammer diente Trevrizent als Tempel oder Kapelle, die andere als Wohn- und Schlafkammer. Und die Wohnkammer hatte ein Holzkohlebecken. „Dieser Raum mit dem Mittelpfeiler dürfte die Kapelle sein“, dachte Arminius. „Wo ist der Wohnraum?“ Er ging mit der Kerze um den Pfeiler und fand den Gang zum zweiten Raum.

Die zweite Kammer war so groß und so hoch wie die erste, hatte aber keinen Mittelpfeiler. Stattdessen war sie in der Form eines U ausgehauen. Der Umriss des U wurde ausgehauen, der Kern des U, etwa so dick wie der Mittelpfeiler des ersten Raumes, blieb stehen. Im linken Arm des U, am Fuße des Kerns, war ein Holzkohlebecken. Die linke Seite des Kerns, über dem Becken, war von vielen Holzkohlefeuern geschwärzt. Etwas Asche und einige, halbverbrannte Kohlen lagen noch im Becken.

Arminius kroch in den Tempelraum zurück und verweilte dort, in tiefer Kontemplation. Warum war die andere Kammer in der Form eines U? War das auch ein Symbol der Buchstabenmystik? U für Union, für Universalismus und Universalität? U für Universum? U für Unison und Unität? Und das Feuer im U, war es auch gleichnishaft? Das leidenschaftliche Feuer des Universalismus? War es auf der linken Seite um das Herz zu symbolsieren? Das feurige Herz der Welt, welches leidenschaftlich im Schoße der Welt schlägt und sehnsüchtig auf seine Wiedergeburt wartet?

Und war der Schoß der Welt nicht gleichzeitig ihr Grab? Symbolisierte das U nicht auch die Union zwischen Mutterschoß und Grab, zwischen Leben und Tod?

Und warum war das Feuer im linken Arm des U? Symbolisierte dies das leidenschaftliche Geistesfeuer von Jesus und Odin, das Feuer des linken Auges, das Feuer der göttlichen Synthese? Das leidenschaftliche Feuer des Auges, das sich selbst zu sehen vermag, das Auge der Gottheit?

Arminius kroch aus der Höhle, bevor seine Kerze ausbrannte. Er schob die Steinplatte über das Eingangsloch zurück, zog den Kittel aus, zog seine weiße Tunika an und wickelte das Feuerzeug in den Kittel. Dann erinnerte er sich, dass Parzival in Wolframs Gralsepos sein Pferd unter einem Felsüberhang untergestellt hatte, als er während des Osterfestes bei Trevrizent zu Gast war. Beim Eingangsloch war kein solcher Überhang, aber als Arminius vom Eingangsloch gerade hinunterging, auf den Weg zwischen der Sandmühle und Simbach zu, ging er am Fuße des senkrecht abfallenden Sandsteinrückens entlang und sah, dass der Fels an einer Stelle tatsächlich weit genug überhing um ein Pferd vor der Witterung zu schützen! Und Arminius erinnerte sich daran, dass der Parzival in Wolframs Epos unterhalb Trevrizents Höhle ein Bächlein vorfand. Etwas weiter fand Arminius tatsächlich ein kleines Bächlein!

Er erinnerte sich auch daran, dass Parzival die Höhle des Einsiedlers Trevrizent in der Passionswoche erreicht hatte, am Karfreitag, dem Tag der Passion, der unitiven Passion, der Passion der Aufopferung des persönlichen Selbst. Der Passion von Traurigkeit und Freude, Schmerz und Lust, Tod und Wiedergeburt – und es lag Schnee am Boden! Das konnte nicht Zypern oder das Heilige Land gewesen sein, weder Provence noch Languedoc! Aber im Tal der mystischen, Weißen Laber konnte es nicht nur jederzeit, und besonders an Ostern, den mystischen weißen Schnee schneien, es konnte auch greifbarer Schnee zu Ostern am Boden liegen, besonders wenn Ostern früh in das Frühjahr fiel! Arminius hatte dies nie berücksichtigt, als er sich Trevrizents Höhle irgendwo im Mittelmeergebiet vorgestellt hatte.

Das war tatsächlich Trevrizents Höhle! Oder zumindest hatte der ehrwürdige Wolfram die Höhle des Einsiedlers Trevrizent nach dieser Höhle beschrieben. Ob es jemals einen Templer namens Trevrizent gab war fraglich, der Name hörte sich zu phantastisch an, wie alle anderen Namen in Wolframs Gralsepos. Aber diese Namen waren kein Zufall! Es war sehr gut möglich, und sogar wahrscheinlich, dass Trevrizent ein gleichnishafter Name war!

Großmeister Guillaume hatte ihm die gleichnishafte Bedeutung des phantastischen Namens der Gralskönigin Repanse de Schoye dargelegt. Der legendäre Provenale Kyot, der den ehrwürdigen Wolfram in die Gralsgeschichte einweihte, war kein anderer als der bekannte Troubadour Guido de Provence, mit welchem Wolfram in enger Verbindung stand, als er im Gefolge des Richard Löwenherz, als Gast Richards und seiner Mutter, der berühmten und berüchtigten Liebeskönigin Eleanore, im Jahre 1190 nach Zypern reiste. Und Parzival, der Held und Gralskönig in Wolrams Gralsepos, war aus dem Hause de Anjou! Arminius wusste, dass der Templer Fulko de Anjou nicht nur Tempelritter auf Zeit, lebenslanges Ehrenmitglied des Templerordens, König von Jerusalem und „Sarazenenfreund" war, sondern auch ein direkter, leiblicher Nachkomme Jesus' und Davids und somit ein echter Anwärter auf den Königsthron Jerusalems! Außerdem war Fulko von Anjou auch der Großvater der Liebeskönigin Eleanore, und somit der Urgroßvater König Richards! Und die Liebeskönigin Eleanore war die größte Förderin der Troubadourbewegung, die geistige Mutter und unerreichbare Geliebte aller Troubadoure!

Die Namen in Wolframs Gralsepos waren also kein Zufall, sie hatten zeitgeschichtliche und gleichnishafte Bedeutung. Was konnte „Trevrizent" bedeuten? Der Treffliche und Zentrale, oder Zentralisierte? Einer der das Zentrum des Weltgeistes traf, und im Zentrum stand und lebte? War dieser treffliche „Trevrizent" ein Tempelritter von Thannbrunn oder Weihersdorf? Oder ein anderer Tempelritter, der die Fastenzeit und das Osterfest in Kontemplation, Gebet und Meditation in seiner Höhle verbrachte, und den ehrwürdigen Wolfram dorthin über das Osterfest einlud? Möglicherweise, aber bestimmt waren einer oder mehrere Tempelritter des inneren Kreises Wolframs Mentoren, und sein Beispiel für die Gralsritter! Waren die Beguinen von Waldkirchen, oder irgendwelche, andere Beguinen, Wolframs Beispiel für die Gralsdamen? Vielleicht, aber viel wichtiger war, dass die heutigen Beguinen die Gralsdamen von heute waren, in der greifbaren, wirklichen Welt der Gegenwart! Er beschloss, am nächsten Tag nach Waldkirchen zu reiten um den dortigen Gralsdamen seine Aufwartung zu machen.

Am Ende des Tages stand Arminius auf der Plattform seines Wachturms, sah die goldene Abendsonne hinter dem Roten Kreuz untergehen und betete das Abendgebet im Angesicht der sinkenden Sonne. Seit seinem Aufenthalt in Trevrizents Höhle fühlte er sich dem ehrwürdigen Wolfram näher, wie einem Geistesbruder. Er erinnerte sich, wie sehr Wolfram den Geist des Universalismus förderte. Wolfram war ein echter Vereiniger, ein Überbrücker zwischen Okzident und Orient, zwischen Christentum und Islam!

Am nächsten Morgen befand sich Arminius wieder auf seinem Turm und betete sein Frühgebet im Angesicht der aufgehenden Sonne. Er fühlte sich wie ein Muhezzin auf dem Minarett, bereit die Gläubigen zum Gebet zu rufen. Er konnte den muslimischen Gebetsruf auswendig, er hatte ihn oft genug gehört, verstanden und im Gedächtnis behalten: „Gott ist groß!" viermal; „Bekennet, dass nichts ist als Gott!" dreimal; „Bekennet, dass Mohammed Sein Prophet ist!" dreimal; und schließlich: „Kommt und betet, kommt und betet, denn Beten ist besser als Schlafen!" Der muslimische Gebetsruf wirkt sehr bewegend wenn er auf Arabisch skandiert wird, von einem erfahrenen Muhezzin mit einer resonanten, weitreichenden Stimme. Der muslimische Gebetsruf bewegte ihn zum Gebet, in der Gefangenschaft in Qa'itbay hatten sie sogar ihre fünf täglichen Gebete danach gerichtet. Er konnte ihn gut skandieren, er hatte ihn öfters geübt wenn keine Unbefugten zuhörten. Er hätte ihn am liebsten von seinem Wachturm gesungen, entschied sich aber doch die Glocken zum Gebet rufen zu lassen, wie es bei Christen der Brauch war.

Kurz nach Sonnenaufgang riefen dann auch die Glocken von St. Peter in Waldkirchen und das Glöckchen der benachbarten Martinskapelle zur Frühmesse. Danach ging Arminius mit Johannes nach Neuhaus und fragte ihn nach dem Weg nach Waldkirchen. „Nimm zuerst den Freihauser Weg, nach etwa 200 Schritten zweigt ein Feldweg nach rechts ab. Dieser Weg führt über eine niedere Anhöhe zum Weiler Riedhof, am Fuße des Petersberges, und von dort den Berg hinauf nach Waldkirchen. Das ist die kürzeste Strecke, eine halbe Stunde zu Fuß. Du kannst auch von Neuhaus nach Hermannsberg und von dort den Pfad nach Waldkirchen gehen. Wenn du dich nicht auskennst, frag den nächsten Bauern nach dem Weg zum Petersberg – so wird Waldkirchen von den hiesigen Bauern genannt! Außerdem ist die Peterskirche auf dem Gipfel des Petersberges ein weithin sichtbares Erkennungszeichen."

Für die kurze Strecke nach Waldkirchen lohnte sich das Aufsatteln kaum, aber dies war ein offizieller Besuch, und er musste seinen Stand und sein Amt wahren, so ließ er seinen Rappen satteln und ritt Richtung Freihausen, über die niedere Anhöhe nach Riedhof und den steilen Petersberg hinauf. Dort ritt er zum Pfarrhof, band sein Pferd an den Anbindebalken vor dem Pfarrhaus und machte dem Pfarrer seine pflichtgemäße Aufwartung. Der Pfarrer von Waldkirchen begrüßte ihn höflich aber kühl und zeigte ihm, nach einer kurzen, formellen Unterhaltung und einem Becher Wein, den Weg zur Beguinage.

Auch die Beguinen empfingen ihn kühl, zumindest am Anfang. Die Hausmutter der Beguinage, Schwester Margaret, war nicht zugegen und Schwester Davina war ihre Stellvertreterin. Sie wirkte etwas schroff und kurz angebunden, aber der Grund dafür war nicht ein Mangel an Freundlichkeit, sondern ein Mangel an Sprachfertigkeit. Sie beherrschte die deutsche Sprache nicht sehr gut.

Schwester Davina war das Urbild einer Schottin: groß, starkknochig, blauäugig und rothaarig, mit Sommersprossen im Gesicht. Arminius stellte sich vor und fragte nach der Hausmutter. „Schwester Margaret ist nicht da", sagte sie in stockendem, gebrochenem Deutsch. „Sie ist in Regensburg. Sie verbringt den Winter bei den Schwestern in Regensburg. Im Frühjahr wird sie zurück sein. Ihr müsst im Frühjahr wieder kommen!"

Arminius sprach sie auf Französisch an, was sie aber nicht verstand. Dann versuchte er Latein, und ihr Gesicht hellte sich auf und sie wurde gesprächig. „Ich kam vor einigen Jahren aus Schottland hierher und beherrsche die deutsche Sprache noch nicht", sagte sie entschuldigend, in Latein. „Ich wurde in einem Nonnenkloster in der lateinischen Sprache unterrichtet und spreche sie viel besser als Deutsch!"

„Was führte Euch von Schottland nach Bayern?" fragte Arminius verwundert.

„Das ist eine traurige Geschichte", seufzte sie. „Unser Haus, das Haus von Gunn, stammt von den Vikingern ab und war schon von jeher für ein unabhängiges Schottland, unabhängig von England und von Rom. Dies kostete uns unser Leben! Meine gesamte Familie, das heißt alle unsere Männer, fielen in den Kämpfen gegen die Angelsachsen. Unsere Burg wurde von den Engländern niedergebrannt. Der Klan der Gunn, zusammen mit den anderen schottischen Klans, führte gegen England Krieg – und verlor!

Unsere Burg wurde zerstört, mein Mann, mein Vater und meine Brüder wurden getötet. Und da ich keine Kinder hatte, und sonst für niemanden zu sorgen brauchte, kehrte ich Schottland den Rücken und zog zu Verwandten nach Northumbria. Dort hörte ich von der Beguinenbewegung auf dem Kontinent. Ich hörte, dass die Beguinen ursprünglich eine Laienorganisation von Kriegerwitwen waren, die sich zur gegenseitigen Unterstützung in Gemeinschaften zusammenschlossen. Als ich hörte, dass sie dazu noch die Mystik und die Künste pflegten, und nicht kirchlich gebunden waren, stand mein Entschluss fest, denn ich bin Kriegerwitwe, Malerin und Mystikerin und, wie ihr Euch denken könnt, von der Römischen Vormundschaft in weltlichen und kirchlichen Angelegenheiten nicht gerade begeistert!

Ich reiste nach Rotterdam und trat dort als wandernde Beguine in unsere Organisation ein. Das heißt, dass ich keinem Haus fest angehörte, sondern von Haus zu Haus zog und in einigen für kurze Zeit blieb. Langsam wanderte ich den Rhein hinauf. In einer Beguinage am Oberrhein hörte ich von einer Beguinage in Bayern, die von einer Hausmutter aus Northumbria geführt wurde.

Northumbria ist fast Schottland, ich habe Verwandte dort und habe einige Jahre dort gelebt. Ich hatte sehr Heimweh und dachte, dass ich die deutsche Sprache nie lernen würde, deshalb wanderte ich hierher und schloss mich dieser Beguinage fest an. Jetzt bin ich die Stellvertreterin unserer Hausmutter, Schwester Margaret."

„Wie kam Schwester Margaret von Northumbria hierher? War ihr Schicksal dem Euren ähnlich?" fragte Arminius.

„Nein! Margaret war die Tochter eines verarmten Ritters im nördlichen Northumbria, unweit Holy Island. Sie heiratete den Grafen von Sulzbürg, als er die großen Kathedralen der Christenheit bereiste. Als er die Kathedrale von York besuchte, hielt der Bischof von York ein Bankett zu seinen Ehren. Margaret war eine der Ehrenjungfrauen beim Bankett. Der Graf verliebte sich in sie und bat um ihre Hand. Ihr Vater sagte zu, sie wurden in der Kathedrale von York getraut, und der Graf brachte sie heim, als Gräfin und Herrin von Sulzbürg.

Der selige Graf aber lebte in Saus und Braus. Schließlich verfiel er dem Spiel und dem Trunk. Er war derart verschuldet, dass er gezwungen war, seine Grafschaft an die Wittelsbacher zu verkaufen. Die Schande und der Trunk brachten ihn um!

Nach seinem Tode zog Margaret hierher und wurde Hausmutter dieser Beguinage. Die Beguinage Waldkirchen stand seit ihrer Gründung unter dem Schutz der Grafen von Sulzbürg, Hirschberg und Rosenburg, deshalb war Margaret mit dieser Beguinage und der Umgebung vertraut. Ihre Beziehungen als ehemalige Gräfin von Sulzbürg kommen uns noch heute zugute! So, hier sind wir, zwei verwitwete Frauen aus Northumbria und Schottland, die versuchen, in einer bayrischen Beguinage Erfüllung zu finden! Ist es nicht eine seltsame Welt, Bruder Arminius?

Und welch unseliger Wind trieb Euch in diesen abgeschiedenen Teil Deutschlands, Bruder Arminius?" setzte sie nach einer besinnlichen Pause hinzu.

„Es war kein unseliger Wind, Schwester Davina, es war ein seliger Wind!" berichtige Arminius lächelnd. „Ich wurde nach 26 Jahren Dienst im Heiligen Land und auf Zypern hierher versetzt. Dieser Posten soll mein Ruheposten sein, aber ich habe nicht vor, mich auszuruhen! Ich werde die Ruhe meines Postens zur Meditation und Kontemplation, zum Lesen und Schreiben nützen. Grüßt Schwester Margaret von mir und sagt ihr, dass ich sie sprechen möchte, sobald sie aus Regensburg zurückkommt! Wenn ich Euch oder Eurer Beguinage irdendwie behilflich sein kann, lasst es mich wissen! Ich bin auf der Burg Thannbrunn oder in unserem Neuhaus-Hospiz jederzeit zu erreichen. Schickt einen Boten wenn Ihr Hilfe braucht! Zu

Euren Diensten, Schwester Davina!“ verabschiedete sich Arminius, legte seine rechte Faust auf die linke Brust und verbeugte sich tief. „Non nobis, Domine! Non nobis, sed Nomini Tuo da gloriam!“

„Non nobis, Domine!“ erwiderte Schwester Davina.

Für den Nachhauseritt schlug Arminius einen anderen Weg ein. Er ritt vom Petersberg in südwestlicher Richtung, durch den Wald zum Dorf Staufersbuch und von dort hinüber nach Hermannsberg und heim nach Neuhaus. Damit schloss er einen Kreis und sah einen Teil der Umgebung, die er bisher nur von dem Aussichtspunkt seines Turmes gesehen und bewundert hatte.

Am nächsten Tag hörte er Hiebe von Breitbeilen aus dem Hof der Sandmühle zur Burg heraufschallen. Er ging hinunter um die Arbeit zu beobachten. Einige geschickte Bauern, unter der Anleitung des Stellmachers, hieben die Brückenbohlen. Zuerst sägten sie die geschälten Stämme in zwölf Fuß lange Stücke, die Breite der Brücke. Danach markierten sie diese Rundhölzer mit einer Farbschnur der Länge nach und hieben die Rundung bis zur Markierung ab. Auf diese Weise hieben sie die Rundhölzer zu sechs Zoll dicken Bohlen. Dann legten sie die Bohlen flach, markierten sie parallel, auf maximale Breite, und hieben sie bis zur Markierung zu. Wenn eine Bohle fertig war, wurde sie glattgehobelt. Am Ende hatten sie zwei Dutzend zwölf Fuß lange Bohlen, jede sechs Zoll dick und etwa einen Fuß breit.

Ein sonniger Tag Anfang Oktober wurde als Brückenbautag bestimmt. Johannes schickte Boten in alle umliegenden Dörfer um sie zu warnen, die Sandmühlbrücke an diesem Tag nicht zu benutzen. Außerdem sandte er einen Posten nach Mühlhausen, wo die Weiße Laberstraße von der Sulztalstraße abzweigt, und einen nach Holnstein, um Fuhrleute und Reisende zu warnen.

Johannes hatte die fähigsten Männer der Komturei zum Brückenbau bestimmt, und er war selbst dort um die Arbeit zu überwachen. Die zwei Handwerker der Komturei, der Schmied und der Stellmacher, wirkten als Vorarbeiter. Zuerst wurde das noch brauchbare Brückengeländer unter Anleitung des Stellmachers mit äußerster Vorsicht entfernt. Andere Männer schaufelten den Straßenbelag beiderseits der Brücke weg und legten die alten Bohlen frei. Danach wurden die alten Bohlen, unter Anleitung des Schmiedes, mit Brechstangen und Vorschlaghämmern abgerissen. Der Schmied schlug und zog die alten Nägel heraus und steckte sie in einen Sack; für den Schmied war Eisen kostbarer als Gold! Johannes sorgte dafür, dass die alten Bohlen nicht zu sehr beschädigt wurden, so dass man sie für einen geringeren Zweck wiederverwenden konnte.

Nachdem die alten Bohlen entfernt waren, wurden die schweren Brückenträger abgefegt. Die vier Brückenträger waren acht Zoll breit, eineinhalb Fuß hoch und noch stark und gesund, nur die Oberflächen waren stellenweise etwas angefault. Der Stellmacher und sein Geselle nahmen ihre Queräxte, hieben die Oberflächen blank und hobelten sie glatt.

Danach wurden die neuen Bohlen aufgelegt. Vor dem Nageln wurde jedes Nagelloch vom Stellmacher und seinem Gesellen mittels einer Drehkurbel vorgebohrt. Die Nägel waren lange, vierkantige Eisenstifte mit Pilzköpfen. An den vier Kanten entlang hatten die Stifte mehrere, widerhakenartige Kerben, damit sie sich durch den Brückenverkehr nicht hocharbeiteten. Der Schmied und sein Geselle trieben die Stifte mit kraftvollen Schlägen durch die Bohlen in die Träger. Arminius beobachtete, dass der Schmied dabei nicht auf den Nagelkopf blickte; er blickte lässig in die Gegend während er die Stifte spielerisch und scheinbar mühelos in das Holz trieb, ohne ein einziges Mal danebenzuhauen oder auch nur einen Stift zu verbiegen! Nachher nahm Arminius den Schmied beiseite und fragte ihn wie er dies so mühelos bewerkstellige.

„Nachdem ich den Stift gesetzt habe, brauche ich nicht mehr hinschauen. Danach treffe ich den Kopf nach dem Gefühl! Wenn man beim Zuschlagen auf den Kopf schaut, oder sich darum sorgt, den Kopf zu treffen, dann haut man leicht daneben. Und es ist nicht von Anfang an mühelos, es dauert Jahre bis es soweit ist!" sagte der Schmied mit dem selbstzufriedenen Lächeln eines Handwerkers, der sein Handwerk versteht und sich seiner Sache sicher ist.

„Ja, es ist Gefühlssache, wie das Bogenschießen!" sagte Arminius. „Beim Bogenschießen muss man den Pfeil auch nach dem Gefühl loslassen, ohne viel ans Treffen zu denken. Wer sich um das Treffen sorgt, der schießt leicht daneben! Und, obwohl ein guter Bogenschütze sein Ziel scheinbar mühelos und spielerisch trifft, erfordert es Jahre von mühevoller Praxis und Liebe zur Sache bis es soweit ist!" Der Schmied nickte zustimmend, stolz darauf, dass sein biederes Schmiedehandwerk mit der edlen Kunst des Bogenschießens verglichen wurde.

Die Bohlen waren festgenagelt, der Straßenbelag beiderseits der Brücke wurde zurückgeschaufelt und festgestampft und das Geländer angenagelt. Arminius spritzte etwas Weihwasser auf die Brücke und segnete sie. Die erneuerte Sandmühlbrücke war verkehrsbereit! Die Bauern luden die alten Bohlen auf den Wagen, der Schmied legte den Sack mit den alten Nägeln und seine Werkzeuge darauf, der Stellmacher legte seine Werkzeuge dazu, die Bauern schulterten ihre Hacken und Schaufeln und alle begaben sich zum Neuhaus-Hospiz auf ein Festmahl.

Während die Männer an der Brücke arbeiteten, bereiteten Bruder Hermann und der Küchenknecht, mit Hilfe einiger Bauersfrauen, das Festmahl. Als die Männer in die Gaststube traten, wurden die Tische gedeckt. Arminius sprach ein kurzes Tischgebet. Es gab gekochtes Rindfleisch, in dünne Streifen geschnitten und mit Meerrettichsoße serviert, dann Schweinebraten mit Sauerkraut. Dazu gab es frischgebackenes Brot, und jeder Mann erhielt einen Krug Bier und eine Nachfüllung.

Die Männer hieben tüchtig ein. Nach dem Festmahl wies Johannes auf die Wichtigkeit solcher gemeinschaftlicher und gemeinnütziger Arbeitsprojekte und die darauffolgenden Festmahle hin. „Die Brücke, die wir bauten dient allen: Freien und Leibeigenen, Edelleuten, Bürgern und Bauern. Sie dient Fuhrleuten mit ihren schweren Fuhrwagen, mit Gütern beladen die von weither kommen und weit gehen. Diese Brücke ist nicht nur ein Glied in einer Kette, sondern ein Glied in einem Kettennetz, welches Norden und Süden, Osten und Westen verbindet. Das Bauen dieser Brücke gibt unseren Leuten das Gefühl, etwas Wichtiges getan zu haben, nicht nur für ihre kleine Gemeinde, sondern auch für die große Gemeinde, die Gemeinde Gottes. Für die gesamte, menschliche Gesellschaft!

Das gemeinschaftliche Festessen nach getaner Arbeit ist noch wichtiger, es vereinigt sie noch mehr als Mitglieder der Gemeinde Gottes. Die Arbeit vereinigt sie auch, aber die Arbeit vereinigt sie in Mühe. Es ist wichtig, dass man nicht nur in Mühe sondern auch in Freude vereinigt ist! Und es ist besonders wichtig, dass sich der Templerorden in dieser Hinsicht beispielhaft verhält. Keiner der hiesigen Herren bewirtet seine Leibeigenen so wie wir!“

„Bruder Johannes, du bist ein Philosoph!“ staunte Arminius. „Du sagtest vor einigen Tagen, du seiest kein Scholar. Aber, wie ich sehe, bist du ein Philosoph. Nicht jeder Philosoph ist ein Scholar, und nicht jeder Scholar ein Philosoph!“

„Was bin ich dann? Ein praktischer Philosoph?“ fragte Johannes stolz.

„Ja, du bist ein praktischer Philosoph!“ betonte Arminius nachdrücklich. „Theoretische Philosophie alleine taugt nicht viel. Theorie ist Blei, Praxis ist Gold, und jeder gute Alchimist wandelt Blei zu Gold!“

„Ja, probier’n geiht über schtudier’n!" bekräftigte Johannes im Volksmund und lächelte zufrieden.

Arminius’ Lob hatte Johannes Selbstvertrauen gehoben, das etwas gelitten hatte, seit er von der Domschule Eichstätt verwiesen wurde. Wie viele halbgebildete Leute, hatte Johannes eine unangebrachte Hochachtung vor der Scholastik. Jetzt wusste er, dass Theorie Blei war und Praxis Gold. Und dass ein guter Alchimist Blei zu Gold wandelt, hatte er schon von jeher gewusst.

Am nächsten Tag war das Wetter immer noch sonnig und warm. Arminius bat Johannes ihm den Weg nach Weihersdorf zu weisen. Er war bereits über eine Woche auf seinem neuen Posten, es war höchste Zeit dem Bruder Dietrich, seinem benachbarten Komtur, die Aufwartung zu machen!

„Wenn du die kürzeste Strecke nach Weihersdorf reiten willst, dann musst du vom Roten Kreuz quer durch die Heide reiten, in nordwestlicher Richtung, direkt nach Weihersdorf. Aber die Heide ist wild und weglos; wenn du dich dort nicht auskennst, kannst du leicht die Richtung verlieren. Dann kann der kürzeste Weg der längste werden!

Du kannst auch vom Roten Kreuz aus den nördlichen Weg einschlagen, nach Hennenberg. Der Weg von Hennenberg nach Weihersdorf ist ein Waldweg, du musst in Hennenberg nach dem rechten Weg fragen.

Der beste und sicherste Weg nach Weihersdorf ist der längste, die Weiße Laberstraße nach Mühlhausen. Vom Dorfplatz Mühlhausens zweigt der Weg nach Weihersdorf in östlicher Richtung ab. Das Haus unserer Komturei Weihersdorf ist das Herrenhaus, kurz vor dem Dorf. Du kannst es nicht verfehlen, es ist ein stattliches Haus mit einem roten Templerkreuz auf der Vorderseite.“

Arminius entschied sich für den längsten, aber sichersten Weg. Als er über die gelbglänzenden Bohlen der wahrhaft nagelneuen Sandmühlbrücke ritt, fiel ihm ein, dass Meister Raimundus Lullus in Neapel ihn einmal einen „Überbrücker“ und Raschid ihn eine „Brücke“ nannte. Arminius wusste nicht recht, ob er die Brücken gebaut hatte, die sie meinten, aber hier war zumindest eine Brücke, die er gebaut hatte. Die anderen Brücken, die er zu bauen versucht hatte, waren nicht greifbar, man wusste nie ob sie vorhanden waren oder nicht. Das Problem der ungreifbaren

Brücken wurde dadurch noch verschlimmert, dass sie nicht nur ungreifbar sondern auch, für die meisten Menschen, unbegreifbar waren, dass sie größtenteils nur in der Begriffswelt des Erbauers existierten. In der pragmatischen Welt des Bruder Johannes war eine Brücke eine Brücke, und wenn sie einmal aus dem Planungsstadium heraus und gebaut war, dann war sie zweifelsohne da! Die Erbauer von greifbaren Brücken lebten mit weniger Zweifeln! Aber selbst der pragmatische Bruder Johannes hatte seine Zweifel, Selbstzweifel, die schlimmste Art von Zweifel!

Als Arminius am Roten Kreuz vorbeiritt, maß er es mit seinem Auge und verglich es im Geiste mit dem Zentralpfeiler in Trevrizents Höhle. Jeder der vier Arme des Roten Kreuzes war etwa viereinhalb Fuß lang, eineinhalb Fuß im Quadrat und kurvte am Ende auf drei Fuß aus. Die Arme des Roten Kreuzes waren tatsächlich dem Mittelpfeiler der Höhle ähnlich! Er würde mit Bruder Dietrich darüber sprechen. Der war seit mehr als zwanzig Jahren Komtur von Weihersdorf, er würde bestimmt wissen, ob und wie das Rote Kreuz mit Trevrizents Höhle zusammenhing, und mit Wolfram von Eschenbach.

In Mühlhausen bog er zur Straße nach Weihersdorf ein. Kurz vor dem Dorf sah er das rote Templerkreuz auf dem Herrenhaus. Das Haus Weihersdorf war stattlicher als die Burg Thannbrunn. Aber, wie alle Templergebäude, war es einfach und streng geometrisch gebaut. Das Templerhaus von Weihersdorf war verhältnismäßig neu, etwa so alt wie Neuhaus, und von Templern erbaut worden.

Arminius ritt in den Vorhof und übergab die Zügel seines Rappens einem dienenden Bruder. Bruder Dietrich kam in den Hof, begrüßte Arminius aufs Herzlichste und führte ihn in den Empfangssaal. Dort entfachte ein dienender Bruder das Kaminfeuer, ein anderer brachte einen Krug kühlen, klargrünen Frankenwein und zwei Becher. Dietrich füllte die Becher, hob den seinen und sagte: „Auf einen guten Anfang!"

„Auf eine guten Anfang!" bekräftigte Arminius und hob seinen Becher. Die beiden leerten ihre Becher in einem Zug.

„Ich habe dich erwartet", sagte Bruder Dietrich, nachdem er nachgeschenkt hatte. „Ich wusste seit einer Woche, dass Thannbrunn einen neuen Komtur hat. Es ist auch höchste Zeit! Zwei Jahre lang war Thannbrunn ohne Komtur! Ich möchte mich entschuldigen, dass ich mich während dieser Zeit nicht sehr um deine Komturei sorgte. Aber dein Bruder Johannes ist ein zuverlässiger Verwalter, ein Berchinger Kaufmannssohn. Ich kenne ihn gut und wusste, dass er verlässlich war. Ich habe außer der Komturei Weihersdorf noch zwei Probsteien unter meinem Kommando. Wie du wahrscheinlich weißt, gehören unsere Probsteien in Sallmannsdorf und Berching zu meiner Komturei. Außerdem dachte ich, dass der neue Komtur für Thannbrunn jederzeit eintreffen würde, deshalb hielt ich es nicht für notwendig, mich zu sehr mit deiner Komturei zu befassen. Weshalb dauerte es so lange, einen neuen Komtur zu finden? Jetzt, wo das Heilige Land verloren und an zukünftige Kreuzzüge nicht zu denken ist, sollte es eigentlich jede Menge Tempelritter geben, die auf ein Kommando warten. Ich kann nicht verstehen, warum es so lange dauerte?"

„Unser Bruder Präzeptor sagte mir, dass er die Komturei Thannbrunn mehreren Rittern anbot, aber er überließ es ihrer Wahl, und alle weigerten sich, sie zu übernehmen. Der Grund dafür war die Beguinage. Wie du weißt, ist der Komtur von Thannbrunn verpflichtet, die Beguinage Waldkirchen zu schützen. Der Bruder Präzeptor bot mir vier Komtureien an. Ich wählte Thannbrunn, gerade wegen der Beguinage!"

„Du bist ein tapferer Ritter, Bruder Arminius!" rief Dietrich lachend aus, „Tapferer als ich, wenn du diese Verpflichtung freiwillig auf dich genommen hast! Um ganz ehrlich zu sein, der Hauptgrund, dass ich mich von deiner Komturei fernhielt, waren die Beguinen von Waldkirchen! Du magst Beguinen?"

„Ja, ich bewundere die Beguinen!!" antwortete Arminius mit Begeisterung. „Aber ich hörte vom Bruder Präzeptor, dass manche Ritter nicht gerne mit ihnen umgehen, weil sie willensstarke und unabhängige Frauen sind. Ich bewundere starke und unabhängige Frauen, ich fühle mich von ihnen nicht bedroht!"

„Ich fühle mich von ihnen auch nicht bedroht!" sagte Dietrich abwehrend, „Es ist nur, dass ich mich unter ihnen nicht wohlfühle! Mir wurde gelehrt, dass Frauen schwach und abhängig und unseres Schutzes bedürftig sind! Was soll ich von Frauen halten, die denken, dass sie so stark und unabhängig sind, dass sie meines Schutzes nicht bedürfen, und dennoch ist es meine Pflicht, sie irgendwie zu schützen! Die Beguinen wollen unabhängig sein, dennoch sind sie abhängig, besonders im Fall von Waldkirchen, wo wir gesetzlich dazu verpfichtet sind, sie zu schützen! Ich weiß einfach nicht, wie ich mich in so einem Fall verhalten soll!

„Ich denke anders darüber", erwiderte Arminius. „Ich bewundere Frauen, ich finde sie faszinierend! Ich liebe sie aufrichtig, und ich meine damit nicht erotische Liebe, obwohl ich die auch einige Male verspürt habe. Nein, ich liebe Frauen mit einer filialen Liebe, wie man seine Mutter liebt, oder Schwester oder Tochter. Die Beguinen sind für mich echte Schwestern! Wenn man Frauen so sieht, dann liebt man sie, ohne sie zu begehren. Dann schätzt man ihre persönlichen Wünsche und Gefühle und ihre Unabhängigkeit. Dann schützt man sie, ohne sie beherrschen zu wollen. Zwar sind wir Männer körperlich stärker als Frauen, aber viele Frauen haben eine innere Kraft, die die unsere weit übertrifft. Mein Vater war äußerlich stark und innerlich schwach, mit meiner Mutter war es genau umgekehrt!

Männer sind Frauen nicht unbedingt überlegen, beide haben ihre Schwächen und beide haben ihre Stärken! Überlegenheit hat nichts mit Geschlecht oder Stand zu tun; Überlegenheit ist überlegenes Wissen und Können! Überlegenheit ist Vollkommenheit! Mein Schmied, der ein beliebiges Stück Roheisen hernimmt und es zu einem festen und geraden Nagel schmiedet, und dann diesen Nagel einschlägt ohne auf den Kopf zu blicken und ohne ihn zu verbiegen oder danebenzuhauen, ist einem Edelmann überlegen, der nichts kann und nichts weiß und sich anmaßt, nur durch den Zufall seiner Geburt überlegen zu sein!

Zu glauben, dass Adelige den Nichtadeligen überlegen sind, nur um ihrer Geburt willen, oder dass Männer Frauen überlegen sind, nur um ihrer Männlichkeit willen, oder dass Männlichkeit an sich eine besondere Tugend ist, ist reiner Unsinn, der von unseren patriarchalischen Institutionen verbreitet und aufrechterhalten wird! Auch denken wir Männer oft, dass weibliche Schönheit von besonderem Wert sei. Wir schätzen jede Frau nach dem vorherrschenden Schönheitsideal ein! Wenn sie diesem Ideal entspricht, dann ist sie etwas wert! Je weniger sie dem Schönheitsideal entspricht, desto weniger ist sie wert! Männer werden nicht auf diese Art eingeschätzt! Dass Frauen weniger intelligent sind als Männer ist genauso absurd! Meine Mutter war intelligenter als mein Vater – Intelligenz hat mit Geschlecht nichts zu tun! Der Glaube, dass Männer nur um ihrer Männlichkeit willen intelligenter sind als Frauen, ist ausgesprochen unintelligent!" schloss Arminius in sichtlicher Erregung.

„Ich stimme voll mit dir überein!" sagte Dietrich begütigend. „Und jetzt sehe ich genau, warum du deinen Posten freiwillig angenommen hast: Du bist dafür geeignet! Du bist eine Brücke zwischen dem männlichen und weiblichen Geist. Ich bin es nicht, ich bin zu einseitig männlich!

Aber meine Weigerung, mich mit deiner Komturei und den Beguinen von Waldkirchen näher zu befassen, hat einen weiteren Grund. Die Hausmutter der Beguinage Waldkirchen, Margaret von Sulzbach, war früher die Gräfin hier. Sie residierte auf der anderen Seite des Sulztales, im Schloss Sulzbürg. Der Graf aber stürzte sich so tief in Schulden, dass er gezwungen war, seine Grafschaft an das Haus Wittelsbach zu verkaufen. Durch Drohung, Heirat, Gewalt und Kauf übernehmen die Wittelsbacher allmählich die ganze Gegend, Grafschaft um Grafschaft. Aber das gehört nicht zum Thema!

Der Graf von Sulzbach starb kurz nach dem Verkauf seiner Grafschaft. Frau Margaret trat nach seinem Tod in die Beguinenorganisation ein und wurde Hausmutter der Beguinage Waldkirchen. Obwohl ich nicht unter ihrer Herrschaft stand, war sie doch die Herrin einiger meiner benachbarten Ritter. Ich wüsste nicht, wie ich mich ihr gegenüber verhalten sollte, als Beguine unter meiner Schutzherrschaft!"

Arminius wechselte das Thema. „Lasst uns über Trevrizents Höhle und das Rote Kreuz sprechen. Was kannst du mir darüber sagen?"

„Darüber kann ich mit Autorität sprechen!" sagte Dietrich erleichtert. „Ich weiß mit Sicherheit, dass mein und dein Vorgänger, vor etwa hundert Jahren, die Templerhöhle aushauen ließen. Es dauerte mehrere Jahre, die Gänge und die zwei Kammern in den Sandstein zu hauen!

Obgleich wir die Höhle ‚Trevrizents Höhle' nennen, weiß ich nicht genau, ob der ehrwürdige Wolfram vorher in unserer Höhle war, und die Höhle in seinem Gralsepos danach beschrieb, oder ob mein und dein Vorgänger unsere Höhle nach der Beschreibung Wolframs aushauen ließen. Sicher ist, dass Wolfram mit unseren Vorgängern befreundet war! Adalbert von Eschenbach, der heutige Herr von Eschenbach, sagte mir, dass sein Oheim, der ehrwürdige Wolfram, die Tempelritter von Berching häufig besuchte. Berching ist meine Komturei; ich bin der Tempelritter von Berching! Die Tempelritter von Berching waren deine und meine Vorgänger!

Es ist sehr wahrscheinlich, dass der ehrwürdige Wolfram persönlich in unserer Höhle war. Es ist sogar möglich, dass er mit den Komturen von Thannbrunn und

Weihersdorf zusammenarbeitete, um die Höhle zu planen und zu bauen, als seine und ihre Kontemplations- und Zufluchtstätte!"

„Und was weißt du vom Roten Kreuz?" fragte Arminius.

„Das Rote Kreuz wurde zur gleichen Zeit errichtet wie die Höhle, ebenfalls als Gemeinschaftswerk unserer beiden Vorgänger. Ist es dir aufgefallen, dass der Zentralpfeiler der Höhle dem des Roten Kreuzes gleicht? Jeder der vier Arme des Roten Kreuzes ist genauso lang und dick und genauso gekurvt wie der Zentralpfeiler in Trevrizents Höhle! Und das Rote Kreuz steht auf dem gleichen Sandsteinrücken, und ist aus dem gleichen Stein gehauen! Es ist weit mehr als ein Grenzstein zwischen deiner und meiner Komturei, es markiert Trevrizents Höhle und symbolisiert die hermeneutische Maxime ‚Wie oben, so unten!' Was die hermeneutische Maxime weiterhin verstärkt, und in sich selbst ein esoterisches Symbol darstellt, ist die Inschrift Z•A•E, von einem Quadrat umrahmt, die in den Zentralpfeiler der Höhle und in das Zentrum des Roten Kreuzes eingemeißelt ist. Hast du es gesehen?"

„Ich sah das Z•A•E auf dem Zentralpfeiler der Höhle", antwortete Arminius, „aber ich habe mir das Rote Kreuz noch nicht nahe genug angesehen, um die Inschrift zu lesen. Ich werde es auf dem Heimweg tun!"

„Die Tatsache, dass das ‚Rote' Kreuz neben der ‚Weißen' Laberstraße steht, am Eingang zum ‚Weißen' Labertal, ist dir sicherlich nicht entgangen!" setzte Dietrich fort. „Dein Vorgänger, der das ‚Rote' Kreuz zusammen mit meinem Vorgänger baute, hat den Bach, das Tal und die Straße ‚Weiß' genannt. Das ist Templerland, Bruder Arminius! Deine und meine Komturei stellen den größten, zusammenhängenden Trakt von Templerland in Oberdeutschland dar!"

Nach dem Elfuhrläuten aß Arminius mit Dietrich und den anderen Brüdern ein karges Mittagmahl. In der darauffolgenden Mittagspause stand er Dietrichs Knappen, den dienenden Brüdern und dem Bruder Kaplan Rede und Antwort. Beim Zwölfuhrläuten gingen alle in die Templerkapelle und beteten ihr Mittagsgebet. Danach zeigte Dietrich seinem Gast die Gebäude und einen Teil der Ländereien der Komturei Weihersdorf. Beim Feuer in der Empfangshalle tranken sie später wieder einen Becher klargrünen Frankenwein. Arminius erzählte Dietrich von seiner Studienzeit in Neapel und von seiner Dienstzeit in Akko und auf Zypern. Am späten Nachmittag brach Arminius zum Nachhauseritt auf. „Wie reite ich am besten durch die Heide direkt zum Roten Kreuz?" fragte er.

„Es ist eine wilde, weglose Heide", antwortete Dietrich, „man muss sie gut kennen, um sich hindurchzufinden. Ich kenne sie gut und durchquere sie direkt zum Roten Kreuz. Aber dir würde ich vorschlagen, über Hennenberg zu reiten! Der Weg von Weihersdorf nach Hennenberg ist ein befahrener Waldweg, der Weg von Hennenberg zum Roten Kreuz ist ein einigermaßen guter Fuhrweg. Ich reite mit dir bis Hennenberg!"

„Noch eins bevor ich gehe", sagte Arminius. „Unser Großprior sagte, dass ein jährliches Pfingstfest zu Ehren Wolframs im Schloss von Eschenbach abgehalten wird. Wirst du daran teilnehmen?"

„Ich nahm jedes Jahr daran teil, seit mehr als zwanzig Jahren; keine zehn Pferde könnten mich davon abhalten. Mein Knappe und ich werden auch dieses Jahr hinreiten."

„Wirst du mich mitnehmen?"

„Natürlich! Wir reiten am Pfingstsamstag hin und bleiben bei den Deutscherren über Nacht. Komm am besten schon am Freitagnachmittag hierher und bleibe bei uns über Nacht, damit wir im Morgengrauen losreiten können. Es ist ein guter Tagesritt von hier nach Eschenbach, und ich möchte gerne um die Mitte des Nachmittags dort ankommen, so dass wir einige Stunden mit unseren teutonischen Brüdern verbringen können!"

„Ich werde am Pfingstfreitag nachmittag hier sein!" bekräftigte Arminius. „Und beinahe hätte ich die Berchinger Kaufleute vergessen! Unser Bruder Großprior sagte mir, du würdest mich über unsere Geschäftsverbindungen mit den Berchinger Kaufleuten informieren."

„Dein Bruder Johannes kennt die Kaufleute Berchings besser als ich", erwiderte Dietrich. „Er ist ein Berchinger Kaufmannssohn, außerdem war er für mehrere Jahre der Probst meiner Probstei Berching. Er weiß, mit welchen Kaufleuten wir handeln und Konten haben. Und er weiß mit ihnen umzugehen! Er ist ein besserer Kaufmann als du oder ich, du kannst ihm ohne Bedenken die Geschäfte deiner Komturei überlassen!"

Dietrich ritt mit Arminius durch das Dorf Weihersdorf und durch den Wald nach Hennenberg. Kurz vor Hennenberg stieg der Weg steil an, war aber sonst ein gut erkennbarer und reitbarer Waldweg. „Das nächstemal werde ich bestimmt diesen Weg reiten!" versicherte Arminius seinem Begleiter.

In Hennenberg verabschiedete sich Dietrich von Arminius. „Wir sehen uns am Weihnachtsfest wieder, wenn nicht vorher. Ich habe mich sehr über deinen Besuch gefreut, Bruder Arminius! Du bist jederzeit herzlichst bei mir willkommen, auch ohne besonderen Anlass! - Non nobis, Domine! Non nobis, sed Nomini Tuo da gloriam!"

„Non nobis, Domine!" erwiderte Arminius und ritt weiter.

Am Roten Kreuz stieg er vom Pferd und blickte sich das Kreuz näher an. Tatsächlich, genau im Zentrum des Kreuzes sah er die Buchstaben Z•A•E, von einem Quadrat umrahmt, wie auf dem Mittelpfeiler der Höhle! Wieder überkam Arminius ein heiliges Gefühl, ein unerklärliches Gefühl freudvoller Erwartung, wie er es verspürt hatte als er das Rote Kreuz zum erstenmal sah. „Das ist mein heiliges Land!" sagte Arminius leise vor sich hin.

Und plötzlich sah er ein, dass nicht nur dieses Land, sondern alles Land heilig war, dass alle Schöpfung heilig und göttlich war. „Aber, bevor wir die äußerliche Heiligkeit wahrnehmen können, müssen wir die innerliche finden!" stellte Arminius für sich fest. „Das Finden der inneren Heiligkeit ist die Voraussetzung für die äußere! In uns müssen wir die Heiligkeit zuerst suchen, und finden, und danach wird alles um uns heilig werden!

Das heißt nicht, dass die traditionellen, heiligen Stätten nichts bedeuten!" setzte Arminius in seinem inneren Monolog fort. „Unsere traditionellen, heiligen Stätten helfen uns die innere Heiligkeit zu finden! Sobald wir diese gefunden haben, werden alle äußerlichen Stätten heilig! Aber die wichtigste Pilgerreise ist stets die innere. Und diese innere Pilgerreise kann jederzeit stattfinden, unter allen möglichen Umständen. Aber manche Umstände sind besser geeignet als andere! Und wir können, willkürlich und mit voller Absicht, die Umstände schaffen, die es uns ermöglichen oder erleichtern die innere Heiligkeit zu finden!"

Das waren seine Kontemplationen, als er tief in sich versunken vor dem Roten Kreuz stand. Und plötzlich wusste er, dass dies der Inhalt und das Thema seiner Briefe an die Beguinen sein müsse: „Wie bereiten wir uns den Weg zur inneren Heiligkeit!" Aber wie? Arminius wusste es selbst noch nicht genau! Dort, vor und bei dem Roten Kreuz, gelobte er, es im kommenden Winter herauszufinden!

Der Oktober blieb weiterhin sonnig und warm. An einem sonnigen Oktobermorgen ritt Arminius nach der Frühmesse hinüber nach Thann und von dort das Seitental hinunter, welches das Dorf Thann vom Weiler Dietersberg trennt. Vom Fuße dieses Seitentals folgte er dem Lauf der Weißen Laber bachaufwärts, zur Kreismühle und weiter zur Bäckermühle. Hoch über der Bäckermühle, wo das Tal der Weißen Laber etwas nach Osten abbiegt, sah er das Dorf Walterberg. Weiter bachaufwärts, bei der Sippelmühle, setzt das Tal wieder seine Nord-Südrichtung fort. Eine halbe Meile nördlich der Sippelmühle zweigt ein kleines Seitental nach Osten ab. Arminius folgte diesem Seitental zur Templerprobstei Sallmannsdorf.

Die drei dienenden Brüder, die dort residierten, begrüßten ihn herzlich und bewirteten ihn mit Brot und Bier. Ihr Haus war das Herrenhaus des Edelmannes, der seinen Weiler dem Templerorden gestiftet hatte. Der Weiler Sallmanndorf bestand aus drei Bauernhöfen und einer Mühle. Wie die Komturei Thannbrunn, hatte die Probstei Sallmannsdorf wenig Ackerland aber viel Wald.

Die Sallmannsdorf-Brüder luden Arminius und seine Neuhaus-Mitbrüder zur Sonntagsmesse nach Weihersdorf ein. „Wir reiten jeden Sonntag zum Hochamt nach Weihersdorf, es ist nur eine halbe Reitstunde von hier, wenn wir über Wattenberg reiten." Arminius versprach mit seinen Mitbrüdern am Sonntag dort zu sein.

Am Sonntagmorgen ritten Arminius und seine vier Neuhaus-Mitbrüder zum Roten Kreuz, von dort hinüber nach Hennenberg und hinunter nach Weihersdorf. In der Templerkapelle gesellten sie sich zu den drei Brüdern von Sallmannsdorf und den drei Brüdern der Probstei Berching. Etwas später kamen die fünf Brüder der Komturei Weihersdorf mit ihrem Komtur und seinem Knappen hinzu. Die 18 Templer füllten die kleine Kapelle. Der Templerkaplan von Weihersdorf zelebrierte die Messe.

Nach der Messe setzten sich alle zu einem festlichen Sonntagsessen an den großen Tisch der Empfangshalle. Der Hof der Komturei Weihersdorf hatte eine Kegelbahn, die Brüder kegelten gerne am Sonntagnachmittag. Arminius und Dietrich aber saßen vor dem flackernden Feuer mit einem Krug kühlen, klargrünen Frankenwein.

„Ist uns das Kegeln nicht als Glücksspiel verboten?" fragte Arminius lächelnd.

„Nein, das Kegeln ist uns nicht ausdrücklich verboten", antwortete Dietrich. „Das Würfeln und Kartenspielen ist verboten, und alle anderen Glücksspiele. Kegeln ist kein Glücksspiel, es ist ein Geschicklichkeitsspiel! Außerdem ist Kegeln ein Templerspiel: ‚Alle Neune!' ist beim Kegeln, wie bei den Templern, das Hauptziel! Natürlich hat das Kegelspiel einen Gewinner, aber nur vorübergehend, bis er beim nächsten Spiel entthront wird. Ähnlich wie Schach. Du spielst doch Schach, oder? Ich habe ein Schachbrett und Figuren. Willst du eine Partie spielen?“

„Ja, ich spiele Schach!“ antwortete Arminius. „Aber unsere Ordensregel über Glücksspiele ist nicht klar; manche Templer betrachten Schach, Kegeln und dergleichen als verbotene Glücksspiele. Aber wir spielten Schach, besonders auf Zypern, wo nicht viel zu tun war, und in der Gefangenschaft in Alexandria. Im Verlies der Festung Qa'itbay hatten wir zwar kein Schachbrett und keine Figuren, aber wir kratzten das Schachbrettmuster in den Boden. Als Schachfiguren nahmen wir Knochen.“

„Was, Knochen?“ fragte Dietrich ungläubig. „Die Muslime waren großzügig genug euch im Kerker Fleisch zu Essen zu geben?“

„Nein!“ antwortete Arminius, „Im Kerker bekamen wir nur Brot und Wasser. Aber später bekamen wir Fleisch, als die Muslime ihr Verhalten uns gegenüber änderten und uns in ein leeres Truppenquartier einquartierten. Die Knochen, mit denen wir im Kerker Schach spielten, waren Menschenknochen: die Knochen der Gefangenen, die dort vor uns starben und deren Knochen von Ratten blankgenagt waren. Die Ratten im Kerker von Qa'itbay waren groß und angriffslustig, sie sahen uns erwartungsvoll an. Der Bruder Marschall teilte uns in Rattenwachen ein um die Ratten von den Schlafenden abzuhalten. Aber Gott hatte uns nicht als Rattenfutter bestimmt!“

Dietrich schüttelte sich. „Wie ekelhaft! Wie konntet ihr sowas tun?“

„Wir standen selbst kurz davor, Rattenfutter zu werden, wir hatten bereits ein intimes Verhältnis zu Ratten - und zu Menschenknochen. Wir verwendeten hauptsächlich Hand- und Fußknochen und Knöchelchen als Schachfiguren. Wenn immer wir die Schachfiguren aufsammelten, um eine neue Partie zu spielen, hoben wir die Figuren hoch und riefen ‚Knochen zu Knochen!'. Dies wurde unser Schlachtruf, er half uns einen Galgenhumor und einen grimmigen Lebenswillen aufrechtzuerhalten. Er half uns den tödlichen Kerker von Qa'itbay zu überleben!“

„Knochen zu Knochen!“ wiederholte Dietrich und schüttelte sich. „Du hast mir die Lust auf ein Schachspiel verdorben, mit deiner makabren Geschichte! Lasst uns stattdessen einen guten Frankenwein trinken und miteinander sprechen!“

„Reden ist Silber, Schweigen ist Gold!“ zitierte Arminius. „Aber ein gutes Gespräch ist ein Seelenverkehr, kostbarer als Silber oder Gold. Ein gutes Gespräch ist heilig!“

„Du bist besser in heiligen Gesprächen als ich, Bruder Arminius, bitte, fang an!“

„Was ist das Wichtigste im Leben?“

„Was, du eröffnest unser heiliges Gespräch, indem du mir so eine schwere Frage stellst! Du bist der Philosoph, du hast die Antworten! Deshalb bat ich dich, dieses Gespräch zu eröffnen!“

„Ich habe nur meine Antworten auf meine Fragen! Meine Antworten anderen Menschen zu geben, beantwortet nicht ihre Fragen, sondern meine! Um eine gute Antwort zu erhalten, muss jeder Frager sein eigener Beantworter sein!“

„Wo bleiben dann die Worte der Weisen?“ fragte Dietrich verwundert. „Wozu sind die Meister da, wenn nicht um unsere Fragen zu beantworten?“

„Ein guter Meister antwortet nicht, sondern gibt uns Fragen auf; ein guter Meister ist ein Führer! Er führt uns dorthin, wo wir unsere eigenen Antworten auf unsere eigenen Fragen finden! Ein guter Meister ist kein guter Meister!“

„Was, ein guter Meister ist kein guter Meister?“ wiederholte Dietrich verwundert. „Sowas gibt es nicht, das ist widersinnig! Ist das eines jener sufistischen Rätsel, die du im Orient gehört hast?“

„Ja! Aber es ist kein Rätsel, es ist ein Gleichnis. Der beste Meister ist einer, der uns so unmerklich führt, dass wir es nicht wahrnehmen. Wenn wir das Ziel erreichen, worauf er uns zuführte, dann haben wir es selbst erreicht!

Die alten Meister wurden immer zu sehr bewundert und verehrt. Man lernte ihre Lehrsätze auswendig und machte sie zu Dogmen. Aber blinde Nachahmung ist nichts weiter als eine Art von Blindheit! Das Nachahmen von Meistern hindert uns daran selbst Meister zu werden! Ich habe ein kleines Gedichtchen dazu, willst du es hören?“

„Natürlich!“

DER GUTE MEISTER

Nieder mit den Meistern!
Ein guter Meister ist kein guter Meister;
Ein guter Meister ist ein toter Meister!
Je toter, desto besser!
Wenn wir auf den Gräbern unsrer Meister tanzen,
Dann sind wir Meister!

„Und, sobald wir Meister sind, heißt es ‚Nieder mit uns!‘“ fügte Dietrich trocken hinzu.

„Genau, Bruder Dietrich, das ist die Pointe!“ bekräftigte Arminius lächelnd. „Du kapierst schnell! Du bist bereits auf dem Weg, ein guter toter Meister zu werden!“

„Du spielst mit Feuer, Bruder Arminius!“ mahnte Dietrich nach einer besinnlichen Pause.

„Ja, ich spiele mit Feuer“, bestätigte Arminius, „aber mit heiligem Feuer!“

„Leider werden diejenigen, die mit dem heiligen Feuer spielen, manchmal von einem Feuer verbrannt das alles andere als heilig ist!“ erinnerte ihn Dietrich. „Ich meine den Scheiterhaufen!“

„Ich bin ein Krieger, ich bekämpfe Feuer mit Feuer!“ sagte Arminius entschieden. „Ich bekämpfe das Feuer des Scheiterhaufens mit dem Pfingstfeuer! Auch wenn ich dabei verbrenne!“

„Solange du mich dabei heraushältst!“ wehrte Dietrich ab. „Ich will nicht gerne am Scheiterhaufen brennen!“

„Ich auch nicht, Bruder Dietrich!“ erwiderte Arminius lächelnd. „Ich werde immer die notwendige Vorsicht und Diskretion üben. Ich werde niemanden belasten, nicht einmal mich selbst! Ich bin zwar unorthodox, aber ich bin nicht unklug. Häresie ist nicht Unorthodoxie; unorthodoxe Gedanken alleine stellen keine Häresie dar! Nach den Kanonen der Kirche, und nach den Konstitutionen von Melfi, ist Häresie die aktive Unterstützung einer abtrünnigen Sekte oder Bewegung. Ich bin nicht für Sezession! Ich bin nicht für Revolution! Ich bin nicht einmal für Reformation - ich bin für Transformation! Ich befürworte die innerliche Transformation des Einzelnen, und dadurch die Transformation der Kirche, der Gesellschaft und ihrer Institutionen. Transformation der gesamten Menschheit: innerliche Transformation!

Transformation ist ein innerlicher Vorgang. Es ist das Erwachen des Heiligen in uns. Nachdem es aufgewacht und tätig geworden ist, heiligt es nicht nur uns selbst, sondern auch alle unsere Mitmenschen und unsere gesamte Umwelt! Dann wird alles heilig! Aber zuerst muss die innere Heiligkeit im Einzelnen erweckt werden! Die äußeren Umstände zu revolutionieren bevor die innere Transformation stattfand, ist sinnlos! Der innerliche Wandel muss immer zuerst kommen! Nachdem der innere Wandel vollzogen ist, dann folgt der äußere wie von selbst, ohne viel Zutun!

Innerliche Transformation ist der Vorgang der göttlichen Schöpfung. Die altgriechischen Philosophen sagten, und heutige Meister wie Raimundus Lullus und Jalal-ud-Din Rumi lehren, dass die göttliche Schöpfung ein innerlicher, immerwährender Vorgang sei. Der schöpferische Vorgang ist eine innerliche Entwicklung, wobei sich die Schöpfung ständig und stetig von innen her transformiert. Die Schöpfung begann mit dem Urstoff namens Äther. Reiner Äther ist ewig, unsichtbar, formlos und unfassbar: die göttliche Grund- und Ursubstanz!

Wie gesagt, die Schöpfung begann mit dem göttlichen Urstoff namens Äther und entwickelte sich in sieben Stufen. Von reinem, formlosen Äther zu quantifiziertem Äther (erste Stufe); von quantifiziertem Äther zu Atomen (zweite Stufe); von Atomen zu Elementen (dritte Stufe); von Elementen zu Pflanzen (vierte Stufe); von Pflanzen zu Tieren (fünfte Stufe); von Tieren zu Menschen (sechste Stufe) und von Menschen zu Engeln (siebte Stufe).

Jede Stufe baut sich auf die vorhergehenden auf, und während des gesamten Schöpfungsvorganges blieb die ätherische Grundsubstanz auch das was sie vor dem Anfang war: reiner Äther - der göttliche Urstoff! Reiner Äther entwickelte sich in immer höher entwickelte Formen während er blieb was er von Anbeginn war: formloser Äther! Gottes Schöpfung ist eine Selbstschöpfung, ein selbstschöpferischer Vorgang, in welchem sich der göttliche Urstoff, von innen her, in immer höhere Formen wandelt, während er göttlicher Urstoff bleibt!

Das ätherische Ganze ist Gott. Reiner Äther ist ewig, nur die ätherischen Formen sind zeitlich. Die Formen kommen und gehen, in einem ständigen Werden und Vergehen, während der ätherische Grundstoff, aus dem die Formen bestehen, ewig und ewiglich gleich bleibt! Unsere wesentliche Substanz, unser eigentliches Ich, ist ewiger Äther! Tod ist nicht Tod, er ist nur eine Wandlung von einer ätherischen Form zur anderen! Der Äther selbst ist ewig, nur die ätherischen Formen sind zeitlich! Unsere wesentliche Substanz ist ewiger Äther, unser wesentliches und eigentliches Ich ist ewiger Äther! Der Tod, so wie wir ihn sehen, existiert nicht! Tod ist nicht Tod; der Tod ist ein Teil des ewigen Lebens!“

Dietrich unterbrach ihn. „Wenn das so ist, und wir aus diesem göttlichen Urstoff Äther bestehen, warum wandelt uns der Äther nicht einfach in heiligere Formen um?“

„Er wandelt uns, aber nur wenn wir ihn lassen! Wir Menschen sind auf der gefährlichen und gefährdeten, sechsten Entwicklungsstufe der Formenentwicklung angelangt, in der es dem Einzelwillen möglich ist, den innerlichen, göttlichen Willen zu überstimmen. Wenn wir das unaufhörliche Geschnatter unserer Gedanken stilllegen und auf die innere Stimme hören, dann wird die göttliche Stimme überwiegen! Die Stimme Gottes ist sanft und leise, die Stimme des Einzelnen sehr laut! Wir müssen unsere Einzelstimme zum Schweigen bringen, und gut zuhören, um die Stimme Gottes zu vernehmen!

Wenn wir die Stimme Gottes wahrgenommen und unseren Einzelwillen dem Willen Gottes unterworfen haben, dann überstimmt die göttliche Stimme die Einzelstimme! Dann ist der Wille Gottes der Wille des Einzelnen! Dann führt uns der Wille Gottes in die siebte Entwicklungsstufe der ätherischen Formenentwicklung, in die Engelsstufe, wo der Einzelne als eine autonome Entität nicht mehr existiert. Der Einzelne hört auf ein Einzelwesen zu sein und wird eins mit dem ätherischen Ganzen! Der Einzelne ist dann nur noch ein Werkzeug Gottes. In der arabischen Sprache heißt das ‚Islam', was soviel bedeutet wie ‚Ergebenheit an Gott'. Wir Templer drücken es in unserer Benediktion aus: ‚Non nobis, Domine! Non nobis, sed Nomini Tuo da gloriam!'“

Dietrich erwiderte mit dem üblichen „Non nobis, Domine!“ und schwieg lange und gedankenvoll. Schließlich sagte er: „Wir sollten diese heiligen Gespräche, die wertvoller sind als Silber und Gold, öfters abhalten. Komm doch jeden Sonntag mit deinen Brüdern zum Hochamt hierher, und zum Festessen und zum heiligen Gespräch!“

„Ich kann nicht jeden Sonntag kommen! Unser Großprior hat mir nahe gelegt, zum Hochamt nach Waldkirchen zu gehen um ein möglichst gutes Verhältnis mit dem Pfarrer von Waldkirchen und dem Bischof von Eichstätt aufrechtzuerhalten. Wir Templer sind nur dem Papst zuständig, wir brauchen den hiesigen Adel und Klerus nicht zufrieden zu stellen. Aber die Beguinen von Waldkirchen sind nicht in dieser Position, sie unterstehen der Jurisdiktion des Grafen von Hirschberg und des Bischofs von Eichstätt. Ihr Schutz durch den Grafen ist gesichert, denn alle umliegenden Grafen haben sich als Schirmherren der Beguinage Waldkirchen erklärt. Der Klerus aber, mit einigen Ausnahmen, ist den Beguinen nicht sehr gewogen. Deshalb wurde uns der Schutz der Beguinage Waldkirchen auferlegt, und deshalb muss ich mit dem Pfarrer von Waldkirchen und dem Bischof von Eichstätt auf gutem Fuße stehen. Ich danke dir für deine Einladung, wir werden ab und zu zur Sonntagsmesse hierher kommen.“

Nach dem Nachmittagsgebet brachen die Besucher auf. Sie bestiegen ihre Pferde und die Weihersdorf-Brüder standen im Hof um ihre Gäste zu verabschieden. „Non nobis, Domine! Non nobis, sed Nomini Tuo da gloriam!“ segnete Dietrich die scheidenden Brüder.

„Non nobis, Domine!“ erwiderten jene im Einklang und ritten heim.

Das Wetter war immer noch sonnig und warm. Arminius entschied sich, die sonnigen Oktobertage zu nützen um Land und Leute kennen zu lernen, und den Rittern, mit denen er die Verantwortung für die Weiße Laberstraße teilte, seine Aufwartung zu machen. Der näheste war der Ritter von Holnstein. Er war sein unmittelbarer Nachbar, außerdem besaß er eine Brauerei und versorgte das Neuhaus-Hospiz mit Bier. Er war der einzige der umliegenden Ritter, der mit den Templern von Thannbrunn in Geschäftsverbindung stand, so beschloss Arminius ihn zuerst zu besuchen.

Er ritt die Weiße Laberstraße hinunter, Richtung Holnstein. Auf dem Weg dorthin ritt er an der Ritzermühle vorbei, eine der vielen Mühlen die den Lauf der Weißen Laber in unregelmäßigen Abständen punktierten. Nach der Ritzermühle zweigte der Weg zum Kalksteinbruch und nach Staufersbuch nach links ab, ein Seitental hinauf. Kurz danach führte die Weiße Laberstraße über eine Brücke und weiter nach Holnstein.

Der Ritter von Holnstein empfing ihn enthusiastisch und bewirtete ihn mit Bier, Brot und Käse, dazu Pfeffer und Salz. Arminius erfuhr zum erstenmal wie populär die Templer beim hiesigen Landadel waren. Das war nicht Frankreich! Obwohl der Templerorden in Frankreich gegründet wurde, und die Mehrheit der Templer von jeher Franzosen waren, wurden die französischen Templer jetzt mit Misstrauen betrachtet. Aber hier, im Land der bayrischen Franken, wurden die Templer noch als Gralsritter verehrt. Besonders die der Diözese Eichstätt, wo der ehrwürdige Wolfram gelebt und gewirkt hatte.

Es gab keine Geschäfte mit dem Ritter zu besprechen, die Geschäftsverbindung zwischen dem Herrn von Holnstein und den Templern war tadellos. Der Fuhrmann des Ritters lieferte das Bier nach Neuhaus, und einmal im Jahr, am Lichtmesstag, kam der Ritter nach Neuhaus, legte die Rechnung vor und wurde prompt bezahlt. So hatte der Ritter von Holnstein, und sein Vater und Großvater vor ihm, mit den Templern von Thannbrunn gehandelt. An der Instandhaltung der Straße und Brücke im Amtsbereich Holnstein gab es auch nichts auszusetzen. Die Straße war gut und die eine Brücke, über die Arminius ritt, war in gutem Zustand.

Sie sprachen über Wegelagerei und was man dagegen tun könne. „Mein Galgen steht auf einem Hügel neben der Straße nach Berching. Die meisten Verbrecher werden vom Galgen abgenommen sobald sie tot sind, und christlich begraben. Aber nicht die Straßenräuber! Diese werden bei mir für einige Tage an den Pranger gekettet. Wenn sie den Pranger überleben, und auch wenn sie ihn nicht überleben, werden sie nachher an den Galgen gehängt und baumeln dort als Warnung und Abschreckung für andere, bis sie vom Strick faulen oder von den Krähen gefressen werden – ohne christliches Begräbnis. Es wirkt! Ich habe weniger Straßenräuberei als andere Ritter!

Aber das ist nicht nur mein Verdienst. Dein großes Templerkreuz auf der Rotkreuzhöhe ist ein Sicherheits- und Warnungszeichen, es warnt die Verbrecher, und es versichert den Reisenden und Fuhrleuten, dass sie hier sicher sind. Der Ruf deines Hospizes in Neuhaus trägt weiterhin zum guten Ruf unserer Straße bei. Es ist beruhigend für Reisende zu wissen, dass sie im Falle von Unglück oder Krankheit betreut werden, und dass man ihnen Essen und Unterkunft gibt und ihnen weiterhilft, auch wenn sie nicht dafür bezahlen können! Unsere Weiße Laberstraße hat einen guten Ruf, bei Reisenden, Kaufleuten und Fuhrleuten. Viele der Fuhrleute, die regelmäßig zwischen dem Ende der Altmühlschifffahrt und Nürnberg hin- und herfahren, und die Sulztalstraße und die Weiße Laberstraße benützten, bevorzugen die Weiße Laberstraße, weil sie sicherer ist! Außerdem umgeht unsere Straße die Mauthäuser von Berching, Beilngries und Dietfurt. Diese Städte sind freie Städte, sie haben das Recht Zoll zu fordern. Und sie tun es auch!“

Früh am nächsten Morgen ritt Arminius wieder durch Holnstein, auf dem Weg nach Ödenberg und Wildenstein. Mitten im Dorf Holnstein ritt er wieder über eine Brücke. Gleich südlich von Holnstein, in dem Dorfe Rudersdorf, sah er wieder eine Mühle. In Rudersdorf biegt das Tal der Weißen Laber etwas nach Osten und verläuft bis Ödenberg in südöstlicher Richtung. Südlich von Rudersdorf ritt er an zwei weiteren Mühlen vorbei, der Erbmühle und der Vogelmühle, dann durch die Dörfer Staadorf und Unterberg, mit einem Oberberg Zwilling hoch über dem unteren. Zwei Reitstunden südlich von Holnstein, hoch zu seiner Rechten an der Talbiegung, sah er die Burg Ödenberg. An dieser Biegung wird das Tal wesentlich breiter und die Wissinger Laber, der Hauptnebenbach der Weißen Laber, mündet vom Norden her ein. Nach ihrem Zusammenfluss mit der Wissinger Laber fließt die Weiße Laber in südwestlicher Richtung weiter, bis sie südlich von Dietfurt in die Altmühl mündet.

Arminius ritt den Ödenberg hinauf. Der Herr von Ödenberg war ein etwas ruppiger Ritter, der aus seiner Abneigung gegen die Weiße Laberstraße kein Hehl machte. Glücklicherweise ging die Straße in seinem Lehen über keine Brücke, sie lief größtenteils auf einer trockenen Terrasse über dem Talboden, so dass seine schlechte Instandhaltung der Straße nicht schwerwiegend war. „Ich habe keinen Vorteil von dieser Straße!“ erklärte der Ritter von Ödenberg. „Der Holnsteiner hat seinen Brauereigasthof direkt neben der Straße, Fuhrleute machen dort Mittag oder bleiben über Nacht. Und der Wildensteiner sitzt am Terminius. An seinem Kai werden die Waren zwischen Flussschiffen und Fuhrwagen umgeladen, und Fuhrleute und Bootsleute kehren in seinem Wirtshaus in Mühlbach ein. Außerdem hat er oben am Wildenstein eine Brauerei. Er hat von dieser Straße den größten Vorteil! Ich beobachte nur den Verkehr von meiner Burg aus. Ich halte die Straße in gutem Zustand, gut genug um schwere Fuhrwagen zu tragen, weil es mir von meinen Herren, dem Grafen von Hirschberg und dem Bischof von Eichstätt, befohlen wurde. Wegelagerei bekämpfe ich aus Prinzip, ich werde dir helfen, Straßenräuber zur Strecke zu bringen. Ansonsten habe ich kein Interesse an dieser Straße!“ wiederholte der Ritter.

Arminius dankte dem Ritter von Ödenberg und ritt in das Tal hinunter und hinauf nach Wildenstein. Das Schloss Wildenstein war herrlich, die stattlichste Ritterburg der Gegend. Der Ritter von Wildenstein empfing Arminius herzlich und fürstlich und lud ihn zum Mittagsmahl ein. Es war ein Festmahl, mit einem dunkelroten, ungarischen Wein, der in Flussbooten die Donau und Altmühl heraufgeliefert wurde. Der Wein war einmalig, wie auch die Frau und der Herr von Wildenstein. Beide waren hoch gebildet und sehr interessiert an allem was Arminius zu sagen hatte. Sie baten ihn über Nacht zu bleiben. Arminius sagte zu.

Am frühen Nachmittag zeigte ihm der Ritter sein Schloss und seine Brauerei. Später ritten sie ins Tal hinunter und der Herr von Wildenstein zeigte Arminius sein Dorf Mühlbach und seinen Altmühlhafen. Der Hafen lag an der Mündung des Mühlbaches und hatte einen gemauerten Kai, eine große Lagerhalle und einen Bootsschuppen. Güter, die in Flussbooten die Donau und Altmühl heraufkamen, wurden dort auf Fuhrwagen umgeladen und nach Nürnberg weitertransportiert. Und Waren, die in Fuhrwagen von Nürnberg kamen, wurden auf Boote umgeladen und die Altmühl und Donau hinunterverschifft, nach Kehlheim, Regensburg und weiter.

„Mein Hafen ist nicht der einzige in dieser Gegend, und das ist noch nicht das Ende der Altmühlschifffahrt; Flussschiffe gehen weiter flussaufwärts! Aber der Fuhrweg von hier nach Nürnberg ist nicht länger als weiter oben, und unsere Weiße Laberstraße ist bei den Nürnberger Kaufleuten besonders beliebt. Ich verlange keinen Zoll, deshalb bevorzugen die Nürnberger meinen Hafen und unsere Straße! Die Weiße Laberstraße umgeht die Mauthäuser von Dietfurt, Beilngreis und Berching. Diese Städte verlangen Zoll für nichts weiter als den zweifelhaften Vorteil, durch ihre Tore zu fahren! Und die Schenken dieser Städte sind Fallen für Fuhrleute! So mancher Fuhrmann wurde in einer Stadtschenke wegen Trunkenheit aufgehalten und manchmal sogar beraubt. Mein Wirt in Mühlbach, wo die Fuhrleute und Bootsleute, die meinen Hafen benützen, einkehren und übernachten, ist unter strikter Anweisung nichts an Trunkene auszuschenken. Der Wirt des Holnsteiners hat die gleiche Handlungsweise. Aber die Stadtschenken von Dietfurt, Beilngries und Berching schenken skrupellos an Fuhrleute aus!

Ich nehme die Weiße Laberstraße, wenn immer ich nach Nürnberg reite, und ich versäume nie, den Nürnberger Kaufleuten gegenüber die Vorzüge unserer Straße zu betonen. Ich bin euch Templern außerordentlich dankbar, dass ihr das Nordende unserer Straße so gut und sicher haltet! Dein Neuhaus-Hospiz ist ein weiterer Pluspunkt für unsere Straße, die Sulztalstraße hat nichts dergleichen zu verzeichnen! Im Falle von Wegelagerei werde ich jede Menge berittener und bewaffneter Knechte und meine zwei Knappen zur Verfügung stellen, um die Räuber zu fangen und vor Gericht zu bringen! Falls es an deinem Ende der Straße irgendwelche Sicherheitsprobleme geben sollte, oder andere Probleme die du nicht alleine bewältigen kannst, wie Erdrutsch oder Überschwemmung, sende mir einen Eilboten und ich werde dir sofort zu Hilfe kommen! Wenn ich Hilfe brauche, schicke ich dir einen Eilboten!“ Arminius dankte ihm und sagte zu.

Nach dem Abendmahl saßen sie am Kamin und tranken mehr ungarischen Wein. Arminius erzählte dem Herrn und der Frau von Wildenstein, wie sehr ihn die Weiße Laberstraße an die Doubsstraße erinnerte.

„Beide Straßen sind bedeutende Verbindungswege; Landbrücken die die wichtigsten Wasserwege Europas verbinden! Die Doubsstraße verbindet die Rôhne-Saône mit dem Rhein, die Weiße Laberstraße verbindet den Rhein-Main mit der Altmühl-Donau. Aber die Doubsstraße ist in viel schlechterem Zustand als unsere Straße. Sie ist für vierrädrige Fuhrwagen nicht geeignet, selbst zweirädrige Karren haben es schwer. Die Doubsstraße ist eigentlich nur für Lastpferde! Und sie ist nicht so sicher wie unsere Straße! Das Gebiet der oberen Doubs ist dünn besiedelt, deshalb hat die Straße alle fünf Meilen einen befestigten Gasthof. Als ich die Doubsstraße im Jahre 1277 als neugeweihter Tempelritter auf meinem Weg ins Heilige Land ritt, waren diese Gasthöfe garnisoniert, mit einem kleinen Truppenkontingent in jedem Gasthof und mehreren Kompanien in der Festung Besancon. Als ich vor zwei Monaten zurückkam, waren die befestigten Gasthöfe der Doubsstraße nicht mehr bemannt."

„Ihr wart 26 Jahre im Heiligen Land?" fragte Frau Patrizia, die Herrin von Wildenstein.

„Nein, Frau Patrizia, Akko und das Heilige Land fielen im Jahre 1291. Danach war ich auf Zypern. Im vergangen Winter, der dort sehr mild war, versuchten wir das Heilige Land zurückzuerobern. Aber unser Wiedereroberungsversuch scheiterte kläglich, die Muslime nahmen uns gefangen und brachten uns nach Alexandria. Dort wurden wir zwei Monate lang in der Festung Qa'itbay gefangengehalten und schließlich nach Palermo entlassen. Von Palermo wurde ich dann nach Mainz versetzt, und unser Präzeptor in Mainz gab mir das Kommando über die Komturei Thannbrunn."

„Ihr wurdet von den Muslimen gefangengenommen und entlassen, so ohne weiteres? Ohne Lösegeld?" fragte Frau Patrizia. „Ich habe gehört, dass die Muslime ihre Gefangenen entweder töten oder nur für hohes Lösegeld freilassen."

„Die meisten wurden getötet! Von den mehr als tausend Mann, die sie auf Aruad gefangen nahmen, köpften sie neunhundert an Ort und Stelle. Nur wir Ritter, 120 an der Zahl, wurden nach Alexandria abgeführt und in dem Verlies der Festung Qa'itbay gefangengehalten. Dort wären wir beinahe vor Hunger und Durst gestorben, und von den Wunden, die wir erhielten, als wir gezwungen wurden durch die Straßen von Alexandria Spießruten zu laufen. Nur ein Wunder rettete uns!"

„Ein Wunder?" sagte Frau Patrizia. „Darf ich fragen, was für ein Wunder es war?"

„Ich schrieb ein Büchlein für den Großmufti von Alexandria, worauf er uns entließ. Das Büchlein könnte als eine Art Lösegeld betrachtet werden!"

„Ihr schriebt ein Buch für den Großmufti von Alexandria? In Arabisch? Ihr schreibt Arabisch?"

„Ja, ich schrieb das Buch für den Großmufti in Arabisch!"

„Was war der Inhalt des Buches?"

„Es enthielt fünf Geschichten."

„Fünf Geschichten? Was für Geschichten?“

„Geschichten, die ich mir ausdachte.“

„Fünf erdichtete Geschichten, und dafür entließen die Muslime 120 Templerritter! Das müssen besondere Geschichten gewesen sein, und ihr müsst ein besonderer Geschichtenerzähler sein! Wollt ihr mir eine Eurer Geschichten erzählen, oder muss ich Euch zuerst gefangen nehmen?“ sagte Frau Patrizia, bewundernd und scherzhaft zugleich.

„Ich bin bereits Euer Gefangener, Frau Patrizia!“ erwiderte Arminius galant und verbeugte sich. „Ich werde gerne Euer Lösegeld zahlen! Aber, da es eine christliche Geschichte war, die mich aus einem muslimischen Kerker loskaufte, werde ich Euch eine muslimische Geschichte erzählen um mich von Eurem christlichen Kerker loszukaufen. Sie ist von dem eminenten, persischen Dichter Jalal-ud-Din Rumi:“

Ich ging zu meinem Geliebten und klopfte an seine Tür.
„Wer klopfet an?“ fragte mein Geliebter.
„Ich bin’s, deine Geliebte!“ antwortete ich.
Aber mein Geliebter öffnete mir nicht.
Ich ging in die Wüste und meditierte und fastete für ein Jahr.
Dann ging ich zurück zu meinem Geliebten und klopfte wieder an seine Tür.
„Wer klopfet an?“ fragte mein Geliebter.
„Du!“ antwortete ich.
Da öffnete mein Geliebter die Tür und ließ mich ein.

„Das ist eine sonderbare Geschichte, sie gefällt mir“, sagte Frau Patrizia anerkennend. „Aber die Bedeutung ist mir nicht ganz klar. Was bedeutet sie?“

„Man kann den Inhalt beliebig auslegen, Frau Patrizia“, antwortete Arminius ausweichend.

„Das ist doch keine Antwort! Bitte, beantwortet meine Frage ausführlicher!“

„Der Dichter erdichtet die Geschichte, der Zuhörer oder Leser legt sie aus. Beide sind Schöpfer! Geschichten sind gleichnishaft war, und die Bedeutung wird erschaffen, vom Dichter sowie vom Hörer. Eure Deutung meiner Geschichte ist in Euch! Sie bedeutet, was Ihr darüber denkt, oder Euch darunter vorstellt!“

„Das war etwas ausführlicher, aber eigentlich beantwortet es meine Frage nicht. Ich möchte wissen, wie Ihr die Geschichte auslegt!“

„Ich bin du!“ antwortete Arminius.

„Schon wieder so eine karge Antwort!“ rief Frau Patrizia in gekünstelter Verzweiflung. „Bitte, sagt das in mehr Worten!“

„Ich werde es mit einem Gedicht von Jalal-ud-Din Rumi versuchen:

Auf der trockensten, heißesten Strecke
Der Wüste der endlosen Schmerzen
Verlor ich meinen Verstand
Und fand eine Rose.“

Arminius sah wie Frau Patrizia bei dem Wort „Rose" zusammenzuckte, wie von einem unsichtbaren Pfeil getroffen. Eineinhalb Jahre später wusste er warum. Für jetzt setzte er seine Erklärung fort:

„Wenn es zwischen Gegensätzen keine Trennungslinie mehr gibt, dann sind wir jenseits der Rationalität. Dann verliert man seine Vernunft, und erlebt den heiligen Zustand der Einheit, den Zustand des göttlich inspirierten Dichters und Mystikers - das ist die Rose! In diesem Zustand gibt es kein ‚Du und Ich' mehr! Dann vereinigt sich das persönliche Ich mit dem alleinschließenden, göttlichen Ich. Von da an sehen wir das göttliche Ich in Allen und allem und rufen jubelnd aus: ‚Ich bin du!'.

Demnach sind die beiden auch austauschbar: ‚Ich bin du!'; ‚Du bist Ich!'; ‚Ich und du sind eins!'; ‚Ich und der Vater sind eins!'"

„Ihr sprecht also nicht von einem Einswerden und Austauschen der Herzen. Ihr sprecht von der heiligen Liebe, von einem Einswerden und Austauschen der Seelen? Ihr sprecht von der Liebe der Rose?" sagte Frau Patrizia träumerisch, mehr feststellend als fragend.

„Ja, ich meine die heilige Liebe!" bestätigte Arminius. „Aber, in jenem begnadeten Zustand der Rose, wenn der Schleier fällt und die Gegensätze eins werden, dann wird auch die leibliche Liebe göttlich, und die göttliche Liebe leiblich. Dann sprechen wir von einem Einswerden und Austauschen der Herzen und der Seelen!"

„Ihr sprecht mehr wie ein Troubadour als ein Templer!"

„Manche Tempelritter waren auch Troubadoure, und manche Troubadoure Tempelritter. Denkt an unseren ehrwürdigen Wolfram von Eschenbach! In der Familie meiner Mutter, dem Haus de Beaujeu, hatten wir große Templer und große Troubadoure: Renard de Beaujeu war einer der größten, provencalischen Troubadoure; Guillaume de Beaujeu war einer der bedeutendsten Großmeister des Templerordens!"

„Da liegt Euch also das Troubadourtum und das Templertum im Blut", sagte Patrizia lächelnd und blickte Arminius bewundernd an. „Ihr seid Templer und Dichter, ein Tempeldichter, wie unser ehrwürdiger Wolfram!"

„Ich fühle mich geehrt mit dem ehrwürdigen Wolfram verglichen zu werden", erwiderte Arminius und verbeugte sich, „aber ich verdiene diese Ehre nicht!"

„Seid nicht zu bescheiden, Bruder Arminius! Wir sind außer uns vor Freude, einen dichtenden Tempelritter als Nachbarn zu haben! Ich hoffe, dass Ihr uns bald wieder mit Eurer Anwesenheit ehren werdet! Ihr sollt zu jeder Zeit, auch unangemeldet und unangekündigt, unser hoch verehrter Gast sein!"

„Zu Euren Diensten, Frau Patrizia!" sagte Arminius, legte seine rechte Faust auf die linke Brust und verbeugte sich tief.

Am nächsten Tag, nach der Frühmesse in der Schlosskapelle von Wildenstein, bedankte sich Arminius bei seinen Gastgebern und verabschiedete sich. Er ritt das Tal der Wissinger Laber bachaufwärts, Richtung Breitenbrunn, wo er eine Stunde später ankam.

Breitenbrunn war ein Marktflecken, ein großes Dorf welches das Recht hatte einen wöchentlichen Viehmarkt abzuhalten. Es hatte zwei Markplätze, den unteren

Markt genannt „Saumarkt“, und den oberen Markt, der einfach „Markt“ genannt wurde. Arminius zählte eine unglaubliche Anzahl von Gasthäusern: zwei am Saumarkt, sechs um den Markt, und eine Brauerei! Vom Markt ritt er einen langen Weg, genannt die „Obergasse“ zur Burg Breitenegg hinauf.

Der Ritter von Breitenegg war hocherfreut ihn zu sehen. Das Haus Breitenegg war seit der Gründung der Komturei Thannbrunn ein Gönner und Verbündeter der Templer von Thannbrunn. Ein Breitenegger war sogar vor etwa hundert Jahren dem Templerorden beigetreten! Die Liebe seiner Vorväter für den Templerorden hatte sich auf den Pagen von Breitenegg übertragen, denn er blickte Arminius mit anbetenden Knabenaugen an.

„Mein Sohn Herold will ein Tempelritter werden!“ sagte der Ritter von Breitenegg stolz. „Er ist bereits zwölf, in zwei Jahren wird er Knappe sein. Willst du ihn als deinen Knappen haben und einen Tempelritter aus ihm machen, Bruder Arminius?“

Herold erinnerte Arminius an seine eigene Kindheit und an seinen eigenen, brennenden Knabenwunsch, ein Tempelritter zu werden, als er zwölf Jahre alt war. „Ja, ich bin auf der Suche nach einem Knappen!“ erwiderte Arminius. „Ich werde deinen Sohn annehmen! Wann wird er alt genug sein, mein Knappe zu werden?“

„In etwas über zwei Jahren, im Frühjahr 1306!“ antwortete der Ritter.

„Gut, ich werde ihn im Frühjahr 1306 annehmen!“

„Ich werde ihn also im Frühjahr 1306 zu dir bringen! Ich danke dir, Bruder Arminius, das bedeutet für uns sehr viel! Lange hoffte ich, dass der Komtur von Thannbrunn ihn als Knappe nehmen würde, schon wegen der alten Freundschaft zwischen dem Haus Breitenegg und den Templern von Thannbrunn, aber meine Hoffnung schwand, als das Kommando der Komturei Thannbrunn für die letzten zwei Jahre unbesetzt blieb. Ich dachte, zu viele von euch seien in den Endkämpfen um das Heilige Land gefallen, und es gäbe nicht mehr genug Tempelritter um jede Komturei mit einem Ritter zu besetzen. Ich bin heilfroh, dass du jetzt da bist und meinen Sohn annehmen wirst! Ich danke dir von ganzem Herzen!“

Das Knabengesicht des jungen Herold, von einem blonden Pagenschnitt umrahmt und von zwei graublauen Augen erhellt, blickte strahlend zu Arminius auf. „Herr Arminius, wie soll ich mich auf mein Templerknappentum vorbereiten?“ fragte er mit kindlichem Ernst.

„Lerne lesen und schreiben, Latein und Deutsch! Deutsch zu schreiben wird immer mehr populär, aber Latein ist nach wie vor die Sprache der Scholastik, der Justiz und der Liturgie. Es ist wichtig beide zu beherrschen!“

„Er bemüht sich sehr“, sagte der Ritter stolz, „jeden Tag hat er Lateinschule mit unserem Kaplan. Aber mit dem lernt er nur Latein. Er hat keinen Unterricht im Schreiben der deutschen Sprache!“

„Wichtig ist, dass er überhaupt schreiben kann!“ sagte Arminius. „Deutsch zu schreiben ist nicht schwer, man schreibt halt wie man spricht. Eine offizielle, deutsche Rechtschreibung gibt es nicht, aber existierende, deutschsprachige Werke sind ein guter Führer.“

„Wir haben keine deutschen Bücher, nur lateinische!“

„Sobald Herold mein Knappe ist, wird er mit den Beguinen von Waldkirchen in Verbindung sein. Wie du wahrscheinlich weißt, steht die Beguinage Waldkirchen unter meinem Schutz. Ich weiß bestimmt, dass die Beguinen von Waldkirchen mindestens ein deutschsprachiges Buch haben ‚Das Fließende Licht der Gottheit', verfasst von der ehrwürdigen Mechtild von Magdeburg. Die Beguinen sind literarische Frauen, sie können lateinisch und deutsch schreiben. Herold wird von ihnen lernen!"

„Was, von Frauen lernen?" rief der Ritter von Breitenegg entrüstet aus.

„Ja, er wird von Frauen und von Männern unterrichtet, wenn er mein Knappe ist!" erklärte Arminius mit Bestimmtheit. „Es wird gemeinhin angenommen, dass Frauen von Männern lernen sollen, und so soll es auch sein, aber es ist genau so wichtig, dass Männer von Frauen lernen!

Du musst dir außerdem dessen gewahr sein, dass ich in erster Linie ein Ritter des Wortes bin. Obgleich ich mein Schwert gut zu handhaben weiß, und es gut gebrauche, wenn es sein muss, bin ich doch in erster Linie ein Mann der Feder. Wenn dein Sohn bei mir lernt, dann werde ich ihn zwar in der Handhabung des Schwertes unterweisen, aber in erster Linie wird er ein Mann der Feder werden. Wenn du willst, dass er hauptsächlich im Schwertkampf unterwiesen wird, oder dass er nur von Männern lernt, dann musst du ihn bei einem anderen Ritter unterbringen!"

„Nein, das ist genau was er will, und ich will es auch!" sagte der Ritter beschwichtigend. „Er will ein Mann der Feder werden! Aber selbstverständlich wirst du ihn auch in der Handhabung des Schwertes unterweisen!"

„Ja, ich werde ihm die Kunst des Schwertfechtens beibringen, so wie ich sie in meiner Spezialausbildung im Heiligen Land erlernt habe. Und ich werde ihm etwas weiße Magie beibringen, die ihn zu einem überlegenen Wortkämpfer machen wird. Wenn er sich dahinter setzt, dann wird er ein guter Schwertkämpfer und ein guter Wortkämpfer werden!"

„Wohl gesprochen, Bruder Arminius, wohl gesprochen!" rief der Ritter begeistert aus. „Lehre ihn wie man dich gelehrt hat, im Schwertkampf und im Wortkampf! Ich habe volles Vertrauen in dich, Bruder Arminius, mache was du für richtig hältst!"

Und so wurde es vereinbart: Im Frühjahr 1306 würde Herold von Breitenegg Arminius' Knappe werden! Arminius und der Ritter bekräftigten es mit einem feierlichen Handschlag und einem Trunk.

Arminius aß zu Mittag mit dem Ritter von Breitenegg und seiner Familie. Nach dem Mittagessen kam die Straße zur Sprache. „Die Weiße Laberstraße läuft nur durch mein Randgebiet", sagte der Ritter. „Ich besitze nur ein kurzes Stück des Weißen Labertales, zwischen dem Holnsteiner und dem Ödenberger. Ich halte mein Stück der Weißen Laberstraße in gutem Zustand, und der Holnsteiner über mir auch. Aber der Ödenberger ist etwas nachlässig! Manchmal schicke ich oder der Wildensteiner einen Bauern mit einer Karrenladung Kies um ein schlimmes Loch im Straßenstück des Ödenbergers zu füllen. Aber im Frühjahr, wenn der Frost aus dem Boden geht und die Straße in schlechtestem Zustand ist, dann hilft auch der

Ödenberger mit einer großen Anzahl von Bauern und Karren, die Straße zu reparieren!

Wir sind von unserem Lehnsherren und vom Bischof von Eichstätt mit der Instandhaltung dieser Straße beauftragt. Wir müssen sie instand halten um die schweren Fuhrwagen der Nürnberger Kaufleute zu tragen, die den Sommer über zwischen Nürnberg und der Altmühl hin- und herfahren. Ihr Templer am Nordende seid beispielhaft in eurer Instandhaltung der Straße, ich und der Holnsteiner versuchen eurem Beispiel zu folgen. Der Wildensteiner ist natürlich an der Straße sehr interessiert, er hält sein Stück in bestem Zustand. Nur der Ödenberger ist etwas nachlässig! Jemand sollte mit ihm sprechen! Wir wollen nicht heimlich zum Grafen von Hirschberg laufen und uns über ihn beschweren, so was geziemt sich nicht für Ritter. Wir Ritter handeln unseren Handel unter uns aus!"

Am Nachmittag ritt Arminius die Obergasse hinunter, zurück nach Breitenbrunn. Von dort folgte er dem Lauf der Wissinger Laber bachaufwärts nach Wissing. Als er durch Wissing ritt, sah er wieder eine Brauerei, die vierte auf seinem Rundritt. „Es herrscht hier sicherlich kein Mangel an Brauereien", dachte Arminius schmunzelnd, „sie sind so zahlreich wie die Kirchen, und scheinen beinahe so wichtig zu sein!"

Von Wissing ritt Arminius nach Ittelhofen und weiter nach Freihausen. Nordwestlich von Freihausen verflacht sich das Tal der Wissinger Laber und Arminius stellte fest, dass die Wissinger Laber nicht in Wissing sondern zwischen Freihausen und Neuhaus entspringt, in der Nähe seiner Komturei, aber näher an Freihausen als Neuhaus.

Arminius kam vor Einbruch der Dunkelheit in Neuhaus an. Er hatte einen weiten Rundritt hinter sich, der ihn das Tal der Weißen Laber hinunterführte, bis zur Altmühl, und das Tal der Wissinger Laber hinauf, bis zu ihrem Ursprung. Er hatte das Land von den Strahlen der milden Oktobersonne vergoldet gesehen, hatte alle Ritter aufgesucht die mit ihm zusammenarbeiteten, mit einer der Rittersfrauen hatte er sogar eine Seelen- und Musenfreundschaft angebahnt, und er hatte einen Knappen gefunden! Es war ein durchaus fruchtbarer Rundritt!

Zwei Tage später endete der goldene Spätsommer und es fing an zu regnen. Es regnete die gesamte, letzte Oktoberwoche und die ersten zwei Wochen im November. Am Martinstag, dem 11. November, waren die Wege schlammig und beinahe unpassierbar. Stellenweise fuhren die Karren bis zu den Achsen und die Ochsen wateten bis zu den Knien im wässrigen Schlamm. Aber sie plantschten gleichmütig durch die graubraune Schlammsuppe, und die Bauern akzeptierten das Regenwetter beinahe so stoisch wie ihre Ochsen.

Der Martinstag war der Kirchweihtag für die Templer von Thannbrunn, denn die Martinskapelle der Benediktinerprobstei war ihre Frühmesskapelle. Am Martinsstag gingen die Templer zu einem festlichen Hochamt zu Ehren des heiligen Martin in die Kapelle. Später gab es im Neuhaus-Hospiz ein Festmahl für die Benediktiner und Templer: Leberknödelsuppe, gekochtes Rindfleisch in dünne Scheiben geschnitten und mit Meerrettichsoße serviert, Schweinebraten mit Obst und Gemüse geschmort, und frischgebackenens Brot. Dazu bekam jeder einen Krug

Bier. Bruder Hermann schenkte nach, sobald ein Krug leer war, so oft sie wollten. Aber die Brüder waren mäßig und tranken nur zwei oder drei oder höchstens vier Krüge Bier.

Die Bauern hatten keinen Zugang zur Martinskapelle von Thannbrunn, dieses Kirchweihfest war nur für die Templer und Benediktiner. Die Kirche der Bauern war die Peterskirche in Waldkirchen, und ihr Kirchweihtag der Peterstag, der 29. Juni. Aber manche Bauern und einige der Templerknechte gingen nach Staufersbuch um dort das Staufersbucher Kirchweihfest zu feiern. Das Dorf Staufersbuch war das einzige Dorf der unmittelbaren Umgebung Waldkirchens, das nicht zur Pfarrei Waldkirchen gehörte. Staufersbuch war eine kleine Pfarrei für sich, und ihre Kirche war dem heiligen Martin geweiht.

„An den Kirchweihfesten wird das Feiern in den Dorfschenken oft sehr ausschweifend. Gewalttätige Streitereien sind keine Seltenheit! Es ist sehr gut möglich, dass Bruder Petrus oder Jakobus heute Abend oder morgen in aller Früh nach Staufersbuch gerufen werden, um Verletzte zu behandeln. Unser Sanitätskarren mit Verbandzeug und Arzneien steht für diesen Fall bereit!"

„So feiern sie das Fest ihres Kirchenpatrons?" wunderte sich Arminius.

„Nein, sie feiern wie wir, indem sie gut essen und trinken. Wenn sie aber zuviel trinken, dann werden ihre Sinne umnebelt. Die Raufereien geschehen im Bierrausch!

Leider schenken die Wirte der Dorfschenken unbedacht und unverantwortlich aus, solange der Gast aufrecht sitzen und zahlen kann. Wir schenken grundsätzlich nicht an Betrunkene aus! Wenn wir Reisende oder Bauern bewirten, dann servieren wir einen Krug Bier und schenken nicht mehr als einmal nach. Uns Brüdern steht ein Krug pro Tag zu, den trinken wir gewöhnlich zum Abendessen. Am Sonntag stehen uns zwei Krüge zu, an Festtagen drei. Zwei oder drei Krüge Bier sind genug, um den Durst zu löschen und die Stimmung zu heben, mit vier ist man schon leicht berauscht. Mehr als vier ist Sauferei! Die meisten Reisenden wollen nicht mehr als einen Krug und vielleicht einen Nachschank. Wenn sie mehr wollen, dann sagen wir nein. Wir sind ein Hospiz, keine Schenke!"

Ende November fing es an zu frieren. Die Wege waren hartgefroren und wieder passierbar. Die Templer von Thannbrunn bereiteten sich für den Winter vor. Johannes gab jedem ein wollenes Unterwams und eine Wolldecke mit Kopfloch, die als Umhang und als Zudecke gebraucht werden konnte. Vier Fuß lange Holzscheite wurden in eines der besser erhaltenen Nebengebäude der Burg Thannbrunn gestapelt. Johannes beauftragte einen der Thannbrunner Bauernsöhne, jedes dieser Stücke in zwei zu sägen, die dicksten zu spalten und stets einen guten Stapel neben Arminius' Feuerstelle zu halten. „Der Junge ist geschickt und weiß, wie er sich einem Herren gegenüber zu benehmen hat", sagte Johannes. „Er soll dein Diener sein!"

„Aber ich brauche keinen Diener!" protestierte Arminius.

„Er wird nicht dein Leibdiener sein", sagte Johannes lächelnd, „ich weiß, dass du keinen brauchst. Aber du willst dir doch sicherlich nicht deine Schreiberhände beim Holzhacken verletzen oder mit Harz verkleben! Der Junge wird nur das tun, was du nicht selbst verrichten sollst, wie Holzhacken, Holzhereintragen, Wassertragen und dergleichen!" Arminius stimmte zu.

Johannes fand auch eine junge, schwarze Katze für Arminius. Johannes befahl dem Diener, jeden Abend nach dem Abendmelken ein Schüsselchen Milch neben das Feuer der Burghalle zu setzen. „Wenn deine Katze jeden Abend ein Schüsselchen Milch bekommt, und einen Schlafplatz am Feuer hat, dann wird sie bleiben", sagte Johannes zu Arminius. „Gib ihr aber nichts anderes, sonst fängt sie keine Mäuse!"

An einem kalten Morgen gegen Ende November ritten Arminius und Johannes nach Berching, um ihre Wintervorräte einzukaufen. Bei dieser Gelegenheit wollte Johannes ihn auch mit den Kaufleuten Berchings bekanntmachen. Sepp der Fuhrmann fuhr ihnen voraus, mit einigen Säcken Getreide für den Getreidehändler. Die meisten Bauern zahlten ihren Zehnten mit Getreide, und der landwirtschaftliche Betrieb der Templer selbst hatte etwa dreißig Tagwerk Getreide. Die Templer behielten was sie an Brot- und Saatgetreide brauchten und verkauften den Rest an den Getreidehändler in Berching.

Sie überquerten das Tal der Weißen Laber nach Simbach. Von dort ritten sie das kleine Seitental hinauf, das sich von Simbach nach Grubach hinaufzieht und dort verflacht. Von Grubach ritten sie eine Meile über das Plateau und dann eine kurvige Straße hinunter ins Sulztal. Die Landschaft sah viel anders aus als vor vier Wochen und mundete Arminius nahezu fremdartig an. Die Buchen waren kahl, die Eichen trugen braune, dürre Blätter. Dicker Rauhreif bedeckte jeden Zweig und jedes Blatt, die kahlen Wiesen, die brachen Felder und die strohgedeckten Dächer. Für Arminius, der so etwas seit 32 Jahren nicht mehr gesehen hatte, war es ein zauberhafter Anblick. Er konnte sich kaum sattsehen. Als er dies Johannes mitteilte, zuckte jener die Schultern und erwiderte nüchtern: „Für mich ist der Winter kein Zauber. Ich bin froh, wenn er wieder vorbei ist!"

Unten im breiten Sulztal ritten sie durch das Dorf Pollanten und eine halbe Stunde später durch Berchings Mauthaustor. Berching, ein wohlhabendes Städtchen von einigen tausend Einwohnern, war eine freie Stadt die das Recht hatte auf alle Güter Zoll zu erheben. Aber die Güter des Templerordens, in Berching wie überall in der christlichen Welt, waren zollfrei. Sepp der Templerfuhrmann durfte mit seinen Getreidesäcken durch das Mauthaustor fahren ohne Zoll zu zahlen.

Zuerst ritten Arminius und Johannes zum Gästestall der Blauen Traube und stellten dort ihre Pferde ein. Danach gingen sie über die Straße zum Getreidehändler um zu sehen wie ihr Getreide gewogen wurde. Johannes stellte Arminius vor. Der Händler begrüßte ihn ehrerbietig, war aber an Arminius' Getreidesäcken mehr interessiert als an ihm selbst, und mit Recht; Getreide war sein Geschäft! Nachdem der Händler für das Getreide bezahlt hatte, gingen sie zum Viehhändler, zum Rosshändler und zum Holzhändler. Johannes stellte Arminius jedem dieser Händler vor. „Dies waren die Kaufleute, die von uns kaufen. Die, von denen wir kaufen, wirst du noch kennenlernen. Ich brauche einige Zutaten und ein Hackmesser, für Bruder Hermann und seine Köche, auch Arzneien und Verbandzeug für die Brüder Petrus und Jakobus. Außerdem brauche ich noch einiges für unser Hospiz. Brauchst du etwas besonderes, Bruder Arminius?"

„Ich möchte einen ovalen Bottich, um darin zu baden. Auch ein Schreibpult, und Papier, wenn es zu haben ist, und Tinte. Außerdem möchte ich noch einige Schiefertafeln und Griffel. Gibt es hier einen Schreiner der Schreibpulte verkauft, und einen Böttcher, der große, ovale Bottiche anfertigt?"

„Ich werde dir zeigen, mit welchen wir gewöhnlich handeln. Ich weiß nicht ob der Böttcher besondere Badebottiche hat, aber er macht ovale und runde Bottiche verschiedener Größe und hat gewöhnlich die gängigen Größen auf Lager. Der Färber verkauft Tinte, auch Schiefertafeln und Griffel, aber ich denke nicht, dass er Papier hat. Es gibt mehrere Weißgerber, die Pergament machen und verkaufen, aber ich weiß nicht wer hier Papier verkauft. Der Färber wird es schon wissen!"

Sie gingen zum Böttcher, der einige Bottiche auf Lager hatte. Arminius suchte sich einen ovalen Bottich aus, groß genug um bequem darin zu sitzen, und zahlte dem Meister. „Unser Fuhrmann wird ihn später abholen!" sagte Johannes. Dann gingen sie zum Möbelschreiner, der die gängiste Art von Schreibpult fertig stehen hatte: ein Stehpult mit schräger, klappbarer Schreibfläche um Pergament und Schreibutensilien darunter zu lagern, und einer geraden Fläche oben, für Federn, Lampe und Tintenfass. Als Arminius zahlte, fragte er ihn, ob er wisse, wo es in Berching Papier gäbe. Der Schreinermeister sagte, dass es wahrscheinlich keines gebe, aber der Färber würde mehr darüber wissen. Beim Färber kaufte Johannes eine Tüte Zinnober. Arminius kaufte eine Tonflasche voll schwarzer Tinte, einige Schiefertafeln und ein Bündel Griffel. Auf seine Frage, ob in Berching Papier zu haben sei, antwortete der Färber, dass es in Berching kein Papier zu kaufen gebe, nur Pergament.

„Viele Leute fragen nach Papier. Ich könnte Stöße davon verkaufen, wenn ich es hätte. Aber Papier ist rar, selbst in Nürnberg. Alles Papier kommt aus der Papierfabrik Fabriano in Italien, die den Bedarf für das gesamte Abendland unmöglich decken kann. Wir brauchen dringend eine Papierfabrik hier in Deutschland!"

Er würde also diesen Winter keine Briefe schreiben, es sei denn er schrieb sie auf Pergament. Aber Arminius schrieb nicht gerne auf Pergament. Außerdem wusste er sowieso noch nicht genau, was er den Beguinen schreiben sollte, er wollte den kommenden Winter dazu verwenden, es herauszufinden! Dann, nach dem Pfingstfest, anlässlich der Jahreshauptversammlung in Nürnberg, würde er dort Papier kaufen und anschließend seine Briefe an die Beguinen schreiben.

Arminius und Johannes gingen dann noch zum Gewürzhändler, zum Apotheker, zum Stoffhändler, zum Glaser und zum Messerschmied. Bruder Hermann brauchte ein Hackmesser für seine Köche, der Messerschmied schmiedete und härtete es während sie zusahen. Die Werkstatt und die Arbeit des Messerschmiedes erinnerten Arminius an Siegfried, den Messerschmied des Hauses Welterod, in dessen Werkstatt er viele unvergessliche Kindheitsstunden verbrachte.

Nach dem Elfuhrläuten gingen sie zur Blauen Traube. „Was darf es sein, hochwürdige Herren?" fragte die Kellnerin.

„Dein Gasthaus ist ‚Blaue Traube' genannt. Bedeutet dies, dass du den Saft dieser Traube ausschenkst?" fragte Arminius.

„Ihr meint einen roten Wein? Ja, wir haben einen Tiroler Roten. Aber es ist ein herber Wein. Darf ich Euch einen bringen?"

„Die herben Rotweine sind mir lieber als die süßen", antwortete Arminius, „bring mir einen Becher Tiroler Roten! Und Brot und Käse, mit Salz und Pfeffer. Und einen Teller Suppe. Was willst du essen und trinken, Bruder Johannes?"

„Einen Krug Bier, und Brot und Käse, und einen Teller Suppe!" bestellte Johannes.

Die Kellnerin brachte ihnen Suppe, Brot und Käse mit Salz und Pfeffer, einen Becher Tiroler Roten für Arminius und einen Krug Bier für Johannes. Nach dem Essen wollte Arminius den Wirt sprechen.

„Grüß Gott, hochwürdiger Herr Ritter! Bruder Johannes!" sagte der Wirt zu den beiden. „Was darf ich für Euch tun?"

Johannes stellte Arminius vor. „Das ist Bruder Arminius, der neue Komtur von Thannbrunn."

„Willkommen Herr Arminius!" sagte der Wirt und verbeugte sich tief. „Willkommen in Berching und willkommen zur Blauen Traube! Ich danke Euch, mein Gasthaus mit Eurer Anwesenheit zu ehren! Darf ich etwas für Euch tun?"

„Ich möchte gerne ein Fässchen Wein kaufen", sagte Arminius.

„Was für einen Wein, Herr Arminius? Ich habe mehrere Sorten auf Lager."

„Welchen würdest du empfehlen?" fragte Arminius den Wirt.

„Wein ist eine Sache des persönlichen Geschmackes", erwiderte jener, „mein Geschmack ist nicht unbedingt der gleiche wie Eurer!"

„Ich liebe den Frankenwein. Am liebsten möchte ich ein Fässchen Frankenwein, klargrün und herb, nicht zu sauer oder zu bitter!"

„Ich denke, ich habe gerade den rechten Wein für Euch: Iphofen Schwanberg!" rief der Wirt aus. „Er kommt von dem legendären Schwanberg über dem Dorfe Iphofen am Main. Habt Ihr jemals den Main bereist? Dann seid Ihr an Iphofen und dem Schwanberg vorbeigefahren."

„Ja, ich war dort, und trank den dortigen Wein! Er schmeckte gut, und wurde besser, durch die Anwesenheit einer gewissen Schwanfrau."

„Ah, Wein, Weib und Gesang - selbst die Templer sind dem nicht abgeneigt!" scherzte der Wirt.

„Ja, alle drei!" erwiderte Arminius lächelnd, „aber in Müßigkeit und Keuschheit. Um auf unser Geschäft zurückzukommen, ich nehme ein Fässchen Iphofen Schwanberg! Unser Fuhrmann wird es später abholen."

Arminius zahlte den Wirt, der sich überschwenglich bedankte. Danach gingen sie zum Bären, wo Sepp der Fuhrmann Mittag machte. Das Gasthaus zur Blauen Traube wurde von wohlhabenden Bürgern und Edelleuten aufgesucht, der Brauereigasthof zum Bären war das Wirtshaus der Pferdeknechte und Fuhrleute. Johannes sagte Sepp, wo etwas abzuholen sei, dann erledigten Arminius und Johannes den Rest ihrer Einkäufe. Auf dem Nachhauseweg ritten sie an der Templerprobstei Berching vorbei.

Die Templerprobstei Berching lag östlich der Stadt, auf einer Terrasse etwas über dem Sulztal. Es war ein kleiner Landwirtschafts- und Gartenbaubetrieb und wurde von den drei dienenden Brüdern, die Arminius bereits in Weihersdorf kennenlernte, mit Hilfe einiger, freier Knechte betrieben. Die Berchinger Brüder baten Arminius und Johannes bis zum Abendessen dazubleiben, aber die wollten vor Einbruch der Dunkelheit heimkommen und sagten dankend ab.

Auf dem Heimweg überholten sie Sepp und sein Fuhrwerk, der kurz nach ihnen in Thannbrunn ankam. Sie trugen das Stehpult in die Burghalle und stellten es vor die Feuerstelle, mit der Schreibfläche zum Feuer, so dass er mit dem Rücken zum Feuer schreiben konnte. Den Bottich stellten sie auch dorthin, denn dort würde Arminius ihn gebrauchen. Das Fässchen Wein wurde in den Keller von Neuhaus gebracht. Arminius hatte alles, was er für seinen „Winter der Kontemplation“ brauchte.

Er konnte es kaum erwarten, den Badebottich auszuprobieren. Er ging in den Burghof und suchte sich von den Feldsteinen der eingestürzten Nebengebäude eine Anzahl von Siedesteinen aus. Die besten Siedesteine waren solche, die wie verbrannt aussahen, als ob sie schon einmal im Feuer gewesen wären. Diese Steine legte er dicht um das Feuer, damit sie sich gut erhitzten. Danach zog er Eimer um Eimer aus der Zisterne, goss sie in den Bottich und füllte ihn zur Hälfte.

Nach dem Abendessen ließ er das Weinfass anzapfen, füllte ein Krüglein und nahm es mit. Aus dem Pferdestall holte er eine saubere Mistgabel. Mit der Gabel auf der Schulter und dem Krüglein in der Hand ging er nach Thannbrunn zurück. Die Siedesteine waren in der Zwischenzeit glühend heiß geworden. Mit der Mistgabel nahm er einen Stein nach dem anderen auf und legte sie vorsichtig in den Bottich. Das Wasser zischte und dampfte und Blasen stiegen hoch. Indem er mehr heiße Steine aufgabelte und hinzufügte wenn das Wasser zu kalt wurde, konnte er sein Bad beliebig lange ausdehnen und beliebig heiß halten. Das Bad reinigte ihn, aber Arminius badete weniger für äußere und mehr für innere Reine. Waschen konnte er sich auch aus einem Eimer, oder im Bach. Das heiße Bad diente hauptsächlich der Entspannung, der Meditation und Kontemplation. Ein Bottich voll heißen Wassers, mit einem Krüglein kühlen, klargrünen Iphofen Schwanberg, wurde zu Arminius Luxus und zu einer Beihilfe zur Mediation, Kontemplation und Inspiration.

Arminus verbrachte nahezu den gesamten Winter 1303/04 mit Lesen, Schreiben, Meditation und Kontemplation. Er machte einige Eintragungen in sein Notizbuch, aber meistens schrieb er auf Schiefertafeln. Er war noch nicht bereit, sein leeres, 700seitiges Buch zu schreiben, und er hatte kein Papier um die Briefe an die Beguinen zu schreiben.

Seit seiner frühen Kindheit hatte Arminius auf Schiefertafeln geschrieben, nur um das Geschriebene wieder auszulöschen und etwas Neues oder Besseres zu schreiben. Diese Gewohnheit führte ihn zu einer Gedankenklärung durch Schreiben. Zuerst schrieb er seine Gedanken auf um sie zu ordnen. Dann übersann er das Geschriebene, verbesserte es in Gedanken, löschte es aus und schrieb das Neue nieder. Danach übersann er dies, und läuterte und klärte es weiter. Diese Methode der Gedankenläuterung durch Schreiben wurde ihm zur Studienhilfe in Neapel und ermöglichte ihm, alle seine fünf Studienfächer sechs Jahre lang gleich intensiv zu studieren. In seinem „Winter der Kontemplation" in Thannbrunn nahm er diese altvertraute Methode wieder auf.

Den größten Teil des Winters verbrachte er in Kontemplation. Auf jede Stunde Lesen kamen einige Stunden Schreiben, und auf jede Stunde Schreiben kamen einige Stunden Kontemplation. Weil die Gedankenläuterung durch Schreiben auch eine Art Kontemplation darstellte, kamen auf jede Stunde Lesen etwa zehn Stunden Kontemplation.

Seine Kontemplationen waren meistens meditativ. Er nahm die Idee oder den Begriff, den er zu beschauen gedachte, in die tiefste Meditation mit hinein, in den Dämmerzustand zwischen Wachsein und Schlaf, den Zustand des Wachträumens. In diesem Zustand ließ er die Idee los und ließ sie treiben, ließ sie sich entfalten wie sie wollte, ohne sie bewusst zu beinflussen oder zu lenken. Das ergab nicht immer das erwünschte Resultat. Oft wurde die Idee zu etwas Großartigem, oder sie wandelte sich zu etwas ganz Anderem, aber wenn er aus dem Stadium des Unbewusstseins ins hellwache Bewusstsein zurückkam, hatte er nur das Gefühl etwas Großartiges erlebt zu haben und erinnerte sich an nichts. Manchmal war die Erinnerung weniger verblasst und deutlicher, und manchmal war sie klar und überdeutlich, und er tauchte aus den Tiefen des Unterbewusstseins mit einer seltenen und kostbaren Perle auf.

Seine Kontemplationen waren unterbrochen von den täglichen Gebeten zur aufgehenden und untergehenden Sonne von der Plattform seines Turmes, von den zwei Tagesmahlzeiten mit Gebeten mit den Mitbrüdern in Neuhaus, den Vormittags- und Nachmittagsgebeten, entweder alleine in Thannbrunn oder mit den Mitbrüdern in Neuhaus, und der Frühmesse die jeden Morgen von dem Glöckchen der benachbarten Martinskapelle eingeläutet wurde. Die schnellen Gänge, drei- oder viermal am Tag durch die frische Winterluft nach Neuhaus und zurück, hielten ihn warm und seine Glieder beweglich.

Sonntags ritten sie nach Waldkirchen zum Hochamt. Die Pferde bekamen im Winter wenig Übung und mussten ab und zu geritten werden, deshalb ritten die fünf Templer, zusammen mit dem obersten Pferdeknecht und dem Stallmeister, jeden Sonntagmorgen über Riedhof nach Waldkirchen, und eine längere Strecke zurück, um den Pferden etwas mehr Übung zu geben, entweder über Freihausen, oder über Staufersbuch und Hermannberg.

Der Winter 1303/04 war ziemlich mild, verglichen mit dem strengen Winter des vorhergehenden Jahres, über den Arminius viel Schlimmes gehört und dessen verheerende Auswirkungen er mit eigenen Augen gesehen hatte. Die Vorhersagen der Verhängnisprediger, die eine Reihe strenger Winter als Strafe Gottes vorhergesagt hatten, trafen nicht zu. Die Christenheit atmete erleichtert auf!

Arminius' Feuer in der großen Feuerstelle der Burghalle brannte von Morgen bis Abend und manchmal tief in die Nacht hinein. Bevor er schlafen ging, häufte er Asche über die glühenden Kohlen, damit das Feuer über Nacht nicht ausging. Der Diener brachte jeden Abend nach dem Abendmelken ein Schüsselchen Milch für die Katze. Die schlief eingerollt neben dem Feuer. Auch Arminius war nahe am Feuer. Entweder saß er in dem schweren Lehnstuhl mit dem Gesicht zum Feuer und las, sann oder meditierte, oder er stand an seinem Stehpult, mit dem Rücken zum Feuer, und schrieb. Meistens trank er kein Bier zum Abendessen, sondern nahm ein Krüglein Iphofen Schwanberg mit sich zur Burg. Dort füllte er den Badebottich mit Wasser, nahm einige der Siedesteine, die ständig heiß und siedebereit um das Feuer lagen, und legte sie sorgfältig hinein. Dann setze er sich ins heiße Wasser, genoss den kühlen Frankenwein in kleinen Schlückchen und sinnierte über die Weiße Schwanfrau von Iphofen, die der Sage nach aus dem Schwanberg kam, um die Männer Iphofens zu bezaubern. Wer sich von ihr bezaubern ließ, der folgte ihr auf Nimmerwiedersehen in den Berg zurück!

Arminius wusste, dass Sagen dieser Art eine tiefere Bedeutung hatten. Was bedeutete die Sage der Weißen Schwanfrau von Iphofen? Sie kam aus dem Schoß der Erde, bezauberte einen oder mehrere Männer, die ihr in des Berges Schoß folgten und nie mehr zurückkamen. War der Schoß der Ursprung der Welt, und die Weiße Schwanfrau seine Prophetin? Sobald sie einen Mann in ihrem Bann hatte, kam er nicht mehr von ihr los. Er war ihr verfallen und wurde ihr Diener, und der Diener des Ursprungs, auf Lebenszeit?

Ja, das war's – das war der Preis! Der Preis für die Liebe der Schwanfrau war, ihr zu verfallen und ein Leben lang ihr Diener zu sein! Der Preis für den Gral war lebenslanger Dienst zum Gral! Die Weiße Schwanfrau war eine Gralskönigin, eine Trägerin des Grals, eine Repanse de Schoye, eine Frau von reinem Herzen und reiner Seele, und wer ihr folgte wurde ihr lebenslanger Diener. Wer ihr in den Schoß der Welt folgte, wurde eins mit dem Schoße, eins mit dem Ursprung. Sein persönliches Ich existierte nicht mehr, es hatte sich in dem göttlichen Selbst aufgelöst, und seine Person existierte nur noch als ein Werkzeug Gottes: Das Aufgehen des persönlichen Ichs in der alleinschließenden Gottheit! Die Sage der Weißsen Schwanfrau war eine Templersage. „Non nobis, Domine! Non nobis, sed Nomini Tuo da gloriam!" war der himmlische Gruß, der engelsgleich aus der Sage der Weißen Schwanfrau hervorklang.

An diesen Feierabenden wurde ihm der Wein vom Schwanberg zu einem Kommunionwein, einem heiligen Wein, einem Geisteswein, wie ihn Omar Khayyam und Jalal-ud-Din Rumi und andere, sufistische Dichter besungen hatten. Arminius zelebrierte jedes Schlückchen seines klargrünen Iphofen Schwanberg als eine Kommunion mit der allgegenwärtigen Gottheit und zitierte laut seine Lieblingsgedichte aus den Rubaiyat des Omar Khayyam und aus den Schriften des Jalal-ud-Din Rumi.

Er durchblätterte seine vier Bücher, um sich zu entscheiden, welches er zuerst lesen sollte. Da waren die Zusammenfassung der Hermeneutischen Schriften, die ein von Markus bezahlter Schreiber in der Universitätsbücherei Neapel kopiert hatte; das Aramäische Johannesevangelium, welches vergessen in der Universitätsbücherei Neapel lag, bis Markus es fand und für Arminius ins Lateinische übersetzte; die Rubaiyat, die Vierzeiler des Omar Khayyam, die Arminius eigenhändig kopiert hatte; und sein Lieblingsbuch, die Auszüge aus den Schriften des unvergleichlichen Jalal-ud-Din Rumi, die er selbst aus den Werken Jalal-ud-Dins ausgewählt und kopiert hatte.

Keines dieser Bücher war in der Originalsprache. Die Hermeneutischen Schriften waren ursprünglich auf Griechisch und teilweise in ägyptischen Hieroglyphen geschrieben worden, die Kopie, die Arminius hatte, war in Latein. Das Aramäische Johannesevangelium war natürlich ursprünglich Aramäisch gewesen. Die Rubaiyat des Omar Khayyam waren ursprünglich in Persisch geschrieben und von Anhängern Omars ins Arabische übersetzt worden. Jalal-ud-Din Rumi schrieb auch Persisch, aber seine Arabisch schreibenden Mitbrüder des Mawlawi Ordens hatten seine Werke ins Arabische übersetzt und über die Universitäten der Arabischen Welt und die Arabischen Fakultäten der Universitäten des Abendlandes verbreitet. Durch die Übersetzung hatten die Schriften Jalal-ud-Dins vielleicht etwas von ihrem ursprünglichen Glanz verloren, aber sie waren immer noch glänzend genug, um alles andere zu überstrahlen.

Arminius entschloss sich, das schwierigste Buch zuerst zu lesen und sein Lieblingsbuch zuletzt. Das schwierigste Buch waren die Hermeneutischen Schriften, sein Lieblingsbuch die Schriften des Jalal-ud-Din Rumi. Hermes Trismegistos war der Name, den die hellenistischen Griechen dem altägyptischen Gott Thoth gaben. Thoth war der ägyptische Schreiber der Götter, Schöpfer des geschriebenen Wortes und Patron der literarischen Künste, einschließlich der Heilkunst, Alchimie und Magie. Die Hellenisten identifizierten Thoth mit ihrem griechischen Gott Hermes und nannten ihn „Tris Megistos“, den „Dreifach Größten“, weil er das „Dreifache Paradox“ als die „Heilige Wahrheit“ verkündete. Das Wissen und die Anwendung des Dreifachen Paradoxes ermöglicht einem Hermeneutiker, Gegensätze zu vereinen, auszutauschen und zu überwinden. Durch die Anwendung des „Hermeneutischen Prinzips“ kann ein Hermeneutiker in das Jenseits vordringen, welches für ihn eins mit dem Diesseits wird. Deshalb wurden die hermeneutischen Künste die Künste der göttlich inspirierten Dichter, der Magier, Mystiker, Heilande und Alchimiste.

Arminius wusste, dass der Verfasser der Hermeneutischen Schriften nicht ein Mann namens Hermes Trismegistos war, sondern eine jahrtausendelange Reihe von mystischen Schreibern, die im Geiste von Hermes-Thoth wirkten und schrieben. Der Autor der Hermeneutischen Schriften war also der Geist der jahrtausendealten, esoterischen Schule des Hermes-Thoth, nicht eine bestimmte Person. Arminius nahm an, dass dies auch mit vielen anderen esoterischen und heiligen Schriften der Fall war.

Die Hermeneutischen Schriften schienen schwierig, aber das war nur der Anschein. Sobald man ihr Grundprinzip verstand, konnte man ihre komplizierte, archäische, kryptische und gleichnishafte Sprache leicht entschlüsseln. Der Schlüssel lag im „Ersten Paragraph“ der „Hermeneutischen Erklärung“, der berühmten Smaragdtafel des Hermes Trismegistos:

„Es ist wahr, ohne Falsch und höchst wahr: Das Zuunterste ist zuoberst, und das Zuoberste zuunterst, um das Wunder des Einen Dinges zu erfüllen!“

„Das heißt, dass Gegensätze gegensätzlich und vereint sind!“ schloss Arminius. „Ob und wann wir Gegensätze gegensätzlich halten, und wann vereint, ist unserer Wahl überlassen! Aber der Zustand der Einheit ist immer der Grundzustand! Wenn wir Gegensätze gegensätzlich halten, dann gibt es zwei gegensätzliche Wahrheiten: die These und die Antithese. Wenn wir Gegensätze vereinen, dann gibt es nur eine Wahrheit: die Synthese. Es sind also drei gegensätzliche Wahrheiten: die These, die Antithese, und die Synthese. Jede steht im Gegensatz zu jeder anderen, und alle drei sind gleich wahr! Aber die Synthese ist stets die höhere Wahrheit, weil sie den Grund- und Urzustand darstellt und alle drei enthält!

Die Synthese enthält alle drei: These, Antithese und Synthese! Die These enthält nur sich selbst, und die Antithese enthält nur sich selbst. Aber selbst die können nicht für sich alleine stehen, denn sie sind notwendig, um sich gegenseitig zu bewahrheiten: Die Antithese ist die Wahrheitsprobe für die These, die These ist die Wahrheitsprobe für die Antithese – das ist das Grundprinzip der Wahrheitsprobe in der Mathematik! Natürlich sind die beiden auch austauschbar: Wenn die These zur Antihese wird, dann wird die Antithese zur These! Und das ist selbstverständlich so, weil die beiden in der Synthese vereint sind!“

Arminius hatte das Prinzip der kosmischen Einheit und des Dreifachen Paradoxes oft genug gehört und gelesen: von seinem Lehrer und Mentor Markus, von Guillaume und den Vollendeten des inneren Kreises in Akko, von Mahammata, dem indischen Scholaren, von Fatima, der persischen Tänzerin, die seine Seele gelöst und erlöst hatte, von seinem Freund und Mentor Raschid, von den ehrwürdigen Meistern Thomas von Aquin und Raimundus Lullus, und aus den vielen Büchern, die er in Neapel gelesen hatte.

Aber was er bisher darüber gelernt hatte, war nur die Philosophie des Dreifachen Paradoxes, nur die Theorie der Einheit. Die Hermeneutischen Schriften, die er jetzt zum ersten Mal kontemplativ studierte, lehrten ihm, dass theoretisches Wissen Stückwerk ist, dass theoretisches Wissen mit mystischem Erleben ergänzt werden muss, dass das mystische Erleben der Wahrheit wichtiger ist als das theoretische Wissen der Wahrheit. Die Theorie der Wahrheit war das alchimistische Blei, das Erleben das Gold! Die Theorie war das leere Stroh, das Meister Thomas sein Leben lang gedroschen hatte; das alchimistische Gold war das Körnchen Gold, das er gegen Ende seines Lebens fand und worauf er in Schweigen verfiel. Aber Arminius wollte nicht bis zum Ende seines Lebens warten, er wollte das alchimistische Gold diesen Winter finden! Und sobald er es gefunden hatte wollte er nicht, wie Meister Thomas, in Schweigen verfallen, sondern darüber schreiben! Er wollte das Gold finden, um seinen Mitmenschen das Finden des Goldes zu beschreiben und zu erleichtern!

Das Erleben von Wahrheit war Gnosis. Gnosis war Wissen das nicht durch Theorie alleine übermittelt werden konnte – man musste es erleben! Gnosis war noetisches Wissen, die höchste Art von Wissen, Wissen welches objektiv und subjektiv zugleich ist, Wissen welches man zugleich theoretisch wusste und praktisch erlebte. Man erlebte, was man wusste, man wurde, was man wusste, und blieb es: „Ich bin die Wahrheit!“ sagte Jesus. Er sagte nicht, dass er die Wahrheit wisse – er sagte, dass er die Wahrheit sei! Das, für Arminius, war die höchste Art von Wissen! Das war noetisches Wissen! Das war Gnosis! Das war die Aussage eines praktizierenden Hermeneutikers!

Die Hermeneutischen Schriften sagten ihm, dass theoretisches Wissen, selbst die höchste Art von theoretischem Wissen, nicht Weisheit ist. Weisheit ist, das höchste Wissen theoretisch zu wissen, und es zu erleben, und es zu werden; es zu sein und bleiben, es täglich anzuwenden und es täglich weiterzugeben: das ständige Bewusstsein der kosmischen Einheit und die ständige Anwendung dieses Bewusstseins! Die Impulse, die einem Weisen sagen, was er tun und lassen soll, sind innerlich und intuitiv und kommen von der ätherischen Ebene her, direkt aus dem Bewusstsein der Einheit! Und das Wissen, das aus so einem Bewusstsein hervorgeht, ist unmittelbares, mystisches Wissen: induktives Wissen!

Induktives Wissen ist erlebtes Wissen, in welchem man ein Ganzes erlebt: alle Teile eines zusammenhängenden Ganzen, auf einmal und zugleich, als Synthese, als ein unteilbares, synkretisches Ganzes in einem Zustand von Synthese! Induktives Wissen beruht auf Synthese, deduktives Wissen auf Analyse. Die Induktion gibt direkt und unmittelbar ein, die Deduktion analysiert das Eingegebene. Die eine Methode erlebt die Synthese unmittelbar, die andere nützt das Mittel der Analyse um das Erlebte zu analysieren. Beide Methoden erlangen die Wahrheit, auf gegensätzlichen Wegen. Aber zwischen den beiden besteht ein wesentlicher Unterschied: Die deduktive Methode kann nur das analysieren, was bereits bekannt ist, während die induktive Methode uns das bekannt machen kann, was noch nicht bekannt ist! Beide sind notwendig, beide sind zueinander unerlässlich, beide ergänzen sich, aber die induktive Methode kommt immer zuerst – Induktion kommt vor Deduktion!

Aber selbst das war für Arminius nichts Neues, er war bereits gegen Ende seines Studiums in Neapel zu ähnlichen Schlüssen gekommen. Nahezu alle bahnbrechenden Entdeckungen waren zuerst in der Synthese, durch eine innere Eingebung, in einem Traum oder Wachtraum oder einem mystischen Erlebnis empfangen worden. Erst danach wurden sie analysiert und durch logische Erklärungen logisch fassbar gemacht. Das mathematische oder philosophische Prinzip wurde zuerst als ein synkretisches Ganzes erlebt, und hinterher analytisch zergliedert, um es logisch erklärbar und verständlich zu machen. Die intuitive Eingebung kam immer zuerst, dann die logische Erklärung der Eingebung! Nicht umgekehrt!

Die Weisen hatten Gold empfangen! Aber, weil das Gold der Synthese nicht logisch fassbar ist, mussten die Weisen es zwangsläufig zum Blei der Analyse wandeln. Die armen Menschen, die dann in einer erdrückenden, bleiernen Welt lebten, sollten doch ganz einfach dieses Blei in Gold zurückverwandeln! Arminius hatte sich seinen Kopf mit Blei gefüllt, er war nahe daran, an Bleivergiftung zu sterben! Es war Zeit zu gesunden, es war höchste Zeit für Gold! Diesen Winter musste er das alchimistische Gold finden!

Arminius erlebte einige innere Lichtblicke, während er die Lehrsätze der Hermeneutischen Schriften kontemplativ beschaute. Wennimmer er zu einer durchschlagenden Einsicht kam, war diese Einsicht von einem inneren Aufleuchten begleitet. Diese inneren Blitze lösten ein Wohlgefühl aus. Wenn der weiße Blitz im

Kopf einschlug, dann schoss ein Blitz von Wollust vom Kopf das Rückgrat hinunter und von dort in die Glieder. Die inneren Lichtblicke riefen nicht nur eine geistige Ekstase hervor, sondern auch eine gefühlsmäßige und körperliche. Sie brachten Hochgefühle, aber keine mystische Offenbarung.

Das zweite Buch, das Arminius las und kontemplativ beschaute, war das Aramäische Johannesevangelium. Seine Reaktion zu diesem Buch war anders: er weinte Tränen der Freude und des Erkennens! Dieses Evangelium stellte Jesus anders dar als die vier biblischen Evangelien, in welchen Jesus der Heiland nur vage beschrieben war, und seine Heilmethoden überhaupt nicht. Aber im Aramäischen Evangelium war Jesus als Heilkundiger beschrieben, zusammen mit seinen wunderbaren Heilmethoden und Heilkünsten. Und er war als Mensch dargestellt, als göttlicher Mensch, nicht als übernatürlicher Gott. Seine Wunderkuren schienen nicht übernatürlich oder unmöglich, sondern möglich und wirklich, und sie waren genau beschrieben, als Anleitungen, denen man folgen konnte! Das Aramäische Johannesevangelium war nicht nur geistige Inspiration, es war ein Lehrbuch der Heilkunde, mit genauen, leicht verständlichen und leicht zu folgenden Anweisungen. Es war von weitaus größerem, praktischem Wert als die vier biblischen Evangelien!

Aber es verdrängte die vier Evangelien nicht, es ergänzte sie! Die Bücher des Neuen Testaments, das Aramäische Johannesevangelium, das Thomasevangelium und die anderen Evangelien, die Arminius im Geheimarchiv des Ordens in Akko gelesen hatte, sowie die Ausprüche über Jesus im Koran, und die Lehren des Basiledes, Arius, und anderer christlicher Lehrer; alle diese zusammen vervollständigten das Bild Jesu und malten ihn in leuchtenden Farben, die weit über die Beschränkungen paulinischer Dogmen hinausgingen! Markus, Arminius' jüdischer Lehrer und Mentor, hatte öfters darauf hingewiesen, dass viele Evangelien geschrieben, aber nur vier davon in der Bibel veröffentlicht wurden, und dass diese vier nicht unbedingt die genauesten, schönsten oder besten waren. Sie wurden veröffentlicht, weil sie den Vorurteilen derer, die sie auswählten, am meisten entsprachen! An der Spitze des Konzils, das die vier biblischen Evangelien wählte, stand Bischof Irenäus von Lyon, der als ausgesprochener Gegner der gnostischen Christen und Befürworter der paulinischen Dogmen bekannt war.

Während der Versenkung in das Aramäische Evangelium erlebte Arminius wieder jene ekstatischen Pulse, die innen in seinem Kopf als weiße Lichblitze aufzuckten und als Blitze der Wollust sein Rückgrat hinunter und in seine Glieder liefen. Als er diese ekstatischen Lichtblitze zum erstenmal verspürte, schienen sie ihm bemerkenswert genug, um sie in sein Notizbuch zu verzeichnen. Aber als sein „Winter der Kontemplation" fortschritt, wurden derer so viele, dass er sie nicht mehr aufschrieb.

Die Weihnachtszeit brachte Abwechslung. Die Neuhaus Brüder banden einen Kranz und legten ihn auf den Esstisch der Gaststube. Jeden Adventssonntag nach dem Mittagessen zündeten sie die rote Kerze in der Mitte des Kranzes an. Das Anzünden der Adventskerze war eine Zeremonie, zu welcher Arminius ein besonderes Gebet betete und eine kurze Predigt hielt. Er zitierte die biblischen Vorhersagen über das Erscheinen des Messias, und er predigte über das Innere Erscheinen welches, seiner Einsicht nach, die wesentliche Weihnachtsbotschaft war: Eine innere Geburt Christi – in jedem Menschen! Aber die Brüder und Knechte von Neuhaus waren unorthodoxen Lehren nicht sehr zugänglich, und Arminius war diskret und einfühlsam genug, seine Predigten dem Geiste seiner Zuhörer anzupassen.

Der Heilige Abend war ein Fasttag. Eine halbe Stunde vor Mitternacht machten sie sich zur Christmette auf. Jeder trug eine Laterne. Alle Leute die, zur Christmette gingen, trugen ähnliche Laternen, und als sie den Petersberg hinauf gingen, sahen sie unzählige kleine Lichtlein, die sich langsam und schwankend von allen Richtungen her den Berg hinaufbewegten, auf die hell erleuchtete Peterskirche zu. Aus dem offenen Portal der Kirche leuchtete ein starker, hellgelber Strahl, der all die schwachen Lichtchen anzog und sie, eines nach dem anderen, in sich aufnahm. Ein erhebender Anblick!

Arminius erinnerte sich jenes Heiligen Abends vor vielen Jahren, als er als Siebenjähriger einen ähnlichen Anblick erlebt und plötzlich das Jesuskind gesehen hatte. Er sah das Jesuskind als einen neunjärigen Knaben im weißen Hemd über dem Portal der Dorfkirche von Welterod schweben und die einkehrenden Gläubigen mit ausgestreckten Armen und einem himmlischen Lächeln segnen. Bruder Edmond hatte versucht, ihm diese Vision als eine kindliche Phantasie auszureden, aber Arminius hatte sie nie vergessen. Damals, als Siebenjähriger, war ihm die Erscheinung wirklich. Heute, als 53jähriger, schien sie ihm noch wirklicher. Aber jetzt suchte er größere Visionen! Daran dachte er während der Christmette 1303, und dafür betete er. Arminius, der es stets als Zumutung betrachtet hatte, Gott um einen persönlichen Gefallen zu bitten, betete inbrünstig um eine innere Geburt Christi.

Damals, als er sieben Jahre alt war, hatte ihm Bruder Edmond eingeschärft, dass man sich eine Christusoffenbarung nicht einfach als Weihnachtsgeschenk wünschen kann. Aber Arminius, in seiner kindlichen Unschuld, hatte sich eine gewünscht und hatte sie auch erhalten! Später im Leben war er ein zynischer Intellektueller geworden, der es als lächerlich erachtete, Gott um einen persönlichen Gefallen zu bitten. Jetzt aber, da er einen Teil seiner kindlichen Unschuld wiedergefunden hatte, wünschte er sich eine Christusoffenbarung, von ganzem Herzen und mit ganzer Seele!

Nach der Christmette aßen sie ein traditionelles Mitternachtsmahl, das Bruder Hermann am Tag vorher zubereitet hatte. Dazu gab es Bier, und Hermann schenkte die Krüge ein- oder zweimal nach. Arminius hätte zur Feier des Tages lieber einen Becher Iphofen Schwanberg getrunken, aber er wollte sich nicht absondern, und trank dankbar seinen Krug Bier, mit seinen Mitbrüdern und Knechten in Neuhaus.

Für das Hochamt am Weihnachtsfeiertag waren sie nach Weihersdorf eingeladen. Sie ritten bei Tagesanbruch weg, es lag wenig Schnee, das Reiten ging gut und sie kamen rechtzeitig an. Die Brüder aus Berching und Sallmanndorf waren bereits anwesend. Die Neuhaus Brüder führten ihre Pferde in den Stall und setzten sich zu den anderen in die Kapelle. Dem Anlass gemäß war es eine besonders feierliche Weihnachtsmesse. Arminius war hocherfreut zu hören, dass der Bruder Kaplan in seiner Weihnachtspredigt die innere Geburt Christi als die wesentliche Weihnachtsbotschaft hervorhob.

Nach dem Hochamt gab es ein Festessen, und nach dem Festessen und dem Mittagsgebet gingen alle außer Dietrich und Arminius hinaus in den Hof. „Nicht Kegeln, hoffe ich!“ sagte Arminius.

„Nein, die Kegelbahn ist eingeschneit und außer Betrieb!“ erwiderte Dietrich lächelnd. „Im Winter gehen sie auf den zugefrorenen Teich, zum Eisstockschießen. Das ist so ähnlich wie Kegeln. Nur, anstatt Kegel mit einer Kugel zu schieben, schieben sie Holzstöcke über das glatte Eis. Und wir? Einen Krug klargrünen Frankenwein? Mehr von jenen Gesprächen die kostbarer sind als Gold? Unsere Mitbrüder führen auch erbauliche Gespräche, wenn sie Kegeln oder Eisstockschießen, nur sind ihre Gespräche auf einer anderen Ebene als unsere. Deine Worte zu verstehen, mein lieber Bruder Arminius, erfordert ein Verständnis, welches die meisten unserer Mitbrüder leider nicht haben. Deine erhebenden Reden wären für sie Kauderwelsch!“

„Weisst du überhaupt, wo das Wort ‚Kauderwelsch’ herkommt?“ fragte Arminius.

„Nein,“ antwortete Dietrich lächelnd, „ich spreche diese Sprache nicht sehr gut. Du sprichst gut Kauderwelsch, du solltest es wissen!“

„‚Kaudal’ bezieht sich auf alles, was man rückwärts, also von hinten her, tut. Das Pferd am Schwanz aufzäumen ist kaudal, rückwärts sprechen ist kaudal. Kauderwelsch zu sprechen ist eine verständliche Sprache unverständlich zu sprechen. Manche esoterischen Lehren sind auf eine kryptische Art geschrieben, um zu verhindern, dass sie von Unbefugten oder Uneingeweihten verstanden werden. Die kryptische Sprache der Hermeneutischen Schriften, die ich eben gelesen habe, ist Kauderwelsch für Uneingeweihte. Die Kabbala, die einige meiner Mitbrüder in Akko studierten, ist ähnliches Kauderwelsch. Für Nichtmathematiker ist die Sprache der Mathematik Kauderwelsch. Die nichtmathematischen Studenten der Universität Neapel nannten die Kunst des arabischen Mathematikers Al Gibera, auch Algebra genannt ‚All Gibberisch’, was so viel wie ‚Kauderwelsch’ bedeutet. Die Lehren des italienischen Mathematikers Fibbonacci, der die arabischen Ziffern und die arabische Mathematik in das Abendland einführte, wurden in Neapel ‚Fibben’ genannt, was so viel wie ‚Lügen’ bedeutet. Die Weisheit und das Wissen, welches im Laufe der letzten 300 Jahre aus der arabischen Welt zu uns kam, wird von vielen Christen, selbst von denen die sich hochgebildet wähnen, immer noch als Kauderwelsch abgetan!“

„Und du hast dich dazu auserwählt, uns christlichen Barbaren dieses arabische Kauderwelsch verständlich zu machen?“ fragte Dietrich scherzhaft.

„Ja, ich habe mich dazu auserwählt, die arabischen Künste den Christen nahezubringen!“ bejahte Arminius ernsthaft.

„Sie werden dich am Scheiterhaufen rösten, wenn du arabische Magie verbreitest!“ warnte Dietrich.

„Nein!“ erwiderte Arminius mit Bestimmtheit, „nicht wenn meine Magie stark genug ist! Vergiss nicht, ich bekämpfe Feuer mit Feuer; ich bekämpfe das Feuer am

Scheiterhaufen mit dem Pfingstfeuer! Wenn mein Feuer stärker ist als das ihre, dann brennen sie, nicht ich!"

„Selbst Jesus wurde hingerichtet, sieben Wochen bevor die Leute, die er entflammte, im Pfingstfeuer brannten!" warnte Dietrich.

„Aber er entflammte sie!" rief Arminius heftig aus. „Ob diejenigen, die ich entflamme, vor oder nach meinem Tode im Pfingstfeuer brennen, ist mir egal! Wichtig ist, dass sie überhaupt brennen, dass ich die göttliche Flamme irgendwie verbreite! Selbst wenn ich nur einen Menschen entflamme, dann war mein Leben nicht vergebens!"

„Mein teurer Freund, du hast bereits mindestens einen Menschen entflammt!" sagte Dietrich leise und tiefernst. „Du sprichst zu ihm!"

„So lange du mich nicht verehrst," sagte Arminius leichthin, „das könnte ich nicht vertragen! Sobald du mich verehrst, sehe ich mich gezwungen, dich zu beleidigen, so dass du mich nicht mehr verehrst! Ich will keine Jünger um mich haben, nur Brüder und Freunde. Lasst uns Brüder und Freunde bleiben!"

„Hab keine Angst, Bruder Arminius," sagte Dietrich und lächelte wieder. „Ich will genau so wenig dein Jünger sein wie du mein Meister sein willst. Aber ich bewundere die Leichtigkeit, mit der du komplizierte, esoterische Begriffe und Ideen jonglierst!"

„Die Bewunderung ist gegenseitig, Bruder Dietrich! Ich bewundere die Leichtigkeit, mit der du deine Mitmenschen jonglierst! Der Umgang mit Menschen war schon von jeher meine Schwäche. Obwohl es niemals meine Absicht war, auf meine Mitmenschen herabzusehen, galt ich schon immer als hochmütig. Deine Stärke ist der Sozialverkehr, meine die Philosophie. Ich ziehe aus deiner Stärke, du aus meiner. Alle Menschen sollen geben worin sie stark sind, und nehmen worin sie schwach sind. Das Geben ist bekanntlich seliger als das Nehmen! Jeder Mensch hat Stärken und Schwächen, jeder hat etwas Wertvolles zu geben und zu empfangen!"

Dietrich versuchte Arminius' Kompliment abzutun. „Soziale Fähigkeiten sind nichts, sie kommen von selbst, im mitfühlenden Umgang mit Menschen. Aber philosophische Meisterschaft erfordert viel Sinnen und Denken, einen klaren Kopf und eine leidenschaftliche Hingabe zur Philosophie!"

„Wir alle denken, dass unsere Stärken natürlich und unsere Schwächen unnatürlich sind!" gab Arminius zurück. „Für mich ist philosophische Klarheit mühelos, während reibungsloser Sozialverkehr viel Mühe erfordert. Introversion ist der Mutterboden der Philosophie! Deshalb fällt es einem in sich gekehrten Menschen wie mir leicht, philosophisch zu sein. Ein extrovertierter Mensch, so wie du, findet es leicht, gesellig zu sein, denn Extroversion ist der Mutterboden des Sozialverkehrs. Das Ideal, wie immer, ist das Gleichgewicht zwischen den beiden. Ich brauche deine Extroversion, um mein Gleichgewicht zu finden, du brauchst meine Introversion um dein Gleichgewicht zu finden!"

„Da bist du schon wieder dort, wo ich dich bewundere, Bruder Arminius! Manche bezichtigen dich vielleicht des Hochmutes, aber du rechtfertigst immer beide Seiten. Du weißt, dass sich Hochmut und Demut gegenseitig ergänzen, aber Ich bezweifle, dass diejenigen, die dich des Hochmutes bezichtigen, dies wissen! Du verteidigst immer den Protagonisten und den Antagonisten, mit gleicher Überzeugung. Du rechtfertigst die These und die Antithese, zugleich!"

„Ja was denn sonst?" wunderte sich Arminius. „Es bedarf beider!"

„In deinem geklärten Geiste, ja!" antwortete Dietrich. „Aber leider denken die meisten Menschen nicht so wie du! Du bist eine verschwindend kleine Minderheit, Bruder Arminius! Und weil du anders denkst, versteht die Mehrheit dich nicht. Wenn du von der Mehrheit verstanden werden willst, dann musst du die Sprache der Mehrheit sprechen. Und, um die Sprache der Mehrheit zu lernen, musst du dich auf den Boden der Extroversion begeben. Wenn du die Sprache der Mehrheit nicht sprichst, dann bleibst du ungehört!"

„Deshalb bevorzuge ich zu schreiben. Ich bin kein Prediger, ich bin ein Schreiber. Ich schreibe um gehört zu werden!"

„Ja, ich weiß warum du schreibst: ‚LITTERA SCRIPTA MANET', das geschriebene Wort verbleibt. Aber, wenn du kein gern gehörter Sprecher bist, dann wirst du auch kein gern gelesener Schreiber sein! Um erfolgreich zu schreiben, muss man zuerst erfolgreich sprechen! Du musst zu dem Volk sprechen um herauszufinden, was das Volk hören will! Wenn du von den Leuten gelesen werden willst, dann musst du zuerst herausfinden was die Leute hören wollen!"

„Wenn wir danach gehen, dann kommt nie etwas Neues heraus!" konterte Arminius. „Wie kann das, was noch nicht bekannt ist, populär sein?"

„Dann muss man das Neue eben in populären Worten darlegen! Das Sehnen und Suchen nach Besserem und Neuerem ist eine menschliche Grundeigenschaft, jeder strebt danach! Wenn man neue Ideen lehren will, dann muss man sie eben in althergebrachten Worten lehren!"

„Das ist gar nicht so leicht!" gab Arminius zurück. „Wie kann man neue Begriffe mit alten Begriffen darlegen, wenn die neuen Begriffe die alten umwerfen?"

„Selbst neue Begriffe lassen sich mit althergebrachten Worten darlegen!" beharrte Dietrich. „Neue Ideen kann man mit altvertrauten Worten erklären! Du kommst nicht umhin, das zu lernen, was andere hören wollen!"

„Das lerne ich von dir, Bruder Dietrich! Du hast dein Ohr am Munde des Volkes, du sagst mir was populär ist! Ich lerne von dir, du lernst von mir! Jeder von uns ist stark auf einer Seite ohne einseitig zu sein. Wir sind zweiseitig einseitig: jeder von uns beiden versucht, sich in dem zu stärken, worin er schwach ist, jeder sucht das zu wissen, was er noch nicht weiß! Ich könnte nicht fruchtvoll mit jemandem sprechen, der nur einseitig einseitig ist."

„Aber du schreibst für Leute, die einseitig einseitig sind," warnte Dietrich, „denn die meisten Menschen sind es! Wenn du von ihnen gelesen werden willst, dann musst du herausfinden, was sie hören wollen. Und nachdem du es herausgefunden hast, wirst du feststellen, dass sie ihre Vorurteile bestätigt haben wollen! Kaum jemand will das wissen was er nicht weiß, oder woran er nicht glaubt! Niemand ist an der Antithese interessiert! Die meisten Menschen glauben nicht, dass die Antithese die These bewahrheitet!"

„Aber das ist das Grundprinzip der Wahrheitsprobe in der Mathematik!" erwiderte Arminius erstaunt. „Die gesamte Wirklichkeit beruht auf mathematischen

Vorgängen und ist mathematisch erklärbar. Wir leben in einem mathematischen Universum! Gott und seine Schöpfung sind durchaus mathematisch!"

„Aber die meisten Menschen sehen das nicht ein!" konterte Dietrich.

„Dann werde ich sie verführen?" gab Arminius zurück.

„Womit?"

„Mit dem, was sie am meisten wollen: Unsterblichkeit!"

Ihre Weihnachtseinladung erstreckte sich bis zum Stephanstag und schloss eine Übernachtung in Weihersdorf ein. Die Brüder, müde von den Festlichkeiten des Tages und der vorhergehenden Nacht, legten sich bald nach dem Abendgebet auf die Strohsäcke ihrer Alkoven. Nur Dietrich und Arminius, vertieft in ein anregendes Gespräch und einen zweiten Krug klargrünen Frankenwein, vergaßen dass sie müde waren. Sie sprachen über den Sinn und Unsinn der Kreuzzüge, den Fall von Akko, den Fall des Heiligen Landes und die neue Bestimmung des Templerordens, jetzt, nachdem ein christliches Palästina kein realistisches Ziel mehr war. Arminius führte das Wort.

„Ich denke, wir sollten die Prophezeihung des ehrwürdigen Wolfram erfüllen und die Tempelritter werden, die er in seinem Gralsepos darstellt. Du weißt ja dass, in Wolframs ‚Parzival', Gralsritter und Gralsdamen vom Gralskönig in die Welt gesandt wurden, um die Völker der Welt für den Gral zu gewinnen. Die Frauen taten es öffentlich, die Männer heimlich. Und wenn ein Gralsritter als solcher erkannt wurde, dann musste er sofort zum Gralsschloss zurückkehren!"

„Aber wie?" fragte Dietrich. „Wie würden wir die Völker der Welt für den Gral gewinnen? Und warum tun es die Gralsdamen öffentlich und die Gralsritter heimlich? Ich habe mich darüber gewundert seit ich den Parzival zum erstenmal hörte? Der ehrwürdige Wolfram gibt uns keine Antwort darauf. Was ist deine Antwort?"

„Ich werde deine erste Frage zuerst beantworten", sagte Arminius. „Wir sollen geistige Erleuchtung zu den regierenden Häusern und Institutionen der Welt bringen, so dass sie nicht nur im Namen sondern auch im Geiste Gottes regieren. Wir sollen eine Theokratie erschaffen! Nicht einen Gottesstaat der einer bestimmten Religion dient, sondern einen echten Gottesstaat, eine Theokratie der alleinschließenden Gottheit: Regierung im Geiste der Gottheit! Und wir sollten es so kühn und leidenschftlich wie möglich tun, von ganzem Herzen und mit ganzer Seele, unter vollster Verwendung unserers Kapitals, unserer Geschicke und unserer Künste!

Aber wir Gralsmänner müssen es heimlich tun – und hier komme ich zur Beantwortung deiner zweiten Frage. Erinnerst du dich an mein Gedicht ‚DER GUTE MEISTER'? ‚Ein guter Meister ist ein toter Meister!' hat mehrere Bedeutungen. Eine davon ist, dass ein guter Meister nicht als solcher hervortreten darf. Die Sufisten haben ein Geleitwort: ‚Ein Sufist ist kein Sufist!' Auch dies hat mehrere Bedeutungen. Eine davon ist: Ein Sufist, der sich als Sufist aufspielt, ist kein echter Sufist! Oder, deutlicher gesagt, ein wahrhaft göttlich inspirierter Meister der Esoterik verbreitet seine Lehre so meisterhaft, dass er nicht als Meister in Erscheinung tritt! Esoterische Meisterschaft ist, unter anderem, eine Meisterschaft der Dienlichkeit. Ein esoterischer Meister, der sich als Meister aufspielt, oder von anderen als Meister verehrt wird, ist seiner Lehre nicht dienlich!

Man denkt gemeinhin, dass die Meisterschaft der esoterischen Lehre in der Esoterik das wichtigste sei, aber es ist nur eine notwendige Nebensache. Die Hauptsache ist der Dienst und die Unterwerfung an das Ziel der allgemeinen Erleuchtung! Und die Vorbedingung dafür ist allgemeine Liebe! Nur wer sich der göttlichen Einheit bewusst ist, und die Liebe der göttlichen Einheit verspürt, und im Bewusstsein dieser Einheit und dieser Liebe lebt, denkt, handelt und lehrt, kann ein wirksamer Gralslehrer sein! Ein solcher Lehrer hebt sich selbst nicht hervor! So ein Meister ist ein guter und toter Meister!

Ich denke Wolfram sagte uns folgendes: Wenn ein Gralsritter, der draußen in der Welt lehrt, vergessen hat, dass selbstloser Dienst am Nächsten der wichtigste Teil seiner Mission ist, und als Gralslehrer erkannt und verehrt wird, dann ist er seiner Mission nicht mehr dienlich und muss sofort zum Gralsschloss zurück! Frauen, die natürlicherweise demütiger sind als Männer, haben dieses Problem der Überheblichkeit nicht, oder nicht zum gleichen Grade. Außerdem können Frauen den Gral durch ganz andere Mittel verbreiten, Mittel deren wir Männer unfähig sind!

Wir Männer sollen den Gral heimlich verbreiten, weil wir für die Machthaber der Welt eine Drohung darstellen! Machthaber regieren durch Macht! Wer ihnen mit einer weit überlegenen Macht kommt, der wird zum Rivalen, den man bekämpfen und vernichten muss! Die Machthaber der Welt sind zwar den Lehren der überlegenen Macht offen, aber nicht den Lehrern! Deshalb müssen sich die Lehrer im Hintergrund und ihre Lehren im Vordergrund halten!

Machthaber scheuen weise Männer, aber nicht weise Frauen! Ganz im Gegenteil, sie lieben sie, besonders wenn sie von diesen Frauen geistig und leiblich verführt werden! Weise Frauen können den Gral offen verbreiten, denn sie sind natürlich unterwürfiger als wir Männer, und sie haben den Zauber der weiblichen Sexualität, die Macht der erotischen Liebe und Leidenschaft: die transformative Macht des Eros! Wenn ein Mann einmal zur erotischen Ekstase erregt und sein Herz erweckt und erweicht ist, dann ist er der göttlichen Ekstase weit offen. Erotische Liebe führt dann zur göttlichen Liebe und zum Bewusstsein der göttlichen Einheit!

Auf der Gefühlsebene ist Leidenschaft gleich Leidenschaft, Ekstase ist gleich Ekstase, ein gefühlsmäßiger Gipfel ist ein gefühlsmäßiger Gipfel, selbst wenn er durch die erotische Liebe erreicht wurde. Wenn dieser Gipfel einmal erreicht ist, dann kann die erotische Ekstase leicht zu einer göttlichen gewandelt werden. Leidenschaftlich erotische Liebe kann leicht leidenschaftlich göttlich werden! Die Gralsdamen haben die Macht, ihre Sinnlichkeit und Sexualität in den Dienst des Grals zu stellen! Auf diese Art belehrt zu werden scheint den Machthabern nicht drohend! Ganz im Gegenteil, auf diese Art belehrt zu werden ist entzückend und deshalb hochwirksam!

Kennst du die Baraka, das sufistische Symbol der Erleuchtung und der göttlichen Gnade, sie ist auch das sufistische und katharische Symbol für den Gral?"

„Nein," antwortete Dietrich, „sag's mir!" „Du kennst sie, aber unter einem anderen Namen. Es ist die Vesica Piscis, das Spitzbogenoval senkrecht dargestellt. Die Baraka ist eine häufige, mystische Vision der Christen, Muslime, Katharer, Essenen und Nazarener, sie erschien Mystikern aller Glaubensrichtungen und aller Zeiten. Die Baraka ist ein weibliches Symbol. Sie symbolisiert die Liebe der Vereinigung: zwischen Mann und Weib, zwischen Schöpfer und Geschöpf – zwischen Gegensätzen schlechthin! Die Baraka symbolisiert die Sehnsucht zur Vereinigung, die in jedem Menschen schlummert und darauf wartet erfüllt zu werden! Die Baraka symbolisiert den weiblichen Leib und den weiblichen Geist, das weibliche Prinzip, die weibliche Gottheit: Astarte die Erdmutter; Sophia, Mitschöpferin und Gespielin Jehovas; Maria, die Mutter Gottes; Aphrodite oder Venus, Göttin des Eros; Maria die Magdalenin, Jesus' Mitapostolin, Ehefrau und Mutter seiner Kinder; und andere. Die Baraka feiert den weiblichen Leib und den weiblichen Geist, als Bringer ekstatischer und transformativer Liebe!

Aber die Baraka bedeutet noch viel mehr: göttliche oder mystische Empfängnis und Geburt, oder Wiedergeburt; geistige Empfängnis und geistige Geburt; schöpferische Empfängnis und schöpferische Geburt, und dergleichen mehr.

Wolfram ließ die Gralsdamen, als Trägerinnen der Baraka, offen in die Welt gehen, um die Machthaber zu heiraten oder ihre Konkubinen zu werden, und sie durch die sanfte Macht der Baraka zu beinflussen, in leiblicher und seelischer Hinsicht. Er wollte, dass die Gralsdamen ihren weiblichen Zauber, ihre Sexualität und Sinnlichkeit in den Dienst des Grals stellen!

Aber für uns Männer ist das nicht möglich, wir leuchten mehr auf der intellektuellen Ebene. Wir beinflussen andere Männer nicht durch erotische Leidenschaft sondern durch geistige und künstlerische. Deshalb müssen wir sanftmütig und demütig sein! Und was andere Männer sehr beeindruckt ist unsere Tapferkeit und unser Geschick mit dem Schwert! Wenn wir zeigen, dass Diener Gottes außergewöhnlich tapfer sein können und ihre Schwerter gut zu gebrauchen wissen, dass demütige, sanftmütige, liebevolle und mitleidsvolle Männer überlegene Kämpfer sein können, dann betrachten sie unsere Unterwürfigkeit, Demut und Liebe nicht als Schwäche an sondern als Stärke! Dadurch können wir sie besonders beeindrucken und beinflussen!

Der Hauptgrund aber, heimliche Gralslehrer zu sein, ist das Messianische Geheimnis. Der Grund für das Messianische Geheimnis ist die Messianische Botschaft. Diese Botschaft ist die der Einheit, sie verkündet, dass Geschöpf und Schöpfer eins sind. Der Sinn der Messianischen Botschaft ist nicht, den Botschafter als göttlich hervorzuheben, sondern die göttliche Einheit zu verkünden, und die gesamte Schöpfung als göttlich hervorzuheben! Der Messias ist eine Verkörperung und ein Verkünder der alleinschließenden Gottheit, deshalb darf er nicht als Einzelmensch auftreten und sich als Einzelmessias aufspielen!

Jesus selbst sagte, dass sich ein Messias geheimhalten müsse. Im Matthäusevangelium steht geschrieben: ‚Da gebot er seinen Jüngern, dass sie niemand sagen sollten, dass er, Jesus, der Messias sei!' Aber später wurde Jesus doch als Der Messias hervorgehoben! Deshalb haben wir seine wesentliche Botschaft verfehlt!

Jeder Mensch ist eine einmalige Ausgabe Gottes! Deshalb ist die Verbindung zwischen Gott und dem Menschen für jeden Menschen einmalig, je nach der Einmaligkeit des Einzelnen. Jeder Mensch, mit der Hilfe Gottes, erschafft seine eigene

Kommunion mit Gott! Niemand sollte ihm da was dreinreden! Jeder muss sein eigener Messias sein! Keiner kann ein Messias für andere sein! Wer sich als Messias für andere aufspielt, verhindert das Erscheinen des Messias in anderen und ist der Messianischen Botschaft nicht dienlich! Er muss aufs Gralsschloss zurück!

Selbst wenn sich ein Messianischer Botschafter nicht hervorhebt, selbst wenn er nur von seinen Nachfolgern und Verehrern hervorgehoben wird, ist er seiner Botschaft mehr schädlich als dienlich! Blinde Nachahmung ist nichts weiter als Blindheit! Wer einem äußeren Messias blindlings folgt, kann seinen inneren nicht finden! Der äußere Messias schließt den inneren aus! Der Messias für alle ist das größte Hindernis für den Messias in jedem! Deshalb muss ein Gralsritter, der als solcher erkannt wird, sofort zum Gralsschloss zurück!

Von alledem abgesehen werden die, die wir verehren, oft durch übermäßige Verehrung verdorben. Auch wenn sich ein Messias nicht selbst hervorhebt, selbst wenn er bescheiden, demütig und sanftmütig ist und nur von seinen Verehrern hervorgehoben wird, besteht dennoch die Gefahr, dass er durch übermäßige Verehrung verdorben wird! Die Geschichte der Menscheit ist voller Messiane, die ihre Geistesmacht missbrauchten und deshalb der Messianischen Botschaft mehr hinderlich als dienlich waren! Wie ich bereits zur Genüge sagte, verhindert oder erschwert die Verehrung eines äußeren Messias das Erscheinen des inneren! Die Natur der Messiansichen Botschaft ist solcherart, dass sie den Botschafter verneint! Der Botschafter muss sich der Botschaft unterordnen, er muss bereit sein, sich für sie aufzuopfern! – Das ist der Sinn der Aufopferungsgleichnisse in allen Messiaden, die jemals geschrieben wurden und weiterhin geschrieben werden! Deshalb muss ein Gralsritter, wenn er als solcher erkannt wird, sofort ins Gralsschloss zurückkehren!

Außerdem ist kein Messias absolut weise! Selbst ein hocherleuchteter Messias hat Vorurteile, selbst Gott macht Fehler! Wenn wir nur einen Messias haben, dann werden seine Vorurteile allgemeingültig! Je mehr Messiane, desto besser! Jeder ein Messias, am besten! Das Endziel eines guten Messias ist in jedem Menschen den Messias zu erwecken – dies ist das Zweite Erscheinen! Deshalb darf ein echter Messias nicht als solcher in Erscheinung treten! Deshalb darf ein Messias keiner sein!

Das ist, meiner Ansicht nach, was der ehrwürdige Wolfram sagen wollte, aber ich weiß es nicht genau. Ich aber sage genau, dass der Templerorden sich darauf konzentrieren soll, das Licht der Gottheit zu verbreiten, durch mystische und intellektuelle Erleuchtung. Wir sollten unsere Mitmenschen dazu anregen und sie herausfordern, auf innere Pilgerreisen zu gehen um ihren inneren Messias zu finden! Wir sollten ihnen Zufluchts- und Meditationsstätten zur Verfügung stellen und Meditationsseminare abhalten! Wir sollten ihnen die innere Pilgerreise nach Kräften erleichtern, sie auf dieser Reise führen, ihnen beistehen und sie schützen!

Die innere Pilgerreise war schon von jeher das geheime Ziel unseres inneren Kreises! Unser offizielles Ziel war, Pilger zu den heiligen Stätten des Heiligen Landes zu führen, und unser offizielles Ziel war Vorwand und Gleichnis für unser heimliches Ziel!

Jetzt, da unser offizielles Ziel nicht mehr erreichbar ist, sollten wir uns ganz und gar auf unser heimliches Ziel konzentrieren. Wir sollten ein rein mystischer Orden werden, ein Einweihungsorden, der sich ausschließlich auf die mystische Erweckung der Menschheit konzentriert. Ein Orden von christlichen Sufisten, ein Orden von reinen Mystikern, der sich die mystische und intellektuelle Erleuchtung der Menschheit zum Ziel macht!"

Sie schwiegen lange. Schließlich sagte Dietrich: „Denkst du denn, dass der Heilige Vater so einen Einweihungsorden zulassen würde, einen Orden von reinen Mystikern, der sich ausschließlich auf die mystische und intellektuelle Erleuchtung der Menschheit konzentriert?"

„Wahrscheinlich nicht!" antwortete Arminius. „Es sei denn, wir entflammen den Papst und seinen Klerus zuerst, mit dem Pfingstfeuer."

„Und was wird aus uns, wenn sie nicht brennen? Der Papst und sein Klerus sind nicht so leicht zu entflammen wie das gewöhnliche Volk!"

„Nein, der Papst und sein Klerus sind nicht so leicht zu entflammen!" stimmte Arminius überein.

„Und wenn es uns nicht gelingt, sie zu entflammen, dann verbrennen sie uns!" warnte Dietrich. „Wer mit der göttlichen Flamme spielt, der riskiert es, am Scheiterhaufen verbrannt zu werden!"

„Ja, aber das macht uns nichts aus, denn wir wurden im Pfingstfeuer geläutert", sagte Arminius darauf. „Wer einmal durch das Pfingstfeuer ging, dem kann das Feuer am Scheiterhaufen nichts mehr anhaben. Das Pfingstfeuer macht uns gegen den Scheiterhaufen immun! Der Phönix, einmal verbrannt, wird feuerfest! Sie können ihn so oft wiederverbrennen, wie sie wollen, er ist nicht mehr brennbar. Wenn sie uns auf dem Scheiterhaufen verbrennen, dann brennen wir in Ekstase, denn wir wissen genau, dass sie uns nicht verbrennen können!"

Dietrich schüttelte sich. „Ich bin nicht sicher, dass ich in Ekstase sterben könnte!"

„Ich auch nicht!" stimmte Arminius überein. „Selbst Jesus starb in Angst und Qual, aber auch in Ekstase. Die Möglichkeit eines qualvollen Feuertodes hält mich nicht von meinem Ziel ab! Ich habe fest vor, das höchste Ziel zu erreichen, für mich, für unseren Orden, und für die Menschheit!"

Der Weinkrug war leer geworden, das Thema erschöpft, und Dietrich und Arminius legten sich zu ihren schlafenden Brüdern. Am nächsten Morgen läutete das Glöckchen der Templerkapelle, zuerst zum Frühgebet, dann zur Frühmesse. Nach der Frühmesse ritten die auswärtigen Brüder nachhause. Dietrich verabschiedete sie. „Non nobis, Domine! Non nobis, sed Nomini Tuo da gloriam!"

„Non nobis, Domine!" erwiderten die scheidenden Brüder einstimmig und ritten heim.

Hermann der Koch war schon am Vortag nach Neuhaus zurück geritten, um für das Stephansfest vorzubereiten. Wie alle Feudalherren, bewirteten die Templer ihre Leibeigenen am Stephanstag. Pünktlich mit dem Elfuhrläuten füllten die leibeigenen Männer, Frauen und Kinder die Gasstube von Neuhaus. Bruder Hermann und die Templerknechte servierten dünne Streifen von gekochtem Rindfleisch mit

Meerrettichsoße, Schweinebraten mit Obst und Gemüse geschmort, Sauerkraut und Brot, Bier für die Männer, gesüßte Milch für die Frauen und Kinder, und Weihnachtsstollen für alle. Ein Backofen voll Stollen war einige Tage vorher für diesen Anlass gebacken worden. An diesem Tag durften die Leibeigenen solange in der Gaststube bleiben wie sie wollten, und die Männer bekamen soviel Bier wie sie mochten. Aber selbst an diesem großzügigen Tag bekamen Betrunkene kein Bier. Wer offensichtlich betrunken war, der bekam nichts mehr!

Nach den Weihnachtsfeiertagen versenkte sich Arminius wieder in seinen geliebten Jalal-ud-Din Rumi. Er wurde trunken von Jalal-ud-Dins Poesie! Er las sie, er durchsann sie und meditierte über sie, er lebte und erlebte sie. Er konnte nichts anderes mehr denken! Er verbrachte ganze Tage oder Nächte um ein Gedicht von Jalal-ud-Din zu beschauen, und ruhte nicht, bis ihm der Sinn klar geworden war, bis Jalal-ud-Dins Wahrheit in ihm lebendig und seine persönliche Wahrheit geworden war!

Jalal-ud-Din hielt Arminius im Bann und ließ ihn nicht mehr los. Er war in einem nahezu ständigen Trancezustand. Aber seine Kontemplationen waren überdeutlich! Es war als ob die alltägliche Wirklichkeit unwirklich und die kontemplativen Tagträume wirklich geworden wären; er verrichtete seine täglichen Pflichten wie im Traum. Und es regnete Einsichten! Ekstatische Blitze von Einsicht zuckten mit zunehmender Häufigkeit in ihm auf, wie Blitze in einem Nachtgewitter. Er fühlte sich wie in Dunkelheit, Regen und Sturm, von häufigen Blitzen unterbrochen, die kurzfristig die Welt mit einer überhellen Klarheit erleuchteten. Aber die Dunkelheit zwischen den Blitzen wurde dadurch noch dunkler und unerträglicher. Arminius sehnte sich nach Licht, nach ständiger Klarheit!

Er schwang zwischen leidenschaftlichen Extremen hin und her, von Ekstase zu Verzweiflung, und von Verzweiflung zurück zu Ekstase. Mit jeder Schwingung schwang er weiter und höher. Er wusste, dass er eines Tages, sobald er weit und hoch genug geschwungen war, ganz einfach von der Schaukel weg ins Nichts springen und fliegen würde. Er fühlte sich wie ein flügger Falke, der oben am Rande eines Felsenriffes steht und bereit ist, sich in den Abgrund zu stürzen. Gleich einem flüggen Falken, der nie vorher geflogen war, wusste Arminius instinkiv, dass er ganz einfach abspringen und fliegen würde, wenn er dazu reif war. Er verließ sich auf seine Geistesführer, auf Jalal-ud-Din Rumi und Jesus Christus, ihn irgendwie wissen zu lassen, wann es Zeit zum Fliegen sei.

Arminius hatte Jalal-ud-Din Rumi und Jesus Christus als seine Geistesführer erwählt. Jalal-ud-Din hatte ihn verlockt, und er folgte ihm. Jalal-ud-Din war seine Weiße Schwanfrau geworden, er hatte sich entschlossen, ihm auf Gedeih und Verderb in den Berg zu folgen, ob sich der Berg hinter ihm schließen würde oder nicht! Jalal-ud-Din hielt Arminius im Bann und ließ ihn nicht mehr los.

Jalal-ud-Din verwirrte ihn auch. Er zerschmetterte seine intellektuellen Gewissheiten, eine nach der anderen, bis nichts mehr übrig blieb. Er enkleidete ihn Stück für Stück, bis auf das nackte Selbst. Seine Begriffe, Ideen, Ideale, Grund- und Glaubenssätze schwanden wie der Frühnebel in der Morgensonne. Was übrigblieb war eine grundlegende Gewissheit, eine Gewissheit in Gott, und an seine Verbundenheit mit Gott. Diese Gewissheit half ihm durch das Dunkel und die Stürme, und die immer häufiger werdenden Lichtblitze versprachen mehr Klarheit und Licht.

Arminius rang mit Jalal-ud-Din. Er segnete ihn, er verwünschte ihn, aber er kam nicht von ihm los. Er versuchte verzweifelt, ihn zu verstehen. Aber gerade wenn er sich dessen sicher war, warf ihm Jalal-ud-Din weitere Ungewissheiten in den Weg. Jalal-ud-Din höhnte und verlachte ihn, aber er kam nicht mehr von ihm los. Jalal-ud-Din wurde zu dem süssen Gift, das er in seinen Dichtungen besingt, ein Rauschgift, dem Arminius hoffnungslos und hoffnungsvoll verfallen war, ein Gift, das ihn entweder vernichten oder erleuchten würde. Jalal-ud-Din zu folgen war eine Sache von Leben und Tod geworden, er würde ihm entweder zum Ursprung folgen oder im Versuch sterben!

Sein Liebeskampf mit Jalal-ud-Din wurde vorübergehend vom Lichtmesstag unterbrochen. Lichtmess war der zweitwichtigste Winterfesttag, aber mehr aus sekulären Gründen. Es war der Tag, an dem die freien Knechte ihren Jahreslohn erhielten, ihre Arbeitsstelle wechselten oder sich für ein weiteres Jahr verdingten. Lichtmess war auch der Tag, an dem alle noch ausstehenden Schulden des vergangenen Jahres getilgt wurden.

Arminius und Johannes saßen in der Gaststube von Neuhaus, mit Kontobuch und Kasse. Zuerst zahlten sie den Knechten ihren Jahreslohn. Die Knechte quittierten den Erhalt ihres Geldes mit einem X im Kontobuch, gelobten feierlich ein weiteres Jahr zu dienen, tranken den Krug Bier, den Hermann ihnen einschenkte, und hatten es eilig wegzukommen. Die Stadt Berching hielt am Lichmesstag ihren großen, jährlichen Pferdemarkt. Pferde, Pferdehändler, Pferdeliebhaber und Käufer, Fuhrleute und Pferdeknechte von nah und fern kamen an Lichtmess zum Rossmarkt nach Berching. Die Templerknechte waren stolz darauf, Pferdeknechte zu sein, für sie war es Ehrensache, dem Rossmarkt beizuwohnen. Außerdem ging es beim Rossmarkt im Bärenbräu immer hoch her. Dass sie dort einen Teil ihres schwerverdienten Jahresgehaltes ausgeben würden, gehörte zur Sache.

Der Sandmüller kam mit seinem Kästchen von Pfennigen, die er das Jahr über für den Sand eingesammelt hatte, einen Pfennig pro Karrenladung, zwei pro Wagenladung. Wagen waren damals bei den Bauern noch nicht üblich, nur die Herren und Kaufleute hatten vierrädrige Wagen, die Bauern hatten zweirädrige Karren. Johannes zählte die Pfennige, gab dem Sandmüller ein Zehntel davon, steckte den Rest in die Kasse, trug die Beträge ins Kontobuch ein und ließ den Sandmüller den Erhalt seiner Pfennige mit einem X quittieren. Jeder, der am Lichtmesstag zur Abrechnung nach Neuhaus kam, erhielt einen Krug Bier. Der Sandmüller steckte seine Pfennige ein, trank sein Bier, war aber umsichtig genug, seine Pfennige nicht zum Berchinger Rossmarkt oder in die Schenken der benachbarten Dörfer zu tragen.

Die leibeigenen Bauern, die ihren Zehnten für das vergangene Jahr noch nicht gezahlt hatten, kamen und zahlten ihn. Die meisten zahlten ihn mit Getreide. Die Waage stand in der Mitte der Gaststube. Petrus und Jakobus besorgten das Wiegen, Johannes führte Buch, Hermann schenkte ein und Arminius sah zu.

Den ganzen Tag war Kommen und Gehen. Handwerker kamen und kassierten, was ihnen schuldig war, und Johannes ließ sie ihr X in das Kontobuch quittieren. Der Holzhändler kam und zahlte für das Bauholz, das er im Laufe des vergangenen Jahres erhalten hatte. Der Ritter von Holnstein kam, um sein Biergeld zu kassieren.

Der Herr von Holnstein brachte eine 150 Jahre alte Pergamentrolle mit sich, die ihm und seinen Vorfahren als das Bierkonto für die Komturei Thannbrunn gedient hatte. Sie enthielt, in den schwerfälligen Handschriften der Ritter von Holnstein, die Anzahl der Fässer geliefert, an welchen Daten, und die Unterschriften der Templer von Thannbrunn. Arminius quittierte den Empfang von 21 Fässern Bier im Jahre 1303. Das THANNBRUNN TEMPLER BIERKONTO, wie das Dokument in römischen Großbuchstaben betitelt war, war um eine historische Unterschrift reicher geworden. Johannes zahlte dem Ritter, der den Erhalt des Geldes mit seiner Unterschrift im Kontobuch quittierte. Arminius bot ihm einen Becher Frankenwein an, aber der Ritter lehnte höflich ab und sagte, dass er lieber sein Bier trinke. Daraufhin servierte ihm Hermann einen Krug Bier, Brot und Käse, mit Salz und Pfeffer.

Nach Lichtmess versenkte sich Arminius wieder in Jalal-ud-Din. Der sekuläre Tag ohne Jalal-ud-Dins berauschenden Wein hatte ihn etwas ernüchtert, es war Zeit, wieder berauscht zu werden. Im Gegensatz zu seinem Iphofen Schwanberg, gab ihm sein Jalal-ud-Din Rumi keinen Kater, wenn er zuviel davon zu sich nahm. Ganz im Gegenteil, je mehr er davon trank, desto wohler fühlte er sich! Er fühlte eine ständig steigende Einigkeit und Brüderlichkeit mit Jalal-ud-Din und seiner Poesie:

> Ich habe Feiglinge satt, ich möchte mit Löwen leben,
> mit Moses, nicht mit weinerlichen, wehklagenden Menschen.
> Ich möchte grölen wie ein Betrunkener,
> ich möchte singen wie die Vögel singen,
> die sich nicht sorgen ob man sie hört, oder was man über sie denkt.
> Gestern ging ein großer Meister mit einer Lampe von Tür zu Tür.
> Der, den man nicht finden kann,
> ist der Eine, nach dem ich suche!

„Der, den man nicht finden kann“ war tatsächlich der „Eine“, nach dem Arminius suchte. Aber, wenn man Ihn nicht finden kann, wo und wie sucht man Ihn? Oder, was wichtiger ist, wo und wie findet man Ihn? Aber Arminius war bereits jenseits des Stadiums, wo man solche zwecklosen Fragen stellt. Ein unerklärliches Gefühl versicherte ihm, dass er den Unauffindbaren bald finden würde. Und je weniger er sich darüber sorgte, desto sicherer würde er Ihn finden!

In dieser Geistesverfassung begann er seine Fastenzeit. Er hatte eine vierwöchige Faste vor, die mit dem Frühlingsanfang enden sollte. Vier Wochen Fasten und Selbstversenkung. Die ersten drei Wochen eine Teilfaste, mit einer einfachen Mahlzeit pro Tag und Wasser. Die letzte Woche eine vollständige Faste, ohne jegliche Nahrung, nur Wasser. Er würde außerdem während seiner Fastenzeit kein Fleisch essen und keinen Wein oder Bier trinken. Der Frühlingsanfang 1304 fiel auf den 20. März, der 20. Februar war also der erste Tag seiner Faste.

Er informierte Bruder Hermann dass er, vom 20. Februar an, nur das Abendmahl essen würde, und kein Fleisch, und zum Trinken nur klares Wasser. Die Brüder würden ihre 40tägige Fastenzeit etwas später beginnen und an Ostern beenden. Aber für Arminius hatte der Frühlingsanfang stets eine besondere Bedeutung. Das Frühlingserwachen war für ihn ein naturgetreues Gleichnis für das geistige Erwachen! Der Frühlingsanfang war außerdem der Anfang des persischen Jahres, wenn, wie der persische Dichter Omar Khayyam schrieb, „Die Weiße Hand Moses' am Aste erscheint, und Jesus aus der Erde hervorsteigt!" Der Frühlingsanfang war auch der Tag des Chen, des natürlichen und geistigen Erwachens im Fernen Osten, der seine höchst fortgeschrittene Sekte, die buddhistische Zen Sekte, nach dem Frühlingserwachen benannte. Und für den sufistischen Mawlawi Orden, den Jalal-ud-Din Rumi gründete, sowie für den ehrwürdigen Jalal-ud-Din persönlich, war der Frühlingsanfang der heiligste Tag des Jahres!

Nach dem 20. Februar begrüßte Arminius die aufgehende Sonne mit besonderer Hingabe, und die untergehende Sonne mit der noch größeren Hingabe, die von einem leeren Magen kommt. Nach Sonnenuntergang aß er sein Abendmahl mit den Brüdern in Neuhaus, aber er aß spärlich, nur Suppe und ein wenig Brot, und trank nur Wasser. Dies tat er drei Wochen lang.

Während dieser drei Wochen las er kaum, sondern meditierte hauptsächlich, in tiefer Kontemplation. Aber das lateinische Wort „Kontemplation" ist nicht sehr zutreffend für das, was Arminius tat, die deutsche Sprache hat dafür einen besseren und bildlich sowie wörtlich treffenderen Ausdruck: Selbstversenkung! Sich in sich selbst zu versenken; in sein Unterbewusstsein unterzutauchen; sein persönliche Selbst im allgegenwärtigen, göttlichen Selbst versenken – das ist Selbstversenkung, und das war was Arminius übte!

Seine Selbstversenkung wurde Anfang März kurz und auf überraschende Weise unterbrochen. Es war ein milder Winter, der Schnee war bereits getaut und der Boden abgetrocknet. Nur in den tiefsten Schatten der Nordhänge und in den Waldschatten lag noch etwas Schnee, aber die meisten Wege waren bereits gut begehbar. An einem sonnigen Tag Anfang März kam Johannes außer Atem nach Thannbrunn gelaufen und sagte, dass eine Dame Arminius zu sprechen wünsche.

Arminius hatte mit den Gästen seines Hospizes wenig zu tun. Die meisten waren Reisende, die nur über Nacht blieben und am nächsten Tag weiterreisten. Manche aßen mit ihm und den Brüdern und Knechten. Die Sanitäter, Bruder Petrus und Jakobus, sorgten für kranke Reisende. Jeder, der in Neuhaus um Obdach und Nahrung bat, bekam eine Alkove mit Strohsack und Decke und eine oder zwei Mahlzeiten mit einem Krug Bier. Arminius sprach selten mit ihnen, selbst dann wechselte er nur einige Grußworte oder gab Auskunft. Aber diesmal war es anders.

„Sie ist eine wandernde Beguine, mit Begleitschaft. Sie sagte, dass sie den Tempelritter, der hier das Kommando hat, unbedingt sprechen muss! Ich sagte ihr, dass du dich auf eine Faste zurückgezogen hast, aber sie sagte, dass es außergewöhnlich wichtig sei, dass sie dich dringend sprechen muss, und dass sie dich nicht lange aufhalten wird. Sie ist nicht bedürftig, sie bat nicht um Obdach oder Nahrung. Bruder Hermann serviert ihnen gerade Bier, Brot und Käse, wofür sie bezahlen will, obwohl ich ihr klarmachte, dass wir keine Schenke sondern ein Hospiz sind, und kein Geld annehmen. Sie sitzt in der Stube und wartet auf dich!“

Arminius ging eilends mit Johannes nach Neuhaus zurück, betrat die Gaststube und verbeugte sich vor der Dame, mit seiner rechten Faust auf der linken Brust. „Arminius von Welterod, zu Euren Diensten! Ich bin der Komtur von Thannbrunn! Ihr wünscht mich zu sprechen; was darf ich für Euch tun?“

„Ich heiße Katarina,“ antwortete die Frau. „Ich bin eine wandernde Beguine auf der Suche nach einem neuen Wirkungsbereich. Entschuldigt meine Aufdringlichkeit, aber was ich Euch zu sagen habe ist außerordentlich wichtig! Kann ich privat mit Euch sprechen?“

„Wollt Ihr mit mir zu meiner Burg kommen, Frau Katarina? Sie ist ganz in der Nähe, Ihr könnt dort ungestört mit mir sprechen.“

Katarina, eine dunkelblonde, blauäugige Frau mittleren Alters, trug einen braunen Lodenumhang mit Kapuze über einem bunt bestickten, weißen Kleid, und derbe Wanderschuhe an den Füßen. Sie war offensichtlich hochgebildet. Auf dem Weg zur Burg erzählte sie Arminius, wo sie herkam und was sie vorhatte.

„Ich bin die Tochter eines verarmten Ritters. Aber trotz unserer Armut, oder vielleicht wegen unserer Armut, gab mich mein Vater schon als Kind zur Erziehung in ein Kloster. Als ich alt genug war, trat ich mein Noviziat an. Ich wollte aber keine Nonne werden, und trat am Ende meines Noviziats aus dem Kloster aus. Ich wollte auch nicht heiraten und einem Mann untertan sein, deshalb schloss ich mich der Beguinenbewegung an und wurde eine wandernde Beguine. Da ich gut lesen und schreiben kann, in Deutsch und Latein, und einigermaßen belesen bin, nahm ich es auf mich, meinen Beguinenschwestern, die nicht lesen können, das Lesen und Schreiben beizubringen. Wenn ich Zeit übrig habe, dann schreibe und übersetze ich. Ich habe die Schriften der heiligen Hildegard von Bingen vom Lateinischen ins Deutsche übersetzt, und ich schrieb bereits mehrere Kopien des Buches „Das Fließende Licht der Gottheit“, welches von unserer ehrwürdigen Schwester Mechtild von Magdeburg verfasst wurde. Auch schrieb ich eine Kopie der Vulgata. Den letzten Winter verbrachte ich in Nürnberg. Dort hörte ich, dass in Regensburg eine neue Beguinage eröffnet wird. Ich entschloss mich, nach Regensburg zu reisen um dieser neuen Beguinage meine Dienste anzubieten.

Gestern früh gingen wir von Nürnberg weg, heute früh von Neumarkt. Heute Nacht werden wir in der Beguinage Waldkirchen übernachten und morgen früh nach Dietfurt weitermarschieren. In Dietfurt werden wir uns nach Regensburg einschiffen. Ich will Euch sagen, was mich dazu bewegte, Euch unbedingt sprechen zu wollen, sobald wir uns in Eurer Burg befinden.“

Das Feuer in der Burghalle brannte noch. Arminius warf einige Scheite aufs Feuer und zog einen zweiten der schweren Lehnstühle ans Feuer, neben den, der bereits dort war, und stellte sie gegenüber. „Bitte setzt Euch, Frau Katarina, und sprecht frei heraus! Was Ihr sagen werdet, erreicht nur meine Ohren, und die Ohren Gottes, der bereits weiß, was Ihr mir sagen wollt. Ich bin ein Werkzeug Gottes, Ihr habt nichts zu befürchten!"

Katarina saß still, blickte ins Feuer und sammelte ihre Gedanken und ihren Mut. Schließlich richtete sie ihre blauen Augen eindringlich auf Arminius und fing an zu sprechen: „Ihr habt es mir leichter gemacht, offen zu sein, Herr Arminius, indem Ihr sagtet, dass Gott bereits weiß, was ich Euch zu sagen habe. Ich werde offen sein und Euch sagen, was mir auf der Seele liegt.

Als wir Nürnberg verließen, wurde uns die Weiße Laberstraße als die Marschroute nach Dietfurt empfohlen, weil diese Straße von Tempelrittern bewacht wird. Heute Morgen, als wir Neumarkt verließen, empfahl unser Herbergswirt die Weiße Laberstraße aus dem gleichen Grunde. Und der Wirt der Dorfschenke Mühlhausen, wo wir unsere Mittagsrast hielten, sagte dasselbe und beschrieb uns genau, wo die Weiße Laberstraße von der Sulztalstraße abzweigt und wie sie verläuft.

Auf dem Weg von Neumarkt nach Mühlhausen dachte ich über die Tempelritter nach, und an das, was ich über sie gehört habe, vor allem über das, was der ehrwürdige Wolfram von Eschenbach über sie schrieb. Als wir südlich von Mühlhausen in die Weiße Laberstraße einbogen und durch die Heide auf das Rote Kreuz zugingen, überkam mich ein unerklärliches Erwartungsgefühl. Und als wir oben auf der Anhöhe an dem großen roten Templerkreuz vorbeigingen, steigerte sich dieses Gefühl zu einer erwartungsvollen Freude.

Mit dieser Freude im Herzen marschierte ich hinunter ins Weiße Labertal und über die Sandmühlbrücke. Kurz nach der Brücke sah ich Euren Wegweiser mit dem Templerkreuz. Dort schlug ein Blitz vor mir in den Weg, genau dort, wo der Weg nach Thannbrunn von der Weißen Laberstraße abzweigt! Es war kein Gewitter am Himmel, abgesehen davon sind Gewitter im März äußerst selten. Für mich war es ein Zeichen Gottes! Ich glaube, dass Gott mich zu Euch sandte! Aber ich weiß nicht warum! Wisst Ihr warum?"

Arminius war auf das Tiefste berührt, aber auch er hatte keine Antwort. Er konnte das Wunder so wenig erklären wie sie. Vielleicht hatte es etwas mit seiner derzeitigen Suche zu tun? Er beschloss, Katarina über seine Suche zu informieren.

„Ich bin zur Zeit auf einer Suche nach mystischer Erleuchtung. Den vergangenen Winter verbrachte ich in Kontemplation, am 20. Februar begann ich eine Faste. Am Frühlingsanfang wird die Faste zu Ende sein. Ich hatte bereits einige kleinere, mystische Erlebnisse, jetzt klettere auf den mystischen Gipfel zu!"

„Ihr seid also ein Mystiker!" rief Katarina mit strahlenden Augen. „Den ganzen Weg von Neumarkt hierher dachte ich an die Tempelritter als Mystiker und Lehrer esoterischer Weisheiten! Hat Gott mich zu Euch gesandt, damit Ihr mich lehrt?"

„Vielleicht ist es andersherum?" antwortete Arminius fragend. „Ich bin auf der Suche nach mystischer Weisheit, vielleicht hat Gott Euch gesandt, mir zu lehren? Was wisst Ihr über mystische Erlebnisse und esoterische Weisheiten?"

„Ich habe noch nie mit jemandem darüber gesprochen, aber es sieht ganz so aus, als ob ich jetzt zu Euch darüber sprechen muss!" antwortete Katarina tiefernst. „Vor einigen Jahren hatte ich eine Reihe von Zwiegesprächen mit Gott. Eines Abends, als ich in tiefer Verzweiflung war und Gott um Hilfe anrief, antwortete er mir durch eine innere Stimme. Ich habe meine Dialoge mit Gott in ein Notizbüchlein geschrieben. Wollt Ihr es lesen?“

„Ja, ich würde es sehr gerne lesen“, sagte Arminius erwartungsvoll.

Aus einem Beutel, den sie an einer Lederschnur um den Hals hängen hatte, entnahm sie ein ein Büchlein und übergab es ihm. Es war ein kleines Notizbüchlein, aus dünnem Papier, in weiches, rotes Leder gebunden. Er las etwa zwanzig Eintragungen, jede ein Dialog zwischen Katarina und Vater Gott. Arminius fragte, ob er einen der Dialoge in sein Notizbuch kopieren dürfe. Katarina stimmte zu, und er schrieb in sein Notizbuch:

Eintragung aus Katarinas Notizbuch

„Vater Gott, ich rufe Dich an und finde Dich nicht! Diese Welt ist voll unerklärlicher Dinge, ich weiß nicht mehr, was ich denken soll!

Ich kann Dir nicht mehr für Schöpfung und Atem danken, denn ich fühle mich verdammt! Es ist so, als ob mein Leben ein ständiger Kampf wäre! Von allen Seiten ist Unterdrückung! Ich kann nirdends hinlaufen, ich kann mich nirgendwo verstecken, ich kann mich nicht befreien!

Am liebsten würde ich laut schreien! Am liebsten würde ich Dir zuschreien wie es ist! Am liebsten würde ich Dir zuschreien mich von dieser Welt zu erlösen!“

„Es gibt keinen Ausweg. Alles hat seinen Ort und seine Zeit. Ich bin!

Du denkst, dass ich nicht sehe was vorgeht? Du hörtest meine Stimme nicht, denn du wähntest dich von mir abgesondert! Sahst du das Wasser in der Pfütze? Das Wasser spiegelte das Licht deiner Lampe wider. Kannst du dir vorstellen, wie mein Licht sich in dir widerspiegeln würde, wenn du dich genug sammeln könntest, mich zu erleben? Es bedarf keiner Taten deinerseits! Gib mir deine Untätigkeit und ich gebe dir meine ewige Tätigkeit! Du bist gut, es ist gut! Sammle in dir und um dich alles was gut ist und du wirst deine Güte vermehren!

Vergiss mich nicht am frühen Morgen, vergiss mich nicht am späten Abend. Vergiss mich nicht in der Dunkelheit und in der Kühle. Ich bin in allen Dingen, ich bin alle Dinge, ich schuf alle Dinge!“

„Frau Katarina, Ihr habt mich belehrt!“ rief Arminius erfreut aus, als er die Eintragung fertig geschrieben hatte. „Gott sandte Euch zu mir, um mir zu lehren! Was ich eben aus Eurem Notizbuch kopierte, war genau das, was mir noch an Einsicht fehlte! Ich danke Euch von ganzem Herzen! Und ich danke Euch besonders für Euren Mut! Es ist nicht leicht, anderen Menschen gegenüber offen zu sein, und es ist besonders schwer für eine Frau, einem Mann gegenüber offen zu sein, ganz besonders wenn dieser Mann ein Fremder ist. Ich danke Euch für Eure Offenheit! Darf ich etwas in Euer Büchlein schreiben, als Erinnerung an das Treffen unserer Herzen und Seelen?“

„Ja, gerne“, antwortete Katarina, mit weitoffenen, feuchten Augen.

Arminius schrieb in Katarinas rotes Büchlein:

An Frau Katarina:

Die Lampen sind verschieden,
aber das Licht ist das gleiche:
Ein Licht, eine Seele, ein Äther, eine Materie, eine Gottheit,
ständig aus allen Dingen strahlend.
Jalal-ud-Din Rumi

Non nobis, Domine! Non nobis, sed Nomini Tuo da gloriam!
Zur Erinnerung an das Treffen unserer Herzen und Seelen,
Arminius von Welterod

Katarina las die Widmung mit strahlenden Augen, nickte dankend und anerkenned, steckte das Büchlein in den Beutel und hängte den Beutel um den Hals. Danach erhob sie sich, und Arminius erhob sich, um sie nach Neuhaus zurück zu begleiten. Bevor sie aus der Halle gingen, bat Arminius um einen Kuss.

„Darf ich Euch zum Abschied küssen, als eine Seelenschwester, bevor wir ins Freie treten? Die Welt mag es als unziemlich erachten, dass ein Tempelritter eine Dame küsst, aber ich erachte es nicht als unziemlich!"

„Ich habe stets den intimen Umgang mit Männern gemieden! Bis jetzt habe ich es erfolgreich vermieden, von Männern geküsst zu werden," erwiderte Katarina lächelnd, „aber Ihr seid ein besonderer Mann, und dies ist ein besonderer Anlass. Ich hatte mit mehreren Frauen ein intimes Geistes- und Herzensverhältnis, aber Ihr seid der erste Mann, dem ich mein Herz und meine Seele öffnete, und Ihr mir. Das ist bestimmt eines schwesterlichen Kusses würdig!"

Arminius küsste sie innig und erinnerte sich an eine andere Katarina, die irische Sopranosängerin Catherine, die er unter ähnlichen Umständen in den Obstgärten von Orange geküsst hatte. Auf dem Weg nach Neuhaus erzählte er ihr von jener Catherine.

„Ihr seid ein Schelm, Herr Arminius!" erwiderte sie lachend, „und wir Katarinen scheinen geborene Mystikerinnen zu sein, und es scheint unsere Bestimmung zu sein, Tempelritter zu treffen und sie zu lehren. Aber denkt nicht, dass nur ich Euch lehrte; auch Ihr habt mir gelehrt! Ich hatte mein erstes intimes Verhältnis mit einem Mann, einem Tempelritter sogar, und er küsste mich innig! Ich bin eine neue Frau, Herr Arminius!" sagte sie leichthin und ein wenig spöttisch. Aber es war nicht ihre Absicht Arminius zu verspotten, sie tat es nur um ihre Beguinenunabhängigkeit zu wahren.

In Neuhaus versuchte Katarina für das Brot und Bier zu zahlen, aber Arminius lehnte ab. „Wir sind ein Templerhospiz, keine Schenke! Wir nehmen keine Bezahlung an! Eure Begleiter waren unsere verehrten Gäste!"

Katarina und ihre Begleiter dankten den Brüdern und machten sich auf den Weg. Er verbeugte sich vor ihr bevor sie weggingen, legte seine rechte Faust auf die linke Brust, und verabschiedete sich mit der Templerbenediktion. „Non nobis, Domine! Non nobis, sed Nomini Tuo da gloriam!"

„Non nobis, Domine!" erwiderte Katarina feierlich und marschierte mit ihren Begleitern weiter nach Waldkirchen.

In den Tagen nach Katarinas Besuch durchblätterte Arminius nocheinmal alle seine Bücher und kam zu einigen Einsichten, die er beim vorherigen Durchlesen verpasst hatte. Beim Abendessen am Abend des 12. März sagte er Bruder Hermann, dass er bis zum 20. März nicht zum Abendessen kommen würde, und bat Bruder Johannes, ihn während dieser Woche nur in einem außerordentlichen Ernstfall zu stören.

Die Woche zwischen dem 13. und 20. März verbrachte Arminius in tiefer Selbstversenkung. Er trank ein wenig Wasser aus der Zisterne wenn er sehr durstig war, nahm aber sonst nichts zu sich. Er fühlte ein inneres Glühen, das in seinem Unterleib begann und sich von dort langsam auf den ganzen Körper ausdehnte und nach außen strahlte. Sein Körper wurde immer leichter und seine Wahrnehmung schärfer. Die Objekte um ihn wurden überscharf und klar und fingen an zu leuchten. Er verbrachte viel Zeit auf der Plattform seines Turmes, ohne die Kälte zu verspüren. Er betete nicht mehr, sein ganzes Dasein war ein Gebet geworden. Er bestimmte seine Kontemplationen nicht mehr, er trieb nur noch, richtungslos, und entleerte sich, und wurde immer leerer und leichter. Dann, am Abend des 18. März, geschah es!

Plötzlich trat ein Lichtstrahl in seinen Kopf ein und verbreitete sich von dort auf seinen ganzen Körper. Es war als ob sein gesamter Körper Licht wurde. Er fühlte seinen Körper nicht mehr, er war Licht! Danach wurde aus dem Licht ein vollkommenes Dunkel, und er war das Dunkel!

In diesem Dunkel erschien eine Lichtkugel, wie ein Vollmond in einer stockdunklen, sternenlosen Nacht. Diese Lichkugel teilte sich in zwei, und die zweite Lichkugel teilte sich wiederum in zwei. Die drei Lichtkugeln hingen zusammen, von einem Lichtkreis umringt. Dieses Bildnis brannte in der Dunkelheit und brannte sich unauslöschlich in Arminius' Seele ein!

Als er ins normale Bewusstsein zurückkam, wusste er nicht genau, wie lange er in diesem Zustand der Gnade gewesen war. Er dachte, dass es etwa eine halbe Stunde war, aber es hätte wesentlich kürzer oder länger sein können. Zeit hatte aufgehört zu existieren, und der Unterschied zwischen Beobachter und Beobachtetem war nicht mehr. Der Sehende und das Gesehene, Subjektivität und Objektivität, waren eins geworden. Er hatte die Dreinigkeit nicht nur gesehen und erlebt, er war sie geworden!

Sein erster Gedanke nach dem Erlebnis war: „Sowas haben die Heiligen erlebt: eine Vision der Dreinigkeit!"

Berichte von und über die christlichen Heiligen waren ein wesentlicher Teil der Lektüre, die er während seiner Kindheit unter der Anleitung des Benediktinerbruders Edmond im Kloster Schönau gelesen hatte. Die mystischen Erlebnisse jener Heiligen war das erste, was ihm nach seiner Vision der Dreinigkeit ins Bewusstsein kam. „Bin ich jetzt einer von ihnen?" wunderte sich Arminius, „gehöre ich jetzt zu jener ‚Gemeinschaft der Heiligen', die wir in unserem Glaubensbekenntnis bekennen?" Aber er wusste genau, dass nicht mystische Erlebnisse einen Heiligen heilig machten, sondern heilige Taten! Die meisten Heiligen waren zwar Mystiker, aber nicht jeder Mystiker war ein Heiliger! Die mystischen Erlebnisse der Heiligen waren nur deren Anstoß zu heiligen Taten!

„So ist es im Leben!" sah Arminius plötzlich ein. „Sobald das höchste Ziel erreicht ist, strebt man höher! Sobald man ein Mystiker wird, will man ein Heiliger werden! Und sobald man Heiliger wird, will man Prophet werden! Selbst wenn man das allerhöchste Ziel erreicht und mit der Gottheit eins wird, dann fängt der Weltkreislauf ganz von unten und vorne wieder an. Jedes Ende ist ein Anfang, und jeder Anfang ein Ende!"

Er hatte noch keine heiligen Taten vollbracht, deshalb betrachtete er sich nicht als Heiliger. Aber er war ein Begnadeter, er fühlte sich heilig! Die heilige Dreinigkeit hatte sich ihm offenbart, und er war eins mit ihr geworden! Arminius fühlte sich von Gott begnadet, er fühlte sich geweiht! Das war seine Priesterweihe gewesen, seine Einweihung in die mystische Priesterschaft des Melchisedek, seine Einweihung in den inneren Kreis der Vollendeten!

In der darauffolgenden Nacht schlief er kaum. Den nächsten Tag, den 19. März, verbrachte er wie in einer Trance. Der Tag schien ihm außergewöhnlich hell und klar. Alles was er sah war scharf umrissen und außerordentlich farbig, und alles war wie von einem leichten Heiligenschein umgeben. Arminius zeichnete die drei Kreise innerhalb eines Kreises auf seine Schiefertafel, in sein Notizbuch und in den Staub. Wenn er seine Augen schloss, sah er die drei Lichkugeln im Dunkeln schweben, von einem Lichtkreis umringt, wie er sie am Abend zuvor gesehen hatte.

Es war ein sonniger Tag. Der Schnee war weg, der Boden trocken. Er ging den Fußpfad zur Sandmühle hinunter und setzte sich an den Mühlenteich. Die Frühlingsregen hatten noch nicht begonnen, der Wasserstand im Mühlenteich war ziemlich niedrig und ein schmaler Strand von nassem Ufersand zog sich rings um den Teich. Eine leichte Frühlingsbrise wehte und kräuselte die Oberfläche des Teiches zu silbrigen Wellen. Arminius brach einen Weidenzweig ab, setzte sich auf den Steg und kratzte die drei Kreise in den nassen Sand. Die drei Kinder des Sandmüllers kamen zu Arminius. Die neunjährige Jessica fragte, was die drei Kreise darstellten. „Was denkst du, was sie sind?" fragte Arminius zurück.

„Kreise?" antwortete sie fragend. „Oder ein Stern? Oder ein Schmetterling?"

„Alle drei!" antwortete Arminius. „Ja, alle drei: Kreise, Stern und Schmetterling!"

Die Sandmüllerkinder, in ihrer kindlichen Weisheit, bezweifelten nicht, dass ein Ding drei verschiedene Dinge sein könne. Sie brachen Weidenzweige ab und halfen Arminius Kreise, Sterne und Schmetterlinge in den nassen Sand zu zeichnen.

Den ganzen Tag hatte Arminius das Gefühl, dass die Vision am Abend vorher nur ein Vorspiel gewesen war, eine Einleitung zu etwas Größerem. Er hatte das unbestimmte aber starke Gefühl, dass eine gewaltige, umwälzende, bahnbrechende Vision der ersten folgen würde. Er fühlte, dass sich die dreifältige Gottheit ihm offenbart hatte um ihm zu sagen: „Arminius, hier bin ich! Was ist dein Begehr?"

Der Begriff des dreifachen Paradoxes als die universelle Wahrheit war ihm bereits bekannt, die Vision des vorhergehenden Abends war nur eine heilige Bestätigung seiner Theorie der Dreieinigkeit. Er hatte das starke Gefühl, dass das, was noch käme, gänzlich neu sein würde, etwas, was noch nicht zu seiner Begriffswelt gehörte. Er ahnte, dass ihn die kommende Vision in Dimensionen führen würde von denen er noch nichts wusste und die er sich noch nie vorgestellt hatte!

Er hatte von jeher missbilligend auf Beten als Bitten für die Erfüllung persönlicher Wünsche herabgesehen. Er zweifelte an der Macht der Gottheit, den Ablauf der Dinge zu änderen. Und selbst wenn die Gottheit die Macht hätte den Ablauf der Dinge zu ändern, empfand Arminius es als eine ungeheuere Anmaßung, sie um einen persönlichen Gefallen zu bitten. Aber an diesem heiligen Tag vergaß er seine Vorurteile, fiel auf seine Knie und bat inbrünstig um eine Vision. Und er bat den, dem zu folgen er geschworen hatte:

„Jesus Christus, gib mir eine Offenbarung der Gottheit! Lass mich der Empfänger Deines Zweiten Erscheinens sein! Lass es mich sein! Nicht für mich persönlich; ich habe die Gnade Gottes bereits erlebt, und das ist genug! Nein, nicht für mich selbst; gib mir eine Vision für die Menschheit! Eine geometrische Vision der Gottheit! Eine geometrisch fassbare, mathematisch erklärbare Vision der Gottheit, damit ich sie an die Menschen weitergeben kann! Eine konkrete, logisch fassbare und erklärbare, geometrisch-mathematische Offenbarung der Gottheit, durch mich an die Menschheit, damit sich die Menschheit retten kann!"

An diesem Abend, dem Abend des 19. März, dem Vorabend des Frühlingsanfangs, dem Abend des 27. Tages seiner Faste, stand Arminius auf der Plattform seines Turmes und sah die goldene Sonne hinter dem Roten Kreuz untergehen. Er betete das Abendgebet der Templer im Angesicht der untergehenden Sonne und blieb lange nach Sonnenuntergang auf dem Turm. Etwas Unerklärliches hielt ihn dort fest. Zwei Stunden später wusste er warum.

Etwa zwei Stunden nach Sonnenuntergang kam ein Lichtstreifen aus dem Westen, von der Richtung des Roten Kreuzes her. Zuerst dachte Arminius es sei ein Nordlicht, wie es ihm von Deutschherren, die das Nordlicht gesehen hatten, beschrieben wurde. Aber der Lichtstreifen, den Arminius jetzt sah, flackerte nicht, und schoss keine ständig wechselnden Strahlenbündel aus, wie die Nordlichter. Es war ein verhältnismäßig schmaler, gleichmäßiger Streifen von Licht, ohne Lichtstreuung. Er sah aus wie ein Regenbogen, nur dass er ganz aus weißem Licht bestand. Er kam aus dem Westen, genau dort wo die Sonne zwei Stunden vorher untergegegngen war, und überspannte den Nachthimmel von Westen nach Osten mit einem Bogen von weißem Licht.

Arminius starrte wie gebannt! Er starrte in den Lichtbogen, und der Lichtbogen schien zurückzustarren und in ihn einzudringen. Das Licht durchdrang ihn und sprach zu ihm. Es drängte ihn, die Botschaft zu empfangen, um die er gebeten hatte. Steif vor Kälte, aber ohne die Kälte zu verspüren, und voll heiliger Erwartung, tastete sich Arminius die steile Steintreppe hinunter in seine Kammer, wo er sich auf den Strohsack fallen ließ.

Kaum hatte er sich hingelegt, so verlor er das Bewusstsein. Er war von dem heiligen Blitz vorübergehend erschlagen. Arminius der Mann war nicht mehr. Alles war ein stockdunkles, pechschwarzes Nichts, und er war das Nichts.

In diesem pechschwarzen Nichts erschien eine Blase von Licht, mit einer Blase der halben Größe innerhalb der Blase (Stufe 1). Diese Blasen teilten sich, so dass zwei Lichtblasen entstanden, von denen jede zwei Blasen der halben Größe enthielt (Stufe 2). Diese Blasen teilten sich wieder, so dass vier Lichtblasen enstanden, von denen jede vier Blasen der halben Größse enthielt (Stufe 3). Diese Blasen teilten sich wieder, so dass acht Lichtblasen entstanden, von denen jede acht Blasen der halben Größe enthielt (Stufe 4). Diese Blasen teilten sich wieder, so dass sechzehn Lichtblasen entstanden, von denen jede sechzehn Blasen der halben Größe enthielt (Stufe 5). Diese Blasen teilten sich wieder, so dass zweiunddreißig Lichtblasen entstanden, von denen jede zweiunddreißig Blasen der halben Größe enthielt (Stufe 6). Diese Blasen teilten sich wieder, so dass vierundsechzig Lichtblasen entstanden, von denen jede 64 Blasen der halben Größe enthielt (Stufe 7). Am Ende der Stufe 7 waren 64 Lichtblasen, und innerhalb jeder dieser Blasen waren 64 Lichtblasen der halben Größe. Eine Gesamtzahl von 64 mal 64 Blasen, oder 64 hoch 2. Das war die erste Phase.

Danach entstand eine Lichtblase zweimal so groß wie die vorhergehende größere Blase und schloss das Ganze ein. Zur gleichen Zeit entstand innerhalb jeder der vorhergehenden kleineren Blasen eine Blase halb so groß wie die. Das war die erste Stufe der zweiten Phase, gefolgt von sechs Stufen von Spaltung, so dass am Ende der zweiten Phase 64 innerhalb 64 innerhalb 64 innerhalb 64 Blasen waren, eine Gesamtzahl von 64 mal 64 mal 64 mal 64, oder 46 hoch 4.

Danach entstand eine Lichtblase zweimal so groß wie die vorhergehende größte Blase und schloss das Ganze ein, und zur gleichen Zeit entstand innerhalb jeder der kleinsten vorhergehenden Blasen eine Blase halb so groß wie die, gefolgt von sechs Stufen von Spaltung, so dass beim Ende der dritten Phase 64 innerhalb 64 innerhalb 64 innerhalb 64 innerhalb 64 innerhalb 64 Blasen waren, eine Gesamtzahl von 64 hoch 6.

Danach entstand eine Lichtblase zweimal so groß wie die vorhergehende größte und schloss das Ganze ein, und zur gleichen Zeit entstand innerhalb jeder der vorhergehenden kleinsten Blasen eine Blase halb so groß wie die, gefolgt von sechs Stufen von Spaltung, so dass am Ende der vierten Phase eine Gesamtzahl von 64 hoch 8 Blasen waren.

Diese sieben Stufen wiederholten sich immer und immer wieder: Die erste Stufe einer neuen Phase war immer das Entstehen einer neuen Größtblase, zweimal so großs wie die vohergehende größte, welche das Ganze einschloss, begleitet von dem Entstehen einer neuen Kleinstblase, halb so groß wie die vorhergehende kleinste, innerhalb jeder der vorhergehenden kleinsten, gefolgt von sechs Stufen von Spaltung und Vermehrung.

Das Ganze war eine unvorstellbar exponentielle Vermehrung von ätherischen Blasen, die sich zugleich dreidimensional nach innen und dreidimensional nach aussen vermehrten. Ausdehnung und Eindehnung zugleich! Die Eindehnung dehnte sich in die Ausdehnung hinein, und die Ausdehnung dehnte sich über die Eindehnung aus. Das Ganze verbreitete sich dreidimensional nach innen und dreidimensional nach außen, zugleich, zur gleichen Zeit und im gleichen Raum: ein dynamisches, sich ein- und ausdehendes, sechsdimensionales Kontinuum von ätherischen Blasen!

Obwohl die Aus/Eindehnung der ätherischen Blasen endlos schien, kam sie schließlich doch zu einem Ende. Am Ende waren 64 astronomisch riesige Überblasen, von denen jede 64 Blasen der halben Größe enthielt, von denen jede 64 Blasen der halben Größe enthielt, von denen jede 64 Blasen der halben Größe enthielt, und so weiter, und so fort, bis zu den allerkleinsten, allerwinzigsten Blasen, den infinitesimalen Punkten absoluter Kleinheit.

Weil die Entwicklung des sechsdimensionalen Kontinuums in der Mitte begonnen hatte, mit der ursprünglichen Blase innerhalb einer Blase, und von dort synchronistisch nach innen und außen gegangen war, stellten die allergrößten Überblasen und die allerkleinsten Unterblasen das Ende der Entwicklung und die Extreme des Kontinuums dar. Die allergrößten und allerkleinsten Blasen waren also das Gleiche und gegensätzlich. Außerdem hatten sich, auf Grund der sechsdimensionalen Vermehrung, die Anfangsblasen sowie alle anderen Blasen überall hin verbreitet. Im Anfang war die Mitte! Und am Ende war die Mitte! Und die Mitte war überall! Alles war überall! Anfang und Mitte und Ende, und alles was dazwischen lag, waren überall und allgegenwärtig!

Aber das Kontinumm wurde nicht statisch, es blieb dynamisch! Nur die geometrische Ein/Ausdehnung hatte aufgehört – der ätherische Fluss ging weiter! Das räumliche Gebilde des Kontinuums war statisch geworden, aber der ätherische Fluss, der die räumliche Struktur geschaffen hatte, drehte sich um und floss weiter. Der Äther, der während der Ausdehnung nach außen geflossen war, drehte sich bei den allergrößten Überblasen um und floss nach innen zurück. Und der Äther, der während der Eindehnung nach innen geflossen war, drehte sich bei den allerkleinsten Unterblasen um und floss nach außen zurück. Und der inwärtige Fluss floss auf den Oberflächen der Blasen, und der auswärtige Fluss an den Unterflächen der Blasen.

Am Ende dieses Vorganges trafen sich die gegensätzlichen Flüsse in der Mitte und verbanden sich. Der auswärtige Fluss verband sich mit dem inwärtigen, der inwärtige mit dem auswärtigen, und Äther floss weiter, in einem endlosen, sechsdimensionalen Kreislauf, auf der Oberfläche der Blasen nach innen und auf der Unterfläche nach außen, zugleich. Obgleich das ganze Ding, rein räumlich gesehen, eine statische Struktur war, war es zur gleichen Zeit äußerst dynamisch, mit einem endlosen, sechsdimensionalen Kreislauf von Äther. Das ganze Ding war statisch und dynamisch, fest und flüssig, geometrisch und ätherisch, fassbar und unfassbar – zugleich!

Dann wurde die Blasenstruktur chaotisch zerrissen! Große Blasen wurden hohl, wenn alle kleineren Blasen, die sie enthielten, aus ihrem ordentlichen Gefüge gerissen wurden, und ineinander gerissen, und in die Zentren der Hohlblasen gerissen. Aber die Blasen größer als die Hohlblasen, und ihre Gegenüber im Kleinstblasenbereich, blieben in ihrer Originalstruktur. Das Blasengebilde als Ganzes blieb intakt, das Chaos fand nur innerhalb der chaotischen Hohlblasen statt. Das Ganze hielt und enthielt die chaotischen Hohlblasen!

Alle Blasen innerhalb der chaotischen Hohlblasen wurden aus ihrem ursprünglichen, ordentlichen Gefüge gerissen, wurden zerrissen, wurden ineinander und ineinander und ineinander gerissen, und gleichzeitig in die Zentren der Hohlblasen gerissen. Infolgedessen wurde die ätherische Dichte in den Zentren der chaotischen Hohlblasen sehr dicht, und der verdichtete Äther quirlte chaotisch um die Zentren.

Das Chaos um die Zentren der chaotischen Hohlblasen stabilisierte sich, in einigen Zentren wurde es sogar etwas ordentlich. Diese Zentren wurden zu Welten von Feuerbällen. Einer dieser Feuerbälle wurde unsere Sonne, und ein Nebenball davon unsere Erde. Aber unsere Erde war nur eine Welt unter unzähligen!

Unsere Erde war ein Feuerball, der sich allmählich abkühlte und fest wurde. Wasser entstand. Dann ergrünte der Erdball mit planzlichem Leben, danach kam tierisches Leben. Aus der tierischen Vielfalt entstanden Menschen. Die Gegenwart war da, Arminius' Vision war zu Ende!

Benommen, sprachlos, auf das Tiefste aufgewühlt, in höchster Ekstase und tiefster Verzückung kam Arminius aus diesem umwerfenden Erlebnis ins Normalbewusstsein zurück! Sein Feuer war vor einigen Tagen ausgegangen und seine Feuerstelle kalt. Als er mit seinem Feuerzeug fummelte, um einen Funken zu schlagen und eine Kerze zu entzünden, sah er Funken von seinen Fingerspitzen springen. Schließlich gelang es ihm, einen Feuerfunken zu schlagen und eine Kerze zu entzünden. Er stieg auf seinen Turm. Der Lichtbogen war nicht mehr da. Er sah auf den Großen Himmelswagen. Seit er in Akko gelesen hatte, dass die Phönizier den Sternenhimmel als Nachtuhr und den Großen Himmelswagen als Zeiger benützten, hatte er sich angewöhnt, die Nachtzeit in den Gestirnen zu lesen. Es war etwa neun Uhr abends gewesen, als der Lichtstreifen erschien. Jetzt war der Große Himmelswagen um 90 Grad oder sechs Stunden weitergerückt. Jetzt war es also drei Uhr morgens, und er war sechs Stunden lang in seiner Vision gewesen. Er hatte das Werden der Welt, vom Ursprung bis zur Gegenwart, in sechs Stunden nacherlebt!

Nicht nur hatte er den Akt der Schöpfung gesehen, er war ihn gewesen, und geworden! Und er war Schöpfer gewesen und geworden, und hatte alles erschaffen! Und er war zweifelsohne ein Geschöpf! Jetzt war er alle drei: Schöpfer, Geschöpf und Schöpferkraft! Tris Megistos: der dreifach Größte!!! Das war seine hermeneutische Weihe, seine Union und Kommunion mit der Gottheit, seine Weihe in den Kreis der Vollendeten! Von da an existierte Arminius der Mann als separate Einheit nicht mehr: Arminius und die Gottheit waren eins geworden! Arminius der Mann hatte sich in der Gottheit aufgelöst, er war in der Gottheit aufgegangen! Was von Arminius dem Mann übrigblieb war eine Verlängerung der Gottheit, ein Werkzeug der Gottheit. Jetzt war er eins mit der Gottheit, in alle Ewigkeit. „Non nobis, Domine! Non nobis, sed Nomini Tuo da Gloriam!" rief Arminius glühend von seinem Turm und fand somit seine Sprache wieder.

Von diesem Tag an war Arminius was er sah! Schöpfer und Geschöpf, Seher und Gesehenes, Beobachter und Beobachtetes, Objekt und Subjekt waren in seiner

Vision eins gewesen und geworden. Das Gefühl universeller Einheit, das Gefühl, in welchem man Alle und alles liebevoll anblickt und ausruft „Du bist ich!" oder „Du bist Gott!" beherrschte Arminius von da an. Und jetzt wusste er auch, dass das Erleben der universellen Einheit die Wurzel der universellen Liebe war, die Wurzel jener Liebe die Jesus, Mohammed, Gautama der Buddha, Jalal-ud-Din Rumi und andere predigten, beschrieben und besangen. Und jetzt wusste er endlich, was die ehrwürdigen Meister Thomas von Aquin und Raimundus Lullus gemeint hatten, und Wolfram von Eschenbach, und die weisen Brüder des inneren Kreises von Akko, die Brüder Armand und Nikolaus, und Großmeister Guillaume, und Mahammata, Fatima, Raschid und andere Mystiker, Meister, Lehrer, Dichter und Denker.

Die Einheit zwischen den Gegensätzen war die wesentliche, göttliche Wahrheit! Gottes Wahrheit war Synthese! Gottes Wahrheit lag jenseits der logischen Begriffe, jenseits der Gegensätze, jenseits der Unterschiede, jenseits von Zeit und Raum, jenseits der Beschränkungen der menschlichen Begiffswelt, in der Synthese! Arminius hatte die universelle ätherische Essenz, genannt die Gottheit, erlebt und gesehen, und war sie geworden! Jetzt wusste er, dass alles im Universum aus der gleichen, ätherischen Substanz bestand! Und er wusste, dass die ätherische Substanz genannt Gott die einzig wahre Wirklichkeit ist, und er wusste, dass es außer dieser Substanz nichts gab. Es gab keine „irdische" oder „überirdische" Welt, kein „Diesseits" oder „Jenseits", keinen „materiellen" oder „spirituellen" Bereich – die beiden waren eins! Arminius hatte das hermeneutische Wunder erlebt, und war es geworden: Das Wunder des Einen Dinges, genannt der Gral!

Das war ES: Das Einswerden mit der Gottheit, Der Gral, Erleuchtung, Vollendung, Illumination, Gnosis, noetisches Wissen, die wesentliche Wahrheit und Wirklichkeit, das Paradies, Nirwana, Samadhi, Satori, Baraka, Kybria! Das war ES, er hatte ES gesehen, und erlebt, er war ES geworden, und würde ES es bleiben – ewiglich!

Arminius hatte Odins Geistesraben empfangen: Die Erinnerungen der Welt! Und der andere Geistesrabe Odins, die Gedanken der Welt, waren jetzt auch in ihm! Wie Odin, hatte er tief von der Quelle der Weisheit und Dichtkunst getrunken und die Macht über die Runen erlangt!

Er hatte die Schöpfung des Universums nachvollzogen! Jetzt wusste er, dass die Welt tatsächlich, wie Moses sagte, in sieben Stufen erschaffen wurde! Er war der Schöpfer geworden, und die Schöpferkraft! Und jetzt war er alle drei: Schöpfer, Schöpferkraft und Geschöpf – die dreieinige Gottheit – die ewige Null – das große Nichts, welches Alles ist!

Er erinnerte sich plötzlich der I-King, des chinesischen Buches der Wandlungen, von dem ihm der indische Scholar Mahammata berichtet hatte. Demnach hat jedes zukünftige Ereignis 64 verschiedene Möglichkeiten wahr zu werden. Jetzt wusste Arminius warum: Die chinesischen Mystiker hatten auch das 64-fältige Kontinuum der ätherischen Sphären erlebt, und hatten ihre Kunst der Divination danach erschaffen. Und es fiel ihm weiterhin ein, dass das Schachbrett 64 Felder hatte, und dass die göttliche Zahl 8, mal sich selbst, 64 ergab!

Plötzlich verstand Arminius auch die Hypothese des altgriechischen Philosophen Demokritus, der das Atom als den kleinsten Baustein des Universums lehrte. Arminius hatte das Atom gesehen und war es geworden, und er wusste, dass das Atom aus 64 ätherischen Sphären bestand. Er hatte gesehen, wie die 64-fältige Struktur des Atoms in dem chaotischen Riss zerrissen wurde, und dass alle Atome seither versuchen, ihre 64-fältige Vollkommenheit wiederzuerlangen. Er hatte gesehen, wie sich zerrissene Atome an andere, zerrissene Atome klammern, in einem Versuch, ihre ursprüngliche, 64-fältige Perfektion wiederherzustellen. Er hatte den Tanz der Atome gesehen, ein ständiger Tanz von Anklammern und Loslassen, von Anziehung und Abstossung, in dem angeborenen Drang sich zu vervollkommnen und ihre 64-fältige Perfektion wiederherzustellen!

Das Atom war zwar der Grundbaustein, aber es war bei weitem nicht der kleinste Teil des Universums. Das Atom bestand aus 64 Sphären, und innerhalb jeder dieser Sphären besfanden sich 64 Sphären der halben Größe, und innerhalb jeder dieser Sphären befanden sich 64 Sphären der halben Größe, und so weiter, bis zu den infinitesimalen Sphären absoluter Kleinheit!

Das gesamte Universum bestand aus 64 unvorstellbar großen Übersphären, das Atom bestand aus 64 Sphären, und die infinitesimalen Kleinstsphären absoluter Kleinheit waren auch in 64 Sphären zusammengepackt: Das gesamte Universum war ein Superatom, welches Atome innerhalb Atomen innerhalb Atomen enthielt – ad infinitum! Und mit plötzlicher Klarheit verstand Arminius den Ausspruch des sufistischen Dichter al-Balyani: „Wenn das Geheimnis des Atoms innerhalb des Atoms klar ist, dann ist das Geheimnis aller innerlichen und äußerlichen Dinge klar, und du siehst nichts als Gott!“

Jetzt verstand er endlich die sufistsichen Dichter, allen voran seinen geliebten Jalal-ud-Din Rumi, der ihn in die heilige Union geführt und verführt hatte. Am Morgen des 20. März tanzte Arminius einen ekstatischen Tanz auf der Plattform seines Turmes, als Gruß an die aufgehende Sonne und als Gruß und Danksagung an seinen Geistesführer Jalal-ud-Din Rumi, der den sufistischen Mawlawi Orden, den Orden der sogenannten „tanzenden Derwische“, gegründet hatte. Und später, draußen im Burghof, lag Arminius mit ausgestreckten Gliedern auf der Erde, benetzte seine Mutter Erde mit Tränen der Verzückung und dankte seinem Geistesführer Jesus Christus für die göttliche Offenbarung!

Arminius verbrachte den 20. März in höchster Verzückung! Und es regnete Einsichten! Einsicht um Einsicht schlug in ihm ein, wie ekstatische Blitzschläge, und sandten Welle um Welle von Wollust in seine Glieder. Er fühlte sich schwerelos, er ging wie auf Luft! Er war glückselig! Er schwebte in und über den Wolken!

Sein Kopf schmerzte, besonders die Stirn. Sein Stirnkochen war empfindlich und schmerzte sehr, wenn er ihn anfasste, und wies eine Erhebung auf, eine leichte Wulst von Schläfe zu Schläfe, die vorher nicht dort war. Es war als ob die Gewalt der Vision sein Gehirn gewaltsam erweitert und seinen Stirnknochen gesprengt und nach außen gedrückt hätte! Aber die Ekstase überwog den Schmerz, Arminius spürte ihn kaum. Es war ein ekstatischer Schmerz!

Er war in sprachloser Ekstase, aber des Schreibens fähig, so nahm er sein Notizbuch heraus und fing an zu schreiben. Einige Einzelheiten seiner Vision, die gleich nach der Vision noch stark in seiner Erinnerung hervorstanden, begannen bereits zu verblassen. Deshalb schrieb er fieberhaft, in Stichworten und Stichphrasen, alle Einzelheiten auf bevor sie ihm entgingen.

Nachdem er fertiggeschrieben hatte fiel ihm ein, dass es der 20. März war, der Tag des Frühlingsanfangs, der persische Neujahrstag und Hauptfeiertag der persischen Mystiker, und der 28. und letzte Tag seiner Faste. Es fiel ihm auch ein dass Mohammed – er sei gepriesen – seine göttliche Offenbarung in der Nacht zwischen dem 27. und 28. Tag seiner Faste empfangen hatte, der muslimischen „Nacht der Macht", der „Nacht in welcher der Koran herniederkam".

Arminius fühlte sich eins mit Mohammed – er sei gepriesen, und mit Jesus Christus – Friede sei mit ihm, den er am Tag zuvor um eine göttliche Offenbarung gebeten hatte, und der seine Bitte auf das Höchste erfüllt hatte! Arminius fühlte sich vom Christusgeist beseelt! Jetzt war er eins mit dem Christusgeist, und eins mit all den Propheten, die den göttlichen Geist vor ihm empfangen hatten. Vor allem fühlte er sich eins mit dem Propheten Ezekiel, der in seiner Vision Lichtkreise gesehen hatte, und Lichtkreise innerhalb von Lichtkreisen.

Und er hörte die Musik der Sphären: Ein kaum wahrnehmbarer, hoher Klang, wie das Klingen einer Windharfe aus dünnstem Glas. Außerdem wusste Arminius jetzt auch, dass aller Klang, sowie alles andere im Universum, aus ätherischen Sphären bestand. Das Dasein war ein ätherischer Tanz, ein immerwährender, wechselvoller Tanz ätherischer Sphären, ein Tanz mit endlosen Variationen! Und dieser Tanz war begleitet von der Musik der Sphären! Arminius schrieb ein Gedicht:

Wär es nicht schön, wär es nicht fein,
Wenn wir ätherische Sphären wären?
Linksherum, rechtsherum, ewig uns drehen,
Ewiglich singen und sein?

„Wir sind ätherische Sphären, wir sind ewiger Äther, wir sind die ewige Substanz der Gottheit!" schloss Arminius ekstatisch und fühlte sich eins mit der Gottheit, eins mit dem Kosmos und eins mit den Propheten, die dies vor ihm proklamiert hatten, von Moses zu Gautama zu Jesus zu Mohammed. Seinen zeitgenössischen Propheten fühlte er sich besonders nahe: seinem geliebten Vorbild und Geistesführer Jalal-ud-Din Rumi, und den ehrwürdigen Meistern Thomas von Aquin und Raimundus Lullus.

Plötzlich sah Arminius ein, dass es ein Fehler war, zu sehr auf die alten Propheten zu hören. Eigentlich sollten die Menschen am meisten auf ihre zeitgenössischen Propheten hören! Jeder Prophet beschreibt seine Kommunion mit der Gottheit, sowie seine Einsichten und Ansichten die aus dieser Kommunion kommen, in den Gleichnissen und Begriffen seiner Zeit, die hauptsächlich für seine Zeitgenossen gedacht sind und von ihnen am besten verstanden werden! Die Propheten von damals schrieben in Worten von damals, für die Menschen von damals! Die Propheten von damals werden heute nicht mehr sehr gut verstanden! Die Propheten von heute schreiben in heutigen Worten, für die Menschen von heute! Die zeitgenössischen Propheten sind relevant! Und die zeitgenössischen Propheten widerlegen die alten nicht, sie bestätigen sie, mit den neuen Begriffen und den neuen Worten eines neuen Zeitalters! Die neuen Propheten drücken die zeitlosen Wahrheiten in der Sprache und den Begriffen ihrer Zeit und ihrer Mitmenschen aus! Die neuen Propheten ehren die Werke der alten Propheten und bestätigen sie!

Auch wurde sich Arminius plötzlich gewahr, dass für die großen Religionen des Fernen Ostens der 20. März der Tag des Erwachens war. Der Tag des Chen, oder Zen, der Tag des Frühlingserwachens, der Tag des Geisteserwachens, der Tag der geistigen und natürlichen Erneuerung! Und die alten Perser, sowie die meisten Sufisten, feierten den Frühlingsanfang auf ähnliche Art.

Er wurde sich weiterhin gewahr, dass Ostern das christliche Äquivalent des altpersischen, sufistischen und fernöstlichen Erwachens war, sowie der muslimischen Nacht der Macht. Karfreitag war der Tag an welchem, nach Wolfram von Eschenbach, eine weiße Taube vom Himmel kommt und in ihrem Schnabel eine runde, weiße Hostie trägt, den Gral. Mystiker von weit auseinander liegenden Erdteilen und Religionen hatten, getrennt und unabhängig voneinander, zur selben Jahreszeit und unter ähnlichen Umständen, die gleichen, heiligen Wahrheiten empfangen und waren zu gleichen oder ähnlichen Schlüssen gekommen!

Arminius war ekstatisch. Nicht nur am 20. März, wo er unbeschreiblich ekstatisch war, in höchster Verzückung und Glückseligkeit. Gefühle von Verzückung und Ekstase blieben ihm, für Tage, Wochen und Jahre danach. Glückseligkeit von unterschiedlicher Intensität verblieb ihm für den Rest seines Lebens und half ihm am Ende seines Lebens über die Schwelle des Todes.

Diese Glückseligkeit wirkte auch als Schmerzbetäubung. Wennimmer Arminius nach seinem Erwachen irgendwelche Schmerzen verpürte, dann erinnerte er sich seines Einswerdens oder Einsseins mit der Gottheit. Die resultiernde Ekstase löschte leichte Schmerzen ganz aus und verminderte selbst die stärksten Schmerzen auf ein erträgliches Mindestmaß.

Von diesem Tag an blickte Arminius die Welt mit neuen, ehrfürchtigen Augen an. Er war schon von klein auf ein sich wunderndes Kind gewesen, er war stets staunend und tagträumend durch das Leben gegangen. Aber das Staunen, welches ihn nach dem 20. März 1304 überkam, und von da an bis zu seinem Tode mit ihm verblieb, war ein ständiges Staunen göttlicher Verwunderung und Verehrung. Arminius hatte den Vorgang der Schöpfung erlebt, von stockdunklem, unbeweglichem, nicht wahrnehmbarem Äther zu einer geometrischen Quantifikation von ätherischen Lichtblasen. Er hatte erlebt, wie sich ein Teil dieser ordentlichen Quantifikation in Chaos zerriss und wie sich, entlang der unsicheren, leicht zerbrechlichen Grenze zwischen Ordnung und Chaos die atemberaubende Vielfalt des Lebens entfaltete. Er hatte erlebt, wie die Gottheit das Universum nicht mit schwerer Hand von außen her regiert, sondern mit sanfter Hand, von innen her, von der ätherischen Ebene her, beeinflusst. Er staunte wenn er am Morgen erwachte, ging staunend durch den Tag und staunte noch, wenn er am Abend seine Augen zum Schlafe schloss. Selbst im Traum staunte er!

Während der darauffolgenden Wochen, Tage und Jahre versuchte Arminius, seine Offenbarung zu analysieren. Aber der endgültige Schluss, zu dem er immer wieder kam, war mehr oder weniger das, was er schon vorher gewusst hatte: Dass das All ein synkretisches Ganzes ist, welches sich in einem Zustand von Synthese befindet; dass die Wahrheit der Synthese die primäre Wahrheit des Universums ist, und die Wahrheit der Analyse die sekundäre; dass die Synthese die überlegene Wahrheit ist, und die Analyse die unterlegene; dass die Analyse aus zwei Wahrheiten besteht, der These und der Antithese, die sich gegenseitig ergänzen; und dass alle drei Wahrheiten, die Synthese, die These und die Antithese, gleich wahr sind. Aber die Synthese ist stets die höhere Wahrheit! – Das Dreifache Paradox!

Das Dreifache Paradox als kosmisches Grundprinzip hatte sich am Vorabend der großen Vision offenbart. Dann, während seiner großen Vision, hatte er das Prinzip in Aktion gesehen: Das Dunkel war das Gleiche wie das Licht, nur dass dunkler Äther bewegungslos, unsichtbar, unwirklich und unfassbar war, und lichter Äther beweglich, sichtbar, wirklich und fassbar! Dunkler Äther war nichts; lichter Äther war alles! Und die Schöpferkraft, die eins ins andere wandelte, war die schöpferische Kraft der Bewegung!

Die Ein/Ausdehnung der ätherischen Sphären war dreidimensional nach innen und dreidimensional nach außen gegangen, gleichzeitig und synchronistisch. Das ätherische Sphärengebilde war statisch und dynamisch, fest und flüssig zugleich. Verdoppelung war immer von Halbierung begleitet, Ausdehnung von Eindehnung, Explosion von Implosion, vorwärtige Zeit von rückwärtiger Zeit. Alles war gleichzeitig statisch und dynamisch, Äther floss gleichzeitig nach innen und außen, und gleichzeitig an den Oberflächen und Unterflächen der ätherischen Blasen, in entgegengesetzten Richtungen.

In den Sphären, die aus dem ordentlichen Blasengebilde heraus ins Chaos gerissen wurden, hörte der ätherische Fluss nicht auf. Wenn er aufgehört hätte, dann hätten die Blasen aufgehört zu existieren, denn nur der ätherische Fluss trennt das Etwas vom Nichts! An den Blasen, die aus dem ordentlichen Gebilde heraus ins Chaos gerissen wurden, wandelte sich der sphärische Umfluss zu Umdrehung. Anstatt dass Äther um die Blasen floss, drehten sich die Blasen um sich selbst! An den Blasen mit einem zweidirektionalen Fluss wandelte sich der Fluss in zweidirektionale, gyroskopische Umdrehung. Manche dieser Blasen wurden weiter entzweigerissen und drehten sich nur in einer Richtung: die einen linksherum, die anderen rechtsherum.

Anziehung war gleich Abstoßung, Einheit gleich Vielfalt, Abhängigkeit gleich Unabhängigkeit! Von allem was wahr und vorhanden war, war der diametrale Gegensatz genauso wahr und genauso vorhanden! Der Seher war das Gesehene, der Beobachter das Beobachtete! Arminius hatte das Ganze als ein unteilbares, synkretisches Ganzes gesehen, und war es geworden! Menschenaugen alleine hätten das Ganze nicht sehen können, der Menschengeist alleine hätte es nicht fassen können, menschliche Begriffe alleine hätten es nicht formulieren können! Es war ein Erleben von totaler, kosmischer Synthese – er hatte die Gesamtheit der Erinnerungen der Weltseele erlebt, vom Anfang der Welt bis zur Gegenwart, als ein zusammenhängendes, unteilbares Ganzes! Arminius musste eine Reihe neuer Begriffe erfinden und alle seine Wortgewalt hernehmen, um es in Worte zu fassen. Selbst dann waren seine Worte ungenügend. Im Vergleich zu der überwältigenden Grossartigkeit, die er erlebt hatte, schienen ihm seine Worte wie stümperisches Stückwerk!

Alle Gegensätze waren in vollkommenem Gleichgewicht! Jedes Phenomenon war von einem gegensätzlichen Phenomenon von der gleichen, aber diametral gegenüberliegenden Natur, Kraft oder Dauer begleitet. Sein unausweichlicher Schluss war, dass jedes Paar von Gegensätzen die diametral gegenüberliegenden Pole eines Dinges darstellt; dass Gegensätze, obwohl gegensätzlich, auch vereint sind: Das hermeneutische Wunder des Einen Dinges: Das Prinzip der Einheit: Das Dreifache Paradox!

Arminius hatte lange vor seiner Vision über das Dreifache Paradox und das Prinzip der Einheit gelesen und gehört, er hatte es gut verstanden, es leuchtete ihm ein und er hätte daran glauben können, aber er tat es nicht. Für Arminius war blinder Glaube, selbst wenn er auf logischer Einsicht beruhte, nichts weiter als eine Art von Blindheit. Er wollte Klarheit! Blinder Glaube, selbst wenn er auf logischer Einsicht beruhte, war nicht für ihn!

Erst jetzt, nachdem er das Dreifache Paradox erlebt hatte, als Offenbarung des Prinzips selbst, und in Aktion während seiner großen Vision, konnte er wirklich an das Dreifache Paradox glauben, an die göttliche Einheit die auch als gegensätzliche Zweiheit in Erscheinung treten kann. Diese Art von Wissen, in dem man in der Synthese erlebt was man durch Analyse ermittelt, oder durch Analyse ermittelt was man in der Synthese erlebt, war für ihn vollkommenes Wissen, die höchste Art von Wissen, noetisches Wissen, Gnosis! Danach hatte er sich sein Leben lang gesehnt; jetzt hatte er sie endlich gefunden!

Jetzt wusste er auch, was er in seinen Briefen an die Beguinen schreiben würde. Er würde versuchen, noetisches Wissen zu lehren! Er wollte, dass seine Zeitgenossen jenseits des blinden Glaubens gehen, um das zu erleben und zu werden, woran sie glaubten! Und er würde es mit einer Serie von Briefen versuchen. Er wollte die Menschen, die auf einer inneren Pilgerreise sind und geführt werden wollen, auf eine Kommunion mit der Gottheit zu zuführen: „VIA GRADALIS • Ein Weg der Einweihung durch die Sieben Spären • In Neun Briefen“ – eine briefgeführte Suche nach dem Gral!

Er würde seine Leser so führen, wie er selbst geführt wurde, durch die Schriften des Jalal-ud-Din Rumi und anderer. Neun Briefe der Einweihung, in monatlichen Abständen, jeder Brief eine Stufe. Eine stufenweise Einweihung in den Gral. Der erste Brief würde eine geistige Empfängnis symbolisieren, der letzte eine geistige Geburt. Geistige Empfängnis, Schwangerschaft und Geburt, in neun Briefen über neun Monate hin! Wenn diese Briefe von literarischen Beguinen kopiert, weitergeleitet und wiederkopiert wurden, und jede Beguine zwei Kopien davon weiterleitete, und so weiter, dann würden sich die Briefe exponentiell vermehren, so wie sich die ätherischen Sphären seiner Vision vermehrt hatten, bis das Universum gefüllt und Gottes Wille erfüllt war!

Vielleicht könnte die gesamte Menscheit auf diese Art erleuchtet werden? War das nicht, wofür Arminius gebeten hatte? Hatte er nicht um diese Vision gebeten um sie an die Menschheit weiterzugeben, so dass sich die Menschheit errette? Gott hatte seinen Teil der Abmachung erfüllt – jetzt war Arminius an der Reihe! Jetzt musste er seinen Vertrag mit Gott erfüllen und seine Vision an die Menschheit weitergeben! Jetzt war er ein Diener der Gottheit und des Grals! Jetzt, nachdem er den Gral empfangen hatte, und ihn geworden war, musste er ihn verkündigen! Und er, als Schreiber, würde es schriftlich tun!

Arminius war schon als Kind literarisch gesinnt, er war schon immer davon überzeugt, dass das geschriebene Wort ein besserer Lehrer sei als das gesprochene, besonders wenn es um esoterische Lehren ging. Das lag hauptsächlich an der lateinischen Maxime „LITTERA SCRIPTA MANET“, das geschriebene Wort verbleibt. Das geschrieben Wort ist haltbar, unveränderlich und unverfälschlich. Es kann wiederholt gelesen und studiert werden, so oft und so lange der Leser es will. Das geschriebene Wort kann auch leicht weitergegeben werden, man kann es kopieren und wiederkopieren, ohne dass es seinen Sinn verliert. Und, was für esoterische Lehren besonders wichtig ist, das geschriebene Wort setzt die notwendige Distanz zwischen Meister und Novizen: es hält den Meister gut und tot! Es zwingt die Novizen, selbst Meister zu werden anstatt ihre Meister blind zu verehren, sie blindlings nachzuahmen und ihnen blindlings zu folgen. Es erhält die notwendige Distanz zwischen einem Messias und denen die danach streben. Und, wenn solche messianischen Lehren unter Todesstrafe verboten sind, dann ist es leichter für einen schreibenden Messias anonym und am Leben zu bleiben!

Nun wusste er, was er in seinen Briefen an die Beguinen zu schreiben hatte. Er würde seine Leser allmählich, Schritt für Schritt, Stufe um Stufe, Brief um Brief, in den Gral einführen. Er würde die Führung auf seine eigenen mystischen Erlebnisse und auf seine eigenen Gedanken, Einsichten, Gefühle und Eingebungen basieren. Er würde auch einige der traditionellen Lehrmethoden der alten, esoterischen Schulen gebrauchen, soweit sie ihm bekannt waren. All dies würde er der Hausmutter der Beguinage Waldkirchen, Schwester Margaret, unterbreiten, sobald sie aus Regensburg zurückkam. Schwester Davina sagte, dass Schwester Margaret im Frühjahr zurückkommen werde. Der Frühling war da, er würde wohl bald von ihr hören!

Er hatte aber noch kein Papier, um die Gralsbriefe zu schreiben! Er hoffte, dass er in der Woche nach Pfingsten, anlässlich der Jahreshauptversammlung des Großpriorats, das nötige Papier in Nürnberg auftreiben würde. Wenn nicht, dann würde er den Großprior bitten, es aus Mainz kommen zu lassen. Wenn er das Papier vor der Sommersonnenwende erhielt, dann könnte er den ersten Brief an der Sommersonnenwende schreiben, den letzten am 20. Februar 1305, und die Gralssuche würde im Frühlingsanfang 1305 gipfeln. Das wäre ideal, er würde dies der Schwester Margaret vorschlagen! Arminius sah seinem ersten Zusammentreffen mit Margaret erwartungsvoll entgegen. Von da an konzentrierte er alle seine Kontemplationen auf die Gralsbriefe. Er begann, die Briefe im Geiste zu verfassen und sie auf seinen Schiefertafeln zu formulieren und zu läutern.

Als er am 21. März das Elfuhrläuten von der Peterskirche klingen hörte, ging Arminius nach Neuhaus um mit seinen Mitbrüdern das Mittagsmahl einzunehmen. Er sah so strahlend aus wie er sich fühlte, die Brüder blickten ihn ehrfürchtig an. Sie hatten ihn bewundert seit er im vergangenen Spätsommer sein Kommando antrat, aber die Ehrfurcht, mit der sie ihn jetzt ansahen, war neu. Arminius war froh, dass keiner Fragen stellte, denn er wollte sich nicht damit brüsten, von der Gnade Gottes gesegnet zu sein. Aber die Gnade Gottes zeigte sich in seinem Angesicht und in seinen Gesten, sie strahlte aus seinen Augen und klang aus seiner Stimme. Die neugefundene Ehrfurcht, mit der ihn seine Mitbrüder nach dem Frühlingsanfang 1304 betrachteten, verblieb mit ihnen, bis zu Arminius' Lebensende und darüber hinaus.

Ostern fiel dieses Jahr auf Mitte April; die Brüder waren bereits am Anfang ihrer dritten Fastenwoche. Deshalb war das Mittagessen spärlich, was Arminius gerade recht war, denn man soll spärlich essen wenn man aus einer Faste kommt.

Sein Gebet vor und nach der Mahlzeit, und das Mittagsgebet der Templer, das die Brüder beim Zwölfuhrläuten beteten, war voll herzlicher Frömmigkeit, inniger als vorher. Alle seine Gebete wurden inniger nach seinem Erwachen! Die Brüder und die Knechte spürten es und auch ihre Gebete wurden inniger. Von diesem Tag an betete Arminius jedes der fünf täglichen Templergebete mit seinen Mitbrüdern in Neuhaus, sofern er in Thannbrunn oder Neuhaus war. Seine Pflichten als Komtur von Thannbrunn nahm er mit erneuerter Lebenskraft wieder auf.

Es war ein milder Winter gewesen, das Wetter in der letzten Märzwoche war trocken und warm, es sah aus als ob der Winter endgültig vorbei und der Frühling bestimmt da war. Arminius fragte Johannes welche Frühlingsarbeiten noch vor dem Osterfest verrichtet werden sollten.

„Unsere Schmierseife ist nahezu aufgebraucht, wir werden nächstens Seife machen. Und wir haben keinen Kalk mehr. Den letzten Kalk verwendeten wir dazu, die Obstbäume zu weißen. Jetzt müssen wir neuen Kalk löschen! Dazu brauchen wir zwei Wagenladungen Kalk vom Kalksteinbruch unterhalb Staufersbuch. Danach brennen wir den Kalk in unserem Kalkofen. Sobald der Branntkalk gelöscht ist, weißen wir alle unsere Gebäude, innen und außen. Das Weißen sollte sobald als möglich geschehen!

Die Weiße Laberstraße muss geschottert werden, bevor der Frühjahrsverkehr beginnt. Jedes Frühjahr hat die Talbodenstrecke der Straße einige Weichstellen die aufgeschottert werden müssen. Der lange, leichte Anstieg zum Roten Kreuz ist meistens in gutem Zustand, aber der steile Anstieg kurz vor dem Roten Kreuz ist kritisch, der muss immer gut geschottert sein! Unsere Seite der Rotkreuzhöhe schottern wir jedes Frühjahr, und Bruder Dietrich schottert seine, aber der Schotter scheint vom Sand verschluckt zu werden, denn wir müssen jedes Frühjahr neu schottern.

Manchmal fährt ein früher Fuhrwagen die Rotkreuzhöhe bevor sie geschottert ist. Wenn er stecken bleibt, dann senden wir ein Pferdegespann hinüber um Vorspann zu leisten. Manchmal stecken sie so fest, dass wir vier oder sechs Pferde vorspannen müssen. Wenn sie so fest stecken, dass man sie nicht mehr herausziehen kann, dann schicken wir unseren Wagen hinüber um ihre Ladung auf unseren Wagen umzuladen. Aber das kommt selten vor, eigentlich nur dann, wenn ein unerfahrener Fuhrmann versucht, seinen Wagen rückwärts den Hügel hinunterzufahren, wenn er sieht, dass er vorwärts nicht hinaufkommt, und sich der Wagen beim Rückwärtsfahren querstellt und quergestellt festfährt."

Am selben Tag ritt Arminius ins Tal hinunter um die Weiße Laberstraße zu inspizieren. Sie hatte den Winter gut überstanden, aber an der Talbodenstrecke sah er einige Stellen die weich waren und geschottert werden mussten. Der leicht ansteigende Hang zum Roten Kreuz war fest und trocken. Aber die steile Strecke des Rotkreuzrückens, die ersten hundert Schritte vom Roten Kreuz hinunter, war tiefgefurchter, nasser Sand. Arminius sah deutlich, dass ein schwerer Fuhrwagen hier bergauf leicht steckenbleiben konnte wenn er zu tief in den nassen Sand sank.

Am nächsten Tag ritt Arminius nach Holnstein und fragte den Ritter, ob er zwei Wagenladungen Kalkstein aus dem Kalksteinbruch unterhalb Staufersbuch entnehmen dürfe, und mehrere Karrenladungen Tuffstein aus dem Tuffsteinbruch. Der Tuffsteinbruch des Holnsteiners war etwas über der Weißen Laberstraße gelegen, kurz vor dem Dorf Holnstein. Die Ritter von Holnstein und die Tempelherren von Thannbrunn holten dort ihren Straßenschotter, seit die Weiße Laberstraße von ihren Landesherren zu einer öffentlichen Land- und Handelsstraße erklärt wurde und die Ritter, durch deren Lehen die Straße führte, mit ihrer Instandhaltung beauftragt wurden.

Der kleinzerstoßene Tuffstein war als Straßenschotter gut geeignet. Er war trocken und leicht zu befördern, verband sich gut mit Sand, Lehm und anderer Erde und wirkte schonend auf Pferdehufe, Ochsenklauen und die nackten Fußsohlen barfüßiger Menschen. Sein einziger Nachteil war, dass er unter den eisenbereiften Rädern schwerer Fuhrwagen leicht pulverisiert wurde. Trotzdem war er als Straßenschotter weit besser geeignet als gebrochener Kalkstein. Flusskies gab es nicht im Tal der Weißen Laber.

Der Ritter von Holnstein genehmigte Arminius, so viele Ladungen Kalk- oder Tuffstein zu entnehmen wie er brauchte, als Gegenleistung forderte er lediglich die gleiche Menge Sand aus der Templersandgrube oberhalb der Sandmühle. Arminius willigte ein. Am frühen Morgen des nächsten Tages sandte Johannes eine Mannschaft von Bauern mit Spitzhacken, Brechstangen, Eisenkeilen, Keilhammern und Fäusteln in den Kalksteinbruch um zwei Ladungen Kalkstein zu brechen. Nachdem sie den Kalkstein gebrochen hatten, gingen sie zum Tuffsteinbruch um dort eine größere Menge Tuff zu brechen.

Sepp der Fuhrmann, mit Hilfe eines Knechtes, holte den Kalkstein ab. Im Hof von Neuhaus brachen die Templerknechte den Kalkstein in doppelfaustgroße Klumpen, legten Kienspäne und eine Kreuzlage von langen, trockenen Holzscheiten unten in den Kalkofen, schichteten die Klumpen von Kalkstein darauf, und einige Klumpen von Blaulehm, und Klumpen von Holzkohle zwischen die Stein- und Lehmklumpen, bis der Kalkofen voll war. Dann zündeten sie den Ofen an. Die

Holzkohle zwischen den Kalksteinen brannte den ganzen Tag, nach Einbruch der Dunkelheit sah man die gebrannten Kalksteine rot im Kalkofen glühen.

Nachdem der Kalkofen ausgekühlt war, wurde der Branntkalk und der gebrannte Blaulehm entnommen. Der gebrannte Blaulehm wurde trocken aufbewahrt und der Branntkalk gelöscht. Der Branntkalk zischte und kochte im Löschtrog, wenn Wasser dazugeschüttet wurde, und musste ständig gerührt werden. Die Knechte, die den Kalk rührten, mussten sehr vorsichtig sein, denn der kochende Kalk spritzte und konnte leicht die Haut verbrennen oder die Augen ernsthaft verletzen.

Nachdem sich der gelöschte Kalk abgekühlt und gesetzt hatte, schöpften sie etwas davon in ihre Eimer und verdünnten ihn mit Wasser, bis er streichbar war. Hospiz, Ställe, Speicher und alle Nebengebäude wurden ausgeräumt und geweißt, von innen und außen. Nach dem Weißen wurden die Holzfußböden im Hospiz mit Aschenlauge geschrubbt. Während die Knechte unter der Aufsicht Bruder Hermanns die Böden wuschen, nahm Johannes die Tüte Zinnober, die er im vergangenen Herbst beim Färber in Berching gekauft hatte, mischte das Zinnober mit Öl bis es streichbar war, und erneuerte den Anstrich auf dem großen Templerkreuz außen am Hospiz. Dann ging er ins Tal und strich das Templerkreuz oben auf dem Wegweiser. Zum Schluss begab er sich zum Roten Kreuz und erneuerte es zu einem leuchtenden Zinnoberrot.

Während Bruder Johannes den Zinnoberanstrich besorgte und die Knechte unter Anleitung von Bruder Hermann die Böden wuschen, kochten Bruder Jakobus und Petrus ihren Jahresbedarf an Seife. Wie alle Mediziner und Sanitäter des Templerordens, hatten Petrus und Jakobus die arabische Heilkunst erlernt. Das Grundprinzip der arabischen Heilkunst war Sauberkeit. Bruder Petrus und Jakobus sorgten dafür, dass dieses Prinzip im Neuhaus-Hospiz, besonders bei der Pflege von Kranken und Verletzten, aufrechterhalten wurde. Die Seife dafür wurde jedes Jahr im Frühjahr neu hergestellt.

Zu diesem Zweck sammelten sie das ganze Jahr über alle Fettreste, zerließen das Fett in großen Pfannen über dem Feuer und hoben das zerlassene Fett in Fässern auf. Die Asche von allen Feuerstellen wurde ebenfalls in Fässern aufbewahrt. Im Frühjahr hatten sie dann gewöhnlich ein bis zwei Fässer mit zerlassenem Fett und zwei bis drei Fässer voll Asche. Die Aschenfässer füllten sie mit Wasser und ließen sie einen Tag stehen. Dann wurde die Lauge abgegossen, mit dem zerlassenen Fett gemischt und in großen Kesseln gekocht, bis die Mischung dickflüssig war. Dieser Brei erkaltete zu einer graubraunen Schmierseife, drei Fässer Schmierseife deckten ihren Jahresbedarf. Mit dieser Seife wuschen sie die Kranken und Verletzten, wuschen Wunden, Verbandszeug, Decken, Kleidung, Strohsäcke und sich selbst. Und sie hielten ihre Mitbrüder und die Templerknechte dazu an, sich regelmäßig zu waschen. Auch Arminius hatte ein Töpfchen dieser unansehnlichen aber wirksamen Schmierseife bei sich in der Burghalle stehen.

In der Zwischenzeit hatte die Steinbruchmannschaft im Tuffsteinbruch Holnstein eine ansehnliche Menge Tuff gebrochen, in kleine Brocken zerstampft und hoch aufgehäuft. An einem sonnigen Tag, Anfang April, rief Johannes alle verfügbaren Leibeigenen, etwa 120 Männer und Frauen, und alle verfügbaren Ochsenkarren, etwa dreißig an der Zahl, zum Schottern.

Am Morgen des ersten Schottertages teilte Johannes die Leute in drei Mannschaften ein. Die Lademannschaft begab sich in den Tuffsteinbruch, um den Tuffschotter auf die Karren zu schaufeln, die Fuhrmannschaft fuhr den Schotter vom Steinbruch zu den Stellen wo er gebraucht wurde, und die Abladen mannschaft lud den Schotter dort ab, breitete ihn aus und stampfte ihn fest. Zum Abladen und Ausbreiten gebrauchten sie Schaufeln und Rechen, zum Feststampfen schwere, hölzerne Mörser, die von zwei Mann gehandhabt wurden.

Die dreißig Ochsenkarren fuhren den ganzen Tag zwischen dem Tuffsteinbruch und den Schotterstellen hin und her. Am Abend des ersten Schottertages kamen alle, die beim Schottern gearbeitet hatten, in das Hospiz auf ein Mahl. Wegen der Fastenzeit war dieses Mahl nicht so üppig wie das am Brückentag, aber es war nahrhaft und schmackhaft. Johannes ordnete noch zwei weitere Schottertage an, bis alle Weichstellen der Weißen Laberstraße im Amtsbereich Thannbrunn gut geschottert waren. Arminius und seine Komturei waren für die neue Fuhrsaison bereit!

Am Anfang der Osterwoche waren alle Vorfrühlingsarbeiten getan. Am Palmsonntag beim Hochamt in Waldkirchen hielt Arminius nach einem neuen Gesicht unter den Beguinen Ausschau. Er hoffte, dass Schwester Margaret vor Ostern aus Regensburg zurückkommen würde, um das Osterfest mit ihren Mitschwestern in Waldkirchen zu feiern. Aber er sah kein neues Gesicht unter den Beguinen. Anscheinend war Margaret noch nicht zurückgekehrt.

Am Mittwoch der Osterwoche ritten die Brüder zur Osterbeichte nach Weihersdorf. Die Templerknechte und Leibeigenen beichteten in Waldkirchen, aber der Beichtvater der Templer war ihr Bruder Kaplan von Weihersdorf. Der Templerkaplan von Weihersdorf, wie alle Kaplane des Templerordens, war befugt, den Mitgliedern des Templerordens die heiligen Sakramente zu verabreichen.

Arminius beichtete dem Kaplan, dass er nichts zu beichten hätte. „Im vergangenen Winter ging ich auf die Suche nach dem Gral. Gott erfüllte meine Bitte und segnete mich mit seiner Gnade!"

Der Bruder Kaplan lächelte und sagte: „Ich sah die Gnade Gottes aus deinem Antlitz leuchten, bevor du dich dazu bekanntest. Jetzt hast du deine Weihe zur höchsten Dienstebene empfangen, der Ebene der Vollendung! - Das war deine Einweihung in den Siebten Grad! Jetzt gehörst du dem Kreis der Vollendeten an! Aber du bist auf dieser erhabenen und erhobenen Ebene erst ein Anfänger, Bruder Arminius, ein Lehrling, und Lehrlinge machen Fehler!

Manchmal verursacht die Gnade Gottes einen vorübergehenden Hochmut in denen, die er begnadet. Hochmut ist der häufigste Fehler, den die in den Siebten Grad neueingeweihten Brüder begehen. Ich sehe so einen Hochmut in dir, Bruder Arminius! Die Gnade Gottes ist zwar die höchste Tugend, aber der Hochmut, der diese Tugend manchmal begleitet, ist Sünde!

Das Einswerden mit Gott ist das höchste Hochgefühl auf Erden! Es erhebt uns über unsere Mitmenschen und führt deshalb leicht zum Hochmut! Um diesem

Hochmut vorzubeugen und entgegenzuwirken, müssen wir die Demut üben! Wir müssen demütig sein, Bruder Arminius, von Herzen demütig!

Du bist ein kluger Mann, Bruder Arminius! Klugheit ist deine Stärke, aber sie ist auch deine Schwäche! Du bist deinen weniger klugen Mitmenschen gegenüber unduldsam, du wähnst dich ihnen überlegen! Aber jetzt, da du mit der Gottheit eins wurdest, bist du der Diener deiner weniger klugen Mitmenschen! Das heißt nicht, dass du ihnen unterwürfig sein sollst! Sei geduldig mit ihnen, demütig und sanftmütig! Übe vor allem die Demut!"

So bekannte sich Arminius zur Sünde des Hochmutes. Zur Buße gab ihm der Bruder Kaplan einige Gebete auf und riet ihm, sich mehr mit niedriger Arbeit zu befassen, wie die Sorge für die Armen, Obdachlosen, Verzweifelten, Kranken und Verunglückten, die in seinem Hospiz um Hilfe, Nahrung und Obdach baten. „Sei ein guter Samariter!" sagte der Bruder Kaplan eindringlich. „Lass die Gnade Gottes, die dir zuteil wurde, auf die geringsten deiner Brüder und Schwestern scheinen! Denn die brauchen sie, und dich, am meisten!"

Nach der Beichte hatte Arminius keine Zeit mit Bruder Dietrich zu sprechen, aber der lud Arminius und seine Mitbrüder zur Ostermesse mit anschließendem Festmahl und anderen Festlichkeiten ein. Arminius sagte zu.

Beim Heimritt ritten sie über Mühlhausen um die Weiße Laberstraße zu inspizieren. Arminius und Johannes stellten fest, dass die Weihersdorfer Seite der Rotkreuzhöhe noch nicht geschottert und tief gefurcht war. „Wenn Bruder Dietrich seine Seite nicht bald schottert, dann bleibt der erste Fuhrwagen von Nürnberg hier stecken!" sagte Johannes ungehalten. „Und der Fuhrmann wird nicht nach Weihersdorf gehen und um Hilfe bitten, er wird zu uns kommen! Denn wir sind ein Hospiz, wir sind dafür bekannt, dass wir Reisenden in Not helfen. Aber die Fuhrmänner sind keine Notleidenden! Sie kommen zu uns und bitten um Hilfe, obwohl die Kaufleute, die die Wagen und Waren besitzen, ganz bestimmt nicht bedürftig sind! Ich hoffe, dass diese Herren ab und zu eine großzügige Spende an unseren Orden machen. Du könntest das unserem Bruder Großprior gegenüber einmal erwähnen, wenn du zur Jahreshauptversammlung nach Nürnberg reitest!"

„Ja, ich werde es erwähnen!" versprach Arminius beschwichtigend. „Aber du musst dir vor Augen halten, dass die Förderung des Reise- und Handelsverkehrs eine der Aufgaben unseres Ordens ist. Die Aufrechterhaltung dieser Straße für schweren Fuhrwagenverkehr ist unsere Aufgabe! Es ist unsere Pflicht, Fuhrleuten zu helfen!"

„Ja, ich weiß!" erwiderte Johannes. „Aber oft bitten Leute, die sehr gut zahlen könnten, um freie Hilfe!"

„Ja, das ist schon so", gab Arminius zu, „daran lässt sich leider nichts ändern! Wir können nicht jeden, der um Hilfe bittet, auf seine Bedürftigkeit hin prüfen. Wir helfen bedingungslos! Du darfst nie vergessen, dass wir durch die Spenden unzähliger Menschen in der Lage sind, unseren bedürftigen Mitmenschen zu helfen. Für jeden, der unsere Großzügigkeit ausnützt, sind viele, die großzügig und bedingungslos an uns geben, ohne jemals unsere Hilfe in Anspruch zu nehmen!"

Am Karfreitag ritten sie zum Hochamt nach Waldkirchen. Arminius hielt wieder nach einem neuen Gesicht unter den Beguinen Ausschau, aber er sah immer noch keines. Nach der Messe näherte er sich Schwester Davina, verbeugte sich, grüßte sie und fragte, ob er sie zur Beguinage begleiten dürfe. Auf dem Weg fragte er, ob sie von Schwester Margaret gehört hätte. „Ja, wir erhielten einen Brief von ihr, aus Regensburg. Sie gründet dort eine neue Beguinage. Das dauert etwas länger als sie dachte. Sie wird vor Pfingsten nicht zurück sein!

Aber sie wird ganz bestimmt vor dem Johannistag zurück sein, denn dies ist ein besonderer Festtag, für sie und für mich. Es war der größte Festtag des Jahres, auf ihres Vaters Burg, in Northumbria. Als Gräfin von Sulzbürg setzte sie ihre väterliche Tradition fort. Das Johannisfest auf dem Schloss Sulzbürg war weitbekannt und hochbeliebt, viele von Margarets Freunden aus jenen Tagen kommen immer noch zu unserem Johannisfest hier nach Waldkirchen!

Meine persönliche Bedeutung des Johannisfestes geht auf meine Vorfahren zurück. Gunn hieß früher Gunnarson; meine Vorfahren waren Wikinger, die das östliche Schottland eroberten und sich dort niederließen. Die Sommersonnenwende war ihr wichtigstes Fest! Als sie zum Christentum bekehrt wurden, blieb es ihr wichtigstes Fest, wurde aber auf Johannisfest umgenannt. Margaret ist auch nordischer Herkunft, für ihre Vorfahren war die Sommersonnenwende auch das meistgefeierte Fest des Jahres. Wir beide setzen die Tradition unserer Vorväter fort!

Wie ich sagte, erwarte ich Margaret irgendwann nach Pfingsten, aber ganz bestimmt vor dem Johannisfest! Ich werde Euch eine Botschaft senden, sobald sie zurückkehrt!" Arminius dankte Schwester Davina und ritt heim.

Karfreitag war Fasttag, es gab kein Mittagessen. Nach dem Mittagsgebet entschloss sich Arminius, den Rest des Karfreitags in Gebet, Meditation und Kontemplation in Trevrizents Höhle zu verbringen. Aus seiner Kiste in der Burghalle entnahm er einige Kerzen und sein Feuerzeug und ging den steilen Fußpfad zur Sandmühle hinunter. Er verweilte eine zeitlang am Mühlenteich und blickte sinnend auf das Spiegelbild der Sonne im Teich. „Eine runde, weiße Hostie", so hatte der Einsiedler Trevrizent den Gral beschrieben, den eine Taube jedes Jahr am Karfreitag vom Himmel bringt. Und plötzlich teilte sich die weiße Scheibe im Mühlenteich in zwei, und die zweite teilte sich wieder, und drei miteinander verbundene, runde weiße Scheiben erschienen kurz auf der Oberfläche des Teiches. Und er hörte ein leises, hohes, melodisches Klingen, wie von einer Windharfe aus dünnstem Glas. Er hatte diese Musik schon einmal gehört: die Musik der Sphären!

Arminius hatte über die Musik der Sphären gehört und gelesen. Der Mystiker und Mathematiker Pythagoras hatte sie gehört und beschrieben, aber Arminius dachte immer, dass „Musik der Sphären" eine gleichnishafte Beschreibung für himmlisch klingende Musik sei. Aber seit seinem Erwachen wusste er, dass die Sphären, die diese Musik machten, echte Sphären waren: wirkliche, ätherische Blasen! Er wusste auch, dass aller Klang, sowie alles andere im Universum, aus ätherischen Sphären besteht. Und wieder traf ihn die ekstatische Erkenntnis, mit einem Blitz von Verzückung: „Wir sind ätherische Sphären!"

Dann ging er über die Sandmühlbrücke nach Simbach. Kurz vor Simbach bog er nach rechts ab, durch die Erlen und Buchen Richtung Trevrizents Höhle, und dachte daran, dass Wolfram von Eschenbach, an einem Karfreitag vor etwa hundert Jahren, vielleicht den gleichen Weg ging, um einen Tempelritter zu besuchen, der die Osterwoche in Gebet, Meditation und Kontemplation in der unterirdischen Kapelle verbrachte.

Es war höchst unwahrscheinlich, dass Wolframs Gralsepos nichts weiter war als die Nacherzählung jener Gralsgeschichte, die Wolfram von dem geheimnisvollen „Kyot" gehört hatte. Arminius, als mystischer und schöpferischer Denker und Dichter, wusste sehr gut, dass Wolfram nicht mit solcher Kraft schreiben konnte ohne das Wesentliche dessen, worüber er schrieb, selbst erlebt zu haben. Sicherlich war ein großer Teil von Wolframs Parzival nichts weiter als die übliche Gralsgeschichte, die von mehreren Gralsdichtern wiedererzählt und zum erstenmal von Chretien de Troyes niedergeschrieben wurde. Und ein guter Teil des Parzival beruhte bestimmt auf dem, was Wolfram von einem Troubadour namens Guido, wahrscheinlich Guido de Provence, gehört hatte.

Guido de Provence und Wolfram von Eschenbach reisten, inmitten anderer, nahmhafter Troubadoure, als Gäste des König Richard und seiner Mutter, der Liebeskönigin Eleanore, im Gefolge Richards ins Heilige Land. Bevor König Richard das Heilige Land im Jahre 1191 wiedereroberte, eroberte er 1190 die Insel Zypern. Während er 1191 Akko und das Heilige Land zurückeroberte, ließ er sein Gefolge auf Zypern zurück. Wolfram verbrachte nahezu ein ganzes Jahr mit Guido de Provence und anderen Troubadouren im Dienst der Liebeskönigin Eleanore auf Zypern.

Vielleicht gab es sogar zwei Guidos die Wolfram informierten und inspirierten! Guido de Lusignan, der unselige König Jerusalems, der die Heilige Stadt an die Muslime verlor und von Sultan Saladin gefangengenommen und mehrere Monate gefangengehalten wurde, und während seiner muslimischen Gefangenschaft höchst ehrenhaft behandelt und in die muslimische Religion und Kultur eingeweiht wurde, hielt sich zur gleichen Zeit wie Wolfram auf Zypern auf und wurde später sogar König von Zypern. Das war außerdem die Zeit in der König Richard, zusammen mit dem Templergroßmeister Robert de Sable, eine Heirat zwischen König Richards Schwester Johanna und Sultan Saladins Bruder al-Adil vorschlug. Diese Heirat sollte mehr als eine Vermählung der mächtigen Herrschergeschlechter der beiden Welten darstellen, sie sollte eine Vermählung zwischen Christentum und Islam symbolisieren! Diese hochgeistige Geste und der hohe Geist jener Zeit sind in Wolframs Parzival treffend ausgedrückt.

Aber Arminius war auch davon überzeugt, dass Wolfram selbst ein Sucher des Grals war, sein eigener Parzival, ein Durchdringer der Baraka, und dass ein Tempelritter sein esoterischer Mentor war. Für Arminius leuchtete der Geist des inneren Kreises des Templerordens strahlend aus Wolframs Gralsepos. Und jetzt, nachdem Arminius selbst den Gral erlebt hatte, war er fest davon überzeugt, dass auch Wolfram ihn erlebt hatte. Es war sogar möglich, dass der Tempelritter, der Wolfram einweihte, in derselben Höhle weilte, auf die Arminius jetzt zuging, und den ehrwürdigen Wolfram dort einweihte!

Am Höhleneingang entfernte Arminius die Steinplatte, stieg in das Eingangsloch, schlug sein Feuerzeug und entzündete eine Kerze. Mit der Kerze in der rechten Hand, auf beiden Knien und der linken Hand kriechend, kroch er in die unterirdische Kapelle.

Dort saß er lange, in tiefer Kontemplation. Er dachte an das Neunte Buch des Parzival, wo Parzival beim Einsiedler Trevrizent zu Gast ist und Trevrizent sagt zu ihm: „Jedes Jahr am Karfreitag kommt eine Taube vom Himmel und trägt in ihrem Schnabel eine runde, weiße Hostie. Diese Hostie ist der Gral. Sie vermag es, alle Reichtümer der Welt hervorzubringen!"

Plötzlich wurde sich Arminius dessen gewahr, dass Karfreitag der zweitletzte Tag der christlichen Faste war. Die Nacht des Karfreitags war die zweitletzte Nacht der christlichen Faste, das christliche Äquivalent der islamischen „Nacht der Macht", „die Nacht, in der der Koran herniederkam". Spielte Wolfram darauf an? Oder wies er auf Jesus' Erleuchtung hin, die gegen Ende seiner vierzigtägigen Faste in der Wüste stattfand? Vielleicht hatte Wolfram selbst, wie Arminius, Jesus, Mohammed, Jalal-ud-Din und andere, ungesungene und ungezählte Mystiker, seine göttliche Offenbarung gegen Ende seiner Frühlingsfaste empfangen? Oder betrachtete Wolfram, wie Arminius und andere Mystiker, das Frühlingserwachen der Natur als ein Gleichnis für das Geisteserwachen im Menschen? Wies er darauf hin, dass der Frühlingsanfang überall in der Welt als der Tag des natürlichen und geistigen Erwachens gefeiert wird, vom Fernen zum Mittleren zum Nahen Osten, bis zum Westen? Wies er darauf hin, dass das persische Neujahr, das Fest der Göttin Astarte, das Passah des Judaismus, die Nacht der Macht des Islam, das christliche Osterfest, das Chen, das Erwachen des Fernen Ostens; dass die Frühlingsfeste aller dieser Glaubensrichtungen das Gleiche feiern: Die geistige sowie die natürliche Erneuerung: Das Geisteserwachen im Menschen sowie das Frühlingserwachen in der Natur?

Plötzlich fiel ihm ein, dass Wolfram von Eschenbach in seinem Gralsepos die Turteltaube als das Wahrzeichen des Gralsvolkes bezeichnete. Die Turteltaube war auch das Wahrzeichen der Katharer, es symbolisierte für sie die alleinschließende Liebe Gottes. Die Turteltaube symbolisiert auch Wahrheit, Reinheit und Erleuchtung. Sie symbolisiert den Heiligen Geist, den Heiligen Gral, den Messias, den Christusgeist, den Geist der Erleuchtung. Sie ist das Symbol der göttlichen Einheit, der göttlichen Reinheit, der göttlichen Liebe und des göttlichen Friedens. In vorchristlicher Zeit war sie das Symbol der Astarte, der Göttin, die am Frühlingsanfang gefeiert wurde. König Salomon besang die Turteltaube in seinen Liedern! Und Arminius' Lieblingslied, aus seinem liebsten, alttestamentlichen Buch, kam ihm in den Sinn:

Mein Freund antwortet und spricht zu mir:
Steh auf, meine Freundin, meine Schöne, und komm mit mir!
Denn siehe, der Winter ist vergangen,

Der Regen ist weg und dahin;
Die Blumen sind hervorgekommen im Lande;
Der Lenz ist herbeigekommen,
Und die Turteltaube lässt sich hören in unserem Lande.

Arminius komponierte im Geiste seine eigene Hymne an Astarte, ein Lied zu seinem Geisteserwachen am Vorabend des Frühlingsanfangs:

Geliebte!
Nach langem Schlafe
Erwachtest Du
Und maltest die Hänge
In unzählige Schattierungen von Grün,
Punktiertest die Wiesen
Mit endlosen, gelben Punkten,
Und fülltest mein Herz
Mit unsäglicher Freude.

Du gabst Dich
Grenzenlos
Der Welt!
Du warfst Dich
Bedingungslos
An mich!

Astarte, Geliebte,
Komm, sei mein!
Und ich verbleibe
Bedingungslos Dein!

Arminius besann sich wie, im Neunten Buch von Wolframs Gralsepos, der Einsiedler Trevrizent seinem Gast Parzival einschärfte, dass man den Gral nicht wählen könne - man musste vom Gral gewählt werden! „Du suchst den Gral? Du dummer Mann, du tust mir leid! Denn nur der kann den Gral finden, der im Himmel bekannt ist und beim Namen zum Gral gerufen wird!“ Aber, gegen Ende des Epos, im letzten und 16. Buch, widerruft Trevrizent seine vorherige Aussage: „Das größte Wunder ist geschehen: du hast dir deinen Weg zum Gral erzwungen! Das geschah nie zuvor!“ Und, was am erstaunlichsten war, Parzival hatte nicht nur den Gral durch seinen eigenen Willen gefunden – er war durch seine eigene Willenskraft Gralskönig geworden!

Arminius hatte den Eindruck, dass der Mentor, der Wolfram anfänglich unterwies, ihm einschärfte, das man den Gral nicht finden könne, es sei denn, man sei vom Gral erwählt worden. Das war die konventionelle Weisheit jener Zeit! Aber Wolfram, als der unkonventionelle Mann der er offensichtlich war, wartete nicht passiv darauf vom Gral erwählt zu werden. Unter Missachtung der Konventionen seiner Zeit bahnte er sich eigenwillig und eigenhändig einen Weg durch die Wildnis und eroberte den Gral! Wolfram wählte den Gral! Aufgrund seines persönlichen Erfolges verwarf Wolfram die konventionelle Weisheit, dass man den Gral nicht selbst wählen könne!

Natürlich musste man auch vom Gral erwählt werden, daran zweifelte weder Wolfram noch Arminius, aber diese Wahl beruhte auf Gegenseitigkeit: Man konnte sich, sofern man gewillt war den Preis der Selbstlosigkeit zu zahlen, dazu erwählen, vom Gral erwählt zu werden!

Plötzlich wurde sich Arminius bewusst, dass Wolfram der Welt eine Botschaft von umwälzender Bedeutung brachte! Und Wolframs Botschaft hatte sich in ihm bestätigt! Arminius, wie Wolfram, ein etwas hochmütiger Dichter, unkonventionell, unorthodox, weniger fromm und weniger tugendhaft als viele seiner Zeitgenossen, war dreist vorgegangen, gegen die Konventionen seiner Zeit, und hatte den Gral in seiner grenzenlosen Fülle erlebt! Wolfram hatte recht: Man konnte sich dazu erwählen vom Gral erwählt zu werden - vorausgesetzt, dass man bereit war, den Preis der Selbstlosigkeit zu zahlen! Und ein weiteres Gedicht entstand:

DAS ZWEITE ERSCHEINEN

Der Menschheit, die verzweifelt und verloren,
Ein Christus und Erlöser ward geboren,
Ein Heiland, mit der Kraft von Eins in Dreien,
Den Menschengeist zu heilen und befreien.

Er wurde auserwählt! So schallt's in einem fort.
Was, auserwählt? Was heißt denn dieses Wort?
Und wer hat ihn erwählt? Wir wollen's wissen!
Irgendjemand hat ihn wählen müssen!

Wir Menschen, durch der Gottheit hohe Wahl,
Erlangten wir das göttliche Geschenk der Wahl.
Die Macht der Wahl, sobald wir sie erkennen,
Wird zum Erwählten und zum Wähler uns ernennen!

Arminius wusste, dass dies die wesentliche Botschaft in seinen Gralsbriefen an die Beguinen sein müsse. Er wusste auch, dass dies nicht so einfach war; man konnte den Gral nicht wählen wie man einen erlesenen Leckerbissen von einem Festteller wählt! Man konnte den Gral nicht gelegentlich und bequemlich wählen, man musste um ihn werben, mit ganzem Herzen, mit ganzer Seele und mit ganzem Gemüte! Man musste sich dem Gral hingeben, leidenschaftlich und opferbereit! Man musste ihm aktiv und schöpferisch nachstellen! Man musste sich dem Gral ergeben und geben, mit ganzem Herzen, Leib und Seele – bedingungslos! Um mit dem allumfassenden, göttlichen Selbst eins zu werden, musste man das persönliche

Ich aufgeben! Das war der Preis! Nur durch die Aufopferung des persönlichen Ichs konnte der Mensch mit Gott eins werden!

Trotzdem war all dies eine Sache der Wahl, eine Sache des persönlichen Willens und der entsprechenden Taten. Man konnte sich dazu erwählen, erwählt zu werden – zu einem Preis! Der Preis war das persönliche Ich, das Ego: das Bewusstsein, der Begriff und der Glaube an das persönliche Ich als eine separate, unabhängige, autonome Einheit. Das Ego war der Preis für den Gral, der Eintrittspreis zum Paradies! Jeder konnte eintreten, sofern er bereit war, den Eintrittspreis zu zahlen! Und der Eintrittspreis ist minimal, selbst der Ärmste besitzt ihn! – All dies, innerhalb des Rahmens einer stufenweisen Einweihung, würde der Inhalt seiner Gralsbriefe an die Beguinen sein! Verklärt und entschlossen verließ Arminius die Höhle des Trevrizent.

Ostersamstag war der letzte Tag der Fastenzeit. Die Brüder wuschen sich und ihre Kleider und bereiteten sich für das Osterfest vor. Die Templerknechte putzten Pferde, Sättel und Zaumzeug. Erwartungsvoll und festlich gekleidet ritten die Thannbrunn-Templer am Ostermorgen nach Weihersdorf um die Ostermesse und Kommunion mit ihren Mitbrüdern zu feiern. Bisher hatte sich Arminius beim Ritual der Heiligen Kommunion nie recht wohlgefühlt, das für ihn abergläubisch anmutende Dogma der Transsubstantion hatte ihn gestört. Aber jetzt, nachdem er die Heilige Hostie direkt von Gott empfangen hatte, nahm er am Sakrament der Heiligen Kommunion mit unreservierter Hingabe teil.

Nach der Ostermesse servierten die Weihersdorf Brüder ein traditionelles Ostermahl: geröstetes Lamm mit Thymian, dazu den ersten Spargel aus dem wohlgehegten Spargelbeet des Bruder Gärtners, und weißes Brot und Wein für alle. Alle aßen und tranken herzhaft. Nach dem Mittagsgebet eröffneten die Brüder ihre Kegelbahn für die neue Saison. Arminius und Dietrich setzten sich mit einem Krug klargrünen Frankenwein und zwei Bechern zu einem Gespräch ans Feuer.

Dietrich eröffnete das Gespräch. „Sag mir endlich, was vorgefallen ist! Etwas Großartiges muss geschehen sein, ich sehe es aus dir strahlen! Ich sah es bereits, als du mit deinen Mitbrüdern am Mittwoch zur Beichte kamst, aber damals hatten wir keine Zeit für ein Gespräch. Heute sah ich es noch stärker, während der Messe und der Kommunion, und beim Festmahl. Was ist vorgefallen? Hast du gefunden wonach du dein Leben lang suchtest? Hast du Den Gral gefunden? Ich würde liebend gerne davon hören, aber nur, wenn du bereit bist, darüber zu sprechen. Manche sagen, dass mystische Erlebnisse nicht weitererzählt werden sollen, andere sprechen und schreiben gerne darüber. Bitte erzähle es mir nur dann, wenn du wirklich gerne darüber sprechen willst, und wenn du denkst, dass das Weitererzählen deines Erlebnisses im Namen Gottes wichtig und richtig ist!“

„Ich denke bestimmt, dass das Weitererzählen meiner Vision im Namen Gottes wichtig und richtig ist, denn ich bat Christus, mir diese Vision zu gewähren, damit ich sie an die Menschheit weitergebe! Ich bat um diese Vision an Stelle der Menschheit, für die Menschheit, so dass sich die Menschheit befreie und erlöse! Ich bat Christus, mich zu einem Hermes zu machen, einem Götterboten, um den Menschen die Botschaft Gottes zu bringen. Ich werde natürlich diskret genug sein, meine Vision nur an diejenigen weiterzuerzählen, die ich für würdig und bereit erachte, aber ich werde auch Wege finden, meine Botschaft irgendwie an die gesamte Menscheit weiterzugeben!

Ich denke, dass du, mein lieber Bruder und Freund, die Ohren hast zu hören. So werde ich es dir erzählen. Meine erste Vision empfing ich am Abend des 18. März. Ich legte mich zum Schlaf nieder. Kaum hatte ich mich hingelegt, als ich wie vom Blitz geschlagen und erschlagen wurde. Ich wurde bewusstlos, war aber doch bewusst, auf eine andere Art von Bewusstsein. Ich war kein Mensch mehr, Arminius der Mann war ausgelöscht. Alles war pechschwarz, und ich war die Schwärze. In diesem schwarzen Nichts erschien eine Sphäre von Licht. Diese Sphäre teilte sich und wurde zwei. Dann teilte sich die zweite Sphäre und es waren drei. Diese drei Lichtsphären hingen zusammen, von einem Lichtkreis umringt. Das Ganze sah aus wie drei zusammenhängende, volle Monde, an einem pechschwarzen, sternlosen Nachthimmel, von einem Lichtkreis umringt. Dieses Gebilde hing in der Schwärze und grub sich unauslöschlich in mein Gedächtnis ein!

Etwas später kam ich ins normale Bewusstsein zurück. Ich bin mir nicht sicher, wie lange ich in dieser Vision war, Zeit hatte aufgehört zu existieren, aber ich blickte vor und nach der Vision auf den Stand der Gestirne, und die hatten sich nur wenig weiterbewegt. Ich denke, dass die Vision nicht länger als eine halbe Stunde unserer Zeit dauerte, aber im Bereich der Zeitlosigkeit, in welchem ich während der Vision war, dauerte sie ewig!

Ich hatte die dreieinige Gottheit gesehen, und war sie gewesen, und geworden! Die Heilige Dreieinigkeit hatte sich mir offenbart! Ich war ekstatisch! Ich konnte vor Freude kaum schlafen und wurde von einer starken Vorahnung übermannt, dass diese Vision nur eine Einleitung zu einer weit größeren sei. Ich fiel auf meine Knie und bat Jesus Christus um eine Offenbarung der Natur der Gottheit! Ich bat besonders um eine geometrische Vision, eine Offenbarung Gottes die geometrisch und mathematisch verständlich und definierbar ist. Eine konkrete Vision der Gottheit, für mich an die Menschen, damit ich sie an die Menschheit weitergeben kann, so dass sich die Menschheit errette!

Am Abend dieses Tages, dem 19. März, stand ich wie gewöhnlich auf meinem Turm, um mein Abendgebet im Angesicht der untergehenden Sonne zu beten. Aber an diesem Abend verspürte ich einen unwiderstehlichen Drang, lange nach Sonnenuntergang auf dem Turm zu verbleiben. Zwei Stunden nach Sonnenuntergang wusste ich warum!

Zwei Stunden nach Sonnenuntergang kam ein Streifen von weißem Licht aus dem Westen, aus der Richtung des Roten Kreuzes, von dort, wo die Sonne zwei Stunden vorher untergegangen war. Der Lichtstreifen hatte die Breite und den Anschein eines Regenbogens, bestand aber gänzlich aus weißem Licht. Dieser weiße Lichtbogen überspannte den Nachthimmel vom westlichen zum östlichen Horizont. Ich war von dem Licht wie gebannt. Es schien in mich und durch mich zu dringen, es schien mich zu drängen die Vision zu empfangen wofür ich gebeten hatte.

Ich ging in meine Kammer hinunter und legte mich auf den Strohsack. Kaum lag ich flach, so wurde ich wie vom Blitz geschlagen und erschlagen, wie am Abend vorher. Mein persönliches Ich war nicht mehr, alles war pechschwarz, und ich war die Schwärze. In diesem schwarzen Nichts erschien eine Sphäre von Licht, eine Hohlkugel oder Blase von Licht, und innerhalb dieser Lichtblase befand sich eine Blase der halben Größe. Diese Blasen teilten sich, die daraus resultierenden Blasen teilten sich wieder, die resultierenden Blasen teilten sich wieder, und wieder, und wieder, und wieder, sechsmal, so dass am Ende dieser Phase 64 Lichtblasen waren, und innerhalb jeder dieser Blasen befanden sich 64 Blasen der halben Größe.

Danach wurde das ganze Ding von einer Blase zweimal so groß wie die vorhergehende größere eingeschlossen, und innerhalb jeder der kleineren Blasen erschien eine Blase halb so groß wie sie. Dann kamen wieder sechs Teilungen. Am Ende der zweiten Phase waren 64 Lichtblasen, und innerhalb jeder dieser Blasen waren 64 Blasen der halben Größe, und innnerhalb jeder dieser Blasen waren 64 Blasen der halben Größe, und innerhalb jeder dieser Blasen waren 64 Blasen der halben Größe. Eine Gesamtzahl von 64 x 64 x 64 x 64 Lichtblasen, oder 64 hoch 4, jeder Satz von 64 halb/doppelt so groß wie der nächste.

Danach wurde das Ganze wieder von einer Blase zweimal so groß wie die vorhergehende größte eingeschlossen, und innerhalb jeder der kleinsten Blasen erschien wieder eine Blase halb so groß wie sie, gefolgt von sechs Stufen progressiver Spaltung. Danach wurde das Ganze wieder von einer Blase zweimal so groß wie die größte vorhergehende eingeschlossen, und innerhalb der kleinsten Blase erschien wieder eine Blase halb so groß wie sie, gefolgt von sechs Spaltungen, und so weiter, und so fort. Die Lichtblasen vermehrten und verbreiteten sich auf ex-/implosive Weise, Stufe um Stufe, Phase um Phase, nach innen und nach außen. Am Ende der dritten Phase war die Gesamtzahl von Lichtblasen 64 hoch 6, am Ende der vierten Phase waren es 64 hoch 8, am Ende der fünften Phase 64 hoch 10, am Ende der sechsten Phase 64 hoch 12, und so weiter: 64 hoch Potenzzahl, die Potenzzahl immer doppelt so groß wie die Nummer der Phase.

Die erste Stufe der ersten Phase war das Erscheinen einer Lichtblase innerhalb einer Lichtblase der doppelten Größe, gefolgt von sechs Stufen von Spaltung. Diese sieben Stufen wiederholten sich immer und immer wieder! Die erste Stufe einer neuen Phase war immer das Erscheinen einer neuen Blase zweimal so groß wie die vorhergehende größte, und diese neue Blase schloss das vorhergehende Ganze ein. Gleichzeitig erschien innerhalb jeder kleinsten, vorhergehenden Blase eine neue Blase der halben Größe. Dann spaltete und vermehrte sich das Ganze sechsmal.

Das Blasengebilde entwickelte sich ex-/implosiv, es dehnte sich gleichzeitig nach innen ein und nach außen aus! Die Ausdehnung dehnte sich über die Eindehnung aus, die Eindehnung drehte sich in die Ausdehnung hinein. Das ganze Ding war unbeschreiblich dynamisch: Es ging gleichzeitig dreidimensional nach innen und dreidimensional nach außen, im gleichen Raum! Es ging in jede mögliche Richtung, und gegen jede mögliche Richtung, zugleich! Es war sechsdimensional dynamisch, in entgegengesetzten Dreierdimensionen!

Aber die Ein-/Ausdehnung von ätherischen Blasen kam schließlich doch zu einem Ende. Am Ende waren 64 absolut größte, makrokosmische Überblasen, von denen jede 64 Blasen der halben Größe enthielt, von denen jede 64 Blasen der halben Größe enthielt, von denen jede 64 Blasen der halben Größe enthielt, und so weiter, und so fort, bis zu den infinitesimalen, mikrokosmischen Kleinstblasen von absoluter Kleinheit. Weil die Ein-/Ausdehnung der ätherischen Blasen in der Mitte begonnen hatte, mit der usprünglichen Blase innnerhalb einer Blase, und von dort synchronistisch nach außen und innen gegangen war, in den Makrokosmos und in den Mikrokosmos zugleich, hatte jede Blasengröße des Makrokosmos ihr Gegenüber im Mikrokosmos. Und die absolut kleinsten Kleinstblasen des Mikrokosmos waren die Gegenüber der makrokosmisch größten Überblasen. Die ursprüngliche Blase innerhalb einer Blase markierte den Anfang der Entstehung des Blasengebildes, die absolut größten Überblasen und die absolut kleinsten Kleinstblasen das Ende. Aber alle Blasen waren überall, Anfang, Mitte und Ende waren überall und allgegenwärtig!

Das ätherische Blasengebilde erschien jetzt statisch, aber es war nicht statisch. Nur das Blasengebilde an sich war statisch, der ätherische Fluss, der das Blasengebilde geschaffen hatte, floss weiter. Der Äther, der während der Eindehnung nach innen geflossen war, drehte sich bei den Kleinstblasen um und floss nach außen zurück. Der Äther, der während der Ausdehnung nach außen geflossen war, drehte sich bei den Größtblasen um und floss nach innen zurück, bis sich der inwärtige und der auswärtige Fluss in der Mitte trafen und vereinten, und Äther in sechs Dimensionen endlos weiter floss, gleichzeitig dreidimensional nach innen und dreidimensional nach außen, an den Oberflächen und an den Unterflächen der Blasen. Der inwärtige Fluss floss auf den Oberflächen und der auswärtige Fluss auf den Unterflächen der Blasen, so dass Äther auf der Oberfläche und Unterfläche einer jeden Blase floss, in entgegengesetzten Richtungen!

Räumlich gesehen begann das Universum meiner Vision in der Mitte, mit der ursprünglichen Blase innerhalb einer Blase, und dehnte sich von dort nach innen und außen zugleich aus. Im Anfang war die Mitte! Aber, aufgrund der wunderlichen Vermehrung der ätherischen Sphären, verpflanzte sich die Mitte überall hin. Am Ende gab es keine Mitte mehr; die Mitte war überall! Und das Ende war überall, denn die Kleinstblasen waren überall, und die Größtblasen waren überall. Alles war überall! Alles war allgegenwärtig!

Zeitlich gesehen begann das Universum meiner Vision auch in der Mitte, mit Nichtzeit, Zeitlosigkeit oder Ewigkeit. Dann, im Nullmoment der Zeit, am Anfang von Zeit und Raum, begannen Zeit und Raum sich mit der Entstehung und Entfaltung der ätherischen Sphären zu entfalten. Zeit ist also nur ein Maßstab und eine Funktion der räumlichen Entfaltung. Zeit alleine gibt es nicht!

Im Nullmoment der Zeit begann die Zeit sich nach vorwärts und rückwärts zu entfalten. Das Rad der Zeit rollte vorwärts und hinterließ in der rückwärtigen Zeit die Spur seines Vorwärtsrollens. Vorwärtige Zeit ist die Entfaltung der ätherischen Sphären, rückwärtige Zeit ist die Erinnerung dieser Entfaltung, zurück zum Ursprung. Rückwärtige Zeit ist die Spur der vorwärtigen Zeit! Rückwärtige Zeit ist der Bereich der Erinnerung, des Gedächtnisses und der Seele! Vorwärtige Zeit ist der Bereich der Materie und des Leibes, sie ist das eigentliche Entfalten der ätherischen Sphären – rückwärtige Zeit ist die Erinnerung dieses Entfaltens! Was ich in meiner

Vision erlebte war die Gesamtheit der rückwärtigen Zeit, in Vorwärtsbewegung: die Gesamtheit des kosmischen Erinnerungsgutes, vom Nullaugenblick bis zur Gegenwart – die gesamte Weltseele!

Am Ende der Ein-/Ausdehnung der ätherischen Sphären bestand ein ordentliches Gebilde von 64 Sphären innerhalb 64 innerhalb 64, usw.: ein sechsdimensionales Kontinuum von ätherischen Blasen mit einem endlosen, sechsdimensionalen, ätherischen Fluss um die Oberflächen und Unterflächen der Blasen. Das war das Ende der Ordnung, und der Anfang des Chaos!

Ein chaotischer Riss machte die ätherische Ordnung zunichte! Aber das Chaos war nicht total, das Sphärengebilde im Ganzen blieb intakt. Der chaotische Riss fand nur innerhalb einer bestimmten Größe von Makrosphären statt. Das Chaos betraf nur die Hälfte des Sphärengebildes. Alle Sphären, die größer waren als die chaotischen Makrosphären, und ihre diametralen Gegenüber im Mikrokosmos, blieben vom Chaos unbehelligt. Innerhalb der chaotischen Makrosphären wurde das Sphärengebilde zerrissen. Ätherische Blasen wurden aus ihrem ordentlichen Gefüge gerissen, wurden zerrissen, wurden ineinander und ineinander und ineinander gerissen, und gleichzeitig in die Zentren der chaotischen Makrosphären gerissen.

Die Blasenstruktur vor dem chaotischen Riss war, von der geometrischen Struktur abgesehen, eine riesige, weißgelbe Masse. Das Chaos riss große Hohlblasen in diese Masse, indem es allen Äther innerhalb des Bereiches der chaotischen Makrosphären in die Zentren dieser Sphären riss. Infolgedessen wurde der Raum innerhalb der chaotischen Makrospären verhältnismäßig hohl, und der Äther um die Zentren dieser Sphären entsprechend dicht. Der verdichtete Äther quirlte chaotisch um die Zentren.

Der Riss war chaotisch, viel mehr kann ich darüber nicht sagen. Woran ich mich erinnern kann ist, dass die Blasen aus ihrem ordentlichen Gebilde herausgerissen, in zwei oder drei zerrissen, und ineinander und ineinander und ineinander gerissen und zur gleichen Zeit in die Zentren der chaotischen Makrospären gerissen wurden.

Weil der chaotische Riss damit begann, das jede Blase innerhalb des Rissbereiches aus dem ordentlichen Blasengebilde herausgerissen und in zwei oder drei zerrissen wurde, denke und fühle ich, dass die drei Sphären meiner Vision des Abends vorher in jeder Sphäre des kosmischen Kontinuums vorhanden sind. In jeder Sphäre des kosmischen Kontinuums stecken die drei Sphären der Dreieinigkeit: Synthese, These und Antithese!

Der chaotische Riss riss die Sphären innerhalb seines Rissbereiches aus dem ordentlichen Gebilde heraus, zerriss sie in zwei oder drei, riss sie ineinander und ineinander und immer dichter ineinander, und zugleich in die Zentren der chaotischen Makrosphären. Aber der ätherische Fluss an den herausgerissenen und auseinander- und ineinandergerissenen Blasen hörte nicht auf; Umfluss wurde zu Umdrehung! Anstatt dass Äther um die Blasen floss, drehten sich die Blasen um sich selbst!

Manche Blasen drehten sich in zwei Richtungen, um eine theoretische Nord-Süd-Achse und eine Ost-West-Achse zugleich, was als gyroskopische Umdrehung bekannt ist. Wenn eine gyroskopisch drehende Sphäre in eine Linie gerissen wird, dann bewegt sie sich nicht in einer geraden Linie sondern in einer geradlinigen Welle, mit einer Wellenlänge die dem Durchmesser der Sphäre entspricht.

Andere Blasen wurden weiter zerrissen und drehten sich nur noch in einer Richtung, entweder linksherum, oder rechtsherum. Der chaotische Riss schuf also dreierlei um sich drehende Blasen: gyroskopisch, rechtsherum und linksherum.

Ich denke, dass die dicht kondensierte, ätherische Masse, die chaotisch um die Zentren der chaotischen Makrosphären quirlte, hauptsächlich aus Atomen bestand. Ich denke, dass ein Atom aus 64 ätherischen Blasen besteht, und 64 innerhalb 64 innerhalb 64, usw. Aber durch den chaotischen Riss wurde die 64-fältige Struktur des Atoms zerrissen. Es gab nur noch Teilatome! Diese Teilatome klammerten sich an andere Teilatome um ihre ursprüngliche, 64-fältige Vollkommenheit wiederherzustellen! Zahllose Atome, die sich auf diese Weise zusammenklammerten, wurden die Elemente!

Nachdem die dicht kondensierte, ätherische Masse, die chaotisch um die Zentren der chaotischen Makrosphären quirlte, sich etwas gesetzt, stabilisiert und geordnet hatte, entstanden die Welten. Eine dieser Welten wurde unsere Welt, die solide Sphäre, die wir „Erde" nennen, obwohl ihre Oberfläche hauptsächlich aus Wasser besteht. Aber zuerst war unsere Erde ein Feuerball. Dieser Feuerball kühlte sich allmählich ab, Erde und Wasser entstanden, und Pflanzenleben entstand, zuerst im Wasser, und dann wo sich Erde und Wasser trafen. Aus dem Pflanzenleben entwickelte sich tierisches Leben, und aus den Tieren entwickelten sich die Menschen. Meine Vision endete mit der Gegenwart, mit der Welt die wir gegenwärtig sehen, erleben und sind!

Diese Vision dauerte sechs Stunden. In sechs heiligen Stunden sah und war ich die Entstehung des Universums! Ich sah und war der Schöpfer, und das Geschaffene, und die Macht und die Kraft und der Akt der Schöpfung! Die Gottheit ist Eins in Dreien: Synthese, These und Antithese! Und die Kraft der Schöpfung ist die Wandelkraft: die Kraft sich in Gegensätze zu wandeln und dennoch eins zu bleiben! Der göttliche Schöpfergeist ist die Kraft sich wahlweise von These zu Antithese zu wandeln, und dennoch stets Synthese zu bleiben! Diese schöpferische Wandelkraft ist die ätherische Urkraft, eine Kraft die allem Äther innewohnt! Von jetzt an, und für alle Zeit und Ewigkeit, bin ich Eins in Dreien, und alle Drei: Die Gottheit; und Schöpfer, Geschöpf und Schöpfergeist! Jetzt bin ich die dreieinige Gottheit! – Non nobis, Domine! Non nobis, sed Nomini Tuo da gloriam!" schloss Arminius glühend.

Dietrich erwiderte automatisch mit dem üblichen „Non nobis, Domine!". Danach saß er lange Zeit still, in nachdenkliches Schweigen versunken. Schließlich fragte er: „Warum erinnerst du dich an alles so genau? Hast du es aufgeschrieben?"

„Ja!" antwortete Arminius. „Ich schrieb fieberhaft, einen Tag lang, alles woran ich mich erinnerte. Was ich dir eben erzählte, ist nur eine kurze Zusammenfassung von dem, was ich niederschrieb, und was ich niederschrieb, ist nur ein kleiner Teil dessen, was ich sah und war. Die Vision war so immens, kein Menschengeist hätte sie in ihrer Gesamtheit fassen können! Die Vision war wahrhaft astronomisch, in Größe und Zahl, oder Unzahl. Billionen mal Billionen mal Billionen, in Ausmaß und an Zahl! Unbeschreiblich und unvorstellbar groß, und klein, und zahlreich! Und alles erschien in gegensätzlichen Erscheinungen, und die gegensätzlichen Erscheinungen erschienen immer gleichzeitig, und synchronistisch! Von allem was vorging, ging gleichzeitig der diametrale Gegensatz vor! Das menschliche Auge alleine hätte es nicht sehen können, der menschliche Geist alleine hätte es nicht fassen können! Ich taste ständig nach den rechten Worten, aber ich finde sie nicht, und die Worte, die ich finde, sind meiner Vision nicht würdig! Meine Worte sind unzulänglich, sind grob und kleinlich verglichen mit der Größe, die ich erlebt habe! Selbst die erhabensten Worte verblassen im Vergleich zu meiner Vision!"

„Ich hoffe, dass du mir meine Frage nicht übelnimmst", sagte Dietrich zögernd. „Warum du? Warum wurdest gerade du für diese Offenbarung auserwählt? Du bist auch nicht mehr tugendhaft, und vielleicht sogar weniger tugendhaft als andere Tempelritter. Ganz bestimmt erscheinst du hochmütiger als viele unserer Mitbrüder! Jesus sagte, ‚Die Demütigen werden das Reich Gottes erben!' Du hast das Reich Gottes geerbt, aber du bist nicht demütig. Deshalb frage ich mich, und dich: Warum du?"

„Ich habe mich selbst darüber gewundert, mein lieber Freund und Bruder, und ich nehme dir deine Frage durchaus nicht übel! Meine Antwort ist einfach: Ich empfing diese Offenbarung, weil ich darum bat!"

„Was!?" platzte Dietrich heraus, „Ich bat auch darum! Du weißt nicht, wie oft ich um eine göttliche Offenbarung bat! Aber ich empfing keine! Und ich weiß mit Bestimmtheit, dass auch andere unserer Mitbrüder um eine göttliche Offenbarung baten und niemals eine empfingen! So wiederhole ich meine Frage: Warum du? Von den vielen, die darum baten, warum wurdest ausgerechnet du auserwählt?"

„Ich wurde nicht auserwählt, ich erwählte mich! Oder, um es besser auszudrücken, ich erwählte mich, dazu erwählt zu werden. Jesus sagte: ‚Viele sind berufen, aber wenige sind auserwählt.' Ich sage: ‚Ein jeder ist berufen, aber nur wer sich selbst erwählt ist auserwählt!' Erinnerst du dich des Neunten Buches des Gralsepos Parzival, wo der Einsiedler Trevrizent dem Parzival sagt, dass nur diejenigen, die vom Gral auserwählt sind, den Gral finden können. Aber, gegen Ende des Epos, im Buch 16, widerruft Trevrizent seine vorherige Aussage: ‚Ein Wunder ist geschehen: Du hast dir den Weg zum Gral erzwungen! Das geschah niemals zuvor!' Parzival erwählte sich dazu, vom Gral erwählt zu werden! Auch ich erwählte mich, vom Gral erwählt zu werden!"

„Du beantwortest meine Frage immer noch nicht ausreichend", wendete Dietrich ein. „Viele erwählten sich dazu, vom Gral erwählt zu werden, aber nur wenige wurden erwählt! Warum? Von den ungezählten Tausenden, die um eine göttliche Offenbarung baten, warum wurdest gerade du auserwählt? Ich frage dies nicht aus Neid, ich bin über deine Offenbarung beinahe so ekstatisch wie du, und ich fühle mich durch deine Vision mitgesegnet und mitbeglückt. Aber die Frage verbleibt: Warum du? Ich möchte es gerne wissen! Ich möchte wissen, was ich und tausend andere falsch gemacht haben, damit wir es richtigstellen können! Du hast ausführliche Erklärungen für nahezu alles, Bruder Arminius, beantworte doch bitte meine Frage zur Genüge: Warum du?"

„Ich kann dir nur sagen, was ich denke, ob es tatsächlich so ist, weiß ich nicht! Ich denke, dass man, um eine Offenbarung dieser Art zu empfangen, auf nichtgläubige Art gläubig sein muss. Um Gott in seiner ganzen Größe zu empfangen, darf man nicht dogmatisch sein, sonst glaubt man womöglich, dass Gott irgendwelchen Dogmen seinen Segen gäbe! Du glaubst doch nicht ernsthaft daran, dass Gott ein Katholik sei, oder ein Buddhist oder Hinduist, oder ein Jude oder Muslime? Deshalb offenbart sich Gott in seiner ganzen Herrlichkeit nur denen, die an keine bestimmten Dogmen glauben! Gott glaubt nicht an Gott – Gott ist Gott! Gott zweifelt nicht an Gott – Gott ist Gott! Gott verleugnet Gott nicht – Gott ist Gott! Um mit Gott eins zu werden, muss man auf solch göttliche Art ungläubig gläubig sein! Das ist, so denke und fühle ich, eine der notwendigen Voraussetzungen!

Kennst du die germanische Sage vom einäugigen Gott Odin?" fragte Arminius. Dietrich schüttelte verneinend den Kopf und Arminius setzte fort. „Ich hörte diese Sage von meinem Schwertschmied Siegfried. Siegfried stammt aus Ostpreußen. Die heidnischen Preußen wurden erst vor kurzem von unseren Brüdern, den Deutschherren, zum Christentum bekehrt. Siegfrieds Großvater war ein heidnischer Schmied der den Gott Odin anbetete.

Der einäugige Odin war ein Schmied, er war der Gott der heidnischen Schmiede und Alchimisten. Odin war aber auch der Gott der Weisheit und Dichtkunst. Allerdings war er nicht von jeher dichterisch gewesen, oder einäugig, oder weise. Um die Macht über die Runen zu erlangen, verbrachte er neun Tage in einem hohlen Baum, ohne Essen und Trinken. Um weise zu werden, ging er zur Quelle der Weisheit und bat den Riesen, der die Quelle bewachte, um einen Trunk. ‚Der Preis ist dein rechtes Auge!' forderte der Riese. Odin riss sein rechtes Auge aus, gab es dem Riesen, trank tief und wurde weise.

Jesus gebrauchte ein ähnliches Gleichnis, in der Bergpredigt: ‚Wenn dich dein rechtes Auge erzürnt, so reiß es aus und wirf's von dir!'

Der Eintrittspreis zum Reich Gottes ist das süchtige, rechte Auge. Das linke Auge ist das Auge der Synthese, das rechte ist das Auge der Analyse. Das linke Auge ist das Auge des Gefühls, der Eingebung und der Intuition. Das rechte Auge ist das Auge der Logik, des analytischen und begrifflichen Denkens. Um das Reich Gottes zu sehen, müssen wir aufhören die Wirklichkeit ausschließlich mit dem Auge der Analyse zu besehen! Wir müssen das aufgeben, was für uns wahr und wirklich ist! Wir müssen unsere Begriffswelt aufgeben, einschließlich und hauptsächlich des Begriffes, dass wir getrennte, autonome Einzelwesen sind! Wir müssen die Schiefertafel unserer Begriffe löschen um für die göttliche Flammenschrift Platz zu machen! Wir müssen alles, einschließlich unser selbst, in die Waagschale werfen! Wir müssen alles aufgeben um alles zu gewinnen! Wir müssen uns unserer Begriffe entledigen um mit der göttlichen Gnade gefüllt zu werden! Wir müssen uns der Gottheit bedingungslos ergeben und hingeben!

Wir müssen aufhören, die Welt ausschließlich mit dem süchtigen, rechten Auge, dem Auge der Analyse, zu sehen. Stattdessen müssen wir die Welt in erster Linie mit dem linken Auge, dem Auge der Synthese, sehen! Und wenn wir die Welt mit dem Auge der Analyse betrachten, was durchaus notwendig ist, denn wir sind zur

Analyse bestimmt und können ohne sie nicht leben, dann sollen wir vom Auge der Synthese durch das Auge der Analyse blicken, damit unsere Analyse durch die Synthese geläutert wird! Diese Art von Sehen ist das Sehen des göttlichen Auges, des dreifältigen Auges, des Auges welches sich selbst zu sehen vermag!

Das ist, so denke ich, der Schlüssel zum Himmelreich und der Schlüssel zur Offenbarung. Der Kosmos ist ein synkretisches Ganzes; der universelle Grundzustand ist ein Zustand von Synthese! Aber wir, von unseren analytischen Begriffen voreingenommen, können diesen Zustand nicht wahrnehmen! Unsere analytische Begriffswelt ist der Schleier der uns die wahre Wirklichkeit verhüllt! Von unserer analytischen Begriffswelt geblendet, sehen wir den Himmel nicht, der natürlicherweise in uns und um uns ist! Um das allgegenwärtige Himmelreich zu sehen und zu erleben, müssen wir das Sehen mit dem rechten Auge aufgeben! Wir müssen aufhören von unserer Begriffswelt verblendet und geblendet zu sein! Wenn wir alle unsere Begriffe aufgeben, bis auf das nackte Ich, und dieses nackte Ich der Gottheit als Opfer darbieten, dann fällt der Schleier, dann nimmt Gott unser Opfer an! Für unser selbstsüchtiges, verblendetes, verwirrtes, persönliches Ich gibt uns die Gottheit ihr ewiges, göttliches Selbst! Das ist der größte und höchste Geschenkaustausch! Als Gegengeschenk für unser selbstsüchtiges, voreingenommenes, persönliches Ich gibt uns die Gottheit ihr ewiges, göttliches All!

Ich denke, dass die meisten Menschen, die um eine Offenbarung bitten, dies aus Selbstsucht tun, um ihr leidendes, persönliches Ich zu befriedigen, um ihre persönliche Unsicherheit und Angst zu beheben. Sie wollen, dass ihr unglückliches Ich glücklich wird! Nur wenige sind gewillt, den Preis zu zahlen, denn der Preis der Selbstverneinung scheint ihrer Selbstsucht am wenigsten zu dienen! Aber wenn wir unser persönliches Ich als Eintrittspreis darbieten, dann wird uns das Tor zum Paradies geöffnet! Dann wird uns der Eintritt zum Himmelreich gewährt! Der Eintrittspreis ist bedingungslose Kapitulation des persönlichen Selbst, totale Ergebenheit, nicht irdendeine erbärmliche, selbstbemitleidende Schau von katzbuckelnder Unterwürfigkeit! Die Demütigen, die das Himmelreich erben, sind keine kriecherischen Bettler - sie sind bewusste Wähler! Und weil sie keine kriecherischen Bettler, sondern bewusste Wähler sind, erscheinen sie nicht immer demütig. Aber sie sind demütig, mein Lieber, höchst demütig! Sein persönliches Selbst bedingungslos hinzugeben ist die tiefste Demut, das höchste und schwerste Opfer!

Aber es besteht keine Sicherheit und keine Garantie, der heilige Geschenkaustausch ist unfair und einseitig. Wir müssen unser persönliches Ich zuerst darbringen, und sehen, ob Gott unser Opfer annimmt und uns mit seiner Gnade segnet. Die meisten Menschen, die eine göttliche Offenbarung suchen, sind nicht phönixgeistig genug, sie sind nicht gewillt, sich in die Flammen zu stürzen, ohne bestimmt zu wissen ob sie wiedergeboren werden! Sie sind nicht stark genug oder verzweifelt genug sich in die Flammen zu werfen, ohne die Gewissheit, eine Wiedergeburt zu haben! Sich freiwillig in den Vulkan zu werfen, ohne die Gewissheit der Wiedergeburt, ist totale Ergebenheit an Gott, ist bedingungslose Kapitulation! Es gibt keine Garantie, es gibt keine Versicherung, deshalb sind nur wenige bereit das Risiko einzugehen! Für diejenigen aber, die mutig oder verweifelt genug sind, sich selbst zu riskieren, wartet die höchste Belohnung, der Preis aller Preise! Es ist aber auch genausogut möglich, dass man im Versuch stirbt, oder dass die erhoffte Belohnung ausbleibt. Nichts ist sicher! Gott gibt uns keine Erklärungen, Gott bietet uns keine Versicherung! Bei Gott gibt es keine Garantie, keine Gerechtigkeit im menschlichen Sinne! Die Welt Gottes ist nicht die Welt der menschlichen Begriffe!"

Dietrich schwieg wiederum für lange Zeit, dann blickte er Arminius tiefernst und mit großen, feuchten Augen an. „Endlich verstehe ich es – endlich! Niemals hat es mir jemand so erklärt wie du! Jetzt weiß ich, warum so viele unserer Mitbrüder, die um eine Offenbarung baten, keine empfingen. Jetzt weiß ich auch, was Jesus meinte wenn er sagte: ‚Viele sind berufen, aber wenige sind auserwählt.' Du hast meine Augen geöffnet, Bruder Arminius!

Jetzt, nachdem mein Neid aus dem Weg ist, können wir unser Gespräch etwas fruchtbarer fortsetzen und das Wesentliche diskutieren", sagte Dietrich mit einem tiefen Seufzer der Erleichterung. „Aufgrund deiner Vision, wie erklärst du dir die Natur Gottes, die Natur des Menschen und die Natur der Verbundenheit, oder Nichtverbundenheit, zwischen Mensch und Gott, und die Natur der Wirklichkeit?"

„Mein lieber Bruder, das sind gewichtige Fragen!" erwidert Arminius lachend. „Ich könnte den Rest meines Lebens damit zubringen, sie ausführlich zu beantworten. Aber ich werde versuchen, es kurz zu fassen, und du musst dir vor Augen halten, dass meine Erklärungen nicht absolut wahr sind. Meine Antworten sind nur meine Schöpfungen. Gott ist Synthese, und als solche nicht nur unerklärlich, sondern unerklärbar! Gott, oder das synkretische Ganze, genannt die Gottheit, ist ein unerklärbares Mysterium. Meine Erklärungen sind mehr oder weniger gleichnishaft, sie sind nur meine selbsterschaffenen Erklärungen des Unerklärbaren!

Ich denke, dass nicht einmal Gott die ganze Wahrheit über sich selbst weiß, zumindest nicht in analytischen Begriffen. Gott ist das synkretische Ganze: Gott erlebt sich als das synkretische Ganze! Gott ist Synthese! Gott ist! Gott ist die Gesamtheit alles Seins und Nichtseins! Diese Gesamtheit befindet sich in einem Zustand von Synthese! Dieses synkretische Ganze ist nicht analytisch begreifbar, ist nicht analytisch wissbar oder erklärbar, denn es befindet sich in einem Zustand von Synthese! Gott ist ein Monad, ein synkretisches Ganzes, ein untrennbares, unteilbares, unzerstörbares, ewiges, ätherisches Ganzes!

Obgleich wir analytische Spekulationen über das synkretische Ganze anstellen können, können unsere Analysen unmöglicherweise die ganze Wahrheit des Ganzen ermitteln, denn das Ganze befindet sich in einem Zustand von Synthese! Unsere Analysen, sofern sie strikt logisch durchgeführt werden, geben uns nur die Analyse, welche nur analytisch wahr ist! Die ganze Wahrheit ist Synthese, und als solche nicht analytisch ausdrückbar, es sei denn mit Null. Unsere gesamte Begriffswelt begründet sich auf Analyse und ist deshalb nur bedingt wahr! Unbedingte Wahrheit ist Synthese! Deshalb sagen die Sufisten, dass unsere analytischen Begriffe Illusionen seien, und der Glaube an die absolute Wahrheit unserer Begriffswelt eine Selbsttäuschung. Aber ich stimme nicht ganz mit den Sufisten überein, ich würde es anders formulieren. Ich sage, dass unsere analytischen Begriffe literarische Schöpfungen sind, gleichnishafte Erklärungen des Unerklärbaren. Für mich sind alle Erklärungen Gleichnisse; für mich ist Analyse Kunst!

Das kosmische Ganze befindet sich nicht nur in einem Zustand von Synthese, sondern auch in einem Zustand von ständigem Fluss, in ständiger Bewegung. Wenn Äther still steht, dann ist er ein Nichts: ein unbewegliches, unsichtbares, unmessbares, unfassbares, stockdunkles Nichts. Unbeweglicher Äther ist unwirklich, er kann nicht gesehen werden und hat keine messbare Quantität. Bewegung ist der göttliche Schöpfergeist, der dunklen Äther licht machte! Bewegung machte Äther wirklich, sichtbar, fassbar und messbar! Äther ist nur dann sichtbar, messbar und fassbar, wenn er fließt! Bewegung macht das Dunkel licht, das Unwirkliche wirklich, das Nichts zu Etwas und zu Allem! Und diese Bewegung geht in alle möglichen Richtungen, und gegen alle möglichen Richtungen, zugleich!

Das kosmische Ganze ist in ständiger Bewegung, in gegensätzlichen Richtungen, und ändert sich von Augenblick zu Augenblick. Der Kosmos ist jeden Augenblick neu! Jeder Augenblick ist ein Nullaugenblick, ein neuer Anfang der Schöpfung! Selbst wenn wir fähig wären einen Augenblick, in seiner kosmischen Gesamtheit, logisch zu fassen, wäre er schon wieder anders und vorbei sobald wir ihn erfasst haben! Was die logische Fassbarkeit weiterhin erschwert, ist die etwas chaotische Natur des kosmischen Ganzen. Aus all diesen Gründen ist die Wirklichkeit nicht logisch fassbar, erklärbar oder vorhersagbar! Aber, Gott sei Lob und Dank, ist die Wirklichkeit erlebbar! Wir erleben sie ständig, von einem köstlichen Augenblick zum anderen, und wir erleben sie jeden Augenblick neu! Nur können wir sie nicht mit absoluter Wahrheit logisch definieren, es sei denn mit Null!

Die Vergangenheit ist unsagbar, die Gegenwart ist unsagbar, die Zukunft ist unsagbar! Alles Sagen ist Erzählen, und alles Erzählen ist gleichnishaft, ist illusorisch, ist schöpferisch und dichterisch! Was wir uns selbst und anderen über die Wirklichkeit sagen ist entweder Täuschung oder Schöpfung; Täuschung, wenn wir glauben, dass es absolut wahr sei; Schöpfung, wenn wir glauben dass es gleichnishaft wahr sei! Erklären ist Erschaffen! Wir sind Gottes Mitschöpfer! Indem wir Gottes Schöpfung erklären, erschaffen wir sie neu! Jeder Mensch ist eine einmalige Ausgabe Gottes, und jeder Mensch erlebt und erschafft das Universum jeden Augenblick einmalig neu!

Die Gottheit in Schöpfer und Geschöpf zu unterteilen und zu trennen ist, rein analytisch gesehen, richtig und wahr! Aber die Analyse gibt uns nur bedingte Wahrheit! Analytische Wahrheit ist nicht unbedingt wahr! In der absoluten Wahrheit der Synthese sind Schöpfer und Geschöpf untrennbar vereint!

Äther ist die ewige Substanz und Essenz der Gottheit! In meiner Vision war Äther im Originalzustand ein stockdunkles, nicht wahrnehmbares, unquantifiziertes Nichts. Äther im Originalzustand hat keine messbare Quantität! Wenn etwas keine messbare Quantität hat, dann ist es, in mathematischen Begriffen, eine Null, ein Nichts. Vor dem Anfang war das Nichts!

Obgleich das Nichts, welches vor dem Anfang war, keine beschreibbare Quantität hatte, hatte es doch eine beschreibbare Qualität. Die Qualität des ätherischen Nichts war, und ist, die schöpferische Urqualität, der Schöpfergeist, die schöpferische Wandelkraft, die Kraft sich in Gegensätze zu wandeln und dennoch das zu bleiben was es ursprünglich war. Dies ist die schöpferische Ur- und Grundeigenschaft, die allem Äther und allen ätherischen Formen innewohnt! Diese schöpferische Urkraft befindet sich auch in uns Menschen! Sie ermöglicht uns, uns selbst und unsere Umwelt als ewigen Äther zu betrachten und zu erleben! Dank dieser schöpferischen Urkraft können wir unser Leben auf mystische Art leben und erleben!

Das stockdunkle, unquantifizierte, ätherische Nichts, das vor dem Anfang war, nützte seine schöpferische Wandelkraft und wurde zu Etwas und zu Allem, indem es sich in eine ordentliche Quantifikation von 64 ätherischen Blasen innerhalb 64 innerhalb 64, usw., quantifizierte. Dann riss es die Hälfte dieses ordentlichen Blasengebildes ins Chaos. Ätherische Blasen wurden aus dem ordentlichen Gebilde gerissen, ineinander und ineinander gerissen, und in die Zentren gewisser Hohlblasen gerissen. Dort verdichtete sich der Äther und quirlte chaotisch um die Zentren. Alles Materielle besteht aus ätherischen Blasen innerhalb von Blasen innerhalb von Blasen, usw., die sich in ständiger Bewegung befinden, in einem ständigen Tanz von hin und her, linksherum und rechtsherum, zueinander und voneinander, in wechselnder Anziehung und Abstoßung.

Alles im Universum ist mit allem verbunden, durch ätherische Blasen innerhalb von Blasen innerhalb von Blasen, usw. Alle ätherischen Blasen sind miteinander verbunden und ineinander enthalten - nicht eine existiert alleine! Alles im Universum besteht aus mehr oder weniger verdichteten, ätherischen Blasen, in ständiger Bewegung. Festigkeit und Flüssigkeit sind nur Erscheinungen; die unterschiedliche Festigkeit oder Flüssigkeit der verschiedenen Elemente und Dinge begründet sich auf unterschiedliche, ätherische Dichte. Alles in der Welt besteht aus Äther, welcher in seinem Ur- und Grundzustand ein unwirkliches, unantastbares, unfassbares, unsichtbares Nichts ist! Nur Bewegung und Dichte machten das unwirkliche Nichts zu einem wirklichen, fassbaren, tastbaren und sichbaren Etwas!

Die Blase oder Kugel ist die geometrische Grundform, 64 gleichgroße Blasen innerhalb einer Blase der doppelten Größe ist die geometrische Grundgestalt, und Blasen in Verdoppelungen und Halbierungen nach außen und innen gehend ist die Quantifikation von geometrischem Raum. Aber die kleinsten Blasen sind Punkte, und Punkte ergeben Linien, und Punkte und Linien ergeben alle mögliche Geometrie. Aber im Grunde genommen gibt es nichts als ätherische Blasen! Selbst der Klang, der von meinem Mund zu Deinem Ohr geht, ist eine dicht aneinander gereihte, fließende Kette von sich gyroskopisch drehenden, ätherischen Sphären. Musik ist ein Tanz von ätherischen Sphären! Das Licht und die Wärme der Sonne bestehen aus unzähligen, winzig kleinen, dicht aneinander gereihten, sich gyroskopisch drehenden Sphären die in endlosen Ketten von der Sonne auf die Erde zuströmen und die Lebensformen der Erde erhalten, erwärmen und ernähren!

Die Blase oder Kugel ist also die geometrische Grundform; die geometrische Grundgestalt ist 64 Blasen innerhalb einer Blase der doppelten Größe, usw., mit drei Blasen in jeder Blase. Die geometrische Grundprogression erfolgte in sieben Stufen, gleichzeitig und synchronistisch nach innen und außen gehend, jede siebte

Stufe eine Verdoppelung und Halbierung der Blasengröße, die dazwischenliegenden Stufen eine doppelte Verdoppelung der Blasenanzahl. Das ist die Quantifizierung von Äther!

Bevor sich der göttliche Äther quantifizierte, hatte er zwar keine messbare Quantitiät, aber eine beschreibbare Qualität! Die grundlegende, ewige, unabänderliche Qualität des Urstoffes namens Äther ist, dass er sich in seinen Gegensatz zu wandeln vermag, und dennoch das bleibt, was er ist. Aufgrund dieser Schöpferkraft kann Äther beides, unbeweglich und beweglich, dunkel und licht, unquantifiziert und quantifiziert, ordentlich und chaotisch, nichts und alles, usw., sein. Wenn wir dieses Grundparadox verstehen, dann verstehen wir alles, und nichts. Wir verstehen klar, dass das Universum durch Analyse alleine nicht wissbar ist, und wir verstehen warum es so ist, und dass es so sein muss und nicht anders sein kann! Dann verstehen wir das Wesen des Nichts! Und nachdem wir das Wesen des Nichts klar verstanden haben, verstehen wir plötzlich alles!

Für einen reinen Mathematiker ist es klar, dass alles nichts ist, und nichts alles, und dass das Verstehen des All das Verstehen des Nichts voraussetzt, und andersherum. Dies ist eine mathematische Notwendigkeit! Die Antithese bewahrheitet die These, und andersherum. Und wenn die These zur Antithese wird, dann wird die Antithese zur These. Und die Summe der beiden ist immer gleich Null, weil die beiden in der Synthese vereint sind. Dies ist das mathematische Grundprinzip, und das kosmische und göttliche Grundprinzip! Um das Wesen des All zu verstehen, müssen wir das Wesen des Nichts verstehen! Erst wenn das Wesen des Nichts klar verstanden ist, dann kann das Wesen des All klar verstanden werden! Das Verstehen des Nichts ist die Wurzel alles Verstehens!

Äther ist der Grund- und Urstoff der Welt, die einzige, ewige, göttliche Essenz und Substanz des Universums! Äther ist der einzige Stoff des Universums! Alles besteht aus Äther! Wir sind ätherische Formen, wir bestehen ganz und gar aus Äther welcher in ständiger Bewegung begriffen ist, welcher sich ständig wandelt und weiterwandelt. Aber nur die Formen sind wandelbar und in ständigem Wandel begriffen. Der Äther, aus dem die Formen bestehen, ist ewig und ewiglich gleich!

Man kann zwar theoretisch sagen, dass Gott formloser Äther sei, und dass dieser formlose Äther die ätherischen Formen erschuf, und weiter erschafft, aber wo zieht man da die Trennungslinie zwischen dem Äther und den ätherischen Formen? Praktisch gesehen ist es unmöglich, den Äther von den ätherischen Formen zu trennen! Obwohl man Material und Form analytisch und theoretisch gesehen auseinanderhalten kann, ist es nach vollzogener Schöpfung unmöglich, das Material von der Form zu trennen! Vor der Schöpfung gab es nur reinen, formlosen Äther! Nach der Schöpfung wurde dieser Äther, oder ein Teil des Äthers, zu Material und Form. Äther ist also alle drei: Schöpfer, Material und Form!

Die Erschaffung des Universums ist eine Selbstschöpfung, in welcher der Schöpfer seine eigene Essenz hernahm, um sein Werk zu schaffen. Der Schöpfer hat, durch den Akt der Schöpfung, seine Essenz ausgeschüttet um Geschöpf zu werden. Das ist die Fleischwerdung des Geistes! Gott hat, durch den Akt der

Schöpfung, seine göttliche Formlosigkeit aufgeopfert um Form zu werden! Und wir, die Formen, müssen unsere Förmlichkeit aufopfern um Gott zu werden!

Wir brauchen das nicht wörtlich zu nehmen, wir müssen nicht unseren Leib leiblich aufopfern um göttlich zu werden! Das Opfer, von dem ich spreche, ist ein begriffliches! Wir sind angeboren göttlich, wir bestehen aus dem göttlichen Urstoff! Nur unsere gedanklichen Begriffe hindern uns daran, dies wahrzunehmen, es zu sehen und zu erleben! Was wir aufgeben müssen ist das Ego, das persönliche Ich, den Grundbegriff, eine von Gott separate Form zu sein, und die gesamte Begriffswelt, die wir um diesen Grundbegriff herum erdacht haben. Dann können wir beides sein: formlos und Form, göttlich und weltlich, irdisch und überirdisch, zeitlich und ewig – zugleich! Dann können wir in göttlicher Ekstase jauchzen, dann können wir im Bewusstsein der göttlichen Einheit lieben, leben und leiden, und unser Leiden wird leicht!

Meine endgültige Analyse, oder, besser gesagt, meine Synthese ist, dass wir Menschen, zusammen mit der gesamten Schöpfung, ein untrennbarer Teil Gottes sind, und dass die göttliche Schöpfung immer noch vor sich geht! Deshalb sind wir Mitschöpfer! Wir sind die Mitschöpfer Gottes! Wir erschaffen, wandeln und wiedererschaffen Gottes Schöpfung, Tag um Tag, Stunde um Stunde, Augenblick um Augenblick, neu! Wir wieder- und weitererschaffen Gottes Schöpfung, mit schwerer Hand, von außen her! Gott wieder- und weitererschafft seine Schöpfung, mit leichter Hand, von innen her, von der ätherischen Ebene her! Wenn wir uns mit der ätherischen Ebene vereinen, dann erschaffen wir Gottes Schöpfung im Sinne Gottes weiter!

Wir sind keine separaten Wesen, wir sind ein untrennbarer Teil der Gottheit, denn die Gottheit ist alles: Das ganze, große, alleinschließende und allumfassende All, das die Sufisten wortgerecht „Allah" nennen. Und das höchste Ziel unserer Gottwerdung ist, unseren Mitmenschen zu helfen ihre schlummernde Göttlichkeit zu erwecken! ‚Ich und der Vater sind eins!' sagte Jesus. ‚Non nobis, Domine! Non nobis, sed Nomini Tuo da gloriam!' sagen wir Templer!" schloss Arminius ekstatisch.

„Non nobis, Domine!" bestätigte Dietrich eindrücklich und setzte die Konversation fort: „Wenn wir ein untrennbarer Teil der Gottheit sind, und der Vorgang der göttlichen Schöpfung immer noch vor sich geht, und wir in diesem Vorgang Mitschöpfer sind, wie können wir den Vorgang auf göttliche Weise beeinflussen?"

„Göttlicher Äther quantifizierte sich, indem er sich vom Nichts in eine geometrische Progression von ätherischen Blasen wandelte, und dann einen Teil dieses Blasengebildes dem Chaos aussetzte", antwortete Arminius. „Das ätherische Murmelspiel unterliegt gewissen Gesetzen der Bewegung, es unterliegt aber auch teilweise dem Zufall. Das ätherische Murmelspiel unterliegt also zum Teil gewissen, ordentlichen Naturgesetzen – dieser Teil ist vorhersagbar! Es unterliegt aber auch teilweise dem Chaos – dieser Teil ist nicht vorhersagbar! Das kosmische Murmelspiel ist also teils Geschicklichkeitsspiel und teils Glücksspiel!

Unser schöpferischer Einfluss über das Spiel liegt im Geschicklichkeitsteil des Spieles, alles andere ist unabänderlich gegeben. Um das kosmische Murmelspiel geschickt zu spielen, müssen wir uns in erster Linie vor Augen führen, dass wir in diesem Spiel Spieler, Spielfiguren und das Spiel selbst sind! Der Spieler besteht aus ewigem Äther, die Murmeln und Murmelformen bestehen aus dem gleichen, ewigen Äther, und das Spiel ist ein ätherisches Spiel ewigen Äthers! Der Spieler schuf die Murmeln aus seiner eigenen, göttliche Substanz, setzte sie in Bewegung nach gewissen, ordentlichen Gesetzen der Bewegung, führte etwas Chaos in das Spiel ein, damit es sich ständig erneuere, und ließ genug Spielraum damit die Murmelformen das Spiel von innen her schöpferisch beinflussen können während es sich abspielt. Das kosmische Murmelspiel ist also teils Geschicklichkeitsspiel und teils Glücksspiel: ein schöpferisches Experiment!

Sobald wir Menschen das Wesen des kosmischen Murmelspieles erfasst haben, akzeptieren wir bedingungslos und mit Freude diejenigen Teile des Spieles, die unabänderlich gegeben und jenseits unserer schöpferischen Kontrolle sind: die vorbestimmten Bewegungen des Spieles, und die Zufallserscheinungen des Spieles!

Aber Geschicklichkeit ist auch ein entscheidender Teil des Spieles! In uns Menschen ist die Geschicklichkeit des Spielers höchstentwickelt! In uns Menschen entwickelte sich der göttliche Spieler in eine Form von Äther, die sich selbst und das Spiel von innen her zu analysieren und zu beeinflussen vermag! Wir sind die Analysierer des göttlichen Murmelspieles, wir sind eine Form von Murmeln die das Spiel vom Gesichtspunkt der Spielform analysiert – während es sich abspielt! In uns und durch uns analysiert das Spiel sich selbst; in uns und durch uns analysiert sich die Gottheit!

Aber, um das kosmische Murmelspiel gut zu analysieren und zu spielen, müssen wir uns dessen gewahr sein, dass das Spiel einem dreifachen Paradox unterliegt! Wir müssen uns dessen gewahr sein, dass die Analyse des Spieles nicht die alleinige Wahrheit des Spieles darstellt, dass die Analyse nur die Analyse ist, dass sich das Spiel in einem Zustand von Synthese abspielt welcher, genau genommen, nicht analysierbar ist! Und wenn wir ihn dennoch analysieren, was wir ja ständig tun, dann ist das Ergebnis eben nicht der eigentliche Zustand sondern nur die Analyse des eigentlichen Zustandes, was bei weitem nicht dasselbe ist, denn im eigentlichen Zustand ist alles eins!

Nichtsdestoweniger, Analyse ist unser schöpferisches Talent! Das Talent der Analyse gab uns das, was wir das menschliche Gewahrsein oder Bewusstsein nennen. Menschliches Bewusstsein ist analytisches Bewusstsein, es ist das, was uns von unseren Mitwesen der Tierwelt unterscheidet und uns schöpferisch macht! Alle unsere Künste wurzeln in unserer Fähigkeit der Analyse! Analyse ist das besondere Geschick der ätherischen Form die sich ‚Mensch' genannt hat!

Aber wir sollen uns von der Analyse nicht verblenden lassen, wir dürfen neben der Analyse die Synthese nicht vergessen! Die Synthese war zuerst da, sie ist der eigentliche Zustand des kosmischen Spieles! Das, was wir analysieren, befindet sich stets in einem Zustand von Synthese!

Die ursprüngliche Gottheit war reine Synthese, nichts als Synthese! Diese Synthese schüttete sich in ein ätherisches Murmelspiel aus und suchte sich selbst zu analysieren. Das Ziel der Synthese ist die Analyse; das Ziel der Analyse ist die Synthese! Die Gottheit hat dieses Ziel jetzt erreicht! In uns Menschen hat sich der Kreis geschlossen: Die Synthese hat die Analyse gefunden, und die Analyse hat die Synthese wiedergefunden! Um das kosmische Spiel richtig zu analysieren und gut zu spielen müssen wir, die Analysierer des Spieles, mit der Synthese des Spieles vertraut werden!

Ich denke, dass die Analyse des Spieles der Gottheit vor dem Erscheinen des Menschen noch nicht bekannt war; wir sind die erste Spielerscheinung, die intelligent genug ist, das Spiel vom Gesichtspunkt der Spielerscheinung her zu analysieren! Durch uns wurde das Spiel selbstanalytisch, in uns hat sich das Spiel derart hochgespielt, dass es fähig wurde, sich selbst zu analysieren! In uns und durch uns analysiert sich die Gottheit!

In uns hat sich das ätherische Murmelspiel derart hochgespielt, dass es fähig ist, das Spiel von der Spielform her zu analysieren! In uns und durch uns analysiert das kosmische Murmelspiel sein eigenes Wesen! In uns und durch uns analysierte sich das Spiel als der Spieler, als das Spiel, und als die ewige, ätherische Substanz aus welcher Spieler und Spiel bestehen! Durch uns analysierte das Spiel einige der vorbestimmten Naturgesetze, nach denen sich das Spiel abspielt, sowie den chaotischen Zufall welcher ein notwendiger Teil des Spieles ist. In uns und durch uns analysierte das Spiel die Möglichkeit, seinen Ablauf schöpferisch weiterzugestalten, während es abläuft. Und in uns und durch uns analysierte das Spiel das dreifache Paradox als die Grundregel des Spieles. Und, was am wichtigsten ist, in uns und durch uns kam das Spiel zu dem analytischen und ekstatischen Schluss, dass es sich in einem Zustand von Synthese befindet und abspielt!

Bevor wir Menschen auf der Spielfläche erschienen, erlebte sich das Spiel nur in der Synthese. Es war noch nicht fähig, sich selbst zu analysieren. Wir Menschen sind der bis jetzt höchstgelungene Wurf des Spieles; in uns brachte das Spiel eine Spielform hervor, die fähig ist das Spiel vom Gesichtspunkt der Spielform her zu analysieren und zu beeinflussen! Aber ganz egal wie unsere Analysen ausfallen, wir müssen uns stets vor Augen halten, dass sich das Spiel in einem Zustand von Synthese abspielt, und deshalb nicht logisch fassbar, aber durchaus erlebbar ist!“

„Genug!“ unterbrach Dietrich. „Ich kann kaum verstehen, was du bis jetzt gesagt hast; sag nichts mehr! Es hört sich großartig an, aber es klingt auch wie Gotteslästerung. Ich erschauere vor Ehrfurcht und Abscheu zugleich! Es hört sich so an, als ob du nicht mehr an Gott glaubst!“

„Nein, ich glaube nicht an Gott; ich bin ein Atheist!“ antwortete Arminius leichthin. „Aber ich bin ein spiritueller Atheist!“ erläuterte er. „Gott glaubt nicht an Gott; Gott braucht nicht an Gott zu glauben, denn Gott ist Gott! So beginnt der Koran: ‚Gott ist Gott, und es gibt nichts außer Gott!’ Wenn wir mit Gott einswerden, dann glauben wir nicht mehr an Gott, dann werden wir Gott, dann sind wir Gott! Diese Art von Atheismus ist keine Verleugnung Gottes, sie ist die höchstmöglichste Bejahung Gottes: Gott werden und Gott sein! Das ist Atheismus im Namen Gottes!“

„Das ist mir zu esoterisch!“ unterbrach Dietrich wieder. „Bitte, hör auf! Lasst uns über gewöhnliche Dinge reden, die Probleme des Alltags!“

„Gut“, lenkte Arminius ein, „lasst uns von Gott auf Schotter übergehen, welcher auch eine göttliche Form ist, aber noch lange nicht so geschickt wie die Form, die sich Mensch nennt!“

„Nein, nichts davon!“ bat Dietrich flehentlich. „Lassen wir Gott ganz und gar aus dem Spiel!“

„Wie du willst!“ sagte Arminius beschwichtigend. „Dann sprechen wir eben über Schotter als nur Schotter, was er ja zweifelsohne ist!“

„Was wolltest du über Schotter sagen?“ fragte Dietrich, froh, dass Arminius endlich das Thema gewechselt hatte. Für Arminius aber war es kein Wechsel im Thema, sondern nur ein Übergang von theoretischer zu praktischer Göttlichkeit.

„Ich sah, dass du deine Seite der Rotkreuzhöhe noch nicht geschottert hast“, antwortete Arminius. „Hast du einen Schottersteinbruch?“

„Ich benütze Flusskies als Straßenschotter“, erwiderte Dietrich, „deshalb habe ich noch nicht angefangen. Ich entnehme den Kies von den Uferbänken der Sulz, und der Wasserspiegel der Sulz ist noch nicht niedrig genug, um Kies zu entnehmen. Es wird noch mindestens eine Woche dauern, bis das Wasser der Sulz niedrig genug ist.

Meine Bauern arbeiten nicht so gerne an der Weißen Laberstraße wie deine. Es ist nicht ihre Straße, sie benützen sie kaum. Und ich habe kein Veranstaltungslokal, so wie du. Die Feste, die du für deine Bauern nach getaner Arbeit abhältst, sind legendär; kein Wunder, dass sie so gerne für dich arbeiten!

Außerdem ist der Flusskies nass und schwer. Schwer auf- und abzuladen, schwer für die Ochsen und Karren. Für meine Bauern ist das Schottern der Weißen Laberstraße die schwerste Arbeit des Jahres. Der Tuff, den du benützt, ist trocken und leicht. Er wiegt weniger und ist leichter auf- und abzuladen als Flusskies!“

„Du könntest den gleichen Tuff benützen wie ich!“ schlug Arminius vor. „Der Ritter von Holnstein genehmigte mir, beliebig viele Ladungen aus seinem Tuffsteinbruch zu entnehmen, als Entgelt forderte er lediglich die gleiche Menge Sand aus meiner Sandgrube. Ich bin gewillt, dem Holnsteiner meinen Sand zu geben im Austausch für deinen Tuff! Wenn du einverstanden bist, dann kannst du am Dienstagmorgen anfangen und eine Brechmannschaft in den Tuffsteinbruch schicken. Ich werde sie in Neuhaus unterbringen und verköstigen. Nachdem sie genug Tuff gebrochen haben, werde ich dir dreißig meiner Bauern mit Ochsenkarren zur Verfügung stellen um den Tuffschotter zu transportieren. Wenn du eine gleiche Anzahl von Ochsenkarren hernimmst, und eine ausreichend große Mannschaft, um den Schotter abzuladen, auszubreiten und festzustampfen, dann können wir deine Seite der Rotkreuzhöhe in ein oder zwei Tagen schottern! Nach Beendigung des Projektes werde ich alle zu einem Fest in mein Neuhaus-Hospiz einladen. Was sagst du dazu?“

„Jetzt sprichst du endlich sinnvoll!“ sagte Dietrich mit einem breiten Grinsen. „Natürlich nehme ich dein großzügiges Angebot an! Ich danke dir! Am Dienstagmorgen werde ich eine Brechmannschaft in den Tuffsteinbruch von Holnstein schicken!“

„Mit Brechstangen, Spitzhacken, Fäusteln und Schaufeln!" ergänzte Arminius. „Der Tuffsteinbruch ist kurz vor dem Dorf Holnstein, direkt oberhalb der Weißen Laberstraße. Wenn du etwa zwanzig Mann hinschickst, dann sollten sie in vier Tagen genug Tuff brechen. Dann können wir am Montagmorgen der nächsten Woche mit dem Schottern beginnen!"

„Einverstanden!" rief Dietrich erfreut aus und schlug Arminius' Hand, um die Vereinbarung zu besiegeln.

Arminius und seine Mitbrüder ritten am Abend des Ostertages nach Neuhaus zurück. Ostermontag war ein Festtag für sie, ein Bauernfesttag wie der Stephanstag. Am Ostermontag schenkten sie ihren Bauern das traditionelle Osterbier aus.

Das Bier, das der Braumeister des Holnsteiner Dorfes besonders für Ostern braute, war dunkler, geschmackvoller und etwas stärker als sein gewöhnliches Bier. Die Templer servierten dieses Osterbier, geräuchertes Schweinefleisch und Sauerkraut – das Fleisch war im Kraut gekocht - und frischgebackenes Osterbrot. Zur Feier des Tages und um die Heilige Dreieinigkeit zu feiern, und den dritten Tag der Auferstehung, bekam jeder Bauer drei Krüge Bier. Weil dieses Bier besonders stark war, wurden die Bauern von den drei Krügen ein wenig angeheitert und ausgelassen. Die Brüder passten gut auf und erstickten jeden Streit im Keime. Und Arminius persönliche Anwesenheit, an die die Bauern nicht gewöhnt waren, tat ein Übriges, um Streitereien und Raufereien zu vermeiden.

Nach Ostern begann die Fuhrsaison. Die schweren Fuhrwagen der Nürnberger Kaufleute fingen an die Weiße Laberstraße auf- und abzufahren; man konnte die Rufe der Fuhrleute und ihr Peitschenknallen bis zur Burg Thannbrunn hinauf hören. Wie Johannes vorhergesagt hatte, blieb einer der ersten Fuhrwagen von Nürnberg auf der Weihersdorfer Seite der Rotkreuzhöhe stecken. Der Fuhrmann kam nach Neuhaus und bat um Vorspann. Sepp der Templerfuhrmann schirrte zwei Pferde zu einem Gespann zusammen und führte sie zum Roten Kreuz. Arminius ritt mit, um die Rettung zu beobachten.

Der Nürnberger Fuhrmann war umsichtig genug gewesen, nicht zu versuchen, seinen Wagen rückwärts den Berg hinunterzufahren, nachdem er steckengeblieben war und gesehen hatte, dass er vorwärts nicht hinaufkommen würde. Er hatte auch nicht seine Pferde zur Erschöpfung getrieben indem er versuchte, sie mit Gewalt den Berg hinaufzupeitschen. Er hatte getan, was jeder erfahrene Fuhrmann in so einem Falle tut, er hatte die Bremsklötze untergelegt, damit der Wagen nicht rückwärts wegrollen konnte. Jeder Fuhrwagen hatte zu diesem Zweck zwei Bremsklötze hinter den Hinterrädern hängen.

Sepp der Fuhrmann spannte seine Pferde vor das Gespann des Nürnbergers. Während der Nürnberger Fuhrmann nach Neuhaus gegangen war, hatte sein Lehrling den Boden unmittelbar vor den vier Rädern sauber eingeebnet und festgestampft, damit der steckengebliebene Wagen leichter herauszuziehen war. Sepp und der Nürnberger Fuhrmann trieben ihre Pferde an. Die braven Pferde gaben ihre ganze Kraft her; mit einem mächtigen Ruck zogen sie den Wagen aus der festgesteckten Furche. Nachdem der Wagen im Rollen war, machten die Fuhrleute sicher, dass er am Rollen blieb. Mit ständigem Peitschenknallen und ermunternden Zurufen trieben sie ihre Pferde stetig den Berg hinauf.

Oben am Roten Kreuz blieben sie stehen. Nachdem sich die Pferde etwas verschnauft hatten, spannte Sepp sein Gespann aus. Der Fuhrmann dankte Sepp und Arminius. Bevor er den Berg hinunterfuhr, gebot er seinem Lehrling, den Hemmschuh einzulegen. Der Lehrling nahm den Hemmschuh vom Haken, legte ihn vor das Hinterrad, und der Fuhrmann trieb seine Pferde an. Der Hemmschuh befand sich am Ende einer kurzen Kette, die gerade lang genug war, um den Hemmschuh, wenn die Kette straff wurde, direkt unter dem Wagenrad zu halten. Das Rad saß dann auf dem Hemmschuh ohne sich zu drehen, und der Hemmschuh rutschte den Berg hinunter und bremste dadurch den Wagen.

Am Ende der steilen Strecke hielt der Fuhrmann an und fuhr den Wagen rückwärts vom Hemmschuh herunter, der Lehrling nahm den Hemmschuh und hing ihn an den Haken zurück. Arminius, der nie zuvor gesehen hatte wie ein Hemmschuh wirkte und wie er gehandhabt wurde, sah dem Vorgang mit Interesse zu. Und danach sah er auch das Zeichen oben auf der Höhe, gegenüber dem Roten Kreuz, ein Wegzeichen, das bisher seiner Aufmerksamkeit entgangen war: das Bild eines Hemmschuhs auf einem sechs Fuß hohen Pfahl!

Das Hemmschuhzeichen war ein außerordentlich wichtiges Zeichen für Fuhrleute, aber Arminius hatte es vorher nie gesehen, weil seine ganze Aufmerksamkeit dem Roten Kreuz galt, wenn immer er daran vorbeiritt. Der Hemmschuh war ein genau so wichtiges Wegzeichen wie das Rote Kreuz, vielleicht sogar wichtiger! Das Rote Kreuz zu übersehen war für einen Fuhrmann kein schlimmes Versehen. Aber ein Fuhrmann der das Hemmschuhzeichen übersah, und den Berg hinunterfuhr ohne den Hemmschuh einzulegen, riskierte den Verlust seines Wagens und Gespannes, seiner Fracht, seines Leibes und Lebens oder zumindest seines guten Rufes. Die Fuhrwagen hatten zwar Vorderbremsen, die hölzerne Bremsbacken gegen die Vorderräder drückten, aber an steil abfallenden Strecken musste zusätzlich der Hemmschuh eingelegt werden.

Mit losen Zügeln und tief in Gedanken versunken ritt Arminius nach Hause. Er hatte das Hemmschuhzeichen nie zuvor gesehen, er hätte schwören können, dass es nicht dort gewesen war! Aber es sah ziemlich verwittert aus und musste schon jahrelang dort gestanden sein! Er hatte nur das Rote Kreuz gesehen, weil es für ihn bedeutungsvoll war; das Hemmschuhzeichen hatte für ihn keine Bedeutung, und deshalb hatte er es nicht gesehen! Aber für die Fuhrleute, die diese Straße befuhren, war das Hemmschuhzeichen außerordentlich wichtig und das Rote Kreuz nur ein Straßenkreuz.

„‚Sehen ist glauben!' heißt ein altes Sprichwort“, dachte Arminius, „aber sollte es nicht heißen: ‚Glauben ist sehen!' Wir sehen nicht was da ist, wir sehen das, was wir glauben was da ist! Unsere Sicht der Wirklichkeit wird von den Begriffen bestimmt, an die wir glauben! Wir sind von unserer Begriffswelt beschränkt! Wir sehen nur das, wofür wir vorgefasste Begriffe haben; was wir nicht begreifen, das sehen wir nicht! Wir können es sehen, aber nur wenn wir unsere Begriffe zunichte machen, nur wenn wir das Gesehene begriffslos erleben. Wir können die begriffslose Wirklichkeit sehen, aber nur wenn wir das begriffliche, rechte Auge schließen! Um die unbegriffene Wirklichkeit zu erleben, müssen wir das süchtige, rechte Auge aufopfern!

Aber die begriffslose Wirklichkeit ist für uns unwirklich!" sann Arminius weiter. „Um etwas wirklich zu machen, beschreiben wir es mit einem Begriff! Und sobald wir einen Begriff für etwas haben, glauben wir an den Begriff! Und sobald wir an unsere Begriffswelt glauben, schließen wir unsere Augen zu allem was außerhalb dieser Begriffswelt liegt! Glauben ist nicht sehen, glauben ist Blindheit, die schlimmste Art von Blindheit: eine selbstgewählte Blindheit!

Aber können wir ohne Begriffe und Begrifflichkeit auskommen? Nein! Gibt es einen Ausweg aus der begrifflichen Zwickmühle? Ja! Der Ausweg ist in beiden Welten, der begriffenen und unbegriffenen, zugeich zu sein! Das Erschaffen von Begriffen sollte uns eine künstlerische Tätigkeit sein, die versucht das Mysterium des Seins gleichnishaft zu erklären. Dann ist die Wirklichkeit nicht eine Illusion, wie die Sufisten sagen, sondern eine Schöpfung! Dann ist das Erschaffen der begrifflichen Wirklichkeit eine schöpferische Tätigkeit, die versucht das Unerklärbare zu erklären, das Unausdrückbare auszudrücken, das Unbegriffene begreiflich zu machen und das Unverständliche verständlich, auf analogische und allegorische Weise, in Gleichnissen, die nicht absolut wahr sondern relativ wahr sind: Begrifflichkeit als Kunst!"

Der Montag eine Woche nach Ostern war Dietrichs Schottertag. Johannes sandte dreißig Bauern mit Ochsenkarren in den Tuffsteinbruch, um Tuff zu fahren, dreißig Ochsenkarren kamen aus Weihersdorf und eine große Mannschaft von Weihersdorfern begab sich zu deren Seite der Rotkreuzhöhe um den Tuffschotter abzuladen, auszubreiten und festzustampfen. Den ganzen Tag knarrten die Ochsenkarren im Abstand von etwa zweihundert Schritten in einer endlosen Prozession zwischen dem Tuffsteinbruch und dem Roten Kreuz hin und her. Am Abend dieses Tages war die meiste Arbeit getan.

Die Ochsenkarren aus Weihersdorf fuhren an diesem Abend nicht nach Hause, sie übernachteten in Neuhaus. Die Templerknechte halfen den Weihersdorfbauern ihre Ochsen zu füttern und zu tränken, die Bauern aßen im Hospiz und schliefen in den Alkoven im Obergeschoss. Der Hof des Neuhaus-Hospizes sah diese Nacht wie eine morgenländische Karawanserei aus, mit dreißig Ochsenkarren im Hof, die Ochsen wiederkauend an ihre Karren gebunden am Boden ruhend.

Am frühen Morgen machten sich die Bauern mit ihren Ochsen und Karren wieder zum Tuffsteinbruch auf. Johannes schärfte ihnen ein, beim Elfuhrläuten mit der Arbeit aufzuhören und sich spätestens beim Zwölfuhrläuten auf ein Festmahl im Hospiz einzufinden. Dietrich und Arminius hatten sich entschieden, das Festmahl als ein Gemeinschaftsfest der Templergemeinden Thannbrunn und Weihersdorf zu veranstalten, um das erste Gemeinschaftsprojekt, welches die beiden Gemeinden gemeinsam durchgeführt hatten, gebührlich zu feiern. Alle Mitglieder der beiden Gemeinden waren eingeladen, ob sie sich am Schottern beteiligt hatten oder nicht.

Bruder Hermann und seine Helfer hatten am Tag zuvor zwei Schweine geschlachtet und einen Backofen voll Brot gebacken. Der Ritter von Holnstein hatte noch etwas von seinem guten Osterbier auf Lager, so bestellte Arminius drei Fässer Osterbier und ließ sie vom Bierfahrer des Holnsteiners nach Neuhaus liefern. Riesige Mengen von Sauerkraut wurden in großen Kesseln über mehreren Feuern gekocht. Johannes erwartete etwa 300 Leute, die Templer hatten nicht genug Krüge, Löffel und Teller in Neuhaus für so viele, deshalb gebot Arminius den Gästen ihre eigenen Krüge, Teller und Löffel mitzubringen.

Kurz nach dem Elfuhrläuten kamen die ersten Gäste an, pünktlich mit dem Zwölfuhrläuten begannen Bruder Hermann und die Templerknechte auszuteilen und auszuschenken. Es war unmöglich zu kontrollieren, wer wieviel aß oder trank, aber Leute, die betrunken schienen, bekamen kein Bier mehr. Das Brot, Fleisch und Kraut waren in einer Stunde aufgegessen, zwei Stunden später waren die drei Fässer leer. Einige Bauern hatten die Lage ausgenützt und zuviel gegessen oder getrunken, aber die meisten waren angenehm satt und nur leicht berauscht. Glücklich gingen und fuhren sie nach Hause!

„Phänomenal!“ war Dietrichs anerkennender Ausruf, nachdem die letzten Gäste das Hospiz verlassen hatten und er sich mit Arminius zu einem Becher Frankenwein zusammensetzte um die Ereignisse des Tages zu besprechen. „Es ist unglaublich, wieviel Arbeit in eineinhalb Tagen durch einen gut organisierten Gemeinschaftsaufwand geleistet werden kann! Noch bewundernswerter ist, dass meine Leute Spaß daran hatten! Das jährliche Schottern des Rotkreuzberges war für sie die unangenehmste Arbeit des Jahres; jetzt wurde es die angenehmste! Du machtest ihre schwere Arbeit leicht, Bruder Arminius! Meine Bauern würden deine hochfliegenden Philosophien nie verstehen, aber das verstehen sie! Sie werden dich als einen weisen Herren verehren, weil du ihre schwere Arbeit erleichtert und sie obendrein noch fürstlich bewirtet hast!“

Dietrich machte sich auch auf den Heimweg. Bevor er wegritt sagte er: „Wir werden uns am Pfingstfreitag wiedersehen, wenn nicht vorher! Bitte besuche mich jederzeit, ich sehe dich nicht so oft wie ich gerne möchte!

Unser Pfingstritt nach Eschenbach wird etwa zwölf Stunden dauern, und ich möchte um die Mitte des Nachmittags dort ankommen. Wenn wir bei Tagesanbruch wegreiten, was Anfang Juni ziemlich früh ist, dann werden wir um die Nachmittagsmitte in Eschenbach ankommen. Deshalb ist es am besten, wenn du am Freitag Nachmittag zu mir kommst und bei mir übernachtest, so dass wir am Samstag in aller Früh wegreiten können. Du kommst also am Pfingstfreitag? Gut! – Non nobis, Domine! Non nobis, sed Nomini Tuo da gloriam!“

„Non nobis, Domine!“ erwiderte Arminius. Dietrich spornte sein Pferd an und ritt nach Hause.

Es war ein frühes Frühjahr. Zu Arminius’ Geburtstag, Ende April, stand das neue Gras bereits hoch und grün, die Buchen waren in vollem Blatttrieb und der Waldboden unter den Buchen wogte von weißen Anemonen. Arminus labte seine Augen an dem blühenden Weiß der Anemonen und an dem frischen Blattgrün, aber die erste Maiwoche wurde durch ein Verbrechen getrübt: Der erste Fall von Wegelagerei!

Die unangenehme Pflicht der Justizausübung war Arminius bis jetzt erspart geblieben. Johannes schlichtete die kleinen Vergehen und Streitereien unter Bauern und Knechten, und ein Verbrechen hatte es seit seinem Amtsantritt noch nicht gegeben. Eines morgens Anfang Mai änderte sich das schlagartig.

An diesem Morgen führte der Ritzermüller ein Reitpferd in den Hof von Neuhaus. Über den Sattel des Pferdes hing der bewusstlose Reiter, aus einer Kopfwunde blutend. Bruder Petrus und Jakobus hoben ihn vom Pferd, trugen ihn in das Hospiz, rasierten seinen Kopf und vernähten die Kopfwunde. Danach gaben sie ihm Riechsalz zu riechen und flößten ihm etwas Branntwein ein, was ihn hustend und nach Luft schnappend zum Bewusstsein brachte.

Der Reiter war ein Briefbote aus Nürnberg. Er sagte, er sei mit einem Knüppel von hinten über den Kopf geschlagen und vom Pferd gezogen worden. Der Wegelagerer machte sich mit dem Ranzen des Boten aus dem Staub und ließ ihn ohnmächtig und aus einer Kopfwunde blutend auf der Straße liegen. Der Ritzermüller wurde stutzig, als er ein reiterloses, gesatteltes Reitpferd die Straße hinunterrennen sah und ging hinauf, um es einzufangen. Er fing das Pferd ein, fand den verwundeten und bewusstlosen Boten, legte ihn über den Sattel seines Pferdes und brachte beide nach Neuhaus.

Der überfallene Bote trug Briefe von Nürnberg nach Regensburg. Sein Ranzen war mit Briefen gefüllt, von Nürnberger Kaufleuten an Regensburger Kaufleute. Einige der Briefe enthielten Geld. Es war seine Pflicht, diese Briefe abzuliefern, auf Antwort zu warten und die Antwortbriefe nach Nürnberg zurückzubringen. Er sorgte sich nicht um seine Wunde, nur um seine Briefe, und bat Arminius flehentlich den Räuber zu fangen und die Briefe einzuholen.

„Es ist meine Pflicht den Räuber zu fangen und zu richten, auch wenn keine wichtigen Briefe auf dem Spiel stünden!“ sagte Arminius. „Beschreibe mir deinen Ranzen und gib mir die Adressen einiger Briefe, die er enthält! Ich werde den Räuber sofort verfolgen!“

Der Briefbote sagte, dass sein Ranzen aus glänzendem, schwarzem Leder bestünde, und gab Arminius die Adressen. In der Zwischenzeit ließ Johannes Arminius' Rappen und drei weitere Pferde satteln. Arminius, Johannes und zwei Pferdeknechte ritten im Galopp los, um den Räuber einzufangen. Arminius trug sein Schwert, Johannes war mit Säbel, Keule und Dolch bewaffnet, die Knechte trugen Dolche und Keulen und ein Seil um den Räuber zu binden.

Arminius nahm an, dass der Wegelagerer zur nächsten, freien Stadt eilen würde um dort unterzutauchen. Sie ritten so schnell sie konnten zur Ritzermühle und von dort den Waldweg nach Altmannsberg hinauf. Auf den offenen Fluren fragten sie die Bauern, ob sie einen Fremden mit einem schwarzen Lederranzen gesehen hätten. Einige der Bauern hatten tatsächlich gesehen, dass so ein Fremder eilends Richtung Wackersberg lief. Die Bauern von Wackersberg bestätigten dies und sagten, dass der Fremde im Eilschritt Richtung Berching gegangen war.

Vor der Kreuzwegkapelle, an der Holnstein-Berching-Straße, unweit eines kleinen Wäldchens, sahen sie den Verdächtigen. Als dieser vier Reiter in vollem Galopp auf sich zukommen sah, lief er auf den Wald zu. Aber Arminius auf seinem schnellen Rappen schnitt ihm den Weg ab und brachte ihn mit gezogenem Schwert zum Stehen. Johannes nahm ihm den Ranzen ab und die Knechte fesselten ihm die Handgelenke. Arminius überprüfte einige der Briefe im Ranzen; sie trugen die Adressen, die ihm der Briefbote gegeben hatte! Es bestand kein Zweifel: Der Gefangene war der Wegelagerer!

Arminius nahm Johannes beiseite und fragte ihn, unter wessen Jurisdiktion sie sich befänden. „Wir sind immer noch auf der Holnsteiner Flur, und das Verbrechen wurde auch im Amtsbereich des Holnsteiners begangen", antwortete Johannes. „Es ist unsere Pflicht, den Gefangenen vor den Ritter von Holnstein zu bringen!"

„Und der wird ihn für einen oder zwei Tage an den Pranger ketten, und ihn danach hängen und hängenlassen, bis er vom Strick fault, ohne ihm ein christliches Begräbnis zu gewähren?" fügte Arminius fragend hinzu.

„Ja, leider", bestätigte Johannes, „so bestraft der Holnsteiner die Wegelagerer!"

„Ich werde ihn anders behandeln!" sagte Arminius entschieden.

Der Gefangenen stand mit gebundenen Händen und starrte finsterblass, in stummer Resignation, auf den Boden. Arminius sagte zu ihm, in mildem Ton: „Ich bin ein Tempelritter, ein Diener der Muttergottes, der mitleidsvollen Fürsprecherin aller Sünder! Wenn du von ganzem Herzen bereust, und die Muttergottes um Vergebung anflehst, dann wird sie dir vergeben und für dich vor Gott Fürbitte leisten! Blicke mich an und sage mir, was dich dazu führte, dieses abscheuliche Verbrechen zu begehen!"

Der Räuber sah Arminius an, mit einem Hoffnungsschimmer in seinem aschfahlen Gesicht, und sagte, dass er ein Leibeigener sei, der der Leibeigenschaft entflohen war und ein Jahr und einen Tag in der Freien Reichsstadt Nürnberg zugebracht hatte, um seine Freiheit zu erlangen. Es war ihm aber schwergefallen, in Nürnberg Arbeit und Brot zu finden, auch sehnte er sich nach seiner Heimat und Familie, deshalb ging er kurzentschlossen zu seinem früheren Herrn zurück und bat um Wiederaufnahme. Jener wollte aber keinen Aufwiegler unter seinen Bauern und jagte ihn davon. Seither ernährte er sich von Mundraub. Er versicherte Arminius hoch und heilig, dass dieser Raubüberfall sein erstes, wirkliches Verbrechen war.

„Knie nieder und bereue!" gebot Arminius, „und bete laut zur Muttergottes, dass sie dir vergebe und für dich Fürbitte leiste! Ich bin sicher, dass sie mitleidsvoll sein wird und dir vergeben wird! Und was der Muttergottes recht ist, ist ihrem Diener billig! Auch ich werde mitleidsvoll mit dir sein; ich werde dir vergeben und dich befreien!" Der Räuber konnte es kaum glauben: dieser Templer wollte ihn freilassen! Mit unverhohlener Freude kniete er nieder, faltete seine gefesselten Hände so gut er konnte, und betete laut und inbrünstig:

„Heilige Maria, voller Gnade,
Der Herr ist mit Dir,
Du bist gebenedeit unter den Weibern,
Und gebenedeit ist die Frucht deines Leibes, Jesus.

Heilige Maria, Mutter Gottes,
Bitte für uns Sünder,
Jetzt und in der Stunde unseres Todes ..."

Während der Gefangene betete, zog Arminius lautlos sein Schwert aus der Scheide, fasste es mit beiden Händen und hob es hoch. Blitzschnell, ohne dass sich der Gefangene dessen gewahr wurde, trennte er seinen Kopf sauber vom Rumpf. Als der Kopf des Gefangenen am Boden rollte, lächelte er immer noch sein Hoffnungslächeln. Arminius erinnerte sich des lächelnden Kopfes seines Freundes Raschid an der Spitze einer muselmanischen Lanze und lachte kurz auf. Die Knechte und Johannes sahen Arminius entsetzt und bewundernd an.

Er kniete neben dem abgetrennten Kopf nieder, fasste ihn liebevoll mit der linken Hand beim Schopf, machte mit dem Daumen der rechten Hand das Zeichen des Kreuzes auf seine Stirn, drückte ihm mit Daumen und Zeigefinger beide Augen zu, und sprach feierlich: „Der Herr geb ihm die ewige Ruhe und das ewige Licht leuchte ihm! Der Herr lass ihn ruhen ihn Frieden – Amen!"

Danach gebot er Johannes in das Wäldchen zu gehen und mit seinem Säbel einige Äste oder Bäumchen zu schlagen, daraus eine Tragbahre anzufertigen und den Leichnam zur Templerprobstei Berching zu tragen. „Die Knechte sollen dortbleiben und den Berchinger Brüdern helfen das Grab zu schaufeln!" gebot Arminius weiter. „Danach sollen sie heimreiten! Du reitest nach Weihersdorf, berichtest dem Bruder Dietrich und dem Bruder Kaplan was vorgefallen ist, und bittest den Bruder Kaplan nach Berching zu reiten, um den Leichnam zu bestatten. Ich werde nach Holnstein reiten und dem Ritter Bericht erstatten!"

Johannes, der sehr besorgt war, als Arminius versprach den Gefangenen zu befreien, stimmte mit der liebevollen Hinrichtung überein: „Ich wollte dich schon warnen, ihn nicht freizulassen, aber irgendetwas hielt mich zurück. Du hast für diesen armen Mann das Beste getan, was du tun konntest. Du versprachst ihm mitleidsvoll zu sein, und du warst mitleidsvoll: Du hast ihn mitleidsvoll hingerichtet!"

Johannes ging in das Wäldchen und schlug mit seinem Säbel zwei dicke Äste ab um daraus eine Tragbahre zu machen. Arminius ritt nach Holnstein und berichtete dem Ritter den Vorfall. „Schade, dass du ihn nicht lebend zurückgebracht hast", sagte jener, „ich hätte ihn gerne an den Pranger gekettet und dann aufgehängt und hängengelassen bis er von den Krähen gefressen ist, ohne ihm ein christliches Begräbnis zu geben. Das ist die wirksamste Abschreckung gegen Wegelagerei! Aber ihr Templer glaubt an schnelle Justiz, nicht wahr? Du hast ihn nahezu auf frischer Tat ertappt, du hast ihn gefangen und hattest das Recht, ihn an Ort und Stelle hinzurichten! Ich wundere mich, dass du ihn so schnell gefangen hast, ich bin nicht immer so erfolgreich. Um ganz ehrlich zu sein, die meisten Wegelagerer entgehen mir. Deshalb bestrafe ich diejenigen, die ich erwische, so schwer, um andere zu warnen!"

Auf dem Nachhauseritt dachte Arminius an den Verbrecher und sein Verbrechen. Seine Notlage war allzu häufig in einem Übergangszeitalter, wo sich die alte Ordnung auflöste und die neue noch nicht hergestellt war. Man konnte den Bauern nicht verdenken, dass sie der Leibeigenschaft müde waren und freie Bürger werden wollten! Aber die Freiheit der Städte erforderte ein Wissen und Können, das die meisten Leibeigenen nicht hatten. Viele der Leibeigenen, die in die freien Städte flüchteten, waren der Verantwortlichkeit der Freiheit nicht gewachsen. Obwohl das Leben eines Leibeigenen oft sehr schwer war, und von oben her geregelt wurde, war es doch eine sicherere Existenz als die eines Freimannes mit wenig Wissen und Können, und mit keiner Mitgliedschaft in einer unterstützenden Zunft oder Brüderschaft. Die einzige Organisation, die sich in den freien Städten um entlaufene Leibeigene annahm, und ihnen den Übergang von der Leibeigenschaft zu einem freien und vollverantwortlichen Bürgertum erleichterte, waren die Beguinen. Es gab aber zu wenig Beguinen in den freien Städten um allen entlaufenen Bauern zu helfen. Und die Tatsache, dass die Kirche den Beguinen nicht gut gesonnen war, erschwerte ihre Arbeit.

In vier Wochen würde die Jahreshauptversammlung stattfinden. Arminius wusste, dass er sein Kontobuch dorthin mitbringen musste, um es mit dem Schatzmeister des Großpriors zu überprüfen. Das Kontobuch der Komturei Thannbrunn war nichts weiter als ein sorgfältig geführtes Verzeichnis aller Einnahmen und Ausgaben. Arminius beschloss, es auf doppelte Buchführung umzustellen.

Die doppelte Buchführung war von Florentiner Kaufleuten erfunden worden und wurde dort und in den anderen Stadtstaaten Norditaliens praktiziert. Arminius hatte das Prinzip der doppelten Buchführung von einem seiner Mitstudenten in Neapel gelernt und, weil es dem mathematischen Grundprinzip der gegenseitigen Bewahrheitung von These und Antithese entsprach, gut gemerkt. Er eröffnete in seinem Kontobuch die notwendigen Konten, und für jedes Konto ein Gegenkonto, stellte die Eröffnungsbilanz auf, setzte den Anfang seines Finanzjahres auf den ersten April, machte nachträglich alle Eintragungen für das Finanzjahr 1303/04 und stellte die Schlussbilanz auf.

Am Pfingstfreitag packte Arminius seine Satteltaschen für den Ritt nach Eschenbach und Nürnberg. Er nahm sein verbessertes Kontobuch mit, etwas Geld, einige persönliche Gegenstände und was er sonst noch für einen einwöchigen Aufenthalt in Nürnberg brauchen würde. Seine Komturei überließ er den fähigen Händen seines Mitbruders Johannes und ritt nach Weihersdorf, um dort zu übernachten.

Obwohl die beiden wussten, dass sie früh zu Bett gehen sollten, setzten sie sich mit einem Krug klargrünen Frankenwein und zwei Bechern zu einem Gespräch ans Kaminfeuer. Arminius wusste nicht, was er von einer Jahreshauptversammlung zu erwarten habe. Er fragte Dietrich, was bei diesen Versammlungen eigentlich vor sich gehe.

„Ach, diese Versammlungen sind langweilig!“ antwortete Dietrich missbilligend. „Ein langatmiger Jahresbericht nach dem anderen, alle über Verwaltung, Finanz und Handel. Und die allgemeinen Diskussionen nach den Jahresberichten sind auch hauptsächlich über Handel, Verwaltung und Finanz. Wenn wir nicht unsere Templertuniken anhätten, dann könnte ein nicht informierter Beobachter zu dem Schluss kommen, dass er einer Versammlung der Kaufmannszunft beiwohnt!“

„Aber das sind wir ja: Bankiere, Kaufleute und Verwalter, im Dienste Gottes!" machte Arminius geltend.

„Ja, das sind wir, unter anderem!" bestätigte Dietrich. „Leider wird das ‚andere' bei diesen Jahreshauptversammlungen kaum diskutiert. Es gibt keine lebhaften esoterischen Diskussionen, so wie du und ich sie führen!"

„Vergiss nicht", erinnerte ihn Arminius, „dass das Lehren der Esoterik nicht unsere Aufgabe ist, zumindest nicht offiziell! Die Esoteriker unter uns sind Mitglieder des inoffiziellen, nichtexistenten, ‚inneren Kreises', dem die Mehrzahl unserer Mitbrüder nicht angehört!"

„Ich bin auch kein Mitglied dieses ‚inneren Kreises'", bemerkte Dietrich, „dennoch genieße ich es, esoterische Philosophie zu diskutieren!"

„Aber du bist ein Esoteriker, mein Freund, du bist einer!" erwiderte Arminius eindringlich. „Du bist ein Mitglied unseres inneren Kreises! Es gibt keine offzielle Aufnahme in diesen Kreis, keine Einweihungszeremonie; der Kreis ist ein Kreis der Selbstwahl! Jeder Templer, der sich dazu auserwählt, ist ein Mitglied dieses Kreises! Willkommen zum Kreis der Selbsterwählten, Bruder Dietrich!"

Dietrich lachte darüber, aber innerlich war er doch höchst zufrieden über seine inoffizielle Aufnahme in den nichtexistierenden Kreis. „Aber ich kann nicht so gewandt über die Esoterik sprechen wie du!" wendete er ein.

„Das hat nichts damit zu tun!" antwortete Arminius. „Ich bin in der Esoterik nur deshalb beredt und bewandert, weil ich mich von jeher damit befasst und viel darüber gelesen, gedacht und diskutiert habe. Gott ist die Wahrheit, und diese Wahrheit ist unwissbar und unerklärbar, und ich denke, ich weiß warum. Die grundlegende Wahrheit ist Synthese, sie kann zwar erlebt und gefühlt werden, aber sie kann nicht gesprochen werden, denn alles Sprechen ist Analyse. Gott ist ein Mysterium, das mysteriöseste aller Mysterien, und alles was wir darüber sagen können ist Dichtung, auch wenn es sich wie Wahrheit anhört!

Aber da ist die praktische, alltägliche Welt der Pragmatiker und der einfachen, nichtdenkenden Menschen. Die haben keinen Sinn für esoterische Dichtung! Sie brauchen konkrete Werte und Worte, einen bestimmten Kodex nach dem sie sich richten können!

Die weisen Chinesen haben dieses Problem durch zwei Glaubenssysteme gelöst, Konfuzionismus und Taoismus. Konfuzionismus gibt der Bevölkerung Chinas einen konkreten Moralkodex nach dem sie sich richten können, und müssen; Taoismus ist höchstentwickelte und verfeinerte Mystik und Esoterik, für die Sucher nach den höchsten Wahrheiten. Taoisten müssen sich natürlich an den Kodex der Konfuzionisten halten, aber Konfuzionisten brauchen sich nicht mit den esoterischen und mystischen Höhen oder Tiefen des Taoismus zu befassen. Und der Konfuzionismus erhält seine notwendigen Erneuerungsimpulse aus dem Taoismus!

Die Japaner, die eine noch höher entwickelte Gesellschaft sind, gingen einen Schritt weiter: Ihr gesamter Adel sind taoistische Buddhisten, genannt Zen Buddhisten! Ihr Moralkodex für die gewöhnlichen Leute ist der Schintoismus. Schintoismus ist die vom Zen Buddhismus verfeinerte Naturreligion des japanischen Volkes.

Wir, der innere Kreis der Tempelritter, sind das christliche Äquivalent der chinesischen Taoisten oder der japanischen Zen Buddhisten! Wir richten uns nach dem gewöhnlichen, christlichen Moralkodex, aber gewöhnliche Christen brauchen sich nicht mit unseren mystischen und esoterischen Höhen oder Tiefen zu befassen. Leider genießen wir, im Gegensatz zu China und Japan, keine Hochachtung; wir müssen unsere Höhen und Tiefen geheimhalten!

Wir sind Geistesvögel, wir sind auf dem Boden der Allgemeinheit und in den mystischen Höhen zuhause. Aber selbst unter uns Geistesvögeln gibt es Unterschiede. Manche von uns fliegen so hoch wie ein Wanderfalke, bis sie nicht mehr zu sehen sind, und sind dennoch fähig, sich schnell und jederzeit im Sturzflug zur Erde zu stürzen. Andere fliegen niedrig und schwerfällig wie Hausgänse und verbringen die meiste Zeit am Boden. Und andere befinden sich irgendwo zwischen diesen beiden Extremen.

Aber trotz unserer esoterischen Künste werden wir morgen nicht nach Eschenbach fliegen, sondern reiten. Und dazu müssen wir frisch sein und in aller Frühe aufbrechen. Lasst uns also den esoterischen Unsinn und uns selbst hinlegen!“

Sie standen vor Tagesanbruch auf, beteten ihr Frühgebet, ließen ihre Pferde satteln, tranken einen Becher Wasser, wuschen, kämmten und bekleideten sich und gürteten sich für die Reise. Arminius und Dietrich trugen ihre weißen Templertuniken mit dem roten Templerkreuz auf Brust und Rücken. Darüber gürteten sie Schwerter und Dolche. Über all dem trugen sie die weißen Umhänge mit dem Templerkreuz auf der linken Seite. Dietrichs Knappe trug die schwarze Kutte der Templerknappen und war mit Säbel und Dolch bewaffnet.

Beim ersten Morgengrauen waren sie unterwegs. Nur die Hähne waren wach als sie durch Mühlhausen ritten. Hinter Mühlhausen sahen sie im Morgenschein die Mauern des Schlosses Sulzbürg hoch zu ihrer Rechten. Als sie durch das Dorf Kerkhofen ritten, begannen die Bauern sich zu rühren. Eine der Bauersfrauen von Kerkhofen stand vor ihrem Haus, ihre Arme gegen die Hüften gestemmt, und blickte die Ritter herausfordernd an. Sie erinnerte Arminius an Sieglinde von Dürne, die Schwanfrau von Iphofen. „Sie sagte, sie sei mit dem Haus von Eschenbach verwandt“, dachte sich Arminius „vielleicht werde ich sie in Wolframs Eschenbach antreffen?“

Als sie durch Sulzkirchen ritten, verrichteten die Bauern bereits ihre Morgenarbeit. Etwas später ritten sie über die Schwarzach, ein Hauptnebenfluss der Altmühl. Um die Morgenmitte ritten sie durch das Marktstädtchen Hilpoltstein, zur Mittagsstunde erreichten sie das Städtchen Spalt im Tal der Rezat, ein Nebenfluss der Regnitz. Spalt ist der Mittelpunkt eines wichtigen Hopfenanbaugebietes, die Wirtshäuser dort waren mit Hopfengirlanden und Kränzen geschmückt. An einem dieser Wirtshäuser hielten sie an, ließen ihre Pferde versorgen, aßen ein Mittagsmahl und tranken dazu einen Krug des angenehm bitteren, nach Hopfen schmeckenden Bieres, wofür Spalt berühmt ist. Arminius stellte fest, dass die Leute in Spalt den fränkischen Dialekt sprachen, so fragte er Dietrich, an welcher Stelle ihres Morgenrittes sie die Sprachgrenze zwischen Bayern und Franken überquert hatten.

„Es gibt keine klare Sprachgrenze!“ antwortete Dietrich. „Obwohl Spalt ganz bestimmt fränkisch spricht, und Mühlhausen bayrisch, gibt es zwischen den beiden eine breite Übergangszone, wo sich die beiden Dialekte treffen und mischen. Die Dörfer und Städte dieser Übergangszone sprechen so eine Mischung der beiden Dialekte, dass man oft nicht sagen kann, ob es Bayrisch oder Fränkisch ist. Nur die Grenzen zwischen Grafschaften und Lehen sind genau gezogen, genaue Sprachgrenzen gibt es nicht!“

„Befindet sich die Grafschaft Sulzbürg auf dieser Übergangszone?“ fragte Arminius.

„Ja“, antwortete Dietrich, „Sulzbürg ist eine gemischte Grafschaft. Die meisten Dörfer der Grafschaft Sulzbürg sprechen bayrisch, einige sprechen fränkisch, und manche sprechen eine Mischung, die sich weder als bayrisch noch als fränkisch definieren läßt!“

„Was sprachen dann der Graf und die Gräfin von Sulzbürg?“

„Der Graf sprach beide Dialekte, aber ich hörte Frau Margaret nie einen Dialekt sprechen. Sie sprach ein generelles Deutsch, mit einem englischen oder lateinischen Akzent, oder sie sprach Latein. Mit mir und mit anderen Lateinsprechern sprach sie immer Latein, welches sie fließend beherrschte.“

Nach dem Mittagessen ritten sie das Tal der Rezat flussaufwärts, durch die Orte Windsbach und Neuendettelsau. Am Nachmittag kamen sie, wie geplant, in Eschenbach an.

Das Städtchen Eschenbach war von dem gewaltigen Gebäudekomplex des Deutschherrenordens und dem weniger imposanten, aber nicht weniger wichtigen Liebfrauenstift beherrscht. Die Stiftskirche des Liebfrauenstiftes enthielt das Grabmahl des ehrwürdigen Wolfram. Arminius, Dietrich und sein Knappe ritten zur Deutschherrenkomturei, übergaben ihre Pferde den Stallknechten und gingen in den Empfangssaal, wo eine Anzahl von Deutschherren und Tempelrittern bereits am großen Festtisch saßen und Wein tranken.

Dietrich begrüßte den Deutschherrenkomtur, dann die versammelten Ritter. Danach stellte er Arminius vor. Arminius und Dietrich nahmen an der Festtafel Platz und bekamen einen Becher Frankenwein. Dietrichs Knappe gesellte sich zu den Knappen der Deutschherren.

Die Deutschherren trugen die gleichen, weißen Tuniken und Umhänge wie die Templer, mit dem gleichen Kreuz auf den gleichen Stellen, nur war das Kreuz der Deutschherren schwarz anstatt rot. Der einzige Ritter am Tisch, der Arminius bereits bekannt war, war sein Großprior aus Nürnberg. Dieser stellte Arminius den beiden anderen Templerkomturen aus der Diözese Eichstätt vor, dem Komtur von Greding und dem von Moritzbrunn bei Eichstätt. Später begrüßte Arminius auch den Präzeptor der Deutschherren, der seine fränkische Präzeptorei zehn Meilen südlich von Spalt in dem Städtchen Ellingen hatte.

Als die versammelten Ritter hörten, dass Arminius erst vor kurzem von einem 26jährigen Dienst im Outremer zurückgekommen war, und dass er Sekretär des Großmeisters Guillaume de Beaujeu war und an dem Endkampf um Akko und der katastrophalen Niederlage von Aruad teilgenommen hatte, und auf Aruad in muslimische Gefangenschaft geriet und vor einem Jahr daraus entlassen wurde, da bestürmten sie ihn mit Fragen. So wurde Arminius wieder zum Erzähler seiner Lebensgeschichte. Die Templer und Deutschherren hörten ihm wie gebannt zu.

Sie aßen ihr Abendmahl und beteten ihr Abendgebet, Templer und Deutschherren in brüderlicher Einheit. Später saßen sie wieder um den Festtisch der Empfangshalle und tranken Frankenwein. Arminius erwähnte, dass er nie zuvor eine so brüderliche Einheit zwischen den beiden Orden gesehen hatte, nicht in Akko und nicht auf Zypern.

„Das ist nicht Akko oder Zypern, das ist Franken!" erwiderte der fränkische Präzeptor der Deutschherren stolz. „Hier führe ich das Kommando, und hier sind Deutschherren und Tempelritter Freunde und Brüder! Dein Großprior und ich sind in fester Übereinstimmung, hier in Franken keine feindlichen Rivalitäten zwischen unseren beiden Orden aufkommen zu lassen! Etwaige Wettbewerbe zwischen unseren Orden werden hier auf freundliche, brüderliche und ritterliche Art ausgetragen! Leider haben wir außerhalb Frankens keine Macht; die feindlichen Rivalitäten zwischen Templern und Deutschherren anderswo können wir leider nicht verhindern. Lasst uns auf brüderliche Einigkeit trinken!"

Die versammelten Templer und Deutschherren hoben ihre Becher, sagten einstimmig „auf brüderliche Einigkeit!" und leerten ihre Becher in einem Zug.

Die Templer bekamen Alkoven im Gästehaus der Deutschherren zugeteilt und schliefen tief und fest bis die Morgenglocke sie weckte. Später marschierten die Templer und Deutschherren in Formation zum Liebfrauenstift von Eschenbach um in der Stiftskirche, zusammen mit den Stiftsdamen und der Adelsfamilie von Eschenbach, die Messe zu feiern.

Es war eine besondere Pfingstmesse. Nach der Messe versammelten sich Templer und Deutschherren und die Nachkommen des ehrwürdigen Wolfram zu einer kurzen Andacht um Wolframs Grab. Danach gingen alle auf ein Festmahl in das Schloss Eschenbach.

An der Festtafel im Empfangssaal des Schlosses hieß Adalbert von Eschenbach die Templer und Deutschherren willkommen und hielt eine kurze Rede im Gedenken an seinen berühmten Großonkel. Der Großprior der Templer und der Präzeptor der Deutschherren dankten ihm und hielten ebenfalls eine kurze Ansprache zu Ehren Wolframs. Danach wurde gegessen und getrunken.

Nach dem Festmahl begaben sie sich in den Schlossgarten. Adalbert von Eschenbach hatte Musikanten und Sänger angestellt, die den ganzen Nachmittag und Abend lang spielten und sangen, und Oratoren, die Auszüge aus Wolframs Parzival und anderer Dichtungen Wolframs vortrugen. Die Adeligen der Umgebung waren eingeladen, besonders die, deren Vorfahren Freunde und Mäzene des ehrwürdigen Wolfram waren. Die Damen trugen buntfarbene Kleider, die Herren ihre besten Gewänder. Die weißen Tuniken und Mäntel der Templer und Deutschherren, mit ihren roten und schwarzen Kreuzen, kontrastierten mit den bunten Gewändern der Edelleute und hoben sich malerisch von dem frischen Frühsommergrün des Schlossgartens ab. Pagen und Diener servierten Frankenwein und erlesene

Leckerbissen. Alle genossen den herrlichen Nachmittag und Abend im Schlossgarten von Eschenbach!

Arminius, der sich bei gesellschaftlichen Anlässen dieser Art nie recht wohl fühlte, hielt nach einem Gleichgesinnten und Außenseiter Ausschau. Da sah er eine weißverschleierte Frau, die alleine und etwas abseits stand. Arminius näherte sich ihr, legte seine rechte Faust auf die linke Brust, verbeugte sich, grüßte und stellte sich vor. „Seid gegrüßet, gnädige Frau! Ich bin Arminius von Welterod, Komtur von Thannbrunn, zu Euren Diensten! Vergebt mir meine Aufdringlichkeit, aber ich sehe, dass Ihr mit niemandem sprecht. Darf ich die Ehre haben mit Euch zu sprechen?"

„Ja, Herr Arminius, Ihr dürft mit mir sprechen, wenn Ihr wollt. Wir haben uns schon einmal gesprochen, im Gasthof zum Weißen Schwan, in Iphofen. Ich bin Sieglinde von Dürne, erinnert Ihr Euch?" antwortete Fräulein Sieglinde und lüftete ihren Schleier."

„Ah, die Weiße Schwanfrau von Iphofen!" rief Arminius erfreut aus. „Ich dachte auf meinem Ritt hierher, dass ich Euch hier vielleicht antreffen würde! Ihr sagtet doch damals, dass ihr mit dem Haus von Eschenbach verwandt seid."

„Nein, nicht blutsverwandt;" berichtigte Sieglinde, „geistesverwandt vielleicht! Ich gehöre dem Haus von Dürne an, mein Großvater war ein Mäzen des ehrwürdigen Wolfram. Aber ich dachte nicht, dass ich Euch hier antreffen würde! Als wir in Iphofen miteinander sprachen, hatte ich den Eindruck, dass ihr ein fahrender Tempelritter seid, eine Art Templertroubadour. Ich wusste nicht, dass Ihr der Komtur einer hiesigen Templerkomturei seid."

„Als wir in Iphofen miteinander sprachen, wusste ich es selbst nicht!" erklärte Arminius. „Ich wusste zwar, dass ich zu meinem neuen Posten unterwegs war, aber ich wusste nicht genau, wo er lag. Ich hatte keine Ahnung, dass er sich so nahe an Wolframs Eschenbach befinden würde! Ihr seid ja ziemlich weit gereist, um an diesem Fest teilzunehmen, Fräulein Sieglinde! Ihr seid doch nicht etwa alleine hier? Darf ich fragen, in wessen Begleitung Ihr hierher gereist seid?"

„Ich kam mit meinem Bruder Otto", antwortete Sieglinde. „Seit über zwanzig Jahren reisen wir jedes Jahr zu Pfingsten nach Eschenbach, um das Pfingstfest im Gedenken an Wolfram zu feiern."

„Und Ihr habt in den zwanzig Jahren hier keinen Freund oder Gesprächspartner gefunden?" fragte Arminius erstaunt.

„Ich weiß nie, was ich sagen soll, es sei denn, jemand spricht mich zuerst an, und stellt Fragen. Selbst dann entfallen mir manchmal die Worte. Mir fehlen oft die Worte, besonders in der Gesellschaft von Männern!"

„Aber Ihr wart gar nicht um Worte verlegen als ich Euch im Weißen Schwan antraf! Soweit ich mich erinnern kann, hatten wir eine anregende und durchaus wortgewandte Konversation. Und Ihr seid auch jetzt alles andere als wortlos!"

„Ja, ich habe die Worte, aber ich bringe sie nicht heraus, es sei denn, es herrscht eine gewisse Vertrautheit, eine Vertrautheit des Geistes oder der Seele. Die meisten Männer schüchtern mich ein. Aber von Euch fühle ich mich nicht eingeschüchtert!"

„Ist das ein Kompliment?" fragte Arminius scherzhaft.

„Ja“, antwortete sie ernsthaft, „es ist ein Kompliment! Es ist sogar das höchste Kompliment, das eine Frau einem Mann geben kann! Die meisten Männer wollen uns Frauen beherrschen. Sie behandeln uns herablassend und erwarten, dass wir ihnen untertänig sind. Oder sie heben uns in den Himmel und beten uns an. Sie treten uns entweder mit den Füßen oder heben uns in den Himmel, wir stehen entweder unter oder über Männern, niemals daneben! Und wenn uns ein Mann als Partnerin ansieht, dann ist es als Bettpartnerin, Gebärerin, Kindsmutter, Köchin und Haushälterin! Es gibt kaum einen Mann, der eine Frau als intellektuell gleichberechtigt ansieht, als eine gleichstehende Gesprächspartnerin!“

„Es bestehen schon Unterschiede, Männer sind nicht Frauen, und das ist gut und richtig! ‚Vive la difference!‘, ‚Hoch lebe der Unterschied!‘, sagen die Troubadoure. Aber Unterschiedlichkeit ist nicht Ungleichwertigkeit! Gott schuf Gegensätze gleichwertig, damit sie sich gegenseitig ergänzen und vervollständigen! Die Spannung zwischen Gegensätzen ist eine schöpferische Spannung, die schöpferische Spannung schlechthin, sie sollte sich in Harmonie auflösen! Das Zwischenspiel zwischen gleichwertigen Gegensätzen ist ein schöpferischer Tanz: der schöpferische Tanz! Dieses Zwischenspiel, mit unzähligen Variationen, ist das göttliche Thema und das Thema des Universums!

Salomon war bekanntlich der weiseste König aller Zeiten. Warum war er so weise? Weil er das göttliche Thema kannte und es ausübte! Ich nehme an, dass Ihr die Sprüche Salomons kennt. Im achten Kapitel seiner Sprüche sagt er, dass Weisheit die Göttin sei, die gleichgestellte Gefährtin, Gespielin und Mitschöpferin Jehovas. Anderswo in seinen Sprüchen sagt er: ‚Ihr Männer, sucht Weisheit, denn Weisheit ist kostbarer als Gold!‘

Wir, die Ritter des Tempels des Salomon, haben uns dazu auserwählt, die Weisheit des Salomon zu vertreten und zu verbreiten. Wir sind die Diener jener Göttin, genannt Weisheit! Aber unsere Bemühungen werden von der etablierten, patriarchalischen Staats- und Kirchenordnung unterdrückt!“

Sieglinde sah Arminius mit großen, feuchtblauen Augen an und nickte zustimmend. Sie war mittleren Alters aber unverheiratet, sehr beredt und hochgebildet, eine unabhängige Frau und eine schöpferische Denkerin: eine seltene und kostbare Perle unter Frauen! Arminius verbrachte den ganzen Nachmittag und Abend mit ihr, bis ihr Bruder kam und sie zu ihrem Nachtquartier geleitete. Es war die anregendste Unterhaltung, die Arminius jemals mit einer Frau geführt hatte. Er war hochgestimmt! Die meisten Leute auf dem Fest, sogar die Ordensritter, nahmen an, dass Arminius das „alte Fräulein“, zu dem sonst niemand sprechen wollte, aus reiner Ritterlichkeit unterhalten hatte. Arminius sah keine Veranlassung, ihnen sein Verhältnis zu Sieglinde zu erklären. Dietrich war der einzige, zu dem er eine Woche später darüber sprach.

Diese Nacht schliefen sie wieder im Gästehaus der Deutschherren. Am nächsten Morgen gingen sie mit den Deutschherren zur Frühmesse in deren Kapelle. Nach der Frühmesse bedankten und verabschiedeten sich die Templer und ritten geschlossen nach Nürnberg.

Die Jahreshauptversammlung war so langweilig wie Dietrich gesagt hatte. Zwölf Komture und ihr Großprior, mit Sekretär und Schatzmeister, saßen um den großen Eichentisch im Versammlungssaal der Nürnberger Großpriorei. Ein Komtur nach dem anderen erstattete einen langatmigen Jahresbericht. Arminius, der seinen Posten erst letzten Oktober angetreten und obendrein die meisten Angelegenheiten seiner Komturei seinem fähigen Mitbruder Johannes überlassen hatte, hatte nicht viel zu berichten und zeichnete sich durch den kürzesten Jahresbericht aus.

Nachdem alle Komture ihren Jahresbericht erstattet hatten, hatte jeder eine Privataudienz mit dem Großprior. Darauf folgte eine Sitzung mit dem Schatzmeister des Großpriors, der die Bücher überprüfte und, je nach Kassenstand, Geld kassierte oder auszahlte. Als Arminius an der Reihe war, blickte der Schatzmeister auf Arminius' Hauptbuch und sagte anerkennend: „Aha, doppelte Buchführung! Wo hast du das gelernt, Bruder Arminius?"

„Von einem Florentiner Kaufmannssohn", antwortete Arminius. „Der sagte, dass alle Florentiner Kaufleute diese Art von Buchführung praktizieren, denn sie ist einfach und genau; Fehler lassen sich leicht finden, ausmerzen und vermeiden! Für uns Templer sollte sie von besonderer Bedeutung sein, denn sie beruht auf dem mathematischen und göttlichen Prinzip der Einheit zwischen These, Antithese und Synthese: der heiligen Dreieinigkeit! Die doppelte Buchführung ist göttlich!"

„So habe ich die doppelte Buchführung noch nie betrachtet", sagte der Schatzmeister bewundernd, „aber du hast recht: Es ist die Buchführung Gottes!"

Arminius Schlussbilanz wies ein Defizit auf, was den Schatzmeister nicht überraschte, denn das Einkommen der Komturei Thannbrunn war, in den meisten Jahren und besonders in Notjahren, nicht hoch genug um das Hospiz zu finanzieren. Der Schatzmeister zahlte das Defizit aus, Arminius quittierte, sein Finanzjahr 1303/04 war abgeschlossen!

Nachdem jeder Komtur seine Sitzung mit dem Schatzmeister hatte, fand eine Konferenz statt, um generelle Probleme zu diskutieren. Arminius hatte keine Probleme, so saß er nur da und hörte zu. Er hatte zu den Problemen anderer Komture nichts zu sagen, bis es zu dem Problem der Landflucht kam. Ein Komtur, der seine Komturei in der Nähe von Nürnberg hatte, berichtete, dass ihm Leibeigene in die Freie Reichsstadt Nürnberg entflohen, um dort ein Jahr und einen Tag zu verbleiben und dadurch ihren Freibrief zu erlangen. „Hat jemand einen Vorschlag, wie man der Landflucht Einhalt gebieten könnte?" fragte der Großprior.

Niemand anders hatte einen Vorschlag, so stand Arminius auf und sagte: „Das Leben eines Leibeigenen hat seine Vorteile, nämlich wirtschaftliche und soziale Sicherheit, und einen gesicherten Lebensunterhalt. Die Nachteile sind Mangel an persönlicher Freiheit, an Entscheidungsfreiheit und Grundbesitz. Ihren Mangel an Grundbesitz zu beheben steht nicht in unserer Macht, aber wir können ihnen etwas Entscheidungsfreiheit gewähren, indem wir sie Hauptleute wählen lassen, und diese Hauptleute zu allen wichtigen Entscheidungen heranziehen. Gegen ihren Mangel an persönlicher Freiheit können wir auch nichts tun, aber wir können ihnen die Vorteile des Gemeinschaftsleben eines leibeigenen Dörflers klarmachen!"

Danach berichtete Arminius den versammelten Komturen über seine Gemeinschaftsprojekte und die gemeinschaftlichen Mahlzeiten und Feste. „Unsere Leibeigenen einmal im Jahr am Stephanstag zu bewirten ist nicht genug, wir sollten es öfter tun. Es wäre besser, sie mehrere Male im Jahr zu bewirten, an jedem Hauptfeiertag und nach jedem Gemeinschaftsprojekt, derer es möglichst viele geben sollte, nicht nur um die nötige Arbeit zu tun sondern um den Gemeinschaftsgeist zu fördern. Wenn wir unseren Leibeigenen einen starken Gemeinschaftssinn einflößen, und ihnen klar machen, dass das gemeinschaftliche Dorfleben ihnen eine Sicherheit und Stabilität bietet, die ihnen eine freie Stadt mit ihrem rücksichtslosen Wettbewerbskampf nicht geben kann, dann können wir sie vielleicht davon überzeugen, in ihren Dörfern zu bleiben. Und wir sollten ihnen klar machen, dass sie Leibeigene des Templerordens und somit Templer sind, und dass sie stolz darauf sein sollten, Templer zu sein!"

Arminius' Rede fand Beifall, der Großprior bat ihn die Ansprache nach der Versammlung aufzuschreiben. Als es nichts mehr zu diskutieren gab, erklärte der Großprior die Jahreshauptversammlung 1304 für beendet.

Der Großprior stellte Arminius einen der Stehpulte in seiner Schreibstube zur Verfügung und gab ihm einige Bogen Papier. Als er fertig war, fragte er den Großprior, ob er 200 solcher Bogen haben könne um seine Briefe an die Beguinen zu schreiben. Der Großprior sagte, dass er nicht so viel auf Lager habe, und genehmigte Arminius, 200 Bogen zu kaufen. Er gab ihm die Adresse des Schreibwarenhändlers und schrieb einen kurzen Empfehlungsbrief. „Hier, dieser Brief ist für den Fall, dass sie kein Papier haben!" sagte der Großprior augenzwinkernd und gab Arminius den Brief.

Arminius ging zum Schreibwarenhändler und verlangte 200 Bogen Schreibpapier. „Es tut mir leid, Hochwürdiger Herr Ritter, wir haben kein Papier!" antwortete der Verkäufer. „Die Nachfrage nach Papier ist sehr groß, das Angebot sehr klein. Wir haben nie genug Papier, um den Bedarf zu decken! Aber wir haben Pergament; ich kann Euch die entsprechende Menge Pergament verkaufen, wenn es Euch recht ist?"

Arminius gab dem Verkäufer den Empfehlungsbrief des Großpriors mit den Worten: „Trage diesen Brief zu deinem Herrn und warte auf die Antwort!"

Der Verkäufer kam mit einem Päckchen von 200 sorgfältig verpackten Bogen Schreibpapier zurück. „Mein Herr entschied sich, Euch 200 Bogen Papier aus seinem Privatvorrat zu verkaufen!" sagte der Verkäufer und lächelte verbindlich. Arminius dankte, zahlte, und verließ den Laden.

Sie blieben bis Sonntag und feierten das Hochamt mit den versammelten Brüdern. Am Montagmorgen, nach dem Frühgebet und vor der Frühmesse, nahmen sie Abschied. „Non nobis, Domine! Non nobis, sed Nomini Tuo da gloriam!" sagte der Großprior als Segen und Abschiedsgruß.

„Non nobis, Domine!" erwiderten Arminius, Dietrich und sein Knappe einstimmig und ritten heim.

Zu Mittag kehrten sie beim Schwarzen Adler in Neumarkt ein, ließen ihre Pferde versorgen, aßen ein Mittagsmahl und tranken einen Krug Bier. Drei Stunden später kamen sie in Weihersdorf an. Sie stiegen ab, wuschen sich den Reisestaub von Gesicht und Händen, und Arminius akzeptierte Dietrichs Einladung auf einen Becher Wein und ein Gespräch. „Na, wie war deine erste Jahreshauptversammlung?“ fragte Dietrich lächelnd.

„Sie war wie du sagtest, eine Geschäftsversammlung, und Geschäftsversammlungen langweilen mich noch mehr als dich. Aber ich bekam meine 200 Bogen Papier! Das Pfingstfest in Eschenbach war natürlich erhebend, ich genoss es sehr!“

„Ja, man konnte es sehen!“ erwiderte Dietrich trocken. „Du hast dich den ganzen Nachmittag angeregt mit Fräulein Sieglinde unterhalten. Wusstest du denn nicht, dass du der unumstrittene Held des diesjährigen Pfingstfestes warst? Du hast das Fräulein Sieglinde beglückt! Alle waren darüber erstaunt, dass du diesem ältlichen Fräulein soviel Aufmerksamkeit schenktest. Alle beneideten sie, sie dachten, du tätest es aus Ritterlichkeit, aus Mitleid mit dem alten Fräulein, mit dem sonst niemand sprechen wollte. Worüber habt ihr beide überhaupt stundenlang gesprochen?“

„Ich habe das Fräulein Sieglinde nicht beglückt – sie beglückte mich!“ berichtigte Arminius. „Sie ist die klügste Frau, die ich bisher angetroffen habe!“

„Wenn sie so klug ist, warum ist sie nicht verheiratet?“ fragte Dietrich. „Sie muss mindestens 40 Jahre alt sein!“

„Sie weiß zuviel; sie ist unabhängig!“ antwortete Arminius. „Du sagtest selbst, dass du dich unter unabhängigen Frauen nicht wohlfühlst, du drücktest damit das vorherrschende Vorurteil der Männer unserer Zeit aus. Deshalb ist Fräulein Sieglinde nicht verheiratet!“

„Ihr Bruder ist auch nicht verheiratet“, sagte Dietrich dazu, „und ihre Eltern sind tot. Deshalb ist sie die Herrin des Hauses. Aber nur bis ihr Bruder heiratet! Sobald ihr Bruder heiratet, wird sich ihre Lage zu ihren Ungunsten ändern. Was wird sie dann tun?“

„Sie hat vor, den Beguinen beizutreten!“ antwortete Arminius.

„Ja, wie die Frau Margaret“, erwiderte Dietrich, „sie ist auch eine deiner ‚klugen‘ Frauen. Nach dem Freitod ihres Mannes ging ein Gerücht um, dass sie seinen Tod verursacht hätte. Nicht dass ich es glaube!“ setzte Dietrich hastig hinzu. „Der Graf von Sulzbürg war ein schwerer Spieler und Trinker, er stürzte sich so tief in Spielschulden, dass er gezwungen war, seine Grafschaft zu verkaufen. Dies führte zu seinem Selbstmord! Übrigens, hast du Frau Margaret schon angetroffen?“

„Nein, noch nicht“, antwortete Arminius, „aber ich hoffe, sie in Kürze zu sehen! Sie reiste im vergangenen Herbst nach Regensburg, um dort eine neue Beguinage zu gründen. Das dauerte etwas länger als sie dachte. Aber ihre Stellvertreterin Schwester Davina sagte, sie wird vor der Sommersonnenwende ganz bestimmt zurück sein!“

Kapitel IV

Schwester Margaret und die Beguinen

Als Arminius in Neuhaus ankam, übergab ihm Johannes einen Brief. Er brach das Siegel und entfaltete ihn. Der Brief war in Latein geschrieben, in sorgfältiger Minuskelschrift, in der hingegebenen Handschrift eines Mönches oder einer Nonne, eines Schreibers, dem Schreiben nicht nur ein Mitteilungsmittel, sondern auch eine Andachtsübung ist. Der Brief war von Schwester Margaret, der Hausmutter der Beguinage Waldkirchen.

Waldkirchen den 9. Juni 1304

Herrn Arminius von Welterod, Ritter des Templerordens, Komtur von Thannbrunn

Hochwürdiger Herr Arminius:

Wir, die Beguinen von Waldkirchen, werden am 24. Juni unser Johannisfest feiern. Wir würden uns sehr freuen, wenn Ihr uns zu diesem Fest mit Eurer Anwesenheit ehren würdet. Die Festlichkeiten beginnen am Abend des Johannistages und dauern bis Sonnenaufgang des nächsten Tages.

Wie Ihr wisst, hat Waldkirchen das Recht, am Tag des heiligen Petrus einen Jahrmarkt abzuhalten. Dieser Markt ist für uns besonders wichtig, weil wir da den Großteil unserer Jahresproduktion an Linnen verkaufen, was unser Haupteinkommen ist. Der Peterstag ist für die Pfarrei Waldkirchen und die nähere und weitere Umgebung nicht nur der einzige Markttag des Jahres, sondern auch der wichtigste Festtag.

Für uns ist der Peterstag zwar der wichtigste Markttag des Jahres, aber nicht der wichtigste Festtag. Der Johannistag ist unser wichtigster Festtag! Meine Vorfahren waren Wikinger, die Sommersonnenwende war schon von jeher ihr größtes Jahresfest. Ich beschloss, die Tradition meiner Ahnen fortzusetzen. Ich feierte die Sommersonnenwende jedes Jahr am Johannistag, in meiner früheren Position als Gräfin von Sulzbürg, und in meiner jetzigen Stellung als Hausmutter der Beguinage Waldkirchen. Weil der Johannistag und der Peterstag nur vier Tage auseinanderliegen, habe ich diese vier Tage, einschließlich des Johannis- und Peterstages, zu unserer Festwoche erklärt.

Viele der Gäste die jedes Jahr zu meinem Johannisfest ins Schloss Sulzbürg kamen, kommen noch immer zu unserem Johannisfest nach Waldkirchen. Sie werden auch dieses Jahr hier sein. Es werden Musiker, Sänger, Dichter und Wandermönche kommen, einer von ihnen ist der bekannte Dominikanerprediger Eckhart von Hochheim. Meister Eckhart ist zur Zeit der Großvikar des Dominikanerordens für Böhmen. Er ist in Prag stationiert, durchwandert aber den böhmischen, bayrischen und fränkischen Raum um zu lehren und zu predigen. Während ich in Regensburg war, lehrte und predigte er in der dortigen Dominikanerkirche und Schule. Die Dominikaner Regensburgs sind unsere Schutzherren, deshalb bat ich Meister Eckhart unsere neue Regensburg Beguinage einzuweihen. Anlässlich dieser Weihe berichtete ich ihm über unser Johannisfest, und den Peterstag, und lud ihn zu beiden ein. Weil er sowieso über Nürnberg nach Prag zurückreisen wollte, und ihn sein Weg die Donau und Altmühl hinauf über die Weiße Laberstraße nach Nürnberg führen wird, sagte er zu. Er wird das Johannisfest mit uns feiern, wird bis zum Peterstag unser Gast sein, und wird wahrscheinlich am Peterstag hier in der Peterskirche predigen.

Unsere Johannisfeierlichkeiten beginnen mit dem Anzünden des Johannisfeuers am Sonnenuntergang des 24. Juni. Wir hoffen, Euch als einen unserer Ehrengäste begrüßen zu dürfen!

Unserem baldigen Zusammentreffen erwartungsvoll entgegensehend,
mit vorzüglicher Hochachtung,
Margaret

Am Morgen des 24. Juni ging Arminius zu seinem Schreibpult, nahm sein Notizbuch heraus und durchlas die Aufzeichnungen über sein mystisches Gipfelerlebnis. Er nahm einige Bogen von dem Schreibpapier, das er aus Nürnberg mitgebracht hatte, und schrieb, in Latein, einen zusammenfassenden Bericht über dieses Erlebnis.

Während Arminius schrieb, zog sein Diener einige Eimer Wasser aus der Zisterne, füllte den Bottich und schürte das Feuer. Nachdem Arminius den Bericht fertig geschrieben hatte, waren die Siedesteine heiß genug. Er gabelte sie auf, legte sie sorgfältig in den Bottich und stieg hinein. Zuerst meditierte er in dem heißen Wasser, dann wusch er Leib und Haare, stieg aus dem Bottich, trocknete sich, kämmte Bart- und Haupthaare und stutzte seine Nägel. Danach zog er seine weiße Tunika an. Aber, anstatt über der Templertunika den weißen Templerumhang zu tragen, schlüpfte er in seinen schwarzen Scholarentalar, den Talar, dem ihm der Kommandant der Festung Qa'itbay für die Audienz mit dem Großmufti von Alexandria gegeben hatte. Sein Templerumhang war am Hals geschlossen und vorne offen, aber der ägyptische Talar hatte Ärmel und war vorne geschlossen, so dass die Templertunika, die er darunter anhatte, nicht sichtbar war. Arminius fühlte sich in dem schwarzen Scholarentalar wohler, er war weniger auffällig und bezeichnete ihn nicht als einen Tempelritter. Außerdem war sein Templerumhang ausgetragen, alt und fadenscheinig, an vielen Stellen geflickt und an einigen zerschlissen.

Er faltete den Bericht, den er vor seinem Bad geschrieben hatte, versiegelte ihn mit Wachs, drückte sein Templersiegel auf das heiße Wachs und steckte ihn in eine der tiefen Seitentaschen des Talars. Einem plötzlichen Impuls folgend hob er den Deckel seiner Buchkiste hoch, entnahm die lateinische Kopie des aramäischen Johannesevangeliums und steckte sie in die andere Manteltasche. Weil er weder in offizieller Uniform noch in offzieller Kapazität war, beschloss er, ohne Schwert und zu Fuß nach Waldkirchen zu gehen. Die Beguinen hatten keinen Pferdestall und er wollte seinen kostbaren Araber nicht die ganze Nacht über am Anbindebalken haben.

Gemächlich schritt er den Petersberg hinauf. Obwohl es vier Tage vor dem Peterstag war, waren einige Zimmerleute bereits dabei, die ersten Verkaufsbuden zu zimmern. Man hörte ihre Rufe und Hammerschläge den Berg hinunterschallen. Mit Brettern und Balken beladene Ochsenkarren knarrten und rumpelten langsam den

Berg hinauf. Arminius ging durch Waldkirchen und besah sich die Vorbereitungen, dann ging er hinüber zur Beguinage.

Die Wiese unterhalb der Beguinage war frisch gemäht und das Heu eingebracht. Auf der Wiese befand sich jetzt ein weiter Kreis von Zelten. Zwischen und hinter den Zelten waren Pferde angepflockt. Im Mittelpunkt des Zeltkreises sah er eine große, runde Feuerstelle mit einem Scheiterhaufen der anzündfertig geschichtet aber noch nicht angezündet war. Um die Feuerstelle, in einem sicheren Abstand vom Feuer, waren einige Planken als Bänke über Holzklötze gelegt. Kleine Lagerfeuer brannten vor den Zelten, und um die Lagerfeuer befanden sich gleichartige Plankbänke. Arminius setzte sich an den Rand der Wiese und beobachtete das Treiben.

Eine große Anzahl von festlich gekleideten Menschen war im Kreis um den noch nicht entzündeten Scheiterhaufen versammelt. Unter ihnen war eine Gruppe von Dominikanern, ihre Haare in der Mönchstonsur geschnitten. Über weißen Untergewändern trugen sie ihre schwarzen Dominikanerkutten, den charakteristischen Rosenkranz der Dominikaner hatten sie im Gürtel stecken. Ein Gesumme von angeregter Konversation ging von der Menge aus. Vier Musiker mit Geige, Laute, Flöte und Schellentambourin spielten ergreifende Troubadourweisen. Die Tambourinspielerin war in ein zweigeteiltes, schwarzweißes Narrenkostüm gekleidet und sang, sie wurde im Refrain oder Duett vom Lautenspieler begleitet. Manchmal wiederholten alle vier den Refrain. Arminius stand etwas abseits und beobachtete das Treiben.

Als die untergehende Sonne den westlichen Horizont berührte, kam eine Begine mit einer brennenden Fackel aus der Beguinage. Arminius hatte sie nie zuvor gesehen. „Das muss Margaret sein!“ dachte er in plötzlich aufwallender Erregung.

Margaret war eine Frau von klassischem, nordischem Aussehen. Von einer hohen, kontemplativen Stirn fiel ihr goldbraunes Haar in Wellen und umrahmte ihr milchweißes, starkknochiges Gesicht aus welchem zwei große, klarblaue Augen fragend in die Welt blickten. Sie strahlte kühlen Intellekt und warme Weiblichkeit zugleich aus. Sie war mittleren Alters, aber ihr warmes Lächeln ließ sie jünger erscheinen.

Mit strahlenden Augen trug sie die brennende Fackel. Ihre Haare zeichneten sich gegen die untergehende Sonne ab und schienen wie die Fackel zu brennen. Die Menge um die Feuerstelle teilte sich und ließ sie vor den Scheiterhaufen treten. Die Musiker hörten auf zu spielen und die Menge wurde still. Margaret wendete sich den Dominikanern zu und sprach: „Es ist üblich, dass ein Mann und eine Frau zusammen das heilige Feuer anzünden! Meister Eckhart, wollt Ihr uns die Ehre tun und mit mir das Feuer entzünden?“

„Gerne!“ antwortete Meister Eckhart und trat hervor.

Meister Eckhart war ein mittelgroßer Mann mit braunen Augen und Haaren. Sein Gesicht hatte die Sonnenbräune eines Wanderers, seine Augen erinnerten Arminius an die Augen des Meister Thomas, denn sie leuchteten von Milde und bezeugten dennoch einen scharfen Geist.

Nachdem Meister Eckhart neben Margaret getreten war, sprach jene zur Menge: „Bitte nehmt euch bei den Händen und bildet den heiligen Kreis, damit wir die Zeremonie beginnen!“ Die Leute reichten einander die Hände und machten einen Kreis um den Scheiterhaufen, die Musiker bildeten eine separate Gruppe innerhalb des Kreises. Nachdem der Kreis formiert und die Musiker fertig waren, fassten Meister Eckhart und Margaret zusammen die Fackel, hoben sie hoch, und Margaret sprach, mit lauter und fester Stimme: „Möge das heilige Feuer für immer in unseren Herzen und Seelen brennen, und möge der heilige Kreis ewig ungebrochen bleiben!“

„Und möge das heilige Feuer brennen, um die Gottheit in uns und um uns zu ehren!“ fügte Meister Eckhart hinzu. Danach senkten sie die Fackel und entzündeten den Scheiterhaufen. Nachdem der Scheiterhaufen lichterloh brannte, warf Margaret die Fackel in den Haufen und beide traten zurück und gesellten sich zum Kreis.

Danach spielten die Musiker auf. Die Tambourinspielerin und der Lautenspieler sangen, und die meisten Leute sangen mit. Sie sangen von Adlern die die Welt umkreisen, und von Menschengeistern die mit den Adlern fliegen. Das Lied war Arminius nicht bekannt, es war ein heidnisches Lied, denn dieses Fest war, genau genommen, ein heidnisches Fest. „Ein unbekanntes Lied an einen unwissbaren Gott!“ dachte Arminius.

Die Musiker spielten und sangen noch einige Weisen, Troubadourweisen, die Arminius wohlbekannt waren. Der Kreis tanzte mehrere Reigen um das Feuer. Danach traten Dichter und Oratorianer aus dem Kreis hervor und trugen ihre Gedichte und Reden vor. Als die Vorträge zu Ende waren sagte Margaret: „Lasst uns jetzt unsere Freundschaft und Gemeinschaft feiern! In der Beguinage steht Essen und Trinken bereit. Bitte, bedient euch!“

Der Kreis löste sich in kleine Gruppen auf. Eine Gruppe setzte sich auf die Planken um das Sommersonnenwendfeuer, andere saßen oder standen auf der Wiese herum oder um die Lagerfeuer vor den Zelten. Die Musiker spielten, von Pausen unterbrochen, die ganze Nacht. Es wurde getanzt, gesungen und zitiert. Die meisten Leute gingen früher oder später zur Beguinage und holten sich etwas Essen und einen Becher Wein. Die Beguinen tranken keinen Wein, die Dominikaner auch nicht; für die, die keinen Wein tranken, gab es Wasser oder Kräutertee. Arminius schlich sich in die Beguinage und holte sich einen Becher Wein. Niemand erkannte ihn. Seinen Wein in kleinen Schlückchen trinkend stand er weiterhin abseits und beobachtete das Treiben.

Meister Eckhart war der Mittelpunkt einer Diskussionsgruppe, etwas vom Sommersonnenwendfeuer entfernt. Als sich diese Gruppe auflöste, ging Arminius schnell auf ihn zu, verbeugte sich und sagte: „Grüß Gott, Bruder Eckhart! Ich bin Bruder Arminius, Komtur der nahegelegenen Templerkomturei Thannbrunn. Schwester Margaret lud mich zu diesem Fest ein und schrieb mir, dass ich dich hier antreffen würde. Darf ich mich mit dir unterhalten?“

„Ja, sehr gerne!“ antwortete Meister Eckhart mit einem gewinnenden Lächeln und schüttelte Arminius Hand. „Auch ich hörte über dich von Schwester Margaret. Ich freue mich, deine Bekanntschaft zu machen, Bruder Arminius!

Ich sehe, dass du nicht deinen weißen Templermantel trägst“, setzte Eckart fort. „Bevorzugst du inkognito zu sein?“

„Ja, ich bevorzuge die Anonymität meines schwarzen Talars!“ bestätigte Arminius. „Es sei denn, ich bin in offizieller Funktion. Wenn ich in offizieller Amtsfunktion bin, dann muss ich natürlich meinen Templerumhang und meine Templertunika offen zur Schau tragen. Aber hier ist eine Privatfeier, hier kann ich es genießen, anonym zu sein. Nur ein Mann unter Männern. – Und Frauen!“ setzte Arminius bedeutungsvoll hinzu.

„Ja!“ bejahte Eckhart eindringlich, „– und Frauen! Obgleich der Ehrenkodex der Ritterlichkeit fordert, dass Männer Frauen ehren, sind Frauen von vielen Funktionen ausgeschlossen, besonders von den entscheidenden! Dennoch stellen sie die Hälfte der Bevölkerung dar und sind die Gebärer und Grunderzieher aller Menschen, männlich und weiblich! Jeder gute Mann und jede gute Frau waren einmal ein Kind das liebevoll und sorglich von einer Frau aufgezogen wurde! Alleine deshalb ist es notwendig, dass Frauen mehr Rechte und vor allem das Mitbestimmungsrecht haben!

Außerdem ist Weiblichkeit der Gegensatz zur Männlichkeit!“ fügte Eckhart nach einer besinnlichen Pause hinzu. „Und Gegensätze ziehen sich an, ergänzen und vervollständigen sich. Wir, die Männer unserer Zeit, sind zu einseitig männlich; wir haben den weiblichen Geist bitter nötig! Mein Meister und Mentor Albertus Magnus betonte immer wieder die Notwendigkeit des männlichen Geistes sich durch den weiblichen zu vervollkommnen! ‚Der männliche Geist braucht den weiblichen, genauso wie die männliche Natur die weibliche braucht‘, lehrte Meister Albert, ‚die beiden ergänzen sich und wiegen sich auf! Das Gleichgewicht zwischen diametralen Gegensätzen sollte unser Lebensziel sein!‘ Aber ich brauche dir das nicht zu predigen, du bist ein Bruder des weißen Kleides. Du bist ein Sophist, du hast dich dazu auserwählt, der Göttin genannt Weisheit zu dienen, nicht wahr, Bruder Arminius?“

„Ja, Bruder Eckhart!“ bestätigte Arminius lächelnd. „Und wozu hast du dich auserwählt?“

„Aha“, rief Eckhart anerkennend aus, „Du kommst sofort zum Herzen der Sache! Ohne Umschweife, ohne Zeit und Worte an Höflichkeiten oder Nichtigkeiten zu verschwenden. Du bist ein rechter Soldatenmönch, Bruder Arminius, du forderst mein Herz! Wenn du mein Herz willst, dann gebe ich es dir freiwillig!“

„So gib es mir!“ forderte Arminius lachend.

„Ich habe mich dazu auserwählt, das Licht der Gottheit zu verbreiten!“ sagte Eckhart ernsthaft und schlicht, mit einem überirdischen Glanz in seinen braunen Augen.

„Und wie definierst du die Gottheit?“ fragte Arminius.

„Die Heilige Dreieinigkeit: Eins in dreien. Der Schöpfer, die Schöpfung und der schöpferische Geist in einem ist die Gottheit!“

„Sind dann Schöpfer und Schöpfung vereint, und getrennt, und beides, zugleich?“ fragte Arminius, mehr feststellend als fragend.

„Ja, alle drei, mein lieber Bruder Arminius, immer alle drei!“ erwiderte Eckhart lebhaft. „Immer ein Paar von Gegensätzen, getrennt und vereint, einschließlich des schöpferischen Geistes der die beiden trennt und vereint. Immer alle drei in einem!“

„Das ist widersinnig, ein Paradox!“ wendete Arminius lächelnd ein.

„Ja, Gottes Wahrheit scheint widersinnig zu sein!“ gab Eckhart zu. „Schöpfer und Geschöpf sind vereint und getrennt. Aber der schöpferische Geist ist der Geist der Wahl! Wir können wählen, ob wir Schöpfer und Geschöpf als getrennt oder vereint ansehen, oder beides zugleich. Aber der Grundzustand ist immer der Zustand der Einheit, ein Zustand von Synthese. Wenn wir diesen Grundzustand analysieren, dann müssen wir ihn zwangsläufig in Gegensätze zerlegen! Dann sind Schöpfer und Geschöpf getrennt! Aber die Analyse ist nur eine Theorie, eine notwendige Beihilfe, die uns ermöglicht den Kosmos analytisch zu beschauen. In der praktischen Wirklichkeit sind alle Gegensätze eins: Das ist die Gottheit!“

„Damit sagst du also, dass Gegensätze gleich wahr sind!“ stellte Arminius fest.

„Ja!“ bekräftigte Eckhart eindrücklich, „diametrale Gegensätze sind immer gleich wahr! Das ist zwangsläufig so, weil die beiden in der Synthese vereint sind! Die Gottheit ist eine Vereinigung aller Gegensätze, eine Null: Nichts, und Alles; absolut gewiss, dennoch unwissbar! – Das Mysterium aller Mysterien!“

„Meister Thomas von Aquin lehrte das Gleiche“, sagte Arminius dazu. „Er sagte, dass Gott mit absoluter Gewissheit definiert werden könne: Null! ‚In der Sprache der Mathematik ist Gott leicht zu definieren:‘ sagte Meister Thomas, ‚Null! Gott ist Null, und Unendlichkeit! In der Mathematik sind Null und Unendlichkeit das Gleiche. Der eigentliche Daseinszustand ist ein Nullzustand!‘“

„Du hörtest Meister Thomas sprechen? In Person?“ wunderte sich Eckhart, „Wann, und wo?“

„Er war mein Universitätsmeister als ich in Neapel Theologie studierte!“ antwortete Arminius.

„Wann war das?“ fragte Eckhart. „Das muss während der zwei Jahre vor seinem Tod gewesen sein. Er lehrte auf der Sorbonne bis 1272, dann in Neapel, bis zu seinem Tod in 1274.“

„Ja“, antwortete Arminius, „aber er lehrte nur ein Jahr in Neapel, vom Sommer 1272 bis zum Sommer 1273. Im Herbst 1273 zog er sich vom Lehrstuhl der Theologie zurück, um seine Vorträge für das Konzil von Lyon vorzubereiten. Das Konzil von Lyon begann im Frühjahr 1274. Er starb im März 1274, auf dem Weg nach Lyon. Ich sah ihn das letzte Mal etwa zwei Monate vor seinem Tod.“

„Sahst du ihn vor oder nach seiner Erleuchtung?“

„Ich sah ihn nach seiner Erleuchtung, zwischen Weihnachten und Dreikönigstag. Er schien schwach und müde, dennoch ekstatisch. Aber er sagte nicht viel!“

„Was sagte er, was waren seine Worte? Kannst du dich an den genauen Wortlaut erinnern?“ fragte Eckhart heftig.

„Ja“, antwortete Arminius, „ich kann mich gut an seine Worte erinnern. Er sagte, er habe sein Leben lang leeres Stroh gedroschen. Aber, dank der Gnade Gottes, fand er gegen Ende seines Lebens doch ein Körnchen Weisheit. Allerdings wollte er sich über dieses Körnchen nicht weiter äußern. Darüber zu sprechen sei vergebens, sagte er, nur wer so etwas selbst erlebt hätte, könne es verstehen! Ich vertraute ihm einmal an, dass ich ein Gralssucher sei, dass ich mein Leben dazu geweiht hätte, den Gral zu suchen und zu finden. ‚Geh, such den Gral!' sagte er zu mir, ‚Und wenn du ihn gefunden hast, dann wirst du wissen, wovon ich spreche, oder nicht spreche!' Das waren seine genauen, letzten Worte an mich bevor er mich mit einem Segen entließ.“

„Und, hast du ihn gefunden? Hast du den Gral gefunden?“ fragte Eckhart eindringlich.

„Ja, ich habe ihn gefunden!“

„Weißt du jetzt, was Meister Thomas meinte?“ drängte Eckhart weiter.

„Ja, ich denke ich weiß, was er meinte“, antwortete Arminius zögernd.

„Sag's, was meinte er?“ fragte Eckhart ungeduldig.

„Er meinte, dass das Erleben des Einswerdens mit der Gottheit weitaus großartiger sei als alle Theorien über die Gottheit. Angesichts des Erlebnisses verblasst die Theorie zu einer Nichtigkeit! Die Theorien über die Gottheit, die er sein Leben lang lehrte, waren sein leeres Stroh. Das Erleben des Einswerdens mit der Gottheit war sein Körnchen Weisheit.“

„Und du, Bruder Arminius, was tatest du, nachdem du den Gral fandest?“ tastete Eckhart weiter.

„Ich wurde ein Diener des Grals“, antwortete Arminius tiefernst und leise. „Wenn man den Gral hat, dann hat einen der Gral! Das ist der Preis: Um den Gral zu erlangen, muss man sich dem Gral geben!“

„Dann bist also auch du ein Diener der Gottheit!“ stellte Eckhart entzückt fest.

„Ja, was sonst? Es gibt nur eins, und das ist es! Nachdem man mit der Gottheit eins geworden ist, dann ist man die Gottheit! Dann verkündet man die Gottheit in der Weise, in der man am fähigsten ist. Du durch Predigen, ich durch Schreiben. Andere tun es durch andere Künste, oder durch Sozialarbeit, was auch eine Kunst ist. Schau dir unsere Schwestern an, die Beguinen! Sie verkünden die Gottheit durch das geschriebene und gesprochene Wort, und durch Sozialarbeit und verschiedene Handwerke und Künste. Wahrscheinlich gibt es so viele, verschiedenartige Weisen die Gottheit zu verkünden wie es Menschen gibt!“

„Gut gesprochen, Bruder Arminius, gut gesprochen!“ lobte Eckhart. „Du würdest einen guten Prediger abgeben! Ich sehe, dass wir nicht nur Mönchsbrüder sind, wir sind auch Geistesbrüder! Wir sind Mitglieder jener Schwestern- und Bruderschaft, die den Gral gefunden hat und versucht, ihn weiterzugeben. Wir sind Mitglieder der Gralsgemeinschaft, jener ‚Gemeinschaft der Heiligen', die wir in unserem Glaubensbekenntnis bekennen. Wir sind Mitglieder jener Geisteselite die nicht als elitär hervortritt weil sie eine Elite von Dienern der Gottheit ist. Wir sind meisterliche Diener!“

„Ja, ich stimme voll überein!“ sagte Arminius zustimmend. „Aber wir meisterlichen Diener bewegen uns entlang der dünnen Messerschneide zwischen Orthodoxie und Häresie. Wie können wir es vermeiden, in den Abgrund der Häresie zu fallen?“

„Indem wir die etablierte Orthodoxie nicht herausfordern!“ antwortete Eckhart. „Wir haben es nicht nötig, die konventionelle Christenlehre über den Haufen zu werfen, wir müssen nur das oberflächliche Verstehen etwas vertiefen. Wer sich auf der Oberfläche befindet, der kennt nur die Oberfläche, aber wer sich auf der Oberfläche und in den Tiefen aufhält, der kennt beide, und verneint deshalb die Oberfläche nicht! Wir sind keine Häretiker! Häretiker haben eine andere Oberflächenwahrheit und greifen die existierende an. Nicht wir! Wir halten uns an die etablierte Oberfläche, aber wir sind auch Erforscher der Tiefen. Und auf diejenigen, die bis zum Grunde der Tiefen tauchen, warten wunderliche Perlen!

Wir lehren den Leuten zu schwimmen und zu tauchen, und diese Perlen durch ihre eigenen Kräfte zu holen. Wir lehren keine abweichende Oberflächenwahrheit, wir halten uns an die orthodoxe Oberfläche! Aber wir ermutigen die Leute, die auf der Oberfläche schwimmen, unterzutauchen, und die Tiefen zu erforschen!“

„Ja“, stimmte Arminius überein, „aber die meisten Leute können nicht schwimmen und haben Angst vor dem Tauchen. Für sie ist die oberflächliche Wahrheit die einzig gültige. Sie betrachten Schwimmen und Tauchen als gefährlich, und Schwimm- und Tauchlehrer als gefährliche Lehrer, die man am besten beseitigt. Am Scheiterhaufen verbrannt zu werden ist immer unser mögliches Schicksal, es ist sozusagen unser Berufungsrisiko. Aber wir, die wir mit dem Weihwasser gewaschen sind, können nicht verbrannt werden. Nicht wahr, Bruder Eckhart?“

Eckhart nickte lächelnd. „Ein noch treffenderes Gleichnis wäre, dass wir bereits im Pfingstfeuer brannten und deshalb feuerfest sind. Wer einmal im Pfingstfeuer geläutert wurde, der ist ewig, dem kann das Feuer am Scheiterhaufen nichts mehr anhaben. Der Phönix, wenn er einmal verbrannt und wiederauferstanden ist, kann nicht wiederverbrannt werden!“

„Ja, der auferstandene Phönix ist feuerfest!“ bestätigte Arminius. „Aber das hindert die Leute nicht daran, ihn immer wieder zu verbrennen. Wusstest du übrigens, dass der Phönix der griechischen Sage drei Tage nach seinem Tode wiederauferstand?“

„Nein, das wusste ich nicht!“ erwiderte Eckhart lächelnd. „Aber ich wusste, dass der Phönix der christlichen Sage drei Tage nach seinem Tode wiederauferstand! Aber die Leute, die nicht wissen, dass er feuerfest ist, versuchen ihn immer wieder zu verbrennen!“

„Weißt du eigentlich, dass das Gesetz auf unserer Seite ist?“ fragte Arminius. „Es gibt Gesetze, die es den Oberflächlichen erschweren, den Phönix wiederzuverbrennen!

Die Konstitutionen von Melfi“, setzte Arminius fort, als Meister Eckhart sich nicht dazu äußerte, „die von seiner höchst erlauchten Majestät Friedrich dem Zweiten gegründet wurden, gelten für das gesamte, Heilige Römische Reich. Diese Konstitutionen bestimmen zwar die Todesstrafe für Häresie, aber sie definieren sie auch, und zwar ziemlich genau. Den Konstitutionen von Melfi nach ist Häresie die aktive Unterstützung einer abtrünnigen Sekte oder Bewegung. Unorthodoxes Denken an sich ist keine Häresie!"

„Ja, das weiß ich!" antwortete Eckhart. „Aber die Konstitutionen von Melfi sind nicht überall im Reiche bekannt und werden nicht überall befolgt. Fürsten und Fürstbischöfe setzen sich über die Konstitutionen hinweg, und es gibt keine Zentralgewalt, die sie aufrecht erhält! Die einzige Zentralgewalt Deutschlands ist die Kirche. Über das kanonische Kirchenrecht kann sich kein Fürst oder Bischof hinwegsetzen! Es ist gut zu wissen, Bruder Arminius, dass die Kanonen der Kirche Häresie genauso definieren wie die Konstitutionen von Melfi!"

„Ich werde es im Gedächtnis behalten!" sagte Arminius dankend.

„Du bist ein beliebter Mann, Bruder Eckhart, ich sehe, dass bereits einige Leute darauf warten, mit dir zu sprechen", sagte Arminius danach. „Ich will dich also nicht weiter in Anspruch nehmen. Sag mir noch eins, bevor wir auseinander gehen: Wirst du am Peterstag hier in der Peterskirche predigen?"

„Ja", bestätigte Eckhart, „der hiesige Pfarrer und der Bischof von Eichstätt haben mir genehmigt, hier zu predigen. Ich werde am Hochamt des Peterstages hier in der Peterskirche die Predigt halten!"

„Du hast vergessen zu sagen: So Gott will!" bemerkte Arminius lächelnd.

„Meine Zukunft bestimme ich!" erwiderte Eckart, ebenfalls mit einem Lächeln. „Und ich bitte Gott, mich von Gott zu befreien!"

„Das sagst du doch hoffentlich nicht in deiner Predigt!" rief Arminius mit gekünsteltem Entsetzen.

„Nein!" antwortete Eckhart ernsthaft. „Ich predige nicht über die Köpfe meiner Zuhörer hinweg!"

„Möchtest du mich in meiner Komturei besuchen?" fragte Arminius beim Abschied. „Ich würde sehr gerne ausführlich und privat mit dir sprechen. Meine Burg ist von hier bei Tageslicht deutlich sichtbar, nur eine halbe Stunde zu Fuß!"

„Ja, ich habe deine Burg gesehen, Schwester Margaret zeigte sie mir", erwiderte Meister Eckhart. „Ich würde dich gerne privat in deiner Burg sprechen, nicht jeden Tag treffe ich einen echten Gralsritter. Eigentlich bist du der erste! Ich werde dich vor dem Peterstag besuchen!"

„Ich sehe deinem Besuch erwartungsvoll entgegen!" erwiderte Arminius mit einer leichten Verbeugung und schloss die Unterredung mit „Non nobis, Domine! Non nobis, sed Nomini Tuo da gloriam!"

„Non nobis, Domine!" bestätigte Meister Eckhart und wendete sich seinen Bewunderern zu, die geduldig darauf warteten, mit dem berühmten Prediger zu sprechen.

Arminius ging zur Beguinage zurück und schenkte seinen Weinbecher nach. Den Wein in kleinen Schlückchen genießend saß er an der Peripherie und beobachtete weiterhin das Treiben.

Als die Sonne aufging, spielten die Musiker ihr letztes Lied, ein Lied an die aufgehende Sonne, und einige der Festteilnehmer sangen mit. Danach begaben sich die meisten in ihre Zelte um etwas zu schlafen. Die Beguinen, mit Hilfe einiger

Gäste, räumten auf. Arminius begab sich zum heiligen Feuer, das auf einen Haufen glühender Kohlen niedergebrannt war, und betete sein Frühgebet.

Er kniete immer noch sinnend vor dem Feuer, als er Schwester Margaret, mit einem Schürhaken in der rechten Hand und einer Kohlenschaufel in der linken, aus der Beguinage auf sich zukommen sah. Margaret kam, um sich von dem niedergebrannten Sommersonnenwendfeuer eine Schaufel glühender Kohlen zu holen. Die Beguinen waren stolz darauf, das Feuer in ihrem Herd nie ausgehen zu lassen. Nur am Abend der Sommersonnenwende ließen sie es absichtlich ausgehen um es am Morgen mit den glühenden Kohlen des heiligen Feuers zu erneuern. Als er Schwester Margaret auf sich zukommen sah, gebrauchte er seinen siebten Sinn um ihr auf telepathischem Wege einige Gralssymbole zu übermitteln.

Als Margaret tagträumend auf das Sommersonnenwendfeuer zuging, sah sie, mit ihrem inneren Auge und in schneller Folge, eine Reihe von Symbolen aus der Artussage: eine schwarzweiß zweigeteilte Standarte, ein rotes, achteckiges Tatzenkreuz auf weißem Grund, einen Gralsbecher, ein magisches Schwert und einen Tempelritter mit eindringlichen, grünbraunen Augen. Sie hatte ihn schon einmal im Traum gesehen: ein Gralsritter!

Plötzlich stand vor ihr ein Fremder in einem schwarzen Talar und unterbrach ihren Tagtraum indem er sie auf Lateinisch ansprach: „Seid Ihr eine der Damen von Avalon, eine Suchende des heiligen Grals?“

Margaret stand atemlos und stumm, in tiefer, innerer Erkenntnis. Sie erinnerte sich der Artussage, die sie als Kind und junge Dame, in verschiedenen Variationen, so oft gehört hatte, dass sie sich unauslöschlich in ihr Gedächtnis gegraben und ein lebenslanges Sehnen nach dem Gral hinterlassen hatte. Mit weitoffenen Augen ließ sie Schürhaken und Schaufel fallen und erwiderte Arminius’ eindringlichen Blick.

„Ich bin Schwester Margaret, die Hausmutter dieser Beguinage!“ sagte sie, nachdem sie sich etwas gesammelt hatte. Dann, von Verwunderung übermannt, setzte sie hinzu: „Ihr habt in mir einen Strom von heiligen Gefühlen und Bildnissen ausgelöst! Wer seid Ihr? Seid Ihr ein Gralsritter? Seid Ihr einer meiner Gäste?“

Obwohl sie versuchte ruhig zu sprechen, machte die innere Erregung ihre Stimme zittern. Arminius nahm dies wahr, hörte auf, sie mit seinem Geist und mit seinen Augen zu beeinflussen und entschuldigte sich: „Schwester Margaret, bitte vergebt mir, dass ich in Eure Geisteswelt eingedrungen bin, und vergebt mir, dass ich mich nicht früher vorgestellt habe! Ich bin Arminius von Welterod, Ritter des Heiligen Tempels von Jerusalem und Komtur von Thannbrunn, zu Euren Diensten!“ Während er dies sagte, fiel Arminius auf sein rechtes Knie, legte seine rechte Faust über sein Herz und verbeugte sich tief.

„Ja, ich bin ein Gralsritter!“ bestätigte er, nachdem er sich wieder erhoben hatte. „Ich habe den Gral empfangen und habe meine Vision des Grals auf einige Blätter Papier niedergeschrieben, für Euch, als mein Willkommensgeschenk an Euch!“

Aus der tiefen Seitentasche seines Talars zog Arminius den Bericht, den er am Vortag geschrieben hatte und übergab ihn ihr. Margaret, die sonst nie um Worte verlegen war, war wiederum sprachlos. Das unerwartete Geschenk dieses seltsamen, schwarzgekleideten Ritters, seine Austrahlung und seine Kühnheit rührten sie so sehr, dass bloße Worte nicht genügten ihre Ergriffenheit auszudrücken. Aber ihre Jahre als Gräfin von Sulzbürg machten sich schnell bemerkbar, sie überwand ihre tiefe Ergriffenheit und sprach gefasst zu dem Ritter auf den sie ihr Leben lang gewartet hatte: „Ich danke Euch für das außerordentliche Geschenk, Bruder Arminius! Ich werde die Vision Eures Grals mit Eifer lesen. Vielleicht wird sie mir helfen, meinen eigenen Gral zu finden!“

„Das ist was ich damit beabsichtigte!“ sagte Arminius und sprach weiter. „Ich habe die heiligen Schriften studiert, in Latein, Griechisch und Arabisch, und eine lateinische Übersetzung des aramäischen Johannesevangeliums. Wie Ihr wahrscheinlich wisst, war nicht Hebräisch sondern Aramäisch die Muttersprache Jesu und der Mehrzahl seiner Jünger, einschließlich Johannes. Der beschrieb ihn wechselweise als Gottessohn und Menschensohn, als eine Verkörperung Gottes und der Menscheit! Wenn Jesus, im biblischen Johannesevangelium, sagte ‚Ich und der Vater sind eins!‘ dann meinte er, genau genommen, ‚Wir und der Vater sind eins!‘

Wie ich sagte, war Jesus ein Aramäer, und der Evangelist Johannes war auch einer. Wir Templer im Heiligen Land standen mit nestorianischen Christen in Verbindung und erhielten von ihnen eine Kopie des aramäischen Johannesevangeliums. Ich besitze eine lateinische Übersetzung dieses Evangeliums! Ich habe es mitgebracht, zur Feier des Johannistages. Ihr könnt es lesen, wenn Ihr wollt!“

Margaret, wiederum sprachlos von dieser schier wunderhaften Reihe von Ereignissen, nickte ihre Zustimmung. Aus der anderen Tasche seines Talars zog Arminius seine lateinische Übersetzung des aramäischen Johannesevangeliums und übergab es Margaret, mit den Worten: „Hier ist es! Behütet es gut, es ist eine der wenigen, lateinischen Übersetzungen des aramäischen Johannesevangeliums, vielleicht sogar die einzige! Gebt es mir zurück nachdem Ihr es gelesen habt!“

„Aber dies ist ein äußerst wertvolles Buch, und Ihr kennt mich nicht!“ wendete Margaret ein.

„Ich vertraue Euch!“ erwiderte Arminius mit entwaffnender Offenheit. Danach zeigte er Margaret seine Lieblingsstellen im aramäischen Evangelium, die sich auf die Göttin Erdmutter bezogen und auf ihre heilenden Engel: Luft, Sonne, Wasser und Erde.

Nachdem sie ihre beträchtliche Schlagfertigkeit wiedererlangt hatte, fragte Margaret: „Warum tragt Ihr nicht Euren weißen Templermantel? Ich hielt nach einem Tempelritter Ausschau, nicht nach einem unbedeutenden Scholaren in einem gewöhnlichen Scholarentalar!“

„Ich bin zwar ein unbedeutender Scholar“, antwortete Arminius, „aber mein Talar ist kein gewöhnlicher Scholarentalar! Es ist der Talar eines ägyptischen Scholaren, er wurde mir für eine Audienz mit dem Großmufti von Alexandria gegeben! Außerdem ist mein Templermantel geflickt und fadenscheinig, dieses Festes kaum würdig. Wir Templer kommen in Schwarz und Weiß, manchmal ganz schwarz, manchmal ganz weiß, und manchmal schwarzweiß gescheckt, wie der Firefiz in Wolfram von Eschenbachs Parzival.“

Danach verneigte sich Arminius und verabschiedete sich mit den Worten: „Non nobis, Domine! Non nobis, sed Nomini Tuo da gloriam!“

„Non nobis, Domine!“ erwiderte Margaret und trug Arminius’ Bericht und das aramäische Johannesevangelium in die Beguinage. Sie kam zurück, hob Schürhaken und Kohlenschaufel auf, ging zum heiligen Feuer und rechte mit dem Schürhaken die Schaufel voll glühender Kohlen. Mit der Schaufel in der linken Hand und dem Schürhaken in der rechten ging sie vorsichtig zur Beguinage zurück.

Arminius, der etwas von der Asche des heiligen Feuers mit sich auf seine Burg nehmen wollte, suchte nach einem Behälter für die Asche. Er fand ein großes Gemüseblatt, faltete es zu einer Tüte und scharrte mit seinen Fingern etwas Asche hinein. Als er die Asche in die Tüte scharrte, kam Margaret aus der Beguinage und ging auf das Feuer zu.

Arminius stand auf. Margaret ging wortlos auf ihn zu und streckte gebend ihre Hand aus. In ihrer Hand lag ein geschliffener Rosenkristall, in der Größe und Gestalt eines Taubeneies. Wortlos hielt ihr Arminius seine Hand hin, wortlos legte sie den Rosenkristall in seine offene Hand. Ohne ein Wort zu sagen drehte sie sich um und ging zur Beguinage zurück.

Margaret war ein Mitglied des Geheimbundes der Rosenkreuzer. Die Rose symbolisierte für die Rosenkreuzer die heilige Liebe der göttlichen Einheit, und Kristall symbolisierte für sie die ewige Dauer dieser Liebe. Indem sie einen Rosenkristall in seine Hand legte, erklärte Margaret ihre göttliche Liebe für Arminius und ihre Zugehörigkeit zum Rosenkreuzbund. Sie gab ihm die kristallene Essenz der Liebe, die göttliche Essenz, die durch das Weitergeben der göttlichen Liebe von Mensch zu Mensch ständig weitergegeben wird.

Arminius, der sich der symbolischen Bedeutung des Rosenkristalls nicht bewusst war, schloss seine Hand um den Stein. Der Stein fing an zu pulsieren wie ein lebendes Herz! Die Pulsierungen verstärkten sich mit jedem Schlag und wurden derart stark, dass sie durch seinen Arm im Einklang mit seinem eigenen Herz schlugen. Arminius verstand die Botschaft sofort: Margaret war eine echte Geistesschwester, eine Schwester in Christus!

„Wo zwei oder drei versammelt sind in meinem Namen, da bin ich mitten unter ihnen!“ Arminius erinnerte sich an Jesus’ Versprechen – das Versprechen war erfüllt! Voll innerlichen Jubels ging er heim nach Thannbrunn.

Einen Tag später klopfte Meister Eckhart an die Tür der Burg Thannbrunn. Arminius öffnete. „Grüß Gott, Bruder Arminius!“ sagte Eckhart vergnügt.

„Grüß Gott, Bruder Eckhart!“ erwiderte Arminius freudig.

Eckhart blickte um sich, auf die verfallenen Nebengebäude und den verwitterten Wall und Graben, und sagte scherzhaft: „Diese verfallene Burg sieht aber nicht wie Wolframs Gralsschloss aus!“

„Wolframs Gralsschloss ist innerlich!“ erwiderte Arminius. „Ein Geist eins mit Gott ist eine prächtige, mächtige Burg; kein äußerer Angriff kann ihr etwas anhaben! Die Pracht von Wolframs Gralsschloss ist ein Gleichnis für die Pracht des inneren Gralsschlosses, und Wolframs Gralsritter und Gralskönige sind Angehörige des Geistesadels, nicht unbedingt Adelige dieser Welt!“

„Was ist eigentlich der Unterschied zwischen einem Gralsritter und einem Gralskönig?“ fragte Eckhart.

„Ein Gralsritter hat den Gral gesehen; ein Gralskönig hat ihn empfangen und gibt ihn weiter! Parzival war zweimal im Gralsschloss. Das erste Mal sah er den Gral, versäumte es aber, die ausschlaggebende Gralsfrage zu fragen, und der Gral samt der Gralsgemeinschaft und dem Gralsschloss entschwanden ihm. Danach war er ein Gralsritter. Viele Jahre später kam er wieder ins Gralsschloss, diesmal fragte er die rechte Frage und wurde Gralskönig!"

„Wie lautet die ausschlaggebende Gralsfrage?" fragte Eckhart.

„Die ist nicht immer die gleiche. Im Gralsepos des Chretien de Troyes und in anderen Gralsepen lautet die Frage ‚Wer dient dem Gral?' oder ‚Wem dient der Gral?' Die rechte Antwort darauf ist, dass der Gral dem Gralsdiener dient, und der Gralsdiener dem Gral. Die tiefere Bedeutung dessen ist, dass der Gralssucher und Diener mit dem Gral eins wird!

Wolfram hat die Gralsfrage anders formuliert. In Wolframs Gralsepos musste sich der Suchende nach der Natur der Krankheit des alten Gralskönigs Anafortes erkundigen. ‚Oheim, was fehlt dir?' war in Wolframs Gralsepos die ausschlaggebende Frage. Hätte Parzival diese Frage bei seinem ersten Besuch gestellt, dann wäre er bereits bei seinem ersten Besuch Gralskönig geworden und hätte den alten Gralskönig Anafortes von seiner kläglichen Krankheit befreit."

„Was fehlte dem alten Gralskönigs?"

„Der Speer des Longinus hatte ihn in seine Geschlechtsteile getroffen. Die Wunde schwärte sehr, Anafortes musste fürchterlich darunter leiden, und die gesamte Gralsgemeinschaft litt mit ihm!"

„Was machst du aus dieser Analogie, Bruder Arminius?"

„Der Speer des Longinus ist bekanntlich der Speer, der dem gekreuzigten Jesus den Todesstoß versetzte. Dieser Speer ist auch ein Phallus, er symbolisiert die etablierte, patriarchalische Macht und den männlichen Geist. Jesus, ein Verkünder des weiblichen Geistes, wurde von dem patriarchalischen Speer getötet, oder totgeschwiegen. Dieser gleiche Speer machte den alten Gralskönig geistig impotent und verursachte ihm und der Gralsgemeinschaft schreckliche Leiden. – Ein Überschuss an männlichem Geist, und ein Mangel an weiblichem, war die Krankheit des Anafortes!

Die Krankheit des Anafortes ist die Krankheit der Menschheit! Um ein rechter Gralskönig und Heiland zu werden, musste Parzival die Natur dieser Krankheit genau kennen! Die Krankheit der Menschheit ist ein Überschuss an männlichem Geist, ein Mangel an weiblichem, und ein Mangel an Gleichgewicht zwischen den beiden! Ein Gralskönig muss das genau wissen und sich danach richten!"

„Und du, Bruder Arminius, bist ein Gralskönig?" fragte Eckhart lächelnd.

„Ja, ich bin ein Gralskönig!" bejahte Arminius leise aber bestimmt.

„Das könnte als Hochmut angesehen werden!" sagte Eckhart.

„Ja, es ist Hochmut, aber es ist göttlicher Hochmut! Eins mit der alleinschließenden Gottheit zu sein ist der höchste Hochmut und die tiefste Demut zugleich! Luzifer wollte Gott sein und dennoch sein egozentrisches Selbst bleiben! Das ist Hochmut ohne Demut, das ist ungöttlicher Hochmut! Deshalb wurde Luzifer zum Gleichnis für den ungöttlichen Geist!

Der Preis für das Einswerden mit der Gottheit ist das Ego, das persönliche Selbst. Wenn sich das Licht einer trüb flackernden Kerze mit dem Licht der Sonne vereint, dann ist das Licht der Kerze nicht mehr! Wenn sich das persönliche Selbst mit dem alleinschließenden, göttlichen Selbst vereint, dann besteht das persönliche Selbst nicht mehr! Und wenn es besteht, dann nur noch als eine einmalige Erscheinung der Gottheit, ein Werkzeug der Gottheit im Sinne von ‚Non nobis, Domine! Non nobis, sed Nomini Tuo da gloriam!'"

„Non nobis, Domine!" bestätigte Eckhart. „Ja, ich stimme voll überein! Aber ich denke und predige, dass Mensch und Gott von vornherein und immer und ewig eins sind! Der Mensch hat sich von Gott entfernt, nicht Gott vom Menschen! Die göttliche Einheit ist uns angeboren, aber durch unglückselige Erziehung und Bildung wendeten wir uns von Gott ab! Jeder Mann und jede Frau sind Eingeborene des Himmels, sind Söhne und Töchter Gottes, nur wissen es die meisten Menschen leider nicht. Ich habe mir zur Aufgabe gemacht es ihnen wissen zu lassen!

Der Mensch hat sich von Gott getrennt, nicht Gott vom Menschen! Leider glauben die meisten Menschen an diese Trennung und wähnen sich von Gott getrennt. Es ist unsere heilige Pflicht, die Menschheit von diesem unseligen Wahn zu befreien! Ich predige und lehre schon seit Jahren in diesem Sinne, und werde es weiterhin tun, solange ich lebe, aber ich basiere meine Predigten auf biblische Gleichnisse! Dann ist es schwerer für die Orthodoxie mich der Häresie zu beschuldigen, und leichter für meine Zuhörer mich und die Weisheiten, die hinter unseren biblischen Gleichnissen stecken, zu verstehen."

„Ja, natürlich", stimmte Arminius überein, „der Mensch hat sich von Gott getrennt, nicht Gott vom Menschen! Gott und Mensch sind bereits vereint, nur müssen wir Menschen uns dessen erst gewahr werden!

Jeder Einzelne ist eine Welle auf dem ewigen, ätherischen Ozean", setzte Arminius gleichnishaft fort. „Jede Welle hat einen einmaligen Wellenkamm, hat eine einmalige Position in Zeit und Raum inne und erlebt den Ozean auf einmalige Weise. Deshalb könnte man sagen, dass jede Welle ein einmaliges Wesen sei. Aber wo trennt man da die Welle vom Ozean? Wenn man es versucht, dann findet man sehr schnell heraus, dass sich die Welle vom Ozean nicht trennen lässt! Es lässt sich keine Trennungslinie ziehen, niemand kann sagen, wo der Ozean aufhört und die Welle anfängt! Die Welle ist nur eine vorübergehende Oberflächenaufwallung des Ozeans; die Welle ist der Ozean, der Ozean ist ewig, und die Substanz, aus welcher Ozean und Welle bestehen, ist der göttliche Urstoff namens Äther, die Substanz der ewigen Gottheit!"

„Ein gutes Gleichnis", sagte Eckhart anerkennend, „ich werde es in einer meiner Predigten gebrauchen! Du würdest einen guten Prediger abgeben, Bruder Arminius, warum trittst du nicht zu uns Dominikanern über und wirst ein Wanderprediger? Du würdest damit dein Mönchsgelübde nicht brechen, du würdest nur von einem Orden zum anderen übertreten. Ich bin sicher, dass es deine Vorgesetzten genehmigen würden! In Paris, wo ich bis zum vorigen Sommer Theologie lehrte, ging das schlimme Gerücht um, dass König Philip der Schöne auf die Templer und ihr Gold aus sei!"

„Vielen Dank für das Angebot, Bruder Eckhart, und die Warnung, aber ich werde Templer bleiben! Ich habe mich dem Templerorden verschworen und werde ihn nie verlassen! Ich denke, dass unser Orden viel zu mächtig ist, um von dem König von Frankreich behelligt zu werden! Wir stehen unter dem besonderen Schutz des Heiligen Vaters, wir schulden nur ihm Rechenschaft und Gefolgschaft! Außerdem sind wir die reichste Organisation des Abendlandes, nach der Kirche, natürlich. Wir sind reicher als der König von Frankreich!"

„Euer Gold gefährdet euch mehr als es euch schützt!" warnte Meister Eckhart. „Philip der Schöne beneidet euch um euer Gold! Der Templerorden ist zwar ein Ritterorden, aber der König von Frankreich verfügt über weit mehr Ritter als der Templerorden!"

„Er würde es niemals wagen!" sagte Arminius ärgerlich, „wir stehen unter dem Schutz der Kirche und des Heiligen Vaters!"

„Selbst der Papst kann mit Waffengewalt gezwungen oder mit Gold gekauft werden!" erwiderte Eckhart. „Aber legen wir dieses ärgerliche und fruchtlose Thema beiseite und sprechen über das Wesentliche. Hast du irgendwelche Pläne, alte oder neue Künste, um unsere Mitmenschen wissen zu lassen, wer oder was sie wirklich sind?"

„Ich habe einige solcher Künste, alte und neue, oder, besser gesagt, neue Künste, die ich von den alten abgeleitet habe. Aber, um die hohe Kunst der Einweihung zu besprechen, sollten wir uns auf eine höhere Ebene begeben. Lasst uns auf meinen Turm gehen und dort weiter sprechen!"

Arminius führte Eckhart zur Plattform seines Turmes. Sie setzten sich auf die Zinnen und Arminius erklärte ihm die Umgebung. „Dort ist Waldkirchen, die Beguinage und die Peterskirche!" sagte Arminius und zeigte nach Südosten. „Der Bach direkt unter uns ist die Weiße Laber. Siehst du die Waldlücke, dort drüben am Hügelkamm, dort geht die Weiße Laberstraße über den Hügelrücken, am Roten Kreuz vorbei und in das Sulztal hinunter nach Mühlhausen. Von dort geht die Sulztalstraße nach Neumarkt. Neumarkt liegt drei Reitstunden von hier, Nürnberg sechs Reitstunden von Neumarkt. Wie wirst du von Nürnberg weiterreisen?"

„Von Nürnberg nehmen wir ein Flussboot die Regnitz hinunter bis Bamberg, und von dort den Main hinauf bis zum Ende der Mainschifffahrt. Die Straße vom Ende der Mainschifffahrt bis zum Anfang der Egerschifffahrt soll eine gute Straße sein, wie deine Weiße Laberstraße hier, denn es ist eine wichtige Landbrücke zwischen den Wasserwegen von Rhein-Main und Eger-Elbe.

Vom oberen Ende der Egerschifffahrt fahren wir dann in Flussbooten die Eger hinunter und die Moldau hinauf bis Prag. Der Landweg von Prag nach Regensburg, den ich beim Herweg ging, ist, zum Teil, ein kaum begehbarer, steiler und steiniger Bergpfad durch den Böhmerwald. Wir Dominikaner reiten nicht, wir gehen gewöhnlich zu Fuß, aber wenn es möglich ist, fahren wir in Booten. Ich fahre am liebsten im Flussboot, da kann ich in Ruhe meine Predigten und Vorträge ausdenken und niederschreiben!

Aber lasst uns nicht von Geographie sprechen, oder von meinen Reiserouten und Methoden; unsere Zeit zusammen ist zu kostbar für solch nichtigen Gesprächsstoff! Lasst uns über das sprechen, was uns beiden am Herzen und auf der Seele liegt! Erzähle mir doch über deine Vision des Grals, über deine Auslegung dessen, und was du aufgrund deiner Einweihung bereits getan hast und noch zu tun gedenkst!"

„Offenbarung, Denken, Tun – eine dreifache Frage über die dreifältige Gottheit, und sogar in der rechten Reihenfolge! Ich sehe, dass du ein gewiegter Esoteriker bist, Meister Eckhart!" sagte Arminius anerkennend. „Ich werde also mit Offenbarung beginnen.

Ich empfing meine große Offenbarung während der Nacht vor dem Frühlingsanfang 1304. Nahezu den gesamten Winter vor meiner Offenbarung verbrachte ich in Selbstversenkung und Kontemplation. Ich fastete teilweise während der letzen vier Wochen und ganz während der letzten Woche. Ich hatte eine geringere Vision von drei Sphären von Licht am Vorabend meiner großen Vision. Am Tage danach war ich in einem gehobenen Zustand, ich wusste irgendwie, dass die drei Lichtspähren des Tages vorher nur ein Vorspiel waren, dass etwas weit Größeres kommen würde, so kniete ich nieder und bat Christus um eine geometrische Vision der Gottheit, eine konkrete, logisch und mathematisch erklärbare Vision der Gottheit, für mich an die Menschen, damit sich die Menschheit erlöse!

Bei Sonnenuntergang jenes Tages stand ich, wie gewöhnlich, hier auf meinem Turm, verrichtete meine Abendandacht und blieb bis in die Nacht. Etwa zwei Stunden nach Sonnenuntergang kam ein weißes Licht aus dem Westen, ein Streifen von Licht ähnlich einem Regenbogen, nur dass er ganz weiß war. Dieser Lichtstreifen überspannte den Himmel vom westlichen zum östlichen Horizont. Das Licht schien in mich einzudringen und mich zu drängen, die Vision zu empfangen, für die ich gebetet hatte. Ich tastete mich die Treppe hinunter, begab mich in meine Kammer und legte mich auf meinen Strohsack. Kaum hatte ich mich hingelegt, so war ich wie ausgelöscht! Mein persönliches Ich war nicht mehr; ich war totale Schwärze, ein schwarzes Nichts!

In diesem schwarzen Nichts erschien eine Blase von Licht, mit einer Blase der halben Größe innerhalb der Blase. Diese Blasen teilten sich in zwei, die aus dieser Spaltung entstandenen Blasen teilten sich wieder, diese wieder, und wieder, und wieder, sechs Spaltungen, so dass am Ende dieser sechs Spaltungen 64 Blasen waren, und innerhalb jeder dieser Blasen 64 Blasen der halben Größe.

Dann bildete sich eine Blase, zweimal so groß wie die vorhergehende größere und schloss das Gebilde ein, und gleichzeitig entstand eine Blase, halb so groß wie die vorhergehende kleinere innerhalb jeder von jenen, und es gab wieder sechs Teilungen, gefolgt von einem Verdoppeln und Halbieren der Blasengröße, dann wieder sechs Teilungen, gefolgt von einem Verdoppeln und Halbieren der Blasengröße, dann wieder sechs Teilungen, und so weiter, und so weiter, scheinbar ad infinitum. Die kleinsten Blasen wurden infinitesimal klein und unvorstellbar zahlreich, die größten Blasen wurden astronomisch riesig. Und ich war das Gebilde! Das menschliche Auge alleine hätte sowas nie sehen können, der menschliche Geist alleine hätte es nicht fassen können!

Diese Ein-Ausdehnung von ätherischen Blasen ging immer weiter, in sechs Dimensionen zugleich, dreidimensional nach innen und dreidimensional nach außen, die Eindehnung dehnte sich in die Ausdehnung ein, und die Ausdehnung über die Eindehnung aus, zugleich, in sieben Stufen, jede siebte Stufe eine Verdoppelung und Halbierung der Blasengröße, und jede der sechs Zwischenstufen eine doppelte Verdoppelung der Blasenanzahl, bis die innerste Grenze der Kleinheit und die diametral gegenüberliegende, äußerste Grenze der Größe erreicht war.

Das Ganze war eine unvorstellbare Masse von ätherischen Blasen, 64 innerhalb 64 innerhalb 64, usw., jeder Satz von 64 halb-zweimal so groß wie der nächste. Eine ätherische Masse von Blasen innerhalb Blasen innerhalb Blasen, usw., scheinbar ad infinitum.

Dann kam ein chaotischer Riss. Riesige, kugelförmige Hohlräume wurden in das Blasengebilde gerissen. Die Blasen innerhalb dieser Hohlräume wurden aus ihrem ordentlichen Gefüge herausgerissen, wurden ineinander und ineinander und ineinander gerissen, und gleichzeitig in die Zentren der Hohlräume gerissen. In den Zentren der Hohlräume wurde der Äther derart dicht, dass er sich zu Materie verdichtete, die chaotisch um die Zentren quirlte. Aus dieser chaotisch quirlenden Materie entstanden Feuerkugeln. Eine der Feuerkugeln wurde unsere Erde. Wasser entstand, dann übergrünte sich die Erde mit Pflanzenleben, tierisches Leben entstand und wir Menschen. Meine Vision endete mit der Welt, wie wir sie heute sehen und erleben!

Ich habe mich darauf trainiert, die Nachtzeit nach dem Stand des Großen Himmelswagens zu messen. Wenn immer ich auf den Sternenhimmel blicke, stelle ich automatisch den Stand des Großen Himmelswagens und somit die Nachtzeit fest. Ich erinnere mich der Nachtzeit als ich hinunterging, um meine Vision zu empfangen, und als ich aus der Vision herauskam. Der Große Himmelswagen war um 90 Grad weitergerückt, die Vision hatte also sechs Stunden gedauert! Für sechs heilige Stunden sah und war ich die Erschaffung des Universums!

Jetzt weiß ich, dass Gott eine ätherische Einheit ist, dass Äther die spirituelle und die materielle Grundsubstanz des Universums ist, dass alles im materiellen Universum aus ätherischen Blasen besteht, von unterschiedlicher Größe und Dichte, in ständiger Bewegung, teils ordentlich und teils chaotisch, ständig nach dem fragilen Gleichgewicht zwischen Chaos und Ordnung strebend, es aber nie ganz erreichend. Und ich weiß, dass alles im Universum mit allem anderen durch ätherische Blasen verbunden ist. Und ich weiß, dass Äther im Originalzustand ein schwarzes, unbewegliches, unquantifiziertes Nichts war, welches sich in eine ordentliche Folge von ätherischen Blasen quantifizierte, und danach einen Teil dieser Quantifizierung dem Chaos aussetzte.

Äther ist die geistige und materielle Substanz des Universums; Äther ist die einzige Substanz des Universums! Es gibt nur Äther; es gibt nichts anderes als Äther! Äther ist die göttliche Substanz, Äther ist die irdische Substanz! Äther ist der Urstoff aus welchem Gott besteht, Äther ist der göttliche Urstoff aus welchem alles besteht! Äther ist unzerstörbar und ewig, die alleinige und einzige Substanz aus welcher alles besteht! Äther ist Gott! Äther kann weder erschaffen noch zerstört werden: Äther kann nicht erschaffen werden, weil er der Schöpfer ist; Äther kann nicht zerstört werden, weil er ewig ist!

Äther ist ewig, einschließlich des schwarzen Nichts welches vor dem Anfang war! Das war unquantifizierter Äther! Das ätherische Nichts ist schwarz und unbeweglich, das ätherische Etwas ist beweglich und Licht. Bewegung ist die schöpferische Kraft; nur Bewegung trennt das Nichts vom Etwas, das Dunkel vom Licht! Das ätherische Nichts ist dunkel und unbeweglich, das ätherische Etwas ist in ständiger Bewegung, in ständigem Wandel begriffen. Wir Menschen sind eine Form von ständig wechselndem Äther! Und, weil diese Form in ständigem Wechsel begriffen ist, und sich obendrein zusammen mit allen anderen Formen in einem Zustand von Synthese befindet, können wir über die Welt der Formen nichts Gewisses sagen. Die Formen sind illusorisch, die Substanz ist wirklich; die Formen sind vorübergehend, die Substanz ist ewig! Unsere eigentliche Substanz, unser wesentliches Ich, ist ewiger Äther!

Der göttliche Geist bewegt die Materie von innen her, von der ätherischen Ebene her. Auf der Ebene des ewigen Äthers gibt es keine Zeit, keinen Raum und keine Trennungen: Alles ist eins, und eins ist alles, und alles ist nichts! Das ätherische Ganze befindet sich in einem Zustand von Synthese, es ist ein synkretisches Ganzes, eine unteilbare Einheit, ein Monad! Der Vorgang der göttlichen Schöpfung ist eine Selbstschöpfung, in welcher der Schöpfer seine göttliche Substanz ausschüttete um Geschöpf zu werden! Formloser Äther ist der Schöpfer, Bewegung ist der schöpferische Geist und die ätherischen Formen sind das Geschaffene! Der Kosmos ist ein ätherischer Ozean der ständig Wellen aufwirft: der Äther ist der Schöpfer, die ätherischen Wellen sind die Geschöpfe! Obgleich Schöpfer und Geschöpfe in der Theorie getrennt betrachtet werden können, sind sie, praktisch gesehen, eins!

Der Kosmos ist ein synkretisches Ganzes, er befindet sich in einem Zustand von Synthese! Obgleich die Analyse dessen, wenn sie nach logischen Prinzipien durchgeführt wird, analytisch wahr ist, kann sie unmöglicherweise den wirklichen Zustand ermitteln oder darstellen, weil dieser ein Zustand von Synthese ist! Endgültige oder absolute Wahrheiten können durch Analyse nicht ermittelt werden, es sei denn die Analyse analysiert sich selbst und logischerweise verneint sich selbst! Meister Thomas sagte dies immer wieder: ‚In der endgültigen Analyse, in der allerletzten Schlussfolgerung einer Kette von logischen Schlüssen, vereinen sich These und Antithese und heben sich auf. – Die Analyse löst sich in der Synthese auf!' Aber das war nur seine Theorie! Als er schließlich den synkretischen Kosmos in seiner unbeschreiblichen Ganzheit erlebte, verfiel er in Schweigen.

Aber ich werde nicht in Schweigen verfallen! Ganz im Gegenteil, ich werde den synkretischen Kosmos in die Welt hinausposaunen! Nachdem ich den Gral empfangen hatte, beschloss ich, mein Bestes zu tun, meinen Mitmenschen den Gral erleben zu lassen. In anderen Worten, ich entschloss mich das ‚Zweite Erscheinen' nach Kräften zu fördern!

Ich habe die Genehmigung, zu diesem Zweck Briefe zu schreiben, aber ich darf den Templerorden und meine Person nicht offiziell darin verwickeln. So schreibe ich anonym! Ich werde neun Gralsbriefe an die Beguinen schreiben, im Vertrauen, dass die Beguinen diese Briefe innerhalb ihrer Bewegung verbreiten und an die Bevölkerung weiterleiten. ‚VIA GRADALIS • Ein Weg der Einweihung durch die Sieben Spähren • In neun Briefen', werde ich meine Gralsbriefe nennen! Einen Brief pro Monat, damit jeder Brief einen Monat lang studiert werden kann. Der erste Brief ist bereits fertig, der letzte wird vier Wochen vor dem nächsten Frühlingsanfang fertig sein. Die neun Briefe über neun Monate stellen eine briefgeführte Suche nach dem Gral dar, eine briefliche, stufenweise Einweihung in die esoterischen Weisheiten, eine neunmonatige, geistige Schwangerschaft, die mit einer geistigen Empfängnis bei der Sommersonnenwende beginnt und am darauffolgenden Frühlingsanfang in einer geistigen Geburt gipfelt: eine geistige Geburt oder Wiedergeburt Christi im Menschen: Das Zweite Erscheinen!

In meinem neunten Brief werde ich an alle Menschen aller Glaubensrichtungen appellieren, ihre Geisteskräfte darauf zu konzentrieren, allen Suchenden, die am Frühlingsanfang eine Vereinigung mit der Gottheit anstreben, nach Kräften zu helfen. Ich möchte, dass die Welt den Frühlingsanfang als den universellen Tag des Erwachens und der Erneuerung feiert, des Geisteserwachens sowie des natürlichen Frühlingserwachens!

In meinem ersten Brief appelliere ich an alle Empfänger dieses Briefes, und der folgenden acht Briefe, ihre Briefe zu behalten, zwei Kopien davon zu schreiben, diese Kopien an zwei Freunde zu senden, welche dann das gleiche tun, so dass sich meine Gralsbriefe immer weiter vermehren, wie die ätherischen Sphären meiner Vision, bis die Welt gefüllt und die Menschheit erfüllt ist!"

Meister Eckhart schwieg lange und blickte Arminius sinnend an. Schließlich sagte er: „Lieber Bruder Arminius, du kannst dir meiner vollen Unterstützung gewiss sein! Ich werde alle Beguinen auf meinem Weg auf deine Gralsbriefe aufmerksam machen und meinen Segen dazu geben! Ich werde deine briefgeführte Einweihung nach Kräften fördern, und werde dich als Autor nicht bekannt geben!

Ich weiß nicht, ob dir dies bekannt ist, aber der Einfluss der Beguinen erstreckt sich weit über ihre Beguinagen hinaus. Es gibt sogenannte ‚wandernde Beguinen' die eine Art von Wanderpredigerinnen der Beguinenbewegung sind. Und es gibt viele Frauen, die mit der Beguinenbewegung sympathisieren, ihr aber nicht angehören. Außerdem gehören manche Beguinen dem Geheimbund der Rosenkreuzer an, über den ich nichts weiß und nichts sagen würde, selbst wenn ich es wüsste. Der Rosenkreuzbund ist hauptsächlich über den Adel verbreitet, denn viele Edelfrauen können es sich nicht leisten, offen der Beguinenbewegung anzugehören. Die Rosenkreuzer sind also eine Art von heimlichen Beguinen. Sie suchen geistige Erfüllung außerhalb der engen Grenzen der Kirche!

Wenn deine Gralsbriefe die Leser so faszinieren wird, wie deine Rede mich eben fasziniert hat, dann ist der Erfolg deiner Briefe gesichert! Auf jeden Fall kannst du mit meiner Unterstützung rechnen! Ich werde dich nicht mit Berichten über meine mystischen Erlebnisse langweilen; verglichen zu deinen meisterhaften Einsichten sind meine die Anfängerstücke eines Lehrlings. Ich werde jetzt nach Waldkirchen zurückgehen und meine Peterstagspredigt vorbereiten!"

„Was wird das Thema deiner Predigt sein?“ fragte Arminius, als er Eckhart die steile Steintreppe hinunter vorausging.

„Es gibt nur ein Thema: Das Zweite Erscheinen!“ antwortete Eckhart lächelnd.

„Ja, das ist das einzige Thema!“ bestätigte Arminius. „Ich werde deiner Predigt mit Interesse zuhören! Und du bist kein Lehrling, Bruder Eckhart, sie nennen dich nicht umsonst ‚Meister‘. Und wenn du ein Lehrling bist, dann bin ich auch einer! Mein Beichtvater sagte mir erst vor kurzem, dass ich ein Lehrling sei und mich vor Lehrlingsfehlern hüten müsse!

Prophezeihung ist eine hohe Kunst“, setzte Arminius fort als sie im Burghof standen um sich zu verabschieden, „und jeder von uns Propheten praktiziert seine Kunst etwas anders. Unser Erfolg liegt nicht so sehr in der Verfeinerung unserer Kunst sondern in deren Popularität! Du denkst vielleicht, dass meine Kunst etwas verfeinerter sei als deine, aber deine ist mehr populär! Geschriebene Prophezeihungen sind nur für diejenigen, die das geschriebene Wort verstehen, und die meisten Menschen verstehen es leider nicht! Du predigst; du sprichst zur Mehrheit! Und du predigst und lehrst in Latein und Deutsch; du sprichst zu allen!“

„Ja“, bestätigte Eckhart, „das mag sein. Aber das gesprochene Wort geht allzu häufig durch das eine Ohr hinein und aus dem anderen heraus. Das geschriebene Wort aber verbleibt, um kopiert und wiederkopiert zu werden, um wiederholt gelesen, bedacht und besprochen zu werden. Geschriebene Prophezeihung ist von bleibendem Wert!“

„Aber“, wendete Arminius ein, „geschriebene Prophezeihung kann leicht missbraucht werden, wenn sie allzu wörtlich genommen wird. Sie kann politisiert, doktriniert und dogmatisiert werden, und missbraucht werden um Menschen gefügig zu machen und zu kontrollieren!“

„Jede Methode hat ihre Vor- und Nachteile“, erwiderte Eckhart achselzuckend, „wahrscheinlich ist es am besten, zu schreiben, zu predigen und zu lehren. Lebwohl, Bruder Arminius! Du hast mich gewaltig inspiriert, ich werde dich nie vergessen!“

Arminius nickte dankend, dann schüttelten sie sich die Hände, umarmten sich brüderlich und Arminius sprach den Templersegen: „Non nobis, Domine! Non nobis, sed Nomini Tuo da gloriam!“

„Non nobis, Domine!“ bestätigte Meister Eckhart und machte sich auf den Weg nach Waldkirchen.

Am Morgen des Peterstages zog Arminius seine frisch gewaschene Tunika an, gürtete sein Schwert und trug darüber seinen Templerumhang, fadenscheinig und geflickt wie er war, und ritt nach Waldkirchen. Seine Mitbrüder begleiteten ihn zu Fuß, Bruder Hermann blieb zurück um die Vorbereitungen für das große Peterstag-Festmahl zu überwachen. Die Leibeigenen und die freien Knechte der Komturei Thannbrunn gehörten zur Pfarrei Waldkirchen, der Tag ihres Kirchenpatrons war für sie der bedeutendste Festtag des Jahres.

Waldkirchen war voll Verkaufsbuden, sie standen dicht aneinander gereiht beiderseits der Dorfstraße, mit einem breiten Gehweg zwischen den Budenreihen. Es war nur ein Warenmarkt, kein Tiermarkt; Tiere waren am Peterstag im Marktbereich nicht gestattet! Arminius band seinen Rappen an einen der Anbindebalken außerhalb des Marktes und gab dem Burschen, der die Pferde bewachte einen Pfennig. Die Kaufleute waren dabei ihre Waren auszulegen. Einige scharfsinnige Bauern waren bereits dabei, Preise zu vergleichen um das günstigste Angebot zu ermitteln.

Das Hochamt hatte noch nicht begonnen, aber die Peterskirche war bereits voll, einschließlich der Stehplätze, und Leute standen bereits vor dem offenen Portal. Die vordersten Bänke waren für Edelleute reserviert. Arminius drängte sich nach vorne durch und musste feststellen, dass selbst die Bänke für die Adeligen voll besetzt waren. Aber die Edelleute rückten respektvoll zusammen um für den Tempelritter von Thannbrunn Platz zu machen. Die Beguinen saßen auf ihrer gewöhnlichen Bank, Margaret sah Arminius und nickte ihm lächelnd zu.

Der Pfarrer von Waldkirchen zelebrierte die Messe und Meister Eckhart predigte. Wie er zu Arminius gesagt hatte, predigte er über das Zweite Erscheinen.

Vor seinem Tode gab Jesus seinem Jünger Petrus die Schlüsselgewalt, indem er zu ihm sagte: „Du bist Petrus der Felsen, und auf diesen Felsen will ich meine Gemeinde bauen! Und ich will dir des Himmelreiches Schlüssel geben: Alles was du auf Erden bindest, soll auch im Himmel gebunden sein, und alles was du auf Erden lösest, soll auch im Himmel gelöst sein!" So wurde der Apostel Petrus, der Heilige, den wir heute feiern, zum ersten Vikar Christi, zum ersten Stellverteter Gottes auf Erden, zum ersten Heiligen Vater der christlichen Kirche!

Nach seinem Tode erschien Jesus seinen Jüngern und sagte: „Mir ist gegeben alle Gewalt im Himmel und auf Erden!" Danach tröstete er sie, indem er sagte: „Denn sehet, ich bin bei euch alle Tage, bis an der Welt Ende!"

Christus versicherte uns, dass er mit uns ist, alle Tage, bis an der Welt Ende! Wenn er mit uns ist, alle Tage, bis an der Welt Ende, warum haben so wenige von uns ihn gesehen? Wenn er uns versprochen hat wiederzuerscheinen, wo ist er? Warum ist er noch nicht erschienen?

Oder ist er erschienen, und wir haben ihn nicht erkannt? Wie werden wir ihn erkennen wenn er kommt? In welcher Form wird er erscheinen? Im Leibe, oder als Geist? Und wenn er im Leibe erscheint, dann in welcher Person? Wird er in der Person eines Armen erscheinen, eines Kranken oder Aussätzigen, eines Bettlers oder eines leibeigenen Bauern? Oder wird er ein freier Handwerker sein? Das letzte Mal erschien er in der Person eines Zimmermannes, wird er das nächste Mal ein Schmied sein? Oder ein Scholar? Oder ein Ritter, ein Gralsritter vielleicht? Oder ein König, ein König dieser Welt, oder ein Gralskönig?

Oder wird er, wie viele von uns glauben, als eine Geistererscheinung erscheinen, eine Vision, wie er dem heiligen Johannes erschien, und anderen Heiligen und Mystikern. Oder wird er als eine Einsicht erscheinen, eine plötzliche, ekstatische Einsicht die wie ein Geistesblitz in uns einschlägt?

Wenn er aber ständig mit uns ist, wie er uns versprach, warum vernehmen wir ihn nicht? Wenn er allgegenwärtig ist, wie er uns sagte, warum sehen wir ihn nicht? Ist es möglich, dass er allgegenwärtig ist, und wir ihn nicht sehen, weil wir nicht bereit sind ihn zu sehen?

Wo ist er? Er kann in der Luft sein, oder in der Sonne, oder in den Wolken, oder in oder über den Wassern. Er kann in dem zerlumpten Bettler sein, in dem Bauern der sein Feld bestellt, in dem Handwerker in seiner Werkstatt, oder in dem Edelmann hoch zu Ross. Er kann in den Pflanzen und Tieren um uns sein, oder in dem Boden unter uns. Er kann in jedem von diesen sein, oder in allen zugleich, aber wir sehen ihn nicht, weil wir nicht bereit sind, ihn zu sehen!

Wie können wir den allgegenwärtigen Christus sehen und erleben? Wir denken, es sei seine Sache uns zu seinem Erscheinen zu erwählen, aber es kann auch entgegengesetzt sein! Es ist sehr gut möglich, dass wir ihn wählen müssen! Es ist sogar sehr wahrscheinlich, dass es unsere Wahl ist! Wenn er alle Tage mit uns ist, wie er sagte, dann sehen wir ihn nicht, weil wir nicht bereit sind ihn zu sehen! Wenn er allgegenwärtig ist, wie er sagte, dann sollte er eigentlich in allen und allem sein! Wenn wir wählen, ihn in allen und allem zu sehen, dann sehen wir ihn vielleicht!

Es kann ganz und gar unsere Wahl sein ihn zu sehen, oder es kann seine und unsere Wahl sein, aber ohne unsere Wahl kann er sich uns nicht offenbaren! Wenn wir uns weigern von ihm gewählt zu werden, dann kann er uns nicht wählen! Selbst wenn es ganz und gar seine Wahl wäre, dann kann er uns ohne unsere Zustimmung nicht erwählen! Es ist auf jeden Fall notwendig, dass wir uns zuerst erwählen! Wir müssen uns dazu erwählen, erwählt zu werden!

Wenn wir uns dazu erwählen, erwählt zu werden, und er erscheint nicht sofort, dann müssen wir uns gedulden und vorbereiten. Er versprach uns, dass er immer unter uns sein wird! Vielleicht nehmen wir ihn nicht wahr, weil wir glauben, dass er in einer bestimmten Form erscheint! Aber wenn er allgegenwärtig ist, dann ist er in allen Formen, und in jeder! Er kann uns in einer bestimmten Form erscheinen, oder in allen, aber was ihn erscheinen lässt, ist unsere innere Bereitschaft ihn erscheinen zu lassen! Nur wenn wir bereit sind den Messias in uns aufzunehmen, dann können wir ihn wahrnehmen: überall, und jederzeit!

Wir können uns dazu erwählen, erwählt zu werden! Gott schuf den Menschen nach seinem Bilde: Gott der Schöpfer schuf Mensch den Schöpfer! Und die göttliche Schöpferkraft ist die Kraft der Wahl, des Willens und der Tat! Nützt eure Schöpferkraft weise! Nützt sie um Söhne und Töchter Gottes zu werden! Es ist euer Geburtsrecht! – Amen!

Die Bauern, Bürger und Edelleute hörten Meister Eckhart andächtig zu, die Kleriker mit einer Mischung von Verehrung und Misstrauen. Meister Eckharts Worte waren ihnen zu unorthodox, er bewegte sich in dem gefährlichen Niemandsland zwischen Orthodoxie und Häresie.

Die Schnellschreiber unter den Beguinen hatten Schiefertafeln auf ihren Knien und schrieben die Worte seiner Predigt eilends nieder um sie später auf Papier oder Pergament ins Reine zu schreiben, zu kopieren und an andere Beguinagen weiterzuleiten. Wo immer Meister Eckhart predigte und Beguinen zugegen waren, notierten sie sorgfältig seine Predigten und gaben sie weiter.

Nach dem Hochamt füllte sich die von Verkaufsbuden begrenzte Dorfstraße Waldkirchens mit einer großen Volksmenge. Die Leute waren in Hochstimmung.

Bierfässer wurden im Pfarrhof angezapft, auf der Pfarrwiese waren Plankbänke und vor den Bänken stand eine Bühne. Auf der Bühne wurden biblische Schauspiele aufgeführt und Musikanten spielten zwischen den Schauspielen. Neben der Bühne war ein Tanzbär angekettet, etwas von der Bühne entfernt drehte sich ein pferdebetriebenes Karussell. Eine Schiffsschaukel vervollständigte die Jahrmarktsattraktionen. Der Büttel des Grafen von Hirschberg und einige seiner Schergen hielten ein wachsames Auge auf die fröhliche Menge.

Arminius war an dem Trubel nicht interessiert und ritt gleich nach dem Hochamt nach Neuhaus zurück. Dort hatten Bruder Hermann und seine Küchenhelfer den ganzen Vormittag gearbeitet um das Festmahl vorzubereiten. Einige Feuer brannten im Hof, große Kessel mit Leberknödelsuppe, Rindfleisch, Schweinefleisch und Sauerkraut hangen über den Feuern. Auf den Tischen im Hospiz lagen Laibe von frischgebackenem Brot, in dicke Scheiben geschnitten. Die traditionelle Meerrettichsoße, die mit dem gekochten Rindfleisch gegessen wurde, war am Tag vorher zubereitet worden und stand in Schüsseln auf dem Tisch.

Eine Stunde nach dem Hochamt erschienen die Bauern: Männer, Frauen und Kinder. Johannes hatte sie angewiesen, ihre eigenen Teller und Löffel zu bringen, so trug jeder einen Holzteller und Holzlöffel. Die Männer hatten immer ihre kurzen Messer im Gürtel oder Kittel, sie benützten sie als Allzweckwerkzeuge, Esswerkzeuge und, wenn nötig, zur Selbstverteidigung.

Bruder Hermann und seine Helfer servierten zuerst die Leberknödelsuppe, dann das weichgekochte, in dünne Scheiben geschnittene Rindfleisch. Danach gab es Sauerkraut und Schweinefleisch, und zu allen Gängen konnten sich die Bauern beliebig mit Brot bedienen. Johannes schenkte Bier aus und passte scharf auf, dass kein Mann mehr als zwei Krüge trank. „Sie werden später noch mehr als genug trinken“, sagte er missbilligend, „ich will nicht zu der allgemeinen Trunkenheit beitragen!“

Nach dem Festmahl gingen die Bauern nach Waldkirchen zurück um ihren Jahrmarkt zu genießen und das wenige Geld, das sie das Jahr über sauer verdient und erspart hatten, für Notwendigkeiten, Nichtigkeiten und mehr Bier auszugeben. „Ich hoffe, dass nicht zu viele von ihnen betrunken heimkommen, erbrechend, blutend oder mit gebrochenen Gliedern!“ sagte Johannes missbilligend. Er hatte die Resultate vieler Raufereien gesehen und war gar nicht dafür, dass am Peterstag Bier ausgeschenkt wurde, und sogar im Pfarrhof! Aber die Bauern forderten ihr Bier am Peterstag, vielleicht brauchten sie es sogar.

„Vielleicht gäbe es ohne Bier einen schlimmeren Aufruhr als mit Bier!“ bemerkte Arminius.

Aber Johannes hatte für den Ernstfall gut vorgesorgt. Sepp der Fuhrmann war mit dem Sanitätskarren zum Jahrmarkt gefahren, und einer der Pferdeknechte begleitete ihn mit einem zweiten, strohgebetteten Karren um die ernsthaft Verletzten zur weiteren Behandlung nach Neuhaus zu bringen. Die Templersanitäter, Bruder Petrus und Bruder Jakobus, teilten ihre Pflichten. Bruder Petrus ging mit dem Sanitätskarren nach Waldkirchen um an Ort und Stelle erste Hilfe zu leisten,

Bruder Jakobus blieb im Hospiz zurück um die schwerer Verletzten weiter zu behandeln, wenn sie dort ankamen.

„Außerdem werden jede Menge Leute vom Peterstag zurückkommen und bei uns um Obdach und Wegzehrung bitten, weil sie all ihr Geld am Peterstag ausgegeben haben! Und manche von ihnen werden betrunken, verletzt oder vom Trunk krank sein!“ sagte Johannes mit missbilligender Schroffheit. „Es kommt jedes Jahr vor!“

Arminius, von Johannes fürsorglichem Mitleid gerührt, und von der Schroffheit, mit der er es ausdrückte, amüsiert, sagte zu ihm: „Ja, Meister Eckhart sagte es in seiner Predigt: ‚Seid bereit!‘ Vielleicht kommt Jesus in der Person eines betrunkenen, mittellosen, blutenden oder sich erbrechenden Feiernden!“

Nachdem der Peterstag vorbei und ihre Gäste abgereist waren, hatte Margaret Zeit das aramäische Johannesevangelium zu lesen. Sie war zu Tränen der Freude und der Erkenntnis gerührt als sie begann, und sie brach wiederholt in Freudetränen aus während sie weiterlas. Am Ende fand sie sich wieder am Anfang und las das Ganze zum zweitenmal. Der Jesus des aramäischen Evangeliums war kein überirdischer Heiliger, es war der lebendige Jesus, so wie sie sich ihn immer vorgestellt hatte! Es waren die Tag- und Nachtträume die sie über ihn geträumt hatte! Endlich berührte sie den echten Jesus, den Christus der tief in ihrer Seele und ihrem Herzen schlummerte und darauf wartete erweckt zu werden! Sie las das Evangelium noch einmal durch, dann kopierte sie es, in ihrer sorgfältig geschriebenen, hingegebenen Minuskelschrift. Als sie fertig war, schickte sie es, zusammen mit einem schön verzierten Danksagungskärtchen, auf welches sie ein kurzes Zitat aus dem biblischen Johannesevangelium schrieb, durch einen zuverlässigen Boten an Arminius zurück.

Sie musste nicht lange auf eine Antwort warten. Kaum zwei Tage danach klopfte Arminius’ Diener an die Tür der Beguinage und überbrachte seinen Antwortbrief. Er dankte ihr für die Rückgabe des aramäischen Evangeliums und das Kärtchen. Er schrieb ihr weiterhin, dass der Rosenstein, den sie ihm beim Abschied gab, wie ein lebendes Herz in seiner Hand klopfte. Er behauptete dreist, dass ihr Zusammentreffen göttliche Fügung gewesen sei, und dass er auserwählt sei, sie und die Beguinen auf eine Gralssuche zu führen. Zu diesem Zwecke schlug er eine briefgeführte Gralssuche vor, die mit der Sommersonnenwende beginnen und in einem Erleben des Grals am oder um den Frühlingsanfang 1305 gipfeln sollte. Er schrieb ihr, dass der erste Gralsbrief bereits fertig sei, und dass er ihn hinschicken würde, sofern und sobald sie sich bereit erkläre ihn zu empfangen. Am Ende des Briefes schrieb er ihr ein Gedicht.

DAS WORTLOSE WORT

Wortlos,
Bei der Glut des heiligen Feuers,
Gab sie ihm einen Rosenstein.

Wortlos,
Bei der Glut des heiligen Feuers,
Schloss er die Hand fest um den Stein;

Und der Stein schlug wie ein lebendes Herz,
Wortlos,
In der Glut seines heiligen Feuers;

Und ihre Seelen wurden eins,
Wortlos,
In der Glut ihres heiligen Feuers.

Nach dem Gedicht schrieb er eine kurze Erklärung: „Wenn Flammen der Leidenschaft heiß brennen, dann zerstören sie oft mit ihrem unheiligen Feuer. Aber wenn die Leidenschaft eine Leidenschaft von heiligem Verlangen ist, dann sind es schöpferische Flammen! So ein schöpferisches Feuer zerstört nicht, es läutert und erneuert!

In der Liebe der göttlichen Einheit,
Arminius

Margaret war verwirrt von der Antwort dieses kühnen, aber feinfühligen und leidenschaftlich poetischen Ritters. Sie fühlte sich von ihm bezaubert, aber sie fürchtete sich vor seinem Zauber und vor der Macht, die er dadurch über sie ausübte. Seine Kühnheit, seine Heftigkeit und seine Liebe zur Poesie war der ihren gleich. Und hatte sie nicht ein lebenslanges Sehnen nach jenen esoterischen Weisheiten in sich getragen, Weisheiten die dieser Templer so offensichtlich besaß und so großzügig verschenkte? Bewunderte sie ihn nicht wie sie nie zuvor einen Mann bewundert hatte? Sein edles Verhalten, sein hoher Mut, seine warmen, strahlenden Augen, sein gewinnendes Lächeln, sein scharfer Geist, seine esoterischen Weisheiten - all dies verlieh ihm eine überirdische Ausstrahlung! Obwohl sie es nicht zugeben wollte, hatte sich Margaret tief in Arminius verliebt.

Margaret wusste nicht was sie tun sollte. Ihr Herz rief „Ja!“, aber ihr Verstand sagte „Nein!“. „Was denkt sich dieser Templer“, dachte sie empört, „mich auf diese Art gewinnen zu wollen! Ich bin eine Gräfin, und die Äbtissin eines Beguinenklosters; ich kann nicht im Sturm erobert werden, wie eine feindliche Burg! Was denkt er sich, dass er mich so im Sturm zu überrumpeln versucht? Ich werde mich von den goldenen Worten dieses frechen Ritters nicht einfangen lassen!“

Dann fing sie an anders zu denken: „Andererseits sind seine Worte nicht von gewöhnlichem Gold, sie sind von alchimistischem Gold, welches weit wertvoller ist als gewöhnliches Gold, denn es ist das Gold der reinen Weisheit. Selbst eine kleine Menge von solchem Gold ist mehr wert als jeder irdische Schatz! Er ist bestimmt ein Alchimist, er weiß bestimmt wie man die bleierne Wirklichkeit zu himmlischem Gold wandelt!“ Aber Margaret entschied sich, etwas zu warten, bis sich der Sturm ihrer Gefühle gelegt hatte und sie diesem überaus kühnen Tempelritter gelassener gegenüberstehen konnte.

Arminius' zweiter Brief kam einige Tage später. In diesem Brief beschrieb er seine briefgeführte Gralssuche eingehend und schrieb, dass der zweite Gralsbrief nahezu fertig sei, und dass er beide zu ihr senden würde, sofern und sobald sie sich dazu bereiterklärte, sie zu empfangen. Die Gralssuche sollte am Frühlingserwachen, dem 20. März, in einem Geisteserwachen gipfeln.

Plötzlich erinnerte sich Margaret dass der 20. März der Todestag ihres Ortsheiligen war, der Todestag des heiligen Cuthbert, des heiligen Schäfers der Niederungen Northumbrias, wo sie ihre Kindheit und Jugend verbracht hatte, unweit von Holy Island, an der windgepeitschten Küste Northumbrias. Die Schriften des ehrwürdigen Beda hatten den heiligen Cuthbert und Holy Island samt der Abtei Lindisfarne der gesamten Christenheit bekanntgemacht und der Nachwelt erhalten.

Arminius zweiter Brief enthielt wieder ein Gedicht:

VERLOREN UND WIEDERGEFUNDEN

Dein Fischerkönig
Fuhr zur See.
Dort lernte er,
Auf Wasser zu wandeln,
Wurde Lehrer,
Und Geist aller Geister.

Dein Fischerkönig
Fuhr zur See,
Blieb lange verschollen,
Und kam zurück zu dir,
Um sich mit dir zu vereinen.
Nicht in einer Vereinigung der Leiber,
Sondern in einer Vereinigung der Seelen:
In der Liebe der göttlichen Einheit,

Arminius

Das Gedicht erschütterte Margaret tief und löste ihn ihr eine Flut von unterdrückten Gefühlen aus, die sich in ihr aufgestaut hatten seit sie als Kind an der Küste Northumbrias eine Jesusfigur über den Wassern der Nordsee hatte schweben sehen. Seither sehnte sich Margaret, ihren Jesus wiederzusehen, hatte ihn aber nie wieder gesehen und befürchtete heimlich, dass sie der Gnade nicht mehr würdig sei. Und jetzt deutete Arminius auf dieses Kindheitserlebnis hin, und auf ihre kindliche Sehnsucht und Angst! Die Aussicht, dass Arminius sie mit dem Jesus ihrer Kindheit wiedervereinen könne, erregte sie sehr.

Ihre Liebe zu Arminius wurde plötzlich so stark, dass es weh tat ihr nicht nachzugeben. Nie hatte sie einen Mann so geliebt! Obwohl sie ihre Mitschwestern innig liebte, war ihre Liebe zu diesem kühnen Tempelritter doch anders als die Liebe zu ihren Beguinenschwestern. Obgleich sich ihre Liebe zu Arminius in der gleichen, leidenschaftlichen Erregung äußerte wie die Liebe zu ihrem Ehemann, war es doch eine andere Art von Liebe. Es war zwar eine Herzensliebe, aber auch eine Liebe von Seele und Geist.

Plötzlich wurde es ihr klar: Platonische Liebe! Das war die platonische Liebe, über die sie soviel gehört hatte! Es war nicht die rein subjektive Liebe von Eros, die sie für ihren Mann fühlte, aber es war auch nicht die rein objektive Liebe von Agape, die der Apostel Paul in seinen Briefen als die christliche Liebe idealisierte. Ihre Liebe zu Arminius war eine Synthese von beiden, eine volle und ganze Liebe, eine Liebe die subjektiv und objektiv zugleich war, die Agape und Eros in sich einschloss. Die ideale Liebe, so wie Plato sie beschrieb und ausübte.

Aber sie hielt sich immer noch zurück, sie wollte sich nicht in Arminius verlieben! „Verlieben ist verlieren!" sagte sie sich. Wenn sie sich in Arminius verliebte, dann würde sie ihn nur verlieren, wie sie Vater und Mutter, ihren leiblichen Bruder, ihre leibliche Schwester und vor einigen Jahren ihren Ehemann verloren hatte. „Wenn ich mich nicht verliebe, dann kann ich auch keine Liebe verlieren!" dachte sie sich und schrieb nicht zurück.

Der dritte Brief von Arminius war ein Entschuldigungsbrief. Er entschuldigte sich für sein Verhalten, das so aussah als wollte er sie mit seinen Worten überwältigen. Aber er betonte, dass es nicht so sei, dass er lediglich sie und andere Beguinen auf eine Suche nach dem Gral führen wollte, aber nur wenn sie dies ausdrücklich wünschten! Wenn sie diesmal nicht zurück schrieb, dann würde er sie mit seinen Briefen nicht mehr belästigen!

In dem Brief war wieder ein Gedicht, sein drittes Gedicht an Margaret, welches sie wiederum tief berührte, weil es die nordische Religion ihrer Vorfahren mit ihrer geliebten Artussage und ihrer christlichen Religion und der Gralssuche, die Arminius vorschlug, verband.

AN DIE GÖTTIN AM KEUZWEG

Göttin am Kreuzweg
Zum Himmel,
Oder zur Hölle?
Weiß nicht wohin,
Weiß nicht welchen Weg sie wähle.
Weiß nicht welcher Weg
Zum Himmel führt,
Und welcher Weg zur Hölle.

Walküre,
Auf dem Weg nach Walhall,

Warum zögerst du?
Hast du Angst?
Oder wartest du
Auf deinen weißen Ritter?

Dein weißer Ritter kam:
Odin der Dichter!
Sein rechtes Auge blind,
Sein linkes Auge strahlte Klarheit.

Hand in Hand
Gingen sie:
Odin und Walküre,
Nach Walhall;
Adam und Eva,
Zurück in den Garten,
Rückwirkend den Fall;
Gott und Göttin,
In das mystische Land von Avalon.

Margaret wurde unruhig. Sie fürchtete sich davor, ihrer Liebe an Arminius nachzugeben, aber noch mehr fürchtete sie, ihrer Liebe nicht nachzugeben und den Kontakt mit ihm zu verlieren, wenn sie diesmal nicht zurück schrieb. Vor innerer Erregung wurde sie schlaflos, und unter den besorgten Blicken ihrer Mitschwestern holte sie den versäumten Schlaf am Nachmittag nach. Als sie eines Nachmittags auf der Wiese vor der Beguinage schlief, hatte sie einen lebendigen und offenbarenden Traum.

Sie war auf ihrem früheren Schloss Sulzbürg, als Gräfin von Sulzbürg, aber sie war von einer Glasur umhüllt, die sie wie ein Glaspanzer ganz und gar einhüllte. Die Glasur war elastisch und durchsichtig, sie konnte sich darin frei bewegen, sie konnte sehen und gesehen werden, aber sie konnte weder berühren noch berührt werden. Das machte sie einsam und hoffnungslos deprimiert! Ihre Dienerinnen flüsterten sich zu: „Was nützt ihr ihre hohe Stellung, ihr Reichtum und ihre Schönheit, wenn sie niemanden berühren und nicht berührt werden kann? Ist es nicht besser arm und einfach zu sein?“

Dann sah sie einen Ritter auf einem schwarzen Ross den Schlosshof hinauf reiten. Der Ritter war in einen weißen Überwurf gekleidet, mit dem roten Templerkreuz über dem linken Arm. Unter dem Überwurf trug er eine weiße Tunika mit einem großen, roten Templerkreuz auf der Brust. Seine linke Hand hielt den Zügel und ruhte leicht auf dem Knauf seines Schwertes. Hoch in seiner Rechten trug er eine Glaskugel die drei goldene Bälle enthielt.

Er ritt den Burghof hinauf, zügelte vor Margaret sein Pferd zum Stillstand, stieg ab und erklärte: „Frau Margaret, ich bin gekommen Euch zu befreien!“ Mit diesen Worten gab er ihr die Glaskugel mit den drei goldenen Bällen, zog sein Schwert aus der Scheide, fasste es mit beiden Händen, hob es hoch und ließ es in einem mächtigen Hieb auf Margaret nieder, als ob er sie entzweischlagen wolle.

Sie hatte Todesangst, aber der Hieb tötete nicht sie, sondern nur ihre Glasur. Mit einem leisen Klimpern fiel die Glasur in tausend Stücke von ihr ab. Sie war frei, aber die Todesangst weckte sie aus dem Traum.

Sie wachte auf, verstört aber verklärt, gehoben und entschieden. Sie wusste nicht genau, ob es der Traum war, oder ihre Liebe zu Arminius, oder beides, aber sie ging sofort in die Beguinage um einen Brief an ihn zu schreiben.

Waldkirchen den 15. August 1304
Lieber Bruder Arminius,

ich befinde mich im stillen Zentrum eines Sturmes, im Auge des Orkans, und stelle plötzlich fest, dass ich Dich berühren muss, Dir danken und Dich ermutigen muss!

Ich danke Dir von ganzem Herzen und von ganzer Seele für Deine drei Briefe und die drei Gedichte! Jetzt weiß ich endlich, wer Du bist: Du bist mein Geistesführer! Du wurdest mir von Gott gesandt, damit ich mein göttliches Selbst finde!

Du bist mein Seelenbruder; ich bin Deine Seelenschwester! Deine Ausstrahlung ist so stark, sie strahlt in mich und durch mich und kräftigt mich!

Ich bin Taurus; Taurus, Sonne, Mond und Merkur. Ich bin Erde und Mutter. Aber leider kann ich zur Zeit keine Gralssuchende sein!

Meine Arbeit beansprucht mich so sehr, dass ich keine Zeit für die Gralssuche übrig habe! Ich bin die Hausmutter dieser Beguinage. Außerdem betreue ich eine noch nicht ganz flügge Beguinage, die ich im vergangenen Frühjahr in Regensburg eröffnete und die bis jetzt noch keine eigene Hausmutter hat. Das ist meine Arbeit, Bruder Arminius! Meine Arbeit ist mein Leben, sie nimmt mich ganz und gar in Anspruch!

Ich muss meine Arbeit tun, und Du die Deine. Lasst uns füreinander beten und einander unterstützen! Sobald ich Zeit für Deine briefgeführte Gralssuche habe, werde ich es Dich wissen lassen!

In der Liebe der göttlichen Einheit,
Margaret

Arminius jubelte innerlich, als er endlich einen Brief von seiner Margaret bekam, denn auch er hatte sich in sie verliebt. Ihr Sommersonnenwendtreffen hatte ihn genau so bezaubert wie sie, er liebte Margaret von ganzem Herzen. Er würde nie ihr leiblicher Bräutigam werden; er hatte einen Schwur der Keuschheit geschworen, er würde diesen Schwur niemals brechen! Aber er warb um sie für Christus, damit sie eine Braut Christi werde. Sobald sie eine Braut Christi war, würde sie auch seine Braut sein, im Geiste Christi, seine geistige und seelische Braut! Die Seelengemeinschaft war sowieso weit wichtiger als die Gemeinschaft der Leiber. Jede leibliche Gemeinschaft endete spätestens mit dem Tod, aber die Seelengemeinschaft war ewig! Wenn sie seine Braut in Christi würde, dann würde sie ewiglich seine Braut bleiben, in der Gemeinschaft der Heiligen!

Das waren seine Gedanken, als er sein Schreibzeug herausnahm und seinen vierten Brief an Margaret schrieb. Diesmal schrieb er ihr kein Gedicht, aber er bestürmte sie, mit aller Eindringlichkeit der er fähig war ohne aufdringlich zu sein, sich und ihre Mitschwestern an der vorgeschlagenen, briefgeführten Gralssuche zu beteiligen.

Margaret beantwortete diesen Brief sofort, denn sie hatte in der Zwischenzeit ihren Befreiungstraum gedeutet, und ihr tiefstes und stärkstes Verlangen war ihr überdeutlich klar geworden.

Waldkirchen den 12. September 1304
Lieber Bruder Arminius,
Wir trafen uns im Traum!

Deine Worte stärkten mich derart, dass mir meine Arbeit, die früher mühevoll war, mühelos und wie im Flug von der Hand geht. Du bist der heilige Wind hinter meinen Segeln, Du bist mein Hoher Lotse! Das Schiff Margaret segelt so gut wie nie zuvor!

Deine Worte haben mich erweckt!

Ja, wir nehmen Dich als unseren Geistesführer, auf der Gralssuche, die Du vorschlugst! Du sollst unser Gralsritter und Gralsführer sein, und unser Gralskönig werden!

Jetzt, zur Zeit des Neumondes, ziehen wir uns zurück, in Gebet und Meditation. Wir werden Dich in unsere Gebete einschließen!

Eins mit Dir in Herz und Seele,
Margaret

In seinem Antwortbrief erklärte Arminius seine briefgeführte Gralssuche. „Ich werde Dir insgesamt neun Gralsbriefe senden, in monatlichen Abständen. Die Suche hätte an der Sommersonnenwende beginnen sollen, jetzt ist es Mitte September, und da ich die ersten drei Briefe bereits geschrieben habe, sende ich Dir gleich alle drei.

Wie Du siehst, sind diese Briefe in Form von Lektionen, jeder Brief eine Lektion, alle neun Lektionen ein Kurs. Da es eine stufenweise Einführung in die göttlichen Mysterien darstellt, und sich eine Stufe auf die andere aufbaut, ist es notwendig, Stufe um Stufe vorzugehen und das Ganze als eine Treppe zu betrachten: Man muss die Treppe Stufe um Stufe hochsteigen, und man muss die gesamte Treppe besteigen um oben anzukommen! Jeder Brief baut sich auf den vorhergehenden auf. Nur vereinzelte Lektionen zu studieren ist nicht sehr wirksam, und sie nicht in der nummerischen Reihenfolge zu studieren ist auch nicht sehr gut. Das Beste ist, jede Lektion so lange zu studieren bis man sie verstanden hat, und dann zur nächsthöheren zu gehen.

Während Du eine Lektion studierst, lese sie mindestens einmal am Tag. Überdenke sie gut und nimm sie in Deine Gebete, Träume, Tagträume, Mediationen und Kontemplationen mit!“

Er komplimentierte Margaret zu ihrer sorgfältig geschriebenen Minuskelschrift, ihrem scharfen Geist, ihrem scholastischen Wissen, ihrer Gefühlstiefe und Empfindsamkeit und ihrer literarischen Fähigkeit all dies treffend und eindrücklich in Worten auszudrücken und an andere zu übermitteln. „Echte Kommunikation ist eine Seelenkommunion", schrieb er, „und das Wort oder Kommunique ist die Hostie, das Medium der Übermittlung, das Kommunions- und Kommunikationsmedium." In dem anschließenden Gedicht lud er Margaret ein seine literarische Muse zu werden.

AN MEINE MUSE

Meine Muse,
Bist du bereit,
Zu teilen Freude und Leid?
An allen Orten,
In allen Worten,
Uns inspirieren,
Und zu berühren.
Uns gegenseitig zu führen,
Bist du bereit?

Ihr Antwortbrief kam einige Tage später in Thannbrunn an.

Waldkirchen den 4. Oktober 1304
Lieber Bruder in Christus, Arminius!

Deine Briefe sind kostbare Geschenke in dieser Zeit der Wandlungen. Ich ahne große Wechsel in der Zukunft der Menschheit, im täglichen Leben und in den Seelen und Herzen der Menschen.

(Darauf folgte die Beschreibung ihres Befreiungstraumes)

Ich denke, ich verstehe die Bedeutung des Traumes, was mir nicht ganz klar ist, ist die Bedeutung der drei Goldkugeln innerhalb der Kristallkugel. Hast Du vielleicht eine Erklärung dafür?

Ein guter Teil meines Lebenswerkes ist jetzt vorbei. Erinnerst Du Dich als ich Dir schrieb, dass ich keine Zeit für die Gralssuche hätte, weil ich außer dieser Beguinage noch eine neugegründete in Regensburg leite? Eben bekam ich einen Brief aus Regensburg, in dem sich eine befähigte Mitschwester als die neue Hausmutter der Regensburg-Beguinage vorstellte. Sie heißt Katarina, war eine wandernde Beguine, entschloss sich aber vor kurzem, sich fest an unser neues Haus in Regensburg zu binden und dessen Hausmutter zu werden. Sie schrieb, dass sie im vergangenen Frühjahr auf ihrem Weg von Nürnberg nach Regensburg hier durchkam, hier bei uns in Waldkirchen übernachtete, bei dir vorbeikam und eine außergewöhnliche Begegnung mit Dir hatte! Bruder Arminius, du Schelm, du verliebst Dich wohl in jede Beguine, die Dir über den Weg läuft! Aber, Spaß beiseite, Schwester Katarina hat mir einen guten Teil meiner Arbeit abgenommen, und ich habe jetzt mehr Zeit für die Gralssuche. Selbst die Sterne stimmen überein! Eine Freundin und Astrologin sagte mir vor kurzem, dass die Sterne sagen, ich soll meinen jetzigen Weg weitergehen.

Vor kurzem hatte ich wieder einen offenbarenden Traum. Ich sollte in einem biblischen Schauspiel für eine plötzlich erkrankte Schauspielerin einspringen, hatte aber von ihrer Rolle keine Ahnung. Während ich mich für die Rolle bekleidete, las ich hastig das Skript. Zu meinem Erstaunen stellte ich fest, dass ich Jesus, die Hauptrolle, spielen sollte! „Wenn ich dies nur vorher gewusst hätte, dann hätte ich die Rolle perfekt auswendig gelernt!" dachte ich im Traum. Aber, als ich auf die Bühne trat und das Spiel begann, wusste ich alle Worte genau, als ob ich diese Rolle schon hundertmal gespielt hätte!

Kontemplative Mediation, oder Kontemplation - jetzt weiß ich endlich was es bedeutet! Ich habe sie ein Leben lang geübt! „Geborene Tagträumerin!" schimpfte man mich.

Jetzt kenne ich auch die kontemplative Liebe. Kontemplative Liebe, wie kontemplative Meditation, hat kein bestimmtes Ziel. Es ist eine Offenheit des Geistes, eine Nacktheit der Seele, der seltenste und kostbarste Teil eines zwischenmenschlichen Verhältnisses. Sich anderen in Offenheit des Geistes und Nacktheit der Seele zu entblößen, in einem offenen Gedanken- und Gefühlsaustausch, ist eine weit größere und kostbarere Intimität als die der leiblichen Nacktheit.

So viele Männer sehen auf die Weiblichkeit mit Verachtung herab, Frauen blicken angstvoll zurück – wie traurig! Aber es wird bald anders werden! Der große Wandel hat bereits begonnen!

Der Überblick erhält mich aufrecht;
Die Übersetzung hält mich klar;
Freude im Wissen!

In der Liebe der göttlichen Einheit
Margaret

Einige Tage später ging Arminius' Diener zur Beguinage mit dem Antwortbrief.

Thannbrunn den 12. Oktober 1304

Liebe Schwester Margaret,

Du fragtest mich nach der möglichen Bedeutung der drei Goldkugeln innerhalb der Kristallkugel. Ich kann Dir nicht sagen, was Du darüber denken sollst, aber ich werde Dir sagen was ich darüber denke.

Ich denke, die drei Goldkugeln innerhalb der Kristallkugel symbolisieren das Grundprinzip des Kosmos: Die heilige Dreieinigkeit! Gott der Vater, Gott der Sohn und Gott der heilige Geist, in einer Gottheit vereint. Das ist die orthodoxe Erklärung der Dreieinigkeit, aber für mich ist diese Erklärung ungenügend.

Ich erkläre mir die Heilige Dreieinigkeit als das Dreifache Paradox: These, Antithese und Synthese, vereint in der Übersynthese. Also ein Paar von Gegensätzen, und das was die beiden zusammen- und auseinanderhält, und das was alle drei vereint. Um dies auf die orthodoxe Erklärung der Dreieinigkeit zu übertragen, sehe ich Gott den Vater als den Schöpfer, Gott den Sohn als das Geschaffene, und Gott den Heiligen Geist als den schöpferischen Geist der eins ins andere wandelt, der die beiden zusammen- und auseinanderhält.

Schöpfer und Geschaffenes sind Gegensätze, der schöpferische Geist ist die Wandelkraft die diese Gegensätze zusammen- und auseinanderhält. Und alle drei zusammen sind in einer Gottheit vereint. Die Wandelkraft des Heiligen Geistes ist ebenfalls dreifältig, sie besteht aus WAHL, WILLE und TAT. Die Wandelkraft des Heiligen Geistes ist allgegenwärtig und befindet sich auch in uns!

Ich empfing den Gral als eine ganzheitliche Vision des Universums, als ein synkretisches Ganzes, vom ersten Augenblick der Schöpfung an bis zum heutigen Tag. Das Universum meiner Vision entstand und bestand aus nichts anderem als ätherischen Blasen innerhalb Blasen innerhalb Blasen, usw.: eine unteilbare Einheit und Ganzheit: ein synkretisches Ganzes: ein Monad: eine totale Synthese! Aber, um mir und meinen Mitmenschen die Vision verständlich zu machen, musste ich sie zwangsläufig analysieren und analytisch darlegen. Aber, nichtsdestoweniger, weiß ich gewiss, dass sich das All in einem Zustand von Synthese befindet! Die kosmische Synthese durch Analyse in den Vordergrund des menschlichen Bewusstseins zu bringen wurde zu meiner Lebensaufgabe!

Alle Begriffe begründen sich auf Analyse. Wir Menschen wurden uns unser selbst, Gott und der Umwelt durch analytische Begriffe gewahr. Wir glaubten dann, dass diese Begriffe absolut wahr seien. Dabei gingen wir leider an der wesentlichen Wahrheit vorbei! Wir wurden uns, mit wenigen Ausnahmen, bis jetzt noch nicht gewahr, dass wir in einem synkretischen Kosmos leben - dass wir der synkretische Kosmos sind!

Die höchste und vornehmste Aufgabe der Analyse ist uns die göttliche Synthese wissen und erleben zu lassen! Ich habe es zu meiner Lebensaufgabe gemacht!

In der Liebe der göttlichen Einheit,

Arminius

Margarets Antwortbrief kam einige Tage später in Thannbrunn an.

Waldkirchen den 20. Oktober 1304

Mein Seelenbruder Arminius,

Deine Worte leuchteten mir wie ein Licht in der Finsternis. Ich war der Verzweiflung nahe, unter Spannung. Dann kam Dein Brief, und - Entspannung!

Wiederum hast du mich aus den Tiefen erhoben!

Ich fragte den Pfarrer von Waldkirchen, und den Kaplan: „Wenn ich am Ende meiner Kräfte zerstört am Boden liege, warum fragt Er mich:

‚Wann wirst Du es freudvoll tun?'"

Weder der Kaplan noch der Pfarrer wussten was ich meinte.

Unser Herr Jesus trug sein Kreuz bis zum Tode. Dreimal fiel er hin, dreimal stand er wieder auf und setzte seinen Weg der Tränen fort – in Freude!

Und Du wähltest Ihn!

Oder wählte Er Dich?

Du stärkst und inspirierst mich!

Ich dachte, nur ich wollte Ihn, aber Er ist für alle da!

Aber ich will niemand anderen als mein Beispiel. Und jetzt, da ich ihm näher bin als je zuvor, gibt es kein Zurück! Ich danke Dir von ganzem Herzen für Deinen Geistesbeistand und die vielen Worte, Briefe, Lektionen und Gedichte!

Eines Nachts im Traum befand ich mich in einem wüstenähnlichen Land: sonnenverbrannt, braun, staubig, steinig und heiß. (Das Heilige Land, das ich nur vom Hörensagen kenne, das du aber persönlich erlebt hast, muss so aussehen!) Viele Leute, abgerissen, staubig, in sackähnliche Kittel gekleidet, gingen alle in einer Richtung, an mir vorbei und über den nächsten Hügel.

Ich wusste wohin sie gingen, aber trotzdem hielt ich einen kleinen, vornüber gebeugten, sackbekleideten Mann an und fragte ihn: „Wohin gehst Du?"

Er blickte mich ungläubig an, ungehalten über meine dumme Frage: „Um den Meister zu hören!"

Ich hatte Angst mitzugehen und wachte auf.

Du bist ein seltsamer Lehrer, Bruder Arminius; je mehr ich von Dir lerne, desto weniger weiß ich!

Wir müssen das Paradoxische und Widersinnige üben und jenseits dessen gehen, was wir glauben zu wissen! Wir müssen Weisheit lernen indem wir Narren werden! Ein weiser Narr ist mehr an dem Wohlergehen anderer interessiert als an seinem eigenen, denn er weiß genau: Es gibt nur Eins!

Gott wählte die Narren um die Klugen zu beschämen!

In der Liebe der göttlichen Einheit,
Margaret

PS: Eben las ich alle Deine Briefe wieder: So viele Worte! Früher misstraute ich Deinen Worten, ich hatte Angst vor ihnen, denn die Leidenschaft, die durch Deine Worte in mich einströmte, rührte in mir längstvergessene Gefühle auf.

ZUSAMMENTREFFEN MIT DEM SCHUTZENGEL

Der Hohe Lotse
kam an Bord,
ergriff das Steuer,
und steuerte
das sturmgepeitschte Schiff Margaret
auf seinen sternenbestimmten Kurs.

Der wehende, blähende,
mystische Wind.

Zusammen
fliegen wir zu Gottes Höhen,
Seite bei Seite,
wohin unser Herzensauge uns führt.
Jeder sieht die Welt anders.
Aber das Wunder ist:
Wir fliegen!
Seite bei Seite,
Hand in Hand.

Arminius antwortete:

Thannbrunn den 1. November 1304
Liebe Schwester Margaret,

REISE NACH WALHALLA

Vom Eingangsturm sah ich:
Wald grün, Bach weiß, Kreuz rot.
Aber ich sah keine Walküre dort,
Mit dem himmlischen Schlüssel
Zum torlosen Tor.

Waldkirchen enthüllte:
Eine Walküre,
Traut und treu,
Weiß und blau,
Weich und fein,
Schließt auf mit dem Schlüssel das torlose Tor,
Schenkt ein mir Walhallas Wein!

Liebe Walküre mein,
Das ist ein berauschender Wein!
Kaum hab ich ihn getrunken,
Bin ich schon halb betrunken!

Bewundere mich nur nicht so sehr! Wie andere Tempelritter, die den Gral fanden, falle ich manchmal vom Zustand der Gnade und verfalle vorübergehend dem Hochmut, der Eitelkeit und der Ichsucht! Wir, die wir den Gral gefunden haben, sind nicht fehlerlos! Wir fallen, stehen aber gewöhnlich wieder auf und gehen unseren Weg ernüchtert und geläutert weiter.

Gegensätze ergänzen sich, ziehen sich an, gleichen sich aus, heben sich auf und sind deshalb füreinander bestimmt. Und, in der endgültigen Schlussfolgerung, in der Weisheit letztem Schluss, vereinen sich die Gegensätze in der göttlichen Synthese. Das trifft für alle Gegensätze zu, einschließlich Männlichkeit-Weiblichkeit. Männer und Frauen ziehen sich gegenseitig an weil sie sich ergänzen und ausgleichen! Der männliche Leib braucht den weiblichen; der männliche Geist braucht den weiblichen! Eine leibliche Vereinigung steht uns nicht zu, dafür ist unsere seelische umso wichtiger! Du bist meine Seelengefährtin! Die weibliche Seele und der weibliche Geist unterscheiden sich vom männlichen, so wie sich der weibliche Leib vom männlichen unterscheidet! In unserer Seelengemeinschaft ergänzen wir uns!

Wenn immer sich Gegensätze suchen, dann suchen sie den Gral. Der Gral ist das Einswerden der Gegensätze: die heilige Synthese! Die Vereinigung des männlichen Geistes mit dem weiblichen ist ein Gral, selbst die Vereinigung des männlichen Leibes mit dem weiblichen ist ein Gral! Die Suche nach allem was wir noch nicht können oder wissen ist ein Gral! Die Suche nach einem jeglichen Gegensatz ist eine Suche nach dem Gral!

Die Vereinigung der höchsten Gegensätze, Schöpfer und Geschöpf, ist der höchste aber bei weitem nicht der einzige Gral! Eigentlich kann dieser letzte und höchste Gral erst dann in seiner ganzen Herrlichkeit wahrgenommen werden wenn alle anderen Gegensätze eins geworden sind!

Du bist mein weibliches Ich; ich bin dein männliches Du! Alleine sind wir unvollständig; in unserer Seelengemeinschaft vervollständigen wir uns zu einem heiligen Ganzen! Wir beide haben uns entschlossen, zelibat zu leben, das macht unsere Seelengemeinschaft umso heiliger! Unsere Leidenschaft füreinander ist zelibate Leidenschaft! Unsere Geisteskräfte erschöpfen sich nicht in leiblichen Vereinigungen, amourösen Eroberungen, Besitzsucht oder Eifersucht! Aber unser Verhältnis ist dennoch fruchtvoll: Es führt zur Geburt des inneren Heilandes!

In der Liebe der göttlichen Einheit,
Arminius

Margaret schrieb zurück:

Waldkirchen den 1. Dezember, 1304
Lieber Bruder Arminius, mein Gefährte in Christus,

ich danke Gott täglich für all diese Geschenke, die auf mich herniederschauern!

Du bist ein Gesandter Gottes, mein Gottesbote, mein geliebter Gralsritter: Du hebst mich himmelwärts!

Bruder Arminius, Du bist mein erster und bisher einziger, lebender Geistesführer!

Ich liebe alles, was sich in Dir bewegt und Du mir in Deinen vollkommenen Worten mitteilst!

Du hast die chronischen Schmerzen in meinem gemarterten Kopf behoben und durch einen heiligen Rausch ersetzt!

Wie kann ich Dir danken?

Mein Seelenbruder, ich umarme Dich!

In Liebe, Hochachtung und Bewunderung,
Margaret

In den dunklen Dezembertagen schrieb Arminius nur einen langen Brief an Margaret.

Thannbrunn, 7. Dezember 1304

Liebe Schwester Margaret,

heute schreibe ich über Religion. (Ist das nicht, worüber ich immer schreibe?) Religion kommt von „religare“, das heißt binden oder verbinden, einen oder vereinen. Das was Gegensätze miteinander verbindet ist Religion. Das was die höchsten Gegensätze, Schöpfer und Geschöpf, miteinander verbindet ist höchste Religion!

Religion ist das Vereinen von Gegensätzen. Vereinte Gegensätze sind in einem Zustand von Synthese. Religion ist Synthese: das Alpha und das Omega, der Anfang und das Ende. Gott ist Synthese! Synthese wird mathematisch als Null ausgedrückt, oder Unendlichkeit, was das gleiche ist. Gott ist Null, Gott ist Unendlichkeit! Null, Einheit, Synthese, Unendlichkeit: alle bedeuten das gleiche. Das ist echte Religion, das ist die höchste Wahrheit und Weisheit!

Die höchste Wahrheit ist Synthese. Die göttliche Synthese ist das, was wir von Augenblick zu köstlichem Augenblick erleben. Das reine Erleben ist Synthese, aber das, was wir darüber denken, ist Analyse! Das was wir über unser tägliches Leben denken ist nicht was wir erleben!

Denken ist erschaffen! Wenn wir von dem alleinschließenden Gesichtspunkt der Gottheit denken und handeln, dann ist unser Denken und Handeln göttlich und schöpferisch. Wenn wir von dem egozentrischen Gesichtspunkt des separaten Ichs denken und handeln, dann ist unser Denken und Handeln zerstörerisch und ungöttlich. Der Gesichtspunkt von welchem wir denken und handeln bestimmt die Qualität unserer Gedanken und Taten!

Wenn Jesus sagte „Ich bin die Wahrheit!“, dann meinte er, dass Wahrheit im reinen Sein liege, im nicht analysierten Erleben der Gottheit. Wenn er sagte „Ich bin der Weg!“, dann meinte er, dass sein Weg, der Weg der leidenschaftlichen, universellen Liebe, der Weg zum Einswerden mit der Gottheit sei. Wenn er sagte „Ich bin das Leben!“, dann meinte er das ewige Leben, die ewige Existenz der Gottheit. Wenn er sagte „Ich bin das Licht!“, dann meinte er all dies, und mehr, wie viel mehr kann ich nicht sagen, denn Jesus war mehr erleuchtet, oder auf andere Weise erleuchtet, als ich.

Das Licht, Die Wahrheit, Das Leben, Der Gral – alle sind das gleiche mit verschiedenen Namen: Paradies, Gnade, Segen, Baraka, Nirwana, Satori, Samadhi, usw. Alle bedeuten das Gewahrsein und Bewusstsein der göttlichen Synthese, das Erleben der göttlichen Einheit, das Einswerden mit der Gottheit!

In einer der Gralssagen ist die Schlüsselfrage zum Erlangen des Grals: „Wem wird der Gral serviert?“ Wer diese Frage nicht richtig beantwortete, der musste weitersuchen, bis er sie ausreichend beantwortete.

Die Antwort zu dieser Gralsfrage ist, dass der Gral nur denen serviert wird, die reines Herzens und reiner Seele sind. Ein Herzens- oder Seelenreiner in diesem

Sinne ist einer der von der Ichsucht und von allen Vorurteilen befreit ist, der keine egozentrischen Beweggründe hegt, der den Gral durchaus selbstlos sucht.

Andere Gralsfragen sind: „Wem dient der Gral?“ oder „Wer dient dem Gral?“. Der Gral ist das Einswerden mit der Gottheit! Der Gral dient diesem Zweck, und der Gralssucher, der ernsthaft um den Gral bemüht ist, muss ein selbstloser Diener der Gottheit werden.

Der ursprüngliche Gott
War ein dunkles Nichts
Ohne Leben.

Um sich zu erleben
Schüttete er sich aus
In die Vielfalt des Universums.

– Wir sind der sich selbst erlebende Gott!

Um sich selbst zu erleben, schüttete sich die ursprüngliche Gottheit aus. Zuerst in eine ordentliche, schier unendliche Folge von ätherischen Sphären, dann setzte sie einen Teil dieses ordentlichen Sphärengebildes dem Chaos aus. Diese teils chaotische, teils ordentliche Schöpfung entwickelte sich, von innen gelenkt, ständig weiter, entlang der dünnen, fragilen Grenze zwischen Ordnung und Chaos, ständig nach Ordnung strebend und ständig vom Chaos beinflusst, in einer unendlichen, sich ständig weiterentwickelnden Vielfalt von ätherischen Formen. Wir Menschen sind die am weitesten fortgeschrittene, ätherische Form! Wir sind uns bereits dessen gewahr, dass wir sind, und wir stehen an der Schwelle der Erkenntnis, dass wir die Gottheit selbst sind, und dass alles andere mit uns in der Gottheit vereint ist! Und wir sind dabei, uns dessen gewahr zu werden, dass das Dasein ein göttliches Spiel ist, ein schöpferisches Experiment, das die Gottheit mit sich selbst spielt, um sich in einer größtmöglichsten Vielfalt von Formen zu erleben und sie immer weiter zu vervollkommnen.

Wenn man den Gral gefunden und das Bewusstsein des Einsseins mit der Gottheit erlangt hat, dann muss man der Gottheit dienen und sie verkünden! Man kann nicht anders! Der Gral hat seinen Preis! Der Preis für den Gral ist das Aufgeben des egozentrischen Ichs und eine bedingungslose und selbstlose Hingabe an die Gottheit! Dann vereint sich das persönliche Ich mit der Gottheit und löst sich in der Gottheit auf! Das persönliche Ich besteht dann zwar noch, aber nur als eine einmalige Form von Gottheit, im Dienste der Gottheit. Das ist die Bedeutung des Templersegens: „Non nobis, Domine! Non nobis, sed Nomini Tuo da gloriam!“.

Dann sind wir eine Verkörperung der Gottheit! Dann sind wir die Gottheit, die sich ein einer ständig wachsenden und ständig wechselnden Vielfalt erlebt! Dann wird unser Leben, samt seinen chaotischen Aufwallungen, ekstatisch, dann frohlocken wir im Auf und Ab, in Freud und Leid, im Leben und Sterben! Dann fühlen wir Freude in Leid und Traurigkeit, dann fühlen wir Ekstase selbst im Gram, und die Ekstase in der Ekstase wird zuviel, und man muss sich etwas Traurigkeit suchen um sein Gleichgewicht zu finden.

Aber das höchste Resultat des Einswerdens mit der Gottheit ist die höchste Art von Liebe: Die Liebe der göttlichen Einheit! Diese Liebe bewirkt, dass wir jedes und jeden, alles und alle, mit liebenden Augen anblicken und jubelnd ausrufen: „Du bist Ich!“, „Ich bin du!“, „Du bist Gott!“, „Ich und der Vater sind Eins!“. Diese Liebe bewirkt, dass wir alles und alle wie uns selbst lieben, denn alles und alle ist unser göttliches Selbst!

Die Liebe der göttlichen Einheit ist nicht nur die Wirkung eines Einswerdens mit der Gottheit, sondern auch dessen Ursache. Das selbstlose Üben dieser Liebe kann zu einem Erleben des Einswerdens mit der Gottheit führen!

Ich kann es nicht oft genug wiederholen: Die Liebe der göttlichen Einheit ist nicht nur eine Auswirkung des Einswerdens mit der Gottheit, sondern auch dessen Ursache! Die Liebe der göttlichen Einheit ist also beides, Ursache und Wirkung des Einswerdens mit der Gottheit! Das Erleben der göttlichen Einheit kann also durch nichts weiter erreicht werden als das Üben der Liebe der göttlichen Einheit – ohne umständliche Philosophie!

All dies war den frühen Christen als „Gnosis“ bekannt. Gnosis ist die höchste Art von Wissen, es vereint subjektives und objektives Wissen. Für die gnostischen Frühchristen war Christus der „Logos“, der Geist der menschlichen Erleuchtung, wie er von mehreren, altgriechischen und hellenistischen Denkern und Lehrern beschrieben und gelehrt wurde. Aber Gnosis geht weiter zurück als die Frühchristen, Hellenisten oder Altgriechen; die Denker und Mystiker aller Völker und Religionen, zurück bis zur Wiege des menschlichen Denkens, erlebten und erdachten Gnosis!

Leider ging uns Gnosis verloren als die Kirchenväter des dritten und vierten Jahrhunderts Gnosis zur Häresie erklärten. Gnosis wurde durch einen starren Dogmatismus ersetzt. Politisierte und doktrinierte Religion zerstörte Gnosis und die Verkünder von Gnosis. Jesus war einer von ihnen!

Bald feiern wir die Geburt Christi. Möge der Christus in Dir geboren werden!

In der Liebe der göttlichen Einheit,
Arminius

Wegen der kurzen, grauen Dezembertage mit ihrem ungenügenden Tageslicht, dem Druck und der Enge des Winterlebens in der Beguinage, den Vorbereitungen zur und dem Feiern der Weihnacht, schrieb Margaret während der dunklen Dezemberwochen nicht zurück. Arminius musste bis zur zweiten Januarwoche warten, bis er endlich eine Antwort von ihr bekam.

Waldkirchen den 7. Januar 1305
Lieber Bruder Arminius,

Ich danke dir für deine Worte von Licht, die ich im tiefen Dezemberdunkel erhielt, als die Schatten am längsten und dunkelsten waren. Ich hatte lebhafte und verstörende Träume.

In einem meiner Träume war ich in Northumbria, in der Burg meiner Väter. Dort betete ich an den Gräbern meiner Vorfahren. Ich fiel in den Schnee, weinte, und bat sie um Verzeihung, ich weiß nicht wofür. Lange lag ich dort, weinend im Schnee. Schließlich sammelte ich mich und ging in meine Kammer zurück.

Dieser Winter ist ein schwerer Winter. Ich ersehe aus deinen Briefen und Lektionen dass ich eine bessere Dienerin, eine andere Art von Dienerin werden muss! Und ich lerne, ach lerne, so viel, auf eine andere Art von Lernen! Und alles was ich lerne verklärt sich in mir und geht von mir an andere weiter, an meine Mitschwestern hier in Waldkirchen, und an ferne Beguinen und Freundinnen. Deine Worte bringen Wohlsein, Verständnis und Klarheit, nicht nur zu mir, sondern durch mich an andere. Du berührst mich, und ich berühre viele!

Jetzt sehe ich den Christus in uns – in uns allen! Ich kann den Christus sprechen, ich kann Licht verbreiten! Ja, manche sagen sowas sei luziferischer Hochmut, auch ich fühle die alte Erziehung in meinem Kopf herumgeistern. Aber das Herz ruft ein überlautes „Ja!".

Deine Briefe und Lektionen beginnen zu wirken: „egolos, egolos!" schallt es durch meinen Kopf, so dass ich manchmal nicht weiß was ich tun soll und ruhelos werde. Dann lese ich alle Deine Gedichte, Briefe und Lektionen – das gibt mir meinen inneren Frieden wieder.

Jetzt, nachdem ich weiß, dass alle Religionen ein Streben nach Vereinigung mit der Gottheit und in diesem Sinne gleichberechtigt sind, und dass selbst die nichtigste Alltagsarbeit ein Gottesdienst sein kann, tanze ich in Jubel und Gesang. Scherben von altem Glauben, Glasscherben, die ein gewisser Tempelritter mit seinem mächtigen Schwert von mir abschlug, liegen zu meinen Füßen. Ich muss aufpassen und vorsichtig auftreten damit ich mich nicht verletze!

Lieber Mann, ich bin eine Frau! Wir Frauen haben mehr von jenen Gefühlen und Leidenschaften die die aufrührerischen Elemente des Lebens sind: eine unbestimmte und unlenkbare, gärende und schäumende Kraft, reich und mächtig, die gebärende Kraft des Kosmos, die schöpferische Urkraft! Ich glaube nicht, dass wir Frauen mehr von jener Kraft haben als ihr Männer, aber bei uns wird sie nicht von männlicher Vernunft unterdrückt. Sie wird nicht überschattet von den überaus logischen Errungenschaften eines überaus logischen, männlichen Geistes!

Aber die Weiblichkeit in Dir ist stark geworden! Um schöpferisch zu sein müssen wir mystisch empfänglich sein! Es gibt viele göttliche Botschafter! Du bist mein weiser Wunderlehrer! Meine Mitschwestern sind meine Lehrer? Der schneidende Wind, der den Schnee in tiefe Wehen peitscht, ist mein Lehrer! Die Bäume belehren mich! Erde, Wasser, Feuer und Luft sind meine elementaren Lehrer! Geliebte Erdmutter, belehre und heile uns!

Deine Schwester in Christus,
Margaret

Arminius fühlte dass Margaret, trotz der Hochstimmung die ihr Brief ausdrückte, etwas bedrückt und trostbedürftig sei, so antwortete er ihren Brief sofort. Die Antwort darauf erhielt er einige Tage später.

Waldkirchen den 13. Januar 1305

Lieber Bruder Arminius,

Eben erreichte mich Dein Brief: ein Rettungsring, um mich vor dem Ertrinken zu bewahren! Ich konnte die ganze Nacht nicht schlafen. So schlief ich, von Müdigkeit übermannt, des Tags beim Feuer ein. Dort träumte ich schiffbrüchig auf dem offenen Meer zu treiben und zu ertrinken. Die Todesangst weckte mich, und neben mir lag Dein Brief, wo ihn Schwester Davina fürsorglich hingelegt hatte. Er kam gerade zur rechten Zeit! Wieder war ich verzweifelt, und Du erinnerst mich an die Gottheit in mir und rufst sie wach! Jetzt ist Gott hier, in mir, und um mich: in den tiefhängenden, grauen Wolken, in den wilden Wäldern, in dem schneidenden Wind, in dem harschen, treibenden Schnee, in den immer höher werdenden Schneewehen, und in unserer Zuflucht, unserer kleinen Beguinage, warm und sicher in dieser stürmischen, kalten, weißen See.

Ich werde langsam zu Erde. Die Felsen unserer Mutter Erde sind meine Knochen, ihr Lehm mein Fleisch, ihre Bäche meine Adern, ihre Bergkuppen mein Kopf und ihre Täler meine Füße. Jetzt bin ich eine lebende, atmende Seele die mit anderen Seelen durch einen dünnen Silberfaden verbunden ist: ein Faden von Freude, ein Faden von Leid. Jetzt werde ich meinen Geist freigeben und mein geliebtes Land in mir halten anstatt in ihm gefangen zu sein.

Deine Weisheit und Dein Wissen fließen von Dir in mich, und durch mich an andere. Deine Briefe, Deine Gedichte, Deine Lektionen, Deine vielen Worte – so oft habe ich sie gelesen und wiedergelesen! Du bist mein Bewahrer, mein Bruder Beichtvater von wahrhaft göttlicher Einsicht: mein Ritter des heiligen Grals! Ich verstehe jetzt soviel mehr als ich vor einigen Wochen verstand! Alles was Du mir gabst wurde in mir wahr und wirkte sich durch mich auf andere aus! Aber das weißt Du bereits! Und Du weißt, wie man sich in so eine Seelenkommunion verlieren kann, und wie aus einem Traum ins tägliche Bewusstsein zurückkehrt: hungrig, steif, benommen aber ekstatisch, entleert und gefüllt.

Du schreibst so eindrucksvoll, Bruder Arminius! Deine Worte sind meine Verbindung zu Gott! Du wähltest Deinen Dienst recht!

Wenn sich der Geist nur gedanklich bewegt, oder nur im Sprechen ausdrückt, dann gehen die Gedanken oft zu schnell, laufen im Kreis oder gehen auf Irrwege. Wenn man seine Gedanken aber in geschriebenen Worten ausdrückt, dann zwingt man sie dazu, klar, kurz und zusammenhängend zu werden. Das geschriebene Wort ist die gedankliche Essenz!

Weiblicher Geist - - Männlicher Geist

Können wir uns jemals wirklich empfangen?
Alles was meine Sinne empfangen ist sich selbst,
sie werden wirklich indem sie dunkle Schatten ins Licht werfen.
Göttlich zu leben ist diese Schatten mit Händen von Licht zu fangen.
Alles was ich brauche ist einen dünnen Silberfaden um meine Gedanken,
in Stille und Klarheit.

Mein lieber Gralsritter, ich danke Dir dafür mein Rettungsring zu sein! Meine Suche nach dem Gral wird durch Deinen Beistand erleichtert und ermöglicht! Ich wollte meinen Drachen selbst schlagen, aber es gelang mir nicht! Jetzt ist er weg! Ich werde Dir einmal persönlich davon erzählen. Die langen, dünnen Silbersaiten vibrieren und jubilieren zwischen mir und Dir!

- ALLES GEMEINSAM -

In Liebe, Bewunderung und Hochachtung,

Margaret

Arminius sandte die Antwort zu diesem Brief zwei Wochen später, zusammen mit Brief 7 seiner Gralsbriefe.

Thannbrunn den 31. Januar, 1305

Liebe Schwester Margaret,

Ein Sänger der Silberharfe,
Zupft leidenschaftlich,
Die Silbersaiten des Seins.

Er spielt dein Lied!
Und du, süße Silberschwester,
Sollst dazu tanzen!

Bleib nur nicht im Lehm stecken wenn Du zu Erde wirst! Wenn der Lehm zu nass ist, dann warte bis er etwas abtrocknet, stampfe ihn zu einem Tanzboden und tanze. Und wenn der Lehm vollkommen ist, dann wandle ihn zu Gold! Sobald Du Lehm bist, bist Du fast Gold! Der ursprüngliche Schöpfungsvorgang ging von Geist zu Lehm zu Mensch. Wir Alchimisten drehen den Vorgang herum an und gehen von Mensch zu Lehm zu Geist. Sobald Du Lehm bist, bist Du nur noch einen Schritt vom Geist entfernt!

Können wir uns jemals wirklich empfangen? Wir erleben uns! Und wir erschaffen uns! Die Margaret meiner Gedanken ist meine Schöpfung, der Arminius Deiner Gedanken ist Deine Schöpfung. Ich habe dich als eine einmalige und besonders kostbare Form Gottes erschaffen. Du erschufst mich vielleicht als Deinen überaus logischen Gralsritter und Führer.

Die Wirklichkeit befindet sich in einem Zustand von Synthese und ist deshalb unfassbar; unser gedankliches Begreifen ist ein gleichnishaftes Erschaffen oder Wiederschaffen der Wirklichkeit! Jeder Beobachter erschafft seine gedankliche Beobachtung, jeder Erlebende sein Erlebnis. Die Margaret meiner Gedanken ist meine Schöpfung, der Arminius deiner Gedanken ist Deine Schöpfung. Aber die Margaret Deiner Gedanken wurde von Dir selbst erschaffen, und der Arminius meiner Gedanken von mir. Wir schufen uns selbst, und wir schufen uns gegenseitig.

Wenn wir uns unsere Schöpfungen in einer offenen Kommunikation-Kommunion gegenseitig mitteilen, dann beinflussen wir damit die Schöpfungen unser selbst.

Der Bruder Arminius Deiner Schöpfung war mir unbekannt, aber durch unseren offenen Geistesaustausch lerne ich ihn immer besser kennen. Die Schwester Margaret meiner Schöpfung war Dir unbekannt, aber durch unseren offenen Geistesaustausch lernst Du sie immer besser kennen. Durch unseren Gedankenaustausch tauschen wir uns gegenseitig aus und teilen uns gegenseitig mit. Dies beinflusst wie wir uns selbst erschaffen!

Ich schuf Dich als eine einmalige und besonders kostbare Ausgabe Gottes, infolgedessen schufst Du Dich mehr als solche! Ich schuf Dich als eine erfolgreiche Gralssucherin, dies inspirierte Dich dazu, eine erfolgreiche Gralsucherin zu werden! Du schufst mich als Deinen Gralsritter und Gralsführer, dadurch werde ich ein besserer Gralsritter und Gralsführer! Durch unseren offenen Gedankenaustausch erschufen wir uns gegenseitig als göttlichere Wesen und uns selbst als göttlichere Wesen!

ALLES GEMEINSAM wird gewöhnlich auf eine Gütergemeinschaft angewendet; die früheste, christliche Gemeinde unter Jesus hatte ALLES GEMEINSAM. Aber das bezieht sich auch, und weit wichtiger, auf eine Geistesgemeinschaft. Das Gedankengut gemeinsam zu haben ist die wichtigste Art von Gütergemeinschaft!

Das gegenseitige Mitteilen unseres Erinnerungs- und Gedankengutes, in Offenheit des Geistes und in der Liebe der göttlichen Einheit, ist weitaus wichtiger als das Teilen materieller Güter. Wie ich bereits sagte, erschaffen wir in unserer Gedankenwelt uns selbst und andere. Und wie wir andere erschaffen beinflusst wie sie sich selbst erschaffen! Wenn wir andere als göttlichere Wesen erschaffen, dann werden sie sich selbst als göttlichere Wesen erschaffen! Dadurch wird die Menschheit immer göttlicher! Dieser Vorgang der gegenseitigen Vergöttlichung ist der HEILIGSTE VORGANG AUF ERDEN! Dies ist der alchimistische Vorgang der gegenseitigen Vergoldung, der die bleierne Wirklichkeit zu einer goldenen wandelt!

Im Gegensatz zu irdischem Gold, vermehrt sich das alchimistische Gold wenn man es verschenkt. Je mehr man davon hergibt, desto mehr hat man! Mit jedem Austausch von alchimistischem Gold erschaffen wir mehr und mehr Gold, bis schließlich die ganze Menschheit vergoldet ist!

Die Liebe der göttlichen Einheit fördert den Austausch und die Erschaffung von alchimistischem Gold. Geistesblöße ist ein Risiko, sie macht uns anfällig! Um uns in einem intimen Gedankenaustausch risikolos zu entblößen, müssen wir uns vorbehaltlos lieben! Um uns gegenseitig zu göttlicheren Wesen zu machen, müssen wir zuerst die göttliche Liebe schaffen: die Liebe der göttlichen Einheit! Denn diese Liebe ist der fruchtbare Saatboden in dem die Körnchen der Heiligkeit wachsen und gedeihen und mehr Saatkörner abwerfen!

In der Liebe der göttlichen Einheit,

Arminius

Waldkirchen den 8. Februar 1305

Lieber Bruder Arminius,

Ich danke Dir für deinen Brief von Ende Januar. Jeder Deiner Briefe enthält so viel und bezieht sich so sehr auf das worüber ich gerade denke und unklar bin, als ob wir beide in telepathischer Verbindung stünden, als ob wir von dem gleichen Hause wären, als ob ich das alles vor langer Zeit gewusst und vergessen hätte, und Du erinnerst mich daran und bringst es in den Vordergrund meines Bewusstseins.

Heute war ein stürmischer Tag. Der scharfe Wind blies den Schnee in weißen Schleiern über den Petersberg, aber ich zog mich warm an und ging in die weiße Welt hinaus um die tanzenden Schneeschleier zu fangen. – Gott innen und außen!

Die Art von Religion, die ihr Templer bewahrt und propagiert, war auch die Religion der frühen, keltischen Christen der britischen Inseln. Diese frühe, keltisch-christliche Kirche war ausgesprochen mystisch, sie begründete sich auf den Mystizismus der Druiden, der vorchristlichen, keltischen Priester und Priesterinnen. Die großen, frühchristlichen Heiligen meines Heimatlandes Northumbria, der heilige Cuthbert und der Ehrwürdige Beda, waren Anhänger dieses mystischen Christentums!

Es ist wahr, ohne Falsch und höchst wahr:
Das Zuoberste ist zuunterst,
Und das Zuunterste zuoberst,
Um das Wunder des Einen Dinges zu erfüllen.
Hermes Trismegistos

Wir sind Nachtigallen die während eines Mitternachtssturms singen!

Mehr und mehr erkenne ich Dich als kostbares Gottesgeschenk. Ich rufe Gott an, in Gram, in Schmerz, in Verzweiflung und Verwirrung – und da ist Er! Er war immer da, Er verließ mich nie – ich verließ Ihn! Ich ging in den alltäglichen Konventionen der Menschen verloren! Aber Deine Worte leuchteten mir, wie ein Leuchtturm den verirrten Schiffen auf See, und wiesen mir den Weg. Deine Worte inspirierten mich und erinnerten mich daran: DIE WAHL ZUR GÖTTLICHKEIT IST MEIN!

Allmählich, kaum wahrnehmbar, und besonders seit Anfang dieses Jahres, fand meine Seele die heilige Mitte. Es ist ein stilles, heiliges Gefühl, welches ich DIE STILLE nenne: Gott in mir; eine tiefe, innere Freude, die in der Seele ist und von Gott kommt: das Gewahrsein der göttlichen Einheit! Ich habe gelernt stolz und stark in Gott zu stehen! Offenbarung durch Läuterung, Durchbruch durch Zusammenbruch, das war mein Weg zur Klarheit! Diese Klarheit drückt sich auch in meinen Gedichten aus, die jetzt wieder zu fließen beginnen.

Aber was ich um mich sehe, mit Ausnahme meiner Mitschwestern, ist geistige Unreife. „Denn sie wissen nicht was sie tun!" Aber ich sehe immer das Beste in Leuten, und vertraue ihnen bedingungslos, und mein Vertrauen wird oft missbraucht und gebrochen. Jetzt sehe ich ein, dass auch dies ein notwendiger Teil meines Weges nach vorne und oben ist! Aber jetzt sind mein Wille und Gottes Wille eins! Wenn sich ein flackerndes Lichtchen mit dem Himmelslicht vereint, dann ist das Lichtchen nicht mehr sichtbar, dann wird es eins mit dem Licht des Himmels! „Non nobis, Domine! Non nobis, sed Nomini Tuo da gloriam!"

Du bist ein hochgeistiger Mann, Bruder Arminius, aber viele Deiner Mitmenschen sehen Dich als komisch an! Du wirkst heftig, überweltlich, abwesend, nutzlos in Dingen die andere als nützlich erachten, nicht schätzend was andere schätzen, und Dir nichts daraus machend was sie über Dich denken oder wie Deine Worte ihnen erscheinen. Wenige Leute erreichen oder wagen so eine Geisteskühnheit! Ist dass das Anzeichen eines Propheten?

Ich habe diesen Brief bei Kerzenlicht geschrieben, meine Augen sind dabei heiß und müde geworden. Aber jetzt, nachdem ich mich ausgesprochen habe, kann ich ruhig schlafen. Gute Nacht, mein lieber Ritter, Führer und Bruder!

In Liebe und Friede,

Margaret

Arminius war gerade mit dem Verfassen seines letzten und wichtigsten Gralsbriefes beschäftigt, so schrieb er Margaret nur einen kurzen Brief.

Thannbrunn den 14. Februar 1305

Liebe Schwester Margaret,

Wir vertrauen, und unser Vertrauen wird manchmal missbraucht und gebrochen. Aber wir sind nicht die Vertrauensbrecher! Wir brechen kein Vertrauen, und können deshalb nicht gebrochen werden! Vertrauen mag unsere Schwäche sein, aber unsere Schwäche ist unsere Stärke!

Und so war es mit unserem Meister Jesus. Er war vertrauensvoll, und wusste, dass er deshalb verraten würde, aber er vertraute weiter. Sein Vertrauen wurde gebrochen, aber sein Geist blieb ungebrochen. Seine Schwäche war seine Stärke!

Non nobis, Domine! Non nobis, sed Nomini Tuo da gloriam!

Arminius

Margaret schrieb zurück:

Waldkirchen den 25. Februar 1305

Lieber Bruder Arminius,

Vielen Dank für Brief 8 Deiner Gralsbriefe, den neunten und letzten in Deiner briefgeführten Einweihung in den Gral. Herzlichsten Dank für alle neun! Und ich fühle den Gral kommen, näher und näher! Ich habe Dir so viel zu sagen, so eine Flut von Gedanken und Worten, dass ich nicht weiß, wo oder wie ich beginnen soll!

Kein Tag vergeht, an dem Du nicht in mir, mit mir und um mich bist!

„... da fand ich den, den meine Seele liebt,
ich halte ihn fest und will ihn nicht lassen,
bis ich ihn bringe in meiner Mutter Haus!"

Das Hohelied des Salomon

Ich verbrachte die letzten zwei Tage um alle Deine Briefe, Lektionen und Gedichte wiederzulesen. Du gabst mir so viel, und mit jedem Wiederlesen verstehe ich es besser und tiefer! Obgleich ich mir dessen nicht immer voll bewusst war, warst du während der vergangenen acht Monate ständig bei mir. Du gabst mir so viel, und oh, so feinfühlig, mein lieber Gralsritter, mein beharrlicher Liebhaber in Christus! Hoffnung, Glaube und Liebe – Du verließest die weltliche Welt und brachtest mir diese! Wie kann ich Dir danken?

Mutterliebe: die erste Liebe, die von jedem Menschen erlebt wird. Diese Liebe breitet sich später in alle Formen von Liebe aus und gipfelt in der höchsten Liebe, der Liebe der göttlichen Einheit. Das ist die Liebe der Liebesgöttin, der Urmutter! Wir Frauen sind ihre Stellvertreter auf Erden! Aber unsere weltlichen Führer, befangen in ihren Spielen um Macht und Gold, wähnen sich uns einfachen Frauen mit unserer mütterlichen Liebe und unseren weiblichen Sorgen überlegen. Der männliche Gott der etablierten Patriarchie ist weder im Himmel noch auf Erden! Er existiert nur in den irregewordenen Seelen der patriarchalischen Machthaber und deren Diener!

Deshalb weihte ich mich dem Rosenkreuz! (Da hast du mein letztes Geheimnis!)

Gute Nacht, oder Guten Morgen, mein Gralsritter und Führer!

In der Liebe der göttlichen Einheit,

Margaret

Arminius antwortete ihr in einem kurzen Kommunique.

Schwester Margaret: Jetzt hast Du also alle meine Gralsbriefe – studiere sie gut! Du kannst mir danken indem Du sie kopierst und an andere Beguinagen und den Geheimbund der Rosenkreuzer weiterleitest. Aber sei vorsichtig, mein und Dein Leben stehen dabei auf dem Spiel!

Non nobis, Domine!

Arminius

Margaret antwortete:

Waldkirchen den 7. März 1305

Lieber Arminius, mein Bruder in Christus,

Ich grüße Dich!

Wiederum kamst du als ein heiliges Geschenk zu mir, denn meine Gefühle bewölkten meinen Geist, und Du, mein Odin, mein Dichter, hobst mich aus der Flaute, brachtest mir Klarheit und wehtest mir frischen Wind hinter meine schlappen Segel. Du treibst mich vorwärts, Hoher Lotse! Du bist der heilige Wind hinter meinen Segeln, du bist der Leuchtturm der mir von weitem leuchtet!

Bruder Arminius, wir beide sind unter dem Tierkreiszeichen des Taurus geboren. Ich würde mich gerne Ende April mit Dir treffen, unter der ersten Mondsichel des Taurus, um unsere beiden Geburtstage zu feiern, und mehr. Was für ein wunderbarer Tag wird es sein, ich freue mich jetzt schon darauf!

Je länger ich auf dieser wunderschönen Erde lebe, desto stärker wird mein Bedürfnis alleine zu sein, in Stille und Kontemplation. Jetzt weiß ich warum mein geliebter Ortsheiliger aus Northumbria, der heilige Cuthbert, die Abtei Lindisfarne verließ und seine Erdentage als Eremit auf der Inneren Farne beschloss.

„Ich will Alles!“ rief sie.

„Aber Alles ist Eins!“ antwortete er.

Ergieße dich in mich, geliebter Apostelbruder, denn ich bin Dein weibliches Du! Bruder Arminius, ich liebe Dich, denn Du bist der Stern meines persönlichen Bethlehems! Aber nicht nur deshalb. Ich liebe Dich denn Du bist mein männliches Ich!

Ich liebe Dich! Ich blicke in den Spiegel und sehe Purpur und Gold! Ich sorge mich immer weniger um den Alltag und halte mein Gleichgewicht indem ich wie eine Seiltänzerin auf einem goldenen Seil wandle. Ich habe die meisten deiner Gralsbriefe bereits weitergegeben. Lieber Bruder, du bewegtest mich dazu andere zu bewegen! Ich danke Dir, für mich, für alle!

Beinahe beneidete ich Dich um Deine goldenen Worte, beinahe, bis ich plötzlich einsah, dass Deine Worte aus einem immerwährenden und immer höher strebenden Streben nach Göttlichkeit kommen, und dass der Brunnen der Weisheit, aus dem du schöpfst, allen offensteht!

Der Rosenstein, wie ich eben herausfand, ist nicht nur der Stein des Rosenkreuzbundes sondern auch der Stein des Tierkreiszeichens Taurus. Du bist unter dem Taurus geboren, ich bin unter dem Taurus geboren! Es ist beinahe wie ein Wunder (Oder ist es ein Wunder?) wie sich voneinander unabhängige Ereignisse scheinbar zusammenhanglos entfalten, und plötzlich sieht man Zusammenhänge die man vorher nicht sah!

Wir Menschen können uns nur dann erfüllen wenn wir den Heiligen Geist im Menschengeist erwecken und weiterbilden. Nicht durch das Ansammeln von sogenannten Tatsachen, nicht durch geschickte Dialektik und Rhetorik, sondern durch mystisches Leben und Erleben. Wir sollten soviel Zeit wie möglich dazu verwenden mit Gott eins zu werden, und zu bleiben. Jeder hat die Wahl diesen Weg der Einweihung zu gehen! „Nehmet hin und trinket, dies ist mein Blut!“ Jesus bot uns den Christusgeist an, aber er kann niemanden zum Trinken zwingen. Es bleibt unserer Wahl überlassen, ob wir aus diesem Gralskelch trinken oder nicht! Vergib deiner Schwester, dass sie Dir Deine eigenen Worte zurückgepredigt hat, ich musste es einfach sagen!

Wir hatten schwere Stürme während der letzten zwei Tage, aber es war sehr warm. Der Schnee schmolz schnell dahin in diesem Frühlingswind, Bäche von Schmelzwasser laufen den Petersberg hinunter. Aber das hast du ja auch erlebt! Ich danke dir nochmals und bete um Einheit.

In der Liebe der göttlichen Einheit,
Margaret

Sieben Tage später kam ein weiterer Brief von Margaret.

Waldkirchen den 14. März 1305

Lieber Bruder Arminius,

Als ich ein Mädchen und eine Jungfrau war, auf meines Vaters Burg in Northumbria, hörten wir oft die Sage über König Artus und seine Tafelrunde. Es gibt verschiedene Versionen der Artussage, aber diejenige, die bei uns in Northumbria am häufigsten erzählt wurde, ist die in welcher zwei Ritter des Hauses Bamburgh, die Brüder Hektor und Lanzelot, Mitglieder von Artus' Tafelrunde sind. Herr Lanzelot war schon von jeher mein Held, ich lernte die Teile über ihn auswendig, und ich spürte den Geist Lanzelots in dir seit ich dich zum erstenmal sah. Der Nachruf des Herrn Hektor an seinen toten Bruder Lanzelot soll meine Ehrenbezeigung an Dich sein:

Und so gingen der Bischof und sie alle zusammen mit dem Leichnam des Herrn Lanzelot bis sie zur Kirche der Freude in Bamburgh kamen. Dort ließen sie hundert Fackeln brennen, und bahrten den toten Herrn Lanzelot auf dem Altar der Kirche auf, und sangen viele Psalter über ihn und für ihn.

Als Herr Hektor soviel Lärm aus der Kirche der Freude kommen hörte und soviel Licht aus ihr strömen sah, bestieg er sein Pferd und ritt zur Kirche. Allda sah er Ritter weinen und singen und sie sagten ihm: „Dort liegt dein Bruder!"

„Oh Lanzelot!" rief Hektor aus, „du glichest keinem irdischen Ritter! Du warst der zuvorkommendste Ritter der jemals ein Schild trug! Und du warst der beste Freund deiner Geliebten der jemals ein Pferd ritt! Und du warst der treueste Liebende eines jeden, sündigen Mannes! Und du warst der freundlichste Mann der jemals ein Schwert trug! Und du warst der tapferste Mann der jemals mit Rittern zum Kampfe ritt! Und du warst der bescheidenste und feinfühligste Mann der jemals mit Damen zu Tische saß! Und du warst der strengste Gegner deines sittlichen Feindes der jemals einen Speer trug!"

Eins mit Dir in Licht und Liebe,
in tiefster Hochachtung und höchster Anerkennung,
Deine Silberschwester Margaret

Arminius antwortete:

Thannbrunn den 14. März 1305

Liebe Schwester Margaret,

Das ist mein letzter Brief von Mentor zu Novizin; nach Deiner Weihe gibt es keinen Mentor und keine Novizin mehr, dann sind wir gleichgestellte Diener Gottes! Ich suche im Geiste nach mehr Ratschlägen, die Deiner Weihe förderlich sein könnten, aber ich finde keine. Ich denke, ich habe Dir alles gesagt was ich sagen kann, der Rest sei Dir überlassen, und dem göttlichen Geist.

Der Heimathafen ist in Sicht, das sturmgepeitschte Schiff Margaret ist beinahe am Ziel, und es ist Zeit für den Hohen Lotsen das Schiff zu verlassen.

Bevor er das Schiff verlässt möchte er sagen, dass es eine spannende und herausfordernde Reise war, dass er viel von der lernte, die er führte, und dass er in Zukunft ein besserer Lotse sein wird, für andere, sturmgepeitschte Schiffe die ohne Kompass, Karte und Astrolabium, ohne Kenntnisse der Kartographie und der Navigation, richtungslos auf den Sieben Meeren treiben.

Es war eine erhebende und entzückende Reise! Der Hohe Lotse verliebte sich in die die er führte, aber das ist unvermeidlich und sogar notwendig auf einer Reise wo der Wind der Liebe die Segel füllen muss. Ohne den heiligen Wind der Liebe hätte der Hohe Lotse, samt Karte, Kompass und Astrolabium, samt seiner nautischen Kenntnisse, nirgendwo hinsegeln können! Ohne diesen heiligen Wind hätte er das sturmgepeitschte Schiff Margaret nicht vorwärtsbewegen können! Ohne Liebe hätte sich Margaret nicht bewegen lassen; der Hohe Lotse musste sie lieben damit sie sich führen ließ!

Während unserer 200 Jahre im Heiligen Land standen wir Templer in enger Verbindung mit den Sufisten, einer der ältesten wenn nicht die älteste Schule der Einweihung. Aus tausenden von Jahren von Erfahrung wissen die Sufisten, dass im Seelenzentrum des Menschen ein heiliges Element schlummert, welches durch nichts weiter als die Liebe der göttlichen Einheit erweckt und aktiviert werden kann. Dieses Element lässt uns die Gottheit in ihrer ganzen Herrlichkeit fühlen, ohne umständliche Philosophie! Dieses Element ist das alchimistische Blei welches durch das Wunder der göttlichen Liebe zu Gold gewandelt wird! Obwohl ich dies bereits in meinen Gralsbriefen und in meinen persönlichen Briefen an dich erwähnte, schadet es nichts es nocheinmal zu erwähnen, als letzten Hinweis von Mentor zu Novizin! Auch Jesus sagte es! Sein Weg war der Weg der leidenschaftlichen, alleinschliessenden, vorbehaltlosen, universellen Liebe: der Liebe der göttlichen Einheit! Und sein Weg ist unser Weg, geliebte Schwester in Christus!

Tochter Zion, freue dich!
Tochter Jerusalem, jauchze!
Siehe, dein König kommt zu dir:
„Sei gegrüßet, Königin!“

In der Liebe der göttlichen Einheit,
Arminius.

Waldkirchen, Frühlingsanfang 1305

AN ARMINIUS

CHRISTUS IST DER MORGENSTERN
WELCHER, WENN DIE DUNKLE NACHT DER WELT VORBEI IST,
SEINEN HEILIGEN DAS LICHT DER WELT GIBT:
DEN IMMERWÄHRENDEN TAG.
Der Ehrwürdige Beda

Mein lieber Bruder in Christus,

Sie wurden Wirklichkeit: Alle Deine Worte, vom Anfang unserer Bekanntschaft bis zu Deinem letzten Brief! Zuerst erschreckten und empörten mich Deine Worte. „Was denkt er, wer ich bin?" dachte ich – damals! Jetzt denke ich: „Ich bin wer er denkt ich bin!"

Der 20. März, bereits ein heiliger Tag, der Tag an dem Du Deine heilige Weihe empfingst! 20. März, der Tag der Erleuchtung und der Todestag meines heiligen Cuthbert! 20. März, der Tag der Erleuchtung für ungezählte Heilige und Mystiker! Und jetzt, der 20. März 1305, mein heiligster Tag!

Liebster Bruder Arminius, jetzt weiß ich wer Du bist: Du bist mein persönlicher Heiland! Ich liebe Dich von ganzem Herzen, mit ganzer Seele und mit ganzem Gemüt! Ich danke Dir sehr für Deine Führung und Deinen Beistand auf meiner einsamen Suche! Und jetzt ist die Einsamkeit vorbei!

Letzte Nacht, als ich meditierend vor drei Kerzen saß, wurde ich in eine himmlische Welt entrückt. Ich fand mich in einem Rosengarten wieder, stieg einen leichten Abhang hinauf zu einem grasigen, blumenbedeckten Plateau, wo unzählige Schmetterlinge in überirdischen Farben herumflatterten. Langsam stieg ich weiter hinauf und sah eine Quelle von klarem Wasser aus dem Berg hervorsprudeln und sich in einen Teich ergießen. Ich befand mich im Außenbezirk eines Tempels.

Ich badete im Teich. Während ich badete, sah ich einen unordentlichen Haufen von Ranzen, Säcken und Reisetaschen am Rande des Teiches liegen, als ob eine Pilgergruppe dort hastig ihr Gepäck abgeworfen hätte.

Danach öffnete sich das zweiflügelige Tor zum Innenhof des Tempels, wie von selbst. Goldenes Licht strömte aus dem Inneren des Tempels durch die Pforte, und in der Pforte erschien eine goldene Spirale welche sich immer schneller drehte und mich hineinzog.

Unwiderstehlich angezogen ging ich auf die Pforte zu, durch die Spirale hindurch in den Innenhof des Tempels. Andere Menschen waren bereits dort und begrüßten mich freudig. Sie kamen mir bekannt vor, aber ich könnte sie nicht beim Namen nennen!

Allmählich gingen wir alle in das Innerste des Tempels. Ein Mann, der Licht austrahlte, vielleicht war es Jesus selbst, stand in einem Becken von schillerndem Licht. Zu seinen Füßen entsprang eine Quelle. Mit einem glänzenden Goldbecher schöpfte er aus der Quelle und gab jedem von uns zu trinken. Ich trank tief von dem goldenen Becher. Sobald ich getrunken hatte, verschwand diese Szene und ein großes, pulsierendes, purpurnes Oval füllte mein Blickfeld.

Zu diesem Zeitpunkt hörte ich auf mein persönliches Selbst zu sein und wurde eins mit dem pulsierenden Oval, welches wie ein großes Herz klopfte. Dann kam von oben ein Dreick von Gold, mit der Spitze nach unten. Und von unten kam ein Dreieck von Gold, mit der Spitze nach oben. Die beiden Dreiecke rückten langsam zusammen und ineinander, gingen ineinander über und bildeten einen Davidstern, der langsam verblasste und allmählich verschwand. Danach kam ich ins normale Bewusstsein zurück.

Ich war außer mir vor Ekstase! Was für ein heiliges Geschenk! Das war göttliche Gnade, eine wahrhaft göttliche Offenbarung, eine Einweihung in die Heiligkeit, die Gemeinschaft der Heiligen! Und Du, mein Gralsritter, mein Gottesbote, überbrachtest mir dieses göttliche Geschenk!

Heute war ich draußen mit meinen Mitschwestern und sang das Lob Gottes, stundenlang, mit lauter Stimme. Plötzlich kam ein Windstoß, blies unsere Kleider über unsere Köpfe und entblößte unsere Unterseiten. Wir lachten und quietschten wie kleine Kinder!

Jetzt bin ich eins mit Gott und der Welt! Der mystische Gipfel – jetzt ist er erklommen! Der heilige Geist, den heiligen Gral – jetzt habe ich ihn! Endlich, endlich, habe und verstehe ich ihn, und Dich!

Am 26. April werde ich in Deine Arme eilen, unter der ersten Mondsichel des Taurus. Ich kann es kaum erwarten!

In höchster Ekstase,
in tiefster Dankbarkeit,
und in höchster Liebe und Hochachtung,
Margaret

Thannbrunn den 26. März 1305

Liebe Schwester Margaret,

Gestern erhielt ich Deinen Brief und bin aus Tiefste gerührt. Ich danke Dir für alle deine Bezeigungen der Anerkennung und Dankbarkeit. Noch nie hat mich jemand so geehrt wie Du!

Deine Einweihung bedeutet, dass ich Dich jetzt loslasse. Jetzt schneide ich die Nabelschnur ab und lasse das neugeborene Christuskind gehen. Die Margaret, die einst blind war und jetzt sehend wurde, braucht keinen Blindenführer mehr!

Unser Verhältnis ist jetzt ein anderes: kollegial, nicht mehr Mentor-Novizin oder Lehrer-Schülerin. Jetzt sind wir gleichgestellte Kollegen und Führer: Mitglieder der Gemeinschaft der Heiligen!

Meine liebe Margaret, meine Muse, meine kostbare Perle: die perlweiße Perle, die auf dem Grunde des kosmischen Ozeans ruhte und auf Dich wartete, trug von jeher den Namen Margaret. Dein persönliches Himmelstor stand Dir von jeher weit offen! Ich führte Dich nur hin! Jetzt bist Du in das Himmelreich eingegangen und wurdest eins mit Christus! Jetzt wirst du ewiglich singen und sein!

DIE GOTTHEIT

Sie ist wir; wir sind sie!
Wir können sie nicht verstehen ohne sie zu erleben,
Aber wir können sie erleben ohne sie zu verstehen,
Denn wir sind sie!

Sie offenbart alles!
Sie erklärt nichts!
Die Erklärungen

Ihrer Offenbarungen
Sind unsere Schöpfungen!

Am Morgen der ersten Mondsichel des Taurus werde ich auf Dich warten! Ich werde meinen Fuhrmann mit Karren am Morgen des 26. April nach Waldkirchen senden um dich abzuholen. Wir können tagsüber ausreiten und am Abend zusammen nach Waldkirchen zurückreiten, oder zurückgehen, wenn Du das bevorzugst. Ich habe sechs Pferde in unserem Stall in Neuhaus, alle sind leicht zu reiten. Unser siebtes Pferd, mein Araber, ist sehr temperamentvoll und schwer zu reiten. Ich würde ihn von niemandem reiten lassen und kann auch niemand auf ihm mitnehmen.

Ich freue mich darauf Dich zu sehen! Wir werden wunderbare Tagträume zusammen träumen, wir werden einander entzücken und verzücken!

Geh mit Christus, geliebte Schwester!
Non nobis, Domine! Non nobis, sed Nomini Tuo da gloriam!
Arminius

Es war Anfang April in Waldkirchen. Eis und Schnee waren der Frühlingssonne gewichen, die Schneeglöckchen und Krokusse waren bereits am Verblühen und die Narzissen und Annemonen fingen an zu blühen. In den Wiesen wuchs, frisch und grün, das neue Gras. Wie üblich hatten die Beguinen den Winter über gesponnen und gewebt. Ein Teil ihrer Winterarbeit sollte ein Geschenk für Arminius werden.

Als die Beguinage Waldkirchen von dem hiesigen Edelmann vor 150 Jahren gestiftet wurde, wurden ihr einige Tagwerk Land mitgeschenkt. Das Land unterhalb der Beguinage war die Wiese, die sie zu ihrer Sommersonnenwendfeier benutzten und auf welcher sie sonst Heu machten und ihre Milchkuh weideten. Auf einem eingezäunten Stück oberhalb der Beguinage hatten sie ihren Gemüse-, Kräuter- und Obstgarten und einen Rosengarten. Aber der größte Teil ihres Landes war in Flachs.

Wenn der Flachs schnittreif war, schnitten ihn die Beguinen mit ihren Sicheln, banden ihn zu Garben, stellten die Garben aufrecht in Puppen auf bis sie trocken waren und brachten sie dann in die Scheune. Vom Scheunenboden wurden die Flachsgarben nach und nach auf den Dreschboden gebracht, wo der Flachs im Wasserbad aufgeweicht und danach gehechelt wurde, um die feinen Flachsfäden von den groben Rohfasern zu trennen. Zuerst hechelten sie den Flachs grob, dann fein. Die feingehechelten Flachsfäden legten sie in die Sonne zum Bleichen bis sie zu einem goldenen Weiß gebleicht waren. Die goldgebleichten Flachsfäden wurden dann auf dem Dachboden der Beguinage aufbewahrt und während der langen Wintermonate zu Garn gesponnen und zu Linnen gewebt. Das Linnen wurde dann noch in der Früjahrs- und Sommersonne zu einem blendenden Weiß fertiggebleicht.

Den ganzen Winter lang sponnen und webten die Beguinen, und sangen, beteten und lasen während sie sponnen und webten. Die besten Leserinnen fungierten als Vorleser und lasen laut vor, während die anderen sponnen und webten. Gewöhnlich lasen sie aus „Das fließende Licht der Gottheit“, dem berühmten Buch der Mechtild von Magdeburg, welches zu einer Art Beguinenbibel geworden war. Manchmal lasen sie auch aus den Schriften der Hildegard von Bingen, die eine weitere ihrer beliebten Heiligen war. Aber ihre Hauptliteratur im Winter 1304/05 waren Arminius' Gralsbriefe. Als sie herausfanden, dass Arminius seinen weißen Templerumhang nicht zu ihrer Sommersonnenwendfeier getragen hatte, weil er fadenscheinig, zerschlissen und geflickt war, entschieden sie sich, ihm einen neuen zu machen.

Als sie genug Linnen gewebt hatten um einen Umhang zu schneidern, schnitt Schwester Anna, die erfahrenste Schneiderin unter ihnen, das Tuch zu einem Muster für einen Umhang mittlerer Größe. Danach nähte Schwester Anna den Umhang, nähte einen Stehkragen obendran und eine Schnalle unter den Kragen, so dass der Umhang oben geschlossen und vorne offen getragen werden konnte, wie es bei den Templern üblich war.

Als der Umhang fertiggenäht war, kaufte Schwester Margaret beim Färber in Berching ein Tütchen Zinnober, kochte eine Rolle Garn in dem Zinnober, bis die Farbe gut eingekocht war, und stickte auf die linke Seite des Umhangs, außerhalb des linken Oberarms, ein zinnoberrotes, achteckiges Tatzenkreuz. Dieser Umhang sollte ein Geschenk der Beguinen von Waldkirchen an Arminius sein, als Danksagung an ihren Gralsritter und Geistesführer.

Am frühen Morgen des 26. April, unter der ersten Mondsichel des Taurus, zog Margaret ihr Festkleid an. Ihr weißes Festkleid hatte Maiblumen – Veilchen, Anemonen, Vergissmeinnicht und Maiglöckchen – auf Saum, Kragen und Manschetten gestickt. Über die linke Brust war ein schwarzes Kruzifix gestickt, und in die Kreuzung des Kruzifixes eine rosarote Rose.

Margaret hatte dieses Kleid bereits als Gräfin von Sulzbürg besessen, es war ihr von einer Bundesschwester, Patrizia von Wildenstein, anlässlich ihrer Einweihung in den Rosenkreuzbund geschenkt worden. Seither trug sie es zu den geheimen Zusammenkünften des Rosenkreuzbundes, zu ihrer jährlichen Sommersonnenwendfeier und zu anderen, besonders festlichen Anlässen.

Am Morgen des 26. April fuhr Sepp der Templerfuhrmann mit Pferd und Karren auf den Petersberg und in den Hof der Beguinage. Er stieg ab, klopfte, Kappe in Hand, an die Tür der Beguinage und sagte verlegen: „Guten Morgen, verehrliche Schwestern! Mein Herr hat mich geschickt um Schwester Margaret nach Thannbrunn zu bringen.“

Margaret nahm Arminius' Umhang und ging mit Sepp in den Hof. Sepp half ihr in den Kasten, in den er führsorglich einige Kissen und eine mit einer Decke bedeckte Strohschütte als weichen Sitz für Margaret gelegt hatte. Er stieg auf den Kutschersitz, nahm die Zügel, klatschte sie gegen die Hinterbacken des Pferdes, sagte ein lautes „Wüah!“ und das Pferd trabte los.

Im Burghof von Thannbrunn stand Arminius um sie zu empfangen: Ihr Gralsritter, mit strahlenden, grünbraunen Augen, mit offenem Herzen und offener Seele! Er half Margaret vom Karren und Sepp fuhr aus dem Burghof. Arminius sank auf sein rechtes Knie, legte seine rechte Faust über sein Herz, verbeugte sich tief und sagte: „Sei gegrüßet, Königin!“ Danach fielen sie sich in die Arme. Mit Freudetränen in den Augen hielten sie sich lange umschlungen.

„Das ist also dein Gralsschloss!“ sagte Margaret lächelnd, nachdem sie sich gesammelt und herumgeblickt hatte. „Ich habe es oft von weitem bewundert und stellte mir wunder was vor. Ich muss sagen, von der Ferne sieht es wesentlich besser aus!“

„Ja,“ stimmte Arminius überein, „die Außengebäude sind verfallen und Wall und Graben sind kaum noch als solche zu erkennen. Aber Halle und Turm sind in gutem Zustand. Lasst uns auf den Turm gehen um den Überblick zu erlangen! Sagtest du nicht in einem deiner Gedichte, dass dich der Überblick aufrecht erhält?“

„Du erinnerst dich also meiner schlechten Gedichte?“

„Ja, ich erinnere mich ihrer, und ich erinnere mich, dass sie nicht schlecht sondern gut waren! Vor deinem Erwachen warst du eine Schriftstellerin, -jetzt bist du eine Dichterin!“

„Hier, ich habe etwas für dich!“ sagte Margaret und entfaltete den Templerumhang ohne auf sein Lob einzugehen. „Es ist eine Gemeinschaftsarbeit aller Waldkirchen Beguinen, ein Zeichen der Anerkennung und Dankbarkeit an unseren Gralsritter und Führer.“

Arminius nahm den Umhang und rief erfreut aus: „Was, ein neuer Mantel? Das ist gerade was ich brauche! Mein alter ist fadenscheinig, geflickt und zerschlissen – kaum tragbar! Wie wusstest du, dass ich einen neuen Mantel brauche?“

„Erinnerst du dich an unser erstes Zusammentreffen? Du sagtest mir, dass du deinen ägyptischen Scholarentalar trugst, weil dein Templermantel fadenscheinig und zerschlissen war.“

„Ja, das stimmt!“ antwortete Arminius und lächelte verschmitzt. „Aber es war auch ein willkommener Entschuldigungsgrund ihn nicht zu tragen! Jetzt, da ich einen neuen Templermantel habe, besser als mein alter und schöner gemacht als ich je einen sah, habe ich keinen Grund ihn nicht zu tragen!“

„Was?“ rief Margaret ungläubig aus, „du willst nicht in einem Templermantel gesehen werden? Du bist doch nicht schüchtern, oder?“

„Nein, nicht schüchtern, nur etwas menschenscheu! Man kann nicht sagen, dass die Tiere des Waldes schüchtern seien, dennoch scheuen sie die Menschen. Die Tiere des Waldes ahnen was ich weiß: dass die Menschen die gefährlichsten Tiere sind!

Abgesehen davon zeigt mich mein Templermantel als Tempelritter an, und Leute bewundern mich entweder über Gebühr, oder sie hassen mich oder erstarren vor Ehrfurcht. Und selbst wenn sie das nicht tun, dann denken sie vielleicht, dass ich alle Weisheit der Welt besäße, fragen mich alle möglichen und unmöglichen Fragen, die ich nicht beantworten kann, und nehmen an, dass ich einfache Lösungen zu komplizierten Problemen habe.“

„Sind die Lösungen denn nicht einfach?“ fragte Margaret erstaunt. „Eine der Einsichten, die mir während des Studiums deiner Gralsbriefe aufleuchtete, war, dass die Lösungen stets einfach sind!“

„Ja, die Antworten sind einfach,“ bestätigte Arminius, „aber nur wenn die Fragen einfach sind! Die Lösung ist immer leicht: Die Lösung ist stets der Gegensatz zum Problem! Die richtige Antwort zu finden ist leicht; schwieriger ist, die richtige Frage zu stellen!“

„Ja, wir stellen die falschen Fragen!“ erklärte Margaret in plötzlicher Einsicht. „Wenn wir das Grundproblem nicht identifizieren, dann finden wir nicht die Grundlösung!“

„Genau!“ bejahte Arminius. „Oft verwecheln wir Symptome mit Wirkungen. Aber, um die Ursache zu beseitigen, müssen wir die Wirkung kennen! Wenn wir die Wirkung kennen, dann ist die Ursache leicht zu beseitigen, denn die Ursache ist stets der genaue Gegensatz zur Wirkung! Die Lösung von Problemen ist leicht: die Lösung ist immer der diametrale Gegensatz des Problems! Die Schwierigkeit liegt darin, das Problem richtig zu identifizieren!

Um auf die Übersicht zurück zu kommen,“ setzte Arminius nach einer Weile fort, „was unser Leben unnötigerweise kompliziert und erschwert ist hauptsächlich ein Mangel an Übersicht! Der enge, ichbezogene Gesichtspunkt macht das Leben schwer; der weite, alleinschließende Gesichtspunkt macht das Leben leicht! Wir Menschen sollten hauptsächlich nach Erweiterung unseres Gesichtspunktes streben!

Die Heidenreligion unserer Vorfahren hatte ein eindrückliches Gleichnis für Übersicht. Der germanische Gott Odin, Gott der Weisheit und Dichtkunst, residierte im Eingangsturm zu Walhall, und konnte von dort in beide Welten zugleich sehen: Die Übersicht schlechthin!“

„Ja, die Übersicht der Übersichten!“ stimmte Margaret überein. „Lasst uns also auf deinen Turm gehen und die Übersicht von dem entsprechenden Gesichtspunkt besehen!“

Arminius führte Margaret in das Innere der Burghalle und zeigte ihr stolz seine Arbeitsstation: sein Schreibpult. Aber Margaret war mehr an dem Bottich interessiert und fragte: „Ist das ein Badebottich?“

„Ja, das ist mein Badebottich!“ antwortete Arminius. „Ich benütze ihn oft, deshalb steht er immer hier, nahe am Feuer. Mein Vater war Mitglied der deutschen Ehrengarde Friedrichs des Zweiten. Friedrichs Mediziner waren Anhänger der arabischen Heilkunst, und wir Templer sind es auch. Der arabischen Heilkunst nach ist Mangel an persönlicher Sauberkeit die häufigste Krankheitsursache. Deshalb stand der gesamte Hof Friedrichs unter striktem Befehl mindestens einmal in der Woche zu baden. Mein Vater übertrug diesen gesunden und vergnüglichen Brauch auf seinen Hof in Welterod bei Mainz, und ich setze die väterliche Tradition fort!“

„Das ist weit besser als ein Schwammbad aus einer Schüssel oder einem Eimer,“ sagte Margaret enthusiastisch, „ich würde liebend gerne so einen Badebottich in unserer Beguinage haben! Aber so ein großer Bottich braucht viel heißes Wasser, man müsste einige große Kessel gleichzeitig über mehrere Feuer hängen um genug Wasser zu sieden. Wo wärmst du denn dein Wasser? Ich sehe keinen Kessel hier, nicht einmal einen Dreifuß oder einen Mauerhaken, um einen Kessel über das Feuer zu hängen!"

„Ich fülle den Bottich mit kaltem Wasser aus der Zisterne. Dann lege ich glühend heiße Siedesteine in den Bottich. Man braucht nicht viele Siedesteine um einen Bottich voll Wasser zu erhitzen, und man kann das Bad beliebig lange ausdehnen indem man mehr heiße Steine hinzufügt wenn das Wasser kalt wird. Steine, die so aussehen als ob sie schoneinmal im Feuer gewesen wären, gefurchte Steine wie diese, sind am besten gegeignet, denn sie platzen nicht wenn sie glühend heiß ins Wasser gelegt werden, und können wiederholt benützt werden. Es dauert nicht lange, die Steine in einem heißen Feuer heiß genug zu kriegen, es ist schneller, besser und leichter als große Kessel voll Wasser zu erhitzen und zu handhaben!

Aber ich benütze meinen Bottich hauptsächlich zur Freude, Entspannung und Meditation" setzte Arminius hinzu. „Waschen tu ich mich meistens im Bach, oder mit Schwamm und Eimer. Dann bin ich sauber wenn ich mich in den Bottich setzte, dann kann ich in sauberem Wasser sitzen und meditieren oder tagträumen, und dann kann ich auch das gleiche Wasser mehrmals benützen!"

„Ich muss so einen Bottich haben!" erklärte Margaret resolut. „Wo hast du ihn her?"

„Von einem Böttcher in Berching!" antwortet Arminius. „Breitenbrunn hat auch einen Böttcher, der liegt etwas näher an Waldkirchen. Der BreitenbrunnerBöttcher befindet sich direkt am Markt, am Fuße der Obergasse, der Straße die vom Breitenbrunner Markt zur Burg Breitenegg hinaufführt. Als ich vor eineinhalb Jahren auf meinem Weg nach Breitenegg dort vorbeiritt, sah ich, dass er Bottiche aller möglichen Größen, auch einen ovalen Bottich dieser Größe, in seinem Hinterhof stehen hatte."

„Ich hörte von Patrizia von Wildenstein, dass du in Breitenbrunn und auf der Burg Breitenegg warst!" sagte Margaret.

„Der junge Herold von Breitenegg wird im nächsten Frühjahr mein Knappe werden", erklärte Arminius. „Du wirst ihn schon kennenlernen! Ich schockierte nämlich den Ritter von Breitenegg indem ich ihm sagte, dass sein Sohn auch von Frauen lernen wird wenn er mein Knappe ist, und dass diese Frauen die Beguinen von Waldkirchen sein werden!"

„Wie hat der gute Ritter es aufgenommen?" fragte Margaret lächelnd.

„Der gute Ritter nahm es gut auf," antwortete Arminius, ebenfalls lächelnd, „aber erst nachdem ich ihm ausdrücklich klarmachte, dass meine Lehrmethoden unkonventionell und ganz und gar meine Sache sind!"

„Patrizia von Wildenstein sagte mir, dass du einen Tag und eine Nacht bei ihr zu Gast warst und danach nach Breitenegg weiterrittest. Du musst einen gewaltigen Eindruck bei ihr hinterlassen haben, denn sie sah dem Zusammentreffen mit dir anlässlich der Sommersonnenwende mit großer Erwartung entgegen. Ich sagte ihr, dass ich dich eingeladen hätte, und sie erwartete dich zu sehen. Aber sie war sehr enttäuscht, denn du machtest dich rar!"

Arminius ging auf Margarets letztere Bemerkung nicht ein. Stattdessen führte er sie ins Obergeschoss, von dort in den Turm und die enge, steile Turmtreppe hinauf zur Plattform des Turmes. Dort setzten sie sich auf die Zinnen und blickten schweigend in die Gegend. Nach einer Weile schaute Margaret liebend in Arminius' Augen und begann zu sprechen.

„Bruder Arminius, ich bin immer noch still verzückt! Selbst die besten Worte, die ich für meine Verzückung finde, klingen hohl verglichen zu dem eigentlichen Gefühl! Ich fühle mich immer noch wie benommen, wie in einem himmlischen Traum aus dem ich nicht erwachen kann! Und ich sehe klarer, wörtlich und bildlich gesehen! Alles, was ich sehe, sehe ich außergewöhnlich klar, mit außergewöhnlicher Schärfe, in kräftigen, lebendigen, überirdisch anmutenden Farben! Und alles scheint von einem leichten Heiligenschein umgeben zu sein! Und ich höre besser, und anders! Alle meine Sinne scheinen schärfer geworden zu sein! Ich sagte es vorher und ich sage es wieder: wie kann ich dir danken?"

„Du kannst mir danken indem du mir nicht dankst! Was ich für dich tat war keine Arbeit, es war reines Vergnügen! Es war derart vergnüglich, dass ich dafür bezahlen würde es tun zu dürfen! Außerdem gibt es bei uns im Templerorden kein persönliches Lob und keinen persönlichen Dank. Abwesenheit von Kritik ist unser Lob! Jeder tut sein bestes, das wird erwartet, und getan, und darin sind wir alle gleich. Dass einige von uns auf dem einen oder anderen Spezialgebiet besonders geschickt sind, und deshalb auf diesem Gebiet hervorragende Arbeit leisten, ist selbstverständlich!

Darüber hinaus ist vieles, was ich schrieb, nicht mein selbsterdachtes Gedankengut, und die meisten Methoden, die ich vorschlug, nicht meine persönlichen Methoden. Ich wurde von anderen Meistern geführt und gelehrt, aber die meisten meiner Führer sind tot. Ich erlas ihre Führung aus ihren Werken und empfing sie durch innere Geistesführung. Der Führer, der mich am meisten beinflusste, war Jalal-ud-Din Rumi, aus dem Sultanat Rum, auch Ikonium genannt, im anatolischen Hochland der südlichen Türkei. Er war ein leidenschaftlicher Dichter, von leidenschaftlicher Heiligkeit besessen, ähnlich wie du und ich. Er führte mich durch seine geschriebenen Worte und innerlich, mit seinem Geist. Wie du weißt, gibt es nicht nur irdische Lehrer und Führer, es gibt auch überirdische Lehrer und Führer, die uns unmerklich, auf der seelischen Ebene, lehren und führen. Aber nur wenn wir dies wollen, und ausdrücklich wählen! Wir Christen nennen den universellen Führergeist 'Christus'. Ich bin sicher, dass ich von Christus geführt wurde, und du! Jetzt sind wir Apostel Christi und führen und verführen andere sich von dem Christusgeist führen zu lassen! Du kannst mir eigentlich nur dadurch danken, indem du eine Dienerin des Christusgeistes wirst, und andere zu ihm führst!"

Margaret schwieg lange und sagte schließlich: „Du schriebst in deinen Gralsbriefen, dass die Bedeutungen von Visionen persönlich seien, dass uns niemand anders unsere Vision auslegen kann. Du sagtest weiterhin, dass Visionen Wegweiser sind, die uns unseren Lebensweg zeigen. Ich habe mir meine Vision bereits erklärt, aber ich würde gerne von dir hören, was du darüber zu sagen hast. Besonders über den Gipfel meiner Vision, die zwei Dreiecke, die ineinander übergingen und einen Davidstern bildeten!"

„Dafür habe ich keine kurze Erklärung," antwortete Arminius lächelnd, „du musst dich also auf eine lange Antwort gefasst machen.

Wir Templer waren beinahe 200 Jahre lang im Heiligen Land, und davon nahezu 100 Jahre in der heiligen Stadt Jerusalem, als Herren des Tempelbezirkes. Das Zentrum des Tempelbezirkes, der Felsendom, wurde unser ‚Templum Domini', unser Allerheiligstes. Während unserer hundert Jahre als Herren des Tempelbezirkes gruben wir dort gründlich nach und legten dasFundament des ursprünglichen Tempels des Salomon frei. Wir wurden uns über den Grundriss und die Architektur des Tempels klar, und wir fanden heraus, dass der Felsen, um welchen später der Felsendom gebaut wurde, früher das Allerheiligste des Tempels des Salomon war. Und wir fanden mehr!

Wir gruben auch die Ruinen des alten Königspalastes der Phönizier in Tyros aus. Dort fanden wir Dokumente die bezeugten, dass König Hiram von Tyros der eigentliche Erbauer des Tempels des Salomon war! Bevor König Hiram den Tempel Salomons baute, schworen die beiden Könige einen Pakt der Einheit. Um diesen Pakt zu siegeln und ihre Einheit zu symbolisieren, gab König Hiram dem König Salomon das Siegel des Salomon: zwei ineinander verschlungene Dreiecke! Das Siegel des Salomon, das heißt, die geometrischen und geistigen Prinzipien die darin enthalten sind, wurden auch in den Grundriss und in die Architektur des Tempels des Salomon inkorporiert!

Der Tempel des Salomon glich einem phönizischen Tempel, und die meisten, phönizischen Tempel waren der Göttin Astarte geweiht! Das Hohelied des Salomon ist eine Liebeshymne an Astarte; die Sprüche des Salomon gelten Astarte und der Einheit zwischen Jehova und Astarte! Der Tempel des Salomon war Hirams und Salomons Tempel, war phönizisch und jüdisch, war der Göttin Astarte und dem Gott Jehova geweiht, und der Einheit zwischen den beiden. Und das Symbol dieser Einheit, das Siegel des Salomon, wurde, wie ich bereits sagte, in den Tempelbau inkorporiert!

Was du in deiner Vision sahst war das Siegel des Salomon. Es symbolisiert nicht nur die Einheit zwischen Phöniziern und Juden, Astarte und Jehovah, Hiram und Salomon, sondern auch die Einheit zwischen allen Gegensätzen! In König Salomons Zeit symbolisierte es hauptsächlich die Einheit zwischen den früheren Feinden Phönizia und Israel, sowie die Einheit zwischen den Königen der beiden Völker und ihren Gottheiten. Die Phönizier beteten die weibliche Göttin Astarte an, die Juden den männlichen Gott Jehova. Das heißt, dass zu Salomons Zeiten das Siegel des Salomon auch die Einheit zwischen Männlichkeit und Weiblichkeit symbolisierte, zwischen männlichem und weiblichem Geist, zwischen männlicher und weiblicher Gottheit und Göttlichkeit!

Jehova wird manchmal als der Gott der logischen Vernunft angesehen, Astarte als die Göttin der Eingebung und der Gefühle, der Liebe, Leidenschaft und Weisheit. Das Siegel des Salomon symbolisiert also auch die Einheit zwischen Vernunft und Eingebung, Vernunft und Gefühl, Vernunft und Liebe, Vernunft und Leidenschaft, Vernunft und Weisheit. Das Siegel des Salomon symbolisiert weiterhin die Einheit zwischen der männlichen und weiblichen Natur und den männlichen und weiblichen Eigenschaften. Das Siegel des Salomon symbolsiert die Einheit schlechthin, das Prinzip der göttlichen Einheit! – Es ist eines der Gralsymbole!

Mystische Erleuchtung ist eine Erweiterung des Gesichtspunktes: von dem ichbezogenen Gesichtspunkt des Einzelnen zu dem alleinschließenden Gesichtspunkt der Gottheit. Dies sind diametral gegenüberliegende Gesichtspunkte, das Siegel des Salomon symbolisiert auch die Einheit zwischen diesen! Warum war König Salomon so weise? Weil er das Prinzip der göttlichen Einheit praktizierte! Weil er seinen persönlichen Gesichtspunkt mit dem Gesichtspunkt der alleinschließenden Gottheit vereinte und von diesem erweiterten Gesichtspunkt aus fühlte, dachte, handelte und richtete!

In der heutigen Welt stehen sich Christen und Muslime feindlich gegenüber, und Juden und Muslime, und manchmal sogar Christen und Juden. In heutigen Begriffen würde das Siegel des Salomon hauptsächlich die Einheit zwischen Muslimen und Christen, Muslimen und Juden, und Juden und Christen symbolisieren – die Einheit zwischen allen dreien! Das war auch, und ist noch immer, eines der Ziele des Templerordens!

Das Siegel des Templerordens, das du auf den vielen Briefen, die ich dir schrieb, aufgedrückt sahst, zeigt unseren 'Templum Domini', den Felsendom von Jerusalem. Der Felsen, um welchen später der Felsendom gebaut wurde, ist ein Heiligtum der Juden, Christen und Muslime zugleich! Abraham opferte, oder beinahe opferte, auf diesem Felsen seinen Sohn Isaak. Der Priester Melchidesek brachte auf diesem Felsen seine Opfer dar. Der Felsen war das Allerheiligste des Tempels des Salomon. Und der Prophet Mohammed – er sei gepriesen – fuhr von diesem Felsen zum Himmel. Die Muslime nennen den Felsen den ‚Nabel der Welt'!

Der Felsen des Felsendoms war das Allerheiligste im Tempel Salomons, das Siegel des Salomon wurde in den Tempel Salomons inkorporiert, und du empfingst deine Vision des Siegels des Salomon im Innersten und Allerheiligsten deines persönlichen Tempels, des Tempels deiner Vision!

Der dreieckige Aspekt eines jeden der zwei Dreiecke im Siegel des Salomon bedeutet eine Dreiheit, die Dreiheit, die Heilige Dreieinigkeit, das Dreifache Paradox. Ein Dreieck kommt von oben und eines von unten, und die beiden vereinen sich. Das bedeutet die Vereinigung der ursprünglichen, gotterschaffenen Dreieinigkeit mit dem menschenerschaffenen Begriff der Dreieinigkeit. Es bedeutet die Vereingung von Schöpfer und Geschöpf, und es bedeutet die Vereinigung der niedrigen und tierischen Aspekte des Menschen mit den höheren und göttlichen. Es bedeutet auch, dass die Gottheit, die sich in chaotische Blindheit auswarf um sich in einer Vielfalt von Formen zu erleben, zu sich selbst zurückfand! Es bedeutet, dass eine der blinden Formen herausfand, dass sie eins mit der ursprünglichen Gottheit ist! Das Omega fand das Alpha, und es fand heraus, dass es eins mit dem Alpha ist! Das Reis fand seine Wurzel, und fand heraus, dass es eins mit der Wurzel ist! Das

Zusammentreffen der Deiecke ist ein Zusammentreffen und Einswerden der fleischgewordenen Gottheit mit der ursprünglichen Gottheit!

Der ehrwürdige Wolfram, in seinem Gralsepos Parzival, beschreibt den Gral als eine Vereinigung von Gegensätzen. Im Buch V des Parzival, wenn die Gralsträgerin Repanse de Schoye den Gral in den Saal des Gralsschlosses trägt, beschreibt Wolfram den Gral:

> uf einem grüenen achmardi
> truoc si den wunsch von paradis,
> bede wurzeln unde ris.
> daz war ein dinc, daz hiez der Gral,
> erden wunsches überwal.

Wolframs Gral ist beides, Reiser und Wurzeln, in einem Ding. Mit diesem genialen Streich beschreibt Wolfram den Gral nicht nur als eine Vereingung der Gegensätze sondern auch als den paradiesischen Baum, den Baum der Erkenntnis. Und Wolframs Baum der Erkenntnis enthält beides, Reiser und Wurzeln, in einem Ding, und ist der paradiesische Wunsch sowie der überwältigende, irdische Wunsch!

Wolframs Gral ist auch ein Echo der Maxime des Hermes Trismegistos: ‚Wie oben, so unten, um das Wunder des Einen Dinges zu erfüllen.' Das Siegel des Salomon symbolisiert all dies, und mehr."

Margaret schwieg für lange Zeit und sagte schließlich: „Nur ein Templer könnte alle diese Bedeutungen und Zusammenhänge sehen! Ich wusste, dass mein Davidstern eine Vereinigung der Gegensätze darstellte, aber was du mir eben sagtest lässt mich beinahe sprachlos! Das Hohelied der Liebe und die Sprüche des Salomon waren schon von jeher meine liebsten, biblischen Bücher. Jetzt weiß ich warum!"

„Halt dich fest damit du mir nicht von der Zinne fällst, ich hab noch mehr!" sagte Arminius lächelnd. „Das Aramäische Johannesevangelium, dass ich dir bei unserer ersten Begegnung gab, ist nicht das einzige Evangelium welches nicht in die Bibel eingeschlossen wurde, es gab noch mindestens zwanzig andere, die von verschiedenen Autoren während der 100 Jahre nach Jesus' Tod geschrieben wurden. Ich las sie in unserem Geheimarchiv in Akko, aber sie schienen mir nicht sehr bemerkenswert, bis auf das Thomasevangelium, welches aus ganz besonderen Gründen nicht in die Bibel eingeschlossen wurde.

Dem Thomasevangelium und anderen Dokumenten nach, die durch die Katharer in unseren Besitz kamen, war Maria die Magdalenin Jesus' Hauptapostolin – und Ehefrau! Die beiden hatten mehrere Kinder! Wie du siehst, wurde der Tanz zwischen Jehova und Astarte nicht nur von Jesus gepredigt sondern auch praktiziert!

Maria die Magdalenin, mit Jesus' Kindern und einer umfangreichen Begleitschaft, finanziert und beschützt von Josef von Arimathia, segelte nach Jesus' Kreuzigung über das Mittelmeer und ließ sich im Languedoc nieder.

Die Katharer glaubten, dass Maria die Magdalenin, samt Jesus' Kindern und Begleitschaft, in der Nähe des heutigen Städtchens Stes.-Maries-de-la-Mer landete

– deshalb der Name. Der Name bezieht sich auf zwei Marias: Maria die Magdalenin und Maria, die Mutter Jesu. Vielleicht war die zweite Maria auch die Maria von Bethanien, vielleicht waren es alle drei. Die Katharer machten jährliche Wallfahrten nach Stes.-Maries-de-la-Mer, am Jahrestag der Landung, im Mai. Leider wurden die Katharer von der Römisch Katholischen Kirche nahezu ausgerottet!

Aber viele der Nachkommen Jesu leben noch heute, hauptsächlich in der Gegend zwischen den Pyrenäen und den Alpen. Jesus' Blutlinie hat sich sogar in einige der Adelsgeschlechter der dortigen Gegend fortgesetzt. Das Haus meiner Mutter, das Haus de Beaujeu, ist eines von ihnen!

Ich selbst nehme leibliche Nachkommenschaft nicht sehr ernst. Unseren Dokumenten nach hatte Jesus mehrere Kinder. Selbst wenn sich nur zwei davon fortpflanzten, und von diesen wieder zwei, und so weiter, 30 oder 40 Generationen bis zur Gegenwart, dann gibt es Zigtausende von Jesus' Nachkommen, ob sie es wissen oder nicht, in der Bevölkerung zwischen Pyrrenäen und Alpen! In der Tat, viele der Katharer, die jene Gegend bewohnten, behaupteten von Jesus abzustammen!

Wenn man rückwärts kalkuliert, dann ist die Summe die gleiche: 40 Generationen zurück hat jeder Mensch Tausende von Ahnen! Es gab natürlich Zwischenehen, was die Summe vemindert, aber sicher ist, dass Jesus nur einer von Tausenden meiner Ahnen war, und ich nur einer von Tausenden seiner Nachkommen!

Blutsnachkommenschaft und Blutsverwandtschaft bedeuten nicht viel; ursprünglich kamen wir alle aus dem gleichen, göttlichen Ursprung und sind deshalb gleich göttlich und gleich verwandt! Und, wenn man sich seines Ursprungs und seiner Verwandtschaft mit der Umwelt bewusst ist, dann ist alles verwandt, dann ist alles eins. Das ist der Christusgeist! LeiblicheVerwandtschaft mit Jesus bedeutet nicht viel; Geistesverwandschaft mit Christus ist maßgebend! Ich denke, dass die Katharer, wenn sie sagten, dass sie von Christus abstammen, mehr Geistesnachkommenschaft als Blutsnachkommenschaft meinten! Wie dem auch sei, was für mich zählt ist Geistesnachkommenschaft! Und die ist eine Sache der Wahl! Außerdem ist das Blut Jesu ja auch ein Gleichis für den Geist Christi. Das heilige Blut Jesu ist der Geist Christi – eine Sache der persönlichen Wahl!

Es ist möglich, dass Blutsnachkommenschaft etwas zu sagen hat, ich schließe das nicht ganz aus. Wir Menschen sind Lebensformen, und alle Lebensformen geben ihre wesentlichen Lebenserinnerungen in ihrem Samen an ihre Nachkommen weiter. Es ist möglich, dass ein Tröpchen des leiblichen Blutes Jesu durch die Ahnenreihe meiner Mutter auf mich durchgesickert ist!

Aber für den Menschengeist ist das, was wir in unserem Samen weitergeben, nicht wesentlich. Die wesentliche Weitergabe von Wissen erfolgt bei uns durch Lehren, von menschlichem Geist zu menschlichem Geist. Und wir Menschen haben natürlich auch die intuitive Aufnahme von Wissen, direkt vom göttlichen Geist zum menschlichen Geist."

Margaret hatte Arminius mit weit offenen Augen wie gebannt zugehört. „Du scherztest nicht," sagte sie, „ich musste mich festhalten, um von dem was du eben sagtest nicht von der Zinne geworfen zu werden! Ist es wirklich war? Du bist ein Nachkomme Jesu? Ist das der Grund, dass du uns normalen Sterblichen so weit voraus bist? Ist das die Erklärung für deine fortgeschrittene Geistigkeit?" „Was ich eben sagte, ist so wahr wie ich hier sitze und zu dir spreche!" gelobte Arminius. „Aber, dass ich ein Gralsritter wurde und meine Mitmenschen zum Gral führen will, hat nichts mit meiner mütterlichen Ahnenreihe zu tun. Die Beaujeus waren auch nicht besser und nicht schlechter als andere Adelige! Einer von ihnen, Humbert de Beaujeu, half dem König von Frankreich die Katharer zu vernichten. Aber ein anderer, Renard de Beaujeu, machte die Sünden seines Vetters wett indem er ein berühmter Troubadour wurde. Und der Templerorden wurde im Schloss Arginy, dem Hauptsitz des Comte de Beaujeu, im Jahre 1114 heimlich gegründet, vier Jahre vor seiner offiziellen Gründung in Jerusalem.

Und da war natürlich der wahrhaft große Großmeister des Templerordens, Guillaume de Beaujeu, dem ich 15 Jahre lang in Akko als Sekretär diente. Er fiel im Kampf um Akko und liegt unter den Trümmern des Großmeisterpalastes begraben. Aber er starb nicht beim Einsturz des Palastes, wie viele meiner Mitbrüder, er starb an einer schweren Wunde, die er im Gefecht außerhalb der Stadt erhielt. Wir begruben ihn vor dem Altar der Kapelle des Großmeisterpalastes, einige Stunden vor dem Einsturz."

Danach saßen Margaret und Arminius schweigend auf den Zinnen bis sie das Elfuhrläuten von Waldkirchen klingen hörten. „Lasst uns hinuntergehen und das Mittagsmahl essen, das ich für uns vorbereitet habe!" sagte Arminius.

Beim Hinuntergehen bemerkte Margaret: „Wenn immer du den Namen des Propheten Mohhammed erwähnst, dann setzt du hinzu ‚er sei gepriesen!'. Du sagtest es eben auf dem Turm, und in deinen Gralsbriefen. Warum?"

„Unter den Muslimen ist es üblich das zu sagen!" antwortet Arminius. „Sie tun dies, um ihren höchsten Propheten zu ehren."

„Aber unter uns Christen ist es nicht üblich, und es sind keine Muslime zugegen!" wendete Margaret ein.

„Das bedeutet nicht, dass wir ihre Tradition und ihren höchsten Propheten nicht ehren sollen!" machte Arminius geltend. „Wennimmer sie unseren höchsten Propheten Jesus beim Namen nennen, dann fügen sie hinzu ‚Friede sei mit ihm!', auch wenn keine Christen zugegen sind! Es hört sich gut an und ist ein guter Brauch. Erinnerst du dich an den Untertitel des Aramäischen Johannesevangeliums, ‚Das Friedensevangelium'? In diesem Evangelium steht geschrieben, dass sich Jesus und seine Anhänger mit den Worten ‚Friede sei mit dir!' oder ‚Friede sei mit euch!' begrüßten und verabschiedeten. Dies ist in der arabischen und jüdischen Welt noch heute üblich, wo sich Leute mit ‚Salaam' auf Arabisch und ‚Shalom' auf Hebräisch begrüßen. Beides bedeutet ‚Friede sei mit dir!' Und der Name Salomon bezieht sich auf Shalom und Salaam und bedeutet soviel wie ‚der Friedfertige' oder ‚der Friedenstifter'. Und die Stadt Jerusalem ist die ‚Stadt des Friedens'. Bevor das heutige Jerusalem gebaut wurde stand dort, gleich südlich der heutigen Stadt Jerusalem, die alte Kanaaniterstadt ‚Urusalim', nach dem Kanaanitergott ‚Shalem' benannt. Der Felsen des Felsendoms, über welchen wir eben ausführlich sprachen, war bereits der Hochaltar des Tempels von Urusalim, und war dem Kanaanitergott Shalem geweiht. Die alte Stadt Urusalim ist auch als die Stadt Davids bekannt, ihre

Ruinen stehen gleich südlich der heutigen Stadt Jerusalem. Der heilige Felsen des kanaanitischen Friedensgottes Shalem wurde von König Salomon auf den Berg Moriah, den Tempelbezirk Jerusalems, gebracht und zum Hochaltar des Tempels des Salomon geweiht!“

Unten im Saal, auf dem großen Tisch, stand eine mit einem Teller bedeckte Schüssel voll kleiner, runder Fladenbrote, die Arminius am frühen Morgen aus Weizenkeimen gebacken hatte. Neben der Schüssel standen zwei Becher und ein Krüglein voll klargrünem Frankenwein. Arminius hob den Deckteller von der Schüssel. „Das sind gekeimte Weizenbrote, die kleinen Brotfladen, die Jesus und seine Begleiter buken und aßen. Wir sprachen eben von dem aramäischen Johannesevangelium; du kannst dich doch sicherlich an diese Brotfladen erinnern?“

„Ja! Gekeimter Weizen, zwischen zwei Steinen zermalmt, in kleine Fladen geformt und auf einem heißen Stein in der Sonne gebacken, einen halben Tag auf der einen Seite und einen halben Tag auf der anderen. Aber diese Brötchen sind nicht sonnengebacken! Wie machst du sie?“

„Ich weiche einen Becher Weizen in einer Schüssel Wasser für 12 Stunden auf. Danach gieße ich das Wasser ab und lasse den Weizen zwei Tage und zwei Nächte lang keimen, spüle aber die Keime alle 12 Stunden, damit sich kein Schimmel bildet. Man kann die Keime so essen wie sie sind, aber sie sind etwas zäh und man muss sie lange kauen. Oder man zerdrückt sie zwischen zwei flachen Steinen und bäckt sie in kleine Fladen. Ich habe diese hier über meinem Feuer in einer gusseisernen Pfanne in Butter auf beiden Seiten leicht gebacken.

Wir aßen solche Fladen in Palermo, als wir aus der alexandrischen Gefangenschaft entlassen wurden und in Palermo auf die Befehle unseres Großmeisters warteten. Wir hatten nichts als Weizen, Olivenöl und Zitronen, und keine Möglichkeit den Weizen zu mahlen. So keimten wir den Weizen und buken die Keime in kleine Brotfladen. Wir aßen diese Brötchen und tranken Zitronenwasser – wochenlang. Wir gediehen davon!“

Arminius nahm einen der Fladen, brach ihn in zwei, gab Margaret ein Stück und sagte: „Nimm hin und esse – dies ist mein Leib!“

Margaret lächelte und nickte zustimmend. „Ja, wörtlich! Dies ist der Leib Gottes, so wie es ist – ohne Transubstantiation!“ „Mmm, schmeckt gut!“ rief Margaret aus nachdem sie ihr Stückchen gegessen hatte. „Etwas süßlich! Womit hast du sie gesüßt?“

„Ich habe sie nicht gesüßt,“ antwortet Arminius, „der Keimvorgang macht sie natürlich süß! Man kann die Keime so essen wie sie sind, dann schmecken sie auch süßlich, sind aber ein wenig zäh. Deshalb ist es better sie etwas zu zerdrücken und leicht zu backen.“

Danach schenkte Arminius die beiden Becher voll und gab Margaret einen. Bevor er etwas sagen konnte sagte Margaret: „Nimm hin und trinke – dies ist mein Blut!“

„Ja, wörtlich – ohne Transubstantiation!“ bestätigte Arminius lachend.

„Was werden wir am Nachmittag tun?“ fragte Arminius, nachdem sie die Brotfladen gegessen und Margaret einen und er zwei Becher Wein getrunken hatte.

„Deine Worte und dein Wein haben mich berauscht, ich bin zu glücklich zum Denken!“ sagte Margaret mit leuchtenden Augen. „Außerdem bist du mein Führer. – Führe mich!“

„Wenn du nicht dieses schöne, weiße Kleid anhättest, dann würde ich sagen, wir sollten uns Trevrizents Höhle ansehen. Aber wir müssen auf Händen und Knien in die Höhle kriechen, dabei würde dein schönes Kleid schmutzig werden!“

„Was ist denn besonders an dieser Höhle, dass ich sie sehen soll?“

„Es ist eigentlich keine Höhle, es ist eine Krypta, ein von Menschenhand ausgehauener, unterirdischer Kapellenraum, in einen Sandsteinrücken gehauen. Eigentlich sind es zwei Räume. Jeder ist zehn mal zehn Fuß im Ausmaß und hoch genug um aufrecht darin zu stehen. Einer der Räume dient als Kapelle, der andere als Wohnraum und Küche. Du hast bestimmt Wolframs Gralsepos Parzival gehört und vielleicht sogar gelesen, und du kannst dich vielleicht an den Eremiten Trevrizent und seine unterirdische Klause erinnern.

Die Höhle, die ich dir zeigen will, ähnelt Trevrizents Höhle, so wie sie im Parzival beschrieben ist. Deshalb nennen wir sie ‘Trevrizents Höhle’. Wir haben guten Grund zu glauben, dass der ehrwürdige Wolfram die Höhle des Trevrizent in seinem Gralsepos nach dieser Höhle beschrieb! Adalbert von Eschenbach, Großneffe des ehrwürdigen Wolfram und heutiger Herr von Eschenbach, versicherte uns, dass sein ehrwürdiger Oheim die Templer von Weihersdorf und Thannbrunn befreundete und öfter besuchte. Meine Bauern nennen die Höhle das ‚Trempelloch’, eine Verdrehung von ‚Templerloch’„.

„Ich möchte dieses Templerloch sehen!“ sagte Margaret resolut. „Wie weit ist es von hier?“

„Nicht weit, eine halbe Stunde zu Fuß!“ antwortete Arminius. „Ich habe einen braunen Bauernkittel hier liegen, den ich gewöhnlich anziehe wenn ich in die Höhle krieche. Du kannst ihn anziehen, oder meinen alten Templermantel, ich werde beide mitnehmen.“

Arminius nahm einige Kerzen und sein Feuerzeug aus der Truhe, rollte sie in den Kittel, faltete den alten Templermantel um den Kittel und klemmte dasBündel unter den Arm. Sie gingen den steilen Fußpfad zur Sandmühle hinunter. Die Buchen waren noch nicht in vollem Blatt und ein wogender Teppich von weißen Anemonen bedeckte den Waldboden. Die Weiße Laber glänzte hell in der Mittagssonne und ein leichter Wind kräuselte den Mühlenteich zu silbernen Wellen.

Sie gingen über die Sandmühlbrücke und schlugen den Weg nach Simbach ein. Kurz vor Simbach bog Arminius nach rechts ab und führte Margaret durch den Wald. Sie umgingen den Sandsteinrücken, bis sie über dem Rücken in der Waldlichtung oberhalb Simbach waren.

Das Einstiegsloch zu Trevirents Höhle war, wie immer, mit einer großen Steinplatte bedeckt. „Ah, der Stein liegt noch vor des Grabes Tür!“ rief Margaret aus. „Ich werde dir helfen ihn beiseite zu schaffen!“

Arminius und Margaret nahmen die Stange, die zu diesem Zweck neben dem Einstiegsloch lag, und rückten den Stein zur Seite. Margaret schlüpfte in Arminius’ Bauernkittel, Arminius zog seinen alten Mantel an, schlug einen Funken, entzündete eine Kerze und steckte die anderen, zusammen mit dem Feuerzeug, in die Manteltasche. „Ich krieche voran, du folgst mir nach, auf Händen und Knien. Der Tunnel ist hoch genug um bequem auf Händen und Knien zu kriechen, aber du musst deinen Kopf tief halten damit du dir deine blonden Haare nicht an der Tunneldecke verschmutzt. Es sind Kerzennischen in den Tunnelwänden, und der Ruß von diesen Kerzen hat die Tunneldecke verrußt. In den Kammern können wir dann aufrecht stehen!"

Arminius stieg in das Einstiegsloch, half Margaret in das Loch, ließ sich auf beide Knie und die linke Hand nieder und kroch, mit der Kerze in der erhobenen Rechten, in den Tunnel. Margaret folgte ihm nach. Alte Kerzen von verschiedenen Höhen staken in den Seitennischen, Arminius zündete einige von ihnen beim Vorbeikriechen an. Als er zum Fallloch kam, half er Margaret hinüber. Danach krochen sie um die Ecke und waren in der Kapelle.

Arminius erhob sich und stand aufrecht in der Kapelle. „Du kannst hier ohne Besorgnis aufrecht stehen, die Decke ist hoch genug!" Dann nahm er einige Kerzen aus der Tasche, entzündete sie und steckte sie in die Seitennischen der Kapelle. „Der andere Raum ist dort!" sagte er und wies auf den Gang der in den anderen Raum führte. „Er hat keinen Zentralpfeiler sondern ist U-förmig ausgehauen, mit einem Holzkohlebecken im linken Arm des U. Der andere Raum dient als Wohn- und Schlafkammer und Küche, dieser Raum hier ist die Kapelle. Lasst uns kurz in den anderen Raum gehen, danach bleiben wir etwas länger hier in der Kapelle!"

Sie krochen in die zweite Kammer. Arminius zündete dort keine Kerzen in den Nischen an, sie besahen sich nur kurz die Kammer und das Holzkohlebecken und krochen wieder in die Kapelle zurück.

In der Kapelle besah sich Margaret die Inschrift auf dem Zentralpfeiler. „Z•A•E", las sie laut, „das ist wohl die Lateinsierung des 'Ich bin das Alpha und das Omega!' aus dem Buch der Offenbarungen. Aber warum steht hier das Omega zuerst?"

„Das hat seinen besonderen Grund, Z•A•E ist ein Gralssymbol! Die ursprüngliche Gottheit schüttete sich aus um sich in einer Vielfalt von Formen zu erleben. Wir Menschen sind die bis jetzt höchstentwickelte Form dieser Vielfalt. Die ursprüngliche Gottheit war die Ursache der Schöpfung, wir sind die am weitesten fortgeschrittene Wirkung! Wir sind die zur Zeit höchstentwickelte Form von Omega. Sobald sich das Omega seiner Einheit mit dem Alpha bewusst wird, dann erlebt es den Gral! Deine und meine Gralsvision, sowie jede andere Gralsvision, ist ein Einswerden des Omega mit dem Alpha. Gott ist das Alpha und das Omega. Nachdem wir den Gral empfangen haben, sind wir das Omega und das Alpha!"

Margaret nickte zustimmend und die beiden setzten sich. „Das ist also der Schoß der Welt!" stellte Margaret fest. „Du sagtest heute Vormittag, dass der Felsen eures Templum Domini von den Muslimen der Nabel der Welt genannt wird. Und dies ist der Schoß der Welt!"

„Ja," stimmte Arminius überein, „ich fühlte und dachte das Gleiche, als ich zum ersten Mal hierher kam. Ich werde jetzt die Kerzen auslöschen und wir werden im

Schoße der Welt meditieren, in absoluter Stille und Dunkelheit – eine Rückkehr zum Ursprung!"

Arminius löschte alle Kerzen in der Kapelle und im Gang, bis zur Biegung. Danach saßen sie meditierend in der Kapelle, in absoluter Stille und Dunkelheit, nur ihr leiser Atem und das Schlagen ihrer Herzen war hörbar. Etwa eine halbe Stunde später kroch Arminius in den Gang und um die Biegung, entnahm eine der Kerzen, die dort noch in den Nischen der Tunnelwand noch brannten, und entzündete die Kerzen in der Kapelle.

„Ich fühlte mich wirklich wie im Schoße der Welt!" sagte Margaret andächtig. „Ich wurde eins mit der Erde, dem Element von dem wir entsprangen."

„Und ich fühlte mich als ein Nichts, das stockdunkle, formlose Nichts, welches unser ursprünglichster Ursprung war!" sagte Arminius. Danach zitierte er:

Im Schoße der Welt war das Wort,
Das Wort war Odin,
Odin war Dichter.

Odins Wort war nicht
Das Wort eines Diktators,
Sondern das Wort eines Dichters:
Bildlich, nicht wörtlich;
Mystisch, nicht dogmatisch!

„Ein Gedicht aus dem Schoße der Welt!" rief Margaret aus, „Wie passend! Du bist nie um die rechten Worte verlegen, Bruder Arminius, du bist Odin! Und wenn du Odin bist, dann kannst du mir sicherlich erklären, warum wir die Religion unserer Vorfahren nicht beibehielten? Der Gral ist der Gral, oder nicht? Ist er nicht das Gleiche in allen Religionen?"

„Ja," antwortete Arminius, „für das Erreichen des Grals wären unsere keltischen und germanischen Heidenreligionen genau so gut gewesen, vielleicht sogar besser. Aber für die politischen Machthaber, die die Bevölkerung durch Religion kontrollieren wollten, waren sie nicht so günstig. Die alten Heidenreligionen waren etwas unterschiedlich von Stamm zu Stamm und nicht auf eine zentralisierte Priesterhierarchie basiert. Die erzwungene Bekehrung unserer keltischen und germanischen Vorfahren zum Christentum war ein politischer Machtzug! Alle Untertanen unter einer einheitlichen Religion, mit einer zentralisierten Hierarchie von Klerikern und einer Zentralgewalt als Herrscher und Oberhaupt, dies ist die wirksamste Bevölkerungskontrolle, der Wunschtraum eines jeden Herrschers und Politikers! – Deshalb wurden unsere Vorfahren gewaltsam zum Christentum bekehrt!"

„Aber etwas Gutes muss doch am Christentum sein!" wendete Margaret betroffen ein.

„Ja, ein autoritäres Regierungssystem ist gut, wenn die Autokraten ihre Macht nicht missbrauchen, wenn sie ihre Macht weise gebrauchen und verantwortlich regieren, im Geiste und Dienste der Gottheit, als selbstlose Diener des göttlichen

Ganzen, als echte Theokraten im Sinne von 'Non nobis, Domine! Non nobis, sed Nomini Tuo da gloriam!'„

„Non nobis, Domine!" bestätigte Margaret eindrücklich.

Arminius löschte die Kerzen in der Kapelle und Margaret kroch ihm voraus, aus der Kapelle hinaus zum Einstiegsloch. Beim Hinauskriechen löschte er alle Kerzen, die noch in den Nischen der Tunnelwände brannten. Als sie beim Einstiegsloch im Tageslicht standen sah Arminius, dass Margarets Haar rußgeschwärzt war. „Vielleicht willst du deine Haare waschen bevor du heimgehst," sagte Arminius zu ihr, „sie sind vom Ruß der Tunneldecke ganz schwarz geworden!"

„Vielleicht kann ich dazu deinen Badebottich benützen?" setzte Margaret hoffnungsvoll hinzu.

„Selbstverständlich!" antwortete Arminius. „Natürlich kannst du meinen Bottich benützen!"

Sie schoben die Steinplatte über das Einstiegsloch zurück. Margaret zog den Kittel aus, Arminius den alten Mantel. Danach wickelte er sein Feuerzeug und die übriggebliebenen Kerzen in Kittel und Mantel und nahm das Bündel unter den Arm. Auf dem Heimweg befragte ihn Margaret nach den Pflichten eines Templerkomturs im Allgemeinen, und den Pflichten des Komturs von Thannbrunn im Besonderen.

„Wir sind ein Hospiz, hauptsächlich für Reisende. Es ist unsere Pflicht, allen Reisenden beizustehen, besonders den Reisenden der Weißen Laberstraße die, wie du weißt, eine der wichtigen Landbrücken zwischen den Wasserwegen der Donau und dem Rhein/Main ist.

Unser Neuhaus Hospiz existiert, um Reisenden freie Unterkunft, Verpflegung, Wegzehrung, ärztliche Behandlung und Krankenpflege zu geben. Außerdem müssen wir dafür sorgen, dass Reisende auf der Weißen Laberstraße sicher reisen. Wir schützen sie vor Wegelagerern und aufdringlichen Bettlern. Jeder kranke oder verunglückte Reisende wird in unserem Hospiz gepflegt und versorgt, bis er weiterreisen kann. Wenn nötig, geben wir ihm Geld, Kleidung und Wegzehrung zur Weiterreise.

Auch ist es meine Pflicht den Teil der Weißen Labertstraße, der durch meine Komturei geht, in gutem Zustand zu halten, fest genug um die schweren Fuhrwagen der Nürnberger Kaufleute zu tragen und steckengebliebenen Fuhrwagen nach Kräften weiterzuhelfen. Der Komtur von Weihersdorf und ich halten gemeinsam die Strecke der Weißen Laberstraße instand, die durch unsere beiden Komtureien führt, von dort wo die Weiße Laberstraße südlich von Mühlhausen von der Sulztalstraße abzweigt, bis zur Ritzermühle, wo das Lehen von Holnstein beginnt und der Ritter von Holnstein für die Instandhaltung der Straße verantwortlich ist.

Der Weihersdorf Komtur und ich sind mit den Rittern von Holnstein, Breitenegg, Ödenberg und Wildenstein im Bunde, um die Weiße Laberstraße sicher zu halten und Reisende und Fuhrleute vor Überfällen zu schützen. Im Falle von Wegelagerei oder, was noch schlimmer ist, im Falle einer organisierten Räuberbande, stellen wir gemeinsam ein Aufgebot um die Räuber zu fangen und vor Gericht zu bringen."

„Hattest du schon Fälle von Wegelagerei seit du dein Amt antratest?“ fragte Margaret.

„Ja, einen!“ antwortete Arminius. „Aber wir fingen ihn sofort ein und ich enthauptete ihn an Ort und Stelle!“

„Was, du hast ihn geköpft?“ rief Margaret entsetzt aus. „Wo war dein sprichwörtliches Templermitleid?“

„Ich habe ihn mitleidsvoll geköpft!“ antwortete Arminius. „Bevor ich ihn köpfte, sagte ich ihm, dass ich ihn befreien werde, wenn er niederknie, zur Muttergottes um Fürbitte bete und von Herzen bereue. Er dachte, ich würde ihn laufen lassen, so kniete er freudig nieder und betete so inbrünstig wie er nur konnte. Ich köpfte ihn blitzschnell, während er betete! Er starb in Freude, er wusste nicht wie ihm geschah! Es war eine mitleidsvolle Hinrichtung! Außerdem gaben wir ihm noch ein ordnungsgemäßes, christliches Begräbnis!

Die Alternative wäre gewesen, ihn vor den Ritter von Holnstein zu bringen, was eigentlich meine Pflicht war, denn das Verbrechen wurde im Justizbereich des Holnsteiners begangen und wir fingen ihn auch im Amtsbereich des Holnsteiners. Der Holnsteiner hätte ihn zunächst an den Pranger gekettet und dem Zorn des Volkes ausgesetzt. Danach hätte er ihn aufgehängt und hängen gelassen, bis er vom Strick gefault und von den Krähen und Hunden aufgefressen war, ohne christliches Begräbnis, denn das, ist was er gewöhnlich mit Straßenräubern tut.“

„Es gibt also eine mitleidsvolle Art zu töten!“ schloss Margaret gedankenvoll. „Aber wie umgeht ihr Templer das Gebot ‚Du sollst nicht töten!‘?“

„Jesus war kein Amtmann, er musste keine Justiz ausüben! Aber aus unseren Geheimdokumenten ersahen wir, dass Jesus nicht der demütige Pazifist war, den die biblischen Evangelien und die Briefe des Paulus darstellen. Jesus war nicht jenseits von Gewalt, wenn Gewalt angebracht war um seine heiligen Zwecke zu erreichen! Jesus war ein Nazarener, und als solcher ein militanter Pazifist, und wir Templer sind es auch!

Aber Moses war ein Amtmann, und er ließ die, die seine Gesetze missachteten, von einem hohen Riff zu Tode werfen. Das verstieß zwar gegen eines der Zehn Gebote, die er selbst verkündet hatte, aber irgendwie muss er es gerechtfertigt haben! Was sollen wir mit Verbrechern tun, die eine ernsthafte Gefahr für die Gesellschaft darstellen? Wir können die Gesellschaft nicht von ihnen entfernen, so müssen wir sie von der Gesellschaft entfernen! Es gibt liebevolle und grausame Wege einen gefährlichen Verbrecher von der Gesellschaft zu entfernen. Ich wählte einen liebevollen!“

„Ja, das sehe ich ein, und stimme überein!“ sagte Margaret. „Aber ich könnte niemals einen Menschen töten, ganz egal was er getan hat!“

„Das brauchst du auch nicht, dafür gibt es Ritter und Amtsleute die für sowas ausgebildet sind! Aber, als Amtmann und mitleidsvoller Richter und Scharfrichter, würde ich gerne das Vertrauen meiner Gemeinde haben.“

„Sehr wohl, Herr Amtmann, Ihr habt mein volles Vertrauen, und das meiner Mitschwestern!“ gelobte Margaret lächelnd, aber ernsthaft.

„Der Templerorden muss wohl dein Hospiz finanzieren?" setzte Margaret das Gespräch fort. „Ich kann mir nicht vorstellen, dass du alles, was du für dein Hospiz brauchst, aus deinem verhältnismäßig kleinen Lehen einnimmst!"

„Der Zehnten meiner 32 Bauern könnte das Hospiz nicht finanzieren," bestätigte Arminius, „aber wir selbst bearbeiten um Neuhaus herum 50 Tagwerk Land. Auf diesem Land versuchen wir das meiste anzubauen, was wir und unsere Gäste verzehren. Außerdem habe ich auch noch die Sandgrube oberhalb der Sandmühle. Die ganze Umgebung holt dort Sand, wer nicht zu meiner Komturei gehört zahlt einen Pfennig pro Karren. Und unsere 600 Tagwerk Wald geben mir ein gesichertes Einkommen auf welches ich selbst in Zeiten von schlechten Ernten rechnen kann. Und wenn das alles nicht genug ist, dann schöpfe ich aus der schier unerschöpflichen Ordenskasse des Templerordens!"

„Wie rechtfertigt ihr Templer denn all diesen Reichtum?" fragte Margaret. „Sagte nicht Jesus: ‚Ihr könnt nicht Gott dienen und dem Mammon!'?"

„Wir dienen nicht dem Mammon, wir dienen nur Gott; wir stellen den Mammon in den Dienst Gottes! Wir Tempelritter streben nicht nach persönlichem Geld und Gut, wir schwören einen Schwur der persönlichen Armmut! Und unser Ordenskapital verwalten wir an Stelle Gottes, zum Nutzen von Gottes Schöpfung!

Leute die uns 'Bankiere' schelten und sagen, dass man nicht Gott dienen kann und dem Mammon, kennen die Natur des Geldes nicht. Geld an sich hat keinen Wert! Was Geld wertvoll macht ist sein Gegenwert: Sachwert! Und dieser Sachwert besteht aus Gottes Schöpfung! Geld ist also eine wertmäßige Quantifizierung von Gottes Schöpfung! Wenn alles Kapital der Welt auf eine Billion Goldmark kommt, dann stellt jede Mark ein Billionstel von Gottes Schöpfung dar! Es ist deshalb außerordentlich wichtig, dass jede Mark auch zum Nutzen von Gottes Schöpfung verwaltet und verwendet wird!

Das Kapital der Welt zu verwalten, an Stelle Gottes und zum Nutzen aller Lebewesen, ist eine der göttlichen Aufgaben des Templerordens! Nur echte Bankiere der Gottheit sollten befugt sein, mit dem Sachwert von Gottes Schöpfung umzugehen! Nur echte Bankiere der Gottheit sind vertrauenswürdig und zuverlässig genug, den Sachwert von Gottes Schöpfung so anzuwenden, dass er allen Wesen Gottes zugute kommt und die Vielfalt der Schöpfung fördert und sie bereichert! Wenn wir das Kapital der Welt den sekulären Bankieren überlassen, die es zu eigennützigen Zwecken verwenden, dann wird die Schöpfung im Laufe der Zeit immer ärmer, denn Sachwert wird aus der Schöpfung gesogen und zu eigensüchtigen Zwecken verwendet und verschwendet! Es ist deshalb von außerordentlicher Wichtigkeit, dass der Sachwert der Schöpfung von echten Dienern Gottes verwaltet wird, zum Nutzen von Gottes Schöpfung!

Das Kaiserreich Japan ist ein Gottesstaat, eine feudale Theokratie. Alle Ritter Japans, genannt Samurai, gehören dem Äquivalent des Templerordens an, mit einem wesentlichen Unterschied: Die Samurai verachten Geld und handeln nicht damit! In Japan verwalten die Kaufleute das Kapital ihrer Gesellschaft. Sie sind aber die zweitniedrigste Kaste, eine Stufe unter den Handwerkern und Bauern und nur eine Stufe über den Unberührbaren! Die japanischen Kaufleute nützen ihr Kapital nicht zum Gemeinnutz sondern zum Eigennutz! Und manche Samurai sind den Kaufleuten derart verschuldet, dass sie zu Marionetten der Kaufleute wurden! Die selbstsüchtigen Kaufleute Japans werden immer stärker und der edle Ritterstand immer schächer!"

„Auch der Templerorden schwächt den Ritterstand!" behauptete Margaret darauf. „Dein Orden ist zwar ein Ritterorden, aber zerstören denn eure Machenschaften nicht den Ritterstand, dieselbe Institution, die ihr repräsentiert? Nahezu alles, was ihr Templer tut, schwächt die Feudalherrschaft und fördert das freie Bürgertum! Ihr fördert eine Gesellschaft von freien Bürgern, eine Gesellschaft der Mitte, was der Vorherrschaft des Adels und der Leibeigenschaft ein Ende setzen wird! Schafft ihr Templer denn nicht eine neue Gesellschaft, eine Gesellschaft der Mitte?"

„Ja, wir tun's!" gab Arminius zu. „Aber ihr Beguinen tut es ja auch!"

„Ja, aber wir Beguinen geben dies offen zu. Wir bekennen uns zu diesem neuen, klassenlosen Stand der Mitte, während ihr Templer euch als den Inbegriff des Ritterstandes proklamiert!"

„Ja, als den Inbegriff des geistigen Ritterstandes, der niemals aussterben wird!" erwiderte Arminius heftig und prophetisch. „Wir gehören dem Geistesadel an! Der ist ein Stand, in den man nicht hineingeboren werden kann, denn er ist ein Stand der persönlichen Wahl! Der einzige, wirklich edle Adel ist sowieso der Geistsadel; manche Adelige gehören ihm an, die meisten leider nicht!

Sich selbst durch leibliche und geistige Zucht zu disziplinieren und zu beherrschen, Fähigkeit und Tapferkeit im Kampf oder Kampfspiel zu pflegen, Frauen und Kinder zu schützen, die Schwachen zu stärken und die Armen zu bereichern, die Mächtigen am Missbrauch ihrer Macht zu hindern, sich durch selbstlosen Dienst an Gott und der Mitwelt auszuzeichnen und bereit sein, sich diesem Dienst zu opfern – dies sind die Merkmale des geistigen Rittertums, welches niemals aussterben wird!

Wir sind Gralsritter! Wir sind geistige Ritter und Führer, wir sind Priester der Priesterschaft des Melchisedek. Der ‚Orden des Melchisedek' ist kein offizieller Orden, er ist ein innerer Orden, ein Einweihungsorden. Jeder kann ihm angehören! Jeder, der sich bewusst mit der Gottheit vereint, und aus diesem Bewusstsein heraus denkt und handelt, und versucht andere in dieses Bewusstsein zu führen, gehört diesem inneren Orden an!

Unser Orden, der Orden des Heiligen Tempels von Jerusalem, wurde gegründet um Pilgern auf ihrer Pilgerreise nach Jerusalem beizustehen, sie auf dieser Reise zu führen und zu schützen. Dies war unser offizieller Zweck, und unser offizieller Zweck ist eine treffende Analogie für unseren geheimen Zweck: Pilgern der inneren Pilgerreise zu ihren inneren, heiligen Stätten beizustehen, sie auf dieser Reise zu führen und zu schützen! Als wir noch die Herren des Tempelplatzes waren, war der innere Zweck mit dem äußeren verbunden. Jetzt haben wir nur noch den inneren! Wie du aus persönlicher Erfahrung weißt, fördern wir die Verwirklichung des himmlischen Jerusalems hier auf Erden. Und wir gebrauchen unsere militärische und politische Macht, sowie unser Kapital, für diesen allerheiligsten Zweck!"

„Ist es möglich, politische, militärische und kapitalistische Macht zu haben ohne sie zu missbrauchen?“ fragte Margaret?

„Ja, es ist möglich“ antwortet Arminius, „– ich tu's, wie du siehst!“

„Ja, du tust es, aber nicht alle Tempelritter sind so geistesedel und geistesfortgeschritten wie du!“

„Das mag sein!“ gab Arminius zu. „Und wie ist es mit deinem Orden? Wie vermeidet ihr die Fallstricke, in die sich andere Orden verstricken?“

„Wir vermeiden die Fallstricke, in die sich andere Orden manchmal verstricken, indem wir kein Orden sind. Wir sind eine Laienbewegung! Wir sind kein Orden, wir haben keine Ordenssatzung! Wir haben keine Kanonen oder Konstitutionen, keine starren Ordensregeln! Wir schwören keinen Schwur wenn wir eintreten! Unser Gesetz ist schöpferische Anarchie, die auf persönlicher Verantwortung beruht! Jede Beguine ist voll und ganz für sich selbst und ihre Taten verantwortlich! Obwohl wir einige, ungeschriebene Grundregeln haben, funktonieren wir hauptsächlich auf der Basis von persönlicher Verantwortlichkeit. Deshalb sind wir ständig dem schöpferischen Wandel offen und in ständigem, schöpferischem Wandel begriffen!

Wir sind Selbstversorger, in materieller, spiritueller und emotioneller Hinsicht. Jede Beguinage muss sich selbst materiell versorgen! Wir in Waldkirchen tun es indem wir die meisten unserer Nahrungsmittel selbst anbauen. Außerdem bauen wir Flachs an, den wir selbst säen, ernten, hecheln, spinnen und weben. Das fertige Linnen verkaufen wir und handeln uns dadurch das wenige Geld ein, das wir brauchen. Wir lehren jeder neuen Schwester alle diese Fähigkeiten, und mehr. Wir schätzen Lese- und Schreibfertigkeit sehr hoch ein! Jede Beguine, die unserem Bund beitritt ohne lesen und schreiben zu können, wird sofort in diesen Fertigkeiten unterwiesen!

Edeldamen, die in unseren Bund eintreten, lassen Rang und Stand hinter sich! Alle Beguinen sind gleichgestellt und gleichberechtigt! Unsere Äbtissinnen, oder Hausmütter wie wir sie nennen, werden von den Schwestern des jeweiligen Hauses gewählt. Eine Hausmutter leitet die Angelegenheiten ihrer Beguinage und ist für ihr Haus der Außenwelt gegenüber verantwortlich, aber sie sucht die Übereinstimmung ihrer Mitschwestern in allen wichtigen Fragen. Wir Beguinen fühlen uns verantwortlich, nicht nur für uns persönlich, sondern auch für die Mitschwestern unseres Hauses und die gesamte Beguinenbewegung. Und letzten Endes fühlen wir uns für das Wohl und Wehe der Menschheit und der gesamten Schöpfung verantwortlich! Obgleich wir keinen Leitspruch haben, fühlen wir uns verantwortlich, an Gottes Statt, ähnlich dem Templermotto ‚Non nobis, Domine!'

Wir sind kein kirchlicher Orden, wir sind mit keinem kirchlichen Orden verwandt. Wir sind eine geistige Laienbewegung, die es sich zur Aufgabe gemacht hat, die Gottheit im Menschen zu erwecken und ‚Das fließende Licht der Gottheit' zu verbreiten, an unsere Mitschwestern und an alle Menschen!

Weil wir kein kirchlicher Orden und auch mit keinem verwandt sind, sind wir auf den Schutz einiger Orden und Organisationen angewiesen. Auf dem Lande sind unsere Beschützer hauptsächlich die Templer und Zisterzienser. Obwohl uns die

Dominikaner sonst nicht sehr gewogen sind, sind sie in Regensburg unsere Schutzherren, was auf den Einfluss des Meisters Eckhart zurückzuführen ist. In den Städten unterstützen uns gewöhnlich auch die Stadträte, Bürgermeister und viele der mächtigen Bürger, weil wir das freiverantwortliche Bürgertum fördern.

Wir, in der Beguinage Waldkirchen, helfen hauptsächlich den bedürftigen Frauen unserer Gegend. Wir sorgen für Schwangere, für Mütter mit kleinen Kindern, für ledige oder verwitwete Mütter im Besonderen, und für alte oder kranke Frauen und Männer, die keine oder wenig anderweitige Hilfe haben.

Die Stadtbeguinagen tun das Gleiche, und mehr. Die Beguinen der freien Reichsstädte helfen besonders den Leibeigenen, die der Leibeigenschaft entliefen und in einer freien Reichsstadt Zuflucht und Freiheit suchten. Nachdem sie mindestens ein Jahr und einen Tag innerhalb der Mauern einer freien Reichsstadt verbracht haben, und ein Bürger von gutem Ruf für sie bürgt, können sie den Bürgerbrief dieser Stadt erwerben. Ihr früherer Herr hat dann kein Recht und keine Macht mehr über sie. Aber dieses eine Jahr ist eine schwere Zeit für entlaufene Leibeigene! Sie sind Freiwild für skrupellose Arbeitgeber und für die Kopfjäger ihrer früheren Herren! Wir helfen ihnen Unterkunft und Arbeit zu finden, wir verstecken sie vor Kopfjägern und sorgen dafür, dass sie nach Ablauf des Probejahres ihren Bürgerbrief bekommen. Wir sind die einzige Organisation, sekulär oder kirchlich, die sich der entlaufenen Leibeigenen annimmt!

Wir sind nicht reich und haben wenig reiche Gönner. Unser Einkommen, abgesehen von dem was wir produzieren, sind kleinere Spenden und der Besitz von vermögenden Edeldamen, die unserem Bund beitreten und beim Eintritt ihr Vermögen an uns stiften. Ich stiftete mein Gold und meine Juwelen, und was ich sonst an persönlichen Wertgegenständen besaß, der Beguinage Waldkirchen, als ich eintrat. Davon kauften wir zusätzliche Hechelböcke, Spinnräder und Webstühle, ersetzten unser Strohdach mit Schiefer, installierten Dachrinnen und eine Zisterne um unseren chronischen Wassermangel zu beheben. Auch verglasten wir unsere Fenster und bauten einen Kamin. Der Rest meines Vermögens ging nach Regensburg um dort eine neue Beguinage zu finanzieren."

Um die Nachmittagsmitte kamen Arminius und Margaret nach Thannbrunn zurück. Margaret wollte, dass niemand wissen sollte, dass sie in Thannbrunn ein Bad nahm, deshalb brachte Arminius eigenhändig einige Armladungen von trockenem Buchenholz herein, schürte ein heißes Feuer, legte die Siedesteine ins Feuer, zog Eimer um Eimer aus der Zisterne und füllte den Bottich bis er etwas mehr als halb voll war. Als die Siedesteine glühend heiß waren, gabelte er sie auf und legte sie vorsichtig in den Bottich, bis das Wasser heiß genug war.

„Hast du Seife?" fragte Margaret.

„Ich wasche mich gewöhnlich mit unserer Schmierseife," antwortete Arminius und deutete auf den Tiegel Schmierseife, der gut bedeckt neben dem Bottich stand, „aber für dich habe ich etwas Besonderes!" Mit diesen Worten hob er seine Schreibtischlade, zog zwischen dem Schreibpapier eine Stange rosenfarbener und rosenduftender Seife hervor und überreichte sie ihr. „Das ist Rosenseife aus Flandern, ich habe sie beim Feinwarenhändler in Berching für einen besonderen Anlass gekauft."

„Deshalb rochen deine Briefe nach Rosen!" sagte Margaret lachend. „Ich dachte, du presst Rosenblüten und legst die gepressten Blüten in Leinesäckchen zwischen dein Schreibpapier, so wie wir es mit unserem Linnen tun. Wir sind weitbekannt für unser rosenduftendes Linnen!"

Arminius gab ihr ein Badetuch und sagte: „Ich werde draußen sitzen und den Eingang bewachen, bis du fertig bist. Rufe mich wenn du fertig bist, oder wenn ich dein Badewasser mit mehr Siedesteinen aufwärmen soll. Es sind genug da!"

Arminius setzte sich vor den Eingang seiner Halle und tagträumte in der warmen Frühlingssonne. Nach einer Weile hörte er Margaret rufen: „Bruder Arminius, ich bin fertig! Du kannst reinkommen!"

Als er hineinkam saß Margaret, rosenduftend und von dem heißen Wasser rosig aussehend, im Unterhemd mit dem Rücken zum Feuer um ihre Haare zu trocknen. „Wir müssen so einen Bottich haben!" sagte sie entschieden. „Aber ich komme nicht oft nach Breitenbrunn oder Berching, und selbst dann muss ich für die Lieferung extra zahlen, denn wir haben weder Pferd noch Karren. Würdest du so gut sein und uns einen Bottich besorgen, und bei der Beguinage abliefern, wenn dein Fuhrmann das nächstemal nach Berching fährt?"

„Ja, ich werde es gerne tun!" versprach Arminius. „Kann ich sonst noch was für dich oder deine Beguinage tun?"

„Hast du einen Kamm?" fragte Margaret, über Arminus letztere Frage hinweggehend. „Wenn ich mein Haar nicht kämme während es trocknet, dann verfilzt es leicht und ist schwer zu kämmen!"

Arminius ging in seine Kammer und brachte ihr seinen Kamm. Mit langsamen Zügen kämmte Margaret ihr langes, blondes Haar, das im Scheine des Feuers goldgelb glänzte.

„In der Gegend wo ich aufwuchs ragt ein hoher, steiler Felsen direkt aus dem Rhein", sagte Arminius. „Der Sage nach wohnte oben auf dem Felsen eine wunderhübsche Frau namens Lorelei. Sie saß dort in der Sonne und kämmte ihr goldenes Haar und sang dazu. Bootsmänner, von ihrer Schönheit betört und von ihrem Lied fasziniert, gaben auf das gefährliche Riff nicht Acht und kenterten und ertranken in den turbulenten Wellen am Fuße des Felsens!"

„Ja, ich sah den Loreleifelsen, als mich mein Mann von York nach Sulzbürg brachte", erwiderte Margaret. „Wir fuhren in Flussbooten den Rhein hinauf und an dem Loreleifelsen vorbei. Während wir an dem Felsen vorbeifuhren, erzählte mir mein Mann die Sage von der Lorelei. Mein lieber Bruder Arminius, du hast doch nicht etwa Angst, dass ich dich betören und verführen will?"

„Nein, ich habe keine Angst, dass du mich verführen willst, obwohl ich nicht ableugnen kann, dass du dazu fähig wärst. Vor zwanzig oder dreißig Jahren hättest du mich vielleicht verführen können, aber jetzt bin ich für sowas zu alt und zu weise!"

„Ich dachte, ihr Männer seid für sowas niemals zu alt oder zu weise!" gab Margaret lächelnd zurück. „Aber ich habe nicht vor dich zu verführen! Wir haben bereits unsere Seelenvereinigung, die ist sowieso die höchste Art von Vereinigung!

Eine leibliche Vereinigung wäre nur ein unbedeutender Nachklang unserer Seelenvereinigung und würde vielleicht ihren Wohlklang trüben. Deshalb lasst uns nicht mehr über leibliche Vereinigung sprechen oder denken!"

„Um auf die Loreleisage zurück zu kommen", setzte Margaret nach einer Weile fort. „Ich denke, dass die Sage einen tieferen Sinn hat, einen Hinweis auf die transformative Macht der Liebe. Lorelei betörte Männer mit ihrer Schönheit und ihrem Gesang und verführte sie vielleicht zu einer leiblichen Vereingung, aber sie führte und verführte sie auch zu einer höheren, göttlichen Vereingung. Danach waren sie nicht mehr die Männer, die sie vorher waren, dann wurden sie eins mit der Gottheit – und das ist, was das Gleichnis von ihrem Tod bedeutet! Nur ihr altes, ichbezogenes Selbst starb!

Es gibt wandernde Beguinen, die Männer auf diese Art verführen: Durch die Ekstase einer erotischen Vereinigung führen sie ihre Liebhaber in die Ekstase der göttlichen Vereinigung! Wenn die Ekstase erstmal durch eine erotische Vereinigung erreicht ist, dann lässt sie sich leicht auf göttliche Ekstase umsteuern. Die Beguinenbewegung entstand am Rhein; vielleicht war die Lorelei eine Beguine!"

„Ja!" stimmte Arminius lebhaft überein. „Wolfram von Eschenbach schrieb in seinem Gralsepos, dass das Gralsschloss seine Frauen und Männer in die Welt hinausschickt um die Menschheit zu transformieren. Die Gralsdamen tun dies öffentlich, die Gralsritter heimlich. Und die Gralsdamen tun es indem sie die Machthaber der Welt betören und verführen und dadurch geistig transformieren!"

„Dann war die Lorelei also eine von Wolframs Gralsdamen!" rief Margaret lachend aus. „Und wir Beguinen sind es auch, aber wir transformieren hauptsächlich Frauen. Diejenigen Beguinen, die sich an bestimmte Häuser gebunden haben, schwören zwar keinen Keuschheistsschwur, sind es aber meistens. Auch viele der wandernden Beguinen üben geschlechtliche Enthaltsamkeit, nur manche von ihnen transformieren Männer durch die umwälzende Macht des Eros. Und viele Frauen, die nicht der Beguinenbewegung offiziell nicht angehören, aber von ihr transformiert wurden, transformieren ihre Liebhaber und Ehemänner durch die Macht des Eros. Und manche Frauen die dem Rosenkreuzbund angehören tun es auch. Wenn ein Mann durch Eros erstmal zur ekstatischen Liebe entflammt ist, dann fällt es ihm leichter zur Liebe der göttlichen Einheit überzuwechseln!"

Während Margaret ihr Haar kämmte, entleerte Arminius den Bottich. Margaret bat ihn ein wenig Wasser zum Schrubben im Bottich zu lassen. „Lass das, mein Diener wird es tun!" protestierte Arminius.

„Wir Beguinen haben keine Diener!" antwortete Margaret darauf. „Obwohl ich früher als Gräfin Mägde hatte, die hinter mir saubermachten, habe ich mich jetzt an das Saubermachen gewöhnt. Wir Beguinen sind gleichgestellt und gleichberechtigt, jede Beguine räumt hinter sich selbst auf! Wir Beguinen sind selbstverantwortlich, wir glauben, dass jeder seinen eigenen Schmutz saubermachen soll!"

Als die Abendglocke läutete, gingen sie nach Neuhaus hinüber um mit Arminius' Mitbrüdern und Knechten das Abendessen einzunehmen. Auf dem Weg fragte Arminius: „Willst du nach dem Abendmahl zu Fuß heimgehen, oder bervorzugst du zu reiten? Ich kann dich auch in dem Karren zurückbringen lassen, wenn du willst?"

„Ich würde am liebsten zu Fuß heimgehen, besonders wenn du mich begleitest! Ich habe mich auf dem Rücken eines Pferdes nie wohlgefühlt, und Karren sind mir zu holprig."

„Gut, dann gehn wir zu Fuß zurück!" stimmte Arminius überein. „Ich fühle mich zwar auf einem Pferderücken wohl, besonders auf dem Rücken meines feurigen Arabers, aber ich gehe auch gerne zu Fuß. Besonders mit dir, meine kostbare Schwester!"

Die Brüder und Knechte von Neuhaus waren an so feine, weibliche Gesellschaft nicht gewöhnt, deshalb löffelten sie ihre Suppe und aßen ihr Graubrot in verlegenem Schweigen. Dass Arminius und Margaret lateinisch miteinander sprachen, welches nur Johannes mangelhaft verstand, verstärkte ihr Schweigen.

Ein gemeinschaftliches Dankgebet beendete das Abendmahl. Arminius begleitete Margaret nach Waldkirchen zurück. Sie gingen schweigend, als ob sie den Tag über genug gesagt hätten, und jetzt sei es Zeit zu schweigen. Als sie sich vor der Beguinage verabschiedeten sagte Margaret: „Was für ein erhebender Tag! Ich habe heute mehr Denkwürdiges erlebt und gelernt als manche Menschen ein Leben lang lernen! Bruder Arminius, du bist ein Magier: du hast eine Lebenszeit auf einen Tag kondensiert!"

„Ach, das ist gar nichts!" scherzte Arminius. „Das ist nichts für einen der die Erschaffung des Universums auf sechs Stunden kondensiert hat!"

„War es nicht andersherum?" fragte Margaret ernsthaft. „Hat sich nicht die Erschaffung des Universums für dich auf sechs Stunden kondensiert?"

„Gegensätze sind gegensätzlich und gleich, liebste Schwester! Der eine Weg ist der gleiche wie andersherum!"

„Das stimmt, liebster Bruder! Aber der eine Weg klingt hochmütig während sich der andere demütig anhört!"

„So ist es, liebste Schwester! Eins mit der Gottheit zu sein ist der höchste Hochmut und die tiefste Demut, zugleich! Es ist der Hochmut Gott zu sein, aber es ist auch die Demut der Selbstaufopferung und des Dienstes am Nächsten. Nur wer sein persönliches Ich aufopfert kann mit Gott einswerden! Ich bin nicht der Mann der vor dir steht und scheinbar großspurig daherredet, ich bin die alleinschließende Gottheit! Der Mann der vor dir steht ist nur eine ihrer unzähligen, vorübergehenden Erscheinungsformen, ein Werkzeug der Gottheit!"

Danach sagte Arminius Gutenacht und küsste Margaret auf die Stirn. Sie stellte sich auf die Zehenspitzen und küsste ihn leicht auf die Lippen. „Gute Nacht, mein Liebster! Ich hoffe, dass wir so einen Tag wie heute wieder einmal feiern!"

„Schreibe mir und schlage einen günstigen Tag vor, ich werde dir prompt antworten!" sagte Arminius und beschloss ihren denkwürdigen Tag mit dem Templersegen: „Non nobis, Domine! Non nobis, sed Nomini Tuo da gloriam!"

„Non nobis, Domine!" bekräftigte Margaret feierlich und ging in ihre Beguinage.

Als Sepp der Fuhrmann das nächste Mal nach Berching fuhr, begleitete ihn Arminius zu Pferd, ritt zum Böttcher, kaufte dort einen ovalen Bottich und ließ ihn auf den Wagen laden. Danach ritt er zum Feinwarenhändler, kaufte einige Stangen jener rosenduftenden Seife, die er schon früher dort gekauft hatte, ließ sie in ein Geschenkpäckchen binden, legte das Päckchen in den Bottich und unterwies Sepp, den Bottich mit Inhalt bei der Beguinage Waldkirchen abzuliefern.

Danach verrichtete Arminius seine anderen Stadtgeschäfte. Als er damit fertig war, beschloss er, über Weihersdorf heimzureiten. Er war mit den Gralsbriefen und den Briefen an Margaret und seinem Verhältnis zu Margaret derart beschäftigt gewesen, dass er seinen Freund und Nachbarkomtur Dietrich seit nahezu einem Jahr, seit sie von der vorjährigen Jahreshauptversammlung zurückgekommen waren, nicht besucht hatte.

„Grüß Gott, Bruder Arminius!“ rief Dietrich erfreut aus, als Arminius in den Hof der Komturei Weihersdorf ritt. „Wir haben uns lange nicht gesehen! Hast du dich in Trevrizents Höhle zurückgezogen? Ich dachte schon, du wärest krank geworden, aber dann hätte ich bestimmt davon gehört! Ich langweilte mich ohne dich! Was für Unfug hast du denn getrieben?“

„Grüß Gott, Bruder Dietrich!“ erwiderte Arminius herzlich, nachdem er abgestiegen war und die Zügel seines Pferdes um den Anbindebalken vor dem Herrenhaus gewickelt hatte. Danach drückten sie sich die Hände, oder die Unterarme, wie es unter Rittern, die gute Freunde oder Kriegskameraden sind, üblich war, wobei man sich gegenseitig den rechten Unterarm über dem Handgelenk umfasst und mit aller Kraft drückt.

„Ich war schwer beschäftigt!“ sagte Arminius, nachdem sie ihre Unterarme losgelassen hatten. „Ich werde dir davon berichten, über einem Krug von deinem klargrünen Rebensaft, wenn du das Fass aus lauter Langeweile nicht leer getrunken hast, während ich weg war?“

„Nein, ich habe etwas drinnen gelassen, in der schwindenden Hoffnung, dass du eines Tages hier auftauchen würdest!“ antwortete Dietrich lachend und ging Arminius voraus in den Empfangssaal. Dort setzten sie sich an den großen Empfangstisch, ein dienender Bruder brachte einen Krug Frankenwein und zwei Becher, Dietrich füllte die Becher und sie prosteten sich zu. Danach berichtete ihm Arminius, womit er sich während der vergangenen zehn Monate beschäftigt hatte.

Arminius erzählte ihm alles, von dem Tag, an dem sie von der Jahreshauptversammlung zurückgekommen waren und er Margarets Einladung zur Sommersonnenwendfeier zuhause vorgefunden hatte, bis zu dem denkwürdigen Tag mit Margaret Ende April.

„Bruder!“ rief Dietrich aus als Arminius mit seinem Bericht fertig war, „da bist du ja mit der Frau Margaret in tiefe Wasser geraten! Sei vorsichtig, dass du nicht ertrinkst!“

„Nein, ich werde nicht ertrinken!“ beruhigte ihn Arminius. „Ich bin jenseits des Alters wo man in den Augen einer Frau ertrinkt.“

„Wie alt bist du? Fünfundfünfzig? Das ist noch lange kein Greisenalter! Und Frau Margaret ist eine Witwe – eine scharfe Witwe, soviel ich hörte! Und eine hoch gebildete und redegewandte Dame, eine deiner ‚klugen Frauen‘! Ein Mann ist nie zu alt, um der Versuchung anheim zu fallen!“

„Sprichst du aus Erfahrung, Bruder Dietrich?“ fragte Arminius lächelnd.

„Nein, nicht! Oder nicht ganz! Eigentlich nicht!“ stammelte Dietrich errötend.

Arminius wechselte das Thema und fragte: „Was ist mit unserem Pfingstritt? Reiten wir dieses Jahr wieder nach Eschenbach, um den ehrwürdigen Wolfram zu feiern? Die Feier findet doch statt, oder? Sind wir eingeladen?“

„Ja, natürlich findet sie statt; sie findet jedes Jahr statt! Keine zehn Pferde könnten mich davon abhalten! Wir Tempelritter werden nie extra eingeladen; für uns besteht eine Dauereinladung! Wir sind dort Ehrengäste, und eine Hauptattraktion für die anderen Gäste. Wir werden erwartet! Ich ritt jedes Jahr zum Pfingstfest nach Eschenbach, ich habe es nicht ein einziges Mal versäumt seit ich vor 23 Jahren meinen Posten als Komtur von Weihersdorf antrat. Es mag nicht dein Jahreshöhepunkt sein, es sieht so aus, als ob du ihn bereits erlebt hättest, aber es ist bestimmt meiner!“

„Gut, dann werde ich also wie letztes Jahr am Abend des Pfingstfreitags hier sein und bei dir übernachten, damit wir am Pfingstsamstag in aller Früh losreiten können!“ Arminius erhob sich um zu gehen.

„Ja, Bruder Arminius, wir sehen uns dann am Pfingstfreitag!“ sagte Dietrich und erhob sich gleichfalls. „Non nobis, Domine! Non nobis, sed Nomini Tuo da gloriam!“

„Non nobis, Domine!“ erwiderte Arminius, verließ Dietrichs Empfangssaal, bestieg sein Pferd und ritt heim.

Arminius hatte während der vergangenen elf Monate nicht nur sein Freundschaftsverhältnis mit Dietrich, sondern auch sein Kontobuch vernachlässigt, so holte er vor Pfingsten schnell das Versäumte nach und machte seine Eintragungen für das Finanzjahr 1304/05. Er sah Margaret vor Pfingsten nicht mehr und hörte auch nicht von ihr. Am Pfingstfreitag packte er seine Satteltaschen, ließ die Hufeisen seines Arabers überprüfen, ließ das Pferd gut striegeln und bürsten, ließ Sattel- und Zaumzeug putzen und ritt am späten Nachmittag nach Weihersdorf. Dort schlief er neben den Weihersdorf-Brüdern in einer der leeren Alkoven. Noch vor der Morgendämmerung standen sie auf, wuschen sich und beteten ihr Frühgebet. Nach dem Gebet ließen Arminius, Dietrich und sein Knappe ihre Pferde satteln und waren bei Tagesanbruch unterwegs.

Sie ritten den jetzt für Arminius vertrauten Weg nach Sulzkirchen und Hilpoltstein, hielten eine Mittagsrast und aßen ihr Mittagessen in Spalt und erreichten Eschenbach um die Mitte des Nachmittags. In Eschenbach ritten sie in den Hof der Deutschherrenkomturei, übergaben ihre Pferde den Stallknechten und gingen in den Empfangssaal, wo Tempelritter und Deutschherren bereits um den großen Empfangstisch saßen und Frankenwein tranken.

Nach dem Abendmahl und Gebet gab es mehr gesellschaftliches Zusammensein und Wein, denn dies war der Höhepunkt des Jahres, nicht nur für Dietrich sondern für all die Deutschherren und Tempelritter die jedes Jahr zur Pfingstfeier nach Eschenbach kamen.

Am nächsten Morgen gingen alle zum Hochamt in die Stiftskirche des Liebfrauenstiftes zu Eschenbach. Nach dem Hochamt war eine kurze Andacht an Wolframs Grab, dann kam das Festessen im Schloss von Eschenbach und danach ein festlicher Nachmittag und Abend im Schlossgarten. Arminius hielt vergebens nach Sieglinde von Dürne Ausschau. Als er ihren Bruder Otto nach ihr fragte, sagte jener, Sieglinde habe sich den Beguinen angeschlossen und sei jetzt als wandernde Beguine im Rheinland unterwegs. So verplauderte Arminius den Nachmittag und Abend mit Nichtigkeiten und ging so früh er konnte zur Deutscherrenkomturei zurück und legte sich in seine Alkove nieder.

Am Pfingstmontag ritten sie nach Nürnberg und schliefen dort in den Alkoven des Gästequartiers der Großpriorei. Am Dienstagmorgen, nach der Frühmesse, begann die Jahreshauptversammlung.

Die Versammlung nahm ihren üblichen Lauf. Zuerst begrüßte der Großprior die anwesenden Komture und erstattete den Jahresbericht des Großpriorats Franken. Dann gab jeder Komtur seinen Jahresbericht. Danach hatte jeder Komtur eine Privatsitzung mit dem Schatzmeister, der die Kontobücher überprüfte und je nach Kassenstand Geld erhielt oder hergab. Nach der Sitzung mit dem Schatzmeister hatte jeder Komtur eine Privatsitzung mit dem Großprior.

„Bruder Arminius, was hast du während des vergangenen Jahres Gutes getan?" fragte der Großprior und lächelte vergnügt, als Arminius seine Audienz mit ihm begann. „Wie ging es mit deinem Spezialprojekt, ich meine die Briefe an die Beguinen?"

„Bruder Großprior, ich tat, was ich zu tun gedachte: Ich schrieb eine Serie von Gralsbriefen an die Beguinen! Neun Episteln, jeden Monat eine! Eine briefgeführte Suche nach dem Gral, mit dem Titel: ‚VIA GRADALIS • Ein Weg der Einweihung durch die Sieben Sphären • In neun Briefen'. Ich begann vor einem Jahr, schrieb einen Brief pro Monat, den letzten im Februar. Ich gab die Briefe den Beguinen von Waldkirchen, die sie kopierten und an die Beguinagen in Regensburg und Nürnberg weiterleiteten, sowie an den Geheimbund der Rosenkreuzer.

Die Briefe waren unterschrieben: ‚Euer Freund und Führer'. Ich gab keinerlei Hinweise, dass die Briefe von einem Tempelritter oder dem Templerorden kamen. Die Beguinen Waldkirchens wissen natürlich, von wem die Briefe sind, aber ich kann auf ihre Verschwiegenheit rechnen! Die Briefe wurden von den Beguinen Waldkirchens enthusiastisch aufgenommen und zeigten bereits etwas Erfolg!"

„Ja, deine Briefe haben unter den Beguinen Nürnbergs gewaltiges Aufsehen erregt!" sagte der Großprior zufrieden. „Die Nürnberger Beguinen wundern sich, wer dieser neue Prophet sein mag. Einige denken, er sei ein Begharde oder ein Rosenkreuzer. Sie sind sich darüber einig, dass er ein göttlich inspirierter Dichter ist, ein neuer Wolfram. Einige sagen, dass der berühmte Dominkanerprediger Eckhart von Hochheim der Autor der Gralsbriefe sei, aber darüber sind sie sich nicht sicher. Sicher sind sie sich nur, dass der Autor ein Mann ist! Bis jetzt haben sie noch keinen Tempelritter vermutet. Gut gemacht, Bruder Arminius, ich werde dich dem Bruder Präzeptor empfehlen wenn ich nächste Woche nach Mainz reite!

Ich möchte gerne eine Kopie deiner Gralsbriefe haben, Bruder Arminius!" setzte der Großprior fort. „Würdest du deinen Knappen veranlassen, sie zu schreiben? Du wirst dir doch bald einen Knappen zulegen, wenn du nicht bereits einen hast?"

„Ja, Bruder Großprior, ich bekomme nächstes Frühjahr einen Knappen. Er ist Herold, Sohn des Ritters von Breitenegg. Er wird im Frühjahr 1306 vierzehn Jahre alt sein und dann seine Knappenzeit bei mir antreten. Aber ich könnte dir, sobald ich heimkomme, eine Kopie der Gralsbriefe schreiben und sie durch einen Boten nach Nürnberg schicken. Du könntest sie in zwei oder drei Wochen haben!"

„Das ist nicht nötig, Bruder Arminius! Du bist ein Autor, verschwende deine kostbare Zeit nicht mit kopieren! Meine Kopie der Gralsbriefe kann bis zum nächsten Jahr warten. Lass sie nächstes Frühjahr von deinem neuen Knappen schreiben und lass sie ihn mir persönlich überbringen. Du solltest ihn ja sowieso nächstes Jahr zur Jahreshauptversammlung mitbringen!

Da wir gerade von Schreiben sprechen", setzte der Großprior fort, „der Bruder Präzeptor sagte mir, dass du eine lateinische Übersetzung des aramäischen Johannesevangelium hast. Lass deinen neuen Knappen auch davon eine Kopie schreiben und sie mir zur nächsten Jahreshauptversammlung mitbringen! Der Junge kann doch hoffentlich lesen und schreiben?"

„Sein Vater sagte, dass er gut liest und schreibt", antwortete Arminius, „sogar lateinisch, aber ich bezweifle, dass er fließend Latein spricht. Einen lateinischen Text zu kopieren wird eine gute Übung für ihn sein! Ich werde dafür sorgen, dass er das aramäische Johannesevangelium und die Gralsbriefe sauber kopiert und zur nächstjährigen Jahreshauptversammlung mitbringt!"

„Und was sind deine zukünftigen Schreibpläne, Bruder Arminius?" fragte der Großprior erwartungsvoll. „Der Bruder Präzeptor sagte mir, du hättest vor, die Geschichte unseres Ordens zu schreiben."

„Ja, Bruder Großprior, ich habe vor, eine Zeitgeschichte des Templerordens zu schreiben, und die persönliche Biographie eines Tempelritters, in einem Werk. Also eine objektive und subjektive Darstellung unseres Ordens, in einem Werk."

„Ah, die Vereinigung der Gegensätze!" rief der Großprior anerkennend aus. „Ich werde nächste Woche mit dem Bruder Präzeptor darüber sprechen. Wie ich sagte, sprachen wir bereits vor einem Jahr kurz darüber, und der Bruder Präzeptor meinte, dass du mit mir nach Mainz reiten und das Archiv der Ordensprovinz Oberdeutschland lesen solltest, bevor du mit einer Zeitgeschichte unseres Ordens beginnst. Vielleicht solltest du sogar unser Ordensarchiv in Paris lesen, meinte er. Auch wollte er dich persönlich sprechen, bevor du so ein bedeutendes Werk anfängst! Mache dich also darauf gefasst, nächstes Jahr mit mir nach Mainz zu reiten! Du kannst dann in aller Ruhe im Ordensarchiv nachlesen, während ich und die anderen Großpriore Oberdeutschlands mit dem Bruder Präzeptor konferieren.

Ich werde also nächste Woche eingehend mit dem Bruder Präzeptor darüber sprechen, und du sollst dich darauf gefasst machen, in einem Jahr mit mir nach Mainz zu reiten, falls der Bruder Präzeptor dies wünscht. Dein neuer Knappe soll ruhig mitkommen, er wird dabei viel lernen! In der Zwischenzeit bereite dich für dieses große Werk vor, denke darüber nach, bitte Gott um Führung und Inspiration, bete, meditiere, mach Notizen, schreibe einen Umriss und bring ihn nächstes Jahr mit. Damit hast du genug Arbeit für ein Jahr!"

„Ja, Bruder Großprior, ich brauche etwas Vorbereitungszeit! Ein Jahr ist gerade recht, das gibt mir genug Zeit mich gründlich vorzubereiten. Ich werde den Umriss nächstes Jahr fertig haben und mitbringen, und ich werde bereit sein, mit meinem Knappen nach Mainz weiterzureiten, falls der Bruder Präzeptor dies wünscht. Der Bruder Präzeptor sagte mir selbst, dass ich seine ausdrückliche Genehmigung brauche, um offiziell über unseren Orden zu schreiben. Und ich muss natürlich unser Ordensarchiv lesen, bevor ich mit einer Zeitgeschichte des Ordens beginne!"

„Gut, dann bleibt es dabei!" sagte der Großprior und entließ Arminius mit dem Templersegen: „Non nobis, Domine! Non nobis, sed Nomini Tuo da gloriam!"

„Non nobis, Domine!" erwiderte Arminius und verließ die Kammer des Großpriors.

Früh am nächsten Morgen, nach dem Frühgebet und vor der Frühmesse, ritten Arminius, Dietrich und sein Knappe zum Südtor Nürnbergs hinaus, Richtung Neumarkt. Sie nahmen ihr Mittagessen im Schwarzen Adler in Neumarkt ein und kamen um die Mitte des Nachmittags in Weihersdorf an. Dietrich lud Arminius zu einem Trunk ein, aber Arminius sagte ab.

Daheim in Thannbrunn rief Arminius seinen Diener, wies ihn an, ein heißes Feuer zu machen, den Bottich zu füllen und die Siedesteine ins Feuer zu legen. Arminius holte sich ein Krüglein klargrünen Wein aus dem Keller von Neuhaus, wusch sich den Reisestaub ab, mit Schwamm und Eimer, und stieg dann sauber in den Bottich, auf ein langes Bad, und entspannte sich, mit heißem Wasser von außen und kühlem Wein von innen.

Mitte Juni erhielt Arminius was er erwartete: einen Brief von Margaret! In dem Brief dankte ihm Margaret für den Bottich und die Seife und lud ihn zur Sommersonnenwendfeier ein. „Bitte mache sicher, dass Du mindestens eine Stunde vor Sonnenuntergang hier bist", schrieb sie, „denn ich möchte gerne das heilige Feuer mit Dir anzünden. Auch bat mich Schwester Davina, Dir zu sagen, dass sie Dich zu sprechen wünscht – vor der Zeremonie! Sie sagte ausdrücklich, dass sie Dich vor dem Anzünden des heiligen Feuers privat zu sprechen wünscht. Ich denke, ich weiß warum, aber ich werde es sie sagen lassen.

In Licht und Liebe,

Margaret"

Am frühen Morgen des 24. Juni hatte Arminius einen lebendigen Traum. Im Traum stand er inmitten einer Volksmenge, wenn ein Rabe herbei flog. Der Rabe war größer als ein gewöhnlicher Rabe, etwa so groß wie ein Adler. Er kreiste über der Menge, dicht über den Köpfen der Leute, die sich ängstlich duckten. Aber Arminius hatte keine Angst vor dem Raben und hielt seinen Kopf hoch. Daraufhin kreiste der Rabe dicht um Arminius' Kopf. Die Leute rückten angstvoll zurück, bis Arminius alleine im Mittelpunkt der Menge stand. Der mächtige Rabe kreiste weiterhin um ihn. Schließlich landete der Rabe auf seinem Kopf, blieb eine Weile dort und schlüpfte dann auf wundersame Weise in den Kopf hinein!

„Jetzt habe ich also Odins Geistesraben im Kopf!" dachte Arminius, als er aus dem Traum erwachte.

Am späten Nachmittag brach er auf. Wie immer, hatte er seine knielange, weiße Tunika an, mit dem großen, roten, achteckigen Tatzenkreuz auf Brust und Rücken. Um die Tunika gürtete er sein Schwert, mehr als Amtssymbol denn Waffe. Über der Tunika trug er seinen neuen, goldweißen Überwurf, am Hals geschlossen und vorne offen, wie es bei den Tempelrittern der Brauch war. Ohne Pferd sah er zwar nicht ganz wie ein Tempelritter aus, aber er wollte seinen kostbaren Araber nicht die ganze Nacht über an den Anbindebalken gebunden haben. Die Beguinen hatten weder einen Pferdestall noch erfahrene Pferdeknechte, die wussten, wie man mit Pferden umgeht, so beschloss Arminius zu Fuß nach Waldkirchen zu gehen.

Eine vertraute Szene grüßte ihn, als er bei der Beguinage ankam. In der Mitte der Wiese unterhalb der Beguinage war eine runde Feuerstelle mit einem Scheiterhaufen, sorgfältig geschichtet aber noch nicht angezündet. Um den Scheiterhaufen, in sicherem Abstand vom Feuer, befanden sich mehrere, provisorische Plankbänke: eine Planke über zwei Holzklötze gelegt. In einem weiten Kreis um den Scheiterhaufen standen die Zelte der Gäste. Angepflockt zwischen und hinter den Zelten waren die Pferde der Gäste, vor den Zelten brannten kleine Lagerfeuer, und um die Lagerfeuer waren noch mehr jener Plankbänke. Die Gäste saßen entweder auf den Bänken vor ihren Lagerfeuern, oder standen in kleinen Gruppen herum und unterhielten sich angeregt, oder hörten der Musik zu. Wie vor einem Jahr spielten die Musikanten klassische Troubadourweisen, mit Laute, Geige, Flöte und Schellentambourin, und die Tambourinspielerin war in ein schwarzweißes Narrenkostüm gekleidet und sang, und wurde im Refrain oder Duett vom Lautenspieler begleitet.

Margaret war damit beschäftigt, Kienspäne und Zunder unten in den Scheiterhaufen zu stecken. Als sie Arminius auf den Scheiterhaufen zukommen sah, ging sie ihm entgegen und schüttelte ihm beide Hände. „Willkommen zu unserem Johannisfest, Bruder Arminius! Ich werde Davina gleich sagen, dass du hier bist! Aber zuerst möchte ich dir für den Badebottich und die rosenduftende Seife danken! Wir alle sind dir äußerst dankbar! Niemals gab es so fröhliche Badende wie die Beguinen von Waldkirchen!“

Margaret ging in die Beguinage und kam mit Davina zurück. Davina lächelte Arminius strahlend zu, schüttelte seine Hand und sagte, auf lateinisch: „Sei gegrüßt, Bruder Arminius! Sagte dir Margaret, dass ich dich alleine sprechen möchte?“

„Ja, sie schrieb mir, dass du mich privat zu sprechen wünschst!“ bestätige Arminius. „Lasst uns also zum Waldrand gehen!“

Sie gingen von der Beguinage weg, Richtung Staufersbuch. Als sie weit genug von der Beguinage entfernt waren, wies Arminius auf einen gefällten Baumstamm: „Setzen wir uns doch hierhin!“

Sie setzten sich. Davina sah ihn ernsthaft aber verklärt an und wusste nicht wie sie anfangen sollte. Arminius ermutigte sie indem er sagte: „Heraus damit, Schwester Davina! Was liegt dir auf der Zunge, oder auf der Seele, oder am Herzen?“

„Zunächst möchte ich dir für den Badebottich und die Rosenseife danken, wir schätzen sie sehr. Aber weit mehr schätzen wir deine Gralsbriefe! Wir danken dir von ganzem Herzen dafür! Deine Briefe haben uns sehr gut getan, wir alle denken, dass du ein göttlich inspirierter Dichter und Prophet bist. Bruder Arminius, du bist ein echter ‚Homme de lettres'!

Ich habe deine Gralsbriefe wiederholt gelesen und vorgelesen. Ich habe über das, was ich las, meditiert und nachgedacht, und es in meine Träume und Tagträume mitgenommen, wie du vorschlugst. Aber ich hatte Angst vor der Faste, die du für die Vollendung der Gralssuche vorschlugst.

Wie du siehst, bin ich groß und knochig; ich trage wenig Fleisch und kein Fett auf meinem Knochenrahmen! Deshalb werde ich schnell schwach und leicht ohnmächtig wenn ich auch nur für kurze Zeit faste! Ich wollte sehr gerne die Gralssuche richtig beenden, aber ich hatte Angst vor dem Fasten. Ich befürchtete, dass ich dabei krank oder ohnmächtig würde. Um einer möglichen Ohnmacht vorzubeugen, dachte ich das Wasser, welches ich während der Faste trinke, mit Honig anzureichern, oder mit dem Obstsaft welcher entsteht, wenn wir unser Dörrobst aufweichen. Aber diese Nahrungsmittel sind selten und kostbar, und ich wollte mich nicht für eine Sonderbehandlung hervorheben oder persönliche Ansprüche an unsere spärliche Kasse stellen. Aber dann dachte ich mir: ‚Was ist ein bisschen extra Saft von Dörrobst, oder einige Pfennige für Honig, wenn es um meine Erleuchtung geht! Ich werde Margaret um den Obstsaft bitten, und um Honig, und ich werde fasten und mein Fastenwasser mit Obstsaft und Honig anreichern!'

Es war als ob dieser Entschluss alleine die einzige Stärkung war, die ich brauchte, denn gleich nach dem Entschluss fühlte ich mich so gehoben, so wundersam gestärkt, dass ich das angereicherte Wasser nicht mehr brauchte! Ich fiel in einen Zustand von erwartungsvoller Freude und verblieb in diesem Zustand für den Rest des Tages. Dann, als ich meine Abendmeditation verrichtete, geschah das Wunder:

Plötzlich schwebte vor meinen Augen ein übergroßer Kelch von glänzendem Gold. Aus dem Kelch strahlte ein hellweißes Licht. Über den Kelch und den weißen Lichtkegel wölbte sich ein Regenbogen. Der Regenbogen bestand aus den gewöhnlichen sieben Farben des Regenbogens, aber jede der sieben Farben war außerordentlich farbkräftig und schillerte in mehreren Untertönen: jede der sieben Farben hatte sieben Untertöne!

Ich sah wie gebannt hin! Die Vision verweilte lange vor meinen Augen, wie lange kann ich nicht sagen; Zeit hatte aufgehört zu existieren! Als ich schließlich in das alltägliche Bewusstsein zurückkam, war ich in einem Zustand von heiliger Verzückung! Und ich bin es noch immer! Nicht mehr so hoch verzückt wie damals, aber ich bin noch immer in einem Zustand von stiller Freude. Die Freude scheint kein Ende zu nehmen!

Siehst du, Bruder Arminius, ich war mein Leben lang Malerin. Schon als Kind fing ich an zu malen, und ich liebte es, in kräftigen Farben zu malen! Als junge Frau in Schottland lehrte ich anderen Frauen zu malen. Malen ist meine Muse, die Liebe meines Lebens! Die heiligen sieben Farben des Regenbogens haben es mir schon von jeher angetan! Und jetzt, nachdem ich den Gralskelch mit den sieben heiligen Farben empfangen habe, und neue Farbtöne sehe, die ich vorher nicht wahrnehmen konnte, bin ich eine noch bessere Malerin! Für mich war diese Vision ein wahrhaftes Gottesgeschenk!

Bruder Arminius, ich habe meinen Gral empfangen! Ich weiß nicht, wie ich dir danken soll! Ich würde am liebsten vor dir auf die Knie fallen und deine Hände küssen, aber ich weiß, dass du sowas nicht willst. Wie kann ich dir danken? Alles, was ich zum Dank habe, sind unzulängliche Worte: ‚Ich danke dir, ich danke dir, ich danke dir, von der tiefsten Tiefe meines Herzens und der höchsten Höhe meiner Seele!'"

Freudetränen flossen aus Davinas Augen. Arminius war so ergriffen, dass er nicht wusste, was zu sagen. So nahm er schweigend ihre Hand in die seine und sie saßen schweigend, Hand in Hand, bis sie sich gesammelt hatten und Davinas Tränen getrocknet waren. Danach saßen sie noch etwas länger schweigend auf dem Baumstamm, bis Davina mahnte: „Lasst uns zurückgehen, Margaret will das heilige Feuer mit dir anzünden! Hat sie es dir gesagt?"

„Ja, sie schrieb es in ihrem Brief!" erwiderte Arminius.

Als sie zur Beguinage zurückkamen, war es noch etwa eine Stunde vor Sonnenuntergang, so mischte sich Arminius unter die Gäste. Die meisten von ihnen waren ihm nicht bekannt, aber alle kannten ihn; sein Templermantel gab ihn bekannt! Plötzlich kam ein vertrautes Gesicht auf ihn zu. Es war Patrizia von Wildenstein.

„Grüß Gott, Bruder Arminius!" rief Patrizia erfreut aus. „Endlich sehe ich Euch! Ihr macht Euch rar, so scheint es! Ich dachte schon daran, einige Schauspieler anzustellen um eine Wegelagerei zu inszenieren, nur um Euch zu sehen! Aber ich habe meine Skrupel. Ich erwartete, Euch vor einem Jahr hier zu anzutreffen, Margaret sagte mir, dass sie Euch eingeladen hätte. Aber Ihr wart nicht hier!"

„Ich war hier, Frau Patrizia, nur sahet Ihr mich nicht, weil ich einen schwarzen Talar trug und die Feier von der Peripherie beobachtete."

„Warum? Ihr seid doch nicht schüchtern, Bruder Arminius?"

„Nein, ich bin nicht schüchtern, nur etwas menschenscheu, und introvertiert. Das kommt von zuviel Denken, Lesen und Schreiben und zuwenig Geselligkeit!"

„Da Ihr gerade von Lesen und Schreiben sprecht", antwortete Patrizia, „ich las vor nicht allzulanger Zeit eine außerordentliche Serie von Gralsbriefen mit dem Titel ‚VIA GRADALIS • Ein Weg der Einweihung durch die Sieben Sphären • In neun Briefen'. Kennt Ihr vielleicht den Autoren dieser Schriften?"

„Ich denke ich kenne ihn, bis er mich überrascht und etwas gänzlich Unerwartetes tut! Aber ich kenne ihn gut genug um zu wissen, dass er anonym bleiben will!"

„Würdet Ihr ihm etwas von mir ausrichten?"

„Ja, Frau Patrizia, das kann ich wohl tun!"

„Kann ich Euch diese Botschaft privat geben?"

„Ja, lasst uns auf eine jener Plankbänke setzten und ihr könnt mir die Botschaft ungestört überbringen!" sagte Arminius und deutete auf eine der unbesetzten Plankbänke. Frau Patrizia und Arminius setzten sich auf die Bank und Patrizia begann.

„Margaret schickte mir Kopien jener Gralsbriefe. Ich war von ihnen sehr erbaut, studierte sie und befolgte alle Anweisungen, einschließlich der vierwöchigen Faste vor dem Frühlingsanfang, aber zu meiner großen Enttäuschung hatte ich kein mystisches Erlebnis am oder um den Frühlingsanfang!

Aber der mystische Samen muss unmerklich in mir aufgegangen und gewachsen sein. Vor etwa vier Wochen, gegen Ende Mai, saß ich alleine, in tiefer Kontemplation, auf meiner Lieblingsbank in unserem Wald, dem prächtigen Eichen- und Buchenwald der unser Schloss umgibt – Ihr habt ihn ja gesehen! Als ich sinnend auf der Bank saß, verlor ich plötzlich das Bewusstsein. Nicht dass ich ohnmächtig wurde, ich war meiner selbst als Person nicht mehr bewusst. Stattdessen war ich mir bewusst, die Bäume um mich zu sein! Ich war der Wald, mein geliebter Wald! Für lange Zeit, ich weiß nicht wie lange, war ich nicht die Person die ich immer zu sein glaubte, sondern der Wald. Ich war der Wald!

Als ich aus diesem Erlebnis ins normale Bewusstsein zurückkam, wusste ich sofort, dass dies mein Gral war, mein Erlebnis des Grals, mein heiliger Gral der genau für mich bestimmt war! Ich liebe nämlich unseren Wald über alles, ich bin ständig mit unserem Förster in Verbindung und sorge dafür, dass unser Wald aufs beste gehegt und gepflegt wird. Und ich verbringe meine Freizeit, im Sommer, Herbst, Frühjahr oder Winter, bei Regen, Schnee oder Sonne, des Tags oder des Nachts, am liebsten in meinem geliebten Wald! Und ich wurde eins mit meinem Wald; ich wurde mein Wald, und bin immer noch mein Wald! Jetzt bin ich für immer und ewig eins mit meinem geliebten Wald!“

Von Hochgefühl übermannt verfiel Patrizia in Schweigen. Arminius wollte ihre Schweigsamkeit nicht stören und schwieg mit ihr, bis sie von selbst wieder zu reden begann.

„Bruder Arminius, bitte übermittelt dem Autoren der Gralsbriefe meine tiefste Anerkennung und meine äußerste Dankbarkeit! Und ermutigt ihn, weiter zu schreiben! Die Welt braucht das, was er zu sagen hat, ganz egal, wie unorthodox es sich anhört! Und sagt ihm, das Rosenkreuz lasse ihn grüßen und sende ihm seine Liebe und Dankbarkeit!“

„Ja, ich werde es ihm ausrichten!“ bekräftigte Arminius. „Ich weiß, dass er bereits am Weiterschreiben ist, aber dies sind gefährliche Zeiten, Frau Patrizia, und er muss seine Identität geheim halten! Darf ich einige meiner Gedanken hinzufügen, zu Eurem Erlebnis ein Baum zu sein?“

„Ja, selbstverständlich!“ antwortete Patrizia. „Ich kam hierher, um Euch zu hören!“

„Ihr wisst doch sicherlich von dem biblischen Baum der Erkenntnis? Ihr könnt mehr erlebt haben als ein Baum zu sein, Ihr könnt den Baum der Erkenntnis erlebt haben! Erlebtet Ihr Euch als den ganzen Baum, als Wurzeln und Zweige zugleich?“

„Ja, ich erlebte mich als den gesamten Baum! Und ich erlebte mich nicht nur als Wurzeln und Zweige zugleich, sondern auch als die Verbindung zwischen den Wurzeln und Zweigen, und die Verbindung zwischen den gegensätzlichen Welten in denen sie wachsen: Luft und Boden, Licht und Dunkel, Himmel und Erde! Ich fühlte die Verbindung der Wurzeln mit der dunklen, kühlen und feuchten Erde, und ich fühlte die Verbindung der Zweige und Blätter mit Luft, Licht und Sonne! Und ich fühlte wie die Blätter Luft, Licht und Sonne in sich aufnehmen und zu den Wurzeln senden, und ich fühlte wie die Wurzeln das Gute der dunklen, kühlen und feuchten Erde in sich aufnehmen und zu den Blättern senden! Und ich fühlte nicht nur ein Baum zu sein, sondern alle Bäume, und die seelische Verbindung zwischen den Bäumen! Ich war die gesamte Welt des Waldes, als ein eng miteinander verbundenes, unteilbares Ganzes! Und, so seltsam sich dies anhört, ich erlebte alles gleichzeitig!"

„Frau Patrizia, erinnert Ihr Euch an Buch V des Gralsepos Parzival, wo die Gralskönigin Repanse de Schoye den Gral in den Festsaal des Gralsschlosses trägt?"

„Ja, ich erinnere mich sehr gut daran! Ich kann es sogar auswendig!" rief Frau Patrizia aus und zitierte feierlich:

nach den kom die künegin.
ihr antlütz gap den schin,
si wanden alle ez wolde tagen.
man sacht si maget an ir tragen
pfellel von arabii.
uf einem grüenen achmardi
truoc si den wunsch von paradis,
bede wurzeln unde ris.
daz war ein dinc, daz hiez der Gral,
erden wunsches überwal.

„Sag's nicht, sag's nicht!" rief Patrizia aus, als sie mit der Rezitation fertig war, und übersah in ihrer Erregung, dass sie das vertraute „du" gebraucht hatte, „lass es mich sagen: Der Gral ist der Baum der Erkenntnis! Er enthält beides, Wurzeln und Reiser, in einem Ding, als ein unteilbares Ganzes! ‚Das Zuoberste ist zuunterst, und das Zuunterste zuoberst, um das Wunder des Einen Dinges zu erfüllen!' – Die Maxime des Hermes Trismegistos – Der Gral – Das Prinzip der göttlichen Einheit!"

„Bravo, Frau Patrizia, Ihr machtet es besser als Frau Eva! Sie verkannte die Erkenntnis im Baum der Erkenntnis und verlor das Paradies. Ihr erkanntet den Baum und ward wieder aufgenommen!"

„Ich danke Euch für das Kompliment, Herr Arminius!" sagte Patrizia strahlend. „Das ist das höchste Kompliment das ich jemals erhielt! Aber ich dachte immer, Wolframs Beschreibung des Grals bezöge sich auf das Buch der Offenbarungen. Sagt nicht, gegen Ende des Buches der Offenbarungen, Jesus zu Johannes: ‚Ich bin die Wurzel und das Reis Davids'?"

„Ja, das stimmt!" bestätigte Arminius. „Aber auch dies ist eine Aussage der göttlichen Einheit! Jesus sagte er sei beides: Alpha und Omega, Wurzel und Reis, Ursprung und Resultat, Ursache und Wirkung, Schöpfer und Geschöpf! Seine Aussage im Johannesevangelium ‚Ich und der Vater sind eins!' drückt ebenfalls das Prinzip der göttlichen Einheit aus. Das Prinzip der Einheit ist auch anderswo in der Heiligen Schrift ausgedrückt!

Jesus proklamierte die universelle, göttliche Einheit und wurde deshalb geheiligt. Aber, anstatt seine Botschaft wahrzuhaben, und uns selbst und unsere Mitmenschen und unsere Mitwelt zu heiligen, heiligten wir leider nur den Botschafter!

Jesus war aber auch ein direkter Nachkomme Davids! Dem Gesetz der Erbfolge nach hatte er das Erbrecht auf den Königsthron Jerusalems! Jesus war also in geistiger und in leiblicher Hinsicht die Wurzel und das Reis des Hauses Davids! Und natürlich war er auch die Vereinigung der Gegensätze: Reiser und Wurzeln, in einem Ding! – Ein mehrdeutiges Gleichnis, wie es die Dichter lieben! Aber die Mehrdeutigkeit ist der Klarheit nicht immer dienlich, deshalb sprechen theologische Philosophen, so wie ich, lieber eindeutig und sagen klipp und klar, dass wir alle Nachkommen Gottes und mit Gott eins sind - dass wir das Erbrecht zum Paradies in uns tragen!"

Danach hatten weder Patrizia noch Arminius etwas zu sagen, so saßen sie stumm und blickten sich liebend in die Augen, bis zum Sonnenuntergang.

Als die untergehende Sonne den Horizont berührte, kam Margaret mit einer brennenden Fackel in der ausgestreckten Hand aus der Beguinage. Arminius ging ihr entgegen, umfasste die Fackel mit ihr, und gemeinsam trugen sie sie zum Scheiterhaufen. Dort hoben sie die Fackel hoch und Margaret sagte, mit lauter Stimme: „Bitte, schließt den heiligen Kreis, damit wir die heilige Zeremonie beginnen können!" Als der Kreis geschlossen war, sagte sie feierlich: „Möge das heilige Feuer brennen, um Schöpfer und Schöpfung zu ehren, und möge der heilige Kreis ewig ungebrochen bleiben!"

Arminius fügte hinzu, mit lauter und fester Stimme die weit über den Kreis hinausschallte: „Und möge die heilige Flamme ewig in unseren Herzen und Seelen brennen, um die Einheit zwischen Schöpfer und Schöpfung zu ehren und zu wahren!"

Danach senkten sie die Fackel und entzündeten den Scheiterhaufen. Als er lichterloh brannte, warfen sie die Fackel ins Feuer und schritten zum Kreis, welcher sich öffnete und sie aufnahm. Im Kreis hielt Arminius Margarets Hand auf der einen Seite und die Hand einer kleinen, schwarzhaarigen Beguine auf der anderen. Die vier Musiker stimmten das gleiche Lied an, das sie vor einem Jahr zum gleichen Anlass gespielt hatten, das Lied von den Menschengeistern die wie Adler um die Welt kreisen. Arminius erinnerte sich der Melodie und der Worte und sang kräftig und andächtig mit.

Wie er bereits vor einem Jahr vermutet hatte, war es ein heidnisches Lied, das seit vorchristlicher Zeit zu diesem Anlass gesungen wurde. Es erinnerte Arminius an die Sage der zwei Geistesraben Odins, genannt Gedanke und Erinnerung, die täglich die Welt umkreisen und Odin alle Gedanken und alle Erinnerungen der Welt bringen. Und Arminius besann sich des Rabentraumes, den er am frühen Morgen geträumt hatte, und der Vision vom Werden der Welt, die er vor eineinviertel Jahren empfangen hatte.

Danach spielten die Musiker ihre Troubadourweisen, der Kreis tanzte mehrere Reigen und einige der Gäste trugen Gedichte und Reden vor. Danach löste Margaret den Kreis auf indem sie sagte: „Es steht Essen und Trinken in der Beguinage bereit. Bitte, bedient euch!"

Der Kreis löste sich auf. Margaret stellte Arminius die schwarzzöpfige Beguine vor, deren Hand er im Kreis gehalten hatte: „Bruder Arminius, das ist Schwester

Anna! Sie ist unsere beste Schneiderin, nebst vielen anderen Talenten. Sie hat deinen Mantel geschneidert!"

Arminius schüttelte Schwester Annas Hand und sagte: „Ich danke dir für den Mantel, Schwester Anna! Es ist der bestgeschneiderte Templermantel, den ich jemals sah!"

„Ich danke dir für das Kompliment, Bruder Arminius", antwortete Schwester Anna bescheiden, „aber mein Talent ist nichts im Vergleich zu deinem dichterischen und prophetischen! Ich danke dir von ganzem Herzen für die Gralsbriefe! Und ich danke dir für den Badebottich, den du uns schenktest, und die rosenduftende Seife! Wir genießen unsere Bäder!"

„Unterschätze dich nur nicht, Schwester Anna! Jede gute Geschicklichkeit ist so viel wert wie jede andere, und eines schickt sich nicht für alle! Meine Schreiberei ist auch nicht mehr wert als deine Schneiderei, manche Leute würden sogar sagen, dass deine Schneiderei mehr wert sei als meine Aufschneiderei! Jeder von uns Gottesdienern dient in der Kapazität, in der er am geschicktesten ist; mein Geschick ist eben das Schreiben, deines ist das Schneidern! Aber als Gottesdienst sind beide gleichwertig!

Was wirklich zählt, ist das Streben nach Vollendung! Wenn wir in unserer Arbeit stets unser bestes tun und danach streben, hochqualitative Arbeit zu leisten, im Geiste und Dienste Gottes, dann ist alles, was wir tun, ein Gottesdienst und eine göttliche Schöpfung! Dann sind wir Gottes Mitschöpfer und schaffen seine Schöpfung in seinem Sinne weiter, und höher! Wenn Arbeit in diesem Sinne verrichtet wird, dann wird selbst die einfachste Arbeit eines Bauern oder Handwerkers, einer Mutter oder Hausfrau, zur göttlichen Kunst und ist genauso wertvoll wie die Arbeit eines Bildhauers, Dichters, Malers oder Propheten!"

„Da sehn wir's! Obwohl ich das fühle, was du eben sagtest, könnte ich es nie so treffend ausdrücken wie du! Ganz egal was du sagst, großartige Worte sind besser als schöne Kleider!" behauptete Anna entschieden.

„Wenn du das fühlst, was ich sage", konterte Arminius, „und drückst es in dem was du tust aus, dann drückst du es genauso aus wie ich, nur anders! Wir Wortgewandte verdienen auch nicht mehr Achtung als diejenigen unserer Mitmenschen, die auf anderen Gebieten gewandt sind! Und wenn wir mehr Achtung kriegen, dann ist sie unverdient! Wir beide sind Mitschöpfer Gottes, und in Gottes Augen sind alle seine Mitschöpfer gleich!"

„Wenn es so ist, dann will ich nicht weiter darüber streiten", sagte die kleine, energische Beguine in versöhnlichem Ton, „dann sind wir eben gleich!"

Arminius ging in die Beguinage und holte sich einen Becher Wein und etwas von dem köstlichen Essen welches dort auf den Tischen lag. Es gab Roggenbrot und Weizenbrot, verschiedene Arten von Käse, Dörrobst, Nüsse, allerlei frisches Gemüse und frische Erdbeeren. Für die, die ihren Wein verdünnen oder gar keinen Wein trinken wollten, stand ein Eimer Wasser bereit. Für die welche Kräutertee bevorzugten gab es einen Kessel mit Kräutertee. Aber der Tee war kalt, denn das Feuer im Herd der Beguinage musste diese Nacht ausgehen um am nächsten Morgen von dem heiligen Feuer neu entzündet zu werden.

Arminius sprach zu vielen Gästen im Laufe der Nacht. Aber es war Schwester Anna, die kleine, energische, schwarzhaarige Beguine mit ihrem bestimmten Auftreten, die es Arminius besonders angetan hatte. So suchte er sie auf und sprach sie an. „Eine herrliche Feier, nicht wahr, Schwester Anna?"

„Ja, Bruder Arminius", stimmte Anna überein, „das lieblichste Mittsommernachtsfest, das wir jemals feierten! Könnte das etwas mit dir zu tun haben?"

Arminius fasste dies nicht als eine direkte Frage auf, so beantwortete er sie auch nicht, und fragte stattdessen: „Sag, Schwester Anna, wo kommst du her? Deine Gesichtszüge, deine olivenfarbene Haut, dein rabenschwarzes Haar und dein Temperament, all dies erinnert mich an die Einwohner des Mittelmeers, an dessen verschiedenen Ufern ich einen großen Teil meines Lebens zugebracht habe? Du erinnerst mich sogar an meine Mutter, die aus dem Tal der Saône stammt, nördlich der Stadt Lyon."

„Ich stamme aus einer verarmten Adelsfamilie hier in Bayern", antwortete Anna. „Mein Vater war so arm, dass er nicht für mich sorgen konnte, so steckte er mich schon als Mädchen in ein Kloster. Aber ich wollte keine Nonne werden, so schloss ich mich später den Beguinen an. Jetzt bin ich schon seit dreißig Jahren eine Beguine!

Aber du hast recht mit meinem Aussehen. Mein Großvater mütterlicherseits kam aus dem Mittelmeerraum, von den östlichen Ausläufern der Pyrenäen, dort wo die Pyrenäen ans Mittelmeer grenzen. Von dort emigrierte er nach Bayern und heiratete meine Großmutter. Ich kann mich nicht sehr gut an ihn erinnern, ich war neun Jahre alt, als er starb. Aber meine Großmutter sagte immer, ich sähe ihm wie aus dem Gesicht geschnitten ähnlich!

Woran ich mich noch gut erinnern kann ist, dass er immer so glühend von seiner alten Heimat sprach. Als Kind stellte ich sie mir wie ein Paradies vor, wo Zitronen, Orangen, Feigen, Mandeln und Oliven wachsen, wo das Meer blauer ist als der Himmel, wo die Sonne stets scheint und die Leute mitten im Winter Orangen von den Bäumen pflücken! Aber es kann nicht so paradiesisch gewesen sein wie ich mir vorstellte, warum hat er es verlassen? Irgendetwas muss da faul gewesen sein, dass er so ein Paradies fluchtartig verließ!

Trotz meiner südlichen Abstammung und meines südländischen Aussehens sehne ich mich nicht nach den Südlanden!" setzte Anna nach einer kurzen Denkpause hinzu. „Ich liebe es hier in Waldkirchen, selbst im tiefsten Winter, wenn der Schneesturm um den Petersberg heult. Es ist schön hier, zu jeder Jahreszeit! Aber ich denke Schönheit ist innen. Wenn man sie dort findet, dann sieht man sie überall!

Und ich danke dir, dass du mich mit deiner Mutter vergleichst! Das ist immer ein großes Kompliment, nicht wahr? Wenn ich eine Frau mit meiner Mutter vergleichen würde, dann würde ich ihr das höchste Kompliment machen!

„Ja, ich liebte meine Mutter!" antwortete Arminius. „Und ich liebte die Familie meiner Mutter, des Haus de Beaujeu, mehr als das Haus meines Vaters!"

„Soll man nicht Vater und Mutter gleich ehren?" wendete Anna fragend ein.

„Ich ehrte meinen Vater“, antwortete Arminius, „nur liebte ich ihn nicht so sehr wie meine Mutter!“

„Ja, das kann ich verstehen!“ sagte Anna.

Arminius unterhielt sich mit anderen Gästen bis er Gelegenheit hatte mit Margaret zu sprechen. „Schwester Anna ist eine außergewöhnliche Frau“, sagte Arminius zu Margaret, „sie hat mich sehr beeindruckt!“

„Da hast du dich also auch in unsere Anna verliebt!“ stellte Margaret lachend fest. „Sie ist aller Liebling! Und nicht nur von uns Beguinen. Alle Leute für die wir sorgen, jung und alt, fragen nach Schwester Anna und wollen nur sie! Sie behauptet sich ohne aggressiv zu sein, sie ist ungeniert ohne schamlos zu sein, sie ist stets mitleidsvoll, fröhlich, fleißig, fähig und bescheiden – eine rare Kombination – eine außerordentliche Person! Eine kostbare Perle innerhalb einer unscheinbaren Schale!“

Das Fest endete mit einer kurzen Sonnenaufgangszeremonie. Danach gingen die meisten Gäste in ihre Zelte und legten sich schlafen. Die Beguinen räumten auf und machten sich zur Frühmesse fertig. Arminius betete sein Frühgebet und verabschiedete sich. Auf dem Heimweg sang er mit lauter Stimme das Lob Gottes.

Einige Wochen später kamen Margaret und Davina zu Fuß nach Thannbrunn und trugen ein Bild. Es war nicht schwer, aber groß, sechs Fuß lang und vier Fuß hoch, und musste deshalb zu zweit getragen werden. Die beiden trugen das Bild in den Saal der Burg Thannbrunn. „Das hat Davina für dich gemalt!“ sagte Margaret.

Arminius sah sich das Gemälde an. Es war in kräftigen, lebendigen aber etwas unwirklich anmutenden Farben gemalt und stellte das Mittsommernachtsfest in Waldkirchen dar, nur etwas unwirklich: Einen Kreis von Zelten, mit einem Feuer im Mittelpunkt und Pferden zwischen den Zelten, aber man konnte auch das Innerer der Zelte sehen und die Leute die drinnen saßen. Auch die Beguinage konnte man von innen und außen sehen, und die Leute die drinnen waren. Einige Leute tanzten einen Reigen um das Feuer, einige standen in kleinen Gruppen, andere saßen an den Lagerfeuern vor den Zelten und manche saßen auf ihren Pferden. Das Verwunderlichste an dem Bild war, dass die gesamte Szene, meisterhaft in Miniatur gemalt, innerhalb des Kopfes eines jeden Menschen und sogar eines jeden Pferdes sichtbar war! Aber, wenn man genau hinsah, stellte man fest, dass die Szenen innerhalb der Menschen- und Pferdeköpfe nicht identisch gleich waren: jeder Mensch und jedes Pferd hatte seine eigene und einmalige Version der Szene im Kopf!

Die Landschaft auf dem Bild war bergig und bewaldet. Die Sonne ging entweder auf oder unter, man sah rote und schwarze Wolken, und über die Landschaft wölbte sich ein überirdisch anmutender Regenbogen. Aber der Regenbogen im Bilde hörte nicht am Horizont auf, er wölbte sich auch nach unten, in die Landschaft hinein, als eine Spiegelung des oberen Regenbogens, und die beiden Regenbogen trafen sich an den Seiten des Bildes und bildeten ein Spitzbogenoval.

Eine Gruppe von drei Leuten stand an der Peripherie. „Ich habe Dich in das Bild gemalt“, sagte Davina, „rate wo du bist!“

Ohne Zögern deutete Arminius auf diese Dreiergruppe. „Wo zwei oder drei versammelt sind in meinem Namen ...“

„Da bin ich mitten unter ihnen!“ ergänzte Davina lachend. „Ich wusste, dass du dich finden wirst!“

„Das ist ein großartiges Geschenk, ich danke dir dafür!“ sagte Arminius zu Davina. „Aber wir Templer dürfen keine persönlichen Geschenke annehmen! Du kannst es unserem Orden schenken, wenn du willst.“

„Gut, dann schenke ich es dem Templerorden!“ sagte Davina entschieden.

„Aber ich kann es hier in meiner Halle nicht aufhängen. Meine Fensteröffnungen sind ständig offen, das Bild wäre ungeschützt der Witterung ausgesetzt. Auch habe ich keinen Kamin und die Halle ist oft sehr verraucht, was dem Bild weiter schaden würde. Ich würde es lieber im Gästesaal von Neuhaus aufhängen! Neuhaus hat Glasfenster und einen gemauerten Kamin, da wäre das Bild gut geschützt. Außerdem sollte so ein großartiges Werk dort hängen, wo es möglichst viele sehen können, und das wird im Gästesaal von Neuhaus der Fall sein!“

Margaret und Davina trugen das Bild nach Neuhaus. Dort hingen sie es an einen lichten Platz an der Wand, wo es von allen Gästen gut gesehen werden konnte. Das Gemälde hing jahrzehntelang dort und wurde zu einem weit bekannten Konversationsstück.

Eines Tages im September, als der Sommer dem Herbst gewichen war und die grünen Buchen am Fuße der Burg Thannbrunn anfingen gelb zu werden, kam der Petersberger Bauernjunge, den die Beguinen gewöhnlich als Boten anstellten, atemlos in Thannbrunn an. Er war derart außer Atem, als ob er den ganzen Weg gelaufen wäre. „Grüß Gott, Herr Arminius!“ stammelte er zwischen Atemstößen. „Schwester Margaret lässt schön grüßen und sagt, dass sie Euch so bald als möglich zu sprechen wünscht!“

„Ich danke dir, Junge, komm mit mir!“ sagte Arminius und hielt den Jungen weiterhin außer Atem indem er im Eilschritt nach Neuhaus ging. Dort ließ er sein Pferd satteln und wies Johannes an, dem Jungen einen Pfennig zu geben. Arminius ritt den ganzen Weg im Galopp, bis auf die steilsten Stellen des Petersberges, und kam etwas später vor der Beguinage an.

Margaret trat vor die Tür. „Bruder Arminius!“ rief sie überrascht aus. „Ich hätte nicht gedacht, dass du so schnell hier sein würdest! Ich danke dir dafür, dass du so schnell gekommen bist, aber es war nicht notwendig, dass du sofort kamst! Ich hoffe, der Junge hat mich nicht missverstanden! Hörte die Botschaft, die er dir gab, sich denn so dringend an?“

„Nein, die Botschaft hörte sich nicht dringend an, nur der Botschafter!“ antwortete Arminius lächelnd. „Er war außer Atem als er in Thannbrunn ankam, als ob er den ganzen Weg gelaufen wäre. Ich hatte gerade nichts Wichtigeres zu tun. Außerdem ist mein Araber zu lange im Stall gestanden und brauchte etwas Übung. Was ist denn diese dringende oder nichtdringende Angelegenheit weswegen du mich hierher gebeten hast?“

„Ich hoffe, dass du nicht lachst wenn ich es dir sage, aber Schwester Anna hatte eben ein Bad, eigentlich sitzt sie immer noch im Bottich. Als sie im Bad saß und meditierte, was wir oft tun, hatte sie einen Blitz von Einsicht, irgendeine Art von Offenbarung, die plötzlich über sie kam. Sie sagte, sie wolle gleich mit dir, oder, genauer gesagt, zu uns beiden darüber sprechen; sie betonte besonders, dass sie zu uns beiden zusammen sprechen möchte! Aber wir wollten nicht, dass du sofort kommen sollst; das ‚gleich' war gleichnishaft gemeint, es bedeutet, dass das, was sie zu sagen hat, für sie außerordentlich wichtig ist, nicht dringend! Bitte verzeih uns, dass wir dich für eine Nichtigkeit in solcher Eile den Berg hinauf gerufen haben! Andererseits ist es gut zu wissen, dass du so schnell hier sein kannst, sollte ein wirklicher Ernstfall eintreten. Nochmals: entschuldige bitte!"

„Du brauchst dich nicht zu entschuldigen, Schwester Margaret, die sogenannten Nichtigkeiten des Lebens sind oft wichtiger als die Wichtigkeiten! Was ist denn diese wichtige Nichtigkeit, weswegen ihr beide mich hierher gebeten habt? Jetzt, nachdem ich hier bin, will ich sie auch hören! Sag doch der Schwester Anna, dass wir bereit sind sie anzuhören! Ich werde hier draußen warten bis sie bekleidet ist."

„Gut, ich werde ihr sagen, dass du hier bist!" sagte Margaret und ging ins Innere der Beguinage. Kurz danach kam sie wieder heraus und sagte: „Schwester Anna entschuldigt sich dafür, dich in solcher Eile hierher gebeten zu haben, und sie will dich nicht länger warten lassen. Wir können sofort mit ihr sprechen!"

„Was, in der Badewanne?" fragte Arminius überrascht. „Schämt sie sich ihrer Nacktheit denn nicht?"

„Nein, Schwester Anna geniert sich nicht leicht, aber ihre Ungeniertheit ist eine Ungeniertheit der kindlichen Unschuld. Sie hat sich ihre kindliche Unschuld bewahrt und schämt sich deshalb ihrer Nacktheit nicht sehr, und auch nicht der Nacktheit anderer. Deshalb ist sie zur Krankenpflege besonders gut geeignet und als Krankenpflegerin so beliebt! Sie hat das seltene Talent den Kranken, die sich vor ihr entblößen müssen, die Scham abzunehmen, indem sie die Nacktheit der Kranken nicht nur als zur Krankenpflege nötig sondern auch als natürlich und gottgewollt erachtet und achtet!"

„Dann lasst uns also hineingehen und hören, was Schwester Anna zu sagen hat!" sagte Arminius, schlang die Zügel seines Pferdes um den Anbindebalken und folgte Margaret in das Innere der Beguinage.

Im hinteren Teil der Beguinage, im Küchenabteil neben dem offenen Herd, stand der ovale Badebottich. Im Bottich saß Anna, mit offenem, nassem Haar, wie eine schwarzhaarige, rosenduftende Venus in einer hölzernen Schale. Ihre olivenfarbene Haut, vom heißen Wasser erhitzt, glänzte nass und rotbraun. Ihr langes, rabenschwarzes Haar, vor Nässe tiefschwarz glänzend, bedeckte Rücken und Brüste, so dass trotz ihrer Nacktheit nur ihre bloßen Arme und Schultern und ihre angezogenen Knie nackt erschienen. Ihre grünen Augen funkelten Arminius und Margaret erregt zu, während sie sprach.

„Ich hätte zu euch beiden schon früher darüber sprechen sollen, und ich dachte einige Male daran, aber es schien mir nicht wichtig genug. Und wenn ich dachte, dass es vielleicht wichtig sei, dann war es mir so peinlich, dass ich nicht früher darüber gesprochen hatte, so dass ich aus lauter Peinlichkeit weiterhin schwieg. Aber heute, als ich im Bad saß und meditierte, sah ich es überdeutlich, mit außerordentlicher Klarheit, und irgendwie sagte es mir, dass ich euch beiden unbedingt davon berichten muss!

Seit ich ein Kind war, soweit ich überhaupt zurückdenken kann, hatte ich jeden Abend kurz vor dem Einschlafen eine Vision. Die Vision war ein Spitzbogenoval, senkrecht dargestellt, in doppeltem Umriss, die beiden Umrisse in welligem Licht. Ich nannte die Vision mein ‚Kleines Oval'. Als ich ein Kind war, war meine Mutter innerhalb meines Kleinen Ovals sichtbar. Als ich älter wurde, glaubte ich die Muttergottes darin zu sehen. Aber in den letzteren Jahren war mein Kleines Oval leer, ich sah nur den doppelten Umriss, in welligem, regenbogenfarbenem Licht.

Ich sah die Vision immer kurz vor dem Einschlafen, in dem Dämmerzustand zwischen Wachsein und Schlaf. Ich dachte nie über die Vision nach und sprach zu niemandem darüber. Ich erachtete sie als selbstverständlich, ich dachte, jeder Mensch hätte sowas! Ich dachte, es sei mein Schutzengel! Mein Leben lang gab mir mein Schutzengel inneren Frieden, Zuversicht und Mut. Immer schlief ich mit der Zuversicht ein, dass mein Schutzengel da sei und über mich wache!

Als ich eine Beguine wurde, las und hörte ich über die mystischen Visionen der Mechtild von Magdeburg, der Hildegard von Bingen und anderer. Und im Laufe des letzten Jahres hörte ich sehr viel über mystische Erlebnisse von euch beiden. Aber ich war mir nie ganz sicher ob mein Kleines Oval eine richtige, mystische Vision sei! Ihr beide, sowie die ehrwürdige Mechtild und die heilige Hildegard, stelltet mystische Erlebnisse so großartig dar, so außergewöhnlich, überirdisch, aufwühlend und tief ergreifend! Aber mein Kleines Oval war nur ein tägliches und alltägliches Erlebnis, etwas das ich jeden Abend vor dem Einschlafen sah, seit ich ein kleines Kind war!

Außerdem hatte ich mein Kleines Oval immer nur in dem Dämmerzustand zwischen Wachsein und Schlaf gesehen, in einer Art von Traumzustand; ich war mir nie ganz sicher, ob es vielleicht nichts wie ein Traum sei! Aber, als ich deine Gralsbriefe las und hörte, wurde mir immer klarer, dass mein Kleines Oval mein Gral sei, den ich suchen sollte. Aber ich brauchte ihn nicht zu suchen, ich hatte ihn bereits seit meiner frühesten Kindheit, so beschloss ich mich nicht damit zu brüsten und nichts darüber zu sagen!

Aber selbst nachdem ich alle deine Gralsbriefe gelesen und bedacht hatte, und dachte, dass mein Kleines Oval eine echte, mystische Vision sein könne, war ich mir dessen immer noch nicht ganz sicher, denn ich hatte es immer nur in dem Dämmerzustand zwischen Wachsein und Schlaf gesehen. Bis heute! Heute sah ich mein Kleines Oval zum ersten Mal während des Tages, bei vollem, hellwachem Bewusstsein, hier, direkt vor meinen Augen! Und es schien mich zu drängen euch davon zu berichten! Wartet, ich werde versuchen es wieder zu sehen!"

Anna sammelte sich. Plötzlich rief sie aus: „Hier ist es, mein Kleines Oval! Und jetzt schweben purpurne Sphären daran vorbei: eins, zwei, drei, vier, fünf – fünf purpurne Kugeln schwebten eben an meinem Kleinen Oval vorbei!"

Danach seufzte sie tief auf. „Jetzt, nachdem ich euch mein Kleines Oval endlich mitgeteilt habe, fühle ich mich wie gehoben! Ich fühle mich, als ob eine drückende Last von meinen Schultern abgefallen wäre!"

Arminius ging hinaus, Margaret folgte ihm. Sie setzten sich auf die Bank vor der Beguinage. Ernüchtert und niedergeschlagen fing Margaret an zu sprechen: „Oh

Bruder Arminius, ich schäme mich so sehr! Wir hatten einen Engel in unserer Mitte, und ich maß mir an, ihr zu lehren einer zu werden! Ich schäme mich so sehr, ich weiß nicht wohin! Ich möchte mich am liebsten in ein Mauseloch verkriechen! Was soll ich tun?“

„Du sollst dich darüber nicht schämen“, sagte Arminius ernsthaft, „das kommt selbst bei den besten Lehrern vor! Selbst der weiseste Lehrer trifft ab und zu auf einen Menschen der ihm an Weisheit überlegen ist! Dann sollten wir eigentlich jauchzen! Es ist doch das Ziel eines jeden guten Lehrers, dass ihn sein Schüler übertrifft! Wenn der Schüler den Meister übertrifft, dann ist der Meister gerechtfertigt! Und wenn der vermeintliche Schüler von vornherein überlegen ist, dann sollte sich der vermeintliche Lehrer sehr freuen und von ihm lernen! Schwester Annas mystischer Dauerzustand sollte für uns ein Anlass zur Freude sein, nicht zur Scham!“

„Oh Bruder Arminius, du hast immer tröstende Worte!“ sagte Margaret und blickte durch ihre Schandestränen hindurch lächelnd zu Arminius auf. Der nahm ihre Hand und hielt sie fest. So saßen sie schweigend bis Anna aus der Beguinage trat.

„Gut, dass du noch hier bist, Bruder Arminius“, sagte Anna ernsthaft, „ich wollte dich nämlich fragen, was mein Kleines Oval bedeutet. Ich bin sicher, dass es eine Symbolik hat, von der ich nicht viel weiß! Würdest du bitte zu uns über die Symbolik meines Kleinen Ovals sprechen, wenn du Zeit dazu hast, und bereit bist?“

„Ja, ich habe Zeit, und bin bereit!“ antwortete Arminius lächelnd. „Und du hast recht, Schwester Anna, dein ‚Kleines Oval‘ hat eine umfassende, weitreichende und wahrhaft göttliche Symbolik, die zwar unbewusst in dir steckt, dir aber anscheinend nicht voll bewusst ist. Ich werde versuchen, sie dir in den Vordergrund des Bewusstseins zu bringen! Aber ich habe über dein Kleines Oval so viel zu sagen, dass ihr beide euch auf eine lange und ausführliche Erklärung gefasst machen müsst. So setze dich bitte neben mich und höre gut zu!“ Anna setzte sich neben Arminius auf die Bank und sie und Margaret hörten aufmerksam zu.

„Lasst uns zuerst über deinen Großvater sprechen, Schwester Anna. Du sagtest, er kam aus den östlichen Ausläufern der Pyrenäen, dort wo die Pyrenäen an das Mittelmeer grenzen. Die östlichen Pyrenäen waren das Kerngebiet der Katharer. Als du mir erzähltest, dass dein Großvater seine paradiesische Heimat fluchtartig verließ, dachte ich sofort, dass er ein Katharer war, der seinen Verfolgern entfloh. Hast du irgendwelche Gründe zu vermuten, dass er ein Katharer war?“

„Jetzt, nachdem du es zu meiner Aufmerksamkeit bringst, muss ich feststellen, dass seine Lehren tatsächlich etwas unorthodox waren!“ antwortete Anna. „Aber das, was er mich lehrte, wurde später von den Lehren der katholischen Kirche verdrängt. Wie ich vorher sagte, dachte ich immer, dass mein Kleines Oval mein Schutzengel sei. Aber jetzt erinnere ich mich daran, dass mein Großvater mich als kleines Kind lehrte, dass ich selbst ein Engel bin, dass ein innerer Engel in mir steckt der ewig und unsterblich ist, und dass dieser innere Engel mein eigentliches und wesentliches Ich ist! Er sagte, ich hätte nichts zu befürchten, weil mein innerer Engel unzerstörbar ist! Als kleines Kind dachte ich, dass mein Kleines Oval eine

Manifestation meines inneren Engels sei. Aber die katholische Glaubenslehre, die ich später im Kloster empfing, änderte mein Denken. Von da an dachte ich, dass mein Kleines Oval eine Manifestation meines Schutzengels sei, und das ist es ja auch! Es ist alle drei: mein innerer Engel, mein Schutzengel, und mein wesentliches, ewiges und unzerstörbares Ich!"

„Lehrte dich dein Großvater irgendetwas über die symbolische Bedeutung des Spitzbogenovals?" fragte Arminius. „Erwähnte er es überhaupt, oder irgendwie?"

„Nein, ich erinnere mich nicht daran, dass er jemals darüber sprach! Wie gesagt, mein Kleines Oval war für mich kein mystisches Erlebnis sondern eine alltägliche Selbstverständlichkeit, es schien mir nicht der Rede wert, und ich denke auch nicht, dass ich jemals mit meinem Großvater darüber sprach. Soweit ich mich erinnern kann, erwähnte er nie irgendwelche katharischen Lehren oder Symbole. Er hielt sich an die Lehren der katholischen Kirche, bis auf die ebengenannte Lehre, dass ein innerer Engel in mir stecke. Aber ich kann mich natürlich nicht genau an meine früheste Kindheit erinnern!"

Arminius setzte fort: „Das Spitzbogenoval, oder ‚vesica piscis', wie wir es im christlichen Latein nennen, ist eines der bedeutendsten Geistessymbole des Westens und des Nahen und Mittleren Ostens. Die frühen Christen Roms benützten dieses Symbol, aber für sie war es ein Fisch oder eine Fischblase, an der sich die Nachfolger Jesus des Fischers erkannten oder zu erkennen gaben – deshalb der Name vesica piscis. Aber die Bedeutung der vesica piscis geht weit darüber hinaus, und ist wesentlich älter!

Das Spitzbogenoval symbolisiert auch die Taube, die Turteltaube im Besonderen. Die Turteltaube war schon von jeher das Symbol der Liebe und des Friedens. Für die alten Phönizier war das senkrechte Spitzbogenoval das Symbol der Muttergöttin Astarte, der Göttin der Liebe und des Friedens, der Mutterliebe, der Liebe des Eros, der Liebe der göttlichen Einheit und der transformativen Macht der Liebe!

Das senkrechte Spitzbogenoval symbolisiert das weibliche Organ, das Organ der leiblichen Empfängnis und Geburt. Geistig gesehen symbolisiert es geistige Empfängnis und geistige Geburt, oder Wiedergeburt. Meine briefgeführte Gralssuche bestand aus neun Briefen über neun Monate: eine geistige Empfängnis, gefolgt von einer geistigen Schwangerschaft und einer geistigen Geburt!

Ihr beide kennt doch den Gralsepos ‚Parzival'. Der Name ‚Parzival' kommt aus dem französischen ‚Perceval', was soviel wie ‚Dring-durchs-Tal' heißt. Das Tal, welches Parzival durchdringt, ist das Tal zwischen den Hügeln der Venus; aber die leibliche Vereinigung ist ein Gleichnis für die geistige! Und Wolfram nannte nicht nur den Helden des Epos sondern den gesamten Epos ‚Parzival', das heißt, dass der gesamte Epos dazu gedacht war, den Leser oder Hörer zu einer geistigen Empfängnis, zu einer geistigen Schwangerschaft und einer geistigen Geburt oder Wiedergeburt zu führen!

Der ehrwürdige Wolfram wies in seinem Gleichnis aber auch auf die Liebe des Eros und die transformative Macht des Eros hin, und ganz besonders auf die transformative Macht der Liebe der göttlichen Einheit. Und das Tal, welches Parzival zu durchdringen suchte, ist natürlich das Tal der Venus, das Symbol der Weiblichkeit, der Mutterschaft und Mutterliebe, des weiblichen Geistes und der weiblichen Natur: Das weibliche Prinzip, im praktischen Leben sowie in der Geistigkeit!

Die vesica piscis gilt heute in der christlichen Welt als das Symbol der Muttergottes. Die Heilige Jungfrau ist oft innerhalb eines Spitzbogenovals abgebildet. Ihr Beguinen seid geistige Jungfrauen. Eine Jungfrau, im altgriechischen Sinne des Wortes, ist nicht unbedingt eine keusche Frau, sondern eine weise Frau, die selbstsicher, selbstständig, selbstbewusst und von Männern unabhängig denkt, lebt und handelt!

Um auf das Spitzbogenoval der Phönizier zurückzukommen. Das Spitzbogenoval wurde, nebst dem Siegel des Salomon, von dem Phönizierkönig Hiram dem Judenkönig Salomon übergeben und in die Architektur des Tempels des Salomon inkorporiert. Die Lieder und Sprüche des Salomon feiern die weibliche Gottheit, sie verkünden ihre Weisheit und ihr Streben nach Liebe, Einheit und Frieden. Das Hohelied der Liebe ist ein leidenschaftliches Testament, eine Liebeshymne an die weibliche Gottheit!

Die Mystiker des Mittleren Ostens, auch Sufisten genannt, hatten die vesica piscis als ihr heiligstes Symbol. Sie nannten es ‚Baraka', das arabische Wort für die Gnade oder den Segen Gottes. Für die Sufisten symbolisiert die Baraka nicht nur die Gnade oder den Segen Gottes, sondern auch das Wissen, Bewusstsein, Gewahrsein, Leben und Erleben des Einseins mit der Gottheit. Baraka ist das, was die Gnostiker unter den Frühchristen ‚Gnosis' nannten. Für mich symbolisiert die Baraka den heilige Gral!

Die Katharer übernahmen die Baraka von den Sufisten, die im maurischen Spanien ihre Nachbarn waren und mit denen sie enge Beziehungen pflegten. Es ist aber auch sehr gut möglich, und sogar sehr wahrscheinlich, dass die Katharer die Baraka auch von den Frühchristen übernahmen, deren geistige und leibliche Nachkommen sie ja sind! Viele der Begleiter, Nachfolger und Nachkommen Jesu ließen sich nach der Kreuzigung im Languedoc nieder. Deren Nachkommen sind, oder vielmehr waren, die Katharer!

Wir Templer übernahmen die Baraka von den Sufisten, von den Essenern, Nazarenern und Katharern, von katharischen Geheimdokumenten, die uns während der Katharerverfolgungen von den Katharern anvertraut wurden, von Dokumenten, die wir während der Ausgrabungen des phönizischen Königspalastes in Tyros entdeckten, und von der Architektur und anderen Beweisgründen, die uns in die Hände fielen als wird den Tempel des Salomon ausgruben, während unserer hundert Jahre als Herren des Tempelbezirkes.

Dadurch erkannten wir die außergewöhnliche Bedeutung des Spitzbogenovals als universelles, weibliches Geistessymbol! Deshalb wurde von uns und durch uns, und durch die vielen Baumeister die von uns ausgebildet und beinflusst wurden, der Spitzbogen und das Spitzbogenoval über die gesamte, christliche Welt verbreitet! Der Spitzbogen ist das vorherrschende und charakteristische Merkmal aller Kirchen und Kathedralen die unter unserem Einfluss, also während der vergangenen 200 Jahre, gebaut wurden! Die phönizische Muttergottheit Astarte wurde zur christlichen Muttergottes, ihre Baraka wurde die ‚vesica pisces', der Spitzbogen der uns von jeder christlichen Kirche und Kathedrale begrüßt und beschirmt und die Weisheit der Göttin proklamiert! Wenn wir eine Kirche durch einen Spitzbogen betreten und verlassen, dann symbolisiert dies eine geistige Empfängnis und eine geistige Geburt, oder Wiedergeburt. Dann durchdringen wir das Tal der Göttin, dann wird jeder von uns zum Parzival!"

Anna und Margaret saßen schweigend, mit weit offenen Augen. Schließlich sagte Anna: „Bruder Arminius, deine Worte haben mich zu derartiger Ehrfurcht gerührt, dass ich nicht weiß, was ich sagen soll. Ich wusste schon immer, dass mein Kleines Oval für mich persönlich bedeutungsvoll war, aber ich wusste nicht, dass es, und warum es universell bedeutungsvoll war! Ich weiß nicht, wie ich dir danken soll?"

„Danke mir nicht, Schwester Anna, denn das ist nicht meine persönliche Weisheit! Die Weisheit deines Kleinen Ovals ist Allgemeingut, sie kam von Gott und gehört allen und allem! Du hast die Weisheit der Göttin dein Leben lang praktiziert. Das zählt! Die Erklärungen über die Symbolik der Baraka sind nichts als Worte, die zählen nicht viel. Taten zählen! Du hast dein Leben lang Güte und Göttlichkeit praktiziert; Schwester Margaret und ich stießen erst in unserem mittleren Lebensalter darauf! Dass wir kluge Worte dafür haben hat nicht viel zu sagen, es heißt nur, dass wir den Gral über den umständlichen und mühsamen Weg der Intellektualität fanden und ihn deshalb intellektuell erklären. Du fandest den Gral direkt, auf dem Wege des Gefühls, ohne Umstände und ohne Umschweife, am Anfang deines Lebens! Und du hast ihn von Anbeginn Deines Lebens wirkungsvoll praktiziert! Als Gralsträgerin bist du uns weit voraus, du bist eine echte ‚Repanse de Schoye'! Und jetzt, nachdem dir dein Gral voll bewusst geworden ist, wirst du eine noch bessere Gralsträgerin sein!"

Anna dankte Arminius und ging in die Beguinage zurück. Margaret und Arminius blieben weiterhin auf der Bank sitzen und besprachen die wundersamen Ereignisse des Tages.

„In Wolframs Gralsepos Parzival", sagte Arminius, „erklärt der Einsiedler Trevrizent dem Gralssucher Parzival, dass die Mitglieder der Gralsgemeinschaft vom Gral erwählt wurden, als sie noch kleine Kinder waren. Schwester Anna ist eine von jenen! Sie empfing und folgte dem Ruf zum Gral als sie noch ein kleines Kind und sich dessen kaum bewusst war!"

„Du schriebst in deinen Gralsbriefen, dass der Gral uns wählt, wenn wir den Gral wählen! Wie kann jemand so klein den Gral wählen?" wunderte sich Margaret.

„Das Sehnen nach dem Gral ist uns angeboren!" erwiderte Arminius. „Die ursprüngliche Gottheit warf sich in chaotische Blindheit aus um sich in einer höchstmöglichen Vielfalt von Formen zu erleben und diese Formen zu vervollkommnen. Die Sehnsucht nach dem Ursprung aber blieb allen Formen inne! Das Sehnen, uns unseres Ursprungs und somit unseres eigentlichen Wesens bewusst zu werden, ist uns angeboren! Die Gottheit, die sich in chaotische Blindheit auswarf, um sich in einer Vielfalt von Formen zu erleben, sehnt sich danach, sich als Gottheit wiederzusehen und zu erkennen!

Dieses Sehnen steckt in uns, von Geburt an! Als kleine Kinder sind wir diesem Sehnen weit offen! Aber später im Leben wird es durch anderweitige Erziehung und Bildung unterdrückt und verdrängt, bis es schließlich ganz und gar in die Vergessenheit des Unterbewusstseins gehört. In Kindern, die reinen Herzens sind, ist dieses Sehnen stärker. Und wenn es von der Erziehung nicht unterdrückt sondern gefördert wird, dann wird es noch stärker. In ganz kleinen Kindern, die noch nicht von Begriffen belastet sind, ist dieses Sehnen am stärksten. Und Frauen, die den Illusionen der Begriffswelt nicht so anfällig sind wie wir Männer, fühlen dieses Sehnen stärker als Männer. Im Allgemeinen fühlen es alle, die reinen Herzens sind. Herzensreine in diesem Sinne ist Offenheit und Aufnahmebereitschaft von Herz, Seele und Geist, im Gefühl der Liebe der göttlichen Einheit. Die Herzensreinen unter uns geben dem Sehnen nach und geben sich ihm hin!

Der Gipfel deiner Vision, das Siegel des Salomon, war ein ausdrückliches Symbol der Wiedervereinigung mit dem Ursprung. Die Gottheit, die sich in chaotische Blindheit ausgeworfen hatte um sich in einer Vielfalt von Formen zu erleben, lag schlummernd in dir, in stummem Sehnen, und wartete darauf erweckt und mit sich selbst wiedervereinigt zu werden. Die Gottheit in dir erwachte und vereinigte sich mit ihrem Ursprung! Das Omega fand sich als das Alpha wieder; das Reis fand die Wurzel, und seine Verbindung mit der Wurzel!"

„Ja, ich weiß!" antwortete Margaret. „Ich habe meine Vision gründlich bedacht und auch mit dir besprochen. Aber warum empfingen wir so sehr unterschiedliche Visionen: Schwester Anna ihr Kleines Oval, Schwester Davina eine klassische Gralsvision, Frau Patrizia einen Baum, oder den ganzen Wald, ich das Siegel des Salomon und du die Geometrie der Erschaffung der Welt? Warum?"

„Weil wir darum baten, oder bestens dafür geeignet waren!" antwortete Arminius. „Aber wir empfangen die Vision für die wir bitten nur dann, wenn wir auch bestens dafür geeignet sind! Viele Leute bitten um großartige Visionen und bekommen keine, andere bitten um einfache oder gar keine Visionen und bekommen großartige. Ich glaube fest daran, dass jede Vision für den Empfänger von besonderer, persönlicher Bedeutung ist! Die Bedeutungen sind nicht vorbestimmt oder absolut, und keiner kann einem anderen dreinreden und ihm vormachen, was seine Vision zu bedeuten hat! Jeder Einzelne, mit Hilfe der Gottheit, schafft sich die Bedeutung seiner Vision und dadurch seinen Lebensweg!

Das Beispiel von Schwester Anna ist klar. Sie ist eine Personifizierung der göttlichen Mutterliebe, sie empfing das Symbol der göttlichen Mutterliebe und ist auf dem Gebiet der menschlichen Fürsorge schöpferisch tätig! Ihr soziales Betätigungsgebiet erfordert, außer den nötigen Fertigkeiten, hauptsächlich Mutterliebe, Muttersorge, Mitleid und die alleinschließende, vorbehaltlose, göttliche Liebe der Einheit. Sie empfing das entsprechende Symbol und wurde eine wahrhaft göttliche Fürsorgerin!

Schwester Annas Vision war mehr gefühlsmäßig, deine war mehr intellektuell! Du bist die Hausmutter dieser Beguinage. Außerdem bist du eine der führenden Beguinen der Bewegung, dein Einfluss erstreckt sich auf die Beguinagen von Nürnberg und Regensburg und darüber hinaus! Du bist eine bedeutende Politikerin, du bist auf der politischen Ebene deiner Bewegung schöpferisch tätig! Deshalb erhieltest du das Siegel des weisesten Politikers aller Zeiten, das Siegel des Salomon, und wurdest eine wahrhaft göttliche Politikerin!

Davina ist eine Malerin. Die Malerei ist die Liebe ihres Lebens, ihre Muse, ihr schöpferisches Betätigungsfeld! Ihre Vision, mit ihren überirdischen Farben und vielfältigen Farbtönen, machte sie zu einer besseren und wahrhaft göttlichen Malerin! Frau Patrizia verfügt über ausgedehnte Wälder, die sie über alles liebt. Ihre Vision des Einswerdens mit dem Walde machte sie zu einer besseren, schöpferischen und wahrhaft göttlichen Försterin!

Meine Vision war genau die, um welche ich bat. Ich dachte und fühlte, wofür ich bestens geeignet sei, und bat um die entsprechende Vision, und empfing sie auch. Aber wir erhalten die Visionen um welche wir bitten nur dann, wenn wir auch bestens dafür geeignet sind! Wir empfangen diejenigen Visionen, die für uns bestimmt sind, oder für die wir bestimmt sind!

Wie ich bereits in meinen Gralsbriefen und in meinen persönlichen Briefen an dich sagte, der Sinn von Visionen ist nicht nur uns mit unserem Ursprung zu vereinen. Visionen sind auch Wegweiser; der Sinn der Visionen ist, uns unseren Weg durchs Leben zu zeigen, uns auf unseren Lebensweg hinzuweisen, auf unseren Beruf und unsere Berufung, die Lebenstätigkeit, für die wir am besten geeignet sind! - Der Sinn von Visionen ist uns zu besseren Werkzeugen Gottes zu machen!"

„Bruder Arminius", sagte Margaret, „das war wieder so ein Tag, wo wir die Zeit unmöglich verdichteten: Die Weisheit von Jahrtausenden in einigen Stunden!"

„Zeit existiert nicht!" antwortete Arminius hochfliegend. „Und wenn sie existiert, dann ist rückwärtige Zeit genauso wahr und wirklich wie vorwärtige Zeit, was die Zeit aufhebt. Das gesamte, kosmische Erinnerungsgut, vom Anbeginn der Zeit bis zur Gegenwart, ist unauslöschlich in dem inwärtigen Raum und der rückwärtigen Zeit eines zeit- und raumlosen Universums gespeichert. Wir können an dieser Weltseele teilhaben, in ihrer Gesamtheit, oder an jedem beliebigen Teil davon, in einem Augenblick oder in einigen Stunden, aber der menschliche Geist ist auf diese Art von Wahrnehmung noch nicht trainiert. Der menschliche Geist ist auf den sechsten Sinn trainiert, auf logische Abfolge. Wir sind noch nicht darauf trainiert eine Vielfalt von Phänomenen gleichzeitig zu erfassen. Diese Art von Wahrnehmung kommt noch. Der siebte Sinn kommt noch!"

„Der Siebte König kommt noch!" bestätigte Margret.

„Ja!" stimmte Arminius überein. „Fünf sind gefallen, der sechste ist, und der siebte wird noch kommen!"

„Das Buch der Offenbarungen hat mich schon immer fasziniert, aber es verwirrte mich auch. Du hast mir die Offenbarungen im Buch der Offenbarungen offenbart!

Obwohl Zeit nicht existiert", sagte Margaret in einer plötzlichen Kehrtwendung, „ist es Zeit zum Gehen. Gute Nacht, mein lieber Ritter und Führer!"

Beide standen auf und gingen zu Arminius' Pferd, das seit geraumer Zeit mit seinen Vorderhufen gescharrt und ungeduldig geschnaubt hatte. Arminius wickelte die Zügel vom Anbindebalken ab, bestieg seinen ungeduldigen Rappen, hielt ihn mit straffen Zügeln still und sprach die Templerbenediktion: „Non nobis, Domine! Non nobis, sed Nomini Tuo da gloriam!“

„Non nobis, Domine!“ erwiderte Margaret und blieb vor der Beguinage stehen, bis Pferd und Reiter von der einbrechenden Dunkelheit verschluckt waren.

Den ganzen Sommer hindurch hatte Arminius daran gedacht, den Beguinen von Waldkirchen ein Geschenk zu machen, ein Geistesgeschenk, etwas was ihre Visionen künstlerisch darstellen sollte. Jetzt, nachdem ihm Annas Vision bekannt geworden war, stand sein Entschluss fest.

Das Innere der Beguinage Waldkirchen war ein großer, rechteckiger Raum. Im westlichen Ende des Rechteckes war die Küche, ein großer Esstisch, ein gemauerter Kamin mit offenem Herd, und ein kleiner Anbau der Speisekammer und Keller enthielt. Im östlichen Ende befand sich die Kapelle. Der große Zwischenraum zwischen Kapelle und Küche war der Arbeitsraum, er enthielt die Webstühle und Spinnräder der Beguinen. Die Schlafalkoven befanden sich im Dachgeschoss.

Die Kapelle bestand aus einem einfachen, hölzernen, vielfarbig bemalten Altar unter dem Ostfenster. Auf dem Altar stand ein schwarzes Kruzifix mit einer rosaroten Rose über der Kreuzung. Beiderseits des Kruzifixes waren Kerzenhalter und Blumenvasen, mit frischen Blumen der Saison im Sommer und getrockneten Blumen und Immergrün im Winter. Das Fenster über dem Altar war ein einfaches, rechteckiges Fenster aus klarem Glas. Als Geschenk an die Beguinen entschloss sich Arminius, das rechteckige Glasfenster über dem Altar mit einem spitzbogigen Buntglasfenster zu ersetzen.

Als Motiv für das Buntglasfenster wählte er die drei Visionen der Beguinen, zusammen mit Frau Patrizias Vision, in einem Symbol vereint. Er zeichnete seine Idee sorgfältig auf ein Blatt Papier um sie dem Buntglasmeister in Berching zu zeigen.

Zuerst zeichnete er ein senkrechtes Spitzbogenoval, in doppeltem Umriss. Den Zwischenraum zwischen den beiden Umrissen würde er weiß glasen lassen. Innerhalb des Spitzbogenovals, im oberen Teil, zeichnete er das Siegel des Salomon, in klassischer Darstellung: zwei ineinander verschlungene, gleichseitige Dreiecke, in doppeltem Umriss, das eine Dreieck mit der Spitze nach oben, das andere mit der Spitze nach unten, wie der sechszackige Davidstern. Auf dem nach unten weisenden Dreieck würde er den Zwischenraum zwischen den Umrissen weiß glasen lassen, auf dem nach oben weisenden schwarz.

In die Mitte des Spitzbogenovals zeichnete er einen Laubbaum, mit wellig gerundeter Krone, einem geraden, allmählich dicker werdenden Stamm und knorrigem Wurzelwerk. Der Wurzelstock war etwa so groß wie die Krone. Die Krone würde er grün glasen lassen, den Stamm braun und die Wurzeln schwarzbraun. In den unteren Teil des Spitzbogenovals zeichnete er einen Kelch, aus dem Kelch ragend einen Kegel von Licht, und gewölbt über dem Lichtkegel einen Regenbogen in sieben Bändern. Den Kelch würde er goldgelb glasen lassen, den Lichkegel weiß und die sieben Bänder in den sieben Farben des Regenbogens: rot, orange, gelb, grün, hellblau, indigoblau und violett. Die Farben schrieb er mit dem Bleistift in die entsprechenden Räume.

Danach ritt er zur Beguinage um die Fensteröffnung zu messen. Mit den Ausmaßen auf dem Plan sprach er zum Buntglasmeister in Berching. Er erklärte dem Meister, was er wollte und gab ihm die Zeichnung. „Das sind seltene Farben, Herr Arminius", sagte der Meister, „ich habe nicht die nötigen Farbstoffe um alle diese Farben zu gießen, aber ich kann die, welche ich nicht habe, aus Nürnberg kommen lassen. In spätestens vier Wochen werde ich das Fenster fertig haben, dann kann ich es noch vor Einbruch des Winters installieren. Wie wollt Ihr den Hintergrund? Alle Glasfarben außer klar und grau sind bereits im Bild, der Hintergrund muss also entweder klar oder grau sein. Ich würde grau empfehlen! Grau schließt die Außenwelt aus und verstärkt dadurch das Buntglasbild, während klares Glas das Bild der Außenwelt hereinlässt, was vom Buntglasbild ablenkt!"

„Das will ich aber gerade!" betonte Arminius. „Ich will das Bild der natürlichen Außenwelt mit ins Buntglasbild bringen, als eine symbolhafte Vereinigung der Außenwelt mit der Innenwelt, des Exoterischen mit dem Esoterischen, des Irdischen mit dem Überirdischen, des Vergänglichen mit dem Ewigen!"

„Wie Ihr wünscht, Herr Arminius!" sagte der Buntglasmeister und verbeugte sich verbindlich. „Dann werde ich also den Hintergrund aus klarem Glas machen!

Aber es werden zwei große, leere Flächen im unteren Teil des Fensters entstehen", setzte der Meister fort, „beiderseits der unteren Spitze des Ovals. Das Fenster ist zwar ein Spitzbogenfenster, aber nur der obere Teil des Fensters ist spitzbogig; der untere Teil ist rechtwinklig. Das Spitzbogenoval wird den oberen Teil des Fensters ausfüllen, aber nicht den unteren. Beiderseits der unteren Spitze werden zwei große, dreieckige Flächen aus klarem Glas sein. Das wird nicht gut aussehen, es würde besser sein, diese beiden Flächen zumindest etwas mit Buntglas zu füllen. Wollt Ihr etwas in diesen beiden Räumen haben?"

Arminius sann darüber nach, bis plötzlich das Bild einer rosaroten Rose in ihm aufkam. „Stecke rosarote Rosen in beide Räume!" gebot Arminius.

„Eine gute Wahl, Herr Arminius", sagte der Buntglasmeister anerkennend, „es wird gut aussehen! Darf ich grüne Blätter und braune Zweige mit den Rosen vorschlagen?"

„Ja, braune Zweige und grüne Blätter passen gut dazu!" bestätigte Arminius.

„Darf ich Euch respektvoll darauf hinweisen, dass es gut aussehen würde, wenn die Rosenzweige spiralförmig gekurvt wären, und aus einem Stamm wachsend, der sich unterhalb der unteren Spitze des Ovals teilt, und auf jeder Seite zweimal weiterteilt, so dass beide Seiten ziemlich vollständig mit Rosen, Blättern und Zweigen gefüllt sind. Wollt Ihr es so haben, Herr Arminius?"

„Ja, mache es so!" gebot Arminius. „Und ich will drei Rosen auf jeder Seite, und eine in der Mitte, genau unter der unteren Spitze des Ovals. Also sieben Rosen insgesamt!"

„Jawohl, Herr Arminius, sieben Rosen, drei auf jeder Seite und eine in der Mitte!" bestätigte der Buntglasmeister und fragte: „Und wo soll ich es installieren?"

„Installiere es in der Ostseite der Beguinage in Waldkirchen, über dem Altar, anstelle des jetzigen, rechteckigen Fensters. Die Maße auf dem Plan sind die äußeren Ausmaße des jetzigen Fensters, also die der Fensteröffnung. Bring mir die Rechnung nachdem es installiert ist!“

So wurde es getan. Ende Oktober, noch vor Einbruch des Winters, kamen der Buntglasmeister und ein Gehilfe mit einem Pferdekarren nach Waldkirchen. Auf dem Karren, sorgfältig in Stroh gepackt, war das neue Buntglasfenster. Sie installierten es und fuhren auf dem Heimweg über Neuhaus. Der Meister übergab Arminius die Rechnung und wurde prompt bezahlt.

Das neue Buntglasfenster war ein Meisterwerk der Buntglaskunst! Obwohl ihm das schwache Novemberlicht nicht genügend Ehre erwies, strahlte es hell leuchtend, in überirdischen Farben, und leuchtete den Beguinen tief in die Herzen und Seelen.

Kapitel V

Die Prozesse

Der Winter 1305/06 kam gewaltig. Eiskalte Nordostwinde fegten das Land von Mitte November an. Der Frost drang tief in den Boden, bevor es schneite. Anfang Dezember fing es schließlich an zu schneien, aber die scharfen Winde ließen nicht nach und trieben den Schnee zu hohen Wehen.

Es war ein Winter ähnlich dem extremen Winter von 1302/03, nur war er noch kälter und länger. Die Ostsee fror wieder zu, zum zweiten Mal seit Menschengedenken. Die Verhängnisprediger, die nicht mehr von sich hören ließen als der „Verhängniswinter" des Jahres 1303 nicht der erste in einer langen Reihe von kalten Wintern wurde, sondern von zwei verhältnismäßig milden Wintern gefolgt war, fingen wieder an. Nur predigten sie jetzt, dass Gott die sündige Menschheit mit einem außergewöhnlich kalten Winter nicht jedes Jahr, sondern alle drei Jahre heimsuchen würde, gemäß der Heiligen Dreieinigkeit.

Wie im Winter von 1303, wurden die Gegenden, die gewöhnlich milde Winter genossen, wie Languedoc, Provence, Burgund und das gesamte Königreich Frankreich, von der extremen Kälte besonders betroffen. Philip der Schöne, König von Frankreich, verbreitete das bösartige Gerücht, dass Gott die Menscheit für die Sünden der Templer strafe. Die Bischhöfe der Erzdiözese Sens predigten von ihren Kanzeln, dass der harte Winter Gottes Strafe für die abscheulichen Sünden der Templer sei.

Die kalten Winterwinde heulten um den Petersberg, aber innerhalb der Beguinage, mit ihren verglasten Fenstern und dem gemauerten Kamin, war es windstill und warm. Die Beguinen ließen das Feuer in ihrem offenen Herd hell lodern und sponnen ihren sonnengebleichten Flachs zu Garn, webten das Garn zu Tuch, und sangen, beteten und lasen vor während sie arbeiteten. Die besten Leserinnen wechselten sich als Vorleser ab.

Sie lasen ihre gewöhnliche Literatur, „Das Fließende Licht der Gottheit", geschrieben von der ehrwürdigen Mechtild von Magdeburg, die Schriften der heiligen Hildegard von Bingen und Auszüge aus der lateinischen Bibelübersetzung des heiligen Hieronymus, genannt Vulgata. Sie lasen auch Arminius Gralsbriefe wieder, die im vorherigen Winter ihre Hauptliteratur gewesen waren. Und sie sprachen über die Gralsbriefe und die wundersamen Ereignisse, die diese Briefe ausgelöst hatten.

Trotz des kalten Winters fühlten sich die Beguinen wohl und warm. Aber ihre Wärme kam nicht so sehr von ihrem Herd, der trotz des ständig lodernden Feuers die Temperatur innerhalb der Beguinage nicht weit über dem Gefrierpunkt hielt. Sie wurden von einer inneren Wärme erwärmt, einem Feuer von innerer Heiligkeit, das durch Arminius Gralsbriefe ausgelöst wurde und stetig weiter brannte. Und das neue Buntglasfenster, das in ihren Arbeitsraum strahlte und ihn überirdisch zu beleuchten schien, tat ein Übriges, um sie von innen her zu erwärmen und sie ihre innere Heiligkeit nicht vergessen zu lassen.

Wie in den vergangenen zwei Wintern, versuchte Arminius in seiner zugigen Burg zu überwintern, aber es war unmöglich. Obwohl er das Feuer in seiner offenen Feuerstelle Tag und Nacht hell lodern ließ, und neben dem Feuer schlief, konnte er sich nicht warm genug halten. Wenn er nahe genug am Feuer schlief um warm zu sein, riskierte er von der Hitze gesengt zu werden, während seine vom Feuer abgewendete Seite immer noch zu kalt war, so dass er sich ständig wie am Bratspieß drehen musste.

Schreiben mit Feder und Tinte war unmöglich. Die zierlichen Bronzefedern, die er als Geschenk vom Großmufti von Alexandria erhalten hatte, und immer noch im Vorzug zu Gänsekielen benützte, konnten mit dicken Handschuhen nicht gut geführt werden. Die Tinte gefror, wenn sie mehr als zwei Fuß vom Feuer entfernt stand, und geriet in Gefahr zu verdampfen, wenn sie näher war. Der Saal der Burg Thannbrunn, mit seiner hohen Decke, seiner offenen, kaminlosen Feuerstelle und seinen hohen, glaslosen Fensteröffnungen, war selbst in einem milden Winter, wie die letzten zwei, kaum bewohnbar. In dem extrem kalten Winter von 1306 wurde die Burghalle gänzlich unbewohnbar. Arminius musste notgedrungen nach Neuhaus ziehen und mit seinen Mitbrüdern und Knechten im Hospiz wohnen.

Neuhaus hatte Glasfenster, eine niedrige Decke, einen gemauerten Kamin und war zug- und rauchfrei. Der riesige Steinkamin war in die Trennungswand zwischen Gästesaal und Küche gebaut, mit einem großen, offenen Herd mit Rauchfang in der Küche und einer großen, offenen Kaminfeuerstelle im Gästesaal. Die Feuer in beiden wurden Tag und Nacht hell lodernd geschürt, was zwar die Küche schön warm, den Gästesaal aber nicht weit über dem Gefrierpunkt hielt. Der Kamin ging durch das Obergeschoß, in dem sich die Schlafalkoven befanden. Die Wärme des Kamins und die aufsteigende Wärme vom Untergeschoß hielt das Obergeschoss einigermaßen warm. Die Alkoven direkt über der Küche waren die wärmsten und wurden von den Brüdern und Knechten bevorzugt.

Der angenehmste Aufenthaltsort war die Küche, deshalb war sie ständig überfüllt. Arminius konnte weder in Ruhe schreiben noch denken, beten oder meditieren. Er fand die überfüllte Küche auf die Dauer unerträglich und beschloss, Trevrizents Höhle als Wohnstätte zu versuchen.

Er war angenehm überrascht. Die Höhle, die im Sommer kühl war, war jetzt angenehm warm. Viel wärmer als der Burgsaal von Thannbrunn, und sogar wärmer als der Gästesaal von Neuhaus, trotz seines ständig lodernden Feuers. Und nur ein kleines Holzkohlenfeuer im Kohlenbecken des hinteren Raumes würde etwas zusätzliche Wärme abgeben, und etwas Licht, sein Lieblingslicht, das bläuliche Licht glühender Holzkohle, und seinen Lieblingsgeruch, den Geruch glühender Holzkohle. Beide waren ihm in seiner Kindheit und Jugend, während seiner Aufenthalte in der Messerschmiede Siegfrieds, lieb geworden.

Arminius ging zu seinem Stellmacher, ließ sich einen kleinen, zerleg- und tragbaren Brettertisch machen, einen gleichartigen Stuhl und ein kleines Regal, ließ eines der Pferde mit einem Packsattel satteln, lud alles auf den Packsattel, legte einen Strohsack, ein Kissen und zwei Decken obendrauf, zurrte die Ladung fest, führte das Lastpferd zum Höhleneingang und lud ab. Danach kaufte er vom nächsten Köhler einen Sack Holzkohle, brachte auch ihn mit dem Lastpferd zum Höhleneingang, zerrte alles in die Höhle und ordnete es ein. Nachdem die Höhle möbliert war, brachte er die kleineren Notwendigkeiten wie Wasserkrug, Eimer, Feuerzeug, Lunte, Kienspäne, Lampe, Kerzen, Schiefertafeln, Griffel, Schreibpapier, Federn, Tinte und seine kostbaren Bücher in einem Sack zur Höhle.

Er verbrachte nahezu den gesamten Winter 1305/06 in Trevrizents Höhle. Einmal am Tag, zur Mittagszeit, stapfte er eilends durch Schnee und Kälte nach Neuhaus um mit seinen Mitbrüdern das Mittagsmahl einzunehmen, das Mittagsgebet zu beten und die täglichen Angelegenheiten zu besprechen. Für sein Abendessen nahm er gewöhnlich ein Stück Brot, etwas Dörrobst, einen Apfel oder ein Stück Käse mit sich zur Höhle zurück.

In der warmen und stillen Höhle schlief, betete und meditierte er oder dachte nach, im Dunkeln, auf seinem Strohsack liegend. Oder er saß auf seinem kleinen Stuhl beim Licht der Lampe, neben dem glühenden Holzkohlebecken, und las alle seine Bücher zum x-ten mal wieder, las seine Notizbücher und holte die jüngsten Eintragungen nach, überdachte den Leitfaden und die Handlung seines Buches, verfasste die Zusammenfassung des Buches auf Schiefertafeln und verbesserte sie einige Male. Als er nichts mehr zu verbessern sah, schrieb er die endgültige Fassung sorgfältig mit Feder und Tinte auf Papier.

Das war seine Schreibweise, so hatte er von jeher geschrieben. So hatte er sich als Kind angewöhnt zu schreiben, so hatte er in seiner Jugend unter dem wachsamen Auge des Magister Markus geschrieben. So schrieb er auch während seines sechsjährigen Studiums in Neapel, und während seiner vielen Jahre als Sekretär des Großmeisters Guillaume und anderer Großmeister. Auf diese Weise hatte er seine Gralsbriefe verfasst, und so würde er seinen Knappen, den er in Kürze erwartete, zu schreiben lehren.

Anfang April kam endlich der Frühling. Der Boden aber war vier Fuß tief gefroren, und der Schnee lag stellenweise genauso tief, so dass es bis Mitte Mai dauerte bis der Boden endlich trocken und warm genug zum Bearbeiten und Besäen war. Saat- und Brotgetreide wurde teuer und rar. Hungersnot brach aus!

Lange vor Ende des Winters war es offensichtlich, dass es eine Hungersnot geben würde. Land und Leute hatten sich noch nicht ganz von dem katastrophalen Winter von 1303 erholt, und der Winter 1306 war noch schlimmer. Was die jetzige Hungersnot wesentlich schlimmer machte als die von 1303 war die traurige Tatsache, dass skrupellose Spekulatoren, die im Winter 1303 herausfanden, wie steil Getreidepreise in einer Hungersnot ansteigen können, beträchtliche Mengen von Getreide horteten um die Preise noch höher zu treiben. Die Preise von Getreide, Mehl und Brot stiegen weit jenseits der Kaufkraft der Hungrigen und Armen.

In Erwartung der kommenden Hungersnot beschlagnahmte Arminius alles Getreide, das seine Bauern nicht als Brot- und Saatgetreide brauchten. Von den umliegenden Bauern und Edelleuten kaufte er Getreide. Beim Getreidehändler in Berching stürzte er sich in Schulden, bis sich der Händler weigerte ihm ohne sofortige Bezahlung mehr zu verkaufen. Aber die Speicher von Neuhaus waren voll, das Hospiz war gegen die kommende Hungersnot gerüstet.

Mitte April, als das Bacheis endlich brach und die Weiße Laber zu fließen begann, gebot Arminius dem Sandmüller mit voller Kapazität, Tag und Nacht, zu mahlen. Der Sandmüller durfte dazu so viele Hilfskräfte anfordern wie er brauchte.

Sobald genug Mehl da war, ließ Arminius den großen Backofen im Hof von Neuhaus schüren und Tag und Nacht backen. Sie buken Roggenmehl in die traditionellen, runden, fünfpfündigen Laibe, und Weizenmehl in längliche Kipfe der halben Größe. Das Hafer- und Gerstenmehl wurde mit dem Roggen- und Weizenmehl gemischt. Der große Backofen buk 32 Laibe, oder 64 Kipfe, in einem Zug.

Das Wort, dass es bei den Templern von Neuhaus freies Brot für die Armen gäbe, verbreitete sich schnell. Leute kamen von weither um Brot zu holen. Jeder, der um Brot und Suppe bat, durfte soviel davon essen wie er wollte. Zusätzlich durften diejenigen, die eine Bescheingung von ihrem Pfarrer vorwiesen, dass sie bedürftig seien, einen oder zwei Laibe mit sich nehmen. Aber im Hospiz durfte jeder soviel essen wie er wollte, ohne irgendwelche Bedingungen.

Die Waldkirchen-Beguinen kamen nach Neuhaus und trugen Suppe und Brot zu denjenigen, die zu schwach waren es selbst zu holen. Dietrich von Buchenthal verteilte ebenfalls Brot, von seiner Komturei in Weihersdorf und von seinen Probsteien in Sallmannsdorf und Berching aus. Aber die Anzahl der Bedürftigen in Berching war derart hoch, dass die kleine Templerprobstei dort den Bedarf unmöglich decken konnte. Deshalb gingen die meisten Notleidenden Berchings zur nahegelegenen Benediktinerabtei Plankstetten, wo sie reichlich Brot und Suppe erhielten. Die Brüder der Benediktinerprobstei Thannbrunn teilten auch Brot und Suppe an die Armen aus, aber sie waren nicht für Massenspeisung gerüstet, so versorgten sie hauptsächlich die Bedürftigen ihres Lehens, die Hungernden der Dörfer Thann und Dietersberg.

Vier Tage vor Ostern, als der nasse Schnee immer noch einen Fuß tief lag, und das Wasser überall in großen Lachen stand, weil der gefrorene Boden es nicht aufsaugen konnte, kam eine Gruppe von vier Reitern mit einem bepackten Lastpferd in den Hof von Neuhaus geplatscht. Es war der Ritter von Breitenegg mit seinem Sohn Herold und zwei Knechten. Einer der Knechte führte das Lastpferd, das Herolds Sachen trug.

Der Ritter stieg ab und betrat den Gästesaal, wo Arminius mit seinen Mitbrüdern und den Knechten gerade am Mittagstisch saß. „Grüß Gott, verehrliche Brüder!“ sagte der Ritter als er eintrat. Dann wendete er sich an Arminius: „Bruder Arminius, ich habe meinen Sohn gebracht, damit er seine Knappenzeit mit dir antrete!“

Arminius gebot seinen Stallknechten die Pferde der Besucher zu versorgen und lud sie zum Mittagessen ein. Herold trat vor Arminius, fiel auf sein rechtes Knie und fragte ernsthaft: „Herr Arminius, wollt Ihr mich als Euren Knappen annehmen?“

„Ja, Herold, ich nehme dich als meinen Knappen!“ bestätigte Arminius. „Aber du wirst etwas später als Templerknappe in den Orden aufgenommen werden, in unserer Templerkapelle in Weihersdorf. Wir werden deine offizielle Aufnahme in den Orden dort durchführen, am Ostermorgen, vor dem Hochamt. Ostern ist ein guter Tag für die Aufnahme in unseren Orden, du hast den Zeitpunkt gut gewählt!“ sagte Arminius und nickte Herolds Vater anerkennend zu.

„Ja, das dachte ich mir!“ sagte der Ritter. „Deshalb brachte ich ihn trotz dieses halsbrecherischen Wetters vor Ostern hierher. Ich werde sein Reitpferd und sein Lastpferd mit Ladung als Geschenk an den Templerorden hier lassen. Ist das genug, Bruder Arminius?“

„Das ist mehr als genug, ich danke dir!“ sagte Arminius dankend und verbeugte sich leicht.

„Können meine Frau und ich bei seiner Einsegnung dabei sein?“ fragte der Ritter hoffnungsvoll.

„Es tut mir leid, aber es ist beim Templerorden nicht üblich, dass Familienmitglieder bei der Ordensweihe zugegen sind. Nur Ordensmitglieder dürfen dabei sein! Aber du wirst deinen Sohn oft genug sehen; er wird mein Bote sein, ich werde ihn gelegentlich nach Breitenegg senden. Außerdem gehen wir jeden Sonntag zum Hochamt nach Waldkirchen, du und deine werte Frau können jederzeit die Messe dort mit uns feiern. Und am Peterstag seid ihr nicht nur zum Hochamt in Waldkirchen herzlich eingeladen, sondern auch zu den darauffolgenden Festlichkeiten, hier in Neuhaus!

Außerdem wirst du mit deiner werten Frau, zusammen mit drei Dienern deiner Wahl, Ehrenmitglied des Templerordens werden. Unsere Aufnahmeformel lautet: ‚Wir nehmen dich auf, zusammen mit deinem Vater und deiner Mutter und drei deiner Diener, sofern sie gewillt sind, sich an unserem heiligen Werk zu beteiligen, bis zum Ende deiner Tage!’ Das heißt, dass du und deine werte Frau, und drei deiner Knechte, durch die Aufnahme deines Sohnes Ehrenmitglieder des Templerordens werdet und euch an der Arbeit dieser Komturei und des Templerordens beteiligen dürft, sofern und soweit du es wünschst!“

„Gut, ich wollte schon immer ein Templer sein!“ scherzte der Ritter mit einem genugtuenden Lächeln, höchst zufrieden mit der Ehre, die durch die Aufnahme seines Sohnes in den Templerorden auf ihn und das Haus Breitenegg zukommen würde.

Der Ritter und seine Knechte löffelten ihre Suppe, aßen ein Stück Brot und tranken einen Krug Bier. Danach erhob sich der Ritter. „Ich möchte vor Einbruch der Dunkelheit in Breitenegg zurück sein!“ sagte er entschieden. „Es ist schlimm genug, bei Tageslicht unter diesen halsbrecherischen Bedingungen zu reiten, ein Nachtritt wäre Selbstmord!“

Arminius Knechte brachten die Pferde der Besucher in den Hof. Der Ritter schüttelte die Hand seines Sohnes bevor er sein Pferd bestieg. „Ehre unseren guten Namen, mein Sohn, und ehre den Templerorden! Und folge deinem neuen Herren!“

„Ja, Vater, ich werde es tun!“ sagte Herold leise, mit feuchten Augen.

„Lass ihn nicht zuviel lesen und schreiben!“ sagte der Ritter zu Arminius, nachdem er sein Pferd bestiegen hatte. „Er hat seinen Kopf zuviel in Büchern!“

„Sorge dich nicht“, erwiderte Arminius lächelnd, „ich werde einen guten Schwertkämpfer aus ihm machen! Im Templerorden ist das Schwert genauso wichtig und mächtig wie die Feder!“

Der Ritter nickte zustimmend und sagte „Behüt euch Gott!“

„Behüt dich Gott!" erwiderten Armnius und Herold einstimmig. Der Ritter und seine Knechte ritten aus dem Hof.

„Was soll ich tun, Herr Arminius?" fragte der junge Herold diensteifrig, nachdem sein Vater aus dem Hof geritten war.

„Zuerst wirst du in der Burg Thannbrunn Einzug halten!" antwortete Arminius. „Eigentlich werden wir beide zusammen Einzug halten, denn ich verbrachte den Winter in Trevrizents Höhle und werde jetzt zu meiner Burg zurückkehren!"

„Trevizents Höhle?" rief Herold erstaunt aus. „Hat das etwas mit Trevrizents Höhle in Wolfram von Eschenbachs ‚Parzival' zu tun?"

„Ja", bestätigte Arminius, „es ist dieselbe Höhle, die der ehrwürdige Wolfram in seinem Gralsepos beschrieb! Wolframs Großneffe Adalbert sagte mir, dass der ehrwürdige Wolfram mit den Templern von Weihersdorf und Thannbrunn befreundet war und sie häufig besuchte, während er den ‚Parzival' schrieb. Wir nehmen mit Sicherheit an, dass unsere Höhle tatsächlich Trevrizents Höhle war. Deshalb nannten wir sie so!

Wahrscheinlich hat es nie einen Templer namens Trevrizent gegeben, der Name hört sich zu phantastisch an um wirklich zu sein. Aber es ist sehr gut möglich, dass entweder der damalige Komtur von Thannbrunn, oder der Komtur von Weihersdorf, Wolframs Modell für Trevrizent war, und dass dieser Templer die Osterzeit mit Wolfram in der Höhle verbrachte und ihn in die Templergeheimnisse einweihte!"

„Kann ich die Höhle sehen?" fragte Herold hoch interessiert.

„Ja, sogar sehr bald! Zuerst bringen wir deine Sachen zur Burg, dann reiten wir mit deinem Lastpferd zum Eingang von Trevrizents Höhle um meine Sachen zu holen. Meister und Lehrling werden zusammen Einzug halten. Ein guter Anfang zu deiner Lehrzeit! Ein gutes Omen, denkst du nicht?"

„Ja, Herr Arminius, ich denke, dass es ein gutes Omen ist!" bestätigte Herold ernsthaft. „Ganz besonders wenn Ihr von Trevrizents Höhle aus mit mir zur Burg zieht!"

Herolds Lastpferd war noch bepackt, und sein Reitpferd noch gesattelt. Arminius ließ seinen Rappen von einem der Pferdeknechte satteln und die beiden sahen zu. „Ist Euer Rappe ein Araber, Herr Arminius?" fragte Herold.

„Nicht ganz, er ist halb Araber!" antwortete Arminius.

„Das dachte ich mir!" sagte Herold lebhaft. „Er ist leichter und feingliedriger als unsere Pferde, mit einem edleren Kopf. Auch hat er weiter hervorstehende Nüstern und Augen, aufmerksamere Ohren und feinere Haare. Er sieht schnell und feurig aus, ich wette, er läuft wie der Wind!"

„Wir Templer wetten nicht!" antwortete Arminius lächelnd. „Aber er läuft beinahe so schnell wie der Wind. Obgleich der Araber das Edelpferd unter den Pferden ist, mögen ihn die deutschen Edelleute nicht sehr. Das Araberpferd ist den deutschen Rittern zu feurig und zu leicht. Ich fand meinen Rappen in Nürnberg, er stand dort im Stall unserer Großpriorei und war nahezu lahm, weil ihn niemand reiten wollte. Aber ich habe im Heiligen Land das Araberpferd schätzen gelernt. Ich nahm ihn sofort, für mich war er ein Preis!"

„Ja, das ist er!“ bejahte Herold enthusiastisch. „Aber ist er nicht zu feingliedrig, um Lasten zu tragen?“

„Er würde kein sehr gutes Lastpferd abgeben“, stimmte Arminius überein, „aber die Araber benützen ihre Pferde trotzdem als Lastpferde. Natürlich bepacken sie sie nicht so schwer wie wir unsere Lastpferde. Das Araberpferd ist auch kein gutes Streitross für einen schwer gepanzerten und bewaffneten Ritter, dessen Rüstung und Waffen oft mehr wiegen als er selbst. Aber für einen leichten Reiter ist das Araberpferd das schnellste Reitpferd auf Erden.

Die Araberkrieger brauchten keine schweren Pferde, denn sie kämpften leichtbewaffnet und leicht gepanzert. Ihre Stärke war nicht eiserne Rüstungen oder schwere Waffen sondern die blitzschnelle, nicht formierte Attacke und der blitzschnelle Rückzug. Sie schossen Pfeile, mit ihren kurzen aber kraftvollen Doppelbögen, seitwärts, nach vorne und rückwärts, mit unglaublicher Schnelligkeit und Genauigkeit, in vollem Galopp! Sie standen in ihren Steigbügeln und schossen Pfeile rückwärts während ihre Pferde in vollem Galopp vorwärts liefen! Ihre Rüstung war Hartleder, ihr Schwert das rasiermesserscharfe, gekurvte Krummschwert, das sie gewöhnlich ohne Scheide am Gürtel trugen. Ihr einhändiges Krummschwert ist kürzer als unser zweihändiges Langschwert, und nicht so gut zum Parieren und Stechen geeignet, ist aber eine bessere Hieb und Schneidwaffe und eine bessere Nahkampfwaffe als unser Langschwert.

Die Mehrheit der Templerreiterei im Heiligen Land waren Turkopolen, die auf Feindesart ritten und kämpften. Wir kombinierten beide Kampfarten auf strategische Weise. Unsere Torkopolen kämpften wie der Feind, wir Ritter kämpften wie christliche Ritter: schwer bewaffnet und gepanzert, mit langen Schwertern und Lanzen, auf mittelschweren, gepanzerten Pferden, in genauer Formation. In genauer und dichter Formation waren wir tödliche Wellen, unaufhaltsam und unbesiegbar! Aber wenn die Formation einmal gebrochen war, dann waren wir auf unseren schwerfälligen Pferden anfälliger als der Feind. Jedoch im Einzelkampf, Mann gegen Mann, waren wir mit unseren Langschwerten und in unseren Eisenrüstungen dem Feind überlegen. Aber der Feind vermied diese Art von Kampf.

Der Nachteil, in einem heißen Land schwer bewaffnet und schwer gepanzert zu kämpfen ist, dass Pferd und Reiter sehr schwitzen und viel Wasser brauchen um weiterzukämpfen. Durst war unser größter Feind!“

„Deshalb verloren wir das Heilige Land? Wegen Durst?“ rief Herold verwundert aus.

Arminius lächelte über diese naive Frage, antwortete aber ernsthaft: „Ja, wegen Durst! Aber nicht Durst nach Wasser, sondern Durst nach Macht! Unser Machtdurst ließ uns das Heilige Land gewinnen – und verlieren!“

„Und unser Durst nach Wein spielte auch eine Rolle!“ setzte Arminius nach einer Weile hinzu. „Der Prophet Mohammed – er sei gepriesen – verbat den Genuss von Wein. Dies hielt den Feind stets nüchtern, was für ihn von Vorteil war!

Wie ich sagte, wir nützten die Vorteile des Feindes. Der größte Teil unserer leichten Reiterei waren Syrier und ehemalige Assassinen. Sie ritten leichte und schnelle Araberpferde, trugen leichte Hartlederrüstungen, waren auf Feindesart bewaffnet, kämpften auf Feindesart und tranken keinen Wein, weil es bei ihnen nicht der Brauch war. Mein bester Freund war Kommandant unserer assassinischen Turkopolen. Leider wurde er nach der Niederlage von Aruad vom Feind geköpft!“

Arminius’ Pferd war gesattelt, sie ritten nach Thannbrunn. Herold hielt die Zügel seines Reitpferdes mit der linken Hand und das Leitseil seines Lastpferdes mit der rechten. Vor der Burg stiegen sie ab, wickelten die Zügel ihrer Pferde um den Anbindebalken und Herold knöpfte die Seile seines Packsattels auf.

„Lege deine Sachen vorläufig auf den Tisch“, sagte Arminius, „wir reiten gleich nach Simbach. Ich möchte meine Sachen aus der Höhle holen bevor es dunkel wird!“

„Hat die Höhle denn Tageslicht?“ wunderte sich Herold. „Ist es eine Grotte?“

„Nein, es ist eine von Menschenhand ausgehauene, unterirdische Höhle. Das Tageslicht brauchen wir für den Ritt. Der ist gefährlich, mit Schnee und Wasser auf gefrorenem Boden!“

„Ja!“ stimmte Herold überein. „Obwohl wir langsam und vorsichtig ritten, rutschten unsere Pferde oft aus und fielen beinahe hin, auf unserem Ritt von Breitenegg hierher.“

Auf dem Weg hielt Arminius kurz vor der Hütte der Familie seines Dieners an und rief den Jungen heraus um Herold vorzustellen. „Das ist Herold von Breitenegg, mein neuer Knappe! Er wird von heute an mit mir in der Burg wohnen. Wir reiten jetzt nach Simbach und werden in zwei oder drei Stunden zurück sein. Bitte feg in der Zwischenzeit den Burgsaal aus und mach ein Feuer!“

„Jawohl, Herr Arminius! Zu Euren Diensten, Herr Herold!“ sagte der Junge diensteifrig und verbeugte sich. „Die Burg wird sauber ausgekehrt sein und das Feuer brennen, wenn Ihr zurückkommt!“

Sie ritten durch Simbach, banden ihre Pferde an eine Buche am Höhleneingang und schoben die Steinplatte vom Einstiegsloch. Arminius kroch als erster hinein. „Ich taste mich gewöhnlich im Dunkeln hinein“, sagte er zu Herold. „Kriech mir nach, auf Händen und Knien, und halte deinen Kopf tief! In der Kapelle können wir dann aufrecht stehen. Und in der Wohnkammer wird die Holzkohle noch glühen, dort können wir eine Kerze entzünden!“

Arminius warnte Herold vor dem Fallloch, dann vor den Stufen. In der Kapelle angelangt sagte er: „Du kannst jetzt stehen! Ich werde in die Wohnkammer kriechen und eine Kerze holen!“

Kurz darauf kam er mit einer brennenden Kerze zurück, gab sie Herold, zusammen mit anderen Kerzen, und sagte: „Krieche zurück und entzünde alle Kerzen in den Nischen des Ganges und in beiden Räumen. Wenn eine abgebrannt ist, ersetzte sie! Ich werde das Feuer in der Wohnkammer etwas aufschüren.“

Nachdem Herold alle Kerzen in den Seitennischen entzündet hatte, gesellte er sich zu Arminius und wärmte seine Hände über dem Kohlenbecken. „Erstaunlich, höchst erstaunlich!“ rief Herold verwundert aus, seine Augen weitoffen vor Begeisterung. „Ich dachte nicht, dass Trevizents Höhle wirklich existiert! Ich dachte, der ehrwürdige Wolfram hätte sie erdichtet!“

„Dichtung ist meistens wirklichkeitsverwandt", erklärte Arminius, „aber wir müssen uns davor hüten sie allzu wörtlich zu nehmen! Trevrizents Höhle mag wirklich sein, aber wichtiger ist sie als Gleichnis. Die Rückkehr zum göttlichen Ursprung, zur göttlichen Gebärmutter – das ist, was Trevrizents Höhle bedeutet!

Jede Kirche und Kathedrale, die im Laufe der letzten 150 Jahre gebaut wurde, bedeutet das Gleiche! Dir ist bestimmt aufgefallen, dass alle Kirchen und Dome, die während jener Zeit gebaut wurden, spitzbogige Tor- und Fensteröffnungen haben. Das ist das Symbol der Muttergöttin! Das Hineingehen ist eine geistige Empfängnis, das Hinausgehen eine geistige Geburt, oder Wiedergeburt! Der Spitzbogen ist das hervorstechende Merkmal aller Sakralbauten, die während der letzen 150 Jahre gebaut wurden. Wir, die Templer und Zisterzienser, sind dafür verantwortlich, dass der Spitzbogen zum hervorstechenden Sakralmerkmal unserer Zeit wurde. Dies wurde getan, um den Geist der Weiblichkeit und das Prinzip der Weiblichkeit in das christliche Bewustsein einzuführen."

Herold, dem das Thema der weiblichen Geistigkeit unvertraut und unangenehm war, wechselte das Thema. „War es nicht die Osterzeit, die Parzival mit Trevrizent in der Höhle verbrachte?"

„Ja, es war Ostern!" bestätigte Arminius. „Am Karfreitag fand der Einsiedler Trevrizent den halberfrorenen Parzival draußen vor der Höhle, im Schnee. Er brachte ihn in die Höhle, wo sich Parzival seiner Rüstung entledigte und sich, wie du hier, am Holzkohlebecken wärmte. Als Trevrizent hörte, dass Parzival den Gral suche, informierte er ihn über den Gral, das Gralsschloss und die Gralsgemeinschaft."

„Ist es nicht hundert Jahre her, dass der ehrwürdige Wolfram den Parzival schrieb?"

„Ja!" bestätigte Arminius. „Wolfram fing den Parzival im Jahre 1200 an und hatte ihn zehn Jahre später fertig. Wenn er gleichmäßig schrieb, muss er vor genau hundert Jahren etwas über der Mitte des 16-bändigen Epos gewesen sein, in Buch 9. Dieses Buch beschreibt Parzivals Osterbesuch bei Trevrizent! Wolfram kann seine Inspiration für dieses Buch vor genau hundert Jahren empfangen haben, als er über Ostern 1206 mit meinem Vorgänger hier saß, und jener ihn in die Geheimnisse des Templerordens einweihte!"

Herold wurde vor Ehrfurcht still. Nach einer Weile sagte Arminius: „Lasst uns jetzt meine Sachen hinaustragen und auf dein Lastpferd packen! Du kannst diesen kleinen Tisch hier als deinen Schreibtisch haben, oder mein Stehpult, wenn du es bevorzugst. Wir werden zwischen jetzt und Pfingsten viel schreiben!

Du wirst mit mir an Pfingsten zur Jahreshauptversammlung des Großpriorats Franken nach Nürnberg reiten. Unser Bruder Großprior möchte eine Kopie meiner lateinischen Übersetzung des aramäischen Johannesevangeliums haben. Außerdem möchte er noch eine Kopie meiner Gralsbriefe. Du wirst beide schreiben, und sie dem Bruder Großprior persönlich überbringen! Du hast also viel zu schreiben, und nur sieben Wochen Zeit. Du fängst am besten gleich morgen früh an! Es sei denn, du willst zur Osterbeichte, dann reiten wir morgen früh nach Weihersdorf um unserem Bruder Kaplan zu beichten.

Gewöhnlich gehen wir Thannbrunner Templer nach Waldkirchen zum Hochamt. Aber zum Hochamt an den großen Festtagen, und zur Beichte und Kommunion, gehen wir nach Weihersdorf. Weihersdorf hat eine Templerkapelle und einen Templerkaplan. Der Bruder Kaplan ist unser Beichtvater, er ist befugt, seinen Mitbrüdern die Heiligen Sakramente zu verabreichen. Ich muss dich sowieso dem Bruder Kaplan und Bruder Dietrich, dem Komtur von Weihersdorf, vorstellen und deine Aufnahme in den Orden arrangieren."

„Ich war gestern zur Beichte", erwiderte Herold, „mein Vater bestand darauf. Er sagte, ich müsse mit reiner Seele in den Templerorden eintreten."

„Damit hatte er schon recht!" erwiderte Arminius lächelnd. „Dann reiten wir eben morgen nicht zur Beichte! Am Karfreitag reiten wir sowieso zur Messe nach Weihersdorf, ich werde dich dann dem Bruder Dietrich und dem Bruder Kaplan vorstellen und deine offizielle Aufnahme in unseren Orden für den Ostersonntag, vor dem Hochamt, arrangieren."

„Aber was ist mit Eurer Beichte, Herr Arminius?" fragte Herold besorgt.

„Ich habe seit zwei Jahren nicht gebeichtet, es kann noch ein Jahr warten!" antwortete Arminius lächelnd. „Vor zwei Jahren beichtete ich dem Bruder Kaplan, dass ich nichts zu beichten hätte, aber er sagte, dies sei eine Sünde des Hochmuts, so beichtete ich Hochmut. Das ist meine Dauersünde, sie kann noch ein Jahr warten!"

Herold sah Arminius entsetzt an. „Du wirst dich an mehr Unorthodoxie gewöhnen müssen!" sagte Arminius lächelnd. „Wenn es Pfingsten wird, und du alles geschrieben hast, was ich dir eben zu schreiben aufgab, wirst du soviel Unorthodoxes gelesen und geschrieben haben, dass das Nichtbeichten zu einer Nichtigkeit verblasst! – Lasst uns aber jetzt meine Sachen nach draußen tragen, bevor es dunkel wird!"

Sie steckten den Kleinkram in den Sack, den Arminius am Anfang des Winters zum gleichen Zweck verwendet hatte, zerlegten Tisch, Stuhl und Regal, trugen und zogen alles aus der Höhle und packten es auf das Lastpferd. Zum Schluss kroch Herold in die Höhle zurück um alle Kerzen auszublasen und sie ritten nach Thannbrunn.

In Neuhaus hielten sie an, luden Arminius' Höhlenstrohsack ab, damit er frisch gefüllt werde, holten sich einen frisch gefüllten aus einer der Alkoven im Obergeschosses und banden ihn oben auf die Ladung.

Vor der Burg Thannbrunn schlangen sie die Zügel ihre Pferde um den Anbindebalken und luden ab. Ein prasselndes Feuer begrüßte sie als sie eintraten. Die Halle war sauber gefegt und die Spinnweben entfernt. Sie stellten den kleinen Schreibtisch neben Arminius Stehpult. „Du kannst mein Stehpult benützen, wenn du gerne im Stehen schreibst", sagte Arminius. „Ich habe mich in meinem Höhlenwinter daran gewöhnt im Sitzen zu schreiben!"

„Ich schreibe lieber im Stehen", erwiderte Herold, „ich bin daran gewöhnt. Ich habe zuhause immer im Stehen geschrieben!" Danach ordneten sie Schiefertafeln, Griffel, Papier, Federn und Tinte ein und legten Arminius Bücher in die Kiste zurück. Das Aramäische Johannesevangelium legten sie unter die Stehpultlade, so dass Herold am nächsten Morgen gleich damit anfangen konnte.

„Jetzt, nachdem wir schreibfertig sind, werde ich dir Deinen Schlafplatz zeigen!“ sagte Arminius und ging Herold voraus die lange Steintreppe hinauf ins Obergeschoss. „Das ist meine Schlafkammer“, sagte er und wies auf die Kammer am Ende des Ganges. Dann wies er auf die Alkoven beiderseits des Ganges. „Du kannst dir eine dieser Alkoven als deinen Schlafplatz aussuchen.“

Herold wählte eine der Alkoven direkt neben Arminius' Kammer. Er zog den Strohsack herauf, brachte Kissen und Decken in die Alkove und bereitete sein Lager. Kleider, Umhänge, Bein- und Unterkleider hing er an die Holzstifte, die zu diesem Zweck in den Dachbalken staken. Danach brachte er Bundschuhe, Handschuhe, Mützen und andere Sachen herauf und legte sie sorgfältig auf das Regalbrett und in die Ecken seiner Alkove.

„Wir haben noch etwas Tageslicht und mindestens eine Stunde bis zum Abendessen“, sagte Arminius nachdem Herold eingezogen war, „lasst uns auf den Turm gehen!“

Arminius ging voraus, durch den kurzen Gang vom Obergeschoß in den Turm, und die lange, steile Turmtreppe hinauf zur Plattform. Die warme Frühlingsluft war klar und der Ausblick sehr gut. Herold blickte in Richtung Breitenegg. „Man kann Breitenegg von hier nicht sehen, aber Eichelberg ist deutlich sichtbar. Seht Ihr den hohen Hügel dort, mit einer Kirche gekrönt?“ sagte Herold und deutete nach Südosten. „Das ist Eichelberg!

Der Eichelberg und der Petersberg sind die höchsten Hügel dieser Gegend. In der Heidenzeit befanden sich heidnische Heiligtümer auf den Gipfeln beider Berge. Die ersten christlichen Kirchen wurden an jenen Stätten erbaut. Und Thannbrunn wurde in der heidnischen Vorzeit ‚Thunbrunn' genannt, denn es war der Sitz des Oberhäuptlings und der Ort, wo das wöchentliche ‚Thun' stattfand, der Gerichts- und Markttag meiner heidnischen Vorfahren!“

„Höchst erstaunlich“, rief Arminius aus, „das ist mir neu! Wo hast du dein Wissen her?“

„Die Ritter von Breitenegg waren bereits in der heidnischen Vorzeit Häuptlinge“, erklärte Herold, „sie waren Unterhäuptlinge des damaligen Oberhäuptlings von Thannbrunn. Die örtliche Zeitgeschichte wurde mir durch meine Vorväter überliefert. Die heidnische Vorzeit ist hier gar nicht so lange her. Unsere Gegend wurde von England her christianisiert, zur Zeit der ersten Karolinger. Der heilige Willibald und die heilige Walburga, Geschwister aus Wessex, England, bekehrten diese Gegend zum Christentum und gründeten die Diözese Eichstätt. Willibald war der erste Bischof von Eichstätt. Die beiden sind die Ortsheiligen Eichstätts und, soviel ich weiß, die einzigen Heiligen der Diözese Eichstätt. Der heilige Willibald liegt im Dom von Eichstätt begraben, die heilige Walburga in der St. Walburgskirche.“

„Faszinierend – das alles ist mir neu!“ rief Arminius erstaunt aus. „Deine Lehrzeit fängt gut an: Der Meister lernt vom Lehrling! - So soll es auch sein!“ fügte er lächelnd hinzu. „Jeder Mensch hat etwas Einmaliges zu geben; jeder Mensch ist eine einzigartige Ausgabe Gottes!“

Herold errötete und schwieg als er derartig von seinem Meister gelobt wurde. Beide blickten schweigend in die Gegend bis die Abendglocke von Waldkirchen läutete. „Es ist Zeit, zum Abendessen nach Neuhaus zu gehen!“ sagte Arminius.

In Neuhaus übergaben sie ihre Pferde den Stallknechten und gingen ins Hospiz. Als alle Mann zugegen waren, sagte Arminius: „Wie die meisten von euch bereits wissen, das ist Herold von Breitenegg, mein neuer Knappe! Er wird von heute an mit mir in der Burg wohnen. Am Ostersonntag, vor dem Hochamt, wird er in Weihersdorf als Knappe in den Templerorden aufgenommen. Ihr könnt ihn von dann an mit ‚Bruder Herold' anreden.“

Danach schenkte Bruder Hermann die Suppe aus. Bruder Johannes brachte jedem einen Krug Bier. Arminius sprach ein kurzes Tischgebet. Eine große Holzschüssel voll Brotscheiben stand auf dem Tisch, jeder langte zu und aß und trank bis er satt war. Nach dem Essen sprach Arminius ein kurzes Dankgebet. Etwas später, nachdem sich die Knechte vom Tisch entfernt hatten, beteten die Brüder das Abendgebet der Templer.

Arminius nützte das letzte Tageslicht, um Herold das Hospiz und die Nebengebäude zu zeigen. Nach Einbruch der Dunkelheit gingen sie nach Thannbrunn zurück. Das Feuer im Burgsaal brannte noch, Arminius warf einige Scheite darauf und hieß Herold einen der schweren Lehnstühle, die um den Empfangstisch standen, vor das Feuer zu ziehen, neben den der bereits dort stand. Die beiden setzten sich an das flackernde Feuer und Arminius sprach.

„Morgen früh stehen wir bei Tagesanbruch auf und beten unser Frühgebet, auf der Plattform des Turmes. Danach gehen wir hinüber zur Kapelle der Benediktinerprobstei um mit den Benediktinerbrüdern und mit unseren Mitbrüdern die Frühmesse zu feiern. Nach der Frühmesse werde ich dich den Benediktinern vorstellen.

Wir Templer beten fünf Tagesgebete. Unser Frühgebet bei Tagesanbruch, unser Vormittagsgebet an der Mitte des Vormittags, unser Mittagsgebet bei Tagesmitte. Ich bete es gewöhnlich beim Zwölfuhrläuten, nach dem Mittagessen, mit den Mitbrüdern in Neuhaus. Das Nachmittagsgebet beten wir um die Mitte des Nachmittags und das Abendgebet bei Anbruch der Dunkelheit. Ich bete das Abendgebet gewöhnlich nach dem Abendessen, mit den Mitbrüdern in Neuhaus, oder etwas später, von der Zinne meines Wachturmes.

Zur Frühmesse gehen wir in die benachbarte Martinskapelle, zur Sonntagsmesse nach Waldkirchen. Zum Hochamt an wichtigen Festtagen, sowie zur Beichte und Kommunion, gehen wir zu unserer Templerkapelle in Weihersdorf.

Während der vergangenen zwei Jahre habe ich manchmal eines der fünf Tagesgebete versäumt. Aber, von morgen an, beten wir sie regelmäßig und zur rechten Zeit! Erinnere mich daran wenn ich es vergesse! Du wirst für unsere Sanduhr verantwortlich sein, setze sie nach der Morgen- und Mittagsglocke! Wir beten unser Vormittagsgebet drei Stunden nach der Morgenglocke und unser Nachmittagsgebet drei Stunden nach der Mittagsglocke! Die Sanduhr steht auf deinem Pult.“

„Jawohl, Herr Arminius!“ bestätigte Herold diensteifrig. „Ich werde die Sanduhr nach der Morgen- und Mittagsglocke setzen, und ich werde Euch an die Gebetszeiten erinneren!“

„Und morgen nach der Frühmesse werde ich dich im Schreiben unterweisen und du wirst mit der Abschrift des Aramäischen Johannesevangeliums beginnen!“ setzte Arminius fort. „Dazu solltest du nicht länger als drei Wochen brauchen. Danach nehme ich dich mit nach Waldkirchen, stelle dich den Beguinen vor und borge von ihnen meine Gralsbriefe, die ich vor einem Jahr an sie schrieb. Ich schrieb keine Kopien für mich, deshalb muss ich sie jetzt von den Beguinen borgen, um eine Abschrift für den Bruder Großprior zu schreiben. Wir schreiben am besten gleich zwei Kopien der Gralsbriefe, und behalten eine für uns, damit wir sie nicht wieder von den Beguinen borgen müssen, wenn wir weitere Abschriften brauchen.

Mache dir keine Sorgen und beeile dich nicht übermäßig! Du hast zwar nur sieben Wochen Zeit, um all dies zu schreiben, aber es ist wichtiger, schön und gut leserlich zu schreiben, und das zu verstehen, was du schreibst. So lass dir Zeit! Falls du die Schreibarbeit nicht alleine bewältigen kannst, dann werde ich dir helfen!“

„Jawohl, Herr Arminius, ich werde sorgfältig und deutlich schreiben! Schreiben ist für mich keine Arbeit, es ist ein Vergnügen! Unser Kaplan lehrte mir Latein und die karolingische Minuskelschrift. Ich schreibe schon seit Jahren!“

„Gut, morgen werden wir sehen wie gut du schreibst! Für heute legen wir uns schlafen, damit wir morgen zum Schreiben frisch sind. Wecke mich morgen früh bei Tagesanbruch! Gute Nacht!“ Herold erwiderte den Gutenachtgruß und beide legten sich schlafen, Arminius in seine Kammer, Herold in seine Alkove, gleich außerhalb der Kammer seines Meisters.

Beim ersten Dämmerschein klopfte Herold an seines Meisters Tür und rief: „Der Morgen dämmert, Herr Arminius!“ Dann zog Herold einen Eimer Wasser aus der Zisterne, die beiden tranken etwas Wasser, wuschen und bekleideten sich und gingen zur Plattform des Turmes um dort ihr Frühgebet zu beten und danach in stiller Morgenandacht auf dem Turm zu verweilen. Als sie das Glöckchen der benachbarten Martinskapelle zur Frühmesse bimmeln hörten, gingen sie hinunter, Herold setzte schnell die Sanduhr und sie gingen zur Benediktinerprobstei, um mit den Benediktiner- und Templerbrüdern die Frühmesse zu feiern.

Der Benediktinerkaplan las die Frühmesse. Nach der Messe stellte Arminius seinen Knappen den Benediktinern vor: „Das ist Herold von Breitenegg, mein neuer Knappe!“

„Willkommen in Thannbrunn, Bruder Herold!“ sagte der Benediktinerprobst freundlich und schüttelte Herolds Hand. Die anderen Benediktinermönche folgten seinem Beispiel.

Zurück in der Burghalle legte Arminius das Aramäische Johannesevangelium aufgeschlagen auf die schräge Schreibfläche des Stehpultes, daneben einige Bogen Papier, und gab Herold die Bronzefedern. „Das sind arabische Bronzefedern, wie sie von arabischen Schreibern benützt werden. Ich erhielt diese als Geschenk vom Großmufti von Alexandria. Wie du siehst, sind sie hohl. Der Hohlraum ist mit Filz gefüllt, um Tinte aufzusaugen und speichern, damit man nicht ständig eintauchen muss. Man schreibt mit zwei Federn; eine ist im Fass und saugt Tinte auf, während man mit der anderen schreibt!

Schreibe langsam und sorgfältig! Schreibe in zwei Spalten, so wie du es im Original siehst! Lass rundherum einen Rand von mindestens einem Zoll! Schreibe auf beiden Seiten und nummeriere die Seiten! Der Bruder Großprior wird sie wahrscheinlich von einem Nürnberger Buchbinder in ein Buch binden lassen, sei dir also dessen gewahr, dass du die Seiten eines Buches schreibst! Hast du irgendwelche Fragen?“

„Ich habe noch nie mit Bronzefedern geschrieben, nur mit Gänsekielen, und nur auf Pergament. Ist es schwierig, mit Bronzefedern auf Papier zu schreiben?“

„Nein, es ist leichter! Vor allem deshalb, weil man nicht ständig eintauchen muss und deshalb schneller schreiben kann und Tintenkleckse vermeidet. Aber Bronzefedern sind härter als Gänsekiele! Bei Pergament macht das nicht viel aus, aber Papier reißt leicht, wenn man mit Bronzefedern zu fest aufdrückt. Du musst dir also angewöhnen, leicht aufzudrücken. Aber das tut ein erfahrener Schreiber sowieso!

Ich werde ein Bad nehmen während du schreibst. Eigentlich solltest du auch eines nehmen; es ist gut, mit reinem Leib und mit reiner Seele in den Orden einzutreten!“

„Ja, mein Vater sagte das auch! Deshalb badete und beichtete ich vorgestern. Ich brauche jetzt kein Bad! Danke, Herr Arminius!“

Herold fing an zu schreiben. Arminius rief seinen Diener und wies ihn an, das Feuer hoch zu schüren und den Bottich zu füllen. Als der Bottich voll und die Siedsteine glühend heiß waren, gabelte Arminius einige von ihnen auf und legte sie vorsichtig ins Wasser. Das Wasser sprudelte, zischte und dampfte. Er prüfte die Temperatur, stieg hinein und genoss sein erstes Bad nach mehr als vier Monaten. Ab und zu fügte er einen Siedestein hinzu, meditierte, tagträumte und dachte nach. Das einzige Geräusch war das geschäftige Kratzen von Bronzefedern auf Papier.

Als er von Herold daran erinnert wurde, dass es Zeit zum Vormittagsgebet sei, kniete Arminius im Bottich, Herold kniete neben dem Bottich, und gemeinsam beteten sie das Vormittagsgebet der Templer. Beim Elfuhrläuten stieg Arminius aus dem Bottich, trocknete sich ab und bekleidete sich, und die beiden marschierten zum Mittagessen nach Neuhaus.

Die Mahlzeiten der Templer waren während der Hungersnot noch spärlicher als sie ohnehin schon waren, meistens nur Suppe und Brot. Was immer sie an Fleisch hatten wurde gekocht, klein gehackt und den großen Suppenkesseln beigefügt, die ständig über allen verfügbaren Feuern siedeten und die Hungrigen speisten. Arminius hatte angeordnet, dass alle Brüder und Knechte aus dem gleichen Topf essen sollten wie die Armen. Er selbst und sein Knappe hielten sich auch daran.

Beim Zwölfuhrläuten beteten die Brüder das Mittagsgebet der Templer. Arminius und Herold gingen nach Thannbrunn zurück. Herold setzte flugs die Sanduhr und Arminius inspizierte, was Herold am Vormittag geschrieben hatte. „Gut“, erklärte er, „ich selbst hätte es nicht besser gemacht!“ Herold lächelte zufrieden.

Am Nachmittag schrieb Herold weiter und Arminius durchblätterte die Zusammenfassung, die er während des Winters in der Höhle geschrieben hatte. Sie war noch nicht ganz fertig, Vorwort und Schlusswort fehlten noch. So arbeitete Arminius an diesen, bis ihn Herold daran erinnerte, dass es Zeit zum Nachmittagsgebet sei. Danach schrieben beide weiter, bis die Abendglocke sie zum Abendessen nach Neuhaus rief.

Als sie später in den großen Lehnstühlen vor dem Feuer saßen, fragte Arminius: „Na, Herold, wie war dein erster Tag als Templer?"

„Der Tag verlief wie ich dachte, nur was ich schrieb überraschte mich. Dieses Aramäische Johannesevangelium ist so ganz anders als das biblische, als ob es nicht von dem gleichen Johannes geschrieben wäre!"

„Wahrscheinlich wurde es von einem anderen, oder mehreren anderen Autoren geschrieben! Weder das biblische noch das Aramäische Johannesevangelium wurden unbedingt von dem Jünger Johannes persönlich geschrieben. Der Lebenslauf und die Lehren Jesu wurden so oft wieder- und weitererzählt dass sie zu Legenden wurden! Was wir heute in den Evangelien lesen sind die Niederschriften jener Legenden, die von unbekannten Schreibern viele Jahre nach Jesus' Tod niedergeschrieben wurden. Die Evangelien sind also nicht genaue Biographien, sondern biographische Legenden! Sie sind wahr, aber ihre Wahrheiten sind teils bildlich, teils wörtlich und teils Hörensagen!

Wenn du denkst, dass sich das aramäische Evangelium wesentlich von den biblischen unterscheidet, dann solltest du das Thomasevangelium lesen, welches eines der griechisch geschriebenen Evangelien war, aber nicht in die Bibel einbezogen wurde, weil es sich so wesentlich von den biblischen unterschied. Und es gibt noch andere, griechische, aramäische und lateinische Evangelien! Die vier Evangelien der Bibel wurden von einem Konzil von Bischöfen auserwählt, unter der Führung des Irenus von Lyon, der ein paulinischer Christ war, ein ausgesprochener Gegner der gnostischen Christen, die er als Häretiker verurteilte. Das paulinische Christentum, das heute als das Christentum schlechthin gilt, war damals nur eine der vielen Strömungen des frühen Christentums!

Was wörtliche Wahrheit anbelangt, traue ich den aramäischen Evangelien mehr als allen anderen, weil Aramäisch die Muttersprache Jesu und der meisten seiner Jünger war, einschließlich Johannes. Jesus war ein aramäischsprechender, hellenistischer Jude! Aramäisch wird heute noch gesprochen, vielerorts, in Palästina, in Syrien und anderswo. Ich hatte einen aramäischen Juden als Lehrer, der mir die hebräischen, kanaanitischen, phönizischen, aramäischen und hellenistischen Einflüsse auf das Judentum deutlich klar machte.

Hebräer sind die ursprünglichen Israeliten, die von Moses aus Ägypten geführt wurden und das Land Kanaan eroberten. Die eingeborenen Kanaaniter wurden aber nicht ausgerottet, sondern assimiliert, so dass sich viele der kanaanitischen Traditionen mit den hebräischen mischten. Das war der erste Einschlag! Der zweite Einschlag fand unter den großen Priesterkönigen David und Salomon statt, es war eine Mischung von jüdischen und phönizischen Traditionen.

Wie du weißt, wurde um 450 vor Christus das Volk Israel von den Babyloniern besiegt und in die babylonische Gefangenschaft verschleppt, aus welcher es 50 Jahre später von den Persern befreit und im Triumphzug nach Jerusalem zurückgeführt wurde. Weil so viele jüdische Männer und Knaben im Krieg gegen Babylon fielen oder ermordet wurden, waren nach der Rückkehr aus der babylonischen Gefangenschaft ganze Landstriche des Heiligen Landes ohne Männer. Viele der persischen Befreier heirateten deshalb jüdische Frauen und Mädchen und ließen sich dort nieder.

Palästina wurde dann eine Provinz des persischen Reiches. Aramäisch, die damalige Sprache Persiens, wurde zur Amtssprache, zur häufig gesprochenen Muttersprache und zur Zweitsprache des Volkes Israel. Persische Traditionen mischten sich mit den jüdischen. Das war der dritte Einschlag, die wesentlichste Wandlung des jüdischen Volkes!

Als das Perserreich von Alexander dem Großen erobert und zum hellenistischen Weltreich wurde, wurden die jüdischen Traditionen mit griechischen angereichert. Viele der aramäischen Juden wurden hellenistische Juden indem sie Griechisch lernten, griechische Gebräuche annahmen und sich vielerorts im hellenistischen Weltreich niederließen. Dies war der vierte Einschlag!

Es gab noch einen fünften Einschlag, den römischen, aber der war nicht wesentlich, denn die meisten Juden betrachteten die Römer als Feinde. Nur wenige der altrömischen Gebräuche wurden von den Juden übernommen. Der wesentliche, römische Einfluss war der christlich-lateinische der vergangenen 200 Jahre, als das Heilige Land aus mehreren, christlichen Staaten bestand und das Königreich Jerusalem ein christliches Königreich war.

Alle diese Einschläge bewirkten eine Erweiterung, Bereicherung und Liberalisierung der hebräischen Religion. Aber jeder dieser Einschläge bewirkte auch seinen Rückschlag, eine Rückkehr zum hebräischen Fundamentalismus! Das war besonders nach den Heimsuchungen der Fall, und ganz besonders nach der schlimmsten Heimsuchung, der babylonischen Gefangenschaft! Die persischen Befreier waren zu beliebt und der persische Einfluss zu wesentlich um abgeschüttelt zu werden; die Rückkehr aus der babylonischen Gefangenschaft bewirkte eine Abkehr von den phönizischen Einflüssen, hauptsächlich eine Abkehr von der Verehrung der weiblichen Gottheit. Rückkehr aus der babylonischen Gefangenschaft bedeutete Rückkehr zur männlichen Gottheit!

Um auf Jesus zurückzukommen, Jesus war ein aramäischsprechender, hellenistischer Jude. Außer Aramäisch sprach er noch Griechisch und Hebräisch, vielleicht sogar Latein. Ob er in all diesen Sprachen lesen und schreiben konnte ist umstritten, aber wir Templer haben unwiderlegbare Beweise, dass er zumindest Aramäisch und Griechisch und wahrscheinlich auch Hebräisch schrieb. Und er war ein direkter Nachkomme und Thronfolger der großen Priesterkönige David und Salomon! Und, wie sein weiser Vorfahre Salomon, verehrte er die weibliche und die männliche Gottheit! Außerdem ist es wahrscheinlich, dass er von den Religionen Persiens, dem Manichäismus und dem Zoroastrismus, beinflusst wurde. Und es ist noch wahrscheinlicher, dass er von den griechischen Philosophien beinflusst wurde. Offensichtlich war er ein Nazarener, eine mystische Sekte jener Zeit und Untersekte der Essener. Gewiss war er ein Sufist!

Jesus war ein Nazarener, der vorgab König der Juden zu sein. Dafür wurde er hingerichtet! J•N•R•J war sein Verbrechen, es stand auf einem Täfelchen am Kreuz geschrieben: Jesus Nazarenus Rex Judaeorum: Jesus der Nazarener, König der Juden.

Für mich war Jesus ein Sufist! Ich las viele sufistische Schriften, ich kannte einige Sufisten persönlich und wurde von ihnen gelehrt und eingeweiht, und ich selbst wurde ein Sufist! Aus meinem sufistischen Einblick heraus muss ich sagen, dass Jesus ein Sufist war! Der Prophet Mohammed – er sei gepriesen – war auch einer! Beide, Christenheit und Islam, sind auf einen sufistischen Ursprung zurückzuführen!"

„Was ist ein Sufist?" unterbrach Herold.

„Der Sufismus ist keine Religion oder Sekte, er ist eine mystische Bewegung. Sufismus ist überreligiös, reiner Mystizismus, jenseits von Lehrsätzen und Dogmen. Man kann ein Sufist sein und jeder beliebigen Religion angehören. Das Wort ‚Sufist' kommt von dem arabischen ‚Suaf' für ‚Wolle'; ein ‚Sufi' ist also ein ‚Wollener'. Die Asketen des Mittleren Ostens trugen oft Filzumhänge, die aus den Haaren von Schafen oder Ziegen grob gefilzt waren. Der Täufer Johannes trug bekanntlich so ein ‚haariges Gewand'.

Das Wort ‚Sufist' hat aber noch eine weitere und höhere Bedeutung. Sophia ist das griechische Wort für Weisheit. In den Sprüchen und Liedern des Salomon ist Sophia die weibliche Gottheit, die Mitgöttin, Gespielin und Mitschöpferin der männlichen Gottheit Jehovah. Die Verehrer der Göttin Sophia sind Sophisten – wir Templer sind Sophisten! Ein Sufist ist also beides, ein Sufi und ein Sophist. Bei den Sufisten sind Wortspiele und mehrdeutige Worte sehr beliebt.

Die Gründer der großen Weltreligionen waren alle reine Mystiker, ob sie sich Sufisten nannten oder nicht. Die frühen Gemeinden um diese Religionsgründer waren auch größtenteils Mystiker. Als sich die Religionen ausbreiteten, fielen sie mehr und mehr vom ursprünglichen Mystizismus ab, wurden politisiert und doktriniert. Sie fielen vom Mystizismus zum Dogmatismus!

Die Religionen des Fernen Ostens haben ihre ursprünglichen, mystischen Strömungen beibehalten. Die rein mystischen Sekten des Fernen Ostens sind hochgeachtet - so soll es auch sein! Die rein mystischen Strömungen im Islam sind weniger hoch geachtet, werden aber zumindest toleriert. Die reinen Mystiker des Judaismus werden zwar toleriert, sind aber wenig verbreitet und kaum bekannt. Das Christentum ist in dieser Hinsicht am wenigsten tolerant. Im Christentum ist der reine Mystizismus derart verpönt, dass er als Häresie verschrien ist und zur Untergrundbewegung wurde!"

„Wenn beide, Jesus und Mohammed, Sufisten waren, warum sind die Mohammedaner unsere Feinde?" fragte Herold naiv.

„Das ist eine gute Frage, auf die es keine gute Antwort gibt!" antwortete Arminius. „Die Gründer der beiden Religionen waren Sufisten und Geistesbrüder, die heutigen Machthaber der beiden Welten sind es leider nicht! Wenn die Politiker und Machthaber der beiden Welten Sufisten wären, dann gäbe es diesen unseligen Religionskrieg nicht! Dann wären die zwei Religionen wie eine!"

Herold sagte nichts darauf und die beiden blickten schweigend in die Flammen. Nach einer Weile fragte Herold: „Waren es hebräische Juden, die Jesus hinrichteten, weil er ein hellenistischer Jude war?"

„Die Römer richteten ihn hin, nicht die Hebräer!" berichtigte Arminius. „Die hebräischen Schriftgelehrten waren für die Hinrichtung, aber aus anderen Gründen. Die Römer richteten ihn hin, weil er fälschlicherweise behauptete, der König der Juden zu sein. Die schriftgelehrten Hebräer des Tempels von Jerusalem wollten ihn hingerichtet sehen, weil er ein Königreich Jerusalem proklamierte, das von Außenseitern, von Aramäern, von Essenern und Nazarenern, dominiert war, und weil er fälschlicherweise behauptete der Messias zu sein!"

„Aber er war der Messias!" rief Herold leidenschaftlich aus.

„Ja, er war ein Messias!" bestätigte Arminius, mit Betonung auf „ein".

„Der Messias ist der Geist der göttlichen Einheit", setzte Arminius fort, „das was wir Christen den ‚Christus' nennen! Der Sinn und Zweck eines Messias ist den Messias in jedem Menschen zu erwecken! Jesus der Christus war bei weitem nicht der einzige Messias, es gab derer viele, und es wird ihrer immer mehr geben, bis jeder Mensch ein Messias ist! Das ist das Zweite Erscheinen, wenn das himmlische Jerusalem hier auf Erden Wirklichkeit wird! Wir Templer arbeiten daran, es zu verwirklichen, wir geben uns diesem allerheiligsten Ziel hin! Auch du, mein Lieber, gehörst jetzt zu der messianischen Bewegung!"

Herold errötet, als ihn Arminius als einen Teil der messianischen Bewegung proklamierte. Nach einer langen, kontemplativen Stille gingen sie zu Bett.

Der nächste Tag war Karfreitag, sie gingen nicht zur Frühmesse sondern bereiteten sich für den Ritt nach Weihersdorf vor, um die Karfreitagsmesse in der Templerkirche von Weihersdorf zu feiern. Wässriger Schnee stand immer noch in riesigen Lachen auf dem gefrorenen Boden und Bäche von Schmelzwasser liefen talabwärts. Das Reiten war gefährlich, aber sie ritten früh weg, um sich Zeit zu lassen und rechtzeitig anzukommen.

Nachdem sie in Weihersdorf ihre Pferde untergebracht hatten, war es noch etwas zu früh zum Hochamt. Sie gingen in den Empfangssaal und Arminius stellte seinen neuen Knappen vor: „Das ist Herold von Breitenegg, mein neuer Knappe!"

„Willkommen zum Templerorden, Jung Herold!" sagte Dietrich herzlich und schüttelte Herolds Hand. „Ich sah dich vor zwei oder drei Jahren, aber damals warst du noch ein Knabe. Jetzt bist du ein junger Mann! Für unsereinen machen drei Jahre kaum einen Unterschied, aber du bist in drei Jahren vom Knaben zum Jüngling herangereift!"

Nach dem Hochamt setzten sich alle an den Mittagstisch. Weil es Karfreitag war und obendrein eine Hungersnot herrschte, gab es nur eine dünne Suppe und Brot. Um zwölf Uhr beteten alle gemeinsam das Mittagsgebet der Templer. Danach sagte Arminius zu seinem Knappen: „Geselle dich bitte zu den Mitbrüdern, Bruder Dietrich und ich haben wichtige Angelegenheiten zu besprechen!"

Herold ging mit den Mitbrüdern aus dem Saal. Dietrich und Arminius setzten sich ans Kaminfeuer, ein dienender Bruder brachte ihnen einen Krug Frankenwein und zwei Becher, und sie besprachen Herolds Aufnahme in den Orden.

„Es ist lange her, dass ich in den Orden aufgenommen wurde", sagte Arminius, „ich kann mich nicht mehr an die genauen Einzelheiten der Aufnahmezeremonie erinnern, und ich habe bis jetzt noch niemanden aufgenommen. Du hast doch einige dienende Brüder und Knappen in den Orden aufgenommen? Hast du eine Kopie der Ordensregel, die sich mit der Aufnahme neuer Mitglieder befasst?"

„Nein, ich habe keine solche Kopie! Ich denke nicht einmal, dass unser Bruder Großprior in Nürnberg eine hat. In dem Archiv unserer Präzeptorei in Mainz befindet sich natürlich eine Kopie der gesamten Ordensregel, aber wir brauchen sie nicht. Während meiner 23 Jahre als Komtur von Weihersdorf habe ich drei Knappen und mehr als ein Dutzend dienende Brüder in den Orden aufgenommen; ich kann die Aufnahmezeremonie auswendig! Ich werde Jung Herold unterweisen und ihn befragen. Alles, was du zu tun hast, ist ihn aufzunehmen. Erinnerst du dich an die Worte der Aufnahme?"

„Ja, an diese erinnere ich mich genau: ‚Ich nehme dich auf, und deinen Vater und deine Mutter und drei deiner Diener, falls sie gewillt sind, sich an unserem heiligen Werk zu beteiligen, bis zum Ende deiner Tage!'"

„Genau, das ist der Wortlaut!" bestätigte Dietrich. „Ich werde ihn befragen. Nachdem ich ihn befragt habe und er den Treueid geschworen hat, wird er vor dir niederknien und dich um Aufnahme in den Orden bitten. Du wirst ihn mit den eben gesagten Worten aufnehmen, ihm den schwarzen Knappenmantel um die Schultern hängen, ihn von den Knien heben, ihn küssen und in den Orden willkommen heißen. Danach werden ich, der Bruder Kaplan, mein Knappe und die Mitbrüder ihn ähnlich willkommen heißen. Der Bruder Kaplan wird den 115. Psalm singen und Jung Herold wird Bruder Herold sein!"

„Hast du einen schwarzen Knappenmantel?" fragte Arminius.

„Ja, ich habe zwei!" antwortete Dietrich. „Meine ersten zwei Knappen ließen ihre schwarzen Knappenmäntel hier als sie Ritter wurden. Ich werde den besseren davon aussuchen, ihn waschen und flicken lassen und zu Herolds Aufnahme bereit haben!"

Danach riefen sie Herold herein und informierten ihn über die Einzelheiten seiner Aufnahme. „Du brauchst dir das alles nicht zu merken!" beruhigte ihn Dietrich. „Ich werde an deiner Seite sein, dir alle Fragen stellen und dir sagen, was du zu tun hast. Du brauchst nur meine Fragen beantworten und das tun, was ich sage!"

„Jawohl, Herr Dietrich, ich werde es tun!" bekräftigte Herold eifrig.

„Und nach deiner Weihe werde ich für dich ‚Bruder Dietrich' sein!" fügte Dietrich eindringlich hinzu. „Wir Templer sind Brüder, wir reden uns gewöhnlich mit ‚Bruder' und Namen an. Als Zeichen der Achtung reden wir unsere Vorgesetzten mit ‚Bruder' und Rang an, aber nur wenn sie es wollen! Du könntest deinen Meister mit ‚Bruder Komtur' ansprechen, aber nur, wenn er es will! Unsere höheren Vorgesetzten, wie der Bruder Großprior, der Bruder Präzeptor oder der Bruder Großmeister, werden grundsätzlich mit ‚Bruder' und Rang angeredet, es sei denn, dass sie es ausdrücklich wünschen, mit Namen angeredet zu werden!"

„Jawohl, Herr Dietrich, ich werde Euch nach meiner Weihe Bruder Dietrich nennen!" bestätigte Herold.

„Nenne auch mich ‚Bruder Arminius'!" setzte Arminius hinzu. „Lasst uns unseren Bruder Großprior mit Rang anreden!"

„Ja!" stimmte Dietrich überein. „Lasst uns einander mit Namen anreden und unseren Bruder Großprior mit Rang!"

Am Ostersamstag schrieb Herold den ganzen Tag. Am Ostersonntag putzten sie sich besonders und ritten schon sehr früh nach Weihersdorf, denn Herolds Weihe sollte noch vor dem Hochamt stattfinden. Herold war in Hochstimmung. Noch trug er die Kleider, in denen er nach Thannbrunn gekommen war, aber am Rückweg würde er den schwarzen Templermantel tragen! Im Empfangssaal von Weihersdorf setzten sie sich an den großen Empfangstisch. Als alle zugegen waren, ging Dietrich mit Herold in die Kapelle, um ihn auf seine Tauglichkeit für den Templerorden zu befragen.

Nachdem er ihn zum ersten Mal befragt hatte, ließ er ihn zum Gebet in der Kapelle und ging in den Saal. Nach kurzer Zeit ging er wieder zur Kapelle, befragte ihn zum zweiten Mal und kehrte wiederum in den Saal zurück. Nachdem er zum dritten Mal in die Kapelle gegangen war, brachte er Herold mit sich und befragte ihn zum dritten Mal, vor den versammelten Brüdern. Dann hieß er ihn, seine Antworten durch einen Eid zu beschwören, und den Treueid zum Templeroden zu schwören, sowie den Eid der Keuschheit und der persönlichen Armut. Danach kniete Herold vor Arminius nieder und sagte: „Meister Arminius, ich knie vor Euch und den versammelten Brüdern nieder und bitte, als Euer Knappe in den Templerorden aufgenommen zu werden!"

Daraufhin sagte Arminius, langsam und feierlich: „Ich nehme dich auf, und deinen Vater und deine Mutter und drei deiner Diener, falls sie gewillt sind, sich an unserem heiligen Werk zu beteiligen, bis zum Ende deiner Tage!" Danach hing er ihm den schwarzen Templermantel um die Schultern, hob ihn von den Knien, küsste ihn und hieß ihn in den Templerorden willkommen. Dann küsste ihn Dietrich und hieß ihn willkommen, dann der Kaplan, dann Dietrichs Knappe, und nach ihm alle dienenden Brüder, dem Dienstalter nach. Der Bruder Kaplan sang den 115. Psalm und die Weihe war vorbei.

In der Kapelle zelebrierte der Bruder Kaplan eine feierliche Ostermesse mit Kommunion. Trotz der Hungersnot gab es danach ein geröstetes Lamm mit Thymian und Weißbrot und Wein für alle. Herold trug stolz seinen Templermantel und wurde von allen zugeprostet und gratuliert. Jung Herold von Breitenegg war Bruder Herold; sein sehnlichster Wunschtraum war Wirklichkeit geworden!

Während der nächsten drei Wochen war Herold mit dem Kopieren des Aramäischen Johannesevangeliums vollauf beschäftigt. Arminius arbeitete an der Zusammenfassung seines Geschichtswerkes und überwachte die Speisung der Hungernden, deren Anzahl nach der Schneeschmelze gewaltig anstieg. Der Verkauf von freiem Brot war Arminius zu Ohren gekommen. Einige der Notleidenden, die mit der Bescheinigung ihres Pfarrers, dass sie bedürftig seien, nach Neuhaus kamen und freies Brot zum Mitnehmen erhielten, verkauften ihr Freibrot in den benachbarten Dörfern und Städten für teures Geld. Arminius ordnete an, dass jeder, der Brot zum Mitnehmen anforderte, genau überprüft werden sollte, um diesen Missbrauch möglichst zu vermeiden. Nur wenn mindestens zwei zuverlässige Leute für sie bürgten, durften die Hungernden Laibe von Freibrot mit sich nehmen. Aber nach wie vor durfte jeder, der um Nahrung bat, an Ort und Stelle soviel Brot und Suppe essen wie er wollte, ohne irgendwelche Bedingungen. Die Beguinen trugen Brot und Suppe zu denen die zu schwach waren nach Neuhaus zu gehen und dort zu essen.

Oft standen die Hungernden im Hof von Neuhaus Schlange. Aber die Sandmühle mahlte Tag und Nacht, der große Backofen buk Tag und Nacht und in allen verfügbaren Kesseln kochte die Suppe. In der Gegend um Thannbrunn starb niemand den Hungertod!

Drei Wochen nach Ostern waren die ersten grünen Grasspitzen zu sehen. Die Leute aßen junges Gras, Sauerampfer, Löwenzahn, junge Brennesseln, Brunnenkresse und andere essbare Kräuter, und bearbeiteten und besäten ihre Gärten und Felder so schnell sie konnten. Aber das erste Frühgemüse war wegen des späten Frühlings vier Wochen später als normal und die Hungersnot gipfelte Ende Mai. Mitte Juni wurde es besser, und die Not war vorbei als die Ernte trotz der späten Aussaat gut ausfiel.

Nachdem Herold das Aramäische Johannesvangelium fertigkopiert hatte, ritt Arminius mit ihm nach Waldkirchen und stellte ihn den Beguinen vor. Diese arbeiteten gerade in ihrem Garten, sie blickten nur kurz von ihrer Arbeit auf und nickten den beiden zu. Sie hatten Herold bereits einige Male in der Kirche gesehen und wussten wer er war.

„Schwester Margaret, ich muss dich zu meiner Beichtmutter machen!“ sagte Arminius scherzhaft zu Margaret. „Ich muss dir beichten, dass ich keine Kopie meiner Gralsbriefe für mich behielt! Jetzt, nachdem meine Vorgesetzten eine Abschrift wollen, bin ich gezwungen, meine Briefe von dir zu borgen, um sie abzuschreiben. Ich werde gleich zwei Kopien schreiben, und eine davon für mich behalten, damit so etwas nicht wieder vorkommt!“

„Das ist keine sehr schlimme Sünde, Bruder Arminius“, erwiderte Margaret lächelnd, „ich werde die Briefe gleich holen!“ Margaret ging in die Beguinage und kam mit einem Packen Briefe zurück. „Hier, behalte sie solange du sie brauchst, wir werden sie vor dem nächsten Winter nicht lesen. Wie du siehst, sind wir sehr damit beschäftigt, unseren Garten zu bearbeiten! Außerdem tragen wir ständig Brot und Suppe zu den Schwachen und Kranken! Wir arbeiten so schwer, dass wir am Abend wie Steine auf unsere Strohsäcke fallen und wie die Toten schlafen! Wir sind derart beschäftigt, dass wir nicht einmal Zeit haben, an deine Gralsbriefe zu denken!“

„Aber ihr setzt meine Briefe in Taten um“, erwiderte Arminius lächelnd. „Taten sprechen lauter als Worte!“

„Dann lass uns also zu unseren lauten Taten!“ gab Margaret schlagfertig zurück. „Unser Garten schreit nach Taten!“

„Gut, dann überlasse ich dich deinem Garten!“ erwiderte Arminius lachend. „Ich werde die Briefe vor Pfingsten zurückbringen. Vielen Dank!“ Margaret ging in ihren Garten zurück und Arminius und Herold ritten den Petersberg hinunter nach Neuhaus.

Arminius und Herold machten sich daran, jeder eine Abschrift der Gralsbriefe zu schreiben. Arminius schrieb die Kopien, die er für sich zu behalten gedachte, Herold schrieb die Kopien für den Großprior. Arminius fing zuerst an, kopierte das erste Blatt und gab es Herold. Arminius schrieb rapide weiter, und war fertig, als Herold erst ein Viertel durch war. „Wie kannst du so schnell schreiben?“ fragte Herold erstaunt.

„Schon als kleines Kind lernte ich auf Schiefertafeln zu schreiben“, antwortete Arminius. „Später lernte ich im Benediktinerkloster Schönau mit Gänsekiel und Tinte auf Pergament zu schreiben. Während meiner Studienjahre in Neapel fing ich an auf Papier zu schreiben. Kurz nachdem ich in den Templerorden eintrat, wurde ich Sekretär des Großmeisters Guillaume de Beaujeu. Als solcher musste ich Diktate aufnehmen und gewöhnte mich zwangsläufig daran, schnell zu schreiben. Nach dem Tode des Großmeisters Guillaume wurde ich Sekretär des Großmeisters Thibaut Gaudin. Großmeister Thibaut starb 1298 und Jacques des Molay, unser heutiger Großmeister, wurde gewählt. Großmeister Jacques ernannte einen anderen Schreiber zu seinem Sekretär, behielt mich aber als seinen arabischen Dolmetscher und Schreiber, und als Unterschreiber seines Sekretärs.

Ich habe mein Leben lang geschrieben, deshalb schreibe ich so schnell! Und ich schrieb meine Kopie der Gralsbriefe nur für unsere Zwecke, deshalb musste ich nicht so sorgfältig schreiben wie du. Außerdem habe ich diese Briefe selbst verfasst und im Original geschrieben, kann sie nahezu auswendig und wurde von dem Inhalt nicht überrascht oder anderweitig abgelenkt. Ich kopierte sie, ohne mir über den Inhalt Gedanken zu machen!“

„Ja, der Inhalt ist manchmal schwer verständlich!“ sagte Herold aufseufzend. „Ich muss Pausen einlegen und nachdenken, um zu verstehen was ich schreibe. Selbst dann verstehe ich nicht alles! Du sagtest doch am Anfang, dass ich mir Zeit dazu nehmen soll, das zu verstehen was ich schreibe?“

„Ja, Bruder Herold, ich möchte, dass du verstehst was du schreibst! Lass dir Zeit! Wenn es so aussieht, dass du nicht alleine fertig wirst, dann werde ich dir helfen! Schreibe langsam und sorgfältig, und versuche das zu verstehen was du schreibst!“

„Ja, Bruder Arminius, ich werde es tun!“

Herold hatte seine Kopien der Gralsbriefe noch vor Pfingsten fertig. Arminius brachte sie nach Waldkirchen zurück und sagte zu Margaret: „Ich werde an Pfingsten wieder bei unserer Jahreshauptversammlung in Nürnberg sein. Es ist möglich, dass ich danach nach Mainz weiter reiten werde, um mich mit unserem Bruder Präzeptor zu treffen. Wenn das der Fall ist, dann werde ich zum diesjährigen Mittsommernachtsfest nicht zurück sein!“

„Wie schade!" sagte Margaret enttäuscht. „Du hast unserem Mittsommernachtsfest einen besonderen Zauber verliehen, ohne dich wird es nicht so zauberhaft sein!"

„Der Zauber ist in dir, Schwester Margaret, den hast du auch ohne mich!" erwiderte Arminius ernsthaft und verabschiedete sich.

Arminius und Herold bereiteten sich für den Ritt nach Nürnberg vor. Wie üblich, würden sie über Eschenbach reiten, dort bei den Deutschherren übernachten und Pfingsten zu Ehren des ehrwürdigen Wolfram feiern. Herold war aufgeregt in Erwartung der Reise. „Ich war einige Male in Eichstätt", sagte er, „aber ich habe noch nie eine Stadt so groß wie Nürnberg gesehen! Sag, Bruder Arminius, sind die großen Städte großartiger als die kleinen?"

„Die großen Städte sind so wie die kleinen, nur größer!" antwortete Arminius lächelnd. „Und manche der Gebäude und Plätze sind größer, und manche Straßen und Plätze sind mit Steinen gepflastert. Große Städte sind gar nicht so großartig: Im Sommer sind sie zu heiß und übelriechend, und immer sind sie zu eng, und manchmal zu engstirnig. Ich bevorzuge das Landleben!"

„Aber du hast viele Städte gesehen, Bruder Arminius, gab es denn nicht eine, die dir gefiel?"

„Meine liebsten Stadterinnerungen sind an Neapel, wo ich sechs Jahre lang studierte. Aber das lag nicht nur an der Stadt sondern auch an der Umgebung: der Bucht von Neapel, dem tiefblauen Meer, dem sonnigen Klima und dem Vulkan Vesuvius, der die altrömischen Städte Pompeji und Herkulaneum in einem schrecklichen Ausbruch begrub und immer noch drohend das Landschaftsbild und die Seele Neapels beherrscht.

Mainz ist mir auch lieb, denn es ist meine Vaterstadt. Im Mainzer Dom wurde ich zum Ritter geschlagen, im Festsaal des erzbischöflichen Palastes außerhalb Mainz feierten wir das Fest der Schwertleite. In der Mainzer Domschule las ich vier Jahre lang, jeden Samstag. Ich erhielt das Recht in der Mainzer Domschule zu lesen, als ich ein junger Knappe war, etwa in deinem Alter.

Mainz war damals das ‚Goldene Mainz', die Städtekönigin im Bund der Freien Kaiserlichen Reichsstädte des Rheinlandes. Aber Mainz hat jetzt etwas von seinem früheren Glanz verloren, und die anderen Freien Kaiserlichen Reichsstädte des Rheinlandes noch mehr!"

„Warum haben sie ihren Glanz verloren?" wollte Herold wissen.

„Mit dem Verlust der christlichen Staaten Palästinas kam ein plötzlicher Rückgang im Mittelmeerhandel und Verkehr. Der Rhein war die deutsche Hauptschlagader dieses Verkehrs, deshalb litten die rheinischen Städte unter dem Rückgang am meisten. Mainz litt weniger als die anderen, denn der Rückgang im Mittelmehrhandel bewirkte einen entsprechenden Anstieg des Handels vom Schwarzen Meer her, die Donau und Altmühl hinauf, auf dem Landweg nach Nürnberg und von dort die Regnitz und den Main hinunter nach Mainz. Der Rückgang im Mittelmeerhandel und der darauffolgende Aufstieg im Donauhandel kam den Städten Regensburg, Nürnberg und Mainz zugute!

Vielleicht wirst du Mainz bald sehen!“ fügte Arminius nach einer Weile hinzu. „Vor einem Jahr beauftragte mich unser Bruder Großprior, eine Zusammenfassung eines Geschichtswerkes über unseren Orden zu schreiben. Er will diese Zusammenfassung dem Bruder Präzeptor in Mainz überbringen. Es ist sehr gut möglich, dass er dazu uns beide nach Mainz mitnehmen wird, damit ich die Zusammenfassung dem Bruder Präzeptor persönlich übergeben und mein geplantes Geschichtswerk mit ihm besprechen kann.

Wir, die Komture des Großpriorats Franken, treffen uns jedes Jahr in der Woche nach Pfingsten mit unserem Bruder Großprior in Nürnberg. Alle anderen Großpriorate haben ihre jährlichen Zusammenkünfte zur selben Zeit. Nachdem diese Versammlungen vorbei sind, reiten die Großpriore Oberdeutschlands nach Mainz, um sich mit dem Bruder Präzeptor zur Jahreshauptversammlung der Präzeptorei Oberdeutschland zu treffen. Nachdem diese Versammlungen vorbei sind, reisen alle Präzeptoren nach Paris zur Hauptversammlung des Ordens. Die Ordenshauptversammlung findet nicht jedes Jahr statt, aber laut Ordenssatzung muss sie mindestetens einmal in fünf Jahren stattfinden.

Es gibt 64 Templerpräzeptoreien in der christlichen Welt. Die meisten davon befinden sich im Königreich Frankreich und in den umliegenden Fürstentümern. Der Templerorden ist in Deutschland nicht sehr stark vertreten, deshalb hat Deutschland nur zwei Präzeptoreien: Oberdeutschland und Niederdeutschland. Wir gehören zur Präzeptorei Oberdeutschland, unser Bruder Präzeptor residiert in Mainz. Weil die Präzeptorei Oberdeutschland sehr groß ist, wurde sie in Großpriorate unterteilt. Wir gehören zum Großpriorat Franken, unser Bruder Großprior residiert in Nürnberg.

Ich wurde in der Präzeptorei Mainz in den Orden aufgenommen. Sofort nach meiner Aufnahme wurde ich ins Heilige Land versetzt, und nach 26 Jahren wieder nach Mainz zurück versetzt. Der Bruder Präzeptor versetzte mich dann nach Thannbrunn. Eigentlich wählte ich Thannbrunn. Der Bruder Präzeptor gab mir die Wahl zwischen vier Komtureien, eine von ihnen war Thannbrunn. Ich wählte Thannbrunn!“

„Weshalb wähltest du Thannbrunn, Bruder Arminius?“

„Ich wählte die Komturei Thannbrunn, weil sie mit der Beguinage Waldkirchen verbunden ist! Als Berthold von Thannbrunn im Jahre 1158 den unteren Teil seines Lehens dem Templerorden gab, stiftete gleichzeitig der Edle von Waldkirchen die dortige Beguinage. Und die Beguinage Waldkirchen wurde dem Schutz der Templerkomturei Thannbrunn unterstellt. Dies geschah mit dem Segen der Grafen von Sulzbürg, Hirschberg und Rosenburg. All dies ist in der Schenkungsurkunde verbrieft. Die Beguinen von Waldkirchen sind also unsere Schützlinge!“

„Ja, mein Großvater sagte mir, dass die Templerkomturei Thannbrunn mit der Beguinage Waldkirchen zusammen gestiftet wurde, und dass die Beguinage dem Schutz der Komturei untersteht!“ bestätigte Herold. „Aber wenn wir die Schutzherren der Beguinen sind, dann sollten sie uns doch etwas ehrerbietiger behandeln! Ich dachte, dass sie uns unehrerbietig behandelten, als wir deine Gralsbriefe abholten!“ setzte er ungehalten hinzu.

„Die Beguinen sind nicht so unehrerbietig wie sie scheinen“, antwortete Arminius lächelnd, „sie haben lediglich eine gesunde Verachtung für falsche Autorität! ‚Ehre wem Ehre gebühret!‘ heißt ein altes Sprichwort. Aber das Sprichwort sagt nicht, wem Ehre gebührt. Ehre gebührt dem, der sie verdient, nicht dem, der sie fordert! Ich habe die Ehre der Beguinen verdient, und sie ehren mich sehr. Sie brauchen sich deshalb nicht unterwürfig zu verhalten – das will ich nicht und das wollen sie nicht! Aber ich weiß genau, dass sie mich auf das Höchste verehren, gerade deshalb ist es gut, dass sie etwas Spaß mit mir treiben und mich ein wenig aufziehen, denn weder sie noch ich wollen, dass ihre Verehrung in Unterwürfigkeit ausartet!“

Am Pfingstfreitag ließen sie die Hufe ihrer Pferde überprüfen, sie für den langen Ritt putzen und satteln und mit Satteltaschen bepacken. Arminius wickelte die Zusammenfassung seines Geschichtswerkes sorgfältig in ein Wachstuch und verstaute sie in einer seiner Satteltaschen, Herold tat das gleiche mit den Abschriften der Gralsbriefe und des Aramäischen Johannesevangeliums. Dazu packten sie alles, was sie für eine mehrwöchige Abwesenheit brauchen würden.

Am späten Nachmittag ritten sie nach Weihersdorf. Die Straßen waren wegen der Hungersnot unsicher, deshalb ritten sie voll bewaffnet: Arminius mit Schwert, Säbel, Keule und Dolch, Herold mit Säbel, Keule und Dolch. Wie üblich, blieben sie in Weihersdorf über Nacht und brachen am nächsten Morgen beim ersten Dämmerschein auf. Dietrich und sein Knappe ritten ebenfalls voll bewaffnet, aber zusätzlich rüsteten sie sich mit Brot; sie steckten je einen Laib Brot in jede ihrer Satteltaschen. „Wegzehrung!“ sagte Dietrich. „Wir wissen nicht, ob es unterwegs Brot zu kaufen gibt. Und selbst wenn es eines gibt, dann ist es wahrscheinlich sündteuer! Außerdem treffen wir vielleicht Hungernde am Straßenrand und können unser Brot mit ihnen teilen!“

„Du beschämst mich, Bruder Dietrich!“ sagte Arminius kleinlaut. „Ich habe mich gegen verzweifelte Menschen gerüstet, du hast dich für und gegen sie gerüstet!“

„Ich kann noch vier Laibe erübrigen, wenn ihr beide auch welche mitnehmen wollt!“ bot Dietrich an.

„Bruder Herold, hast du noch Platz in deinen Satteltaschen für zwei Laibe Brot?“ fragte Arminius.

„Ja“, antwortete Herold, „wenn ich sie unter die Klappen meiner Satteltaschen schnalle!“

„Gut“, sagte Arminius zu Dietrich, „wir nehmen die vier Laibe!“ Dietrichs Knappe ging zur Speisekammer und brachte vier Laibe Brot, Arminius und Herold steckten sie in ihre Satteltaschen. Solcherart gerüstet, ritten die vier Templer in den taufrischen Morgen, Richtung Eschenbach.

Brot für Hungernde mitgenommen zu haben stellte sich als weise Voraussicht heraus. Denn als sie durch das Marktstädtchen Hilpoltstein ritten, war gerade ein Aufstand im Vorgang. Eine aufrührerische Menge war dabei, eine Bäckerei am Marktplatz zu plündern.

Die vier Templer, beritten und schwer bewaffnet wie sie waren, mit dem Templerkreuz als Zeichen der Hoheit und Tapferkeit auf ihren Mänteln, hätten die Aufrührer zerstreuen und verjagen können, oder sie hätten sie ignorieren können und weiter reiten, aber nach einer kurzen Unterredung entschieden sich Arminius und Dietrich etwas anderes zu tun. Mit gezogenen Schwertern ritten sie in die aufrührerische Menge. Die Aufrührer rückten etwas zurück und blickten die Templer angstvoll aber trotzend an. Dietrich sprach mit lauter Stimme:

„Brüder! Wir wissen, dass nur der Hunger euch dazu treibt, diese verbrecherische Tat zu begehen, und dass Ihr sonst ehrbare Männer seid! Wir haben acht Laibe Brot mit uns! Wir sind gewillt unsere acht Laibe an euch zu verteilen, vorausgesetzt, dass ihr aufhört, diese Bäckerei zu plündern, und euch sofort nach der Aufteilung zurückzieht! Wenn ihr euch damit einverstanden erklärt, dann werden wir dieses Geschehen als ungeschehen erachten!“

Die Aufrührer blickten sich gegenseitig an, nickten und murmelten ihre Zustimmung. Dietrich gebot ihnen, einen Tisch aus der Bäckerei zu holen. Arminius gebot Herold abzusteigen, die acht Laibe aus den Satteltaschen zu nehmen, sie auf den Tisch zu legen und jeden Laib in acht gleiche Teile zu schneiden. Herold zog seinen messerscharfen Säbel aus der Scheide, schnitt jeden Laib in die Hälfte, dann in Viertel und schließlich in Achtel. Als er fertig war, lagen 64 halbpfündige Keile Brot auf dem Tisch.

„Stellt euch in einer Schlange auf und jeder nehme von unserem Knappen einen Keil Brot!“ gebot Dietrich. Nachdem Herold jedem einen Keil gegeben hatte, waren noch einige übrig. „Diejenigen unter euch, die Familienväter sind, teilen sich den Rest der Brote, je nach Größe ihrer Familien!“ gebot Dietrich. Einige Männer traten hervor und teilten sich den Rest der Brotkeile. Die Menge verschwand sehr schnell, nur einige nickten den Templern dankend zu, bevor sie sich aus dem Staub machten.

Herold war blass und bebte. „Bruder Herold, das war deine erste Tapferkeitsprobe als Templer!“ sagte Arminius anerkennend. „Du hast sie gut bestanden! Du hattest Angst, aber du hast deine Angst überwunden und deine Pflicht getan. Das nächste Mal wirst du weniger Angst haben!“

„Lasst uns weiter reiten!“ drängte Dietrich. „Wir haben mit diesem Vorfall Zeit und Brot verloren, so reiten wir am besten auf leerem Magen nach Eschenbach durch. Viele Menschen haben heutzutage leere Mägen, es wird uns sympathisch halten!“

Sie ritten durch und kamen wie gewöhnlich um die Mitte des Nachmittags in der Deutschherrenkomturei Eschenbach an. Ihre müden und staubigen Pferde überließen sie den Stallknechten und schritten zum Empfangssaal, wo Deutschherren und Templer bereits um den großen Empfangstisch saßen und Frankenwein tranken. Dietrich und Arminius setzten sich an den Tisch und geboten ihren Knappen, sich zu den Knappen der Deutschherren zu gesellen.

Dietrich erzählte den versammelten Rittern über den Brotaufstand in Hilpoltstein. „Der Ritter von Hilpoltstein ist für seinen Mangel an Großzügigkeit bekannt“, sagte der Deutschherrenpräzeptor, „er erntete was er säte! Aber ihr beide hättet einen schwereren Preis für den Geiz des Hilpoltsteiners zahlen können, als nur acht Laibe Brot! Ich hoffe, dass dieser Vorfall ihn veranlasst, in Zukunft großzügiger zu sein!“

Am nächsten Morgen gingen die Deutschherren und Templer, wie üblich, zum Pfingstgottesdienst in die Stiftskirche des Liebfrauenstiftes zu Eschenbach. Nach dem Hochamt versammelten sie sich, mit den Mitgliedern des Hauses von Eschenbach, zu einer kurzen Andacht um das Grab des ehrwürdigen Wolfram. Danach gab es ein Festmahl im Schloss Eschenbach, mit darauffolgenden Festlichkeiten, die den ganzen Nachmittag und tief in die Nacht hinein andauerten. Wegen der Hungersnot war das Pfingstfest des Jahres 1306 nicht so üppig wie sonst, aber alle Anteilnehmer genossen es sehr.

Am meisten genoss es der Templerknappe Herold. Der Brotaufstand in Hilpoltstein, und der Mut und die Großherzigkeit der Templer, die ihn gewaltlos unter Kontrolle gebracht hatten, war das Tagesgespräch. Mit jedem Wiedererzählen wurde die Affäre etwas mehr ausgemalt. Die Tapferkeit des jungen Templerknappen, der vom Pferd stieg und dem rasenden Pöbel mit blankem Säbel gegenüberstand, und seinen Säbel nicht dazu nütze um Leute sondern Brot zu zerschneiden, und das Brot an den Pöbel verteilte und ihn dadurch besänftigte, war in aller Mund. Als Herold seinen Bewunderern erzählte, dass er kurz vor Ostern in Trevrizents Höhle gewesen sei, wurde ihre Bewunderung zu Ehrfurcht. Der Templerknappe Herold war der unumstrittenen Held des Pfingstfestes 1306 in Eschenbach!

Am Pfingstmontag ritten die Templer nach Nürnberg. Der Bruder Großprior, der dem Pfingstfest in Eschenbach beiwohnte und Herolds Prahlerei missbilligend beobachtete, setzte ihm schnell einen Dämpfer auf. Gleich nach der Ankunft in der Großpriorei Nürnberg rief er Herold zu sich in die Kammer. Jener übergab ihm was er mühsam während der letzten sieben Wochen geschrieben hatte, aber der Großprior sah es nur flüchtig an, nickte und sagte kurz angebunden: „Ich brauche noch eine Kopie von alledem, in einer Woche! Du kannst an einem der Stehpulte in meiner Schreibstube schreiben! Fang sofort an, zwei meiner Schreiber werden dir helfen! Am Samstagabend erwarte ich die Kopien hier auf meinem Tisch!“

Die Schreibstube war das Vorzimmer zur inneren Kammer des Großpriors. Fünf Stehpulte standen dort, mit Schreibzeug und Papier. Herold fing sofort an zu schreiben, etwas später kamen zwei Schreiber um ihm zu helfen. Die drei schrieben die ganze Woche, Herold mit der Geschwindigkeit eines Anfängers, die zwei Schreiber mit der Geschwindigkeit professioneller Schreiber. Die drei kopierten in einer Woche, was Herold alleine in sieben Wochen kopiert hatte, während die Komture des Großpriorats Franken mit ihrem Großprior und dessen Schatzmeister konferierten.

Das Hauptthema der Jahreshauptversammlung 1306 war die Hungersnot. Alle Komture hatten ihre Kassen erschöpft um den Hungernden zu helfen. Manche hatten sich sogar, wie Arminius, in Schulden gestürzt. Nachdem sie sich mit dem Bruder Schatzmeister getroffen hatten, war dessen Kasse ebenfalls leer; er würde seine Kasse aus der Schatzkammer der Präzeptorei Mainz füllen. Und der Schatzmeister des Präzeptors würde seine Schatzkammer aus der schier unerschöpflichen Ordenskasse des Ordenshauptquartiers in Paris auffüllen.

In seiner Hauptansprache wies der Großprior seine Komturen an, den Hungernden weiterhin nach Kräften zu helfen, bis die Hungersnot behoben sei. „Das diesjährige Getreide steht gut, aber die Hungersnot ist erst dann vorbei, wenn die Ernte gut ausfällt und gut eingebracht, gedroschen und gesackt ist! Betet für eine gute Ernte!“

Schließlich hatte Arminius seine persönliche Audienz mit dem Bruder Großprior. „Dein junger Knappe leistete ausgezeichnete Arbeit, indem er deine Gralsbriefe und das Aramäische Johannesevangelium kopierte, aber er verhielt sich in Eschenbach sehr unziemlich, so ließ ich ihn zur Buße das Ganze noch einmal schreiben! Er wird keine Zeit haben, sich seiner glorreichen Taten zu rühmen, ich habe meinen zwei Schreibern ausdrücklich angewiesen, ihn mit der Nase über dem Schreibzeug zu halten!

Aber er schreibt nicht nur zur Strafe, ich brauche diese Kopien tatsächlich, denn der Bruder Präzeptor möchte eine Abschrift von beiden haben, und ich werde sie nächste Woche nach Mainz mitnehmen. Vor einem Jahr sagte ich dem Bruder Präzeptor, dass du eine Zusammenfassung deines Geschichtswerkes schreiben und zur diesjährigen Hauptversammlung hierher bringen wirst. Er will dich und deine Zusammenfassung sehen! Du und dein Knappe werden deshalb nächste Woche mit mir nach Mainz reiten!

Ich informierte den Bruder Präzeptor auch über deine Gralsbriefe, aber er hatte bereits von ihnen gehört, sie hatten Mainz bereits vor einem Jahr erreicht und in den esoterischen Untergrundkreisen große Aufmerksamkeit erregt. Er wusste nicht, dass du der Autor der Gralsbriefe warst, er war angenehm überrascht, als ich ihm dies sagte! Er wartet gespannt darauf, eine Abschrift deiner Gralsbriefe zu lesen. Er denkt daran, sie dem Bruder Großmeister zu zeigen, um seine Genehmigung einzuholen, sie an alle Präzeptoreien und Komtureien unseres Ordens zu senden und über die gesamte Christenheit zu verbreiten! Außerdem will er dem Bruder Großmeister die Zusammenfassung deines Geschichtswerkes vorlegen und seine Genehmigung dazu einholen.

Der Bruder Präzeptor ist auch an einer Kopie des Aramäischen Johannesevangeliums interessiert. Deshalb wies ich meine zwei Schreiber und deinen Knappen an, eine Abschrift von beiden zu machen, damit wir sie nächste Woche nach Mainz mitnehmen können!

Du und dein Knappe werdet eine Woche in Mainz sein, während ich und die Großpriore Oberdeutschlands mit dem Bruder Präzeptor konferieren. Ich nehme an, dass du in unserem Mainzer Archiv lesen willst, denn es enthält alle Dokumente und Aufzeichnungen der Präzeptorei Oberdeutschland, was deinem Geschichtswerk bestimmt dienlich ist! Du kannst dir aussuchen, was du brauchst und es von deinem Knappen kopieren lassen. Er wird dir doch helfen, dein Buch zu schreiben, oder?“

„Ja“, bestätigte Arminius, „er ist mein Sekretär, Schreiber und Mitschreiber!“

„Gut, das wäre alles für heute!“ schloss der Großprior. „Wir werden genug Zeit haben, auf unserem langen Ritt nach Mainz miteinander zu sprechen. Wir werden die Strecke in sechs Etappen reiten. Die erste Etappe, von hier nach Rothenburg, wird die längste sein. Deshalb gehen wir am Montagmorgen nicht zur Frühmesse, sondern reiten gleich nach dem Frühgebet weg!

Von Rothenburg reiten wir das Tal der Tauber hinunter. Die Taubertalstraße ist ziemlich gut und das Reiten wird leicht sein. Die zweite Etappe unseres Rittes ist von Rothenburg nach Mergentheim, die dritte von Mergentheim nach Wertheim. Wertheim liegt am Zusammenfluss von Tauber und Main. Von dort reiten wir dann in drei leichten Tagesritten das Maintal hinunter nach Mainz.

Wir werden zu sechst sein. Ich nehme meinen Knappen mit, meinen Sekretär und meinen Schatzmeister. Wir reiten voll bewaffnet, aber nicht gepanzert. Schlafen und essen werden wir in Templer- und Deutschherrenkomtureien am Weg, wir brauchen also keine Wegzehrung und keinen Hafer für die Pferde mitzunehmen. Packt alles, was ihr für eine lange Abwesenheit braucht, lasst eure Pferde für den langen Ritt vorbereiten und seid Montag bei Tagesanbruch reisebereit!“

„Jawohl, Bruder Großprior, wir werden am Montagmorgen bereit sein!“

Der Großprior entließ Arminius mit: „Non nobis, Domine! Non nobis, sed Nomini Tuo da gloriam!“

„Non nobis, Domine!“ erwiderte Arminius und verließ die Kammer des Großpriors.

In der Morgendämmerung des Montagmorgens ritten sie zum Westtor Nürnbergs hinaus, in westlicher Richtung. Der Ort Zirndorf schlief noch als sie ihn durchritten, westlich von Zirndorf ritten sie stundenlang durch eine wilde Heide, die ab und zu von einem fruchtbaren Bachtal und einem Dorf unterbrochen war. Am Nachmittag überquerten sie die Rezat und etwas später die Altmühl, die so weit nördlich nur ein Bach war. Gegen Abend erreichten sie das Tal der Tauber und die bildschöne Stadt Rothenburg.

Rothenburg hatte eine ansehnliche Deutschherrenkomturei, dessen Komtur den Templern vom Eschenbacher Pfingstfest her bekannt und vertraut war. Die Stallknechte der Rothenburger Deutschherren nahmen sich der müden, staubigen und verschwitzten Templerpferde an. Die fünf Templer wuschen sich den Reisestaub ab und gesellten sich zu ihren Deutschherrenbrüdern zum Abendessen und geselligen Beisammensein.

Am nächsten Morgen feierten die Templer mit den Deutschherren die Frühmesse und blieben bis zum Vormittagsgebet, um ihren Pferden etwas mehr Ruhe und Futter zu gönnen. Danach ritten sie das enge, sich windende Taubertal hinunter nach Mergentheim, wo sie in einer Templerprobstei übernachteten.

Flussabwärts von Mergentheim fließt die Tauber nördlich und das Taubertal wird gerader und breiter. Auf der gut erhaltenen Römerstraße neben der Tauber erreichten sie Wertheim um die Mitte des Nachmittags. Das war ihr bis jetzt kürzester und leichtester Tagesritt, sie hätten ohne weiteres bis Miltenberg weiterreiten können, aber der Großprior befahl, in der Templerkomturei Wertheim zu übernachten.

Sie verließen die Komturei Wertheim früh am nächsten Morgen und folgten dem Mainfluss, in westlicher Richtung bis Miltenberg, dann nördlich nach Aschaffenburg. In der Deutschherrenkomturei Aschaffenburg übernachteten sie, am nächsten Tag erreichten sie Frankfurt. Bei Frankfurt übernachteten sie in einer Templerkomturei, gingen am Morgen zur Frühmesse und ritten über Rüsselsheim nach Mainz.

Arminius Herz schlug höher, als sie sich Mainz näherten und er die vertraute Silhouette des Martinsdoms sah. „Das ist der Martinsdom!" sagte er zu Herold. „Dort wurde ich zum Ritter geschlagen, und dort wurde mein Vater zum Ritter geschlagen, und mein Großvater! Und dort wurde Friedrich der Zweite im Jahre 1212 zum deutschen König gekrönt! Als er acht Jahre später vom Papst zum Heiligen Römischen Kaiser gekrönt wurde, schwor mein Vater, ihm zu folgen. Kurz nach seinem Ritterschlag meldete er sich zur Deutschen Ehrengarde Friedrichs des Zweiten. Er folgte dem Kaiser bis nach Jerusalem, und diente nach seinem Tode weiterhin dem Haus von Hohenstaufen, bis der letzte Spross dieses rühmlichen Herrschergeschlechtes, König Konradin, im Jahre 1268 von Charles de Anjou besiegt und hingerichtet wurde."

In der Präzeptorei Mainz waren die Vorbereitungen zur Jahreshauptversammlung in vollem Gange. Die Großpriore Oberdeutschlands, samt Knappen, Sekretären und Schatzmeistern, wurden im Obergeschoss des großen Konventsaals untergebracht. Arminius und sein Knappe, die nicht zu den Teilnehmern der Jahreshauptversammlung gehörten, wurden zum Quartier der ansässigen Brüder geschickt. „Ich sehe dich nach der Versammlung wieder!" sagte der Großprior zu Arminius, als sie sich vor dem Konventsaal voneinander trennten. „Ich habe eine langweilige Versammlungswoche vor mir, und du eine hochinteressante Woche von Nachforschungen. Aber nicht alle können Historiker sein, einige von uns müssen die Verwaltung ausüben und die langweilige Arbeit verrichten. Ich sehe dich in einer Woche wieder!"

Die meisten der ansässigen Brüder kannten Arminius und begrüßten ihn herzlich. „Du siehst gut aus, Bruder Arminius!" sagten sie scherzhaft. „Wir hörten, dass du Beguinen betreust. Siehst du deshalb so gut aus?"

„Ja", bestätigte Arminius lächelnd, „es ist tatsächlich so!"

Im Konventsaal fand der feierliche Empfang zur Jahreshauptversammlung statt, aber die ansässigen Brüder durften auch ein wenig feiern. Sie verbrachten den Abend mit Wein und Geselligkeit in ihrem Saal.

In der Templerkirche fand am nächsten Morgen ein feierliches Hochamt zur Eröffnung der Jahreshauptversammlung statt. Nach dem Mittagessen kam der Sekretär des Präzeptors in den Speisesaal der ansässigen Brüder und sagte zu Arminus: „Bruder Arminius, der Bruder Präzeptor wünscht dich zu sprechen. Bitte, folge mir!"

Arminius folgte dem Sekretär zur inneren Kammer des Präzeptors. „Ah, Bruder Arminius!" rief der Präzeptor freudig aus, „Grüß Gott! Ich freue mich, dich zu sehen! Du siehst gut aus, und du hast gute Arbeit getan! Deine Gralsbriefe sind der letzte Schrei der esoterischen Untergrundbewegung! Dein Großprior gab mir eine

Kopie deiner Gralsbriefe und eine Kopie deiner lateinischen Übersetzung des Aramäischen Johannesevangeliums, sowie die Zusammenfassung deines geplanten Geschichtswerkes. Ich danke dir! Ich freue mich darauf, alles zu lesen, aber ich würde es gerne in Ruhe lesen und bedenken, und dazu habe ich jetzt keine Zeit. Möchtest du nach der Versammlung noch einige Tage hier bleiben? Ich habe bereits mit deinem Großprior darüber gesprochen, er genehmigte dir, länger hier zu bleiben."

„Natürlich, Bruder Präzeptor, ich habe hier genug zu tun und würde gerne einige Tage länger bleiben! Ich habe mir vorgenommen, hier im Ordensarchiv zu lesen und mir das zu notieren, was ich zu meinem Geschichtswerk brauche. Auch möchte ich gerne in der Bücherei der Domschule lesen, und aufschreiben was ich benötige."

„Das dachte ich mir!" sagte der Präzeptor. „Vielleicht willst du eine der Herbergen aufsuchen, die von der esoterischen Untergrundbewegung frequentiert werden? Ich kann dir die Namen zweier Herbergen geben, wo Troubadoure, wandernde Beguinen und Begharden, unorthodoxe Pilger aller Art, Rosenkreuzer, heimliche Katharer und Waldenser, Freigeistler und verkappte Templer verkehren. Niemand kennt dich hier, du kannst in Zivilkleidung diese Herbergen aufsuchen und die Wirkung deiner Gralsbriefe erfahren."

Der Präzeptor schrieb zwei Mainzer Adressen auf ein Blatt Papier und gab es Arminius. „Hier, das sind die zwei Herbergen des esoterischen Untergrundes. Ich werde den Bruder Furier anweisen, dir freien Zugang zu unserer Kleiderkammer zu gewähren. Dem Bruder Archivar werde ich sagen, dass du mit deinem Knappen freien Zugang zu unserem Archiv hast. Ich sehe dich nach der Konferenz wieder, in einer Woche! – Non nobis, Domine! Non nobis, sed Nomini Tuo da gloriam!"

„Non nobis, Domine!" erwiderte Arminius und verließ die Kammer des Präzeptors.

Arminius und Herold verbrachten einige Tage im Archiv von Mainz, das hauptsächlich die Verwaltungs- und Schenkungsurkunden der Präzeptorei Oberdeutschland enthielt. Arminius suchte nach der Dokumentation einer Verbindung zwischen den Komtureien Thannbrunn oder Weihersdorf und dem Haus von Eschenbach, aber er fand keine. Was er fand, war die Schenkungsurkunde des Berthold von Thannbrunn, der den unteren Teil seines Lehens, genannt „Unterthannbrunn", im Jahre 1158 dem Templerorden vermachte, und die zur gleichen Zeit von dem Edlen von Waldkirchen gestiftete Beguinage Waldkirchen dem Schutz der neugegründeten Templerkomturei Thannbrunn unterstellte.

Aus anderen Schenkungsurkunden ersah Arminius, dass auch andere Beguinagen Oberdeutschlands dem Schutz einer nahe gelegenen Templerkomturei unterstanden. Mit Freude stellte er fest, dass die Beguinenbewegung so etwas wie eine Schwesterbewegung des Templerordens war!

Er las alle möglichen Bedingungen, die mit Schenkungen an den Templerorden verbunden waren, manche ziemlich frivol. Meistens war dies die Sorge für kranke oder alternde Familienmitglieder, oder Kinder, aber manchmal war es die Sorge für Pferde, Hunde oder Falken, manchmal für ein Gebäude, oder einen bestimmten

Baum, Hain oder Waldstück. Arminius sammelte alle Dokumente, die für sein Geschichtswerk von Interesse sein könnten und ließ sie von Herold kopieren.

Während Herold fleißig kopierte, ging Arminius zur Bücherei der Mainzer Domschule um zu sehen was es dort Neues gäbe. Seine Stellung als Tempelritter gewährte ihm Zutritt, aber zu seiner Enttäuschung sah er kaum etwas Neues. Die wenigen, neu hinzugekommenen Bände waren die späteren Werke des Thomas von Aquin, die Arminius bereits von seinen Studien in Neapel her bekannt waren, und etwas jüngste Zeitgeschichte. Er las alles, was an Zeitgeschichte für sein Geschichtswerk von Interesse sein könnte, und notierte das Wesentliche in sein Notizbuch.

Gegen Ende der Woche ging Arminius zur Kleiderkammer und bat den Bruder Furier um Zivilkleidung. Der Furier gab ihm freie Wahl. Arminius wählte eine graue Pilgerkutte mit Pilgerstab, legte seine Waffen ab, zog seine Templertunika aus und schlüpfte in die Pilgerkutte. Mit dem Pilgerstab in der Hand marschierte er durch die Stadt Mainz, um die Herbergen der fahrenden Esoteriker aufzusuchen.

In der ersten Herberge fand er niemanden der über die Gralsbriefe sprach, oder sprechen wollte, aber in der zweiten hatte er Glück. Dort sah er ein Dutzend Männer und Frauen, die auf Bänken um einen großen Tisch saßen, einen Laib Brot und einen Krug Wein teilten und hitzig die Gralsbriefe diskutierten. Er trat an den Tisch und fragte: „Darf ich mich eurem werten Tisch anschließen?"

„Der Eintrittspreis zu diesem werten Tisch ist ein Krug Wein!" sagte der Wortführer der Gruppe. Danach blickte er Arminius aufmerksam an, sah Pilgerkutte und Pilgerstab und fügte schnell hinzu: „Aber nur wenn du es erübrigen kannst, ohne dich zu verausgaben, Bruder Pilgrim! Wenn du dir den Krug Wein nicht leisten kannst, dann ist der Eintritt frei!"

Arminius ging zum Herbergswirt, kaufte einen großen Krug mit Rheinwein, ließ sich einen Becher geben, trug Krug und Becher zum Tisch und stellte den Krug auf den Tisch, mit den Worten: „Hier ist ein Krug voll goldenem Wein!"

„Bruder Pilgrim, du lässt dich nicht lumpen!" sagte der Wortführer anerkennend zu Arminius. Der Gruppe rief er zu: „Macht Platz für den Bruder Pilgrim!"

Die Leute rückten zusammen und machten Platz für Arminius. Er setzte sich, füllte seinen Becher und gab den Krug weiter. Nachdem jeder seinen Becher gefüllt hatte, erhob sich der Wortführer und sprach: „Zum Wohl des Bruders Pilgrim, und zum Wohl aller Pilger!"

„Zum Wohl aller Pilger!" wiederholten sie einstimmig und hoben ihre Becher.

„Sag, Bruder Pilgrim, hast du noch anderes Gold außer goldenem Wein?" fragte der Wortführer.

„Als ich herzutrat, hörte ich, dass ihr dabei seid, die Gralsbriefe zu diskutierten", antwortete Arminius. „Diskutiert ruhig weiter! Wenn ich etwas zu sagen habe, dann werde ich mich rühren."

Der Sprecher wendete sich an die Gruppe. „Wir besprachen gerade die hervorstechende Botschaft der Gralsbriefe. Wer von euch hat so eine Botschaft aus den Gralsbriefen herausgehört oder gelesen?"

„Ja, die hervorstechende Botschaft ist, dass es keinen Gott gibt!“ sagte eine Frau.

„Nein!“ protestierte eine andere. „Der Führer sagt ausdrücklich, dass dies nicht eine Verneinung sondern die höchstmöglichste Bejahung Gottes darstellt: ‚Alles ist Gott’!“

„Wenn alles Gott ist, dann gibt es keinen Gott!“ sagte einer der Männer am Tisch. „Natürlich gibt es einen, denn alles ist Gott, aber wenn alles Gott ist, das ist soviel wie kein Gott! Der Führer bietet uns beides, Atheismus und Spiritualität, in einem: eine atheistische Religion! Der Führer bietet uns eine sekuläre Religion! Und wir, die wir uns von der Kirche trennten, weil wir den absurden Aberglauben der Kirche als eine Beleidigung unserer Intelligenz auffassen, aber dennoch spirituell denken und fühlen, klammern uns an diese sekuläre Religion wie Ertrinkende an ein Floß!“

„Der Führer aber rät uns, nicht von der Kirche abtrünnig zu werden! Er sagt, die Lehren der Kirche sind wahr, und ihre Ordnung ist notwendig und gut! Er sagt weiterhin, dass der Segen seiner Briefe verloren geht, wenn wir sie dazu benützen eine abtrünnige Sekte zu unterstützen oder zu gründen!“ sagte eine der Frauen die schon vorher gesprochen hatte.

„Es ist nicht nötig, von der Kirche abtrünnig zu werden“, sagte ein Mann, der bisher geschwiegen hatte, „gerade darin zeigt sich die wahrhaft göttliche Größe dieser Religion, die keine ist! Dieser überreligiösen Religion kann jeder beitreten, ohne mit seiner Religion zu brechen! Und weil sie jenseits von Religion ist, können ihr auch alle die anhängen, die bereits mit ihrer Religion gebrochen haben, ohne eine neue anzufangen! Diese sekuläre Religion ist eine Religion für alle!

Gerade darin zeigt sich der prophetische Genius des Führers! Welcher ernstgläubige Mensch glaubt denn ernsthaft daran, dass Gott ein intriganter Politiker sei, der eine religiöse Fraktion gegen die andere ausspielt, oder eine über die andere hervorhebt? Eine Religion, die wahrhaft göttlich ist, muss überreligiös sein! Das ist, was uns der Führer gab: eine überreligiöse Religion, eine Religion für alle! Darauf warteten wir, das ist was wir brauchen!“

Die Gruppe verfiel in nachdenkliches Schweigen. Nach einer Weile sagte der Sprecher zu Arminius: „Bruder Pilgrim, du hörst dich wie ein gebildeter Mann an. Kannst du irgendwelche Perlen zu unserer Debatte beitragen?“

„Wenn Gott das kosmische Ganze darstellt, dann ist es sinnlos, die Existenz oder Nichtexistenz Gottes zu debattieren. Gott ist der synkretische Kosmos, Gott ist! Gott ist das Sein schlechthin, der Inbegriff des Seins! Die Existenz Gottes steht außer Frage; unsere Existenzialfrage ist, oder sollte sein: Wie vereinen wir uns mit dem allgegenwärtigen Gott?

Wenn ich zu euch spreche“, setzte Arminius zögernd fort, denn die Rolle eines Predigers war ihm neu und ungewohnt, „dann bin ich der Sprecher, und ihr die Zuhörer. Das ist offensichtlich, so offensichtlich, dass ich es nicht zu erwähnen brauche. Aber das ist nur die Analyse unserer Situation.

In der Synthese unserer Situation sind wir eine Einheit, ein untrennbares, synkretisches, ätherisches Ganzes. Alles ist Äther, es gibt nichts anders als Äther; als solcher sind wir vollständig eins, absolut gleich! Aber innerhalb des ätherischen Ganzen gibt es ätherische Formen, welche das Ganze einmalig erleben, oder durch welche sich das Ganze auf einmalige Weise erlebt! Jeder Mensch ist eine Form von göttlichem Äther, die das Ganze einmalig erlebt, und den anderen Formen ihr Erleben des Ganzen mitteilt, so wie ich es jetzt tue.

Äther ist Äther; es gibt nichts anderes als Äther! Als reiner Äther sind wir absolut gleich, aber als ätherische Form ist jeder einmalig und ungleich! Die ätherischen Formen sind vergänglich, ungleich und einmalig, aber der Äther, aus dem die Formen bestehen, ist ewig, und ewiglich gleich! Das Material ist ewig, die Formen sind vergänglich! Das Material ist gleich, aber jede Form ist einmalig! Jedes Wesen ist eine einmalige Form von Äther, die das Ganze einmalig erlebt, oder durch die sich das Ganze einmalig erlebt! Jeder von uns ist eine einmalige Form von Äther, wie keine andere im Universum! Als Einzelwesen sind wir total verschieden! Kein anderer Mensch erlebt das synkretische Ganze so wie der Einzelne, und das Ganze erlebt sich in keinem anderen so wie im Einzelnen! Jeder von uns ist eine einmalige Ausgabe Gottes! Aber, indem wir ewiger Äther sind, sind wir auch absolut gleich! Wir sind ungleich und gleich – zugleich!

Als Einzelwesen erlebt jeder die Gottheit einmalig, und die Gottheit erlebt sich in jedem einmalig, und durch jeden einmalig! Aber diese Einmaligkeit macht uns einsam und allein!

Niemand will einsam sein! Deshalb verneinen viele von uns ihre Einmaligkeit und verstecken sich hinter Konformismus und Gleichförmigkeit. Aber Gott will, dass wir einmalig sind, denn er wandelte Gleichheit zu Vielfältigkeit und Einmaligkeit! Die Gottheit schuf innerhalb ihrer Gleichheit eine mannigfaltige Formenvielfalt, und durch jede dieser Formen erlebt sich die Gottheit einmalig! Anstatt die Einsamkeit der Einmaligkeit durch Konformismus zu beheben und dadurch unsere Einmaligkeit zu verneinen, sollten wir zu der Einsicht kommen, dass wir nicht nur verschieden sondern auch gleich sind, und dass die Gleichheit stets die höhere Wahrheit ist!

Jeder ist eine einzigartige Form von Gottheit! Jeder erlebt die Gottheit einmalig, in jedem und durch jeden erlebt sich die Gottheit einmalig! Aber die Gottheit, welche sich in jedem und durch jeden einmalig erlebt, ist die gleiche Gottheit! Wir sind göttliche Gleichheit und göttliche Einmaligkeit – in einem!

Jeder von uns ist eine einzigartige Ausgabe des gleichen Gottes, ein einmaliges Ebenbild des gleichen Gottes! Das bedeutet nicht, dass wir uns als Teile eines göttlichen Ganzen betrachten sollen! Nein, das Ganze hat keine Teile! Das Ganze ist synkretisch! Das heißt, dass es so beschaffen ist, dass es keine Teile hat; das Ganze ist in einem unteilbaren Zustand von Synthese! Innerhalb der Gottheit gibt es keine Trennungslinien und keine Unterteilungen! Es gibt keine verschiedenen Teile die zusammenhängen oder verwandt sind! Es gibt nur eins: das Eine welches alles ist: die allumfassende Gottheit, in einem Zustand von Synthese! Obgleich jeder von uns ein einmaliges Einzelwesen innerhalb der Gottheit darstellt, sind wir auch die ganze, gesamte, unteilbare, synkretische Gottheit!“

„Gut gesprochen, Bruder Pilgrim!“ lobte der Wortführer. „Aus deinen Worten ersehe ich, dass du die Gralsbriefe gründlich gelesen und bedacht hast. Bist du vielleicht ein Scholar, oder vielleicht sogar ein Meister, der esoterischen Künste?“

„Ja, das stimmt, ich habe die Gralsbriefe gründlich bedacht!“ bestätigte Arminius lächelnd. „Und ich habe auf meinen Fahrten einige esoterische Künste studiert!“

„Wenn du ein Meister der Esoterik bist, und die Gralsbriefe gründlich bedacht hast, dann kannst du uns bestimmt sagen, was die hervorstechende Botschaft der Gralsbriefe ist? In einigen, leicht verständlichen Sätzen? Oder in einem, leicht merkbaren Satz?“

„Wenn Ihr eine möglichst kurze Antwort wollt, dann kann ich sie kürzer machen als ein Satz: ein Wort! Ein einziges, leicht verständliches und merkbares Wort: SYNTHESE!“

„Ist das alles?“ fragte der Sprecher erstaunt. „Die Weisheit der Welt in einem Wort?“

„Ja, das ist's!“ bestätigte Arminius. „Die Weisheit der Welt in einem Wort: SYNTHESE!

Meister Sokrates benützte noch weniger als ein Wort, er sagte es mit einer Geste: dem erhobenen Zeigefinger!“ Arminius erhob seine rechte Faust, streckte mahnend den Zeigefinger hoch und blickte himmelwärts.

„Du machst es dir und uns leicht, Bruder Pilgrim!“ sagte der Sprecher anerkennend. „Aber, da wir nicht jeden Tag einen Meister der Esoterik an unserem Tisch haben, würde ich dich bitten, dies etwas ausführlicher zu erklären!“

„Der Kosmos ist ein synkretisches Ganzes, das heißt, er befindet sich in einem Zustand von Synthese“, antwortete Arminius, „aber jegliche Erklärung des Kosmos ist zwangsläufig Analyse. Wenn wir etwas analysieren, das sich in einem Zustand von Synthese befindet, dann ist unsere Analyse zwar analytisch wahr, aber sie gibt nicht den wahren Zustand des Dinges wider, weil dieser ein Zustand von Synthese ist. Absolute Wahrheit ist Synthese! Vom Gesichtspunkt der Synthese ist jegliche Analyse unwahr! Deshalb gebrauchte Meister Sokrates keine wörtlichen Erklärungen sondern nur eine Geste, um die Wahrheit auszudrücken!

Manche esoterischen Schulen lehren, dass jegliche Analyse Illusion sei. Ich stimme dem nur bedingt zu! Ich sage, dass jegliche Analyse eine illusorische Schöpfung ist! Das bedeutet zwar immer noch, dass jede Analyse Illusion ist, aber wir sind die Schöpfer dieser Illusion! Wir sind die Schöpfer unserer Illusionen, genannt Analysen! Ich habe keine absoluten Wahrheiten! Wenn Ihr meine selbst erschaffenen Illusionen hören wollt, dann sage ich euch mehr!“

„Nur zu, Bruder Pilgrim!“ rief der Sprecher begeistert aus. „Gib uns so viele deiner selbst erschaffenen Illusionen wie du kannst!“

„Manchmal werden unsere selbst erschaffenen Illusionen zu Täuschungen und Selbsttäuschungen“, setzte Arminius fort, „aber nur wenn wir glauben, dass sie absolut wahr sind! Wenn wir glauben, dass unsere Illusionen absolut wahr sind, dann sind sie Täuschungen! Wenn wir glauben, dass sie relativ wahr sind, dann sind sie Schöpfungen!“

„Relativ zu was, Bruder Pilgrim?“ fragte eine der Frauen.

„Relativ zum Gesichtspunkt des Beobachters!“ antwortete Arminius. „Die Analyse einer Situation ändert sich mit dem Gesichtspunkt des Beobachters. Wenn wir, zum Beispiel, vom Land aus einen Mann beobachten, der in einem flussabwärts fahrenden Boot mit gleichmäßigen Schritten auf- und abgeht, dann scheint er beim Flussaufwärtsgehen, je nach Geschwindigkeit des Bootes, entweder sehr langsam zu gehen, stehen zu bleiben, oder rückwärts zu gehen. Beim Flussabwärtsgehen scheint er in Windeseile zu schreiten. Wenn wir ihn von seinem Boot aus beobachten, dann geht er gleichmäßig auf und ab. Wenn wir ihn von einem anderen Boot aus beobachten, das entweder langsamer oder schneller fährt, dann ändert sich unsere Beobachtung, je nach Geschwindigkeit unseres Bootes. Und wenn wir uns vorstellen, dass wir ihn von einem Gesichtspunkt direkt neben seinem Kopf beobachten, dann scheint er stillzustehen. Die gleiche Situation ändert sich mit dem Gesichtspunkt des Beobachters, und der Beobachter kann seinen Gesichtspunkt beliebig wählen. Indem er seinen Gesichtspunkt wählt, erschafft der Beobachter seine Beobachtung. Eine Beobachtung ist also nicht absolut wahr sondern relativ wahr, je nach dem selbst gewählten Gesichtspunkt des Beobachters. Das gleiche Geschehnis kann von vielen Gesichtspunkten besehen werden und entsprechend viele Wahrheiten haben!

Die Religion, die der Führer der Gralsbriefe proklamiert, ist eine schöpferische Lebensweise. Er proklamiert den schöpferischen Geist, den schöpferischen Gesichtspunkt, schöpferisches Bewusstsein, Denken und Tun als schöpferische Religion! Der Führer ist ein heutiger Moses, der uns daran erinnert, dass wir göttlich und schöpferisch sind, jeder von uns ein einmaliges und einzigartiges Ebenbild des ursprünglichen Schöpfergottes! Er sagt uns, dass wir Mitschöpfer Gottes sind!

Zur gleichen Zeit entthront der Führer den despotischen Schöpfergott, der angeblich seine schlecht ausgefallenen Schöpfungen, die alleine deshalb schon genug zu leiden haben, obendrein noch ins ewige Höllenfeuer wirft! Der separate Schöpfergott ist eine menschliche Schöpfung! Er ist entweder eine selbst erschaffene Illusion, wenn wir glauben, dass er relativ wahr ist, oder eine selbst erschaffene Täuschung und Selbsttäuschung, wenn wir glauben, dass er absolut wahr ist! Absolute Wahrheit ist Synthese; der absolut wahre Gott ist die alleinschließende Gottheit der Synthese!

Aber in der Analyse teilt sich die Gottheit in Schöpfer und Geschöpf. Weil wir analytische Wesen sind, und Analyse unsere hervorstechende und gottgewollte Fähigkeit ist, können wir nicht umhin, die Einheit der göttlichen Synthese in die Zweiheit von Schöpfer und Geschöpf zu unterteilen. Aber, mit dieser wie mit jeder Analyse, müssen wir uns dabei vor Augen führen, dass sich das, was wir analysieren, in einem Grundzustand von Synthese befindet! Wenn wir uns das stets vor Augen halten, dann analysieren wir vom Gesichtspunkt der göttlichen Synthese her! Dann sind unsere Analysen stets schöpferisch und göttlich!

Kurz gesagt, der Führer der Gralsbriefe verkündet die Synthese als die Gottheit, die endgültige und absolute Wahrheit. Und er beschwört uns, stets vom göttlichen Gesichtspunkt der Synthese zu analysieren. Der Führer ist ein Verkünder der Synthese!

Aber er ist bei weitem nicht der erste oder letzte Verkünder der Synthese; es gab und gibt derer viele! Der einäugige Heidengott Odin war bereits einer! Odin trank vom Brunnen der Weisheit, aber er musste dafür sein rechtes Auge aufopfern. Jesus war auch einer! Er sagte, in der Bergpredigt: ‚Erzürnt dich aber dein rechtes Auge, so reiß es aus und wirf's von dir!' Das rechte Auge ist das Auge der Analyse, das linke ist das Auge der Synthese!

Aber das sind nur Gleichnisse, wir brauchen unser rechtes Auge nicht wirklich aufzuopfern! Was wir aufgeben sollen ist ausschließlich vom rechten Auge aus zu sehen! Wir sollen das rechte Auge dem linken unterordnen, wir sollen vom Auge der Synthese durch das Auge der Analyse in die Welt blicken! Manche esoterischen Schulen beschreiben diese Art von Sehen als das Sehen mit dem dritten, dem göttlichen Auge. Dem Auge der Übersynthese, welches das Auge der Analyse und das Auge der Synthese in sich vereint. Das ist das dreifältige oder dreieckige Gottesauge, das Auge das sich selbst zu sehen vermag. Die esoterischen Schulen, die dies lehren, setzten das Gottesauge in die Mitte der Stirn.

Als Meister Sokrates gefragt wurde: ‚Was ist Wahrheit?', antwortete er: ‚Nur Dumme wagen es, diese Frage zu beantworten!' Ein andermal beantwortete er die gleiche Frage mit der bekannten Geste. Meister Jesus antwortete: ‚Ich bin die Wahrheit!' Er sagte nicht, dass er die Wahrheit wisse, oder spreche; er sagte, dass er die Wahrheit sei!

Jesus und Sokrates sagten im Grunde genommen das Gleiche. Sie sagten, dass Wahrheit Synthese ist, welche zwar im reinen Sein erlebt wird, aber nicht ausgesprochen werden kann! Beide waren Verkünder der Synthese! Und der Prophet Mohammed – er sei gepriesen – war auch einer! Und so war Mansur el-Hallaj der, wie Jesus, dafür hingerichtet wurde! Und, wie Jesus, betete er für seine Henker während er hingerichtet wurde!

Der unvergleichliche Jalal-ud-Din Rumi, der zu unseren Lebzeiten wirkte und starb, war ein Verkünder der göttlichen Synthese! Und der ehrwürdige Raimundus Lullus, der heute noch lebt und wirkt! Und viele andere Dichter, Mystiker und Propheten waren und sind Verkünder der Synthese, wie der ehrwürdige Wolfram von Eschenbach, die illuminierte Hildegard von Bingen, die erlauchte Mechtild von Magdeburg, sowie die berühmte Triade unserer großen Dominikanerprediger und Lehrer: Albertus Magnus, Thomas von Aquin und Eckhart von Hochheim! Meister Eckhart predigt zur Zeit die göttliche Synthese von den Kanzeln der deutschen Kirchen und Kathedralen! Jeder vollendete Mystiker, der vollends mit der Gottheit eins geworden ist, ist ein Verkünder der Synthese, ob er sich als solcher bezeichnet oder nicht! Aber der Führer der Gralsbriefe verkündet die Synthese klarer und lauter als je zuvor!“

Die Männer und Frauen am Tisch blickten Arminius ehrfürchtig an. Schließlich fragte eine Frau leise: „Bist du vielleicht der Führer?“

„Ich bin nur mein eigener Führer!“ antwortet Arminius entschieden. „Aber ich kenne den Autoren der Gralsbriefe, und ich weiß genau, dass er sich nicht erkennen zu geben wünscht! Der Autor der Gralsbriefe ist kein Mensch, er ist der göttliche Geist, der Geist der göttlichen Einheit, der universelle Geist der Synthese, der

Logos, der Christus! Der Führer ist kein Einzelmensch, er ist alle Menschen, er ist die gesamte Schöpfung, er ist das Universum – er ist die Gottheit! Er ist das Prinzip der göttlichen Einheit, die göttliche Synthese! Wenn sich der Autor der Gralsbriefe persönlich zu erkennen gäbe, dann würde er wahrscheinlich über Gebühr bewundert werden, vielleicht sogar angebetet und vergöttlicht – und hingerichtet! Es kam bereits einige Male vor, der Führer will den alten Fehler nicht wiederholen!

Der Führer will nicht vergöttlicht werden, er braucht nicht vergöttlicht zu werden - er ist bereits göttlich! Er will nicht, dass ihr ihn vergöttlicht, er will, dass ihr euch selbst, und eure Mitmenschen und eure Umwelt, vergöttlicht! Er möchte, dass Ihr die Gottheit in euch selbst sucht – und findet! Er möchte, dass ihr euren inneren Messias sucht, nicht einen äußeren! Die Suche nach dem äußeren Messias ist der Suche nach dem inneren nur hinderlich! Wer seine kostbare Zeit und Kraft dazu verschwendet den äußeren Messias zu suchen, der kann den inneren nicht finden!

Wenn sich der Führer bekannt geben würde, dann würdet ihr ihn über Gebühr bewundern, was euch nicht viel helfen und ihn korrumpieren würde! Dann würdet ihr zu sehr auf seine Worte hören und sie nachahmen! Nicht seine Worte sind für euch maßgebend, sondern eure eigenen! Die Begriffe, die für euch zählen, sind die, die ihr selbst erschaffen habt, nicht die, die ihr nachahmt! Wenn ihr das göttliche Bewusstsein, das in euch schlummert, durch eure eigene Schöpferkraft wachruft, dann habt ihr wahrhaftig den Messias gefunden! Das ist das Zweite Erscheinen!

Der Zweck der Messianischen Botschaft ist, den Messias in jedem zu erwecken! Jeder muss sein eigener Messias werden und sein! Wer als Messias für andere auftritt, der erschwert das Erscheinen des Messias in anderen! Deshalb muss jeder messianische Lehrer anonym bleiben – auch der Führer Eurer Gralsbriefe!

Wie gesagt, der Zweck der Messianischen Botschaft ist, den Messias in jedem einzelnen zu erwecken! Um der Botschaft zu dienen muss sich der Botschafter verneinen, er muss sich der Botschaft unterordnen und notfalls aufopfern! Dies steht in den meisten Messiaden geschrieben, dies wurde von dem Propheten Jesaja vorhergesagt, von Jesus durchgeführt, und im Matthäusevangelium und anderen Evangelien wiedererzählt. Leider wurde die Messianische Botschaft und die Notwendigkeit der Selbstverneinung des Botschafters missverstanden und missrepräsentiert!

Ihr kennt sicherlich Wolfram von Eschenbachs Gralsepos ‚Parzival'. Darin sagt der ehrwürdige Wolfram, dass die Gralsritter und Gralsdamen vom Gralschloss aus in die Welt ziehen um den Gral zu verkünden. Die Gralsdamen tun es öffentlich, die Gralsritter heimlich. Und wenn ein Gralsritter als solcher erkannt wird, dann muss er sofort zum Gralschloss zurückkehren! – Deshalb muss der Autor der Gralsbriefe seine Identität geheim halten!"

Arminius erhob sich, ergriff seinen Pilgerstab und verabschiedete sich mit den Worten: „Ich muss jetzt weiterziehen! – Friede sei mit euch!"

„Friede sei mit dir!" erwiderte die tief ergriffene Gruppe einstimmig.

Die Jahreshauptversammlung war vorbei, die Konferenzteilnehmer reisten ab und der Präzeptor hatte Zeit, Arminius' Gralsbriefe zu lesen und sie zu bedenken.

Am nächsten Tag, nach der Frühmesse, rief er Arminius zu sich in die Kammer auf eine längere Audienz.

„Das ist ein feines Schriftstück, Bruder Arminius, ein Meisterwerk der Esoterik!" lobte der Präzeptor. „Ich bin voller Bewunderung, allerdings nicht rückhaltlos. Aber ich wage es kaum, meine Bedenken zu äußern, denn die Briefe sind so außergewöhnlich gut!"

„Sprich, Bruder Präzeptor!" ermunterte ihn Arminius. „Ich bewundere meine Briefe nicht, ich denke, sie enthalten viele Fehler, die ich gerne berichtigen würde, falls ich so etwas ähnliches wieder einmal schreibe. Der Autor ist seinen eigenen Fehlern gegenüber oft blind. Ich wäre dir dankbar, wenn du mich auf meine Fehler hinweisen würdest!"

„Meine Kritik hat nichts mit den Briefen an sich zu tun, die sind fast fehlerlos", antwortete der Präzeptor. „Aber esoterische Weisheiten einfach so zu vergeben, ohne dass der Leser oder Empfänger dies wünscht, oder sich darum bemühen muss, ist das weise?

Man würdigt die Aussicht von einem Gipfel erst dann, wenn man Körper und Geist zur harten Disziplin des Bergsteigens gestählt und den Gipfel im Schweiße seines eigenen Angesichtes bestiegen hat! Du hebst Leute auf den Gipfel, ohne dass sie sich darum bemühen müssen, ohne dass sie dies überhaupt wollen! Das geht gegen unsere Templertradition, und gegen die Tradition jeder esoterischen Schule!"

„Ja, Bruder Präzeptor, deine Kritik ist berechtigt! Ich danke dir dafür! Auch ich habe daran gedacht, und darüber nachgedacht, und bin mir dessen bewusst. Ich weiß sehr wohl, dass die schöpferische Progression Stufe um Stufe vor sich geht, dass sich eine Stufe auf die andere aufbaut und dass man keine überspringen soll! Trotzdem ersparte ich meinen Schülern und Lesern die mühsame Arbeit des Selbstfindens, und hob sie über eine oder mehrere Stufen hinweg. Ganz besonders hob ich sie über die wesentliche Schwelle zwischen der sechsten und siebten Stufe, und zeigte ihnen frühzeitig den Himmel der siebten Stufe. Die esoterischen Traditionen betrachten so etwas als einen unweisen Schritt!

Ja, ich versuche meine Mitmenschen auf den mystischen Gipfel zu heben, ohne Mühe auf deren Seite. Aber das hat seinen guten Grund! Indem ich ihnen einen verfrühten Blick ins Paradies gewähre, hoffe ich, sie dazu zu veranlassen, Bergsteiger zu werden und den mystischen Gipfel selbst zu besteigen! Natürlich möchte ich, dass sie ihren Körper und Geist zum Klettern stählen und den Gipfel selbst erklettern! Indem ich ihnen sage wie es von dort oben aussieht, veranlasse ich sie dazu, Bergsteiger zu werden! Ich gebe ihnen einen Vorblick ins Paradies, in der Hoffnung, dass ich sie dadurch ermuntere selbst hineinzugehen! Der Eintrittspreis ist stets das egozentrische Ich, darum kommt niemand herum! Der Preis stellt aber ein großes Opfer dar, das Opfer der Selbstaufopferung! Für die meisten Menschen ist dies das schwerste Opfer!

Um ihnen dieses schwere Opfer leichter zu machen, zeige ich ihnen die Gegenleistung, die sie dafür erhalten. Eine süße Belohnung macht das bittere Opfer leichter! Ich gebe meinen Lesern einen Vorgeschmack der Süße, die am Ende des bitteren Weges auf sie wartet! Ich biete ihnen das Paradies auf einem Silberteller dar und lade sie ein! Alle Menschen sollten wissen, dass sie durch das Aufopfern des egozentrischen Ich das göttliche Selbst erreichen können! Jeder soll wissen, dass für das größtmöglichste Opfer die höchstmöglichste Belohnung bereitsteht: das augenblickliche und ewige Paradies!

Wir Menschen vertrieben uns selbst aus dem Paradies der Synthese, indem wir die Frucht vom Baum der Analyse aßen! Der Glaube, dass unsere Analysen absolut wahr seien, vertrieb uns aus dem Paradies! Ich biete der Menschheit das Gegenmittel zur giftigen Frucht der Vertreibung – das Gegenmittel ist die Synthese! Nicht die Synthese als Gegensatz zur Analyse, sondern die Synthese der Vereinigung von Analyse und Synthese: die Übersynthese!

Synthese ist die höchste, endgültige und absolute Wahrheit – Synthese ist die einzige Wahrheit! Dies wurde bis jetzt von keinem Esoteriker eindeutig gesagt! Selbst die Esoteriker, die sich beim Erklettern des mystischen Gipfels zu Tode bluteten, und jetzt als Heilige verehrt werden, sagten dies nicht eindeutig genug! Außerdem gibt es vom Gesichtspunkt der Synthese keine Esoterik – das Materielle ist das Spirituelle; das Irdische ist das Überirdische; die Exoterik ist die Esoterik! Die beiden sind eins, sie sind in der göttlichen Synthese vereint! Alleine deshalb ist es unverantwortlich von esoterischen Geheimnissen zu faseln und sie geheim zu halten!

Die traditionellen, esoterischen Schulen sind durch ihre Traditionen behindert. Sie behüten eifersüchtig und selbstsüchtig ihre Traditionen. Sie sprechen von esoterischen Geheimnissen, die sie zu hüten glauben, und widerstehen dem Wechsel und Wandel der das Grundthema der Schöpfung ist! Es ist höchste Zeit diese Schulen zu wandeln! Es ist Zeit, überholte Traditionen über den Haufen zu werfen und neue zu schaffen!

Jede Tradition wurde einmal gegründet, und weiter auf- und ausgebaut! Die meisten wurden in der Antike gebaut, als Wissen rar und Weisheit kostbar war! Ich habe mich entschlossen, mit diesen Traditionen zu brechen – ich habe mich entschlossen, sie zu brechen! Ich habe mich entschieden, die esoterischen Geheimnisse zu entblößen, sie in die Welt hinauszuposaunen, sie in die vier Winde zu senden, damit sie um die Welt geweht werden und überall Wurzeln schlagen können! Ich habe mich auch entschlossen eine neue Tradition zu gründen, eine antitraditionelle Tradition, eine schöpferische Tradition die dem kosmischen Wechsel und Wandel stets weit offen ist, die sich mit dem ständigen Wechsel ständig erneuert und sich nicht davor scheut sich selbst, und mit sich selbst, zu brechen! Eine Tradition, die nicht danach strebt, seine Annahmen zu beweisen, sondern sie zu widerlegen, eine Tradition, die die Antithese sucht, um die These zu bestätigen!

Ich denke die traditionellen, esoterischen Pfade sind viel zu langsam! Sehr wenige Menschen wurden bisher von den traditionellen Schulen erleuchtet! Mit so einer Erfolgsrate wird sich die Menschheit ganz bestimmt zerstören bevor sie erleuchtet ist!

Die traditionellen Religionen haben versagt! Die traditionellen, esoterischen Schulen haben versagt! Die traditionellen Religionen haben die zeitlosen Wahrheiten für ihre eigenen, selbstsüchtigen Zwecke monopoliert und manipuliert! Und die meisten esoterischen Schulen haben versagt indem sie ihre sogenannten Geheimnisse eifersüchtig und selbstsüchtig bewahrten und für sich behielten, indem sie ihre Weisheiten nicht an die Massen weitergaben und schöpferisch weiterentwickelten, im Geiste und Sinne der schöpferischen, kosmischen Entwicklung!

Natürlich können esoterische Weisheiten missbraucht werden, aber dieser Missbrauch kann auch nicht schlimmer sein als der Missbrauch, der bereits getrieben wird, weil sich der Mensch seiner Göttlichkeit nicht bewusst ist und seine göttliche Schöpferkraft zu selbstsüchtigen Zwecken missbraucht! Den Massen esoterische Weisheiten zu geben, kann die ohnehin schon schlimme Weltlage nicht weiter verschlimmern, aber es kann sie verbessern! Außerdem haben diejenigen, die dazu neigen esoterische Weisheiten zu missbrauchen, kein so leichtes Spiel mehr, wenn diese Weisheiten Allgemeingut sind! Die beste Versicherung gegen den Missbrauch esoterischer Weisheiten ist, sie zu veröffentlichen!

Wir Templer stimmen nicht mit der manichäischen Weltanschauung überein, in welcher das Weltgeschehen ein verbitterter Machtkampf zwischen den Mächten des Guten und Bösen ist, die sich bis auf das letzte bekriegen, bis entweder die eine oder andere den Endsieg davonträgt. Wir glauben deshalb nicht daran, dass die allgemeine Veröffentlichung esoterischer Weisheiten dazu beitragen könnte, den Mächten des Bösen zum Endsieg zu verhelfen, und dass dies der notwendige Grund zur esoterischen Geheimhaltung sei."

„Wie definierst du denn das Böse, wie erklärst du dir den Teufel?" unterbrach ihn der Präzeptor.

„Das Böse ist das Ungöttliche im Menschen!" anwortete Arminius. „Wenn Christus der Geist der Vergöttlichung des Menschen ist, dann ist der Antichristus der Geist der Nichtvergöttlichung; der Geist, der der Vergöttlichung des Menschen hinderlich ist. Für mich ist Satan ein Gleichnis für Ungöttlichkeit! Für mich ist der Teufel eine misslungene, menschliche Schöpfung, die ihre Ursache in dem Nichtwissen des Einsseins mit der Gottheit hat. Wenn wir nach Vereinigung oder Wiedervereinigug mit der Gottheit streben, dann legt sich die Ungöttlichkeit wie von selbst!

Wir Templer glauben nicht an den Teufel als einen Ungott oder Antigott mit göttlichen Kräften, wir glauben an die alleinschließende Gottheit, die kosmische Synthese, das Prinzip der kosmischen Einheit! Wir glauben, dass sich Gegensätze ergänzen und ein unteilbares Ganzes darstellen! Wir glauben, dass die Spannung zwischen Gegensätzen eine schöpferische Spannung ist, die sich in Gleichgewicht und Harmonie auflöst! Für uns ergibt die Spannung zwischen Gegensätzen keinen tödlichen Kampf, sondern einen schöpferischen Tanz! Selbst wenn wir kämpfen, tanzen wir! Wir hassen unsere Feinde nicht, wir lieben sie wie uns selbst, denn unsere Feinde sind unser göttliches Selbst! Prinzipiell verhandeln wir anstatt zu kämpfen, aber wenn ein Kampf unvermeidlich ist, dann ist selbst der Kampf ein schöpferischer Tanz! Und wenn es unerlässlich ist den Feind zu töten, dann ist selbst das Töten ein Teil dieses schöpferischen Tanzes: ein liebevolles Opfern!

Ich denke, dass es Zeit ist, alle esoterischen Geheimnisse in die vier Winde zu säeden, komme was mag! Ich denke und fühle, dass es an der Zeit ist, die alten Weisheiten zu entblößen und neue zu schaffen!"

„Aber die Leute wollen keine neuen Weisheiten!" wendete der Präzeptor ein. „Einer der Gründe für die Beliebtheit der Kirche ist, dass sie Sicherheit in einer unsicheren Welt bietet! Sie bietet den Menschen Sicherheit, Stabilität und Gemeinschaft - Beständigkeit in einer unbeständigen Zeit!"

„Aber diese Art von Beständigkeit ist Starrheit, sie bietet keine Sicherheit!" gab Arminius zurück. „Starrheit in einer ständig wechselnden Welt bietet keine Sicherheit, es ist weitaus sicherer sich mit den Wechseln zu wandeln! Wer sich nicht mit dem wechselnden Wind biegt, der bricht! Die Religion, die ich befürworte, bietet wahre Sicherheit, absolute Sicherheit: die Sicherheit der ewigen, ätherischen Existenz! Gleichzeitig ändert sich meine Religion ständig, und schöpferisch, mit den Wechseln der ätherischen Formen. Ich biete Beständigkeit und Unbeständigkeit – zugleich! Ständigen Wandel und ewige Gleichheit – zugleich!"

„Wirfst du nicht Perlen vor die Schweine, Bruder Arminius? Die Gebildeten und esoterisch Gesinnten unter uns verstehen kaum was du sagst. Für die ungebildeten Massen sind deine Worte Kauderwelsch!"

„Ich bin eines der Schweine, Bruder Präzeptor", antwortet Arminius heftig, „deshalb teile ich gerne meine Perlen mit meinen Mitschweinen! Je mehr ich davon verschenke, desto mehr bekomme ich – und sie! Selbst wenn die meisten meiner Perlen unverdaut durch meine Mitschweine gehen, bleibt doch ab und zu eine hängen, und vermehrt sich, denn diese Art von Perlen haben die schöpferische Urqualität inne, sich exponentiell zu vermehren!"

„Missverstehe mich bitte nicht, Bruder Arminius, ich bin auf deiner Seite! Ich hatte nur einige Bedenken, die du jetzt behoben hast. Und diese Bedenken kamen aus meinem rationellen Geist, nicht dem spirituellen. Mein spirituelles Herz ruft ein überlautes und rückhaltloses ‚Ja!'

Ich bin dafür, deine Gralsbriefe zu verbreiten! Ich werde dies dem Bruder Großmeister unterbreiten, wenn ich ihn nächste Woche anlässlich der Ordenshauptversammlung in Paris spreche. Ich werde ihm deine Briefe vorlegen und ihm vorschlagen, sie an alle Präzeptoreien und Komtureien unseres Ordens weiterzuleiten, damit sie von dort heimlich weiterverbreitet werden können, so wie du es mit den Beguinen getan hast. Außerdem werde ich dem Bruder Großmeister die Zusammenfassung deines Geschichtswerkes vorlegen und seine Genehmigung dazu einholen!"

„Bruder Präzeptor, du bist nicht so unorthodox wie ich ..." hob Arminius an zu sprechen, als er vom Präzeptor unterbrochen wurde.

„Es ist nicht möglich, mehr unorthodox zu sein als du, Bruder Arminius", rief der Präzeptor lachend aus, „denn du hast die Unorthodoxie auf ihre höchste und feinste Spitze getrieben! Aber ich habe dich unterbrochen. Entschuldige bitte, rede weiter!"

„Wie ich sagte, du bist nicht so unorthodox wie ich, und der Bruder Großmeister ist noch weniger unorthodox als du. Ich kenne ihn ziemlich gut, denn ich lebte und wirkte auf Zypern in seinem persönlichen Bereich. Verglichen zu Großmeister Gauillaume de Beaujeu, der mein Vorbild und Mentor war, ist Großmeister Jacques de Molay ziemlich orthodox. Aber jeder Tempelritter ist mehr oder weniger unorthodox, genau wie weit die Unorthodoxie des Bruder Großmeisters geht kann ich nicht sagen. Aber es ist möglich, dass er deinem Vorschlag, meine Gralsbriefe durch den Templerorden zu verbreiten, nicht zustimmen wird. Du wirst es ja sehen!"

„Ja, Bruder Arminius, ich werde es bald sehen. Ich werde dir schreiben, sobald ich aus Paris zurückkomme! Jetzt muss ich mich für den Ritt nach Paris vorbereiten. Behüt dich Gott, Bruder Arminius! - Non nobis, Domine! Non nobis, sed Nomini Tuo da gloriam!"

„Non nobis, Domine!" erwiderte Arminius und verließ die Kammer des Präzeptors.

Am nächsten Morgen, nach der Frühmesse, ritten Arminius und Herold aus dem Hof der Präzeptorei Mainz. Während sie auf der gut erhaltenen Römerstraße zwischen Mainz und Rüsselsheim ostwärts ritten, sagte Arminius zu Herold: „Es ist gut möglich, dass wir nächstes Jahr um diese Zeit wieder nach Mainz reiten werden, und vielleicht sogar weiter, nach Paris!"

„Paris?" rief Herold aus. „Wie weit ist das von hier?"

„Paris ist mindestens einen Tagesritt weiter von hier als Thannbrunn!" antwortete Arminius.

„Das heißt, dass wir zwei Wochen reiten werden!" rief Herold erstaunt aus. „Ich dachte, eine Woche sei ein langer Ritt!"

Sie ritten durch Rüsselsheim, von dort weiter zur Freien Kaiserlichen Reichsstadt Frankfurt, und durch Frankfurt nach Hanau, wo sie in einer Templerkomturei übernachteten. Am nächsten Tag ritten sie bis Miltenberg, am dritten erreichten sie Mergentheim und übernachteten dort in der gleichen Komturei wie am Herweg. Von Mergentheim ging es weiter nach Rothenburg, wo sie bei den Deutschherren übernachteten, und am nächsten Tag weiter nach Eschenbach, wo sie ebenfalls in der Deutschherrenkomturei übernachteten. Am Abend ihres sechsten Reittages erreichten sie Neuhaus.

Nachdem ihre staubigen und reisemüden Pferde abgesattelt waren, trugen sie ihre Satteltaschen nach Thannbrunn, leerten sie aus, ordneten alles ein, wuschen sich den Reisestaub ab und begaben sich nach Neuhaus um mit den Mitbrüdern das Abendessen einzunehmen und das Abendgebet zu beten. Gleich nach dem Abendgebet gingen sie nach Thannbrunn zurück und legten sich, müde von der langen Reise, sofort auf ihre Strohsäcke.

Einige Wochen später kam ein dienender Bruder aus Nürnberg in den Burghof von Thannbrunn geritten, mit einem Päckchen vom Präzeptor. Es enthielt die Zusammenfassung von Arminius' Geschichtswerk und einen persönlicher Brief. Er brach das Siegel, setzte sich und las.

Lieber Bruder Arminius:

Während meiner Audienz mit dem Bruder Großmeister legte ich ihm Dein Geschichtswerk dar und die Zusammenfassung vor. Außerdem übergab ich ihm eine Kopie Deiner Gralsbriefe und machte ihm den Vorschlag, den wir während unserer letzten Unterredung besprachen.

Der Bruder Großmeister hatte seine Zweifel. Zwar war er von der esoterischen Tiefe Deiner Gralsbriefe beeindruckt, und lässt Dich grüßen und Dir gratulieren, und stimmte damit überein, dass die Briefe an die esoterische Untergrundbewegung weitergeleitet werden sollten, aber er will sie nicht durch den Templerorden verbreiten!

Er freut sich, dass ein Ordensmitglied bereit ist, eine Zeitgeschichte des Ordens zu schreiben. Er stimmte mit mir überein, dass Du dazu befähigt seiest, aber er hatte auch da seine Zweifel. Er sagte, Du seiest höchst unorthodox, und dies mache Dich gleichzeitig hoch qualifiziert und unqualifiziert über unseren Orden zu schreiben!

Der Bruder Großmeister stimmte voll überein, dass jemand von innerhalb des Ordens eine Zeitgeschichte des Ordens schreiben soll, und er sagte, dass Du nahe an der Ordensspitze standest, als der Orden noch groß und stark war, und deshalb befugt bist, die Ordensgeschichte zu schreiben. Aber er sorgt sich über Deinen Mangel an Orthodoxie! Er schlug vor, die esoterischen Lehren des Ordens möglichst zu verschweigen. Er will eine ausführlichere Zusammenfassung Deines Geschichtswerkes sehen, vor allem was die unorthodoxen Lehren und Praktiken unseres Ordens betrifft, bevor er seine endgültige Genehmigung gibt.

Wie du siehst, schicke ich Dir Deine Zusammenfassung zurück. Überarbeite sie und arbeite sie neu aus, vor allem die Aspekte, über die sich der Bruder Großmeister sorgt. Er will Dich persönlich sprechen, und die überarbeitete Fassung Deiner Zusammenfassung sehen, bevor er seine endgültige Zustimmung gibt! Du wirst also nächstes Jahr, nach Deiner Hauptversammlung in Nürnberg, wieder hierher nach Maniz, und von hier gleich nach Paris weiter reiten, damit Du Dein Werk ausführlich mit dem Bruder Großmeister besprechen kannst, bevor die nächstjährige Ordenshauptversammlung beginnt, die er bereits auf vier Wochen nach Pfingsten einberufen hat. Du wirst vielleicht in Paris etwas auf ihn warten müssen, bis er von Zypern ankommt, aber ich nehme an, dass Du sowieso in unserem Ordensarchiv in Paris lesen willst, und vielleicht sogar auf der Sorbonne, um Dir das zu notieren, was Du für Dein Geschichtswerk brauchst. Dies sollte Dich und Deinen Knappen vollauf beschäftigen, vor und nach Deiner Audienz mit dem Bruder Großmeister.

Non nobis, Domine! Non nobis, sed Nomini Tuo da gloriam!

Friedrich von Savoyen, Präzeptor, Oberdeutschland

„Jetzt, da es feststeht, werde ich sofort damit anfangen dir Französisch beizubringen!“ sagte Arminius, nachdem er den Brief fertiggelesen hatte.

„Was steht fest, Bruder Arminius?“ fragte Herold.

„Wir werden nächsten Sommer nach Paris reiten, der Bruder Großmeister will mich sprechen! Wir reiten nach der Nürnberger Jahreshauptversammlung wieder nach Mainz, ruhen uns und unsere Pferde für einen Tag aus, und reiten dann nach Paris weiter. Deshalb wirst du von jetzt an Französisch lernen!

Wie du weißt, erstreckt sich unser Orden über die gesamte, christliche Welt, ist aber in den französischsprechenden Ländern am stärksten vertreten. Obwohl die Amtssprache und offizielle Umgangssprache unseres Ordens Latein ist, ist die eigentliche, tägliche und praktische Umgangssprache Französisch. Du musst früher oder später sowieso Französisch lernen, da fangen wir am besten gleich an.

Wie in der deutschen Sprache, gibt es in der französischen große, regionale Unterschiede. Die Dialekte des Südens und Ostens unterscheiden sich sehr von denen des Nordens. Francien, das Französisch das in und um Paris gesprochen wird, ist die französische Haupt- und Amtssprache. Provençal, die Sprache von Provence, enthält viel Latein und unterscheidet sich so sehr von Francien, dass es beinahe eine Sprache für sich ist. Aber, wenn man Francien und Latein spricht, kann man Provençal ziemlich gut zu verstehen.

Ich sprach mein Leben lang Französisch. Ich lernte es von meiner Mutter, die aus Beaujeu kam, im südlichen Tal der Saône nördlich von Lyon. Die Sprache des südlichen Saônetales ist burgundisch, mit etwas Provençal gemischt. Von meiner Mutter lernte ich Burgundisch, und formelles Provençal, aber im Templerorden gewöhnte ich mich daran Francien zu sprechen. Was ich dir lehren werde ist Francien, wie es von den gebildeten Parisern gesprochen wird.

Also, fangen wir an! Ich frage dich: ‚Parlez-vous Francien?', das heißt: ‚Sprichst du Francien?'. Du antwortest, aber nur für jetzt: ‚Je nes parle pas Francien!', ‚Ich spreche kein Francien!'„

Von diesem Tag an waren Herolds Tage mit Französisch gefüllt. Arminius versenkte ihn in Französisch. Er sprach ihn von Morgen bis Abend auf Francien an, und Herold musste auf Francien antworten. Allerdings half ihm Arminius mit den Antworten, aber nur auf Francien. Arminius ermunterte ihn sogar dazu in Francien zu denken und zu träumen. Später, als Herold die neue Sprache etwas fließender beherrschte, schulte ihn Arminius in französischer Dialektik und Rhetorik. Obwohl er nicht viel französisch geschrieben hatte, und es als Schreibsprache kaum kannte, lehrte er Herold französisch zu schreiben, so gut es ging.

Herold war sprachgewandt und lernte die neue Sprache mit erstaunlicher Schnelligkeit. Er war stolz darauf Französich zu sprechen, er wollte unbedingt die Sprache beherrschen bevor sie nach Paris reisten, so gab er sich große Mühe. Zwischen den Französischlektionen arbeitete Arminius an der Neufassung seiner Zusammenfassung der Zeitgeschichte des Templerordens. Er verfasste die Neufassung, wie üblich, zuerst auf Schiefertafeln. Dann korrigierte und verbesserte er sie. Und, als er nichts mehr zu verbessern sah, schrieb er sie ins Reine, auf Papier.

Sommer wurde zu Herbst, und Herbst zu Winter. Die beiden waren derart in ihre Arbeit versunken, dass sie den Wechsel der Jahreszeiten kaum merkten. Eines Morgens Anfang Dezember war die Tinte im Fass gefroren. „Was ist das?" rief Arminius mit gekünsteltem Erstaunen. „Eis? Kann es sein, dass der Winter da ist?"

Es war Winter, aber ein verhältnismäßig milder Winter, und die beiden überwinterten in der Burg Thannbrunn. Um den Winter etwas erträglicher zu machen, ließ Arminius die Fensteröffnungen der Burghalle mit durchsichtigem Pergament verkleiden. Aber, weil die Burg keinen Kamin hatte, musste eine Fensteröffnung über der Feuerstelle offen bleiben, damit der Rauch entweichen konnte. Aber der Burgsaal war jetzt einigermaßen dicht, und der Winter erträglich, besonders wenn sie das Feuer Tag und Nacht brennen ließen.

Um das Feuer Tag und Nacht am Brennen zu halten, musste Herold sich daran gewöhnen in vierstündigen Wachen zu schlafen. Das war gleichzeitig der Anfang seiner Kriegerausbildung. Schlafenzugehen, mit der festen Absicht nach einer bestimmten Zeit aufzuwachen, und dann auch tatsächlich zu dieser Zeit aufzuwachen, war der Anfang von Herolds Grundausbildung.

Arminius lehrte ihm zuerst den Stoizismus, der notwendig ist um Unbillen gleichmütig zu ertragen und ein guter Krieger zu werden. „Obgleich wir Templer mitleidsvoll sind, hegen wir kein Selbstmitleid!“ schärfte Arminius seinem Knappen wiederholt ein. „Selbstmitleid wird durch selbstbemitleidende Gedanken hervorgerufen, und durch nichtselbstbemitleidende Gedanken vermieden! Wenn du denkst, dass du Kälte erleidest, dann leidest du sie auch! Wenn du aber nicht denkst, dass du leidest, und dein Denken auf das konzentrierst was du gerade tust, und deine Gedanken darauf konzentrierst darin dein Bestes zu tun, dann leidest du nicht, sondern erfreust dich deiner Tätigkeit! Dann spürst du die Kälte nicht, bis sie dich übermannt und deine Hände so steif macht, dass du das Schwert oder die Feder nicht mehr zu führen vermagst!

Außerdem ist es möglich, innere Wärme durch die Kraft des Geistes zu erzeugen! Wenn du denkst, dass dir warm ist, wenn du deine ganze Vorstellungskraft darauf konzentrierst, dass dir warm ist, dann ist dir auch warm! Dann fühlst du dich wärmer als einer der dies nicht zu tun vermag, und wesentlich wärmer als einer der denkt, dass er friert, und sich wegen seines Frierens bemitleidet!

Mit Hitze ist es genauso! Ich habe Männer gesehen, die an ein kühles, nördliches Klima gewohnt waren und unter der Wüstenhitze des Heiligen Landes sehr litten – aber nur weil sie dachten, dass es unerträglich heiß sei! Sie litten nicht an Hitze, sondern an schlechtem Denken, und tranken gewöhnlich zuviel, und litten noch mehr, wenn es wenig oder gar nichts zu trinken gab. Diejenigen aber, die die Hitze stoisch akzeptierten und kühle Gedanken dachten, überlebten die Hitze wesentlich besser. Sie brauchten auch weniger Wasser, und litten weniger wenn es wenig oder gar kein Wasser zu trinken gab.

Die Natur, oder Gott, spricht dabei natürlich immer das letzte Wort! Weder Stoizismus noch Hitzeinbildung können einen dünn bekleideten Menschen, der sich ohne Feuer draußen in einer kalten Winternacht befindet, vor dem Erfrieren bewahren! Aber wenn er ein guter Stoiker ist, dann erfriert er ohne viel zu leiden. Und weder Stoizismus noch kühles Denken können einen Wüstenwanderer, der mehr als drei Tage ohne Wasser in der Wüste verbringt, vor dem Verdursten retten! Aber man soll immer der Natur das letzte Wort überlassen, nicht seinem selbstbemitleidenden Geist! Oft habe ich beobachtet, dass der Unterschied zwischen Leben und Tod, zwischen Sieg und Niederlage, zwischen Wohlsein und Unwohlsein, in nichts weiter als der Geisteshaltung liegt! Ich habe die Geistesschwachen sterben und die Geistesstarken überleben sehen, unter gleichschweren Umständen!

Es sind nicht Gleichgültigkeit, Hass, Rachsucht, Grausamkeit oder Blutlust die einen Krieger stark machen, sondern Selbstbeherrschung, Selbstdisziplin und Mitleid, aber kein Selbstmitleid! Hass ist keine Stärke, er ist eine Schwäche! Ich habe dies oft im Gefecht bemerkt. Unsere Feinde dachten ihr Hass mache sie stark, aber es war nicht so. Ihr blinder Hass machte sie blind, nicht stark! Hass macht keinen Krieger stark! Selbstbeherrschung, Selbstdisziplin, Mitleid, aber kein Selbstmitleid, gute Ausbildung, Körper- und Geisteskraft, Geschick, gute Bewaffnung und Ausrüstung – das sind die Stärken eines Kriegers! Dazu noch die Kräfte der Konzentration, Reaktion und Intuition!"

Wenn immer Herold und Arminius eine Abwechslung vom Schreiben oder vom Französischunterricht brauchten, lehrte ihm Arminius diese Kriegerkünste, in Theorie und Praxis. Selbst dann ging der Französischunterricht weiter, denn Arminius lehrte ihm alle Gefechtsbefehle und Kommandos, sowie die gesamte Kriegersprache, auf Französich. „Obwohl Latein die Amtssprache und offizielle Umgangssprache unserers Ordens ist, wird in der Hitze des Gefechtes immer Französisch gesprochen. Alle Gefechtskommandos werden auf Französisch gegeben, die Tempelritter, die ihre Gefechtsausbildung in Akko ohne Französischkenntisse begannen, mussten es sehr schnell lernen! Die Einheiten die nicht französisch sprachen, wie unsere syrischen Turkopolen, hatten zweisprachige Kommandanten die die französischen Befehle auf Syrisch übersetzten."

Arminius lehrte Herold Furcht zu überwinden. „Das schlimmste im Gefecht ist Angst vor Verletzung, und vor allem Todesfurcht. Diese Furcht überwindet man am besten mit Geistesgewissheit. Wenn du dir dessen gewiss bist, dass dein wesentliches Ich ewiger, unzerstörbarer Äther ist, dass dein wesentliches Ich nicht zerstört werden kann, selbst wenn dein persönliches Ich zerstört wird, dann wirst du keine Angst haben! Und wenn du in der Handhabung deiner Waffen und in der Nutzung deines Körpers und Geistes sehr geschickt bist, und den Kampf als Geschicklichkeitspiel ansiehst, in dem es auf nichts anderes ankommt als sein Bestes zu tun, und du alle deine Gedanken und Kräfte darauf konzentrierst dein Bestes zu tun, dann wirst du weder Angst denken noch Angst fühlen! Und wenn du kein Selbstmitleid hegst, dann wirst du überhaupt keine Angst haben!

Mitleid macht dich stark, Selbstmitleid macht dich schwach! Und diese Art von Mitleid, die ein nach außen gerichtetes Selbstmitleid ist, macht dich auch schwach! Dein Mitleid gebietet dir stets das Verhandeln dem Kämpfen vorzuziehen, aber wenn der Feind oder die Umstände es unmöglich machen zu verhandeln, dann kämpfst du, mitleidsvoll, aber ohne Selbstmitleid, ohne Hass und ohne Rachsucht, kühl und konzentriert. Und dein selbstmitleidloses Mitleid wird dir ermöglichen deinen Gegner hochherzig zu besiegen, ihn mit möglichst wenig Gewalt zu entwaffnen, oder ihn schnell, schmerzlos und liebevoll zu töten, falls dies unvermeidbar sein sollte.

Templermitleid ist das Mitgefühl des Einsseins mit Allen und allem, das Gefühl der göttlichen Einheit. Der Feind ist eins mit dir, er ist dein göttliches Selbst, deshalb liebst du ihn so wie dein persönliches Selbst, und behandelst ihn so liebevoll wie dein persönliches Selbst! Du fügst ihm keinen arglistigen Schaden zu! Und wenn es notwendig ist ihn zu töten, dann ist diese Tötung kein Racheakt, und kein Akt der Verzweiflung oder Bosheit, sondern ein liebevolles Opfern, genauso wie du dein persönliches Selbst liebevoll opferst, wenn es sein muss!

Wenn du kämpfst, dann ist es außerordentlich wichtig, deine Hieb- und Stoßkraft auf den vollendeten Hieb oder Stich zu konzentrieren. Wenn du stichst, dann konzentriere deine Stoßkraft nicht auf den Punkt wo die Stichwaffe in den Körper des Feindes eindringt, sondern dort wo sie austritt! Wenn du zuhaust, dann konzentriere deine Hiebkraft nicht auf den Punkt wo die Hiebwaffe den Körper des Feindes berührt, sondern dort wo sie ihn bei der Vollendung des Hiebes verlässt, als ob der Feind aus Äther bestünde, als ob du durch ihn anstatt auf ihn hauen würdest!

Das Gleiche betrifft deinen Geisteszustand. Mit dem Sieg im Geist musst du einen Zweikampf beginnen! Im Geiste muss der Zweikampf siegreich beendet sein wenn er beginnt, der Rest ist nur eine Sache des Tuns. Im Geiste muss die Tat erfolgreich beendet sein wenn sie beginnt, was dazwischenliegt ist nur eine Sache der Ausführung. Der Entschluss zur Tat, die Ausführung der Tat und die erfolgreiche Vollendung der Tat müssen im Geiste ein untrennbares Ganzes bilden! Dann kannst du mit kühler Konzentration kämpfen ohne deinen Geist mit Gedanken über Sieg oder Niederlage zu schwächen.

Das betrifft nicht nur den Zweikampf sondern auch das Gefecht. Wenn eine Gefechtsgruppe mit dieser Geisteshaltung in ein Gefecht geht, dann ist das Gefecht gewonnen wenn es beginnt, selbst wenn der Feind zahlenmäßig überlegen ist, und besonders wenn der Feind nicht gleichermaßen geistig trainiert ist, oder mangelhaft bewaffnet oder schlecht ausgebildet ist.

Dies trifft natürlich auch auf jede andere Tat zu: Der Entschluss zur Tat, die Ausübung der Tat und ihre erfolgreiche Vollendung müssen im Geiste eins sein. – Das ist der Schlüssel zum Erfolg!

Eine weitere und außerordentlich wichtige Kriegerfertigkeit, die nur wenige meistern, ist den Gegner wahrzunehmen ohne dass du ihn siehst oder mit einem anderen der fünf Sinne wahrnimmst. Unser Gonfanonier in Akko nannte diese Art von Sinneswahrnehmung den Sinn der Intuition, oder den sechsten Sinn. Ich aber nenne den Sinn der Analyse den sechsten, und den Sinn der Intuition den siebten, wie du von den Gralsbriefen her weißt. Aber den siebten Sinn werde ich dir gegen Ende deiner Ausbildung lehren, die Grundausbildung kommt zuerst!“

Arminius lehrte Herold auch die Regeln und den Ehrenkodex der Ritterlichkeit, sowie die Tugenden der Tempelritter, wie Ordnung, Disziplin, Ehre, Respekt, Vertrauen, Treue, Selbstdisziplin, Selbstaufopferung, Diskretion und das Bewusstsein und die Liebe der göttlichen Einheit.

Mit Verfassen und Schreiben, mit Französischunterricht und Gefechtsunterricht, mit Geistesbildung und Grundausbildung, dem Lehren der Rittertugenden und der Templertugenden, unterbrochen von den fünf täglichen Gebeten und den zwei täglichen Mahlzeiten, mit Frühmesse in der benachbarten Benediktinerkapelle an Werktagen, mit Hochamt an Sonn- und Feiertagen, entweder in Waldkirchen oder Weihersdorf, verging der Winter wie im Flug. Plötzlich war die Osterwoche da, und die beiden ritten nach Weihersdorf zur Osterbeichte. Am Karfreitag hielten sie eine Andacht in Trevrizents Höhle. Das Osterfest feierten sie wie gewöhnlich in Weihersdorf. Sieben Wochen später war es Pfingsten und sie bereiteten sich für ihren Pfingsritt vor, der sie diesmal nicht nur nach Eschenbach, Nürnberg und Mainz sondern bis nach Paris führen würde!

Am Abend des Pfingstfreitags ritten sie nach Weihersdorf, übernachteten dort und und ritten am frühen Morgen des Pfingstsamstags mit Dietrich und seinem Knappen nach Eschenbach. Das Pfingsfest feierten sie in der üblichenWeise, im Liebfrauenstift und im Schloss von Eschenbach.

Herold hatte seine Lektionen gut gelernt. Beim vorjährigen Pfingstfest hatte er sich durch Prahlen hervorgehoben, jetzt versuchte er sich durch übertriebene Demut zu erniedrigen. „Vor einem Jahr hob er sich zu hoch, dieses Jahr erniedrigt er sich zu tief!" bemerkte Dietrich lächelnd. „Nächstes Jahr wird er hoffentlich sein Gleichgewicht finden!"

„Das Gleichgewicht besteht aus Gewicht und Gegengewicht!" berichtigte Arminius. „Letztes Jahr führte er sich gewichtig auf, dieses Jahr gegengewichtig. Er hat also bereits sein Gleichgewicht!"

„Aber nur wenn er das Gewicht vom letzten Jahr beibehalten hat!" übertrumpfte ihn Dietrich. „Sonst schafft das diesjährige Gegengewicht kein Gleichgewicht sondern nur die gegensätzliche Einseitigkeit!"

„Wie ich sehe, bin ich nicht der einzige Philosoph hier!" sagte Arminius anerkennend zu Dietrich.

„Du bist's, Bruder Arminius, du bist's," erwiderte Dietrich schmunzelnd, „meine Philosophie kam von dir!"

Die Jahreshauptversammlung in Nürnberg nahm ihren üblichen Lauf und dauerte fünf Tage. Eine Woche nach Pfingsten ritten Arminius und Herold, im Gefolge des Großpriors, in aller Frühe aus dem Westtor Nürnbergs hinaus, überquerten die große Heide westlich von Nürnberg und erreichten am Abend das Taubertal und die Stadt Rothenburg, wo sie in der Deutscherrenkomturei übernachteten. Von Rothenburg ritten sie das Taubertal hinunter bis zum Zusammenfluss von Tauber und Main, und dann das Maintal hinunter nach Mainz.

Dort blieben sie für einen Tag. Arminius hatte eine kurze Besprechung mit dem Präzeptor. „Unser Bruder Großmeister verlegte vor kurzem das Ordenshauptquartier von Zypern nach Paris!" sagte der Präzeptor. „Er residiert also jetzt in Paris, du brauchst nicht zu warten, bis er aus Zypern ankommt!

Bruder Arminius, unser Bruder Großmeister ist in einer schwierigen Lage! Hier in Oberdeutschland ist der Templerorden hochgeachtet, besonders bei dir in der Diözese Eichstätt, wo der ehrwürdige Wolfram lebte und wirkte, und wo die Tempelritter noch heute als Gralsritter verehrt werden. Paris ist das Gegenteil von Eichstätt!

Bereits im Jahre 1305 verbreitete ein gewisser Esquieu de Floyran, ein ehemaliger Templerpräzeptor, der unehrenhaft aus unserem Orden ausgestoßen wurde, das schlimme Gerücht, dass sich der Templerorden unsittlichen und häretischen Praktiken hingebe. Er beschuldigte uns der Häresie, Blasphemie, Idolatrie und Sodomie!

Philip der Schöne, mit Hilfe seiner Minister Nogaret und Plaisians, versucht aus diesen grundlosen Gerüchten eine rechtsgültige Anklage zu machen! Um ihrer Anklage Substanz zu geben, führen sie eine regelrechte Hasskampagne gegen uns, im Königreich Frankreich und in den Fürstentümern im Einflussbereich Frankreichs.

Ich warne dich, Bruder Arminius, Paris ist nicht Eichstätt! Die Pariser spucken in deine Richtung anstatt sich vor dir zu verbeugen!"

„Ich sah bereits, dass sich die Volksmeinung Frankreichs gegen uns wendete!" stellte Arminius fest. „Als ich im Jahre 1277 als neugeweihter Tempelritter von Mainz nach Marseille ritt, jubelten uns die Leute zu. Als ich 1303 die gleich Strecke zurückritt, verhöhnten sie uns!"

„Ja, die Volksmeinung hat sich in den letzten 30 Jahren gegen uns gewendet!" stimmte der Präzeptor überein. „Besonders in Frankreich, und im Einflussbereich Frankreichs. Und sogar hier im Rheintal! Aber in der Diözese Eichstätt werden die Tempelritter immer noch als Gralsritter verehrt, oder?"

„Selbst in der Diözese Eichstätt sind wir nicht mehr so hochverehrt wie einst," antwortetet Arminius, „aber wir sind immer noch hochgeachtet! Höher geachtet als hier in Mainz, und weit höher als in Paris. Sollen wir, mein Knappe und ich, vielleicht in Zivilkleidung nach Paris reiten?"

„Nein, das ist nicht nötig, und das will ich auch nicht!" antwortete der Präzeptor entschieden. „Aber reitet voll bewaffnet!"

„Ja, Bruder Präzeptor, wir werden voll bewaffnet reiten!" bekräftigte Arminius.

„Reite also in voller Ordenskleidung und voll bewaffnet nach Paris und melde dich gleich nach deiner Ankunft beim Sekretär des Großmeisters!" gebot der Präzeptor. „Bist du schoneinmal von hier nach Paris gereist?"

„Nein, Bruder Präzeptor! Ich ritt von hier nach Marseille, aber nicht von hier nach Paris!"

„Wir reiten gewöhnlich von hier nach Bingen," unterwies ihn der Präzeptor, „von dort das Tal der Nahe hinauf und weiter nach Metz. Von Metz nehmen wir die Straße nach Bar-le-Duc, und von dort folgen wir dem Lauf der Ornaine und Marne nach Paris. Es ist ein Siebentageritt. Zahlreiche Templerhäuser befinden sich auf dieser Route, du brauchst dir um Unterkunft, Verpflegung oder Pferdefutter keine Sorgen zu machen. Du beherrschst die Landessprache fließend, bist auch sonst weltgewandt und solltest keine Schwierigkeiten haben. Der Pariser Tempelbezirk ist eine Festung innerhalb der Stadt, nördlich der Seine. Du wirst ihn an seinem hohen, siebenspitzigen Turm erkennen: Ein großer, quadratischer Hauptturm mit einer pyramidenförmigen Spitze, und an jeder der vier Ecken des Hauptturmes ein schlanker Rundturm mit Rundspitze, und zwei weitere, kleinere Rundtürme mit Rundspitzen beiderseits des Portals. Er ist ein weithin sichtbares Erkennungszeichen, du kannst ihn nicht verfehlen!"

„Ich habe den Turm unseres Pariser Tempels auf Bildern gesehen und kenne ihn gut," versicherte Arminius dem Präzeptor, „ich werde ihn nicht verfehlen!"
„Du wirst Ende Mai in Paris ankommen," setzte der Präzeptor fort, „die Ordenshauptversammlung findet in der zweiten Junihälfte statt. Vielleicht will der Bruder

Großmeister, dass du bis zur Ordenshauptversammlung bleibst und an ihr teilnimmst, besonders wenn er will, dass du der Historiker unseres Ordens wirst! Die Ordenshauptversammlung gäbe dir die einmalige Gelegenheit, alle Präzeptoren unseres Ordens kennenzulernen und mit ihnen zu sprechen. Ich habe das Gefühl, dass bei der diesjährigen Ordenshauptversammlung Geschichte gemacht wird! Und du, als unser Historiker, solltest dabei sein! Geh mit Gott, Bruder Arminius! – Non nobis, Domine! Non nobis, sed Nomini Tuo da gloriam!"

„Non nobis, Domine!" erwiderte Arminius und verließ die Kammer des Präzeptors.

Um am ersten Tag so weit als möglich zu reiten, verließen sie Mainz früh am nächsten Morgen, gleich nach dem Frühgebet. Als sie im Frühmorgen auf der alten Römerstraße von Mainz nach Bingen ritten, deutete Arminius auf die graugrünen Berge die vom nördlichen Rheinufer hochragten. „Das ist der Taunus, an seinen nördlichen Ausläufern bin ich aufgewachsen. Das Lehen von Welterod ist einen halben Tagesritt nördlich von hier!"

„Wer ist jetzt auf dem Lehen deines Vaters, Bruder Arminius?" fragte Herold. „Dein leiblicher Bruder, oder dessen Sohn?"

„Nein, ich war der einzige Sohn!" antwortete Arminius. „Nach dem Tode meines Vaters fiel das Lehen von Welterod an unserern Lehnsherren, den Abt von Schönau. Das war auch gut und richtig, denn er verwaltete es sowieso, weil mein Vater die meiste Zeit abwesend war. Wie du weißt, war mein Vater Mitglied der deutschen Ehrengarde Friedrichs des Zweiten. Sie begleiteten den reise- und kriegslustigen Kaiser überall hin. Nur in unregelmäßigen Abständen kam mein Vater auf Urlaub heim. Als er nach dem geglückten Kreuzug Friedrichs auf Urlaub heimritt, lernte er auf dem Weg, in der Grafschaft Beaujeulais nördlich von Lyon, meine Mutter kennen. Er bat um ihre Hand, heiratete sie und brachte sie mit sich nach Welterod. Nach dem Tode Friedrichs des Zweiten im Jahre 1250 wurde die Ehrengarde Friedrichs aufgelöst, aber mein Vater diente weiterhin dem Haus von Hohenstaufen, bis der letzte Hohenstaufe, König Konradin, im Jahre 1268 hingerichtet wurde. Meine Mutter starb kürzlich, mein Vater vor vielen Jahren."

„Du würdest jetzt der Herr des Lehens von Welterod sein, wenn du nicht den Templerorden vorgezogen hättest! Hast du es jemals bereut dem Orden beigetreten zu sein?"

„Nein, niemals!" antwortete Arminius mit Bestimmtheit. „Schon als Knabe war es mein sehnlichster Wunsch ein Templeritter zu werden!"

„Meiner auch!" sagte Herold und blickte lächelnd zu Arminius hinüber.

In Bingen wendeten sie sich gegen Süden und ritten am Ostufer der Nahe das Tal hinauf. Arminius deutete auf den rebenbedeckten Hügel, der am Westufer der Nahe über der Stadt Bingen thronte. „Das ist Rupertsberg, das Kloster in dem die erleuchtete Hildegard Äbtissin war! Ich verbrachte die Samstage eines gesamten Sommers in deren Bücherei. Ich las die Manuskripte der heiligen Hildegard und was die Schwestern sonst noch an Lesenswertem in ihrer Bücherei hatten. Ich war damals erst ein junger Knappe, noch jünger als du, aber die gütigen Nonnen ließen mich in ihrer Bücherei lesen!"

Arminius und Herold ritten an diesem Tag bis Neunkirchen und blieben in der dortigen Templerkomturei übernacht. Am Abend des zweiten Tages kamen sie-durch das Porte des Allemands in die stattliche Stadt Metz und wurden von dem Juwel von Metz begrüßt, der herrlichen Kathedrale St. Etienne, mit ihren hohen, spitzbogigen Buntglasfenstern.

Metz liegt an der Mosel, am Zusammenfluss von Mosel und Seille. Das Templerhaus in Metz war groß und stattlich. Die Brüder von Metz hießen sie willkommen und versorgten ihre staubigen und müden Pferde. Arminius und Herold wuschen sich und gesellten sich zu den Brüdern zum Abendmahl. Beim geselligen Zusammensein nach dem Abendmahl hatte Herold die erste Gelegenheit sein neuerlerntes Französisch auszuprobieren. Er war sehr enttäuscht! Obwohl er sich gut verständlich machen konnte, konnte er kaum verstehen, was die Brüder zu ihm sagten! Bis jetzt hatte er nur Arminius' präzises und langsam und deutlich ausgesprochenes Francien gehört. Aber jetzt wurde er mit Burgundisch und anderen, ostfranzösischen Dialekten bombardiert, die dazu noch flüchtig und rapide ausgesprochen wurden. Aber, nachdem die Brüder sahen, dass Herold ihre Sprache noch lange nicht so gut verstand wie er sie sprach, versuchten sie langsam und deutlich zu sprechen, in parisischem Francien.

Bar-le-Duc erreichten sie am Abend des dritten Tages und übernachteten in der Templerkomturei von Bar. Von dort ritten sie auf guten Straßen das fruchtbare Tal der Marne hinunter und waren drei Tage später vor den Toren von Paris.

Sie bestaunten die Größe der Stadt. Herold hatte noch nie eine Stadt dieser Größe gesehen. Auch Arminius, der weitgereist war, hatte noch nie eine Stadt so groß wie Paris gesehen. „Wieviele Einwohner hat Paris?“ fragte Herold als sie sich der Stadt näherten.

„Etwa zweihunderttausend!“ antwortete Arminius.

„Zweihunderttausend!“ rief Herold erstaunt aus, „Das muss die größte Stadt der Welt sein!“

„Es ist die größte Stadt Frankreichs!“ erwiderte Arminius. „Deutschland hat keine Stadt dieser Größe, aber London ist mindestens so groß wie Paris, und Rom war früher einmal so groß. Und im fernen China, das jetzt dem Mongolenreich des Kublai Khan angehört, soll es Städte geben die bis zu einer Million Einwohner haben!“

Der Tempelbezirk von Paris war leicht zu finden, ein befestigtes Städtchen inmitten einer befestigten Stadt. Schon von weitem sah Arminius den charakteristischen, siebenspitzigen Turm des Pariser Tempels in den Himmel ragen, wie ihn der Präzeptor beschrieben und Arminius ihn auf Bildern gesehen hatte. Der Tempelbezirk von Paris war größer und stattlicher als viele befestigte Kleinstädte, und er war größer als der Tempelbezirk von Akko, welcher der größte Gebäudekomplex des Templerordens war, den Arminius bisher gesehen hatte. Und der Pariser Tempel übertraf den von Akko nicht nur in räumlicher Größe sondern auch in Großartigkeit!

Der Pariser Tempelbezirk war von hohen Mauern umgeben, das Haupttor war in der Südmauer. Vor dem Tor war ein breiter und tiefer Graben, von einer Zugbrücke überbrückt. Über dem Tor war der Wachturm, links des Wachturmes befanden sich riesige, langgezogenen Ställe und Speicher. Sie ritten über die heruntergelassene Zugbrücke durch das offene Tor in den Wachturm, hielten an und stiegen ab.

„Bonsoir, mes frères! Comment allez-vous?“ begrüßte sie der Bruder Torwächter, der sie sofort als dem Pariser Tempel nicht zugehörig erkannte. „Willkommen zum Pariser Tempel! Wer seid ihr, und was darf ich für euch tun?“

„Ich bin Arminius, ein Komtur aus Oberdeutschland! Das ist mein Knappe Herold. Ich möchte den Bruder Großmeister sprechen!“

„Den Bruder Großmeister sprechen?“ wiederholte der Torwächter lächelnd. „Jeder will den Bruder Großmeister sprechen, aber seine Zeit ist kostbar, er kann nicht so ohne weiteres zu jedem sprechen! Warum möchtest du den Bruder Großmeister sprechen, Bruder Arminius?“

„Ich habe mich falsch ausgedrückt, Bruder Torwächter,“ berichtigte Arminius, „der Bruder Großmeister will mich sprechen! Er hat mich hierherbefohlen um mit mir zu sprechen!“

„Je regrette!“ rief der Torwächter bestürzt aus, „das hättest du gleich sagen sollen, das ist etwas ganz anderes! Ich werde sofort einen Führer rufen damit er dich zum Sekretär des Bruder Großmeisters führt!“

Er rief einen der dienenden Brüder, die als Boten und Führer bereitstanden. „Das ist Bruder Arminius und sein Knappe, Bruder Herold, aus Oberdeutschland. Er hat einen Termin mit dem Bruder Großmeister! Führe sie zu den Ställen und zum Quartiermeister und zeige ihnen den gesamten Tempel. Aber, bevor du sie herumführst, begleite Bruder Arminius zum Sekretär des Großmeisters, damit er sich anmelde!“

Der Bruder Führer verbeugte sich vor Arminius und Herold. „Willkommen zum Pariser Tempel, Bruder Arminius, Bruder Herold! Bitte, folgt mir!“

Der Bruder Führer ging ihnen voraus zu den Ställen, wo sie ihre Pferde den Stallknechten überließen und ihre Satteltaschen mitnahmen. Danach führte er sie über den ausgedehnten Innenhof zu einem großen Gebäudekomplex der aus fünf stattlichen, ineinander übergehenden, zwei- und dreitstöckigen Gebäuden bestand. Jedes dieser Gebäude hatte Schlafsäle oben und Speisesäle, Versammlungssäle, Küchen, Speisekammern und Kapellen unten. Der Bruder führte sie in eines dieser Gebäude und stellte sie dem Quartiermeister vor. Dieser zeigte ihnen den Speisesaal, in dem sie essen würden, den Tagessaal, in dem sie sich tagsüber aufhalten konnten, und die zu ihrem Quartier gehörende Kapelle. Danach führte er sie nach oben, in den Schlafsaal, und wies ihnen zwei Alkoven zu. „Legt eure Satteltaschen in die Alkoven,“ sagte der Bruder Führer, „ich werde euch jetzt zum Großmeisterpalast führen damit du dich beim Sekretär des Großmeisters melden kannst. Später werde ich euch den Tempelbezirk zeigen!“

Der Palast des Großmeisters war das östlichste Gebäude in dem fünfgebäudigen Komplex. Die Vorkammer zu den inneren Kammern des Großmeisters war die Schreibstube. Dort befanden sich neun Stehpulte. Schreiber standen an den Pulten und schrieben fleißig ohne aufzublicken, nur der Sekretär des Großmeisters blickte auf als sie eintraten und fragte nach ihrem Begehr.

„Bruder Sekretär," sagte der Führer, „hier ist ein Bruder aus Oberdeutschland, der um eine Audienz mit dem Bruder Großmeister bittet!"

Der Sekretär nahm eine Schiefertafel und fragte Arminius: „Wer bist du?"

„Arminius von Welterod," antwortete Arminius, „Komtur von Thannbrunn, Präzeptorei Oberdeutschland!"

„Erwartet dich der Bruder Großmeister?" fragte der Sekretär, nachdem er Arminius' Namen und Rang auf seine Tafel geschrieben hatte.

„Ja, der Bruder Großmeister erwartet mich! Er hat mich hierherbefohlen um mit mir zu sprechen!"

„Gut," antwortete der Sekretär, „ich werde einen Termin für dich mit dem Bruder Großmeister vereinbaren und dich benachrichtigen. In welchem Haus bist du?"

Arminius blickte den Führer fragend an. Der Bruder Führer sagte dem Sekretär den Namen des Gebäudes und der Sekretär schrieb ihn auf. „Halte dich stets in deinem Haus auf, oder sage dem Quartiermeister genau wo du hingehst, wenn du dich außer Hauses begibst! Ich werde dir einen Boten senden sobald ich einen Termin für dich habe!"

Danach führte sie der Bruder Führer rund um den Tempelbezirk. Er zeigte ihnen die Kirche, die Hallen und Kapellen, den großen Konventsaal und die kleineren Säle, das Hospital, die Gärten, die Mühle und die Bäckerei, die Werkstätten, das Badehaus, den Taubenturm, den alten Turm und den neuen, hohen, siebenspitzigen Donjon, das weithin sichtbare und hervorstechende Merkmal des Pariser Tempels.

„Das ist also der Turm mit dem legendären Templerschatz, um den uns Könige und Kardinäle beneiden?" fragte Arminius scherzhaft als ihnen der Führer den Donjon zeigte.

„Ja, der ist's!" sagte der Bruder Führer lächelnd und nickte zustimmend.

Auf Arminius' Wunsch ließ sie der Führer beim Badehaus. Es war kein warmes Wasser da, so wuschen sie sich in kaltem. Aber das Wasser war nicht eiskalt sondern abgestanden, und die Luft war warm, Ende Mai in Paris.

Nach der Abendglocke gingen sie in den Speisesaal den ihnen der Quartiermeister zugewiesen hatte. Templermahlzeiten wurden gewöhnlich schweigend eingenommen, aber es bestand keine strikte Regel der Schweigsamkeit. Reden war erlaubt, besonders wenn es sich auf das Essen bezog. Dennoch kam der laute Ausruf eines Bruders überraschend, und alle hoben ihre Köpfe. „Mes frères!" rief einer der Pariser Brüder aus, „Frère Arminius!"

Ein Bruder, der mit Arminius in der Festung Qa'itbay gefangen war, und nach der Entlassung nach Paris versetzt wurde, hatte ihn erkannt. Nach dem Essen umdrängten ihn alle Veteranen der alexandrischen Gefangenschaft, die jetzt in Paris statoniert waren, begrüßten ihn überschwenglich, küssten ihn auf beide Backen und bestürmten ihn mit Fragen. Der Quartiermeister wurde gebeten das Treffen feiern zu dürfen. Er gab seine Genehmigung. Die Veteranen der alexandrischen Gefangenschaft bekamen Becher und einige Krüge Wein, und durften den Abend im Speisesaal verbringen und das Wiedersehen feiern.

Die Brüder füllten ihre Becher, Arminius hob den seinen, sagte „Knochen zu Knochen!“, worauf die Brüder ihre Becher erhoben, „Knochen zu Knochen!“ einstimmig wiederholten und sich der schweren Zeit im Kerker von Qa'itbay erinnerten.

Sie unterhielten sich bis tief in die Nacht. Schließlich sagte einer: „Bruder Arminius muss von seinem langen Ritt von Mainz müde sein, und wir halten ihn wach mit unserem Gerede! Lasst uns schlafengehen!“

Am nächsten Morgen nach der Frühmesse wurde Arminius vor den Großmeister gerufen. Er holte die Neufassung der Zusammenfassung seines Geschichtswerkes aus der Satteltasche, ließ Herold im Tagessaal und begab sich zur inneren Kammer des Großmeisters.

„Bonjour, Frère Arminius!“ rief der Großmeister erfreut aus. „Wir haben uns lange nicht gesehen! Wie lange?“

„Mehr als vier Jahre, Bruder Großmeister! Wir sahen uns das letztemal im Hafen von Famagusta, als ich, zusammen mit 120 Rittern, 500 Turkopolen und 400 Sergeanten, unter dem Kommando des Marschall Bartholomäus, nach Aruad verschifft wurde um die Insel zu garnisonieren.“

„Hmm“, räusperte sich der Großmeister, von dem Namen 'Aruad' offensichtlich unangenehm berührt. „Leider gewährte uns Gott nicht den Sieg! Aber ich hörte von Marschall Bartolomäus, und den Brüdern die mit dir in Alexandria gefangen waren, dass du dich dort sehr beispielhaft verhalten hast! Deine Tapferkeit, dein Wissen und deine Weisheit, nebst deinen Kenntnissen der arabischen Sprache und Schrift, haben dich und deine Mitbrüder vor dem sicheren Kerkertod bewahrt!

Als Sekretär des Großmeisters Guillaume weißt du sicherlich von dem Geheimnetz der assassinischen Agenten, die an uns weiterberichteten nachdem die letzte Assassinenfestung gefallen war und die überlebenden Assassinen unseren Turkopolen beitraten. Dieser Geheimdienst existiert noch immer, und berichtet immer noch an uns!

Durch unsere assassinischen Geheimagenten in Alexandria hörte ich, dass sich das Buch 'Tagträume eines christlichen Sufisten', das du während der alexandrischen Gefangenschaft für den Großmufti von Alexandria schriebst, in der Bücherei seiner Universität befindet und von seinen Scholaren gelesen und diskutiert wird. Obwohl dein Name nicht in dem Buch erscheint, ist es allgemein bekannt, dass es von einem der Templer, die in der Festung Qa'itbay gefangen waren, geschrieben wurde.

Du hast dich und 120 Mitbrüder vor dem Kerkertod bewahrt, und mit deinem Buch hast du in Alexandria Achtung und Ehre für den Templerorden gewonnen! Dafür muss ich dich loben! Aber was uns in Alexandria ehrt, verunehrt uns in Paris! Die Weisheit Ägyptens ist die Häresie von Paris!

Du bist es, Bruder Arminius, du und deinesgleichen, die ihr die hermeneutischen Künste studiert habt und damit brilliert!“ setzte der Großmeister ungehalten fort. „Ihr habt die Weisheiten des Ostens studiert und eine unheilige Mischung zwischen östlicher und westlicher Weisheit geschaffen! Das ist unser Todestoß, Bruder Arminius! Die Häresien, derer wir angeschuldigt werden, sind die östlichen Weisheiten die du und deinesgleichen proklamieren!

Ist die katholische Orthdoxie denn so verkehrt? Wären wir stets gute Katholiken geblieben, dann stünde es jetzt nicht so schlimm um uns! Unsere Feinde umzingeln uns! Ihre Anschuldigungen von Idolatrie und Sodomie sind grundlos, dafür haben sie keine Beweise! Aber ihre Anschuldigungen von Blasphemie und Häresie können nicht so leicht abgewiesen werden! Deine heiligen Weisheiten sind für sie Blasphemie, und deine esoterischen Lehren Häresie!

Was hast du gegen katholische Orthodoxie? Kannst du nicht die zeitlosen, esoterischen Wahrheiten in den Begriffen der katholischen Orthodoxie ausdrücken? Du bist doch sehr wortgewandt, Bruder Arminius, es sollte dir doch gelingen! Ich bin zwar kein Scholar oder Wortschmied, aber ich denke, dass es möglich sein sollte!"

„Bruder Großmeister, es ist äußerst schwierig, vielleicht sogar unmöglich, die zeitlosen Wahrheiten in Begriffen katholischer Orthodoxie auszudrücken!" antwortete Arminius. „Selbst die es versuchten, wie zum Beispiel der erlauchte Thomas von Aquin, wurden zeitweise als Häretiker erklärt und ihre Bücher verbannt und verbrannt! Wie du wahrscheinlich weißt, bannte der Erzbischof von Sens die Lehren des Meister Thomas von der Sorbonne und ließ seine Bücher verbrennen! Die zeitlosen Wahrheiten können so viel schöner, leichter, eindrucksvoller und verständlicher durch die Begriffe des Sufismus ausgedrückt werden!"

„Aber nicht alle sufistischen Begriffe stehen im Gegensatz zur katholischen Theologie!" behauptete der Großmeister. „Kannst du und deinesgleichen denn nicht diejenigen sufistischen Begriffe wählen, die mit der katholischen Orthodoxie im Einklang stehen, die sich nicht häretisch anhören oder den katholischen Dogmen widersprechen?

Ich habe deine Gralsbriefe gelesen. Obgleich ich sie und deine Weisheit bewundere, und nicht die Hälfte davon verstehe, geht es mir nicht ein, dass diese Weisheiten nicht in traditionellen, orthodoxen Begriffen dargelegt werden können, in Worten die nicht häretisch klingen!

Wieviel ich auch deine Weisheit und dein Wissen bewundere, verbiete ich dir, die Geschichte unseres Ordens zu schreiben! Auch vebiete ich dir Geheimbriefe zu schreiben! Du stehst unter striktem Schreibverbot, nur deine allgemeinen Pflichten als Komtur sind davon ausgenommen!

Du lebst in einem Schutzgebiet, Bruder Arminius, in Oberdeutschland, in der Diözese Eichstätt, wo der ehrwürdige Wolfram lebte und wirkte, und wo Tempelritter immer noch als Gralsritter verehrt werden! Aber Paris ist nicht Eichstätt! Ich will keinen letzteren Wolfram in unserem Orden haben! Zur Zeit schadest du uns mehr als du uns nützt! Ich verbiete dir weiterzuschreiben! Hast du das verstanden, Bruder Arminius?" schloss der Großmeister und zitterte vor unterdrücktem Zorn.

„Jawohl, Bruder Großmeister, ich habe dich verstanden!" antwortete Arminius niedergeschlagen. „Ich werde nicht mehr schreiben!"

Der Großmeister sammelte sich und sagte entschuldigend: „Du musst meine Position verstehen, Bruder Arminius! Ich bin für den gesamten Orden verantwortlich! Das Ordenszentrum befindet sich hier in Paris, wo uns unsere Feinde umzingeln und bedrohen! Dieser Krieg ist ein Krieg von heimlichen Intrigen, von bösartigen Gerüchten und hinterhältigem Verrat. Das ist die schlimmste Art von Krieg, ein Krieg in dem aufrechte Krieger wie wir wehrlos sind! Unsere Lage ist schlimm genug, ich will unseren Feinden nicht zusätzliche Munition geben! Deshalb befehle ich dir, zur Zeit keine unserer unorthodoxen Weisheiten verlauten zu lassen! Aber das betrifft nicht nur dich.

Bei der kommenden Jahreshauptversammlung werde ich ein Edikt erlassen, nichts über unseren Orden verlauten zu lassen, sei es durch das geschriebene oder das gesprochene Wort! Wenn dieser Sturm vorbei ist, und unser Orden wieder hochgeachtet wird, dann ist es Zeit unsere Weisheiten nach und nach verlauten zu lassen. Aber nicht jetzt! Jetzt erlasse ich ein allgemeinesSchweigegebot, jetzt lege ich unserem gesamten Orden den Maulkorb an! Und ganz besonders dir, Bruder Arminius!

Wir leben in gefährlichen Zeiten, Bruder Arminius! Unsere Feinde sind darauf aus uns den Garaus zu machen! Du musst das verstehen, und du musst dazu beitragen unseren Orden zu schützen!“ schloss der Großmeister und entließ Arminius mit der Templerbenediktion: „Non nobis, Domine! Non nobis, sed Nomini Tuo da gloriam!“

„Non nobis, Domine!“ bestätigte Arminius und verließ die innere Kammer des Großmeisters.

Er ging zum Tagessaal zurück, wo Herold auf ihn wartete. Der sah sein langes Gesicht und fragte: „Was ist los, Bruder Arminius? Ist deine Audienz mit dem Bruder Großmeister nicht gut gegangen?“

„Kein Schreiben mehr für mich und dich!“ sagte Arminius traurig. „Der Großmeister verbot uns zu schreiben! Er wollte nichteinmal die Neufassung meiner Zusammenfassung sehen! Ich wagte es nicht ihn um Genehmigung zu bitten im Ordensarchiv zu lesen, was jetzt ja auch nicht mehr notwendig ist, da ich keine Ordensgeschichte mehr schreiben darf! Wir werden auch nicht zur Sorbonne gehen und dort lesen, der Klerus von Paris scheint gegen den Templerorden zu sein! Ich würde am liebsten dieses allzuschöne Babylon sofort verlassen und zu unserem halbverfallenen aber aufrechten Gralsschloss Thannbrunn zurückkehren!“

Dennoch ritten sie nicht gleich weg sondern beschlossen nach dem Mittagessen die berühmte Kathedrale Notre Dame aufzusuchen. Auf dem Weg dorthin empfingen sie viele, feindselige Blicke, aber innerhalb Notre Dame herrschte der Friede Gottes. Sie besahen sich die Kathedrale von außen und innen, beteten, meditierten und und verbrachten den Nachmittag in stiller Andacht. Am Rückweg zum Tempel erhielten sie wieder unfreundliche Blicke. „Je früher wir diese Stadt verlassen, desto besser!“ entschied Arminius. „Morgen früh reiten wir heim!“

Nach dem Frühgebet brachen sie auf. Sie ritten die gleiche Route zurück, das Tal der Marne hinauf nach Bar-le-Duc, von dort nach Metz und weiter nach Neunkirchen. Als sie die Komturei Neunkirchen verließen sagte Arminius: „Wir müssen nicht unbedingt über Mainz heimreiten! Ich brauche dem Bruder Präzeptor nicht Bericht zu erstatten, er ist wahrscheinlich bereits nach Paris abgereist und wird bald herausfinden was sich zwischen mir und dem Bruder Großmeister abgespielt hat. Wir können eine etwas kürzere, südlichere Route einschlagen, über Speyer, Heidelberg und Schwäbisch Hall."

Sie ritten von Neunkirchen nach Zweibrücken und von dort über Neustadt nach Speyer. „Wir müssen unbedingt den Dom von Speyer sehen!" sagte Arminius, als sie sich der Freien Kaiserlichen Reichsstadt Speyer näherten und der dreispitzige Dom sie von weitem begrüßte. „Er ist ein herrlicher alter Dom, dem Martinsdom in Mainz ähnlich, mit zwei Apsen. Wenn du gerne in der Gesellschaft von Kaisern bist, dann bist du dort in guter Gesellschaft: alle salischen Kaiser liegen dort begraben. Es war ihre Kathedrale!"

Sie hielten eine kurze Andacht im Dom, ritten danach zur Rheinfähre, setzten auf das östliche Ufer über und ritten nach Heidelberg. Von Heidelberg ritten sie die Neckartalstraße hinauf nach Heilbronn, von Heilbronn nachSchwäbisch Hall, von dort nach Ansbach und weiter nach Eschenbach. Mitte Juni kamen sie endlich in Thannbrunn an.

„Nach Paris und zurück: vier Wochen im Sattel! Das war der längste Ritt meines Lebens!" rief Herold aus nachdem sie ihre reisemüden Pferde im Stall von Neuhaus untergebracht hatten und im Burgsaal von Thannbrunn in ihre Lehnstühle fielen.

Ihr Aufenthalt in Paris war wesentlich kürzer gewesen als sie erwartet hatten, Herold hatte nicht viel Gelegenheit sein Französisch dort zu üben, deshalb setzte Arminius die Französischlektionen fort. Auch fing er an, ihm die Feinheiten des Schwertfechtens beizubringen. Weil Arminius nicht mehr schreiben durfte, hatten sie jetzt mehr Zeit für die Tätigkeiten, die sie vorher wegen Zeitmangels etwas vernachlässigt hatten. „Dieser Maulkorb hat seine Vorteile," sagte Arminius sardonisch, „er gibt uns Zeit bessere Dinge zu tun als zu bellen!"

Sie verbrachten jetzt viel Zeit mit Schwertfechten. Arminius lehrte Herold zu attackieren und zu parieren, die Offensive und die Defensive. Er lehrte ihm in beiden gleich gut zu sein und blitzschnell von der Offensive zur Defensive, oder von der Defensive zur Offensive, überzugehen. „Es ist wichtig, zuversichtlich in den Kampf zu gehen, mit dem Sieg fest im Geist, so dass man während des Kampfes weder an Sieg noch an Niederlage denken muss, sondern seine ganze Geistes- und Körperkräfte auf den augenblicklichen Kampf konzentrieren kann!" schärfte er ihm ein.

„Während des Kampfes an Sieg oder Niederlage zu denken ist eine Schwäche, die von der Kampfeskonzentration ablenkt! Es ist besser keine besonderen Stärken oder Schwächen zu haben, sondern in allen Kampfweisen gleich gut zu sein! Viele Ritter glauben, dass es wichtig sei, die Schwächen des Gegners zu kennen. Aber die Schwächen des Feindes gefährden dich nicht, sondern seine Stärken! Es ist außerordentlich wichtig, die Stärken des Feindes genau zu kennen, und sie gegen ihn anzuwenden!

Wenn die Stärke des Feindes die Offensive ist, dann überlasse ihm die Offensive und schone deine Kräfte bis er sich ausgespielt hat. Dann konzentrierst du alle deine Geistes- und Körperkräfte auf den 'coup de grace'. Wenn die Defensive seine Stärke ist, dann wende sie gegen ihn an und zwinge ihn zur Offensive. Wenn er allzu siegesbewusst ist, dann lass ihn des Sieges sicher werden und versetzte ihm den 'coup de grace' wenn er sich des Sieges gewiss ist und seine Konzentration nachlässt. Wenn er sehr kraftvoll zuschlägt, dann lass die Kraft seiner Schläge auf ihn zurückprallen. – Schlage ihn durch seine Stärke!"

Ein weiterer Vorteil ihrer verfrühten Heimkehr war, dass sie am Mittsommernachtsfest der Beguinen teilnehmen konnten. Es war Herolds erstes, er schwelgte im Festgenuss ohne sich aufzuspielen oder zu erniedrigen. Er war der Held des Tages, weil er gerade aus Paris zurückgekommen war, viel gesehen und zu erzählen hatte, und es ohne Aufschneiden tat.

Es war Arminius' drittes Mittsommernachtsfest, er wurde des Festes müde. Nie war er ein Freund der ewiggleichen Rituale, was ihn faszinierte war der schöpferische Wechsel und Wandel. Dieses Mittsommernachtsfest war ein weiteres Fest in der langweiligen, ewiggleichen Runde von jährlichen Festen geworden, die alle außer ihm so sehr zu lieben schienen.

Margaret sah ihn beim heiligen Feuer sitzen und lustlos in die Flammen starren. „Was ist los, Bruder Arminius?" fragte sie besorgt. „Langweilst du dich? Der sprichwörtliche ‚Philosoph bei der Orgie', der nicht versteht warum alle anderen so viel Spaß haben?"

„Ja, Schwester Margaret, es ist ungefähr so!" bestätigte Arminius. „Manchmal fällt es mir schwer, an den Späßen der gewöhnlichen Sterblichen Spaß zu haben!"

„Da bist du wieder: der hochmütige Templer!" rief Margaret scherzhaft aus. Dann setzte sie ernsthaft hinzu: „Ich denke, dass dich etwas bedrückt. Ist in Paris etwas Schlimmes vorgefallen?"

„Ja!" antwortete Arminius heftig, „unser Großmeister verbot mir zu schreiben! Ich kann nicht mehr schreiben! Ich fühle mich ohnmächtig, wie gelähmt! Wer das Schreiben verbietet, der tötet den Schreiber! Nicht schreiben zu dürfen ist für mich das Schlimmste!"

„So, das ist's!" sagte Margaret. „Ich fühlte, ich dass dich etwas bedrückt. Du kannst jederzeit deinen Orden verlassen und ein Begharde werden, oder ein Predigermönch, ein Wanderprediger, wie der ehrwürdige Meister Eckhart, oder ein Troubadour, ein neuer Wolfram von Eschenbach! Wenn der Templerorden dir das Schreiben verbietet, dann verlasse ihn doch! Ein Orden der einem Schreiber wie dir das Maul verbietet ist deiner nicht würdig! Du kannst deinen Schwur brechen, wenn du willst! Ein Treueschwur an einen Orden der dich erstickt sollte dich nicht binden!"

„Das ist es nicht," erwiderte Arminius, „mein Schwur würde mich nicht binden, wenn ich gute Gründe hätte ihn zu brechen. Aber ich glaube, dass der Gottesstaat, also eine Regierung im Geiste der alleinschließenden Gottheit, die ideale Regierungsform für die Menscheit ist! Und, wie jeder Staat, braucht dieser Gottesstaat eine Milita um sich zu behaupten und seine Gesetze aufrechtzuerhalten. Es ist aber außerordentlich wichtig, dass diese Milita kein politisches Werkzeug der Regierung ist, sondern eine echte Milita der Gottheit, die der alleinschließenden Gottheit dient und an ihrer Stelle denkt und handelt! Wir Templer sind die einzige Organisation, die für sowas auch nur annähernd in Frage kommt!

Ich möchte unseren Orden in diese Richtung steuern! Ich möchte, dass unser Orden eine echte Milita der Gottheit wird, im Dienste der Gottheit und im Dienste des zukünftigen Gottesstaates! So eine Milita kann nicht über Nacht geschaffen werden, es braucht seine Zeit, Jahrzehnte, Jahrhunderte! Aber der Anfang ist im Templerorden bereits vorhanden, die Grundlage für eine echte Milita der Gottheit ist im Templerorden bereits gelegt! Wir brauchen sie nur, im Geiste und mit Hilfe der Gottheit, weiter auf- und auszubauen!

Die Menschheitsgeschichte hat kein Beispiel für einen echten Gottesstaat, eine echte Theokratie der Gottheit, aber es gab Versuche in dieser Richtung. Das Königreich Jerusalem, in dem unser Herr Jesus als König herrschen sollte, war so ein Versuch! Das Kalifat, das Goldene Zeitalter der islamischen Welt, war auch einer! Die Kalifen waren bekanntlich Nachkommen des Propheten Mohammed – er sei gepriesen! Wir Templer versuchten das Kalifat nachzuahmen, und gleichzeitig die biblische Prophezeihung des himmlischen Jerusalems hier auf Erden zu erfüllen, indem wir einen direkten Nachkommen Jesu auf den Königsthron Jerusalems setzten! Dieser Mann war der Templer Fulko von Anjou! Auch Friedrich der Zweite versuchte so eine Theokratie zu schaffen, und andere Regenten vor und nach ihm! Zur Zeit kommt das Kaiserreich Japan diesem Ideal am nächsten: der gesamte Adel Japans ist ein Geistesadel, der dem Zen Buddhismus, dem japanischen Äquivalent des Templerordens, angehört!

Aber es ist nicht genug, dass nur die regiernde Oberschicht im Geiste der Gottheit lebt, denkt und handelt; eine effektive Regierung der Gottheit setzt voraus, dass die Mehrzahl der Menschen so einem Geistesadel angehört! Bevor wir eine effektive Regierung der Gottheit haben können, muss die Mehrzahl der Menschen transformiert sein! Die Hauptaufgabe einer Milita der Gottheit ist also die Transformation des Einzelnen!

Wie wir das bewerkstelligen werden, und wie ein echter Gottesstaat aussehen wird, weiß ich selbst noch nicht. Dieses himmlische Jerusalem müssen wir erst schaffen! Aber die feste Absicht es zu schaffen muss da sein, und die entsprechende Organisation, die sich dieser heiligen Aufgabe voll und ganz widmet und ihre ganze Kraft darauf konzentriert! – Der Templerorden ist diese Organisation!

Wir Menschen sind Tiere, die Schöpferkraft erlangten und sie zur Befriedigung unserer tierischen Triebe missbrauchen! Wir gehen in eine tödliche Richtung! Entweder entwickeln wir uns zu wahrhaft göttlichen Wesen, die wahrhaft göttlich denken und handeln, und sich durch eine Regierung der Gottheit regieren, oder wir vergehen! Entweder der Gottesstaat oder nichts! Dies ist eine Sache von Leben und Tod für die Menschheit! Es ist die Aufgabe des Templerordens, die Menscheit vor der drohenden Selbstvernichtung zu bewahren! Deshalb bleibe ich im Templerorden! Der derzeitige Sturm ist nur vorübergehend, er wird sich im Laufe der Zeit legen. Der Geist des Tempels aber bleibt!

Wir Menschen sind die am weitesten fortgeschrittene Form der Schöpfung, wir stehen an der Schwelle des Durchbruches zum vollen Bewusstsein unserer Göttlichkeit! Ich, der ich eins mit der Gottheit wurde, kann nicht tatenlos zusehen, wie sich die Menscheit in einem Taumel von Ichsucht aufreibt, kurz bevor sie sich ihrer Göttlichkeit bewusst wird! Ich fühle den unwiderstehlichen Drang, mein Bestes zu tun, meinen Mitmenschen zu einem Gewahrwerden ihrer Göttlichkeit zu verhelfen!

Die Idee des Gottesstaates und einer Miliz der Gottheit zu fördern, für die praktische Ausführung dieser Ideen zu arbeiten und die Menschen zur Verwirklichung ihrer Göttlichkeit zu führen, mit allen Körper- und Geisteskräften, derer ich fähig bin, mit ganzem Herzen und von ganzer Seele – das ist wofür dieser Ritter da ist!" schloss Arminius glühend und tippte beschwörend mit seinem rechten Zeigefinger mehrere Male auf seine Brust.

„Das lass ich mir eher eingehen, das ist ein Gralsritter, den ich schätzen kann!" sagte Margaret liebevoll und streichelte seine Wange. „Lasst Euch nicht von dem Drachen unterkriegen, Herr Arminius!"

„Nein, der Drache kriegt mich nicht!" sagte Arminius mit Bestimmtheit. „Ich danke dir für die Erhebung!"

„Du hast mich öfter erhoben als ich dich, mein liebster Bruder!" sagte Margaret mit feuchtgänzenden Augen und drückte seine Hand. Danach saßen sie noch lange beim heiligen Feuer, hielten sich die Hände und blickten sinnend in die Flammen.

Arminius verbrachte den Rest des Sommers und den Herbst um Herolds Fertigkeiten im Schwertfechten zu vervollkommnen. Er lehrte ihm seine Reflexe zu schärfen, bis sie blitzschnell und intuitiv wurden, bis Herold vermochte, die Absichten seines Gegners telepathisch zu fühlen und entsprechend zu reagieren. Er brachte ihm bei, den Gegner nicht nur durch die Aktionen seines Körpers sondern auch durch die Aktionen seines Geistes zu besiegen; er lehrte ihm den Gegner durch Geisteskraft zu überwinden! Dies erforderte das Lehren der Intution, des siebten und höchsten Sinnes. Es war nicht leicht, aber Meister und Student waren beharrlich, und die ersten, bescheidenen Erfolge stellten sich bald ein.

Außerdem lehrte er seinem Knappen die traditionellen fünf Templertugenden: (1) Ordnung, (2) Ehre, (3) Treue, (4) Selbstlosigkeit und (5) Liebe. Er erklärte ihm diese Tugenden ausführlich, und lehrte ihm wie sie im täglichen Leben eines Templers angewendet werden:

„Ordnung und Disziplin wurzeln in Selbstbeherrschung und Selbstdisziplin; Selbstdisziplin ist die oberste Templertugend!" sagte Arminius eindringlich. „Das bedeutet persönliche Verantwortung für all dein Denken und Tun, Pünktlichkeit, Gründlichkeit, Ehrlichkeit, Verlässlichkeit, Sauberkeit und die Erhaltung von Gesundheit, in Leib und Seele, in ständiger Bereitschaft der Gottheit und dem Orden zu dienen!

Ehre und Respekt sind die Grundsteine des Ehrenkodex der Ritterlichkeit!" erklärte Arminius weiter. „Ehrbar zu sein heißt zuallererst ehrlich zu sein, mit sich selbst und mit anderen. Ehrlich sein bedeutet aber nicht, dass man alles rückhaltlos sagen soll. Im Gegenteil, man soll sich zurückhalten, nur das sagen was unbedingt notwendig ist, und darin vollkommen ehrlich sein!

Ehrbar sein heißt sein Wort halten, sofern es freiwillig und ohne Zwang gegeben wurde. Ehrbahr sein ist sich stets an alle Abmachungen zu halten, in vollem Bewusstsein und vollkommener Erfüllung aller Pflichten. Du darfst dein Wort aber nicht leichtfertig oder gedankenlos geben, denn Worte, die leicht gegeben werden, sind am schwersten zu halten! Auch solltest du anderen Menschen ihr Wort nicht als Liebesdienst oder Freundschaftsdienst abfordern, sondern sie stets frei und ohne Druck entscheiden lassen!

Ehre wird verdient, nicht gefordert! Wer Ehre verdient, der erhält sie auch! Ehre die zwangsweise erwiesen wird ist keine! Wirkliche Ehre und echter Respekt kommen eigentlich erst dann zustande, wenn man die Gottheit in sich selbst verwirklicht hat und sie in Allen und allem sieht. Dann ehrt man ihre Göttlichkeit! Respekt ist die Gottheit in sich selbst und in Allen und allem zu ehren!

Vertrauen beruht auf das Gleiche. Man kann nur denen rückhaltlos vertrauen, die die Gottheit in sich selbst verwirklicht haben und deshalb Alle und alles als göttlich erachten. – Vertrauen ist Gottvertrauen!

Treue und Gehorsam beruhen auch auf Göttlichkeit und göttlicher Gegenseitigkeit. Einem Vorgesetzten, der im Dienste der Gottheit steht, können wir bedenkenlos gehorsam sein! Der Gehorsam eines Templers ist nicht blinde Servilität sondern freiwillige Zusammenarbeit in gegenseitigem Vertrauen und Gottvertrauen. Und die Treue eines Templers ist, in erster Linie, die Treue zur Templerethik! Die Treue zum Orden oder zu einem Vorgesetzten untersteht der Templerethik!

Die Selbstlosigkeit eines Templers wird durch seinen Armutsschwur erleichtert. Wir Templer haben keinen persönlichen Besitz, wir brauchen uns nicht um persönlichen Besitz zu kümmern. Wir sind frei von der Sorge um persönlichen Erwerb und persönliche Bedürfnisse. Diese Freiheit ermöglicht uns, der alleinschließenden Gottheit in selbstloser Hingabe zu dienen! Die Selbstlosigkeit eines Templers ist ständige, freiwillige Dienstbereitschaft – ohne Servilität! Die Selbstlosigkeit eines Templers begründet sich natürlich auf die Abwesenheit eines egozentrischen Selbst!

Diskretion ist die stille Pflege von Wissen und Weisheit, das Vermeiden von eitlem oder leerem Geschwätz, und wissen wann zu sprechen und wann zu schweigen.

Die Liebe der göttlichen Einheit ist die letzte Templertugend, und die erste und höchste! Sie entspringt dem Bewusstsein des Einsseins mit der Gottheit, dem Bewusstsein der göttlichen Einheit, dem Bewusstsein, dass die gesamte Schöpfung diesem Prinzip unterliegt. Die Liebe und das Bewusstsein der göttlichen Einheit zu wecken und zu pflegen ist das höchste Ziel eines Templers! Alles, was ein Templer denkt und tut, wird im Bewusstein und in der Liebe der göttlichen Einheit gedacht und getan! – Das ist die Templerethik!

Alles, was ein Templer tut, wird mit äußerster Konzentration getan! Wasimmer du tust, wie banal es auch sein mag, konzentriere deine ganze Aufmerksankeit auf das augenblickliche Tun und versuche, es so gut wie möglich auszuführen! Was immer du gerade tust ist am wichtigsten, ist durchaus göttlich und deiner ganzen Aufmerksamkeit und Konzentration würdig!“

Arminius fing auch mit Herolds esoterischem Training an. Dafür gebrauchte er die Gralsbriefe als Leitfaden. Sie durchlasen die Briefe zusammen, und Herold musste fragen, wenn ihm etwas unklar war. Seine erste Frage war mehr praktisch als esoterisch: „Was begrenzt die sieben Stufen der schöpferischen Progression? Wo grenzt sich die eine von der anderen ab, wie und wo geht die eine in die andere über? Und du sagst, dass jede Stufe aus sieben Zwischenstufen besteht. Was begrenzt die sieben Zwischenstufen?“

„Die Grenzen zwischen den unteren Stufen sind am leichtesten zu definieren“, antwortete Arminius. „Die Demarkation zwischen Dunkel und Licht, zwischen unquantifiziertem und quantifiziertem Äther, ist offensichtlich. Genauso offensichtlich ist die Demarkation zwischen Ordnung und Chaos. Aber, nachdem das Chaos geschaffen war, wurden die Demarkationslinien etwas unklar. Ich kann nicht genau sagen, wo Elemente in Pflanzen und Pflanzen in Tiere übergingen. Aber die Linie zwischen Tier und Mensch ist leichter zu ziehen: Schöpferkraft! Dies beantwortet zugleich deine Frage, wie eine Stufe in die andere übergeht: Schöpferkraft! Die Schöpferkraft des Heiligen Geistes! Die Wandelkraft, sich in zwei und in Gegensätze zu wandeln und dennoch das zu bleiben was man usrprünglich war – das ist die göttliche Ur- und Schöpferkraft, die allem Äther und allen ätherischen Formen innewohnt, einschließlich dir, mein lieber Herold!

Die sieben Zwischenstufen innerhalb der sechsten Schöpfungsstufe wurden von vielen Philosophen erörtert und sind ziemlich klar. Sie sind sieben progressive Zwischenstufen in der Kraft der Logik. Die erste dieser Zwischenstufen ist die primitive Logik des primitiven Menschen, der sich gerade über sein rein tierisches Dasein erhoben hat. Die siebte ist die höchstentwickelte Logik, die sich selbst verneint und die Synthese als die universelle Überwahrheit erkennt und anerkennt. Die siebte Zwischenstufe der sechsten Stufe stellt auch die Vollendung dieser Stufe dar, und die Schwelle zur siebten Stufe!

Dann gibt es sieben Zwischenstufen innerhalb der siebten Stufe. Die meisten von uns, die in die siebte Stufe aufstiegen, haben nur die erste oder zweite oder höchstens die dritte Zwischenstufe erreicht. Hochentwickelte Mystiker wie Moses, Abraham, Gautama der Buddha, Jesus der Christus und der Prophet Mohammed - er sei gepriesen- stiegen höher in der siebten Stufe auf, genau wie hoch kann ich nicht sagen. Und was ich über die höchsten Höhen der siebten Stufe sagen kann ist nur Prophezeihung.

Ich denke und fühle, dass es am Ende der siebten Stufe eine hochentwickelte Menschheit von engelsgleichen Menschen geben wird, die in einem echten Gottesstaat leben, sich ihrer Göttlichkeit voll bewusst sind und in vollem und vollverantwortlichem Bewusstsein ihrer Göttlichkeit fühlen, denken und handeln! Diese Menschenengel werden vollen Zugang zur Weltseele haben, zu allem Wissen und zu aller Weisheit der Welt! Die Engelsmenschen der vollendeten, siebten Stufe werden ganz Mensch und ganz Gott sein! Am Ende der siebten Stufe wird unser synkretischer Sinn, der uns die göttliche Synthese in ihrer ganzen Herrlichkeit wahrnehmen lässt, so hochentwickelt sein wie jetzt unser analytischer. Am Ende der siebten Stufe werden wir vollendete Menschenengel sein!“

Herold blickte Arminius ehrfürchtig an. „Wie viele Jahre oder Jahrhunderte wird es daueren, bis es so weit ist?“

„Jahrhunderte, vielleicht Jahrtausende!“ antwortete Arminius. „Aber einige Menschen sind bereits dort, oder teilweise dort. Die großen Propheten gehen der

Menscheit voraus, wie die Hirten der Herde. Wir Templer sind ihre Hirtenhunde, wir halten die Menschheit zusammen, damit sie nicht verloren geht bevor sie das Paradies erreicht.

Das ist ein schlechtes Gleichnis, denn niemand kann wie ein Schaf ins Paradies getrieben werden! Aber jeder hat die Wahl freiwillig einzutreten, denn das Tor steht immer weit offen, man muss nur den Eintrittspreis zahlen, und der ist minimal. Selbst der Ärmste hat ihn, und die Armen sind mehr gewillt ihn zu zahlen als die Reichen. Der Eintrittspreis ist das egozentrische Ich! Der Eintritt in das Himmelreich bringt die tiefste Befriedigung, erfordert aber das höchste Opfer: das Opfer der Selbstaufopferung! Das ist der tiefere Sinn aller Aufopferungsgleichnisse aller Religionen!"

„Ist das auch der tiefere Sinn der Selbstaufopferung Jesu?" fragte Herold.

„Ja," antwortete Arminius, „aber die Selbstaufopferung Jesu bedeutet auch, dass sich ein Träger der Messianischen Botschaft der Botschaft unterordnen und notfalls aufopfern muss! Der Sinn und Zweck der Messianischen Botschaft ist den Messias in Jedem zu erwecken. Wenn aber ein Träger der Messianischen Botschaft als ein Messias für Alle hervortritt, dann verhindert oder erschwert er das Erwachen des Messias in Jedem. Deshalb muss sich ein Träger der Messianischen Botschaft der Botschaft unterorden und notfalls aufopfern!

Manche Templer glauben, dass Christus der Geist sei, der für die Erleuchtung der Menschheit verantwortlich ist. Sie glauben, dass sich dieser Geist bis jetzt nur in der Person des Jesus voll verkörpert hat, sich aber bei seinem ‚Zweiten Erscheinen' in allen Menschen voll verkörpern wird. Das ist die westliche Templertradition.

Die östliche Tradition, der ich angehöre, geht etwas weiter, und tiefer. Sie ist die sufistische Templertradition! Beide Traditionen sind sufistisch und christlich, aber die östliche Tradition ist etwas sufistischer als die westliche, und die westliche etwas orthodoxer als die östliche, so wie jede Organisation ihre liberalen und orthodoxen Strömungen hat, und haben soll!

Aber im Tempel führt dies zu keinen Zwistigkeiten. Denn beide, die liberalen und orthodoxen Templer, wissen genau, dass sich Gegensätze ergänzen. Deshalb ergänzen und vervollkommnen sich im Templerorden die gegensätzlichen Strömungen! Außerdem wissen alle Templer, dass der mystische Gipfel von unzähligen Gesichstpunkten her besehen werden kann und dennoch der gleiche ist, dass sich die Sicht des Berges mit dem Gesichtspunkt des Beobachters ändert, dass dieser Gesichtspunkt eine Sache der persönlichen Wahl ist, dass es eine unendliche Anzahl von möglichen Gesichtspunkten gibt, und dass die Wahrheit des Berges in dem Berg selbst liegt, nicht in dem Gesichtspunkt von dem man ihn ansieht!

Wir Templer sind keine Dogmatiker, wir streiten uns nicht um Gesichtspunkte! Wir wissen genau, dass die Wahrheit des Berges nicht in dem Gesichtspunkt liegt von dem wir ihn betrachten. Um den Berg kennenzulernen, erklettern wir ihn! Und wer den Gipfel erklommen und die Übersicht gewonnen hat, der sieht genau, dass der Berg von unzähligen Gesichstpunkten her besehen werden kann, von jedem anders aussieht und dennoch der gleiche Berg ist! In anderen Worten, wir Templer sind Mystiker, nicht Dogmatiker! Die frühe Gemeinde um Jesus waren auch Mystiker, aber die Kirche fiel später vom Mystizismus zum Dogmatismus ab. Wir Templer rückwirken Den Fall: wir erheben uns und die Menscheit vom Dogmatismus zum Mystizismus!"

Sommer und Herbst verflogen mit Trainieren und Lehren. An einem nassen Novembertag, kurz vor dem Martinsfest, kam ein dreckbespritzter Depeschenreiter, ein dienender Bruder aus Nürnberg, in den Burghof von Thannbrunn geritten, mit zwei Briefen vom Präzeptor. Einer war ein offener Brief an alle Templerkomtureien Oberdeutschlands, der andere ein persönlicher Brief des Präzeptors an Arminius. Er dankte dem Bruder, wies ihn an sich und sein Pferd in Neuhaus versorgen zu lassen, ging in den Burgsaal, setzte sich an den großen Empfangstisch, brach das Siegel und fing an zu lesen. Zuerst las er den offenen Brief, dann den persönlichen. Während er las wurde er immer erregter und legte schließlich die Briefe mit zitternden Händen auf den Tisch.

OFFENER BRIEF

An alle Komtureien des Templerordens in Oberdeutschland

Mainz den 1. November 1307

Liebe Brüder:

Das Undenkbare ist geschehen! Alle Tempelritter im Königreich Frankreich wurden verhaftet, eingekerkert und der Verbrechen der Sodomie, Idolatrie, Häresie und Blasphemie bezichtigt!

Anfang Oktober erhielt jeder königliche Büttel im Königreich Frankreich einen offenen und einen versiegelten Befehl. Der offene Befehl befahl jedem Büttel am Freitag den 13. Oktober, vor Tagesanbruch, die größtmöglichste Anzahl von Gendarmen um sich zu sammeln, voll bewaffnet und einsatzbereit. Der offene Befehl befahl weiterhin, den versiegelten Befehl beim ersten Morgengrauen des 13. Oktober zu öffnen.

Als die Geheimbefehle im Morgengrauen des 13. Oktober geöffnet wurden, befahlen sie jedem königlichen Büttel, alle Tempelritter in seinem Amtsbereich unverzüglich festzunehmen, sie der Verbrechen der Sodomie, Idolatrie, Häresie und Blasphemie zu bezichtigen und in den nächsten, königlichen Kerker zu überführen. Aller Besitz des Templerordens in Frankreich wurde zur gleichen Zeit von den königlichen Bütteln beschlagnahmt und ging in den Besitz Philips des Vierten, König von Frankreich, über.

Soviel ich weiß, wurde bis jetzt noch keinem der gefangenen Ritter der Prozess gemacht. Ich erhielt die unglaubliche Nachricht von dienenden Brüdern, die den Verhaftungen entgingen und sich nach Mainz durchschlugen. Fast alle Ritter unseres Ordens in Frankreich wurden festgenommen, zusammen mit ihren Knappen, Kaplanen und Sergeanten. Dienende Brüder wurden ebenfalls verhaftet, aber viele von ihnen konnten entfliehen, besonders die, welche in abgeschiedenen Probsteien residierten und von der schändlichen Aktion rechzeitig Wind bekamen. Sie versteckten sich entweder in den Wäldern, tauchten in der Zivilbevölkerung unter, oder brachen zu Nachbarländern durch.

Viele flohen nach Oberdeutschland, oder werden in Zukunft hierher fliehen. Wenn sie in euerer Komturei auftauchen, nehmt sie brüderlich auf, gebt ihnen Arbeit und Brot und erstattet mir Bericht! Ich werde im kommenden Frühjahr die entflohenen Brüder gleichmäßig und je nach Bedarf auf die Komtureien Oberdeutschlands aufteilen.

Seine Gnaden, der Erzbischof von Mainz, versicherte mir, dass die Verhaftungen der Templer Frankreichs von Philip IV eigenmächtig durchgeführt wurden, ohne Wissen und ohne Einwilligung seiner Heiligkeit, Papst Clemens V. Seine Gnaden versicherte mir weiterhin, dass Seine Heiligkeit sobald als möglich einschreiten werde. Seine Gnaden versicherte mir außerdem, dass es in Deutschland keine Verhaftungen von Templern geben werde. Wir deutschen Templer sind also vor Verhaftungen sicher!

Liebe Brüder, verliert nicht den Mut! Betet um Beistand! Ich werde euch auf dem Laufenden halten. Euere Pflichten gehen weiter, wie bisher. Für den Templerorden in Deutschland ändert sich nichts, nur dass wir eine große Anzahl von entflohenen Brüdern aufnehmen müssen. Die Präzeptorei Oberdeutschland ist vorübergehend ein selbstständige Ordenszelle, bis die oberste Ordensleitung wiederhergestellt ist. Ich hoffe und vertraue, dass Seine Heiligkeit, Papst Clemens V, diese schändliche Affäre schnellstens in Ordnung bringen wird!

Non nobis, Domine! Non nobis, sed Nomini Tuo da gloriam!
Friedrich von Savoyen, Präzeptor, Oberdeutschland

Mainz den 3. November 1307
Lieber Bruder Arminius!

Ich nehme an, dass Du meinen Offenen Brief bereits gelesen hast und weißt, was vorgefallen ist. Diese eigenmächtige Nacht- und Nebelaktion Philips des Schönen ist ein ungeheuerlicher Affront gegen unseren Orden, gegen den Ritterstand, gegen die Kirche und gegen den Heiligen Vater! Meine Empörung ist jenseits von Worten! Auch bin ich nicht so optmistisch wie sich mein Offener Brief anhört. Unser Orden wurde schwer verletzt und wird sich nicht so leicht erholen!

Diese Attacke gegen uns wurde diabolisch und gründlich geplant. Wir wussten, dass Philip der Schöne unser Gold und unsere Macht begehrte, aber wir zählten auf den Schutz der Kirche! Anscheinend ging Philip der Schöne bedenkenlos über den Heiligen Vater hinweg, und dieser wagte es nicht einzugreifen! Er exkommunzierte Philip den Schönen nichteinmal für diesen schändlichen und vollkommen ungesetzlichen Streich! Meine Empörung schreit zum Himmel! Wir schulden dem Heiligen Vater Gefolgschaft und Treue, aber dies beruht auf Gegenseitigkeit; der Papst schuldet uns soviel Treue wie wir ihm! Er hat seine Treue gebrochen, er wurde zur Marionette Philips des Schönen! Der König von Frankreich schuldet uns keine Treue, aber der Papst schon! Er hat uns verraten und verlassen!

Ich hörte von dem Bruder Großmeister was Ende Mai zwischen ihm und Dir vorgefallen ist. Anlässlich der Ordenshauptversammlung im Juni verbot er allen

Ordensmitgliedern irgendetwas über unseren Orden auszusagen oder zu schreiben. Dieses Verbot ist jetzt hinfällig!

Unser Orden ist jetzt ohne Oberkommando, ich bin jetzt Dein höchster Kommandant! Als Dein Oberkommandant hebe ich den Schweigebefehl des Bruder Großmeisters auf und befehle Dir, Dein geplantes Geschichtswerk zu schreiben, so wie Du es schreiben willst! Du brauchst mir keine Zusammenfassung zu zeigen, Du brauchst Dich nicht an Deine erste oder zweite Zusammenfassung zu halten! Du hast mein volles Vertrauen! Schreibe das Buch so wie es Dir Dein Wissen und Gewissen gebietet, wie Du es vor Gott und der Welt verantworten kannst! Dies sei ganz und gar Dir überlassen!

Du hattest recht, als Du sagtest, dass es an der Zeit sei, die esoterischen Geheimnisse in die vier Winde zu streuen. Du hast bereits einige Samen durch Deine Gralsbriefen gesät! Und einige dieser Samenkörner haben bereits Wurzel geschlagen, sind gewachsen und haben weitere Samen abgeworfen! Ideen die in den Köpfen einiger Menschen oder in den Archiven von Organisationen stecken, können leicht zerstört werden. Aber Ideen, die in die vier Winde der Welt gesät werden, wurzeln und vermehren sich – überall!

Säe, Bruder Arminius, säe Deine Samen in die Winde der Welt! Die Welt soll wissen, was es mit dem Templerorden auf sich hatte! Sag es der Welt!

Ich möchte Dich nach Deiner Nürnberger Jahreshauptversammlung sprechen! Es gibt viel zu besprechen, ich brauche Deinen Weitblick!

Non nobis, Domine! Non nobis, sed Nomini Tuo da gloriam!

Friedrich von Savoyen

Herold beobachtete Arminius' wachsende Erregung und sah, dass er die Briefe mit zitternden Händen und starrem Blick niederlegte. „Was ist los, Bruder Arminius?“ fragte er besorgt. „Schlimme Nachrichten?“

„Ja,“ antwortete Arminius, „sehr schlimme Nachrichten! Aber auch gute! Unser müssiges Leben ist vorbei, es heißt ‚zurück zum Schreibtisch!' für uns!“ Danach gab er Herold beide Briefe zu lesen. „Der Brief des Präzeptors an mich ist ein Vertrauensbrief, ich lasse ihn dir nur lesen, weil du mein Vertrauensmann und persönlicher Sekretär bist! Du darfst den Inhalt dieses Briefes niemandem gegenüber verlauten lassen! Hörst du?“

Herold nickte zustimmend und errötete von der Ehre, die ihm damit angetan wurde, aber seine Röte verblasste schnell als er die Briefe las. Nachdem er beide Briefe gelesen hatte, rief er ungläubig aus: „Was, der Großmeister, der Marschall, der Seneschall und alle anderen Meister und Brüder die wir Ende Mai in Paris sahen wurden verhaftet und eingekerkert? Und der gesamte Tempelbesitz vom König beschlagnahmt, einschließlich des Schatzes? Wie ging das zu, wie konnte sowas geschehen? Verteidigten sich die Brüder denn nicht? Warum nicht? Der Tempelbezirk von Paris ist schwer befestigt, fester als manche Stadt oder Burg! Und viele der Brüder waren erfahrene Krieger und waren gut bewaffnet! Warum verteidigten sie sich nicht! Warum ließen sie sich so widerstandslos verhaften und wie die Schafe zur Schlachtbank führen? Das geht mir nicht ein! Warum verteidigten sie sich nicht?"

„Ich kann diese Frage nicht beantworten!" sagte Arminius verbittert. „Vielleicht dachte der Großmeister, das Ganze sei nichts weiter als ein kolossaler Fehler, der sich bald einrenken würde. Wir waren so gut wie die persönliche Miliz des Papstes! Der Bruder Großmeister muss angenommen haben, dass dies nicht mit der Einwilligung des Papstes geschah, und dass der Papst sofort eingreifen und alles rückgängig machen werde!

Außerdem sind wir unschuldig! Der Bruder Großmeister, in seiner kindlichen Naivität, in seinem unkomplizierten Glauben und Denken, kann angenommen haben, dass uns nichts geschehen kann weil wir unschuldig sind!

Die Kardinäle und Bischöfe Frankreichs sollten eigentlich auf der Seite der Kirche sein, nicht auf der Seite des französischen Königs, gegen die Kirche! Selbst in Frankreich ist die Kirche mächtiger als der König, oder sollte es sein! Der Großmeister muss fest angenommen haben, dass die Kirche auf unserer Seite ist, und mit diesem ungesetzlichen Gewaltstreich des Königs nicht übereinstimmt! Er muss der Kirche und dem Heiligen Vater blindlings vertraut haben! Deshalb gab er wahrscheinlich den Befehl, nicht zu widerstehen!

Vielleicht wurden sie auch so vollkommen überrascht und überrumpelt, dass sie nicht dazu kamen sich zu besinnen! Schließlich sind die Christen nicht unserer Feinde! Wir Ritter schwören bei der Aufnahme in den Orden niemals daran teilzunehmen, wo Christen bekämpft oder misshandelt werden! Es geht also gegen unser Ordensgelübde unsere Mitchristen zu bekämpfen! Deshalb ist es umso schändlicher, dass unsere Mitchristen unseren Treueschwur an die Christenheit gegen uns gebrauchten! Das ist ein Verrat ohnegleichen, ich weiß nicht mehr was ich sagen soll!" schloss Arminius zornbebend.

Nachdem er sich etwas beruhigt hatte, setzte er fort: „Es steht mir nicht zu, unseren Bruder Großmeister zu kritisieren, und ich würde niemals sagen, dass er den Fall unserers Ordens herbeigeführt hat, aber ich dachte immer, dass Bruder Jacques de Molay nicht dazu geeignet war unseren Orden zu führen. Er war politisch naiv, mangelhaft gebildet, zu leichtgläubig und zu gutgläubig! Er war ein guter Tempelritter, aber für das Ordenskommando ungeeignet! Er war kein Stratege! Er traf eine scheinbar sinnlose Entscheidung als er uns nach Aruad sandte, ohne Nachschub! Er gab uns nie irgendeinen Grund dafür! Diese Fehlentscheidung kostete uns tausend Menschenleben und brachte uns überhaupt nichts ein! Ich weiß bis heute nicht warum!

Ich diente dem Großmeister Guillaume de Beaujeu als persönlicher Sekretär, und war zeitweise sein Freund und Vertrauter. Bruder Guillaume war ein wahrhaft großer Großmeister! Er war hochgebildet, diplomatisch, politisch geschickt, ein Esoteriker, wissend und weise! Großmeister Guillaume war das Gegenteil des Großmeisters Jacques, in nahezu jeder Hinsicht!

Großmeister Guillaume erhielt eine fatale Wunde im Endkampf um Akko, außerhalb der Stadt Akko, auf der Ebene vor den Galiläischen Hügeln. Ich kämpfte an seiner Seite, als ein muslimischer Krieger blitzschnell an seiner anderen Seite vorbeiritt und ihm mit seinem messerscharfen Krummschwert einen gewaltigen Hieb versetzte. Der Hieb drang durch das teilweise zerschlissene Kettenhemd tief in seine Seite ein, bis in die Niere. Wir trugen ihn auf seinem Schild zum Hintereingang des Tempels von Akko, wo sie uns in der Hitze des Gefechtes nicht einlassen konnten. Wir legten den verwundeten Großmeister auf einen Haufen Pferdemist, weil es dort weich und warm war. Der Großmeister verblutete sein Lebensblut in den Mist! Damals hatte ich eine Vorahnung: ich sah den gesamten Templerorden in den Mist der Welt verbluten!

Ich weiß nicht genau was in Frankreich vorging," schloss Arminius und schüttelte einigemale heftig seinen Kopf, als wolle er den Nebel aus dem Kopf verjagen, „ich habe nur Vermutungen! Lasst uns auf das konzentrieren was uns beide angeht. Lasst uns schreiben!"

Am Abend nach dem Abendgebet las Arminius seinen Mitbrüdern den Offenen Brief vor. Da der Brief in Latein war, und nur Johannes Latein verstand, übersetzte ihn Arminius ins Deutsche und erklärte seinen Mitbrüdern, in den optimistischen Tönen des Offenen Briefes, was in Frankreich vorgefallen war. Alle Brüder waren hochentsetzt. „Wie konnte der Heilige Vater sowas zulassen?" fragte Johannes ungläubig.

„Der Heilige Vater wurde von dem ungesetzlichen und eigenmächtigen Handeln Philips des Schönen genauso überrascht wie unser Orden!" antwortete Arminius beruhigend. „Er wird einschreiten und Gerechtigkeit walten lassen!"

Am nächsten Tag begann Arminius seine Geschichte des Templerordens, so wie sie ihm schon seit Jahren vorschwebte. Er würde sie in der Form eines Prosaepos schreiben, als Lebenslauf eines Tempelritters – er selbst! In diesen Lebenslauf würde er die Geschichte des Ordens hineinweben, die offiziellen und geheimen Aufgaben des Ordens, und die Geheimlehren.

Er hatte über dieses Buch so oft und so viel nachgedacht und hatte zwei Zusammenfassungen geschrieben, er brauchte es nur noch niederzuschreiben! Das tat er so wie er alle seine bisherigen Kompositionen geschrieben hatte: zuerst auf Schiefertafeln. Die schiefergeschriebene Ausarbeitung würde er so oft korrgieren, bis er nichts mehr zu verbessern sah. Dann würde er die fertige Fassung in sein leeres, siebenhundertseitiges Buch schreiben, das Buch, welches ihm sein Mentor Markus vor 30 Jahren für so einen Zweck gegeben hatte.

Er entschied sich das Buch in fünf Kapiteln zu schreiben, und jedes Kapitel in drei Abschnitte zu unterteilen. Er würde jeweils einen Abschnitt auf Schiefer verfassen und ihn dann ins Reine schreiben. Dazu hatte er nicht genug Schiefertafeln. Er schickte Herold nach Berching um Schiefertafeln zu kaufen, ein Bündel Griffel, schwarze, blaue und rote Tinte, Farbpulver in verschiedenen Farben und einige Bleistifte. Während Herold dies erledigte, setzte sich Arminius hin und begann mit dem ersten Abschnitt des ersten Kapitels.

Seine zwei Notizbücher, dicht mit Stichworten und Phrasen vollgekritzelt, die nur für ihn Sinn hatten, waren sein Leitfaden. Mit einem Notizbuch neben der Schiefertafel begann Arminius sein Epos, in erwartungsvoller Hochstimmung, trotz der schlimmen Nachrichten aus Frankreich.

Der erste Abschnitt des ersten Kapitels war bald fertig, er unterwies Herold ihn ins Buch zu schreiben während er den zweiten verfasste. „Du schreibst ins Reine und zeichnest, ich verfasse!“ ordnete Arminius seinem Knappen an. „Lass dir Zeit, dies ist ein Buch für die Nachwelt! Ich werde sowieso etwas länger brauchen es zu verfassen als du brauchst es ins Reine zu schreiben, so lass dir Zeit, und schreibe gut leserlich!

Lass einen unbeschrieben Rand von mindestens einem Zoll rundherum, rechts und links und oben und unten! Numeriere die Seiten erst dann, wenn das ganze Buch fertig ist! Beginne jedes Kapitel mit einem dekorativen Großbuchstaben! Dekoriere die Überschrift jedes Kapitels, wie es dir beliebt! Male Bilder in den Text, wie und wo es angebracht ist!

Der Titel des Buches ist ‘Non nobis, Domine!’. Schnitze dir einen breiten Gänsekiel und schreibe den Titel, in Breitschrift, auf die Titelseite des Buches! Schreibe es aber zuerst leicht mit Bleistift vor! Über den Titel zeichne ein Templerkreuz innerhalb eines regelmäßigen Achtecks, deute aber das Achteck aber nur ganz leicht mit Bleistift an, als leichten Hinweis darauf, dass das Templerkreuz nicht das christliche Kruzifix sondern das sufistische Achteck symbolisiert! Unter den Titel zeichne einen Kreis. Ziehe eine schräge Linie durch den Mittelpunkt des Kreises, etwas über den Kreisumfang hinaus, so wie du es in den Knauf meines Schwertes graviert siehst!“

„Was bedeutet der Kreis mit dem Strich durch, Bruder Arminius?“ fragte Herold. „Ich sah ihn oft auf deinem Schwert, und wollte schon immer nach der Bedeutung fragen. Ist dies das Wappen des Hauses von Welterod?“

„Eigentlich nicht,“ antwortet Arminius, „aber es bedeutet soviel wie ‘Welterod’ und symbolisiert meinen Geist. Der Kreis ist die Welt, der Strich durch den Kreis ist die ‘Rod’, die Rute, die Wünschelrute oder der Zauberstab, der die Welt bezaubert oder transformiert. Der Kreis symbolisiert weiterhin die Synthese, der Strich symbolisiert die Analyse, und die Vereinigung der beiden in einem Symbol symbolisiert die Übersynthese, welche ensteht wenn wir uns der Synthese durch die Analyse gewahrwerden und die beiden vereinen! Außerdem symbolisiert die Vereinigung von Strich und Kreis das mystische Einswerden von männlichem und weiblichem Geist - die Vereinigung der Gegensätze schlechthin!

Auf die Rückseite des Buches male das Buntglasfenster der Beguinage Waldkirchen, so wie es ist. Du kannst jederzeit hinreiten und es kopieren. Lass dich im Malen von Schwester Davina unterweisen, denn sie ist eine Meisterin der Malkunst! Sie hat in ihrer schottischen Heimat und später, innerhalb der Beguinenbewegung, die Kunst des Malens gelehrt. Abgesehen von der Titel- und Rückseite überlasse ich dir alle Dekorationen und Illustrationen. Illustriere und dekoriere das Buch so wie du willst, wie es dir deine künstlerische Inspiration eingibt! Entfalte dein schöpferisches Talent, Bruder Herold, und vergiss nicht, Schwester Davina zu Rate zu ziehen!“

Und so schrieben und malten sie, soweit es Herolds Trainig und ihre anderen Pflichten zuließen, sieben Jahre lang an dem Buch. Herold arbeitete nur fünf Jahre daran, Arminius alleine schrieb es in den letzten zwei Jahren fertig.

Der Winter 1307/08 verging in emsiger Geschäftigkeit. Am Gründonnerstag 1308 ritten sie nach Weihersdorf zur Beichte und hielten am Rückweg bei Trevizents Höhle an. Sie banden ihre Pferde an die ausladenden Äste einer Buche, schoben den Stein vom Höhleneingang und krochen im Dunkeln hinein. Zuerst saßen sie in stillem Gebet und Mediation, danach ermunterte Arminius seinen Knappen zu einem Gespräch.

„Warum datierte Wolfram das Zusammentreffen zwischen Parzival und Trevrizent auf den Karfreitag?“ wollte Herold wissen. „Und was wollte Wolfram damit sagen, wenn er schrieb, dass jeden Karfreitag eine Taube vom Himmel fliegt und in ihrem Schnabel den Gral trägt, in der Form einer runden, weißen Hostie?“

„Für uns Christen ist der Karfreitag der Tag der Selbstaufopferung,“ antwortete Arminius, „und Ostern ist das Fest der Wiederauferstehung. Parzival hatte schon vor Jahren den Gral und die Gralsgemeinschaft gesehen, aber der Gral samt der Gralsgemeinschaft entschwanden ihm, weil er kein Mitleid zeigte. Um echtes Mitleid zu fühlen, musste er sein egozentrisches Selbst aufopfern und mit der Gottheit und der Menscheit einswerden.

Nur wer sein egozentrisches Ich aufopfert, und das Bewusstsein und die Liebe der göttlichen Einheit erlangt, der kann wahrhaft mitleidsvoll sein! Parzival wollte den Gral wiederfinden und Gralskönig werden, aber dazu musste er erst sein egozentrisches Selbst aufopfern und als göttlicher Mensch wiederauferstehen!

Der Gral ist ein Gleichnis für das Himmelreich auf Erden. In dieses Reich darf jeder eintreten – jeder der gewillt ist den Eintrittspreis zu zahlen. Der Eintrittspreis ist das egozentrische Selbst! Wer bereit ist es zu zahlen, der darf eintreten! Deshalb wählte der ehrwürdige Wolfram den Karfreitag, den Tag der Selbstaufopferung, als den Tag wenn der Gral herniederkommt!

Außerdem ist der Karfreitag der vorletzte Tag der christlichen Frühlingsfaste. Fasten ist einem mystsichen Einswerden mit der Gottheit sehr dienlich! Jesus erlebte sein Einswerden mit der Gottheit am Ende seiner 40tägigen Faste in der Wüste; viele Christen erlebten seither ihre Kommunion mit der Gottheit gegen Ende ihrer Frühlingsfaste. Und wir Christen sind bei weitem nicht die Einzigen! Mohammed – er sei gepriesen – erlebte seine Kommunion mit der Gottheit während der Nacht zwischen dem vorletzten und letzten Tag des Ramadan, der ‚Nacht der Macht', der ‚Nacht wenn der Koran herniederkam'.

Es gibt noch weitere Gründe weil Wolframs Gral an Ostern herniederkommt. Ostern ist das Fest der Astarte, der Muttergöttin. Der Gral ist manchmal auch als Spitzbogenoval abgebildet. Die Turteltaube wird auch oft als Spitzbogenoval stilisiert. Beide, das Spitzbogenoval und die Turteltaube, sind Symbole der Göttin, ihres weiblichen Geistes und ihrer weiblichen Liebe.

Als Parzival bei Trevrizent zu Gast war, sagte ihm der ehemalige Templer Trevrizent, dass der Gralskönig Anafortes an einer fürchterlichen Krankeit leide und dass die gesamte Gralsgemeinschaft mit ihm leide. Der Gral und die Gralsgemeinschaft entschwanden Parzival bei seinem ersten Besuch im Gralsschloss, weil er es versäumt hatte, nach der Krankeit des Gralskönigs zu fragen. ‚Oheim, was fehlt dir?' war die auschlaggebende Gralsfrage! Um seinen Oheim von seinem Leiden zu erlösen und selbst Gralskönig zu werden, musste Parzival wissen, was dem Anafortes fehlte!"

„Was fehlte dem Anafortes?" fragte Herold

„Der Speer des Longinus wurde dem König Anafortes in die Geschlechtsteile gestoßen! Anafortes litt unsäglich an dieser Wunde! Der Speer, im Allgemeinen, ist ein phallisches Symbol, er symbolisiert den männlichen Geist. Der Speer des Longinus, im Besonderen, ist der patriarchalische Geist welcher Jesus und die Essenz seiner Lehren tötete!

Das ist die Krankheit des Anafortes, und die Krankheit der Menscheit: ein Zuviel an männlichem Geist, ein Zuwenig an weiblichem, und ein Mangel an Einheit und Gleichgewicht zwischen den beiden! Um Gralskönig zu werden, musste Parzival dies genau wissen!"

Herold war mit Arminius' Antwort nicht ganz zufrieden und fragte weiter. „Warum eine runde, weiße Hostie? Warum ist der Gral, den die Taube am Karfreitag herniederbringt, eine runde, weiße Hostie?"

„Dafür habe ich zwei Erklärungen", antwortete Arminius. „Die Hostie ist der Eucharist der sich während der Heilige Wandlung in den Leib Christi transsubstantiert. Das ist die orthodoxe Erklärung! Meine persönliche Erklärung, und die vieler Mystiker und Esoteriker, ist ganz anders, aber sehr ähnlich, denn sie bedeutet im Grunde genommen dasselbe.

Die Mystiker des alten Ägypten, die Priester und Schreiber des Thoth, waren die ersten Mystiker der Welt die ihre mystischen Erlebnisse niederschrieben. Sie beschrieben ihre Visionen hauptsächlich als Kreise von weißem Licht. Visionen von Lichkreisen sind zeitlos und universell, sie finden sich in allen Religionen der Welt wieder. Die alten Ägypter nannten sie ‚Rota'. Die meisten Visionen christlicher Mystiker waren entweder weiße Lichtkreise oder Wesen die ganz oder teilweise von weißem Licht oder weißen Lichtkreisen umgeben waren. Ein oder mehrere Kreise von weißem Licht, und Kreise innerhalb von Kreisen, und Kreise mit Kreisen verbunden, und andere Kreisgeomtrie, sind die häufigste, mystische Vision, von der Antike bis heute!

Ich empfing einen Kosmos der aus nichts anderem als Lichtblasen besteht, von den unendlich vielen, infinitesimal kleinen Kleinstblasen, die winzige Lichtpünktchen sind und nicht mit dem Auge gesehen werden können, bis zu den astronomisch riesigen Überblasen, die die Welten halten und zusammenhalten und so groß sind, dass sie auch nicht mit dem Auge gesehen werden können! Und alles was dazwischenliegt! Ich sah alles, das Sichtbare und das Unsichtbare, das Irdische und das Überirdische, die Welt der Materie und die Welt des Geistes, in Lichtblasen: Blasen innerhalb Blasen innerhalb Blasen, scheinbar ad infinitum, alle miteinander verbunden! Nicht eine Blase existiert alleine, jede ist mit jeder verbunden! – Alles ist mit allem verbunden!

Das Unglaublichste daran ist, dass diese Blasen ätherisch sind, das heißt, dass sie nicht fest oder fassbar sind, dass sie sozusagen unwirklich sind! Was ihnen den Anschein von Festigkeit und Wirklichkeit gibt, ist ständige Bewegung, ständige Umdrehung! Und die Unterschiede in der scheinbaren Festigkeit von Materie sind nichts weiter als Unterschiede in der Dichte in welcher die Blasen zusammengepackt sind!

Diese Blasen bestehen aus göttlichem Äther, der in seinem Urzustand ein dunkles, bewegungsloses, unquantifiziertes Nichts war. Dieses dunkle Nichts transsubstantierte sich in eine Blase von weißem Licht, und ein Blase innerhalb dieser Blase, und danach in eine nach innen und außen gehende Folge von Blasen – durch die Kraft der Bewegung! Bewegung transformierte die ätherische Nichtsubstanz zu Substanz; Bewegung transformierte das ätherische Nichts zu einem ätherischen Etwas; Bewegung transformierte Dunkel zu Licht! Die schöpferische Kraft der Bewegung machte das Unwirkliche wirklich! Die schöpferische Kraft der Bewegung ist der schöpferische Geist! Wolfram symbolisierte den Schöpfergeist der Bewegung mit der herniederfliegenden Taube. Und die Hostie, die die Taube im Schnabel trägt, ist die ewige Substanz der transsubstantierten Gottheit.

Wolframs runde, weiße Hostie, die am Karfreitag im Schnabel einer Turteltaube vom Himmel herniedergebracht wird, symbolisiert die Substanz der unsubstantierten Gottheit, die durch den ursprünglichen Schöpfungsakt ihre ursprüngliche Nichtsubstanz zu Substanz transsubstantierte, und dadurch ihr ursprüngliches Selbst aufopferte!

Die Gottheit opferte ihr göttliches Selbst auf um Mensch zu werden! Diese ursprüngliche Aufopferung funktioniert auch andersherum: Der Mensch muss sein menschliches Selbst aufopfern um Gottheit zu werden! – Dies, und mehr, ist was der ehrwürdige Wolfram mit seinem Gleichnis zu sagen versuchte!“ schloss Arminius.

Danach saßen sie schweigend bis Arminius das Gespräch wiederaufnahm. „Als Parzival über das Osterfest zu Gast in Trevrizents Höhle war, sagte ihm der Einsiedler Trevrizent, dass nur diejenigen den Gral finden können, die dazu vorbestimmt sind. Aber in Buch 16, gegen Ende des Epos, widerruft Trevizent diese Aussage indem ihm sagt: ‚Du hast dir den Weg zum Gral erzwungen, das kam bis jetzt noch nie vor!’

Der ehrwürdige Wolfram will uns damit sagen, dass wir nicht passiv darauf warten sollen vom Gral erwählt zu werden. Wir selbst können den Gral wählen, wir können uns dazu erwählen vom Gral erwählt zu werden, aber nur wenn wir gewillt sind den Preis zu zahlen! Der Preis für den Gral ist, wie immer, das egozentrische Selbst! Der Gral ist billig, oder teuer, je nachdem wie hoch man das egozentrische Selbst einschätzt. Aber jeder, der gewillt ist den Preis zu zahlen, kann den Gral haben!“

Nach einer weiteren, kontemplativen Pause krochen sie aus der Höhle ans Tageslicht, ritten heim und setzten ihre Arbeit mit frischer Kraft fort.

Das Osterfest feierten sie wie üblich in Weihersdorf. Nach dem Festmahl gingen die Brüder hinaus um ihre Kegelbahn für die neue Saison einzuweihen. Arminius und Dietrich setzten sich mit einem Krug Frankenwein und zwei Bechern ans Feuer. Dietrich, der während der Weihnachstfeiertage krank gewesen war und Arminius seit der Templerverhaftungen in Frankreich nicht privat gesprochen hatte, konnte kaum warten bis sie saßen und platzte mit der brennenden Frage heraus:

„Warum? Warum hat Philip der Schöne unseren Orden derart geschändet? Warum hat uns der Heilige Vater verlassen? Warum haben sich die Brüder in Paris und in anderen, befestigten Häusern nicht verteidigt? Warum haben sich unsere Brüder in Frankreich so widerstandslos verhaften und wie die Schafe zur Schlachtbank führen lassen? Weißt du warum, Bruder Arminius?“

„Deine erste Frage ist leicht zu beantworten. Philip der Schöne beneidete uns um unsere Macht und um unser Gold, und er nahm sich beide, mit einem diabolisch geplanten und ausgeführten Streich seiner teuflischen Tatze!

‘Warum haben sich die Brüder nicht verteidigt?’ Das ist auch leicht zu beantworten. Wie du weißt, schwören wir bei der Aufnahme in den Orden, dass wir uns niemals daran beteiligen, wo Christen misshandelt oder bekämpft werden. Philip der Schöne gebrauchte unseren Schwur gegen uns!

‚Warum hat uns der Papst verlassen?’ Clemens der Fünfte ist krank und schwach. Er wird von den französischen Kardinälen dominiert, die mehr im Dienste des Königs als im Dienste der Kirche stehen. Philips erster, vernichtender Zug in seinem tödlichen Schachspiel gegen uns war die französischen Kardinäle und Bischöfe für sich zu gewinnen und das Volk gegen uns aufzuhetzen. Sein zweiter Zug war, einen seiner Bischöfe, Bertrand de Got, ehemaliger Erzbischof von Bordeaux, zum Papst wählen zu lassen und den päpstlichen Sitz von Rom nach Poitier zu verlegen. Sein letzter und tödlicher Zug, im Morgengrauen des Freitag den 13. Oktober, war Schachmatt!

Vielleicht hat der Papst, oder der Erzbischof von Sens im Auftrag des Papstes, unserem Großmeister befohlen sich widerstandslos zu ergeben. Auf jeden Fall wurde der Papst zu einer Marionettenpuppe des französischen Königs! Wie du sagtest, der Papst hat uns verraten und verlassen!

Vielleicht dachte unser guter und allzu naiver Bruder Großmeister, dass der Papst ihn schützen und baldigst befreien werde, denn wir waren stets getreue Diener des Papstes und sind, im Sinne der Anklage, unschuldig! Auch ist es möglich, und sogar wahrscheinlich, dass unser Grundbesitz an die Kirche zurückgegeben wird, denn Philip nahm ihn nicht nur von uns sondern auch von der Kirche. Aber nicht unser Gold! Unser Gold ist bereits eingeschmolzen und sitzt, in Goldfranken umgemünzt, in der Schatzkammer des ‚Falschmünzerkönigs’ Philip. Keine Macht der Welt, nichteinmal die Macht Gottes, kann es zurückholen!

Weil ich gerade von der Macht Gottes spreche, der Bruder Großmeister, in seinem naiven Kinderglauben, kann vielleicht angenommen haben, dass Gott auf unserer Seite ist, weil wir auf Gottes Seite sind, und dass Gott für uns einschreiten wird. Aber die Macht Gottes ist nicht von dieser Art!“

„Von welcher Art ist Gottes Macht, Bruder Arminius?“ fragte Dietrich.

„Die Weltseele, oder das Erinnerungsgut der Gottheit, ist allwissend und allweise, aber passiv! Wir sind der aktive Arm Gottes! Gott wird durch uns aktiviert! Wir können den Willen Gottes ausführen, oder nicht! Wenn wir unser persönliches Selbst dem göttlichen Selbst unterordnen, und unserern persönlichen Willen dem göttlichen Willen, dann handeln wir göttlich, im Namen Gottes und an Gottes Statt! Wenn wir aber unser persönliches Selbst vom göttlichen Selbst getrennt halten, und unsere persönliche Seele von der Weltseele trennen, dann denken und handeln wir im Interesse unseres getrennten, egozentrischen Selbst. Dann sind unsere Gedanken und Taten selbstsüchtig und ungöttlich! Die Taten Philips des Schönen, und die seiner Helfer und Henker, sind infame Beispiele für selbstsüchtige und ungöttliche Taten!“

„Gott hat also keine Macht über das, was auf Erden geschieht?“ fragte Dietrich verwundert.

„Gott wirkt auf der ätherischen Ebene! Er wirkt nicht, wie die meisten Menschen glauben, mit schwerer Hand von außen her, sondern unmerklich, mit leichter Hand, von innen, von der ätherischen Ebene her. Um Gottes Willen auszuführen, müssen wir uns unserer ätherischen Existenz gewahr und mit ihr eins werden!

„Nein, der separate Gott hat auf Erden keine Macht!“ setzte Arminius eindrücklich fort. „Aber, wenn wir uns mit Gott vereinen, dann wird Gott auf Erden mächtig! Gott wird durch die Einheit zwischen Schöpfer und Geschöpf aktiviert! Der separate Gott ist passiv, die vereinte Gottheit ist aktiv! Und die Vereinigung mit Gott kann nicht von Gott hergestellt werden! Wir haben uns von Gott getrennt, nicht Gott von uns! Wir waren von jeher mit Gott vereint, und sind es noch immer! Wir wähnen uns von Gott getrennt, wir müssen uns von diesem unseligen Wahn befreien! Wir, von unserer Seite her, haben die Trennung herbeigeführt! Wir, von unserer Seite, müssen uns mit Gott wiedervereinen! Gott wartet auf uns, mit ausgebreiteten Armen! Aber die Wahl zur Wiedervereinigung ist unsere!“

„War denn unser Großmeister nicht mit der Gottheit vereint?“

„Das kann und will ich damit nicht sagen!“ antwortete Arminius entschieden. „Vielleicht war die Seele des Großmeisters mit der Seele Gottes vereint? Vielleicht war der Untergang des Tempels ein notwendiges Opfer? Vielleicht ist es notwendig, dass wir uns aufopferen, um unser Ziel zu fördern? Vielleicht dachte oder fühlte der Großmeister, dass sich der Orden für einen höheren Zweck aufopfern müsse, so wie sich Jesus für die Erlösung der Menschheit aufopferte? Aber ich fühle und denke das nicht! Für mich ist die Vernichtung des Templerordens in Frankreich nichts weiter als die außergewöhnlich ungöttliche Tat eines außerordentlich ungöttlichen Königs!

Abgesehen davon, die alleinige Tatsache, dass unsere Seele mit der Seele Gottes vereint ist, heißt noch lange nicht, dass wir keine Fehler machen! Selbst göttliche Menschen machen Fehler – selbst Gott macht Fehler! Man muss Fehler machen um zu lernen; Fehler sind zum schöpferischen Vorgang unerlässlich! Wir lernen durch unsere Fehler, Gott lernt durch seine Fehler! Um etwas besser zu machen müssen wir es zuerst schlechter machen – Fehler führen zu Erfolg! Göttliche Weisheit heißt nicht, dass wir keine Fehler machen; göttliche Weisheit ist ein Streben nach Vollkommenheit, und eine Sache des Gesichtspunktes! Wenn wir vom Gesichtspunkt der alleinschließenden Gottheit denken und handeln, dann sind unsere Gedanken und Taten göttlich, selbst wenn wir dabei Fehler machen! Wenn wir vom Gesichtspunkt des separaten, persönlichen, egozentrischen Selbst denken und handeln, dann sind unsere Gedanken und Taten egozentrisch und ungöttlich!

Ich denke die Gottheit hat zwei bestimmte Ziele für die Schöpfung: Eine größtmöglichste Formenvielfalt, und das Erwachen des Gottesbewusstseins im Menschen! Wie wir Menschen auf dieses heilige Ziel zugehen werden weiß niemand genau, nichteimal Gott! Das Ziel ist klar, aber der Weg zum Ziel muss erst geschaffen werden! Wir gehen auf das leuchtende Ziel zu und bahnen uns gleichzeitig den Weg! Dabei machen wir natürlich Fehler, und lernen von unseren Fehlern! Wir Templer sind die Pfadfinder und Wegbereiter dieses Weges, wir sind die Hüter und Helfer der Menschen die diesen Weg gehen! Wir sind die Diener des Zieles, wir müssen uns dem leuchtenden Ziel unterordnen und notfalls aufopfern! Vielleicht war das Ende unseres Ordens in Frankreich so ein Opfer?"

„Und was wirst du tun, wenn der Büttel des Grafen von Hirschberg mit seinen Schergen nach Thannbrunn kommt um dich zu verhaften?" fragte Dietrich. „Wirst du dich widerstandslos ergeben und in den Knast werfen lassen, wie unsere Brüder in Frankreich?"

„Die politischen Verhältnisse hier in Deutschland sind ganz anders als die in Frankreich!" antwortete Arminius. „Was sich in Frankreich ereignete kann sich hier kaum wiederholen! Der König stellt in Deutschland keine Zentralgewalt dar, er wird von den Landesfürsten gewählt und ist von ihnen abhängig. Und die Fürsten Deutschlands sind sich selten einig, sie sind sich hauptsächlich darüber einig, uneinig zu sein! Die einzige Zentralgewalt Deutschlands ist die Kirche! Eine Massenverhaftung der deutschen Templer müsste von der Kirche ausgehen! Selbst dann würden viele Fürsten zetermordio schreien, und die Verhaftungen erschweren oder unmöglich machen. Vergiss nicht, dass hier in Deutschland die Deutschherren unsere Bruderorganisation sind! Sie herrschen wie die Fürsten in ihrem großen Reich an der Ostsee! Der Großmeister des Deutscherrenordens hat die politische Macht und das Recht eines deutschen Landesfürsten, er würde auf keinen Fall einen Massenarrest der deutschen Templer zulassen!

Aber der Papst hat uns installiert, und er kann uns annullieren, mit nicht viel mehr als einem Federstrich! Und wenn er tatenlos zusah, wie Philip der Schöne unseren Orden in Frankreich schändete und beraubte, ohne ihn sofort zu exkommunizieren, dann ist er auch dazu fähig, unseren Orden aufzulösen! Dagegen sind wir machtlos, und gegen das würden uns unsere Deutschherrenbrüder nicht schützen! Sie sind zwar unsere Brüder, aber auch unsere Rivalen! Die Anschuldigungen von Sodomie, Blasphemie, Häresie und Idolatrie würden sich auch ein wenig gegen sie richten, wenn uns hier in Deutschland der Prozess gemacht würde, und das würden sie nach Kräften vermeiden! Aber die Auflösung unseres Ordens würde ihnen zugute kommen, denn die meisten deutschen Templer würden sich dann dem Deutscherrenorden anschließen und ihn stärken. Obgleich sie die Anschuldigungen gegen unseren Orden verneinen, würden sie die Auflösung unseres Ordens bejahen!"

„Du malst ja keine rosige Zukunft für unseren Orden, Bruder Arminius!" rief Dietrich bestürzt aus. „Was wirst du tun, wenn unser Orden aufgelöst wird?"

„Ich werde weiterschreiben!" antwortet Arminius.

Kurz nach Ostern erschienen neun Templer in der Tracht dienender Handwerker in Neuhaus. Jeder von ihnen trug eine hölzerne Rückentrage, schwer mit Handwerkszeug beladen. Steinsäge, Meißel, Keil, Hammer, Zirkel, Winkel und Lineal, Waage und Lot, Kelle und Streichbrett verrieten die Brüder als Maurer und Steinmetzen.

Sie sprachen weder Deutsch noch Latein, Johannes hieß sie durch Gesten ihre schweren Lasten absetzen und lud sie in das Hospiz ein. Bruder Hermann servierte ihnen Brot, Käse und Bier, während Johannes eilends nach Thannbrunn lief um Arminius zu benachrichtigen.

„Neun Brüder sind angekommen!“ stammelte Johannes zwischen Atemstößen. „Sie tragen Maurerwerkzeuge! Sie sind müde und hungrig, ich ließ sie speisen, obwohl es außerhalb unserer Mahlzeiten ist! Sie sprechen weder Deutsch noch Latein, ich machte mich durch Gesten verständlich! Wahrscheinlich sind sie Flüchtlinge aus Frankreich!“

Arminius legte Tafel und Griffel weg und gebot Herold mitzukommen. Die drei gingen eilends nach Neuhaus, wo die französischen Brüder noch am Tisch saßen und sich labten. „Bonjour, mes frères! Comment allez-vous?“ begrüßte sie Arminius.

Die Brüder glaubten nicht recht zu hören: sie wurden Französisch angesprochen! Sie erhoben sich schnell und verneigten sich vor Arminius. Ihr Führer erwiderte Arminius' Gruß und sprach: „Bruder Arminius, bevor ich über uns spreche, muss ich dir eine Botschaft von deinem Bruder Präzeptor in Mainz geben. Der Bruder Präzeptor lässt grüßen und sagt, dass er dich sobald als möglich zu sprechen wünscht. Du sollst nach Mainz reiten sobald du kannst!

Jetzt zu uns. Wir sind Brüder Maurer aus der Präzeptorei Mâcon. Als der Baillie von Mâcon mit seinen Schergen in unsere Präzeptorei einfiel, arbeiteten wir gerade an einer Probstei östlich der Saône, und schliefen auf der Baustelle. Wir waren alle freie Bürger von Mâcon, bevor wir dem Tempel beitraten, und wir haben viele Verwandte dort. Einer unserer Verwandten beobachtete die Verhaftung der Templer, sprang auf sein Pferd und ritt in Windeseile um uns zu warnen. Wir packten hastig unsere Werzeuge und gingen im Eilschritt auf den Jura zu. Wir versteckten uns in den Wäldern des Jura und schlugen uns nach Basel durch.

Aber das Templerhaus in Basel war überfüllt, der dortige Bruder Komtur gab uns ein Ruderboot und wies uns an nach Mainz zu fahren. Wir ruderten nach Mainz und überwinterten dort, zusammen mit etwa 300 geflüchteten Brüdern, in dem großen Konventsaal der Mainzer Präzeptorei. Im Frühjahr verteilte uns der Bruder Präzeptor auf die Komtureien Oberdeutschlands. Er gab mir das Kommando über meine Maurer und schickte uns hierher um für dich zu arbeiten.

Ich bin ein Eingeweihter des Dritten Grades, meine Gesellen sind Eingeweihte des Zweiten Grades. Du weißt doch was ich meine, Bruder Arminius?“

„Ja, ich weiß was du meinst!“ bestätigte Arminius lächelnd.

„Außerdem bin ich Baumeister, und meine Mitbrüder und Gesellen sind erfahrene Maurer und Steinmetzen. Wir haben im Saônetal Häuser, Ställe, Speicher, Kirchen und Kapellen gebaut. Wir können dir jedes Gebäude bauen, vorausgesetzt du hast die Materialien. Bitte, Bruder Arminius, lass uns arbeiten! Wir haben seit Monaten nichts getan, wir wollen nicht aus der Übung kommen!"

„Brüder Maurer, ihr habt Glück!" rief Arminius überschwenglich. „Ich habe auf meinem Land einen Sandsteinrücken aus dem ihr Bausteine schneiden könnt. Und vom Sandsteinrücken zum nächsten Fuhrweg ist ein günstiger Abhang, so dass ihr die Steine leicht laden könnt. Außerdem habe ich Zugang zu einem Tuffsteinbruch und einem Kalksteinbruch, beide gehören dem benachbarten Ritter, mit dem wir Handelsbeziehungen pflegen. Wir haben unseren eigenen Kalkofen und haben gerade gebrannt und gelöscht: eine Grube voll gelöschtem Kalk wartet auf euch! Und ich habe meine eigene Sandgrube, mehr Sand als ihr braucht! Meine Residenz, die Burg Thannbrunn, ist etwas verfallen und braucht dringend einige Renovierungen. Und wir haben keine Kapelle! Brüder Maurer, baut uns eine Kapelle!"

Die Brüder Maurer jubelten Arminius zu, überglücklich eine Kapelle bauen zu dürfen, und freudig überrascht in ihrem Dialekt angesprochen zu werden. Denn sobald Arminius sie sprechen hörte, verfiel er in den Dialekt der Saône. Die Maurer, die von dem Fall des Templerordens in Frankreich und von der langen Flucht durch ein fremdes Land etwas verstört waren, fühlten sich plötzlich wohl und atmeten freudig auf. Der Präzeptor wusste, dass Arminius Burgundisch sprach, er hatte die burgundischen Maurer hierhergeschickt damit sie mit Arminius in ihrer Muttersprache konversieren konnten.

Vier Jahre lang arbeiteten die burgundischen Maurer für Arminius und wohnten im Neuhaus Hospiz. Sie erhellten das Hospiz mit ihrem französischen Elan und belustigten Brüder, Knechte, Bauern und Reisende mit ihren Versuchen den bayrischen Dialekt zu sprechen. Während der vier Jahre renovierten sie die Burg Thannbrunn und bauten östlich der Burg eine kleine Kapelle, die Dreineigkeitskapelle. In den Boden der Dreieinigkeitskapelle bauten sie Arminius' Gruft.

Arminius wollte weiterhin sein Buch verfassen, und da dies länger dauerte als das Schreiben, bestimmte er Herold als Aufseher und Mittelsmann für die Maurer. Es war eine ausgezeichnete Gelegenheit für Herold sein Französisch zu verbessern und mit dem burgundischen Dialekt vertraut zu werden. Natürlich war Arminius da, seinem Knappen jederzeit zu helfen, wenn er die Burgunder nicht verstand.

Herold in ein nahes Verhältnis mit den Maurern zu setzen hatte einen weiteren Grund, den Arminius vorläufig für sich behielt. Er ahnte, dass die Razzia im Morgengrauen des Freitag den 13. Oktober nur ein Auftakt war, der Anfang des Endes des Templerordens. Es war gut möglich, dass auch die Templer Deutschlands gezwungen würden zu fliehen oder unterzutauchen. Um sich selbst sorgte er sich nicht, er würde seinen Platz finden. Auch um die Neuhaus Brüder brauchte er sich nicht zu kümmern, die stammten aus der einheimischen Bevölkerung und konnten leicht in der Bevölkerung untertauchen. Aber die burgundischen Maurer konnten nicht untertauchen, sie müssten fliehen! Und Herold war jung, weltgewandt und begeistert genug zu fliehen und woanders neu anzufangen. Wenn es soweit war, dann würde er Herold das Kommando über die Maurer geben und sie in ein Land schicken wo der Templerorden erwünscht und geachtet war.

Wo das sein würde wusste er noch nicht. Vielleicht die Nordlande, wo unabhängig denkende und handelnde Wikingerkönige mehr als bereit waren das päpstliche Joch, das ihnen erst vor kurzem aufgelegt wurde, wieder abzuschütteln. Oder nach Schottland, wo Robert der Bruce versuchte sich der englischen und päpstlichen Bevormundung zu entledigen und ein unabhängiges, keltisch-christliches Königreich Schottland zu gründen. Oder zur östlichen Ostsee, wo die Deutschherren wie Könige herrschten und der lange Arm des Papstes nicht hinreichte. Vielleicht sogar in eines der islamischen Länder, es gab bestimmt einige, die dem Templeorden besser gesinnt waren als die christlichen! Für ihn selbst stand in Alexandria ein Lehrstuhl offen, vielleicht würde er von dem Angebot des Großmuftis Gebrauch machen.

Herold arbeitete mit den Maurern und Arminius ritt alleine nach Mainz. In der Deutschherrenkomturei von Eschenbach bestürmten sie ihn mit Fragen, das große „Warum?" war auf aller Zunge. Obwohl die Deutscherren in ihrer Existenz nicht bedroht waren, war der Affront gegen den Templerorden ein Affront gegen alle Ritterorden. Die Deutschherren von Eschenbach waren empört! Sie wussten, dass Arminius einmal der Sekretär des Templergroßmeisters war, deshalb dachten sie, dass er etwas Licht auf die dunkle Affäre werfen könne. Aber Arminius konnte ihnen nicht viel mehr sagen als sie bereits wussten, und was er sagte, sagte er in vorsichtigen und optimistischen Tönen.

Am frühen Morgen des nächsten Tages verließ er Eschenbach und ritt über Ansbach nach Rothenburg und das Tauber- und Maintal hinunter nach Mainz. Auf seinem schnellen Araberpferd ritt er in vier Tagen von Eschenbach nach Mainz. Sofort nach seiner Ankunft meldete er sich beim Präzeptor. Der lud ihn nach dem Abendessen auf eine private Unterredung bei einem Krug Wein ein.

„Du kamst früher an als ich dachte, Bruder Arminius" sagte der Präzeptor aufatmend. „Ich bin froh, dass du da bist, denn es ist niemand hier, der deinen Weitblick besitzt und mit dem ich frei über diese unerfreulichen Geschehnisse sprechen kann. Sind die Brüder Maurer gut in deiner Komturei angekommen? Als ich hörte, dass sie aus Mâcon kamen, dachte ich sofort an dich, und schickte sie in einem Frachtboot nach Nürnberg und zu dir! Hast du genug Arbeit für sie?"

„Ja, ich habe mehr als genug für sie zu tun! Mein Knappe, der passables Französisch spricht, ist ihr Aufseher und Mittelsmann. Deshalb ritt ich alleine und schaffte es mit meinem Araber in fünf Tagen hier zu sein!"

„Es ist gut zu wissen, dass du so schnell hier sein kannst, ich werde dich vielleicht wieder einmal schnell brauchen. Du bist selbst ein halber Araber, Bruder Arminius, du denkst besser und schneller als wir kaltblütigen Deutschen. Deshalb rief ich dich hierher, und deshalb werde ich dich vielleicht bald wieder brauchen."

„Ich danke dir für das Kompliment, Bruder Präzeptor, die Schläge der letzten Monate waren bestimmt schlimm genug einen über Gebühr zu belasten! Was sind die jüngsten Entwicklungen?"

„Der Heilige Vater protestierte in den stärksten Tönen gegen das eigenmächtige Verhalten Philips des Schönen. Zwei Tage nach jener infamen Razzia am Morgen des 13. Oktober berief er eine Konferenz in Poitier ein. Er schrieb König Philip, dass sein Vorgehen gegen die Templer höchst ungesetzlich sei, ein schwerer Affront gegen die Römisch Katholische Kirche und eine persönliche Beleidigung des Papstes. Um Gesicht zu wahren und die Oberhand und Initiative zurückzugewinnen, erließ der Papst am 26. November eine Bulle, in der er die Verhaftung eines jeden Tempelritters in der gesamten, christlichen Welt anordnete, und die vorübergehende Beschlagnahme ihres Besitzes durch die Kirche. Die Bulle gebietet, dass der Prozess gegen die Templer öffentlich und von der Kirche durchgeführt werden muss! 'Wenn die Templer unschuldig sind, dann haben sie nichts zu befürchten!' steht in der Bulle.

Die Templer Englands und Irlands wurden im Januar und Februar verhaftet, aber die dortigen Baillies nahmen es mit den Verhaftungen nicht sehr genau und die meisten Templer entkamen. Einige Templer Iberiens schlossen sich in ihre Festungen ein und widerstehen immer noch der Verhaftung. Andere tauchten unter oder traten in andere Orden über. Nur wenige wurden verhaftet. Von den fünf Königen Iberiens verhielt sich der König von Portugal am rühmlichsten, er umging die päpstliche Bulle, indem er dem Templerorden in Portugal genehmigte sich auf die ‚Ritter Christi' umzutaufen und weiter zu bestehen.

Karl III. von Anjou verhaftete die Templer in Provence und im Königreich Neapel Anfang Januar, in einer Razzia wie die in Frankreich. Die Templer der Niederlande wurden im März verhaftet, aber die meisten bekamen vorher Wind und flüchteten. Die meisten Templer Italiens flüchteten oder gingen in andere Orden über. Die Templer von Zypern harren in ihren Festungen aus. Die Templer von La Rochelle waren die einzigen Templer Frankreichs, die sich in ihre Festung einschlossen und der Verhaftung widerstanden. Die Templer sonstwo im christlichen Raum entkamen, oder sie tauchten unter, oder wurden noch nicht verhaftet, oder harren in ihren befestigten Burgen aus und widerstehen der Verhaftung."

„Gab es schon irgendwelche Prozesse, oder Urteile?" fragte Arminius.

„Einigen Templern Frankreichs wurde bald nach der Verhaftung der Prozess gemacht, nicht von den Inquisitoren des Papstes sondern von Vertretern des Königs. Geständnisse wurden erpresst, unter Folter, oder unter Drohung von Folter. Jeder weiß, dass solche Geständnisse rechtlos sind! Nach römischem Recht ist die Folter nicht rechtsgültig, denn sie ist nur dazu da, aus einem Angeklagten einen Schuldigen zu machen, ohne ordentliche Beweisführung und ohne rechtsgültige Beweise! Unsere Ankläger haben bis jetzt noch nicht den kleinsten Beweis für ihre ungeheurlichen Anschuldigungen erbracht! Beweise sind in diesem Scheinprozess gegen uns ohnehin nicht wichtig; wir wurden für schuldig befunden ohne dass wir uns etwas zuschulde kommen ließen! Aber es gab bis jetzt keine Hinrichtungen! Und ich hoffe und bete, dass es keine geben wird!

Bis jetzt wurde noch kein deutscher Templer verhaftet! Der Erzbischof von Mainz versicherte mir, im Vertrauen, dass es in Deutschland keine Templerverhaftungen geben werde. Das ist, so denke ich, auf den Druck zurück zu führen, den die Deutscherren auf die deutschen Bischöfe ausüben. Außerdem ist der deutsche Hoch- und Landadel nahezu geschlossen auf unserer Seite! Ersteinmal glauben die deutschen Adeligen, dass wir unschuldig sind, zweitens sind sie über das eigenmächtige Handeln Philips des Schönen erbost, nicht nur weil er die Templer Frankreichs verhaftete und beraubte, sondern auch weil er den Papst dazu zwang, dem gesamten Templerorden den Prozess zu machen. Wir Tempelritter gelten in Deutschland immer noch als der Inbegriff der Ritterlichkeit! Für die Adeligen Deutschlands ist der Scheinprozess gegen uns ein Affront gegen den Ritterstand und ein Verstoß gegen den Ehrenkodex der Ritterlichkeit! Deshalb weigern sich die deutschen Bischöfe die päpstliche Bulle zu befolgen, die übrigens vor einigen Wochen neu proklamiert wurde, um die säumigen Bischöfe zu mahnen. Dass ist alles, was ich bis jetzt weiß", schloss Präzeptor Friedrich. „Was hast du zu sagen, Bruder Arminius?"

„Den einzigen Beweis, den unsere Ankläger gegen uns haben, ist Unorthodoxie", begann Arminius. „Aber Unorthodoxie an sich ist nicht Häresie! Häresie wird von den Kanonen der Kirche und von den Konstitutionen von Melfi als ‚die aktive Unterstützung einer abtrünnigen Sekte oder Bewegung' definiert. Das Studium esoterischer Lehren oder anderer Religionen, wie es manche von uns betrieben und lehrten, ist Scholastik, nicht Häresie! Und das Schreiben und Sprechen von unorthodoxen Gedanken ist Unorthodoxie, nicht Häresie! Häresie ist gegensätzliche Glaubenssätze zu verkünden, zu verbreiten, und dadurch eine abtrünnige Sekte oder Bewegung zu gründen oder zu unterstützen! Häresie ist Abtrünnigkeit von der Kirche! Aber wir waren von jeher getreue, obgleich unorthodoxe Diener der Kirche!

Die meisten unserer Ankläger kennen den feinen Unterschied zwischen Unorthodoxie und Häresie nicht! Wenn Unorthodoxie Häresie wäre, dann wären erlauchte Lehrer wie Albertus Magnus, Thomas von Aquin, Eckhart von Hochheim, Raimundus Lullus, Franz von Assissi, Hildegard von Bingen, Mechtild von Magdeburg und sogar Jesus Christus Häretiker!

Unorthodoxie ist das einzige, dessen wir faktisch schuldig sind, und wofür konkrete Beweise erbracht werden können! Aber Unorthodoxie ist kein Verbrechen; Unorthoxie ist nicht Häresie! Häresie ist Untreue zur Kirche! Niemand kann uns der Untreue bezichtigen, niemand kann rechtsgültige Beweise der Abtrünnigkeit gegen uns erbringen! In der Tat, von allen Anschuldigungen, die gegen uns erhoben wurden, war von Untreue niemals die Rede!"

„Ja," bestätigte der Präzeptor lebhaft, „Unorthodoxie wird oft mit Häresie verwechselt! Wenn uns die deutschen Bischöfe der Häresie für schuldig befinden, nur um unserer Unorthodoxie willen, ohne Beweise der Abtrünnigkeit zu erbringen, dann verstoßen sie nicht nur gegen das Kirchengesetz sondern auch gegen unser weltliches Gesetz, die Konstitutionen von Melfi!

Frankreich hat kein sekuläres Recht, das einzige Recht Frankreichs ist das Kirchenrecht, über welches sich der König anscheinend willkürlich hinwegsetzten kann. England hat ein sekuläres Recht, die Magna Carta, aber sie befasst sich anscheinend nicht mit Häresie. Wir, im Heiligen Römischen Reich Deutscher Nation, haben die Konstitutionen von Melfi, die Häresie genau definieren, und in dieser Definition mit den Kanonen der Kirche übereinstimmen: ‚Häresie ist die aktive Unterstützung einer abtrünnigen Sekte oder Bewegung!' Vielleicht ist unser zusätzlicher Rechtsschutz durch die Konstitutionen von Melfi ein weiterer Grund, dass uns die deutschen Bischöfe nicht verhaften.

Sollte es wider Erwarten in Oberdeutschland zu Verhaftungen von Templern kommen, werde ich alle militärische Macht, die mir zur Verfügung steht, anwenden um Verhaftungen zu vermeiden oder Verhaftete zu befreien! Ich habe mich fest entschlossen, Verhaftungen in Oberdeutschland mit militärischer Gewalt entgegenzutreten! Du bist ein Kriegsveteran, Bruder Arminius, du hast Gefechtserfahrung und sogar etwas Ehrfahrung in hohem Kommando! Ich werde dich dringend brauchen, falls es zum Kampf kommt! Sei bereit jederzeit einberufen zu werden!"

„Bravo, Bruder Präzeptor!" rief Arminius begeistert aus. „Ich werde auf meinem arabischen Renner hierherfliegen!"

„Ich habe eine wichtige Frage:" setzte Arminius fort, „wohin sind die vielen, flüchtigen Templer geflohen? Deutschland ist doch nur eine vorübergehende Zuflucht. Gibt es irgendwo ein Land das uns wahrhaft willkommen heißt? Gibt es irgendwo in der Welt ein Land in welchem der Templerorden willkommen und hochgeachtet ist?"

„Ja, es gibt so ein Land!" antwortete der Präzeptor. „Seit jener infamen Razzia in Frankreich, bin ich mit unserem Präzeptor in Balantradoch, Schottland, in ständiger Verbindung. Unser schottischer Präzeptor berichtete mir, dass der exkommunizierte König Robert der Bruce ein unabhängiges, keltisch-christliches Königreich Schottland zu gründen beabsichtigt, unabhängig von England und unabhängig von der Römisch Katholischen Kirche. Robert der Bruce nimmt alle flüchtigen Templer Europas mit offenen Armen auf und verspricht hoch und heilig, unseren Orden zur theokratischen Miliz seines keltisch-christlichen Gottesstaates zu machen. Hunderte von Templern aus allen Ländern Europas sind bereits nach Schottland geflohen, und hunderte mehr werden noch dorthin fliehen!

Die Tore Schottlands stehen flüchtigen Templern weit offen, nur ist es nicht so leicht dorthinzukommen. Dänemark und die Nordlande sind uns sympathisch, es ist am sichersten von dort nach Edinburgh überzusetzen. Die beste Landroute von London nach Edinburgh führt über York und Northumbria. Der Großteil des northumbrischen Adels ist uns sympathisch, aber wer auf dem Landweg von England nach Schottland geht muss gut getarnt gehen, zumindest etwas Englisch sprechen und weltgewandt sein."

„Eine meiner Beguinen kommt aus Northumbria, eine andere aus Schottland" sagte Arminius darauf. „Ich werde sie um Rat fragen!"

„Du denkst doch nicht etwa daran, nach Schottland zu fliehen, Bruder Arminius! Ich brauche dich hier!" rief der Präzeptor bestürzt aus.

„Nein, nicht ich!" beruhigte ihn Arminius. „Ich habe vor meinen Knappen, zusammen mit den burgundischen Maurern, nach Schottland zu senden, sobald der Boden in Deutschland für sie zu heiß wird."

„Das sehe ich nicht kommen," erwiderte der Präzeptor, „der Boden in Deutschland wird eher zu kalt werden als zu heiß! Ich denke, der Papst wird unseren Orden ganz einfach auflösen! Er hat das Recht dies zu tun! Und es ist das Einzige, was er gegen uns tun kann, angesichts der Weigerung der deutschen Bischöfe uns zu verhaften. Er hat unseren Orden installiert, er kann ihn annullieren, mit nichts weiter als einem Federstrich! Dann sind wir freie Männer, und können hingehen wo es uns beliebt, einschließlich Schottland!"

Den ganzen, nächsten Tag war der Präzeptor sehr beschäftigt. Deutschland war zu einer vorübergehenden Zuflucht für die Templer Europas geworden, und Mainz zu ihrem Umschlagplatz. Flüchtende Brüder aus aller Herren Länder kamen nach Mainz und gingen von dort nach Schottland und anderswohin weiter. Der Präzeptor befragte jeden flüchtigen Templer, der durch die Präzeptorei Mainz kam. Erst am Abend hatte er Zeit für Arminius, und lud ihn wieder auf einen Becher Wein in die innere Kammer ein.

„Ich habe mehr gute Nachrichten aus Schottland," sagte der Präzeptor erfreut, „unsere Flotte entkam sicher nach Schottland! Wie ich dir bereits gestern sagte, schlossen die Templer von La Rochelle die Tore ihrer Festung und verteidigten sich, als der Baillie von La Rochelle mit seinen Schergen kam um sie zu verhaften. Unsere Flotte ankerte im Hafen von La Rochelle, im Schutze der Festung. Von der Festung gedeckt, gelang es unserer Flotte Anker zu lichten und zu fliehen. Zwar wurde sie von der Flotte des Königs verfolgt, aber unsere Flotte segelte nach Norden, weit auf das offene Meer hinaus, und die königliche Flotte wagte nicht sie weiter zu verfolgen. Unsere Flotte segelte dann von Norden her nach Schottland. Jetzt ankert sie sicher in einem der Fjorde Schottlands!"

„Aber Schottland ist klein und nicht sehr mächtig," sagte Arminius, „es ist möglich, dass wir eines Tages auch von dort fliehen müssen! Ich habe dir etwas Wichtiges zu sagen, Bruder Präzeptor, was angesichts des Überlebens unserer Flotte noch viel wichtiger ist. Aber ich muss es aufzeichnen. Kann ich einen Bleistift und einen Bogen Papier haben?"

Der Präzeptor ging zur Schreibstube und brachte einen Bleistift und einen Bogen Papier. Arminius legte das Blatt Papier auf den Tisch, begann zu zeichnen, und erklärte während er zeichnete.

„Wie du weißt, Bruder Präzeptor, wurde das Reich der Phönizier von Tyros aus regiert. Und wir regierten Tyros für nahezu 200 Jahre. Wegen der engen Beziehungen zwischen König Hiram von Tyros und König Salomon von Jerusalem, gruben wir die Ruinen des Königspalastes von Tyros und die Ruinen des Tempels des Salomon gründlich aus. Unsere Ausgrabungen in Tyros brachten außerodentliche Manuskripte und Karten zutage!

Die Phönizier waren ausgezeichnete Seefahrer und Nautiker, sie entwickelten die Nautik zu einer hohen Kunst! Sie hatten seetüchtige Schiffe, von Kapitänen gelenkt die in der Kunst der Navigation und Kartographie mehr bewandert waren als die heutigen Kapitäne. Als wir den Königspalast in Tyros ausgruben, fanden wir ihre Reiseberichte. – Und ihre Karten!

Die Phönizier umsegelten und kartographierten den Erdteil den wir Afrika nennen. Sie nannten ihn das 'Land des Ham' und umsegelten ihn mehreremale. Während einer dieser Umseglungen trieb sie ein Sturm von der Westküste Afrikas nach Westen ab. Starke, vorherrschende Ostwinde bliesen sie weiter westwärts, bis sie zu einem neuen Land kamen. Sie segelten an der Küste des neuen Landes entlang nach Norden und fanden heraus, dass weiter nördlich die vorherrschenden Winde nach Osten wehen, auf Europa zu. Auf diesen Westwinden segelten sie zurück!

Dieses neue Land ist immens, es erstreckt sich vom südlichen Ende der südlichen Halbkugel bis zum nördlichen Ende der nördlichen! Die Phönizier kartographierten die gesamte Ostküste dieser neuen Welt, von Süden bis Norden! Ich sah eine Kopie der Karte in unserem Archiv in Akko, diese hier zeichne ich aus meinem Gedächtnis nach, sie ist ziemlich grob, aber sie zeigt Afrika und Europa hier, die Ostküste der neuen Welt dort, und die ungefähre Entfernung zwischen den beiden. Die Entfernung zwischen den beiden ist etwa die Länge des Mittelmeeres. Ich zeichne die voherrschenden Winde mit Pfeilen ein. Sie wehen zuverlässig, das ganze Jahr über: eine Windbrücke hin und eine zurück! Die Phönizier segelten diese Windbrücken mehreremale hin und her.

Falls wir auch aus Schottland flüchten müssen, könnten wir zu diesem neuen Land segeln. Es ist jenseits päpstlicher Kontrolle, und nur von Heiden bevölkert, die für uns weniger gefährlich sind als unsere Mitchristen hier in Europa! Vielleicht können wir uns dort niederlassen und wirken? Vielleicht können wir dort einen Ordensstaat oder den ersehnten Gottesstaat gründen?

Ich nehme an, dass unsere Kapitäne Kopien dieser Karte haben, und von dem neuen Erdteil wissen. Für den Fall, dass sie keine haben, wäre es vielleicht angebracht, jeden Templeritter, der nach Schottland geht, über die Existenz dieser neuen Welt zu informieren und ihm eine Kopie der Karte zu geben. Vielleicht ist es besser, die Landmasse von Europa und Afrika nicht auf die Karte zu zeichnen, nur die Ostküste der neuen Welt. Dann kann niemand etwas mit der Karte anfangen, wenn sie in falsche Hände gerät."

„Hochinteressant!" sagte der Präzeptor darauf. „Aber unser Bruder Präzeptor in Schottland weiß bereits, dass auf der anderen Seite des Antlantischen Ozeans eine neue Welt liegt. Die Wikinger Nordschottlands berichteten ihm, dass der Wikingerhäuptling Erich der Rote und sein Sohn Leif Erickson den Atlantik überquerten. Sie segelte von Island über Grünland nach Winland. In Grünland und Winland gründeten sie Kolonien, die später wieder aufgegeben wurden. Es ist sehr gut möglich, dass Winland und Grünland der nördliche Teil dieses neuen Erdteils sind! Die Reisen Erichs des Roten wurden niedergeschrieben und sind allen seefahrenden Wikingern bekannt. Auch erzählte mir unser irischer Präzeptor, dass irische Mönche den Antlantik überquerten und auf ein neues Land stießen!

Ich werde auf jeden Fall jeden Templeritter, der nach Schottland geht, über diese neue Welt informieren und ihm eine Kopie deiner Karte mitgeben. Aber was sagt dir denn, dass diese 'neue' Welt nicht die alte ist? Kann die Ostküste, die du hier aufgezeichnest hast, denn nicht die Ostküste Asiens sein? Wenn die Erde eine Kugel ist, dann ist es doch am wahrscheinlichsten, dass dies die Ostküste Asiens ist!"

„Ich denke nicht!" antwortete Arminius. „Der alexandrische Geograph und Mathematiker Claudius Ptolemäus wollte den genauen Durchmesser und Umfang der Erde ermitteln, um die Erdkugel in theoretische Längen- und Breitengrade zu unterteilen. Zu diesem Zweck setzte er in Alexandria einen langen, geraden Pfahl in den Boden, und einen Pfahl der gleichen Länge in Theben, und maß den Schatten, den beide genau zur Tagesmitte des gleichen Tages warfen. Danach maß er die gerade Entfernung zwischen den beiden und berechnete, mittels der mathematischen Künste der Geometrie und Trigonometrie, den Durchmesser und Umfang der Erde.

Laut Ptolemäus, ist der Durchmesser der Erde etwa 8.000 römische Meilen, ihr Umfang etwa 25.000 Meilen. Auch die Phönizier berechneten die Ausmaße der Erdkugel, kamen zu den gleichen Schlüssen und unterteilten die Erde in Längen- und Breitengrade, lange vor Ptolemäus! Wir wissen, dass die Ostküste Asiens mindestens 6.000 aber nicht mehr als 8.000 Meilen östlich von hier liegt. Die Ostküste des neuen Erdteils, den die Phönizier kartographierten, ist etwa 4.000 westlich von hier. Wenn die Erde rund und ihr Umfang 25.000 Meilen ist, und die Ostküste Asiens nicht mehr als 8.000 Meilen östlich von hier liegt, dann muss sie mindestens 16.000 Meilen westlich von hier liegen! Die Ostküste dieser neuen Landmasse, die 4.000 Meilen westlich von hier liegt, kann also unmöglich die Ostküste Asiens sein! Es muss ein neuer Erdteil sein!"

„Ich bin kein Mathematiker, Bruder Arminius, aber ich glaube dir! Ich werde selbstverständlich dem Bruder Präzeptor in Schottland davon berichten und ihm eine Kopie dieser Karte senden. Auch werde ich es allen Rittern, die nach Schottland gehen, sagen und ihnen eine Kopie mitgeben. Und du solltest deinem Knappen auch eine mitgeben, wenn er nach Schottland geht. Lasst uns die Möglichkeit eines Exodus zur 'Neuen Welt' in die Seele eines jeden Tempelritters legen!"

„Gut, lasst uns das tun!" stimmte Arminius überein.

Arminius blieb noch einen Tag in Mainz und verbrachte den nächsten Abend wieder mit dem Präzeptor. „Wie steht es mit deinem Buch?" fragte der Präzeptor. „Mit all den Hiobsbotschaften die täglich auf mich einstürmen, hätte ich beinahe auf dein Buch vergessen!"

„Ich habe das erste Kapitel fertig und fange jetzt mit dem zweiten an. Ich verfasse auf Schiefer, überarbeite die Fassung bis ich nichts mehr zu verbessern sehe und schreibe sie dann ins Reine. Eigentlich tut das mein Knappe; ich verfasse, er schreibt! Aber jetzt, da ich daran denke ihm Gälisch und Englisch beibringen zu lassen, wird er weniger Zeit haben und ich muss vielleicht das Reinschreiben selbst machen."

„Was, du willst deinen Knappen Englisch und Gälisch lernen lassen? Er ist doch gerade dabei Französich zu lernen? Kann er denn drei Sprachen zugleich lernen?"

„Warum nicht? Je mehr Sprachen man spricht, desto leichter ist es eine neue zu lernen. Er spricht ziemlich fließend Französisch, gut Latein und natürlich Deutsch. Englisch sollte ihm deshalb leichtfallen, es ist ja nicht viel mehr als ein germanischer Dialekt, mit Latein und Französisch durchsetzt. Gälisch ist schwerer. Ich hörte Ritter Gälisch sprechen, es hörte sich barbarisch an!"

„Ich bin sicher, dass sich Deutsch barbarisch anhört!" sagte der Präzeptor lachend. „Ich hörte so manchen, französischen Ritter sagen, wie barbarisch sich die deutsche Sprache anhört! Gott sei Dank für Latein, die Sprache die uns vereint!

Aber meine Ritter hier in Oberdeutschland sprechen nicht so gut Latein wie ich es gerne sehen oder hören würde. Die französischen Tempelritter sprechen auch kein besseres Latein als die deutschen, aber sie denken, dass Französisch, nicht Latein, unsere Ordenssprache sei! Wäre es nicht besser wenn das christliche Europa eine Einheitssprache hätte?"

„Ja, es wäre besser! Deshalb befahl Karl der Große dem Adel seines Reiches, Latein zu sprechen und es in der karolingischen Minuskelschrift zu schreiben. Die Minuskelschrift hat sich durchgesetzt, aber Latein wird allmählich von den verschiedenen Nationalsprachen verdrängt. Die Universität Neapel hat bereits einen italienischen Lehrstuhl!"

„Vielleicht ist Latein nicht lyrisch genug", sagte der Präzeptor lächelnd. „Die Troubadoure sangen ihre Lieder in Provençal, nicht Latein!"

„Aber Provençal ist eine Mischung von Französisch und Latein", stellte Arminius fest. „Es muss also das Französisch im Provençal sein, was es lyrisch machte!"

„Das sagen die Franzosen!" setzte der Präzeptor lachend hinzu. „Ich weiß, dass du ein halber Franzose bist, Bruder Arminius!"

Sie verbrachten den Rest des Abends in leichter Konversation. „Ich danke dir für die Aufheiterung, Bruder Arminius," sagte der Präzeptor beim Abschied, „ich hatte sie nötig! Diese schier endlose Folge von Hiobsbotschaften bedrückte mich mehr und mehr."

„Sie bedrückten auch mich, bis mir eine Beguine sagte: ‚Lass dich nicht von dem Drachen unterkriegen!'„

„Nein, ich werde mich nicht unterkriegen lassen! Ich danke dir für den Beistand, Bruder Arminius! Wenn du das nächstemal kommst, dann gibt es vielleicht Krieg! Falls es dazu kommt, werde ich dich zum Kommandanten unserer Streitmacht ernennen! Ich hoffe und bete, dass es nicht dazu kommen wird, aber sei bereit! Ich werde keine Templerverhaftungen in Oberdeutschland dulden! Geh mit Gott, Bruder Arminius! – Non nobis, Domine! Non nobis, sed Nomini Tuo da gloriam!"

„Non nobis, Domine!" erwiderte Arminius, verließ die innere Kammer des Präzeptors und ging zu seinem Nachtquartier.

Am nächsten Tag nach der Frühmesse machte sich Arminius auf den Heimweg. Diesmal ließ er sich mehr Zeit und kam sechs Tage später in Thannbrunn an. Dort erwartete ihn eine Uberraschung.

Während seiner Abwesenheit hatte eine Gruppe von Bauern unter Johannes' Leitung die alten Bodenplatten im Burgsaal von Thannbrunn entfernt und den Boden zwei Fuß tief ausgegraben. Eine weitere Gruppe hatte im Tuffsteinbruch Holnstein Tuff gebrochen und fein zerstoßen, den zerstoßenen Tuff nach Thannbrunn gebracht, im ausgehobenen Boden der Burg aufgeschüttet und festgestampft. Die burgundischen Maurer brachen große Steinplatten aus dem Kalksteinbruch unterhalb Staufersbuch, als Bodenplatten für den neuen Boden. Als Arminius ankam, legten sie gerade den neuen Boden. „Der alte Boden warf sich, weil er auf Lehm lag!" sagte der Baumeister zu Arminius. „Der neue Boden liegt auf zwei Fuß von feinzerstoßenem und festgestampftem Tuff. Er wird sich nicht werfen!"

Wo die alte, offene Feuerstelle war, bauten die Maurer einen Kamin. Arminius genoss den Luxus eines rauchlosen Saales mit einem ebenen Boden. Nachdem er sich jahrelang die Zehen an den hervorstehenden Kanten des alten Fußbodens gestoßen hatte, und sich daran gewöhnte seine Füße hoch zu heben wenn er im Burgsaal umherging, musste er sich jetzt daran gewöhnen normal zu gehen.

Danach konzentrierten sich die Maurer auf das Schieferdach der Burg und ersetzten die Teile die undicht waren. „Wir brauchen keinen Schiefer, wir nehmen Kalksteinplatten und spalten sie dünner und dünner bis sie als Dachplatten geeignet sind!" sagte der Baumeister. Nachdem das Burgdach repariert war, widmeten sich die Brüder Maurer ihrem Hauptprojekt, der Kapelle, an der sie arbeiteten bis sie im Frühjahr 1312 nach Schottland abwanderten.

„Bevor wir anfangen die Steine für die Kapelle zu schneiden, bevor ich sie überhaupt plane, müssen wir wissen wem sie geweiht wird, damit wir unsere Geister mit dem Geist des Schutzpatrons vereinen und die Kapelle in seinem Geiste bauen können!" sagte der Bruder Baumeister. „Das muss mit jedem Sakralbau getan werden, aber wir Templermaurer tun es auch mit sekulären Gebäuden. Für uns hat jedes Gebäude einen Geist; es ist wichtig, dass sich die Erbauer des Gebäudes mit dem Geist des Gebäudes vereinen! Welchem Schutzheiligen oder Geist willst du deine Kapelle weihen, Bruder Arminius?"

„Ich will sie der dreieinigen Gottheit weihen, der Eins in Dreien, der Heiligen Dreieinigkeit! Geometrisch ausgedrückt ist das die Triade, das gleichseitige Dreieck, der Tetraeder, der Kreis der drei Kreise der halben Größe enthält, die dreiblättrige Rosette, usw."

Der Maurermeister nickte verständnisvoll. „Du verstehst etwas von spiritueller Geometrie, Bruder Arminius! Ja, wir werden deine Kapelle im Geiste der Heiligen Dreieinigkeit bauen!"

Nach einer gemeinsamen Andacht und einem Gebet, in dem der Baumeister die Heilige Dreinigkeit um Beistand und Inspiration bat, nahmen die Maurer ihre Brechwerkzeuge und begaben sich zu dem Sandsteinrücken bei Simbach um die Bausteine für die Kapelle zu brechen. Dies beschäftigte sie den Rest des Sommers und den ganzen Herbst.

Arminius berichtete Herold über das Verhängnis, das über den Templerorden hereingebrochen war. „Der Papst erließ im November eine Bulle, die allen Bischöfen befahl, die Tempelritter ihrer Diözesen unverzüglich festzunehmen, sie auf die Anklagepunkte hin zu verhören und ihren Besitz vorläufig zu beschlagnahmen. Im März erneuerte er die Bulle, um die säumigen Bischöfe zu mahnen. In jedem christlichen Land, außer Portugal, Deutschland und Schottland, wurden unsere Mitbrüder entweder verhaftet, oder sie entflohen, oder sie widersetzen sich der Verhaftung und harren in ihren Burgen aus. In Deutschland werden wir weiterhin toleriert, in schweigender Missachtung der päpstlichen Bulle. Die Templer Portugals nannten sich ganz einfach auf den 'Orden der Ritter Christi' um und bestehen weiter, mit Zustimmung und unter dem Schutz des Königs und der Bischöfe Portugals. In Schottland sind wir hochwillkommen, in offener Missachtung der päpstlichen Bulle und in offener Aufsässigkeit gegen die Autorität Englands und der Römisch Katholischen Kirche. Robert der Bruce, König von Schottland, ist bereits exkommuniziert; er hat nichts zu verlieren! Er steht mit der Kirche und mit England auf Kriegsfuß, er kann nur gewinnen wenn er sich mit uns verbündet!

Hunderte von Templern sind bereits nach Schottland geflohen, hunderte werden noch dort hinfliehen. Robert der Bruce hat versprochen, uns zur theokratischen Miliz seines keltisch-christlichen Königreiches Schottland zu machen! Die Templer Deutschlands sind zwar vor Verfolgung sicher, aber es ist möglich, und sogar wahrscheinlich, dass der Papst unseren Orden auflösen wird. Unser Orden ist tot – aber nicht in Schottland!

Meine Frage an dich ist: Willst du ein Tempelritter bleiben, bis zum Ende deiner Tage, wie du es bei deiner Aufnahme gelobtest? Wenn ja, dann musst du dich mit dem Gedanken vertraut machen, dass es in Schottland sein wird! Und, wenn du ein schottischer Templer werden willst, dann solltest du Englisch und Gälisch lernen! Schwester Margaret spricht Englisch, Schwester Davina Gälisch. Ich bin sicher, dass sie bereit sind, dich in beiden Sprachen zu unterweisen. Schwester Davina lehrt dir sowieso die Malkunst; sie kann dich auf Gälisch unterrichten!

Gälisch ist für uns Deutsche schwerer zu lernen als Englisch, aber du brauchst es nicht perfekt zu sprechen, nur gut genug um dich in der Landessprache Schottlands verständlich zu machen. Die meisten Templer Schottlands sprechen Latein und Französisch, und viele sprechen auch Englisch, aber Gälisch ist die Landessprache. Es ist gut die Landessprache zumindest etwas zu beherrschen!

Englisch wird für dich leicht sein. Du sprichst bereits Deutsch, Französisch und Latein, somit sprichst du schon halb Englisch. Der Rest wird dir leicht fallen! Lass dir Zeit dies gründlich zu bedenken. Sobald du einen Entschluss gefasst hast, dann sprechen wir zu Schwester Margaret und Davina."

„Ich brauche keine Bedenkzeit, Bruder Arminius: Ich will ein Templer bleiben, und ich will nach Schottland auswandern!"

Bei der nächsten Gelegenheit ritten sie nach Waldkirchen und sprachen mit Margaret und Davina. Die Beguinen wussten nicht genau was sich während der letzten sechs Monate abgespielt hatte, deshalb informierte Arminius sie eingehend, von der infamen Razzia im Morgengrauen des Freitag den 13. Oktober in Frankreich, bis zu der päpstlichen Bulle und den mehr oder weniger erfolgreichen Templerverhaftungen im restlichen, christlichen Europa. „Die deutschen Templer sind nur vorübergehend sicher, denn es ist wahrscheinlich, dass der Papst den Templerorden auflösen wird. Schottland ist unsere einzige Zuflucht! König Robert der Bruce hat ein keltisch-christliches Schottland proklamiert, unabhängig von England und unabhängig von der Römisch Katholischen Kirche! Er heißt den Templerorden willkommen! Er versprach, uns zur theokratischen Miliz seines keltisch-christlichen Reiches zu machen! Hunderte von Templern sind bereits nach Schottland geflohen, weitere hunderte werden noch dorthin fliehen! Unsere Flotte entging der Verhaftung und ankert jetzt in Schottland. Bruder Herold hat sich entschieden ein Templer zu bleiben und nach Schottland zu ziehen!"

„Dann wird also unser Traum von einem unabhängigen, keltisch-christlichen Schottland doch noch Wirklichkeit werden!" sagte Davina mit leuchtenden Augen.

„Die Männer meines Klans haben ihr Lebensblut dafür vergossen! Und ich verließ Schottland, krank vor Gram über ihren Tod, und den Tod ungezählter guter Schotten, die ihr Blut für ein unabhängiges Schottland vergossen!“

„Wenn du etwas für die Unabhängigkeit Schottlands tun willst, dann hast du jetzt eine gute Gelegenheit dazu“, sagte Arminius. „Bevor Bruder Herold nach Schottland geht, möchte er Gälisch und Englisch lernen, und auch die schottischen Sitten und Gebräuche. Ich hoffte, dass du und Schwester Margaret ihm etwas Gälisch und Englisch beibringen werden. Willst du, Schwester Davina, ihm die gälische Sprache beibringen, und die schottischen Sitten?“

„Och, gerne!“ rief Davina erfreut aus. „Mein Leben lang habe ich davon geträumt, einem jungen Knappen unsere schottischen Sitten zu lehren! Jetzt wird der Traum endlich Wirklichkeit! Bei uns Schotten geht es nicht so sittsam zu wie bei euch Deutschen, Jung Herold! Die Frauen Schottlands sind offener!“

Herold wusste nicht was er von diesem zweideutigen Spaß halten sollte, er errötete und schwieg. So dankte ihr Arminius und fragte Schwester Margaret, ob sie gewillt sei ihm Englisch zu lehren.

„Ich werde ihm gerne Englisch beibringen!“ antwortete Margaret. „Es wird ihm leichtfallen, weil er bereits Deutsch, Französisch und Latein spricht. Leichter als Gälisch, welches ich kaum verstehe, obwohl meine Großmutter ihr Bestes tat, es mir beizubringen.

Aber,“ setzte Margaret fort, „wir sind im Sommer sehr beschäftigt! Können wir ihm im Sommer Abendlektionen geben, und Vormittags- oder Nachmittagslektionen im Winter? Im Winter können wir ihn unterrichten während wir spinnen und weben. Unsere Mitschwestern würden auch davon profitieren; es ist nie verkehrt eine andere Sprache zu lernen! Ich selbst brauche etwas Auffrischung in Gälisch!“

So wurde es vereinbart. Herold ging jeden Sommerabend nach dem Abendessen zur Beguinage um Englisch und Gälisch zu lernen, im Winter am Vormittag oder am Nachmittag. Den Rest seiner Zeit schrieb er ins Reine, oder arbeitete mit den Maurern, oder war im Gefechts- und Templertraining mit Arminius.

Arminius lehrte Herold kein Französisch mehr, das überließ er den Maurern. Stattdessen verstärkte er sein Krieger- und Templertraining, denn er wollte ihn zum Ritter schlagen bevor er nach Schottland ging. Obwohl einundzwanzig das gewöhnliche Alter zum Ritterschlag war, konnte ein Knappe jünger zum Ritter geschlagen werden, wenn Kriegszustand oder eine andere Notlage es erforderten. Für den Templerorden bestand eine Notlage und ein Kriegszustand; Arminius konnte es verantworten, ihn vorzeitig zum Ritter zu schlagen.

Alle waren für den Rest des Jahres 1308 und den Winter 1308/09 vollauf beschäftigt. Bevor der Winter kam, reparierten die Maurer das besterhaltenste der verfallenen Nebengebäude im Burghof von Thannbrunn. Dort lagerten sie die Sandsteine, die sie den Sommer und Herbst über aus dem Sandsteinrücken bei Simbach gebrochen hatten, um sie während des Winters, nach Maß und genau rechtwinklig, fein zu behauen. Wenn ihre Finger steif wurden, kamen sie in den Burgsaal um sich beim neuerbauten Kamin zu wärmen. Alle Fensteröffnungen des Saales waren jetzt mit durchsichtigem Pergament verkleidet. Der Saal war zug- und rauchfrei und einigermaßen warm, besonders wenn man sich nahe am Kamin aufhielt. Arminius und Herold schrieben beim Kamin. Jeden Tag verbrachte Herold entweder den Vormittag oder den Nachmittag beim Sprachunterricht in Waldkirchen.

Wie die meisten Analphabeten, bewunderten die Maurer Arminius' und Herolds Schreibfähigkeit über Gebühr. Arminius aber bewunderte ihr Handwerk, und sagte es ihnen: „Die meisten Schreiber sind Kopierer. Sie erschaffen nicht, sie schreiben nur was ihnen vorgeschrieben wurde! Ihr, Brüder Maurer, seid keine Nachahmer – ihr seid Schöpfer! Gott schuf den Menschen nach seinem Bilde, das heißt, Gott erschuf uns als Schöpfer! Es ist unsere göttliche Bestimmung Schöpfer zu sein! Ihr, Brüder Maurer, seid Schöpfer!

Der Frühling 1309 war da. Sobald der Boden aufgetaut und trocken genug war, gruben einige Bauern, unter Anleitung des Maurermeisters, den Fundamentgraben für die Dreieinigkeitskapelle. Die Maurer arbeiteten im Kalksteinbruch Staufersbuch um die Grundsteine zu brechen. Sepp der Fuhrmann brachte die Grundsteine nach Thannbrunn und die Maurer legten die Grundmauer. Danach errichteten sie die Wände, mit den Bausteinen die sie den Winter über fein behauen hatten. Als die Wände halbhoch waren, gingen ihnen die Bausteine aus und sie begaben sich in den Sandsteinbruch Simbach, um neue zu brechen. Dies beschäftigte sie für den Rest des Sommers. Im Herbst brachten sie die Steine in das gleiche Nebengebäude, das sie im vorhergehenden Winter zum Feinbehauen benützt hatten.

Die Beguinen begannen ebenfalls mit ihrer Garten- und Feldarbeit sobald der Boden warm und trocken war. Herolds Sprachunterricht fand abends statt. Arminius arbeitete jeden Tag an seinem Geschichtswerk und Herold schrieb es weiterhin ins Reine. Wenn sie des Schreibens müde waren, praktizierten sie Schwertfechten und andere Kampfübungen. Auch wiederholte und verstärkte Arminius die Templertugenden und die esoterischen Lehren mit Herold. Wie vor einem Jahr, hielten sie beim Heimweg von der Osterbeichte eine Osterandacht und ein erbauliches Gespräch in Trevrizents Höhle. Wie gewöhnlich, feierten die Thannbrunner Templer das Osterfest mit ihren Mitbrüdern in Weihersdorf. An Pfingsten ritten Arminius und Herold wie üblich mit Dietrich und seinem Knappen zum Eschenbacher Pfingstfest und danach zur Jahreshauptversammlung nach Nürnberg. Arminius erwartete dort eine Botschaft vom Präzeptor, aber er erhielt keine.

Das Jahr 1309 war arbeitsreich aber ereignislos. Für die Templer Deutschlands ging alles seinen gewohnten Gang, nur das Schreckgespenst der Templerverfolgungen anderswo in der christlichen Welt hing wie ein Leichentuch über den deutschen Templern. Finanziell gesehen ging es gar nicht gut! Von der Pariser Ordenskasse abgeschnitten, wurde die Kasse der Präzeptorei Mainz bald leer. Ebenso leer waren die Kassen der Großprioreien und Komtureien Oberdeutschlands. Jede Komturei war finanziell auf sich selbst angewiesen!

Die Komturei Thannbrunn hatte ihren eigenen, landwirtschaftlichen Betrieb, mit 50 Tagwerk Felder und Wiesen, den Zehnten von 32 Bauern, das Einkommen von der Sandgrube und 600 Tagwerk Wald. Das war genug um die Komturei in

Gang zu halten, aber nicht genug für das Hospiz. Das Templerhospiz Neuhaus konnte nicht mehr so großzügig sein wie es bisher war. Kranke und Reisende wurden zwar immer noch behandelt und bewirtet, aber nicht mehr ganz kostenlos. Wer es sich leisten konnte, musste zumindest etwas für Krankenbehandlung, Kost, Unterkunft, Vorspann und andere Hilfeleistungen zahlen. Aber keiner wurde wegen Geldmangel abgewiesen! Neuhaus war von einem freien Hospiz zu einem etwas benefiziellen Gasthaus geworden.

Der Winter 1309/10 war ziemlich mild. Die Maurer waren mit dem Feinbehauen der restlichen Wandsteine für die Dreieinigkeitskapelle beschäftigt. Arminius verbrachte ihn mit Verfassen und etwas Reinschreiben. Herold schrieb ins Reine und ging, wie im vorhergehenden Winter, entweder am Vormittag oder am Nachmittag zum Sprachunterricht. Im April 1910 bauten die Maurer an den Wänden der Dreieinigkeitskapelle weiter, die Beguinen begannen mit ihrer Frühjahrsarbeit und Herolds Sprachunterricht verlegte sich auf die Abende.

Arminius war gerade dabei, sein Kontobuch für die Jahreshauptversammlung vorzubereiten, als ein Depeschenreiter nach Thannbrunn kam, mit einer Depesche vom Präzeptor. Arminius brach das Siegel und las: „Bruder Arminius: Schwierigkeiten in Mainz! Sieben Tempelritter wurden vom Erzbischof von Magdeburg verhaftet! Es soll in Mainz gegen sie prozessiert werden, von einem Tribunal, das aus allen Bischöfen Deutschlands besteht. Komm so schnell Du kannst! – Friedrich, Präzeptor."

Arminius befahl den Stallknechten seinen Rappen für einen langen Ritt vorzubereiten. Er zeigte Herold wie er das Hauptbuch fertigstellen solle und gebot ihm die Komturei Thannbrunn während seiner Abwesenheit zu leiten. „Bruder Herold, ich reite zum Kampf! Du bist mein Stellvertreter, du wirst mich in Eschenbach und Nürnberg vertreten! Wenn ich nicht zurückkomme, dann führst du die Komturei Thannbrunn weiter, bis du von deinen Vorgesetzten hörst!"

„Bedeutet das, dass du vielleicht im Gefecht umkommen wirst?" fragte Herold besorgt."

„Nicht wenn ich etwas dabei zu sagen habe!" erwiderte Arminius lachend. Dann sah er ein, dass es Herold mit der Frage ernst war, so antwortete er ernsthaft: „Die Aktion, für die ich nach Mainz reite, ist sieben gefangene Brüder zu befreien. Ich denke und hoffe nicht, dass dabei Blut vergossen wird. Aber es ist eine militärische Aktion, alles ist möglich! Deshalb müssen wir auf alles vorbereitet sein! Falls ich nicht zurückkomme, und du nach Schottland fliehen willst, lass dir von Schwester Margaret und Davina den Weg zeigen. Und nimm die Brüder Maurer mit!"

„Aber ich weiß nicht, wie ich diese Komturei leiten soll! Und was soll ich in Eschenbach und Nürnberg tun?"

„Das wirst du eben schnell lernen; Not ist der beste Lehrer! Halte Dich in Eschenbach und Nürnberg an Bruder Dietrich, du wirst sowieso mit ihm reiten! Und verlass dich in der Führung dieser Komturei auf Bruder Johannes, er versteht mehr davon als ich!"

Arminius trug sein Schwert zum Schmied, ließ es schärfen und polieren und wies den Pferdeknechten an seinen Rappen gut mit Hafer zu füttern. Um so leicht wie möglich zu reiten, entschied er sich ohne Satteltaschen und nur mit dem Schwert bewaffnet zu reiten. Im Morgendunkel des nächsten Tages steckte er ein Stück Brot und Käse als Wegzehrung in die Manteltasche und ritt los. Er ritt so schnell er konnte, ohne seinen Rappen zu überfordern. Vier Tage später kam er in Mainz an, überließ seinen erschöpften Rappen den Stallknechten und meldete sich sofort beim Präzeptor.

Präzeptor Friedrich saß mit grimmiger Miene am Tisch. „Bruder Arminius, es ist geschehen! Der Erzbischof von Magdeburg wollte oder konnte dem Druck des Papstes nicht länger standhalten und verhaftete die sieben Tempelritter seiner Erzdiözese. Der Bischof von Halberstadt war über diese Aktion seines Vorgesetzten derart erbost, dass er den Erzbischof von Magdeburg kurzerhand exkommunzierte. Dies ist höchst ungewöhnlich, bis jetzt hat noch nie ein Bischof seinen Erzbischof exkommunziert! Die Bischöfe Deutschlands gerieten in Aufruhr und nahmen Partei; die einen auf der Seite des Erzbischofs von Magdeburg, die anderen auf der Seite des Bischofs von Halberstadt. Um den Streit zwischen den deutschen Bischöfen zu schlichten, und die Schuld oder Unschuld der deutschen Templer ein für allemal zu klären, berief der Erzbischof von Mainz eine Synode der deutschen Bischöfe ein, in seinem Palast außerhalb Mainz. Die Bischöfe sind jetzt dort versammelt und prozessieren gegen die sieben Tempelritter.

Wir werden sie befreien! Ich habe eine Einheit von 20 Rittern mit ihren Knappen und 150 Sergeanten angesammelt. Der Großteil der Sergeanten sind Flüchtlinge aus Frankreich, alle haben Gefechtserfahrung. Du wirst das Aktionskommando übernehmen, ich führe das Oberkommando!

Lasst uns zuerst eine Strategie für die Befreiung ausdenken und einen Aktionsplan festlegen. Sobald wir ein Aktionsprogramm haben, werde ich die Einheit in den Versammlungssaal rufen und dich als ihren Kommandanten vorstellen. Dann erklärst du ihnen das Aktionsprogramm und gibst die nötigen Befehle. Die meisten Sergeanten sprechen nur französisch, die Ritter sprechen hauptsächlich deutsch, aber sie verstehen zumindest etwas französisch; du wirst das Aktionsprogramm in Deutsch und Französisch erklären müssen! Nach dem Abendessen werde ich eine Konferenz der Ritter einberufen, dann wirst du Gelegenheit haben, ausführlich in Deutsch mit ihnen zu sprechen. Wenn du es für nötig hältst, Unterkommandanten zu ernennen, ernenne sie!

Soviel ich weiß, wurdest du hier im Martinsdom vom damaligen Erzbischof von Mainz zum Ritter geschlagen. Und nach dem Ritterschlag gab es doch das übliche Fest der Schwertleite, im Palast des Erzbischofs? Du kennst also den erzbischöflichen Palast, von innen und außen?“

„Ja, ich war im Palast des Erzbischofs, zum Fest der Schwertleite. Das Fest war in dem großen Versammlungssaal des Palastes. Findet der Prozess dort statt?“

„Ja, der Prozess findet im großen Saal statt. Der Erzbischof hält sich genau an die päpstliche Bulle, die gebietet, dass der Prozess gegen die Templer öffentlich durchgeführt werden muss. Es ist also ein öffentlicher Prozess, jeder hat Zugang, aber Waffen sind im Gerichtssaal nicht erlaubt. Der erzbischöfliche Hauptmann und seine Schergen bewachen den Eingang zum Gerichtssaal, sie durchsuchen jeden und nehmen ihnen die Waffen vorübergehend ab. Auch die Angeklagten sind schwer bewacht, vom Amtmann des Erzbischofs und seinen Schergen. Aber sie sind nicht gekettet!

Der Erzbischof von Mainz präsidiert, die versammelten Erzbischöfe, Bischöfe und die Mainzer Domherren fungieren als Tribunal. Die Verhandlung beginnt jeden Morgen, nach der Frühmesse, und wird vertagt, sobald der Erzbischof dies entscheidet, um sogenannte Beweise zu sammeln, oder um die Aussagen der Angeklagten zu prüfen. Die Vertagung wird manchmal schon sehr früh angesagt, deshalb ist es ratsam, möglichst früh vorzugehen!"

„Wenn es ein öffentlicher Prozess ist, dann stehen die Tore des Palastes für die Dauer des Prozesses weit offen", sagte Arminius. „Aber, für den Fall, dass sie die Tore schließen, wenn sie einen Trupp Templer kommen sehen, müssen wir bereit sein, über die Mauern zu klettern. Zu diesem Zweck müssen die Sergeanten Wurfhaken und Seile mitnehmen. Für den Fall, dass uns das Portal zum Gerichtssaal geschlossen wird, und wir das Portal durchbrechen, oder die Fenster einbrechen, müssen die Sergeanten auch Brechäxte mitnehmen. Die Fenster sind hohe Rundbogenfenster, etwa drei Fuß breit. Die Unterkante der Fenster ist etwa sechs Fuß über dem Boden.

Das Element der Überraschung muss auf unserer Seite sein! Wir müssen schnell und entschieden vorgehen! Obwohl wir gewöhnlich das Verhandeln dem Kämpfen vorziehen, verhandeln wir diesmal nicht! Wir fordern! Wir sagen mit eindeutiger Bestimmtheit, dass wir das, was wir fordern, mit Gewalt zu nehmen gedenken, wenn wir es nicht sofort kriegen. Und wenn wir es nicht sofort kriegen, dann gebrauchen wir augenblickliche, entschiedene, tatkräftige, blitzschnelle und äußerste Gewalt! Das betrifft den Einlass, das Öffnen von Türen und Toren, das Freilassen der Gefangenen, und was wir sonst noch fordern!"

„Aber ich ziehe blutlose Gewalt vor!" unterbrach ihn der Präzeptor. „Wir sollen nur genug Gewalt anwenden, um unser Ziel zu erreichen, und das möglichst blutlos! Ich bin nicht für übermäßige Gewalt oder unnütze Zerstörung, schon gar nicht für Blutvergießen! Nur wenn ein direkter, persönlicher Angriff bevorsteht, und eine direkte Gefahr für Leib und Leben besteht, dann vergießen wir Blut! Nur in Selbstverteidigung, und nur um den Gegner zu entwaffnen, nicht um ihn zu töten! Und wir bekämpfen nur den Hauptmann, den Amtmann, deren Schergen und wer immer ihnen behilflich sein mag. Auf keinen Fall bekämpfen wir die geweihten Persönlichkeiten! Kaplane, Priester, Domherren, Bischöfe und Erzbischöfe sind auf jeden Fall immun! Wir erheben nicht einmal unsere Schwerter gegen sie! Wenn wir den geweihten Persönlichkeiten mit gezogenen Schwertern gegenüberstehen, dann halten wir die Schwerter mit den Spitzen zum Boden, als Zeichen der Ehrerbietung!"

„Ja, natürlich!" stimmte Arminius eifrig überein. „Wir werden das Mindestmaß an Gewalt gebrauchen, um unser Ziel zu erreichen, möglichst ohne Blutvergießen, und unser Ziel ist, unsere gefangenen Mitbrüder zu befreien. Aber unsere blutlose Gewalt muss entschieden und dynamisch sein, ein blitzschnelles, kraftvolles, zielbewusstes Zuschlagen, ohne jegliches Zögern! Das Element der Überraschung muss unser Verbündeter sein! Wir verhandeln nicht – wir fordern! Und wenn man unsere Forderung nicht sofort gewährt, dann schlagen wir sogleich zu, blitzschnell, mit geballter Kraft!"

„Gut, ich stimme überein!" sagte der Präzeptor. „Nachdem unsere gefangenen Mitbrüder befreit sind, fordern wir ihre Schwerter. Für den Fall, dass ihre Schwerter nicht dort sind, nehmen wir sieben Knappen mit, von denen jeder ein extra Schwert mit Gürtel für die befreiten Ritter trägt. Nachdem die befreiten Ritter mit ihren Schwertern gegürtet sind, treten wir Ritter, einer nach dem anderen, vor den Erzbischof und das Tribunal, stellen uns mit Namen und Rang vor, bekennen unsere persönliche Unschuld und die unseres Ordens, erklären, dass die Anschuldigungen gegen den Templerorden einen schweren Affront gegen den Orden und gegen den Ritterstand darstellen, und eine persönliche Beleidigung eines jeden Ordensmitgliedes und eines jeden, aufrechten Ritters! Wir erklären weiterhin, dass wir zukünftige Verhaftungen von Templern in Deutschland als eine Kriegserklärung gegen unseren Orden auffassen und uns dagegen widersetzen werden, bis zum letzten Mann und zum letzten Blutstropfen! Ich mache diese Erklärung zuerst, dann du, dann die übrigen Ritter, je nach Dienstalter. Danach verlassen wir den Gerichtssaal, mit hocherhobenen Köpfen!"

„Bravo, Bruder Präzeptor!" rief Arminius aus. „Sie werden sich zweimal überlegen, ob sie so etwas wieder tun! Sie werden uns nicht so leicht wieder verhaften!"

Der Präzeptor rief die wartende Einheit in den Versammlungssaal und sprach sie an. „Brüder! Das ist Bruder Arminius, Komtur von Thannbrunn im Großpriorat Franken. Er war der persönliche Sekretär des Großmeisters Guillaume de Beaujeu und kämpfte neben ihm im Endkampf um Akko. Bruder Arminius hat Gefechtserfahrung, Erfahrung in militärischer Strategie und Erfahrung in hohem Kommando. Außerdem ist er ein hiesiger Ritter, wurde von dem damaligen Erzbischof von Mainz zum Ritter geschlagen und kennt den Erzbischofspalast von innen und außen. Er wird der Aktionskommandant dieser Kamapagne sein, ich führe das Oberkommando! Bruder Arminius wird euch jetzt unser Aktionsprogramm erklären!"

„Brüder, ich bin Bruder Arminius, euer Kommandant in der Kampagne, unsere sieben gefangenen Mitbrüder aus dem Palast des Erzbischofs zu befreien. Ihr hört auf mein Kommando! Ich werde euch jetzt unser Aktionsprogramm erklären:

Morgen früh, nach dem Frühgebet, wird sich jeder, der an dieser Kampagne teilnimmt, sorgfältig waschen, kämmen, sauber bekleiden und gut bewaffnen, die Ritter mit Schwert, Säbel, Keule und Dolch, die Sergeanten und Knappen mit Säbel, Keule und Dolch. Macht sicher, dass eure Waffen scharf und poliert sind! An Rüstung tragen nur wir Ritter Kettenhemden unter unseren Tuniken. Und wir tragen nur Tuniken, keine Überwürfe!

Voll einsatzbereit gehen wir zur Frühmesse. Während der Frühmesse werden die Brüder Stallknechte unsere Pferde satteln. Der Bruder Kaplan wird unsere Kampagne segnen. Gleich nach der Frühmesse reiten wir zum Palast des Erzbischofs. Wir reiten den kürzesten Weg aus der Stadt, umgehen die Stadt Mainz und reiten direkt zum erzbischöflichen Palast, auf dem Rückweg reiten wir den langen

Weg im Triumphzug durch Mainz. Jetzt möchte ich, dass die sieben ältesten Knappen vortreten!"

Nach einer kurzen Unterredung traten die sieben ältesten hervor. „Ihr werdet die Knappen und Schwertträger für die gefangenen Ritter sein! Zusätzlich zu euren Waffen gürtet jeder von euch ein Ritterschwert, für die befreiten Ritter! Und jeder von euch führt ein gesatteltes Pferd mit sich, auch für die befreiten Ritter! Der Bruder Präzeptor wird dem Erzbischof die Schwerter der befreiten Ritter abfordern. Wenn diese nicht beigebracht werden können, dann gürtet ihr die Ritter mit den mitgebrachten Schwertern! Ihr seid weiterhin dafür verantwortlich, den befreiten Rittern zu helfen, sie zu stützen, wenn nötig, ihnen in die Sättel zu helfen und ihnen beim Heimritt beizustehen!

Obwohl es ein öffentlicher Prozess ist, und das Tor zum erzbischöflichen Palast für die Dauer des Prozesses dem Volke offen steht, ist es möglich, dass sie das Tor schließen werden, wenn sie einen Trupp Templer kommen sehen. Dann gehen wir über die Mauer! Dazu nehmt ihr Brüder Sergeanten Wurfhaken und Seile mit und klettert über die Mauer. Danach öffnet ihr das Tor von innen und wir reiten hinein. Eine Gruppe Sergeanten muss am Tor bleiben, um es offen zu halten und für den Rückzug zu sichern, die anderen kommen mit uns Rittern zum Gerichtssaal!

Der Prozess findet im großen Saal des erzbischöflichen Palastes statt. Wenn sie uns das Portal zum Gerichtssaal schließen, dann brechen wir durch! Wenn dies zu schwer oder zu langwierig ist, dann brechen wir die Fenster ein und steigen durch die Fensteröffnungen ins Innere! Die Unterkante der Fenster ist etwa sechs Fuß über dem Boden, ihr Brüder Sergeanten müsst euch auf die Schultern eurer Brüder stellen um die Fenster einzuschlagen! Für diesen Zweck nehmt ihr Brechäxte mit! Ihr Brüder Serganten tragt also, zusätzlich zu euren Waffen, noch Wurfhaken, Seile und Brechäxte, aber nicht mehr als ein Werkzeug pro Mann!

Ich will nur die zwanzig Ritter und die sieben Knappen im Gerichtssaal haben, alle Sergeanten bleiben draußen um uns vor Angriffen von draußen zu schützen und den Rückzug zu decken! Sollten wir Ritter über die Schultern der Sergeanten in den Saal einsteigen, dann konzentrieren wir uns zuerst darauf, das Portal von innen zu öffnen und dann die gefangenen Ritter zu befreien!

Ihr Brüder Sergeanten beobachtet genau was im Saal vorgeht. Wenn die Situation im Saal gefährlich wird und es so aussieht, als ob wir Hilfe brauchen, dann kommt ihr uns zu Hilfe. Aber nicht zu viele! Ich möchte, dass möglichst viele von euch draußen bleiben, um die Pferde zu bewachen, den Rückzug zu decken und einen möglichen Angriff von außen abzuwehren. Ich werde einen von euch als euren Hauptmann ernennen! Ist einer unter euch, der Kompanieführer war und Gefechtserfahrung hat?"

Einer der Sergeanten trat hervor. „Ich bin Bruder Arnaud, aus der Präzeptorei Nancy. Ich war ein Hauptmann, in Akko, und befehligte eine Sergeantenkompanie. Ich war auch im Endkampf um Akko dabei. Du erinnerst dich vielleicht nicht mehr an mich, Bruder Arminius, aber ich kann mich sehr gut an dich erinnern! Wir nannten dich den ‚Schatten des Großmeisters'."

„Gut, Bruder Arnaud, ich ernenne dich hiermit zum Hauptmann unserer Sergeantenkompanie! Ernenne dir einen Zweiten! Suche dir die besten hundert Sergeanten aus und stelle sie zu einer Kompanie zusammen! Teile die Kompanie in die gewöhnliche Formation ein: drei Züge, jeder Zug drei Gruppen! Ernenne Zugführer und Gruppenführer! Übe die Formation bis zum Ende des Tages, damit jeder seinen Platz in der Kompanie weiß!“

Danach wendete sich Arminius besonders an die Sergeanten und sagte, mit lauter Stimme: „Brüder Sergeanten, Bruder Arnaud hier ist euer Hauptmann! Ihr hört auf sein Kommando!

„Nachdem die gefangenen Ritter befreit und mit ihren Schwertern gegürtet sind“, setzte Arminius zur gesamten Einheit fort, „wird der Bruder Präzeptor vor den Erzbischof und das Tribunal treten, und seine persönliche Unschuld und die unseres Ordens beteuern. Außerdem wird er erklären, dass er weitere Verhaftungen von Templern in Deutschland als Kriegserklärung gegen den Orden betrachten und mit Waffengewalt bekämpfen wird, bis zum letzten Mann und zum letzten Blutstropfen! Danach mache ich die gleiche Erklärung. Nach mir tritt ein Ritter nach dem anderen, dem Dienstalter nach, vor das Tribunal und macht die gleiche Erklärung. Dann verlassen wir den Gerichtssaal, formieren uns und reiten und marschieren aus dem Palast des Erzbischofs, mit hoch erhoben Köpfen! Und so reiten wir nach Mainz, und den längeren Weg durch die Stadt zu unserer Komturei!

Das ist unser Aktionsprogramm! Irgendwelche Fragen?“

„Ja, Bruder Arminius“, sagte ein Ritter. „Wie viel oder wie wenig Gewalt sollen wir anwenden?

Sollen wir unsere Gegner ritterlich behandeln und Blutvergießen nach Möglichkeit vermeiden?“

„Darüber werde ich als Nächstes sprechen!“ antwortete Arminius. „Ich wollte nur wissen, ob jemand eine Frage über das eigentliche Aktionsprogramm hat?“

Niemand meldete sich, und Arminius setzte fort: „Diese Kampagne soll so blutlos wie möglich vor sich gehen! Wir gebrauchen nur die Mindestgewalt um unsere sieben gefangenen Mitbrüder zu befreien! Aber wir gebrauchen diese Gewalt entschieden, blitzschnell und kraftvoll! Wir werden nur in äußerster Selbstverteidigung Blut vergießen, und auch dann nur um zu entwaffnen, nicht um zu töten! Wenn es zu Schwerthieben kommt, dann schlagen wir möglichst mit flacher Klinge zu und entwaffnen oder betäuben den Gegner, anstatt ihn zu verwunden oder zu töten! Auf keinen Fall bekämpfen wir die geweihten Persönlichkeiten! Wir erheben nicht einmal unsere Schwerter gegen sie! Wir werden ihnen zwar mit gezogenen Schwertern gegenüberstehen, aber mit den Schwertspitzen zum Boden, als Zeichen der Ehrerbietung!

Ihr Brüder Sergeanten sollt möglichst mit Händen und Fäusten kämpfen. Eure Keulen sollt ihr nur zum Betäuben gebrauchen, und nur dann, wenn es unbedingt sein muss! Wenn ihr eure Säbel gebraucht, schlagt möglichst mit der flachen Klinge zu! Wer sich widerstandslos ergibt, dem nehmt die Waffen ab! Wer Widerstand leistet, der wird überwunden, entwaffnet und gefesselt!

Ich möchte noch einmal ausdrücklich betonen, dass die Gewalt, die wir gebrauchen, minimal und blutlos sein soll, nur um unser Ziel zu erreichen! Aber sie soll entschieden, kraftvoll und blitzschnell sein! Wir werden weder zögern noch zweifeln, wir werden weder Pessimismus noch Optimismus hegen! Wir werden uns unseres Sieges absolut sicher sein!

Wir gehen in diese Kampagne mit der Einstellung überlegener Krieger! Die Schergen des Erzbischofs sind nur Söldner! Sie sind keine gut ausgebildeten Krieger, sie sind nicht vom göttlichen Geist beseelt, sie kämpfen für kein hohes Ziel, nur für Sold; sie sind uns in jeder Hinsicht unterlegen! Wir sind uns unserer Überlegenheit derart gewiss, dass wir mit kühler Konzentration zu kämpfen vermögen, ohne uns um Sieg oder Niederlage zu sorgen! Mit dem Sieg im Geist gehen wir in diese Kampagne! Unsere Aufgabe ist bereits erfüllt, wenn sie beginnt, was dazwischen liegt, ist nichts weiter als ein Kampfspiel, das wir entschieden, energisch und kraftvoll durchführen, mit der kühlen Konzentration überlegener Krieger!

Bereitet euch gut vor! Betet und meditiert bevor ihr schlafen geht! Schlaft getrost, es gibt nichts zu befürchten! Wir sind stets sicher in Gottes Hand! – Non nobis, Domine! Non nobis, sed Nomini Tuo da gloriam!"

„Non nobis, Domine!" donnerten die versammelten Brüder einstimmig.

Arminius wiederholte die Rede in Deutsch. Während der Abendversammlung besprach er mit dem Präzeptor, den Rittern, dem Sergeantenhauptmann, seinem Zweiten und seinen drei Zugführern noch eingehend die Strategie. Am nächsten Morgen, nach einer besonders feierlichen Frühmesse, in welcher der Bruder Kaplan die Kampagne segnete, formierten sie sich im Hof der Präzeptorei. Arminius und der Präzeptor ritten voraus, nach ihnen zehn Ritter, in Zweierformation, als Vorhut. Nach denen ritten die sieben Knappen, jeder ein reiterloses, gesatteltes Pferd neben sich. Nach den Knappen marschierte die Sergeantenkompanie, in Dreierformation. Die restlichen zehn Ritter, in Zweierformation, bildeten die Nachhut. Sie ritten den kürzesten Weg aus der Stadt, umgingen die Stadt Mainz und ritten direkt zum Palast des Erzbischofs.

Das Tor zum erzbischöflichen Palast stand weit offen und sie ritten in den Innenhof. Der Hauptmann befahl einer Sergeantengruppe beim Haupttor zu bleiben um die Torwächter in Schach zu halten und den Rückzug zu sichern. Die Ritter und Knappen stiegen vor dem Gerichtssaal von ihren Pferden, eine Gruppe Sergeanten blieb zurück um die Pferde zu bewachen, die anderen begleiteten die Ritter und Knappen zur zweiflügeligen Saaltür. Beide Flügel standen offen, waren aber vom erzbischöflichen Hauptmann und seinen Schergen bewacht.

Arminius und der Präzeptor, gefolgt von den Rittern, Knappen und Sergeanten, gingen auf die Saaltür zu. Der erzbischöfliche Hauptmann und seine Schergen versperrten ihnen den Weg. „Es tut mir leid, Hochwürdige Herren", sagte der Hauptmann, „aber seine erzbischöfliche Gnaden hat mir ausdrücklich befohlen, keine Bewaffneten in den Gerichtssaal zu lassen! Legt bitte eure Waffen hier ab, Ihr bekommt sie unversehrt zurück!"

Während der Hauptmann diese Worte sprach, liefen die Templersergeanten blitzschnell beiderseits der Ritter vorbei und sprangen die erzbischöflichen Schergen wie Katzen an. Nach einem heftigen aber kurzen Kampf waren die Schergen übermannt und gebunden. Während des Kampfes kamen mehr Schergen aus dem Inneren des Saales gelaufen und wurden ebenfalls überwältigt und gebunden. Als das Portal frei war, traten die Ritter mit gezogenen Schwertern in den Saal.

Der Saal war voll Zuschauer, die sich ängstlich duckten, als die zweiundzwanzig Tempelritter, gefolgt von sieben Knappen, mit erhobenen Schwertern in den Saal traten. Auf einem Podium zu ihrer Rechten sahen die Ritter das Tribunal, das aus den Erzbischöfen und Bischöfen Deutschlands und den Domherren von Mainz bestand. Der Erzbischof von Mainz präsidierte. Auf der Anklagebank, gegenüber dem Podium, saßen die gefangenen Ritter, von den Schergen des Amtmannes bewacht. Der Amtmann des Erzbischofs von Mainz stand zwischen der Anklagebank und dem Podium und erwartete besorgt die Befehle seines Herren.

Die Ritter, von Arminius und dem Präzeptor geführt, schritten mit erhobenen Schwertern und schnellen Schritten auf das Podium zu. Vor dem Podium senkten sie ihre Schwerter, Spitzen zum Boden. Der Präzeptor stieg auf das Podium, stellte sich direkt vor den Erzbischof von Mainz, Schwertspitze am Boden, und sagte mit lauter Stimme: „Euer Gnaden! Ich fordere, dass die sieben angeklagten Tempelritter sofort freigelassen werden! Wir sind 120 Mann, schwer bewaffnet und fest entschlossen! Wenn Ihr die sieben Ritter nicht sofort freigebt, dann werden wir sie mit Waffengewalt befreien!“

„Baillie, befreie die Gefangenen!“ gebot der Erzbischof mit steinernem Gesicht.

Der Amtmann wendete sich an die Schergen, die die Gefangenen bewachten, und gebot ihnen: „Lasst die Angeklagten frei!“ Zu den gefangenen Rittern sagte er, mit einer Verbeugung: „Hochwürdige Herren, Ihr seid jetzt frei!“ Die Schergen entfernten sich eilends. Die freigelassenen Ritter standen auf, die Knappen eilten zu ihrer Seite.

Dann sagte der Präzeptor zum Erzbischof: „Euer Gnaden, wir fordern die Rückgabe der Schwerter der befreiten Ritter!“

„Baillie, bring ihre Schwerter!“ kommandierte der Erzbischof.

„Ich muss Euer Gnaden informieren, dass die Schwerter am Ort der Verhaftung geblieben sind!“ sagte der Amtmann zum Erzbischof.

„Ihr hörtet meinen Baillie!“ sagte der Erzbischof schroff zum Präzeptor.

Arminius gebot den sieben Knappen, die Ritter mit den mitgebrachten Schwertern zu gürten. Die gegürteten Ritter gesellten sich zu ihren Befreiern. Danach sprach der Präzeptor, langsam, laut und deutlich, so dass es das Publikum gut hören konnte:

„Ich bin Graf Friedrich von Savoyen, Präzeptor des Templerordens für Oberdeutschland! Ich erkläre hiermit meine persönliche Unschuld, und die meines Ordens! Ich betrachte das Vorgehen gegen meinen Orden als einen schweren Affront gegen den Orden, als eine persönliche Beleidigung, eine Beleidigung des Ritterstandes und eine grobe Verletzung des Ehrenkodex der Ritterlichkeit! Weitere Verhaftungen von Angehörigen des Templerordens in Deutschland werde ich als eine Kriegserklärung gegen unseren Orden betrachten und entsprechend bekämpfen, bis zum letzten Mann und zum letzten Blutstropfen – so helfe mir Gott!“

Der Präzeptor trat vom Podium ab, Arminius trat auf das Podium, blickte das Tribunal an und sprach, mit mächtiger Stimme die im Saal widerhallte: „Ich bin Arminius von Welterod, Komtur von Thannbrunn und militärischer Kommandant dieser Kampagne! Ich bin ein christlicher Ritter, der vom Erzbischof von Mainz im Martinsdom zum Ritter geschlagen wurde. Hier, in dieser Halle, wo in den vergangenen zwei Wochen der Ritterstand geschändet wurde, feierten wir das Fest der Schwertleite! Ich erkläre hiermit meine persönliche Unschuld und die meines Ordens! Ich betrachte das Vorgehen gegen meinen Orden als einen schweren Affront gegen den Templerorden, gegen alle Ritterorden, gegen alle Mönchsorden, und gegen den Ritterstand schlechthin! Ich werde jeder weiteren Verhaftung meiner Ordensbrüder in Deutschland mit Waffengewalt entgegentreten, bis zum letzten Blutstropfen – so wahr ein Gott über mir ist!“

Ein Ritter nach dem anderen trat vor das Tribunal, beteuerte seine Unschuld und die des Ordens, und erklärte, dass er jeder weiteren Verhaftung von Templern in Deutschland mit Waffengewalt entgegentreten werde, bis zum letzten Blutstropfen. Geführt von Arminius und dem Präzeptor, gingen sie danach mit hocherhobenen Köpfen aus dem Saal. Das Tribunal saß bleich, mit steinernen Gesichtern, aber einige der Bischöfe konnten oder wollten ihre Bewunderung nicht verhehlen. Die Zuschauer sahen der dreisten Befreiung mit offener Bewunderung zu. Der Amtmann und seine Schergen blickten pflichtgemäß grimmig drein, waren aber voll heimlicher Bewunderung.

Außerhalb des Saales wurden die Ritter von den Sergeanten mit weitoffenen, hell begeisterten Augen begrüßt. Arminius gab das Kommando zum Abzug. Die Ritter und Knappen bestiegen ihre Pferde, alle begaben sich in Formation. Sie marschierten und ritten, mit strahlenden Augen und hocherhobenen Köpfen, aus dem Palast des Erzbischofs nach Mainz, den langen Weg durch die Stadt Mainz und in den Hof der Präzeptorei.

Den Rest des Tages verbrachte der Präzeptor mit den befreiten Rittern und befragte sie über die Einzelheiten ihrer Verhaftung, die Haft und den Prozess. Arminius verbrachte den Rest des Tages mit den französischen Sergeanten, die vor Freude außer sich waren. Die widerstandslose Verhaftung der französischen Templer war für sie eine Schmach gewesen, jetzt hatten sie diese Schmach zumindest etwas wettgemacht! Die dreiste Befreiung der sieben Tempelritter, direkt aus dem Prozess heraus, vor einem großen Publikum und unter den Augen der versammelten Bischöfe und Erzbischöfe Deutschlands, hatte ihrer Selbstachtung den nötigen Auftrieb gegeben.

Am Abend wurde Arminius zur inneren Kammer des Präzeptors gerufen. „Bruder Arminius, ich gratuliere dir, und uns!“ rief der Präzeptor gutgelaunt aus. „Ein erstklassiger Coup! Ein kleiner Sieg, im Untergang! Die Nachwelt soll wissen, dass wir deutschen Templer uns nicht wie die Schafe zur Schlachtbank führen ließen! Ich nehme an, dass du dies in deinem Geschichtswerk gebührlich erwähnen wirst!“

„Ja, Bruder Präzeptor, ich werde es erwähnen!“ versicherte ihm Arminius. „Was sagten die befreiten Brüder? Wurden sie gut behandelt? Wurden sie gefoltert, oder mit Folter bedroht?“

„Nein“, antwortete der Präzeptor, „sie wurden anständig behandelt! Es sieht so aus, als ob selbst der Erzbischof von Magdeburg seine Pflicht etwas zurückhaltend tat, unter dem Druck des Papstes, und eigentlich an unsere Unschuld glaubte. Ich nehme an, dass mir der Erzbischof von Mainz angesichts der jüngsten Vorfälle keine Audienz gewähren wird. Aber ich werde ihn, auf diplomatischen Wegen, darauf drängen, unsere Unschuld offiziell zu verkünden. Ich bin ziemlich sicher, dass wir deutschen Templer vor weiteren Verfolgungen sicher sind!“

„Bis uns der Papst auflöst!“ setzte Arminius hinzu.

„Vielleicht nicht!“ erwiderte der Präzeptor hoffnungsvoll. „Vielleicht wird der Heilige Vater unseren Orden in Deutschland weiter bestehen lassen. Er ließ uns in Portugal weiter bestehen!“

„Aber nicht als Templerorden, sondern als den Orden der Ritter Christi!“ berichtigte Arminius. „Wir könnten auch einen neuen Ritterorden gründen, einen ‚Orden der Deutschen Ritter Christi‘, oder so etwas ähnliches, und alle deutschen Templer würden diesem Orden beitreten. Aber es gibt bereits einen deutschen Ritterorden!“

„In Portugal war dies auch nur deshalb möglich, weil der König und die Bischöfe von Portugal voll und ganz hinter diesem neuen Orden standen, und dem Papst versicherten, dass der neue Orden der Ritter Christi vom Templerorden unabhängig sei!“ erinnerte sich der Präzeptor. „In Portugal stellt der König die Zentralgewalt dar, aber bei uns sind die politischen Verhältnisse anders. In Deutschland gibt es keine sekuläre Zentralgewalt! Die sekuläre Gewalt sind bei uns die Landesfürsten; die einzige Zentralgewalt ist die Kirche!“

„Die offensichtlich nicht mehr auf unserer Seite ist!“ ergänzte Arminius.

„Da hast du leider recht!“ seufzte der Präzeptor. „Die einzige, christliche Kirche, die auf unserer Seite ist, ist die Keltisch-Christliche Kirche Schottlands! Übrigens gab ich jedem Tempelritter, der von hier nach Schottland ging, eine Kopie deiner Karte der Ostküste der neuen Welt, so wie du sie gezeichnet hast. Als Vorsichtsmaßnahme zeichnete ich Europa nicht ein, aber ich erklärte den Rittern, dass diese neue Landmasse nur etwa 4000 Meilen westlich von Europa liegt und eine mögliche Zuflucht für unseren Orden darstellt, falls wir auch aus Schottland fliehen müssen. Wenn diese Karte in falsche Hände gerät, dann kann niemand etwas mit ihr anfangen!“

„Eine weise Vorsichtsmaßnahme, Bruder Präzeptor, ich werde das Gleiche tun, wenn mein Knappe nach Schottland geht!“

„Wie weit ist dein Knappe mit seinen englischen und gälischen Studien?“

„Englisch hat er schnell kapiert, er spricht es bereits fließend. Mit Gälisch tut er sich schwerer, es wird noch einige Zeit dauern, bis er es beherrscht!“

„Wir haben uns eben etwas mehr Zeit erkauft!“ sagte der Präzeptor zuversichtlich.

„Vielleicht haben wir uns weniger Zeit erkauft!“ warnte Arminius. „Vielleicht wird unser erfolgreicher Widerstand den Papst dazu veranlassen, die Auflösung unseres Ordens zu beschleunigen!“

„Ja, vielleicht haben wir unseren eigenen Untergang beschleunigt!“ stimmte der Präzeptor bestürzt überein.

Arminius blieb noch eine Woche in Mainz. Sein Rappe war von dem viertägigen Gewaltritt von Thannbrunn nach Mainz etwas lahm geworden und brauchte mehr Futter, Ruhe und die Heilpflaster und kundigen Hände eines erfahrenen Pferdearztes. Um die Zeit gewinnbringend zu verbringen, ging Arminius zur Mainzer Domschule, um dort zu lesen. Aber der Eintritt wurde ihm verwehrt, „Templer haben keinen Zutritt mehr!“, sagte der Torwächter. So ging er stattdessen in den Martinsdom auf eine stille Andacht. Aber der Friede Gottes, der in allen Kirchen vorherrschen sollte, herrschte im Mainzer Dom nicht; der Dompfarrer warf ihm finstere Blicke zu. Von da an trug Arminius eine Pilgerkutte, wenn er in Mainz herumging, und zog die Kapuze weit über den Kopf, damit ihn niemand erkenne. Als Pilger verkleidet betete er unbehelligt im Dom. Auch suchte er die zwei Herbergen der esoterischen Untergrundbewegung auf, dieselben Herbergen, die er vor drei Jahren, ebenfalls als Pilger verkleidet, aufgesucht hatte. Aber niemand wollte sich auf eine esoterische Diskussion einlassen; die Templerverfolgungen hatten einen Schatten von Misstrauen und Furcht über die einst freigeistige Stadt Mainz geworfen. Das ‚Goldene Mainz' hatte seinen Goldglanz verloren!

Am Tag vor seiner Abreise wurde Arminius zum Präzeptor gerufen. Der saß todernst, Arminius merkte sofort, dass sich etwas Schlimmes ereignet hatte. „Was ist passiert, Bruder Präzeptor?“ fragte er besorgt. „Wurden mehr Brüder verhaftet?“

„Schlimmer als verhaftet“, antwortet der Präzeptor mit bebender Stimme, „Brüder wurden verbrannt! Ich bekam gerade eine Depesche aus Paris: Am Tag nachdem wir die sieben Brüder aus den Klauen des Erzbischofs von Mainz befreiten, ließ der Erzbischof von Sens 59 Brüder verbrennen!

Der Depeschenreiter kam heute an, mit der Hiobsbotschaft aus Paris: 59 Tempelritter aus der Erzdiözese Sens, die in der infamen Razzia im Morgengrauen des 13. Oktober 1307 verhaftet wurden, und sich später unter Folter als schuldig bekannten, widerriefen ihre Geständnisse, bestanden trotz Todesdrohung auf ihre Widerrufe und wurden, am Morgen des 12 Mai, in einer öffentlichen Massenverbrennung außerhalb der Mauern von Paris, vor dem Porte Saint-Antione, als rückfällige Häretiker verbrannt!

Ich hoffte und betete, dass es keine Hinrichtungen geben würde! Aber jetzt, nachdem ein Präzendenzfall geschaffen ist, wird es weitere Hinrichtungen geben! Auf keinen Fall werde ich so etwas in Deutschland dulden! Nur über meine Leiche! Wenn wir dazu bestimmt sind zu sterben, dann tun wir es heldenhaft!“ rief Präzeptor Friedrich laut, vor Erregung zitternd, mit geballten Fäusten.

Nach einem Becher Wein wurde der Präzeptor ruhig genug, um die neue Lage etwas objektiver zu besehen. „Lasst uns keine Illusionen mehr hegen, dass der Templerorden in Deutschland fortbestehen kann!“ sagte er bitterlich. „Das ist wahrlich das Ende unseres Ordens! Der Papst hat uns gänzlich verraten und verlassen, wir gehören nicht mehr der Römisch-Katholischen Kirche an! Jetzt schließen wir uns der Keltisch-Christlichen Kirche an! Der Exodus nach Schottland soll beginnen!

Die Großpriore Oberdeutschlands werden sich in einigen Tagen mit mir treffen, ich werde mit ihnen einen Exodus unseres Ordens nach Schottland besprechen!“

Arminius und der Präzeptor besprachen die Einzelheiten eines Auszugs nach Schottland, bis tief in die Nacht hinein. Beim Abschied sagte der Präzeptor zu Arminius: „Ich werde dich auf dem Laufenden halten! Auf keinen Fall werde ich Verhaftungen von Templern in Oberdeutschland dulden! Wenn nötig, werde ich den gesamten Orden in Oberdeutschland mobilisieren, um die Verhaftungen rückgängig zu machen! Du wirst der militärische Kommandant einer solchen Befreiungskampagne sein! Du wirst von mir hören, wenn ich dich hier in Mainz oder anderswo in Oberdeutschland brauche! Ich danke dir für deine Geistesstärke und für deine tatkräftige Unterstützung, Bruder Arminius! - Non nobis, Domine! Non nobis, sed Nomini Tuo da gloriam!“

„Non nobis, Domine!“ erwiderte Arminius und begab sich zu seinem Schlafquartier.

Um seinen Rappen zu schonen, ließ sich Arminius beim Heimritt Zeit. Als er Anfang Juni in Thannbrunn ankam, war Herold überglücklich, ihn heil zu sehen. „Wie war das Gefecht, Bruder Arminius?“ fragte er wissbegierig.

„Das Gefecht war wie erwartet: blutlos!“ antwortete Arminius. „Wir befreiten die sieben Tempelritter, denen im Palast des Erzbischofs der Prozess gemacht wurde, während des Prozesses, vor einer großen Zuschauermenge und unter den Nasen der versammelten Erzbischöfe und Bischöfe Deutschlands! Niemand wurde verletzt, nur der Stolz der geweihten Herren! Und die Ehre des Templerordens wurde, zumindest in Deutschland, wiederhergestellt! Das war ja der eigentliche Sinn der Übung!“

„Du nennst es ‚Übung'?“ sagte Herold verwundert.

„Ja, es war nicht viel mehr als eine militärische Übung, weniger gefährlich als der Brotaufstand in Hilpoltstein. Die Aufrührer in Hilpoltstein waren hungrig und verzweifelt, die Bischöfe in Mainz waren fett und gefügig! Sie waren mehr als gewillt, uns das zu geben, was wir forderten. Sie hatten Angst, aber ihre Angst war unbegründet; auf keinen Fall hätten wir eine geweihte Persönlichkeit angegriffen! Aber die Bischöfe wussten das nicht. Andererseits wussten sie genau, dass wir im Sinne der Anklage unschuldig sind, und dass das Vorgehen gegen unseren Orden einen ungeheuerlichen Affront gegen den Templerorden und gegen den Ritterstand darstellt! Sie hatten ein schlechtes Gewissen, und sie fürchteten unseren Zorn.

Leider gibt es traurige Nachrichten aus Paris. Das Schlimmste ist geschehen: 59 Pariser Brüder wurden als rückfällige Häretiker am Scheiterhaufen verbrannt!“

„Was?“ rief Herold ungläubig aus, „59 Pariser Brüder, am Scheiterhaufen verbrannt? Die Brüder, bei denen wir im Mai 1307 zu Gast waren?“

„Es ist sehr wahrscheinlich, dass einige der Brüder, die wir im Mai 1307 in Paris antrafen, unter den Verbrannten waren! Es war eine öffentliche Verbrennung, außerhalb der Mauern von Paris, vor dem Porte Sainte-Antoine.“

Nach dem Abendessen brachte Arminius seinen Mitbrüdern die traurige Nachricht. Die Brüder Maurer waren von der Hinrichtung der französischen Tempelritter besonders betroffen. Die Tatsache, dass sieben deutsche Tempelritter in einem dreisten Coup direkt aus dem Prozess heraus befreit wurden, vor einer großen Zuschauermenge und unter den Nasen der deutschen Bischöfe und Erzbischöfe, befriedigte sie etwas, konnte aber ihren Gram nicht lindern.

Der Rest des Jahres 1310 ging seinen gewohnten, geschäftigen Gang. Nur die Wolke der Verhängnis, die über dem Templerorden hing, wurde immer dunkler. Die Maurer überwanden ihre Trauer mit Arbeitseifer. Sie gingen in den Sandsteinbruch, brachen die Giebelsteine für die Kapelle, brachten sie in das Nebengebäude und behauten sie fein und nach Winkel und Maß. Nachdem sie die Steine auf Maß gehauen hatten, legten sie den gesamten hinteren Giebel flach auf den Boden um ein großes Flachrelief in den Giebel zu hauen. Dies beschäftigte sie den gesamten Winter 1310/11. Während die Maurer den Giebel behauten, schleiften einige Bauern mit Ochsengespannen eine Anzahl von Baumstämmen in den Burghof und hieben sie mit ihren Breitbeilen zu Dachsparren für die Kapelle.

Arminius schrieb weiterhin an seinem Buch. Er verfasste, Herold schrieb ins Reine. Herold nahm auch weiterhin Sprachunterricht. Zwei Stunden pro Tag trainierte Arminius seinen Knappen in den Feinheiten der Kriegskunst. An den langen Winterabenden vertiefte und festigte er sein Wissen der Esoterik, der Templertugenden und der Templerethik.

Im Frühjahr 1311 errichteten die Maurer die beiden Giebel der Dreieinigkeitskapelle, legten die Dachsparren und Latten, spalteten die Dachplatten und deckten das Dach. Danach legten sie den Boden mit Kalksteinplatten, und bauten in den Boden eine Gruft, wie sie sich Arminius gewünscht hatte. Als Deckplatten für die Gruft wollte der Maurermeister Granit haben, aber es gab keinen Granit in der Nähe, und Arminius wollte kein Geld für Granitplatten ausgeben, so nahmen sie auch dazu Kalksteinplatten. Den Altar bauten sie aus drei großen Sandsteinquadern.

Im Sommer 1311 kam ein Depeschenreiter in Thannbrunn an, mit einem Brief vom Präzeptor. Arminius befürchtete das Schlimmste, aber der Brief enthielt mehr gute als schlechte Nachrichten.

Mainz den 14. Juli 1311

Lieber Bruder Arminius!

Zuerst die schrecklichen Nachrichten: Nach jener Massenverbrennung von 59 Brüdern, am 12. Mai 1310, vor den Toren von Paris, gab es, wie ich befürchtete, mehr Verbrennungen. Dies waren einzelne Verbrennungen, hauptsächlich in Frankreich, und in den Königreichen und Fürstentümern die von Frankreich abhängig sind.

Ein kleiner Lichtstrahl in der zunehmenden Finsternis: Am ersten Juli dieses Jahres verkündete der Erzbischof von Mainz, in einem offenen Brief an die Bischöfe Deutschlands, und in einer öffentlichen Proklamation von der Kanzel des Martinsdoms herab, die Unschuld der deutschen Templer! Er sagte, dass sein Verfahren gegen den Templerorden in Deutschland ermittelte, dass die deutschen Templer im Sinne der Anklage unschuldig sind!

Das rettete leider unseren Orden nicht, nur unsere Ehre – und das nur in Deutschland! Der Heilige Vater hat für den Monat November ein Konzil in Vienne einberufen. Das Hauptthema dieses Konzils ist, über das Schicksal des Templerordens zu entscheiden. Es wird geflüstert, dass die meisten Kardinäle und Bischöfe die Auflösung unseres Ordens befürworten! Ich bereite also unseren Exodus nach Schottland vor und werde Dich auf dem Laufenden halten.

Non nobis, Domine! Non nobis, sed Nomini Tuo da gloriam!

Friedrich von Savoyen, Präzeptor, Oberdeutschland

Arminius informierte die Maurer und die Neuhaus-Brüder über das Urteil des Erzbischofs und sagte ihnen, dass es in Deutschland bestimmt keine Templerverfolgungen mehr geben werde. Das wurde von den Brüdern freudig begrüßt, aber Arminius dämpfte ihre Freude, indem er ihnen sagte, dass mehr Templer verbrannt wurden, und dass der Orden wahrscheinlich aufgelöst wird. „Was werden wir tun? Wo werden wir hingehen?“ war die allgemeine Frage.

„Sobald unser Orden offiziell, das heißt durch eine päpstliche Bulle, aufgelöst ist, seid Ihr von eurem Ordensschwur entbunden! Dann seid Ihr freie Männer und könnt tun und lassen was ihr wollt, und gehen wohin Ihr wollt! Denkt darüber nach, und betet um göttlichen Beistand!“

Am darauffolgenden Sonntag rief Arminius die Brüder Maurer und seinen Knappen auf eine Konferenz in den Burgsaal von Thannbrunn. „Brüder Maurer“, sagte Arminius, „ich habe euch hierher gebeten, um mit euch euer Schicksal zu besprechen, falls unser Orden aufgelöst wird.

Ich brauche euch nicht zu sagen, dass unser Orden von der Römisch-Katholischen Kirche verraten und verlassen wurde. Was euch vielleicht neu sein wird ist, dass es eine christliche Kirche gibt, die den Templeroden ehrt und ihn willkommen heißt. Dies ist die Keltisch-Christliche Kirche Schottlands!

Der exkommunzierte König Robert der Bruce von Schottland hat sich und sein Reich von England und von der Römisch-Katholischen Kirche getrennt! Er gründete eine Keltisch-Christliche Kirche, unabhängig vom Papst, und ein autonomes Königreich Schottland, unabhängig von England! König Robert der Bruce und die Keltisch-Christliche Kirche Schottlands heißen den Templerorden und jeden einzelnen Templer herzlich willkommen! Robert der Bruce hat dem Templerorden ein Fortbestehen und einen Ehrenplatz in Schottland garantiert! Viele eurer französischen Mitbrüder, denen es, wie euch, gelang zu entfliehen, sind bereits in Schottland. Und viele von denen, die jetzt in Deutschland sind, werden noch nach Schottland fliehen. Unsere Flotte, die an jenem infamen Morgen des Freitag den 13. Oktober 1307 im Hafen von La Rochelle ankerte, im Schutze unserer La-Rochelle-Festung, konnte entfliehen! Sie segelte nach Schottland und ankert jetzt sicher in einem schottischen Fjord! Hunderte von Templern aus aller Herren Länder sind bereits dort! Unser Bruder Präzeptor in Mainz plant einen Exodus der Überreste des Templerordens nach Schottland!

Bruder Herold hat sich schon jahrelang für seine Flucht nach Schottland vorbereitet. Er lernte Englisch und Gälisch, die Landessprache Schottlands. Jetzt spricht er fließend Englisch und einigermaßen gut Gälisch. Er wird nach Schottland gehen, sobald unser Orden in der Römisch-Katholischen Welt aufgelöst ist. Ich werde ihn zum Ritter schlagen bevor er geht, so dass er als Tempelritter nach Schottland gehen wird!

Wenn Ihr nach Schottland gehen wollt, dann könnt ihr mit ihm gehen! Dann werde ich ihn zu eurem Kommandanten ernennen und ihr könnt mit ihm, unter seinem Kommando, nach Schottland ziehen. Denkt gut darüber nach und teilt mir euren Entschluss mit!"

Die Maurer blickten sich gegenseitig an und nickten sich übereinstimmend zu. „Wir haben uns entschieden, Bruder Arminius!" sagte der Maurermeister. „Wir werden Bruder Herold nach Schottland folgen! Aber zuerst wollen wir deine Dreieinigkeitskapelle fertig bauen!"

„Bon, mes frères!" sagte Arminius. „Ich werde also eure Abreise auf das kommende Frühjahr festlegen, kurz nach Ostern! Am Ostersonntag werde ich Bruder Herold zum Ritter schlagen. Und, um euer Werk zu ehren, und ihn an euch zu binden, wird dies in der Dreieinigkeitskapelle geschehen! Der Bruder Kaplan von Weihersdorf wird die Kapelle am frühen Ostermorgen einweihen. Danach feiern wir die Ostermesse und der Bruder Kaplan wird euren Auszug nach Schottland segnen. Und nach der Messe wird es in Neuhaus ein Ostermahl geben! Alle Weihersdorf Brüder werde ich dazu einladen, und die Brüder aus Berching und Sallmannsdorf!"

Die Maurer nickten mit leuchtenden Augen. Jetzt hatten sie eine hellere Zukunft vor sich und machten sich mit erneutem Eifer an die Fertigstellung der Dreieinigkeitskapelle.

Vor Einbruch des Winters stand die Dreieinigkeitskapelle fertig, schlicht aber schön, in dem spärlichen, streng geometrischen Stil, der alle Templergebäude kennzeichnete. Die Bausteine waren fein behauen aber sonst unverziert, und das Gelbbraun der Sandsteine passte gut zu dem Steingrau des Daches und des Fußbodens.

Jeder Wandstein war ein Rechteck, zweimal so lang wie breit. Die Seitenwände waren zweimal so lang wie hoch, die Vorder- und Hinterwand waren genaue Quadrate. Die zwei Giebel stellten gleichseitige Dreiecke dar, und jeder Giebelstein war ein gleichseitiges Dreieck. Der Altar war drei Fuß hoch, drei Fuß breit und neun Fuß lang, und bestand aus drei Sandsteinquadern, jeder drei mal drei mal drei Fuß. Die Gruft maß, wie der Altar, drei mal neun Fuß, und hatte drei quadratische Deckplatten, von denen jede drei mal drei Fuß maß. Der Altar war der Breite nach ausgelegt, die Gruft der Länge nach, und die Gruft befand sich vor dem Altar, so dass Gruft und Altar T-förmig zueinander lagen. Der Boden und das Dach der Kapelle bestanden aus unregelmäßigen Kalksteinplatten. Die Asymmetrie des Daches und des Bodens stand im harmonischen Gegensatz zu der strengen Symmetrie des übrigen Gebäudes.

Das Portal in der Vorderwand der Kapelle hatte einen Spitzbogen, jede der drei Fensteröffnungen in den Seitenwänden war ebenfalls spitzbogig. Der Altar war im östlichen Ende der Kapelle, nahe am Ostgiebel. Über dem Altar, auf der Innenseite des Ostgiebels, war die einzige Verzierung: ein Flachrelief von drei Kreisen innerhalb eines Kreises der doppelten Größe, der große Kreis so groß wie der ganze

Giebel. Die drei Kreise innerhalb des Kreises waren gleichmäßig angelegt, 120 Grad voneinander, so dass sie sich überschnitten und im Zentrum des Reliefs eine dreiblättrige Rosette bildeten. Weil das Flachrelief sehr groß und die einzige Verzierung der Kapelle war, und über dem Altar zu schweben schien, dominierte es das Innere der Kapelle.

„Werden die drei Kreise innerhalb des Kreises die einzige Verzierung bleiben?" fragte Herold. „Kein Kreuz? Ich sah noch nie eine Kapelle ohne Kreuz!"

„Ich werde später in einen der Decksteine meiner Gruft ein gleicharmiges Tatzenkreuz gravieren lassen. Kein Kruzifix! Das Kruzifix ist das Wahrzeichen der paulinischen und Römisch-Katholischen Kirche; diese Kapelle ist der dreieinigen Gottheit geweiht! Die Gottheit gehört nicht nur der paulinischen oder der Römisch-Katholischen Kirche an! Die Gottheit ist überreligiös; sie gehört allen Religionen an, oder keiner!

Für mich sind die Drei in Einem, oder die Eins in Dreien, die vollkommenste Symbolisierung der Gottheit! Die drei inneren Kreise symbolisieren das Dreifache Paradox: These, Antithese und Synthese. Zwei dieser Kreise symbolisieren ein Paar von Gegensätzen, der dritte symbolisiert die Schöpferkraft welche die beiden trennt und/oder vereint!

Der Überkreis, der die drei Kreise enthält, ist die Übersynthese. Das Zwischenspiel zwischen These-Antithese-Synthese spielt sich innerhalb der Übersynthese ab und ist in der Übersynthese enthalten. Die Übersynthese selbst hat kein Gegenüber, nur das was sie enthält. Und wenn sie nichts enthält, dann ist sie ein Nichts! Die drei Kreise entsprangen der Übersynthese, sind in ihr enthalten und können sich jederzeit wieder in sie auflösen.

Die Wahrheit einer jeglichen Analyse begründet sich auf die gegenseitige Bewahrheitung von Gegensätzen: die These ist die Wahrheitsprobe für die Anthithese; die Anthithese ist die Wahrheitsprobe für die These! – Das ist das Grundprinzip der Mathematik! Gegensätze sind in der Synthese vereint – deshalb bewahrheiten sie sich gegenseitig!

Wenn wir die Analyse und die Synthese als Gegensätze gegenüberstellen, dann bewahrheitet die Analyse die Synthese, und die Synthese die Analyse! Die beiden bewahrheiten sich gegenseitig, weil sie in der Synthese vereint sind! Um die Synthese zwischen Analyse und Synthese von der Synthese die im Gegensatz zur Analyse steht zu unterscheiden, bezeichne ich die Synthese zwischen Analyse und Synthese als ‚Übersynthese'! Die Übersynthese ist die ursprüngliche und endgültige Wahrheit, die Wahrheit aus welcher alle anderen Wahrheiten entsprangen, und in welche sie am Ende der Zeit zurückgehen.

Die Übersynthese ist die Gottheit, welche die Dreieinigkeit von Schöpfer, Geschöpf und Schöpfergeist enthält. Der Schöpfergeist ist die Schöpferkraft von WAHL, WILLE und TAT, die Urqualität der Gottheit, eine Eigenschaft die Allen und allem innewohnt! Kraft dieser Kraft können wir die Eins in Dreien wahlweise als drei, als zwei und/oder als eins wahrnehmen, wahrhaben und erleben!

Die Übersynthese ist der Ursprung, der Schoß der Welt! Der Ursprung nützte seine Schöpferkraft und schuf in sich und aus sich heraus eine progressive Spaltung in zwei, und in Gegensätze, und blieb dennoch das was er ursprünglich war: ein unteilbares Ganzes! Das ist das Rätsel der Schöpfung! Wer dieses Rätsel gelöst hat, der ist weise! Wer diese Weisheit im praktischen Leben anwendet, der handelt weise!

Ich habe das kosmische Rätsel und dessen Lösung symbolhaft auf den inneren Ostgiebel meiner Kapelle gravieren lassen. Ich möchte, dass jeder Andächtige, der in meiner Kapelle betet oder meditiert, sich darauf konzentriert und von nichts anderem abgelenkt wird! Die drei Kreise, entweder für sich alleine oder innerhalb eines Kreises der doppelten Größe, sind eine der ältesten, symbolischen Darstellungen der Gottheit! Wenn die Andächtigen dieses Symbol mit sich in ihre Gebete, Meditationen, Tag- und Nachtträume mitnehmen, dann wird sich ihnen die Gottheit früher oder später offenbaren!

Wie du weißt, symbolisiert unser gleicharmiges, achteckiges Tatzenkreuz nicht das christliche Kruzifix! Die Achteckigkeit unseres Kreuzes symbolisiert das sufistische Achteck, die acht Schöpfungsstufen, die Heilige Acht der Gottheit! Die vierarmige Gleichheit unseres Kreuzes symbolisiert auch die vier Himmelsrichtungen sowie die vier entgegengesetzten Richtungen der Schöpfung: inwärtiger und auswärtiger Raum, und vorwärtige und rückwärtige Zeit: Das vierdirektionale Raum/Zeit Kontinuum!

Wie du dich von meinen Gralsbriefen her erinnerst, entwickelte sich Raum zugleich dreidimensional nach innen und dreidimensional nach außen. Das ergibt sechs Dimensionen von Raum! Zeit entwickelte sich, gleichzeitig und synchronistisch, zur gleichen Zeit und im gleichen Raum, in vorwärtige und rückwärtige Zeit. Sechs Dimensionen von Raum plus zwei Dimensionen von Zeit ergeben acht Dimensionen: die heilige Acht! Und weil sich Zeit und Raum gegensätzlich synchronistisch entwickelten, so dass Zeit eine Funktion von Raum und Raum eine Funktion von Zeit ist, sind Zeit und Raum eins! Da sich die gegensätzlichen Dreierdimensionen von Raum und die gegensätzlichen Dimensionen von Zeit gegenseitig aufheben, sind acht eins, und auch Null, oder Nichts!

Das vierarmige, achteckige Templerkreuz symbolisiert also die vier Himmelsrichtungen, das vierdirektionale Raum/Zeit Kontinuum, das achtdimensionale Universum und die acht progressiven Schöpfungsstufen. Außerdem symbolisiert es die Zahl 3168, die heilige Zahl der gnostischen Christen, und 681, unsere eigene, heilige Zahl!

Unsere Verfolger beschuldigen uns der Idolatrie. Wir beten keine Idole an – sie tun's! Sie beten das Kruzifix an! Und was für ein schlecht gewähltes Idol es ist: das Instrument krimineller Hinrichtung im alten Rom – der damalige Galgen!

Aber die meisten Christen sehen das Kruzifix nicht in diesem Sinne. Für sie symbolisiert es die Aufopferung Jesu, der für unsere Sünden starb. Wenn ihnen das Kruzifix heilig ist, dann ist es mir auch heilig – aber nur weil es ihnen heilig ist! Für mich persönlich, und für die meisten Templer des inneren Kreises, ist das Kruzifix nichts weiter als ein schlecht gewähltes Idol. Deshalb siehst du kein Kruzifix in, an oder auf meiner Kapelle!"

Arminius wollte weder klares Glas noch Buntglas, weder Pergament noch Gitter noch Läden in den Fensteröffnungen seiner Kapelle haben. Und keine Tür! „Meine Dreieinigkeitskapelle soll allen Kreaturen und allen Elementen allzeit offen stehen!" erklärte er eindrücklich.

„Jetzt, da die Dreieinigkeitskapelle fertig ist, was werden wir den Winter über tun?" fragte der Maurermeister besorgt. Für ihn war nicht Unwissenheit der Erzfeind, sondern Untätigkeit!

„Haben deine Maurer Erfahrung im Gravieren?" fragte Arminius.

„Wir sind keine spezialisierten Gravierer, aber wir können es. Es gehört zu unserem Handwerk!" antwortete der Meister.

„Ich möchte gerne, dass deine Maurer meinen Grabspruch in die Deckplatten meiner Gruft gravieren!" bat Arminius.

„Was, deinen Grabspruch?" rief der Meister aus. „Du willst deinen Grabspruch schreiben, bevor du stirbst?"

„Nachher ist es zu spät, Bruder Baumeister!" sagte Arminius lächelnd.

„Ja, natürlich!" bestätigte der Maurermeister verlegen. „Nur habe ich bis jetzt noch niemanden angetroffen, der seinen Grabspruch zu seinen Lebzeiten selbst schrieb und in seinen Grabstein gravieren ließ. Schreibe ihn auf eine Schiefertafel, genau wie du ihn auf den Grabplatten willst! Noch besser wäre es, wenn du den Grabspruch direkt mit Bleistift auf die Grabplatten vorzeichnen würdest, genau wie und wo du ihn willst, und wir gravieren ihn mit unseren feinen Meißeln ein."

„Das überlasse ich Bruder Herold, der beherrscht die dekorative Schrift! Ich werde ihm meinen Grabspruch auf eine Schiefertafel schreiben. Aber nicht jede Schrift ist zur Gravur geeignet. Welche Schrift bevorzugst du, Bruder Baumeister?"

„Römische Großbuchstaben sind am besten zu gravieren", antwortete der Maurermeister.

„Gut, dann wird dir Bruder Herold meinen Grabspruch in römischen Großbuchstaben auf die Grabplatten schreiben."

„Aber es sind nur drei Grabplatten, und nicht mehr als zwei Mann können an einer Platte arbeiten. Was sollen die anderen tun?"

„In dem Sandsteinrücken, aus dem du die Bausteine entnahmst, befindet sich eine unterirdische Kapelle, eine Krypta, die einer meiner Vorgänger aushauen ließ. Wir nennen sie ‚Trevrizents Höhle'. Warst du schon mal drinnen?"

„Ich weiß wo die Höhle ist, Bruder Arminius, aber ich war nie drinnen. Wir hörten, dass sie deine Zuflucht sei, deshalb wollten wir ohne deine ausdrückliche Genehmigung nicht hineingehen!"

„Diese Höhle hat zwei Kammern, eine Wohnkammer mit Holzkohlebecken und eine Kapelle", setzte Arminius fort. „Könntest du ein Geheimfach in die Ostwand der Kapelle hauen, mit einem Deckel der schwer zu sehen und nicht leicht zu öffnen ist, um meine Geheimdokumente darin zu verstecken?"

„Natürlich, Bruder Arminius, darin habe ich Erfahrung!" sagte der Maurermeister zuversichtlich.

„Zeig mir wo, ich werde mich mit zwei meiner Männer gleich an die Arbeit machen!"

Arminius und der Meister gingen den steilen Fußpfad zur Sandmühle hinunter und hinüber zu Trevrizents Höhle. Arminius hatte vorsorglich sein Feuerzeug mitgebracht, und einige Kerzen. Der Meister schlug die Feuersteine bis die Lunte brannte, entzündete eine der mitgebrachten Kerzen, und mit ihr die Kerzen in den Seitennischen. Als sie im Kapellenraum aufrecht standen sagte der Meister ehrfürchtig: „Templermaurer müssen diese Krypta gehauen haben, ich verspüre den Templergeist hier! Und ich sehe den Templerstil!"

„Ja, wie ich sagte, einer meiner Vorgänger ließ diese Höhle aushauen! Hier in der Ostwand möchte ich das Geheimfach haben. Dann dient es mir gleichzeitig als Altar!"

„Ich werde eine Kerzennische in den Deckel hauen, das wird den Deckel verrußen und ihn tarnen!" sagte der Maurermeister eifrig. „Und die Kerzennische wird gleichzeitig als Handgriff dienen, so dass man den Deckel leichter abnehmen und einsetzen kann. Ich werde das Fach und den Deckel so bauen, dass man ihn nur dann abnehmen kann, wenn man an einer bestimmten Stelle drückt. Und ich werde ihn, genau wie die Wand, mit unregelmäßigen Meißelhieben bedecken, damit er von der Wand nicht zu unterscheiden ist.

Es ist gut hier arbeiten, Bruder Arminius, denn der Templergeist wohnt hier. Ich sagte dir bereits, dass jedes Gebäude seinen Geist hat. In dieser Höhle herrscht der Geist des Tempels!"

So wurde es getan. Arminius schrieb seinen Grabspruch auf eine Schiefertafel. Herold zeichnete ihn, in römischen Großbuchstaben, auf die Deckplatten der Gruft. Zwei Maurer arbeiteten an jeder Platte, mit feinen Meißeln gravierten sie die Buchstaben sorgfältig in den Stein. Zwei Maurer meißelten das Geheimfach in die Ostwand von Trevrizents Höhle, ihr Meister arbeitete am Deckel.

In Herolds Training konzentrierte sich Arminius im Winter 1311/12 hauptsächlich auf den siebten Sinn. Es war nicht leicht, Herold war nicht mystisch empfänglich, er hatte jene schwer fassbare und schwer erklärbare, mystische Kraft noch nicht in sich entdeckt und kultiviert. So entschied sich Arminius, ihn durch die Durchbruchsübung zu führen.

Herold zitterte vor Todesfurcht als er zur ersten Schwelle des Todes kam. Aber er vertraute Arminius, ging weiter, und seine Furcht wurde zu Freude, nachdem er die erste Todesschwelle überschritten hatte und sich der zweiten näherte. Arminius ließ ihn aber nicht über die zweite Schwelle gehen sondern brachte ihn ins Bewusstsein zurück. Herold war ekstatisch! Er war zur Schwelle des Todes gegangen, hatte sie übertreten, hatte sie überlebt und einen Blick in das Leben jenseits von Tod und Leben geworfen. Herold war ein anderer Mensch geworden!

„Das ist nicht der Gral", warnte Arminius seinen verzückten Knappen, „das ist nur der erste Schritt auf dem Weg zum Gral! Aber auf diesem heiligen Weg sind der Weg und das Ziel eins! Wer den Weg ernsthaft begeht, der ist bereits dort! Du hast den wichtigen, ersten Schritt getan. Folge deinem Weg, Bruder Herold, und du wirst früher oder später am Ziel sein!"

„Was ist mein Weg, Bruder Arminius?"

„Das weiß ich nicht, und das weißt du nicht, zumindest nicht im Vorhinein! Du bahnst dir den Weg während du ihn gehst – du erschaffst dir den Weg! Vermähle deinen persönlichen Geist mit einem Führergeist, – dem göttlichen Geist, dem Weltgeist, dem Geiste Christi oder dem Geist eines Vollendeten – bitte den Führergeist um Beistand und bahne dir mutig und tatkräftig deinen Weg! Der siebte Sinn, den du eben geübt und gelernt hast, wird dir den Weg weisen! Der siebte Sinn ist unlogisch, oder überlogisch, das heißt, nicht logisch fassbar oder erklärbar. Der siebte Sinn ist der synkretische oder göttliche Sinn, der Sinn der Synthese! Lass dich von deinem göttlichen Sinn führen!

Der tiefste Meditationszustand ist der Zustand des siebten Sinnes, der Zustand, in dem du dem siebten Sinn am weitesten offen bist. Das ist der Dämmerzustand, der Schwellenzustand, der Zustand zwischen Wachsein und Schlaf, zwischen Wirklichkeit und Traum, zwischen Leben und Tod. Der Zustand des Wachträumens, oder Tagträumens, ein Zustand in dem man bewusst träumt, oder träumerisch voll bewusst ist. Es ist der Zustand der Selbstversenkung, in dem man sein persönliches Ich in dem alleinschließenden, göttlichen Selbst versenkt.

Das ist der mystische Zustand, der Zustand der unmittelbaren, direkten, intuitiven Wahrnehmung! Das ist das Überbewusstsein der siebten Stufe, und der Zustand der Telepathie! In diesem Zustand gelingt es uns die Verbindung zwischen der persönlichen Seele und der Weltseele herzustellen, und mit jeder einzelnen Seele innerhalb der Weltseele! Im normalen Bewusstsein erleben wir nur die Verbindung zwischen dem persönlichen Leib und der persönlichen Seele. Im Überbewusstsein schlagen wir die Brücke von der persönlichen Seele zur Weltseele!

Die Seele ist das Erinnerungsgut. Die Seele des Einzelnen ist nur ein Steinchen im großen Seelenmosaik der Weltseele. Im Überbewusstsein stellen wir die Verbindung zwischen unserem persönlichen Steinchen und dem gesamten Mosaik her, und natürlich auch mit jedem anderen Steinchen innerhalb des Mosaiks. Und weil das gesamte Mosaik mit der ganzen Welt verbunden ist, sind wir dadurch auch mit der ganzen Welt verbunden, und mit jedem Einzelwesen der Welt. Dann sind wir mit Allen und allem verbunden, als ob Alle und alles eins und unser eigentliches Selbst wäre! Das ist das Bewusstsein der Weltseele, das göttliche Über- und Allbewusstsein!

In diesem Zustand nimmt man alles als eins wahr, als ein synkretisches Ganzes, als Synthese! Wenn du in diesem Zustand bist, dann musst du dich vor der Analyse hüten, denn jegliche Analyse reißt dich sofort in das analytische Bewusstsein zurück. Gewiegte Mystiker können auf der Grenze zwischen beiden schweben und in beiden zugleich sein, aber mir fällt dies schwer!

Wir Menschen sind im siebten Sinn noch nicht sehr geübt, aber einige von uns sind darin besser talentiert und trainiert als andere. Auf die sollten wir hören, aber nicht ihnen blindlings folgen! Das Trainieren im siebten Sinn ist eine Gemeinschaftsarbeit der Menschheit, eine Gemeinschaftsschöpfung, welche die gesamte Menschheit, mit Hilfe der Gottheit, in gemeinschaftlicher Arbeit schaffen muss! Der siebte König kommt noch! Aber wir Menschen sind bereits auf der Schwelle zum siebten Königreich! Die Tore zum siebten Himmel stehen uns weit offen, wir brauchen nur den Eintrittspreis zahlen und hineingehen! Der Eintrittspreis ist minimal, jeder Mensch hat ihn, und die Armen sind mehr gewillt ihn zu zahlen als die Reichen! Es ist die höchste und heiligste Pflicht eines jeden Tempelritters, sich selbst und die Menschheit in das siebte Königreich zu führen und das siebte Königreich herbeizuführen!"

Im Winter 1311/12 verbrachten Arminius und Herold auch einige Nachmittage mit Margaret und Davina, um Herolds Route nach Schottland festzulegen. Herold hatte sich für die einfachste Route entschieden, die durch England. „Der kürzeste und billigste Seeweg vom europäischen Kontinent nach England ist die Fähre von Calais nach Dover", sagte Margaret. „Aber vielleicht willst du nicht über Frankreich nach England reisen?"

„Nein, bestimmt nicht!" antwortete Arminius. „Außerdem tragen sie schwere Lasten und werden mit einem Ruderboot von Nürnberg nach Rotterdam fahren. Ist zwischen Rotterdam und London ein regelmäßiger Schiffsverkehr?"

„Ja", antwortete Margaret, „aber nicht so häufig wie die tägliche Fähre von Calais nach Dover. Und die Schiffsreise von Rotterdam nach London kostet wesentlich mehr als die von Calais nach Dover!"

„Diesen Preis müssen wir eben zahlen!" erwiderte Arminius. „Und welche ist die beste Landroute von London nach Balantrodoch, Schottland?"

„Wo in Schottland liegt Balantrodoch?" fragte Margaret. „Ich habe noch nie davon gehört!"

„Balantrodoch liegt südlich von Edinburgh", antwortete Arminius, „es ist der Sitz unseres schottischen Präzeptors!"

„Dann geht Ihr am besten durch Northumbria, das ist sowieso die günstigste Route für euch, denn mindestens die Hälfte des northumbrischen Adels ist mit Schottland verwandt und sympathisiert heimlich mit Schottland, besonders die im nördlichen Northumbria. Wie du weißt, wuchs ich unweit von Holy Island auf. Holy Island liegt nahe am northumbrischen Festland und ist bei Ebbe zu Fuß zu erreichen. Die Abtei Lindisfarne auf Holy Island war das Zentrum des frühen, anglo-keltischen Christentums; von dort breitete sich das keltische Christentum über Northumbria, England und Schottland aus. Leider war diese frühe, Keltisch-Christliche Kirche nur kurzlebig und wurde von der Römisch-Katholischen Kirche verdrängt!"

„Aber die Keltisch-Christliche Kirche wurde in Schottland wiederbelebt, deshalb fliehen wir dorthin!" unterbrach Herold.

„Diese letztere Keltisch-Christliche Kirche kann genauso kurzlebig sein wie die frühere!" antwortete Margaret pessimistisch.

„Wie dem auch sei", lenkte Arminius ab, verärgert über Margarets letztere Bemerkung, die nicht half und Herold nur entmutigen konnte, „sie existiert, und während sie existiert, ist sie unsere einzige Zuflucht! Was ist die beste Marschroute für Herold und die Maurer von London nach Northumbria?"

„Die Straße von London nach York! Sie ist gut und viel bereist, ich kenne sie. Maurer, die von London nach York gehen um dort zu arbeiten, sind ein alltäglicher Anblick und werden keinerlei Aufsehen erregen. Von York geht ihr weiter nach

Durham, und von Durham nach Gateshead, welches am Südufer der Tyne liegt. Zu römischen Zeiten war Gateshead der nördlichste Außenposten des Römischen Reiches, und die Tyne war die Grenze zwischen der römischen Provinz Britannien und den barbarischen Schotten und Pikten. Der römische Grenzwall erstreckt sich von der Mündung der Tyne bis zur Westküste Englands. Der Grenzwall und die Tyne markierten damals die Grenze zwischen England und Schottland, aber die Angelsachsen und die Normannen schoben die Grenze nach Norden, bis zur Tweed. Jetzt ist die Tweed die Grenze zwischen England und Schottland!

In Gateshead überquert ihr die Tyne, nach Newcastle. Von dort nehmt ihr die Heerstraße nach Schottland. Auf dieser Straße könnt ihr sagen, dass ihr nach Holy Island geht, um dort an der Abtei Lindisfarne zu arbeiten. Lindisfarne braucht dringend einige Renovierungen, sie wurde während der Wikingereinfälle schwer beschädigt und nur notdürftig repariert. Gott wird euch besonders segnen, wenn ihr dort arbeitet!

Nahe Lindisfarne müsst ihr nach einem Führer fragen, der euch auf Schleichwegen über die Grenze nach Schottland bringen wird. Ich gebe dir die Namen einiger Adelshäuser, die euch bestimmt behilflich sein werden! Sobald ihr nördlich der Tyne seid, seid ihr in Schottland. Schwester Davina weiß mehr über Schottland als ich, ich lasse sie weiterreden."

„Jung Herold", begann Davina feierlich, „ich habe dich im Laufe der Jahre lieben und schätzen gelernt, so wie eine Mutter ihren Sohn liebt, deshalb habe ich mich dazu entschieden, es dir in Schottland leichter zu machen, indem ich dich zu meinem Sohn mache!

Jung Herold, ich möchte dich adoptieren! Ich will dir das geheime Kennwort des Gunn-Klans geben, die Parole, die dich als Mitglied des Gunn-Klans identifziert, unter zwei Bedingungen: Die erste Bedingung ist, dass du es niemandem gegenüber verlauten lässt, nur einem Mitglied des Gunn-Klans, oder deinem Sohn, oder deiner Tochter, und sie zur gleichen Geheimhaltung schwörst! Die zweite Bedingung ist, dass du, falls du jemals heiraten solltest, eine Frau aus dem Gunn-Klan heiratest! Du musst zu diesen Bedingungen schwören! Wenn du bereit bist, zu diesen Bedingungen zu schwören, dann werde ich dich als meinen Sohn in den Gunn-Klan adoptieren! Wir brauchen dazu keinerlei Zeremonie; indem ich dir das geheime Kennwort gebe, adoptiere ich dich in den Klan!"

„Aber ich habe einen Keuschheitsschwur geschworen, ich kann nicht heiraten!" protestierte Herold!

„Du weißt nicht, was die Zukunft bringt!" mahnte Davina. „Der Templerorden wird bald aufgelöst werden, dann bist du deines Schwures entbunden! Und wenn die Engländer Schottland wiedererobern, was durchaus möglich ist, dann werden die Templer dort in Schwierigkeiten geraten! Dann ist es gut, ein echter ‚Highland Harry' zu sein und eine ‚bonny Highland Lass' zu heiraten! Du sprichst bereits gälisch, nicht gut genug, um einen Schotten zu überzeugen, aber gut genug um einen Engländer zu täuschen! Und kein Schotte wird dich jemals verraten!"

„Aber ich will nicht heiraten, auch wenn ich meines Schwures entbunden bin!" sagte Herold entschieden.

„Warte nur, bis so eine feurige schottische Lass deine Leidenschaft erweckt!" sagte Davina lachend. „Ich sagte dir schon einmal, dass wir schottischen Frauen leidenschaftlicher sind als die Frauen des Südens! Man nimmt gemeinhin an, dass die Frauen des Südens heißblütig seien, aber genau das Gegenteil ist der Fall: die Frauen des Nordens sind heißblütig um das kalte nördliche Klima besser zu überstehen!

Du brauchst nicht zu schwören, dass du heiraten wirst, nur dass du eine Frau aus dem Gunn-Klan heiratest, falls du heiratest!" fügte Davina beschwichtigend hinzu. „Ob du heiratest, sei dir überlassen! Indem ich dir das Kennwort des Gunn-Klans gebe, adoptiere ich dich in unseren Klan! Falls der Templerorden auch in Schottland verfolgt oder aufgelöst wird, kannst du in dem Gunn-Klan untertauchen! Außerdem bin ich die Tochter des Klanhäuptlings! Indem ich dich adoptiere, gebe ich dir das Recht, das Häuptlingswappen des Gunn-Klans auf deinem Schild zu führen! Und wenn du eine Frau aus dem Gunn-Klan heiratest, dann werden sie dich vielleicht sogar als ihren Häuptling anerkennen! Denn mein Vater, der alte Klanhäuptling, hinterließ keine männlichen Erben; alle seine Söhne und Enkelsöhne fielen im Kampf gegen die Engländer! Du bist also der adoptierte Häuptlingssohn des Gunn-Klans – wenn du akzeptierst!"

„Gut, ich akzeptiere!" sagte Herold, von dem großzügigen Angebot überzeugt und von Davinas Großherzigkeit gerührt. „Ich schwöre, das Kennwort nie zu verraten, und eine Tochter des Gunn-Klans zu heiraten, wenn ich heirate!"

„Da schau her!" sagte Arminius, von dem unerwarteten Geschehen tiefer gerührt als sein Knappe. „Da bist du bereits ein schottischer Ritter, und noch nicht in Schottland! ‚Herold der Gunn' hört sich gut an!"

Davina nahm Herold beiseite, flüsterte ihm das Kennwort des Gunn-Klans zu, erklärte ihm die historische und mythologische Bedeutung des Kennwortes, ließ ihn feierlich auf die Geheimhaltung schwören, küsste und umarmte ihn und hieß ihn in den Gunn-Klan willkommen. Herold war ein Schotte!

Am Abend zeichnete Arminius die Karte der Ostküste der neuen Welt. „Das ist die Ostküste einer Landmasse, die die Phönizier jenseits des Atlantiks entdeckten und kartographierten. Als wir den phönizischen Königspalast in Tyros ausgruben, fanden wir ihre Reiseberichte und ihre Karten. Ich las die Übersetzungen ihrer Reiseberichte und sah das Original dieser Karte, in unserem Ordensarchiv in Akko. Gib diese Karte dem Präzeptor von Schottland, oder einem unserer Kapitäne, und sage ihnen was ich dir darüber sage:

Diese neue Welt ist nur etwa 4.000 Meilen westlich von hier! Wenn unser Orden in Schottland nicht mehr sicher ist, dann könnt ihr auf unserer Flotte zu dieser neuen Welt segeln und das Werk des Tempels dort fortsetzen, unbehelligt von der Römisch-Katholischen Kirche!

Der Wikingerhäuptling Erich der Rote hat den Atlantik mehrere Male überquert, in Schiffen die weniger seetüchtig waren als unsere. Seine Reisen nach ‚Winland', wie er das neue Land nannte, wurden dokumentiert und sind allen seefahrenden Wikingern bekannt. Die Wikinger Nordschottlands sollten diese Berichte haben. Vielleicht könnt Ihr die Reiseberichte Erichs des Roten als nautische Anweisung für eure Überquerung des Atlantik verwenden?"

Früh am Gründonnerstag ritten Herold und Arminius nach Weihersdorf zur Beichte. Arminius bat den Bruder Kaplan, die neue Dreieinigkeitskapelle am Ostermorgen zu weihen, danach Herolds Ritterschlag durchzuführen und dann die Ostermesse in der neu geweihten Kapelle zu zelebrieren. „Bruder Kaplan, kennst du das Ritual des Ritterschlages für einen Tempelritter der als Knappe in den Orden eintrat? Ich trat als Ritter in den Orden ein, ich weiß nicht, wie ein Ordensknappe zum Ordensritter geschlagen wird!"

„Ja, ich kenne das Ritual des Ordenschlages", sagte der Kaplan. „Du brauchst ihn nur mit seinem Ritterschwert gürten und ihm den weißen Templermantel umhängen. Er ist bereits ein Ordensmitglied. Für einen Ordensknappen ist der Ritterschlag weniger wichtig als die ursprüngliche Ordensweihe!"

Danach sprach Arminius zu Dietrich und lud ihn und alle Brüder der Komturei Weihersdorf, sowie die der Probsteien Berching und Sallmannsdorf, zu den Osterfestlichkeiten nach Thannbrunn ein.

In Neuhaus ließ Arminius Herolds Lastpferd mit dem Packsattel satteln. „Wir werden den kleinen zerlegbaren Schreibtisch, den Klappstuhl, das zerlegbare Regal, die Schreibutensilien und alle meine Bücher und Papiere in Trevrizents Höhle bringen! Von jetzt an werde ich meine Bücher und Dokumente in dem neuen Geheimfach in Trevrizents Höhle aufbewahren und auch dort schreiben! Meine Schiefertafeln und Notizbücher lasse ich hier. Verfassen kann ich hier, aber das Reinschreiben will ich in Trevrizents Höhle tun! Falls ich verhaftet werden sollte, will ich meine Schriften nicht riskieren! Ich erwarte, dass unser Orden jederzeit aufgelöst wird; ich wundere mich, warum es noch nicht geschah? Sobald es geschieht, wird der Ordensbesitz in den Besitz der Kirche übergehen. Ich will nicht, dass meine Bücher in die Hände der Kirche fallen – sie werden sie verbrennen!"

„Ja, unter dir!" sagte Herold trocken, in einem seltenen Anflug von Galgenhumor.

Sie packten die Sachen auf Herolds Lastpferd und führten es zur Höhle. Dort luden sie ab, entzündeten die Kerzen in den Wandnischen, trugen alles in die Höhle und ordneten es ein. Arminius öffnete den Deckel des Geheimfaches, wie ihn der Maurermeister angewiesen hatte: Er drückte mit der linken Hand gegen die linke, untere Seite des Deckels, mit der rechten Hand hob er gleichzeitig den Deckel bei der Kerzennische hoch. Der Deckel fiel in seine Arme. Er war auch leicht wieder einzusetzen, aber wenn man anders gegen ihn drückte, konnte man ihn weder spüren noch rühren. „Ein Meisterstück!" rief Arminius bewundernd aus und setzte hinzu: „Aber was soll man sonst von einem Templerbaumeister erwarten?"

„Lasst uns jetzt die Kerzen löschen und unsere letzte, kontemplative Sitzung im Schoße der Welt halten!" sagte Arminius etwas später. Herold blies alle Kerzen aus. Sie saßen und meditierten, in vollkommener Dunkelheit und Stille. Danach fing Arminius feierlich an zu sprechen: „Ich habe dich im Laufe der letzten sechs Jahre viele mehr oder weniger wichtige Dinge gelehrt; heute werde ich nur über das sprechen, was am Wichtigsten ist: den Templerethos!

Du hast dich dem Templerethos verschworen, das heißt, dass du im Dienste der Gottheit stehst! Du schuldest keinem Ordensmeister oder Kaiser absolute Gefolgschaft, keinem Fürsten, Bischof oder Papst! Nur der Gottheit!

Es hat nicht viel zu sagen, ob du dich in deinem späteren Leben verheiratet wirst oder nicht, ob du mit Frauen verkehrst oder keusch bleibst, ob du persönlichen Besitz hast oder nicht, ob du im Templerorden verbleibst oder nicht. Deine Treue zur Gottheit ist das Wichtigste!

Der Templerethos schließt den Ehrenkodex der Ritterlichkeit ein. Ritterlich sein heißt die Schwachen zu stützen und sie zu stärken, im Dienste von Frauen und Kindern zu stehen, den Armen zu helfen und sie zu bereichern, als selbstloser Diener der Gottheit!

Aber der Templerethos steht über dem Ehrenkodex der Ritterlichkeit! Die höchste Aufgabe des Templerethos ist alle und alles zu heiligen! Das heißt, die Heiligkeit zuerst in sich selbst zu wecken, danach in allen Menschen wachzurufen, und in aller Schöpfung zu ehren! In anderen Worten, das höchste Ziel des Templerethos ist herauszufinden wer oder was wir wirklich sind, und was um uns vorgeht: die endgültige Wahrheit! Und, nachdem wir sie gefunden haben, müssen wir sie leben: die lebendige Wahrheit!

Das Ziel des Templerethos ist, die Menscheit zu vergöttlichen, und mit ihr die gesamte Schöpfung! Für uns deutsche Templer bedeutet der deutsche Gruß ‚Grüß Gott!' mehr als ‚Sei gegrüßet im Namen Gottes!' oder ‚Möge Gott Dich grüßen!'. Wenn wir Templer ‚Grüß Gott!' sagen, dann meinen wir ‚Ich grüße die Gottheit in dir!'

Wir Templer haben uns dazu auserwählt, die Menschheit in das himmlische Reich zu führen, sie auf diesem heiligen Weg zu schützen und zu stärken, und sie auf dem Weg zu bestärken! Bevor wir aber andere ins Himmelreich führen können, müssen wir uns selbst hineingeführt haben! Um andere auf den Gipfel zu führen, müssen wir den Gipfel vorher erklommen haben! Und wir können nur diejenigen hineinführen, die von sich aus gewillt sind den Eintrittspreis zu zahlen!

Die Menschheit ist an der gefährlichsten Stelle der schöpferischen Entwicklung angelangt, dem kritischen Übergang von der sechsten zur siebten Entwicklungsstufe! Wir Menschen haben das Ende der sechsten Stufe erreicht, wir sind in der Kraft der Analyse sehr weit fortgeschritten, aber nicht in der Kraft der Synthese! Wir wissen noch nicht, wer oder was wir wirklich sind! Wir denken, wir sind separate Einzelwesen, und wir gebrauchen und missbrauchen unsere fortgeschrittene Kraft der Analyse um diese Einzelwesen nach Kräften zu fördern! Wir gebrauchen und missbrauchen unsere Schöpferkräfte im Dienste des separaten, egozentrischen Ichs! Das wirkt sich im Laufe der Zeit immer zerstörender aus, und wird uns schließlich ganz zerstören!

Es ist die höchste Pflicht eines jeden Templers dies zu verhindern! Es ist unsere höchste Pflicht, der Menschheit den Übergang von der sechsten zur siebten Stufe zu erleichtern und zu ermöglichen! Es ist unsere heilige Pflicht der Menschheit über die kritische Schwelle zu helfen! Es ist unsere heiligste und oberste Pflicht, die Menschheit in das Himmelreich zu führen!

Dazu müssen wir außerordentlich diszipliniert sein! Selbstdisziplin ist die höchste Tugend eines Templers! Wir sind Geisteskrieger, wir kämpfen auf dem Schlachtfeld der Ichsucht, wir bekämpfen den Drachen der Ichsucht! Zuallererst bekämpfen und besiegen wir unsere eigene Ichsucht, danach helfen wir unseren Mitmenschen, ihre Ichsucht zu bekämpfen! Die Ichsucht auszurotten ist unser kriegerisches Ziel! Um es zu erreichen, brauchen wir, außer den nötigen Kenntnissen und Fertigkeiten, ein Höchstmaß an Selbstbeherrschung und Selbstdisziplin!

Die Ichsucht ist eine Krankheit, die schlimmste Krankheit, die einzige Krankheit – die Krankheit schlechthin! Sobald wir sie überwinden und mit der Gottheit eins werden, sind wir ewig – ewig gesund!

Das größte Hindernis zu dieser Gesundung ist das egozentrische Ich! Um das egozentrische Ich zu überwinden, bedarf es eines Höchstmaßes an Selbstdisziplin! Zu diesem göttlichen Zweck disziplinieren wir uns, und lehren anderen sich zu disziplinieren!

Wir sind Geisteskrieger, wir bekämpfen und schlagen das egozentrische Ich! Nachdem der Drache der Ichsucht geschlagen ist, verbleibt nur noch unser göttliches Selbst! Dann sind wir eins mit der Gottheit und denken, leben und handeln im Geiste und Dienste der Gottheit! Das sagen wir Templer mit unserem Gruß: ‚Non nobis, Domine! Non nobis, sed Nomini Tuo da gloriam!'"

„Non nobis, Domine!" erwiderte Herold automatisch.

„Das größte Hindernis vor der Schwelle zum himmlischen Jerusalem ist die Ichsucht! Dafür sind wir Geisteskrieger: um die Ichsucht zu bekämpfen und zu besiegen! Und, nachdem wir unsere eigene Ichsucht besiegt haben, können wir unseren Mitmenschen helfen ihre Ichsucht zu besiegen!

Es ist unsere heilige Pflicht alle Männer zu Geisteskriegern zu machen, und alle Frauen zu Geistesamazonen, so dass sie sich die Kenntnisse und Fertigkeiten eines Geisteskämpfers aneignen, um sich dazu zu wappnen und zu disziplinieren, den Drachen ihrer Ichsucht zu schlagen und eins mit der Gottheit zu werden!

Das höchste Ziel der Menschheit ist das zu verwirklichen, was wir eigentlich sind: Die ewige Gottheit! *Das höchste Ziel des Templerordens ist die Vergöttlichung des Menschen!* Nimm dieses Ziel mit dir, nach Schottland, und zur neuen Welt!

„Ich habe genug gesagt!" schloss Arminius. „Non nobis, Domine! Non nobis, sed Nomini Tuo da gloriam!"

„Non nobis, Domine!" bestätigte Herold eindrücklich.

Früh am Ostermorgen kamen Bruder Dietrich, der Bruder Kaplan und alle Mitbrüder von Weihersdorf, Berching und Sallmannsdorf in Neuhaus an und stellten ihre Pferde im Neuhausstall unter. Zusammen mit den Neuhaus-Brüdern und den Brüder Maurern gingen sie zur Dreieinigkeitskapelle, wo Herold kniete und betete. Er hatte die ganze Nacht in der Kapelle verbracht, in Gebet und Meditation, als Vorbereitung für den Ritterschlag. Der Bruder Kaplan nahm eine Flasche Weihwasser, goss es in ein Schälchen und führte eine Prozession der Brüder dreimal um die Kapelle. Während sie die Kapelle umrundeten, sang er den 115. Psalm und spritzte mit seinen Fingerspitzen etwas Weihwasser auf die Kapelle. In der Kapelle spritzte er Weihwasser auf den Altar und sagte feierlich: „Ich weihe diese Kapelle der Heiligen Dreieinigkeit: im Namen des Vaters, und des Sohnes, und des Heiligen Geistes! Amen! – Dies ist ein Ort der Ehrfurcht! Hier ist der Hof Gottes, und das Tor zum Himmelreich!"

Dann sprach der Bruder Kaplan die Worte des Templerritterschlages. Er beschloss den Ritterschlag, indem er mit der Breitseite seines Schwertes leicht auf Herolds Schultern schlug und sagte: „Ich schlage Dich zu einem Ritter des Ordens des Heiligen Tempels von Jerusalem!"

Arminius ging zum Altar, wo Herolds Ritterschwert und sein weißer Templermantel lagen, gürtete ihn mit seinem Ritterschwert, hing ihm den weißen Rittermantel um die Schultern, hob ihn von den Knien, hieß ihn als Ritter in den Templerorden willkommen und umarmte und küsste ihn. Herold war ein Tempelritter!

Dann gesellten sich Herold und Arminius zu den knienden Mitbrüdern; die Kapelle hatte keine Bänke. Der Kaplan zelebrierte die Ostermesse, mit Kommunion und einem besonderen Segen für die Brüder, die in Kürze nach Schottland abreisen würden.

Nach der Ostermesse gab es im Neuhaus-Hospiz ein besonders festliches Ostermahl, zu dem auch Herolds Eltern, der Herr und die Frau von Breitenegg, eingeladen waren. Für sie war es ein freudvoller und leidvoller Tag: sie begrüßten ihren Sohn als neu geschlagenen Tempelritter, und sie verabschiedeten sich für immer von ihm als sie gingen.

Danach setzten sich Dietrich und Arminius auf einem Becher Wein und ein Privatgespräch zusammen. „Bruder Herold wird seinen neuen weißen Mantel und sein Schwert nicht lange tragen", sagte Dietrich. „Sie werden doch verkleidet nach Schottland gehen, oder?"

„Ja, sie werden in der Zunftkleidung der Maurer nach Schottland reisen, als freie Maurer auf Arbeitssuche!" antwortete Arminius. „Und das ist keine Verkleidung; sie sind echte Maurer! Sie werden nicht nur die Zunftkleidung der Maurer tragen, sondern auch die Fertigkeiten und die Werkzeuge besitzen, dies zu beweisen. Und sie werden unterwegs auch ab und zu als Maurer arbeiten. Herold wird dabei ihr Lehrling sein."

„Vom neu geschlagenen Tempelritter zum Maurerlehrling, von einem Tag auf den anderen! Wir leben in einem seltsamen, transformierenden Zeitalter, Bruder Arminius! Was wirst du tun, wenn unser Orden aufgelöst wird?"

„Ich werde hier bleiben und weiter schreiben, bis mich die neuen Herren von Thannbrunn rausschmeißen!" antwortete Arminius lächelnd. „Und was wirst du tun?"

„Ich werde dem Deutschherrenorden beitreten", antwortet Dietrich, „sie nehmen uns mit offenen Armen auf. Auch dich, Bruder Arminius!"

„Ja, ich weiß!" antwortete Arminius. „Aber ich will nicht in einen anderen Orden übertreten. Ich werde als Templer leben und sterben, ob der Orden offiziell existiert oder nicht!"

„Und was werden die Neuhausbrüder machen?" fragte Dietrich.

„Unsere Sanitäter, Bruder Petrus und Jakobus, werden sich wahrscheinlich den Johannitern anschließen, oder einem anderen Orden der sich der Krankenpflege widmet. Bruder Hermann und Johannes wissen noch nicht wohin. Aber sie haben Verwandte und Freunde in Berching, es wird ihnen leicht fallen, eine gute Stelle im sekulären Leben zu finden."

„Das ist also das Ende unseres Ordens", seufzte Dietrich. „Hast du schon irgendetwas gehört?"

„Nein, ich habe noch nichts gehört! Das Konzil von Vienne, das im November einberufen wurde, sollte über unser Schicksal entscheiden. Jetzt ist es bereits April. Ich erwarte jeden Tag, dass unser Orden aufgelöst wird!"

Am Montagmorgen schnitten Herold und die Maurer ihre Bärte ab und rasierten ihre Gesichter, zum erstenmal seit sie dem Templerorden beigetreten waren. Ohne ihre Bärte fühlten sie sich nackt und irgendwie vermindert. Die Zunftkleidung der Maurer, die sie danach anzogen, reduzierte sie noch mehr. Herold bekam eine hölzerne Rückentrage, so wie die anderen. Sie verteilten ihre Maurer- und Steinmetzwerkzeuge gleichmäßig auf alle zehn Tragen. Arminius gab jedem zwei Decken, einen Öltuchumhang für Regentage und ein warmes Unterwams. Er gab Herold beinahe alles Geld, das er in der Kasse hatte. „Gehe sparsam damit um, das ist alles was ich erübrigen kann!"

Am Abend vor ihrer Abreise bat Arminius die Maurer und Herold in den Burgsaal und hielt eine Ansprache: „Brüder, ihr geht morgen auf eine lange, beschwerliche und gefährliche Reise! Auf dieser Reise seid ihr keine Templer sondern freie Maurer, die anderswo Arbeit suchen! Bruder Herold ist euer Maurerlehrling! Von hier nach Mainz sucht ihr Arbeit in Mainz! Von Mainz nach Rotterdam geht ihr dorthin auf Arbeitssuche! In Rotterdam schifft ihr euch auf ein Schiff nach England ein, um in London zu arbeiten! Von London geht ihr auf Arbeitssuche nach York! Von dort geht ihr nach Holy Island, um an der Abtei Lindisfarne zu arbeiten! In Lindisfarne arbeitet ihr wirklich und nehmt Kontakt mit euren Führern auf, die euch auf Schleichwegen nach Schottland bringen werden. Bruder Herold hat die Namen!

Lasst euch vom Bruder Großprior in Nürnberg ein Frachtboot geben, wenn er es erübrigen kann! Wenn nicht, dann kauft euch eins! Der gesamte Wasserweg von Nürnberg nach Rotterdam ist flussabwärts und wird euch leicht fallen! Schlaft im Boot! Wenn ihr in einer Herberge übernachtet, dann möglichst in einer Zunftherberge der Maurer! Gewöhnt euch die Zunftsprache der Maurer an! Vergesst nicht, dass der Bruder Maurermeister euer Meister ist, und Herold euer Lehrling! Lasst euch, nach Möglichkeit, in der Großpriorei Nürnberg, in der Präzeptorei Mainz und in allen deutschen Templerhäusern am Weg mit Proviant versorgen! Fragt den Bruder Präzeptor in Mainz, ob er Botschaften oder Ratschläge für euch hat! Verkauft euer Ruderboot in Rotterdam und schifft euch nach England ein!

Ich gab Bruder Herold alles Geld, das ich erübrigen konnte. Wenn euch das Geld ausgeht, dann arbeitet für eine Weile! Bruder Herold wird dann wirklich euer Lehrling sein! Es wird ihm nichts schaden, zusätzlich zu seinen vielen Fähigkeiten auch noch das Maurer- und Steinmetzhandwerk zu lernen. Und vergesst nicht, ihn auch als Lehrling zu behandeln und anzusprechen! Seid vorsichtig, besonders in den Niederlanden und in England, wo der Haftbefehl gegen uns Templer noch nicht aufgehoben ist!

In Schottland könnt Ihr die Maske ablegen! Bruder Herold ist euer Kommandant, aber nur von hier bis Balantrodoch! Dort wird er sein Kommando dem Bruder Präzeptor von Schottland niederlegen! Der Bruder Präzeptor wird ihm und euch eure Plätze in Schottland zuweisen! – Geht mit Gott, liebe Brüder! Und seid getrost, iIhr seid jederzeit sicher in Gottes Händen!"

Die Brüder Maurer gingen früh zu Bett, aber Arminius bat Herold und den Meister auf eine kurze Privatunterredung zu bleiben. „Bruder Baumeister", sagte Arminius ernsthaft, „Du sagtest mir, du seiest ein Eingeweihter des Dritten Grades. Es ist in unserem Orden nicht üblich, einen Eingeweihten über die höheren Grade zu informieren, aber dies sind außergewöhnliche Zeiten, die außergewöhnliche Maßnahmen rechtfertigen!

Wir haben drei Dienstebenen, die untere, die mittlere und die obere, und jede Dienstebene hat drei Grade: Lehrling, Geselle und Meister. Du, Bruder Baumeister, bist ein Eingeweihter des Dritten Grades. Das heißt, dass du ein Meister des unteren Dienstes bist. Das heißt auch, dass du auf deiner Dienstebene ein Weiser bist!

Bruder Herold ist ein Eingeweihter des Vierten Grades, ein Lehrling des mittleren Dienstes. Das bedeutet zwar, dass er höher steht als du, aber nur was Wissen anbelangt! Wissen ist nicht Weisheit! Auf dem Gebiet der Weisheit ist er Lehrling und du Meister! Du bist ihm also an Weisheit überlegen, aber nicht an Wissen! Nur weil er mehr Wissen hat als du, ist er euer Kommandant! Aber auf dem Gebiet der Weisheit bist du Meister, und er Lehrling, und er soll auf dich hören!" Herold und der Meister nickten zustimmend.

Alle standen früh auf. Nach dem Frühgebet steckten die Maurer und Herold etwas Brot und Käse als Wegzehrung ein, schulterten ihre schweren Tragen und wurden von Arminius mit dem Templersegen verabschiedet: „Non nobis, Domine! Non nobis, sed Nomini Tuo da gloriam!"

„Non nobis, Domine!" erwiderten sie im Einklang und marschierten los, Richtung Schottland.

Arminius stieg auf den Turm und beobachtete sie solange er konnte, bis sie über die Sandmühlbrücke gegangen und im Rotkreuzholz verschwunden waren. Er war ernst gestimmt, aber nicht traurig. Sein Verhältnis zu Herold war ein Novizenverhältnis. Er war der Mentor, er hatte sich seinem Novizen gegeben, der Zweck ihres Verhältnisses war erfüllt, die Trennung war notwendig und gut. So war es als er von seinem Mentor Markus Abschied nahm, und von Guillaume, und von Raschid. Jetzt war er der Mentor und Herold sein scheidender Novize. Es ist von jeher so gewesen, und so musste es sein: sobald sich der Mentor seinem Novizen gegeben hatte, erübrigte sich der Mentor! Herold und die Maurer marschierten in eine aussichtsreiche Zukunft; hier in Thannbrunn gab es keine Aussichten für sie!

Thannbrunn schien öde und leer, nachdem sie gegangen waren. Arminius überwand die Leere indem er sich ganz auf seine Arbeit konzentrierte. Er hatte noch zwei Kapitel zu verfassen und ins Reine zu schreiben, und er musste es alleine tun.

Zwei Wochen später kam ein Ordensbruder aus Nürnberg in den Hof von Thannbrunn geritten, mit einem offenen Brief vom Präzeptor. Arminius wusste, was der Brief enthielt bevor er ihn las.

OFFENER BRIEF
Vom Präzeptor des Templerordens für Oberdeutschland
An alle Templerkomtureien Oberdeutschlands
Mainz den 14. April 1312
Liebe Brüder!

Es ist aus mit uns! Am 22. März 1312, anlässlich des Konzils von Vienne, erließ der Heilige Vater die päpstliche Bulle ‚Vox in excelso' welche den Templerorden offiziell auflöst.

Ihr seid hiermit eures Ordenschwures entbunden! Ich kann euch nicht sagen, was ihr jetzt tun sollt, ihr seid freie Männer und könnt tun und lassen, was euch euer Wissen und Gewissen gebietet. Aber ich werde jedem ehemaligen Ordensbruder mit Rat und Tat beistehen, solange ich lebe! Ich werde noch einige Wochen hier in Mainz sein, danach könnt ihr mich durch das Haus von Savoyen erreichen.

Dieser Brief ist meine letzte, offizielle Amtshandlung als Euer Präzeptor. Mit meiner Unterschrift unter diesen Brief lege ich offiziell mein Amt nieder. Lebt wohl, meine Brüder, geht mit Gott!

Non nobis, Domine! Non nobis, sed Nomini Tuo da gloriam!
Graf Friedrich von Savoyen,
Präzeptor des Templerordens für Oberdeutschland

„So, das ist's", dachte Arminius, „das sang- und klanglose Ende des höchstbesungenen Ordens der Christenheit! Zumindest war das Ende des Templerordens in Deutschland anständiger als sein schändliches Ende in Frankreich und anderswo in der christlichen Welt! Der König von Frankreich und seine Helfer, und der Papst und die Kirche, sind mit der ewigen Schande behaftet, die gnadenlose Vernichtung des höchstbegnadeten Ordens der Christenheit herbeigeführt zu haben!"

Das Bild seines geliebten Großmeisters Guillaume stieg plötzlich in Arminius auf, er sah mit seinem inneren Auge wie der Großmeister auf dem Misthaufen verblutete. Damals hatte er, in einer plötzlichen Vorahnung, den gesamten Templerorden auf dem Misthaufen der Welt verbluten sehen. Arminius schüttelte sich, als wolle er die düstere Stimmung von sich abschütteln. „Ach, Knochen zu Knochen!" murmelte er mit einem todesverachtenden Achselzucken.

Arminius ging sofort nach Neuhaus und teilte seinen Mitbrüdern die Neuigkeit mit. Sie hatten es erwartet und waren nicht besonders überrascht. „Ihr seid jetzt von Eurem Mönchsgelübde und dem Treueschwur an den Templerorden befreit!" sagte Arminius. „Ich bin nicht mehr euer Komtur, ihr seid jetzt freie Männer, ihr könnt hingehen wo ihr wollt und tun und lassen was ihr wollt! Habt ihr irgendwelche Zukunftspläne?"

„Bruder Jakobus und ich haben vor, uns den Barmherzigen Brüdern in Regensburg anzuschließen", antwortete Bruder Johannes. „Sie haben in Regensburg ein großes Krankenhaus, wir sind sicher, dass sie uns aufnehmen werden! Wir werden uns morgen früh gleich auf den Weg machen. Dürfen wir einige unserer Arzneien mitnehmen?"

„Ich kann euch nichts gebieten oder verwehren, tut was ihr vor Gott verantworten könnt!" antwortete Arminius. „Ich persönlich habe nichts dagegegen! Wir wissen sowieso nicht, was wir mit den meisten eurer Arzneien anfangen sollen! Lasst uns aber bitte etwas Heilsalbe und Verbandszeug da!" Die Brüder Sanitäter nickten zustimmend.

„Bruder Hermann und ich haben keine Pläne", sagte Johannes. „Können wir nicht einfach hier bleiben und Neuhaus als Land- und Gastwirte weiterführen?"

„Warum nicht?" erwiderte Arminius. „Es ist im Interesse der neuen Herren, dass die Land- und Gastwirtschaft Neuhaus ordnungsgemäß weitergeführt wird! Wenn ihr den neuen Herren einen gut geführten Betrieb übergebt, dann werden sie euch wahrscheinlich behalten. Ihr werdet dann weiterhin tun, was ihr bisher getan habt, und sogar dafür bezahlt werden! Aber ich weiß noch nicht, wer unsere neuen Herren sind!"

„Und du, Bruder Arminius, was wirst du tun?" fragte Johannes besorgt.

„Ich bleibe in der Burg Thannbrunn, bis mir die neuen Herren kündigen!" antwortete Arminius lächelnd. „Aber ich habe kein Geld, und bin jetzt ein Bittender in meinem ehemaligen Hospiz; ich bin darauf angewiesen, dass du mich mit Brot und Suppe versorgst!"

„Sorge dich nicht, Bruder Arminius, wir werden dich verpflegen, solange wir hier sind!" sagte Johannes. „Komm einfach zu den gewohnten Mahlzeiten zu uns, wir teilen mit dir, was wir haben! In unseren Herzen wirst du immer unser Bruder und Komtur sein, die Auflösung des Ordens hat daran nichts geändert!" Arminius war tief gerührt und nickte dankbar.

Eine Woche später erhielt Arminius einen Brief vom Bischof von Eichstätt. Der Bischof schrieb ihm, dass eine weitere päpstliche Bulle den gesamten Besitz des Templerordens dem Johanniterorden vermacht hatte. Auch gebot ihm der Bischof, in Thannbrunn zu bleiben um die frühere Templerkomturei Thannbrunn ordnungsgemäß dem Johanniterorden zu übergeben.

Die neuen Herren ließen sich nicht sehen, alles ging seinen gewohnten Gang weiter. Johannes und Hermann bewirtschafteten weiterhin Neuhaus, Arminius erschien dort pünktlich jeden Tag nach dem Elfuhrläuten und nahm mit ihnen das Mittagessen ein, und nach dem Abendläuten das Abendessen. Sie beteten nicht mehr die fünf Tagesgebete der Templer zusammen, aber Arminius betete mit ihnen das Mittags- und Abendgebet. Das Vormittags- und Nachmittagsgebet betete er alleine, in der Dreieinigkeitskapelle. Das Frühgebet betete er auf seinem Turm. Obgleich er offiziell kein Ordensbruder mehr war, hießen ihn die Brüder der benachbarten Benediktinerprobstei weiterhin zur Frühmesse in ihrer Martinskapelle willkommen und nannten ihn weiterhin „Bruder Arminius".

Seiner Pflichten als Templerkomtur enthoben, hatte Arminius nichts weiter zu tun als zu schreiben. Er verfasste, wie immer, jeweils einen Abschnitt auf Schiefertafeln und überarbeitete die Fassung, bis er nichts mehr zu verbessern sah. Dann trug er ihn zu Trevrizents Höhle um ihn dort ins Buch zu schreiben. Das Buch und alle anderen seiner Schriftstücke, Briefe, Bücher und Dokumente befanden sich in relativer Sicherheit im Geheimfach der Höhle.

Etwas Brennholz wurde vor Einbruch des Winters nach Thannbrunn geliefert, aber es war nicht genug, den Burgsaal den Winter über warm zu halten, deshalb verbrachte Arminius die kälteste Zeit des Winters 1312/13 in Trevrizents Höhle. Am Ende des Winters zog er wieder in die Burg zurück.

Eines Morgens im Frühjahr 1313 erschien ein Trupp bewaffneter Reiter im Hof von Thannbrunn. Es war der Amtmann des Bischofs von Eichstätt mit acht seiner Schergen. Einer der Schergen führte ein gesatteltes, reiterloses Pferd. Arminius trat in den Hof, um sie zu empfangen.

„Seid Ihr Herr Arminius von Welterod, der frühere Templerkomtur von Thannbrunn?“ fragte der Amtmann mit sonorer Amtsstimme.

„Ja, der bin ich!“ antwortete Arminius.

„Ihr, Herr Arminius von Welterod, seid des Verbrechens der Häresie angeklagt! Im Namen Seiner Gnaden, Philip von Rathsamhausen, Bischof von Eichstätt, lade ich Euch zu einem Verhör im bischöflichen Palast vor! Ich bin beauftragt Euch festzunehmen, in den bischöflichen Kerker zu überführen, Euch dort festzuhalten, bis das Tribunal versammelt ist, Euch zu verhören, und Euch dann vor das Tribunal zu führen! Ich rate Euch, der Verhaftung nicht zu widerstehen! Ich wurde angewiesen, Euch in leichte Haft zu nehmen, das heißt, Euch nicht zu ketten. Aber wenn Ihr Euch widersetzt, dann bin ich gezwungen, Euch zu ketten!“

„Ich werde mich nicht widersetzen!“ sagte Arminius gelassen, schnallte seinen Gürtel ab und übergab ihn, mit Schwert und Dolch, dem nächsten Schergen.

„Ich habe ein Pferd für Euch mitgebracht!“ sagte der Amtmann. „Bitte, besteigt das Pferd und reitet in unserer Mitte!“

Arminius bestieg das mitgebrachte Pferd. Der Trupp ritt aus dem Burghof, durch die Dörfer Thannbrunn und Neuhaus und hinunter ins Tal. Der Amtmann ritt voraus, nach ihm drei seiner Schergen als Vorhut. Hinter denen ritt Arminius, von zwei Schergen flankiert. Die restlichen drei Schergen bildeten die Nachhut. Die Bauern, Knechte und Brüder beobachteten den Zug mit Erstaunen und Entsetzen.

Sie ritten den ganzen Tag und hielten nur zweimal für Speise und Trank. Am Abend erreichten sie Eichstätt. Dort ritten sie den Hügel zur Willibaldsburg hinauf, dem Sitz der Fürstbischöfe von Eichstätt. Im Burghof hielten sie an und stiegen ab. Zwei Schergen, vom Amtmann begleitet, führten Arminius in das „Leichte Verlies“, das oberste Verlies des Kerkers.

Arminius hatte dies erwartet. Viele Templer wussten, dass er der Autor der Gralsbriefe war. Manche der mehr orthodoxen Templer stimmten mit dem Inhalt der Briefe nicht überein. Jetzt, da sie nicht mehr durch einen Treueschwur an den Orden gebunden waren, und sich vielleicht mit dem orthodoxen Klerus gut stellen wollten, war es möglich, dass ihn einer von jenen verraten würde. Dass die Gralsbriefe genügend Material für eine mögliche Anklage der Häresie enthielten, war ihm klar.

Arminius nahm seine Haft gelassen hin. Er meditierte viel, schlief soviel wie möglich, ging fleißig in der Zelle hin und her um sich beweglich zu halten und verfasste im Geiste das letzte Kapitel seines Buches. Das Leichte Verlies des bischöflichen Kerkers hatte Tageslicht und war einigermaßen ertragbar. Das Essen war gut, er bekam ausreichend Wasser, nicht nur zum Trinken, sondern auch zum Waschen. Die Strohschütte der Zelle war weich und frisch aufgeschüttet, er bekam sogar eine zweite Decke, als er darum bat.

Nach einer dreiwöchigen Haft kam der Amtmann mit zwei Schergen in das Verlies. „Herr Arminius, das Tribunal ist versammelt, um Euch zu verhören! Kommt mit mir!“ Die zwei Schergen führten ihn über den Burghof und durch eine Seitentür in den großen Versammlungssaal.

Obwohl der Templerorden bereits aufgelöst war, hielt sich der Bischof an die päpstliche Bulle, die gebot, dass die Templer öffentlich verhört werden sollten. Die Öffentlichkeit hatte wider Erwarten reagiert; die Zuschauerbänke waren gerammelt voll, manche mussten an der Saaltür abgewiesen werden. Arminius blickte in die Zuschauermenge und sah viele, bekannte Gesichter: benachbarte Edelleute, mehrere Adelige die ihm vom Mittsommernachtsfest her und vom Eschenbacher Pfingstfest her bekannt waren, einige Deutschherren und sogar einige, ehemalige Templer.

Der Amtmann hieß Arminius sich auf die Anklagebank zu setzen. Auf dem Podium, gegenüber der Anklagebank, waren die Sitze für das Tribunal: die Domherren von Eichstätt, der Bischof von Eichstätt und der Erzbischof von Mainz. Die Domherren saßen bereits, der Bischof und der Erzbischof waren noch nicht eingetreten. Etwas später rief der Amtmann mit lauter Stimme „Achtung!“. Alle standen auf, der Bischof und Erzbischof traten ein und setzten sich. Danach setzten sich alle.

Der Erzbischof saß in der Mitte des Tribunals. Links neben ihm und etwas weiter hinten saß der Bischof. Beiderseits der beiden, und etwas hinter dem Bischof, saßen die Domherren. Der Bischof eröffnete die Verhandlung. „Amtmann, lass den Angeklagten auf die Wahrheit seiner Aussagen schwören!“

Ein Kaplan kam mit einer Bibel. Der Amtmann sagte zu Arminius: „Legt Eure linke Hand auf die Bibel, erhebt die rechte zum Schwur und sprecht mir nach: ‚Die Aussagen, die ich in diesem Verhör geben werde, sind die Wahrheit, die reine Wahrheit, und nichts als die Wahrheit, so wahr ein Gott über mir ist!‘.“

Arminius schwor den Wahrheitseid und der Erzbischof eröffnete das Verhör. „Arminius von Welterod, Ihr wurdet vor Gericht geladen um Euch gegen die Anschuldigung der Häresie zu verteidigen!“

Danach setzte er fort, mehr an die Zuschauer gewendet als an Arminius: „Satan versucht ständig, neue Anhänger zu gewinnen! Es herrscht eine satanische Verschwörung auf Erden, die Engel Luzifers wollen mehr und mehr Anhänger für ihren Höllenfürsten werben! Wir, die Anhänger Christi, müssen alles tun was in unserer Macht steht, um dieser satanischen Verschwörung Einhalt zu gebieten!

Woran erkennt man die Verschwörer Satans? Sie wollen Gott sein, wie ihr Höllenfürst Luzifer! Sie wollen Gott sein, die schlimmste Sünde im Himmel und auf Erden! Sie verkünden, dass Gott mit den Menschen eins sei! Sie begehen die schrecklichste Sünde, wofür Luzifer und 40 seiner Höllenengel mit der ewigen Verdammnis bestraft wurden! Wir dachten, wir hätten die Verschwörer Satans mit der Ausrottung der Katharer ausgerottet, aber einige ihrer Irrlehren gingen heimlich weiter, und geistern noch heute im Rheinland umher. Wir müssen diese Häretiker und ihre Häresien unter allen Umständen ausrotten!"

Danach wendete sich der Erzbischof direkt an Arminius. „Arminius von Welterod, Gerüchte über Eure Häresien haben mich vor geraumer Zeit erreicht! In Eurer Komturei, in der Pfarrei Waldkirchen, in der Diözese Eichstätt, selbst in Mainz sprach man über Eure Häresien! Aber ich gebe nichts auf Gerüchte, ich würde meine Anschuldigungen nicht auf bloße Gerüchte basieren – ich habe konkrete Beweise! Ich habe unwiderlegbare Beweise für Eure Häresien!" Der Bischof winkte dem Amtmann, der ein Bündel Briefe vom Beweistisch nahm und sie dem Erzbischof überbrachte.

„Ich habe hier eine Serie von Briefen genannt ‚VIA GRADALIS • Ein Weg der Einweihung durch die Sieben Sphären • In neun Briefen'!" rief der Erzbischof triumphierend aus und hob das Briefbündel hoch, so dass es jeder sehen konnte. „Diese Briefe sind voll abscheulicher Häresien! Sie tauchten vor etwa sechs Jahren auf, in der häretischen Untergrundbewegung des Rheinlandes. Als sie zu meiner Aufmerksamkeit kamen, setzte ich sofort meine Agenten auf die Spur, um sie zu ihrem Ursprung zurückzuverfolgen. Nachdem der Templerorden aufgelöst war, gelang es meinen Agenten, den Verfasser dieser Briefe zu ermitteln. Es ist der angeklagte Arminius von Welterod, ehemaliger Templerkomtur von Thannbrunn!

Arminius von Welterod, seht Euch diese Brief an und sagt mir, ob Ihr der Verfasser seid!" gebot der Erzbischof. Der Bischof winkte seinem Amtmann, der die Briefe aus des Erzbischofs Hand nahm und sie zu Arminius trug.

Arminius durchblätterte die Briefe. Er sah eine fehlerhaft geschriebene Kopie seiner Gralsbriefe, die anstößigen Stellen mit roter Tinte unterstrichen. „Ja, Euer Gnaden, ich habe das Original dieser Briefe verfasst! Aber mein Original war fehlerlos, diese Kopie ist voller Fehler!"

„Immer noch der hochmütige Templer, selbst im Angesicht des Todes!" zischelte der Erzbischof drohend. „Ich kenne Euch, Arminius, mein Vorgänger hat mir von Euch berichtet! Ihr ward bereits ein hochmütiger Knappe, mit häretischen Neigungen! Hättet Ihr meinen Vorgänger befolgt und in der Domschule von Mainz studiert, dann wäre vielleicht etwas Rechtes aus Euch geworden! Aber stattdessen studiertet Ihr auf der sekulären Universität Neapel, was Eure häretischen Tendenzen und Euren Hochmut verstärkte. Und der Beitritt zum Templerorden machte Euch noch hochmütiger und häretischer!"

Der Bischof winkte dem Amtmann, der die Briefe von Arminius nahm und dem Erzbischof zurückgab. Dieser sagte zum Publikum: „Um der Öffentlichkeit einen Eindruck der unaussprechlichen Häresien zu geben, die in diesen Briefen enthalten sind, werde ich sie jetzt vorlesen. Es sind mehr als 120 Beispiele von Häresie in diesen Briefen!"

Der Erzbischof las die unterstrichenen Stellen vor, eine nach der anderen. Das Publikum, von denen die meisten nur mangelhaft Latein verstanden, wurde unruhig, als der Erzbischof Phrasen herunterleierte, die, ihrem Zusammenhang entrissen, selbst denen die gut Latein verstanden sinnlos erschienen. Endlich war er fertig und übergab die Briefe dem Amtmann, der sie auf den Beweistisch zurücklegte. „Arminius von Welterod“, fragte der Erzbischof mit Grabesstimme, „was habt Ihr zu Eurer Verteidigung zu sagen?“

„Euer Gnaden, zu allererst möchte ich sagen, dass Fragmente, die ihrem Text entrissen, zusammenhanglos zitiert werden, keinen Sinn haben! Ich schrieb meine Briefe als ein zusammenhängendes Ganzes, nicht in Fragmenten! Man kann Fragmente aus der Bibel zitieren, die sich, ihrem Zusammenhang entrissen, häretisch anhören!“

„Was, Ihr wagt es, gegen die Bibel zu lästern!“ rief der Erzbischof erzürnt aus. „Wenn Ihr vor Gericht die Bibel lästert, dann werde ich euch wegen Justizbeleidigung in den Kerker zurückwerfen und dort lassen, bis Ihr schwarz werdet!“

„Ich bitte Euer Gnaden um Vergebung, es war nicht meine Absicht, das Gericht zu beleidigen, oder die Bibel, die ich auf das Höchste verehre! Ich wollte lediglich sagen, dass Phrasen, wenn sie ihrem ursprünglichen Zusammenhang entrissen, zusammenhanglos zitiert werden, ihren ursprünglichen Zusammenhang und somit ihren Sinn verlieren und leicht missverstanden werden können!

Ich gebe zu, dass meine Briefe unorthodox sind, aber sie sind nicht für diejenigen gedacht, die sich sicher im Schoße der Kirche befinden, sondern für diejenigen, die spirituelle Erfüllung außerhalb der Kirche suchen. Ich widerrief die Lehren der Kirche nicht, ich versuchte, sie zu verstärken!“

„Es mag sein, dass dies eure Absicht war“, erwiderte der Erzbischof, „aber Ihr könnt die unaussprechlichen Blasphemien, die in euren Briefen enthalten sind, unmöglich ableugnen!“

„Blasphemie ist eine Sache der Perspektive, Euer Gnaden! Von manchen, spirituellen Gesichtspunkten hören sich meine Briefe wie Blasphemie an, von anderen wie Prophezeihung! Darf ich so frei sein und Euer Gnaden darauf hinweisen, dass die Worte unseres Herrn Jesus, von den Schriftgelehrten seiner Zeit, als Blasphemien betrachtet wurden, und dass er deshalb zum Tode verurteilt wurde!

Außerdem ist Blasphemie kein Verbrechen unter den Gesetzen der Menschen, sondern eine Sünde unter Gott! Für meine Sünden unter Gott beuge ich mich dem Gericht Gottes, für meine Sünden gegen die Gesetze der Menschen beuge ich mich dem Gericht der Menschen! Ich bin der Häresie angeklagt. Würden Euer Gnaden es als unehrerbietig auffassen, wenn ich Euer Gnaden fragen würde, unter welchem Gesetz ich angeklagt bin?“

„Ich bin froh, dass Ihr fragt“; antwortete der Bischof „Ihr seid der Gesetzesbrecher, nicht ich! Die Gesetze, nach denen Ihr gerichtet werdet, sind die Kanonen der Kirche und die Konstitutionen von Melfi. Und beide setzen die Todesstrafe für Häresie!“

„Jawohl, Euer Gnaden, ich kenne beide Gesetze, und ich weiß, dass beide das Verbrechen der Häresie mit dem Tode bestrafen. Aber sie setzen nicht nur die Todestrafe für Häresie, sondern sie definieren auch das Verbrechen der Häresie, und zwar sehr genau. Beide, die Kanonen der Kirche und die Konstitutionen von

Melfi, definieren Häresie als die aktive Unterstützung einer abtrünnigen Sekte oder Bewegung. Orthodoxie an sich ist keine Häresie! Häresie ist Abtrünnigkeit von der Kirche!

Euer Gnaden, ich berufe mich in meiner Verteidigung auf die Kanonen der Kirche und die Konstitionen von Melfi. Beide definieren Häresie als ‚die aktive Unterstützung einer abtrünnigen Sekte oder Bewegung'. Es gibt nicht eine einzige Stelle in meinen Gralsbriefen, wo ich Abtrünnigkeit von der Kirche befürworte! Im Gegenteil, ich beschwöre meine Leser, nicht von der Kirche abtrünnig zu werden!

Ich bekenne, dass meine Briefe unorthodox sind, aber Unorthodoxie ist nicht Häresie! Häresie ist Abtrünnigkeit von der Kirche! Meine Gralsbriefe enthalten keinerlei Beweise von Abtrünnigkeit, es war niemals meine Absicht, von der Kirche abtrünnig zu werden, oder eine abtrünnige Sekte oder Bewegung zu befürworten, zu unterstützen oder zu gründen! Ich tat das Gegenteil, ich schrieb in meinen Briefen, dass ich keinerlei Abtrünnigkeit von der Kirche befürworte! Ich erklärte, dass meine Briefe unwahr seien, wenn sie dazu missbraucht würden, eine abtrünnige Sekte oder Bewegung zu gründen oder zu unterstützen!

Euer Gnaden, ich habe keine Häresie begangen, wie sie in den Kanonen der Kirche und in den Konstitutionen von Melfi definiert ist! Euer Gnaden, ich bin im Sinne der Anklage nicht schuldig!" schloss Arminius und verbeugte sich in der Richtung des Erzbischofs.

Der Erzbischof kannte weder die Kanonen der Kirche noch die Konstitutionen von Melfi so genau wie Arminius. Arminius beredte Verteidigung hatte die Selbstsicherheit und Selbstgerechtigkeit des Erzbischofs erschüttert und ihm den Wind aus den Segeln genommen. „Arminius von Welterod, wir werden Eure Angaben überprüfen", sagte er. „Die Verhandlung ist auf morgen früh vertagt!"

Der Amtmann rief „Achtung!", alle standen auf, die Bischöfe und Domherren verließen den Gerichtssaal, und danach das Publikum. Arminius wurde in seine Zelle zurückgeführt.

Am nächsten Morgen nach der Frühmesse wurde er wieder in den Gerichtssaal geführt. Auf dem Beweistisch lag sein Gürtel mit Schwert und Dolch. „Ein gutes Zeichen!" dachte Arminius.

Der Erzbischof begann die Verhandlung. „Wir haben die gestrigen Aussagen des Angeklagten überprüft. Obwohl wir ihn der Unorthodoxie und der Blasphemie für schuldig befinden, akzeptieren wir seine Argumente, dass er der Häresie nicht schuldig ist!

Arminius von Welterod, ich bin gewillt, die Anklage der Häresie von Euch zurückzuziehen, und das Verfahren gegen Euch einzustellen, unter zwei Bedingungen:

Die erste Bedingung ist, dass Ihr Eure Gralsbriefe widerruft und sie als falsch erklärt, und schwört, dass die Dogmen der Römisch-Katholischen Kirche absolut wahr sind, ihre Lehren allgemein gültig, und dass die Errettung der Menschenseele allein durch die Heiligen Sakramente der Römisch-Katholischen Kirche erfolgen kann!

Bis vor kurzem wart Ihr ein Tempelritter und schuldet nur eurem Orden Treue und Gefolgschaft. Da aber der Templerorden jetzt aufgelöst ist, und Ihr niemandem Gefolgschaft schuldet, will ich, dass Ihr euren Treueid zur Römisch-Katholischen Kirche wiederholt und eurem jetzigen Herrn, dem Fürstbischof von Eichstätt, Gefolgschaft schwört! Das ist die zweite Bedingung! Seid Ihr gewillt dies zu schwören?"

„Ja, Euer Gnaden, ich bin gewillt dies zu schwören!" Der Bischof winkte seinem Kaplan, der sich, mit der Bibel in beiden Händen, vor Arminius stellte. Arminius legte eine Hand auf die Bibel, hob die andere zum Schwur und sagte, langsam und feierlich: „Ich schwöre, bei Gott dem Allmächtigen, dass die Lehren und Informationen in meinen Gralsbriefen unwahr sind, eine Falschheit und eine Abirrung von den wahren Lehren der Kirche! Ich schwöre, dass die Dogmen der Römisch-Katholischen Kirche absolut wahr und ihre Lehren allgemein gültig sind! Ich schwöre weiterhin, dass die Errettung der Menschenseele allein durch die Heiligen Sakramente der Römisch-Katholischen Kirche erfolgen kann!

Ich schwöre der Römisch-Katholischen Kirche treu zu dienen und ihre Lehren zu befolgen! Und ich schwöre meinem Herrn, dem Fürstbischof von Eichstätt, treu zu dienen, solange ich lebe!"

Danach sagte der Erzbischof: „Arminius von Welterod, ich ziehe hiermit die Klage der Häresie von Euch zurück und spreche Euch frei! Aber ich warne Euch! Falls Ihr noch einmal wegen einer Anklage der Häresie vor mir erscheint, werde ich keine Milde zeigen!" Zum Publikum sagte er: „Das Verfahren gegen Arminius von Welterod ist eingestellt!"

Arminius verbeugte sich verbindlich. Der Bischof sagte zum Amtmann: „Amtmann, befreie den Angeklagten!"

Der Amtmann nahm Arminius Gürtel mit Schwert und Dolch vom Beweistisch, übergab es Arminius mit einer Verbeugung und sagte: „Herr Arminius, Ihr seid frei!"

Der Amtmann rief „Achtung!", alle standen auf. Die Bischöfe, gefolgt von den Domherren, verließen den Saal. Arminius begab sich zur Zuschauermenge die ihn jubelnd umdrängte. Inmitten einer hochgestimmten Menge von Anhängern ging Arminius nach Eichstätt, zum Willibaldgasthof am Domplatz, dem angesehensten Gasthof Eichstätts. Dort wurde ihm Wein gereicht, ihm gratuliert und zugeprostet, bis ihm der Trubel zuviel wurde und er sich nach der Stille seiner Burg sehnte.

Während seine Anhänger ihm zuprosteten und seinen Freispruch feierten, kam ein Diener des Bischofs in den Willibaldshof, mit einer Botschaft für Arminius. „Der Gnädige Herr Bischof möchte Euch sprechen! Er will, dass Ihr hier im Willibaldsgasthof als sein Gast bleibt, bis ich Euch rufe!"

„Sage Seiner Gnaden, dass ich hier sein werde, zu seinen Diensten!" erwiderte Arminius. „Und sage ihm, dass ich ihm für seine Großzügigkeit danke!"

Der Wirt des Willibaldhofes gab Arminius das beste Zimmer. Nach einem heißen Bad, drei Tagen von fettem Essen und gutem Wein, und drei Nächten in einem weichen Federbett, begann Arminius des ungewohnten und unerwünschten Luxus überdrüssig zu werden. Am vierten Tag kam endlich der bischöfliche Diener und führte ihn zur Willibaldsburg, in die inneren Gemächer des Bischofs.

„Grüß Gott, Arminius!“ begrüßte ihn der Bischof. „Wie geht es Euch? Hat Euch mein Wirt gut bewirtet? Ich hoffe, dass Euch mein Amtmann und seine Schergen nicht misshandelten! Ich wies ihn an, Euch während Eurer Freiheitsberaubung schonend zu behandeln und in leichter Haft zu halten!“

„Ich danke Euch für die Nachfrage, Euer Gnaden! Ich wurde gut behandelt! Mein gewöhnliches Lager und mein tägliches Essen sind nicht besser als Euer Kerker, es kann also von Misshandlung keine Rede sein. Von Freiheitsberaubung kann auch nicht die Rede sein, denn ich habe eine innere Freiheit, die mir niemand nehmen kann!“

„Trotzdem möchte ich mich bei Euch entschuldigen!“ sagte der Bischof mit ernster Miene. „Das Verfahren gegen Euch ging nicht von mir aus, sondern von meinem Vorgesetzten, dem Erzbischof von Mainz!“

„Ja, das war offensichtlich!“ sagte Arminius. „Euer Gnaden brauchen sich bei mir nicht zu entschuldigen, Ihr tatet nur Eure Pflicht!“

„Ja, aber meine Pflicht liegt mir oft schwer auf dem Gewissen!“ erwiderte der Bischof tief aufseufzend. „Arminius, darf ich offen mit Euch reden, in Intimität des Geistes?“

„Selbstverständlich, Euer Gnaden!“ bestätigte Arminius überrascht.

„Ich war ein Zisterzienserabt, bevor mich der Heilige Vater zum Bischof von Eichstätt ernannte. Im Herzen und Geiste bin ich immer noch ein Zisterzienser! Darf ich ganz offen mit Euch sein, als ein Mönch des weißen Kleides zum anderen, als Zisterzienser zu Templer, als Bruder zu Bruder?“

„Natürlich, Bruder Philip!“ bekräftigte Arminius erwartungsvoll.

„Wie ich sagte, war ich ein Zisterzienserabt, bis mich der Heilige Vater als Bischof von Eichstätt einsetzte. Der Heilige Vater ist ein Bewunderer des ehrwürdigen Wolfram von Eschenbach. Er dachte, dass die Diözese des ehrwürdigen Wolfram einen Bischof des weißen Mönchskleides verdiene!“

„Was?!“ rief Arminius ungläubig aus. „Der Papst, der den Templerorden vernichtete, ist ein Bewunderer des ehrwürdigen Wolfram, der die Templer als Gralsritter verherrlichte? – das ist der Gipfel der Absurdität!“

„Papst Clemens V. vernichtete den Templerorden nicht, König Philip IV. tat's!“ erwiderte der Bischof ruhig. „Der Heilige Vater löste den Orden aus Mitleid auf, und aus praktischen und politischen Gründen! Es blieb ihm nichts anderes übrig!“

„Diese Auslegung der Zeitgeschichte ist wohl genauso gültig wie meine!“ sagte Arminius und schüttelte dabei immer noch ungläubig den Kopf.

„Es gab noch andere Gründe für die Auflösung des Templerordens, aber ich kann sie dir nur dann anvertrauen, wenn du ‚Das Geheimnis' kennst! Und ich habe das Gefühl, dass du es kennst! Kennst du's?“

„Du meinst, dass Maria die Magdalenin die Ehefrau und Hauptapostolin Jesu war, und dass sie mehrere Kinder hatten, und dass Maria mit Jesus' Kindern nach der Kreuzigung in das Languedoc floh und sich dort niederließ, und dass sich manche der Nachkommen Jesu in das Königsgeschlecht der Merowinger und andere Adelsgeschlechter fortsetzten, und heute noch leben? Warum nicht? Jesus war ein jüdischer Rabbi, und jüdische Rabbis sind dazu verpflichtet Kinder zu haben! Außerdem war Jesus ein direkter Nachkomme Davids und echter Anwärter auf den Königsthron Jerusalems, ein weiterer Grund möglichst viele Kinder zu haben!"

„Dass Jesus verheiratet war und Kinder hatte, mag für dich nicht viel bedeuten, aber für die Kirche ist es von außerordentlicher Bedeutung!" erklärte der Bischof. „Die Tatsache, dass Jesus ein ungewöhnlicher, aber gewöhnlicher Sterblicher war, der Frau und Kinder hatte, ist für uns beide selbstverständlich, darf aber unter keinen Umständen bekannt werden, weil es die Autorität der Kirche gewaltig untergraben würde! Von der Untergrabung der Papstgewalt und der bischöflichen Gewalt nicht zu sprechen! Kannst du dir vorstellen, was geschehen könnte, wenn ein Nachkomme Jesu vortreten und seine Nachkommenschaft überzeugend geltend machen würde?"

„Ja, ich würde dich usurpieren!" antwortete Arminius lächelnd. „Denn das Haus meiner Mutter, das Adelsgeschlecht de Beaujeu, ist eines jener Adelsgeschlechter, dessen Ahnenreihe auf Jesus zurückgeht!"

„Dann weißt du also genau, wovon ich spreche!" erwiderte der Bischof lebhaft. „Bis jetzt ist ‚Das Geheimnis' nur drei Organisationen bekannt: Dem Zisterzienserorden, dem Templerorden und jenem geheimnisvollen ‚Orden Zion', der früher einmal die sekuläre ‚Gesellschaft der Baumeister' war, und es heute wieder ist. Wie du weißt, hat der Orden Zion den Zisterzienserorden und den Templerorden als Hüter des Geheimnisses und Verwirklicher des ‚Himmlischen Königreiches Jerusalem' gegründet. Der Orden Zion besteht nur aus einigen, höchst selektiven und sekreten Mitgliedern. Im Zisterzienser- und Templerorden ist ‚Das Geheimnis' auch nur einem selektiven, inneren Kreis bekannt. Aber der Papst befürchtete, dass die Templer des inneren Kreises ‚Das Geheimnis' nicht länger geheim halten würden!

Der Templerorden war, außer der Kirche, die reichste Organisation der christlichen Welt! Man nannte euch die ‚Bankiere des Abendlandes'. Nach dem Verlust des Heiligen Landes hattet Ihr kein Ziel mehr. Der Papst befürchtete, dass ihr euer Kapital, eure beträchtliche Streitmacht, ‚Das Geheimnis', welches vielleicht eure stärkste Waffe war, eure Popularität in der christlichen Welt und euer gutes Verhältnis zur islamischen Welt dazu hernehmen werdet, das Papsttum zu stürzen und eine neue Kirche zu gründen, vielleicht eine vereinigte jüdisch-christlich-islamische Kirche, ein theokratisches Königreich Jerusalem, einen Gottesstaat oder Ordensstaat, von einem direkten Nachkommen Jesu regiert!

Wie du selbst weißt, Bruder Arminius, ist deine spirituelle Botschaft außerordentlich populär! Dort draußen herrscht eine spirituelle Hungersnot! Die Kirche, mit ihrem starren Dogmatismus, kann den Hunger nicht stillen! Ich versuche, den Hunger zu stillen. Mein Dom ist zum Bersten voll, wenn immer ich predige, das Volk kann nicht genug davon hören! Obwohl ich in meinen Predigten nur biblische Gleichnisse gebrauche, hören sie sich unorthodox an. Meine Domherren betrachten mich und meine unorthodoxen Predigten mit Misstrauen und Missgunst!"

„Denn er predigte gewaltig, nicht wie die Schriftgelehrten!" zitierte Arminius aus dem Matthäusevangelium.

„Du schreibst gewaltiger als ich predige, Bruder Arminius! Deine Gralsbriefe verbreiteten sich wie ein Lauffeuer! Siehst du es nicht, ihr Templer wart eine ernsthafte Gefahr für die Kirche! Ihr hattet die Fähigkeit, und vielleicht sogar die Dreistigkeit, das Papsttum zu stürzen und die Christenheit von oben nach unten zu kehren, und von unten nach oben! – Denn für euch ist ja bekanntlich das Unterste zuoberst, und das Oberste zuunterst, um das Wunder des Einen Dinges zu erfüllen!" setzte der Bischof lächelnd hinzu.

„Du überschätzt unsere Macht, Bruder Philip, wir waren noch lange nicht so mächtig wie du denkst! Zwar versuchten wir einmal, zu unserer Glanzzeit, das Kalifat nachzuahmen und ein goldenes Zeitalter herbeizuführen, indem wir einen direkten Nachkommen Jesu, Graf Fulko von Anjou, auf den Königsthron Jerusalems setzten. Aber leider wurde kein goldenes Zeitalter daraus! Außerdem war unser innerer Kreis nie für Revolution oder Reformation. Wir waren stets für Transformation, innere Transformation! Transformation des Einzelnen, von innen her! Transformation der Seele!

Äußere Reformationen oder Revolutionen können das Menschenlos nicht ändern, es sei denn sie sind von einer inneren Transformation begleitet!" setzte Arminius fort. „Und wenn die innere Transformation einmal stattgefunden hat, dann ändern sich die äußeren Umstände wie von selbst, ohne gewalttätige Revolutionen oder Reformationen. Das Menschheitsproblem ist nicht ein politisches sondern ein geistiges! Die Lösung liegt deshalb nicht auf der politischen sondern auf der geistigen Ebene! Unser Problem ist nicht wissen wer oder was wir sind! Sobald wir es wissen, und erleben und leben, und danach handeln, ist unser Problem gelöst!"

„Das weiß ich, und du weißt es, aber der Papst wusste es nicht!" erwiderte der Bischof. „Der mögliche Usurpator wird vernichtet, selbst wenn er nicht vorhat, den Thron zu usurpieren! Der Papst wusste nur, dass ihr ihm moralisch und militärisch überlegen ward, und die Macht und das Gold und vielleicht sogar die Dreistigkeit hattet, ihn zu usurpieren. Ihr hattet eine außerordentlich populäre, spirituelle Botschaft! Ihr verfügtet über die tapferste, höchstdisziplinierte und bestorgansierte Streitmacht der christlichen Welt! Ihr hattet ‚Das Geheimnis', welches eine vernichtende Waffe gegen die Römisch-Katholische Kirche darstellte! Ihr wart die Bankiere des Abendlandes! Außerdem wart ihr als Bankiere unkorrumpierbar! Die meisten Leute, die mit Geld umgehen, können mit Geld gekauft werden. Nicht ihr; ihr wart unkorrumpierbar! Dies gab euch eine moralische und politische Überlegenheit über alle anderen, die mit Geld umgehen und mit Geld bestochen werden können! Außerdem hassen diejenigen, die mit Geld gekauft werden können, die Unkorrumpierbaren!

Ihr hattet die Macht den Papst zu usurpieren! Hättet ihr euch mit dem Johanniterorden zu einem Orden der Ritter Christi vereint, wie es der ehrwürdige Raimundus Lullus vorschlug, und euch mit den Johannitern auf der Insel Rhodos festgesetzt, und von dort die Insel Zypern zurückerobert, die schon einmal euch gehörte, und euch von Zypern aus mit den Juden und Muslimen verbündet, dann hättet ihr vielleicht euer interreligiöses, Judäisch-Christlich-Islamisches Königreich Jerusalem gründen können, mit einem echten Nachkommen Jesu und Davids auf dem Königsthron, und vielleicht einem echten Nachkommen Mohammeds zu seiner Seite. Wenn ihr dazu noch ‚Das Geheimnis' in alle Winde gestreut hättet, dann wäre der

Umsturz des Papsttums für euch ein leichtes Spiel gewesen. Der Papst tat, was er musste, er eliminierte den möglichen Usurpator! Von seinem Gesichtspunkt aus hatte der Papst keine Wahl, er musste den Templerorden auslöschen!“

„Kannte denn der Papst ‚Das Geheimnis’?“ fragte Arminius erstaunt.

„Ja“, antwortete der Bischof, „er kannte es genau! Papst Clemens V. war früher Bertrand de Got, Erzbischof von Bordeaux. Der Bruder seiner Großmutter war ein Großmeister des Templerordens, während der Glanzzeit des Ordens. Bertrand de Got entstammt, wie sein Name sagt, dem Adel des gotisch-jüdischen Königreiches Narbonne. Das gotisch-jüdische Königreich Narbonne war das Reich der Katharer. Die Nachkommen Jesu lebten hauptsächlich im Königreich Narbonne – und viele von ihnen waren Katharer! Bertrand de Got selbst ist ein Nachkomme Jesu! Er weiß genau, dass wir Katholiken mit der Ausrottung der Katharer einen großen Teil der Nachkommen Jesu ausgerottet haben! Das ist ein weiterer Grund, warum ‚Das Geheimnis’ unbedingt geheimbleiben muss!“

„Der Papst ist der Nachkommenschaft Jesu nicht würdig!“ sagte Arminius hochmütig. „Die Kalifen, die bekanntlich Mohammeds Nachkommen waren, verhielten sich weit göttlicher als unser Papst! Das Zeitalter der Kalifen war das ‚Goldene Zeitalter’ der islamischen Welt!“

„So würdig waren deine viel bewunderten Kalifen auch wieder nicht!“ konterte der Bischof. „Kalif Omar, einer der ersten Kalifen, ließ die Bücherei von Alexandria verbrennen: 200.000 unersetzliche Bücher, das gesammelte Wissen und die Literaturschätze der altägyptischen, hellenistischen und altrömischen Welt gingen in Flammen auf!“

„Ja, weder die Nachkommenschaft Jesu noch die Mohammeds schützt vor Torheit!“ bestätigte Arminius mit einem bitteren Lächeln. „Genau genommen stammen wir alle von Gott ab, selbst das schützt uns nicht vor Torheit! Aber nur weil wir es nicht wissen! Nicht wissen, wer oder was wir sind, ist die Ursache aller menschlichen Verfehlungen!“

„Wer oder was sind wir, Bruder Arminius?“

„Wir sind der synkretische Kosmos, die Gottheit: ewiger Äther, des schöpferischen Wandels fähig, im ständigen Wandel begriffen, in einem Zustand von Synthese!“

Der Bischof nickte zustimmend, mit feucht glänzenden Augen.

„Die Menschheit wissen zu lassen, wer oder was wir wirklich sind, ist mein Lebensziel!“ sagte Arminius hochfliegend. „Dieses sogenannte Geheimnis ist für mich nicht der Rede wert, ich denke selten daran. Es mag für den Papst von außerordentlicher, politischer Bedeutung sein, aber für mich ist es unwichtig. Ich überlasse die Kirchenpolitik dem Papst und seinen Kardinälen. Jetzt weiß ich endlich, warum uns der Papst aufgelöst hat! Aber er hätte es blutlos tun können, nur mit einem Federstrich!“

„Er hat es blutlos getan, nur mit einem Federstrich“, berichtigte der Bischof, „aber er konnte den Orden nicht ohne einen zwingenden Grund auflösen! Die Anklagen und Prozesse waren der offizielle Grund, den Orden aufzulösen! Aber, wie ich sagte, beabsichtigte der Papst nicht, irgendwelche Templer zu foltern oder zu töten! Das waren die Machenschaften Philips des Schönen, der die Antipathie des Papstes ausnützte, um sich das Gold der Templer anzueignen und sich dafür zu rächen, dass ihn die Templer nicht in ihren Orden aufnehmen wollten!“

Sie diskutierten das heikle Thema der Rolle des Papstes in den Templerverfolgungen nicht weiter. Philip von Rathsamhausen wechselte das Thema. „Wie ich bereits sagte, setzte mich der Papst als Bischof von Eichstätt ein. Er hat zwar das Recht dies zu tun, aber bisher ließ er immer die Domherren ihren Bischof wählen, und stimmte mit ihrer Wahl überein. Ich wurde den Domherren wahllos, über ihre Köpfe hinweg, eingesetzt. Das wurmt sie sehr! Sie nehmen es mir übel, ich spüre ihren Groll jeden Tag. Dass meine unorthodoxen Predigten ihnen missfallen, und dem Volke sehr gefallen, macht es mir nicht leichter!

Bruder Arminius, ich musste schwer für deinen Freispruch kämpfen! Die Domherren waren felsenfest von deiner Schuld überzeugt, sie wollten dich als rückfälligen Häretiker verbrennen! Nur der Erzbischof schwankte. Es gelang mir ihn zu überzeugen, indem ich ihm sagte, dass der Heilige Vater ein Bewunderer des ehrwürdigen Wolfram sei, und dass er deshalb einen Mönch des weißen Kleides als Bischof von Eichstätt einsetzte. Ich sagte ihm, dass Templer, selbst ehemalige Templer, in der Diözese Eichstätt immer noch als Gralsritter gelten, und dass es deshalb politisch unklug sei, hier einen Templer zu verurteilen. Ich wies ihn weiterhin darauf hin, dass die Epen des ehrwürdigen Wolfram genauso unorthodox seien wie deine Briefe, nur dass Wolfram seine Unorthodoxien verschleierte, während deine unverschleiert sind. Diese Argumente, zusätzlich zu deiner beredten Verteidigung, überzeugten ihn.

Obwohl er es mir gegenüber nicht zugab, merkte ich, dass der Erzbischof von der philosophischen Tiefe deiner Gralsbriefe beeindruckt war. Er hatte sie vorher nie ganz gelesen, sein Sekretär oder Kaplan unterstrich die anstößigen Stellen. Aber, um deine Verteidigung zu überprüfen, musste er zwangsläufig die Briefe lesen. Er sagte nur, dass es ewig schade sei, dass du dich als junger Mann nicht näher an die Kirche gehalten hättest.

Aber die Domherren waren von deiner beredten Verteidigung nicht beeindruckt. Sie sahen nur ungeheuerliche Blasphemien, sie wollten dich dafür brennen sehen! Um sie für deinen Freispruch günstig zu stimmen, musste ich ihnen ein alternatives Opfer geben. Sie drängten schon seit der Auflösung des Templerordens darauf, die Beguinage Waldkirchen aufzulösen. So bot ich ihnen, für ihre Zustimmung zu deinem Freispruch, die Auflösung der Beguinage an.“

„Wenn ich gewusst hätte, dass mein Freispruch mit der Auflösung der Beguinage bezahlt werden muss, dann hätte ich mich für schuldig bekannt!“ sagte Arminius ärgerlich.

„Dafür ist es jetzt zu spät!“ erwiderte der Bischof. „Du kannst entweder die Beguinage selbst auflösen, oder ich schicke meinen Amtmann, es zu tun. Und, wenn du es selbst tun willst, dann musst du es sofort nach deiner Heimkehr durchführen!“

„Schicke deinen Amtmann nicht, ich werde es tun!“ sagte Arminius resigniert.

Der Bischof wechselte zu einem angenehmeren Thema über. „Im Vertrauen gesprochen, ich bewundere deine Gralsbriefe! Obwohl ich es anders formulieren würde, denke und fühle ich wie du! Wir sind nicht nur Mönchsbrüder des weißen Kleides, wir sind Geistesbrüder! Deine Briefe sind glänzend geschrieben, das Licht Gottes strahlt aus ihnen, aber es strahlt vielleicht zu sehr, und blendet diejenigen, die an ein so helles Licht nicht gewöhnt sind! Deshalb suchen wir Zisterzienser die heiligen Weisheiten in uns, und behalten sie für uns!"

„Ja, ich weiß!" sagte Arminius. „Aber wenn die Weisen ihre Weisheit für sich behalten, wie können die Weisheitssuchenden sie finden?"

„Wir Zisterzienser behalten sie nicht ganz für uns, wir verbreiten sie, durch unsere Taten, und manchmal in sorgfältig verschleierten, gleichnishaften Worten. Aber wir drücken sie nicht in nackten Worten aus, so wie du es tust. Wir lassen hauptsächlich unsere Taten sprechen. Taten sprechen lauter als Worte!"

„Ja, das mag sein, Bruder Philip, aber du wurdest in diesen Stand der heiligen Wortlosigkeit durch Worte eingeweiht, oder nicht? Es waren heilige Worte die dich zu einem Mann der heiligen Taten machten! Im Anfang war, und ist noch immer, das Wort: das nackte, klare, präzise, unverschleierte, philosophische Wort!"

„Ja, Bruder Arminius, du hast Recht! Obwohl dich deine überaus klaren Worte gefährden, und den meisten Menschen unverständlich sind, berühren sie doch einige – auf das Tiefste, Höchste und Göttlichste!"

„Die dann dem Zisterzienserorden beitreten um die wortlose Göttlichkeit zu pflegen!" setzte Arminius hinzu.

„Ja, vielleicht", sagte der Bischof lächelnd und stand auf um sich von Arminius zu verabschieden. „Ich werde dir ein Pferd für den Heimritt zur Verfügung stellen, und zwei meiner Schergen als Begleitung. Sie werden morgen früh im Willibaldshof sein, wenn es dir recht ist?"

„Ich brauche keinen Geleitschutz!" sagte Arminius abweisend.

„Ja, du brauchst einen!" bestand der Bischof. „Einige meiner Domherren sind rachsüchtig, es könnte ihnen einfallen, ein Gottesurteil über dich zu fällen!"

„Gut, ich akzeptiere die Leibwächter, morgen früh! Vielen Dank!"

„Geh mit Gott, Bruder Arminius, und besuche mich mal wieder! Ich kann mich sonst mit niemandem aussprechen! Aber besuche mich nicht in Eichstätt! Ich werde versuchen, für das Pfingstfest nach Eschenbach wegzukommen, zum Jahrestreffen der Esoteriker! Dort können wir uns aussprechen! Ich danke dir für das erbauliche Gespräch, Bruder Arminius! – Non nobis, Domine! Non nobis, sed Nomini Tuo da gloriam!"

„Non nobis, Domine!" erwiderte Arminius und verließ die inneren Gemächer des Bischofs.

Früh am nächsten Morgen kamen zwei der bischöflichen Schergen, die Arminius verhaftet hatten, in den Hof des Willibaldsgasthofes geritten, mit einem Pferd für Arminius. „Herr Arminius, unser Herr Amtmann hat uns befohlen, Euch nach Thannbrunn zu begleiten!"

„Nicht als Gefangenen, hoffe ich!" scherzte Arminius.

„Nein, nicht als Gefangenen!“ sagte der Scherge ernsthaft. „Unser Herr Amtmann hat uns befohlen, Eure Leibwache zu sein!“

Sie ritten das sich windende Altmühltal hinunter, durch Kipfenberg nach Beilngries. In Beilngries hielten sie beim Roten Fuchs ihre Mittagsrast. Am späten Nachmittag waren sie in Neuhaus. Arminius lud die Schergen ein, in Neuhaus zu übernachten, aber sie dankten ihm und sagten, sie stünden unter Befehl in Berching zu übernachten.

Johannes und Hermann waren heilfroh, Arminius gesund wieder zu sehen. „Ich habe vorsichtshalber deine Schiefertafeln und Notizbücher hierher gebracht“, sagte Johannes. „Setz dich hin, Bruder Arminius, ich bring dir Brot und Käse und einen Krug Bier! Ich hoffe, dass sie dich in Eichstätt anständig behandelt haben!“

„Sie haben mich gut behandelt, besser als mir lieb war!“ sagte Arminius lächelnd. Danach sagte er, dass der Bischof ihn damit beauftragt hatte, die Beguinage aufzulösen. „Würdest du den Beguinen mit unserem Wagen und zwei oder drei Karren aushelfen, falls sie sie zum Umziehen oder Weiterziehen brauchen?“

„Selbstverständlich“, antwortete Johannes, „unsere Wagen und Karren sind deine so gut wie meine! Meinetwegen können die Beguinen an Wagen und Pferden haben, was immer sie brauchen. Wir können ihnen auch den Fuhrmann und zwei oder drei Knechte zur Verfügung stellen.“

Früh am nächsten Morgen ritt Arminius nach Waldkirchen. Die Beguinen hatten bereits von seinem Freispruch gehört und waren hocherfreut, ihn zu sehen. „Der Herr und die Frau von Wildenstein waren bei deinem Prozess zugegen, Patrizia berichtete mir darüber. Sie sagte, du hast dich glänzend verteidigt. Bruder Arminius, wir sind stolz auf dich!“

„Mein Freispruch wurde mit deiner Verurteilung erkauft“, sagte Arminius düster. „Mein Freispruch hatte einen Preis, der Preis war deine Beguinage! Das wurde mir erst nachher gesagt. Hätte ich es vorher gewusst, dann hätte ich mich für schuldig bekannt!“

„Sag das nicht!“ rief Margaret heftig aus, „Dein Leben ist mehr wert als unsere Beguinage! Diese Beguinage wurde bereits mit der Auflösung des Templerordens zur Auflösung verurteilt! Ich habe es erwartet! Sei nicht bedrückt, Bruder Arminius, unsere Beguinage wäre früher oder später sowieso aufgelöst worden! Wir werden nach Regensburg ziehen, wo wir unter dem Schutz der Dominikaner und der Stadtväter stehen! Seit dem Fall des Templerordens sind wir auf dem Lande nicht mehr sicher. Ich denke, dass sich, früher oder später, alle Landbeguinagen auflösen werden und in die Freien Kaiserlichen Reichsstädte ziehen, wo wir der Willkür der Bischöfe nicht ausgesetzt sind!“

„Der Bischof gab mir die Wahl, er sagte, dass entweder ich selbst die Beguinage Waldirchen auflösen müsse, oder dass er seinen Amtmann schicken werde es zu tun. Ich sagte, ich würde es selbst ausführen. Der Bischof befahl mir dann, die Beguinage sofort aufzulösen!“

„Können wir deine Wagen haben, um unseren Hausrat von hier nach Wildenstein zu bringen?“ fragte Margaret. „Wie ich sagte, habe ich dies erwartet und mit Patrizia besprochen. Der Herr von Wildenstein hat sich bereiterklärt, uns und unseren Hausrat auf Frachtbooten die Altmühl und Donau hinunter nach Regensburg zu verschiffen. Alles was wir brauchen ist einen oder zwei Wagen, von hier nach Mühlbach.“

„Wir haben drei Karren und einen Wagen, du kannst alle vier haben, und vier Knechte, zum Fahren und zum Auf- und Abladen! Morgen früh? Oder ist morgen früh zu früh?“

„Es ist am Besten, das Unabänderliche nicht hinauszuzögern!“ sagte Margaret resolut. „Wenn wir heute den ganzen Tag packen, dann werden wir morgen früh zum Aufladen fertig sein. Du kannst also morgen früh mit deinen Wagen und Knechten hier sein!“

Früh am nächsten Morgen spannte Sepp der Fuhrmann zwei Pferde vor seinen Wagen. Drei Pferdeknechte spannten je ein Pferd vor die zwei Karren und den Sanitätskarren, der seit der Abreise der Brüder Sanitäter nicht mehr als Sanitätskarren diente. Arminius, hoch zu Ross, begleitete den Zug.

Die Beguinen hatten den ganzen vorherigen Tag gepackt und alles war fertig zum Aufladen. Sie hatten sogar ihr Buntglasfenster ausgebaut und es sorgfältig mit Stroh umpackt. Das Buntglasfenster, die Webstühle und andere sperrige Gegenstände wurden auf den Wagen geladen, die kleineren Sachen gingen auf die drei Karren. Als alles aufgeladen und festgezurrt war, sagte Margaret: „Kommt, setzt euch zum Frühstück!“

Die Beguinen hatten etwas Brot, Käse und Obst dagelassen, und einen Krug Wasser. Die Beguinen und die Knechte setzten sich ins Gras, Arminius und Margaret setzten sich auf die Bank vor der Beguinage. „Das letzte Mahl?“ fragte Arminius.

„Hoffentlich nicht!“ sagte Margaret. „Ich hoffe, dich wieder einmal zu sehen bevor du stirbst!“

„Für den Fall, dass wir uns nicht wiedersehen – das ist mein Leib!“ sagte Arminius, brach sein Brot in zwei und gab Margaret ein Stück. Sie nahm es und kaute nachdenklich.

„Und das ist mein Blut!“ setzte Arminius hinzu und reichte ihr den Wasserkrug.

„Ja, Bruder Arminius, so wie es ist – ohne Transsubstantion! Ich werde es nie vergessen!“ sagte Margaret mit feucht glänzenden Augen.

„Wir sagen unseren Schützlingen Lebwohl und gehen dann nach Wildenstein“, sagte Margaret als sie aufgegessen hatten. „Wir treffen euch am Wildensteiner Altmühlhafen, in drei oder vier Stunden. Ihr könnt einstweilen abladen. In die Boote, wenn welche da sind, oder ins Lagerhaus!”

Arminius begleitete den Zug, das Tal der Weißen Laber hinunter. Als sie etwas mehr als die halbe Strecke zurückgelegt hatten, sagte er zu Sepp: „Ich reite voraus, zum Schloss Wildenstein, und sage dem Herrn von Wildenstein Bescheid. Ihr fahrt direkt zum Altmühlhafen des Wildensteiners, dort wo der Mühlbach in die Altmühl mündet. Weißt du, wo das ist?“

„Ja, ich weiß wo es ist!“ bestätigte Sepp der Fuhrmann. „Ich habe schon öfter dort Fracht geholt oder abgeliefert!“

Arminius, der Herr von Wildenstein, Frau Patrizia und einige Bootsleute waren schon am Kai des Wildensteiner Altmühlhafens als die Fuhrleute dort ankamen. Einige Boote warteten auf Fracht nach Regensburg, Arminius' Knechte und die Bootsleute trugen den Hausrat der Beguinen direkt in die Boote. Die Bootsleute verstauten ihn fachgerecht. Als die Beguinen ankamen, war alles verladen und festgezurrt.

Die Beguinen schüttelten Arminius' Hand, dankten ihm für alles, was er für sie getan hatte, verbeugten sich dankend vor dem Herren und der Frau von Wildenstein und stiegen in die Boote. Die drei Beguinen, mit denen Arminius in einem persönlichen Verhältnis gestanden war, Anna, Davina und Margaret, umarmten und küssten ihn. Margaret umarmte und küsste ihre Bundesschwester Patrizia und stieg als letzte ins Boot. Die Bootsleute stießen ab. Einige der Beguinen weinten. Die Beguinen winkten ein letztes Lebwohl, Arminius winkte zurück. Danach drehte er sich um damit sie seine Tränen nicht sahen.

Patrizia lud Arminius auf das Schloss Wildenstein ein, aber Arminius wollte alleine sein und lehnte dankend ab. Tieftraurig und tief in Gedanken versunken ritt er heim. Die Gralsbriefe, die er als Liebesbriefe an die Menschheit, an die Beguinen und besonders an Margaret geschrieben hatte, waren ihm zum Verhängnis geworden! Die Gralsbriefe, die seine Freundschaft mit Margaret auf das Heiligste und Köstlichste versüßt hatten, hatten auch das bittere Ende dieser Freundschaft herbeigeführt!

„Das ist das notwendige Gift im süßen Wein!" sann Arminius. „Der süße Wein bringt uns Freude, das Gift Traurigkeit! Aber so ist es im Leben: Freude muss mit Leid bezahlt werden, Wohlsein mit Krankheit, Leben mit Tod! Jeder süße Besitz enthält seinen bitteren Verlust!

Ich werde mich über den Verlust hinwegsetzen, und mich in das ewige Licht hineindenken!" sagte sich Arminius. „Das Zwischenspiel zwischen Gegensätzen ist nur ein Spiel, Das Spiel, Das Ätherische Murmelspiel, das Spiel, welches die Gottheit mit sich selbst spielt um die ewige Langeweile zu vertreiben. Ewig gleich sein ist ewig langweilig! Und dieses faszinierende Spiel, genannt ‚Leben', das sich jeden Augenblick ändert und stets neu ist, vertreibt die ewige Langeweile auf das Köstlichste! Aber jede Variation des Spieles hat zwangsläufig einen Anfang und ein Ende! Und der Anfang enthält bereits das Ende; der Anfang macht das Ende notwendig – der Anfang ist das Ende! Der süße Wein ist das bittere Gift, Freude ist Leid, Ekstase ist Qual, Leben ist Tod! – Gegensätze sind ein Ding, genannt der Gral!" Langsam entwich der Abschiedsschmerz. Als er in Thannbrunn ankam, war seine Traurigkeit verflogen.

Einige Wochen danach kam Arminius' Nachbar, der Benediktinerprobst, auf einen seltenen, offiziellen Besuch in die Burg Thannbrunn. „Bruder Arminius, ich erhielt einen Brief von meinem Herrn Abt. Der Herr Abt schreibt mir, dass aller Templerbesitz an den Johanniterorden überging, und dass die Johanniter mit unserem Orden einen Landtausch für Unterthannbrunn gemacht haben. Deine Komturei gehört also jetzt zu meiner Probstei! Ich habe bereits mit Johannes und Hermann gesprochen, sie sind bereit, als Land – und Gastwirte von Neuhaus in unserem Dienst zu bleiben. Mein Herr Abt stellt dir frei, weiterhin in der Burg Thannbrunn zu wohnen und dein Leben hier zu beschließen, wenn du willst."

„Wirst du mich in meiner Gruft in der Dreieinigkeitskapelle begraben?" fragte Arminius?

„Selbstverständlich!" antwortete der Probst. „Die Dreieinigkeitskapelle ist deine Kapelle, und die Gruft darin deine Gruft! Aber wir können dich nur darin begraben, wenn du hier bleibst! Darf ich also dem Herrn Abt schreiben, dass du hier bleiben wirst? Du kannst weiterhin in Neuhaus essen, ich habe dies bereits mit Hermann und Johannes vereinbart."

„Danke deinem Herrn Abt von mir! Schreibe ihm, dass ich dankend akzeptiere. Was kann ich dafür tun?"

„Das ist dein Ruhestand, Bruder Arminius, du brauchst nichts dafür tun!"

Arminius war jetzt von allen Pflichten befreit und konnte sich gänzlich seinem Buch widmen. Er schrieb den letzten Abschnitt des vierten Kapitels ins Reine und machte sich daran, den ersten Abschnitt des fünften Kapitels zu verfassen. Wie im vorhergehenden Winter, verbrachte er den kältesten Teil des Winters 1313/14 in der geborgenen Stille und Wärme von Trevrizents Höhle.

Im Frühjahr 1314 zog Arminius zu seiner Burg zurück. Als er gerade dabei war, den letzten Abschnitt des fünften Kapitels zu verfassen, und über ein passendes Ende nachdachte, kam ein vertrauter Bote mit einer traurigen Botschaft. Die Botschaft war zwar beklagenswert, aber sie war ein geeignetes Ende für Arminius Buch.

Der Bote war Dietrich von Buchenthal, im weißen Ordenskleid der Deutschherren, mit dem schwarzen Ordenskreuz auf der Brust seiner Tunika und auf der linken Seite seines Umhangs. Sie begrüßten sich mit dem Handgelenkgriff alter Kameraden. „Grüß Gott, Bruder Arminius!" rief Dietrich erfreut aus. „Du sitzt hier in deinem Burgsaal, an deinem Schreibtisch, in deinem Templerkleid, und schreibst wie immer, als ob nichts geschehen wäre, als ob der Templerorden noch bestünde und alles beim alten sei!"

„Das stimmt ja auch, Bruder Dietrich!" antwortete Arminius und lächelte vielsagend. „Der Tempel ist ewig, und alles ist immer beim Alten!"

„Warte bis du hörst was ich dir zu sagen habe!" sagte Dietrich, plötzlich tiefernst. „Am 18 März widerrief unser ehemaliger Bruder Großmeister Jacques de Molay, zusammen mit Bruder Geoffroy de Charnay, Präzeptor der Normandie, alle Geständnisse, die sie im Laufe der vergangenen sieben Jahre gemacht hatten. Sie bestanden auf ihren Widerruf und wurden am selben Tag als rückfällige Häretiker verbrannt, auf der Seineinsel L'lle des Javiaux, hinter der Notre Dame Kathedrale. Der Bote sagte, die beiden starben tapfer, im Gebet, ihre Gesichter auf Notre Dame zugewendet."

„Er hätte es längst tun sollen!" rief Arminius heftig aus. „Er hätte diesem Schauprozess längst ein Ende setzen sollen, anstatt die Schande endloser und wirkungsloser Verhöre und eine siebenjährige Haft über sich ergehen zu lassen!"

„Du sprichst aus Erfahrung, Bruder Arminius! Wir litten mit dir, als du im Kerker von Eichstätt gefangen lagst! Unser Bruder Präzeptor sandte sogar einige Beobachter zu deinem Prozess. Aber du wurdest weder gefoltert noch mit Folter bedroht! Niemand kann im Vorhinein sagen, was er unter Folter, oder unter Drohung von Folter, aussagen oder nicht aussagen würde!"

„Einige unserer Gegner behaupten, dass Folter zur Teufelsaustreibung notwendig sei!" sagte Arminius bitterlich. „Jeder Mensch ist manchmal etwas satanisch, und jeder Mensch sollte den Satan in sich selbst suchen und austreiben, nicht in anderen! Diejenigen, die den Satan in anderen suchen, sind die schlimmsten Sataniker!"

„Wie steht es bei dir mit dem klargrünen Rebensaft?" sagte Dietrich nach einer besinnlichen Pause, und um die düstere Stimmung zu vertreiben. „Hast du etwas für einen durstigen Teutonischen Ritter?"

„Es tut mir leid, Bruder Dietrich, aber ich bin gänzlich verarmt. Ich bin ein Bettler, ich lebe von Almosen. Bettler kriegen keinen Wein, nur Wasser. Obwohl es heißt, dass Bettler nicht wählerisch sein dürfen, ist der Bettler namens Arminius doch wählerisch: der Bettler namens Arminius wählt Wasser!"

„Schenken deine ehemaligen Mitbrüder in Neuhaus Wein aus?" fragte Dietrich.

„Ja!" antwortete Arminius.

„Wirst du ihn trinken, wenn ich dir einen kaufe, oder ist es dir mit dem Wassertrinken sehr ernst?" fragte Dietrich scherzhaft.

„Natürlich werde ich ihn trinken!" antwortete Arminius lächelnd.

Arminius und Dietrich gingen nach Neuhaus. Dietrich bestellte einen Krug Frankenwein. Hermann brachte den Krug und zwei Becher und fragte neugierig: „Sagt, Bruder Dietrich, ist es bei den Deutschherren anders als es bei uns Templern war?"

„Jeder weiß, dass die Templer hochmütiger sind als die Deutschherren!" sagte Dietrich scherzhaft, fügte aber ernsthaft hinzu: „Spaß beiseite, es besteht kaum ein Unterschied zwischen den beiden Orden, nur dass das Templerkreuz rot und das Deutschherrenkreuz schwarz ist!"

„Der maßgebende Unterschied ist, dass der eine Orden tot ist, während der andere noch lebt!" setzte Arminius hinzu.

„Du hast recht, Bruder Arminius", sagte Dietrich lächelnd, „klug wie immer! Klug genug, um den toten Templerorden am Leben zu erhalten!

Weil ich gerade davon spreche, den Templerorden am Leben zu erhalten, der Bote, der die traurige Botschaft von Jacques de Molays Tod nach Ellingen brachte, sagte, dass der Großmeister vor seinem Tode einen Nachfolger ernannt hätte. Der Nachfolger ist Bruder Jean Marc Larmenius. Großmeister Jacques beauftragte Bruder Jean Marc Larmenius den Orden im Geheimen fortzuführen. Und er befahl allen ehemaligen Templern, sich dieser Geheimorganisation anzuschließen!"

„Unserer Ordensregel nach wird ein neuer Großmeister von einem Wahlkomitee von dreizehn Brüdern – acht Rittern, vier dienenden Brüdern und einem Kaplan gewählt. Und das Wahlkomitee wird von einer Ordensversammlung gewählt!" sagte Arminius. „Ich war zweimal dabei, ich weiß es! Dass der ausscheidende Großmeister seinen Nachfolger ernennt, war bei uns nie üblich!

Außerdem bin ich bereits ein heimlicher Templer: ich bin ein Mitglied des Inneren Tempels! Wir, die Mitglieder des Inneren Tempels, sind innerhalb der Gottheit vereint! Das vereint uns stärker als jede äußere Organisation!

Ich habe äußerliche Organisationen gründlich satt! Beide Organisationen, denen ich in meinem Leben angehörte, der Templerorden und die Römisch-Katholische Kirche, verbaten mir das Maul! Jetzt will ich nur noch dem Inneren Tempel angehören, da kann ich schreiben, was mir die Gottheit bietet und gebietet!"

Sie verbrachten den Nachmittag wie viele zuvor; mit gutmütigen Hänseleien und in ernstem Gespräch leerten sie einen Krug klargrünen Frankenwein.

„Komm doch mit", bat Dietrich beim Abschied, „ein Ehrenplatz erwartet dich in unserer Präzeptorei in Ellingen! Unser Bruder Präzeptor bat mich ausdrücklich, dir seine Grüße zu überbringen und dich herzlichst einzuladen, dem Deutschherrenorden beizutreten! ‚Sag ihm, er darf schreiben was er will, und braucht nichts anderes zu tun!' sagte der Präzeptor ausdrücklich. Und wir haben ausreichende Mengen von jenem klargrünen Rebensaft, der die unangenehmen Alterserscheinungen lindert!"

„Ich danke dir, alter Freund und Bruder, aber ich will lieber als heimlicher Templer leben und sterben!" antwortete Arminius lächelnd. „Und ich brauche keinen Wein; ich schöpfe Wasser und wandle es zu Wein!"

„Ja, du tust's!" bekräftigte Dietrich mit Bestimmtheit und verabschiedete sich mit der Templerbenediktion: „Non nobis, Domine! Non nobis, sed Nomini Tuo da gloriam!"

„Non nobis, Domine!" erwiderte Arminius feierlich.

Arminius beendete sein Templerbuch mit dem würdelosen Ende des letzten Großmeisters des Templerordens. Danach wickelte er es sorgfältig in ein Wachstuch und legte es in das Geheimfach von Trevrizents Höhle, in der Hoffnung, dass die Nachwelt es dort finden und die Wahrheit über den Templerorden herausfinden werde. Würde die Nachwelt es finden, und herausfinden? Würde der Geist des Templerordens in sieben mal hundert Jahren wiedererwachen, wie es Großmeister Guillaume de Beaujeu und die Vollendeten des inneren Kreises von Akko vorhergesagt hatten?

Nachdem er sein Geschichtswerk in das Geheimfach gelegt und der Nachwelt hinterlassen hatte, blieb Arminus noch lange in der Höhle. Er betete, dass sein Lebenswerk nicht vergebens sein möge. Dass irgendjemand, irdendwann in der Zukunft, wenn die Zeit dazu reif und die Menschheit empfänglich war, vom Geiste Gottes in die Höhle geführt werde, das Buch fände und es der Menschheit gäbe, so dass alle, die es lesen und davon inspiriert würden, das heilige Werk des Tempels fortsetzen.

Arminius' Lebenswerk war getan, sein Lebenszweck erfüllt. Die Form namens Arminius konnte ihrem Zweck nicht mehr dienen, sie hatte ausgedient. Die Flamme in Arminius war ausgebrannt. Arminius war sein Leben lang nie krank gewesen, er hatte immer gesagt, dass er Wichtigeres zu tun hätte als krank zu sein. Seine Brüder, Freunde und Mitarbeiter hatten dies als einen Spaß aufgefasst, als einen von

Arminius vieldeutigen Späßen, welche sie nie ganz verstanden. Aber es war wirklich so! Immer hatte er etwas sehr Wichtiges zu tun, wichtiger als Krankheit und Tod, deshalb durfte er weder erkranken noch sterben, bis es getan war. – Jetzt war's getan!

Jetzt, da er nichts Wichtiges mehr zu tun hatte, kamen alle möglichen Krankheiten, die er bisher unterdrückt hatte, zum Vorschein. Sein Unterleib begann zu schmerzen, manchmal ziemlich heftig, aber er tat dagegen was er seit seinem Gipfelerlebnis getan hatte. Er sammelte und konzentrierte sich, erinnerte sich seines Einsseins mit der Gottheit, und eine Welle von Wollust schoss von seinem Gehirn das Rückgrat hinunter und von dort in alle Glieder. Wenn er sich darauf konzentrierte, diese Wellen fortzusetzen, dann wurde jede Welle stärker, bis ihm vor Wollust beinahe die Sinne schwanden. Dies behob schwache oder mittelmäßige Schmerzen ganz und gar, und reduzierte selbst die stärksten Schmerzen auf ein erträgliches Mindestmaß. Wenn die Schmerzen so stark waren, dass sein Körper vor Schmerzen verkrampft war, und er sich nicht genügend sammeln konnte um die Wellen des Wohlseins auszulösen, dann half gewöhnlich ein heißes Bad. Ein heißes Bad vermochte seinen schmerzverkrampften Leib etwas zu lösen, so dass er sich sammeln und die schmerzlindernden Wellen auslösen konnte.

Arminius' getreuer Diener, der mittlerweile von einem Jungen zu einem jungen Mann herangereift war, half ihm mit den Bädern. Obwohl er offiziell nicht mehr Arminius' Diener war, diente er ihm weiterhin, wie vorher. Arminius dachte, der Diener täte es aus Anhänglichkeit und Treue. Der Diener tat es aus Treue, aber seine Treue wurde von Johannes aufrechterhalten. Johannes schenkte ihm jeden Abend einen freien Krug Bier ein, mehr an Sonn- und Feiertagen, und steckte ihm ab und zu einen Pfennig zu. Aber der Diener durfte niemandem etwas davon sagen!

Arminius' Herzschlag wurde unregelmäßig. Wenn er die steile Turmtreppe hinaufstieg, geriet er derart außer Atem, dass er nicht mehr auf den Turm steigen konnte. Er verbrachte mehr und mehr Zeit in der Dreieinigkeitskapelle, meditierte, sinnierte und betete dort seine fünf Tagesgebete. Arminius fühlte sich dem Tode nahe, so setzte er sich eines Morgens an den Schreibtisch und schrieb sein Todesgedicht.

DER TOD KLOPFT AN
Herein, mein Befreier!
Komm her, geliebter Freund.
Ich erwartete Dich mit Sehnen.
Komm, nimm mich in Deine starren Arme
Und küsse mich mit Deinem kalten Kuss
Und segne mich
Mit Deiner bittersüßen Kommunion.

Eines Tages, als sein Unterleib wieder einmal sehr schmerzte, so dass er es kaum ertragen konnte, und er vor Schmerzen derart verkrampft war, dass er sich nicht genügend sammeln konnte um die schmerzlindernden Wellen auszulösen, rief er seinen Diener und bat ihn, ein heißes Bad zu bereiten. Der Diener schürte ein loderndes Feuer, legte die Siedesteine ins Feuer, füllte den Bottich und legte die glühend heißen Steine ins Wasser. Als das Wasser heiß genug war, half er Arminius in den Bottich. „Lass mich jetzt bitte alleine und komm in einer halben Stunde wieder, um mehr Siedesteine einzulegen oder mir aus dem Bottich zu helfen!" sagte Arminius zu seinem Diener.

„Sehr wohl, Herr Arminius!" antwortete der Diener und verließ den Burgsaal.

Zuerst wirkte das heiße Bad angenehm betäubend, Arminius konnte sich sammeln und die lindernden Wellen des Wohlseins auslösen. Er fühlte sich sehr wohl, nahezu schmerzfrei, aber er ahnte, dass sein Tod nahe sei, so hob er an mit lauter, aber von Alter und Krankheit etwas brüchig gewordener Stimme sein Lieblingslied zu singen.

Allein Gott in der Höh' sei Ehr'
Und Dank für seine Gnade,
Darum dass nun und nimmermehr
Uns rühren kann kein Schade.
Ein Wohlgefall'n Gott an uns hat,
Nun herrscht groß' Fried' ohn' Unterlass,
All' Fehd hat nun ein Ende.

Etwas später wurde das heiße Bad zuviel für sein geschwächtes Herz. Sein Herz schlug sehr schnell und unregelmäßig, ein brennender Schmerz entstand in seiner linken Brust, füllte den gesamten Brustkorb, strahlte den Hals hinauf und über die linke Schulter den linken Arm hinunter. Eine Welle von Schwindel und Übelkeit überkam ihn, sein Herz setzte aus, flatterte noch einige Male ganz leicht und stand schließlich still.

Arminius wusste, dass das Ende seines Lebens herbeigekommen war, er wusste, dass es diesmal keine Umkehr von der zweiten Todesschwelle geben würde, deshalb trat er freudig und willig über die zweite Schwelle des Todes und überließ seinen Körper den Todeszuckungen. „DAS IST'S!" dachte er ekstatisch, „HIER KOMME ICH!" Seine Seele gab sich dem ewigen Licht hin und wurde eins mit dem Licht. Arminius Leib war tot, Arminius Seele trennte sich für immer von ihrem leblosen Leib und wurde eins mit der Weltseele.

Als der Diener zurückkam, fand er Arminius tot im Bottich sitzen, mit einem überirdischen Todeslächeln im erstarrten Gesicht. Der Diener lief zur Benediktinerprobstei hinüber und benachrichtigte die Brüder. Der Benediktinerkaplan gab Arminius schnell die letzte Ölung und schloss ihm die Augen, die Brüder hoben ihn aus dem Bottich und trockneten und salbten ihn. „Gut, dass er im warmen Wasser starb, da brauchen wir ihn nicht zu waschen. Und er ist gut zu salben und gut zu bewegen!" sagten die Benediktiner, mit der geistigen Praktikalität geweihter Brüder, für die der Tod mehr Freund als Feind ist.

Die Benediktiner bekleideten Arminius mit Templertunika und Templermantel, gürteten ihn mit seinem Schwert und bahrten ihn auf dem Altar der Dreieinigkeitskapelle auf. Sie legten Silbermünzen auf seine Augen, damit die Lider kapelle auf. Sie legten Silbermünzen auf seine Augen, damit die Lider geschlossen blieben, und entzündeten 14 Kerzen um ihn: zwei über seinem Kopf, zwei zu seinen Füßen und jeweils sechs an jeder Seite. Er sah gut aus, ganz in Weiß gekleidet, mit dem leuchtendroten Templerkreuz auf der Brust und dem gelassenen Todeslächeln im Gesicht. „Er muss Christus gesehen haben als er starb!" sagte der Benediktinerprobst ehrfürchtig.

Danach hoben die Benediktiner die Grabplatten von Arminius Gruft, schoben sie zur Seite und lehnten sie aufrecht gegen die Wand, mit der Aufschrift zur Wand, in Vorbereitung für das Begräbnis. Der Pfarrer von Waldkirchen wurde benachrichtigt und setzte das Begräbnis auf drei Tage später fest. Johannes sandte einen Eilboten nach Breitenegg, der Ritter von Breitenegg sandte einen Eilboten nach Wildenstein. Patrizia von Wildenstein schickte einen Eilboten in einem Schnellnachen die Altmühl und Donau hinunter nach Regensburg, um die Beguinen zu benachrichtigen.

Die ehemaligen Beguinen von Waldkirchen, die Arminius am nächsten gestanden waren, Schwester Anna, Schwester Davina und Schwester Margaret, sowie Schwester Katarina, die eine kurze aber eindrückliche Geistesbegegnung mit Arminius gehabt hatte, und jetzt die Hausmutter der Beguinage Regensburg war, mieteten sich ein Flussboot, mit doppelter Mannschaft. Die Ruderer ruderten Tag und Nacht, bis sie am Wildensteiner Kai anlegten. Die Ruderer gingen zum Gasthof von Mühlbach um die Rückkehr der Beguinen abzuwarten, die vier Beguinen gingen nach Wildenstein hinauf. Frau Patrizia hieß ihren Kutscher einspannen und sie und die Beguinen fuhren in der Kutsche nach Neuhaus. Patrizia befahl dem Kutscher die Pferde in Neuhaus einzustellen und dort zu übernachten. Die fünf Frauen gingen zur Dreieinigkeitskapelle, wo ihnen die Benediktinerbrüder und Johannes und Hermann gerne die letzte Nacht der Totenwache überließen.

Die fünf trauernden Frauen besahen und beweinten Arminius' Leichnam, aber sie fühlten sich trotz der Trauer auf seltsame Weise gehoben. „Selbst im Tode tröstet er uns!" sagte Patrizia ergriffen.

„Er sagte immer, dass er lachend sterben werde", bemerkte Margaret, „aber ich fasste es als einen seiner makabren Späße auf!"

„Das Anzeichen eines echten Mystikers!" sagte Davina bewundernd. „Lächelnd zu sterben ist das Zeichen!"

Anna sagte nichts, sie weinte nur schweigend vor sich hin. Nachdem sie sich etwas gesammelt hatte, versuchte sie sich mit ihrem Kleinen Oval zu trösten. Sie konzentrierte sich darauf, und da war's: ihr Kleines Oval! Und innerhalb des Ovals war – Arminius!

„Was sucht ihr den Lebendigen bei den Toten?", zitierte Anna, mit einem verklärten Lächeln auf ihrem tränennassen Gesicht. Die anderen blickten sie ehrfürchtig an. Ihre schlimmste Traurigkeit war weg!

Margaret hatte Weihrauch mitgebracht und zündete ihn an. Die fünf Frauen fingen an zu singen. Sie sangen alle Hymnen, die sie kannten, auch Arminius' Lieblingshymne „Allein Gott in der Höh sei Ehr". Und, weil es Nacht war und sonst niemand zugegen war, wagten sie es ihre Troubadourlieder zu singen, eines davon war das Lieblingslied von Arminius' Mutter „Chanson de l'amour". Danach stimmten Margaret und Patrizia das Erkennungslied des Rosenkreuzbundes an, und alle stimmten ein.

Dort in dem Schneegebirge
Da fließt ein Brünnlein kalt
Und wer das Brünnlein trinket,
Und wer das Brünnlein trinket,
Wird jung und nie mehr alt!

Ich hab daraus getrunken
So manchen frischen Trunk.
Ich bin nicht alt geworden,
Ich bin nicht alt geworden,
Ich bin noch allzeit jung!

Ade, mein Schatz, ich scheide!
Ade, mein Schätzelein!
Sag, kommst Du auch mal wieder,
Sag, kommst Du auch mal wieder,
Herzallerliebster mein?

Wenn's schneiet rote Rosen
Und regnet kühlen Wein,
Dann komm ich endlich wieder,
Dann komm ich endlich wieder,
Herzallerliebste mein!

Mein Liebster kehrt zurücke,
Tritt in den Garten ein,
Trägt einen Kranz von Rosen,
Trägt einen Kranz von Rosen,
Und einen Becher Wein!

Die fünf Frauen fühlten sich von dem Lied und von Arminius' Geist gehoben. Ihr geliebter Arminius, kraft des Geistes Christi, hatte sie zu jenen mythischen und mystischen weißen Bergen geführt, zum Brunnen des ewigen Lebens. Sie hatten tief von dem Gralsbecher getrunken und waren ewig geworden! Sie beteten, dass es bald rote Rosen und klaren Wein für die gesamte Menschheit geben würde. Sie beteten inbrünstig für das Zweite Erscheinen!

Am nächsten Morgen gingen sie nicht zur Totenmesse nach Waldkirchen, sondern blieben in der Dreieinigkeitskapelle und bewachten Arminius' Leichnam, bis die Trauergäste von Waldkirchen zur Bestattung kamen. Johannes, Hermann und zwei Benediktiner hoben die Bahre mit Arminius' Leichnam vom Altar, legten zwei Seile unter die Bahre und trugen sie zur Gruft. Langsam ließen sie den Leichnam in die Gruft sinken. Eine Schüssel Weihwasser, mit einem Buchsbaumsträußchen zum

Spritzen, stand auf dem Altar bereit. Der Pfarrer von Waldkirchen sprach einige Abschiedsworte, dann den Letzten Segen, und spritzte einige Tropfen Weihwasser auf den Leichnam. Alle Trauergäste gingen an der Gruft vorbei und spritzten etwas Weihwasser auf den Leichnam. Nachdem der letzte Trauergast dem toten Arminius die letzte Ehre erwiesen hatte, schoben die Benediktiner die Grabplatten über die Gruft.

Zum ersten Mal sahen die fünf Frauen die Grabinschrift. Sie lasen sie mit Ergriffenheit. Die Inschrift schien an sie gerichtet zu sein, und an die gesamte Menschheit. Schwester Katarina, die immer noch ihr rotes Notizbüchlein an einer Halsschnur trug, zog es hervor und kopierte die Grabinschrift.

EPITAPH

Ihr lieben Freunde, eh ich schied,
Vor meinem Lebensend,
Schrieb ich für Euch, als Abschiedslied,
Mein Geistestestament.

Der unbarmherzige Tyrann,
Der Tod, nun war er nah,
Doch frohgemut fand er mich an:
Ich bin für immer da!

Drum gebt Euch nicht der Trauer hin,
Seid traurig und erfreut,
Gewiss mir, dass ich ewig bin,
Starb ich in stiller Freud.

Non nobis, Domine! Non nobis, sed Nomini Tuo da gloriam!

Weitere Literatur zu den Rätseln der Geschichte dieser Welt finden Sie in unserem Verlagsprogramm:

Baum, Stephan: Kobinian. Das unbekannte und rätselhafte Leben eines europäischen Heiligen. 154 S.; Pb., 12,90 Euro (ISBN 3-935910-01-0)
Woher kamen die Heiligen des Mittelalters und wohin gingen sie? Wodurch wurden sie beeinflusst und was haben sie uns hinterlassen? Ein Ausflug in eine rätselhafte Welt, der den Leser fesseln wird!

Sachmann, Hans-Werner: Operation Sigiburg. 44 Seiten; Pb., 6,00 Euro (ISBN3-935910-03-7)
Ein Büchlein über Karl den Großen und sein historisches Umfeld. Das Hauptaugenmerk liegt hierbei auf den Überlieferungen und Legenden, die sich um die Schlacht zwischen Franken und Sachsen um das Jahr 776 an der Sigiburg, dem heutigen Dortmund-Hohensyburg, ranken.

Ritter, Thomas: Die Katharer. Kinder des Teufels oder wahre Christen? 46 Seiten, Pb., 6,00 Euro (3-935910-05-3)
Wer waren sie wirklich, die Katharer – eine ketzerische Sekte oder wahre Christen, die ihren festen Glauben bewahrten, bis sie in einem gewaltigen Kreuzzug vernichtet wurden? Thomas Ritter ist auf vielen Reisen ihren Spuren vom Aufstieg der Glaubensgemeinschaft bis zu ihrem tragischen Untergang gefolgt.

Ritter, Thomas: Sehnsucht nach dem Paradies. Die Kinderkreuzzüge im Jahr 1212. 109 Seiten, Pb., 9,50 Euro (3-935910-06-1)
Warum schweigen die meisten unserer Geschichtsbücher, wenn es um die Geschichte der Kinderkreuzzüge geht? Thomas Ritter hat umfangreiche Recherchen an den Orten des Geschehens durchgeführt und ist der Frage nachgegangen, was wohl der wahre Auslöser für die fanatischen Vorhaben der Kinderscharen gewesen sein mag.

Bitte fordern Sie weitere Informationen an bei: